MW01242426

Middlemarch

Por

George Eliot

Editorial Alvi Books, Ltd.

Realización Gráfica:
© José Antonio Alías García
Copyright Registry: 2008305162759

Created in United States of America.
© Mary Anne Evans, Londres (Inglaterra) Reino Unido, 1874
ISBN: 9798680762189

Editorial Alvi Books agradece cualquier sugerencia por parte de sus lectores para mejorar sus publicaciones en la dirección editorial@alvibooks.com

Maquetado en Tabarnia, España (CE)
para marcas distribuidoras registradas.

www.alvibooks.com

ÍNDICE

PRÓLOGO

¿Quién que se preocupe por la historia del hombre y cómo se comporta la mezcla misteriosa bajo los diversos experimentos del Tiempo, no se ha parado a examinar, aunque sea someramente, la vida de Santa Teresa; no ha sonreído con ternura ante la idea de la niña caminando una mañana de la mano de su hermano aún más pequeño, en pos del martirio en tierra de moros? Con paso incierto salieron de la escarpada Ávila, desvalidos y asombrados como dos cervatillos, pero con un corazón humano que ya latía al son de una idea nacional, hasta que les salió al encuentro la realidad doméstica en forma de tíos, y les hizo desistir de su gran resolución. El infantil peregrinaje fue un inicio adecuado. La naturaleza apasionada e idealista de Teresa exigía una vida épica: ¿qué significaban para ella los volúmenes de novelas de caballerías y las conquistas sociales de una joven brillante? Su llama pronto quemó tan débil combustible y, nutrida desde dentro, se alzó tras alguna satisfacción sin límite, algún objetivo que no justificara nunca el abatimiento, que reconciliara la desesperación en sí misma con la conciencia arrobadora de una vida más allá del ser. Encontró su epopeya en la reforma de una orden religiosa.

Esa mujer española que vivió hace trescientos años, no fue en modo alguno la última de su especie. Han nacido muchas Teresas que no encontraron una vida épica en la que hubiera un constante desarrollo de acciones con amplias resonancias; tal vez sólo encontraran una vida cuajada de errores, el resultado de cierta grandeza espiritual mal avenida con la mezquindad de las oportunidades; o un trágico fracaso que no halló su poeta sagrado, y se hundió en el olvido sin que nadie lo llorara. Con tenue luz y enmarañada circunstancia intentaron aunar noblemente sus pensamientos y sus actos; pero finalmente, ante los ojos del vulgo, sus esfuerzos no fueron más que inconsistencias y borrones, pues estas Teresas posteriores no se vieron ayudadas por una fe social y un orden coherentes que pudieran cumplir la función del conocimiento para un alma ardientemente deseosa. Su ardor oscilaba entre un desdibujado ideal y el anhelo común de la feminidad, de forma que se desaprobaba el uno por extravagante y se condenaba el otro como un desliz.

Hay quienes piensan que estas vidas desperdiciadas se deben a la inconveniente vaguedad con la que el Supremo Poder ha modelado la naturaleza de las mujeres: si hubiera sólo un nivel de incompetencia femenina tan rígido como la habilidad de contar tres y no más, se podría tratar el sino social de las mujeres con certeza científica. Entretanto, la vaguedad persiste, y los límites de variación son en realidad mucho más amplios de lo que nadie pudiera deducir de lo similar del peinado femenino o las historias de amor en prosa y verso que prefieren las mujeres. Aquí y allí un cisne se cría, incómodo, entre los patitos del parduzco estanque y no halla jamás el riachuelo vivo en compañía de los otros de su especie de pies de remo. Aquí y allí nace una Santa Teresa, fundadora de nada, cuyo tierno palpitar de corazón y llanto por un bienhacer inalcanzado se va calmando y se dispersa entre los obstáculos, en lugar de concentrarse en un hecho que perdure largos años en el recuerdo.

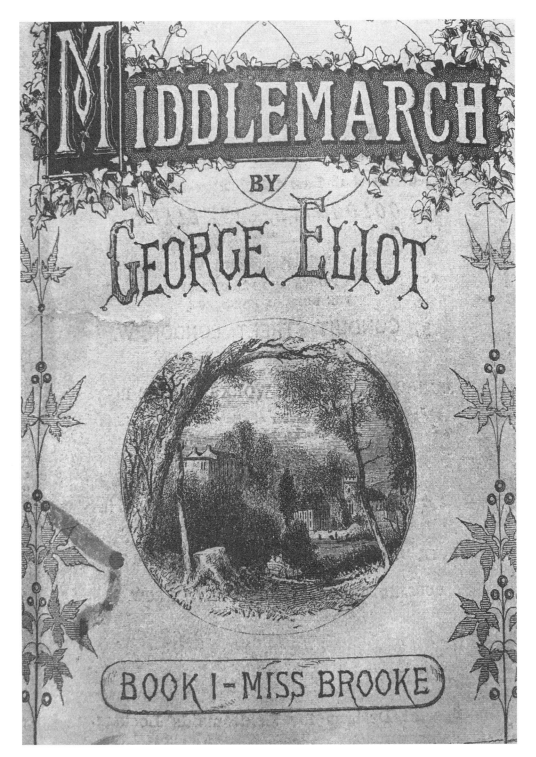

MIDDLEMARCH

BY

GEORGE ELIOT

BOOK I - MISS BROOKE

LIBRO PRIMERO
LA SEÑORITA BROOKE

CAPÍTULO I

La señorita Brooke poseía ese tipo de hermosura que parece quedar realzada por el atuendo modesto. Tenía las manos y las muñecas tan finas que podía llevar mangas no menos carentes de estilo que aquellas con las que la Virgen María se aparecía a los pintores italianos, y su perfil, así como su altura y porte, parecían cobrar mayor dignidad a partir de su ropa sencilla, la cual, comparada con la moda de provincias, le otorgaba la solemnidad de una buena cita bíblica —o de alguno de nuestros antiguos poetas— inserta en un párrafo de un periódico actual. Solían hablar de ella como persona de excepcional agudeza, si bien se añadía que su hermana Celia tenía más sentido común. Sin embargo, Celia apenas llevaba más perifollos y sólo el buen observador percibía que su vestimenta difería de la de su hermana y que su atuendo tenía un punto de coquetería; pues el sencillo vestir de la señorita Brooke se debía a una mezcla de circunstancias, la mayoría de las cuales compartía su hermana. El orgullo de ser damas tenía algo que ver con ello: los parientes de las Brooke, con todo y no ser exactamente aristócratas, eran indudablemente «buenos» y aunque se rastreara una o dos generaciones atrás, no se descubrían antepasados menestrales o tenderos, ni nada inferior a un almirante o un clérigo; incluso existía un ascendiente discernible como caballero puritano a las órdenes de Cromwell, que posteriormente claudicó y se las arregló para salir de los conflictos políticos convertido en el propietario de una respetable hacienda familiar. Era natural que jóvenes de tal cuna, que vivían en una tranquila casa de campo y asistían a una iglesia vecinal apenas mayor que una sala de estar, consideraran el perifollo como la aspiración de la hija de un buhonero. Además, existía el punto de la economía señorial, la cual, en aquellos tiempos, señalaba el vestir como el primer artículo a recortar cuando se precisaba de una reserva para destinar a gastos más indicativos del rango social. Tales razones, bien al margen de los sentimientos religiosos, hubieran bastado para justificar una modestia en el vestir, pero en el caso de la señorita Brooke la religión en sí misma habría sido un determinante y Celia se plegaba apaciblemente a todos los sentimientos de su hermana, infundiéndoles tan sólo ese sentido común que es capaz de aceptar doctrinas trascendentales sin agitación excéntrica alguna. Dorothea conocía de memoria numerosos pasajes de los Pensées de Pascal, así como de Jeremy Taylor; y a su juicio, los destinos de la humanidad, a la luz del Cristianismo, convertían la preocupación sobre la moda femenina en entretenimiento para un manicomio.

No podía reconciliar las inquietudes de una vida espiritual, que involucraba consecuencias eternas, con un intenso interés por el galón y las colgaduras artificiales del ropaje. Tenía una mente teórica que por naturaleza tendía a una elevada concepción del universo que incluyera abiertamente la parroquia de Tipton y su propia norma de conducta allí.

Estaba enamorada de la intensidad y de la grandeza y era imprudente a la hora de abrazar aquello que se le antojaba poseía dichos aspectos; igualmente, era capaz de buscar el martirio, de retractarse y de finalmente incurrir en él justamente allí donde no lo había buscado.

Tales componentes en el carácter de una joven casadera no podían por menos que interferir en su destino y entorpecer el que éste viniera decidido, según la costumbre, por la hermosura, la vanidad y el mero afecto canino. Con todo esto, ella, la mayor de las hermanas, no contaba aún veinte años, y ambas, desde que perdieran a sus padres cuando tenían alrededor de los doce, habían sido educadas conforme a planes a un tiempo angostos y promiscuos, primero con una familia inglesa y posteriormente con otra Suiza en Lausana, tratando de este modo su tutor, un tío soltero, de remedar las desventajas de su condición de huérfanas.

Apenas hacía un año que habían llegado a Tipton Grange para vivir con su tío, hombre próximo a los sesenta, de carácter complaciente, opiniones misceláneas y voto imprevisible. Viajero en su juventud, se consideraba, en esta parte del condado, que había contraído hábitos mentales en exceso irregulares. Las decisiones del señor Brooke eran tan difíciles de predecir como el tiempo, y lo único que se podía afirmar con total seguridad era que actuaría de buena fe, invirtiendo la menor cantidad posible de dinero en llevar a cabo sus intenciones. Pues incluso las mentes menos definidas en cuanto a la avaricia contienen algún recio germen de hábito, y se han conocido hombres relajados en todo lo referente a sus intereses salvo su caja de rapé, respecto de la cual se mostraban cuidadosos, suspicaces y agarrados.

En el señor Brooke, la vena hereditaria de energía puritana se encontraba claramente en desuso. Por el contrario, en su sobrina Dorothea brillaba a través tanto de fallos como de virtudes, convirtiéndose en ocasiones en impaciencia ante el modo de hablar de su tío o su costumbre de «dejar estar» las cosas de la hacienda, lo que ocasionaba que añorara tanto más la llegada de su mayoría de edad, momento en el que tendría cierta disponibilidad sobre el dinero para destinar a fines generosos. Se la consideraba una heredera, pues no sólo recibía cada una de las hermanas setecientas libras anuales de sus padres, sino que si Dorothea se casaba y tenía un varón, éste heredaría la hacienda del señor Brooke que presuntamente valía unas tres mil al año, renta que parecía una fortuna para las familias de provincias que seguían comentando la reciente conducta del señor Peele en cuanto a la cuestión católica y continuaban inocentes respecto de futuros campos de oro y de esa gloriosa plutocracia que tan noblemente ha ensalzado las necesidades de la vida regalada.

Y ¿cómo no iba a casarse Dorothea, joven tan hermosa y con semejantes perspectivas? Nada podía impedirlo salvo su tendencia a los extremos y su insistencia por ordenar la vida de acuerdo con conceptos que podrían hacer titubear a un hombre cauto antes de declarársele, o incluso inducirla a ella misma, finalmente, a rechazar cualquier proposición. ¡Imagínense! ¡Una joven de buena cuna y fortuna que se arrodillaba repentinamente en el suelo de ladrillo junto a un jornalero enfermo y oraba fervorosamente como si creyera que vivía en los tiempos de los apóstoles; una joven a quien le cogían extraños caprichos de ayunar como los papistas y que se quedaba leyendo viejos libros de teología hasta entrada la noche! Semejante esposa podía despertarle a uno cualquier buena mañana con un nuevo plan para la inversión de sus ingresos, lo cual interferiría con la política económica y el mantenimiento de los caballos de silla. No era de extrañar, por tanto, que un hombre se lo pensara dos veces antes de arriesgarse a semejante asociación. De las mujeres se esperaba que no tuvieran opiniones demasiado concretas, pero en todo caso, la mayor garantía de la sociedad, así como de la vida familiar, consistía en que las opiniones no era algo según lo que se actuara. La gente cuerda hacía lo que hacían sus vecinos, de manera que si algún loco andaba suelto se le podía conocer y esquivar.

La opinión rural acerca de las jóvenes recién llegadas, opinión sostenida incluso por los jornaleros, se inclinaba por lo general a favor de Celia, por su amabilidad y aspecto inocente, en tanto que los grandes ojos de la señorita Brooke resultaban, al igual que su religión, demasiado poco corrientes y chocantes. ¡Pobre Dorothea! Comparada con ella, la Celia de aspecto inocente era sagaz y mundana. ¡Cuánto más sutil es la mente humana que los tejidos externos, que componen para aquélla una especie de blasón o escudo!

Sin embargo, quienes se acercaban a Dorothea, si bien estaban predispuestos en su contra a causa de estos alarmantes rumores, encontraban que tenía un encanto extrañamente reconciliable con los mismos. A la mayoría de los hombres les resultaba cautivadora cuando montaba a caballo. Le encantaba el aire fresco y las múltiples variaciones del campo, y cuando le brillaban los ojos y las mejillas de placer, distaba mucho de parecer una beata. Montar a caballo era una satisfacción que se permitía a pesar del remordimiento consciente que ello le producía; pensaba que lo disfrutaba de una forma pagana y sensual y le deleitaba la idea de renunciar a ello.

Era extrovertida, ardiente y tan poco pagada de sí misma que resultaba entrañable ver cómo su imaginación adornaba a su hermana Celia con atractivos de todo punto superiores a los suyos propios, y si algún caballero llegaba a Tipton Grange por otro motivo que el de ver al señor Brooke,

Dorothea concluía que debía estar enamorado de su hermana. Por ejemplo, Sir James Chettam, a quien constantemente consideraba desde el punto de vista de Celia, sopesando interiormente si sería bueno para ella aceptarle. A Dorothea le hubiera parecido una ridiculez que se considerara a este caballero como pretendiente suyo, pues pese a todo su afán por conocer las verdades del mundo, seguía teniendo una idea muy ingenua del matrimonio. Estaba segura de que habría aceptado al juicioso Hooker de haber nacido a tiempo de salvarle de aquel desdichado error que cometió con el matrimonio; o a John Milton, cuando le sobrevino la ceguera; o a cualquiera de esos grandes hombres cuyas rarezas hubieran significado un glorioso acto de piedad el soportar. Pero, ¿cómo iba a considerar como pretendiente suyo a un apuesto y agradable baronet que respondía «en efecto» a sus comentarios aun cuando ella se expresara con incertidumbre? El matrimonio verdaderamente maravilloso tenía por fuerza que ser aquel en el que el esposo era una especia de padre que pudiera enseñarte incluso hebreo, si así lo deseabas.

Estas excentricidades del carácter de Dorothea eran la causa de que las familias vecinas culparan tanto más al señor Brooke por no proporcionarles a sus sobrinas alguna mujer madura que les sirviera de compañía y guía.

Pero él mismo temía tanto al tipo de mujer altiva que estaría dispuesta a aceptar el trabajo que se dejaba disuadir por las pegas que Dorothea le ponía, y en este caso era lo bastante valiente como para enfrentarse al mundo, es decir, a la señora Cadwallader, la esposa del rector, y al pequeño grupo de hacendados con quienes se relacionaba en la esquina noreste de Loamshire. Así pues, la señorita Brooke presidía la casa de su tío, sin que le disgustara lo más mínimo su nueva autoridad y el respeto que conllevaba.

Sir James Chettam cenaba hoy en Tipton Grange con otro caballero a quien las jóvenes no habían visto antes y acerca del cual Dorothea sentía una venerante expectación. Se trataba del reverendo Edward Casaubon, considerado en el condado como hombre de profundo saber y dedicado desde hacía años a una gran obra relativa a la historia de la religión; se le suponía, asimismo, hombre de riqueza bastante para realzar su piedad, y de opiniones personales propias, las cuales quedarían clarificadas con la publicación de su libro. Su mismo nombre conllevaba un estremecimiento apenas inteligible sin una cronología precisa del saber.

Dorothea había regresado no muy entrado el día del parvulario que había puesto en marcha en el pueblo y estaba sentada en su lugar acostumbrado en el acogedor cuarto de estar que separaba los dormitorios de las hermanas, empeñada en terminar los planos de unas edificaciones (tipo de trabajo que la deleitaba), cuando Celia, que había estado observándola con el deseo titubeante de proponerle algo, dijo:

—Dorothea, si no te importa y no estás muy ocupada, ¿qué te parecería si sacáramos hoy las joyas de mamá y nos las dividiéramos? Hoy hace exactamente seis meses que te las dio el tío y ni las has mirado aún.

En el rostro de Celia apuntaba la sombra de un mohín cuya presencia total sólo se veía reprimida por su habitual temor a Dorothea y a los principios, dos hechos asociados que podían desencadenar una misteriosa electricidad si se tocaban incautamente. Ante su alivio, los ojos de Dorothea sonreían al levantar la vista.

—¡Qué almanaque tan maravilloso eres, Celia! ¿Qué son, seis meses lunares o de calendario?

—Hoy es el último día de septiembre y el tío te las dio el primero de abril. Ya sabes, dijo que se le había olvidado hasta entonces. Estoy segura de que no has vuelto a pensar en ellas desde que las guardaste en el bargueño.

—De todas formas, cariño, no deberíamos ponérnoslas nunca —el tono de voz de Dorothea era cordial, a medio camino entre la ternura y la explicación. Sostenía el lápiz en la mano e iba haciendo diminutos apuntes en el margen.

Celia se sonrojó y su aspecto se tornó grave.

—Pienso que tenerlas guardadas y no prestarles ninguna atención es una falta de respeto a la memoria de mamá. Además —añadió con un incipiente sollozo de mortificación tras titubear un instante—, los collares son algo muy corriente hoy en día. Incluso Madame Poincgon, que era aún más severa que tú en algunas cosas, solía llevar adornos. Y los cristianos en general; seguro que hay mujeres en el cielo que llevaron joyas.

Celia era consciente de alguna fuerza mental cuando se aplicaba de verdad a la argumentación.

—¿Es que te gustaría llevarlas? —exclamó Dorothea. Un aire de asombrado descubrimiento animaba todo su ser con un gesto dramático, adoptado de la misma Madame Poincgon que usara los adornos—. Si es así, saquémoslas. ¿Por qué no me lo dijiste antes? Pero, ¿y las llaves? ¿Dónde estarán las llaves? —con las manos se apretaba las sienes como si desesperara de su memoria.

—Están aquí —dijo Celia, que llevaba largo tiempo meditando y planeando esta explicación.

—En ese caso, te ruego que abras el cajón grande del bargueño y saques el joyero.

Pronto tuvieron ante sí el cofre y las diversas joyas esparcidas cual alegre parterre sobre la mesa. No era una gran colección, pero algunas de las piezas eran de una extraordinaria belleza, siendo a primera vista las más hermosas un collar de amatistas malvas con un exquisito trabajo de engarce en oro, y una cruz de nácar con cinco brillantes incrustados. Dorothea al punto cogió el collar y lo abrochó en torno al cuello de su hermana, que ciñó con casi la misma precisión de un brazalete; pero el redondel favorecía la cabeza y el cuello de Celia, al estilo Enriqueta-María, y ella misma comprobó que así era en el espejo de cuerpo entero que tenía enfrente.

¡Ahí tienes, Celia! Te lo puedes poner con el vestido de muselina india. Pero esta cruz debes ponértela con los trajes oscuros.

Celia intentaba no sonreír de placer.

—¡Pero Dodo, no, la cruz te la tienes que quedar tú!

—No, no, cariño, ni hablar —dijo Dorothea, levantando la mano con despreocupada indiferencia.

—Pero claro que sí; te quedaría bien con tu traje negro —insistió Celia—. Tratándose de una cruz, tal vez sí que te la pusieras.

—Ni pensarlo. Lo último que me pondría como adorno sería una cruz —y Dorothea se estremeció levemente.

—En ese caso verás mal que me la ponga yo —dijo Celia con cierta vacilación.

—En absoluto —dijo Dorothea acariciándole la mejilla a su hermana—. Las almas también tienen tez: lo que favorece a una puede no sentarle bien a otra.

—Pero tal vez te gustaría quedártela, como recuerdo de mamá.

—No, tengo otras cosas suyas: su caja de madera de sándalo que me gusta tanto, y muchas otras cosas. Pensándolo bien, quédate todas las joyas. No hace falta que lo hablemos más. Ten, llévate tus posesiones.

Celia se sintió un poco herida. Había una fuerte presunción de superioridad en esta tolerancia puritana, apenas menos molesta para la mórbida carne de una hermana poco entusiasta que una persecución del mismo signo religioso.

—¿Pero cómo voy a ponerme yo joyas si tú, que eres la hermana mayor, no las vas a llevar nunca?

—Pero Celia, ¿no ves que obligarme a llevar joyas para que tú estés contenta es pedir demasiado? Si me tuviera que poner un collar como ése me sentiría como si hubiera estado haciendo piruetas. El mundo giraría conmigo y no sabría cómo andar.

Celia se había desabrochado y quitado el collar.

—A ti te quedaría un poco demasiado prieto; té iría mejor algo plano, que colgara —dijo con un punto de satisfacción. Desde cualquier punto de vista el collar era completamente inadecuado para Dorothea, lo cual hizo que Celia se sintiera más feliz de aceptarlo. Se encontraba abriendo unas cajitas que descubrieron un hermoso anillo con una esmeralda y brillantes cuando el sol, saliendo de una nube, arrojó un destello sobre la mesa.

—¡Qué preciosas son estas joyas! —dijo Dorothea, sacudida por una nueva corriente de sentimiento tan repentina como el destello—. Es curioso la intensidad con que los colores le penetran a uno, como el olor. Supongo que esa será la razón de que en la Revelación de San Juan se utilicen las joyas como emblemas espirituales. Parecen retazos de cielo. Creo que esta esmeralda es la más bonita de todas.

—Y hay una pulsera a juego —dijo Celia—. No nos habíamos fijado en ella.

—Son muy bonitas —dijo Dorothea, poniéndose el anillo y el brazalete en la muñeca y el dedo bien torneados y levantándolos hacia la ventana a la altura de sus ojos. Durante todo este tiempo su mente intentaba justificar el placer que sentía ante los colores por vía de mezclarlos con su gozo místico-religioso.

—Dorothea, esas sí que te gustarían —dijo Celia con cierta vacilación. Empezaba a pensar, con sorpresa, que su hermana mostraba alguna debilidad y también que las esmeraldas irían mejor con el color de su propia tez que las amatistas malvas—. Si no quieres nada más, tienes que quedarte al menos con el anillo y la pulsera. Pero mira, estas ágatas son muy bonitas… y discretas.

—¡Sí! Me quedaré éstas, el anillo y la pulsera —dijo Dorothea, añadiendo en tono diferente mientras dejaba caer la mano sobre la mesa—. Y sin embargo, ¡qué pobres hombres encuentran estas cosas, las trabajan y las venden! —hizo una nueva pausa y Celia creyó que su hermana iba a renunciar a las joyas, como debería hacer para ser coherente.

—Sí, sí, me quedaré éstas —dijo Dorothea con firmeza—. Pero llévate las demás, y también el joyero.

Cogió el lápiz sin quitarse las joyas, que continuó mirando. Pensó en tenerlas a menudo junto a ella para saciarse la vista con estas fuentecillas de nítido color.

—¿Las llevarás en público? —preguntó Celia, que observaba con verdadera expectación lo que haría su hermana. Dorothea le dirigió una rápida mirada. De cuando en cuando, un incisivo juicio no carente de mordacidad se filtraba por entre la fantasía de adornos con que dotaba a quienes quería. Si la señorita Brooke llegaba alguna vez a alcanzar la sumisión absoluta no sería por falta de fuego interno.

—Tal vez —respondió altiva—. ¡Desconozco el punto de degradación al que puedo llegar!

Celia se sonrojó y se sintió triste; vio que había ofendido a su hermana y ni siquiera se atrevió a decir nada agradable acerca del regalo de las joyas, que volvió a meter en el joyero y procedió a llevarse. Dorothea, mientras continuaba con sus bocetos, tampoco estaba contenta y se preguntaba por la pureza de sus sentimientos y oratoria en la escena que había concluido un tanto alteradamente.

La conciencia de Celia le decía que no estaba en absoluto equivocada; era natural y estaba muy justificado que hubiera hecho esa pregunta y se repetía a sí misma que Dorothea no era consecuente: o bien se debía haber quedado con la parte de las joyas que le correspondía o renunciar a todas ellas.

«Estoy segura, al menos en ello confío», pensó Celia, «que el llevar un collar no interferirá con mis oraciones. Y, ahora que vamos a entrar en sociedad, no creo que las opiniones de Dorothea tengan que condicionarme a mí, aunque a ella sí deberían obligarla. Pero Dorothea no es siempre consecuente».

Estos eran los pensamientos de Celia mientras se inclinaba en silencio sobre su tapiz hasta que oyó a su hermana llamándola.

—Ven, Kitty, ven a ver mis planos. Si al final no me encuentro con escaleras y chimeneas incompatibles pensaré que soy un gran arquitecto.

Al inclinarse Celia sobre el papel, Dorothea reposó tiernamente la mejilla en el brazo de su hermana. Celia comprendió el gesto, Dorothea reconocía su error y su hermana la perdonó. Hasta donde alcanzaba su memoria, siempre había habido una mezcla de crítica y admiración en la actitud de Celia hacia su hermana mayor. La menor había llevado siempre un yugo, pero ¿existe una sola criatura que carezca de opinión personal?

CAPÍTULO II

—¿Sir Humphry Davy? —dijo el señor Brooke con su habitual modo apacible y sonriente mientras tomaba la sopa y al hilo del comentario de Sir James Chattam de que se encontraba estudiando la Química Agrícola de Davy —. Vaya, vaya, Sir Humphry Davy. Cené con él hace años en Cartwright's. Wordsworth también estaba allí; ya sabe, Wordsworth, el poeta. Eso fue algo muy curioso. Estudié en Cambridge al mismo tiempo que Wordsworth y nunca coincidí con él entonces, y veinte años después cenamos juntos en Cartwright's. Hay cosas muy raras. Como iba diciendo, Davy estaba allí.

También era poeta. O, mejor dicho, Wordsworth era el poeta número uno y Davy el poeta número dos. Eso era cierto en todos los sentidos.

Dorothea se encontraba un poco más incómoda que de costumbre. La cena estaba en sus comienzos, y al ser el grupo reducido y la estancia silenciosa, las nimiedades fruto de la masa encefálica de un juez de paz resultaban demasiado evidentes. Se preguntaba cómo un hombre como el señor Casaubon podía soportar semejante trivialidad.

Sus modales eran muy serios, pensó, y el pelo gris y los ojos hundidos le hacían parecerse al retrato de Locke.

Tenía la constitución enjuta y la tez pálida propia del estudioso, de todo punto distinto al tipo de inglés saludable de bigotes cobrizos encarnado por Sir James Chettam.

—Estoy leyendo la Química Agrícola —dijo este excelente barón—, porque voy a hacerme cargo personalmente de una de las fincas; a ver si puedo proporcionarles a mis arrendatarios un buen modelo de cultivo. ¿Qué le parece la idea, señorita Brooke?

—Un grave error, Chettam —interpuso el señor Brooke—, meterse a electrificar la tierra y todo eso y convertir su establo en un salón. No se lo aconsejo. Yo mismo me dediqué mucho a la ciencia durante una temporada, pero vi que no era aconsejable. Es un camino sin fin; luego no hay nada que se pueda dejar en paz. Nada, nada, asegúrese de que sus arrendatarios no venden la paja y… bueno… proporcióneles tubos de desagüe, ya sabe, ese tipo de cosas. Pero esas estrafalarias ideas suyas sobre el cultivo no son aconsejables. Eso es un pozo sin fondo. Es como criar cuervos.

—Pero, ¿no será mejor —dijo Dorothea— invertir el dinero en descubrir cómo pueden los hombres sacarle mejor partido a la tierra que les alimenta a todos, que invertirlo en mantener perros y caballos que la pisotean? No es ningún delito empobrecerse haciendo experimentos para el bien de todos.

Hablaba con más energía de la que cabría esperar de una dama tan joven, pero Sir James se había dirigido a ella. Era frecuente en él, y Dorothea pensaba a menudo que cuando fuera su cuñado podría animarle a llevar a cabo muchas buenas acciones.

El señor Casaubon miró a Dorothea abiertamente mientras hablaba, como observándola bajo una nueva luz.

—Las jóvenes, ya sabe, no entienden de economía política —dijo el señor Brooke dirigiéndole una sonrisa al señor Casaubon—. Recuerdo cuando todos leíamos a Adam Smith. Ese sí que es un buen libro. Absorbí todas las nuevas ideas de golpe… la perfección humana, digamos.

Pero hay quien dice que la historia se mueve en círculos y puede que tenga razón. Yo mismo lo sostengo. Lo cierto es que a veces el razonamiento humano te lleva un poco demasiado lejos. Hubo un tiempo en que a mí me llevó muy lejos, pero vi que no era aconsejable. Me detuve; me detuve justo a tiempo. Aunque no del todo. Siempre he estado a favor de un poco de teoría; debemos tener Pensamiento, de lo contrario nos encontraríamos de nuevo en la Edad de Piedra. Pero hablando de libros, ¿qué me dicen de Peninsular Wár de Southey? Lo estoy leyendo por las mañanas. ¿Conocen a Southey?

—No —dijo el señor Casaubon, sin seguir el impetuoso razonamiento del señor Brooke y pensando sólo en el libro—. Dispongo de poco tiempo para este tipo de literatura de momento. He estado empleando mi vista en caracteres antiguos últimamente. La verdad es que quisiera encontrar a alguien que me leyera por las tardes, pero soy bastante maniático con las voces y no soporto escuchar a una persona leyendo imperfectamente. En cierto modo es una desgracia; me alimento en demasía de los recursos internos; vivo excesivamente con los muertos. Mi mente es como el espectro de un antiguo que deambula por el mundo e intenta reconstruirlo mentalmente como solía ser, a pesar de la ruina y los cambios desconcertantes. Pero me resulta necesario tomar la máxima precaución con la vista.

Era la primera vez que el señor Casaubon hablaba con cierta prolijidad. Lo hizo con precisión, como si se le hubiera pedido que hiciera una declaración pública, y la pulcritud equilibrada y modulada de sus palabras, en ocasiones acompañadas de un movimiento de la cabeza, era tanto más conspicua por cuanto contrastaba con el desmadejado desaliño del bueno del señor Brooke. Dorothea se dijo que el señor Casaubon era el hombre más interesante que había conocido, sin tan siquiera la exclusión de Monsieur Liret, el clérigo de Vaudois que había conferenciado sobre la historia de los valdenses.

Reconstruir un mundo pasado —¡qué obra cerca de la cual encontrarse, en la que colaborar, aunque sólo fuera sosteniendo la lámpara!— Este pensamiento ennoblecedor la hizo vencer la irritación ante la imputación de ignorancia en cuanto a la economía política, esa misteriosa ciencia que, a modo de extintor, solía serle arrojada contra su lucidez.

—Señorita Brooke, creo que a usted le gusta montar —aprovechó para decir en ese momento Sir James—. Tal vez quisiera participar un poco en los placeres de la caza. Me gustaría que me permitiera mandarle un caballo castaño para que lo probara. Lo han domado expresamente para una dama. La vi el sábado al trote por la colina en un rocín indigno de usted. Mi mozo le traerá a Corydon todos los días; no tiene más que indicarme la hora.

—Se lo agradezco, y es usted muy amable, pero pienso dejar de montar. Ya no montaré más —dijo Dorothea, empujada a esta brusca decisión por el enojo que le producía el que Sir James reclamara su atención cuando ella quería dedicársela plenamente al señor Casaubon.

—Pero, ¡qué lástima! —dijo Sir James en un tono de reproche que dejaba traslucir un fuerte interés—. ¿Es que a su hermana le gusta mortificarse? —continuó, volviéndose a Celia que estaba sentada a su derecha.

—Creo que sí —respondió Celia, temerosa de decir algo que disgustara a Dorothea y sonrojándose suavemente por encima del collar—. Le gusta renunciar.

—De ser eso cierto, Celia, mi renuncia supondría satisfacción y no mortificación. Pero puede haber muy buenas razones para escoger no hacer lo que resulta muy agradable —dijo Dorothea.

El señor Brooke estaba hablando al mismo tiempo, pero era evidente que el señor Casaubon observaba a Dorothea abiertamente y ella lo sabía.

—En efecto —dijo Sir James—. Su renuncia obedece a algún elevado y generoso motivo.

—No, no, en absoluto. No dije eso de mí misma —respondió Dorothea sonrojándose.

Al contrario que Celia, no solía ponerse colorada, y cuando le sucedía se debía o a un gran placer o a la irritación. En este momento estaba irritada con el perverso Sir James. ¿Por qué no le prestaba atención a Celia y dejaba que ella escuchara al señor Casaubon? Si es que ese hombre instruido se decidía a hablar en lugar de dejar que le hablara el señor Brooke, el cual, a la sazón, le informaba de que la Reforma significaba algo o no significaba nada, que él mismo era protestante hasta la médula, pero que el catolicismo era un hecho; y en cuanto a negar un acre de tu tierra para una capilla romana, todo el mundo precisaba la brida de la religión, lo cual, hablando con propiedad, significaba el miedo al Más Allá.

—Durante un tiempo estudié mucha teología —dijo el señor Brooke, como explicando la razón de la idea recién manifestada—. Conozco algo de todas las escuelas. Conocí a Wilberforcel en su mejor momento. ¿Conoce usted a Wilberforce?

—No —dijo el señor Casaubon.

—Bueno, tal vez Wilberforce no fuera un gran pensador; pero de entrar yo en el Parlamento, como se me ha pedido que haga, me sentaría con los independientes, como hizo Wilberforce, y trabajaría por la filantropía.

El señor Casaubon inclinó la cabeza al tiempo que observó que era aquél un campo muy amplio.

—Sí —dijo el señor Brooke con su sonrisa amable—, pero poseo documentos. Hace ya tiempo que comencé a coleccionar documentos. Hace falta ordenarlos, pero cuando algo me ha llamado la atención, he escrito a alguien y he obtenido una respuesta. Tengo mucha documentación. Pero dígame, ¿cómo ordena usted su material?

—Mediante casilleros, en parte —dijo el señor Casaubon con cierto aire de perplejo esfuerzo.

—¡Ah, pero los casilleros no funcionan! Los he probado, sí, pero todo acaba confundiéndose: jamás sé si un papel está por la A o por la Z.

—Debería dejarme ordenarle los papeles, tío —dijo Dorothea—. Los clasificaría por letras y luego haría una lista de los temas incluidos bajo cada letra.

El señor Casaubon esbozó una circunspecta sonrisa de aprobación, y dirigiéndose al señor Brooke le dijo:

—Verá que tiene a mano una excelente secretaria.

—No, no —dijo el señor Brooke con un gesto negativo de la cabeza. No puedo permitir que las jovencitas toqueteen mis documentos. Son demasiado volubles.

Dorothea se sintió dolida. El señor Casaubon pensaría que habría alguna razón concreta para manifestar esta opinión, cuando el comentario no tenía más peso en la mente de su tío que el ala rota de un insecto ubicada entre los demás fragmentos que en ella pululaban, y siendo tan sólo una corriente fortuita la que hiciera de Dorothea su destinatario.

Cuando las dos jóvenes se encontraron a solas en el salón, Celia observó:

—¡Pero qué feo es el señor Casaubon!

—¡Celia! Es uno de los hombres más distinguidos que jamás he visto. Se parece enormemente al retrato de Locke. Tiene los mismos ojos hundidos.

—¿También tenía Locke esas dos verrugas peludas?

—No diría yo que no, cuando le miraran según quiénes —dijo Dorothea alejándose unos pasos.

—Además, tiene un color tan cetrino.

—Pues tanto que mejor. Supongo que tú admiras a los hombres que tienen una tez de cochon de lait.

—¡Dodo! Jamás te he oído hacer una comparación así antes —exclamó Celia, mirándola sorprendida.

—¿Por qué habría de hacerla antes de que surgiera el momento? Es una buena comparación; se ajusta perfectamente. La señorita Brooke se estaba excediendo y Celia así lo manifestó:

—Me extraña que te alteres tanto, Dorothea.

—Es que resulta muy triste, Celia, que consideres a los seres humanos como si fueran meros animales acicalados y nunca veas en el rostro de un hombre que tiene un alma bella.

—¿Tiene el señor Casaubon un alma bella? —preguntó Celia con tono no ausente de malicia ingenua.

—Sí, creo que sí —respondió Dorothea con decisión rotunda—. Todo cuanto veo en él concuerda con su folleto sobre cosmología bíblica.

—Habla muy poco —dijo Celia.

—No hay nadie con quien pueda hacerlo.

Celia reflexionó para sí que Dorothea despreciaba a Sir James Chettam. Asimismo dudó de que le aceptara, y pensó que era una lástima. Nunca se había engañado respecto del objetivo del interés del baronet. Incluso a veces se había hecho la reflexión de que Dodo tal vez no hiciera feliz a un marido que no viera las cosas desde su mismo punto de vista, y arrinconada en el fondo de su corazón yacía la idea de que su hermana era demasiado religiosa para la comodidad familiar. Los principios y los escrúpulos eran como agujas caídas, que hacen que uno tema pisar, sentarse e incluso comer.

Cuando la señorita Brooke se sentó junto a la mesita de té, Sir James se unió a ella, no habiendo interpretado como ofensiva la forma en la que ella le contestara. ¿Por qué había de hacerlo? Creía probable gustarle a la señorita Brooke y los modales han de ser muy marcados antes de que los prejuicios, bien de confianza bien de recelo, puedan dejar de interpretarlos. Por su parte, Dorothea le resultaba de todo punto encantadora aunque, naturalmente, el baronet teorizara un poco respecto de su afecto. Estaba hecho de una pasta humana excelente y poseía el insólito mérito de saber que sus talentos, incluso dándoles rienda suelta, no harían que se desbordara ni siquiera el más minúsculo de los riachuelos del condado; gustaba, por tanto, de la expectativa de una esposa que pudiera ayudar a su marido con argumentos y tuviera el aval de la propiedad para así hacerlo. En cuanto a la excesiva religiosidad que se le imputaba a la señorita Brooke, tenía una idea muy vaga de lo que ésta era y suponía que se apagaría con el matrimonio. En resumidas cuentas, sentía que se había enamorado adecuadamente y estaba dispuesto a soportar una buena dosis de predominio, algo que, después de todo, un hombre podía cortar en cuanto quisiera. A Sir James no se le ocurría que jamás quisiera cortar el predominio de esta hermosa joven, cuya sagacidad le deleitaba. ¿Por qué no?

La mente de un hombre —en la medida en la que posee tal— siempre tiene la ventaja de ser masculina (el más diminuto abedul es de mejor calidad que la palmera más alta), e incluso su ignorancia es de índole más cabal. Tal vez Sir James nunca hubiera originado esta apreciación, pero una amable Providencia proporciona a la personalidad más desvalida un poco de cola o de almidón bajo el aspecto de tradición.

—Espero poder confiar en que revocará esa decisión acerca del caballo, señorita Brooke —dijo el tenaz admirador—. Le aseguro que montar es el ejercicio más sano.

—Soy consciente de ello —dijo Dorothea con frialdad—. Creo que le haría bien a Celia si se aficionara a ello. —Pero usted es tan buena amazona…

—Usted me disculpará; he practicado poco y el caballo me tiraría con facilidad.

—Razón de más para aplicarse. Toda dama debería ser una perfecta amazona a fin de poder acompañar a su marido. —Ya ve cuán dispares somos, Sir James. He decidido que no debo ser una perfecta amazona, de modo que nunca podría responder a su modelo de lo que es una dama.

Dorothea miraba al frente y hablaba bruscamente, con frialdad, muy con el aire de un apuesto joven, lo que ofrecía un divertido contraste con la solícita amabilidad de su admirador.

—Me gustaría conocer las razones de tan cruel decisión. No es posible que considere que montar está mal.

—Es muy posible que piense que está mal en mí.

—Pero, ¿por qué? —preguntó Sir James, con tono de cariñosa reprimenda.

El señor Casaubon se había acercado a la mesa y escuchaba mientras sostenía una taza de té.

—No debemos indagar con demasiada curiosidad en los motivos —interpuso, en su forma pausada—. La señorita Brooke sabe que tienden a resultar endebles cuando se expresan: el aroma se mezcla con el aire más burdo. Debemos mantener alejado de la luz el grano que germina.

Dorothea se ruborizó de placer y levantó la mirada, llena de gratitud, hacia el orador. ¡Hete aquí un hombre que entendía la más noble vida interior y con el cual podría haber una comunión espiritual; mejor dicho, que podría iluminar los principios con el más amplio saber! ¡Un hombre cuyos conocimientos casi eran una prueba de lo que creía!

Las deducciones de Dorothea tal vez parezcan vastas, pero verdaderamente, la vida no habría podido proseguir, durante ninguna época, de no ser por esta amplia tolerancia de la conclusión, la cual ha facilitado el matrimonio bajo las dificultades de la civilización. ¿Alguien ha condensado alguna vez a su minúscula pequeñez la telaraña del conocimiento prematrimonial?

—Por supuesto —dijo el bueno de Sir James—. A la señorita Brooke no se la forzará a dar razones que preferiría mantener en silencio. Estoy seguro de que la honrarían.

No se sentía en absoluto celoso por el interés con el que Dorothea había observado al señor Casaubon; ni se le ocurrió pensar que una joven a la cual estaba considerando proponerle matrimonio, pudiera interesarse por un acartonado ratón de biblioteca cercano a los cincuenta, salvo, por supuesto, por motivaciones religiosas, como clérigo de cierta distinción.

Sin embargo, puesto que la señorita Brooke había entablado una conversación con el señor Casaubon sobre el clero valdense, Sir James se dirigió a Celia y le habló de su hermana, le habló de una casa en la ciudad, y preguntó si a la señorita Brooke le disgustaba Londres. Cuando estaba lejos de su hermana Celia hablaba con soltura y Sir James se dijo para sí que la segunda señorita Brooke era muy agradable además de bonita, si bien no más lista ni sensata que su hermana mayor, como habla quien sostenía. Pensó que había escogido la que era de todo punto superior, y a un hombre, naturalmente, le gusta saber que tendrá lo mejor. Tendría que ser el mismísimo Maworm de los solteros para fingir no esperarlo.

CAPÍTULO III

Al señor Casaubon se le había ocurrido pensar en la señorita Brooke como una esposa adecuada para él, ésta ya tenía plantadas en su mente las razones que podrían inducirla a aceptarle, razones que por la tarde del día siguiente habían brotado y florecido. Habían mantenido una larga conversación por la mañana mientras Celia, que no gustaba de la compañía de las verrugas y la palidez del señor Casaubon, se había escapado a la vicaría para jugar con los mal calzados, pero alegres hijos del coadjutor.

Para entonces, Dorothea había buceado en el depósito cencido de la mente del señor Casaubon, viendo allí reflejada en vaga y laberíntica extensión cada una de las cualidades que ella misma aportaba: le había revelado gran parte de su propia experiencia y, a su vez, había sido informada por él de la amplitud de su gran obra, también de extensión atractivamente laberíntica. Había sido tan instructivo como «el apacible arcángel» de Milton: y con atisbos arcangélicos le contó cómo se había impuesto demostrar (lo que ciertamente ya se había intentado antes, si bien no con la profundidad, equidad comparativa y eficacia de organización a la que el señor Casaubon aspiraba) que todos los sistemas míticos o fragmentos míticos erráticos del mundo eran corrupciones de una tradición revelada originariamente. Una vez conquistada la posición auténtica y tras hacerse fuerte en ella, el inmenso campo de las construcciones míticas se volvía inteligible, o mejor dicho, luminoso, con la luz reflejada de las correspondencias. Pero recolectar entre esta gran cosecha de verdad no era tarea ni fácil ni rápida. Sus notas ya constituían un formidable número de volúmenes, pero la labor cimera consistiría en condensar estos resultados, voluminosos y aún acumulantes, y conseguir que, al igual que la primera vendimia de los libros hipocráticos, cupieran en una pequeña repisa. Al explicarle esto a Dorothea, el señor Casaubon se expresaba casi como lo hubiera hecho con un colega, pues carecía de la habilidad de hablar de distintas maneras. Es cierto que cuando empleaba una frase en latín o griego siempre daba con minuciosidad el equivalente inglés, pero es probable que hubiera hecho esto en cualquier caso. Un culto clérigo de provincias acostumbra a creer que sus conocidos son lores, caballeros, y otros hombres nobles y dignos con exiguos conocimientos de latín.

Dorothea se sentía totalmente cautivada por la amplitud de este concepto. Aquí había algo que rebasaba la trivialidad literaria del colegio de señoritas; aquí estaba un Bossuet viviente cuyo trabajo reconciliaría el saber absoluto con la piedad sin reservas; aquí se encontraba un moderno Agustín que reunía las glorias del doctor y del santo.

La santidad no destacaba con menos claridad que la sabiduría, pues cuando Dorothea sentía la necesidad de comunicar sus pensamientos sobre ciertos temas de los que no podía hablar con nadie que hubiera visto hasta entonces en Tipton (en especial la importancia secundaria de las formas eclesiásticas y los artículos de fe en comparación con esa religión espiritual, esa inmersión del ser en comunión con la perfección divina que le parecía ver expresada en la mejor literatura cristiana de épocas remotas), encontraba en el señor Casaubon un oyente que la comprendía al instante, que podía asegurarla de su propia conformidad con ese punto de vista, siempre que estuviera debidamente templado por una sabia moderación, y podía citar ejemplos históricos desconocidos anteriormente para ella.

—Piensa conmigo —se decía Dorothea—, o, mejor dicho, abarca un mundo entero, del cual mi pensamiento no es más que un pobre y despreciable espejo. Aparte de sus sentimientos, toda su experiencia… ¡qué lago comparado con mi pobre charco!

La señorita Brooke argumentaba desde palabras y disposiciones con no menos decisión que otras jóvenes de su edad. Los signos son cosas pequeñas y medibles, pero las interpretaciones son ilimitadas, y en jóvenes de naturaleza dulce y ardiente, cada signo suele producir asombro, esperanza, fe, amplios como un cielo y coloreados por una difusa parquedad de sustancia en la forma de sabiduría. Y no siempre se engañan en exceso; el propio Simbad pudo dar con una descripción verdadera gracias a una suerte favorable, y un razonamiento equivocado puede llevar, en ocasiones, a los pobres mortales a conclusiones acertadas: arrancando a gran distancia del punto verdadero y caminando por vueltas y revueltas, de vez en cuando llegamos justo donde debiéramos. No porque la señorita Brooke fuera precipitada en su confiar debe deducirse claramente que el señor Casaubon fuese inmerecedor de esta confianza.

Se quedó un poco más de lo que tenía pensado, ante la leve presión de una invitación del señor Brooke, el cual no ofrecía mayor señuelo que sus propios documentos sobre el destrozo de las máquinas y la quema de almiares. El señor Casaubon fue llevado a la biblioteca para que los contemplara amontonados, mientras su anfitrión cogía primero uno y después otro, leyendo de ellos en voz alta de manera indecisa y alternante, pasando de una página sin terminar a otra con un «¡Esto, esto, aquí, aquí!» arrinconándolos todos finalmente para abrir el diario de sus viajes juveniles.

—Mire, aquí está todo sobre Grecia, Ramnunte, las ruinas de Ramnunte; bien, usted es un gran helenista; no sé si se habrá dedicado mucho a la topografía, pero yo he pasado una eternidad descifrando estas cosas, ¡Ah! ¡El Helicón! ¡Escuche! «Partimos a la mañana siguiente para el Parnaso, el Parnaso de doble pico». Todo este volumen es sobre Grecia, ¿sabe? —el señor Brooke concluyó, pasando el pulgar transversalmente por el borde de las hojas al tiempo que extendía las manos mostrando el libro.

La presencia del señor Casaubon era digna aunque bastante triste; se inclinaba ligeramente cuando correspondía y evitaba, en la medida de lo posible y sin caer en la impaciencia o la irrespetuosidad, mirar todos los documentos, consciente de que esta falta de coherencia estaba vinculada a las instituciones rurales, así como de que el hombre que le conducía por este estricto correteo mental no era tan sólo un anfitrión amable, sino un terrateniente y custos rotulorum. ¿Acaso su aguante se veía apoyado por la reflexión de que el señor Brooke era el tío de Dorothea?

Lo cierto es que parecía cada vez más empeñado en conseguir que Dorothea hablara con él, en que se explayara, como Celia se decía a sí misma; y cuando la miraba, a menudo se le iluminaba el rostro con una sonrisa como un pálido sol invernal. La mañana siguiente, antes de partir, y mientras daba un agradable paseo por el camino de gravilla, le había mencionado que sentía la desventaja de la soledad, la necesidad de esa alegre compañía con la que la presencia de la juventud puede iluminar o variar las severas penas de la madurez.

Y profirió este comentario con la misma cuidadosa precisión de un emisario diplomático cuyas palabras serían atendidas con unos resultados. Efectivamente, el señor Casaubon no estaba habituado a esperar tener que repetir o revisar sus comunicaciones de tipo práctico o personal. Consideraba suficiente el referirse a las inclinaciones que deliberadamente hubiera manifestado el 2 de octubre con la simple mención de esa fecha; su rasero era su propia memoria, que era un volumen donde el vide supra podría reemplazar las repeticiones, y no el usual borrador que sólo conserva escritos olvidados. Pero en esta ocasión no era probable que la confianza del señor Casaubon se viera traicionada, pues Dorothea escuchaba y retenía cuanto él decía con el ansioso interés de las naturalezas frescas y jóvenes para las que cada variación en la experiencia supone una época.

Eran las tres del hermoso día de brisa otoñal cuando el señor Casaubon partió hacia su rectoría en Lowick, a tan sólo cinco millas de Tipton, y Dorothea, que llevaba puestos el sombrero y el chal, cruzó apresuradamente los arbustos y el parque a fin de poder deambular por el bosque cercano sin otra compañía visible que la de Monk, el enorme perro San Bernardo que siempre cuidaba de las jóvenes en sus paseos. Había surgido ante ella la visión juvenil de un posible futuro que ansiaba con trémula esperanza, y quería vagar por ese futuro imaginario sin que la interrumpieran. Caminó con paso ligero en el fresco aire; el color fue sonrosándole las mejillas y el sombrero de paja (que nuestros contemporáneos podrían observar con curiosidad como una obsoleta forma de cesto) un poco caído hacia atrás. Tal vez no estuviera suficientemente caracterizada si se omitiera que llevaba el pelo castaño tirante, recogido en trenzas que se enroscaban detrás, de forma que la silueta de la cabeza quedaba atrevidamente expuesta en una época en la que el sentir público exigía que la mediocridad de la naturaleza se disimulara con altas barricadas de rizos y lazos, nunca superadas por ninguna gran raza salvo la melanésica.

Era esta una característica del ascetismo de la señorita Brooke. Pero no había ni rastro de la expresión de un asceta en los grandes ojos brillantes que miraban hacia adelante, y sin ver conscientemente, absorbían dentro de la intensidad de su ánimo la gloria solemne de la tarde, con sus largas bandas de luz entre las lejanas hileras de tilos, cuyas sombras se tocaban.

Todas las personas, jóvenes y mayores (es decir, todas las personas en aquellos tiempos anteriores a la reforma), la hubieran considerado un objeto interesante de haber atribuido el ardor en sus ojos y mejillas a las recientemente despertadas imágenes usuales del amor joven: la poesía ha consagrado suficientemente las ilusiones de Cloe por Estrefón, como debe consagrarse la patética hermosura de toda confianza espontánea. La señorita

Pippin adorando al joven Pumpkin y soñando con interminables horizontes de apetecida compañía constituía un pequeño drama que jamás cansaba a nuestros padres y que había adoptado un sinfín de formas. Bastaba con que Pumpkin tuviera una figura que aguantara las desventajas del frac, con su talle alto, para que todo el mundo encontrara no sólo natural sino necesario para la perfección del estado de ser mujer, que una dulce joven se convenciera al momento de la virtud de aquél, de su excepcional habilidad y, sobre todo, de su absoluta sinceridad. Pero quizá nadie que viviera entonces, sin duda nadie que viviera en Tipton, hubiera comprendido los sueños de una joven cuya idea del matrimonio venía totalmente coloreada por un exaltado entusiasmo acerca de los fines de la vida, un entusiasmo encendido principalmente por su propio fuego y que no incluía ni las delicadezas de un ajuar, ni el dibujo de la vajilla ni tan siquiera los honores y las dulces alegrías de la radiante esposa.

Se le había ahora ocurrido a Dorothea que el señor Casaubon pudiera querer hacerla su esposa, y la idea de que así fuera la enternecía con una especie de reverente gratitud. ¡Qué bondad la suya! ¡Era casi como si un mensajero alado se hubiera de pronto detenido a su lado y extendiera hacia ella sus manos! Durante un buen rato se había sentido oprimida por la confusión que pendía en su mente, como una espesa neblina de verano, respecto de su deseo de hacer de su vida algo muy eficaz. ¿Qué podía hacer, qué debía hacer ella, poco más que una mujer en ciernes, y sin embargo poseedora de una conciencia activa y una gran necesidad mental, que no se iba a ver satisfecha con una educación de jovencitas comparable a los mordisquillos y juicios de un ratón discursivo? Con cierta dosis de estupidez y presunción, hubiera podido pensar que una joven cristiana con fortuna debiera encontrar su ideal de vida en las obras benéficas del pueblo, en el patrocinio del clero más humilde, en la lectura atenta de Personajes femeninos de las Escrituras, desplegando la experiencia íntima de Sara según la ley Mosaica y de Dorcas según el Evangelio, cuidando de su alma bordando en su propio tocador, y todo ello con el telón de fondo de un eventual matrimonio con un hombre que, si bien menos severo que ella en cuanto a su involucración en asuntos religiosamente explicables, pudiera ser objeto de sus oraciones y exhortado oportunamente. Pero este conformismo le estaba vedado a la pobre Dorothea. La intensidad de su disposición religiosa, la coacción que ejercía sobre su vida, era tan sólo un aspecto de una naturaleza ardiente, teórica e intelectualmente consecuente; y con una naturaleza así, forcejeando en el carril de una educación estrecha, encerrada por una vida social que no parecía ofrecer más que un laberinto de insignificantes vías, una cercada confusión de pequeños caminos que no llevaban a ninguna parte, el resultado no podía por menos que parecer exageración al tiempo que inconsistencia. Quería justificar con el conocimiento más completo aquello que a ella le parecía lo mejor y no vivir en una fingida aceptación de reglas según las que jamás se actuaba. En esta ansiedad anímica se vertía por el momento toda su pasión juvenil; la unión que la atraía era aquella que la rescataría de la sujeción adolescente a su propia ignorancia y le proporcionaría la libertad de la sumisión voluntaria a un guía que la llevara por la senda más grandiosa.

«Lo aprendería todo» —se decía a sí misma, mientras avanzaba con rapidez por el camino de herradura que cruzaba el bosque—. «Tendría la obligación de estudiar a fin de ayudarle más en sus grandes obras. Nuestras vidas no tendrían nada de trivial. Las cosas cotidianas serían para nosotros las más importantes. Sería como casarse con Pascal. Aprendería ayer la verdad a la misma luz que los grandes hombres. Y sabría lo que debería hacer, cuando fuera más mayor; vería cómo era posible llevar una vida importante aquí, ahora, en Inglaterra. Hoy por hoy no tengo la seguridad de estar haciendo ningún tipo de bien; todo parece como si me enfrentara a una misión con gentes cuya lengua desconozco, —salvo el construir buenas viviendas—, claro. ¡Cómo me gustaría conseguir que la gente de Lowick estuviera bien alojada! Dibujaré diversos planos mientras tengo tiempo».

Dorothea se contuvo de pronto, reprochándose la presunción con que contaba con sucesos inciertos, pero la aparición en una curva del sendero de un jinete al trote le evitó cualquier esfuerzo interior por desviar la dirección de sus pensamientos. El cuidado alazán y los dos setters no permitían dudar de que el jinete era Sir James Chettam. Vio a Dorothea, desmontó al punto del caballo y tras dárselo al mozo, avanzó hacia ella sosteniendo en el brazo algo blanco que provocaba el animado ladrido de los dos setters.

—¡Qué maravilloso encontrarla, señorita Brooke! —dijo, levantando el sombrero y dejando ver el cabello rubio y levemente ondulado—. Esto me adelanta el placer que esperaba.

A la señorita Brooke le molestó la interrupción. Este afable baronet, un muy adecuado marido para Celia, exageraba la necesidad de hacerse agradable a la hermana mayor. Incluso un posible cuñado puede resultar una opresión si continuamente presupone un entendimiento demasiado bueno contigo, y está de acuerdo aun cuando le contradices. El pensamiento de que el baronet había incurrido en el error de cortejarla a ella no podía tomar forma: Dorothea empleaba toda su actividad mental en creencias de otro tipo. En cualquier caso, en este momento resultaba de todo punto inoportuno y sus manos llenas de hoyuelos harto desagradables. La irritación la hizo sonrojarse al devolverle el saludo con cierta altivez.

Sir James interpretó el rubor de la manera más gratificante para él y pensó que nunca había visto a la señorita Brooke tan hermosa.

—He traído un pequeño solicitante —dijo—, o mejor dicho, lo traigo para ver si se le admite antes de que se exponga su solicitud.

Mostró el objeto blanco que llevaba bajo el brazo: era un diminuto cachorro maltés, uno de los juguetes más ingenuos de la naturaleza.

—Me duele ver estas criaturas que se crían para servir de mero capricho —dijo Dorothea, cuya opinión se forjaba en ese mismo instante (como suele ocurrir) bajo el influjo de la irritación.

—Pero, ¿por qué? —preguntó Sir James mientras continuaba andando.

—Creo que a pesar de todos los mimos que se les dispensan, no son felices. Son demasiado desvalidos, sus vidas son demasiado frágiles. Una comadreja o un ratón que se procura su propio sustento es más interesante. Quiero pensar que los animales que nos rodean tienen almas algo similares a las nuestras, y o bien llevan a cabo sus pequeños quehaceres o nos hacen compañía, como Monk. Pero esos animales son parásitos.

—Cómo me alegro de saber que no le gustan —dijo el bueno de Sir James. Yo nunca tendría uno, pero a las damas les suelen gustar estos perros malteses. Toma, John, llévate este perro, ¿quieres?

El censurable cachorro, cuyo morro y ojos eran igualmente negros y expresivos, fue de este modo quitado de en medio, puesto que la señorita Brooke había decidido la conveniencia de que no hubiera nacido. Pero sintió la necesidad de explicarse.

—No debe juzgar los sentimientos de Celia por los míos. Creo que a ella sí le gustan estos animalillos. Tuvo un pequeño terrier una vez, al cual quería mucho. A mí me entristecía porque temía pisarlo. Soy bastante corta de vista.

—Siempre tiene su propia opinión de las cosas, señorita Brooke, y siempre es una opinión buena.

¿Qué posible respuesta había para tan necio piropeo?

—Sabe, la envidio en eso —dijo Sir James mientras proseguían al paso rápido que marcaba Dorothea.

—No entiendo bien lo que quiere decir.

—Su capacidad de formarse una opinión. Yo puedo hacerlo con las personas. Sé cuándo me gustan. Pero en otros temas, créame, a menudo me cuesta decidir. Se oyen cosas muy sensatas desde posturas enfrentadas.

—O se nos antojan sensatas. Tal vez no distingamos siempre entre lo sensato y lo insensato.

Dorothea sintió que estaba siendo descortés.

—En efecto —dijo Sir James—, pero usted sí parece tener la capacidad de distinguir.

—Al contrario. A menudo soy incapaz de decidir. Pero eso es por ignorancia. La conclusión correcta está ahí de todos modos, aunque yo sea incapaz de verla.

—Creo que muy pocos la verían con más rapidez. Sabe, Lovegood me decía ayer que tiene usted la mejor idea del mundo para un plan de viviendas —pensaba que era algo asombroso, viniendo de una joven. De verdadero *genus*, para emplear su expresión. Dijo que usted quería que el señor Brooke construyera otro grupo de casitas, pero le daba la impresión de que era improbable que su tío consintiera. Verá, esa es una de las cosas que yo quiero hacer, me refiero en mi propia finca. Estaría encantado de llevar a cabo ese plan suyo, si me dejara verlo. Ya sé que es enterrar el dinero, por eso la gente pone pegas. Los trabajadores nunca podrán pagar un alquiler que lo haga rentable. Pero al fin y al cabo, merece la pena hacerlo.

—¡Pues claro que merece la pena! —dijo Dorothea con energía, olvidando su leve irritación previa—. Creo que todos aquellos que permitimos que los arrendatarios vivan en esas pocilgas que vemos a nuestro alrededor merecemos que nos echen de nuestras hermosas casas con un látigo de pequeñas colas. Su vida en sus casitas podría ser más feliz que la nuestra si fueran auténticas casas, dignas de seres humanos de quienes esperamos obligaciones y afecto.

—¿Me enseñará sus planos?

—Sí, por supuesto que sí. Supongo que tendrán muchos defectos. Pero he examinado todos los planos de casitas en el libro de Loudon y he escogido lo que me ha parecido mejor. ¡Cómo me alegraría iniciar aquí el modelo! Creo que en lugar de tener a Lázaro a la puerta, lo que debiéramos desterrar son esas casuchas como pocilgas.

Dorothea estaba de un humor excelente ahora. Sir james, como cuñado, construyendo en su hacienda casitas modelo, y luego, tal vez, otras construidas en Lowick, y más y más imitaciones en otros lugares ¡sería como si el espíritu de Oberlin hubiera pasado por los municipios embelleciendo la pobreza!

Sir james vio todos los planos y se llevó uno sobre el que consultar a Lovegood. También se llevó una complacida sensación de estar haciendo grandes progresos con respecto a la buena opinión de la señorita Brooke. No se le ofreció a Celia el cachorro maltés, omisión que Dorothea recordó posteriormente con sorpresa, pero por la cual se culpó a sí misma: había monopolizado a Sir James. Aunque, después de todo, era un alivio el que no existiera cachorro que pudiera pisarse.

Celia estaba presente mientras se examinaron los planos y observó el entusiasmo de Sir james. «Piensa que a Dodo le interesa y a ella sólo le interesan sus planos. Y sin embargo, no estoy segura de que le rechazara si pensara que la iba a dejar organizarlo todo y llevar a cabo sus ideas». ¡Y qué incómodo estaría Sir James! ¡Cómo aborrezco las ideas!

Recrearse en este aborrecimiento era el lujo privado de Celia. No osaba confesárselo a su hermana abiertamente, pues ello significaría exponerse a una demostración de que, de una u otra forma, estaba en lucha con la bondad. Pero cuando las oportunidades no eran peligrosas, tenía un modo indirecto de comunicarle a Dorothea su conocimiento negativo y de apearla de su éxtasis recordándole que la gente estaba atónita y no atenta. Celia no era impulsiva: lo que tuviera que decir podía esperar, y siempre lo manifestaba con la misma serena y escueta ecuanimidad. Cuando la gente hablaba con energía y énfasis, ella se limitaba a observarles el rostro y los gestos. No entendía cómo gente educada se avenía a cantar y abrir las bocas en la ridícula manera que ese ejercicio vocal exigía.

No habían transcurrido muchos días cuando el señor Casaubon volvió de visita una mañana, durante la cual se le invitó de nuevo a cenar y a pasar la noche a la semana siguiente. Así, Dorothea sostuvo otras tres conversaciones con él, y quedó convencida de que sus primeras impresiones habían sido justas. Era todo cuanto se imaginó desde un principio: casi todo lo que decía parecía un espécimen de una mina, o la inscripción en la puerta de un museo que podría dar paso a los tesoros de épocas pasadas. Esta confianza en su riqueza mental ahondaba y profundizaba tanto más la inclinación de Dorothea, puesto que ahora era obvio que ella era el motivo de las visitas. Este hombre educado tenía la condescendencia de pensar en una joven, y tomarse las molestias de hablar con ella, no con piropos absurdos, sino apelando a su entendimiento, y, en ocasiones, aportando ayuda constructiva. ¡Qué maravillosa compañía! El señor Casaubon parecía incluso inconsciente de la existencia de las trivialidades, y nunca dispensaba ese charloteo de los hombres pesados que es igual de aceptable que el pastel de bodas con olor a armario. Hablaba de aquello que le interesaba, o permanecía en silencio, inclinando la cabeza con educada tristeza. Esto le parecía a Dorothea una autenticidad adorable y una abstinencia religiosa de la artificiosidad que desgasta el alma con esfuerzos de fingimiento. Admiraba la superior elevación religiosa del señor Casaubon con la misma reverencia que admiraba su inteligencia y sabiduría. Él asentía a sus expresiones de devoción y, por lo general, añadía una cita adecuada; se permitió decir que había experimentado algunos conflictos espirituales en su juventud; en resumen, Dorothea vio que en este punto podía contar con comprensión y consejo. En uno, y solamente en uno, de sus temas favoritos quedó defraudada. Al señor Casaubon no pareció interesarle la construcción de casitas y desvió la conversación hacia la extremada estrechez que tenían las viviendas de los antiguos egipcios, como si frenara un nivel en exceso alto. Cuando se hubo marchado, Dorothea reflexionó con inquietud sobre esta indiferencia que el señor Casaubon había mostrado, ejercitó mucho la mente con argumentos extraídos de las diferentes condiciones climáticas que modifican las necesidades humanas y de la reconocida maldad de los déspotas paganos. ¿No debería exponerle al señor Casaubon estos argumentos cuando viniera de nuevo? Pero una mayor reflexión le indicó que sería una presunción el exigir su atención sobre tal tema; no podría desaprobar el que ella se ocupara de esto en momentos de ocio, como otras mujeres se ocupaban de sus bordados y vestidos; no se lo impediría cuando… Dorothea se sintió avergonzada al sorprenderse especulando de esta forma. Pero su tío había sido invitado a pasar un par de días en Lowick. ¿Era razonable suponer que el señor Casaubon disfrutaba con la compañía del señor Brooke en sí misma, con o sin documentos?

Entretanto, esa pequeña desilusión la hizo disfrutar tanto más de la disposición de Sir James Chettam por poner en marcha las mejoras deseadas. Venía con mucha mayor frecuencia que el señor Casaubon y Dorothea dejó de encontrarle desagradable desde que se mostrara más serio; había entrado con gran habilidad práctica en las cuentas de Lovegood y se mostraba encantadoramente dócil. Dorothea proponía construir un par de casitas a las cuales cambiar dos familias cuyas viejas casuchas podrían entonces derribarse para construir otras nuevas en su lugar. «En efecto», dijo Sir James, y Dorothea le tomó muy bien la palabra.

Verdaderamente, estos hombres que tenían tan escasas ideas espontáneas podían resultar miembros muy útiles de la sociedad bajo una adecuada dirección femenina… ¡si acertaban con la elección de sus cuñadas! Es difícil decir si no había cierta terquedad en su sostenida ceguera ante la posibilidad de que otro tipo de elección estuviera sobre el tapete con relación a ella. Pero en este momento, la vida de Dorothea estaba llena de esperanza y actividad: no sólo pensaba en sus planos, sino que estaba sacando muchos libros eruditos de la biblioteca y leyendo precipitadamente muchas cosas (a fin de poderse mostrar un poco menos ignorante al hablar con el señor Casaubon), mientras no cesaban de atenazarla serias dudas respecto de si no estaría sobrevalorando estos pequeños quehaceres, contemplándolos con esa complacencia que es el destino final de la ignorancia y la estupidez.

CAPÍTULO IV

Sir James parece decidido a hacer cuanto quieres —dijo Celia cuando volvían a casa de inspeccionar el nuevo solar a construir.

—Es una buena persona, y más sensato de lo que cabría imaginar —dijo

Dorothea con desconsideración.

—Quieres decir que parece tonto.

—No, no —dijo Dorothea, reportándose y poniendo la mano brevemente sobre la de su hermana—, pero no habla igual de bien sobre todos los temas.

—Yo diría que eso sólo lo hace la gente desagradable —dijo Celia con su habitual suavidad—. Debe de ser espantoso vivir con ellos. ¡Imagínate! Ya desde el desayuno en adelante.

Dorothea se rio.

—¡Kitty, qué maravillosa eres! —pellizcó la barbilla de Celia, sintiéndose ahora de humor para considerarla encantadora y hermosa, digna de ser un eterno querubín, y si no estuviera doctrinalmente mal decirlo, apenas más necesitada de salvación que una ardilla—. Claro que las personas no tienen por qué estar siempre hablando bien. Lo que sucede es que se ve la calidad de mente que tienen cuando intentan hacerlo.

—Quieres decir que Sir James lo intenta y no lo consigue.

—Hablaba en general. ¿Por qué me catequizas sobre Sir James? El objetivo de su vida no es complacerme a mí. —Pero Dodo, ¿de verdad crees eso?

—Claro que sí. Me considera como una futura hermana, nada más.

Dorothea nunca antes había insinuado esto, esperando, por cierta mutua timidez entre hermanas sobre estos temas, hasta que algún suceso decisivo lo introdujera. Celia se sonrojó pero dijo al punto:

—Dodo, te ruego que no sigas más en ese error. Cuando el otro día Tantripp me estaba cepillando el pelo, me dijo que el criado de Sir James sabía por la doncella de la señora Cadwallader que Sir James se iba a casar con la mayor de las señoritas Brooke.

—¿Cómo dejas que Tantripp te cuente esos cotilleos, Celia? —dijo Dorothea con indignación, no menos irritada porque detalles adormilados en su mente despertaban ahora confirmando la ingrata revelación—. Debes haberle preguntado algo. Es denigrante.

—No veo ningún mal en que Tantripp me hable. Es mejor saber lo que dice la gente. Puedes ver los errores que cometes cuando se te meten ideas en la cabeza. Estoy segura de que Sir James se te va a declarar; y cree que le aceptarás, sobre todo desde que te has mostrado tan contenta con él por lo de los planos. Y el tío también, sé que lo espera. Todo el mundo puede ver que Sir James está muy enamorado de ti.

La revulsión fue tan fuerte y dolorosa en la mente de Dorothea que le brotaron las lágrimas y le corrieron copiosamente. Todos sus adorados planes quedaban emponzoñados y pensó con desagrado en que Sir James concibiera que ella le reconocía como pretendiente. También estaba enojada por Celia.

—¿Por qué iba a esperarlo? —espetó impetuosa—. Jamás he estado de acuerdo con él salvo en lo de las casitas: apenas si me portaba con cortesía antes de esto.

—Pero has estado muy contenta con él desde entonces; ha empezado a estar bastante seguro de que le aprecias.

—¿Apreciarle, Celia? ¿Cómo puedes elegir expresiones tan odiosas? —dijo Dorothea con apasionamiento.

—Válgame Dios, Dorothea, supongo que sería normal apreciar al hombre que se va a aceptar como marido. —Me ofende que Sir James pudiera pensar que le aprecio. Además, no es la palabra apropiada para el sentimiento que debo tener hacia el hombre que aceptaría por esposo.

—Pues lo siento por Sir James. Creí que debía decírtelo, porque hacías lo que sueles hacer, sin mirar jamás exactamente dónde te encuentres y pisando siempre por donde no debes. Siempre ves lo que no ve nadie más; es imposible satisfacerte; y sin embargo nunca te das cuenta de lo que es evidente. Es tu manera de ser, Dodo —algo le daba a Celia un inusitado valor, y no estaba teniendo piedad con la hermana que en ocasiones temía. ¡Quién sabe qué justa crítica puede estar haciendo Murr el Gato de nosotros, seres de más amplio raciocinio!

—Es muy doloroso —dijo Dorothea, sintiéndose herida—. No puedo tener nada más que ver en lo de las casitas. Tendré que portarme incivilizadamente con él. Tendré que decirle que no quiero tener nada que ver con las viviendas. Es muy doloroso —de nuevo se le llenaron los ojos de lágrimas.

—Espera un poco. Piénsalo. Ya sabes que se va a ir un par de días a ver a su hermana. No quedará nadie salvo Lovegood. —Celia no pudo por menos que ablandarse—. Pobre Dodo —prosiguió con suave estilo entrecortado—. Es muy duro; tu pasatiempo favorito es dibujar planos.

—¿Pasatiempos el dibujar planos? ¿Piensas que sólo me ocupo de las casas de mis semejantes de esa forma infantil?

No es de extrañar que cometa errores. ¿Cómo se puede hacer algo noblemente cristiano viviendo entre gente de pensamientos tan pequeños?

No se dijo más: Dorothea estaba demasiado herida como para recomponerse y demostrar con su comportamiento que admitía equivocación alguna por su parte. Más bien se sentía inclinada a condenar la intolerante estrechez y la miope conciencia de la sociedad que la rodeaba. Celia ya no era el eterno querubín, sino una espina en su alma, una escéptica rosa y blanca, peor que cualquier presencia desalentadora de Pilgrim's Progrers. ¡El pasatiempo de dibujar planos! ¿Qué valor tenía la vida, qué gran fe podía existir cuando todo el efecto de las acciones de uno se podía reducir a semejante bobada? Cuando bajó del carruaje tenía las mejillas pálidas y los ojos enrojecidos. Era la imagen del dolor, y su tío, que la recibió en la entrada, se hubiera alarmado de no haber estado con ella Celia, tan bonita y compuesta que le hizo concluir al punto que las lágrimas de Dorothea tenían su origen en su excesiva religiosidad. Durante su ausencia, había regresado de un viaje a la ciudad, hecho con motivo de la petición de clemencia de algún criminal.

—Bueno, hijas mías —dijo cariñosamente cuando se acercaron a besarle—, espero que no haya sucedido nada desagradable durante mi ausencia.

—No, tío —dijo Celia—, hemos estado en Freshitt viendo las casitas. Pensábamos que habría llegado a casa para comer.

—Vine por Lowick… no sabíais que volvería por Lowick para almorzar allí. Y te he traído un par de folletos, Dorothea. Están en la biblioteca… ya sabes, en la mesa de la biblioteca.

Fue como si una corriente eléctrica recorriera a Dorothea, llevándola de la desesperación a la expectación.

Eran folletos sobre los principios de la Iglesia. Desapareció la opresión de Celia, Tantripp y Sir James y se fue derecha a la biblioteca. Celia subió arriba. Al señor Brooke le detuvo un mensaje, pero cuando volvió a la biblioteca encontró a Dorothea sentada y enfrascada en uno de los folletos que tenía en el margen algo escrito a mano por el señor Casaubon, absorbiéndolo con la ansiedad con que hubiera absorbido el aroma de un ramo recién cortado tras un paseo caluroso, seco y cansino.

Se estaba alejando de Tipton y Freshitt, y su propia y triste tendencia a pisar por donde no debía en su camino hacia la Nueva Jerusalén.

El señor Brooke se sentó en su butaca, estiró las piernas hacia la chimenea cuyo fuego se había convertido en un amasijo prodigioso de brillantes dados y se frotó suavemente las manos, mirando a Dorothea con discreción, pero con aire serenamente neutral, como si no tuviera nada en particular que decirle. Dorothea cerró el folleto en cuanto observó la presencia de su tío, y se dispuso a marcharse. Normalmente se hubiera interesado por el viaje piadoso de su tío a favor del criminal, pero su reciente agitación la hizo distraerse.

—Volví por Lowick, ¿sabes? —dijo el señor Brooke, no con la intención de detener su salida, sino por su habitual inclinación a repetir lo que había dicho antes. Este principio fundamental del habla humana era muy marcado en el señor Brooke—. Comí allí y vi la biblioteca de Casaubon, y todo eso. Hacía fresco al volver en el carruaje. Pero, ¿no quieres sentarte, hija? Parece que tienes frío.

Dorothea se sintió bien inclinada a aceptar esta invitación. A veces, cuando la manera relajada en la que su tío se tomaba las cosas no resultaba exasperante, era muy tranquilizadora. Se quitó el chal y el sombrero y se sentó frente a él, disfrutando del calor, pero levantando sus hermosas manos para protección. No eran manos delgadas, ni pequeñas, sino fuertes, femeninas, maternales. Parecía alzarlas en aplacamiento por su apasionado deseo de conocer y pensar, lo cual en los hostiles medios de Tipton y Freshitt había dado como resultado las lágrimas y los ojos enrojecidos.

Se acordó en ese momento del criminal condenado.

—¿Qué noticias trae, tío, del ladrón de ovejas?

—¿De quién, del pobre Bunch? Pues, parece que no podemos salvarle. Le van a ahorcar.

El ceño de Dorothea se frunció con un gesto de reprobación y lástima.

—Le van a ahorcar, ¿sabes? —dijo el señor Brooke, con un sosegado movimiento de cabeza—. ¡Pobre Romilly! Él nos habría ayudado. Conocí a Romilly. Casaubon no le conocía. Sabes, está un poco enterrado en sus libros.

—Cuando se es hombre de grandes estudios y se está escribiendo una gran obra, claro está que se debe renunciar a ver muchas cosas. ¿Cómo podría ir por ahí haciendo amistades?

—Eso es verdad. Pero ¿sabes?, hay hombres deprimidos. Yo también he sido siempre soltero, pero tengo ese tipo de disposición que nunca se deprime: he ido siempre a todas partes y me he hecho cargo de las cosas. Nunca me he deprimido: pero veo que Casaubon sí. Necesita compañía, una compañía.

—Sería un gran honor para cualquiera ser su compañera —dijo Dorothea enérgicamente.

—Te gusta, ¿verdad? —dijo el señor Brooke sin demostrar sorpresa o ninguna otra emoción—. Bien, pues hace diez años que conozco a Casaubon, desde que vino a Lowick. Pero nunca he sacado nada de él… ninguna idea, ¿sabes? De todas formas es un hombre estupendo y quizá llegue a obispo… ese tipo de cosa, ya sabes, si Peel sigue. Y tiene una gran opinión de ti, hija.

Dorothea no podía hablar.

—La verdad es que tiene muy buena opinión de ti. Y habla muy bien ese Casaubon. Se ha dirigido a mí, puesto que tú eres menor de edad. Resumiendo, he prometido hablar contigo, aunque le dije que no pensaba que tuviera muchas probabilidades. Tenía que decírselo. Le dije que mi sobrina es muy joven y todo eso. Pero no creí necesario entrar en detalles. Pero, para resumir, me ha pedido permiso para proponerte matrimonio… matrimonio, ya sabes —dijo el señor Brooke, con un gesto explicatorio de la cabeza—. Creí mejor decírtelo, hija.

Nadie hubiera detectado ansiedad alguna en el comportamiento del señor Brooke, pero quería saber algo de lo que pensaba su sobrina a fin de que, caso de que necesitara un consejo, pudiera darlo a tiempo. El sentimiento que él, como juez de paz que había asimilado tantas ideas, pudiera albergar, era totalmente afectuoso. Puesto que Dorothea no respondió al momento, repitió:

—Creí mejor decírtelo, hija.

—Gracias, tío —dijo Dorothea en tono claro y decidido—. Le estoy muy agradecida al señor Casaubon. Si se me declara, le aceptaré. Le admiro y respeto más que a ningún otro hombre que conozco.

El señor Brooke se detuvo un instante y luego dijo con voz tenue y pausada:

—¿Ah?… Bien. Es un buen partido en cierto aspecto. Pero claro, el que sí es un buen partido es Chettam. Y nuestras tierras lindan. Nunca contravendré tus deseos, hija mía. La gente debe poder elegir su matrimonio y todo eso…, hasta cierto punto, claro. Siempre he dicho lo mismo, hasta cierto punto. Quiero que te cases bien, y tengo buenas razones para creer que Chettam desea casarse contigo. Sólo lo menciono, ya sabes.

—Sería imposible que me casara nunca con Sir James Chettam —dijo Dorothea—. Si está pensando en casarse conmigo, comete un grave error.

—Eso es lo que ocurre. Uno nunca sabe nada. Yo hubiera pensado que Chettam era justo el hombre que le gustaría a una mujer.

—Le ruego, tío, que no vuelva a referirse a él en esos términos —dijo Dorothea, notando que se reavivaba su reciente enojo.

El señor Brooke estaba asombrado y pensaba que las mujeres eran un inagotable tema de estudio, ya que incluso él, a su edad, no se encontraba en un perfecto estado de predicación científica respecto de ellas. ¡Hete aquí a un tipo como Chettam, sin ninguna posibilidad!

—Bueno…, volviendo a Casaubon. No hay prisa…, me refiero, para ti. Cierto que él acusará cada año que pase. Tiene más de cuarenta y cinco, ¿sabes? Yo diría que sus buenos veintisiete años más que tú. Claro que si te gusta el estudio, la investigación y ese tipo de cosas… bueno… no podemos tenerlo todo. Y sus ingresos son buenos… tiene una hermosa propiedad al margen de la Iglesia… Sí, sus ingresos son buenos. Pero no es joven, y no debo ocultarte, hija mía, que tengo entendido que su salud no es muy fuerte.

No conozco nada más en su contra.

—No desearía un marido de edad muy próxima a la mía —dijo Dorothea con determinación—. Desearía que me superara en juicio y conocimientos.

El señor Brooke repitió su sereno «¿Ah?» añadiendo: —Siempre pensé que tenías más criterio propio que la mayoría de las chicas. Sabía que te gustaba tener tu propio criterio… que te gustaba, ¿sabes?

—No me imagino viviendo sin opiniones, pero me gustaría tener buenas razones para mantenerlas, y un hombre inteligente podría ayudarme a ver cuáles tenían mejor fundamento, y a vivir de acuerdo con ellas.

—Muy cierto. No podías haber expuesto mejor la cosa…, no podías haberlo expuesto mejor… en principio. Pero hay cosas raras —continuó el señor Brooke, cuya conciencia se esmeraba para aconsejar bien a su sobrina en esta ocasión—. La vida no viene cortada en moldes, no se desarrolla según trazados y medidas y todo eso. Yo nunca me casé, lo cual será más beneficioso para ti y los tuyos, pero lo cierto es que nunca amé a nadie lo suficiente como para atarme a ella. Porque es una atadura. Por ejemplo, existe el mal humor; sí, existe el mal humor. Y al marido le gusta ser el amo.

—Sé que debo esperar dificultades, tío. El matrimonio es un estado de mayores obligaciones. Nunca pensé que fuera tan sólo comodidad personal —dijo la pobre Dorothea.

—Bueno, la verdad es que a ti no te gusta el boato, ni las viviendas grandes, los bailes, las cenas, o ese tipo de cosas. Veo que quizá las costumbres de Casaubon te vayan mejor que las de Chettam. Y puedes hacer lo que quieras, hija mía. No le pondré peros a Casaubon, lo dije desde el principio; al fin y al cabo nunca se sabe cómo pueden salir las cosas. Tú no tienes los mismos gustos que las demás jóvenes; y tal vez un clérigo, y erudito…, que puede llegar a obispo…, quizá te vaya mejor que Chettam. Chettam es un buen tipo, un hombre de buen corazón; pero no le atraen demasiado las ideas. A mí sí, cuando tenía su edad. Pero esos ojos de Casaubon. Creo que se los ha dañado un poco de tanto leer.

—Cuanta más posibilidad tenga de ayudarle, tanto más feliz seré, tío —dijo Dorothea con ardor.

—Veo que estás decidida. Pues bien, hija, lo cierto es que tengo una carta para ti en el bolsillo —el señor Brooke le entregó la carta a Dorothea, pero así que se levantaba para marcharse, añadió—: no hay demasiada prisa, hija. Piénsatelo. Cuando Dorothea se hubo marchado pensó que había hablado con dureza, exponiendo los riesgos del matrimonio crudamente. Era su obligación. Pero en cuanto a fingir sabiduría con los jóvenes, ningún tío, por mucho qué hubiera viajado en su juventud, asimilando las ideas nuevas, y cenado con celebridades ahora fallecidas, podría intentar juzgar qué tipo de matrimonio le saldría bien a una joven que prefería Casaubon a Chettam. En resumen, la mujer era un problema que, puesto que la mente del señor Brooke se paralizaba al enfrentarse a él, apenas debía ser menos complicado que las revoluciones de un sólido irregular.

CAPÍTULO V

Esta fue la carta del señor Casaubon:

Estimada señorita Brooke. Tengo la autorización de su tutor para dirigirme a usted sobre un tema de sin par significación para mí. Confío no estar equivocado al reconocer alguna más honda correspondencia que la de la circunstancia entre el hecho de que la conciencia de una carencia en mi propia vida surgiera contemporáneamente con la posibilidad de conocerla a usted. Pues a la primera hora de haberla conocido, tuve la impresión de su eminente y tal vez exclusiva idoneidad para cubrir esa carencia (vinculada, puedo añadir, a tal actividad del afecto que ni siquiera las preocupaciones de una labor en demasía especial como para ser desatendida podían ininterrumpidamente disimular); y cada sucesiva oportunidad de observación ha proporcionado a dicha impresión mayor profundidad al convencerme más enfáticamente de esa idoneidad que yo había preconcebido, evocando, en consecuencia, más decisivamente ese afecto al cual acabo de referirme. A mi entender, nuestras conversaciones le habrán expuesto a usted lo suficientemente el tenor de mi vida y mis aspiraciones, tenor, soy consciente, poco adecuado al orden de mentes más vulgar. Pero he discernido en usted una elevación de pensamiento y una capacidad de entrega que hasta el momento no había concebido fuera compatible ni con la temprana flor de la juventud ni con aquellas delicadezas de su sexo que puede decirse que a un tiempo obtienen y confieren distinción cuando se combinan, como sucede admirablemente en usted, con las cualidades mentales anteriormente indicadas. Confieso que rebasaba mis esperanzas encontrar esta rara combinación de elementos tanto sólidos como atractivos, adaptados a proporcionar ayuda en tareas más serias, así como encanto en las horas de ocio; y de no ser por mi encuentro con usted (el cual, permítame decirlo de nuevo, confío no fuera superficialmente coincidente con presagiadas carencias, sino providencialmente relacionado con ellas, como etapas consecutivas a la consumación del plan de una vida), probablemente hubiera terminado mis días sin intentar aliviar mi soledad mediante una unión matrimonial. Tal es, mi estimada señorita Brooke, la exacta declaración de mis sentimientos, y confío en su indulgencia al osar ahora preguntarle hasta qué punto los suyos son de naturaleza tal que confirmen mi gozoso presentimiento. Consideraría el mayor de los regalos de la providencia el que me aceptara como su esposo y guardián terrenal de su bienestar. A cambio, puedo al menos ofrecerle un cariño no disipado hasta el momento y la fiel dedicación de una vida que, por muy corta que haya sido en resultados, no contiene páginas anteriores en las que, si desea remitirse a ellas, pudiera hallar constancia de nada que justificadamente la entristeciera o avergonzara. Aguardo la manifestación de sus sentimientos con un ansia que correspondería a la sabiduría (de ser ello posible) distraer mediante una labor más ardua que la usual. Pero en este orden de experiencias soy aún joven, y, al columbrar una posibilidad desfavorable, no puedo por menos que sentir que resignarse a la soledad será más difícil tras la iluminación temporal de la esperanza. Cualquiera que sea el desenlace, siempre tendrá usted mi sincera devoción.

EDWARD CASAUBON.

Dorothea tembló mientras leía esta carta; luego cayó de rodillas, escondió el rostro y se echó a llorar. No podía rezar ante la riada de solemne emoción en la que los pensamientos se tornaban vagos y las imágenes flotaban inciertas; sólo podía abandonarse, con el sentimiento infantil de descansar sobre el regazo de una conciencia divina que sostenía la suya propia. Así permaneció hasta la hora de vestirse para la cena. ¿Cómo podía ocurrírsele examinar la carta, observarla críticamente como profesión de amor? Toda su alma estaba poseída por el hecho de que una vida más amplia se abría ante ella: era una neófita a punto de entrar en un grado más alto de iniciación. Iba a tener espacio para las energías que se removían inquietas bajo la nebulosidad y presión de su propia ignorancia y la nimia perentoriedad de los hábitos del mundo.

Ahora podría dedicarse a obligaciones grandes, pero al tiempo concretas; ahora se le permitiría vivir continuamente a la luz de una mente que pudiera reverenciar. En esta esperanza no estaba ausente el destello del gozo orgulloso la jubilosa sorpresa juvenil de ser elegida por el hombre al que había escogido su admiración. Toda la pasión de Dorothea se vio trasegada a través de una mente que luchaba por conseguir una vida ideal. Y el resplandor de su niñez transfigurada recayó sobre el primer objeto que encajó en su nivel. El ímpetu con el que la inclinación se convirtió en decisión se acrecentó por esos pequeños sucesos del día que habían provocado su disconformidad con las circunstancias actuales de su vida.

Después de cenar, mientras Celia tocaba un «aire con variaciones», un pequeño tintineo que simbolizaba la parte estética de la educación de una joven, Dorothea subió a su habitación para contestar la carta del señor Casaubon. ¿Por qué habría de demorar la respuesta? La escribió tres veces, no porque quisiera cambiar la expresión sino porque escribía con una letra inusitadamente incierta, y no soportaba que el señor Casaubon pensara que tenía una caligrafía mala o ilegible. Se preciaba de tener una escritura en la que cada letra se distinguía sin grandes conjeturas, y tenía la intención de aprovechar bien este talento para economizar los ojos del señor Casaubon. Tres veces escribió:

Mi estimado señor Casaubon. Le estoy muy agradecida por quererme y creerme digna de ser su esposa. No puedo desear mayor felicidad que aquella que sea una con la suya. Si dijera más no haría sino repetir lo mismo con mayor extensión, pues no puedo en este momento pensar en otra cosa que la de poder ser toda la vida, su

DOROTHEA BROOKE

Más tarde siguió a su tío hasta la biblioteca para darle la carta, a fin de que pudiera enviarla por la mañana. Se quedó sorprendido, pero sólo lo manifestó guardando unos minutos de silencio durante los cuales recolocó varios de los objetos de su escritorio, finalmente quedándose en pie de espaldas al fuego, las gafas caladas y mirando en la dirección de la carta de Dorothea.

—¿Has pensado esto bien, hija? —dijo por fin.

—No tuve que pensar mucho, tío. No conozco nada que pudiera hacerme vacilar. Si cambiara de opinión sería por algo importante y totalmente nuevo para mí.

—¡Ah! Entonces, ¿le has aceptado? ¿Chettam no tiene ninguna oportunidad? ¿Te ha ofendido Chettam? Ya sabes…, ofendido. ¿Qué es lo que no te gusta de Chettam?

—No hay nada que me guste de él —dijo Dorothea con cierto ímpetu.

El señor Brooke echó la cabeza y los hombros hacia atrás, como si alguien le hubiera lanzado un ligero misil. Dorothea sintió un remordimiento y al punto dijo:

—Me refiero como esposo. Es muy amable, y bondadoso con lo de las casitas. Y tiene muy buena intención. —Pero tú quieres un estudioso y ese tipo de cosas, ¿no?

Bueno, lo llevamos en la familia. Yo también lo tenía… ese amor por la sabiduría… ese interesarse por todo… quizá demasiado… me llevó demasiado lejos; aunque ese afán no suele darse en la línea femenina; o corre subterráneo, como los ríos de Grecia… sale en los hijos. Hijos listos, madres listas. Hubo un tiempo, en que yo me interesé mucho por eso. Sin embargo, hija, siempre dije que la gente debe hacer lo que quiera en estos asuntos, al menos hasta cierto punto. Como tutor tuyo no podía consentir un mal matrimonio. Pero Casaubon es presentable: su posición es buena. Aunque me temo que Chettam se sentirá dolido, y la señora Cadwallader me echará a mí la culpa.

Esa noche, por supuesto, Celia no supo nada de lo ocurrido. Atribuyó el ensimismamiento de Dorothea y la evidencia de otros lloros desde que llegaran a casa al mal humor que le había provocado el asunto de Sir James Chettam y las edificaciones, y tuvo cuidado de no incurrir en más ofensas: una vez dicho lo que quería, Celia no se sentía inclinada a retomar los temas desagradables. Era su forma de ser desde pequeña, el no pelearse nunca con nadie y simplemente observar con asombro cuando se peleaban con ella y se hinchaban como pavos, dispuesta a jugar con todos tan pronto se les pasara. Por cuanto a Dorothea, también desde siempre solía encontrar fallos en las palabras de su hermana, aunque Celia argumentara interiormente que no hacía más que exponer cómo eran las cosas exactamente: ni era su costumbre ni podía inventarse cosas por propia iniciativa. Pero lo mejor que tenía Dodo era que nunca se enfadaba durante mucho tiempo. Ahora, a pesar de que casi no se habían hablado en toda la tarde, cuando Celia dejó a un lado su labor con la intención de marcharse a la cama, procedimiento en el que siempre era la primera, Dorothea, que estaba sentada en un escabel, incapaz de concentrarse en nada salvo la meditación, dijo con el tono musical que en momentos de profundo pero quedo sentimiento convertía sus palabras en un hermoso recital:

—Celia, cariño, ven a darme un beso —extendiendo los brazos abiertos al tiempo que hablaba.

Celia se arrodilló para estar a la misma altura, y la besó suavemente mientras Dorothea la rodeaba dulcemente con los brazos y, con gesto serio, imprimía un beso en cada mejilla.

—No te acuestes tarde, Dodo, estás muy pálida esta noche; vete pronto a la cama —dijo Celia con sosiego y sin asomo de sentimentalismo.

—No, cariño, soy muy, muy feliz —dijo Dorothea con fervor.

—Tanto mejor —pensó Celia—. Pero qué forma tan rara tiene Dodo de pasar de un extremo a otro.

Al día siguiente, durante el almuerzo, el mayordomo, al entregarle algo al señor Brooke dijo:

Jonás ha vuelto, señor, y ha traído esta carta.

El señor Brooke leyó la carta y, a continuación, mirando a Dorothea, dijo:

—Casaubon, hija mía… vendrá a cenar; no se detuvo a escribir nada más…, nada más, ya sabes.

No podía extrañarle a Celia que se le avisara a su hermana de antemano que vendría un invitado a cenar; pero al seguir su mirada la misma dirección que la de su tío, le chocó el peculiar efecto que la noticia tuvo sobre Dorothea.

Fue como si algo parecido al reflejo de una iluminada ala blanca hubiera recorrido sus facciones, culminando en uno de sus insólitos sonrojos. Por primera vez se le ocurrió a Celia que tal vez hubiera algo más entre el señor Casaubon y su hermana que el gusto de aquél por la conversación erudita y el de ella por escuchar. Hasta el momento, había aparejado la admiración por este «feo» y sesudo conocido con la admiración en Lausana por Monsieur Liret, igualmente feo y sesudo. Dorothea aún no se había cansado de escuchar al viejo Monsieur Liret cuando Celia ya tenía los pies helados y no podía soportar más ver cómo se le movía la piel de la calva. ¿Por qué, pues, no iba a hacerse extensivo su entusiasmo al señor Casaubon igual que a Monsieur Liret? Y parecía lógico que todos los hombres estudiosos consideraran a los jóvenes desde el punto de vista del maestro.

Pero ahora Celia se asustó de verdad ante la sospecha que se le había cruzado por la mente. No era frecuente que se viera tomada así por sorpresa; su maravillosa rapidez en observar un cierto orden de signos solía prepararla para esperar las manifestaciones externas que la interesaban. No es que se imaginara en este momento que el señor Casaubon fuera ya un pretendiente aceptado; simplemente había empezado a repelerle la posibilidad de que algo en la mente de Dorothea pudiera inclinarse hacia semejante resultado. Esto era algo que realmente podría llegar a molestarla de Dodo; bien estaba no aceptar a Sir James Chettam, pero ¡casarse con el señor Casaubon! ¡Vaya idea! Celia sintió una especie de vergüenza entremezclada con un sentido del absurdo. Pero quizá se podría disuadir a Dodo, si es que rayaba en semejante extravagancia; la experiencia había demostrado hartas veces que se podía contar con la impresionabilidad de su hermana. Era un día húmedo, y no iban a salir a pasear, de manera que ambas subieron a su cuarto de estar donde Celia observó que Dorothea, en lugar de ocuparse en algo con su acostumbrada diligencia, simplemente apoyó el codo sobre un libro abierto y miró por la ventana al enorme cedro, plateado por la humedad. Celia se aplicó al juguete que estaba haciendo para los hijos del coadjutor sin intención de abordar precipitadamente ningún tema.

En ese momento Dorothea pensaba que sería deseable que Celia supiera el considerable cambio que la posición del señor Casaubon había experimentado desde que visitara la casa por última vez; no parecía justo mantenerla en la ignorancia de lo que necesariamente habría de afectar su relación con él; pero resultaba imposible no rehuir decírselo. Dorothea se culpó de cierta mezquindad en esta timidez: siempre le resultaba odioso sentir cualquier pequeño temor o pesar acerca de sus acciones, pero en este momento buscaba toda la ayuda posible a fin de no temer lo corrosivo de la prosa llana de Celia. Su pensamiento se vio interrumpido, así como eliminada la dificultad de la decisión, por la voz pequeña y un tanto gutural de Celia que, en su tono usual, comentó:

—¿Viene alguien más a cenar, además del señor Casaubon?

—Que yo sepa, no.

—Espero que haya alguien más. Así no le oiré comerse la sopa de aquella manera.

—¿Qué hay de notable en cómo come la sopa?

—Por favor, Dodo, ¿es que no oyes cómo sorbe la cuchara? ¿Y te has fijado en cómo parpadea los ojos antes de hablar? No sé si Locke lo haría, pero lo siento por los que se sentaran enfrente de él si es que lo hacía.

—Celia —dijo Dorothea, con enfática seriedad—, te ruego que no hagas más comentarios de ese tipo.

—Pero, ¿por qué no? Son bien ciertos —respondió Celia que tenía sus razones para insistir, aunque empezaba a sentirse un poco asustada.

—Hay muchas cosas que son ciertas y que sólo las mentes más vulgares comentan.

—Pues en ese caso pienso que las mentes vulgares deben ser bastante útiles. Creo que es una lástima que la madre del señor Casaubon no tuviera una mente más vulgar: le hubiera educado mejor.

Celia estaba bastante atemorizada y dispuesta a salir corriendo ahora que había lanzado esta pequeña jabalina.

Los sentimientos de Dorothea habían ido formando una avalancha y no cabía ya una más pausada preparación.

—Conviene que te diga, Celia, que estoy prometida al señor Casaubón.

Es probable que Celia no hubiera palidecido tanto nunca. De no ser por su habitual esmero de lo que tenía en las manos la pierna del hombrecito de papel que estaba haciendo se hubiera visto lesionada. Al momento puso a un lado la frágil figura y se quedó perfectamente quieta durante unos segundos. Cuando habló tenía la voz quebrada.

—Dodo, espero que seas muy feliz —su cariño de hermana no podía por menos que imponerse en estos momentos a cualquier otro sentimiento, y sus temores eran fruto del afecto.

Dorothea seguía dolida y agitada.

—Entonces, ¿está completamente decidido? —dijo Celia con un asombrado susurro—. ¿Y el tío lo sabe?

—He aceptado la proposición del señor Casaubon. Trajo la carta que la contenía. Él lo sabía de antemano.

—Te pido disculpas si he dicho algo que te molestara, Dodo —dijo Celia con un sollozo. Nunca pensó que se sentiría así. Había algo fúnebre en todo el asunto y el señor Casaubon era como el clérigo que oficiaba, acerca del cual parecía indecoroso hacer ningún comentario.

—No importa, Kitty, no te apenes. Tú y yo nunca admiraríamos a las mismas personas. Yo a veces también molesto de la misma forma; tiendo a hablar con demasiada firmeza de quienes me disgustan.

Pese a esta magnanimidad, Dorothea aún estaba herida, quizá tanto por el velado asombro de Celia como por las pequeñas críticas que le había hecho. Por descontado que nadie en Tipton vería este matrimonio con agrado. Dorothea no conocía a nadie que opinara como ella respecto de la vida y las cosas más óptimas que ofrecía. Sin embargo, antes de finalizar la noche estaba muy feliz. Durante la hora de téte-à-téte con el señor Casaubon le habló con mayor libertad de la que jamás hubiera sentido antes, llegando a manifestarle su alegría ante el pensamiento de dedicarse a él y de saber cómo podía compartir e impulsar sus grandes objetivos. Al señor Casaubon le embargó un gozo desconocido (¿a qué hombre no?) ante este irrefrenado ardor juvenil: no le sorprendió (¿a qué novio sí?) ser el destinatario.

—Mi querida joven… señorita Brooke… ¡Dorothea! —dijo, apretándole la mano entre las suyas—, es ésta una felicidad mayor de la que jamás pensara me estuviera reservada. Que pudiera encontrarme con una mente y una persona tan rica en esa mezcla de virtudes como para hacerme desear el matrimonio estaba lejos de mi imaginación. Posee todas, no, más que todas, las cualidades que siempre he considerado como las excelencias características de la mujer. El gran encanto de su sexo es su capacidad para un ardiente y sacrificado afecto, y en él es donde vemos su idoneidad para redondear y completar la existencia del nuestro propio. Hasta el presente he conocido pocos placeres salvo aquellos más áridos; mis satisfacciones han sido las del solitario estudioso. Me he sentido poco inclinado a cortar flores que se ajaran en mis manos, pero ahora las recogeré gustoso para depositarlas sobre su pecho.

Ningún discurso podría haber tenido una intención más honrada: la frígida retórica del foral era tan sincera como el ladrido de un perro o el graznar de un grajo amoroso. ¿No sería precipitado concluir que no había pasión detrás de esos sonetos a Delia que se nos antojan como la leve música de una mandolina?

La fe de Dorothea proporcionó todo aquello que las palabras del señor Casaubon dejaron por decir: ¿qué creyente vislumbra una perturbadora omisión o infelicidad? El texto, tanto si es de profeta como de poeta, se expande hasta admitir lo que queramos introducirle, e incluso su mala gramática es sublime.

—Soy muy ignorante, le asombrará mi ignorancia —dijo Dorothea—. Albergo tantos pensamientos que pueden estar equivocados… y ahora se los podré comunicar todos, y preguntarle por ellos. Pero —añadió con pronta imaginación sobre los probables sentimientos del señor Casaubon—, no le molestaré demasiado; sólo cuando se sienta dispuesto a escucharme. A menudo debe de estar cansado prosiguiendo sus propios temas. Mucho prosperaré con que me acerque usted a ellos.

—¿Cómo podría ahora perseverar en senda alguna sin su compañía? —dijo el señor Casaubon depositando un beso en la cándida frente, y sintiendo que el cielo le había deparado una bendición adaptada en todo a sus especiales necesidades. Se estaba viendo inconscientemente afectado por el encanto de una naturaleza carente por completo de escondidas maquinaciones encaminadas tanto a efectos inmediatos como a fines más lejanos. Era esto lo que hacía aparecer a Dorothea tan joven, y, según ciertos jueces, tan tonta, a pesar de su supuesta inteligencia: como por ejemplo, en este momento, que se echaba, metafóricamente hablando, a los pies del señor Casaubon y le besaba los cordones anticuados como si de un papa protestante se tratara. No pretendía en absoluto que el señor Casaubon se preguntara si la merecía, sino que simplemente se preguntaba a sí misma con ansiedad cómo podría llegar a merecerle a él. Antes de que partiera al día siguiente, se había decidido que la boda tendría lugar al cabo de seis semanas. ¿Por qué no? La casa del señor Casaubon estaba a punto. No era una rectoría, sino una mansión considerable, con muchas tierras. La rectoría estaba habitada por el coadjutor, a cargo de quien corrían todas las obligaciones salvo el sermón dominical.

CAPÍTULO VI

Al salir el carruaje del señor Casaubon por la verja, detuvo la entrada de un faetón tirado por una dama detrás de la cual iba sentada una criada. Es dudoso que el reconocimiento fuera mutuo, pues el señor Casaubon miraba distraídamente al frente; pero la dama tenía la vista aguda y saludó con un «¿Cómo está usted?» en el momento preciso. A pesar de su gorro ajado y viejo echarpe de lana, era evidente que la guardesa la consideraba un personaje importante por la inclinación profunda que hizo al entrar el pequeño faetón.

—Y bien, señora Fitchett, ¿qué tal ponen sus gallinas ahora? —dijo la dama morena y de ojos oscuros en un tono de voz decididamente cincelado.

—Pues lo que es poner, bien, señora, pero les ha dado por comerse sus propios huevos. No me dejan vivir en paz. —¡Vaya caníbales! Véndalas baratas cuanto antes. ¿A Cómo va el par? Tenga en cuenta que no se pueden comer aves de mal carácter a precios muy altos.

—Pues, a media corona. No puedo dárselas por menos. —¡Media corona, en estos días! Venga, venga, son para el caldo del domingo del rector. Ya se ha comido todas las nuestras que me sobran. Recuerde, señora Fitchett, que con el sermón queda ya medio pagada. Llévese una pareja de pichones míos a cambio, son una preciosidad. Tiene que venir a verlos. Usted no tiene pichones entre sus palomas.

—Está bien, señora, mi marido irá a verlos después del trabajo. Es muy aficionado a las cosas nuevas; así la complacerá a usted.

—¡Complacerme a mí! Será el mejor negocio que haya hecho en su vida. ¡Un par de pichones eclesiásticos por una pareja de malvadas aves españolas que se comen sus propios huevos! ¡Vaya presumiros están hechos usted y Fitchett! El faetón avanzó al son de las últimas palabras, dejando a la señora Fitchett riéndose y moviendo la cabeza con un «¡Claro, claro!», de lo cual se desprendía que hubiera encontrado la campiña más aburrida si la esposa del rector hubiera sido menos lenguaraz y tacaña. Lo cierto era que tanto los granjeros como los trabajadores de las parroquias de Freshitt y de Tipton hubieran sentido una triste falta de conversación de no ser por las historietas referentes a lo que decía y hacía la señora Cadwallader: dama de inconmensurable alcurnia, descendiente, por así decirlo, de condes desconocidos, nebulosos como el amasijo de matices heroicos, que esgrimía su pobreza, recortaba precios y hacía chistes de la manera más campechana, pero de una forma que dejaba siempre claro quién era. Una dama así impregnaba de amabilidad vecinal tanto el rango como la religión, y mitigaba los sinsabores del diezmo inconmutado. Una personalidad mucho más ejemplar, con infusiones de agria dignidad, no hubiera mejorado la comprensión de los vecinos sobre los Treinta y nueve Artículos, y hubiera sido menos unificadora socialmente. El señor Brooke, enfocando los méritos de la señora Cadwallader desde diferente punto de vista, dio un pequeño respingo al serle anunciado su nombre en la biblioteca, donde estaba sentado solo.

—Veo que ha tenido aquí a nuestro Cicerón de Lowick —dijo, sentándose cómodamente, aflojándose el echarpe un poco y mostrando una figura delgada, pero bien hecha—. Sospecho que usted y él están tramando malas políticas, de lo contrario no vería tanto a ese animado señor. Informaré en contra de usted: recuerde que ambos son personajes sospechosos desde que apoyaron a Peel en lo de la Ley Católica. Le diré a todo el mundo que se presentará por Middlemarch con los liberales cuando dimita el viejo Pinkerton y que Casaubon le va a ayudar de forma soterrada: sobornando a los votantes con panfletos y abriendo las tabernas para distribuirlos. Venga, ¡confiese!

—Nada de eso —dijo el señor Brooke, sonriendo y limpiándose las gafas, pero en el fondo sonrojándose un poco ante la acusación—. Casaubon y yo no hablamos mucho de política. No se inquieta demasiado por el lado filantrópico de las cosas y todo eso. Sólo le interesan los asuntos de la iglesia. Y esa, ya sabe, no es mi línea de acción.

—¡Vaya si lo sé! Amigo mío, sé de sus andanzas. ¿Quién vendió su trocito de tierra a los papistas en Middlemarch? Estoy segura de que la compró a propósito. Es usted un perfecto Guy Faux. ¡Veremos si no queman una efigie suya este próximo 5 de noviembre! Humphrey no quería venir a pelearse con usted por eso, así que he venido yo.

—Está bien. Estaba preparado para ser perseguido por no perseguir… no perseguir, ¿sabe?

—¡Ya empezamos! Vaya charlatanería se ha preparado para las elecciones. Mire, no deje que le engatusen, mi querido señor Brooke. Los hombres siempre hacen el ridículo cuando hacen discursos: no hay más solución que estar del lado adecuado y poder así pedir que bendigan su carraspeo y palabrería. Será su perdición, se lo advierto. Será la comidilla y el blanco de las opiniones de todos los partidos, y todos le acribillarán.

—Eso es lo que espero, ¿sabe? —dijo el señor Brooke, reacio a demostrar cuán poco le complacía este esbozo profético—, lo que espero por ser un hombre independiente. En cuanto a los liberales, no es probable que ningún partido enganche a quien va con los pensadores. Ese hombre podrá ir con ellos hasta un punto, ¿sabe? …, hasta un punto. Pero eso es lo que ustedes las señoras nunca entienden.

—¿Qué no entendemos? ¿Lo de su cierto punto? Pues no, no lo entendemos. Me gustaría saber cómo puede tener alguien un cierto punto si no pertenece a ningún partido, lleva una vida errante y jamás le da la dirección a sus amigos. «Nadie sabe dónde estará Brooke; no se puede contar con Brooke» … eso es lo que la gente dice de usted, si le soy sincera. Así, que, por favor, siente la cabeza. ¿Es que le gustaría ir a las sesiones con todo el mundo desconfiando de usted, con una mala conciencia y los bolsillos vacíos?

—No tengo intención de discutir de política con una dama —dijo el señor Brooke con aire de sonriente indiferencia, pero sintiéndose desagradablemente consciente de que este ataque de la señora Cadwallader había abierto la campaña defensiva a la que le habían expuesto algunas imprudencias.

El suyo no es un sexo de pensadores, ¿sabe?… vanum et wutabile semper. Cosas así. No conoce usted a Virgilio. Yo conocí… —el señor Brooke reflexionó a tiempo que no había conocido personalmente al poeta clásico—, iba a decir el pobre Stoddart. Eso es lo que él decía. Ustedes las señoras siempre están en contra de una actitud independiente... el que a un hombre le interese sólo la verdad y ese tipo de cosas. No hay otro lugar en el país donde la opinión sea más limitada que aquí. No me refiero a que tiren piedras, pero... se necesita a alguien que tenga una línea independiente, y si yo no la tomo ¿quién lo hará?

—¿Que quién lo hará? Pues cualquier rastacueros que carezca de cuna y de posición. La gente de solera debería consumir en casa sus memeces independentistas y no airearlas. ¡Y más usted que va a casar a su sobrina, que es como una hija, con uno de nuestros mejores hombres! Sería una cruel incomodidad para Sir James; sería muy duro para él si usted ahora diera un giro y enarbolara la bandera liberal.

El señor Brooke dio otro respingo interior, pues no bien se había decidido el compromiso de Dorothea que se le habían pasado por la mente las posibles mofas que haría la señora Cadwallader. Puede que resultara fácil para los observadores ignorantes decir «Pues peléese con la señora Cadwallader»; pero ¿dónde va a ir un caballero rural que se pelea con sus vecinos más antiguos? ¿Quién podría saborear el fino sabor del nombre Brooke si se empleaba sin ton ni son, como un vino sin marca? La verdad es que el hombre sólo puede ser cosmopolita hasta cierto punto.

—Espero que Chettam y yo seamos siempre buenos amigos, pero lamento decir que no es probable que se case con mi sobrina —dijo el señor Brooke, viendo con alivio por la ventana que Celia estaba a punto de entrar.

—¿Por qué no? —dijo la señora Cadwallader con una aguda nota de sorpresa en la voz—. Hace apenas quince días que usted y yo hablábamos de ello.

—Mi sobrina ha elegido a otro pretendiente. Le ha escogido, ¿sabe? Yo no he tenido nada que ver en el asunto. Yo hubiera preferido a Chettam, y hubiera dicho que Chettam era el hombre que cualquier mujer elegiría. Pero nunca se sabe en estas cosas. Su sexo es caprichoso, ¿sabe?

—Pero, ¿con quién me está diciendo que va a dejar que se case? —la mente de la señora Cadwallader pasaba rápida revista a las posibilidades de elección de Dorothea.

Pero en este momento entró Celia, resplandeciente tras su paseo por el jardín, y el intercambio de saludos le ahorró al señor Brooke la necesidad de contestar inmediatamente. Se levantó con precipitación y con un «Por cierto, he de hablar con Wright de los caballos» salió presuroso de la habitación.

—Mi querida niña, ¿qué es esto? ¿Qué es esto del compromiso de tu hermana? —dijo la señora Cadwallader.

—Está prometida al señor Casaubon —dijo Celia, recurriendo, como de costumbre, a la exposición más simple del hecho, y disfrutando de la oportunidad de hablar a solas con la mujer del rector.

—Pero, ¡qué espanto! ¿Desde cuándo?

—Sólo lo sé desde ayer. Se van a casar dentro de seis semanas.

—Pues bueno, hija mía, que disfrutes de tu cuñado. —Lo siento tanto por Dorothea.

—¿Que lo sientes? Pero, es cosa suya ¿no?

—Sí; dice que el señor Casaubon tiene un alma grande. —No lo pongo en duda.

—Pero señora Cadwallader, no creo que pueda ser muy agradable casarse con un hombre de alma muy grande. —Bueno, hija, pues ya estás avisada. Ya sabes el aspecto que tienen; cuando venga el siguiente y quiera casarse contigo, no le aceptes.

—Estoy segura de que no lo haría.

—Bien, con uno así en la familia basta. ¿Así que tu hermana nunca se interesó por Sir James Chettam? ¿Qué habrías dicho tú de tenerle como cuñado?

—Me hubiera gustado mucho. Estoy segura de que hubiera sido un buen marido. Lo único —añadió Celia con un leve sonrojo (a veces parecía sonrojarse al respirar)— es que no creo que le fuera a Dorothea.

—¿No vuela lo suficientemente alto?

—Dolo es muy estricta. Piensa todo tanto y es tan especial con todo lo que se dice. Sir James nunca pareció gustarla.

—Pues debe haberle alentado. Eso no es muy encomiable. —Por favor, no se enfade con Dodo; ella no ve las cosas. Le gustaba tanto la idea de las casitas, y la verdad es que a veces fue un poco brusca con Sir James; pero él es tan agradable que ni se dio cuenta.

—Bueno —dijo la señora Cadwallader, poniéndose el echarpe y levantándose como con prisa—. Debo ir directamente a ver a Sir James y comunicarle esto. Debe haberse traído a su madre y he de pasar a visitarla. Tu tío nunca se lo dirá. Esto es una desilusión para todos, hija. Los jóvenes deberían pensar en sus familias cuando se casan. Yo senté un mal ejemplo, me casé con un clérigo pobre, convirtiéndome en objeto de compasión de los De Bracys, obligada a obtener con estratagemas mis trozos de carbón y a rogarle al cielo mi sustento. Pero Casaubon tiene bastante dinero, todo hay que decirlo. En cuanto a su alcurnia, supongo que tendrá tres cuartas partes de jibia negra y una de comentarista rampante. Por cierto, antes de que me vaya, hija, tengo que hablar con vuestra señora Carter sobre pasteles. Quiero enviarle a mi joven cocinera para que aprenda. La gente pobre como nosotros, con cuatro hijos, no nos podemos permitir el lujo de una buena cocinera, ¿sabes? Espero que la señora Carter me haga ese favor. La cocinera de Sir James es una auténtica fiera.

En menos de una hora, la señora Cadwallader había convencido a la señora Carter y llegado a Freshitt Hall, que estaba cerca de su propia rectoría, siendo su marido residente en Freshitt y teniendo un coadjutor en Tipton.

Sir James Chettam había regresado del corto viaje que le había mantenido ausente un par de días, y se había cambiado, con la intención de ir a caballo a Tipton Grange. El caballo le esperaba a la puerta cuando la señora Cadwallader llegó y él apareció inmediatamente, fusta en mano. Lady Chettam aún no había vuelto, pero la misión de la señora Cadwallader no podía despacharse en presencia de los mozos, de modo que pidió que se la llevara al cercano invernadero para ver las plantas nuevas. En una parada contemplativa, dijo:

—Tengo para usted una gran sorpresa; espero que no esté tan enamorado como parece.

De nada servía protestar ante la manera que tenía la señora Cadwallader de exponer las cosas, pero el rostro de Sir James se mutó ligeramente y sintió una vaga alarma.

—Creo verdaderamente que Brooke se va a poner en ridículo después de todo. Le acusé de tener intención de presentarse por Middlemarch con los liberales y puso cara de tonto y no lo negó. Habló de la línea independiente y las bobadas usuales.

—¿Nada más? —dijo Sir James con gran alivio.

—¿Acaso —dijo la señora Cadwallader en tono más áspero—, acaso le gustaría verle convertido en hombre público de esa forma… una especie de memo político?

—Creo que tal vez se le pudiera disuadir. Le disgustarían los gastos.

—Eso mismo le dije yo. Es vulnerable a la razón en ese punto… unos granitos de sentido común en una onza de tacañería. La tacañería es una cualidad vital en las familias: es la manía más segura que puede adoptar la locura. Y algo de locura tiene que correr por la familia Brooke o no veríamos lo que estamos a punto de ver.

—¿El qué? ¿Brooke presentándose por Middlemarch? —Peor que eso. La verdad es que me siento un poco responsable. Siempre le dije que la señorita

Brooke sería una esposa estupenda. Sabía que estaba llena de tonterías… todas esas simplezas metodistas. Pero estas cosas se les pasan a las chicas. Sin embargo, por una vez, me han cogido por sorpresa.

—¿Qué quiere decir, señora Cadwallader? —dijo Sir James. Su temor de que la señorita Brooke se hubiera escapado para unirse a la Hermandad Moravia o alguna secta descabellada que la buena sociedad desconocía, quedaba un poco paliado por el conocimiento de que la señora Cadwallader siempre exageraba para peor—. ¿Qué le ha ocurrido a la señorita Brooke? Le ruego me lo diga.

—Está bien. Está prometida —la señora Cadwallader hizo una pausa, observando en el rostro de su amigo la expresión de profundo dolor que intentaba ocultar con una nerviosa sonrisa mientras se fustigaba las botas; enseguida añadió—: prometida a Casaubon.

Sir James dejó caer la fusta y se agachó para recogerla. Tal vez su rostro nunca había acumulado anteriormente tanta repulsión concentrada como cuando se volvió hacia la señora Cadwallader y repitió:

—¿Casaubon?

—Así es. Ya sabe ahora a lo que venía.

—¡Por todos los santos! ¡Es espantoso! ¡Si es una momia! (Ha de comprenderse el punto de vista del rival lozano y decepcionado).

—Dice que tiene un alma muy grande. ¡Querrá decir una gran vesícula donde le castañeteen los garbanzos!

—Pero, ¿quién le manda casarse con un viejo solterón como él? —dijo Sir James—. Si tiene un pie en la tumba. —Supongo que su intención será sacarlo.

—Brooke no debería permitirlo; debería insistir en que esto se aplazara hasta que ella fuera mayor de edad. Cambiaría de opinión entonces. ¿Para qué sirve un tutor?

—¡Cómo si se le pudiera arrancar una decisión a Brooke! —Cadwallader podría hablarle.

—¡Ni pensarlo! Humphrey encuentra a todo el mundo encantador. No consigo que injurie a Casaubon. Incluso habla bien del obispo, aunque yo le digo que es antinatural en un clérigo beneficiado: ¿qué se puede hacer con un marido que presta tan poca atención al decoro? Yo procuro ocultarlo lo mejor que puedo injuriando a todo el mundo personalmente. ¡Vamos, vamos, anímese! De buena se ha librado deshaciéndose de la señorita Brooke, una joven que le hubiera exigido ver las estrellas por el día. En confianza, la pequeña Celia vale el doble, y es probable que después de todo, sea el mejor partido. Esta boda con Casaubon es tanto como meterse en un convento.

—Por lo que a mí respecta, es por la señorita Brooke por quien pienso que sus amigos deberían ejercer su influencia. —Bueno, Humphrey no lo sabe aún. Pero cuando se lo diga, tenga por seguro que dirá «¿Por qué no? Casaubon es un buen tipo… y joven… suficientemente joven». Estos seres tan caritativos no distinguen el vinagre del vino hasta que se lo han bebido y les ha dado un cólico. De todos modos, si yo fuera hombre, preferiría a Celia, sobre todo a falta de Dorothea. La verdad es que ha estado usted cortejando a la una y se ha ganado a la otra. Le admira casi tanto como un hombre espera que se le admire. Si no fuera yo quien le dijera esto, creería que es una exageración. ¡Adiós!

Sir James ayudó a la señora Cadwallader a subir al faetón y después montó su caballo. No pensaba renunciar a su paseo por las malas noticias de su amiga; cabalgaría con mayor rapidez en otra dirección que no fuera la de Tipton Grange.

Pero, ¿por qué se afanaba tanto la señora Cadwallader por el matrimonio de la señorita Brooke? ¿Por qué, cuando se frustraba una boda en la que le gustaba pensar que había tenido mano, habría de iniciar directamente los principios de otra? ¿Existía alguna ingeniosa trama, algún oculto curso de acción que una cuidadosa observación telescópica revelara? En absoluto: un telescopio podría haber barrido las parroquias de Tipton y Freshitt, el área recorrida por la señora Cadwallader en su faetón, sin presenciar entrevista alguna que levantara sospecha, o escena de la que no regresara con idéntica e imperturbable viveza de ojos y el mismo arrebolamiento. De hecho, si ese útil vehículo hubiera existido en los días de los Siete Sabios, uno de ellos sin duda habría comentado que no se puede saber mucho acerca de las mujeres siguiéndolas cuando van en sus faetones. Incluso enfocando una gota de agua bajo el microscopio nos encontramos haciendo interpretaciones que resultan bastante toscas, pues mientras que bajo una lente débil podemos creer ver un ser exhibiendo una activa voracidad en la cual otros seres más pequeños toman parte activa como si de diferentes contribuciones se tratara, una lente más potente revela ciertos diminutos pelillos que forman vórtices para estas víctimas mientras el consumidor espera pasivamente su clientela de costumbre. De la misma manera, metafóricamente hablando, una lente potente aplicada a las actividades casamenteras de la señora Cadwallader, demostrará un juego de diminutas causas que producen lo que podría llamarse vórtices de pensamiento y de palabra que le proporcionaban el alimento que ella requería.

Su vida era de una sencillez rural, totalmente exenta de secretos enrarecidos, peligrosos o de otro modo importantes, y no estaba conscientemente afectada por los grandes asuntos del mundo. Estos le interesaban tanto más cuando le eran comunicados por cartas de parientes de alcurnia: la forma en que los fascinantes hijos menores se habían echado a perder casándose con sus amantes; la rancia idiotez del pequeño Lord Tapir, los furibundos y gotosos cambios de humor del viejo Lord Megatherium; el cruce exacto de genealogías que había traído una corona a una nueva rama y abierto las relaciones del escándalo… Estos eran tópicos de los cuales retenía detalles con suma precisión, y los reproducía en una estupenda amalgama de epigramas, de los cuales ella misma disfrutaba inmensamente, puesto que creía en el buen linaje y el mal linaje con igual certeza que en la caza y las plagas. Jamás hubiera renegado de alguien por motivos de pobreza: un De Bracy que se viera obligado a comer en una jofaina le hubiera parecido un ejemplo conmovedor que merecía la pena exagerar, y me temo que los vicios aristocráticos del mismo no la hubieran horrorizado. Pero sus sentimientos contra los ricos vulgares constituían una especie de odio religioso; probablemente habían hecho su dinero a base de altos precios al por menor, y la señora Cadwallader detestaba los precios altos de todo cuanto no se pagara en especie en la rectoría: esas personas no formaban parte del diseño de Dios al crear el mundo, y su acento era un dolor para el odio. Una ciudad en la que abundaban semejantes monstruos apenas era más que una comedia pobre, y que no podía ser tenida en cuenta en un proyecto civilizado del universo. Aquella dama que se sienta inclinada a juzgar con dureza a la señora Cadwallader debería pocear en la comprensión de sus propios maravillosos puntos de vista y asegurarse de que proporcionan acomodo a todas las vidas que tienen el honor de coexistir con la suya.

Con una mente así, activa como el fósforo, dando a bocados la forma precisa a cuanto se le ponía a tiro, ¿cómo iba a pensar la señora Cadwallader que las señoritas Brooke y sus perspectivas matrimoniales le eran ajenas? Sobre todo cuando durante años había sido su costumbre reñir al señor Brooke con la franqueza más amistosa y, en confianza, hacerle saber que le consideraba un pobre ser. Desde que las jóvenes llegaran a Tipton, había planeado la boda de Dorothea con Sir James, y de haberse llevado a cabo hubiera estado segura de que era gracias a ella. El hecho de que no se efectuara después de que ella lo hubiera preconcebido le producía una irritación con la que todo pensador simpatizará. Era el diplomático de Tipton y Freshitt y que ocurriera algo a pesar suyo constituía una ofensiva irregularidad. En cuanto a extravagancias como ésta de la señorita Brooke, la señora Cadwallader no tenía paciencia para soportarlas, y se daba ahora cuenta de que su opinión sobre la chica se había visto infectada por la débil tolerancia de su marido: esos caprichos metodistas, ese aire de ser más piadosa que el rector y el coadjutor juntos, provenían de una enfermedad más profunda y constitucional de lo que la señora Cadwallader había estado dispuesta a creer.

—Sin embargo —se dijo la señora Cadwallader primero a sí misma y posteriormente a su marido—, la doy por perdida; había la posibilidad de haberse casado con Sir James, de que se hubiera convertido en una mujer cuerda y sensata. El jamás le hubiera llevado la contraria, y cuando no se contradice a una mujer, deja de tener motivos para obstinarse en sus absurdos. Pero ahora le deseo suerte con su camisa de saco. Así pues, la señora Cadwallader debía determinar otra alianza para Sir James, y habiendo decidido que sería la menor de las señoritas Brooke, no podía haber habido un movimiento más hábil hacia el éxito de su plan que la insinuación al barón de que había causado una impresión en el corazón de Celia. Pues no era uno de esos caballeros que suspiran por la inalcanzable manzana de Safo que se ríe desde la rama más alta, ni por los encantos que sonríen como el puñado de prímulas en el acantilado, Inalcanzables para la mano ansiosa.

No tenía sonetos por escribir, y no le podía antojar agradable el no ser el objeto de preferencia de la mujer que él había escogido. El mero conocimiento de que Dorothea había elegido al señor Casaubon había mermado su afecto y moderado su intensidad. Aunque Sir James era un deportista, tenía por las mujeres otros sentimientos que por los urogallos y los zorros, y no consideraba a su futura esposa a la luz de una presa, valiosa principalmente por la emoción de la caza. Tampoco estaba tan versado en los hábitos de las razas primitivas como para sentir que un combate ideal por ella, hacha de guerra en mano, por así decirlo, fuera necesario para la continuidad histórica del vínculo matrimonial. Al contrario, poseyendo la afable vanidad que nos liga a aquellos que nos quieren y nos hace rechazar a quienes nos son indiferentes, así como una naturaleza bondadosa y agradecida, la mera idea de que una mujer tenía una atención con él tejía pequeñas hebras de ternura desde su corazón hasta el de ella.

Sucedió que, tras haber cabalgado Sir James bastante aprisa durante media hora en dirección opuesta a Tipton Grange, redujo el paso, y finalmente cogió una carretera que le llevaría de vuelta por un atajo. Diversos sentimientos forjaron en él la decisión de acercarse después de todo a Tipton Grange, como si nada nuevo hubiera ocurrido. No podía dejar de alegrarse de no haber hecho la petición y verse rechazado; la mera educación amistosa exigía que pasara a ver a Dorothea por lo de las casitas, y ahora felizmente la señora Cadwallader le había preparado para ofrecer su enhorabuena, de ser necesario, sin demostrar excesivo aturdimiento. Lo cierto es que no le gustaba renunciar a Dorothea, le resultaba muy penoso; pero había algo en la resolución de hacer esta visita de inmediato y vencer todo atisbo de sentimiento que constituía una especie de pungimiento y revulsivo. Y sin que reconociera el impulso claramente, también pesaba el saber que Celia estaría allí, y que debía prestarle mayor atención de lo que había hecho hasta entonces.

Nosotros los mortales, hombres y mujeres, devoramos muchas desilusiones entre el desayuno y la cena, refrenamos el llanto y palidecen nuestros labios, y, en respuesta a las preguntas, decimos: «¡Nada, no pasa nada!». El orgullo nos ayuda; y el orgullo no es mala cosa cuando sólo nos impulsa a esconder nuestro dolor, no a herir a los demás.

CAPÍTULO VII

El señor Casaubon, como era de esperar, pasó mucho tiempo en Tipton Grange durante estas semanas, y el retraso que el noviazgo suponía en el progreso de su gran obra —la clave para todas las mitologías—, naturalmente le hacía esperar con mayor ansia el feliz término del mismo. Pero había aceptado la demora deliberadamente habiendo determinado que había llegado el momento de adornar su vida con los encantos de una compañía femenina, de iluminar la nostalgia que la fatiga solía esparcir sobre los intervalos en sus estudios con el juego de la fantasía femenina, y afianzar en ésta su edad culminante, el solaz del cuidado femenino durante sus años de declive. De ahí que decidiera abandonarse a la corriente del sentimiento y tal vez se sorprendiera de encontrar cuán tremendamente superficial era el riachuelo. Así como en las regiones secas el bautismo por inmersión sólo puede llevarse a cabo simbólicamente, igualmente el señor Casaubon encontró que la aspersión era lo más cercano al zambullido que su corriente podía proporcionarle. Concluyó que los poetas habían exagerado con mucho la fuerza de la pasión masculina. Sin embargo, comprobó con gusto que la señorita Brooke mostraba un ardiente y sumiso cariño que prometía cumplir las previsiones más gratas que del matrimonio tenía el señor Casaubon. Un par de veces se le cruzó por la mente la idea de que Dorothea poseyera alguna deficiencia que explicara la moderación en el abandono que él sentía; pero era incapaz de discernir esa deficiencia o de imaginarse una mujer que le satisficiera más; quedaba, pues, claro que no había más razón que las exageraciones de la tradición humana.

—¿No me podría ir preparando para ser más útil? —le dijo Dorothea una mañana al principio de su noviazgo—. ¿No podría aprender a leerte en alto en latín y griego, como hacían las hijas de Milton con su padre, sin entender lo que leían?

—Me temo que te sería muy tedioso —dijo el señor Casaubon sonriendo —, además, si bien recuerdo, las jóvenes que has mencionado consideraron el ejercicio en lenguas desconocidas como motivo de rebelión contra el poeta.

—Sí, pero en primer lugar eran niñas muy traviesas, de lo contrario hubieran estado orgullosas de ayudar a semejante padre, y en segundo lugar, podían haber estudiado por su cuenta y enseñarse a entender lo que leían, y entonces les hubiera resultado interesante. Confío en que tú no esperes que yo sea ni traviesa ni tonta.

—Espero que seas todo cuanto una exquisita joven puede ser en todas las posibles relaciones de la vida. Naturalmente que sería una enorme ventaja si pudieras copiar las letras griegas, y a ese fin estaría bien empezar leyendo un poco.

Dorothea interpretó esto como un preciado permiso. No le hubiera pedido al señor Casaubon que le enseñara las lenguas, temiendo por encima de todas las cosas el hacerse pesada en lugar de útil; pero no era sólo por pura devoción hacia su futuro marido que quería saber latín y griego. Esas parcelas del saber masculino se le antojaban un punto de partida desde el que toda verdad se podía ver con mayor claridad. En su condición actual, constantemente dudaba de sus propias conclusiones, porque se daba cuenta de su propia ignorancia: ¿cómo iba a estar segura de que las casitas de una sola habitación no eran para la gloria de Dios cuando hombres que conocían a los clásicos parecían conciliar la indiferencia por las casitas con el celo por la gloria? Tal vez incluso fuera necesario el hebreo —al menos el alfabeto y algunas raíces— a fin de llegar al meollo de las cosas y juzgar a fondo las obligaciones sociales del cristianismo. Y no había alcanzado ese punto de renuncia en el cual hubiera estado satisfecha con tener un marido sabio. Quería ¡pobrecilla! ser sabia ella misma. Ciertamente, pese a toda su supuesta inteligencia, la señorita Brooke era muy ingenua. Celia, cuya mente no se había considerado nunca demasiado vigorosa, veía con mucha más presteza el hueco de las pretensiones de mucha gente. Tener, en general, pocos sentimientos, parece constituir la única seguridad contra sentir demasiado en situaciones determinadas. Sin embargo, el señor Casaubon consintió en escuchar y enseñar durante una hora, como un maestro de niños pequeños, o, mejor dicho, como un novio, para quien las elementales dificultades e ignorancia de su novia poseen una tierna pertinencia. A pocos sabios les hubiera disgustado enseñar el alfabeto en estas circunstancias. Pero la misma Dorothea se sorprendió y desanimó ante su propia estulticia, y las respuestas que obtuvo a ciertas tímidas preguntas acerca del valor de los acentos griegos le produjeron la dolorosa sospecha de que tal vez fuera cierto que aquí se encontraban secretos sin posibilidad de explicación para la mente de una mujer.

El señor Brooke no albergaba dudas a ese respecto y se expresó con su acostumbrada energía un día en el que entró en la biblioteca durante la lectura.

—Pero bueno, Casaubon, estudios tan profundos como los clásicos y las matemáticas, y todo eso, exigen demasiado de una mujer… demasiado ¿sabe?

—Dorothea simplemente está aprendiendo a leer los caracteres —dijo el señor Casaubon eludiendo la pregunta—. Tuvo la delicada idea de prestarse a servir de ahorro para mis ojos.

—¡Ah, bueno!, si no lo entiende…, puede que no sea tan malo. Pero hay una ligereza en la mente femenina, un pronto… para la música, las bellas artes y ese tipo de cosas… las mujeres deberían estudiar eso, hasta cierto punto…, pero también sólo someramente, ¿sabe? Una mujer debe poderse sentar y tocar o cantar una buena melodía inglesa. Eso es lo que a mí me gusta, aunque lo he oído casi todo. He estado en la ópera de Viena: Gluck, Mozart, todos ellos. Pero en música soy conservador…, no así en las ideas. Me quedo con las viejas melodías.

—Al señor Casaubon no le agrada el piano y yo me alegro de que así sea —dijo Dorothea, cuyo desprecio por la música doméstica y las bellas artes femeninas debe perdonársele teniendo en cuenta la nadería y tintineo en que principalmente consistían en ese oscuro periodo. Sonrió y alzó los ojos hacia su prometido con mirada de agradecimiento. Si constantemente le hubiera estado pidiendo que tocara «La última rosa del verano» hubiera tenido que hacer acopio de toda su resignación—. Dice que en Lowick sólo existe un viejo clavicordio, y está cubierto por libros.

—Bueno, ahí le vas a la zaga a Celia, hija. Celia toca muy bien y siempre está dispuesta a ello. Pero puesto que a Casaubon no le gusta, no importa. De todas formas, es una pena que no tenga usted pequeñas distracciones de ese tipo, Casaubon: no está bien tener el arco siempre tenso, ¿sabe?… no está bien.

—Nunca pude considerar una distracción el que me atormentaran los oídos con ruidos planeados —dijo el señor Casaubon—. Una melodía muy oída produce el ridículo efecto de conseguir que las palabras en mi mente realicen una especie de minueto para seguir el compás, un efecto apenas tolerable, diría yo, una vez rebasada la adolescencia. En cuanto a las formas de música más importantes, dignas de acompañar celebraciones solemnes, e incluso de ejercer una influencia educativa, según la concepción antigua, no digo nada, pues no estamos tratando de ellas.

—No, pero yo sí disfrutaría con música de ese tipo —dijo Dorothea—. Cuando volvíamos a casa de Lausana, mi tío nos llevó a escuchar el gran órgano de Friburgo, y me hizo llorar.

—Pues eso no es sano, hija mía —dijo el señor Brooke—. Casaubon, desde ahora estará en sus manos; debe enseñarle a mi sobrina a tomarse las cosas con más serenidad, ¿verdad Dorothea?

Concluyó con una sonrisa, pues no quería herirla, pero pensando que tal vez, puesto que no quería saber nada de Chettam, lo mejor era que se casara pronto con un tipo sobrio como Casaubon.

«Pero es extraordinario», se dijo a sí mismo mientras salía de la habitación, «es extraordinario que se haya prendado de él. De todas formas, la boda es buena. Hubiera sacado los pies del tiesto de haberme opuesto a ella, diga lo que diga la señora Cadwallader. Es bastante seguro que este Casaubon llegará a obispo. Fue muy enjundioso ese folleto suyo sobre la cuestión católica. Se merece un deanato como poco. ¡Le deben un deanato por lo menos!».

Y aquí he de reivindicar una reflexión filosófica comentando que, en esta ocasión, poco pensaba el señor Brooke en el discurso radical que, más adelante, se vería obligatorio a hacer sobre los ingresos de los obispos. ¿Qué historiador elegante desaprovecharía una asombrosa oportunidad de señalar que sus héroes no previenen la historia del mundo, ni siquiera sus propias acciones? Por ejemplo, que Enrique de Navarra, siendo un bebé protestante, poco pensaba en convertirse en un monarca católico; o que Alfredo el Grande, cuando medía sus laboriosas noches por las velas consumidas, no se imaginaba futuros caballeros midiendo sus días ociosos con relojes. He aquí una mina de verdad, la cual, por mucho que se la trabaje, probablemente sobreviva a nuestro carbón.

Pero del señor Brooke haré otro comentario, tal vez menos avalado por los precedentes, a saber, que de haber sabido de antemano lo de su discurso, quizá tampoco hubiera importado mucho. Una cosa era pensar con gusto en que el marido de su sobrina tuviera pingües ingresos eclesiásticos, y otra hacer un discurso liberal: y es una mente muy estrecha la que no alcanza a ver un tema desde diversos puntos de vista.

CAPÍTULO VIII

Que maravilloso para Sir James Chettam lo mucho que le siguió gustando ir a Tipton Grange tras haberse enfrentado a la dificultad de ver a Dorothea por primera vez bajo el prisma de una mujer prometida a otro hombre. Por supuesto que el bífido relámpago pareció traspasarle cuando se acercó a ella y durante todo el primer encuentro fue consciente de estar ocultando su incomodidad, pero, pese a su bondad, hay que admitir que su desazón fue menor de lo que hubiera sido de haber considerado a su rival un novio brillante y deseable. No tenía la sensación de que el señor Casaubon le hubiera eclipsado; simplemente le asombraba el que Dorothea padeciera una ilusión melancólica, y su mortificación perdió parte de la amargura al verse mezclada con la compasión.

Mas, al tiempo que Sir James se decía a sí mismo que había renunciado a ella, puesto que con la perversidad de una Desdémona Dorothea no había aceptado una unión claramente conveniente y acorde a la naturaleza, aún no podía permanecer del todo pasivo ante la idea de su compromiso con el señor Casaubon. El día que les vio juntos por primera vez a la luz de su actual conocimiento, le pareció que no se había tomado el asunto lo suficientemente en serio. Brooke era realmente culpable; debiera haberlo impedido. ¿Quién podría hablar con él? Tal vez, incluso a estas alturas, se pudiera hacer algo para al menos retrasar la boda. De camino a casa entró en la rectoría y preguntó por el señor Cadwallader. Felizmente, el rector se encontraba en casa y pasaron a la visita al despacho, donde colgaban los aperos de pesca. Pero el rector estaba en una pequeña habitación adjunta, trabajando en el torno y llamó al baronet para que se reuniera allí con él. Ambos eran mejores amigos que cualquier otro terrateniente y clérigo de la comarca, hecho significativo y acorde con la amable expresión de sus rostros.

El señor Cadwallader era un hombre grande, de gruesos labios y dulce sonrisa; sencillo y rudo exteriormente, pero con esa sólida e imperturbable tranquilidad y buen humor que resultan contagiosas y que, como las grandes colinas verdes al sol, calman incluso un irritado egoísmo y hacen que se sienta avergonzado de sí mismo.

—Bien, ¿cómo está? —dijo, extendiendo una mano poco propia para estrechar—. Siento no haber salido a recibirle. ¿Ocurre algo en particular? Parece contrariado.

El ceño de Sir James mostraba una pequeña arruga, una leve depresión de las cejas que parecía acentuar deliberadamente al tiempo que contestaba.

—Sólo se trataba de la conducta de Brooke. De verdad creo que alguien debiera hablar con él.

—¿De qué? ¿Lo de presentarse? —dijo el señor Cadwallader, continuando con el arreglo de los carretes que acababa de tornear—. No creo que vaya en serio. De todos modos, ¿qué hay de malo en ello, si es que le gusta? Los que ponen pegas al liberalismo deberían alegrarse cuando los liberales no sacan a su mejor tipo. No echarán a rodar la Constitución sirviéndose de la cabeza de nuestro amigo Brooke como ariete.

—No, no me refiero a eso —dijo Sir James, quien, tras dejar el sombrero y desplomarse en un sillón, había comenzado a mecerse la pierna y examinar la suela de la bota con gran aflicción—. Me refiero a este matrimonio. Me refiero a que deje que esa lozana joven se case con Casaubon.

—¿Qué le sucede a Casaubon? No veo nada malo en él…, si a la chica le gusta.

—Es demasiado joven para saber lo que le gusta. Su tutor debería intervenir. No debería permitir que esto se hiciera de esta forma precipitada. Me extraña que un hombre como usted, Cadwallader, un hombre con hijas, pueda tomarse este asunto con tanta indiferencia. ¡Y con el corazón que tiene usted! Le ruego que lo piense seriamente.

—No estoy bromeando. Hablo muy en serio —dijo el rector con una provocativa risita interna—. Es usted igual que Elinor. Insiste en que vaya a sermonear a Brooke; y yo le he recordado que sus amigos tenían una opinión muy pobre de la boda que hacía cuando se casó conmigo.

—Pero mire a Casaubon —dijo Sir James con indignación—. Debe de tener cincuenta años, y no creo que fuera nunca mucho más que la sombra de un hombre. ¡Mírele las piernas!

—¡Caray con ustedes, los jóvenes apuestos! Quieren que en el mundo todo se haga a su gusto. No entienden a las mujeres. No les admiran ni la mitad de lo que se admiran ustedes a sí mismos. Elinor les solía decir a sus hermanas que se casaba conmigo por mi fealdad —era tan variopinta y divertida que había vencido por completo a su prudencia.

—¡Usted no es ejemplo! Era bien fácil que cualquier mujer se enamorara de usted. Pero aquí no se trata de belleza. No me gusta Casaubon —esta era la forma más tajante de Sir James para sugerir que tenía un mal concepto del carácter de una persona.

—¿Pero por qué? ¿Qué conoce en su contra? —dijo el rector, dejando a un lado los carretes y metiendo los pulgares en las sisas con aire de atención.

Sir James se detuvo. No solía tener facilidad para explicar sus razones: le parecía raro que la gente no las supiera sin que se le dijeran, puesto que él sólo sentía lo que era sensato. Finalmente dijo:

—Vamos a ver, Cadwallader, ¿tiene Casaubon corazón?

—Pues, sí. No me refiero a un corazón de la clase que se derrite, pero puede estar seguro que tiene un fondo muy válido. Se porta muy bien con sus parientes pobres: les pasa una pensión a varias de las mujeres y le está proporcionando a un joven una costosa educación. Casaubon actúa conforme a su sentido de la justicia. La hermana de su madre se casó mal —con un polaco, creo—. Se perdió… en cualquier caso, su familia la desheredó. De no ser por eso, Casaubon no dispondría ni de la mitad del dinero que tiene. Tengo entendido que él mismo buscó a sus primos para ayudarles. No todos los hombres, de tantear el metal del que están hechos, sonarían así de bien. Usted sí, Chettam, pero no todos.

—No lo sé —dijo Sir James, sonrojándose—. No estoy tan seguro de mí mismo —hizo una pausa y luego añadió—: lo que hizo Casaubon está bien. Pero un hombre puede querer hacer lo que está bien y no obstante ser como un pergamino. Una mujer puede no ser feliz con él. Y pienso que cuando una chica es tan joven como la señorita Brooke, sus amigos deberían intervenir un poco para evitar que haga ninguna tontería. Usted se ríe porque piensa que hablo por motivos personales. Pero le aseguro que no es eso. Sentiría exactamente lo mismo si fuera el hermano o el tío de la señorita Brooke.

—Bien, pero, ¿y qué haría?

—Diría que no se puede fijar la boda hasta que no fuera mayor de edad. Y tenga por seguro que, en ese caso, jamás se llevaría a cabo. Me gustaría que lo entendiera como yo; me gustaría que hablara de ello con Brooke.

Sir James se levantó mientras terminaba de hablar, pues vio que la señora Cadwallader entraba por el despacho. Llevaba de la mano a la menor de sus hijas, de unos cinco años, que corrió al momento hacia su padre sobre cuyas rodillas se acomodó.

—He oído lo que decía —dijo la mujer—. Pero no convencerá a Humphrey. Mientras los peces vayan a por el señuelo, la gente seguirá siendo cada uno lo que tiene que ser. ¡Válgame el cielo, Casaubon tiene un río de truchas, y no le interesa nada la pesca!, ¿podría encontrarse a nadie mejor?

—Bueno, algo de cierto hay en eso —dijo el rector con su tranquila risa interna—. Es una gran cualidad en un hombre el tener un río truchero.

—Pero, en serio —dijo Sir James, cuya contrariedad aún no se había gastado—, ¿no cree que el rector haría bien en hablar?

—Ya le dije antes lo que diría —respondió la señora Cadwallader enarcando las cejas—. Yo he hecho lo que he podido. Me lavo las manos.

—En primer lugar —dijo el rector con aire de gravedad—, sería ridículo esperar que yo pudiera convencer a Brooke, y hacerle actuar en consecuencia. Brooke es un tipo estupendo pero inconsistente; acepta cualquier molde, pero no mantiene la forma.

—Podría mantener la forma lo suficiente como para aplazar la boda —dijo Sir James.

—Pero, mi querido Chettam, ¿por qué habría yo de usar mi influencia en contra de Casaubon, a no ser que estuviera mucho más seguro de lo que estoy de que obraría en beneficio de la señorita Brooke? No conozco nada malo de Casaubon. No me interesan su Xisuthrus, ni sus ogros ni todo lo demás, pero tampoco le interesan a él mis aperos de pesca. En cuanto a su actividad en la cuestión católica, fue inesperada; pero conmigo siempre se ha mostrado muy educado y no veo por qué he de estropearle el juego. ¡Qué sé yo si la señorita Brooke no será más feliz con él que con cualquier otro hombre!

—¡Humphrey, colmas mi paciencia! Sabes que preferirías cenar bajo el seto que a solas con Casaubon. No tenéis nada que deciros el uno al otro.

—¿Y eso qué tiene que ver con que la señorita Brooke se case con él? No lo hace para entretenimiento mío.

—Por sus venas no corre auténtica sangre roja —dijo Sir james.

—Pues no. Alguien puso una gota debajo de una lupa y sólo encontró puntos y comas y paréntesis —dijo la señora Cadwallader.

—¿Por qué no publica su libro, en lugar de casarse? —dijo Sir James con la repulsión que se le antojaba justificada por los sólidos sentimientos de un inglés laico.

—Hijo, sueña con notas a pie de página, que se le fugan llevándosele el cerebro. Dicen que de niño hizo un resumen de Garbancito y lleva desde entonces haciendo resúmenes. ¡Uf! Y ese es el hombre con el que Humphrey insiste que una mujer puede ser feliz.

—Pues es lo que le gusta a la señorita Brooke —dijo el rector—. No presumo de entender los gustos de cada jovencita.

—¿Y si fuera su propia hija? —dijo Sir James.

—Ese sería un asunto diferente. No es mi hija y no me siento obligado a interferir. Casaubon es tan bueno como la mayoría de nosotros. Es un clérigo erudito y lleva su profesión con dignidad. Una radical que hizo un discurso en Middlemarch dijo que aquí había tres problemas: Casaubon y su erudita entelequia, Freke con sus pies en la tierra y yo con mis señuelos de pesca. Y vive Dios, que no veo que uno sea peor o mejor que el otro —el rector finalizó con su risa queda. Siempre veía la parte jocosa de cualquier sátira que se le hiciera. Su conciencia era amplia y cómoda, como el resto de su persona: hacía sólo lo que podía hacer sin problemas.

Estaba claro que no habría interferencias en el matrimonio de la señorita Brooke de parte del señor Cadwallader; y Sir James pensó con cierta tristeza que Dorothea iba a tener total libertad para errar. Era sintomático de su buena disposición el que no se desdijera de su intención de llevar adelante el proyecto de Dorothea respecto a las casitas. Indudablemente esta perseverancia era el mejor camino para su dignidad, pero el orgullo sólo nos ayuda a ser generosos, no nos convierte en desprendidos, al igual que la vanidad no nos hace ingeniosos. Dorothea era ahora lo suficientemente consciente de la postura de Sir James con respecto a ella como para apreciar la rectitud de éste en sus obligaciones como terrateniente, a las cuales en un principio se había visto inclinado por su amabilidad de pretendiente. Esto la complacía lo bastante como para que lo tuviera en cuenta incluso dada su actual felicidad. Tal vez le prestó a las casitas de Sir James Chettam todo el interés que podía restarle al señor Casaubon, o tal vez fuera el producto de la sinfonía de sueños esperanzadores, confianza admiradora y apasionada autodevoción que aquel sesudo caballero había disparado en el alma de Dorothea, pero resultó que en las siguientes visitas del buen baronet, durante las que comenzó a dedicarle a Celia pequeñas atenciones, se encontró hablando con Dorothea con más y más gusto. Ésta se mostraba ahora totalmente espontánea y no sentía hacia él irritación alguna mientras que él iba descubriendo gradualmente las delicias de la amabilidad sincera y el compañerismo entre el hombre y la mujer que no tienen que ocultar o confesar pasión alguna.

CAPÍTULO IX

La actitud del señor Casaubon respecto a la dote fue altamente satisfactoria para el señor Brooke, y los preliminares de la boda se desarrollaron apaciblemente, acortando las semanas de noviazgo. La novia debía ver su futuro hogar e indicar cualquier cambio que deseara se llevara a cabo en él. Las mujeres mandan antes del matrimonio a fin de poder tener después apetito para la sumisión. Y, verdaderamente, los errores que nosotros los mortales femeninos y masculinos cometemos cuando usamos de nuestra libertad podrían hacer que nos sorprendiéramos del aprecio en que la tenemos.

Una mañana gris pero seca de noviembre, Dorothea fue a Lowick en compañía de su tío y de Celia. El hogar del señor Casaubon era la casa solariega. Muy cerca, visible desde algunas partes del jardín, quedaba la pequeña iglesia, con la vieja casa parroquial enfrente. Al inicio de su carrera, el señor Casaubon sólo había disfrutado de los beneficios, pero la muerte de su hermano le había proporcionado también la casona. Tenía un pequeño parque, con algún que otro hermoso roble aquí y allí y una avenida de tilos hacia la fachada suroeste, con una zanja entre el parque y la zona de recreo, de forma que desde las ventanas del cuarto de estar la vista recorría ininterrumpidamente una loma de césped hasta que los tilos culminaban en un llano de cereales y pastos que con frecuencia parecían fundirse en un lago a la puesta del sol. Este era el lado alegre de la casa, pues el sur y el este tenían un aspecto bastante melancólico incluso en las mañanas más claras. Los terrenos aquí estaban más encerrados, los parterres mostraban cierto descuido y grandes grupos de árboles, en especial de sombríos tejos, habían crecido desmesuradamente a menos de diez metros de las ventanas. El edificio de piedra verdosa era de estilo tradicional inglés, no feo, pero de ventanas pequeñas y aspecto triste: el tipo de casa que requiere niños, muchas flores, ventanas abiertas y los pequeños detalles de cosas alegres para convertirlo en un hogar gozoso. En este final de otoño, con exiguos restos de amarillentas hojas cayendo lentamente sobre los oscuros árboles de hoja perenne y en una quietud carente de sol, la casa ofrecía asimismo un aspecto de declive otoñal, y el señor Casaubon, cuando hizo su aparición, no poseía frescor alguno que este entorno pudiera realzar.

«¡Dios mío!», se dijo Celia para sí misma. «Estoy segura que Freshitt Hall hubiera sido mucho más agradable que ésto». Recordó la sillería blanca, el pórtico con columnas y los arriates cuajados de flores, a Sir James dominándolo todo con una sonrisa, cual príncipe saliendo del encantamiento en medio de un rosal, con un pañuelo metamorfoseado prestamente a partir de los pétalos de más delicado aroma. ¡Sir James, cuya conversación resultaba tan agradable, siempre sobre cosas de sentido común y no de sapiencia! Celia poseía esos gustos livianos y femeninos que hombres serios y trabajadores a veces prefieren en sus esposas. Felizmente, la inclinación del señor Casaubon había sido distinta, pues poca oportunidad habría tenido con Celia. Por el contrario, Dorothea consideró la casa y los terrenos todo cuanto pudiera desear. Las oscuras estanterías llenas de libros de la larga biblioteca, las alfombras y las cortinas de colores mitigados por el tiempo, los curiosos mapas antiguos y vistas de pájaros en las paredes del pasillo, con aquí y allí un viejo jarrón debajo, no la deprimían y se le antojaban más animados que las escayolas y los cuadros de Tipton Grange que su tío había ido trayendo a casa, hacía tiempo, de sus viales, probables exponentes de las ideas que en tiempos fuera absorbiendo. Para la pobre Dorothea los severos desnudos clásicos y las burlonas obras renacentistas y lorreginas resultaban dolorosamente inexplicables, escudriñadoras de sus concepciones puritanas, pues jamás la habían enseñado cómo entrelazarlas con su vida. Pero evidentemente, los dueños de Lowick jamás habían sido viajeros, y los estudios sobre el pasado del señor Casaubon no se llevaban a cabo mediante tales ayudas. Dorothea recorrió la casa con una deliciosa emoción. Todo le parecía santificado: éste iba a ser su hogar de desposada y miraba con ojos llenos de confianza al señor Casaubon cuando él llamaba su atención sobre algo en particular y le preguntaba si quería hacer algún cambio. Agradeció toda apelación a su gusto, pero no encontró nada que cambiar. Los esfuerzos del señor Casaubon por ser absolutamente corteses y por mostrar un cariño formal no tenían para ella defecto alguno. Rellenaba todos los huecos con perfecciones no manifestadas, interpretándole tal y como ella interpretaba las obras de la providencia, y disculpando aparentes disensiones con su propia sordera ante armonías más sublimes. Y son muchos los huecos que quedan en las semanas de noviazgo que una fe amorosa rellena con alegre seguridad.

—Y ahora, mi querida Dorothea, quisiera que me complacieras indicándome qué habitación desearías tener como tu gabinete —dijo el señor Casaubon, demostrando que su conocimiento de la naturaleza femenina era lo suficientemente amplio como para incluir ese requisito.

—Eres muy amable al haber pensado en eso —dijo Dorothea—, pero te aseguro que preferiría que todas estas cosas las decidieras por mí. Estaré mucho más feliz aceptando todo tal cual está, tal y como tú estás acostumbrado a tenerlo, o como tú mismo decidas que esté. No tengo motivos para desear otra cosa.

—Pero Dodo —dijo Celia—, ¿no te gustaría la habitación del mirador de arriba?

El señor Casaubon las condujo allí. El mirador daba a la avenida de tilos; los muebles eran todos de un azul apagado y de la pared colgaba un grupo de miniaturas de damas y caballeros con el pelo empolvado. Un tapiz sobre una puerta también mostraba un mundo verde y azul con un ciervo en medio. Las sillas y las mesas eran de patas finas y fáciles de volcar. Era una habitación en la cual uno se podía imaginar al fantasma de una dama bien encorsetada volviendo de nuevo al escenario de su costura. Una endeble estantería contenía volúmenes en dozavo de literatura remilgada en piel, como Punto final del mobiliario.

—Sí —dijo el señor Brooke—, ésta sería una bonita habitación una vez se le pusieran cortinas nuevas y sofás, y todo eso. De momento, está un poco desnuda.

—No, tío —dijo Dorothea con prontitud—. Le ruego no hable de cambiar nada. Hay tantas otras cosas en el mundo que precisan cambio… me gustaría dejar esto como está. Y a ti te gustan así, ¿no? —añadió, mirando al señor Casaubon—. Quizá ésta fuera la habitación de tu madre cuando era joven.

—Lo era —dijo, con su lenta inclinación de cabeza.

—Esta es tu madre —dijo Dorothea, que se había vuelto para mirar el conjunto de miniaturas—. Es como aquel retrato pequeñito que me trajiste, sólo que mejor, diría yo. ¿Y quién es ésta de aquí?

—Su hermana mayor. Eran, como tú y tu hermana, las únicas hijas del matrimonio que, como ves, está aquí encima.

—La hermana es bonita —dijo Celia, sugiriendo que tenía una impresión menos favorable de la madre del señor Casaubon. Constituía una nueva revelación para la imaginación de Celia, que el señor Casaubon procediera de una familia que en su momento había sido joven… y en la que las señoras llevaban collares.

—Es un rostro peculiar —dijo Dorothea, examinándolo con atención—. Esos profundos ojos grises un poco juntos…, la delicada nariz irregular con una especie de ondulación…, y todos los rizos empolvados cayendo hacia atrás. En conjunto me parece peculiar, más que bonita. No hay ni siquiera un aire de familia entre ella y tu madre.

—No. Y tampoco su suerte fue parecida.

—No me habías hablado de ella —dijo Dorothea.

—Mi tía hizo una boda poco afortunada. Nunca la conocí. Dorothea se sorprendió un poco, pero consideró que no sería delicado pedir en ese momento información que el señor Casaubon no ofrecía y se dirigió a la ventana para admirar la vista. El sol había traspasado el gris y la avenida de tilos proyectaba ya sombras.

—¿No querríais dar un paseo ahora? —dijo Dorothea.

—Y seguro que te gustaría ver la iglesia —dijo el señor Brooke—. Es una iglesia muy graciosa. Y el pueblo. Cabe todo en una nuez. Seguro que te encanta, Dorothea, pues las casitas son como una fila de asilos…, pequeños jardincillos, alhelíes y ese tipo de cosas.

—Sí, sí —dijo Dorothea, mirando al señor Casaubon—. Me gustaría verlo todo —no había podido obtener de él nada más gráfico respecto a las casitas de Lowick que un «no están mal».

Pronto se encontraron en un camino de grava flanqueado por márgenes de hierba y grupos de árboles, siendo éste el camino más corto a la iglesia según indicara el señor Casaubon. Hubo una pausa ante la pequeña verja que daba paso al cementerio mientras el señor Casaubon iba a la cercana casa parroquial en busca de la llave. Celia, que se había quedado un poco rezagada, se acercó cuando vio que el señor Casaubon se había ido y dijo con su sereno estilo entrecortado que siempre parecía contradecir la sospecha de cualquier intención maliciosa:

—¿Sabes, Dorothea? Vi a alguien bastante joven subiendo por uno de los senderos.

—Y eso, Celia, ¿es muy sorprendente?

—Puede que haya un jardinero joven, ¿por qué no? —dijo el señor Brooke—. Le dije a Casaubon que debía cambiar de jardinero.

—No, no era un jardinero —dijo Celia—; era un caballero con un cuaderno de dibujo. Tenía el pelo rizado y de color castaño claro. Sólo le vi de espaldas. Pero era bastante joven.

—Tal vez fuera el hijo del coadjutor —dijo el señor Brooke—. ¡Ah! Ahí está Casaubon, y le acompaña Tucker. Va a presentártelo. Aún no conoces a Tucker.

El señor Tucker era el coadjutor de mediana edad, uno de los «clérigos inferiores» a quienes normalmente no les faltan hijos. Pero tras las presentaciones, la conversación no condujo a preguntas respecto a su familia y la sorprendente aparición juvenil quedó olvidada por todos salvo por Celia. Interiormente se negaba a creer que los rizos castaños y figura delgada pudieran tener relación alguna con el señor Tucker, quien era tan mayor y apergaminado como se esperaba que fuera el coadjutor del señor Casaubon; sin duda un hombre excelente que iría al cielo (Celia no quería carecer de principios), pero con unas desagradables comisuras de los labios. Celia pensó con tristeza en el tiempo que debería permanecer en Lowick como dama de honor, donde seguramente el coadjutor no tendría hermosos hijitos que, al margen de los principios, pudieran entretenerla.

El señor Tucker resultó de inestimable ayuda en su paseo, y tal vez el señor Casaubon no había carecido de visión en este punto, pues el coadjutor pudo responder a todas las preguntas de Dorothea acerca de la gente del pueblo y otros parroquianos. Todo el mundo, la aseguró, disponía de medios en Lowick: no había habitante en las casitas de renta baja que no tuviera un cerdo, y los pequeños jardines traseros estaban todos bien cuidados. Los chavales llevaban buena pana, las chicas hacían de apañadas sirvientas o trenzaban paja en sus casas. Aquí no había telares, ni disidentes, y aunque la disposición general tendía más al ahorro que a la espiritualidad, no había mucho vicio. Las aves de corral eran tan numerosas que el señor Brooke observó:

—Veo que sus granjeros dejan algo de cebada para que las mujeres espiguen. Los pobres de aquí pueden tener una gallina en la olla, como el buen rey francés solía desear para toda su gente. Los franceses comen muchas aves…, aves escuálidas, ¿saben?

—Creo que ese es un deseo muy mezquino —dijo Dorothea con indignación—, ¿es que los reyes son tales monstruos que semejante deseo deba considerarse una virtud real?

—Y si deseaba para ellos una gallina escuálida —dijo Celia—, no sería muy bueno. Pero quizá su deseo era que tuvieran aves gordas.

—Sí, pero la palabra se ha caído del texto, o tal vez estuviera subauditum, es decir, presente en la mente del rey, pero no pronunciada —dijo el señor Casaubon, sonriendo e inclinándose hacia Celia, quien al pronto se hizo atrás, porque no soportaba que el señor Casaubon parpadeara tan cerca de ella.

Dorothea se sumió en un silencio durante el camino de regreso a la casa. Sentía cierta desilusión, de la que se avergonzaba un poco, de que no le quedara nada por hacer en Lowick. Durante unos minutos contempló la posibilidad, que hubiera preferido, de que su hogar se hubiera encontrado en una parroquia que contuviera una mayor parcela de la miseria de mundo, de forma que hubiera tenido más obligaciones activas.

Pero a continuación, recurriendo al futuro que realmente se abría ante ella, dibujó un cuadro de una mayor devoción a los objetivos del señor Casaubon, donde le aguardaban nuevos deberes. Muchos podrían aparecérsele con la obtención de los mayores conocimientos que la compañía de su esposo proporcionaría.

El señor Tucker se despidió pronto de ellos, habiendo de atender a trabajos clericales que no le permitían comer en Lowick Hall. Así que entraban al jardín por la pequeña verja, el señor Casaubon dijo:

—Pareces un poco triste, Dorothea. Confío en que estés contenta con lo que has visto.

—Siento algo que quizá sea tonto y equivocado —respondió Dorothea, con su franqueza habitual—. Casi desearía que la gente necesitara que se hiciera algo más por ella. He conocido tan pocas maneras de ser útil en algo. Claro que mi noción de la utilidad debe ser muy reducida. Debo aprender nuevas formas de ayudar a las personas.

—Por supuesto —dijo el señor Casaubon—. Cada situación tiene sus obligaciones correspondientes. Confío en que la tuya, como dueña de Lowick, no dejará incumplido ningún anhelo.

—Eso puedo asegurarlo —dijo Dorothea con convicción—. Pero no creas que estoy triste.

—Me alegro. Y ahora, si no estás cansada, regresaremos a la casa por otro camino que el que vinimos.

Dorothea no estaba en absoluto cansada, y se hizo una pequeña circunvalación hasta llegar a un hermoso tejo, la principal gloria hereditaria de los terrenos a este lado de la casa. Así que se acercaron a él, vieron una figura, conspicua sobre un fondo oscuro de árboles perennes, que estaba sentada en un banco, dibujando el vetusto árbol. El señor Brooke, que caminaba delante con Celia, volvió la cabeza y dijo:

—¿Quién es ese joven, Casaubon?

Se había acercado ya mucho cuando el señor Casaubon respondió:

—Es un joven pariente mío, un primo segundo. De hecho, es el nieto —añadió mirando a Dorothea— de la señora cuyo retrato has estado mirando, mi tía Julia.

El joven había dejado a un lado el cuaderno y se había levantado. Su pelo fosco y castaño, así como su juventud, le identificaron al momento con la aparición de Celia.

—Dorothea, permíteme presentarte a mi primo, el señor Ladislaw. Will, ésta es la señorita Brooke.

El primo se encontraba ahora tan cerca que, cuando alzó su sombrero, Dorothea pudo ver un par de ojos grises bastante juntos, una delicada nariz irregular con una pequeña ondulación y el pelo cayendo hacia atrás. Pero había también una boca y un mentón de aspecto más prominente y amenazador que el perteneciente a la miniatura de la abuela. El joven Ladislaw no sintió la necesidad de sonreír como si gustara de esta presentación a su futura prima segunda y sus parientes, sino que mantuvo cierto aire de amohinada disconformidad.

—Veo que es usted un artista —dijo el señor Brooke, cogiendo el cuaderno de apuntes y ojeándolo con su característica informalidad.

—No, simplemente dibujo un poco. No hay ahí nada digno de ver —dijo el joven Ladislaw, sonrojándose quizá más por irritación que modestia.

—Vamos, vamos, esto está muy bien. Yo me dediqué un poco a esto en tiempos, ¿sabe? Esto, por ejemplo, esto es lo que yo llamo algo hermoso, hecho con lo que nosotros solíamos llamar brío —el señor Brooke les mostró a las dos chicas un dibujo grande, a color, de un terreno pedregoso y árboles, con un lago.

—No puedo juzgar estas cosas —dijo Dorothea, no con frialdad, pero sí con presta desaprobación ante el llamamiento que se le había hecho—. Ya sabe, tío, que nunca consigo ver la belleza de esos cuadros que usted dice merecen tantas alabanzas. Es un lenguaje que yo no entiendo. Supongo que hay alguna relación entre los cuadros y la naturaleza que yo soy demasiado ignorante para sentir, igual que tú ves lo que significa una frase en griego que a mí no me dice nada.

Dorothea alzó la vista hacia el señor Casaubon, quien inclinó hacia ella la cabeza, mientras el señor Brooke decía, sonriendo calmosamente:

—¡Dios mío! ¡Qué diferentes son las personas! Tú debiste recibir una mala instrucción, porque esto es justamente lo apropiado para las chicas…, el dibujo, las bellas artes, y todo eso. Pero a ti te dio por dibujar planos; y ese tipo de cosas. Espero que venga a mi casa y allí le enseñaré lo que yo hice en esta línea —continuó, volviéndose hacia el joven Ladislaw, que hubo de ser extraído de su preocupada observación de Dorothea.

Ladislaw se había hecho la idea de que tenía que ser una chica desagradable, puesto que se iba a casar con Casaubon, y lo que acababa de decir acerca de su estupidez respecto a los cuadros hubiera confirmado esa opinión, incluso de haberla creído sincera. En cualquier caso, interpretó sus palabras como un juicio velado y tuvo la certeza de que consideraba sus dibujos detestables. Su disculpa contenía demasiada inteligencia: se estaba riendo tanto de su tío como de él mismo. Pero, ¡qué voz! Era como la voz de un alma que hubiera vivido en un arpa eólica. Esta tenía que ser una de las inconsistencias de la naturaleza. No podía haber ningún tipo de pasión en una chica que se casaba con Casaubon. Pero arrancó de ella la vista y agradeció la invitación del señor Brooke con una inclinación.

—Repasaremos juntos mis grabados italianos —continuó ese bondadoso caballero—. Tengo un sinfín de ellos, que no he mirado desde hace años. Uno se oxida en esta parte del país, ¿sabe? No usted, Casaubon, usted sigue con sus estudios, pero a mí se me van las ideas…, de no usarlas. Ustedes los jóvenes deben guardarse de la indolencia. Yo he sido demasiado indolente; hubo un tiempo en que habría podido llegar a cualquier parte.

—Esa es una admonición oportuna —dijo el señor Casaubon—, pero ahora pasemos a la casa, no sea que las jóvenes damas estén cansadas de estar de pie. Cuando se hubieron dado la vuelta, el joven Ladislaw se sentó para continuar su dibujo, y al hacerlo, su rostro adquirió una expresión de diversión que fue en aumento a medida que proseguía su labor hasta que finalmente echó hacia atrás la cabeza y estalló en una carcajada. En parte fue la recepción de su propia producción artística lo que le divirtió, en parte, la idea de su serio primo como novio de aquella muchacha, y en parte la definición del señor Brooke del lugar que hubiera podido ocupar de no ser por el impedimento de la indolencia. El sentido del absurdo del señor Ladislaw iluminó sus facciones de forma muy agradable: era el puro disfrute de lo cómico, sin mezcla alguna de burla o de vanagloria.

—¿Qué piensa hacer su sobrino en la vida, Casaubon? —dijo el señor Brooke así que prosiguieron.

—Se refiere a mi primo… no mi sobrino ¿no? —Sí, sí, primo. Como profesión, digo.

—La respuesta a esa pregunta es dolorosamente incierta. Al terminar sus estudios en Rugby no quiso ir a una universidad inglesa, donde yo le hubiera mandado con gusto, y eligió lo que debo considerar como una forma anómala de estudio en Heidelberg. Y ahora quiere volver al extranjero, sin ninguna meta específica, salvo el vago propósito de lo que él denomina cultura, en preparación para no sabe bien qué. Se niega a escoger una profesión.

—Supongo que no tiene más medios que los que usted le proporciona.

—Siempre le he dado a él y a sus parientes razones para saber que le proporcionaría, con moderación, lo que fuera necesario para adquirir una educación esmerada y establecerse dignamente. Por tanto, estoy obligado a cumplir las expectativas —dijo el señor Casaubon, colocando su conducta en el plano de la mera rectitud, rasgo de delicadeza que Dorothea observó con admiración.

—Está sediento de viajes; tal vez resulte ser un Bruce o un Mungo Park— dijo el señor Brooke—. Yo mismo tuve esa idea durante una temporada.

—No, no siente inclinación por la exploración o la ampliación de la geognosia: ese sería un propósito determinado que yo podría, en cierta medida, aprobar, si bien no le felicitaría por escoger una carrera que con tanta frecuencia termina en una muerte prematura y violenta. Pero dista tanto de desear un conocimiento más exacto de la superficie de la tierra que dijo preferir no conocer los orígenes del Nilo, y que debieran existir regiones desconocidas destinadas a ser cotos de caza para la imaginación poética.

—Bueno, algo de miga tiene eso —dijo el señor Brooke, cuya mente era del todo imparcial.

—Me temo que sólo sea parte de su imprecisión general y su poca disposición por la minuciosidad en cualquier aspecto, lo que sería un mal augurio para él en toda profesión, civil o sagrada, incluso llegado el caso de que se sometiera lo suficiente a la costumbre normal de elegir una.

—Quizá tenga escrúpulos conscientes fundamentados en su propia incapacidad —dijo Dorothea, que se afanaba por encontrar una explicación favorable—. Porque la ley y la medicina son profesiones muy serias para asumir, ¿verdad? Las vidas y los destinos de las personas dependen de ellos.

—Sin duda; pero me temo que la aversión de mi joven pariente Will Ladislaw por estas vocaciones está fundamentalmente determinada por una repulsión a la aplicación sostenida o a ese tipo de conocimientos que son necesarios instrumentalmente, pero que no resultan inmediatamente atractivos o seductores para quienes gustan de autocomplacerse. Le he insistido sobre lo que Aristóteles dijo con admirable brevedad, que para la consecución de cualquier labor considerada como un fin, debe haber un ejercicio previo de muchas energías o aptitudes adquiridas de orden secundario, que exigen paciencia. Le he remitido a mis propios manuscritos, que representan el esfuerzo de años, preparación para un trabajo aún por culminar. Pero en vano. Al pulcro razonamiento de esta índole responde llamándose a sí mismo Pegaso, y toda forma de trabajo ordenado «arneses».

Celia se rio. Le sorprendió que el señor Casaubon pudiera decir algo divertido.

—Bueno, quién sabe, tal vez resulte ser un Byron, un Chatterton, un Churchill, o algo así, nunca se sabe —dijo el señor Brooke—. ¿Va a dejarle que se vaya a Italia, o donde sea que se quiera ir?

—Sí; me he avenido a proporcionarle una cantidad razonable para un año o así; no pide más. Le dejaré que le tantee la prueba de la libertad.

—¡Qué bueno eres! —dijo Dorothea, alzando gozosa la vista hacia el señor Casaubon—. Es un noble gesto. Después de todo, las personas pueden encerrar alguna vocación que ellos mismos ignoran, ¿no es cierto? Pueden parecer indolentes y débiles porque están creciendo. Creo que debemos tener paciencia los unos con los otros.

—Supongo que será el hecho de que te vas a casar lo que te hace considerar buena la paciencia —dijo Celia en cuanto ella y Dorothea se encontraron a solas quitándose los abrigos.

—¿Me estás queriendo decir, Celia, que soy muy impaciente?

—Pues sí, cuando la gente no hace y dice lo que tú quieres —desde su compromiso matrimonial Celia había perdido un poco el miedo a «decirle cosas» a Dorothea; la inteligencia le parecía más patética que nunca.

CAPÍTULO X

El joven Ladislaw no hizo la visita que el señor Brooke le había propuesto, y tan sólo seis días después el señor Casaubon mencionó que su joven pariente había partido hacia el extranjero, dando la impresión, por su fría vaguedad, de que quería evitar más preguntas. Lo cierto era que Will había rehusado dar un destino más preciso que toda el área de Europa. Mantenía que el genio era necesariamente intolerante con los grilletes; por un lado debe tener campo para su espontaneidad, por otro, puede esperar confiado aquellos mensajes del universo que le convocarán a su trabajo determinado, colocándose simplemente en una actitud receptiva con respecto a todas las sublimes oportunidades. Las actitudes de receptividad son diversas, y Will había probado muchas de ellas con sinceridad. No gustaba excesivamente del vino, pero en varias ocasiones había tomado demasiado, como simple experimento con esa forma de éxtasis; había ayunado hasta desmayarse para a continuación cenar langosta; se había puesto enfermo con dosis de opio. Nada en exceso original había sido el fruto de estas medidas, y los efectos del opio le convencieron de que existía una total falta de similitud entre su propia constitución y la de de Quincey.

La circunstancia añadida que provocaría la genialidad no había aún llegado; el universo aún no había hecho su llamada. Incluso el destino de César, en un momento, no fue más que un gran presentimiento. Sabemos la farsa que es todo desarrollo, y las formas tan perfectas que un impotente embrión puede disfrazar. De hecho, el mundo está saturado de esperanzadoras analogías y hermosos huevos dudosos denominados posibilidades. Will veía con suma claridad los patéticos ejemplos de largas incubaciones que no habían producido polluelo alguno, y de no ser por la gratitud, se hubiera reído de Casaubon, cuya tenaz explicación, filas de libros de notas, y pequeño cirio de erudita teoría explorando las baqueteadas ruinas del mundo parecían reforzar una moral que animaba rotundamente la generosa confianza de Will sobre las intenciones del universo respecto de él mismo. Entendía esa confianza como señal del genio y, ciertamente, no es señal de lo contrario, pues el genio no consiste ni en la vanidad ni en la humildad, sino en la fuerza para hacer no algo en general, sino algo en particular. Que parta hacia el extranjero, pues, sin que nosotros nos pronunciemos sobre su futuro. De entre las múltiples formas de equivocación, la profecía es la más gratuita. Pero de momento, esta cautela respecto de un juicio en exceso precipitado me interesa más con relación al señor Casaubon que a su joven primo. Si para Dorothea el señor Casaubon había sido la mera ocasión que había inflamado el hermoso material incandescente de sus ilusiones juveniles ¿acaso de ello se deriva que el clérigo estuviera representado con justicia en las mentes de esos personajes menos apasionados que hasta el momento han dado su opinión respecto de él? Protesto contra toda conclusión definitiva, cualquier prejuicio derivado del desdén de la señora Cadwallader por la supuesta grandeza de alma de un clérigo vecino, la pobre opinión que Sir James Chettam tenía de las piernas de su rival, el fracaso del señor Brooke para extraerle las ideas a un contertulio o la crítica de Celia sobre el aspecto personal de un estudioso de mediana edad. No estoy segura de que el hombre más grande de su época, si existió alguna vez ese solitario superlativo, escapara a estos desfavorables reflejos de sí mismo vislumbrados en diversos pequeños espejos; e incluso Milton, buscando su imagen en una cuchara, ha de conformarse con tener el ángulo facial de un patán. Además, aunque el señor Casaubon tenga una retórica un tanto gélida, no es por ello seguro que no exista en él un fondo bueno y delicados sentimientos. ¿Acaso no escribió versos detestables un físico inmortal intérprete de jeroglíficos? ¿Es que la teoría del sistema solar avanzó merced a la buena educación y el tacto en la conversación? Supongamos que dejamos a un lado las estimaciones externas de un hombre, para preguntarnos, con más vivo interés, cuál es el informe de su propia conciencia sobre su quehacer o su capacidad; con qué impedimentos lleva a cabo su tarea diaria; qué desvanecimiento de esperanzas, o qué profunda fijación de auto-desilusión se están cobrando los años, y con qué ahínco lucha contra la presión universal, que, un día, le resultará demasiado pesada y llevará a su corazón a su pausa final. Indudablemente su sino es importante a sus propios ojos, y la razón principal de que pensemos que exige un lugar demasiado grande en nuestra consideración debe ser la falta de espacio que le otorgamos, puesto que le remitimos a la consideración divina con absoluta confianza; es más, incluso consideramos sublime que nuestro vecino espere el máximo de ella, por poco que haya obtenido de nosotros. Además, el señor Casaubon era el centro de su propio mundo; si tendía a pensar que los demás existían providencialmente para beneficio de él y los consideraba a la luz de la idoneidad que suponían para el autor de La Clave para todas las mitologías, éste constituye un rasgo no del todo ajeno al resto del mundo, y, al igual que las otras esperanzas mendicantes de los demás mortales, merece nuestra compasión.

Por descontado que este asunto de su matrimonio con la señorita Brooke le afectaba más que a cualquiera de las personas que hasta el momento habían mostrado su disconformidad con el mismo, y en el actual estado de las cosas, me enternece más su éxito que la desilusión del afable Sir James. Pues la verdad es que, a medida que se aproximaba el día de su boda, el señor Casaubon no sentía que su espíritu se elevara. Tampoco su visión del jardín matrimonial donde, según la experiencia, los senderos estaban bordeados de flores, se le antojaba nítidamente más cautivador que las familiares criptas por las cuales caminada, vela en mano.

No se confesaba a sí mismo, y aún menos se lo hubiera susurrado a otros, su sorpresa ante el hecho de que, a pesar de haber conquistado una joven hermosa y de noble corazón; no había conquistado el gozo, algo que también había considerado como objeto a encontrar por medio de la búsqueda. Cierto que conocía todos los pasajes clásicos argumentando lo contrario; pero descubrimos que el conocimiento de los pasajes clásicos es una forma de movimiento, lo que explica que dejen tan pocas fuerzas para su aplicación personal.

El pobre señor Casaubon había imaginado que su larga soltería dedicada al estudio había hecho que acumulara un interés compuesto por el disfrute, y que no dejarían de satisfacérsele los generosos cheques firmados por su afecto, pues a todos nosotros, serios o frívolos, se nos enreda el pensamiento con la metáfora, y fatalmente, actuamos bajo su influencia. Y ahora se encontraba en peligro de que le entristeciera la misma convicción de que sus circunstancias eran inusitadamente felices; no había nada externo que explicara cierta ausencia de sensibilidad que le embargaba precisamente cuando su expectante júbilo debía haber sido más vivo, precisamente cuando había cambiado la monotonía habitual de su biblioteca de Lowick por sus visitas a Tipton Grange. Aquí se hallaba una penosa experiencia en la cual estaba tan completamente condenado a la soledad como cuando en ocasiones le atenazaba la desesperación mientras se movía laboriosamente por las marismas de la paternidad literaria sin acercarse a la meta. Y era la suya la peor de las soledades, la que huye de la comprensión. No podía por menos que desear que Dorothea no le considerara menos feliz de lo que el resto del mundo esperaba que fuera el triunfante pretendiente; y en relación a su condición de autor, se apoyaba en la joven confianza y veneración que ella sentía. Como medio de animarse a sí mismo gustaba de extraer de Dorothea el fresco interés de ésta al escuchar; al hablar con ella su actuación e intención mostraban la confianza del pedagogo, liberándose momentáneamente de ese gélido público ideal que llenaba sus laboriosas horas infructíferas con la presión vaporosa de tintes Tartáreos.

Pues para Dorothea, tras la historia del mundo de juguete adaptada para jovencitas que había constituido la mayor parte de su educación, la conversación del señor Casaubon sobre su gran libro estaba llena de nuevos horizontes; y esta revelación, esta sorpresa ante una introducción más cercana a los estoicos y alejandrinos como seres cuyas ideas no distaban tanto de las suyas, mantenían a raya, por el momento, su natural afán por una teoría sólida que conectara bien su propia vida y doctrina con ese sorprendente pasado, y dotara a las fuentes más remotas del conocimiento de alguna relevancia respecto de sus acciones. Esa enseñanza más completa vendría con el tiempo…, el señor Casaubon se lo explicaría todo. Esperaba su matrimonio con la misma ansiedad que esperaba una mayor instrucción sobre las ideas, combinando la nebulosa concepción que de ambos tenía. Sería un grave error suponer que Dorothea se interesaba por cualquier aspecto de la sabiduría del señor Casaubon como simple habilidad. Aunque la opinión del vecindario de Freshitt y Tipton la catalogaba de inteligente, ese epíteto no la habría descrito en círculos en cuyo vocabulario más preciso la inteligencia simplemente significa aptitud para conocer y hacer, al margen del carácter. Todo su afán por la adquisición de conocimientos se encontraba dentro de esa amplia corriente de comprensiva motivación por la cual discurrían normalmente sus ideas e impulsos. No quería adornarse con la sabiduría, llevarla suelta y separada de los nervios y de la sangre que alimentaban sus acciones, y de haber escrito un libro, lo habría hecho al modo de Santa Teresa, forzada a ello por una autoridad que obligaba su conciencia. Pero añoraba algo que inundara su vida de acción, una acción racional al tiempo que ardiente, y puesto que atrás quedaban los días de las visiones alentadoras y los directores espirituales, y puesto que la oración aumentaba la añoranza pero no la instrucción, ¿qué lámpara quedaba salvo la de la sabiduría? Sólo los sabios debían poseer el auténtico aceite y ¿quién más sabio que el señor Casaubon?

Y así, en estas breves semanas, las jubilosas y agradecidas expectativas de Dorothea no se vieron truncadas y por mucho que su novio sintiera ocasionalmente cierto vacío, nunca podía imputárselo a la disminución del interés de Dorothea.

La estación resultaba lo bastante templada como para favorecer el proyecto de alargar el viaje de novios hasta Roma, y el señor Casaubon tenía mucho interés en ello porque deseaba ver algunos manuscritos en el Vaticano.

—Sigo lamentando que tu hermana no nos acompañe —dijo una mañana, algún tiempo después de que hubiera quedado claro que Celia no quería ir y que Dorothea no deseaba su compañía—. Pasarás muchas horas a solas, Dorothea, pues me veré obligado a aprovechar el tiempo al máximo durante nuestra estancia en Italia y me sentiría más libre si tú tuvieras compañía.

Las palabras «me sentiría más libre» hirieron a Dorothea. Por primera vez, al hablar con el señor Casaubon se sonrojó de enojo.

—Me debes haber malentendido enormemente —dijo—, si piensas que no iba a tener en cuenta el valor de tu tiempo… si piensas que no renunciaría voluntariamente a todo aquello que te impidiera utilizarlo lo mejor posible.

—Es un gran detalle por tu parte, Dorothea —dijo el señor Casaubon, no percatándose en absoluto de que estaba dolida—, pero si tuvieras la compañía de una dama os pondría a ambas al cuidado de un cicerone y así cumpliríamos dos objetivos en el mismo espacio de tiempo.

—Te ruego no hables más de esto —dijo Dorothea con cierta altivez. Pero al momento pensó que debía estar equivocada, y volviéndose hacia él puso la mano sobre la suya, añadiendo en tono diferente—: te ruego no te inquietes por mí. Tendré mucho en qué pensar cuando me encuentre a solas. Y Tantripp será suficiente compañía para cuidarme. No soportaría que viniera Celia, a ella no le gustaría nada.

Era hora de vestirse. Había una fiesta esa noche, la última de las que se daban en Tipton Grange como preparativos formales de la boda, y Dorothea agradeció el sonido de la campana, marchándose al punto como si necesitara más preparativos de los normales. Se avergonzaba de sentirse irritada por algún motivo que ni ella misma podía definirse, pues aunque no tenía ninguna intención de ser poco sincera, su contestación no había respondido a la verdadera herida. Las palabras del señor Casaubon, con todo y ser muy razonables, habían sido, sin embargo, portadoras de una vaga sensación de distanciamiento.

—Debo ser presa de un estado mental extrañamente egoísta y débil —se dijo a sí misma—. ¿Cómo puedo tener un marido tan por encima de mí y no saber que me necesita menos que yo a él?

Tras convencerse de que el señor Casaubon tenía toda la razón, recobró la ecuanimidad y, al entrar en el salón con el traje gris perla, el oscuro pelo castaño dividido con sencillez sobre la frente y recogido detrás en consonancia con la total ausencia en su comportamiento y expresión por buscar el mero efectismo, ofrecía una agradable imagen de serena dignidad. A veces, cuando Dorothea estaba con alguien, parecía envolverla un aire tan completo de reposo como si fuera una Santa Bárbara asomándose al exterior desde su torre;

pero estos intervalos de calma hacían que la energía de su oratoria y sus emociones resaltaran aún más cuando algún factor externo la había conmovido.

Esta noche constituía, naturalmente, el tema de muchos comentarios, pues los comensales eran numerosos y bastante más misceláneos respecto de los varones de lo que habían sido en cualquiera de las cenas dadas en Tipton Grange desde que las sobrinas de señor Brooke fueran a vivir con él, de forma que la conversación se llevaba a cabo en grupos de dos o de tres más o menos heterogéneos. Estaba el recién electo alcalde de Middlemarch, que era fabricante, y su cuñado, el banquero filantrópico, que mandaba tanto en la ciudad que unos le llamaban metodista y otros hipócrita, según sus recursos léxicos. Había también varios profesionales. De hecho, la señora Cadwallader llegó a decir que Brooke empezaba a tratarse con los vecinos de Middlemarch, y que ella personalmente prefería a los colonos de la cena del diezmo, que bebían sin pretensiones a su salud y no se avergonzaban de los muebles de sus abuelos. Pues en esa parte del país, antes de que la Reforma Electoral contribuyera al desarrollo de la conciencia política, había una más clara división de los rangos y una más borrosa división de partidos, de forma que las misceláneas invitaciones del señor Brooke parecían pertenecer a esa laxitud general que procedía de su desmadejado viajar y su hábito de asimilar en demasía todo lo referente a las ideas.

Según salió la señorita Brooke del comedor, ya surgió la ocasión para algún comentario soterrado.

—¡Hermosa mujer, la señorita Brooke! Extraordinariamente hermosa, ¡vive Dios! —dijo el señor Standish, el viejo abogado, al que tanto preocupara la burguesía hacendada que se había convertido en hacendado él mismo y empleaba esa exclamación con voz cavernosa, gesto suntuoso y la dicción del hombre que ostenta una buena posición.

Parecía dirigirse al señor Bulstrode, el banquero, pero a ese caballero le disgustaba la tosquedad y la profanación y se limitó a hacer una inclinación. Recogió el comentario el señor Chichely, un soltero de mediana edad, celebridad en el ámbito de la caza de galgos, de tez parecida a un huevo de Pascua, exiguos cabellos cuidadosamente colocados y el porte que sugiere la conciencia de un aspecto distinguido.

—Sí, pero no es mi tipo de mujer, me gusta la mujer que se aplica un poco más por resultarnos agradable. Una mujer debe poseer algo más de filigrana…, de coquetería. A los hombres les gusta el desafío. La mujer, cuanto más esté en contra tuya, mejor.

—Hay algo de verdad en eso —dijo el señor Standish, dispuesto a ser genial—. Y ¡vive Dios que así suele ser! Supongo que responde a algún sabio fin: la Providencia las hizo así, ¿no es verdad, Bulstrode?

—Yo remitiría la coquetería a alguna otra fuente —dijo el señor Bulstrode—. La asociaría más bien con el demonio.

—Pues claro que las mujeres debieran tener una pizca de demonio en ellas —dijo el señor Chichely, cuyos estudios sobre el bello sexo parecían haber resultado negativos para su teología—. Y me gustan rubias, con buenos andares y el cuello de cisne. En confianza, la hija del alcalde es más de mi gusto que la señorita Brooke o incluso la señorita Celia. Si yo fuera hombre para casarme, escogería a la señorita Vincy antes que cualquiera de las otras dos.

—Bueno pues, adelante, adelante —dijo el señor Standish jocosamente—, como veréis, triunfan los hombres maduros. El señor Chichely sacudió la cabeza significativamente: no iba a incurrir en el riesgo de ser aceptado por la mujer que eligiera.

La señorita Vincy que ostentaba el honor de ser el ideal del señor Chichely, no estaba, por supuesto, presente, pues el señor Brooke, con su acostumbrada objeción a ir demasiado lejos, no hubiera deseado que sus sobrinas conocieran a la hija de un fabricante de Middlemarch salvo que fuera un acontecimiento público. La parte femenina de los asistentes no incluía a nadie a quien Lady Chettam o la señora Cadwallader pudieran ponerle pegas, pues la señora Renfrew, la viuda del coronel, no sólo era excepcional en cuanto a cuna, sino interesante por su dolencia, la cual tenía perplejos a los médicos y parecía un caso claro de que un amplio conocimiento profesional tal vez requiriera el complemento de la curandería. Lady Chettam, que atribuía su propia asombrosa salud a un licor amargo casero unido a la constante atención médica, participó con gran agilidad mental en el relato de la señora Renfrew de sus síntomas, sorprendiéndose de la asombrosa inutilidad que en su caso tenía cualquier medicamento reconstituyente.

—¿Dónde irá a parar toda la fuerza de esas medicinas, hija mía? —dijo la apacible pero majestuosa viuda, volviéndose pensativa hacia la señora Cadwallader cuando alguien reclamó la atención de la señora Renfrew.

—A reforzar la enfermedad —dijo la esposa del rector, mujer demasiado bien nacida como para no estar iniciada en la medicina—. Todo depende de la constitución: hay personas que forman grasas, otras sangre y otras bilis. Ese es mi punto de vista. Y tomen lo que tomen, es grano para el molino.

—Entonces, si es así, y pienso que lo que dice es razonable, la señora Renfrew debiera tomar medicinas que redujeran su enfermedad.

—Claro que es razonable. Hay dos tipos de patatas, producto de la misma tierra. La una se va haciendo cada vez más acuosa…

—¡Claro! Como la pobre señora Renfrew… eso pienso yo. ¡Hidropesía! Aún no hay hinchazón, es interna. Yo diría que debe tomar medicamentos secantes, ¿no cree usted?… o un baño de aire seco y caliente. Se pueden probar muchas cosas que produzcan sequedad.

—Deje que pruebe los folletos de cierta persona —dijo la señora Cadwallader con un susurro, viendo entrar a los caballeros—. A aquél no le hace falta secarse.

—¿A quién se refiere, hija mía? —dijo Lady Chettam, mujer encantadora, no lo suficientemente ágil como para anular el placer de una explicación.

—El novio…, Casaubon. Lo cierto es que se ha ido secando más aprisa desde que se prometió: supongo que será la llama de la pasión.

—Yo diría que dista mucho de tener una buena constitución —dijo Lady Chettam con voz aún más baja—. Y luego esos estudios suyos, tan áridos, como usted dice.

—La verdad, al lado de Sir James, parece una calavera un tanto reparcheada para la ocasión. Mire lo que le digo: dentro de un año esa chica le odiará. Ahora le respeta como un oráculo, y con el tiempo se pasará al otro extremo. ¡Será todo volubilidad!

—¡Qué horrible! Me temo que es muy testaruda. Pero dígame, usted que le conoce bien a él…, ¿tanto deja de desear? ¿Cuál es la verdad?

—¿La verdad? Es tan nocivo como la mala medicina… desagradable de tomar y encima sienta mal.

—No puede haber nada peor que eso —dijo Lady Chettam, con una concepción tan real del medicamento que daba la impresión de haber aprendido algo muy concreto respecto de las desventajas del señor Casaubon—. Sin embargo, James no quiere ni oír hablar de la señorita Brooke. Aún dice que es el espejo para las mujeres.

—Es esa una generosa invención suya. Créame, le complace más la pequeña Celia, y ella le aprecia. Espero que a usted le guste mi pequeña Celia.

—Por supuesto; le gustan más los geranios y parece más dócil, aunque no tiene tan buena planta. Pero hablaba usted de remedios; cuénteme algo de este joven médico, el señor Lydgate. Me dicen que es asombrosamente inteligente. La verdad es que lo parece…, tiene una frente muy hermosa.

—Es un caballero. Le oí hablar con Humphrey. Habla bien. —El señor Brooke dice que es de los Lydgates de Northumberland, gente muy bien relacionada; algo inesperado en un facultativo de ese tipo. Por mi parte, prefiero a un hombre de medicina más próximo a los criados, a menudo son los más listos. Le aseguro que siempre encontré infalible el juicio del pobre

Hicks. Jamás se equivocó. Era tosco y parecía un carnicero, pero conocía bien mi constitución. Para mí fue una gran pérdida el que muriera tan de repente. ¡Dios mío! ¡Qué conversación tan animada parece estar teniendo la señorita Brooke con este señor Lydgate!

—Le está hablando de casitas y hospitales —dijo la señora Cadwallader, cuyos oídos y facultades de interpretación eran rápidos—. Tengo entendido que es una especie de filántropo, así que seguro que Brooke le protegerá.

James —dijo Lady Chettam cuando su hijo se les acercó—, trae al señor Lydgate y preséntamelo. Quiero tantearle. La afable viuda se confesó encantada con esta oportunidad de conocer al señor Lydgate, pues había oído hablar de sus éxitos al tratar la fiebre de un modo nuevo.

El señor Lydgate poseía el talante médico que le permitía permanecer perfectamente serio ante cualquier perogrullada que se le dijera, y los ojos oscuros y seguros le proporcionaban un enorme carácter como oyente. No se parecía en nada al lamentado Hicks, sobre todo en cierto descuidado refinamiento de su persona y expresión verbal. Confirmó la opinión de lady Chettam sobre la peculiaridad de su constitución admitiendo que todas las constituciones podrían denominarse peculiares y sin negar que la de ella pudiera serlo más que otras. No estaba de acuerdo con un sistema demasiado debilitador, incluidas las sangrías imprudentes, ni tampoco, por otro lado, con el abuso del oporto y la quinina. Decía «Creo que sí» con tal aire de deferencia acompañando su acuerdo con el diagnóstico, que lady Chettam se formó una cordialísima opinión de su talento.

—Estoy muy satisfecha con su protége —le dijo al señor Brooke antes de marcharse.

—¿Mi protége? ¡Dios mío! ¿Quién es ese? —dijo el señor Brooke.

—El joven Lydgate, el nuevo médico. Me da la impresión que entiende admirablemente su profesión.

—¡Ah, Lydgate! ¡No es mi protége! Conozco a un tío suyo que me escribió hablándome de él. No obstante, creo probable que sea un hombre de bandera. Ha estudiado en París, conoció a Broussais; tiene ideas…, quiere dignificar la profesión.

—Lydgate tiene un montón de ideas, bastante nuevas, sobre la ventilación y la dieta y todo eso —continuó el señor Brooke cuando después de despedir a lady Chettam se disponía a ser amable con un grupo de vecinos de Middlemarch.

—¡Demonios! ¿Cree que eso es sensato…, trastocar el tratamiento que ha hecho a los ingleses como son? —dijo el señor Standish.

—El conocimiento médico está en un momento bajo entre nosotros —dijo el señor Bulstrode, que hablaba en tono moderado y tenía un aspecto un tanto enfermizo—. Yo, por mi parte, celebro la llegada del señor Lydgate. Espero encontrar buenas razones para confiarle la dirección del nuevo hospital.

—Eso está muy bien —dijo el señor Standish, a quien no le gustaba el señor Bulstrode—; si le gusta que experimente con sus pacientes en el hospital y mate a alguno por caridad, no tengo nada que objetar. Pero no voy a pagar de mi bolsillo para que experimenten conmigo. Prefiero un tratamiento un poco probado.

—Bueno, Standish, ya sabe que cada dosis que se toma es un experimento…, un experimento —dijo el señor Brooke, dirigiéndose con un gesto de la cabeza al abogado.

—Bueno, en ese sentido… —dijo el señor Standish, con toda la repulsión ante estas sutilezas no jurídicas que puede permitirse manifestar un hombre hacia un valioso cliente.

—Pues yo agradecería cualquier tratamiento que me curara sin reducirme a un esqueleto como el pobre Uraingeer —dijo el señor Vincy, el alcalde, hombre de tez bermeja, buen modelo para un estudio de los colores cálidos, en vivo contraste con los tintes franciscanos del señor Bulstrode—. Es muy peligroso que a uno le dejen sin acolchado alguno contra las flechas de la enfermedad, como dijo alguien… Y yo también la considero una buena expresión.

El señor Lydgate, por supuesto, estaba demasiado lejos para oír la conversación. Había abandonado la fiesta pronto, la cual hubiera encontrado de todo punto tediosa de no ser por la novedad que ofrecieron ciertas presentaciones, en especial la de la señorita Brooke, cuya joven lozanía, unida a su próxima boda con el decrépito soltero, y su interés por asuntos de utilidad social, la dotaban del estímulo de una combinación poco común.

—Es buena, esa hermosa criatura, pero un poco demasiada seria —pensó —. Resulta problemático hablar con mujeres así. Siempre quieren razones, sin embargo son demasiado ignorantes para entender el mérito de cualquier pregunta y generalmente echan mano de su sentido de la moral para zanjar las cosas a su gusto.

Era evidente que la señorita Brooke no encarnaba más el tipo de mujer del señor Lydgate que el del señor Chichely. Es más, considerada en relación con este último, cuya mente estaba ya madura, Dorothea era un completo error, calculada para sorprender la confianza que él tenía en las causas finales, incluida la adaptación de jóvenes hermosas a solteros de tez bermeja. Pero Lydgate era menos maduro y posiblemente le quedaran experiencias por delante que podrían modificar su opinión respecto de las cosas más excelentes en las mujeres.

De todos modos, ninguno de estos caballeros volvió a ver a la señorita Brooke bajo su nombre de soltera. No mucho después de esta cena, se había convertido en la señora Casaubon, e iba camino de Roma.

CAPÍTULO XI

De hecho, Lydgate ya era consciente de la fascinación que sobre él ejercía una mujer notablemente diferente de la señorita Brooke. En absoluto suponía que había perdido el equilibrio y se había enamorado, pero de esa determinada mujer había dicho: «Es la gracia personificada; es hermosísima y con talento. Eso es lo que debería ser una mujer: debe producir la sensación de música exquisita». Consideraba a las mujeres sin belleza de igual manera que otras duras realidades de la vida, algo a lo que enfrentarse con filosofía y a estudiar por la ciencia. Pero Rosamond Vincy parecía poseer el auténtico encanto melódico, y cuando un hombre ha visto a la mujer que hubiera escogido, caso de haber tenido la intención de casarse pronto, el que permanezca soltero suele depender de la voluntad de ella más que de la de él. Lydgate pensaba que no debía casarse hasta dentro de varios años, hasta que no se hubiera labrado para sí un sendero bueno y claro al margen de la amplia carretera que ya existía. La señorita Vincy llevaba planeando por encima de su horizonte casi el mismo tiempo que había tardado el señor Casaubon en comprometerse y casarse. Pero este sesudo caballero poseía una fortuna, había acumulado sus voluminosas notas, y se había creado el tipo de reputación que antecede a las realizaciones… a menudo el grueso de la fama de un hombre. Tomó una esposa, como hemos visto, para que adornara el cuadrante final de su curso y fuera una pequeña luna que apenas ocasionara una calculable perturbación. Pero Lydgate era joven, pobre y ambicioso. Tenía su medio siglo por delante, no por detrás, y había llegado a Middlemarch empeñado en hacer numerosas cosas que no se ajustaban directamente a la posibilidad de conseguir una fortuna, ni siquiera unos buenos ingresos. Para un hombre en estas circunstancias, el tomar esposa se convierte en algo más que una cuestión de adorno, por mucha importancia que le dé a esto (y Lydgate ya estaba dispuesto a primar ésta entre las funciones de esposa). Para su gusto, y guiado por una sola conversación, éste constituía el punto de carencia de la señorita Brooke, a pesar de su innegable hermosura: no consideraba las cosas desde el ángulo femenino adecuado. La compañía de mujeres así resultaba tan relajante como salir del trabajo para darles clase a alumnos de segundo curso, en lugar de tumbarse en un paraíso en donde los trinos de los pájaros fueran dulces risas y el cielo unos ojos azules.

Naturalmente que, en este momento, nada carecía más de importancia para Lydgate que el que la señorita Brooke cambiara su forma de ser; tampoco resultaba importante para la señorita Brooke descubrir las cualidades de la mujer que había atraído a este joven médico. Pero cualquiera que observe con atención la furtiva convergencia de los destinos humanos, ve una lenta preparación de los efectos de una vida sobre otra, que se acusa, como una ironía calculada, en la indiferencia a la gélida mirada con la que observamos al vecino que nos acaban de presentar. El destino aguarda, sarcástico, con nuestras dramatis personae escondidas en la mano.

La antigua sociedad provinciana tuvo su participación en este movimiento sutil; tuvo no sólo sus estrepitosas caídas, sus brillantes dandis profesionales que acababan con una prostituta y seis niños a cargo, sino que tuvo también esas vicisitudes menos conspicuas que van modificando constantemente las fronteras del intercambio social y alumbrando una nueva conciencia de interdependencia. Hubo quienes fueron perdiendo pie y descendieron, y quienes subieron peldaños; hubo gente que prescindió de las consonantes aspiradas, hubo quienes se enriquecieron. Hubo caballeros quisquillosos que se presentaron a las elecciones locales; algunos fueron arrastrados por corrientes políticas, otros por corrientes eclesiásticas, encontrándose, tal vez con sorpresa, agrupados consecuentemente. Unos cuantos individuos o familias que se mantuvieron firmes como rocas entre todas estas fluctuaciones, fueron, a pesar de su solidez, presentando nuevos aspectos, y cambiando como seres y como espectadores. Los municipios y las zonas rurales fueron gradualmente tejiendo nuevas conexiones, al hilo de la sustitución del calcetín por el banco y el fin de la adoración a la guinea de oro, y los terratenientes, baronets e incluso lores que anteriormente habían vivido irreprochablemente alejados de las mentes cívicas, cosecharon la culpabilidad fruto de unas relaciones más cercanas. También vinieron a establecerse gentes de lejanos países; unos traían alarmantes novedades con sus especialidades, otros ofensivas ventajas con su artera astucia. En realidad, tenían lugar en la vieja Inglaterra un tipo de movimientos y de mezclas muy parecidos a los que encontramos en Heródoto, quien también, al contar lo sucedido, creyó oportuno tomar como punto de partida el sino de las mujeres, si bien lo, como doncella aparentemente seducida por la mercancía atractiva, era el opuesto de la señorita Brooke, y a este respecto quizá se parecía más a Rosamond Vincy, que poseía un gusto excelente en el vestir, con esa figura de ninfa y pureza de tez que proporciona la gama más amplia en la elección de la hechura y el color del atuendo. Pero estas cosas eran tan sólo parte de su encanto. Se la consideraba la flor del colegio de la señora Lemon, el mejor colegio del condado, donde la enseñanza comprendía cuanto se exigía de la mujer distinguida, extendiéndose a algún extra como el entrar y salir de un carruaje.

La misma señora Lemon había puesto siempre a la señorita Vincy como ejemplo: no había alumna, decía, que superara a esa joven en adquisición mental y corrección lingüística, al tiempo que su ejecución musical era de todo punto extraordinaria. No podemos evitar la forma en que las personas hablan de nosotros, y seguramente si la señora Lemon se hubiera ofrecido a describir a Julieta o Imogen, estas heroínas no hubieran resultado poéticas, pero entre la mayoría de los jueces, la primera visión de Rosamond habría bastado para disipar cualquier prejuicio suscitado por las alabanzas de la señora Lemon.

Lydgate no pudo estar mucho tiempo en Middlemarch sin disfrutar de esa agradable visión o sin conocer a la familia Vincy, pues aunque el señor Peacock, a quien había pagado algo porque le dejara su consulta, no era el médico de aquella familia (la señora Vincy no aprobaba su sistema de debilitación), contaba entre su clientela con muchos de sus parientes y conocidos. Pues ¿quién de alguna importancia en Middlemarch no estaba relacionado o al menos conocía a los Vincy? Eran antiguos fabricantes y disfrutaban de una buena casa desde hacía tres generaciones, durante las cuales se habían dado, lógicamente, varias bodas con vecinos más o menos declaradamente distinguidos. La hermana del señor Vincy había hecho una buena boda aceptando al pudiente señor Bulstrode, al cual, sin embargo, como hombre que no había nacido en la ciudad y cuyos ancestros eran poco conocidos, se le consideraba afortunado al haberse vinculado a una familia auténticamente de Middlemarch. Por otra parte, el señor Vincy había descendido un poco al casarse con la hija de un posadero. Pero también esta parte aportaba una festiva sensación de dinero, pues la hermana de la señora Vincy había sido la segunda esposa del acaudalado viejo señor Featherstone y había muerto sin descendencia hacía años, de forma que era de suponer que sus sobrinos y sobrinas tocaran la fibra sensible del viudo. Y ocurrió que el señor Bulstrode y el señor Featherstone, dos de los pacientes más importantes del señor Peacock, y por distintas razones, dieron una recepción excepcionalmente buena a su sucesor, quien había suscitado cierto partidismo además de discusión.

El señor Wrench, el médico de la familia Vincy, pronto tuvo motivos para considerar ligera la discreción profesional de Lydgate, y no corría comentario sobre él que no se contara en casa de los Vincy, donde las visitas eran frecuentes. El señor Vincy se inclinaba más por las buenas relaciones en general que por el tomar parte, pero no tenía necesidad de precipitarse por conocer a nadie. Rosamond deseaba en silencio que su padre invitara al señor Lydgate. Se sentía hastiada de las caras y las figuras a las que estaba acostumbrada, de los perfiles angulosos, el caminar, y el modo de expresarse que caracterizaba a los jóvenes de Middlemarch a quienes conocía desde niños. Había asistido al colegio con chicas de posición más alta, cuyos hermanos, tenía la seguridad, le hubieran resultado posiblemente más interesantes que estos inevitables compañeros de Middlemarch. Pero no quería comunicarle a su padre su deseo, y él, por su parte, no tenía prisa al respecto. Un concejal, a punto de ser alcalde, debería con el tiempo ampliar el círculo de quienes asistían a sus cenas, pero por el momento había suficientes invitados a su mesa bien surtida.

Con frecuencia la mesa permanecía llena de los restos del desayuno familiar mucho después de que el señor Vincy se hubiera marchado con el segundo de sus hijos al almacén y cuando la señorita Morgan iba ya muy avanzada con las lecciones matutinas de las hijas menores. Aguardaba al vago de la familia, para quien cualquier tipo de molestia (hacia los demás) resultaba menos desagradable que el levantarse cuando le llamaban. Este era el caso de una mañana del octubre en el que recientemente veíamos al señor Casaubon ir de visita a Tipton Grange, y aunque en la habitación hacía un poco demasiado calor debido al fuego, que había desterrado al perro de aguas a una esquina remota, Rosamond, por alguna razón, continuó con su bordado más tiempo del usual, estremeciéndose de vez en cuando y dejando la labor sobre la rodilla para contemplarla con aire de tedio. Su madre, de vuelta de una excursión a la cocina, se encontraba sentada al otro lado de la pequeña mesa de trabajo con aire de total placidez hasta que, avisando el reloj de que iba a dar la hora, levantó la vista del encaje que ocupaba sus dedos regordetes y tocó la campanilla.

—Vuelve a llamar a la puerta del señorito Fred, Pritchard, y dile que han dado las diez y media.

Esto se dijo sin cambio alguno en el radiante rostro lleno de buen humor de la señora Vincy, en el que cuarenta y cinco años no habían esculpido ni ángulos ni arrugas. Echando hacia atrás los lazos rosas de su gorro, descansó su labor sobre el regazo mientras miraba arrobada a su hija.

—Mamá —dijo Rosamond—, cuando Fred baje, quisiera que no le dejaras tomar arenques rojos. No soporto el olor que dejan por toda la casa a estas horas de la mañana.

—Hija, ¡eres tan severa con tus hermanos! Es el único defecto que te encuentro. Tienes el carácter más dulce del mundo, pero eres muy irritable con tus hermanos.

—No soy irritable, mamá; nunca me oirás hablarles de forma inapropiada en una dama.

—Pero les quieres denegar cosas.

—Es que los hermanos son tan desagradables…

—Hija, tienes que disculpar a los jóvenes. Da gracias de que tengan buen corazón. Una mujer debe aprender a aguantar las cosas pequeñas. Algún día te casarás.

—No con alguien que se parezca a Fred.

—No reniegues de tu propio hermano, hija. Pocos jóvenes tienen menos cosas en su contra, aunque no pudiera licenciarse, no entiendo por qué, pues a mí me parece el más listo. Como tú bien sabes, compartió su educación con la mejor sociedad en la universidad. Con lo exigente que eres, hija, me sorprende que no te guste tener por hermano a un joven tan caballeroso. Siempre le estás sacando faltas a Bob porque no es Fred. —Pero, mamá, eso es sólo porque es Bob.

—Pues hija mía, no encontrarás a ningún joven de Middlemarch que no tenga alguna pega.

—Pero… —el rostro de Rosamond irrumpió en una sonrisa que desveló de pronto dos hoyuelos. Veía con desagrado estos hoyuelos y sonreía poco en público—. Pero es que no me casaré con ningún joven de Middlemarch.

—Eso parece, cariño, pues has rechazado a la flor y nata de ellos. Si los hay mejores, dudo de que alguien se los merezca más que tú.

—Perdona, mamá, pero no digas «la flor y nata».

—Pero, ¿qué son si no?

—Me refiero a que es una expresión un poco vulgar. —Es muy probable, hija, nunca fui buena oradora. ¿Qué debo decir?

—Los mejores.

—Pero si eso suena igual de común. De haber tenido tiempo para pensar hubiera dicho «los jóvenes más superiores». Pero con tu educación, tú sabrás más.

—¿Qué es lo que Rosy sabrá, mamá? —dijo Fred que había entrado inadvertido por la puerta entreabierta mientras las señoras cosían, y ahora, acercándose al fuego, se encontraba de espaldas a él calentándose las suelas de las zapatillas.

—Si está bien decir «jóvenes superiores» —dijo la señora Vincy tocando la campanilla.

—Bueno, hay tanto té y tanto azúcar superior hoy en día que la palabra se está convirtiendo en un argot de tenderos.

—¿Te está empezando a no gustar el argot? —preguntó Rosamond con matizada seriedad.

—Sólo el inapropiado. Toda elección de palabras es argot. Define un estatus.

—Hay un inglés correcto; eso no es argot.

—Perdona, pero el inglés correcto es el argot de los pedantes que escriben historias y ensayos. Y el argot más difícil es el de los poetas.

—Dirías cualquier cosa, Fred, sólo para tener razón. —Bien, tú me dirás si es argot o poesía llamar a un buey un trence piernas.

—Pues claro que lo puedes llamar poesía, si quieres.

—Ah, señorita Rosy, no distingues a Homero del argot. Inventaré un juego nuevo, voy a escribir trozos de poesía y argot en papelitos y te los daré para que los separes.

—¡Pero qué divertido es oír hablar a los jóvenes! —dijo la señora Vincy llena de vivaz admiración.

—¿No hay nada más para desayunar, Pritchard? —dijo Fred a la criada, que trajo café y tostadas con mantequilla mientras él se paseaba en torno a la mesa observando el jamón, la carne y demás restos fríos con aire de silencioso rechazo y conteniendo educadamente cualquier muestra de repugnancia.

—¿Quiere usted huevos?

—¿Huevos? ¡Ni hablar! Tráeme un poco de asado.

—La verdad, Fred —le dijo Rosamond cuando la criada hubo salido de la habitación—, si has de tomar cosas calientes para desayunar, podías bajar antes. Puedes levantarte a las seis para ir de caza, no entiendo por qué te resulta tan difícil levantarte las demás mañanas.

—Eso es tu falta de comprensión, Rosy. Me puedo levantar para ir de caza porque me gusta.

—¿Qué pensarías de mí si bajara dos horas después que todos los demás y pidiera algo asado?

—Pensaría que eras una joven inusitadamente fuerte —dijo Fred, comiéndose la tostada con absoluta serenidad.

—No veo razón para que los hermanos tengan que mostrarse más desagradables que las hermanas.

—Yo no me muestro desagradable; eres tú la que crees que lo soy. Desagradable es una palabra que describe tus sentimientos y no mis acciones.

—Pienso que describe el olor del asado.

—En absoluto. Describe una sensación en tu naricilla asociada a ciertas ideas cursis que son las típicas del colegio de la señora Lemon. Mira a mi madre; no la verás que ponga pegas a nada salvo lo que hace ella misma. Representa mi idea de una mujer agradable.

—Dios os bendiga a los dos, hijos míos, y no os peleéis —dijo la señora Vincy con maternal cordialidad—. Vamos, Fred, cuéntanos del nuevo médico. ¿Está contento tu tío con él?

—Pues creo que bastante. Le hace a Lydgate toda clase de preguntas y luego frunce el rostro mientras escucha la respuesta, como si le pellizcaran los dedos de los pies. Así es el tío. Ah, aquí está el asado.

—Pero ¿cómo te quedaste hasta tan tarde, Fred? Dijiste que sólo ibas a casa de tu tío.

—Pues cené en casa de Plymdale, jugamos a las cartas. Lydgate también estaba allí.

—¿Y qué impresión te hizo? Supongo que será un caballero. Dicen que es de una excelente familia… y sus parientes gente distinguida.

—Sí —dijo Fred—. Había un Lydgate en la universidad que gastaba un dineral. Este hombre es primo segundo suyo. Pero hombres ricos pueden tener pobres diablos por primos segundos.

—Pero el ser de buena familia, siempre es distinto —dijo Rosamond, con el tono decidido que demostraba que había pensado sobre el tema. Rosamond creía que habría sido más feliz de no ser la hija de un fabricante de Middlemarch. Le disgustaba cuanto le recordaba que el padre de su madre había sido posadero. Y ciertamente, cualquiera que recordara el hecho podría pensar que la señora Vincy tenía el aire de una hermosa mesonera de buen carácter, acostumbrada a las órdenes más caprichosas de los hombres.

—Me extrañó que se llamara Tertius —dijo la satisfecha matrona—, pero claro, debe correr en la familia. Y ahora, dinos exactamente cómo es.

—Pues es bastante alto, moreno, listo, habla bien; un poco pedante creo.

—Nunca entiendo lo que quieres decir con pedante —dijo Rosamond.

—Pues un tipo que quiere demostrar que tiene sus opiniones.

—Bueno, hijo, los médicos han de tener opiniones —dijo la señora Vincy —, ¿para qué están ahí si no?

—Sí, madre, las opiniones se pagan, pero un pedante es un tipo que constantemente te obsequia gratis con sus opiniones.

—Supongo que Mary Garth admira al señor Lydgate —dijo Rosamond, con un toque no ausente de segundas intenciones.

—Pues no lo sé —dijo Fred con pesadumbre, levantándose de la mesa y tirándose sobre una silla con la novela que había bajado en la mano—. Si tienes celos de ella, vete por Stone Court más a menudo y eclípsala.

—Cómo me gustaría que no fueras tan vulgar, Fred. Si has terminado, toca la campanilla, por favor.

—Pero tiene razón tu hermano, Rosamond —empezó a decir la señora Vincy cuando la criada hubo quitado la mesa—. Es una lástima que no quieras ir más a ver a tu tío, con lo orgulloso que se siente de ti. Sabes que quería que vivieras con él. Podía haber hecho muchísimo por ti y por Fred. Bien sabe Dios que estoy encantada de teneros en casa conmigo, pero puedo separarme de mis hijos si es por su bien. Y ahora es lógico que tu tío Featherstone haga algo por Mary Garth.

—Mary Garth soporta estar en Stone Court porque le gusta más que ser una institutriz —dijo Rosamond doblando su labor—. Prefiero que no me dejen nada si he de ganármelo aguantando las toses de mi tío y sus feas amistades.

—No puede quedarle mucho en este mundo, hija. No precipitaría su fin, pero con su asma y esa dolencia interna esperamos que le aguarde algo mejor en el otro. Y no es que tenga ningún rencor contra Mary Garth, pero hay que pensar en la justicia. La primera mujer del señor Faetherstone no le aportó ningún dinero, y mi hermana sí. Sus sobrinos y sobrinas no pueden tener tanto derecho como los demás hermanos. Y tengo que admitir que creo que Mary Garth es una chica de lo más anodino… más adecuada como institutriz.

—No todos estarían de acuerdo contigo, madre, —dijo Fred, que parecía capaz de leer y escuchar a un tiempo.

—Bueno, hijo —dijo la señora Vincy hábilmente—, si le dejaran algún dinero… un hombre también se casa con los parientes de su mujer, y los Garth son tan pobres y viven una vida tan pequeña. Pero te dejo con tus estudios, hijo; tengo que ir a hacer unas compras.

—Los estudios de Fred no son muy profundos —dijo Rosamond levantándose con su madre—, sólo está leyendo una novela.

—Bueno, bueno, dentro de un rato ya se pondrá con el latín y esas cosas —dijo la señora Vincy, acariciando apaciguadoramente la cabeza de su hijo—. La chimenea está encendida en la sala de fumar. Ya sabes, Fred, hijo, que es el deseo de tu padre, y yo siempre le digo que serás bueno y volverás a la universidad para sacar el título.

Fred acercó a sus labios la mano de su madre, pero no dijo nada.

—Supongo que no irás a montar hoy, ¿no? —dijo Rosamond, rezagándose un poco detrás de su madre.

—No, ¿por qué?

—Papá dice que ahora puedo montar el alazán. —Puedes venir conmigo mañana, si quieres. Pero recuerda que iré a Stone Court.

—Tengo tantas ganas de montar que me da igual dónde vayamos —en realidad, Rosamond quería ir a Stone Court más que a cualquier otro lugar.

—Oye, Rosy —dijo Fred mientras su hermana salía de la habitación—, si vas al piano, déjame ir a tocar algo contigo. —Te ruego que no me lo pidas esta mañana.

—¿Y por qué no esta mañana?

—Porque, Fred, no sabes cómo me gustaría que dejaras de tocar la flauta. Los hombres están tan ridículos tocando la flauta. Y además, desafinas.

—La próxima vez que un hombre te corteje, señorita Rosamond, le diré lo complaciente que eres.

—¿Por qué habrías de esperar que te complaciera escuchándote tocar la flauta y yo no he de esperar que tú me complazcas a mí no tocándola?

—¿Y por qué habrías tú de esperar que yo te lleve a montar a caballo?

La pregunta llevó a un acuerdo, pues Rosamond estaba empecinada en el paseo.

Y así Fred disfrutó cerca de una hora de Ar hyd y nos, Ye banks and braes y otras melodías favoritas sacadas de su «Instrucción para flauta», una dificultosa ejecución en la que puso arduo empeño e irrefrenable esperanza.

CAPÍTULO XII

El paseo a caballo que Fred y Rosamond dieron hasta Stone Court a la mañana siguiente les llevó por un gracioso segmento del paisaje del corazón de Inglaterra, formado casi en su totalidad por prados y pastos, con setos que aún podían crecer en hermosa espesura y ofrecer sus frutos de coral a los pájaros. Pequeños detalles conferían a cada prado una particular fisonomía, querida para aquellos ojos que los veían desde la niñez: el estanque de la esquina, donde la hierba era húmeda y los árboles se inclinaban susurrantes; el enorme roble sombreando un lugar desnudo en la medio del prado; la alta loma donde crecían los fresnos; la abrupta pendiente del margal que hacía de fondo rojo para la bardana; los apiñados tejados y almiares de las granjas sin aparentes caminos de acceso, las cercas y verjas grises resaltando contra las profundidades del bosque circundante y la aislada casucha con su viejo, viejo tejado de paja cuajado de musgosas ondulaciones con sorprendentes modulaciones de luz y sombra como las que, al correr de los años, viajamos lejos para ver y vemos mayores, pero no mejores. Estas son las cosas que conforman la gama del disfrute del paisaje para las almas nacidas en esta zona, las cosas entre las que gatearon o tal vez aprendieron de memoria, de pie entre las piernas de su padre mientras éste sostenía despreocupadamente las riendas.

Pero la carretera, incluso la secundaria, era excelente, pues Lowick, como hemos visto, no era un municipio de senderos embarrados y arrendatarios pobres y en él entraron Fred y Rosamond tras cabalgar un par de millas. Una milla más allá estaba Stone Court, visible ya la casa desde la primera mitad del camino, con aspecto de haber sido detenida en su crecimiento hacia una mansión de piedra por un inesperado florecer de edificaciones agrícolas a su izquierda que habían impedido su conversión en algo que no fuera el hogar sustancial de un caballero rural. En la distancia, el conjunto de puntiagudos almiares que equilibraban la hermosa hilera de nogales a la derecha no la convertían en un objeto menos agradable.

Pronto se pudo discernir algo que pudiera ser una calesa en la semirrotonda frente a la entrada principal.

—Dios mío —dijo Rosamond—, espero que no estén aquí ninguno de los horribles parientes de mi tío.

—Pues están. Esa es la calesa de la señora Waule, la última, la amarilla de la izquierda. Cuando veo a la señora Waule dentro me explico que el amarillo pudiera ser un color de luto. Esa calesa me parece más funeraria que un ataúd. Claro que la señora Waule siempre viste de crespón negro. ¿Cómo lo consigue, Rosy? No se le pueden estar muriendo los parientes continuamente.

—No tengo ni idea. Y tampoco es que sea evangélica —dijo Rosamond, como si ese enfoque religioso justificara totalmente el perpetuo crespón—. Y no es pobre —añadió tras una breve pausa.

—¡Ni muchísimo menos! Son ricos como judíos esos Waule y Featherstone; bueno, me refiero para gente como ellos, que no quieren gastar un céntimo. Y sin embargo, rodean a mi tío como buitres, temerosos de que se les escape un céntimo a su rama de la familia. Pero creo que les odia a todos.

Esta señora Waule que despertaba tan escasa admiración en estos lejanos parientes, acababa de decir esa misma mañana (en absoluto con aire desafiante, sino en tono bajo, amortiguado y neutral, como si la voz llegara a través de un algodón) que no deseaba «disfrutar de su buena opinión». Estaba sentada, como recalcó, en el hogar de su propio hermano, y había sido Jane Featherstone durante veinticinco años antes de convertirse en Jane Waule, lo cual le otorgaba el derecho a hablar cuando el nombre de su hermano había sido usado libremente por quienes no tenía derecho a ello.

—¿A dónde quieres llegar? —dijo el señor Featherstone, sosteniendo el bastón entre las piernas y atusándose la peluca, al tiempo que dirigía a su hermana una rápida y penetrante mirada que pareció revolverse contra él como una corriente de aire frío y provocarle un ataque de tos.

La señora Waule hubo de retener la respuesta hasta que se le pasara, hasta que Mary Garth le hubiera dado más jarabe y él hubiera comenzado a frotar la empuñadura de oro de su bastón, mirando al fuego con amargura. Era un fuego animado, pero no influía en el tinte amoratado y frío del rostro de la señora Waule, que era tan neutral como su voz, con meras ranuras por ojos y labios que apenas si se movían al hablar.

—Los médicos no controlan esa tos, hermano. Es igual que la mía, pues soy tu propia hermana, constitución y todo. Pero, como iba diciendo, es una lástima que la familia de la señorita Vincy no sepa comportarse mejor.

—¡Buah! No dijiste nada de eso. Dijiste que alguien había abusado de mi nombre.

—Lo cual se puede probar, si es cierto lo que todo el mundo dice. Mi hermano Solomon me dice que la conducta alocada del joven Vincy es la comidilla de Middlemarch, y que desde que volvió a casa no ha hecho más que apostar al billar.

—¡Bobadas! ¿Qué tiene de malo un juego de billar? Es un buen juego para caballeros y el joven Vincy no es ningún patán. Si fuera tu hijo John el que jugara al billar, ése sí que haría el ridículo.

—Tu sobrino John jamás ha sido aficionado al billar ni a ningún otro juego, hermano, y no se le ocurriría perder cientos de libras que, si lo que dicen es cierto, deben salir de otro lugar que no es el bolsillo del señor Vincy padre. Porque dicen que lleva años perdiendo dinero, aunque nadie se lo pudiera imaginar, viéndole ir tanto de caza y ofreciendo mesa franca como hace. Y he oído que el señor Bulstrode censura absolutamente a la señora Vincy por su ligereza y por malcriar tanto a sus hijos.

¿Y a mí que me importa Bulstrode? No tengo cuenta con él.

—La señora Bulstrode es la propia hermana de la señora Vincy, y dicen que el señor Vincy negocia principalmente con el dinero del banco, y juzga por ti mismo, hermano, lo poco decoroso que resulta una mujer pasados los cuarenta llena de lazos rosas y riéndose siempre de todo. Pero malcriar a tus hijos es una cosa, y sacar dinero para pagarles las deudas, muy otra. Y se dice públicamente que el joven Vincy ha sacado dinero basándose en sus expectativas. No digo cuáles. La señorita Garth me está oyendo y la invito a que hable. Sé bien que como son jóvenes, se conocen.

—No, gracias, señora Waule —dijo Mary Garth—. Me disgusta demasiado oír chismorreos como para querer repetirlos.

El señor Featherstone frotó la empuñadura del bastón y soltó una carcajada convulsiva con la misma autenticidad que la risita del viejo jugador de cartas ante una mala mano. Contemplando aún el fuego dijo:

—¿Y quién pretende decir que Fred Vincy no tiene expectativas? Es lógico que un tipo tan elegante y animado las tenga.

—Hubo una breve pausa antes de que la señora Waule respondiera, y cuando lo hizo su voz parecía llena de llanto, aunque tuviera el rostro seco.

—Tanto si es así como si no, hermano, a mí y a mi hermano Solomon nos resulta lógicamente doloroso que utilicen tu nombre; sobre todo con esa dolencia tuya que se te puede llevar de pronto, y esas gentes que no son más Featherstones que los payasos de la feria contando abiertamente con que tus propiedades les pasen a ellos. ¡Siendo yo tu propia hermana y Solomon tu propio hermano! Y si así es como va a ser, ¿para qué crearía el Todopoderoso las familias? —llegado este punto las lágrimas de la señora Waule se derramaron, aunque con moderación.

—¡Suéltalo ya, Jane! —dijo el señor Featherstone mirándola—. Lo que estás queriendo decir es que Fred Vincy ha conseguido que alguien le adelante dinero sobre lo que dice conocer de mi testamento, ¿no es eso?

—No he dicho jamás eso, hermano —la voz de la señora Waule volvía a ser seca y sostenida—. Me lo dijo anoche mi hermano Solomon cuando pasó por casa de vuelta del mercado para aconsejarme sobre el trigo, ya que soy viuda y mi hijo John sólo tiene veintitrés años, aunque es formal a carta cabal. Y a él le llegó de boca de una fuente indiscutible, y no sólo una, sino varias.

—¡Memeces! No me creo ni una palabra. Es una pura invención. Ve a la ventana, Missy, me ha parecido oír un caballo. A ver si es el médico.

—Una invención que no he inventado yo, hermano, ni Solomon, que, sea lo que sea —y no niego que tiene rarezas—, ha dividido sus propiedades por igual entre los familiares con los que tiene trato, aunque por mi parte, creo que hay veces en las que unos debían pesar más que otros. Pero Solomon no hace un secreto de sus intenciones.

—¡Más tonto él! —dijo el señor Featherstone con cierta dificultad, irrumpiendo en un agudo ataque de tos que requirió que Mary Garth se le acercara, de modo que no pudo saber de quién eran los caballos que pronto se detuvieron, piafando en la gravilla de delante de la puerta.

Antes de que concluyera del todo el ataque de tos del señor Featherstone, entró Rosamond, luciendo con elegancia su traje de montar. Se inclinó ceremoniosamente ante la señora Waule, quien dijo con sequedad: «Tanto gusto, señorita», sonrió y saludó a Mary silenciosamente y permaneció en pie hasta que la tos cesó permitiendo que su tío la viera.

—Hola, hola, jovencita —dijo finalmente—. Tienes buen color. ¿Dónde está Fred?

—Atendiendo a los caballos. Vendrá enseguida.

—Siéntate, siéntate. Señora Waule, te deberías ir marchando.

Incluso aquellos vecinos que habían llamado a Peter Featherstone un viejo zorro, nunca le habían acusado de ser falsamente educado.

Es más, ella misma acostumbraba a pensar que las intenciones del Todopoderoso respecto de las familias incluían una total liberación de la necesidad de comportarse agradablemente. Se levantó con calma, sin señal alguna de resentimiento y dijo con su habitual tono monótono y borroso:

—Hermano, espero que el nuevo médico pueda hacer algo por ti. Solomon dice que se habla mucho de su sabiduría Te aseguro que deseo que te cures. Y no hay nadie más dispuesto a cuidar de ti que tu propia hermana y tus propias sobrinas, con que tan sólo lo digas. Están Rebecca, Joanna y Elizabeth, ya sabes.

—Ya, ya, ya me acuerdo…, ya verás que me he acordado de todas…, todas cetrinas y feas. Les vendría bien algo de dinero, ¿verdad? Entre las mujeres de nuestra familia nunca se dio la belleza; pero los Featherstone siempre han tenido dinero, y los Waule también. Waule tenía dinero. Era un hombre afable Waule. Sí, sí, el dinero es un buen huevo; y si tienes dinero para dejar, ponlo en un nido cálido. Adiós, señora Waule.

Y llegado este punto el señor Featherstone tiró de su peluca por ambos lados como si quisiera taparse los oídos, y su hermana se marchó rumiando sobre este discurso sentencioso. A pesar de sus celos de los Vincy y de Mary Garth, la convicción de que su hermano Peter Featherstone nunca podría dejar su principal propiedad a alguien que no fuera pariente consanguíneo yacía como el último sedimento de su parquedad mental. De lo contrario, ¿por qué se habría llevado el Todopoderoso a sus dos mujeres, ambas sin hijos, después de que él hiciera tanto dinero al aparecer el manganeso y otras cosas cuando nadie lo esperaba? ¿Y por qué había una parroquia de Lowick, y los Waules y los Powderell sentados en el mismo banco desde hacía generaciones, y el banco de los Featherstone a su lado si el domingo siguiente a la muerte de su hermano todo el mundo tuviera que saber que la propiedad había salido de la familia? La mente humana no ha aceptado un caos moral en ningún periodo, y resultado tan absurdo no se podía concebir en serio. Pero son muchas las cosas que no se pueden concebir que nos asustan.

Cuando Fred entró, el anciano le observó con un brillo especial en los ojos, brillo que el joven con frecuencia había tenido razones para interpretar como orgullo ante los detalles satisfactorios de su aspecto.

—Vosotras dos, jovencitas, marchaos —dijo el señor Featherstone—. Quiero hablar con Fred.

—Vente a mi habitación, Rosamond, el frío no te afectará por un ratito —dijo Mary.

Ambas jóvenes no sólo se conocían desde la niñez, sino que habían asistido juntas al mismo colegio de la provincia (Mary como alumna becaria), de modo que tenían muchos recuerdos en común y gustaban de hablar en privado. De hecho, este tete-à-tete era uno de los fines de Rosamond al venir a Stone Court.

El viejo Featherstone no quiso iniciar el diálogo en tanto no se cerró la puerta. Continuó observando a Fred con el mismo guiño y una de sus muecas habituales, frunciendo y abriendo la boca alternativamente. Cuando habló lo hizo en tono bajo, susceptible de tomarse por el de un soplón dispuesto a venderse más que por el tono de un ofendido superior. No era hombre dado a sentir grandes indignaciones morales ni siquiera a cuenta de abusos contra él mismo. Era natural que otros se quisieran aprovechar de él, pero para eso él también era más astuto.

—De modo, joven, que has estado pagando un diez por ciento por dinero que has prometido devolver hipotecando mi tierra cuando me haya muerto, ¿eh? Has colocado mi vida a, digamos, unos doce meses. Pero aún puedo modificar el testamento.

Fred se sonrojó. No había pedido dinero de esa manera, y ello por razones excelentes. Pero era consciente de haber hablado con confianza (tal vez incluso con más de la que recordara con exactitud) respecto de sus perspectivas de obtener la tierra de Featherstone como medio, en un futuro, de pagar deudas presentes.

—No sé a qué se refiere, señor. Nunca he pedido dinero prestado avalando con semejante incertidumbre. Le ruego que se explique.

—No señor, eres tú quien tiene que explicarse. Déjame decirte que aún puedo modificar mi testamento. Tengo la mente clara, puedo calcular el interés compuesto sin necesidad de un lápiz y recuerdo los nombres de todos los imbéciles igual que lo hacía veinte años atrás. ¡Qué demonios! No, he cumplido los ochenta. Te digo que has de rebatir esta historia.

—Ya lo he hecho, señor —respondió Fred con un atisbo de impaciencia, olvidando que su tío no distinguía verbalmente entre rebatir y desmentir. Aunque nadie estaba más lejos de confundir ambas ideas que el viejo Featherstone, quien con frecuencia se sorprendía de que tantos memos tomaran sus aseveraciones por pruebas. Pero lo hago de, nuevo. La historia es una burda mentira.

—¡Bobadas! Tienes que traer documentos. Me llega de fuentes autorizadas.

—Nómbreme la autoridad y que dé el nombre de la persona a quien le pedí el dinero. Entonces podré desmentir la historia.

—Pues tengo entendido que es una autoridad bastante buena…, un hombre que conoce casi todo cuanto ocurre en Middlemarch. Es el bueno, religioso y caritativo tío tuyo ese. ¡Vamos, vamos! —y aquí el señor Featherstone sufrió su peculiar sacudida interna, síntoma de diversión.

—¿El señor Bulstrode? —¿Quién si no?

—Entonces la historia se ha convertido en mentira como producto de algunas palabras sermonizantes que haya dejado caer respecto de mí. ¿Mantienen que él nombró al hombre que me prestó el dinero?

—Si existe tal hombre, ten por seguro que Bulstrode le conoce. Pero, suponiendo que sólo intentaras que te prestaran el dinero y no lo consiguieras, Bulstrode también lo sabría. Tú tráeme un papel de Bulstrode diciendo que no cree que jamás hayas prometido pagar tus deudas con mis tierras. ¡Venga!

El rostro del señor Featherstone precisó de toda su gama de muecas como salida muscular a su silencioso triunfo respecto de la claridad de sus facultades.

Fred se sintió ante un fastidioso dilema.

—Debe de estar bromeando, señor. El señor Bulstrode, como otros hombres, se cree cientos de cosas que no son verdad, y tiene prejuicios contra mí. No me costaría nada conseguir que pusiera por escrito que no conoce hechos palpables del informe que usted menciona, aunque podría dar lugar a tensiones. Pero no puedo pedirle que firme lo que piensa o deja de pensar de mí.

Fred se detuvo un instante y luego añadió apelando diplomáticamente a la vanidad de su tío—: no es propio de un caballero pedir eso pero el resultado fue desalentador.

—Ya veo, ya, lo que quieres decir. Prefieres ofenderme a mí que a Bulstrode. Y ¿qué es Bulstrode? No tiene tierras por aquí de las que jamás haya oído hablar. Es un tipo especulador que se arruinará cualquier día, en cuanto el demonio deje de apoyarle. Y eso es lo que significa su religión:

quiere que Dios Todopoderoso intervenga. ¡Qué patraña! Una cosa me quedó bastante clara cuando iba a la iglesia y es ésta: el Todopoderoso está con la tierra. Promete tierra, da tierra y enriquece a los tipos con trigo y ganado. Pero tú eliges el otro bando. A ti te gusta Bulstrode y la especulación más que Featherstone y la tierra.

—Perdone, señor —dijo Fred poniéndose en pie de espaldas al fuego y golpeándose la bota con la fusta—. Ni me gusta Bulstrode ni me gusta la especulación —hablaba con enojo, sintiéndose acorralado.

—Bueno, bueno, está bastante claro que puedes prescindir de mí —dijo el viejo Featherstone, desagradándole interiormente la posibilidad de que Fred se mostrara independiente—. No quieres ni un pedazo de tierra que te convierta en terrateniente en lugar de en un famélico cura, ni un empujón de cien libras por el camino. A mí me da igual. Puedo hacer cinco codicilos si quiero, y ahorrarme los billetes. A mí me da igual.

Fred volvió a sonrojarse. Featherstone le había dado dinero en pocas ocasiones y en estos momentos casi parecía más difícil despedirse de la posibilidad inmediata de los billetes que de la posibilidad futura de la tierra.

—No soy un ingrato, señor. No era mi intención mostrar indiferencia ante cualquiera intención generosa que pudiera tener hacia mí. Muy al contrario.

—Está bien. Demuéstralo. Tráeme una carta de Bulstrode donde diga que no piensa que has estado charlando y prometiendo pagar tus deudas con mis tierras, y entonces, si te has metido en algún lío, veremos si te puedo echar una mano. ¡Venga! Es un trato. Ahora dame el brazo, que voy a intentar caminar por la habitación.

—Pese a su irritación, Fred poseía la suficiente bondad como para sentir pena por el anciano poco respetado y poco querido; quien, con las piernas aquejadas de gota, ofrecía al caminar un aspecto aún más lastimoso que de costumbre.

—Mientras le daba el brazo, pensó que no le gustaría ser un anciano con la constitución resquebrajada, y esperó con buen humor, primero ante la ventana para oír los comentarios usuales sobre las gallinas y la veleta, y después ante las estanterías despobladas, cuyas principales glorias en piel oscura las constituían Josefo, Culpepper, el Mesías de Klopstock y varios volúmenes de La Revista del caballero.

—Vamos, léeme los nombres de los libros. ¡Eres hombre de universidad! —Fred le leyó los títulos.

—¿Para qué quería Missy más libros? ¿Para qué tienes que traerle más libros?

—Le divierten, señor. Le gusta mucho leer.

—Un poco demasiado —dijo el señor Featherstone capciosamente—. Quería leerme mientras se sentaba conmigo. Pero le puse fin a eso. Tiene el periódico para leer en voz alta. Yo diría que eso es suficiente por un día. No soporto verla leyendo. Cuídate de no traerle más libros, ¿me oyes?

—Sí, señor, le oigo.

Fred había recibido esta orden anteriormente y la había desobedecido en secreto. Ahora tenía la intención de hacer lo mismo.

—Toca la campanilla —dijo el señor Featherstone—. Quiero que Missy baje.

Rosamond y Mary habían estado hablando con más rapidez que los hombres. No se les ocurrió sentarse, sino que se quedaron en pie ante el tocador cercano a la ventana mientras Rosamond se quitó el sombrero, se reajustó el velo y se atusó el pelo con la punta de los dedos, un pelo de colorido infantil, ni rubio ni amarillo.

Mary Garth parecía aún más insignificante, de pie en el ángulo entre las dos ninfas, la del espejo y la real, que se miraban mutuamente con ojos de un azul celeste lo suficientemente profundos como para encerrar los más exquisitos significados que un espectador ingenioso quisiera leer en ellos o para ocultar las intenciones de su dueña caso de que resultaran ser menos exquisitas. Sólo unos cuantos niños de Middlemarch parecían rubios al lado de Rosamond, y la esbelta figura que mostraba el traje de montar revelaba delicadas ondulaciones. La realidad era que la mayoría de los hombres de Middlemarch, salvo sus hermanos, sostenían que la señorita Vincy era la mejor chica del mundo, y algunos decían que era un ángel. Por el contrario, Mary Garth tenía el aspecto de una pecadora común. Era morena; el pelo, rizado y castaño, era áspero y terco; de baja estatura y no sería cierto declarar, en antítesis satisfactoria, que poseía todas las virtudes. La fealdad tiene sus tentaciones y vicios peculiares al igual que la hermosura; tiende, o bien a simular amabilidad, o bien a no simularla y mostrar toda la repulsividad de la disconformidad. En todo caso, el que a uno le llamen una cosa fea en contraste con esa bella criatura que es tu compañera, suele producir algún efecto más profundo que el sentimiento de hermosa veracidad e idoneidad de la frase. A la edad de veintidós años, Mary ciertamente no había adquirido ese perfecto buen sentido y buenos principios que normalmente se recomiendan a la joven menos afortunada, como si se pudieran obtener en cantidades prefabricadas, con un punto de resignación incorporado a la mezcla. Su agudeza tenía algo de amargo sarcasmo, renovado continuamente y nunca del todo disimulado, salvo por una fuerte corriente de gratitud hacia quienes, en lugar de decir que debía estar satisfecha, hacían algo por que lo estuviera. El camino hacia su madurez de mujer había ido suavizando su insignificancia, que era de esa especie buena y humana como la que han poseído las madres de nuestra raza, bajo un tocado más o menos favorecedor, en todas las latitudes. Rembrandt la hubiera pintado con placer haciendo que sus amplias facciones asomaran del lienzo con inteligente honradez. Pues la honradez, la justicia manifestada, era la virtud primordial de Mary; ni intentaba crear ilusiones ni se recreaba en ellas por su propia conveniencia, y cuando estaba de buen humor tenía suficiente carácter como para reírse de sí misma. Cuando ella y Rosamond se encontraron reflejadas juntas en el espejo, dijo riéndose:

¡Parezco una mancha pardusca a tu lado, Rosy! ¡Eres la compañía menos favorecedora que hay!

—¡Qué va! Nadie se fija en tu aspecto porque eres tan sencilla, Mary. La verdad es que la belleza tiene muy poca importancia —dijo Rosamond, volviendo la cabeza hacia Mary, pero manteniendo la vista en el espejo para ver la nueva perspectiva que con ello adquiría su cuello.

—Te refieres a que la mía tiene poca importancia —dijo Mary sarcásticamente.

Rosamond pensó: «Pobre Mary, se toma a mal las cosas mejor intencionadas». En voz alta dijo:

—¿Qué has estado haciendo últimamente?

—¿Yo? Pues, atender la casa…, escanciar jarabe…, simular ser amable y estar satisfecha…, aprender a tener una mala opinión de todo el mundo.

—En una vida muy desdichada.

—En absoluto —dijo Mary secamente, sacudiendo ligeramente la cabeza—. Creo que mi vida es más agradable que la de vuestra señorita Morgan.

—Sí, pero la señorita Morgan es tan poco interesante…, además no es joven.

—Supongo que se resultará interesante a sí misma; tampoco estoy en absoluto segura de que las cosas se vayan haciendo más fáciles con los años.

—No —dijo Rosamond reflexionando—; una se pregunta lo que hacen estas personas sin ninguna perspectiva. Claro que está la ayuda de la religión. Pero —añadió, provocando sus hoyuelos—, tu caso es muy diferente. Puedes recibir una proposición.

—¿Te ha dicho alguien que piense hacérmela?

—Pues claro que no. Me refiero a que hay un caballero que puede enamorarse de ti; te ve casi cada día.

—Cierta alteración del rostro de Mary vino determinada principalmente por la decisión de no demostrar cambio alguno.

—¿Y eso hace que la gente se enamore? —respondió con indiferencia—. Se me antoja que frecuentemente es razón para que las personas se detesten.

—No cuando son interesantes y agradables. Tengo entendido que el señor Lydgate es ambas cosas.

—¡Ah! ¡El señor Lydgate! —dijo Mary con inconfundible indiferencia—. Quieres saber algo de él —añadió, poco dispuesta a complacer a Rosamond en su camino de indirectas. Simplemente si te gusta.

—Por el momento no se plantea esa posibilidad. Mi simpatía siempre requiere cierta ternura para que se avive. No soy lo suficientemente magnánima como para que me gusten las personas que me hablan sin que aparentemente me vean.

—¿Tan altivo es? —dijo Rosamond con creciente satisfacción—. Sabes que es de buena familia, ¿no?

—No; no aduje eso como razón.

—¡Mary! ¡Eres la chica más rara que he visto! Pero ¿qué aspecto tiene? Descríbemelo.

—¿Cómo se puede describir a un hombre? Te puedo hacer un inventario: tupidas cejas, ojos oscuros, nariz recta, espeso pelo oscuro, manos blancas, grandes, fuertes, y… a ver… un exquisito pañuelo de bolsillo de batista. Pero ya le verás. Sabes que ésta es más o menos la hora de sus visitas.

Rosamond se ruborizó un poco, pero dijo, meditabunda:

—Me gusta bastante la altivez. No soporto a un joven charlatán.

—Yo no te dije que el señor Lydgate fuera altivo; pero il y a pour tous les goûts, como solía decir la pequeña Mamselle, y si existe alguna mujer que pueda elegir el tipo particular de engreimiento que le gustaría, yo diría que esa eres tú, Rosy.

—La altivez no es engreimiento; para mí Fred es un engreído.

—Ojalá nadie dijera cosas peores de él. Debería tener más cuidado. La señora Waule le ha estado diciendo al tío que Fred es muy inestable.

Mary habló impulsada por un instinto infantil que se impuso a su sensatez. Había una vaga intranquilidad asociada a la palabra «inestable» que esperó que Rosamond dijera algo para disipar. Pero deliberadamente se abstuvo de mencionar la insinuación más específica de la señora Waule.

—¡Es que Fred es asqueroso! —dijo Rosamond. No se hubiera permitido una palabra tan inadecuada con nadie que no fuera Mary.

—¿Qué quieres decir con asqueroso?

—Es indolente, pone a papá furioso y dice que no acepta órdenes.

—Creo que tiene mucha razón.

—Mary, ¿cómo puedes decir que tiene razón? Pensé que tenías más sentido de la religión.

—No está capacitado para ser clérigo.

—Pues debía estarlo.

—Pues entonces no es lo que debiera ser. Conozco a otros en el mismo caso.

—Pero nadie los aprueba. A mí no me gustaría casarme con un clérigo, pero tiene que haber clérigos.

—Lo cual no significa que Fred tenga que serlo.

—¡Después de que papá se ha gastado tanto educándole para que lo fuera! Y además, suponte que no le llegara una herencia.

—Me lo supongo muy bien —dijo Mary secamente.

—Pues me sorprende entonces que puedas defender a Fred —dijo Rosamond, dispuesta a seguir con este tema.

—No le defiendo —dijo Mary riéndose; defendería cualquier parroquia de tenerle de clérigo.

—Pero, claro, si fuera clérigo, tendría que ser distinto.

—Sí, tendría que ser un gran hipócrita, y eso aún no lo es.

—Es inútil decirte nada, Mary. Siempre te pones de su parte.

—¿Por qué no iba a ponerme de su parte? —dijo Mary, animándose—. Él se pondría de la mía. Es la única persona que se toma la mínima molestia por mí.

—Haces que me sienta muy incómoda, Mary —dijo Rosamond con severa tranquilidad—, no se lo diría a mamá por nada del mundo.

—¿Qué es lo que no le dirías? —dijo Mary airada.

—Por favor, no te enfades, Mary —dijo Rosamond, con la tranquilidad de siempre.

—Si tu madre teme que Fred me haga una proposición, dile que no me casaría con él aunque me lo pidiera. Pero no lo va a hacer, que yo sepa. Nunca me lo ha pedido.

—Mary, eres siempre tan agresiva.

—Y tu siempre tan exasperante.

—¿Yo? ¿De qué me puedes culpar?

—La gente inocente es siempre la más exasperante. Ahí suena la campanilla…, creo que debemos bajar.

—No era mi intención pelearnos —dijo Rosamond, poniéndose el sombrero.

—¿Pelearnos? Qué tontería; no nos hemos peleado. Si uno no se puede enfadar de vez en cuando, ¿de qué sirve ser amigos?

—¿He de repetir lo que has dicho?

—Como gustes. No digo lo que temo que se repita. Pero bajemos.

El señor Lydgate llegó bastante tarde esa mañana, pero las visitas se quedaron lo suficiente para verle, pues el señor Featherstone le pidió a Rosamond que le cantara y ella tuvo la amabilidad de sugerirle una segunda canción predilecta, Flow on thou shining river tras cantar Home, sweet home (que ella detestaba). Este anciano y testarudo Overreach aprobaba la canción sentimental como el aderezo apropiado a las jóvenes y como algo fundamentalmente hermoso, siendo el sentimiento lo más adecuado para una canción.

El señor Featherstone aún aplaudía la última actuación asegurando a Missy que la voz de Rosamond era tan clara como la de un mirlo, cuando el caballo del señor Lydgate pasó ante la ventana.

Sus aburridas expectativas de la acostumbrada rutina desagradable con un paciente de avanzada edad que apenas se creía que los medicamentos no pudieran «remontarle» caso de ser el médico lo bastante bueno, unidas a su desconfianza por los encantos de Middlemarch, constituyeron un fondo doblemente efectivo para esta visión de Rosamond, a quien el viejo Featherstone se apresuró visiblemente por presentar como su sobrina, aunque nunca había creído que mereciera la pena hablar de Mary Garth en esos términos. Nada del grácil comportamiento de Rosamond se le escapó a Lydgate: la delicadeza y callada seriedad con que desvió la atención que la falta de gusto del anciano le había acarreado; el no mostrar sus hoyuelos cuando no debía, pero sí más tarde, al hablar con Mary, a quien se dirigió con un interés tan cordial que Lydgate, tras examinar velozmente a Mary más atentamente de lo que jamás hiciera antes, vislumbró en los ojos de Rosamond una adorable amabilidad. Pero Mary, por alguna razón, parecía no estar de muy buen humor.

—La señorita Rosy me ha estado cantando una canción. No tendrá usted nada contra eso, ¿no, doctor? —dijo el señor Featherstone—. Me gusta más que sus potingues.

—Eso me ha hecho que me olvidara de cómo pasa el tiempo —dijo Rosamond, levantándose para coger el sombrero que había dejado a un lado antes de cantar, de forma que su cabeza, emergiendo del traje de montar como una flor sobre el tallo blanco, se dibujó a la perfección—. Fred, de verdad, tenemos que irnos.

—Muy bien —dijo Fred, que, teniendo sus propias razones para no estar del mejor humor, quería marcharse.

—¿La señorita Vincy es músico? —dijo Lydgate siguiéndola con la mirada. (Cada nervio y cada músculo de Rosamond estaba ajustado a la conciencia de que la estaban observando. Era, por naturaleza, una actriz de papeles que encajaban con su propio físico: incluso representaba su propio carácter, y tan bien lo hacía, que no reconocía que fuera precisamente el suyo).

—La mejor de Middlemarch, no me cabe duda —dijo el señor Featherstone—, sea quien sea que le vaya detrás. ¿A que sí, Fred? Habla en favor de tu hermana.

—Me temo que no soy quién, señor. Mi testimonio no serviría de nada.

—Middlemarch no tiene un nivel muy alto, tío —dijo Rosamond con gracioso desenfado mientras se dirigía hacia la fusta que había dejado un poco más lejos.

Lydgate se adelantó con rapidez. Llegó a la fusta antes que ella y se volvió para dársela. Ella inclinó la cabeza y le miró. Por supuesto la estaba observando, y sus miradas se encontraron con ese peculiar encuentro al cual nunca se llega por empeño, sino que se asemeja a un repentino y divino levantamiento de la neblina. Creo que Lydgate palideció un poco, pero Rosamond se ruborizó profundamente y sintió cierto asombro. Después tuvo verdadera ansia por marcharse y no supo qué clase de tonterías estaba diciendo su tío cuando se acercó a darle la mano.

Y sin embargo, este resultado, que ella interpretó como una impresión mutua denominada enamorarse, era precisamente lo que Rosamond había contemplado de antemano.

Desde que llegara la importante novedad a Middlemarch, había tejido un pequeño futuro, del cual algo parecido a esta escena era el principio necesario. Los desconocidos, tanto si son náufragos aferrados a una balsa como si van debidamente escoltados y acompañados de sus maletas, siempre han ejercido una fascinación circunstancial sobre la mente virgen, contra lo que el mérito indígena se ha tratado en vano de imponer. Y un desconocido era de todo punto imprescindible para el romance social de Rosamond, quien siempre había pensado en un pretendiente y un novio que no fuera de Middlemarch y que no tuviera parientes parecidos a los suyos. Es más, últimamente, la construcción parecía exigir que estuviera de alguna forma emparentado con un baronet. Ahora que ella y el desconocido se habían encontrado, la realidad resultó mucho más impactante que lo anticipado y Rosamond no dudaba que éste era el gran momento de su vida. Interpretaba sus propios síntomas como los del despertar del amor y consideraba aún más natural que el señor Lydgate se hubiera enamorado a primera vista de ella. Estas cosas ocurrían frecuentemente en los bailes; ¿por qué no iban a ocurrir a la luz del día, cuando la tez resplandecía aún más? Rosamond, aunque no mayor que Mary, estaba bastante acostumbrada a que se enamoraran de ella, pero ella, por su parte, había permanecido indiferente y puntillosamente crítica tanto hacia la rama joven como hacia el solterón ajado. Y aquí llegaba el señor Lydgate respondiendo de pronto a su ideal, ajeno por completo a Middlemarch, portador de cierto aire de distinción acorde con una buena familia, y con parientes que ofrecían visos de eso que constituía el cielo para la clase media: rango. Además, era hombre de talento, a quien resultaría especialmente encantador esclavizar. En definitiva, un hombre que tocaba su naturaleza de forma totalmente nueva, y proporcionaba a su vida un vivo interés que superaba cualquier imaginario «quizá» como el que solía contraponer a la realidad.

Así, de vuelta a casa, tanto hermano como hermana se sentían preocupados e inclinados al silencio. Rosamond, cuya base para sus estructuras poseía la acostumbrada ligereza, tenía una imaginación extraordinariamente minuciosa y realista una vez se habían presupuesto los cimientos, y antes de que hubieran cabalgado una milla se encontraba muy adentrada en la vestimenta y circunstancias de su vida matrimonial, habiendo decidido ya sobre su vivienda en Middlemarch y previsto las visitas que haría a los parientes de alcurnia de su marido, de cuyos esmerados modales se podría adueñar tan profundamente como había adquirido sus conocimientos escolares, y prepararse así para las alturas sociales más abstractas que tal vez llegaran. No entraba en sus previsiones nada de lo crematístico y aún menos de lo sórdido: a ella le interesaban lo que se consideraban refinamientos, y no el dinero que habría de costearlos.

Por otro lado, la mente de Fred bullía con una ansiedad que incluso su presta confianza no lograba apaciguar. No veía la forma de eludir la necia exigencia de Featherstone sin incurrir en consecuencias que le disgustaban aún más que la labor de cumplirla. Su padre estaba ya de mal humor con él y lo estaría aún más si llegara a ser Fred la causa de una mayor frialdad entre su propia familia y los Bulstrode. Además, detestaba tener que ir a hablar con su tío Bulstrode cuando existía la posibilidad de que, tras algunas copas, hubiera dicho alguna tontería respecto de la propiedad de Featherstone, tontería que se había ido agrandando al compás del relato. Fred pensó que quedaba poco airosa la figura de un tipo que fanfarroneaba sobre las expectativas que le proporcionaba un excéntrico y viejo avaro como Featherstone y luego iba a mendigar certificados por orden suya. Pero… ¡esas expectativas! Las tenía de verdad y no veía una agradable alternativa si renunciaba a ellas. Además, últimamente había incurrido en una deuda que le amargaba en extremo y el viejo Featherstone casi se había ofrecido a saldarla. Todo el asunto era miserablemente pequeño: sus deudas eran pequeñas y ni siquiera sus expectativas eran algo demasiado magnífico. Fred conocía a hombres ante quienes se avergonzaría de confesar la pequeñez de sus apuros. Semejantes pensamientos producían, lógicamente, un rastro de amargor misantrópico… ¡Ser el hijo de un fabricante de Middlemarch y el heredero inevitable de nada en particular cuando existían hombres como Mainwaring y Vyan…! La vida era un mal negocio cuando un animoso joven con buen apetito por todo lo mejor tenía tan pobres perspectivas.

No se le había ocurrido a Fred que la introducción del nombre de Bulstrode en todo el asunto fuera una ficción del viejo Featherstone, aunque ello tampoco hubiera afectado su posición. Veía con claridad que el anciano quería ejercitar su poder atormentándole un poco, así como obtener cierta satisfacción de verle en malas relaciones con Bulstrode. Fred creía conocer a fondo el alma de su tío Featherstone, pese a que, en realidad, la mitad de lo que en ella veía no era más que el reflejo de sus propias inclinaciones. No es para los jóvenes cuya conciencia está compuesta principalmente por sus propios deseos la difícil tarea de conocer otra alma.

El principal punto de debate de Fred consigo mismo era si debía contárselo a su padre o intentar resolver el asunto sin su conocimiento. Seguramente habría sido la señora Waule quien hablara de él, y si Mary Garth le había repetido sus palabras a Rosamond, era seguro que le llegaría a su padre, quien a su vez, y también de seguro, le preguntaría al respecto. Así que aminorando la marcha le dijo a Rosamond:

—Rosy, ¿te dijo Mary que la señora Waule hubiese dicho algo acerca de mí?

—Pues sí.

—¿El qué?

—Que eras muy inestable.

—¿Nada más?

—Yo diría, Fred, que ya es bastante.

—¿Estás segura que no dijo nada más?

—Mary no dijo nada más. Pero de verdad, Fred, creo que deberías estas avergonzado.

—¡Cuernos! No me sermonees. ¿Qué dijo Mary de todo ello?

—No tengo por qué decírtelo. Te importa mucho lo que diga Mary y conmigo eres demasiado grosero como para dejarme hablar.

—Pues claro que me importa lo que diga Mary. Es la mejor chica que conozco.

—Nunca hubiera pensado que era una chica de la cual enamorarse.

—¿Cómo sabes de lo que se enamoran los hombres? Las mujeres nunca lo sabéis.

—Al menos déjame aconsejarte que no te enamores de ella, Fred, pues dice que no se casaría contigo aunque se lo pidieras.

—Podía haber esperado a que lo hubiera hecho.

—Sabía que te picarías.

—En absoluto. Mary no lo hubiera dicho si tú no la hubieras provocado.

Antes de llegar a casa, Fred decidió que le contaría todo el asunto y de la manera más sencilla a su padre, quien quizá asumiera la incomodidad de hablar con Bulstrode.

****

LIBRO SEGUNDO
VIEJOS Y JÓVENES

CAPÍTULO XIII

Como resultado de lo que oyera de labios de Fred, el señor Vincy decidió hablar con el señor Bulstrode en su despacho privado en el Banco a la una y media, hora en la que solía estar libre de visitas. Pero alguien había entrado a la una y el señor Bulstrode tenía tanto que decirle que las probabilidades de que la entrevista concluyera en media hora eran escasas. El banquero tenía una oratoria fluida, pero también copiosa y empleaba una considerable cantidad de tiempo en breves y meditabundas pausas. No hay que imaginar que su enfermizo aspecto fuera del tipo amarillento y de cabello oscuro: su tez era

Middlemarch

George Eliot

edited by
Gregory Maertz

clara, el pelo castaño algo canoso, los ojos de un gris claro y la frente ancha. Hombres de voz potente denominaban murmullo a su tono comedido y a veces sugerían que era inconsistente con la franqueza, aunque no parece existir motivo para que un hombre vociferante no tenga inclinaciones de esconderlo todo salvo su propia voz, a no ser que se pueda demostrar que la Sagrada Escritura ha colocado en los pulmones la sede del candor. El señor Bulstrode poseía, asimismo, al escuchar, una deferente y obsequiosa actitud y una mirada aparentemente penetrante y atenta que hacía que quienes se consideraban dignos de que se les escuchara dedujeran que esperaba sacar un enorme provecho de sus disertaciones. A otros que no esperaban causar una gran impresión les disgustaba que esta especie de linterna moral les enfocara. Cuando no te enorgullece tú bodega no resulta emocionante ver que tu huésped levanta la copa para examinar el vino a la luz. Las alegrías de esta índole quedan reservadas para el mérito consciente. Por ende, la solícita atención del señor Bulstrode no resultaba agradable a los publícanos y pecadores de Middlemarch; unos achacaban esta atención a que era un fariseo, otros a que era un evangelista. Entre ellos, los razonadores menos superficiales querían saber quiénes habían sido su abuelo y su bisabuelo, observando que veinticinco años atrás nadie en Middlemarch había oído hablar de un Bulstrode. Para su actual visita, Lydgate, la escrutadora mirada resultaba indiferente; simplemente se formó una opinión poco favorable de la constitución del banquero y concluyó que poseía una ávida vida interior pero gozaba poco de las cosas tangibles.

—Le quedaré muy agradecido si se pasa por aquí de vez en cuando, señor Lydgate —observó el banquero tras una breve pausa—. Si, como me atrevo a esperar, tengo el privilegio de encontrarle un coadjutor eficaz en el interesante asunto de la dirección del hospital, habrá muchos temas que habremos de discutir en privado. Respecto del nuevo hospital, que está casi terminado, tendré en cuenta lo que acaba de decir sobre las ventajas de que sea un lugar especial para las fiebres. La decisión he de tomarla yo, pues aunque lord Medlicote ha donado el terreno Y la madera para el edificio no tiene intención de dedicarle al objeto su atención personal.

—Pocas cosas hay que valgan más el esfuerzo en una ciudad de provincias como ésta —dijo Lydgate—. Un buen hospital para las fiebres además de la vieja enfermería podría ser el núcleo de un colegio médico, cuando entren en vigor las reformas sobre la medicina. ¿Y qué contribuiría más a la educación médica que la extensión por todo el país de colegios así? Cualquier hombre de provincias con una pizca de civismo y unas cuantas ideas debe hacer cuanto pueda por evitar que se fugue a Londres todo lo que es poco mejor que común. Cualquier objetivo profesional que merezca la pena a menudo encuentra en las provincias un campo más amplio si no más rico.

Una de las cualidades de Lydgate era poseer una voz habitualmente grave y sonora, pero capaz de tornarse queda y suave en el momento oportuno. Su aspecto destilaba cierto arrojo, una intrépida expectativa de éxito, una confianza en sus propias fuerzas e integridad fortalecida por un desprecio por obstáculos mínimos y seducciones de las cuales no había tenido experiencia. Pero esta altiva franqueza se hacía entrañable merced a una expresión de sincera buena voluntad. Tal vez al señor Bulstrode le gustara tanto más por la diferencia de tono y modales que había entre ambos; al menos le gustaba más, como le sucedía a Rosamond, por no ser de Middlemarch. ¡Se pueden iniciar tantas cosas con una persona nueva! Incluso se puede empezar a ser un hombre mejor.

—Con mucho gusto le proporcionaré a su ímpetu mayores oportunidades —respondió el señor Bulstrode—. Me refiero a que, caso de que un mayor conocimiento apoyara la decisión, le confiaría la superintendencia de mi nuevo hospital, pues estoy decidido a no permitir que nuestros dos médicos arruinen algo de tanta envergadura. Me veo alentado a considerar su llegada a esta ciudad como una indicación de que mis esfuerzos, hasta el momento muy entorpecidos, se van a ver recompensados con una abierta bendición. Respecto a la antigua enfermería, hemos ganado el primer tanto: su elección. Y ahora confío en que usted no rehuirá incurrir en los celos y la desaprobación de sus compañeros profesionales y se presente como reformador.

—No presumo de valentía —dijo Lydgate sonriendo—, pero reconozco que me gusta la lucha y poco me importaría mi profesión si no pensara que en ella, como en los demás campos, se pueden encontrar y aplicar mejores métodos.

—El nivel de su profesión en Middlemarch es bajo, mi estimado caballero —dijo el banquero—. Me refiero a conocimientos y ejercicio, no a posición social, pues la mayoría de nuestros médicos de aquí están emparentados con ciudadanos respetables del lugar. Mi propia salud precaria me ha obligado a prestar cierta atención a los recursos paliativos que la divina misericordia ha puesto a nuestro alcance. He consultado a las eminencias de la metrópoli y estoy tristemente al tanto del retraso con el que lidia la asistencia médica en nuestras provincias.

—Sí, con las actuales leyes y formación médica, debemos conformarnos con tropezar de vez en cuando con un facultativo discreto. Respecto de las cuestiones superiores que determinan el principio de un diagnóstico…, la filosofía de la prueba médica…, cualquier atisbo sobre ellas sólo puede proceder de una cultura científica de la que nuestros médicos rurales no suelen tener mayor noción que Perico de los palotes.

El señor Bulstrode, inclinado y con la mirada fija, no encontró del todo adaptada a su comprensión la forma que Lydgate había dado a su asentimiento. En tales circunstancias, cualquier hombre prudente cambia de tema y se adentra en terreno en el que sus propias dotes pueden resultar de más provecho.

—Me doy cuenta de la peculiar inclinación de la habilidad médica por los medios materiales. Sin embargo, señor Lydgate, espero que no discrepemos en el sentir acerca de una medida en la que no es probable que usted se involucre activamente, pero en la que su solícita anuencia es una ayuda para mí. Confío en que usted admita en sus pacientes la existencia de intereses espirituales.

—Por supuesto. Pero esas palabras tienden a encubrir diferentes significados para diferentes mentes. —Precisamente. Y en estos temas, una enseñanza equivocada es tan nefasta como una ausencia de instrucción. Un punto que tengo mucho interés en afianzar es una nueva reglamentación respecto de la asistencia clerical en la vieja enfermería. El edificio está en la parroquia del señor Farebrother. ¿Conoce usted al señor Farebrother?

—Le he visto. Me dio su voto. Debo pasar a darle las gracias. Parece un personaje muy vivo y agradable. Y tengo entendido que es un naturalista.

—El señor Farebrother es un hombre penosamente doloroso de contemplar. Yo diría que no hay un clérigo en este país que posea mayor talento —el señor Bulstrode hizo una pausa y su aspecto se tornó meditativo.

—Hasta el momento no me ha apenado el descubrimiento de ningún desmedido talento en Middlemarch —dijo Lydgate con llaneza.

—Lo que deseo —prosiguió el señor Bulstrode, con semblante aún más serio— es que la asistencia al hospital del señor Farebrother sea sustituida por el nombramiento de un capellán, el señor Tyke para ser exactos, y que no se pida otra ayuda espiritual.

—Como hombre de medicina no debería tener nada que opinar sobre el tema salvo que conociera al señor Tyke, e incluso entonces sería menester que conociera el tipo de trabajo que realizaba, —Lydgate sonrió, pero se había propuesto ser circunspecto.

—Evidentemente no puede usted de momento entrar de lleno en las ventajas de esta medida. Pero —y aquí el señor Bulstrode comenzó a puntualizar sus palabras con énfasis— es probable que se remita el tema a la junta médica de la enfermería, y lo que confío en poder pedirle, en aras a la colaboración mutua que ahora aguardo con placer, es que usted, por su parte, no se deje influir por mis oponentes en este asunto.

—Espero no tener nada que ver en las disputas clericales —dijo Lydgate —. La senda que he elegido es trabajar bien en mi propia profesión.

—Mi responsabilidad, señor Lydgate, es más amplia. Para mí, es un deber sagrado, mientras que tengo motivos para afirmar que para mis oponentes el asunto constituye la ocasión para satisfacer un talante de oposición mundana. Pero no renunciaré ni un ápice en mis convicciones, ni dejaré de identificarme con esa verdad que una malvada generación odia. Me he consagrado a la mejora de los hospitales, pero le confesaré abiertamente, señor Lydgate, que los hospitales no me ofrecerían interés alguno de pensar que en ellos no tenía lugar más que la curación de enfermedades mortales. Tengo otros motivos para mi actuación y no lo ocultaré, aunque ello me acarrease la persecución —la voz del señor Bulstrode se había convertido en un sonoro y agitado susurro al pronunciar estas palabras.

—Ahí diferimos de opinión —dijo Lydgate. No lamentó que en este momento se abriera la puerta y fuera anunciando el señor Vincy. Este personaje rubicundo y sociable se le antojaba más interesante desde que conociera a Rosamond. No es que, al igual que ella, hubiera estado tejiendo un futuro en el que sus suertes estuvieran unidas, pero es lógico que un hombre recuerde con placer a una joven agradable y esté dispuesto a cenar allí donde pueda verla de nuevo. Antes de que partiera, el señor Vincy le había hecho a Lydgate esa invitación sobre la que «no tenía prisas», pues durante el desayuno Rosamond había mencionado que creía que a su tío Featherstone le había caído en gracia el nuevo médico.

A solas con su cuñado, el señor Bulstrode se sirvió un vaso de agua y abrió una caja de sándwiches.

—No consigo convencerte de que adoptes mi régimen, ¿verdad Vincy?

—No, no. Ese sistema no me merece ninguna buena opinión. La vida necesita de acolchado —dijo el señor Vincy, incapaz de omitir su teoría portátil—. Sin embargo —prosiguió, subrayando la palabra como para desviar trivialidades—, el motivo de mi visita era hablarte de un asuntillo del granuja de Fred.

—Ese es un tema, Vincy, sobre el que tú y yo deberemos discrepar tanto como sobre la dieta.

—Confío en que esta vez no —el señor Vincy había resuelto mantener el buen humor—. Se trata de un capricho del viejo Featherstone. Alguien ha estado pergeñando una historia con mala idea y se la ha contado al anciano para intentar indisponerle con Fred. Le tiene en gran estima y es probable que le deje algo; es más, le ha dicho a Fred más o menos abiertamente que tiene pensado dejarle su tierra, y eso encela a la gente.

—Vincy, he de repetir que no obtendrás mi beneplácito respecto de cómo has educado a tu hijo mayor. Fue por pura vanidad mundana que le destinaste para la Iglesia y con una familia de tres hijos y cuatro hijas no había justificación alguna para que dedicaras dinero a una costosa educación que no ha fructificado en otra cosa que la de darle extravagantes hábitos de indolencia. Ahora estás cosechando las consecuencias.

El señalar los errores ajenos era una obligación que pocas veces rehuía el señor Bulstrode, pero el señor Vincy no estaba igualmente inclinado a la paciencia. Cuando un hombre tiene la perspectiva inmediata de ser alcalde y, en aras al comercio, está dispuesto a adoptar una postura firme en la política general, tiene, naturalmente, una conciencia de su importancia en el marco de las cosas que parece tener que difuminar las cuestiones de índole privada. Y este reproche en particular le irritaba más que ningún otro. Para él, era absolutamente superfluo el que se le dijera que cosechaba las consecuencias. Pero sentía el cuello bajo el yugo de Bulstrode y aunque acostumbraba a disfrutar dando coces, tenía interés en reprimir este desahogo.

—No sirve de nada, Bulstrode, remover el pasado. No soy tu modelo de hombre ni pretendo serlo. No pude preverlo todo en el negocio; no había mejor negocio en Middlemarch que el nuestro y el chico era listo. Mi pobre hermano estaba en la Iglesia y hubiera prosperado, había ascendido ya, y de no ser por aquella fiebre estomacal que se lo llevó ahora sería deán. Opino que estaba justificado en lo que intenté hacer con Fred. Y si de religión se trata, creo que no debemos pretender ir tan sobre seguro, hay que confiar un poco en la providencia y ser generosos. Es un sano sentimiento británico intentar elevar un poco a tu familia, y en mi opinión, es el deber de un padre procurar darles buenas oportunidades a sus hijos.

—Sólo deseo actuar como tu mejor amigo, Vincy, cuando digo que lo que acabas de exponer no es más que una sarta de memeces inconsistentes y triviales.

—Está bien —dijo el señor Vincy, coceando a pesar de las resoluciones—, nunca he presumido de ser otra cosa que mundano y, lo que es más, no veo a nadie que no lo sea. Supongo que tú no llevas tus negocios sobre principios que denominas no mundanos. La única diferencia para mí es que una mundanidad es un poco más honrada que la otra.

—Este tipo de discusión no conduce a nada, Vincy —dijo el señor Bulstrode, quien, habiéndose terminado el sándwich, se había arrellanado en la silla y se cubría los ojos como si estuviera cansado—. Habías venido por algo más concreto.

—Sí. En resumen, la cuestión en que alguien le ha dicho al viejo Featherstone, citándote a ti como autoridad, que Fred ha estado pidiendo o intentando pedir dinero prestado avalando con sus perspectivas de tierra. Estoy convencido de que tú no has dicho semejante sandez. Pero el vejete insiste en que Fred le lleve un mentís de tu puño y letra, o sea una pequeña nota diciendo que tú no te crees ni una palabra de todo esto de haber pedido dinero prestado o intentarlo siquiera, de una forma tan tonta. Supongo que no tendrás objeción.

—Perdóname, pero sí la tengo. No tengo en absoluto la certeza de que tu hijo, en su irreflexión e ignorancia, por no emplear palabras más severas, no haya intentado obtener dinero exponiendo sus posibilidades futuras, o incluso de que alguien no haya sido lo bastante necio como para abastecerle en base a tan desdibujada presunción; hay mucho préstamo negligente de dinero en el mundo, además de otras insensateces.

—Pero Fred me ha dado su palabra de honor de que jamás ha pedido dinero prestado bajo el simulacro de que heredará la tierra de su tío. No es un mentiroso. No intento hacerle pasar por mejor de lo que es…, me he enfadado mucho y nadie puede decir que apruebo lo que hace. Pero no es un mentiroso. Y yo diría, aunque puedo equivocarme, que no hay religión que impida a alguien pensar lo mejor de un joven cuando no tienes otros datos. Mala clase de religión me parecería la tuya si le pusieras trabas negándote a decir que no piensas peor de él de lo que tienes buenas razones para creer.

—No estoy seguro de estarle haciendo un bien a tu hijo allanándole el camino hacia la futura posesión de las propiedades de Featherstone. No puedo considerar la riqueza como una bendición para quienes la utilizan solamente como una cosecha en este mundo. Te disgusta escuchar estas cosas, Vincy, pero me siento obligado en esta ocasión a decirte que no tengo motivos para propiciar una disposición de propiedad como ésta a la que aludes. No rehúyo decirte que ello no contribuirá al bienestar eterno de tu hijo ni a la gloria de Dios. ¿Por qué, entonces habrías de esperar que yo firmara esta especie de declaración que no tiene más finalidad que la de perpetuar una necia predilección y asegurar una necia donación?

—Lo único que te puedo responder a eso es que si pretendes impedir que nadie, salvo los santos y los evangelistas, tengan dinero, deberías renunciar a ciertas asociaciones provechosas —exclamó el señor Vincy con total llaneza —. Tal vez sea para mejor gloria de Dios, pero desde luego no es para mayor gloria del comercio de Middlemarch que Plymdale use esos tintes azules y verdes que obtiene de la fábrica de Brassing y que pudren la seda. Quizá si la gente supiera que una parte tan grande de los beneficios se destinaban a la mayor gloria de Dios, les gustaría más. No es que me importe mucho eso, aunque podría armar un buen lío si quisiera.

El señor Bulstrode esperó un poco antes de contestar.

—Me duele mucho oírte hablar así, Vincy. No espero que comprendas los motivos de mis acciones…, no es cosa fácil tejer un sendero de principios en medio de las complicaciones del mundo…, y aún lo es menos señalarles la hebra con claridad a los descuidados y despectivos. Te ruego que recuerdes que me extralimito en mi tolerancia hacia ti por ser el hermano de mi esposa y que no es de recibo que te quejes de que yo te niego la ayuda material para conservar la posición social de tu familia. He de recordarte que no ha sido tu prudencia o tu buen juicio lo que te ha permitido mantener tu puesto en el comercio.

—Probablemente no, pero tú aún no has salido perdiendo con mi negocio —dijo el señor Vincy, harto molesto (cosa que raras veces se demoraba pese a sus resoluciones previas)—. Y no me explico cómo esperabas que nuestras familias no hicieran piña cuando te casaste con Harriet. Y si ahora has cambiado de opinión y quieres que mi familia vaya a menos, pues dilo. Yo no he cambiado. Sigo siendo el sencillo feligrés que era antes de que surgieran las doctrinas. Acepto el mundo tal y como lo encuentro, tanto en el comercio como en lo demás, y me basta con no ser peor que mis vecinos. Pero si quieres que vayamos a menos, dilo. Sabré mejor cómo actuar.

—Estás desbarrando. ¿Acaso ibas a ir a menos por no tener esta carta sobre tu hijo?

—Tanto si es así como si no, considero mezquino por tu parte el negarte. Puede que tal comportamiento obedezca a un sentimiento religioso, pero desde fuera da una impresión de cicatería y de perro del hortelano. Para el caso podías calumniar a Fred; es casi lo mismo, visto que te niegas a decir que no proviene de ti la calumnia. Este tipo de cosas, este ánimo tiránico de querer hacer de obispo y banquero por doquier, es lo que hace que el nombre de uno apeste.

—Vincy, si te empeñas en pelearte conmigo, será muy penoso para Harriet además de para mí —dijo el señor Bulstrode, un poco más inquieto y pálido que de costumbre.

—Yo no quiero pelear. En interés propio y quizá tuyo también, debemos mantener la amistad. No te guardo rencor y no tengo peor opinión de ti que de otras personas. Un hombre que medio se mata de hambre y reza en familia y todo eso que haces tú debe creer en su religión, cualquiera que ésta sea. Podrías sacarle el mismo jugo a tu capital jurando y maldiciendo, muchos lo hacen. A ti te gusta ser el amo, eso no hay quien lo niegue; incluso en el cielo tendrás que ser el centro de atención, y si no, aquello te gustará poco. Pero eres el marido de mi hermana y debemos hacer piña. Y si conozco a Harriet, lo considerará culpa tuya si nos peleamos por un quítame esas pajas y te niegas a hacerle un favor a Fred. Y yo tampoco lo llevaría muy bien. Lo considero ruin.

El señor Vincy se levantó, comenzó a abrocharse el abrigo y miró fijamente a su cuñado, insinuando que exigía una respuesta concreta.

No era la primera vez que el señor Bulstrode había empezado reprendiendo al señor Vincy y concluía viéndose desfavorablemente reflejado en el espejo burdo y poco halagador que la mente del fabricante presentaba a las luces y sombras más sutiles de sus congéneres, y tal vez su experiencia hubiera debido advertirle de cómo concluiría la escena. Pero una fuente bien alimentada es generosa con su agua incluso cuando llueve, momento en el que resulta peor que inútil. Una buena fuente de reprimenda suele ser igualmente irrefrenable.

No era el estilo del señor Bulstrode acceder de inmediato como resultado de incómodas sugerencias. Antes de cambiar de rumbo, necesitaba dar forma a sus motivos y acomodarlos a sus exigencias habituales. Finalmente dijo:

—Déjame reflexionar un poco, Vincy. Comentaré el tema con Harriet. Seguramente te envíe una carta.

—Muy bien. En cuanto puedas, por favor. Espero que todo esté resuelto antes de que nos veamos mañana.

CAPÍTULO XIV

La consulta del señor Bulstrode a Harriet pareció surtir el efecto deseado por el señor Vincy, pues temprano a la mañana siguiente llegó una carta que Fred pudo llevar al señor Featherstone como el testimonio exigido.

El anciano caballero guardaba cama debido al frío, y puesto que Mary Garth no se hallaba en el salón, Fred subió directamente y le entregó la carta a su tío, quien, incorporado cómodamente por unos almohadones, pudo disfrutar como de costumbre de su concepción de la sabiduría consistente en desconfiar de la humanidad y frustrarla. Se caló las gafas para leer la carta, frunciendo los labios y torciendo las comisuras.

Atendiendo a las circunstancias no me negaré a manifestar mi convicción…, ¡bah!, ¡vaya palabra finolis! Parece un subastador…, de que Frederic no ha obtenido adelantos monetarios sobre donaciones prometidas por el señor Featherstone…, ¿prometidas? ¿Quién ha dicho que yo haya prometido nada? Añadiré los codicilos que me parezca oportuno…, y que habida cuenta la índole de tal procedimiento, es ilógico presuponer que un joven de sentido común y empuje lo intentara… ¡Ah, pero ojo! ¡El caballero no dice aquí que tú seas un joven de sentido común y empuje! En cuanto a mi intervención en un comentario de tal naturaleza, afirmo rotundamente que jamás hice afirmación alguna respecto de que tu hijo haya pedido prestado dinero sobre cualquier propiedad que se derivara por defunción del señor Teatherstone.

¡Dios mío! ¡«Propiedad», «derivara», «defunción»! El abogado Standish no es nada a su lado. No hablaría más fino si quisiera algo. Bien —llegado este punto el señor Featherstone miró a Fred por encima de las gafas al tiempo que le devolvía la carta con gesto despectivo—, no pensarás que me crea ni una sola palabra sólo por que Bulstrode lo pone muy bien por escrito ¿no?

Fred se sonrojó.

—Usted quería esa carta. Yo diría que tan válida es la negación del señor Bulstrode como la autoridad que le dijo a usted lo que él niega.

—Absolutamente. No dije que me creyera ni lo uno ni lo otro. Y ahora, ¿qué esperas? —dijo el señor Featherstone con brusquedad y sin quitarse las gafas, pero escondiendo las manos entre las sábanas.

—No espero nada, señor —a duras penas se reprimió Fred para no dar rienda suelta a su irritación—. Vine a traerle la carta. Si quiere, me despido ya.

—Aún no, aún no. Toca la campanilla, quiero que venga Missy.

Una criada acudió a la llamada.

—¡Que venga Missy! —dijo el señor Featherstone con impaciencia—. ¿Quién la mandaría marcharse? —siguió en el mismo tono cuando Mary entró.

—¿Por qué no te has quedado sentada aquí hasta que te dijera que te fueras? Quiero el chaleco. Te dije que lo dejaras siempre encima de la cama.

Mary tenía los ojos enrojecidos como si hubiera estado llorando. Era patente que el señor Featherstone pasaba por uno de sus peores momentos esa mañana, y aunque Fred tenía ahora la perspectiva de recibir el muy necesario regalo económico, hubiera preferido ser libre para poder encararse con el viejo tirano y decirle que Mary Gath era demasiado buena como para tener que estar a sus órdenes. Aunque Fred se había levantado cuando ella entrara en el cuarto, apenas se había fijado en él y parecía nerviosa, como recelando de que el viejo lanzara contra ella algún objeto, aunque nunca tuvo que temer peor cosa que sus palabras. Cuando fue hacia una percha para coger el chaleco, Fred se la acercó diciendo:

—Permíteme.

—¡Estate quieto! Tráelo tú, Missy y ponlo aquí —dijo el señor Featherstone—. Y ahora vuelve a marcharte hasta que te llame —añadió, cuando tuvo el chaleco a su lado. Era costumbre en él sazonar su placer en demostrar su aprecio por una persona siendo particularmente desagradable con otra, y Mary siempre se encontraba a mano para proporcionar el condimento. Cuando venían a verle sus propios parientes la trataba mejor. Lentamente, sacó del bolsillo del chaleco un manojo de llaves y también lentamente sacó de entre las sábanas una caja de hojalata.

—Esperas que te dé una pequeña fortuna, ¿verdad? —dijo, mirando por encima de sus gafas y deteniéndose en el acto de levantar la tapa.

—En absoluto, señor. Usted tuvo la generosidad el otro día de decir que me haría un regalo, de lo contrario, ni que decir tiene que no habría pensado siquiera en el tema —pero Fred era de carácter esperanzado y se había hecho la idea de una suma justamente lo bastante cuantiosa como para redimirle de cierta ansiedad. Cuando Fred se endeudaba, siempre le parecía harto probable que algo, no era preciso que concibiera el qué, sucedería que le permitiría pagar a su debido tiempo. Y ahora que el acontecimiento providencial parecía avecinarse, hubiera resultado un absurdo imaginarse que la dádiva sería inferior a la necesidad, tan absurdo como una fe que creía en medio milagro por falta de fortaleza para creer en el milagro entero.

Las manos cuajadas de venas palparon uno tras otro numerosos billetes, volviendo a alisarlos después, mientras Fred permaneció recostado en la silla por no parecer ansioso. Se tenía por un caballero y le disgustaba agasajar a un anciano por su dinero. Finalmente el señor Featherstone le miró de nuevo por encima de las gafas y le ofreció un pequeño fajo de billetes. Fred vio nítidamente que había tan sólo cinco por los estrechos bordes que asomaban. Bueno, quizá cada uno fuera de cincuenta libras. Los cogió diciendo:

—Le estoy muy agradecido, señor —y se dispuso a guardarlos aparentando no demostrar interés por su valor. Pero esto no pareció convenir al señor Featherstone, quien le observaba atentamente.

—Vamos, ¿es que no te vas a molestar en contarlo? Aceptas dinero como un lord, supongo que lo pierdes también como tal.

—Creí que a caballo regalado no se le miraba el diente, señor. Pero estaré encantado de contarlo.

Sin embargo, Fred no estuvo tan encantado después de contar los billetes. Representaban el absurdo de ser una cantidad menor de la que su esperanza había decidido que sería. ¿Qué puede significar la adecuación de las cosas si no es su adecuación a las expectativas del hombre? Cuando esto falla, el absurdo y el ateísmo se abren a sus espaldas. La desilusión de Fred fue enorme cuando descubrió que en su mano sólo sostenía cinco billetes de veinte y no le auxilió en su desencanto el que hubiera participado de la educación universitaria del país. Sin embargo, y al tiempo que su hermoso rostro cambiaba rápidamente de expresión, dijo:

—Es usted muy generoso.

—¡Y tanto! —dijo el señor Featherstone, cerrando la caja con llave, volviéndola a guardar y quitándose concienzuda y despaciosamente las gafas, añadiendo, como si la meditación interior le hubiera convencido aún más:

—Ya lo creo que soy muy generoso.

—Le aseguro, señor, que le estoy muy agradecido —respondió Fred, que había tenido tiempo de recobrar su aire desenfadado.

—Y debes estarlo. Quieres pintar algo en este mundo y supongo que Peter Featherstone es el único en quien puedes confiar —los ojos del anciano brillaban con una satisfacción curiosamente entremezclada por la conciencia de que este apuesto joven confiaba en él y por la necedad del apuesto joven al obrar así.

—Así es. No nací con oportunidades magníficas ante mí. Pocos hombres se deben haber visto tan obstaculizados como yo —dijo Fred, sorprendiéndose ante su propia virtud, habida cuenta de lo mal que se le trataba—. La verdad es que resulta muy duro tener que montar un jamelgo y ver cómo otros, con la mitad de criterio, despilfarran en malas compras Dios sabe qué montoneras de dinero…

—Bueno, pues ahora ya te puedes comprar un buen caballo. Calculo que ochenta libras te bastarán para eso y aún te quedarán veinte para sacarte de cualquier pequeño embrollo —dijo el señor Featherstone con una pequeña risita.

—Es usted muy generoso —dijo Fred con aguda percepción del contraste entre sus palabras y sus sentimientos.

—Soy bastante mejor tío para ti que el finolis de Bulstrode. No creo que saques mucho de sus especulaciones. He oído que tiene bien agarrado a tu padre.

—Mi padre nunca me dice nada de sus asuntos, señor. —Ahí muestra buen juicio. Pero hay quien los descubre sin que él diga nada. Ése sí que jamás te podrá dejar ni un céntimo; seguramente morirá sin testar, es justo ese tipo de hombre, por mucho que le hagan alcalde de Middlemarch. Pero aunque seas el mayor, tampoco sacarás mucho de que muera sin hacer testamento.

Fred pensó que el señor Featherstone estaba siendo más desagradable que nunca; cierto que jamás le había dado una cantidad tan grande de dinero junta anteriormente.

—¿Destruyo, entonces, esta carta del señor Bulstrode? —dijo Fred levantándose con la carta como para echarla al fuego.

—Adelante, adelante. Yo no la quiero. A mí no me supone ningún dinero.

Fred llevó la carta al fuego y la atravesó enérgicamente con el atizador. Estaba deseando salir de la habitación, pero sentía vergüenza ante sí mismo y también ante su tío de marcharse tan precipitadamente tras embolsarse el dinero. En ese mismo instante entró el administrador de la granja con informes para el amo y, para alivio indescriptible de Fred, aquél le despidió encomendándole que volviera pronto a visitarle.

Su prisa se debía no sólo a querer librarse de su tío, sino a que también quería encontrar a Mary Garth. Estaba en su lugar acostumbrado junto al fuego, con la costura entre las manos y un libro abierto en la mesita a su lado. Tenía ahora los ojos un poco menos enrojecidos y había recobrado su usual compostura.

—¿Me necesitan arriba? —preguntó al entrar Fred, haciendo ademán de levantarse.

—No; a mí me han dicho que me fuera porque llegó Simmons.

Mary volvió a sentarse y prosiguió con su labor. Le trataba con mayor indiferencia que de costumbre: no sabía la tierna indignación que por ella sintiera Fred arriba.

—¿Puedo quedarme aquí un ratito, Mary, o te aburriré?

—Siéntate, por favor —dijo Mary—. No me aburrirás ni mucho menos tanto como el señor John Waule que estuvo aquí ayer y se sentó sin preguntarme.

—¡Pobrecillo! Creo que está enamorado de ti.

—No estoy al tanto de ello. Y me resulta de lo más odioso en la vida de una mujer el que siempre haya de haber alguna presunción de enamoramiento entre ella y cualquier hombre que se muestre agradable y a quien le esté agradecida. Hubiera pensado que al menos yo podría quedar al margen de todo eso. No tengo motivos para la necia vanidad de suponer que todo el que se me acerca está enamorado de mí.

Mary no tenía la intención de demostrar sentimiento alguno, pero a su pesar concluyó con un tono trémulo de contrariedad.

—¡Al diablo con John Waule! No era mi intención enojarte. No sabía que tuvieras motivos para estarle agradecida. Olvidé que consideras un gran favor el que alguien apague una vela por ti.

Fred también tenía su orgullo y no estaba dispuesto a dejar traslucir que sabía muy bien lo que había provocado esta salida de tono de Mary.

—Pero si no estoy enojada…, salvo con cómo es el mundo. Sí que me gusta que se me hable como si tuviera sentido común. A menudo se me antoja que entiendo un poquito más de lo que jamás oigo de labios incluso de jóvenes que han ido a la universidad.

Mary se había recobrado y una soterrada y contenida risa agradable impregnaba sus palabras.

—No me importa cuán jocosa puedas estar a mi costa esta mañana —dijo Fred—. Tenías un aspecto tan triste cuando entraste en la habitación esta mañana. Es una vergüenza que te quedes aquí dejándote tiranizar de esa forma.

—Bueno, tengo una vida cómoda… si comparo. He intentado ser profesora, pero no me va: me gusta demasiado divagar. Creo que cualquier dificultad es preferible a la de simular que haces aquello por lo que te pagan y sin embargo no hacerlo. Aquí puedo llevar a cabo todo igual de bien que cualquier otra persona, incluso mejor que algunas…, como por ejemplo Rosy. Aunque ella es justo el tipo de hermosa criatura a quien encierran con los ogros en los cuentos de hadas.

—¡Rosy! —exclamó Fred con tono de profundo escepticismo fraternal.

—¡Vamos, Fred! —dijo Mary con firmeza—. No tienes derecho a ser tan crítico.

—¿Te estás refiriendo a algo en particular, ahora mismo? —No, me refiero a algo en general, siempre.

—Ya. Que soy indolente y extravagante. Lo que ocurre es que no estoy hecho para ser pobre. No hubiera sido mal tipo de ser rico.

—Hubieras cumplido con tu obligación en una profesión a la que no le plujo a Dios llamarte —dijo Mary riendo.

—No hubiera podido cumplir como clérigo igual que tú no puedes cumplir como institutriz. Deberías tener un poco de compañerismo ahí, Mary.

—Yo nunca he dicho que debieras ser clérigo. Hay otros tipos de trabajo. Me parece muy mísero el que no te decidas por algo y actúes en consecuencia.

—Y así lo haría si… —Fred se cortó y se levantó, apoyándose en la chimenea.

—¿Si estuvieras seguro de que no ibas a tener fortuna alguna?

—No dije eso. Quieres pelearte conmigo. No debieras dejarte influir por lo que otros dicen de mí.

—¿Cómo iba a querer pelearme contigo? Me estaría peleando con todos mis libros nuevos —dijo Mary levantando el pequeño volumen de la mesa—. Por travieso que seas con los demás, conmigo eres bueno.

—Porque me gustas más que cualquier otra persona. Pero sé que me desprecias.

—Pues sí…, un poco —dijo Mary con una sonrisa y asintiendo con la cabeza.

—Tú admirarías a un tipo estupendo que tuviera doctas opiniones de todo.

—Pues sí.

Mary cosía con rapidez y parecía provocativamente dueña de la situación. Cuando una conversación vira contra nosotros, lo único que hacemos es hundirnos más y más en la ciénaga de la torpeza. Y esto es lo que sentía Fred.

—Supongo que las mujeres no se enamoran nunca de alguien a quien han conocido siempre, bueno, quiero decir, a quien conocen desde que tienen recuerdo. Los hombres sí.

Siempre es un tipo nuevo el que llama la atención de una mujer.

—A ver —dijo Mary, frunciendo maliciosamente las comisuras de los labios—. Debo remontarme a mi experiencia. Tenemos a Julieta, que parece constituir un ejemplo de lo que dices. Pero por otro lado, Ofelia probablemente conociera a Hamlet desde hacía tiempo; y Brenda Troil conocía a Mordaunt Merton desde que eran niños; claro que al parece haber sido un joven encomiable; Minna parece aún más enamorada de Cleveland, que era un extraño. Waverley era nuevo para Flora MacIvor, pero ella no se enamora de él. Y luego están Olivia y Sophia Primrose, y Corinne que se puede decir que se enamoran de desconocidos. En total, mi experiencia resulta un tanto entremezclada.

Mary dirigió a Fred una mirada no exenta de cierta picardía que le resultó entrañable, si bien los ojos no eran más que claras ventanas donde la observación se posaba sonriente. Fred era una persona afectuosa y al tiempo que crecía se había ido enamorando de su compañera de juegos a pesar de esa participación suya en la educación universitaria del país que había disparado su concepto del rango y la renta.

—Cuando a un hombre no le aman, es inútil que diga que podría ser mejor, que podría hacer cualquier cosa de tener la seguridad de entonces ser amado.

—No me sirve en absoluto el que diga que podría ser mejor. Tal vez, quizá, acaso…, son adverbios despreciables. —No veo cómo puede un hombre servir de mucho si no tiene una mujer que le quiera.

—Yo diría que la bondad debería ir por delante del enamoramiento.

—Tú sabes que eso no es verdad, Mary. Las mujeres no aman a los hombres por su bondad.

—Quizá no. Pero si les aman, no piensan que sean malos. —No es justo que digas que yo soy malo.

—No dije nada en absoluto de ti.

Jamás serviré para nada, Mary, si no me dices que me amas, si no prometes que te casarás conmigo…, bueno, cuando sea que pueda casarme.

—Aunque te quisiera, no me casaría contigo. Y lo que nunca haría sería prometértelo.

—Eso es una maldad, Mary. Si me quieres, deberías prometerme que te casarías conmigo.

—Muy al contrario. Maldad sería casarme contigo aunque te amara.

—Te refieres a mi situación actual, sin posibilidades de mantener a una esposa. Eso lo entiendo; pero sólo tengo veintitrés años.

—Respecto al último punto cambiarás. Pero no estoy demasiado segura acerca de otros cambios. Mi padre dice que no deberían existir los hombres perezosos y mucho menos deberían casarse.

—¿Acaso debo entonces volarme la tapa de los sesos? —No; pienso que, en general, harías mejor aprobando tus exámenes. Le he oído decir al señor Farebrother que es escandalosamente fácil.

—Eso está muy bien. Todo es fácil para él. Y no es que la inteligencia tenga nada que ver en esto. Soy diez veces más listo que gente que aprueba.

—¡Jesús! —dijo Mary, incapaz de reprimir su sarcasmo—. Eso explica que haya coadjutores como el señor Crowse. Divide tu inteligencia por diez y el cociente… ¡Jesús!, basta para licenciarse. Pero eso sólo demuestra que tú eres diez veces más indolente que el resto.

—Bueno, y si aprobara ¿te avendrías a que no entrara en la Iglesia?

—Lo que yo quiera que tú hagas no es la cuestión. Supongo que tendrás una conciencia propia. Bueno aquí llega el señor Lydgate. Debo ir a decírselo a mi tío.

—Mary —dijo Fred, cogiéndole la mano mientras ésta se levantaba—, si no me das ningún tipo de esperanza iré a peor en lugar de a mejor.

—Pues no te daré ninguna esperanza —dijo Mary sonrojándose—. A tu familia no le gustaría y a la mía tampoco. ¡Mi padre lo consideraría una infamia si aceptara a un hombre que se endeuda y no trabaja!

Fred se sintió herido y le soltó la mano. Missy caminó hacia la puerta, pero una vez allí se dio la vuelta y dijo:

—Fred, siempre has sido tan bueno y generoso conmigo. No soy una ingrata, pero no vuelvas a hablarme de esto nunca.

—Está bien —dijo Fred enfurruñando, cogiendo el sombrero y la fusta. Sus mejillas encendidas contrastaban con la palidez de su rostro. Como muchos jóvenes aguerridos e indolentes, ¡estaba muy enamorado de una joven corriente y sin dinero! Pero con la tierra del señor Featherstone de telón de fondo y con la convicción de que a pesar de lo que Mary dijera, se interesaba por él, Fred no estaba del todo desesperado.

Al llegar a casa le dio a su madre cuatro billetes de veinte y le pidió que se los guardara.

—No quiero gastarme ese dinero, madre. Tengo que pagar una deuda, así que guárdalo fuera de mi alcance.

—Dios te bendiga, hijo —dijo la señora Vincy. Adoraba a su hijo mayor y a la pequeña, una criatura de seis años, a quienes los demás consideraban sus hijos más traviesos. Las madres no siempre se equivocan en sus preferencias: son las que mejor pueden juzgar cuál es el hijo cariñoso y de buen corazón. Y Fred quería mucho a su madre. Tal vez fuera su cariño hacia otra persona también lo que le impulsaba a desear tomar medidas contra su tendencia a gastarse las cien libras. El acreedor a quien debía ciento sesenta tenía en su poder una garantía aún más sólida en la forma de una factura firmada por el padre de Mary.

CAPÍTULO XV

Gran historiador, como insistía en denominarse, que tuvo la fortuna de morir hace ciento veinte años y por ende ocupar su lugar entre los colosos bajo cuyas inmensas piernas se observa caminar nuestra viva mezquindad, presume de sus profusos comentarios y digresiones como la parte de su obra menos imitable, y en especial de esos capítulos primeros de los sucesivos libros de su historia, durante los cuales parece acercar su butaca el proscenio y charlar con nosotros con la robusta facilidad de su magnífico inglés. Pero Fielding vivía cuando los días eran más largos (pues el tiempo, al igual que el dinero, se mide por nuestras necesidades), cuando las tardes de verano eran extensas, y el reloj tictaqueaba despacioso en las noches de invierno. Nosotros, tardíos historiadores, no debemos seguir su ejemplo, pues si lo hiciéramos, es probable que nuestra charla fuera inconsistente y apremiante, como si la pronunciáramos desde un taburete en una pajarería. Personalmente, me resulta tan laborioso desenredar ciertos destinos humanos y ver cómo se tejen y entretejen, que toda la luz de que dispongo debo concentrarla en esta tela de araña y no dispersarla sobre esa tentadora gama de pertinencias denominada universo.

De momento he de dar a conocer mejor a quien le interese al nuevo habitante Lydgate, pues ello les ha resultado difícil incluso a quienes le han tratado más desde su llegada a Middlemarch. Sin duda todo el mundo admitirá que a un hombre se le puede dar bombo y alabar, se le puede envidiar, ridiculizar, contar con él como un instrumento, enamorar (o al menos seleccionarle como futuro marido) y sin embargo continuar siendo virtualmente un desconocido o conocido tan sólo como una amalgama de signos sobre los que sus vecinos puedan hacer falsas suposiciones. No obstante, imperaba, por lo general, la impresión de que Lydgate no era del todo un médico rural común, y en el Middlemarch de la época dicha impresión significaba que se esperaban grandes cosas de él, pues cada uno de los médicos de cabecera era extraordinariamente listo y poseedor de ilimitada habilidad en el tratamiento y conocimiento de las enfermedades más caprichosas o rebeldes. La prueba de su inteligencia era del superior orden intuitivo, y descansaba sobre la convicción inamovible de sus pacientes femeninas, irrefutable a cualquier objeción salvo la de que a sus intuiciones otras igualmente fuertes oponían resistencia: es decir, aquellas damas que consideraban médicamente válido a Wrench y «el tratamiento reforzante», consideraban totalmente errado a Toller y «el sistema debilitante». Pues no habían desaparecido aún los tiempos heroicos de las ventosas y las copiosas sangrías, y menos todavía los tiempos de la teoría absoluta, cuando uno se refería a la enfermedad en general por algún maligno nombre y se la trataba correspondientemente sin ninguna contemplación —de llamarse, por ejemplo, insurrección, no se combatía con cartuchos de fogueo, sino que de inmediato se hacía brotar la sangre. Todo médico reforzante o debilitante era «listo» en opinión de alguien, que es cuanto se puede decir de cualquier talento vivo. Nadie había osado adelantar que el señor Lydgate pudiera saber tanto como el doctor Sprague o el doctor Minchin, los únicos dos facultativos que ofrecían alguna confianza cuando el peligro era extremo y cuando la mínima esperanza valía una guinea. No obstante, repito, cundía la impresión general de que Lydgate era algo bastante distinto a los demás profesionales de Middlemarch. Y era cierto. Contaba tan sólo veintisiete años, edad a la que muchos hombres no son del todo corrientes, tienen la esperanza de triunfar y están decididos a no claudicar, pensando que Mammon jamás les pondrá el bocado en la boca ni montará su lomo, sino que Mammon, de tener algo que ver con él, tirará de su carro.

Se había quedado huérfano recién terminada su segunda enseñanza en un buen colegio privado. Su padre, militar, había asegurado poco el porvenir de sus tres hijos y cuando el niño Tertius pidió que se le diera una educación médica, les pareció más fácil a sus tutores concederle su petición y colocarle de aprendiz con un médico rural que oponerse a causa de la dignidad familiar. Era uno de esos insólitos chicos que pronto sienten una inclinación fija y deciden que hay algo determinado en la vida que les atrae por sí mismo y querrían hacer, y no porque sus padres se dedicasen a ello. La mayoría de quienes nos dedicamos a un tema que nos gusta, recordamos como el primer atisbo rastreable de nuestra afición una mañana o una tarde en la que nos encaramamos a un taburete para alcanzar un volumen novel, o escuchamos boquiabiertos a un orador nuevo o, por simple falta de libros, comenzamos a escuchar nuestras propias voces interiores. Algo parecido le sucedió a Lydgate. Era un chico ágil, y, aún acalorado tras jugar, solía tumbarse en un rincón, hallándose a los cinco minutos enfrascado en la lectura del primer libro que encontrara a mano. Si resultaba ser Rasselas o Gulliver, tanto mejor, pero le servían igualmente el diccionario de Bailey, o la Biblia con los apócrifos. Le era necesario leer algo cuando no estaba montando el pony, corriendo y cazando o escuchando la conversación de los varones. Esto ya era así cuando tenía diez años, edad a la que ya había leído Chrysal, o Las aventuras de una guinea, que ni era comida de niños ni pretendía pasar por tal, habiéndosele ya también ocurrido que los libros eran lo bueno y que la vida era una fruslería. Sus estudios en el colegio no habían modificado significativamente esa opinión, pues aunque había seguido las enseñanzas sobre los clásicos y las de matemáticas, no sobresalió en ellas. Se decía de él que Lydgate podía hacer lo que quisiera, pero que hasta el momento no había querido hacer nada extraordinario. Era un vigoroso animal con una rápida comprensión, pero ninguna chispa había encendido en él pasión intelectual alguna. El conocimiento se le antojaba algo muy superficial y de fácil adquisición y, a juzgar por las conversaciones de sus mayores, parecía tener ya en su haber más de lo que precisaría en su vida de adulto. Probablemente no fuera éste un resultado excepcional de la enseñanza cara en esos tiempos de las levitas de talle alto y otras modas que aún no han vuelto. Pero durante unas vacaciones, el día húmedo le condujo hasta la pequeña biblioteca familiar, de nuevo en busca de algún libro que contuviera para él alguna novedad. ¡Vana ilusión!, salvo que bajara una polvorienta hilera de volúmenes de tapas grises de papel y manchadas etiquetas, los tomos de una vieja enciclopedia que nunca había perturbado. Estaban en el estante más alto y se subió a una silla para cogerlos. Pero abrió el volumen que sacó primero; a veces tendemos a leer en actitudes improvisadas, precisamente en situaciones en la que parece incómodo hacerlo. La página por la que abrió llevaba el título de Anatomía y el primer párrafo que atrajo su mirada era sobre las válvulas del corazón. No estaba muy familiarizado con ningún tipo de válvula, pero sabía que valvae eran puertas plegables y por esta rendija entró una luz repentina, sorprendiéndole con su primera clara noción de un mecanismo asaz preciso en el cuerpo humano. Una educación liberal le había proporcionado en el colegio la libertad para leer los pasajes más osados de los clásicos, pero sin mellar su imaginación con otros prejuicios ulteriores a una sensación general de secreto y obscenidad en relación a su estructura interna, de forma que, por lo que a él hacía, el cerebro estaba contenido en unas pequeñas bolsas en las sienes, y no tenía mayor interés en entender cómo le circulaba la sangre que en saber cómo se utilizaba el papel en lugar del oro. Pero había llegado el instante de la vocación y antes de bajarse de la silla descubrió un mundo nuevo por amor de un presentimiento de infinitos procesos que rellenaban los inmensos espacios vedados a su visión por esa ignorancia llena de palabras que él había tomado por conocimiento. Desde ese momento Lydgate sintió nacer una pasión intelectual.

No nos asusta repetir una y mil veces cómo llega un hombre a enamorarse de una mujer y a casarse con ella o, por el contrario, verse fatalmente apartado de ella. ¿Se deberá acaso a un exceso de poesía o de estupidez que jamás nos cansemos de describir lo que el rey Jacobo denominaba «forma y belleza» de la mujer, o de escuchar el tañer del instrumento del viejo trovador y sin embargo estemos relativamente poco interesados en ese otro tipo de «forma y belleza» que debe cortejarse con laborioso pensamiento y paciente renuncia a los pequeños deseos? Asimismo, en la historia de esta pasión, el desarrollo varía; a veces es el matrimonio glorioso, otras la frustración y la despedida final. Y no es infrecuente que la catástrofe vaya unida a la otra pasión cantada por los trovadores. Pues entre la multitud de hombres de mediana edad que prosiguen sus vocaciones en un recorrido diario que les viene tan determinado como el nudo de sus corbatas, existe un buen número que tuvieron en tiempos la intención de moldear sus propios hechos y cambiar un poco el mundo. Casi nunca se cuentan ni a sí mismos la historia de cómo se convirtieron en uno del montón, listos para el embalaje al por mayor; tal vez el entusiasmo vertido en generosos trabajos no retribuidos se enfrió tan imperceptiblemente como otros amores de juventud hasta que un día su ser de antaño caminó, como un fantasma, por su antiguo hogar haciendo que el mobiliario nuevo pareciera cadavérico. ¡Nada en el mundo más sutil que el proceso de su paulatino cambio! En un principio lo inhalaron sin saberlo; tal vez tú y yo contribuyéramos a infectarles con parte de nuestro aliento cuando proferimos nuestras disciplinadas falsedades o expusimos nuestras necias conclusiones; tal vez llegó con las vibraciones de una mirada femenina.

Lydgate no tenía intención de convertirse en uno de esos fracasos y en él cabía fundar mayores esperanzas, puesto que su interés científico pronto adoptó la forma del entusiasmo profesional. Tenía una fe juvenil en su sustentante trabajo que no iba a verse sofocada por esa iniciación denominada sus «días de aprendiz» y aportó a sus estudios en Londres, Edimburgo y París la convicción de que la profesión médica tal como debía ser, era la mejor del mundo, representando el más perfecto intercambio entre la ciencia y el arte y ofreciendo la alianza más directa entre la conquista intelectual y el bien social. La personalidad de Lydgate exigía esta combinación, pues era un ser emotivo con un sentido muy real del compañerismo que resistía todas las abstracciones de un estudio especial. No sólo le interesaban los «casos», sino John y

Elizabeth, especialmente Elizabeth.

Esta profesión incluía otro atractivo: necesitaba de una reforma y por tanto daba la oportunidad de rechazar con indignada decisión el lustre banal y demás monsergas de las que estaba rodeada y de dotar a quien la ejerciese de las verdaderas, si bien no exigidas, aptitudes. Marchó a estudiar a París decidido a que, al regresar, se establecería como internista en alguna ciudad de provincias y se opondría a la división irracional entre el conocimiento médico y quirúrgico en beneficio de su propia búsqueda científica, así como del progreso en general; se mantendría fuera del alcance de las intrigas de Londres, de sus celos y servilismos sociales y alcanzaría la fama, como Jenner, paulatinamente, por el valor individual de su trabajo. Pues ha de recordarse que era ésta una época oscura y que a pesar de las venerables instituciones que se esforzaban laboriosamente por garantizar la pureza de los conocimientos a base de extenderlos poco y de excluir el error por mor de una severa exclusividad respecto a los honorarios y los nombramientos, sucedía que jóvenes ignorantes se veían promocionados en la ciudad y muchos más obtenían el derecho legal para ejercer la medicina en amplias zonas rurales. Además, el prestigio público del que gozaba el Colegio de Médicos, que sancionaba la costosa y enrarecida instrucción médica obtenida por quienes se licenciaban en Oxford y Cambridge, no impedía la enorme prosperidad del curanderismo, pues, dado que la práctica profesional consistía principalmente en recetar muchas medicinas, el público dedujo que estaría mejor servido con una mayor cantidad de medicamentos aún, siempre que se pudieran obtener a bajo precio, y de ahí que ingiriera grandes cantidades cúbicas de remedios recetados por la ignorancia desaprensiva carente de titulación. Teniendo en cuenta que la estadística todavía no había propiciado un cálculo respecto del número de médicos ignorantes o hipócritas que forzosamente han de existir en los albores de toda reforma, Lydgate estimó que el cambio en las unidades era el modo más directo de modificar los totales. Tenía la intención de ser una unidad que inclinara la balanza hacia ese creciente cambio que un día se haría notar apreciablemente sobre la media, y, entretanto tener el placer de contribuir ventajosamente a las vísceras de sus pacientes. Pero su objetivo no era tan sólo ejercer con más genuinidad de lo que era común. Sus ambiciones eran mayores y estaba enardecido con la posibilidad de llegar a descubrir la prueba de una concepción anatómica y añadir un eslabón a la cadena de los descubrimientos.

¿Se os antoja incongruente que un médico de Middlemarch soñara con ser un descubridor? La mayoría de nosotros sabemos poco de los grandes innovadores hasta el momento en que llegan a formar parte de las constelaciones y ya rigen nuestros destinos. Pero acaso Herschels, por ejemplo, que «rompió las barreras de los cielos», ¿no tocó durante un tiempo el órgano de una iglesia de provincias y dio lecciones de música a tardos pianistas? Cada uno de estos Brillantes tuvo que andar por la tierra entre vecinos que tal vez apreciaban más su porte y su vestimenta que aquello que le otorgaría el derecho a la fama eterna; cada uno tuvo su pequeña historia local salpicada de pequeñas tentaciones y sórdidas preocupaciones que compusieron la fricción de su curso hacia la compañía final con los inmortales. Lydgate no estaba ajeno a los peligros de estas fricciones, pero tenía sobrada confianza en su decisión de evitarlas en la medida de lo posible. Tenía veintisiete años y creía poseer experiencia. Y no iba a permitir que el contacto con el éxito aparatoso y mundano de la capital provocara su vanidad, sino que viviría entre gentes que no rivalizaran con esa búsqueda de la gran idea que debía ser una finalidad gemela al asiduo ejercicio de su profesión. Existía una fascinación en la esperanza de que ambas metas se iluminaran mutuamente: la minuciosa observación y deducción que constituía su trabajo diario, el uso del microscopio para completar su criterio en casos especiales, redondearía su pensamiento como instrumento de más amplia indagación. ¿No era ésta la típica preeminencia de su profesión? Sería un buen médico de Middlemarch, y eso mismo le mantendría en la senda de la investigación trascendental. Hay un punto en esta etapa particular de su carrera en el que tiene derecho a reclamar nuestra aprobación; no tenía la intención de imitar esos modelos filantrópicos que sacan provecho de encurtidos envenenados para mantenerse al tiempo que denuncian la adulteración o tienen acciones en los lugares de apuestas a fin de poder tener el sosiego necesario para representar la causa de la moralidad pública.

En su caso, tenía la intención de comenzar algunas reformas determinadas que estaban absolutamente a su alcance y eran mucho menos problemáticas que la demostración de una concepción anatómica. Una de estas reformas era actuar con firmeza, respaldado por la fuerza de una reciente decisión legal y sencillamente recetar sin dispensar los medicamentos o percibir porcentaje alguno de los farmacéuticos. Esto constituía una innovación para quien había elegido adoptar el estilo del internista en una ciudad rural y sería tenido por ofensiva crítica por sus colegas de profesión. Pero Lydgate también pensaba innovar en cuanto a los tratamientos y era lo suficientemente prudente como para saber que la mejor garantía para el ejercicio honrado, según sus criterios, era deshacerse de las tentaciones sistemáticas que favorecían lo contrario.

Tal vez aquellos fueran tiempos más alegres que los actuales para el observador y el teórico; tendemos a pensar que la mejor época del mundo fue aquella en la que América empezaba a descubrirse, aquella en la que un aguerrido marinero, aunque fuera un náufrago, podía aterrizar en un reino nuevo y, en torno a 1829, los oscuros territorios de la Patología constituían una buena América para un animoso y joven aventurero. La mayor ambición de Lydgate era contribuir a ampliar la base científica y racional de su profesión. Cuanto más se interesaba por aspectos especiales de la enfermedad, como por ejemplo la naturaleza de la fiebre o las fiebres, más se le agudizaba la necesidad por ese conocimiento fundamental de la estructura que justo a principios de siglo se había visto iluminada por la breve y gloriosa carrera de Bichat, que murió cuando contaba tan sólo treinta y un años, pero que, como otro Alejandro, dejó un reino suficientemente grande para muchos herederos. Ese gran francés fue el primero en concebir que los cuerpos humanos, considerados fundamentalmente, no son asociaciones de órganos que se pueden entender estudiándolos primero por separado y luego, como si dijéramos, federalmente, sino que habían de considerarse como constituidos por ciertos entramados o tejidos, de los cuales se componen los diversos órganos —cerebro, corazón, pulmones y otros— igual que las distintas partes de una casa se construyen con diferentes proporciones de madera, hierro, piedra, ladrillo y demás, teniendo cada material su composición y proporción peculiar.

Está claro que nadie puede entender y calcular la estructura completa o sus partes, sus debilidades y remiendos, desconociendo la naturaleza de los materiales. Y la concepción ideada por Bichat, con su estudio detallado de los distintos tejidos, influyó forzosamente en las cuestiones médicas, como lo haría la aparición de la luz de gas en una calle oscura iluminada con faroles de aceite, mostrando nuevas conexiones y realidades de estructura ocultas hasta el momento que debían tenerse en cuenta a la hora de considerar los síntomas de las enfermedades y el efecto de los medicamentos. Pero los resultados que dependen de la conciencia y la inteligencia humanas avanzan con lentitud, y ahora, a finales de 1829, gran parte del ejercicio de la medicina seguía pavoneándose o arrastrándose por las viejas sendas, y aún quedaba trabajo científico por hacer como consecuencia directa del de Bichat. Este gran vidente no fue más allá de considerar los tejidos como las últimas realidades del organismo vivo, lo que marcaba el límite del análisis anatómico: quedaba para otra mente el decir: ¿acaso no tienen estas estructuras una base común de la cual proceden todas, igual que el tafetán, la gasa, el raso, el tul y el terciopelo que provienen todas del capullo de seda? Aquí habría otra luz, como de gas exhídrico, que mostraría el meollo de las cosas y revisaría anteriores explicaciones. Lydgate estaba enamorado de esta secuencia del trabajo de Bichat, que ya vibraba bajo muchas corrientes del pensamiento europeo y anhelaba demostrar las relaciones más íntimas de la estructura viva y ayudar a definir con mayor exactitud él pensamiento del hombre respecto del orden verdadero. El trabajo no estaba concluido, tan sólo preparado para aquellos que sabían usar la preparación. ¿Cuál era el tejido primitivo? Así es cómo Lydgate planteaba la cuestión que no era exactamente la forma exigida por la agazapada respuesta, pero esta falta de tino en la elección de la palabra adecuada ya les ocurre a muchos videntes. Confiaba, para iniciar su investigación, en los tranquilos intervalos que cuidadosamente aprovecharía y en las múltiples ideas fruto de la dedicación diligente no sólo del escalpelo, sino del microscopio que la investigación había vuelto a emplear con renovado entusiasmo y garantía. Este era, pues, el plan de Lydgate para el futuro: hacer un limitado y buen trabajo para con Middlemarch y una gran labor para con el mundo.

Era en esta época un hombre feliz: tenía veintisiete años, ningún vicio fijo, la generosa determinación de que sus hechos fueran beneficiosos e ideas en la mente que hacían que la vida resultara interesante, todo ello al margen del culto a la carne de caballo y otros ritos místicos de caro mantenimiento que las ochocientas libras que le restaron tras el pago por la clientela no hubieran cubierto durante mucho tiempo. Estaba en esa línea de salida que hace de la carrera de muchos hombres un buen tema de apuesta, caso de existir caballeros dados a esa diversión que pudieran apreciar las complicadas probabilidades de una meta ardua, así como todos los posibles contratiempos y adelantos de la circunstancia, todas las sutilezas del equilibrio interno mediante las cuales un ser nada y consigue su objetivo o de lo contrario se lo lleva la corriente. Incluso con un detallado conocimiento del carácter de Lydgate, el riesgo seguiría ahí, pues también el carácter es un proceso y un desarrollo. El hombre, tanto como el médico de Middlemarch y el descubridor inmortal, se estaba aún forjando y existían defectos y virtudes con capacidad de disminución o expansión. Espero que los defectos no constituyan una razón para que retiréis de él vuestro interés. ¿Acaso no existe entre los amigos que apreciamos uno u otro que sea un poco demasiado autosuficiente y desdeñoso, cuya mente privilegiada no esté ligeramente salpicada de vulgaridad, a quien primitivos prejuicios no hagan apocado aquí o impositivo allí, o cuyas mejores energías tiendan a decantarse por el canal equivocado por influjo de requerimientos pasajeros? Se puede alegar todo esto en contra de Lydgate, pero, al fin y al cabo, son las perífrasis de un predicador cortés, que habla de Adán y no desea mencionar cosas dolorosas a quienes llenan los bancos. Los defectos específicos de los cuales se destilan estas delicadas generalidades tienen una fisonomía, dicción, acento y muecas diferenciables que llevan a cabo sus papeles en diversos dramas. Nuestras vanidades son tan diferentes como nuestras narices; no todos los orgullos son iguales, sino que varían con las minucias de nuestra hechura mental tanto como diferimos los unos de los otros. El orgullo de Lydgate era del tipo arrogante; nunca resultaba ni simple ni impertinente, sino que era colosal en sus reivindicaciones y amablemente desdeñoso. Se desvivía por los necios, pues le daban pena y se sentía muy seguro del nulo poder que sobre él podían ejercer. Durante su estancia en París incluso se le había ocurrido unirse a los sansimonianos a fin de volverles en contra de alguna de sus propias doctrinas. Todos sus defectos llevaban el sello de familia, y eran los de un hombre poseedor de un buen barítono, cuya ropa le caía bien y que aun en sus gestos más comunes tenía el aire de una innata distinción. ¿Dónde, pues, yacían las manchas de vulgaridad?, pregunta una joven enamorada de esa elegancia despreocupada. ¿Cómo podía existir algún rastro de vulgaridad en un hombre tan bien educado, tan ambicioso de distinción social, tan generoso y poco corriente en sus puntos de vista respecto a sus deberes sociales? Pues con idéntica facilidad con la que se encuentra necedad en un genio si se le coge a traspié en el tema equivocado o de la misma manera que muchos hombres con la mejor voluntad para hacer progresar el milenio social podrían no estar positivamente inspirados al imaginarse sus placeres más livianos, incapaces de ir más allá de la música de Offenbach o de la brillante chispa de la última parodia. Las manchas de vulgaridad de Lydgate residían en la textura de sus prejuicios, la mitad de los cuales, a pesar de la amabilidad y las nobles intenciones, eran los mismos que se encuentran en los hombres corrientes que pueblan el mundo; esa elegancia mental perteneciente a su ardor intelectual no penetraba su sensibilidad y su criterio respecto al mobiliario, a las mujeres, o al deseo de que se supiera (sin que él lo dijera) que provenía de mejor cuna que otros médicos rurales. No era su intención pensar por el momento en mobiliario alguno, pero cuando así lo hiciera, era de temer que ni la biología ni los planes de reforma le elevarían por encima de la vulgaridad de creer que existiría una incompatibilidad si sus muebles no eran los mejores. En cuanto a las mujeres, ya en una ocasión se había visto arrastrado por una impetuosa locura, que determinó sería la última, puesto que el matrimonio en un periodo lejano no sería impetuoso. Para quienes quieran comprender a Lydgate es conveniente que conozcan el caso de impetuosa locura, puesto que puede servir de ejemplo del abrupto cambio de pasión al que era susceptible, unido a la caballerosa amabilidad que le convertía en moralmente entrañable. La historia se resume en pocas palabras. Ocurrió mientras estudiaba en París y justo en el momento en que, sobreponiéndose a su otra labor, se encontraba ocupado con unos experimentos galvánicos. Una noche, cansado de sus experimentos e incapaz de extraer los datos que precisaba, dejó que las ranas y los conejos descansaran de las misteriosas y pesadas descargas a las que se veían misteriosamente sometidos y partió a concluir el día en el teatro Porte Saint Martin donde se representaba un melodrama que ya había visto en diversas ocasiones, atraído no por el ingenioso trabajo de los coautores, sino por una actriz que apuñalaba a su amante confundiéndole con el perverso duque de la obra. Lydgate estaba enamorado de esta artista como se enamoran los hombres de la mujer con quien jamás esperan hablar. Era de Provenza, de ojos oscuros, perfil griego y forma redondeada y majestuosa, con ese tipo de belleza que incluso en la juventud refleja una dulce madurez y con una voz como un suave arrullo. Llevaba poco tiempo en París y tenía una virtuosa reputación; su esposo trabajaba con ella en la obra haciendo el papel del infortunado amante. Sus dotes de artista eran puramente «discretas», pero el público estaba satisfecho. El único solaz de Lydgate en esa época era ir a ver a aquella mujer, de la misma manera que se hubiera tumbado un rato bajo el suave viento del sur en un campo de violetas, sin perjuicio de su galvanismo, el cual retomaría en breve. Mas esta noche el antiguo drama incluía una nueva catástrofe. En el momento en que la heroína había de simular el apuñalamiento de su amante y él debía caerse al suelo elegantemente, la esposa clavó la daga de verdad en el marido, quien cayó muerto. Un penetrante grito recorrió el teatro y la provenzal se desmayó; la obra exigía un grito y un desmayo, pero éste fue auténtico en esta ocasión. Lydgate saltó y trepó al escenario sin saber cómo, y ayudó activamente, conociendo personalmente a su heroína al encontrarle una contusión en la cabeza y levantarla dulcemente entre sus brazos. París se conmovió con la historia de esta muerte; ¿sería un asesinato? Algunos de los más ardientes admiradores de la actriz se sentían inclinados a creer en su culpabilidad, razón por la cual les gustó aún más (tal era el gusto de la época), pero Lydgate no se contaba entre éstos. Abogó vehementemente por su inocencia y la distante pasión impersonal que despertaba en él su belleza se tornó ahora en devoción y preocupación por la suerte de la actriz. La idea del asesinato era absurda; no se descubrió motivo alguno, pues la pareja parecía adorarse mutuamente y existían precedentes de que un traspié accidental había acarreado graves consecuencias. La investigación legal concluyó con la puesta en libertad de Madame Laure. Para entonces Lydgate la había visto en varias ocasiones y cada vez la encontraba más adorable. Hablaba poco, lo que constituía un encanto añadido. Era melancólica y parecía agradecida; bastaba con su presencia, como ocurre con la luz del atardecer. Lydgate estaba loco por su afecto y celoso, no fuera que otro hombre se lo granjeara y le pidiera que se casara con él. Pero en lugar de reanudar su contrato con el Porte Saint Martin, donde hubiera sido tanto más popular debido al fatal episodio, se marchó de París sin previo aviso, abandonando su pequeña corte de admiradores. Tal vez nadie indagara por su paradero largo tiempo salvo Lydgate, para quien la ciencia se detuvo al imaginarse a la triste Laure, afligida por el dolor, vagabundeando sin hallar un consolador fiel. Pero las artistas ocultas no resultan tan difíciles de hallar como otros datos escondidos y Lydgate no tardó en recabar la información de que Laure había tomado la ruta de Lyons. Finalmente la encontró actuando con mucho éxito y con el mismo nombre en Aviñón, más majestuosa que nunca en el papel de madre desvalida con su criatura en brazos. Habló con ella tras la representación, fue recibido con la misma paz que se le antojaba hermosa como las claras profundidades del agua y obtuvo permiso para visitarla al día siguiente, cuando estaba decidido a decirle que la adoraba y a pedirle que se casara con él. Sabía que era como el repentino impulso de un demente, poco acorde incluso con sus habituales debilidades. ¡Daba igual! Estaba decidido a hacerlo. Era como si existieran dos seres en él y debían aprender a acoplarse el uno al otro y soportar los mutuos impedimentos. Es curioso que algunos de nosotros, con ágil visión alternativa, veamos más allá de nuestro encaprichamiento, e incluso mientras dura nuestro desvarío, contemplemos la espaciosa llanura donde nos aguarda, detenido, nuestro ser más estable. El haberse acercado a Laure con cualquier galanteo que no fuera reverencialmente afectuoso hubiera constituido sencillamente una contradicción de todos los sentimientos que por ella sentía.

—¿Ha venido desde París para encontrarme? —le preguntó al día siguiente, sentada frente a él con los brazos cruzados y observándole con la asombrada mirada de un animal rumiante por domar—. ¿Son así todos los ingleses?

—Vine porque no podía vivir sin tratar de verla. Está sola; la quiero; quiero que acceda a ser mi esposa. Esperaré, pero quiero que me prometa que se casará conmigo y con nadie más.

Laure le miró en silencio, con melancólico fulgor en los hermosos ojos hasta que Lydgate se sintió embargado por una certeza desbordante y se arrodilló junto a ella.

—Le diré una cosa —dijo ella, con su voz arrullante y manteniendo los brazos cruzados—. Me escurrí de verdad.

—Lo sé, lo sé —dijo Lydgate con desaprobación—. Fue un fatal accidente, un terrible golpe del destino que me unió aún más a usted.

De nuevo Laure hizo una pausa y a continuación dijo lentamente:

—Lo hice a propósito.

Lydgate, fuerte como era, palideció y tembló; parecieron transcurrir unos momentos antes de que se levantara y se alejara un poco de ella.

—Entonces, habría algún secreto —dijo finalmente casi con vehemencia —. Debió ser cruel con usted y le odiaba.

—¡Qué va! Me tediaba; era demasiado cariñoso; quería vivir en París y no en mi tierra y eso no me gustaba.

—¡Dios santo! —gimió Lydgate con horror—. ¿Y planeó su asesinato?

—No lo planeé; se me ocurrió durante la representación y lo hice a propósito.

Lydgate permaneció mudo e inconscientemente se puso el sombrero mientras la miraba. Vio a esta mujer, la primera a quien había entregado su juvenil ardor, entre la multitud de necios criminales.

—Es usted un joven bueno —dijo Laure—. Pero me disgustan los maridos.

Nunca tendré otro.

Tres días más tarde Lydgate volvía a encontrarse con su galvanismo en sus aposentos de París, con la convicción de que las ilusiones habían terminado para él. La enorme bondad y confianza en poder mejorar la vida humana le salvaron de los efectos endurecedores. Pero ahora que tenía tanta experiencia tenía más motivos que nunca para fiarse de su juicio. A partir de aquí mantendría para con las mujeres un punto de vista estrictamente científico, sin abrigar otras esperanzas que las que estuvieran justificadas de antemano.

Era improbable que nadie en Middlemarch tuviera de Lydgate una idea como la que aquí se ha esbozado levemente, y los respetables vecinos del pueblo no estaban más dados que la mayoría de los mortales a un intento de exactitud por representarse aquello que no caía dentro de sus propias experiencias. No eran sólo las jóvenes vírgenes de la ciudad, sino los hombres de encanecidas barbas quienes con frecuencia se afanaban por lucubrar cómo podrían atraer hacia sus propios fines al nuevo personaje, satisfechos con un precario conocimiento respecto de cómo le había ido moldeando la vida para ese fin. De hecho, Middlemarch contaba con engullir a Lydgate y asimilarle con harta comodidad.

CAPÍTULO XVI

El tema de si el señor Tyke debía ser nombrado capellán retribuido en el hospital era un tópico emocionante para los vecinos de Middlemarch y Lydgate oyó hablar de él en términos que arrojaron mucha luz sobre el poder que el señor Bulstrode ejercía en la ciudad. Era evidente que el banquero era un dirigente, pero había un partido de oposición e incluso entre quienes le apoyaban había algunos que dejaban entrever que su ayuda era un acuerdo y manifestaban sinceramente su impresión de que el esquema general de las cosas, y en especial los percances del comercio, exigían que se le pusiera una vela al diablo.

El poder del señor Bulstrode no obedecía simplemente al hecho de ser un banquero rural conocedor de los secretos financieros de la mayoría de los comerciantes de la ciudad y con potestad para tocar las fuentes de su crédito; estaba reforzado por una magnanimidad presta y severa a un tiempo: presta a conceder favores y severa en la observación de resultados. Había acaparado, como suelen hacer en sus puestos los hombres industriosos, una parte mayoritaria en la administración de las instituciones benéficas de la ciudad y sus caridades privadas eran tanto diminutas como abundantes. Se tomó grandes molestias para poner de aprendiz al hijo de Tegg el zapatero y vigilaba estrechamente sus idas a la iglesia; defendía a la señora Strype, la lavandera, de la injusta exacción de Stubb a cuenta de su zona de secado y escudriñaba cualquier calumnia contra ella. Sus pequeños préstamos privados eran numerosos, pero investigaba a fondo las circunstancias tanto antes como después. Esta es la forma en la que un hombre va acumulando poder, sobre las esperanzas y los temores de sus vecinos, así como la gratitud de éstos, y el poder, una vez se infiltra en esa sutil región, se propaga, extendiéndose fuera de toda proporción a sus medios externos. Era un principio para el señor Bulstrode el adquirir el máximo poder posible, a fin de poderlo emplear para gloria de Dios. Pasaba por grandes conflictos espirituales y discusiones consigo mismo para ajustar sus motivos y clarificarse a sí mismo qué era lo que requería la gloria de Dios. Pero, como ya hemos visto, no siempre se apreciaban correctamente sus motivos. Muchas eran las mentes obtusas de Middlemarch, cuyas balanzas reflexivas sólo podían pesar las cosas a bulto y éstas tenían la fuerte sospecha de que puesto que el señor Bulstrode, con lo poco que comía y bebía, y las preocupaciones que tenía, no disfrutaba como ellos de la vida, la sensación de dominio debía proporcionarle una especie de festín de vampiro. El tema de la capellanía surgió en torno a la mesa del señor Vincy cuando Lydgate cenaba allí y observó que la relación de parentesco con el señor Bulstrode no impidió la libertad de comentarios incluso por parte del propio anfitrión, aunque sus razones en contra del arreglo propuesto descansaban únicamente sobre su objeción a los sermones del señor Tyke, que eran todo doctrina, y su preferencia por el señor Farebrother, cuyos sermones estaban exentos de ese tinte. Al señor Vincy le gustaba lo suficiente la idea de que el capellán tuviera un sueldo, siempre y cuando fuera Farebrother quien lo recibiera, personaje bueno donde lo hubiera y el mejor predicador del mundo, además de amigable.

—¿Qué línea adoptará usted, pues? —preguntó el señor Chichely, el oficial de juzgado, gran compañero de caza del señor Vincy.

—Estoy encantado de no ser ahora uno de los directivos. Votaré porque remitan el asunto a la Dirección y a la junta Médica. Depositaré sobre sus hombros, doctor, parte de mi responsabilidad —dijo el señor Vincy, mirando primero al doctor Sprague, el médico más antiguo de la ciudad y después a Lydgate, que estaba sentado enfrente—. Así que los señores médicos deben consultar qué tipo de negra poción recetarán ¿no Lydgate?

—Sé poco de cualquiera de los dos —dijo Lydgate—, pero por lo general los nombramientos suelen ser con demasiada frecuencia un asunto de amistad personal. El hombre más adecuado para determinado puesto no es siempre el mejor o el más agradable. Hay ocasiones en las que, de quererse una reforma, habría que jubilar a todos esos tipos estupendos a quienes todo el mundo aprecia, excluyéndoles del tema. El doctor Sprague, considerado el médico de más «peso», si bien solía decirse que el doctor Minchin tenía más «penetración», despojó su rostro amplio y fuerte de toda expresión y dirigió su mirada a la copa de vino mientras Lydgate hablaba. Todo cuanto respecto de este joven no era problemático y predictible (como por ejemplo cierto alarde de ideas extranjeras y una inclinación por remover lo que sus mayores habían ya organizado y olvidado) resultaba decididamente desagradable para un médico cuya reputación estaba consolidada desde hacía treinta años por un tratado sobre la meningitis, al menos una copia del cual, marcada como «propia», estaba encuadernada en piel. Personalmente comprendo bastante al doctor Sprague, pues la autosatisfacción es un tipo de propiedad desgravada que molesta ver devaluada.

El comentario de Lydgate no encontró eco entre la concurrencia. El señor Vincy opinó que, de hacerse las cosas a su gusto, no pondría en ningún puesto a gente desagradable.

—¡Al diablo con sus reformas! —dijo el señor Chichely—. No hay mayor farsa en el mundo. Jamás se oye hablar de reforma que no sea un truco para colocar a gente nueva. Espero, señor Lydgate, que no sea usted uno de los hombres del Lancet, una revista que pretende arrebatarle mi función a la profesión legal. Sus palabras parecen apuntar a eso.

—Nadie está menos de acuerdo con Wakley que yo —interrumpió el doctor Sprague—; es un ser mal intencionado que sacrificaría la respetabilidad de la profesión, que todos saben que depende de los Colegios de Londres, en aras a su propia notoriedad. Hay hombres a quienes no les importa que les pongan verdes con tal de que se hable de ellos. Pero hay veces que Wakley tiene razón —añadió sentenciosamente el doctor—. Podría mencionar uno o dos puntos en los que tiene razón.

—Bueno —dijo el señor Chichely—. No culpo a nadie por defender su negocio, pero yendo al grano, me gustaría saber cómo va un oficial de la corona a juzgar las pruebas si carece de formación jurídica.

—En mi opinión —dijo Lydgate—, la formación jurídica sólo hace más incompetentes a los hombres en aquellos temas que requieren conocimientos de otra índole. La gente habla de pruebas como si de verdad se pudieran pesar en una balanza por una justicia ciega. Nadie puede juzgar la validez de una prueba en determinado tema salvo que conozca ese tema bien. En un examen postmortem, un abogado no es de mayor utilidad que una vieja. ¿Cómo puede saber cómo actúa un veneno? Es como decir que la métrica enseña a medir la producción de patatas.

—Supongo que sabe usted que no es competencia del oficial llevar a cabo el postmortem, sino tomar nota del testimonio del médico, ¿no? —dijo el señor Chichely con cierto desprecio.

—Quien a menudo es tan ignorante como el propio oficial —dijo Lydgate —. Los asuntos de jurisprudencia médica no se debieran confiar al azar de un conocimiento serio por parte del testimonio médico, y el oficial no debiera ser alguien que cree que la estricnina destruye las capas del estómago si resulta que así le informa un facultativo ignorante.

Lydgate había olvidado que Chichely era el oficial de su Majestad y terminó ingenuamente con la pregunta.

—¿No está de acuerdo conmigo, doctor Sprague?

—Hasta cierto punto…, y respecto a distritos muy poblados y en la metrópolis —dijo el doctor—. Pero espero que transcurran muchos años antes de que esta parte del país pierda los servicios de mi amigo Chichely, aunque fuera nuestro mejor colega quien le sustituyera. Estoy seguro de que Vincy estará de acuerdo conmigo.

—Por supuesto; denme un oficial que sea buen cazador —dijo el señor Vincy jovialmente.

—Y en mi opinión, con un abogado se está más seguro. Nadie puede saberlo todo. La mayoría de las cosas son «inspiraciones de Dios». Y en cuanto a envenenamiento, lo que se precisa es conocer la ley. Venga, ¿les parece que nos reunamos con las señoras?

Era la opinión de Lydgate que Chichely bien pudiera ser el oficial sin prejuicios respecto de las capas del estómago, pero no había sido su intención ser indiscreto. Esta era una de las dificultades de moverse entre la buena sociedad de Middlemarch: era peligroso insistir en que para cualquier cargo remunerado, el conocimiento era un requisito. Fred Vincy le había llamado pedante y ahora el señor Chichely se sentía inclinado a llamárselo también, sobre todo cuando en el salón le vio intentando agradar a Rosamond, a quien había monopolizado fácilmente en un téte-à-téte, ya que la señora Vincy se encontraba sentada a la mesa del té. No delegaba ninguna función doméstica en su hija y el sonrosado y amable rostro de esta matrona con sus cintas rosas demasiado volátiles flotando en torno al hermoso cuello y su alegre actitud para con marido e hijos era sin duda uno de los grandes atractivos de la casa de los Vincy, atractivos que facilitaban el enamorarse de la hija. El punto de vulgaridad poco pretenciosa e inofensiva de la señora Vincy hacía resaltar aún más el refinamiento de Rosamond, mayor del que Lydgate había esperado.

Por descontado que un pie pequeño y unos hombros bien moldeados contribuyen a la impresión de buenos modales, y el comentario oportuno parece extraordinario cuando va acompañado de una exquisita curvatura de los labios y los párpados. Y Rosamond sabía hacer comentarios oportunos, pues era inteligente con esa clase de inteligencia que abarca todos los tonos menos el humorístico. Felizmente, jamás bromeaba y ésta constituía tal vez la caracterización más decisiva de su talento.

Ella y Lydgate entraron pronto en conversación. Él lamentó no haberla oído cantar el otro día en Stone Court. El único placer que se otorgara a sí mismo durante la última parte de su estancia en París había sido escuchar música.

—Probablemente haya usted estudiado música —dijo Rosamond.

—No; conozco los trinos de múltiples pájaros, y muchas melodías de oído; pero me deleita la música que desconozco totalmente, aquella sobre la que no tengo noción me llega más. ¡Qué necio es este mundo que no goza más con este placer que tiene a su alcance!

—Sí, y encontrará a Middlemarch muy mudo musicalmente. Apenas hay ningún músico bueno. Yo sólo conozco a dos caballeros que canten bien.

—Supongo que es la moda el cantar canciones cómicas con ritmo, dejándole a uno que proporcione la música, algo así como si se golpeara un tambor.

—Ha oído usted al señor Bowyer —dijo Rosamond con una de sus parcas sonrisas—. Pero estamos hablando mal de nuestros vecinos.

Lydgate casi olvidó que debía mantener la conversación al pensar en la hermosura de Rosamond, su vestido del más pálido azul celeste, ella misma inmaculadamente rubia, como si los pétalos de alguna gigantesca flor se acabaran de abrir desvelándola, al tiempo que, sin embargo, esta infantil palidez demostraba tanta elegancia y dominio. Desde que conociera a Laure, Lydgate había perdido todo el gusto por el silencio de grandes ojos; la vaca sagrada ya no le atraía y Rosamond era totalmente su antónimo. Pero se sobrepuso.

—Espero que me permitirá escuchar algo de música esta noche.

—Le permitiré escuchar mis intentos, si quiere —dijo Rosamond—. Seguro que papá insistirá en que cante. Pero temblaré ante usted que ha oído a los mejores cantantes en París. Yo he oído a pocos; sólo he estado en Londres en una ocasión. Pero nuestro organista de St. Peter es un buen músico y sigo estudiando con él.

—Cuénteme lo que vio en Londres.

—Muy poco —alguien más ingenuo hubiera contestado «¡Todo!». Pero Rosamond era más hábil—. Cosas corrientes que siempre gustan a las incultas chicas de campo.

—¿Se considera una inculta chica de campo? —dijo Lydgate con acentuada e involuntaria admiración que hizo que Rosamond se sonrojara de placer. Pero permaneció seria y volvió un poco el esbelto cuello, levantando la mano hasta tocar las hermosas trenzas, un gesto habitual en ella tan gracioso como el movimiento de las patas de un gatito. Y no es que Rosamond se pareciera lo más mínimo a un gatito: era una sílfide, capturada joven y educada por la señora Lemon.

—Le aseguro que mi mente está por cultivar —contestó al punto—. En Middlemarch paso. No temo hablar con nuestros ancianos vecinos. Pero usted me asusta.

—Una mujer educada casi siempre sabe más que nosotros los hombres, aunque sus conocimientos sean de índole diferente. Estoy seguro de que usted me podría enseñar miles de cosas, igual que un ave exquisita podría enseñarle a un oso si existiera entre ellos un idioma común. Afortunadamente entre los hombres y las mujeres existe un lenguaje común y de ese modo los osos pueden instruirse.

—¡Ahí está Fred empezando a tocar! Debo ir a impedirle que destroce los nervios de todos ustedes —dijo Rosamond dirigiéndose al otro lado de la estancia donde Fred, tras abrir el piano por deseo de su padre para que Rosamond les deleitara, tocaba Cherry Ripe patéticamente con una mano. Hombres muy hábiles que han pasado sus exámenes hacen en ocasiones estas cosas no menos que el suspenso Fred.

—Fred, te ruego que pospongas hasta mañana tus prácticas; vas a hacer que el señor Lydgate enferme —dijo Rosamond—. Tiene oído, ¿sabes?

Fred se rio y siguió hasta el final de su melodía. Rosamond se volvió a Lydgate y sonriendo levemente dijo:

—Comprobará que los osos no siempre se dejan enseñar.

—¡Pues venga, Rosy! —dijo Fred levantándose del taburete y girándolo para subírselo con campechana anticipación de disfrute—. Danos primero unas melodías animadas.

Rosamond tocaba admirablemente. Su maestro en la escuela de la señora Lemon (cercana a una ciudad de memorable historia que tenía sus reliquias en iglesia y castillo) había sido uno de esos excelentes músicos que se encuentran dispersos por nuestras provincias, digno de compararse con algún notable Kapellmeister de un país que ofrece mejores condiciones de celebridad musical. Rosamond, con el instinto del intérprete, había captado su forma de tocar y llevaba a cabo la interpretación de la noble música del maestro con la precisión del eco. Oírla por primera vez, resultaba asombroso. De los dedos de Rosamond parecía fluir un alma oculta; y de hecho así era, puesto que las almas continúan viviendo en ecos perpetuos y toda hermosa expresión incluye una actividad originaria, aunque sólo sea la del intérprete. Lydgate quedó embrujado y empezó a creer que Rosamond era algo excepcional. Al fin y al cabo, pensó, no debe sorprendernos encontrar extrañas conjunciones de la naturaleza en circunstancias aparentemente desfavorables: doquiera que se den, siempre dependen de condiciones que no son evidentes. Permaneció sentado mirándola y no se levantó a alabarla; eso, ahora que era más profunda su admiración, se lo dejaba a los demás.

Cantaba menos espectacularmente, pero con técnica, y resultaba agradable, como una tonadilla perfectamente afinada. Cierto que cantó Meet me by the moonlight y I've been roaming, pues los mortales han de compartir las modas de su época y sólo los antiguos pueden ser eternamente clásicos. Pero Rosamond también sabía cantar bien Black-eyed Susan o las cancioncillas de Haydn, o Voi, che sapete o Batti, batti: tan sólo quería saber lo que le gustaba a su público.

Su padre contempló la concurrencia, deleitándose con su admiración. Su madre estaba sentada, como una Niobe antes de sus tormentos, con su hija menor sobre el regazo, subiendo y bajando la mano de la criatura al compás de la música. Y Fred, pese a su escepticismo general respecto de Rosy, escuchaba su música con absoluta devoción, deseando que con su flauta pudiera hacer lo mismo. Fue la fiesta familiar más agradable de cuantas había visto Lydgate desde que llegara a Middlemarch. Los Vincy tenían esa predisposición al disfrute, ese rechazo a la ansiedad y ese creer en la vida como una fiesta que hacía de una casa así una excepción en la mayoría de las ciudades pequeñas de esa época, en la que el evangelismo había arrojado cierta sospecha de plaga-infección sobre las escasas diversiones que llegaban hasta las provincias. En casa de los Vincy siempre se jugaba al whist y las mesas de cartas se encontraban ahora dispuestas haciendo que parte de la concurrencia se sintiera íntimamente impaciente con la música. Antes de que ésta concluyera entró el señor Farebrother, un hombre de unos cuarenta años, bien parecido y de anchos hombros, pero por lo demás menudo, cuyo traje estaba harto desgastado; todo el brillo residía en sus ágiles ojos grises. Llegó como un agradable cambio de luz, cogiendo a la pequeña Louisa con paternal arrumaco cuando la señorita Morgan la sacaba de la habitación, saludando a todo el mundo con alguna frase especial y condensando más conversación en diez minutos de la que se había mantenido durante toda la velada. Reclamó de Lydgate el cumplimiento de una promesa de pasar a verle.

—Verá, no puedo liberarle de su palabra porque tengo unos cuantos escarabajos que enseñarle. Nosotros los coleccionistas nos interesamos por todo ser recién llegado hasta que ha visto cuanto tenemos por enseñarle.

Pero pronto se dirigió hacia la mesa de whist, frotándose las manos y diciendo:

—¡Bueno venga, seriedad! ¿Señor Lydgate? ¿Que no juega? Es usted demasiado joven y ligero para este tipo de cosas.

Lydgate se dijo a sí mismo que el clérigo, cuyas destrezas le resultaban tan dolorosas al señor Bulstrode, parecía haber encontrado un refugio agradable en este hogar ciertamente no erudito. Medio lo entendía: el buen humor, la belleza de jóvenes y mayores y la disposición para pasar el tiempo sin exigencias sobre la inteligencia podían hacer atractiva la casa para gentes sin ocupación especial en sus horas libres.

Todos estaban exultantes y contentos salvo la señorita Morgan que parecía amodorrada, aburrida y resignada y, en definitiva, como solía decir la señora Vincy, justo el tipo de persona para ser institutriz. Lydgate no tenía la intención de hacer muchas visitas de este tipo. Eran una manera lamentable de perder la noche y proponía disculparse y marcharse en cuanto hubiera hablado un poco más con Rosamond.

—Estoy segura de que los de Middlemarch no le gustaremos —dijo Rosamond, una vez se hubieron asentado los jugadores de cartas—. Somos muy sosos y usted está acostumbrado a cosas bien distintas.

—Supongo que todas las ciudades de provincias son muy parecidas —dijo Lydgate—. Pero sí he comprobado que uno siempre cree que la ciudad propia es la más insulsa de todas. Me he propuesto aceptar Middlemarch tal y como es y me complacería mucho que la ciudad hiciera lo mismo conmigo. Lo cierto es que aquí he encontrado encantos mayores de lo que esperaba.

—Se refiere a los paseos a caballo hacia Tipton y Lowick; a todo el mundo le gustan —dijo Rosamond con sencillez.

—No, me refiero a algo mucho más cercano. Rosamond se levantó y tocándose la redecilla dijo:

—¿Le gusta bailar? No estoy muy segura de que los hombres inteligentes bailen.

—Bailaría con usted si me lo permitiera.

—¡Bueno! —exclamó Rosamond, con una leve risa de disculpa—, sólo iba a decir que de vez en cuando damos un baile y quería saber si se sentiría ofendido si le invitáramos a venir.

—No, si se diera la condición que he mencionado. Concluida esta charla, Lydgate pensaba en marcharse, pero al dirigirse a la mesa de whist le interesó el juego del señor Farebrother, que era extraordinario, así como su rostro, una chocante mezcla de astucia y docilidad. A las diez sirvieron la cena (tales eran las costumbres de Middlemarch) y se bebió ponche; pero el señor Farebrother sólo tomó un vaso de agua. Iba ganando, pero no parecía existir motivo para que terminara la renovación de fichas, y Lydgate finalmente se despidió.

Pero como aún no eran las once, decidió caminar en la fría noche hacia la torre de St. Botolph, la iglesia del señor Farebrother, que, a la luz de las estrellas, se destacaba negra, cuadrada y maciza. Era la iglesia más antigua de Middlemarch; el beneficio, sin embargo, era tan sólo una vicaría de apenas cuatrocientas libras anuales. Lydgate había oído hablar de eso y se preguntó si al señor Farebrother le preocuparía el dinero que ganaba a las cartas al tiempo que pensaba «Parece un ser muy agradable, pero quizá Bulstrode tenga sus buenas razones». Muchas eran las cosas que se le simplificarían a Lydgate si Bulstrode resultara por lo general tener razón. «¿Y a mí qué más me da su doctrina religiosa si con ella aporta buenas ideas? Hay que servirse de aquellas mentes que encontramos».

Estos fueron los primeros pensamientos de Lydgate así que se alejaba de la casa del señor Vincy, debido a lo cual me temo que muchas damas no le consideren dignas de su atención. Rosamond y su música sólo ocuparon un segundo lugar en sus pensamientos y aunque, cuando le llegó el turno a ella, su imagen le acompañó durante el resto del paseo, no sintió agitación ni sensación alguna de que una nueva corriente hubiera entrado en su vida. No podía casarse aún; no deseaba hacerlo hasta dentro de unos años y por tanto no estaba dispuesto a recrearse con la idea de estar enamorado de una joven a la que casualmente admiraba. Y admiraba mucho a Rosamond; pero no creía que esa demencia que le asediara una vez con Laure se volviera a dar con respecto a otra mujer. De todos modos, si de enamorarse se hubiera tratado, no hubiera habido ningún peligro con una persona como esta señorita Vincy, poseedora del tipo de inteligencia que uno desea en las mujeres: educada, dócil, abocada a colmar todas las delicadezas de la vida y todo ello encerrado en un cuerpo que expresaba esto con un vigor demostrativo que excluía la necesidad de más pruebas. Lydgate estaba convencido de que, si se casaba alguna vez, su esposa irradiaría feminidad, esa feminidad que ha de catalogarse junto con las flores y la música, ese tipo de hermosura que es virtuosa por naturaleza, pues ha sido moldeada exclusivamente para los gozos puros y delicados.

Pero puesto que no tenía intención de casarse en los próximos cinco años, su tarea más acuciante ahora consistía en estudiar el libro nuevo de Louis sobre la fiebre, que le interesaba especialmente, ya que había conocido a Louis en París y había seguido muchas demostraciones anatómicas a fin de verificar la diferencia específica entre las fiebres tíficas y tifoideas. Se fue a casa y leyó hasta altas horas de la madrugada aportando a este estudio patológico una visión mucho más exigente de los detalles y las relaciones de lo que nunca había creído necesario aplicar a las complejidades del amor y del matrimonio, siendo estos temas en los que se creía harto versado a través de la literatura y de la sabiduría tradicional que se va transmitiendo por vía oral en la conversación genial de los hombres. La fiebre, por el contrario, poseía condiciones oscuras, y le forzaba a ese delicioso trabajo de la imaginación que no es mera arbitrariedad, sino el ejercicio de la fuerza disciplinada; le forzaba a combinar y construir con clara visión de las probabilidades y una obediencia total al conocimiento, y además, en una alianza más enérgica con la imparcial naturaleza, le forzaba a mantenerse al margen para poder inventar pruebas mediante las cuales evaluar su propio trabajo.

Se ha alabado a muchos hombres como imaginativos debido a su profusión de indiferentes dibujos o narraciones baratas: informes de nimias cosas que ocurrían en orbes lejanas, retratos de Lucifer como un ser feo con alas de murciélago y destellos fosforescentes encaminándose a ejecutar sus maldades, o desmedidos desenfrenos que parecen reflejar la vida en un sueño enfermizo.

Pero estos tipos de inspiración le resultaban a Lydgate vulgares y vinosas si las comparaba con la imaginación que revela las acciones sutiles inaccesibles a cualquier lente, y que hay que rastrear en la oscuridad exterior por largos senderos de secuencia necesaria iluminada por la luz interior, que es el último refinamiento de la energía, capaz de bañar incluso los átomos etéreos en su espacio iluminado idealmente. Por su parte, había desechado todas esas invenciones baratas en las que la ignorancia se encuentra cómoda y capaz; estaba enamorado de esa ardua invención que es el mismísimo centro de la investigación, enmarcando el objetivo provisionalmente y corrigiéndolo hasta lograr más y más precisión de relación. Quería traspasar la oscuridad de esos diminutos procesos que preparan los gozos y las miserias humanas, esos invisibles callejones sin salida que son los escondrijos predilectos de la angustia, la manía y el crimen, ese equilibrio y transición delicada que determinan el desarrollo de la conciencia feliz o infeliz.

Cuando dejó el libro a un lado, estiró las piernas hacia las ascuas de la chimenea y entrelazó las manos detrás de la nuca en el agradable resplandor de la emoción que surge cuando el pensamiento pasa del examen de un objeto específico a la embriagadora sensación de su conexión con el resto de nuestra existencia (como si tras nadar vigorosamente se tumbara de espaldas y flotara con el reposo de la fuerza inagotada), Lydgate experimentó un triunfal gozo en sus estudios y algo próximo a la lástima por aquellos hombres menos afortunados que no eran de su profesión.

«Si de chaval no hubiera optado por esto», pensó, «podría haber acabado haciendo cualquier tipo de trabajo borreguero y viviendo siempre con anteojeras. No hubiera sido feliz con ninguna profesión que no exigiera el máximo esfuerzo intelectual al tiempo que me mantenía en estrecho contacto con mis vecinos. No hay nada como la profesión médica para eso; tienes esa elitista vida científica que toca el horizonte, y también la amistad de los carcamales de la parroquia. Para un clérigo es un poco más difícil; Farebrother parece ser una excepción».

Este último pensamiento le hizo recordar a los Vincy y las imágenes de la velada. Flotaban placenteramente por su pensamiento, y al coger la vela asomó a sus labios esa incipiente sonrisa que suele acompañar los gratos recuerdos. Era una persona ardiente, pero por el momento su ardor estaba absorbido por el amor a su trabajo y la ambición de hacer de su vida un factor reconocido en la mejora de la vida de la humanidad, como otros héroes de la ciencia que no tuvieron otra cosa con la que empezar más que un oscuro ejercicio rural de la profesión.

¡Pobre Lydgate! O tal vez ¡pobre Rosamond! Cada uno vivía en un mundo desconocido para el otro. No se le había ocurrido a Lydgate que él pudiera ser tema de afanosa meditación para Rosamond, quien no tenía ninguna razón para pensar en su matrimonio como una perspectiva distante, ni estudios patológicos que alejaran su mente de ese hábito pensativo, esa interna repetición de miradas, palabras y frases que compone una gran parte de la vida de muchas jóvenes. No había sido su intención mirarla ni hablar con ella con más de la inevitable porción de admiración y alabanza que un hombre debe a una mujer hermosa. Es más, le parecía que, por temor a caer en la grosería de manifestar su enorme sorpresa ante la habilidad de Rosamond, había silenciado casi demasiado el disfrute que experimentara con su música. Pero Rosamond había anotado cada mirada y cada palabra, que consideraba como los incidentes iniciales de un romance preconcebido, incidentes que van cobrando valor a partir del desarrollo y clímax previstos. En las fantasías de Rosamond no era preciso imaginarse muchas cosas respecto de la vida interior del héroe ni de sus ocupaciones serias en el mundo. Por descontado que tenía una profesión y era inteligente además de lo bastante bien parecido, pero lo más atractivo de Lydgate era su buena cuna, que le diferenciaba de los admiradores de Middlemarch y presentaba el matrimonio como una posibilidad de subir de rango y acercarse un poco más a esa condición celestial sobre la tierra en la que no tendría nada que ver con el vulgo y tal vez, al fin, la asociara a parientes semejantes a la gente de la región que miraban a los vecinos de Middlemarch por encima del hombro. Formaba parte integrante de la inteligencia de Rosamond el distinguir con mucha sutileza el más leve aroma de rango, y cuando en una ocasión vio a las señoritas Brooke acompañando a su tío en las sesiones judiciales del condado sentadas junto a la aristocracia, las había envidiado, a pesar de sus trajes sencillos.

Si se considera increíble que el imaginarse a Lydgate como un hombre de buena familia pudiera producir espasmos de satisfacción relacionados de alguna manera con la sensación de que Rosamond estuviera enamorada de él, habré de rogar que se utilice con mayor efectividad la capacidad de comparación, y se considere si la tela roja y las charreteras no han tenido nunca influencias de esa índole. Nuestras pasiones no viven aisladas y encerradas en habitaciones, sino que, vestidas con su pequeño guardarropa de ideas, traen sus provisiones a la mesa común, de la cual se nutren y alimentan según el apetito.

Rosamond estaba entregada por completo no exactamente a Tertius Lydgate tal y como era él, sino a su relación con ella, y era comprensible que una chica que estaba acostumbrada a oír que todos los jóvenes podrían estar, estarían o estaban enamorados de ella, pensara que Lydgate no sería una excepción. Sus palabras y miradas tenían más significado para ella porque le importaban más: pensaba en ellas con diligencia y con la misma diligencia atendía esa perfección de aspecto, comportamiento, sentimientos y otras elegancias que hallarían en Lydgate el pretendiente más adecuado de entre los que hasta el momento había conocido.

Pues Rosamond, aunque jamás haría nada que le resultara desagradable, era trabajadora, y ahora más que nunca se aplicaba a sus dibujos de paisajes y carros y retratos de amigos, a sus prácticas de música y a responder, desde por la mañana hasta por la noche, a su ideal de la dama perfecta, teniendo siempre un público en su propia conciencia, con el ocasional y bienvenido añadido de un público externo variable compuesto por las numerosas visitas que iban a la casa. También encontraba tiempo para leer las mejores e incluso las no mejores novelas y recitaba bastantes poesías de memoria. Su poema predilecto era Lalla Rookh.

«¡Lo mejor del mundo! ¡Dichoso el que se la lleve!» era el sentimiento de los caballeros mayores que visitaban a los Vincy. Y los jóvenes rechazados consideraban intentarlo de nuevo, como es costumbre en las ciudades rurales donde el horizonte no se ve poblado de rivales. Pero la señora Plymdale pensaba que a Rosamond se la había educado hasta límites ridículos, pues ¿de qué servían tantos remilgos si quedarían a un lado en cuanto se casara? Por otro lado, su tía Bulstrode, que sentía una fidelidad fraternal por la familia de su hermano, deseaba dos cosas para Rosamond: que fuera un poco más seria y que encontrara un marido cuya fortuna estuviera de acuerdo con los hábitos de su sobrina.

CAPÍTULO XVII

El reverendo Camden Farebrother, a quien Lydgate fue a ver al día siguiente por la tarde, vivía en una vieja casa parroquial de piedra lo bastante venerable como para estar en consonancia con la iglesia a la que daba. Todo el mobiliario de la casa era, asimismo, viejo, pero en otro grado: el del padre y abuelo del señor Farebrother. Había sillas pintadas de blanco, con dorados y guirnaldas y restos de seda roja adamascada un poco abierta. Había grabados de retratos de presidentes de la cámara de los Lores y otros abogados célebres del siglo pasado; y había también enormes espejos que los reflejaban, así como pequeñas mesas de satín y sofás que parecían la prolongación de incómodas sillas, todo ello destacando contra la oscura madera que revestía las paredes. Tal era la fisonomía del cuarto de estar al que pasó Lydgate, donde le recibieron tres señoras también obsoletas y de marchita pero auténtica respetabilidad. Estas eran la señora Farebrother, canosa madre del vicario, llena de volantes y pañuelos de delicada pulcritud, erguida y vivaz y aún en los sesenta; la señorita Noble, su hermana, una diminuta viejecita de aspecto más dócil y volantes y pañuelos decididamente más usados y remendados; y la señorita Winifred Farebrother, la hermana mayor del vicario, bien parecida como él, pero apocada y encogida como suelen ser las mujeres solteras cuyas vidas transcurren en una ininterrumpida sumisión a sus mayores. Lydgate no había esperado encontrarse con un grupo tan pintoresco. Sabedor tan sólo de que el señor Farebrother estaba soltero, había supuesto que le pasarían a un refugio donde el principal mobiliario probablemente consistiera en libros y colecciones de objetos naturales. El propio vicario parecía tener un aspecto bastante distinto, como suele ocurrirles a muchos hombres cuando sus conocidos les ven por primera vez en sus propios hogares, llegando algunos a parecer actores geniales representando el papel mal adjudicado de cascarrabias en una obra nueva. No era éste el caso del señor Farebrother, que aquí se mostraba más apaciguado y silencioso, siendo su madre el principal orador, mientras él intercalaba de cuando en cuando un comentario moderador y humorístico. Era evidente que la anciana señora estaba acostumbrada a indicarles a sus acompañantes lo que debían opinar y no considerar seguro ningún tema que ella no dirigiera. Contaba con solaz para esta función al verse atendida en todas sus pequeñas necesidades por la señorita Winifred. Entretanto, la diminuta señorita Noble portaba en el brazo una pequeña cesta en la que introducía un poco de azúcar que previamente había dejado caer como por error en el platito, mirando furtivamente después alrededor y volviendo de nuevo a la taza de té con un inocente ruido como el que pudiera hacer un diminuto y tímido cuadrúpedo. Ruego que nadie piense mal de la señorita Noble. Esa cesta guardaba los pequeños ahorrillos que hacía de la comida más manejable, y estaban destinados a los hijos de sus amistades pobres entre quienes se paseaba las mañanas que hacía bueno, pues el proteger y cuidar a toda criatura necesitada le producía un placer tan espontáneo que casi lo consideraba como un amable vicio al que era adicta. Tal vez fuera consciente de que la tentaba robar a quienes poseían mucho a fin de podérselo dar a quienes no poseían nada y llevaba en su conciencia la culpabilidad de ese deseo reprimido. ¡Hay que ser pobre para apreciar el lujo de dar!

La señora Farebrother saludó al invitado con alegre formalidad y precisión y al punto le hizo saber que no solían requerir ayuda médica en esa casa. Había educado a sus hijos en el gusto por la franela y la frugalidad, considerando la ausencia de este último hábito la principal razón para que la gente precisara de los médicos. Lydgate abogó en favor de aquellos cuyos padres se habían atiborrado, pero la señora Farebrother opinaba que ese era un punto de vista peligroso: la naturaleza era más justa, pues de otro modo le sería fácil a cualquier villano alegar que debería haberse colgado a sus antepasados en lugar de a él. Si los que tenían padres y madres malvados eran también malvados, se les colgaba por eso. No hacía falta retroceder hasta donde no se ve.

—Mi madre es como el viejo Jorge III —dijo el vicario—, le disgusta la metafísica.

—Me disgusta lo que está mal, Camden. Lo que yo digo es, aférrate a unas cuantas verdades nudas y crudas y cuadra a éstas todo lo demás. Cuando yo era joven, señor Lydgate, no había ese problema de lo que está mal o bien. Nos sabíamos el catecismo y con eso bastaba; nos sabíamos el credo y el deber. Todo creyente respetable tenía las mismas opiniones. Pero hoy en día, aunque cites el mismísimo devocionario te pueden contradecir.

—Pues eso debe divertir mucho a quienes gustan de mantener su propio punto de vista —dijo Lydgate.

—Pero mi madre siempre cede —dijo el vicario astutamente.

—No, Camden, no debes confundir al señor Lydgate respecto a mí. Jamás sería tan poco respetuosa con mis padres como para renunciar a lo que me enseñaron. A la vista está lo que sucede cuando se cambia. Si cambias una vez, ¿por qué no veinte?

—Puede haber argumentos de peso para cambiar una vez y no haberlos para cambiar veinte —dijo Lydgate, divertido con la decidida anciana.

—Me perdonará usted, pero si se trata de argumentos, éstos nunca faltan cuando un hombre carece de constancia mental. Mi padre jamás cambió; sus sermones predicaban la moral sencilla y sin razonamientos, y era un buen hombre… pocos habrá mejores. Cuando me traiga a un buen hombre hecho de razonamientos, yo le traeré una buena cena a base de leerle el libro de cocina. Esa es mi opinión, y supongo que el estómago de cualquiera me dará la razón.

—En lo de la cena, seguro, madre —dijo el señor Farebrother.

—La cena o el hombre, es todo lo mismo. Tengo casi setenta años, señor Lydgate y me baso en la experiencia. No es probable que me encandile con luces nuevas, aunque aquí, como en todas partes, haya muchas. Han entrado junto con esas mezclas de tela que ni lavan bien ni duran nada. No era así en mi juventud: un feligrés era un feligrés y un clérigo, se lo puedo asegurar, era por lo menos un caballero. Pero hoy en día puede no ser más que un disidente, y querer arrinconar a mi hijo con la excusa de la doctrina. Pero quienquiera que desee arrinconarle, señor Lydgate, me enorgullezco de decir que está a la altura de cualquier predicador de este reino, por no hablar de esta ciudad, que tiene un ínfimo rasero por el que medirse. Esa al menos es mi opinión, pues nací y me crie en Exeter.

—Las madres nunca son parciales —dijo el señor Farebrother sonriendo—. ¿Qué crees que dice de él la madre de Tyke?

—¡Ah, pobrecillo! ¿Qué dirá su madre? —dijo la señora Farebrother, cortada momentáneamente su mordacidad por su confianza en los juicios maternos—. Pues ten por seguro que a sí misma se dice la verdad.

—¿Y cuál es la verdad? —preguntó Lydgate—. Tengo curiosidad por saberla.

—Pues nada malo en absoluto —dijo el señor Farebrother—. Es una persona diligente; creo que ni muy instruida ni muy sabia… porque no estoy de acuerdo con él.

—¡Pero Camden! —dijo la señorita Winifred—. Griffin y su esposa me decían hoy mismo que el señor Tyke les había dicho que no tendrían más carbón si te iban a oír predicar.

La señora Farebrother dejó a un lado el punto que había reanudado tras su exigua ración de té y tostada y miró a su hijo como diciendo «¿Has oído eso?». La señorita Noble dijo «¡Pobres! ¡Pobres!», refiriéndose probablemente a la doble pérdida del sermón y el carbón. Pero el vicario contestó pacíficamente:

—Eso es porque no son mis feligreses. Y no creo que mis sermones les compensen una carga de carbón.

—Señor Lydgate —dijo la señora Farebrother que no podía dejar pasar esto—, no conoce usted a mi hijo. Siempre se subestima. Yo le digo que está subestimando al Dios que le hizo, y que le hizo un excelente predicador.

—Esa debe ser una indirecta para que me lleve al señor Lydgate al despacho, madre —dijo el vicario riendo—. Le prometí enseñarle mi colección —añadió, dirigiéndose a Lydgate—, ¿quiere que vayamos?

Las tres damas se lamentaron. Al señor Lydgate no deberían llevárselo de esta manera precipitada, sin permitirle aceptar otra taza de té: la señorita Winifred tenía té en abundancia en la tetera. ¿Por qué tenía Camden tanta prisa por llevarse a la visita a su cubil? Allí no había más que bichos en vinagre y cajones atestados de polillas y moscones y un suelo sin alfombra. El señor Lydgate debía disculpar todo ello. Mucho mejor sería jugar a las cartas. En resumidas cuentas, estaba claro que sus mujeres podían idolatrar al vicario como el rey de hombres y predicadores y sin embargo pensar que estaba muy necesitado de su ayuda. Lydgate, con la acostumbrada superficialidad del joven soltero, se preguntó cómo el señor Farebrother no les había demostrado lo contrario.

—Mi madre no está acostumbrada a que tenga visitas que se puedan interesar por mis aficiones —dijo el vicario al abrir la puerta de su despacho, que realmente estaba tan carente de comodidades para el cuerpo como habían insinuado las señoras, salvo que se exceptuaran una pipa corta de porcelana y una caja de tabaco.

—Los hombres de su profesión no suelen fumar —dijo. Lydgate sonrió al tiempo que asentía con la cabeza.

—Ni los de la mía tampoco, supongo. Oirá a Bulstrode y compañía esgrimir esa pipa en mi contra. No saben lo contento que se pondría el demonio si la dejara. —Entiendo. Tiene usted un temperamento vivo y necesita un sedante. Yo soy más amazacotado y me volvería ocioso con ella. Abrazaría el ocio y en él me estancaría concienzudamente.

—Y usted pretende dárselo todo a su trabajo. Yo tengo diez o doce años más que usted y he llegado a un compromiso. Alimento una o dos debilidades, no sea que se pongan a vociferar. Mire —prosiguió el vicario abriendo varios cajones pequeños—, creo que he hecho un estudio exhaustivo de la entomología de este distrito.

Voy a continuar con la fauna y la flora, pero al menos de momento he hecho a fondo los insectos. Somos singularmente ricos en ortópteros; no sé si… ¡Ah! Ha cogido usted ese tarro de cristal y está observando eso en vez de mis cajones. No le interesan mucho estas cosas, ¿verdad?

—No al lado de este hermoso monstruo anencéfalo. Nunca he tenido mucho tiempo para dedicarme a la historia natural. Pronto me interesé por la estructura, y es lo que más directamente cae dentro de mi profesión; tampoco tengo entretenimientos al margen de ella, que ya me ofrece todo un mar en el cual nadar.

—¡Ah! Es usted un ser feliz —dijo el señor Farebrother, girando sobre los talones y empezando a llenar la pipa. No sabe usted lo que es necesitar tabaco espiritual para contrarrestar malas enmiendas de textos antiguos o pequeños artículos sobre una variedad de Aphis brassicae con la conocida firma de Philomicron, para el Tivaddler's Magazine; o un sesudo tratado sobre la entomología del Pentateuco incluidos todos los insectos que no se mencionan, pero que probablemente encontraron los israelíes al cruzar el desierto; una monografía de la hormiga, tal y como se trató por Salomón, mostrando el acuerdo entre el Libro de Proverbios y el resultado de la investigación moderna. ¿No le importa que le fumigue?

A Lydgate le sorprendió más la franqueza de estas palabras que el significado implícito: que el vicario no se sentía del todo a gusto en su profesión. La meticulosa organización de cajones y baldas y la estantería repleta de libros caros ilustrados le hicieron pensar de nuevo en las ganancias a las cartas y aquello a lo que iban destinadas. Pero comenzaba a desear que la construcción verdadera fuera aquella que de todo hacía el señor Farebrother. La franqueza del vicario no parecía del tipo repulsivo que procede de la mala conciencia que intenta adelantarse al juicio extraño, sino la manifestación de un deseo por la máxima autenticidad. No debía estar ajeno a la sensación de que esta libertad de expresión pudiera parecer prematura, pues al pronto dijo:

—Aún no le he dicho, señor Lydgate, que tengo sobre usted la ventaja de conocerle mejor que usted a mí. ¿Recuerda a Trawley, con quien compartió su apartamento en París durante un tiempo? Nos escribíamos y me contó mucho sobre usted. No tenía la certeza cuando llegó usted de que fuera la misma persona. Me alegró mucho descubrir que sí. Pero no olvido que usted no ha tenido el beneficio de un prólogo similar con respecto a mí.

Lydgate intuyó cierta delicadeza de sentimiento, pero no comprendió la extensión.

—Por cierto —dijo—, ¿qué ha sido de Trawley? Le tengo perdido por completo. Estaba muy interesado en los sistemas sociales de los franceses, y hablaba de marcharse a algún lugar remoto para fundar una especie de comunidad pitagórica. ¿Lo ha hecho?

—En absoluto. Ejerce en un balneario alemán y se ha casado con una paciente rica.

—Entonces, y hasta el momento, mis ideas se sostienen mejor —dijo Lydgate con una despectiva sonrisa—. Trawley insistía en que la profesión médica era un sistema inevitable de embaucamiento. Yo mantenía que el fallo estaba en los hombres…, los hombres que se pliegan a las mentiras y la necedad. En lugar de predicar desde fuera contra la farsa quizá fuera más útil establecer desde dentro un aparato desinfectante. Resumiendo, cito mi propia conversación, tenga por seguro que el sentido común estaba de mi lado.

—Pero su plan es bastante más difícil de llevar a cabo que una comunidad pitagórica. No sólo tiene en su contra su propio Adán original, sino todos los descendientes del mismo que forman la sociedad que le rodea a usted. Yo he pagado doce o trece años más que usted, ¿sabe? por el conocimiento que tengo de las dificultades. Pero… —el señor Farebrother se detuvo un instante y añadió— está de nuevo observando ese tarro de cristal. ¿Quiere que hagamos un cambio? No lo tendrá sin un trueque justo.

—Tengo unos gusanos de mar —estupendos especímenes— en alcohol. Y además le puedo añadir lo último de Roben Brown, Observaciones microscópicas sobre el polen de las plantas; si no lo tiene ya.

—Bueno, visto lo mucho que anhela el monstruo, podía pedir un precio más alto. Suponga que le pidiera que examinara todos mis cajones y diera su beneplácito a todas mis nuevas especies —mientras hablaba de este modo el vicario deambulaba por la estancia pipa en boca, volviendo una y otra vez a los cajones a los que observaba con ternura—. Esa sería una buena disciplina, ¿sabe? para un joven médico que ha de complacer a sus pacientes de Middlemarch. Recuerde que ha de aprender a aburrirse. Sin embargo, puede llevarse el monstruo por lo que usted mismo diga.

—¿No le parece que la gente sobrestima la necesidad de complacer las necedades de todo el mundo hasta que se ven despreciados precisamente por los mismos necios a quienes contemplan? —dijo Lydgate, acercándose al señor Farebrother y mirando distraídamente a los insectos clasificados con esmero con los nombres debajo en letra exquisita—. El camino más corto es demostrar lo que uno vale, y así la gente tiene que soportarte, tanto si les adulas como si no.

—No puedo estar más de acuerdo. Pero se ha de estar seguro de valer y, además hay que mantenerse independiente. Muy pocos hombres pueden hacer eso. O bien uno se desengancha del todo y se convierte en un inútil o se pone los arneses y va mucho por donde los compañeros de yugo te llevan. Pero ¡mire estos delicadísimos ortópteros!

Lydgate tuvo, después de todo, que prestar cierta atención a cada uno de los cajones mientras el vicario, al tiempo que se reía de sí mismo, insistía en la exhibición.

—A propósito de lo que dijo de los arneses —comenzó Lydgate cuando se hubieron sentado—. Determiné hace algún tiempo tener que ver cuanto menos posible con ellos. Por eso decidí no intentar nada en Londres, al menos durante bastantes años. No me gustó lo que vi cuando estudiaba allí; demasiados pajarracos y engaño obstructor. En las zonas rurales las gentes tienen menos pretensión de sabiduría y hay menos compañerismo, pero por esa misma razón inciden menos en el amor propio de uno. Se hace menos mala sangre y puede seguir su propio curso más silenciosamente.

—Sí…, bueno…, usted ha arrancado bien; tiene la profesión adecuada, el trabajo en el que se siente más capacitado. Hay quienes se equivocan y se arrepienten demasiado tarde. Pero no debe estar demasiado seguro de poder mantener su independencia.

—¿Se refiere a lazos familiares? —dijo Lydgate, imaginándose que estos ejercieran demasiada presión sobre el señor Farebrother.

—No del todo. Por supuesto que complican muchas cosas. Pero una buena esposa, una buena y sólida mujer, puede ayudar mucho a un hombre y posibilitar el que sea más independiente. Tengo un feligrés, un hombre estupendo, que apenas habría salido adelante como lo ha hecho de no ser por su mujer. ¿Conoce a los Garth? No creo que fueran pacientes de Peacock.

—No; pero hay una señorita Garth en casa del viejo Featherstone, en Lowick.

—Es su hija; una chica estupenda.

—Es muy callada… apenas me he fijado en ella.

—Pues le aseguro que ella sí se ha fijado en usted.

—No entiendo —dijo Lydgate, por no decir «Por supuesto».

—Bueno, le toma la medida a todo el mundo. La preparé para la confirmación, es una de mis favoritas.

El señor Farebrother dio unas cuantas chupadas en silencio al no mostrar Lydgate mayor interés por los Garth. Finalmente el vicario dejó a un lado la pipa, estiró las piernas y dirigió su viva mirada a Lydgate diciendo con una sonrisa:

—Pero nosotros los de Middlemarch no somos tan dóciles como nos cree. Tenemos nuestras intrigas y nuestros partidos. Yo por ejemplo, soy un hombre de partido, y Bulstrode también. Si me vota a mí ofenderá a Bulstrode.

—¿Qué hay en contra de Bulstrode? —dijo Lydgate con énfasis.

—No dije que hubiera nada en su contra salvo eso. Si vota contra él, le convertirá en su enemigo.

—No creo que eso deba importarme —dijo Lydgate con altanería—, pero parece tener buenas ideas respecto de los hospitales e invierte grandes sumas en cosas de utilidad pública. Podría serme de gran ayuda a la hora de llevar a cabo mis ideas. En cuanto a sus puntos de vista religiosos… bueno, como dijo Voltaire, los conjuros pueden destruir a un rebaño de corderos si van unidos a cierta cantidad de arsénico. Busco al hombre que proporcionará el arsénico y no me preocupo por sus conjuros.

—Muy bien, pero entonces no debe ofender al hombre del arsénico. A mí no me ofenderá —dijo Farebrother, sin afectación alguna—. No convierto mi propia conveniencia en obligación ajena. Me opongo a Bulstrode por muchas razones. No me gusta el grupo al que pertenece: es un conjunto romo e ignorante que se afana más por incomodar a sus vecinos que por mejorarles. Su sistema es una especie de pandilleo mundano-espiritual; consideran al resto de la humanidad como un cadáver maldito que ha de alimentarles a ellos para alcanzar el cielo. Pero —añadió sonriendo—, no digo que el nuevo hospital de Bulstrode sea una mala cosa; y en cuanto a que quiera desplazarme del antiguo, bueno…, si piensa que soy un enredón, no hace más que devolverme el cumplido. Tampoco soy un pastor modélico, sólo un discreto arreglo provisional.

Lydgate no estaba seguro en absoluto de que el vicario se estuviera difamando. Un pastor modélico, como un médico modélico, debería considerar su profesión la mejor de mundo y entender el conocimiento como mero alimento para su patología y terapéutica moral. Se limitó a preguntar:

—¿Qué razones aduce Bulstrode para sustituirle? —Que no predico sus opiniones…, que él denomina religión espiritual, y que no dispongo de mucho tiempo. Ambas afirmaciones son ciertas. Claro que podría sacar el tiempo y sí que agradecería las cuarenta libras. Esa es la verdad del asunto. Pero dejémoslo. Sólo quería decirle que si vota por su hombre del arsénico, no tiene por qué cortar conmigo. No puedo prescindir de usted. Es usted una especie de circunavegante que ha venido a establecerse entre nosotros y mantendrá viva mi fe en las antípodas. Y ahora cuénteme de París.

CAPÍTULO XVIII

Transcurrieron algunas semanas tras esta conversación antes de que el asunto de la capellanía adquiriera para Lydgate una importancia práctica, y sin confesarse a sí mismo el motivo, pospuso la decisión de a qué bando otorgaría su voto. Realmente el tema le hubiera resultado de todo punto indiferente —es decir, habría optado por el lado más conveniente dando su voto sin titubeo para el nombramiento de Tyke— de no haber sentido por el señor Farebrother un afecto personal.

Y su afecto por el vicario fue creciendo a medida que aumentaba su conocimiento de él. El hecho de que, adentrándose en la posición de Lydgate como un recién llegado que había de afianzarse sus propios objetivos profesionales, el señor Farebrother se hubiera tomado la molestia de ahuyentar más que obtener su interés, era muestra de una delicadeza y generosidad inusuales que la naturaleza de Lydgate apreció vivamente. Estaba en consonancia con otros puntos en el comportamiento del señor Farebrother que eran excepcionalmente admirables y asemejaban su carácter a esos paisajes del sur que parecen divididos entre una grandeza natural y una dejadez social. Pocos hombres habrían sido tan cariñosos y atentos con su madre, tía y hermana cuya dependencia de él había moldeado su vida de forma bastante incómoda; pocos hombres que sienten la presión de pequeñas necesidades están tan noblemente decididos a no disfrazar sus deseos inevitablemente interesados con pretextos de mejores motivos. En estos asuntos era consciente de que su vida resistiría el escrutinio más meticuloso y tal vez esa conciencia le animaba a desafiar un poco la crítica severidad de personas cuyas intimidades celestiales no parecían mejorar sus hábitos usuales, y cuyos elevados objetivos no eran requeridos para justificar sus acciones. Además, sus sermones eran ingeniosos y con sustancia, como los de la Iglesia de Inglaterra en su buena época, y los daba sin libro. Iba a escucharle gente que no pertenecía a su parroquia y puesto que el llenar la iglesia siempre resultaba la parte más difícil de entre las funciones de los clérigos, ésta constituía otra razón para un despreocupado sentido de superioridad. Además, era un hombre agradable, de buen temperamento, ingenio ágil, franco, sin muecas de amargura contenida u otros aderezos que convierten a la mitad de nosotros en un castigo para nuestros amigos. Lydgate le tenía un gran aprecio y deseaba su amistad.

Regido por este sentimiento, continuó aplazando el tema de la capellanía y convenciéndose de que no sólo no era en realidad de su incumbencia, sino de que era harto improbable que llegara a importunarle exigiendo su voto. A petición del señor Bulstrode, Lydgate estaba trazando los planes para los arreglos internos del nuevo hospital, y los dos hombres a menudo intercambiaban opiniones. El banquero presuponía siempre que podía contar en general con Lydgate como colaborador, pero no hacía mención especial a la próxima decisión entre Tyke y Farebrother. Sin embargo, cuando por fin se hubo reunido la junta General del hospital y Lydgate advirtió que el asunto de la capellanía se había pasado a un consejo de directores y médicos, que se reuniría el siguiente viernes, tuvo la incómoda sensación de que habría de tomar postura en esta trivial cuestión de Middlemarch. No podía obviar la voz interna que le decía que Bulstrode era el presidente de gobierno y que el asunto de Tyke constituía un tema para ser o no ser ministro. Tampoco podía evitar un disgusto igualmente pronunciado por renunciar a la perspectiva del cargo. Pues su observación confirmaba constantemente la creencia del señor Farebrother de que el banquero no perdonaría una oposición. «¡Malditos sean sus politiqueos!», se dijo tres mañanas seguidas durante el proceso meditativo de afeitarse cuando había empezado a sentir que debía llevar a cabo un juicio de conciencia sobre el tema. Era cierto que se podían argumentar cosas válidas contra la elección del señor Farebrother: tenía ya demasiados asuntos entre manos, sobre todo si se tenía en cuenta la cantidad de tiempo que invertía en ocupaciones no clericales. Por otro lado, el que el vicario jugara tan obviamente por dinero, si bien disfrutando del juego, pero con un evidente gusto por algún fin que perseguía, constituía una sorpresa repetida de continuo y perturbaba la estima de Lydgate. En teoría, el señor Farebrother abogaba por lo deseable de todos los juegos, y decía que el ingenio de los ingleses estaba estancado debido a la carencia de los mismos, pero Lydgate estaba convencido que de no ser por el dinero hubiera jugado mucho menos. Había un billar en el Dragón Verde que ciertas madres y esposas inquietas consideraban la máxima tentación de Middlemarch. El vicario era un jugador de billar de primera y aunque no solía frecuentar el Dragón Verde, corrían rumores de que a veces había estado allí de día y había ganado dinero. Y en cuanto a la capellanía, no fingía importarle salvo por las cuarenta libras. Lydgate no era ningún puritano, pero no le gustaba el juego y siempre había considerado una mezquindad ganar dinero con ello. Tenía, además, un ideal de vida que hacía que le resultara odiosa esta sumisión de la conducta a la ganancia de pequeñas sumas de dinero. Hasta este momento de su vida, sus necesidades se habían visto cubiertas sin problema alguno y su primer impulso era siempre el de ser generoso con las medias coronas como cosas sin importancia para un caballero. Jamás se le había pasado por la mente ingeniarse un plan para la obtención de esas medias coronas. Siempre había sabido de una manera general que no era rico, pero nunca se había sentido pobre y no tenía facultad para imaginarse el papel que juega la falta de dinero a la hora de determinar las acciones de los hombres. El dinero no había sido nunca una motivación para él, y por ende no estaba preparado para disculpar esta deliberada persecución de pequeñas ganancias. Le resultaba de todo punto repulsivo y nunca calculó la proporción entre los ingresos del vicario y sus gastos más o menos necesarios. Era incluso posible que no hubiera hecho estos cálculos ni siquiera en su propio caso.

Y ahora, cuando había llegado el momento de votar, este repulsivo dato del señor Farebrother resaltaba más que antes. ¡Uno sabría mucho mejor lo que hacer si el carácter de las personas fuera más consistente y, sobre todo, si nuestros amigos fueran invariablemente idóneos para cualquier función que desearan emprender! Lydgate estaba convencido de que de no haber habido objeción válida alguna contra el señor Farebrother, hubiera votado por él, tuviera Bulstrode la opinión que tuviera sobre el tema; no era su intención ser el vasallo de Bulstrode. Por otro lado, estaba Tyke, hombre entregado por completo a su menester clerical, que era el simple coadjutor de una pequeña capilla perteneciente a la parroquia de St. Peter, y tenía tiempo para otras obligaciones. Nadie tenía nada que decir en contra del señor Tyke excepto que no le soportaban y sospechaban que era un hipócrita. Lo cierto era que, desde su punto de vista, Bulstrode estaba absolutamente justificado.

Pero cualquiera que fuera el lado hacia el que se inclinara Lydgate, encontraba algo que le rechinaba, y, siendo hombre orgulloso, le desesperaba tener que pasar por ello. Le disgustaba frustrar sus objetivos propios indisponiéndose con Bulstrode; le disgustaba votar en contra de Farebrother y contribuir a privarle de función y sueldo; y se le ocurrió la pregunta de si las cuarenta libras adicionales no liberarían al vicario de la innoble preocupación de ganar a las cartas. Además, a Lydgate le disgustaba saber que al votar por Tyke estaría votando del lado que más le convenía a él mismo. Pero ¿sería el resultado realmente conveniente para él? La gente opinaría que sí, alegando que se granjeaba el favor de Bulstrode a fin de hacerse importante y prosperar. Y entonces, ¿qué? Sabía que, por su parte, le hubiera importado un bledo la amistad o enemistad del banquero si sólo fueran sus perspectivas personales las que se vieran afectadas. Lo que verdaderamente le interesaba era un medio para su trabajo, un vehículo para sus ideas; y al fin y al cabo, ¿no debía anteponer a todo lo demás relacionado con esta capellanía la obtención de un buen hospital donde pudiera demostrar las distinciones específicas de la fiebre y comprobar los resultados terapéuticos? Lydgate sentía por primera vez los kilos de la presión obstaculizadora de los pequeños condicionantes sociales, así como su frustrante complejidad. Al término de su debate interno, cuando se disponía a salir camino del hospital, su esperanza yacía en la posibilidad de que la argumentación pudiera de alguna manera arrojar un nuevo aspecto sobre el tema, haciendo inclinar la balanza de forma que la necesidad de votar quedara excluida. Pienso que también confiaba un poco en la energía que producen las circunstancias, un sentimiento repentino que nos invade cálidamente y facilita la decisión cuando el debate a sangre fría no había hecho sino dificultarla. Fuera como fuera, no se confesó a sí mismo claramente de qué lado votaría, al tiempo que resentía el sometimiento al que se veía obligado. Hubiera parecido de antemano una ridícula muestra de mala lógica el que él, con sus claras resoluciones de independencia y su selecta finalidad, se encontrara desde el principio a manos de nimias alternativas, cada una de las cuales le resultaba repugnante. Ya desde sus días de estudiante había planeado de modo muy diferente su acción social.

Lydgate partió tarde, pero el doctor Sprague, los otros dos médicos y varios de los directivos habían llegado pronto; el señor Bulstrode, tesorero y presidente, se encontraba entre los que aún faltaban. La conversación parecía indicar que el tema era problemático, y que Tyke no tenía tan asegurada la mayoría como se había supuesto generalmente. Sorprendentemente, los dos médicos resultaron ser unánimes, o, mejor dicho, aunque tenían pensamientos diferentes, concurrieron en la acción. El doctor Sprague, curtido y de peso, era, como todos habían previsto, un defensor del señor Farebrother. El doctor era más que sospechoso de carecer de religión, pero Middlemarch toleraba esta deficiencia como si se hubiera tratado de un presidente de la Cámara de los Lores. Es más, es probable que su peso profesional fuera por ello tanto mayor al imperar la eterna asociación entre la sabiduría y el principio del mal, incluso entre las pacientes que tenían las ideas más severas respecto de los volantes y los sentimientos. Tal vez fuera esta negación del doctor lo que motivara el que sus vecinos le llamaran tozudo y poco ingenioso, condiciones de textura que también se consideraban favorables al almacenamiento de criterios relacionados con las medicinas. En cualquier caso, lo cierto es que si cualquier hombre de medicina hubiera llegado a Middlemarch con la fama de poseer claros puntos de vista religiosos, de inclinarse por la oración y de manifestar una piedad activa, hubiera habido una presunción general contra su capacidad médica.

En este punto, y profesionalmente hablando, era una suerte para el doctor Minchin el que sus simpatías religiosas fueran, más que una adhesión a principios particulares, de orden general y de índole tal que otorgaban una distante sanción médica a todo sentimiento serio, fuera anglicano o disidente. Si el señor Bulstrode insistía, como era su costumbre, en la doctrina luterana de la justificación como lo que sostiene o derrumba una religión, el doctor Minchin, a su vez, estaba convencido de que el hombre no era una mera máquina o una conjunción fortuita de átomos; si la señora Wimple insistía en una providencia particular en relación con sus males estomacales, el doctor Minchin, por su parte, gustaba mantener abiertas las ventanas mentales y se oponía a límites fijos; si el cervecero unitario bromeaba con el credo atanasiano, el doctor Minchin citaba el Ensayo sobre el hombre de Pope. Le molestaba el estilo anecdotario un tanto ligero en el que se complacía el doctor Sprague, prefiriendo las citas bien avaladas y gustando del refinamiento de todo tipo. Era de todos conocido que tenía algún parentesco con un obispo y ocasionalmente pasaba sus vacaciones en el «palacio».

El doctor Minchin tenía unas manos dulces, la tez pálida y un contorno redondeado, indiferenciable en su aspecto de un dócil clérigo. Por el contrario, el doctor Sprague era innecesariamente alto, los pantalones se le arrugaban en las rodillas y mostraban un exceso de bota en una época en la que los tirantes parecían necesarios para cualquier porte digno; se le oía entrar y salir, subir y bajar, como si hubiera venido a ver el techado. Resumiendo, tenía peso y se podía esperar de él que lidiara con una enfermedad y la venciera mientras que quizá el doctor Minchin fuera más capaz de detectarla agazapada y la circunvalara. Disfrutaban más o menos por igual del misterioso privilegio de la reputación médica y ocultaban con gran protocolo el desdén que cada uno sentía por la técnica del otro. Considerándose a sí mismos como instituciones de Middlemarch, estaban prestos a unirse contra todo innovador y contra cualquier no profesional dado a la intromisión. En este punto, ambos coincidían en su aversión por el señor Bulstrode, si bien el doctor Minchin nunca había mostrado abiertamente una hostilidad conta él y jamás había manifestado una opinión contraria a la suya sin elaboradas explicaciones a la señora Bulstrode, quien había descubierto que tan sólo el doctor Minchin entendía su constitución. Un profano que indagaba la conducta profesional de los médicos, y constantemente imponía sus propias reformas (aunque importunaba menos a los dos doctores que a los médicos boticarios que atendían a los mendigos por contrato) era no obstante ofensivo al orificio nasal profesional como tal; y el doctor Minchin participó plenamente del pique contra Bulstrode, animado por la aparente determinación de éste por patrocinar a Lydgate. Los facultativos sin titulación asentados desde largo tiempo, el señor Wrench y el señor Toller, estaban en este momento de pie, en amistoso coloquio aparte, coincidiendo en que Lydgate era un mequetrefe dispuesto a servir los intereses de Bulstrode. Con amigos que no fueran de la profesión ya habían estado de acuerdo en alabar al joven médico que había llegado a la ciudad al retirarse el señor Peacock sin más recomendación que sus propios méritos y el fundamento para una sólida formación profesional que se desprendía del hecho de que, aparentemente, no había malgastado su tiempo con otras ramas del saber. Quedaba claro que Lydgate, al no dispensar medicamentos, tenía la intención de acusar a sus iguales, así como de difuminar el límite entre su propio rango profesional y el de los doctores, quienes, en interés de la profesión, se sentían obligados a mantener las distintas escalas. Sobre todo frente a un hombre que no había asistido a ninguna de las dos universidades inglesas y disfrutaba de la ausencia del estudio anatómico y práctico que en ellas se impartía, llegando con una pretensión de experiencia en Edimburgo y París donde la observación pudiera ser abundante, pero desde luego poco fiable.

Y así sucedió que en esta ocasión a Bulstrode se le identificó con Lydgate y a Lydgate con Tyke, y dada esta variedad de nombres intercambiables para la cuestión de la capellanía, diferentes mentes pudieron llegar al mismo criterio respecto de ella. Nada más entrar, el doctor Sprague comunicó llanamente al grupo reunido «Voto por Farebrother. Y por supuesto un sueldo. ¿Por qué negárselo al vicario? Bien poco tiene. Y ha de asegurar su vida, mantener la casa y dispensar las caridades propias de un vicario. Póngale cuarenta libras en el bolsillo y no harán ningún mal. Farebrother es un buen hombre, con el mínimo necesario del párroco para poder serlo».

—¡Vaya, vaya!, doctor —dijo el anciano señor Powderell, un ferretero jubilado de cierta posición, resultando su interjección algo a medio camino entre una risotada y una desaprobación parlamentaria—, hemos de dejarle decir. Pero lo que debemos considerar no son los ingresos de nadie, sino las almas de los pobres enfermos —y llegado este punto el tono de voz y el rostro del señor Powderell denotaban un sincero patetismo—. El señor Tyke es un auténtico predicador del Evangelio. Votaría en contra de mi propia conciencia si no le diera un voto, de verdad.

—No creo que los oponentes al señor Tyke le hayan pedido a nadie que vote en contra de su propia conciencia —dijo el señor Hackbutt, un rico curtidor de palabra fácil cuyas lentes relucientes y pelo hirsuto se volvieron con cierta severidad hacia el inocente señor Powderell—. Pero a mi juicio, nos concierne a nosotros, como directivos, considerar si estimaremos nuestra única incumbencia llevar a cabo proposiciones que surgen de una sola fuente. ¿Hay algún miembro del comité que pueda afirmar que hubiera contemplado la idea de destituir al caballero que siempre ha ejercido aquí la función de capellán, de no haberle sido ello sugerido por partidos cuya disposición consiste en considerar cada una de las instituciones de esta ciudad como una maquinaria para imponer sus propios puntos de vista? No critico los motivos de nadie; que queden entre él mismo y un Poder más alto; pero sí afirmo que aquí están funcionando unas influencias que son incompatibles con la verdadera independencia, y que son circunstancias que los caballeros que así se comportan no podrían permitirse avalar, ni moral ni financieramente, las que dictan un servilismo rastrero. Yo mismo soy un lego, pero he dedicado una cantidad nada despreciable de atención a las divisiones de la Iglesia y…

—¡Al demonio con las divisiones! —interrumpió el señor Frank Hawley, abogado y administrativo que raras veces solía asistir a las juntas, pero que ahora se presentaba precipitadamente fusta en mano—. No tenemos nada que ver con eso aquí. Farebrother ha estado haciendo el trabajo —el que había— sin cobrar, y si va a haber un sueldo debe dársele a él. Me parece una mala pasada quitárselo a Farebrother.

—Creo que sería más procedente, entre caballeros, que los comentarios no tuvieran un tinte personal —dijo el señor Plymdale—. Yo votaré por el nombramiento del señor Tyke, pero de no haberlo insinuado el señor Hackbutt, no hubiera sabido que yo era un Servil Rastrero. —Rechazo cualquier personalización. Dije expresamente, si me permiten repetirlo, o incluso terminar lo que quería decir…

—¡Ah, aquí llega Minchin! —dijo el señor Frank Hawley, ante lo que todos se olvidaron del señor Hackbutt a quien embargó un sentimiento de la inutilidad que en Middlemarch suponía poseer dotes superiores—. Venga, doctor. Debo asegurarme de que está del lado apropiado ¿eh?

—Así lo espero —dijo el doctor Minchin, saludando a unos y a otros—. Al precio que sea para mis sentimientos.

—Si hay por aquí algún sentimiento creo que debería ser por el hombre al que se destituye —dijo el señor Frank Hawley.

—Confieso que también me tira el otro lado. Tengo divididos mis afectos —dijo el doctor Minchin, frotándose las manos—. Considero al señor Tyke un hombre ejemplar, ninguno hay mejor, y creo irreprochables las razones para proponerle. Por lo que a mí respecta, desearía poder darle mi voto. Pero me veo obligado a hacer un análisis del caso que da preponderancia a los derechos del señor Farebrother. Es un hombre de paz, un predicador competente y lleva más tiempo entre nosotros.

El anciano señor Powderell observaba, triste y silencioso. El señor Plymdale se ajustó inquieto la corbata.

—Espero que no esté poniendo al señor Farebrother como modelo de lo que debe ser un clérigo —dijo el señor Larcher, el eminente transportista, quien acababa de entrar—. No es que le tenga ninguna inquina, pero creo que en estos nombramientos le debemos algo al público, por no hablar de cosas superiores. En mi opinión, Farebrother es demasiado relajado para un clérigo. No quiero sacar a relucir aquí cosas contra él, pero los cierto es que le sacará el máximo partido a una escasa dedicación.

—¡Lo cual es considerablemente mejor que dedicarle demasiada! —dijo el señor Hawley, notorio en esa parte del condado por su mala lengua—. Los enfermos no soportan tantos rezos y sermones. Y esa especie de religión metodista es mala para el espíritu… ¡y hasta para las entrañas! —añadió, volviéndose atolondradamente hacia los cuatro facultativos allí reunidos.

Pero la entrada de tres caballeros a quienes se saludó más o menos cordialmente impidió cualquier respuesta. Eran el reverendo Edward Thesiger, rector de St. Peter, el señor Bulstrode y nuestro amigo el señor Brooke de Tipton, que recientemente había accedido a que se le incluyera en la junta directiva, pero que nunca anteriormente había asistido, obedeciendo el hecho de hacerlo ahora a las exhortaciones del señor Bulstrode. Lydgate era el único que quedaba por llegar.

La gente procedió a sentarse bajo la presidencia del señor Bulstrode, pálido y contenido como de costumbre. El señor Thesiger, evangelista moderado, deseaba el nombramiento de su amigo, el señor Tyke, hombre capaz y entregado, el cual, al oficiar en una capilla sufragánea, tenía un exiguo número de almas que curar, lo que le dejaba amplio tiempo para su nuevo quehacer. Era deseable que se abordaran capellanías de este tipo con ferviente intención: eran oportunidades especiales para la influencia espiritual; y aunque era bueno que se les asignara un sueldo, ello requería una vigilancia más escrupulosa, no fuera que el cargo se convirtiera en una mera cuestión de ingresos. La actitud del señor Thesiger desprendía una corrección tan serena que los objetores tan sólo pudieron renegar en silencio.

El señor Brooke creía que todos iban de buena fe en el asunto. No había participado personalmente en las cuestiones de la enfermería, pese a que tenía un gran interés por todo aquello que supusiera un beneficio para Middlemarch, y estaba encantado de reunirse con los caballeros presentes para cualquier tema público, —«cualquier tema público, ¿saben?» —repitió el señor Brooke, con el característico gesto de cabeza con el que acostumbraba a mostrar su perfecto entendimiento de las cosas—. Estoy muy ocupado como juez de paz, recabando pruebas documentales, pero considero que mi tiempo está a disposición del público y, en definitiva, mis amigos me han convencido de que un capellán con sueldo, con sueldo, ¿saben?, es algo muy positivo, y me alegro de poder venir a votar por el nombramiento del señor Tyke, quien, tengo entendido, es un hombre intachable, apostólico, elocuente y todas esas cosas, y yo sería el último en privarle de mi voto en estas circunstancias.

—Me da la impresión, señor Brooke, de que le han atiborrado con una parte de la cuestión —dijo el señor Frank Hawley, que no temía a nadie y era un conservador sospechoso de intenciones electoralistas—. Parece desconocer que uno de nuestros hombres de mayor valía lleva haciendo las funciones de capellán aquí durante años sin cobrar nada y que se propone al señor Tyke para sustituirle.

—Perdóneme, señor Hawley —dijo el señor Bulstrode—. Al señor Brooke se le ha informado ampliamente respecto del carácter y situación del señor Farebrother.

—Informado por sus enemigos —espetó el señor Hawley.

—Confío en que no haya hostilidades personales involucradas en esto —dijo el señor Thesiger.

—Pues juro que las hay —fue la respuesta del señor Hawley.

—Caballeros —dijo el señor Bulstrode con tono moderado—, se puede exponer muy brevemente el fondo de la cuestión y si alguno de los presentes alberga alguna duda de que cada uno de los caballeros que está a punto de votar no ha sido bien informado, puedo resumir las consideraciones que deberían pesar en cada lado.

—No creo que valga la pena —dijo el señor Hawley—. Supongo que cada uno sabe a quién piensa votar. Cualquiera que pretenda hacer justicia no espera hasta el último momento para oír las dos partes de la cuestión. No tengo tiempo que perder y propongo que se vote inmediatamente la cuestión.

Siguió una breve pero acalorada discusión antes de que cada persona escribiera «Tyke» o «Farebrother» en un papel y lo introdujera en un vaso de cristal; entretanto, Bulstrode vio entrar a Lydgate.

—Observo que los votos están igualados por el momento —dijo el señor Bulstrode con voz clara y cortante. Y, levantando la mirada hacia Lydgate añadió:

—Falta aún un voto de calidad. Es el suyo, señor Lydgate; ¿tendrá la bondad de escribirlo?

—Asunto concluido —dijo el señor Wrench levantándose—. Todos conocemos el voto del señor Lydgate.

—Sus palabras parecen encerrar algún significado especial, caballero —dijo Lydgate, algo provocadoramente y manteniendo el lápiz en el aire.

—Sólo quiero decir que se espera de usted que vote con el señor Bulstrode. ¿Considera eso ofensivo?

—Puede que lo sea para otros. Pero no por ello dejaré de votar con él.

Lydgate inmediatamente escribió «Tyke».

Y así el reverendo Walter Tyke se convirtió en el capellán de la Enfermería y Lydgate continuó trabajando con el señor Bulstrode. Lo cierto es que no estaba seguro de que Tyke no fuera el candidato más idóneo y sin embargo su conciencia le decía que de haber estado completamente libre de influencias indirectas debía haber votado por el señor Farebrother. El asunto de la capellanía se convirtió para él en un recuerdo doloroso, como un caso en el que el raquítico ambiente de Middlemarch había podido más. ¿Cómo puede estar nadie satisfecho de una decisión tomada entre semejantes alternativas y en semejantes circunstancias? No más satisfecho de lo que puede estar con su sombrero, que ha escogido de entre aquellas formas que le ofrecen los recursos de la época y que en el mejor de los casos lleva con una resignación fundamentalmente alimentada por la comparación.

Pero el señor Farebrother le siguió tratando con la misma cordialidad de antes. El carácter del publicano y del pecador no resultan siempre incompatibles con el del moderno fariseo, pues la mayoría de nosotros apenas vemos con mayor claridad los fallos de nuestra conducta que los fallos de nuestros argumentos o lo aburrido de nuestros chistes. Pero el vicario de St. Botolph se había librado por completo del más leve tinte de fariseísmo y por más de admitirse a sí mismo que era demasiado parecido a los demás hombres, se había vuelto asombrosamente diferente a ellos en esto: podía disculpar a los otros por menospreciarle y juzgar su conducta con imparcialidad incluso cuando obraban en contra de él.

—El mundo me ha podido, lo sé —dijo un día a Lydgate—. Pero es que no soy un hombre poderoso…, nunca seré un hombre famoso. La elección de Hércules es una fábula bonita, pero Pródicoz le pone la tarea fácil al héroe, como si el sofista contemporáneo de Sócrates bastara con las primeras resoluciones. Otra historia dice que llegó a sostener la roca, poniéndose finalmente la camisa de Neso. Supongo que una buena resolución podría mantener a un hombre en el buen camino si la resolución de los demás le ayudara.

La conversación del vicario no era siempre estimulante. Se había librado de ser un fariseo, pero no se había librado de esa parca estimación de nuestras posibilidades a la que llegamos un tanto precipitadamente como deducción del propio fracaso. Lydgate opinaba que existía en el señor Farebrother una lamentable enfermedad de la voluntad.

CAPÍTULO XIX

Cuando Jorge IV aún reinaba sobre las soledades de Windsor, cuando el duque de Wellington era Primer Ministro y el señor Vincy era el alcalde de la vieja corporación de Middlemarch, la señora Casaubon, nacida Dorothea Brooke, había partido en viaje de bodas a Roma. En aquellos días, el mundo en general era cuarenta años más ignorante del bien y del mal de lo que es hoy. No era frecuente que los viajeros llevaran ni en la cabeza ni en sus bolsillos una información completa sobre el arte cristiano, e incluso el crítico inglés más brillante de la época de Pope confundió la tumba floreada de la virgen ascendida con una vasija ornamental que obedecía a la fantasía del pintor. El romanticismo, que ha ayudado a rellenar algunos monótonos vacíos con amor y conocimientos, no había aún penetrado los tiempos con su levadura, introduciéndose en la alimentación de todo el mundo. Todavía se hallaba en estado de fermentación, visible en el distinto y vigoroso entusiasmo de ciertos artistas alemanes melenudos asentados en Romm de Pope, y la juventud de otras naciones que trabajaban u holgazaneaban a su vera se contagiaban a veces del creciente movimiento.

Una hermosa mañana un joven de pelo no desmesuradamente largo pero abundante y rizado y que por lo demás era evidentemente inglés, acababa de darle la espalda al Torso de Belvedere en el Vaticano y observaba la espléndida vista que de las montañas se ofrecía desde el vestíbulo redondo adjunto. Estaba lo bastante absorto como para no notar que se le acercaba un animado alemán de ojos oscuros, el cual, poniéndole una mano sobre el hombro dijo con marcado acento:

—¡Ven aquí, rápido!, o habrá cambiado de postura.

La presteza no se hizo aguardar y ambas figuras pasaron ligeras por el Meleagro, encaminándose hacia la sala donde la recostada Ariadne, entonces denominada la Cleopatra, yace en la marmórea voluptuosidad de su belleza, envuelta por los drapeados con la facilidad y ternura de unos pétalos. Llegaron justo a tiempo de ver otra figura de pie junto a un pedestal cercano al reclinante mármol: una joven lozana y anhelante, a la cual la Ariadne no avergonzaba, vestía los grises ropajes cuáqueros. Llevaba la larga capa abrochada al cuello, echada por detrás de los hombros; una hermosa y desnuda mano servía de apoyo a la mejilla y empujaba ligeramente hacia atrás el gorro de castor blanco que, ciñendo las sencillas trenzas castañas, parecía enmarcarle el rostro como con un halo. No miraba la escultura, probablemente ni pensara en ella: fijaba sus grandes ojos ensoñadoramente en un haz de luz que cruzaba el suelo. Pero se percató al pronto de los dos desconocidos que se detuvieron de repente como contemplando la Cleopatra, y sin mirarles fue a reunirse de inmediato con una criada y un guía que esperaban a poca distancia.

—¿Qué te parece eso como hermoso ejemplo de antítesis? —preguntó el alemán, escudriñando el rostro de su amigo en busca de la correspondiente admiración, pero prosiguiendo en su verborrea sin esperar más respuesta—. Ahí yace la belleza antigua, ni siquiera cadavérica en la muerte, sino apresada en la plena satisfacción de su sensual perfección, y aquí se alza la belleza viva, impregnada de siglos de cristiandad. Pero debería ir vestida como una monja; creo que tiene el aspecto de lo que vosotros llamáis una cuáquera. En mi cuadro, yo la vestiría de monja. De todas formas, ¡está casada! Vi su alianza en esa espléndida mano izquierda, de lo contrario hubiera pensado que el cetrino Geirtlicher de Pope era su padre. Le vi despedirse de ella hace un buen rato y acabo de encontrármela en esa magnífica postura. ¡Imagínate! Tal vez sea rico y quisiera que la retrataran. ¡En fin! Es inútil admirarla. ¡Ahí va! ¡Sigámosla a su casa!

—No, no —dijo su amigo frunciendo ligeramente el ceño.

—Qué raro eres, Ladislaw. Estás demudado. ¿Es que la conoces?

—Sé que está casada con mi primo —dijo Will Ladislaw, cruzando la sala con aire preocupado mientras su amigo alemán, a su lado, le miraba con atención.

—¿Quién? ¿El Geirtlicher? Parece más bien un tío…, un tipo de pariente más útil.

—No es mi tío. Te estoy diciendo que es un primo segundo —dijo Ladislaw con cierta irritación.

—Schön, schön. No seas picajoso. No estarás enfadado conmigo por pensar que Doña Prima Segunda es la más perfecta joven Madonna que jamás he visto ¿no?

—¿Enfadado? ¡Qué tontería! Sólo la he visto antes en una ocasión, un par de minutos cuando mi primo me la presentó justo antes de marcharme de Inglaterra. Entonces no estaban casados. No sabía que fueran a venir a Roma.

—Pero, irás a verles ahora ¿no? Ya que sabes el nombre, averiguarás la dirección que tienen. ¿Vamos a correos? Y podías hablarles del retrato.

—¡Maldita sea, Naumann! No sé lo que haré. No soy tan descarado como tú.

—¡Bah! Eso es porque eres un diletante y un amateur. Si fueras un artista considerarías a Doña Prima Segunda como una forma antigua animada por el sentimiento cristiano, como una especia de Antígona cristiana, fuerza sensual controlada por la pasión espiritual.

—Sí, y que el que tú la pintaras la razón principal de su existencia: la divinidad adquiriendo mayor plenitud y casi exhausta en el acto de cubrir tu trocito de lienzo. Soy un amateur, si eso te place; en absoluto pienso que todo el universo se desviva por el oscuro significado de tus cuadros.

—Pero, ¡es que sí se desvive! En la medida en que lo hace a través de mí, Adolf Naumann: eso es inapelable —dijo el afable pintor, poniendo una mano sobre el hombro de Ladislaw y sin que le afectara lo más mínimo el inexplicable punto de irascibilidad que denotaba su tono—. Verás, mi existencia presupone la existencia de todo el universo, ¿o no?, y mi función es pintar, y como pintor, tengo una concepción totalmente genialisch de tu tía segunda o tu bisabuela como tema de un cuadro; por lo tanto, el universo suspira por ese cuadro a través de ese gancho o zarpa que se manifiesta en la forma de mi persona, ¿cierto o no?

—Pero ¿qué ocurre si otra zarpa en la forma de la mía de persona se esfuerza por malograrlo? El caso es un poco menos sencillo, ¿no?

—En absoluto: el resultado de la lucha es el mismo, con o sin cuadro, lógicamente.

Will no pudo con este carácter imperturbable y la nube que ensombrecía su rostro se tornó en luminosa sonrisa. —Vamos, amigo mío, ¿me ayudarás? —preguntó Naumann con tono de esperanza.

—¡Ni hablar, Naumann! Las damas inglesas no están al servicio de cualquiera como modelos. Y tú quieres demostrar demasiado con tu pintura. Sólo pintarías un peor o mejor cuadro, con un fondo sobre del que cada entendido ofreciera una razón diferente para apoyar o rechazar. Y al fin y al cabo, ¿qué es el retrato de una mujer? Tus cuadros y esculturas no son gran cosa después de todo. Perturban y emborronan las concepciones en lugar de elevarlas. La lengua es un medio más nítido.

—Sí, para quienes no saben pintar —dijo Naumann—. Ahí tienes toda la razón. No fui yo quien te aconsejó que pintaras, amigo mío.

El comentario del afable artista era mordaz, pero Ladislaw no se quiso dar por aludido y continuó como si no lo hubiera oído.

—El lenguaje proporciona una imagen mucho más completa, lo cual facilita la vaguedad. Al fin y al cabo la auténtica visión es interior, y la pintura te encara con insistente imperfección. Tengo esa sensación sobre todo con las representaciones de mujeres. ¡Es como si una mujer fuera una mera superficie coloreada! Hay que aguardar al movimiento y al tono. Hay diferencias incluso en su modo de respirar; cambian de un instante a otro. Esta mujer a la que acabas de ver, por ejemplo, ¿cómo pintarías su voz, dime? Y su voz es mucho más divina que cualquier cosa que hayas visto de ella.

—Ah, ya entiendo. Estás celoso. Ningún hombre debe osar pensar que puede pintar tu ideal. ¡Esto es serio, amigo mío! ¡Tu tía abuela! ¡Der Neffe alc Onkel en un sentido trágico ungeheuer!

—Tú y yo nos pelearemos, Naumann, si vuelves a llamar a esa dama mi tía.

—¿Cómo he de referirme a ella, pues? —Como la señora Casaubon.

—De acuerdo. Suponte que, a pesar tuyo, llego a conocerla y descubro que tiene un gran interés en que la pinten.

—¡Sí, supongámoslo! —dijo Will Ladislaw, con soterrado desdén encaminado a cambiar el tema. Era consciente de estar molesto por causas ridículamente nimias, la mitad de las cuales eran de su propia invención. ¿Por qué alborotaba tanto acerca de la señora Casaubon?

Y sin embargo era como si algo le hubiera ocurrido respecto de ella. Hay personajes que continuamente se crean colisiones y embrollos en tragedias que nadie está dispuesto a compartir. Sus susceptibilidades chocarán contra objetos que permanecen inocentemente tranquilos.

CAPÍTULO XX

Dos horas más tarde, Dorothea se encontraba sentada en la habitación interior o gabinete de una hermosa vivienda de la Vía Sixtina.

Siento añadir que lloraba amargamente con el abandono del corazón oprimido a este consuelo que a veces se permite una mujer, habitualmente controlada por el orgullo o la consideración hacia los demás, cuando se sabe a solas. Y era seguro que el señor Casaubon permanecería bastante tiempo en el Vaticano.

Sin embargo, Dorothea no podía formularse ni a sí misma ninguna queja concreta; en medio de su confusión y su ira, el acto mental que pugnaba por aflorar era el grito de culpabilidad de que la desolación que sentía era fruto de su propia pobreza espiritual. Se había casado con el hombre de su elección, con la ventaja sobre la mayoría de las mujeres de que había enfocado su matrimonio como el inicio de nuevas obligaciones: desde el principio había considerado al señor Casaubon como poseedor de una mente tan por encima de la suya que a menudo le reclamarían unos estudios que ella no podría del todo compartir. Por si fuera poco, y después de la exigua experiencia de su niñez, estaba contemplando Roma, la ciudad de la historia visible, donde el pasado de todo un hemisferio parece moverse en fúnebre cortejo con extrañas imágenes ancestrales y trofeos recabados de lejos.

Pero esta magnífica fragmentariedad no hacía sino subrayar la rareza intangible de su vida de recién casada. Llevaba Dorothea cinco semanas en Roma y en principio durante las amables mañanas en que el otoño y el invierno parecían ir de la mano como una pareja de felices ancianos, uno de los cuales pronto sobreviviría en una soledad más fría, había merodeado por ella con el señor Casaubon, pero últimamente eran Tantripp y el avezado guía sus principales acompañantes. La habían llevado a las mejores galerías, había visto las principales panorámicas, las ruinas más importantes y las iglesias más magníficas y a menudo había terminado por preferir salir a la Campagna donde podía sentirse a solas con la tierra y el cielo, lejos de la opresiva mascarada de los siglos en la cual su propia vida también parecía convertirse en una máscara con enigmáticos atuendos.

Para quienes han contemplado Roma con la pujante fuerza de un saber que infunde un hálito creciente a toda forma histórica y detecta las sofocadas transiciones que unifican todos los contrastes, puede que Roma continúe siendo el centro espiritual y la intérprete del mundo. Pero dejemos que conciban un contraste histórico más: las enormes y accidentadas revelaciones de esa ciudad imperial y papal arrojadas abruptamente sobre las nociones de una joven educada en el puritanismo inglés y suizo, nutrida a base de pequeñas historias protestantes y de un arte del tipo representado en los abanicos; una joven cuya naturaleza ardiente convertía en principios sus pequeñas parcelas de saber y a ellos ajustaba sus acciones y cuyas prontas emociones dotaban de la cualidad de gozo o dolor a las cosas más abstractas; una joven que se había convertido recientemente en esposa y, partiendo de una aceptación entusiasta de la obligación aún no degustada, se encontraba inmersa en la tumultuosa preocupación por su suerte personal. Tal vez las chispeantes ninfas para las que proporciona el telón de fondo de la brillante reunión angloextranjera lleven con donosura el peso de la ininteligible Roma, pero Dorothea carecía de semejantes defensas contra las impresiones profundas. Las ruinas y las basílicas, los palacios y los colosos alzándose en medio de un presente sórdido donde todo lo vivo y animado parecía hundido en la honda degeneración de una superstición encendida de la veneración; la más débil pero no obstante ávida vida titánica pugnando y escudriñando desde los muros y los techos; las perspectivas de blancas formas cuyos ojos marmóreos parecían encerrar la luz monótona de un mundo ajeno: todo este inmenso naufragio de ambiciosos ideales, sensuales y espirituales, confusamente entremezclados con las señales del olvido latente y la degradación, la sacudieron en un principio como una descarga eléctrica para más tarde imponérsele con la angustia propia del exceso de desordenadas ideas que frenan el curso de la emotividad. Formas pálidas y resplandecientes a un tiempo se posesionaron de su joven juicio, grabándose en su memoria incluso cuando no pensaba en ellas y preparando extrañas asociaciones que la acompañarían durante los años venideros. Nuestros estados de ánimo tienden a traer consigo imágenes que se suceden una a la otra como las de una linterna mágica en un sueño y durante el resto de su vida, en los momentos de entumecedora soledad, Dorothea continuó viendo la inmensidad de San Pedro, el enorme baldaquino de bronce, la arrebolada intención en las actitudes y vestimentas de los profetas y evangelistas de los mosaicos y las encarnadas colgaduras navideñas extendiéndose por doquier como una enfermedad de la retina.

No es que este asombro interno de Dorothea fuera algo muy excepcional: muchas son las almas que en su joven desnudez se ven arrojadas al meollo de las incongruencias donde han de aprender a desenvolverse mientras los mayores van a lo suyo. Tampoco creo que se pueda considerar trágica la situación de la señora Casaubon por encontrarla presa del llanto seis semanas después de su boda. No es infrecuente cierto desánimo y desfallecimiento ante el nuevo futuro real que sustituye al imaginado y no esperamos que la gente se conmueva profundamente ante lo que no es infrecuente. El elemento de tragedia que subyace en el propio hecho de la frecuencia todavía no se ha infiltrado dentro de la tosca emotividad de la humanidad y tal vez nuestra estructura no pudiera pechar con una dosis muy alta. Si tuviéramos agudizada la visión y el sentimiento de todo lo corriente en la vida humana, sería como oír crecer la hierba y latir el corazón de la ardilla y nos moriríamos del rugido que existe al otro lado del silencio. No siendo este el caso, los más ágiles de entre nosotros caminamos bien pertrechados de estupidez.

No obstante Dorothea lloraba, y de habérsele preguntado la causa sólo habría podido responder con palabras generales similares a las que yo ya he empleado. El intentar precisar más hubiera sido como tratar de hacer una historia sobre las luces y las sombras. Pues ese nuevo futuro real que sustituía al imaginario extraía su material de las infinitas minucias a base de las cuales su visión del señor Casaubon, así como su relación de esposa una vez casada con él, se desviaban gradualmente de lo que soñara de soltera con el secreto movimiento de las manecillas de un reloj. Era aún demasiado pronto para que reconociera o al menos admitiera la desviación, y aún más para que reajustara esa entrega que formaba una parte tan necesaria de su vida mental que estaba casi segura de que, tarde o temprano, volvería a recuperar. La rebelión permanente, el desorden de una vida carente de algún tierno y reverente propósito no le era posible; pero se encontraba ahora en ese intervalo en el que la fuerza misma de su naturaleza aumentaba su confusión. En este sentido, los primeros meses de un matrimonio a menudo son épocas de crítica agitación —tanto si se trata de un charco como de aguas más profundas— que posteriormente se convierte en gozosa tranquilidad.

Pero, ¿acaso no era el señor Casaubon tan sabio como antes? ¿Habían cambiado sus formas de expresión, eran sus sentimientos menos loables? ¡Ay la fantasía de las mujeres! ¿Es que le fallaba la cronología? ¿O su habilidad para exponer no sólo una teoría, sino los nombres de quienes la sostenían, o su capacidad para proporcionar el origen del tema que se terciara? ¿Y no era Roma el lugar por excelencia donde dar rienda suelta a tales aptitudes? Además, ¿acaso no radicaba el entusiasmo de Dorothea principalmente en la perspectiva de aliviar el peso y tal vez la tristeza que atenaza a quien ha de conseguir grandes logros? Y que este peso oprimía al señor Casaubon estaba más claro que antes.

Preguntas aplastantes; pero por mucho que todo lo demás permaneciera igual, la luz había cambiado y no se encuentra a mediodía el perlado amanecer. Es un hecho inalterable que el mortal cuya naturaleza conoces exclusivamente a través de las breves entradas y salidas de las irreales semanas denominadas noviazgo puede, a la luz de la continuidad de una relación matrimonial, revelarse como algo mejor o peor de lo que se preconcebía, pero nunca como lo que se esperaba. Y es asombroso descubrir lo pronto que se acusa el cambio si carecemos de alteraciones similares con las que compararlo. El compartir alojamiento con el brillante compañero de mesa o el ver al político predilecto en el ministerio puede provocar mutaciones igual de rápidas: también en estos casos empezamos sabiendo poco y creyendo mucho y a veces concluimos invirtiendo las cantidades.

Pero estas comparaciones pueden llevar a equívoco, pues no existió hombre menos capaz de revestirse de deslumbrante fantasía que el señor Casaubon. Era un carácter tan auténtico como cualquier bestia rumiante y no había participado activamente en la creación de ninguna ilusión respecto a sí mismo. ¿Cómo era, pues, que en las semanas transcurridas desde su boda Dorothea, aunque no lo hubiera observado claramente, sí sintiera con una depresión sofocante, que las amplias vistas y las bocanadas de aire fresco que soñó con encontrar en la mente de su esposo quedaban sustituidas por antesalas y tortuosos pasillos que no parecían conducir a ninguna parte? Supongo que será porque en el noviazgo todo se considera provisional y preliminar y la más exigua muestra de virtud o aptitud se entiende como garantía de deliciosos cúmulos que el amplio solaz del matrimonio revelará. Pero una vez traspasado el umbral del matrimonio, la expectación se concentra en el presente. Una vez embarcados en el viaje marital, es imposible no darse cuenta de que no avanzas, de que no se vislumbra el mar, y que la realidad es que estás explorando un barreño limitado.

En sus conversaciones previas al matrimonio, el señor Casaubon a menudo se había detenido en alguna explicación o detalle dudoso del que Dorothea no veía la importancia, pero achacaba esta imperfecta coherencia a lo interrumpido de su relación y, ayudada por la fe que tenía en su mutuo futuro, había escuchado con ferviente paciencia el recital de posibles argumentaciones en contra del punto de vista totalmente nuevo que el señor Casaubon sostenía acerca del dios filisteo Dagon y otras deidades marinas, pensando que más adelante enfocaría este tema que tanto le apasionaba desde la misma altura desde la que sin duda se le había hecho a él tan importante. Asimismo, atribuyó sin más, como perteneciente a la sensación de premura y preocupación que ella misma compartiera durante el noviazgo, la indiferencia y sequedad con que trataba lo que para ella constituían los pensamientos más inquietantes. Pero ahora, desde que llegaran a Roma, con toda la profundidad de sus emociones convertida en tumultuosa actividad y la vida transformada en un nuevo problema por los nuevos elementos, se había ido percatando con cierto terror de que su mente oscilaba continuamente entre internos ataques de ira o repulsión y un tedio desolador. No tenía manera de saber en qué medida el juicioso Hooker o cualquier otro héroe de la erudición hubiera sido igual a la edad del señor Casaubon, de modo que éste no podía disfrutar de la ventaja de la comparación; pero la forma en la que su marido comentaba los extrañamente impresionantes objetos que les rodeaban había empezado a afectarla con una especie de escalofrío mental; tal vez su intención fuera la de cumplir dignamente, pero sólo eso, cumplir con sus deberes. Lo que a ella le resultaba nuevo, para él estaba desgastado y cualquier capacidad de pensar o sentir que la vida de la humanidad en general hubiera estimulado en él alguna vez, hacía tiempo que había quedado reducida a una especie de preparación disecada, un embalsamamiento inánime de conocimientos. Cuando decía «¿Te interesa esto, Dorothea? ¿Quieres que nos detengamos un poco más? Estoy dispuesto a quedarme si lo deseas», el irse o el quedarse le parecía a Dorothea igualmente aburrido. O «¿Quisieras ir a la Villa Farnesina, Dorothea? Contiene frescos célebres diseñados o pintados por Rafael, que en opinión de la mayoría merecen visitarse».

—Pero, ¿a ti te interesan? —era la eterna pregunta de Dorothea.

—Tengo entendido que son muy apreciados. Algunos representan la fábula de Cupido y Psique, que probablemente sea la invención romántica de una época literaria y opino que no debe considerarse como un auténtico producto mitológico. Pero si te gustan estos murales, no constituye ningún problema el ir hasta allí y entonces creo que habrás visto las principales obras de Rafael, cualquiera de las cuales sería lastimoso omitir en una visita a Roma. Es el pintor al que se le atribuye el saber combinar la más completa elegancia de la forma con la sublimidad de la expresión. Esta es, al menos, la opinión que he recabado de los entendidos.

Este tipo de respuesta ofrecida en tono oficioso y mesurado, como el de un clérigo leyendo instrucciones, no ayudaban a justificar la gloria de la Ciudad Eterna ni le proporcionaban la esperanza de que, de saber más acerca de la misma, el mundo se iluminaría brillantemente para ella. Apenas hay contacto más deprimente para una joven y ardiente criatura que el de una mente en la que años llenos de sabiduría han dado como fruto una ausencia de interés o comprensión.

No obstante, respecto a otros temas, el señor Casaubon mostraba una tenacidad de ocupación y un interés considerados normalmente como resultado del entusiasmo, y Dorothea ansiaba seguir esta espontánea dirección de sus pensamientos en lugar de que se la hiciera sentir que la apartaba de ella. Pero paulatinamente iba dejando de esperar con su antigua confianza el que se abriera ante ella cualquier amplia senda por la que acompañarle. El propio señor Casaubon se encontraba perdido entre pequeños gabinetes y sinuosas escaleras y, sumido en una inquietante oscuridad respecto de los Cabiros o ante la exposición de los paralelos desprestigiados de otros mitologistas, perdía fácilmente de vista cualquier objetivo que le hubiera empujado a emprender estas tareas. Con la vela plantada ante él, olvidó la ausencia de ventanas y entre los amargos comentarios manuscritos acerca de las ideas que otros hombres tenían de las deidades solares, se había vuelto indiferente a la luz del sol.

Estas características, fijas e inmutables en el señor Casaubón como el hueso, hubieran podido permanecer más tiempo sin que Dorothea las acusara de haberse visto animada a dar rienda suelta a sus sentimientos femeninos y juveniles, si hubiera cogido sus manos entre las suyas y escuchado con el gozo de la ternura y la comprensión todas aquellas pequeñas historias que componían su experiencia, dándole a cambio el mismo tipo de intimidad, de forma que el pasado de ambos se pudiera incluir en su mutuo conocimiento y cariño o de haber podido ella alimentar su afecto con esas infantiles caricias a las que se siente inclinada toda mujer dulce que empezó cubriendo de besos la dura coronilla de su muñeca calva dotando de una alegre alma a la figura de madera como producto de la riqueza de su propio amor. Ese era el sesgo de Dorothea. Pese a todo su anhelo por conocer cuanto le quedaba lejos y por ser inmensurablemente magnánima, aún le restaba el suficiente ardor para lo que tenía cerca, para haber besado la manga del señor Casaubon o acariciar su calzador, si él hubiera manifestado algún otro signo más de aceptación que el declararla, con esa eterna corrección, poseedora de una naturaleza afectiva y auténticamente femenina, indicando simultáneamente, al acercarle con cortesía una silla, que consideraba estas manifestaciones como un tanto crudas y desconcertantes. Habiendo llevado a cabo con esmero su aseo clerical matutino, sólo se encontraba preparado para aquellas amenidades de la vida acordes al rígido y ajustado cuello de la época y a una mente doblegada por el peso de material inédito.

Y por una triste contradicción, las ideas y los propósitos de Dorothea eran como hielo derretido que flotaba y se perdía en la cálida corriente de la que no habían sido más que otra forma. Se sentía humillada al encontrarse la víctima del sentimiento, como si nada pudiera conocer salvo a través de ese medio: toda su fuerza se desparramaba en espasmos de agitación, lucha, desánimo, para tornarse luego en visiones de una mayor renuncia, transformando las áridas condiciones en obligaciones. ¡Pobre Dorothea! Era verdaderamente un problema, sobre todo para sí misma. Pero esta mañana, por vez primera, lo había sido también para el señor Casaubon.

Había comenzado, mientras tomaban café, con la decisión de sacudirse de encima lo que interiormente denominaba su egoísmo y miró a su marido con un rostro lleno de atención cuando éste le dijo:

—Mi querida Dorothea, debemos ahora pensar en cuanto queda por hacer, como prolegómeno a nuestra marcha. Hubiera deseado regresar antes a casa a fin de estar en Lowick por Navidad, pero mis investigaciones aquí se han alargado más allá del periodo anticipado. Sin embargo, espero que el tiempo transcurrido aquí haya sido de tu agrado. De entre lo que hay en Europa, Roma es considerada como la ciudad más sorprendente y, a muchos efectos, la más edificante. Bien recuerdo que lo consideré un momento culminante en mi vida cuando la visité por primera vez; fue tras la caída de Napoleón, un suceso que abrió el continente a los viajeros. Tengo entendido que es, entre algunas ciudades, una a la que se le ha aplicado una suprema hipérbole: «Ver Roma y morir». En tu caso, propondría una enmienda, y diría «Ver Roma de novia y vivir en adelante como esposa feliz».

El señor Casaubon pronunció este pequeño discurso con la más consciente intención, parpadeando y moviendo la cabeza arriba y abajo para concluir con una sonrisa. No había encontrado el matrimonio un estado embelesador, pero no cabía en su mente que no fuera un esposo irreprochable, capaz de hacer a una deliciosa joven tan feliz como se merecía.

—Espero que estés totalmente satisfecho con nuestra estancia; me refiero a los resultados respecto de tus estudios —dijo Dorothea, intentando concentrarse en lo que más afectaba a su marido.

—Sí —dijo el señor Casaubon, con ese tono particular que confiere cierta negativa a la palabra—. Me he visto llevado más allá de lo que había previsto, y se han presentado varios temas a tener en cuenta que, aunque no preciso directamente, no podía preterir. La tarea, pese a la ayuda de mi amanuense, ha resultado un tanto laboriosa, pero felizmente, tu compañía me ha impedido ese continuo pensar allende las horas de estudio que ha sido el señuelo de mi vida solitaria.

—Me alegro de que mi presencia te haya ayudado —dijo Dorothea, recordando vivamente las noches en las que había supuesto que la mente del señor Casaubon había poceado demasiado durante el día como para poder volver a salir a la superficie. Temo que su respuesta abrigaba cierto mal humor —. Espero poderte ser más útil cuando lleguemos a Lowick y adentrarme más en lo que te interesa.

—Sin duda alguna —dijo el señor Casaubon con una ligera inclinación—. Las notas que he tomado aquí precisarán una criba y podrás, si lo deseas, hacerlo bajo mi dirección.

—Y todas esas notas tuyas —dijo Dorothea cuyo corazón ya se había abrasado con este tema de forma que no pudo ahora evitar que hablara la lengua—, todos esos montones de volúmenes ¿no harás ahora lo que solías decir? ¿No te decidirás sobre qué parte emplearás y empezarás a escribir el libro que convertirá en útil para el mundo tu vasta sabiduría? Escribiré al dictado o copiaré y extraeré lo que me digas; no puedo servirte de otra ayuda —y Dorothea, de forma inexplicable y oscuramente femenina concluyó con un sollozo y los ojos llenos de lágrimas.

La excesiva emotividad manifestada hubiera por sí sola incomodado sobremanera al señor Casaubon, pero existían otros motivos por los que las palabras de Dorothea le resultaron las más cortantes e irritadoras de cuantas se hubiera visto impulsada a emplear. Desconocía tanto los problemas internos de su marido como él los de ella; aún no había aprendido esos conflictos interiores que suscitan nuestra piedad. Aún no había escuchado con paciencia los latidos de su corazón, sólo había notado que el suyo lo hacía violentamente. A los oídos del señor Casaubon, la voz de Dorothea fue la enfática y ruidosa repetición de esas amordazadas sugerencias de la conciencia que era posible descartar como mera fantasía, las ilusiones de una exagerada sensibilidad. Y siempre, cuando tales sugerencias vienen inconfundiblemente repetidas desde fuera, se ven rechazadas por crueles e injustas. Si nos irrita incluso la total aceptación de nuestras humillantes confesiones ¡cuánto más no ha de hacerlo el oír de labios de un observador cercano, con sílabas nítidas y crudas esos confusos murmullos que intentamos denominar malsanos y contra los que luchamos como si de la llegada del entumecimiento se tratara! Y este acusador cruel y externo se encontraba ahí, bajo la forma de una esposa, es más, de una recién casada, la cual, en lugar de observar sus abundantes garabatos y resmas con el asombro acrítico de un canario elegante, parecía presentarse como una espía, mirándolo todo con un maligno poder de inferencia. Aquí, en este preciso punto del compás, el señor Casaubon tenía una sensibilidad pareja a la de Dorothea e igual prontitud para imaginarse más que los hechos. Con anterioridad había notado con aprobación la capacidad de Dorothea por adorar al objeto adecuado y previó ahora con repentino terror que esta capacidad pudiera verse reemplazada por la presunción, esta idolatría por la más desesperante de las críticas, la que vislumbra vagamente un sinfín de hermosos fines sin tener la más mínima noción de cómo conseguirlos.

Por primera vez desde que Dorothea le conociera, una ráfaga de cólera cruzó el rostro del señor Casaubon.

—Mi amor —dijo, refrenada su ira por la educación—, puedes confiar en que yo sabré determinar el tiempo y la época, adaptados a las diferentes etapas de una obra que no puede medirse por las fáciles conjeturas de observadores ignorantes. Muy poco complicado me hubiera resultado conseguir un efectismo temporal con el espejismo de una opinión infundada. Pero es el sino del explorador escrupuloso el que se le salude con el impaciente desprecio de los charlatanes que tan sólo intentan los más mínimos logros, no estando capacitados para otros. Y sería bueno que se les pudiera inducir a discriminar esos juicios, cuyo meollo queda totalmente fuera de su alcance, de aquellos cuyos elementos se pueden asimilar mediante un somero y superficial vistazo.

Este discurso se llevó a cabo con una energía y una prontitud poco usuales en el señor Casaubon. No es que fuera improvisado del todo; había ido tomando forma como coloquio interior y ahora brotó como los granos de una fruta cuando el calor repentino la abre. Dorothea no sólo era su esposa: era la personificación de ese mundo superficial que rodea al autor desalentado y poco apreciado.

Dorothea, a su vez, estaba indignada. ¿Acaso no había estado reprimiendo todo cuanto llevaba dentro salvo el deseo de compartir con su esposo sus principales intereses?

—Mi juicio ha sido verdaderamente muy somero: el único que soy capaz de formular —respondió con presto resentimiento que no precisaba ensayo—. Me has enseñado las hileras de apuntes; a menudo has hablado de ellos comentando que precisaban de digestión. Pero jamás te he oído hablar del escrito que ha de publicarse. Eran datos muy sencillos y mi razonamiento no iba más allá. Sólo te rogaba que me permitieras serte útil.

Dorothea se levantó de la mesa para marcharse y el señor Casaubon no añadió más, limitándose a tomar una carta que tenía a su lado como con intención de leerla. A ambos les sorprendió la mutua situación de haberse mostrado enojado con el otro. De haberse hallado en casa, instalados en su cotidianidad entre sus vecinos de Lowick, el choque hubiera sido menos violento. Pero encontrándose en su viaje de novios, la finalidad expresa del cual consiste en aislar a dos personas en aras a que lo son todo el uno para el otro, el no estar de acuerdo resulta, como mínimo, inquietante y desorientador. Ni siquiera las más aguerridas mentes considerarían satisfactorio el haber cambiado considerablemente de longitud y buscado la soledad moral para obtener pequeños exabruptos, encontrar difícil la conversación y pasar el vaso de agua sin mirar a la persona. Para la sensibilidad inexperta de Dorothea esto suponía una catástrofe que cambiaba todas las perspectivas. Para el señor Casaubon era una nueva agonía, no habiéndose encontrado en viaje de novios con anterioridad ni en esa cercana unión que constituía una mayor sujeción de la que hubiera podido imaginar, puesto que esta encantadora desposada no sólo le obligaba a prestarle mucha consideración (que él había hecho con diligencia), sino que resultaba ser capaz de alterarle cruelmente en el punto en que más tranquilidad necesitaba. ¿Acaso habría suministrado él una presencia más sustancial a ese público frío, desdibujado e insensible, en lugar de proporcionarse para sí una protección contra él?

Ninguno de los dos podía hablar de momento. El haber modificado un plan previo negándose a salir hubiera sido una demostración de persistente enojo, lo que la conciencia de Dorothea rehuía, máxime ahora que comenzaba a sentirse culpable. Por muy justa que pudiera ser su indignación, su ideal no era el de reclamar justicia, sino el de proporcionar ternura. De modo que cuando el carruaje llegó frente a la puerta, fue con el señor Casaubon al Vaticano, caminó junto a él por la pedregosa avenida de inscripciones y, al separarse de él a la entrada de la Biblioteca, siguió cruzando el Museo por puro desinterés respecto de lo que la rodeaba. No se sentía con ánimo para decir que la llevaran a cualquier parte. Fue en el momento en que el señor Casaubon la dejaba cuando Naumann la vio por primera vez, y había entrado con ella a la larga galería de esculturas; pero aquí Naumann tuvo que esperar a Ladislaw con quien debía saldar una apuesta de champán acerca de una enigmática figura medieval. Tras examinar la figura y continuar caminando hasta cerrar la discusión, se habían separado, Ladislaw rezagándose mientras Naumann se dirigía a la Sala de las Estatuas, donde de nuevo vio a Dorothea en esa pensativa abstracción que convertía en tan asombrosa su pose, y para la cual el haz de luz cayendo sobre el suelo no ofrecía mayor interés que las estatuas. La luz que veía interiormente era la de los años venideros en su propio hogar y en los campos ingleses, en los olmos y en las carreteras ribeteadas de setos, y pensaba que la forma en la que pudieran llenarse de gozosa dedicación no estaba tan clara como antaño. Pero había en la mente de Dorothea una corriente en la cual solía desembocar tarde o temprano todo pensamiento y todo sentir: ese anhelo de toda su conciencia por la verdad más completa, el bien menos parcial. Claramente, existía algo mejor que la ira y el desaliento.

CAPÍTULO XXI

Era esto por lo que Dorothea lloraba en cuanto se encontró a solas. Pero de repente una llamada a la puerta la hizo secarse las lágrimas antes de decir «Adelante». Tantripp entró con una tarjeta y el mensaje de que un caballero esperaba en la entrada. El guía había explicado ya que sólo estaba en la casa la señora Casaubon, pero le respondieron que se trataba de un pariente del señor Casaubon y quería saber si la señora le vería.

—Sí —dijo Dorothea inmediatamente—. Que pase a la sala.

Sus principales impresiones respecto del joven Ladislaw eran que se le había recalcado mucho cuando le conoció en Lowick la generosidad que hacia él mostraba el señor Casaubon, así como que ella se había interesado por las dudas del sobrino respecto de su carrera. Su respuesta era pronta a todo cuanto le daba la oportunidad para entregarse, y en este momento era como si la visita llegara para sacarla de su descontento egoísta, para recordarle la bondad de su marido y hacerla sentir que ahora tenía el derecho a ser un apoyo para él en todas las buenas obras. Esperó un par de minutos y cuando entró en la habitación contigua quedaban sólo aquellas señales de llanto que hicieron que su rostro pareciera más joven y atractivo de lo corriente. Recibió a Ladislaw con esa exquisita sonrisa de bienvenida ausente de vanidad y le extendió la mano. Él era algunos años mayor, pero en ese momento parecía mucho más joven, pues su tez transparente se sonrojó de pronto y habló con un pudor totalmente distinto a la rasgada indiferencia que mostrara ante su amigo, mientras que Dorothea se mostraba aún más serena a fin de sosegarle.

—No supe que usted y el señor Casaubon estuvieran en Roma hasta esta mañana cuando la vi en el Museo Vaticano —dijo—. La conocí al momento, pero…, bueno…, quiero decir que supuse que la dirección del señor Casaubon podría encontrarla en Correos y quería saludarles a ustedes lo antes posible.

—Siéntese, se lo ruego. No está aquí ahora mismo, pero no dudo que se alegrará de tener noticias suyas —dijo Dorothea, sentándose impensadamente entre la chimenea y la luz que entraba por un ventanal y señalando una silla cercana con la tranquilidad de una apacible matrona, gesto que no hizo más que resaltar las muestras de dolor que su rostro reflejaba—. El señor Casaubon está muy ocupado, pero dejará usted su dirección, ¿verdad?, y él le escribirá.

—Es usted muy amable —dijo Ladislaw, comenzando a perder su timidez por el interés que le suscitaron las muestras de llanto que alteraban el rostro de Dorothea—. Mi dirección consta en la tarjeta. Pero si me lo permite volveré mañana a una hora en la que el señor Casaubon fuera a estar en casa.

—Va todos los días a leer a la Biblioteca del Vaticano y apenas es posible verle salvo previa cita. Sobre todo ahora. Estamos a punto de partir de Roma y está muy ocupado. Suele estar fuera desde el desayuno hasta la cena. Pero estoy segura de que deseará que cene usted con nosotros.

Will Ladislaw se quedó mudo unos instantes. Nunca había sentido un gran afecto por el señor Casaubon y de no ser porque se sentía obligado hacia él se hubiera reído, considerándolo un murciélago de la erudición. Pero la idea de que este pedante reseco, este elaborador de nimias explicaciones de la envergadura de un exceso de falsas antigüedades almacenadas en el trastero de un vendedor, hubiera conseguido, primero, que esta adorable joven se casara con él, y después, se pasara la luna de miel apartado de ella, en pos de sus enmohecidas bobadas (a Will le gustaba la hipérbole), esta repentina imagen le conmovió con una especie de cómica repulsión y se encontró a medio camino entre el impulso de soltar una carcajada y el impulso igualmente inapropiado de lanzar una diatriba desdeñosa. Por un momento sintió que la pugna contorsionaba extrañamente sus facciones, pero haciendo un gran esfuerzo consiguió dar forma a nada más ofensivo que una jovial sonrisa. Dorothea estaba sorprendida, pero la sonrisa resultaba irresistible y ella se la devolvió. La sonrisa de Will Ladislaw era deliciosa salvo que se estuviera enfadado con él de antemano: era un estallido de luz interior que le iluminaba la tez y la mirada y que jugaba sobre cada una de las curvas y las líneas como si un Ariel los dotara de nuevos encantos, disipando para siempre todo rastro de mal humor. El reflejo de esa sonrisa no pudo sino contener algo de diversión en ella también, cuando Dorothea, con las pestañas aún húmedas, inquirió:

—¿Algo le divierte?

—Sí —dijo Will, rápido de recursos—. Estoy pensando en la impresión que le debí causar la primera vez que la vi, cuando anuló mis pobres dibujos con su crítica.

—¿Mi crítica? —preguntó Dorothea, cada vez más sorprendida—. No puede ser. Me siento particularmente ignorante respecto de la pintura.

—Sospeché que sabía usted tanto como para decir justo lo que más me hería —dijo—. Supongo que no lo recuerda tan bien como yo, que la relación de mi dibujo con la naturaleza se le escapaba a usted. Al menos, esa fue la implicación, —Will pudo ahora reírse además de sonreír.

—Eso fue tan sólo mi ignorancia —dijo Dorothea, admirando el buen humor de Will—. Debió ser porque nunca supe ver belleza alguna en los cuadros que mi tío decía que todo juez juzgaba como espléndidos. Y me he paseado por Roma con la misma ignorancia. Hay relativamente pocos cuadros con los que disfruto de verdad. Cuando entro por primera vez en una sala donde los muros están cubiertos de frescos o de insólitos cuadros, siento una especie de angustia, como una criatura que asiste a grandes ceremonias donde hay ropajes y procesiones; me siento en presencia de una vida superior a la mía. Pero cuando empiezo a examinar uno por uno los cuadros, o se les va la vida o poseen algo violento y extraño para mí. Debe ser mi propio desconocimiento. Estoy viendo mucho de golpe sin entender la mitad y eso siempre hace que te sientas necio. Es muy doloroso que te digan que algo es hermosísimo y que no lo puedas sentir así. Es como ser ciego cuando la gente habla del cielo.

—Bueno, hay mucho de adquisición respecto del sentimiento por el arte —dijo Will (imposible dudar ahora lo directo de la confesión de Dorothea)—. El arte es una lengua antigua con gran cantidad de estilos artificiales, y en ocasiones el mayor placer que uno obtiene al conocerlos es la simple sensación de conocimiento. Yo disfruto enormemente con todos los tipos de arte que hay aquí; pero supongo que si pudiera desmenuzar mi placer lo encontraría compuesto de innumerables hebras. Algo aporta el pintarrajear uno mismo un poco y tener una idea del proceso.

—¿Tiene tal vez la intención de ser pintor? —preguntó Dorothea interesada—. ¿Va a hacer de la pintura su profesión? Al señor Casaubon le gustará saber que se ha decidido por una.

—No, no —dijo Will con cierta brusquedad—. He decidido definitivamente no serlo. Es una vida demasiado unilateral. He conocido a muchos de los artistas alemanes que están aquí; viajé desde Frankfort con uno de ellos. Algunos son estupendos, incluso brillantes, pero no me gustaría ajustarme a su forma de ver el mundo, exclusivamente desde el estudio.

—Eso puedo entenderlo —dijo Dorothea con franqueza—. Y en Roma da la sensación de que hay cosas en el mundo que se necesitan mucho más que los cuadros. Pero si usted tiene dotes para la pintura, ¿no debería servirle eso de guía? Tal vez hiciera cosas mejores…, o diferentes, de forma que no hubiera tantos cuadros tan iguales en el mismo sitio.

La ingenuidad era inequívoca y Will respondió con sinceridad:

—Se precisan unas dotes muy poco frecuentes para efectuar cambios de ese tipo. Me temo que las mías ni siquiera me llevarían al punto de hacer bien lo que está hecho, al menos no lo bastante bien como para que mereciera la pena. Y jamás sobresaldría en nada, sólo a fuerza de tenacidad. Nunca acabo de cuajar las cosas que no se me dan bien de antemano.

—He oído decir al señor Casaubon que lamenta la poca paciencia que usted tiene —dijo Dorothea con suavidad. La sorprendía un poco este modo de tomarse la vida como unas vacaciones.

—Sí, conozco la opinión del señor Casaubon. Diferimos mucho.

El leve rastro de desdén en la respuesta ofendió a Dorothea. Su desazón matutina la hacía más susceptible respecto del señor Casaubon.

—Naturalmente que difieren —dijo con altivez—. No se me ocurriría compararles; una capacidad de perseverante devoción a la labor como la del señor Casaubon no es común.

Will vio que estaba enojada, pero esto sólo añadió mayor impulso a la irritación que ahora le producía su latente desagrado por el señor Casaubon. Era demasiado intolerable que Dorothea idolatrara a este esposo: semejante debilidad en una mujer no complace a ningún hombre salvo al marido en cuestión. Los mortales se sienten fácilmente tentados a anular la gloria de su vecino, pensando que una muerte así no es un asesinato.

—Es cierto —contestó presto—. Y es por tanto una lástima que se desperdicie, como ocurre con tanta erudición inglesa, por no saber lo que el resto del mundo está haciendo. Si el señor Casaubon supiera alemán se ahorraría mucho trabajo.

—No le comprendo —dijo Dorothea, sorprendida a inquieta.

—Simplemente quiero decir que los alemanes han tomado la delantera en la investigación histórica y se ríen de aquellos resultados obtenidos a base de ir a tientas y a ciegas por los bosques con una brújula de bolsillo cuando ellos ya han trazado buenas carreteras. Cuando estuve con el señor Casaubon comprobé que estaba sordo a estas indicaciones. Fue casi en contra de su voluntad que leyó un tratado en latín escrito por un alemán. Me dio mucha pena.

Will no tenía ulterior intención que la de dar un pellizco que invalidara esa enaltecida laboriosidad y no pudo imaginar el modo en el que heriría a Dorothea. El joven señor Ladislaw no estaba demasiado versado en los escritores alemanes, pero no se requiere mucho para compadecerse de las limitaciones de los demás.

La pobre Dorothea sintió una punzada ante la posibilidad de que la tarea que constituía la vida de su maridó pudiera ser baldía, lo cual no le dejó energía para preguntarse si este joven pariente que tanto le debía no hubiera hecho mejor reprimiendo su observación. No dijo ni una palabra, sino que permaneció sentada, mirándose las manos, absorta en lo patético de la idea.

Will, sin embargo, tras dar ese pellizco anulador, se avergonzó un poco, infiriendo del silencio de Dorothea que la había ofendido aún más, y remordiéndole la conciencia por despojar a un benefactor de lo que más le enorgullecía.

—Lo sentí especialmente —continuó, tomando el curso habitual de la alabanza insincera después de la detracción—, por el respeto y gratitud que siento por mi primo. No tendría tanta importancia en un hombre cuyo talento y personalidad fueran menos notables.

Dorothea alzó los ojos, que la emoción hacía brillar más de lo usual, y dijo con un tono lleno de tristeza:

—¡Ojalá hubiera aprendido alemán en Lausana! Había muchos profesores alemanes. Ahora no puedo servirle de ayuda.

Había una nueva luz, aún misteriosa para Will, en las últimas palabras de Dorothea. La pregunta de cómo había llegado a aceptar al señor Casaubon, que él despachara cuando la conoció diciéndose a si mismo que debía ser desagradable pese a las apariencias, no podía contestarse ahora por un método tan expeditivo y fácil. Fuera lo que fuera, no era desagradable. No era fríamente inteligente e indirectamente mordaz, sino adorablemente llana y emotiva. Era un ángel engañado. Supondría un placer muy singular el esperar y observar cómo los melódicos fragmentos brotaban de forma tan directa e ingenua de su alma y su corazón. El arpa eolia le volvió a la mente.

Debió haberse inventado ella sola algún original romance para esta boda. Y de haber sido el señor Casaubon un dragón que, simplemente y sin legalidades, se la hubiera llevado entre las garras a su guarida, hubiera sido una inevitable gesta heroica el rescatarla y postrarse a sus pies. Pero un primo era algo menos manejable que un dragón; era un benefactor con una sociedad colectiva a sus espaldas, y en ese instante entraba en la habitación con toda su impecable corrección de porte, mientras que Dorothea se encontraba alterada por la alarma y el remordimiento recién suscitados, y Will por la especulación que llevaba a cabo respecto de los sentimientos de la señora Casaubon.

El señor Casaubon experimentó una sorpresa exenta por completo de placer, pero no varió su usual cortesía al saludar a Will cuando éste se levantó y explicó el motivo de su presencia. El señor Casaubon estaba menos contento que de costumbre y esto tal vez hacía que pareciera aún más desvaído y apagado; en cualquier caso, el contraste con el juvenil aspecto de su primo hubiera producido ese efecto. La primera impresión que Will daba era de alegría y viveza, lo que acentuaba lo indeterminado de su móvil expresión. Ciertamente, las facciones mismas parecían cambiar de forma: la mandíbula daba la impresión de ser a veces grande y a veces pequeña y la ondulación de la nariz era como un anticipo de una metamorfosis. Cuando volvía la cabeza con rapidez, su pelo parecía despedir luz y había quien creía ver en estos destellos un definitivo rasgo de genialidad. Por el contrario, el señor Casaubon aparecía completamente desiluminado.

Dado que Dorothea observaba a su esposo con atención, tal vez no fuera insensible al contraste. Pero éste se entremezcló con otros motivos que la hicieron más consciente de esa nueva inquietud por su marido que era el primer indicio de una compasiva ternura alimentada por las realidades de su suerte y no por las fantasías propias. Sin embargo, fue para ella una fuente de mayor libertad el que Will estuviera allí; su similar juventud resultaba agradable, así como quizá su predisposición a dejarse convencer. Sintió la enorme necesidad de alguien con quien hablar y nunca antes había visto a nadie que pareciera tan rápido y flexible, y con tantas probabilidades de comprenderlo todo.

El señor Casaubon manifestó, adusto, que confiaba en que Will estuviera pasando el tiempo en Roma de forma provechosa además de agradable; que tenía la impresión de que iba a quedarse en el sur de Alemania. Le rogó que fuera a cenar al día siguiente cuando podrían conversar más dilatadamente, pues de momento se encontraba algo fatigado. Ladislaw comprendió, y tras aceptar la invitación se marchó inmediatamente.

Dorothea siguió a su esposo con mirada inquieta cuando éste se sentó, cansado, en un sofá, y doblando el codo apoyó en la mano la cabeza mientras miraba al suelo. Ligeramente sonrojada y con la mirada iluminada se sentó junto a él y dijo:

—Perdóname por haberte hablado con tanta ligereza esta mañana. Estaba equivocada. Temo que te herí e hice aún más fatigoso para ti el día.

—Me alegro que pienses así —dijo el señor Casaubon.

Hablaba quedamente y con la cabeza inclinada, pero sus ojos reflejaban cierta inquietud cuando la miró.

—Pero ¿me perdonas? —dijo Dorothea con un leve sollozo. Su necesidad por alguna muestra de sentimiento hacía que exagerara su culpabilidad. ¿Acaso el amor no veía que regresaba al penitente y se abalanzaría para besarle?

—Mi querida Dorothea, «aquel a quien no le satisface arrepentimiento no pertenece ni al cielo ni a la tierra». Y tú no me creerás merecedor de tan severa sentencia —dijo el señor Casaubon, esforzándose para hacer una afirmación de peso al tiempo que sonreía levemente.

Dorothea permaneció en silencio, pero la lágrima que brotara con el sollozo insistió en caer.

—Estás alterada, amor mío. Yo también estoy notando ciertas desagradables consecuencias, fruto de una excesiva perturbación mental —dijo el señor Casaubon. Lo cierto es que tenía la intención de decir… que no debía haber recibido al joven Ladislaw en su ausencia, pero se abstuvo, en parte por lo descortés que resultaría una nueva queja en el momento de su arrepentimiento, en parte porque quería evitar turbarse más a sí mismo con el discurso, y en parte porque era demasiado orgulloso para mostrar esa disposición envidiosa que no se agotaba lo bastante con sus compañeros de erudición como para que no sobrara algo para invertir en otras direcciones. Hay un tipo de envidia que precisa poca leña; apenas es una pasión, tan sólo un añublo criado en el húmedo y oscuro desánimo del egoísmo intranquilo.

—Creo que es hora de vestirnos —añadió, mirando el reloj. Ambos se levantaron y jamás hubo otra alusión a lo que ocurriera ese día.

Pero Dorothea lo recordó siempre con la claridad con la que todos recordamos épocas en nuestra experiencia en la que muere alguna expectación entrañable o nace una nueva ilusión. Hoy había empezado a vislumbrar que la había impulsado una loca quimera al esperar del señor Casaubon una respuesta a sus emociones y había notado el despertar del pensamiento de que pudiera existir un gran vacío en la vida de su marido que le pesara tanto a él como a ella.

Todos nacemos sumidos en la estupidez moral, creyendo que el mundo es una ubre de la que nutrir nuestros privilegiados seres: Dorothea había empezado pronto a salir de esa necedad, pero le había sido más fácil imaginar cómo se dedicaría al señor Casaubon, fortaleciéndose y enriqueciéndose con la fuerza y la sabiduría de él, que concebir con esa claridad que ya no es reflexión, sino sensación, idea forjada en lo certero de sentimientos, como la solidez de los objetos que él tenía un eje equivalente de sí mismo, del cual las luces y las sombras deben proceder con una cierta diferencia.

CAPÍTULO XXII

Will Ladislaw se mostró muy agradable durante la cena al día siguiente y no le dio al señor Casaubon ninguna oportunidad de manifestar desaprobación. Por el contrario, a Dorothea se le antojó que la forma en la que Will suscitaba la conversación en su marido y le escuchaba con respeto era la más feliz de cuantas observara hasta la fecha. ¡Cierto que el público de Tipton no era el más dotado! Will hablaba bastante de sí mismo, pero lo que decía lo introducía con tal rapidez y con tal falta de presunción, como de pasada, que su charla parecía alegre repicar tras la gran campanada. Si bien Will no era siempre perfecto, este fue decididamente uno de sus días inspirados. Esbozó pinceladas de incidentes entre las gentes pobres de Roma, visibles sólo para uno que se moviera con libertad por la ciudad; coincidió con el señor Casaubon respecto de las erróneas ideas de Middleton sobre el judaísmo y el catolicismo, y trazó con toda facilidad una imagen semi-entusiasta semilúdica del placer que le proporcionaba lo misceláneo de Roma, que flexibilizaba la mente a base de los contrastes constantes, salvándote de interpretar las épocas del mundo como compartimentos sin conexión vital. Will comentó que el trabajo del señor Casaubon siempre había tenido más amplitud como para caer en eso y por tanto tal vez no hubiera experimentado un efecto repentino de ese tipo, pero él por su parte confesó que Roma le había proporcionado un sentido completamente nuevo de la historia como conjunto; los fragmentos estimulaban su imaginación y le hacían constructivo. Ocasionalmente, pero no con excesiva frecuencia, se dirigió a Dorothea y comentaba lo que ella decía como si su opinión fuera algo a tener en cuenta en el juicio último sobre incluso la Madonna de Foligno o el Laoconte. La sensación de contribuir a formar la opinión del mundo convierte la conversación en algo especialmente animado, y así, incluso el señor Casaubon no dejó de sentirse orgulloso de su joven esposa, que hablaba mejor que la mayoría de las mujeres, como efectivamente percibiera al elegirla.

Puesto que las cosas marchaban de manera tan agradable, el comentario del señor Casaubon de que suspendería su trabajo en la Biblioteca durante un par de días y que tras una breve reanudación del mismo no tendría razón su permanencia en Roma, animó a Will a insistir en que la señora Casaubon no debía marcharse sin ver uno o dos estudios. ¿No querría el señor Casaubon llevarla? Era algo para no perderse; algo muy especial; era una forma de vida que crecía como fresca y pequeña vegetación con su población de insectos sobre enormes fósiles. Will estaría encantado de guiarles..., nada muy exhaustivo, sólo unos cuantos ejemplos.

El señor Casaubon, viendo que Dorothea le miraba con insistencia, no pudo dejar de preguntar si le interesarían estas visitas; estaría todo el día a su disposición. Acordaron que Will iría al día siguiente para acompañarles.

Will no podía pasar por alto a Thorwaldsen, celebridad en activo sobre quien incluso el señor Casaubon preguntó, pero antes de que el día estuviera muy avanzado emprendió camino al estudio de su amigo Adolf Naumann, a quien se refirió como uno de los principales renovadores del arte cristiano, uno de los que no sólo habían revitalizado, sino ampliado la grandiosa concepción de sucesos supremos como misterios ante los que las sucesivas épocas eran espectadores y en relación con los cuales las grandes almas de todos los periodos eran contemporáneas. Will añadió que se había hecho pupilo de Naumann por el momento.

—He estado haciendo algunos apuntes al óleo bajo su tutela —dijo Will—. Detesto copiar. Tengo que incorporar algo propio. Naumann ha estado pintando a los Santos tirando del carro de la Iglesia y yo he hecho un boceto del Tamerlán de Marlowe conduciendo a los reyes vencidos en su carro. No soy tan eclesiástico como Naumann y a veces le censuro por su exceso de implicaciones. Pero en esta ocasión pienso superarle en amplitud de intención. Tomo a Tamerlán en su carro como el tremendo curso de la historia física del mundo azotando a las dinastías enjaezadas. En mi opinión, es una buena interpretación mitológica —llegado este punto Will miró al señor Casaubon, quien recibió con gran incomodidad esta interpretación desenfadada del simbolismo, inclinándose con aire neutral.

—Deberá tener que ser un dibujo grande si ha de conferir tanto —dijo Dorothea—. Yo precisaría una explicación incluso del significado que usted da. ¿Tiene la intención de que Tamerlán represente terremotos y volcanes?

—Sí, sí —dijo Will riéndose—, y migraciones de razas, y desaparición de los bosques, y América, y la máquina de vapor. ¡Todo cuanto pueda imaginarse!

—¡Que taquigrafía más difícil! —dijo, sonriéndole a su marido—. Necesitaría de todos tus conocimientos para poder leerla.

El señor Casaubon miró a Will parpadeando. Tenía la sospecha de que era objeto de mofa, pero no era posible incluir en ella a Dorothea.

Encontraron a Naumann trabajando afanosamente, pero no había modelos presentes. Tenía los cuadros ventajosamente colocados y su propia persona, sencilla y vivaz, quedaba resaltada por un blusón grisáceo y una gorra de terciopelo marrón, de forma que el conjunto era tan afortunado como si hubiera estado esperando en ese momento a la hermosa joven inglesa.

El pintor dio breves explicaciones sobre los temas, tanto acabados como inacabados, en su correcto inglés, dando la impresión de observar al señor Casaubon tanto como a Dorothea. Will intercalaba aquí y allí enardecidas alabanzas, señalando méritos especiales del trabajo de su amigo. Dorothea sintió que adquiría ideas totalmente nuevas respecto del significado de las Madonnas sentadas bajo inexplicables tronos con dosel y el campo como telón de fondo, y de los santos con modelos arquitectónicos en las manos o cuchillos traspasando accidentalmente sus cráneos. Cosas que habían parecido monstruosas fueron cobrando inteligibilidad e incluso un significado natural. Pero todo esto parecía una rama del saber por la cual el señor Casaubon no se había interesado.

—Creo que preferiría sentir que un cuadro es hermoso a tener que interpretarlo como un enigma; pero aprendería a entender estos cuadros antes que los suyos con un significado tan amplio —dijo Dorothea a Will.

—No hable de mis pinturas delante de Naumann —dijo Will—. Le dirá que son pfuscherei, que es su palabra más ofensiva.

—¿Es cierto eso? —preguntó Dorothea mirando con sus ojos sinceros a

Naumann, quien hizo una ligera mueca y dijo:

—No se interesa seriamente por la pintura. Su camino está en las belleslettres. Es lo que tiene amplitud.

La manera en la que Naumann pronunció la vocal parecía alargar satíricamente la palabra. A Will no le gustó del todo, pero consiguió reírse, y el señor Casaubon, al tiempo que sentía cierta aversión por el acento alemán del artista, empezó a abrigar cierto respeto por su juiciosa severidad.

El respeto no se vio mermado cuando Naumann, tras hacerse a un lado con Will durante un momento y mirar primero hacia un lienzo grande y después al señor Casaubon se adelantó de nuevo y dijo:

—Mi amigo Ladislaw piensa que usted me perdonará, caballero, si le digo que un dibujo de su cabeza me resultaría inapreciable para el Santo Tomás de Aquino de mi cuadro. Es mucho pedir, pero son tan escasas las ocasiones en las que veo justamente lo que quiero…, lo ideal en lo real.

—Me sorprende usted inmensamente —dijo el señor Casaubon, mejorando su aspecto una ráfaga de placer—; pero si mi pobre fisonomía, que estoy acostumbrado a considerar del orden más común, pueden serle de alguna utilidad proporcionándole a usted algunos rasgos para ese doctor angélico, me sentiré honrado. Es decir, si la operación no ha de ser muy larga y si la señora Casaubon no se opone al retraso.

En cuanto a Dorothea, nada podía haberla complacido tanto, salvo que una voz milagrosa pronunciara al señor Casaubon el más sabio y digno de entre los hijos del hombre. En ese caso, su tambaleante fe se hubiera reafirmado.

Los utensilios de Naumann estaban a mano en asombrosa totalidad y el apunte empezó a desarrollarse de inmediato, al igual que la conversación. Dorothea se sentó en sosegado silencio, sintiéndose más feliz de lo que había estado desde hacía tiempo. Todos a su alrededor parecían buenos y se dijo a sí misma que Roma, de haber sido ella menos ignorante, hubiera estado llena de hermosura y su tristeza cargada de esperanza. No existía naturaleza menos suspicaz que la suya; de niña creía en la gratitud de las avispas y la honrosa susceptibilidad de los gorriones y se sintió indignada cuando su vileza se puso de manifiesto.

El avezado artista le preguntó al señor Casaubon sobre la política inglesa, lo que produjo largas respuestas, y entretanto Will se había apostado en unos escalones al fondo, dominando el panorama.

De pronto Naumann dijo:

—Si pudiera dejar esto a un lado durante media hora para retomarlo luego…, ven a verlo, Ladislaw…, creo que está perfecto hasta el momento.

Will profirió esas exclamaciones que implican que la admiración impide la sintaxis y Naumann comentó en tono de desconsolado lamento:

—¡Ah! ¡Pena! De haber habido más tiempo…, pero tienen ustedes otros compromisos…, para que ose pedirles o insinuar que… volvieran mañana.

—¡Quedémonos! —exclamó Dorothea—. No tenemos nada que hacer hoy salvo pasear por la ciudad ¿no? —añadió, mirando con expresión suplicante al señor Casaubon—. Sería una lástima no terminar la cabeza lo mejor posible.

—Estoy a su disposición en el asunto, caballero —dijo el señor Casaubon con cívica condescendencia—. Habiendo dedicado el interior de mi cabeza a la ociosidad bien puede el exterior servir este menester.

—En usted extraordinariamente bondadoso. ¡Qué contento estoy! —dijo Naumann, y continuó hablando en alemán con Will, señalando aquí y allí al apunte como si lo estuviese comentando. Lo dejó a un lado un momento y miró distraídamente a su alrededor, como buscando algún entretenimiento para las visitas; de pronto dijo dirigiéndose al señor Casaubon.

—Tal vez la hermosa novia, esta solícita dama, se sentiría dispuesta a permitirme aprovechar el tiempo intentando hacerle a ella un boceto. Naturalmente no para ese cuadro…, sino como un simple apunte.

El señor Casaubon, inclinándose, no dudó de que la señora Casaubon le complacería, y Dorothea dijo al momento:

—¿Dónde quiere que me ponga?

Naumann se deshizo en excusas al pedirle que se quedara de pie y permitiera que él retocara su postura, a lo que ella se avino sin ninguna de las afectadas poses y risas frecuentemente consideradas necesarias en semejantes ocasiones mientras el pintor decía:

—La quiero como una Santa Clara, de pie y un poco inclinada, así, con la mejilla apoyada en la mano, así, mirando hacia ese taburete, por favor. ¡Eso es!

Will se debatía entre la inclinación por lanzarse a los pies de la santa y besarle el bajo del vestido y la tentación de golpear a Naumann mientras éste reajustaba el brazo. Todo esto era impertinencia y profanación y se arrepentía de haberla traído.

El artista era diligente, y Will, recobrándose, entretuvo al señor Casaubon como mejor pudo. No consiguió impedir que, finalmente, el tiempo se le hiciera largo al caballero, como quedó claro al expresar éste su temor de que la señora Casaubon estuviera cansada. Naumann, pronto a la insinuación, dijo:

—Bien, caballero, si puede usted complacerme de nuevo, dejaré en libertad a la dama-esposa.

Y así, la paciencia del señor Casaubon aguantó un poco más y cuando resultó que la cabeza de Santo Tomás de Aquino quedaría más perfecta si se pudiera tener otra sesión, ésta se concedió para el día siguiente. Al día siguiente a Santa Clara también se la retocó más de una vez. El resultado conjunto distó tanto de ser desagradable que el señor Casaubon decidió la compra del cuadro en el que Santo Tomás, sentado entre los doctores de la Iglesia, mantenía una discusión demasiado abstracta como para representarse, y a la que un público en la parte superior del marco atendía con mayor o menor atención. De Santa Clara, cuadro del que se habló en segundo lugar, Naumann se declaró poco satisfecho: en conciencia no podía comprometerse a hacer de él una obra digna, de manera que la decisión sobre su adquisición quedó pendiente.

Pasaré por alto las bromas de Naumann a costa del señor Casaubon aquella noche, así como sus ditirambos respecto del encanto de Dorothea, a todo lo cual se unió Will, pero con una diferencia. No bien mencionaba Naumann un detalle de la hermosura de Dorothea que Will desesperaba ante su presunción: existía vulgaridad en su elección de las palabras más usuales y ¿quién le mandaba comentar sus labios? No era mujer de la cual se pudiera hablar igual que de otras. Will no podía decir exactamente lo que pensaba pero se irritó. Y sin embargo, cuando después de cierta resistencia consintiera en llevar a los Casaubon al estudio de su amigo, le había tentado la gratificación de su orgullo al ser la persona que pudiera concederle a Naumann la oportunidad de estudiar la belleza de Dorothea, o mejor dicho, su divinidad, pues las frases corrientes que se podían aplicar a la mera hermosura corporal no eran aplicables a ella. (Seguro que todo Tipton y sus alrededores, además de la propia Dorothea, se hubieran sorprendido de que su hermosura se alabara tanto. En aquella parte del mundo, la señorita Brooke no pasaba de ser «una joven agradable»).

—Compláceme dejando ya el tema, Naumann. De la señora Casaubon no se puede hablar como si se tratara de una modelo —dijo Will. Naumann se le quedó mirando fijamente.

—¡Schön! Hablaré de mi Aquino. Al fin y al cabo, la cabeza no es mala. Me atrevería a afirmar que el propio gran escolástico se hubiera sentido halagado de haber sabido que alguien quería hacerle un retrato. ¡No hay nadie tan vanidoso como estos doctores engolados! Es justo lo que pensaba: le importaba mucho menos el retrato de su esposa que el suyo propio.

—Es un maldito fatuo, pedante y pusilánime —dijo Will con ímpetu. Quien le escuchaba desconocía su deuda para con el señor Casaubon, pero Will la tenía muy presente y deseaba haberla podido saldar con un cheque.

Naumann se encogió de hombros y dijo:

—Menos mal que se van pronto. Están estropeándote tu buen humor.

Todo el empeño y la esperanza de Will se centraba ahora en volver a ver a Dorothea cuando se encontrara sola, únicamente quería que se fijara más en él; únicamente quería ser en su recuerdo alguien un poco más especial de lo que hasta el momento pensaba que podía ser. Se sentía algo impaciente con esa ardiente y franca buena voluntad que ahora comprendía constituía el estado usual de Dorothea. La adoración remota de una mujer entronada fuera de su alcance juega un enorme papel en la vida de los hombres, pero en la mayoría de los casos el adorador aspira a algún reconocimiento de parte de la reina, alguna señal de aprobación mediante la cual la soberana de su alma le anime sin descender de su encumbrado lugar. Eso era precisamente lo que Will quería. Pero existían múltiples contradicciones en sus fantasiosas exigencias. Era muy hermoso ver cómo Dorothea miraba al señor Casaubon con una tierna e implorante preocupación, hubiera perdido parte de su halo de haber carecido de esa debida ansiedad. Y sin embargo, al instante siguiente, la áspera absorción de tal néctar por parte de su marido resultaba demasiado intolerable, y el deseo de Will por expresar cosas que le dañaran era tal vez más atormentador por cuanto sentía las mejores razones para reprimirlo.

A Will no se le había invitado a cenar el día siguiente. Por ende, se convenció a sí mismo de que estaba obligado a pasar a visitarles y de que la única hora elegible era a mediodía, cuando el señor Casaubon estaría ausente.

Dorothea, a quien no se le había indicado que su anterior recepción de Will había molestado a su marido, no dudó en verle, sobre todo puesto que pudiera ser su visita de despedida. Cuando entró, Dorothea se encontraba observando unos camafeos que había comprado para Celia. Saludó a Will como si su visita fuera algo corriente y dijo al momento, mostrando la pulsera de camafeos que sostenía entre las manos.

—Me alegro mucho de que haya venido. Quizá usted entienda de esto y me pueda decir si éstos son de verdad buenos. Me hubiera gustado tenerle con nosotros cuando los compré, pero el señor Casaubon se opuso, pensando que no había tiempo. Mañana concluirá su trabajo y nos marcharemos dentro de tres días. No estoy muy tranquila con estos camafeos. Le ruego que se siente y los vea.

—No soy un gran conocedor, pero estas piezas homéricas no ofrecen mucha duda, son de una pulcritud exquisita. Y el color es muy bonito: le quedará muy bien.

—Son para mi hermana, que tiene una tez bastante diferente. Usted la vio conmigo en Lowick; es rubia y muy bonita…, bueno, por lo menos yo así lo creo. Nunca hemos estado tanto tiempo separadas antes. Es muy cariñosa y no ha hecho ninguna travesura nunca. Descubrí antes de que me viniera que quería que le comprara unos camafeos y sentiría que no fueran buenos… a su manera —Dorothea añadió las últimas palabras con una sonrisa.

—No parecen importarle mucho los camafeos —dijo Will, sentándose a cierta distancia y observándola mientras cerraba los estuches.

—Pues, la verdad, no los considero como un objeto importante en la vida —respondió.

—Tengo la impresión de que por lo general es usted un hereje respecto del arte. ¿Cómo es eso? Hubiera esperado de usted que fuera muy sensible a la hermosura en cualquier manifestación.

—Supongo que debo de ser ignorante respecto de muchas cosas —dijo Dorothea con sencillez—. Me gustaría hermosear la vida…, la de todos quiero decir. Y todo este inmenso gasto en arte que parece que queda al margen de la vida sin mejorarla, me duele. Empaña el placer de las cosas el pensar que la mayoría de la gente está excluida del mismo.

—Considero eso como el fanatismo de la compasión —dijo Will con vehemencia—. Lo mismo podría decirse del paisaje, de la poesía, de cualquier excelencia. Si pusiera ese sentimiento en práctica, debería sentirse muy incómoda por su propia bondad, y volverse malvada para no sacarles ventaja a los demás. La mejor piedad es disfrutar, cuando ello es posible. Es entonces cuando se hace lo máximo para salvar el carácter de la tierra como planeta agradable. Y el placer es contagioso. De nada sirve intentar cuidar del mundo; el mundo ya se siente cuidado cuando sus pobladores disfrutamos, con el arte o con cualquier otra cosa. ¿Quisiera convertir a toda la juventud del mundo en un coro trágico, quejumbroso y moralizador de la miseria? Sospecho que tiene usted un entendimiento equivocado respecto de las virtudes de la miseria y se empeña en convertir su vida en un martirio.

Will se había excedido y se contuvo. Pero la mente de Dorothea no seguía la misma dirección que la de Will y respondió sin pasión:

—No, se confunde. No soy una criatura triste y melancólica, jamás estoy triste por mucho tiempo. Me enfado y hago travesuras, no soy como Celia; estallo de repente y luego todo vuelve a parecerme glorioso. No puedo evitar creer en las cosas maravillosas de una manera casi ciega. Estaría bien dispuesta a disfrutar del arte que hay aquí de no ser porque hay tantas cosas cuya razón de ser desconozco, tantas cosas que se me antojan como la consagración de la fealdad más que de la belleza… Puede que las pinturas y las esculturas sean maravillosas, pero a menudo el sentimiento resulta bajo y brutal, incluso a veces ridículo. Aquí y allí veo cosas que reconozco al momento como nobles, comparables a los montes Albanos o a la puesta de sol desde el Monte Pincio, pero eso sólo hace más patético el hecho de que escasee tanto lo superior entre esa masa de cosas que tanto trabajo han costado a los hombres.

—Naturalmente que abunda lo malo: lo más escogido requiere ese terreno para poder florecer.

—Dios mío —dijo Dorothea, convirtiendo esa idea en la principal corriente de inquietud—. Veo que debe ser muy difícil hace algo bueno. A menudo he pensado, desde que estoy en Roma, que la mayoría de nuestras vidas resultarían mucho más feas y torpes que los cuadros, de poderse exponer sobre los muros.

Dorothea separó los labios como para añadir algo, pero cambió de parecer y guardó silencio.

—Es usted demasiado joven; es un anacronismo que albergue semejantes pensamientos —dijo Will, con fervor y un rápido movimiento de la cabeza característico en él—. Habla como si no hubiera tenido juventud. Es monstruoso; como si hubiera tenido una visión del Hades en su niñez, como el niño de la leyenda. Se ha criado usted en medio de esas horribles nociones que eligen a las mujeres más dulces para devorarlas: como Minotauros. Y ahora va a encerrarse en esa cárcel de piedra que es Lowick; se enterrará en vida. ¡Me vuelvo loco de pensarlo! Preferiría no haberla visto nunca que pensar en usted enfrentada a esa perspectiva.

De nuevo Will creyó haberse excedido, pero el significado del que dotamos a nuestras palabras depende de nuestros sentimientos y su tono de enojado pesar estaba impregnado de tanta ternura que Dorothea, cuyo corazón había destilado siempre amor y jamás había recibido mucho de quienes la rodeaban, sintió una sensación nueva de gratitud y respondió con una dulce sonrisa.

—Es usted muy bueno al preocuparse por mí. Habla así porque a usted no le gusta Lowick. Se ha decantado por otro tipo de vida. Pero Lowick es el hogar que yo he escogido.

Pronunció la última oración con una cadencia casi solemne, y Will no supo qué decir, ya que no hubiera resultado útil el que cayera a sus pies diciéndole que moriría por ella. Estaba claro que Dorothea no precisaba nada de eso, y ambos permanecieron unos instantes en silencio, antes de que ella comenzara de nuevo a hablar con el aire de decir por fin lo que anteriormente ocupara sus pensamientos.

—Quería preguntarle de nuevo por algo que dijo el otro día. Puede que en parte sea por la forma animada que tiene de decir las cosas: observo que le gusta expresarse con vehemencia. Yo misma también exagero cuando hablo precipitadamente.

—¿De qué se trata? —preguntó Will, observando una timidez en su habla totalmente inusual en ella—. Tengo una lengua hiperbólica: se va enardeciendo a medida que hablo. Me atrevería a afirmar que habré de retractarme.

—Me refiero a lo que dijo usted sobre la necesidad de saber alemán..., quiero decir referente al tema que ocupa al señor Casaubon. He estado pensando sobre ello y me parece que con sus conocimientos debe tener ante sí el mismo material del que disponen los estudiosos alemanes, ¿o no? —la timidez de Dorothea obedecía a una imprecisa conciencia de estar en la extraña situación de consultar a un tercero sobre la adecuación del saber del señor Casaubon.

—No exactamente el mismo material —dijo Will con deliberada discreción—. No es un orientalista, ¿sabe? En ese campo no profesa tener más que un conocimiento de segunda mano.

—Pero existen libros muy valiosos sobre la antigüedad que escribieron hace mucho tiempo estudiosos que no sabían nada de estas cosas modernas y que se siguen usando. ¿Por qué no iba a ser el libro del señor Casaubon igual de útil que aquéllos? —preguntó Dorothea con combativa energía. Se veía obligada a manifestar en voz alta el argumento que debatía en su propia mente.

—Eso depende de la línea de estudio que se adopte —contestó Will, asumiendo también un tono de réplica—. El tema que ha elegido el señor Casaubon cambia tanto como la química: los nuevos descubrimientos producen constantemente nuevos puntos de vista. ¿Quién quiere un sistema basado en los cuatro elementos? ¿O un libro refutando a Paracelso? ¿No comprende que hoy en día no es de utilidad el ir a la zaga de los hombres del siglo anterior, de hombres como Bryant, corrigiendo sus errores, viviendo en una choza y puliendo las desmoronadas teorías sobre Kus y Misraím?

—¿Cómo puede usted hablar con tanta ligereza? —preguntó Dorothea con una mirada entre triste y enojada—. Si fuera como usted dice, ¿habría algo más penoso que tanto trabajo realizado en vano? Me sorprende que no le duela a usted más, si de verdad piensa que un hombre de la bondad, potencial y sabiduría del señor Casaubon fallara de algún modo en lo que ha sido la labor de sus mejores años —empezaba a asustarse de haber llegado a este punto de sospecha y a sentirse indignada con Will por haberla conducido hasta él.

—Usted me preguntó por hechos, no por sentimientos —dijo Will—. Pero si desea castigarme por los hechos, me someto. No estoy en situación de expresar mis sentimientos hacia el señor Casaubon: en el mejor de los casos, equivaldría al elogio de un pensionista.

—Le ruego que me disculpe —dijo Dorothea, sonrojándose vivamente—. Me doy cuenta, como usted dice, de que soy culpable por haber iniciado el tema. La verdad es que estoy completamente equivocada.

Fracasar tras una larga perseverancia es mucho más grandioso que el no haber hecho nunca un esfuerzo lo bastante sostenido como para merecer el calificativo de fracaso.

—Estoy totalmente de acuerdo —dijo Will, decidido a cambiar la situación—. Tanto es así que he decidido no correr el riesgo de no cosechar un fracaso. Tal vez la generosidad del señor Casaubon me haya resultado perjudicial y tengo la intención de renunciar a la libertad que me ha proporcionado. Pienso regresar en breve a Inglaterra y labrarme mi propio camino, no dependiendo de nadie más que de mí mismo.

—Eso es muy hermoso y respeto ese sentimiento —dijo Dorothea, recobrando la afabilidad—. Pero estoy segura de que lo único que ha guiado al señor Casaubon en este tema ha sido el bienestar de usted.

«Ahora que se ha casado con él es lo suficientemente obstinada y orgullosa como para prescindir del amor», se dijo Will a sí mismo. En voz alta dijo levantándose:

—No la veré de nuevo.

—Pero quédese hasta que venga el señor Casaubon —dijo Dorothea con sinceridad—. Me alegro mucho de habernos encontrado en Roma. Quería que lo supiese.

—Y la he enfadado —dijo Will—. He hecho que piense mal de mí.

—¡En absoluto! Mi hermana me dice que siempre me enfado con quienes no dicen lo que me gusta oír. Pero espero no estar dada a pensar mal de ellos. Al final acabo pensando mal de mí misma por ser tan impaciente.

—De todos modos, no le gusto; me he convertido para usted en un pensamiento desagradable.

—En absoluto —dijo Dorothea con manifiesta amabilidad—. Le aprecio mucho.

Will no quedó del todo satisfecho pensando que habría sido más importante para ella si no le apreciara. Guardó silencio, pero su rostro mostraba disgusto, por no decir malhumor.

—Y me interesa mucho ver lo que hará —Dorothea prosiguió desenfadadamente—. Creo firmemente en una natural diferencia de vocación. De no ser así, supongo que sería muy limitada; hay tantas cosas, además de la pintura, en las que soy una ignorante. Apenas se podría creer lo poco que he asimilado de música y literatura, de lo que usted sabe tanto. Me preguntó cuál acabará por ser su vocación: ¿tal vez será poeta?

—Eso depende. Ser poeta significa tener un alma tan ágil para discernir que no se escape ningún matiz de cualidad, y tan ágil para sentir que el discernimiento se convierta meramente en una mano que toca las fibras de la sensibilidad con una variación muy finamente ajustada; un alma en la que el conocimiento se convierte instantáneamente en sentimiento y el sentimiento rebrota como un nuevo órgano del conocimiento. Puede que esa capacidad sólo la tenga uno a ratos.

—Pero se olvida usted de los poemas —dijo Dorothea—. Creo que hacen falta para completar al poeta. Entiendo lo que quiere decir cuando habla de la conversión del conocimiento en sentimiento, pues esa es justamente mi experiencia. Pero estoy convencida de que jamás podría escribir un poema.

—Usted es un poema, y ello significa ser lo mejor de un poeta, lo que configura la conciencia del poeta en sus mejores momentos —dijo Will, mostrando una originalidad como la que todos compartimos con la mañana, la primavera y otro sinfín de renovaciones.

—Me alegro mucho de oírle decir eso —rio Dorothea, confiriendo a sus palabras una cantarina modulación y mirando a Will con juguetona gratitud—. ¡Qué cosas más amables dice de mí!

—Ojalá pudiera hacer algo que usted considerara amable; que pudiera serle de la más mínima utilidad. Me temo que nunca tendré esa oportunidad —Will hablaba con fervor.

—¡Seguro que sí! —respondió Dorothea cordialmente—. La tendrá, y yo recordaré lo bien que me quiere. Tuve la esperanza de que llegáramos a ser amigos cuando le conocí, dado su vínculo con el señor Casaubon —su mirada brillaba húmeda, y Will notó que sus ojos también obedecían la ley de la naturaleza. La alusión al señor Casaubon lo hubiera estropeado todo si algo en aquel instante hubiera podido estropear el subyugador poder y la dulce dignidad de la noble e ingenua inexperiencia de Dorothea—. E incluso ahora existe una cosa que sí puede hacer —dijo Dorothea, levantándose y apartándose un poco bajo la fuerza de un impulso que se repetía—. Prométame que nunca más le hablará a nadie de ese tema: me refiero a los estudios del señor Casaubon…, en esos términos, quiero decir. Fui yo quien le induje a ello; es culpa mía, pero prométamelo.

Concluyó su pequeño deambular y se quedó frente a Will mirándole con seriedad.

—Por supuesto que se lo prometo —dijo Will, sonrojándose a su pesar. Si no volvía a decir nada hiriente respecto del señor Casaubon y dejaba de recibir sus favores, le estaría claramente permitido odiarle aún más. El poeta debe saber odiar, dice Goethe, y Will disponía, cuando menos, de esa destreza. Dijo que debía irse sin esperar al señor Casaubon, de quien se despediría en el último momento. Dorothea le extendió la mano e intercambiaron un simple «Adiós».

Mas al salir por la porte cochère, se encontró con el señor Casaubon, quien, manifestándole a su primo sus mejores deseos, cortésmente declinó el placer de una ulterior despedida al día siguiente, que estaría de por sí lo suficientemente apretado con los preparativos de la marcha.

—Tengo algo que decirte sobre tu primo, el señor Ladislaw, que creo mejorará la opinión que tienes de él —le dijo Dorothea a su marido durante el transcurso de la tarde. Nada más entrar había mencionado que Will acababa de marcharse y que volvería, pero el señor Casaubon había respondido «Me he cruzado con él fuera y ya nos hemos despedido» con ese aire y tono con el que indicamos que cualquier tema, público o privado, no nos interesa lo suficiente como para desear mayores comentarios sobre el mismo. De modo que Dorothea había esperado.

—¿Y qué es, amor mío? —dijo el señor Casaubon (siempre añadía «amor mío» cuando su actitud era más fría).

—Ha decidido dejar de inmediato de vagabundear y renunciar a depender de tu generosidad. Piensa regresar a Inglaterra pronto y labrarse un porvenir. Creí que lo tomarías como una buena señal —dijo Dorothea, mirando solícitamente el rostro neutral de su esposo.

—¿Mencionó el tipo preciso de ocupación a la que se dedicaría?

—No. Pero dijo sentir el peligro que tu generosidad suponía para él. Naturalmente te escribirá explicándotelo. ¿No hace su decisión que pienses mejor de él?

—Esperaré su comunicado sobre el asunto —dijo el señor Casaubon.

—Le dije que estaba segura de que lo único que te guiaba en todo cuanto hacías por él era su propio bien. Recuerdo tu bondad en lo que dijiste referente a él cuando le conocí en Lowick —dijo Dorothea, poniendo la mano sobre la de su marido.

—Tengo para con él una obligación —respondió el señor Casaubon, descansando su otra mano sobre la de Dorothea con consciente aceptación de la caricia, pero con una mirada de intranquilidad en los ojos que no pudo evitar—. Por lo demás, confieso que el joven no es un objeto de interés para mí, y tampoco tenemos necesidad, creo, de comentar su futuro devenir, que no

PENGUIN CLASSICS

GEORGE ELIOT

MIDDLEMARCH

nos compete a nosotros determinar más allá de los límites que he indicado suficientemente. Dorothea no volvió a mencionar a Will.

****

LIBRO TERCERO
ESPERANDO LA MUERTE

CAPÍTULO XXIII

Como habíamos visto, tenía en la mente una deuda, y pese a que una responsabilidad tan inmaterial no podía deprimir a ese joven y animoso caballero durante mucho rato, había circunstancias relacionadas con esa deuda que convertían el mero pensamiento de la misma en algo inusualmente inoportuno. El acreedor era el señor Bambridge, un tratante de caballos de la vecindad cuya compañía perseguían en Middlemarch los jóvenes tenidos por «adictos al placer». Durante las vacaciones, Fred, naturalmente, había precisado mayores diversiones de las que podía sufragar, y el señor Bambridge había sido lo bastante complaciente como para no sólo fiarle el alquiler de caballos y el gasto accidental cuando le arruinó un hermoso ejemplar, sino que además le proporcionó pequeños adelantos con los que hacer frente a algunas pérdidas al billar. La deuda sumaba en total ciento sesenta libras. Bambridge no se sentía alarmado por su dinero, convencido de que el joven Vincy estaba respaldado, pero había exigido algo que avalara su creencia. En un principio, Fred le había firmado un recibo. Tres meses más tarde renovó este recibo mediante la firma de Caleb Garth. En ambas ocasiones Fred confió en poder satisfacer la cantidad él mismo, pues disponía, en su esperanza, de amplios fondos. No iréis a exigir que su confianza estuviera basada en hechos externos; sabemos que confianzas como la suya son algo menos burdo y materialista, son una cómoda disposición que nos lleva a esperar que la sabiduría de la providencia o la necedad de nuestros amigos, los misterios de la suerte o el mayor misterio aún de nuestro supremo valor individual en el mundo nos proporcionarán resultados agradables, coherentes con nuestro buen gusto en el vestir y nuestra preferencia en general por las cosas mejores. Fred estaba convencido de que recibiría un regalo de su tío, que tendría una racha de buena suerte, que merced al «trueque» conseguiría metamorfosear un caballo de cuarenta libras en uno que le proporcionara cien en cualquier momento, siendo el «criterio» equivalente siempre a una suma no especificada de dinero contante y sonante. Y además, incluso suponiendo negativas que sólo una desconfianza morbosa podía imaginar, Fred disponía (por aquel entonces) del bolsillo de su padre como último recurso, de forma que sus activos de esperanza siempre estaban rodeados de una especie de maravillosa superabundancia. De cuál sería la capacidad del bolsillo de su padre Fred tenía tan sólo una vaga noción: ¿acaso el comercio no era elástico? ¿Y no quedaban los déficits de un año compensados con los superávits de otro? Los Vincy llevaban una vida cómoda y holgada, sin ostentaciones nuevas, conforme a los hábitos y tradiciones familiares, de forma que los hijos menores no tenían baremos económicos y los mayores mantenían parte de la idea infantil de que su padre podía pagar lo que quisiera. El mismo señor Vincy tenía los hábitos caros de Middlemarch —gastaba dinero en la caza, en su bodega y en dar cenas mientras que mamá tenía esas cuentas abiertas con los comerciantes que dan la alegre sensación de obtener cuanto uno quiere sin preguntar sobre el pago. Pero Fred sabía que los padres, por naturaleza, amohinaban a uno con el asunto de los gastos; si tenía que confesar una deuda, siempre se producía una ligera tormenta a cuenta de su extravagancia y a Fred le disgustaba el mal tiempo dentro de casa. Era demasiado buen hijo para faltarle al respeto a su padre y breaba con la tormenta seguro de que era pasajera. Pero entretanto, era desagradable ver llorar a su madre, así como verse obligado a tener un aspecto hosco en lugar de alegre, pues Fred tenía tan buen carácter que si tenía un semblante triste tras la regañina, ello era principalmente por educación. Evidentemente, el camino más fácil era el renovar el recibo con la firma de un amigo. ¿Por qué no? Con las amplias garantías de la esperanza a sus órdenes, no había razón para que no hubiera aumentado infinitamente las deudas de otras personas de no ser por el hecho de que aquellos cuyos nombres servían para ello solían ser personas pesimistas, poco inclinadas a creer que el orden universal de las cosas tendría que ser necesariamente agradable para con un joven agradable.

A la vista de un favor que pedir, repasamos la lista de nuestros amigos, hacemos justicia a sus virtudes, disculpamos sus pequeñas ofensas y, considerándolos de uno en uno, tratamos de llegar a la conclusión de que estará encantado de complacernos, siendo nuestro propio afán por ser complacidos igual de comunicable que otro tipo de calor. Aun y con todo, siempre existe un reducido número que descartamos por tibios hasta que otros se han negado. Sucedió que Fred desechó a todos sus amigos menos uno con el argumento de que recurrir a ellos resultaría incómodo, convencido de que él, al menos (fuere lo que fuere que se dijera acerca de la humanidad en general) tenía derecho a librarse de todo cuanto fuera incómodo. El que jamás pudiera encontrarse en una situación verdaderamente incómoda (tener que ponerse pantalones encogidos por los lavados, comer cordero frío, tener que caminar por carecer de caballo o «agachar la cabeza» ante cualquier evento) era un absurdo irreconciliable con la disposición animosa con la que le había dotado la naturaleza. Y Fred temblaba ante la idea de que le despreciaran por carencia de fondos para pequeñas deudas. Y así resultó que el amigo a quien decidió acudir era el más pobre, al tiempo que el más amable, a saber, Caleb Garth.

Los Garth estimaban a Fred tanto como él les quería a ellos, pues cuando él y Rosamond eran pequeños y los Garth más ricos, el leve parentesco entre ambas familias vía los dos matrimonios del señor Featherstone (el primero con la hermana del señor Garth y el segundo con la de la señora Vincy) había conducido a una amistad mantenida más a través de los niños que de los padres, merendando juntos en sus platos de juguete y compartiendo días enteros. Mary era un chicazo y cuando Fred tenía seis años la consideraba la niña más agradable del mundo, convirtiéndola en su esposa por amor de una anilla de bronce que arrancó de un paraguas. Había mantenido intacto su afecto por los Garth a través de todas las etapas de su educación, así como un segundo hogar, aunque hacía tiempo que cualquier relación entre ellos y los padres de Fred había terminado. Incluso en los tiempos en que Caleb Garth era acaudalado, los Vincy se habían mostrado condescendientes con él y su mujer, pues existían en Middlemarch claras diferencias de rango; y aunque los antiguos fabricantes, al igual que los duques, no podían ya emparentarse sólo con sus iguales, eran conscientes de una inherente superioridad social que quedaba pulcramente definida en la práctica, aunque apenas pudiera expresarse teóricamente. Desde entonces, el señor Garth había fracasado en el negocio de la construcción, que desgraciadamente había añadido a sus otras distracciones de supervisor, tasador y agente, continuando durante un tiempo ese negocio a beneficio exclusivo de sus cesionarios, viviendo con estrechez y esforzándose al máximo para poder pagar veinte chelines por cada libra. Lo había logrado, y sus honrosas fatigas le proporcionaron la estima de todos salvo quienes lo consideraban un mal precedente. Pero no existe lugar en el mundo donde el ir de visita se base en el afecto si falta el mobiliario adecuado y una vajilla completa. La señora Vincy nunca se había sentido cómoda con la señora Garth, y a menudo se refería a ella como una mujer que había tenido que trabajar para ganarse el pan —queriendo decir que la señora Garth había sido maestra antes de casarse—, por lo que la intimidad con Lindley Murray y las preguntas de Mangnall eran algo parecido a la discriminación del pañero sobre los tipos de percal o la relación de un guía con países extranjeros: ninguna mujer de más medios los necesitaba. Y desde que Mary se convirtiera en el ama de llaves del señor Featherstone el desagrado de la señora Vincy por los Garth se había convertido en algo más positivo, temerosa de que Fred se comprometiera con esta chica anodina cuyos padres «llevaban una vida tan pequeña». Fred, consciente de esto, no hablaba nunca en su casa de las visitas que efectuaba a los Garth, que últimamente se habían hecho más frecuentes, el creciente ardor de su afecto por Mary volcándole más hacia los suyos.

El señor Garth tenía un pequeño despacho en la ciudad y allí se dirigió

Fred con su petición.

La obtuvo sin mucha dificultad, pues no había bastado una amplia dosis de dolorosa experiencia para inculcarle a Caleb Garth cautela en sus asuntos o desconfianza en sus semejantes antes de que éstos resultaran probadamente indignos. Además tenía de Fred la mejor opinión, estaba convencido de que «el muchacho saldría bien; era un chico noble y afectuoso con un buen fondo y del cual uno se podía fiar para todo». Este era el argumento psicológico de Caleb. Era uno de esos raros hombres, exigentes consigo mismo e indulgentes con los demás. Sentía cierta vergüenza por los errores de sus vecinos y no hablaba de ellos voluntariamente y por ende no solía apartar la mente del mejor modo de endurecer la madera y otros ingeniosos inventos para así no poder preconcebir esos errores. Si se veía obligado a culpar a alguien, precisaba, antes de empezar, remover todo papel a su alcance, describir varios dibujos con el bastón, o calcular las monedas sueltas que llevaba en el bolsillo, y prefería hacer el trabajo de otro antes que sacar faltas a lo que los demás hacían. Me temo que era mal disciplinador.

Cuando Fred expuso las circunstancias de su deuda, su deseo de saldarla sin preocupar a su padre y la certeza de que el dinero llegaría de forma que no causara perjuicio a nadie, Caleb se subió las gafas, escuchó, miró a los ojos jóvenes y claros de su predilecto y le creyó, confundiendo la confianza en el futuro con la realidad del pasado. Sintió, no obstante, que era la ocasión para ofrecer un consejo amistoso respecto del comportamiento y que antes de estampar su firma debía administrarle a Fred una seria admonición. Consecuentemente, cogió el papel y se bajó las gafas, midió el espacio del que disponía, tomó la pluma y la examinó, la mojó en la tinta y volvió a examinarla, apartó un poco el papel, se subió las gafas nuevamente, frunció un tanto el ángulo exterior de sus pobladas cejas, lo que confería a su rostro una especial benevolencia (perdonad estos detalles por una vez; hubierais aprendido a amarlos de conocer a Caleb Garth) y dijo con tono tranquilo:

—Fue una mala pata, ¿verdad?, que ese caballo se rompiera la rodilla. Y luego, estos canjes, no funcionan cuando hay que tratar con ladinos tratantes. Que seas más prudente en el futuro, hijo.

Tras lo cual Caleb se bajó las gafas y procedió a escribir su firma con el esmero que siempre ponía en ello, pues cuanto hacía relacionado con su trabajo lo hacía bien. Observó las grandes letras bien proporcionadas y la rúbrica final; ladeando la cabeza un instante, se la entregó a Fred, dijo «Adiós» y volvió a enfrascarse en un plano de Sir James Chettam sobre la construcción de unas nuevas granjas.

Bien porque el interés de este trabajo le hiciera olvidar el incidente de la firma, bien por alguna razón de la cual Caleb era más consciente, la señora

Garth no supo del asunto.

Desde que esto ocurriera, se había producido un cambio en el cielo que cubría a Fred que alteró su visión de las distancias y era la razón por la cual el dinero que le regalara su tío Featherstone tuviera la suficiente importancia como para que el color se le fuera y se le viniera, primero con una decidida esperanza y luego con la consiguiente desilusión. Su fracaso en los exámenes había convertido sus deudas acumuladas en la universidad en aún más imperdonables para su padre, y una tormenta sin precedentes había tenido lugar en su casa. El señor Vincy había jurado que si tenía que soportar más cosas de esta índole, Fred habría de marcharse y ganarse la vida como pudiera y aún no había recuperado un tono de buen humor con su hijo, quien le irritó sobremanera al comunicarle, en estas circunstancias, que no deseaba ser clérigo y preferiría «no continuar con eso». Fred era consciente de que la actitud hubiera sido aún más severa si su familia, además de él mismo, no le hubiera íntimamente considerado el heredero del señor Featherstone, sirviendo la satisfacción y el afecto que el anciano caballero sentía por Fred de sustituto a una conducta más ejemplar (del mismo modo en que cuando un joven aristócrata roba joyas denominamos al hecho cleptomanía, hablamos de él con sonrisa filosófica y jamás pensamos en mandarle al correccional como si fuera un harapiento chaval que robara nabos). De hecho, las tácitas expectativas de lo que el tío Featherstone haría por él determinaban el ángulo desde el cual los vecinos de Middlemarch consideraban a Fred, y en la conciencia de éste, lo que el tío Featherstone haría por él en una emergencia o lo que haría simplemente por suerte adicional, le proporcionaba siempre una altura inmensurable de etéreas perspectivas. Pero el regalo de aquellas libras, una vez hecho, era medible y, aplicado a la cuantía de la deuda, mostraba un déficit que había que saldar, bien mediante el «criterio» de Fred, bien por el azar disfrazado bajo algún otro atuendo. El pequeño episodio del supuesto préstamo en el cual había hecho de su padre el agente para obtener la certificación de Bulstrode constituía un nuevo motivo en contra de acudir al señor Vincy buscando el dinero con el que saldar su deuda actual. Fred era lo suficientemente agudo para saber que la ira borraría las distinciones y que el negar que había pedido dinero prestado apoyándose expresamente en el testamento de su tío se interpretaría como una falsedad. Se había dirigido a su padre contándole un molesto asunto, pero ocultando otro y en estos casos la revelación total siempre produce la impresión de una duplicidad anterior. Fred se preciaba de no decir mentiras, ni siquiera mentirijillas. Con frecuencia se encogía de hombros con un gesto significativo ante lo que denominaba las engañifas de Rosamond (sólo los hermanos pueden asociar semejantes ideas a una joven hermosa) y antes que incurrir en la acusación de falsedad prefería tomarse algunas molestias y moderarse. Fue por una fuerte presión interna de este tipo que Fred tomara la sabia precaución de depositar con su madre las ochenta libras. Lástima que no se las diera al señor Garth al momento, pero tenía la intención de completar la suma con otras sesenta, y con esto a la vista se había quedado con veinte libras en el bolsillo a modo de semilla, la cual, plantada juiciosamente y regada por la suerte, fructificaría triplicada —mala multiplicación cuando el campo es el alma infinita de un joven caballero con todos los números a su disposición.

Fred no era un jugador; no tenía ese mal específico en el cual la supeditación de toda la energía nerviosa a una oportunidad o a un riesgo se convierte en la necesidad que de la copa siente el borracho. Sólo tenía la tendencia hacia esa difusa forma de juego ausente de intensidad alcohólica, pero que se practica con la sana sangre que se nutre de quilo, manteniendo una animada actividad imaginativa que moldea los sucesos de acuerdo con los deseos, y, no temiendo un temporal propio, sólo ve las ventajas que para otros reportará. Ante cualquier tipo de apuesta, la esperanza conlleva un placer, porque la perspectiva de éxito es segura, y el placer sólo es mayor cuando se amplían a otros las participaciones en la recompensa. A Fred le gustaba el juego, sobre todo el billar, como le gustaba la caza o las carreras de obstáculos y le gustaba tanto más, puesto que necesitaba dinero y esperaba ganar. Pero las veinte libras de semillas —o al menos lo que de ellas no se había dispersado por la carretera— se habían plantado en vano en la verde y seductora parcela y Fred se encontraba próximo al vencimiento del pago sin más dinero a su disposición que las ochenta libras que depositara con su madre. El desvencijado caballo que montaba era un antiguo regalo de su tío Featherstone. Su padre siempre le había permitido mantener un caballo, haciendo que los hábitos del propio señor Vincy consideraran esto una exigencia razonable incluso para un hijo tan desesperante. Este caballo, pues, era propiedad de Fred, y en su angustia por hacer frente al recibo inminente decidió sacrificar una propiedad sin la cual la vida tendría un escaso valor. Tomó la decisión con una sensación de heroísmo, un heroísmo impuesto por el temor a romper su palabra ante el señor Garth, su amor por Mary y el respeto por la opinión de ésta. Partiría hacia la feria de caballos de Houndsley, que se celebraba a la mañana siguiente y… bueno, pues vendería el caballo y volvería en la diligencia con el dinero. Aunque pensándolo bien, por el caballo no le darían más de treinta libras y ¿quién sabe lo que podría ocurrir? Sería una tontería desconfiar de la suerte de antemano. Ciento a uno a que el azar le depararía algo bueno. Cuanto más lo pensaba más improbable le parecía que no se le presentara una buena oportunidad y menos lógico que no se equipara tanto con la pólvora como con el tiro para lograrla. Iría a Houndsley con Bambridge y Horrock, el veterinario y, sin preguntarles nada expresamente, obtendría el beneficio de su opinión. Antes de partir, Fred recobró de su madre las ochenta libras.

La mayoría de cuantos vieron a Fred partir de Middlemarch en compañía de Bambridge y Horrock camino de la feria de caballos de Houndsley creyeron que el joven Vincy iba, como siempre, de juerga, y de no ser por la conciencia de que tenía entre manos un grave asunto, él mismo hubiera tenido esa sensación de disipación y de estar haciendo lo que se espera de un joven alegre. Teniendo en cuenta que Fred no era nada tosco, que despreciaba un tanto la forma de hablar y de comportarse de jóvenes que no hubieran ido a la universidad, y que había escrito versos tan pastorales e inocentes como su forma de tocar la flauta, su atracción por Bambridge y Horrock era un hecho interesante que ni siquiera el gusto por los caballos podía explicar del todo sin esa misteriosa influencia que determina tantas elecciones mortales. Bajo otro nombre que el de «diversión», la compañía de los señores Bambridge y Horrock se hubiera tenido que considerar monótona y llegar con ellos a Houndsley una tarde lluviosa, dirigirse al Red Lion, situado en una calle ennegrecida por el polvo del carbón y cenar en una estancia amueblada con un inmundo mapa del condado, un cuadro malo de un caballo anónimo en un establo, Su Majestad Jorge IV de pie y con corbatín, y diversas escupideras de plomo, hubiera podido parecer una ardua tarea salvo por el poder respaldador de la nomenclatura que determinaba que la finalidad de estas cosas era la «diversión».

El señor Horrock poseía una aparente impenetrabilidad muy favorable a la imaginación. Su vestimenta, a primera vista, le asociaba emocionantemente a los caballos (lo bastante para justificar el ala del sombrero que se inclinaba hacia arriba a fin de escapar a la sospecha de caerse hacia abajo), y la naturaleza le había dotado de un rostro que por más de unos ojos mongoles, y una nariz, boca y mentón que parecían seguir la pauta del ala del sombrero daban la impresión de una taimada sonrisa escéptica e inmutable, expresión la más tirana para mentes susceptibles, y que cuando iba acompañada de un silencio adecuado, tendía a crear la reputación de una invencible comprensión, una infinita reserva de humor (excesivamente seca para fluir y probablemente en estado de costra consolidada) y un juicio crítico, el cual, de poder tener la fortuna de llegarse a conocer, sería el verdadero. Es una fisonomía apreciable en cualquier profesión, pero desde la que tal vez ejerza su máximo poder sobre la juventud de Inglaterra sea la de un experto en caballos.

El señor Horrock, ante una pregunta de Fred acerca del espolón de su caballo, se volvió un poco en la silla, y observó el movimiento del rocín por espacio de tres minutos, miró de nuevo al frente, sacudió las bridas y guardó silencio, con semblante ni más ni menos escéptico que antes.

El papel que así jugó en el diálogo el señor Horrock resultó de inmenso efecto. Fred fue presa de sentimientos encontrados: un loco deseo de forzar a Horrock a verbalizar su opinión refrenado por el afán de mantener la ventaja de su amistad con él. Cabía la posibilidad de que Horrock dijera algo inapreciable en el momento oportuno.

El señor Bambridge tenía una actitud más abierta y parecía ofrecer sus opiniones sin avaricia. Era gritón y robusto y en ocasiones se le calificaba de «dado a la indulgencia», principalmente en cuanto a palabrotear, beber y pegar a su mujer. Algunos de los que habían perdido contra él le llamaban vicioso, pero él consideraba la trata de caballos como la mejor de las artes y hubiera argumentado convincentemente que no tenía nada que ver con la moralidad. Era indudablemente un hombre próspero, llevaba la bebida con mayor donosura que otros la moderación y, por lo general, florecía como el laurel. Pero tenía un campo de conversación limitado y, como la hermosa cantinela Drops of Brandy, daba la impresión, tras un tiempo, de volver sobre sí misma de forma mareante para las cabezas débiles. Pero una pequeña dosis del señor Bambridge se tenía por dar tono y carácter a varios círculos de Middlemarch, y en el bar y los billares del Dragón Verde constituía una figura distinguida. Conocía algunas anécdotas de los héroes del hipódromo y varias astucias de marqueses y vizcondes que parecían demostrar que la sangre prevalecía incluso entre los farsantes. Pero la minuciosa retentiva de su memoria se manifestaba principalmente respecto de los caballos que él mismo había comprado y vendido, constituyendo aún, pasados los años, el número de millas que sin más y en un periquete podían recorrer, un tema apasionante, en el que asistía la imaginación de sus oyentes jurando solemnemente que jamás habían visto nada igual. En resumen, que el señor Bambridge era hombre hecho para la diversión y un animado compañero.

Fred fue sutil y no les comunicó a sus amigos que se dirigía a Houndsley con el empeño de vender su caballo. Quería obtener indirectamente su verdadera opinión sobre su valor, sin percatarse de que una verdadera opinión sería lo último que podría esperar de tan eminentes críticos. No constituía un punto flaco en el señor Bambridge el ser un halagador gratuito. Nunca le había llamado tanto la atención el hecho de que este desafortunado bayo padecía huélfago como para requerir la más rotunda palabra para dar una clara idea de su estado.

—¡Mal negocio hiciste con ese cambio, Vincy, no acudiendo a mí! Jamás echaste la pierna encima de mejor caballo que aquel castaño y lo cambiaste por esta bestia. Si le pones al trote parece veinte aserradores juntos. Sólo he visto una bestia que hiciera más ruidos y era un ruano. Pertenecía a Pegwell, el agente de grano. Solía tirar de su calesa hace siete años y Pegwell quiso que me lo quedara, pero yo le dije: «Gracias, Peg, pero no tengo un negocio de instrumentos de viento». Eso mismo le dije. Corrió por todo el país ese chiste. Pero, ¡diablos! aquel caballo era una joya comparado con el tuyo.

—Pero si acaba de decir que era peor —dijo Fred, más irascible que de costumbre.

—Pues dije una mentira —dijo el señor Bambridge contundentemente—. No se diferenciaban ni en un penique. Fred espoleó el caballo y siguieron un rato al trote. Cuando aflojaron la marcha de nuevo el señor Bambridge dijo: — Aunque aquel trotaba mejor.

—Pues yo estoy satisfecho de su paso —respondió Fred, quien precisaba de la plena conciencia de encontrarse en compañía animada para seguir adelante—. ¿No le parece, Horrock, que tiene un trote extraordinariamente limpio?

El señor Horrock continuó mirando al frente con la misma neutralidad que si hubiera sido el retrato de un gran maestro.

Fred desistió de la esperanza falaz de obtener una opinión verdadera, pero al reflexionar pensó que el desprecio de Bambridge y el silencio de Horrock constituían virtualmente un estímulo e indicaban que ambos tenían mejor opinión del caballo de lo que gustaban manifestar.

Esa misma tarde, antes incluso de que la feria abriera, Fred creyó divisar un inicio favorable a la ventajosa venta de su caballo, pero un inicio que le hizo felicitarse por su previsión al traer consigo las ochenta libras. Un joven granjero, conocido del señor Bambridge, entró en el León Rojo y mencionó durante la conversación querer prescindir de un caballo de caza, que al momento denominó Diamond, sugiriendo el carácter público del animal. La razón era que, estando a punto de casarse y de abandonar la caza sólo precisaba un jamelgo que tirara del carro de cuando en cuando. El caballo se encontraba en la cuadra de un amigo a poca distancia y quedaba tiempo antes de que oscureciera para que los caballeros lo vieran. A la cuadra del amigo se llegaba por un callejón en el que, igual que en otras sórdidas calles de aquel insalubre periodo, se podía envenenar a cualquiera sin incurrir en gastos de botica. Fred no se encontraba, como sus compañeros, fortalecido por el coñac contra la repulsión, pero la esperanza de haber visto, al fin, el caballo que le permitiría ganar un dinero fue lo bastante estimuladora como para que lo primero que hiciera a la mañana siguiente fuera reandar el mismo camino. Estaba convencido de que si no llegaba a un acuerdo con el granjero, lo haría Bambridge: la tensión de las circunstancias, Fred creía, aguzaba su percepción y le dotaba de todo el poder constructivo de la sospecha. Bambridge había descalificado a Diamond como no lo hubiera hecho (tratándose del caballo de un amigo) de no tener la intención de comprarlo. Todos cuantos veían al animal, incluido Horrock, quedaban impresionados con sus méritos. Para sacarle provecho a la compañía de estos hombres había que saber deducir, y no tomarse la cosas al pie de la letra. El caballo era tordo, y casualmente Fred sabía que el mozo de Lord Medlicote andaba buscando uno así. Después de todas las descalificaciones, a Bambridge se le escapó, en el transcurso de la noche y en ausencia del granjero, que había visto venderse por ochenta libras caballos peores. Por supuesto que se contradijo una y mil veces, pero cuando se sabe lo que puede ser cierto, se pueden valorar las afirmaciones. Y Fred no podía sino pensar que sabía algo de caballos. El granjero se había detenido ante el decente si bien huelfagoso caballo de Fred lo suficiente como para indicar que lo estimaba digno de consideración y parecía probable que se lo quedara, si se le daban veinticinco libras, como equivalente de Diamond. En ese caso, Fred, cuando vendiera el caballo nuevo por al menos ochenta libras, habría ganado cincuenta y cinco libras con la transacción y tendría ciento treinta y cinco libras con las que hacer frente al recibo, de forma que el déficit cargado temporalmente al señor Garth sería de veinticinco libras a lo sumo. Cuando a la mañana siguiente se encontraba vistiéndose apresuradamente, veía con tanta claridad la importancia de no dejar pasar esta insólita oportunidad que aunque tanto Bambridge como Horrock hubieran intentado disuadirle no le habrían convencido para que interpretara directamente lo que le decían, pues hubiera pensado que pajarracos semejantes abrigaban otros intereses que los de un joven. Respecto a caballos, la desconfianza era la única pista. Pero, como sabemos, el escepticismo nunca se puede aplicar del todo, de lo contrario la vida se detendría. Siempre hay algo en lo que debamos creer y hacer y se llame como se llame ese algo, es virtualmente nuestro propio criterio, incluso cuando parece ser la dependencia más esclava de otro. Fred creía en lo magnífico de su ganga, y aun antes de que la feria estuviera muy en marcha se hizo con el tordo al precio de su propio caballo más treinta libras, tan sólo cinco libras más de lo que pensara dar por él.

Pero se sentía un poco preocupado y cansado, tal vez producto del debate mental, y sin aguardar a otras diversiones de la feria partió sólo en su viaje de catorce millas, con la intención de tomárselo con calma y mantener fresco el caballo.

CAPÍTULO XXIV

Lamento tener que decir que tan sólo tres días después de los felices eventos acaecidos en Houndsley, Fred Vincy caía en el peor desánimo de su vida. No es que se viera defraudado en cuanto a la posible venta de su caballo, sino que antes de que pudiera cerrar la ganga con el mozo de Lord Medlicote, este Diamond, en el que se había depositado una esperanza por valor de ochenta libras, había exhibido en la cuadra, sin el menor aviso, una terrible energía coceante, había estado a punto de matar al mozo y había concluido lisiándose gravemente al enredársele una pata en una cuerda que colgaba del techo. Esto no tenía más posibilidad de corrección que el descubrimiento del mal humor una vez efectuado el matrimonio —de lo que, por supuesto, los amigos estaban al tanto antes de la ceremonia. Por una u otra razón Fred no tuvo, en este golpe de desventura, su acostumbrada elasticidad; sencillamente era consciente de que sólo poseía cincuenta libras, que no había posibilidad por el momento de obtener más, y que el recibo de ciento sesenta le llegaría en cinco días. Aunque hubiera acudido a su padre suplicándole que evitara al señor Garth la pérdida, Fred sabía con dolor que su padre se negaría, enfadado, a salvar al señor Garth de las consecuencias de lo que denominaría favorecer la extravagancia y el engaño. Se encontraba tan abrumado que no pudo pergeñar otro proyecto que el dirigirse directamente al señor Garth y contarle la triste verdad, llevándole las cincuenta libras y asegurándole así, al menos, esa cantidad. Su padre se encontraba en el almacén y aún no conocía el incidente; cuando estuviera al tanto despotricaría de meter tan resabiada bestia en su cuadra. Antes de enfrentarse a ese contratiempo menor, Fred quería tener intacto su valor para encararse con el problema más grave. Cogió el rocín de su padre, pues había propuesto que, una vez se lo hubiese contado todo al señor Garth, iría a Stone Court a hacer lo mismo con Mary. De hecho, es probable que de no ser por la existencia de Mary y el amor que Fred sentía por ella, su conciencia no hubiera sido tan activa ni para recordar la deuda ni para obligarse a que no se apiadara de sí mismo como de costumbre posponiendo una tarea desagradable, sino actuar lo más indirecta y sencillamente posible. Mortales mucho más fuertes que Fred Vincy guardan la mitad de su rectitud en la mente del ser a quien más aman. «Se ha derrumbado el escenario de todas mis acciones», dijo un personaje antiguo cuando murió su mejor amigo, y afortunados los que obtienen un escenario donde el público les reclama una insuperable actuación. Bien diferente hubiera sido para Fred aquel momento si Mary Garth no hubiera tenido unas ideas muy claras respecto de lo que es de admirar en un carácter.

El señor Garth no estaba en su despacho y Fred continuó hasta su casa que se hallaba a las afueras de la ciudad. Era un lugar acogedor, con un huerto delante del edificio destartalado y antiguo, la mitad de madera, que antes de que la ciudad se extendiera había sido una granja, pero que ahora quedaba rodeado por los jardines privados de las gentes de la ciudad. Nos encariñamos más con nuestras casas cuando tienen, como nuestros amigos, una fisonomía propia. La familia Garth, que era bastante numerosa, pues Mary tenía cuatro hermanos y una hermana, apreciaban mucho su vieja casa de la que hacía tiempo se había vendido el mejor mobiliario. A Fred también le gustaba, y conocía de memoria incluso el desván que olía deliciosamente a manzanas y membrillos, y hasta hoy nunca se había acercado a ella sin gratas esperanzas. Pero hoy el corazón le latía con desasosiego ante la probabilidad de tener que confesarse con la señora Garth a quien temía más que al señor Garth. No es que estuviera dada al sarcasmo y a las agudezas impulsivas, como Mary. A estas alturas de maternidad, al menos, el verbo imprudente no comprometía nunca a la señora Garth, pues como ella misma afirmaba, llevó el yugo en su juventud y aprendió a controlarse. Poseía el raro don de reconocer lo inalterable y se sometía a ello sin quejas. Profunda amante de las virtudes de su esposo, pronto decidió aceptar la incapacidad de éste para velar por sus propios asuntos, enfrentándose a las consecuencias con buena cara. Había sido lo bastante magnánima como para renunciar al orgullo en materia de teteras y adornos para sus hijos y nunca vertió lamentos en los oídos de sus vecinas respecto de la escasa prudencia del señor Garth y la cantidad de dinero que podría tener de haber sido como otros hombres. Por tanto estas buenas vecinas la consideraban bien una orgullosa o una excéntrica y en ocasiones hablaban de ella a sus maridos como «la buena de tu señora Garth». A cambio, ella no se abstenía de criticarlas, poseyendo una educación más esmerada que la mayoría de las mujeres de Middlemarch y —¿dónde se halla esa mujer intachable?— inclinada a cierta rigidez hacia su propio sexo que, en su opinión, estaba destinado a la subordinación. Por otro lado, era desproporcionadamente indulgente con los fallos masculinos y a menudo se la oía decir que eran algo natural. Hay que reconocer también que la señora Garth era un poco demasiado insistente en su resistencia a lo que ella denominaba desatinos; el paso de institutriz a ama de casa se había grabado con demasiada fuerza en su conciencia y pocas veces olvidaba que mientras su sintaxis y acento eran superiores a la media de la ciudad, llevaba un gorro sencillo, cocinaba para la familia y zurcía todos los calcetines. En ocasiones había aceptado alumnos a los que instruía de modo peripatético, haciendo que la siguieran por la cocina con los libros o el pizarrín. Pensaba que era conveniente para ellos ver que sabía hacer una espuma excelente al tiempo que les corregía los errores «sin mirar», que una mujer con las mangas arremangadas podía saber cuanto era menester acerca del subjuntivo o la zona tórrida. En definitiva, que se podía tener educación y otras buenas cosas terminadas en «ón» y dignas de pronunciarse categóricamente sin necesidad de ser una muñeca inútil. Cuando hacía comentarios a este edificante fin, fruncía ligeramente el ceño, lo que anulaba la benevolencia que su rostro reflejaba y desgranaba las palabras, que salían como una procesión, en un agradable y ferviente contralto. Por supuesto que la señora Garth tenía sus rarezas, pero su carácter podía soportarlas, al igual que un muy buen vino soporta el sabor a odre.

Por Fred Vincy abrigaba un sentimiento maternal y siempre se había sentido inclinada a disculpar sus errores, si bien es harto probable que no hubiera disculpado a Mary de haberse comprometido con él, estando su hija sujeta a ese juicio más riguroso que aplicaba a su propio sexo. Pero el mismo hecho de la excepcional indulgencia que mostraba para con él hacía que a Fred le resultara ahora más difícil el inevitable bajón en su estima. Las circunstancias de su visita resultaron aún más aciagas de lo que había previsto, pues Caleb Garth había salido temprano para inspeccionar ciertos arreglos que se llevaban a cabo no lejos. A ciertas horas la señora Garth se encontraba siempre en la cocina, y esta mañana llevaba a cabo allí varios menesteres a un tiempo: amasaba en la pulcra mesa de pino a un lado de la espaciosa habitación, vigilaba a través de la puerta abierta los movimientos de Sally cerca del horno y la artesa de masa, y daba clase a su hijo e hija pequeños, quienes se encontraban frente a ella en la mesa, los libros y las pizarras ante ellos. Un barreño cerca del tendedero en el lado opuesto de la cocina indicaba que también estaba en marcha el lavado intermitente de cosas pequeñas.

La señora Garth, con las mangas arremangadas hasta los codos amasaba con destreza, empleando el rodillo y pellizcando la masa mientras exponía con fervor gramatical cuáles eran los puntos de vista correctos respecto de la concordancia de verbos y pronombres con «sustantivos de multitud o significado de muchos» en una escena amablemente divertida. Era el mismo tipo de mujer que Mary, de pelo rizado y rostro cuadrado, pero más bonita, con facciones más delicadas, la tez clara, una figura sólidamente maternal y una mirada extraordinariamente firme. Con su gorro de níveos volantes recordaba a la deliciosa francesa que todos hemos visto comprando en el mercado, cesta al brazo. Mirando a la madre cabría esperar que la hija acabara pareciéndosela, futura ventaja equivalente a una dote, ya que con demasiada frecuencia la madre aparece como una profecía maligna: «En breve será lo que yo soy ahora».

—Vamos a repasar eso otra vez —dijo la señora Garth, retocando una tarta de manzana que parecía distraer a Ben, un enérgico joven de amplia frente, de la debida atención de la clase—. «Sin olvidar que el significado de la palabra implica unidad o idea de pluralidad», dime de nuevo lo que eso quiere decir, Ben.

La señora Garth, al igual que otros más célebres educadores, tenía sus recorridos favoritos, y ante un naufragio general de la sociedad hubiera intentado salvar de las aguas su «Lindley Murray»).

—Pues… significa que debes pensar lo que quieres decir —dijo Ben hoscamente—. Odio la gramática. ¿De qué sirve?

—Para enseñarte a hablar y escribir correctamente, de forma que se te pueda entender —respondió la señora Garth con severa precisión—. ¿O es que quisieras hablar como el viejo Job?

—Pues sí —dijo Ben con terquedad—. Es mucho más gracioso. Dice «podí» que se entiende igual que «pude».

—Pero dice «hay un baco en el jardín» en vez de «un banco» —dijo Letty con aires de superioridad—. Podrías pensar que se refería a un barco en vez de un banco.

—Pues si no eres tonta, no —dijo Ben—. ¿Cómo iba a llegar un barco hasta aquí?

—Todo esto pertenece a la pronunciación, que es la parte menos importante de la gramática —dijo la señora Garth—. Ben, esa piel de manzana es para que se la coman los cerdos. Si te la comes tú, tendré que darles tu trozo de tarta. Job sólo tiene que hablar de cosas muy sencillas. ¿Cómo crees qué ibas a poder hablar y escribir de cosas más difíciles si no supieras más gramática que él? Emplearías mal las palabras, las colocarías donde no van y en vez de hacerte entender, la gente huiría de ti por pesado. —¿Qué harías entonces?

—No me importaría. Me callaría —dijo Ben con la sensación de que éste era un punto agradable de la gramática.

—Veo que te estás poniendo terco y cansino, Ben —dijo la señora Garth, habituada a semejantes argumentaciones obstructoras de parte de sus vástagos masculinos. Concluidas las tartas se dirigió al tendedero y dijo:

—Ven aquí y cuéntame la historia de Cincinato que te conté el miércoles.

—¡Me la sé! Era un campesino —dijo Ben.

—Pero…, ¡si era un romano, Ben! Déjame contarla a mí —dijo Letty, usando el codo convincentemente.

—¡Qué boba eres! Era un campesino romano y estaba arando.

—Sí, pero antes de eso —eso no viene lo primero—, la gente le quería —dijo Letty.

—Bueno, pero antes hay que decir el tipo de persona que era —insistió Ben—. Era un hombre sabio, como mi padre, y eso hacía que la gente pidiera su consejo. Y era valiente y sabía luchar. Y mi padre también, ¿verdad madre?

—Mira Ben, déjame contar a mí la historia seguida, como lo hizo madre —dijo Letty frunciendo el ceño—. Por favor, dile a Ben que se calle, madre.

—Letty, me avergüenzo —dijo su madre, escurriendo unos gorros—. Cuando empezó tu hermano debiste esperar a ver si no sabía contar la historia. ¡Pareces una maleducada, enfurruñándote y empujando como si quisieras imponerte con los codos! Estoy segura de que a Cincinato no le hubiera gustado que su hija se comportara así —la señora Garth profirió esta terrible oración con majestuosa dicción y Letty pensó que entre la locuacidad reprimida y el desprecio general, inclusive el de los romanos, la vida resultaba ya un doloroso asunto—. Venga, Ben.

—Bueno…, pues…, pues…, había muchas luchas y eran todos unos mentecatos y… no lo puedo decir igual, pero querían que un hombre fuera el capitán y el rey y todo…

—Un dictador —dijo Letty, con aire ofendido y no sin ganas de que su madre se arrepintiera.

—¡Bueno, pues un dictador! —dijo Ben con desdén—. Pero esa no es una buena palabra. No les mandaba escribir en los pizarrines.

—Vamos, vamos, Ben; no eres así de ignorante —dijo la señora Garth con cuidada seriedad—. ¡Mirad! Llaman a la puerta. Corre, Letty, vete a abrir.

Era Fred, y cuando Letty dijo que su padre no había vuelto, pero que su madre se encontraba en la cocina, Fred no tuvo alternativa. No podía variar la costumbre habitual de ir a ver a la señora Garth a la cocina si se encontraba allí trabajando, de modo que en silencio rodeó con el brazo el cuello de Letty y fueron hacia allá sin los usuales chistes y bromas.

A la señora Garth le sorprendió ver a Fred a esta hora, pero no era éste un sentimiento que gustara de expresar y se limitó a decir, prosiguiendo tranquilamente su trabajo:

—¿Tú, Fred, tan temprano? Estás muy pálido. ¿Ocurre algo?

—Quería hablar con el señor Garth —respondió Fred, poco preparado para decir más—, y con usted también —añadió tras una breve pausa, pues no abrigaba ninguna duda de que la señora Garth estaba al tanto de lo del recibo y, a la larga, habría de hablar en su presencia, si no a solas.

—Caleb volverá enseguida —dijo la señora Garth, imaginándose que existiría algún problema entre Fred y su padre—. No deberá tardar mucho porque tiene trabajo sobre la mesa que ha de acabar esta mañana. ¿Te importa quedarte conmigo mientras termino estas cosas?

—Pero no tendremos que seguir con Cincinato, ¿no? —preguntó Ben, que le había cogido a Fred la fusta y comprobaba su eficacia sobre el gato.

—No, marchaos. Pero deja la fusta. ¡Qué malísimo eres! ¡Azotar al pobre Tortoise! Te ruego que le quites la fusta, Fred.

—Dámela, Ben —dijo Fred, extendiendo la mano.

—¿Me dejarás montar tu caballo hoy? —preguntó Ben, entregando la fusta con aire de no estar obligado a ello.

—Hoy no, otro día. Hoy no he traído el mío.

—¿Vas a ver a Mary hoy?

—Sí, creo que sí —respondió Fred con un respingo.

—Dile que venga a casa pronto para jugar a las prendas y divertirnos.

—¡Basta, basta, Ben! Vete ya —dijo la señora Garth, viendo que Fred se incomodaba.

—¿Son Letty y Ben sus únicos alumnos ahora, señora Garth? —preguntó Fred cuando se hubieron marchado los niños y se imponía decir algo para pasar el rato. No estaba seguro de si debía esperar al señor Garth o aprovechar alguna oportunidad en la conversación para sincerarse con la señora Garth, darle el dinero y marcharse.

—Tengo una, sólo una. Fanny Hackbutt viene a las once y media. No estoy obteniendo muchos ingresos actualmente —dijo la señora Garth sonriendo—. Tengo pocos alumnos. Pero he hecho mis ahorrillos para el aprendizaje de Alfred. Tengo noventa y dos libras. Ahora puede ir al señor Hanmer; tiene justo la edad.

Esto no preparaba bien el camino para la noticia de que el señor Garth estaba a punto de perder noventa y dos libras y más. Fred guardó silencio.

—Los jóvenes que van a la universidad cuestan bastante más que eso —prosiguió la señora Garth inocentemente, estirando el borde de un gorro—. Y Caleb cree que Alfred acabará siendo un distinguido ingeniero: quiere darle al chico una buena oportunidad. ¡Ahí llega! Le oigo entrar. ¿Vamos con él al salón?

Cuando entraron al salón Caleb se había quitado el sombrero y se encontraba sentado frente a su mesa. —¡Hombre, Fred! —dijo con cierta sorpresa, sosteniendo la pluma en el aire y sin mojarla—. Estás aquí muy temprano —pero echando en falta la cordialidad de costumbre en el rostro de Fred añadió al punto—: ¿Sucede algo en casa? ¿Pasa algo?

—Sí, señor Garth, he venido a decirles algo que temo les hará tener de mí una mala opinión. Vengo a decirle a usted y a la señora Garth que no puedo encontrar el dinero para hacer frente al recibo. He tenido mala suerte; sólo tengo estas cincuenta libras de las ciento sesenta.

Mientras hablaba, Fred había sacado los billetes y los había depositado en la mesa, delante del señor Garth. Había ido directo al grano, sintiéndose apenado como un niño pequeño y sin recurso verbal. La señora Garth, muda y asombrada, miró a su marido buscando una explicación. Caleb se sonrojó, y tras una breve pausa dijo:

—No te lo había dicho, Susan. Avalé con mi nombre un recibo de Fred por ciento sesenta libras. Me aseguró que podría pagarlo él.

El rostro de la señora Garth experimentó un evidente cambio, pero fue como una alteración bajo la superficie del agua que permanece tranquila. Fijó en Fred su mirada diciendo:

—Supongo que le habrás pedido a tu padre el resto del dinero y te lo ha denegado.

—No —respondió Fred, mordiéndose el labio y hablando con mayor dificultad—; pero sé que sería inútil pedírselo y salvo que sirviera de algo no quisiera mezclar el nombre del señor Garth en este asunto.

—Esto llega en un mal momento —dijo Caleb, con su habitual titubeo, mirando los billetes y tocando tímidamente los papeles—. Con las Navidades tan próximas, voy un poco corto. Tengo que recortarlo todo como un sastre con poca tela. ¿Qué podemos hacer, Susan? Necesitaré cada penique que tenemos en el banco. Son ciento diez libras, ¡maldita sea!

—Tendré que darte las noventa y dos libras que había ahorrado para Alfred —dijo la señora Garth, seria y decididamente, aunque un fino oído habría captado un leve temblor en alguna palabra—. Y estoy segura de que Mary tendrá ahorradas veinte libras de su sueldo. Ella nos lo adelantará.

La señora Garth no había vuelto a mirar a Fred y en absoluto calculaba las palabras que debía emplear para herirle más. Como la mujer excéntrica que era, se encontraba absorta considerando lo que había que hacer y no se le antojaba que el objetivo se alcanzara mejor con amargos comentarios y exabruptos. Pero había conseguido que por vez primera Fred sintiera algo parecido al remordimiento. Curiosamente, su angustia anterior había consistido casi exclusivamente en la sensación de deshonra ante los Garth y pérdida de su estima; no se había preocupado por el trastorno y el posible daño que su incumplimiento pudiera ocasionarles, pues este ejercicio de la imaginación respecto de las necesidades de los otros no es frecuente entre jóvenes caballeros esperanzados. La mayoría de nosotros crecemos con la idea de que la razón más poderosa para no causar daño es algo al margen de los seres que lo padecerían. Pero en este momento se vio a sí mismo como un lastimoso tunante que estaba robándoles a dos mujeres sus ahorros.

—Por supuesto que lo pagaré todo, señora Garth… al final —tartamudeó.

—Sí, al final —dijo la señora Garth, quien, no gustando de emplear hermosas palabras en ocasiones feas, no pudo en este momento callar un epigrama—. Pero a los jóvenes no se les puede iniciar en el aprendizaje al final; es a los quince cuando debe ponérseles de aprendices —nunca se había sentido tan poco predispuesta a disculpar a Fred.

—Me equivoqué por completo, Susan —dijo Caleb—. Fred me aseguró que encontraría el dinero. Pero no sé quién me mandó enredarme con un recibo. Supongo que habrás probado todos los medios honrados para conseguir ese dinero —añadió, clavando en Fred sus bondadosos ojos grises.

Caleb poseía demasiada delicadeza para nombrar al señor Featherstone.

—Sí, lo he intentado todo, de verdad. Hubiera tenido treinta libras de no ocurrirle una desgracia a un caballo que iba a vender. Mi tío me había dado ochenta libras y di treinta más mi viejo caballo para conseguir otro que podía haber vendido por ochenta o más —pensaba quedarme sin—, pero ha salido resabiado y se ha lesionado. Antes de ocasionarle este perjuicio desearía que los caballos y yo nos hubiéramos ido al infierno. No hay nadie por quien sienta tanto afecto; usted y la señora Garth siempre se han portado tan bien conmigo. De todos modos, decir eso ahora no sirve de nada; siempre pensarán que soy un bribón.

Fred dio media vuelta y salió de la habitación, consciente de su actitud aniñada y confusamente sabedor de que el hecho de sentirlo no ayudaba mucho a los Garth. Le vieron montar y pasar precipitadamente ante la puerta.

—Me ha defraudado Fred Vincy —dijo la señora Garth—. Nunca hubiera pensado que te involucraría en sus deudas. Sabía que era extravagante, pero no pensé que fuera tan ruin como para cargar con sus riesgos a su amigo más antiguo, el que menos se puede permitir perder el dinero. —Fui un tonto, Susan.

—Eso es verdad —dijo la esposa, asintiendo con la cabeza y sonriendo—. Pero yo no lo hubiera ido contando por el mercado. ¿Por qué has de ocultarme estas cosas? Es igual que con los botones; se te caen, no me lo dices y sales con los puños colgando. Si lo hubiera sabido tal vez hubiera podido pensar un plan mejor.

—Sé que estás muy disgustada, Susan —dijo Caleb mirando a su esposa con ternura—. No soporto que hayas de perder el dinero que con tanto esfuerzo has ido ahorrando para Alfred.

—Pues menos mal que lo había hecho; y serás tú quien tenga que sufrir, pues habrás de enseñar tú mismo al chico. Deberás dejar tus malas costumbres. A algunos hombres les da por la bebida y a ti te ha dado por trabajar sin cobrar. No deberías darte ese gusto tan a menudo. Y debes ir a ver a Mary y preguntarle a la criatura cuánto dinero tiene.

Caleb había echado la silla hacia atrás e inclinado hacia adelante movió lentamente la cabeza al tiempo que juntaba las puntas de los dedos.

—¡Pobre Mary! —dijo—. Susan —continuó con voz queda—, me temo que quizá esté encariñada con Fred. —¡Qué va! Siempre se está riendo de él; y no es probable que él piense en ella más que como en una hermana. Caleb no respondió, pero al poco rato bajó las gafas, acercó la silla a la mesa y exclamó:

—¡Maldito recibo! Ya podía estar en la luna. Estas cosas interrumpen el negocio penosamente.

La primera parte de su exclamación constituía el total de su arsenal de maldiciones y se pronunció con un gruñido fácil de comprender. Pero resultaría difícil transmitir a quienes nunca le habían oído decir la palabra «negocio», el peculiar tono de ferviente veneración, de religioso respeto con el que la arropaba, al igual que un símbolo consagrado se envuelve en un lienzo ribeteado de oro.

Caleb Garth a menudo sacudía la cabeza al meditar sobre el valor, el poder indispensable de esa tarea, multicéfala y pluriejecutada mediante la cual se nutre, alimenta y cobija a la sociedad. Se había apoderado de su imaginación en su niñez. Los ecos del gran martillo donde se construía la quilla o el tejado, las indicaciones gritadas de los trabajadores, el rugido de los hornos, el estruendo del motor, constituían para él una música sublime; la tala y carga de los árboles, el enorme tronco vibrando como una estrella distante en la carretera, la grúa trabajando en el embarcadero, el producto apilado en los almacenes, la precisión y diversidad del esfuerzo muscular cuando debía realizarse un trabajo de precisión, todas estas imágenes de su juventud habían actuado sobre él como la poesía sin necesidad de poetas, le habían proporcionado una filosofía sin precisar filósofos, una religión sin la ayuda de la teología. Su temprana ambición consistió en participar lo más eficazmente posible en esta sublime labor que quedaba especialmente dignificada por él con el nombre de «negocio» y aunque era poco el tiempo que había pasado con un supervisor y era en gran medida su propio maestro, sabía más de tierras, construcción y minas que la mayoría de los especialistas del condado.

Su clasificación de los empleos humanos era un tanto cruda y, al igual que las categorías de hombres más célebres, poco aceptable en nuestra época avanzada. Los dividía en «negocios, política, predicación, estudios y diversión». No tenía nada en contra de los cuatro últimos, pero los consideraba del mismo modo que un reverencioso pagano considera otros dioses que los propios. Del mismo modo le parecían muy bien todos los rangos, pero no le hubiera gustado pertenecer a uno en el que no tuviera un contacto lo suficientemente íntimo con el «negocio» como para no verse a menudo honrosamente decorado con polvo y argamasa, manchas de la máquina o la dulce tierra de los bosques y los campos. Aunque jamás se consideró otra cosa que un cristiano ortodoxo, y discutía sobre la gracia previa si le proponían el tema, sus auténticos dioses eran los proyectos buenos y prácticos, la precisión en el trabajo y la fiel realización de aquello a lo que se comprometía: su príncipe de las tinieblas era un trabajador vago. Pero Caleb no tenía un espíritu negativo y el mundo le parecía tan maravilloso que estaba dispuesto a aceptar cualquier número de sistemas, así como de firmamentos, si no interferían obviamente con el mejor drenaje, la sólida construcción, la exactitud de medidas y el juicioso horadamiento del carbón. En definitiva, poseía un alma reverente y una recia inteligencia práctica. Pero no sabía manejar las finanzas: conocía bien los valores, pero no poseía agudeza imaginativa para los resultados monetarios en forma de pérdidas y ganancias, y habiendo comprobado esto a su costa había decidido dejar cualquier aspecto de su querido «negocio» que precisara de ese talento. Se entregó en cuerpo y alma a los trabajos que podía realizar sin manejar un capital, y en su distrito era uno de esos preciados hombres a quien todos elegían para trabajar con ellos porque hacía bien su trabajo, cobraba muy poco y a menudo nada. No es de extrañar, pues, que los Garth fueran pobres y «llevaran una vida tan pequeña». Pero no les importaba.

CAPÍTULO XXV

Fred Vincy quería llegar a Stone Court en un momento en que Mary no le esperara y que su tío no estuviera abajo, en cuyo caso quizá pudiera encontrarla sentada sola en el gabinete de paredes de madera.

Dejó en el patio el caballo para evitar hacer ruido con la gravilla de la puerta principal y entró en la habitación sin otro aviso que el ruido del picaporte. Mary estaba en su esquina habitual riéndose con los comentarios de la señora Piozzi sobre Johnson y levantó la vista con la sonrisa aún en los labios. Fue desapareciendo cuando vio que Fred se la acercaba en silencio, deteniéndose ante ella y apoyando el codo en la repisa de la chimenea con aspecto enfermo. Ella también permaneció en silencio, interrogándole con la mirada.

—Mary —comenzó—, soy un inútil y un rufián.

—Yo diría que con uno de esos epítetos bastaría —dijo Mary, intentando sonreír, pero algo alarmada.

—Sé que no volverás a pensar bien de mí. Me considerarás un mentiroso. Y deshonesto. Pensarás que no me importaste ni tú ni tus padres. Siempre piensas de mí lo peor.

—No negaré que si me das razones para ello creeré todo eso de ti. Pero, por favor, dime enseguida qué has hecho. Prefiero saber la dolorosa verdad que figurármela.

—Debía dinero, ciento sesenta libras. Le pedí a tu padre que firmara un pagaré. Pensé que no le importaría. Estaba convencido de poder pagar yo mismo el dinero y lo he intentado por todos los medios. Y he tenido tan mala suerte..., un caballo me ha salido mal..., que sólo puedo pagar cincuenta libras. Y no puedo pedirle el dinero a mi padre, no me daría un centavo. Y mi tío me dio cien hace poco. ¿Qué puedo hacer, pues? Y ahora tu padre no tiene liquidez y tu madre tendrá que darle las noventa y dos libras que ha ahorrado y dice que se necesitarán también tus ahorros. Ya ves que…

—¡Pobre madre! ¡Pobre padre! —dijo Mary, los ojos llenos de lágrimas e intentando reprimir un sollozo.

Miraba al frente, Fred olvidado, haciéndose cargo de la situación en su hogar. El también guardó silencio unos minutos, sintiéndose más apesadumbrado que nunca.

—Por nada del mundo hubiera querido herirte, Mary —dijo finalmente—. Nunca me perdonarás.

—¿Qué importancia tiene el que yo te perdone? —respondió Mary vehementemente—. ¿Acaso le devolvería eso a mi madre el dinero perdido que lleva cuatro años ganándose con las clases para poder mandar a Alfred con el señor Hanmer? ¿Te parecería bien todo eso si te perdonara?

—Puedes decirme lo que quieras, Mary. Me lo merezco.

—No quiero decir nada. Mi ira no tiene ninguna utilidad —se secó las lágrimas, puso el libro a un lado y se levantó para coger la costura.

Fred la siguió con la vista, con la esperanza de que sus miradas se encontraran y poder así hallar un acceso a su implorante penitencia. Pero no, Mary pudo evitar perfectamente levantar la vista.

—Claro que me importa que se esfume el dinero de tu madre —dijo, cuando ella se encontró sentada de nuevo cosiendo con rapidez—. Quería preguntarte, Mary ¿no crees que el señor Featherstone, si le dijeras lo de poner a Alfred de aprendiz, adelantaría el dinero?

—A mi familia no le gusta mendigar, Fred. Preferimos ganarnos el dinero trabajando. Además, dices que hace poco que el señor Featherstone te ha dado cien libras. No suele hacer regalos; a nosotros no nos los ha hecho nunca. Estoy segura de que mi padre no le pedirá nada, y aunque se lo pidiera yo, no serviría de nada.

—Me siento tan mal, Mary, tan mal… Si lo supieras me tendrías lástima.

—Hay otras cosas que inspiran más lástima. Pero los egoístas siempre creen que su propia incomodidad es lo más importante del mundo. Veo eso a diario.

—No es justo llamarme egoísta. Si supieras lo que hacen otros jóvenes, sabrías que disto mucho de los peores.

—Sé que quienes gastan mucho dinero sin saber cómo pagarán, tienen que ser unos egoístas. Siempre están pensando en lo que pueden obtener para sí mismos y no en lo que otros pueden perder.

—Cualquiera puede tener mala suerte, Mary, y no poder pagar cuando pensaba. No hay mejor hombre en el mundo que tu padre y sin embargo se metió en líos.

—¿Cómo te atreves a hacer comparaciones entre tú y mi padre, Fred? —dijo Mary con profunda indignación—. Nunca tuvo problemas por pensar en su propio placer, sino porque pensaba constantemente en el trabajo que hacía para los otros. Y ha sufrido y trabajado mucho para reparar las pérdidas.

—Y tú piensas que yo nunca seré hombre de bien, Mary. No es generoso pensar lo peor de un hombre. Cuando tienes ascendencia sobre él creo que podrías utilizarla para mejorarle, pero tú jamás haces eso. Me marcho —dijo Fred con desaliento—. No te volveré a hablar de nada. Siento mucho los problemas que he causado.

Mary había dejado la labor y levantó la vista. A menudo hay algo de maternal incluso en un amor juvenil, y la dura experiencia de Mary había dotado a su naturaleza de una impresionabilidad bien diferente de la ingenua dureza que llamamos feminidad aniñada. Las últimas palabras de Fred suscitaron en ella una angustia instantánea, algo parecido a lo que experimenta una madre ante los imaginados sollozos o lamentos del hijo travieso y tunante, que puede perderse y dañarse. Y cuando al levantar los ojos su mirada encontró la de Fred, taciturna y deprimida, su compasión por él se impuso a la rabia y sus demás preocupaciones.

—Fred, pareces enfermo. Siéntate un momento. No te vayas aún. Déjame decirle al tío que estás aquí. Se pregunta cómo no te ha visto en toda la semana.

Mary hablaba precipitadamente, pronunciando las palabras que le salían primero sin saber muy bien cuáles eran, pero diciéndolas en un tono a medias entre la calma y la súplica y levantándose como para ir en busca del señor Featherstone. Fred se sintió como si las nubes se hubieran disipado y llegara un rayo de luz, y dio unos pasos deteniendo su salida.

—Una palabra, Mary, y haré lo que sea. Dime que no pensarás de mí lo peor, que no te das del todo por vencida conmigo.

—Cualquiera diría que me es muy grato pensar mal de ti —dijo Mary con tristeza—. Como si no me resultara muy doloroso verte hecho un frívolo y un ocioso. ¿Cómo puedes ser tan despreciable, cuando otros trabajan y se esfuerzan y hay tantas cosas por hacer; cómo puede ser tan inútil para nada útil? Y con tantas dotes como tienes, Fred, podrías valer mucho.

—Intentaré ser lo que quieras, Mary, si me dices que me quieres.

—Me avergonzaría de decir que quiero a un hombre que depende siempre de los demás, y ha de confiar en lo que otros harían por él. ¿Qué va a ser de ti cuando tengas cuarenta años? Serás como el señor Bowyer, supongo, igual de indolente, viviendo en el salón de la señora Beck, gordo y desaliñado, esperando que alguien te invite a cenar y pasándote la mañana aprendiendo una canción cómica, bueno, en tu caso tocando la flauta.

Mary había iniciado una sonrisa en cuanto hubo hecho la pregunta sobre el futuro de Fred (las almas jóvenes son cambiantes) y antes de concluir, su semblante irradiaba picardía. Para Fred, el hecho de que Mary pudiera burlarse de él suponía el término del dolor, y con una sonrisa pasiva intentó cogerle la mano. Pero ella se encaminó con presteza a la puerta y dijo:

—Avisaré al tío. Tienes que verle, aunque sólo sea un momento.

Fred pensó íntimamente que su futuro estaba a salvo de que se cumplieran las irónicas profecías de Mary, al margen de ese «lo que quieras» que estaba dispuesto a hacer en cuanto ella lo definiera. Ante Mary, nunca se atrevía a abordar el tema de sus expectativas respecto del señor Featherstone, y ella siempre las ignoraba, como si todo dependiera de él mismo. Pero si alguna vez llegara a heredar las propiedades, ella tendría que reconocer el cambio que supondría en la situación de Fred. Todo esto le cruzó por la mente de forma un tanto vaga antes de subir a ver a su tío.

Se quedó muy poco, disculpándose con la excusa de estar resfriado, y Mary no volvió a aparecer antes de que se marchara. Pero así que iba hacia su casa empezó a tomar conciencia de que, más que melancólico, estaba enfermo.

Cuando Caleb Garth llegó a Stone Court, poco después del anochecer, Mary no se sorprendió, aunque era infrecuente que encontrara el tiempo para visitarla y no gustaba de tener que hablar con el señor Featherstone.

Por otro lado, el anciano se sentía incómodo con un cuñado al que no podía molestar, no le importaba que le consideraran pobre, no tenía nada que pedirle y entendía más que él de las cosas de la tierra y las minas. Pero Mary estaba segura de que sus padres querrían verla y de no haber venido su padre, hubiera pedido permiso para ausentarse un par de horas al día siguiente. Después de discutir de precios con el señor Featherstone durante el té, Caleb se levantó para despedirse y dijo:

—Mary, quisiera hablar contigo.

Mary llevó una vela a otro amplio salón, carente de fuego, y depositando la débil luz sobre una mesa de caoba oscura se volvió hacia su padre y rodeándole el cuello con los brazos le besó con una expresividad infantil que le cautivó, dulcificándose la expresión de sus pobladas cejas igual que le ocurre a un perro grande y hermoso cuando se le acaricia. Mary era su hija predilecta y, por mucho que dijera Susan y por razón que tuviera en todos los demás asuntos, Caleb consideraba natural que Fred o cualquier otro quisieran a Mary más que a las demás chicas.

—Tengo algo que decirte, hija —dijo Caleb con su habitual titubeo—. No son muy buenas noticias, pero bueno, podían ser peores.

—¿De dinero, padre? Creo que sé lo que es.

—¿Sí? ¿Y cómo puede ser eso? Verás, he vuelto a ser un necio y firmé un pagaré que vence ahora. Tu madre tendrá que poner sus ahorros, eso es lo peor, y aún así no habrá suficiente. Necesitábamos ciento veinte libras. Tu madre tiene noventa y dos y yo no tengo nada en el banco, y ella piensa que tú tendrás algunos ahorros.

—Sí, sí. Tengo más de veinticuatro libras. Supuse que vendrías, padre, así que las tengo aquí. ¡Mire! ¡Qué hermosura de billetes!

Mary sacó del bolsito los billetes doblados y se los dio a su padre.

—Pero hija, ¿cómo…? Sólo necesitamos dieciocho, toma guárdate el resto, hija…, pero… ¿cómo lo sabías? —dijo Caleb, a quien, en su invencible indiferencia por el dinero, empezaba a preocuparle sobre todo la relación que el asunto podría tener con los sentimientos de su hija.

—Fred me lo contó está mañana. —¡Ah! ¿Vino a propósito?

—Creo que sí. Estaba muy disgustado.

—Me temo que Fred no sea de fiar, Mary —dijo el padre, con titubeante ternura—. Sus intenciones son mejores que sus actos, quizá. Pero sería una lástima que la felicidad de alguien dependiera de él. Tu madre piensa lo mismo.

—Y yo también, padre —dijo Mary sin levantar la vista, pero acercando a su mejilla el dorso de la mano de su padre.

—No es mi intención entrometerme, hija. Pero temí que hubiera algo entre tú y Fred y quería advertirte. Porque, verás, Mary —la voz de Caleb se volvió aún más tierna; había estado moviendo el sombrero de acá para allá sobre la mesa y mirándolo, pero finalmente posó los ojos sobre su hija—, una mujer, por mucho que valga, tiene que llevar la vida que su marido le proporcione. Tu madre ha tenido que aguantar muchas cosas por mi culpa.

Mary acercó a sus labios la mano de su padre y le sonrió.

—Bueno, bueno, nadie es perfecto, pero —el señor Garth sacudió la cabeza como en ayuda de que salieran las palabras— lo que estoy pensando es lo que debe ser para una esposa cuando no está nunca segura de su marido, cuando éste no tiene el principio inculcado que le haga temer más hacerles daño a otros que sentirse él mismo incómodo. Ese es, en definitiva, Mary, el quid del asunto. Los jóvenes sé encariñan antes de saber lo que es la vida y les basta con estar juntos para que sea una fiesta. Pero pronto llegan los días laborables, hija. De todas formas, tú tienes más sentido común que la mayoría y no se te ha criado entre algodones. Puede que no haya motivo para que diga esto, pero un padre tiembla por su hija y tú estás sola aquí.

—No tema por mí, padre —dijo Mary, mirando a su padre a los ojos con seriedad—. Fred se ha portado siempre muy bien conmigo; tiene buen corazón y es afectuoso; y a pesar de su autocomplacencia no es falso. Pero nunca me comprometeré con alguien que no sea independiente y que vaya pasando el tiempo a la espera de que otros le solucionen el porvenir. Usted y mi madre me han hecho demasiado orgullosa para eso.

—Bien, bien. Entonces me tranquilizo —dijo el señor Garth cogiendo el sombrero—. Pero me resulta muy duro marcharme con tus ahorros, hija.

—¡Padre! —dijo Mary con profundo reproche—. Llévales también todo mi cariño a los de casa —fueron sus últimas palabras antes de que su padre cerrara la puerta.

—Supongo que tu padre ha venido a por tus ahorros —dijo el anciano señor Featherstone con su habitual facultad para las suposiciones desagradables, cuando Mary regresó junto a él—. Le debe costar hacer cuadrar las cuentas, me figuro. Ahora eres mayor de edad; deberías guardarte lo que ahorras.

—Considero a mis padres la mejor parte de mí misma, señor —dijo Mary con frialdad.

El señor Featherstone refunfuñó: no podía negar que lo que se espera de una chica normal como ella es que sea útil, de forma que pensó en otra respuesta, lo suficientemente desagradable como para ser siempre oportuna.

—Si Fred Vincy viene mañana, no le entretengas charlando. Déjale que suba a verme.

CAPÍTULO XXVI

Pero Fred no fue a Stone Court al día siguiente por razones perentorias. Aquellas visitas a las insalubres calles de Houndsley en busca de Diamond acarrearon no sólo un mal negocio caballuno, sino la desgracia añadida de una enfermedad que durante un par de días pareció una mera depresión y dolor de cabeza, pero que al regreso de Stone Court se había agudizado tanto que, al entrar en el comedor, se echó en el sofá y en respuesta a la inquieta pregunta de su madre dijo:

—Me encuentro muy mal: creo que debe venir Wrench. Wrench vino, pero no encontró nada serio, habló de «un leve desarreglo» y no quedó en volver al día siguiente. Sentía el debido respeto por la casa de los Vincy, pero incluso los hombres más prudentes se ofuscan a veces con la rutina, y hay mañanas ajetreadas en las que hacen su labor con el brío del campanero. El señor Wrench era un hombre menudo, pulcro, bilioso, de inmaculada peluca; tenía una farragosa clientela, mal carácter, una esposa linfática y siete hijos, e iniciaba ya con retraso el recorrido de cuatro millas hasta el lado opuesto de Tipton donde había de reunirse con el doctor Minchin, pues la muerte de Hicks, el médico rural, había incrementado los pacientes de Middlemarch en esa dirección. Si yerran los grandes hombres de estado ¿por qué no lo iban a hacer los médicos insignificantes? El señor Wrench no descuidó recetar los usuales paquetitos blancos que en esta ocasión tuvieron negras y drásticas consecuencias. Su efecto no alivió al pobre Fred, quien, no obstante, reacio a creerse que «se le avecinaba una enfermedad», se levantó a su hora a la mañana siguiente y bajó con la intención de desayunar sin conseguir otro éxito que el de sentarse tiritando junto a la chimenea. De nuevo se mandó llamar al señor Wrench, pero había salido a hacer su ronda y la señora Vincy, viendo el aspecto que ofrecía su predilecto, rompió en llanto y dijo que llamaría al doctor Sprague.

—¡Bobadas, madre! ¡No es nada! —dijo Fred, extendiendo hacia ella una mano seca y febril—. Pronto estaré bien. Debí coger frío en ese horrible y húmedo viaje.

—¡Mamá! —exclamó Rosamond, que estaba sentada junto a la ventana (las ventanas del comedor daban a la muy respetable calle denominada Lowick Gate)—, ahí está el señor Lydgate hablando con alguien. Yo de ti le llamaría. Ha curado a Ellen Bulstrode. Dicen que cura a todo el mundo.

La señora Vincy corrió hacia la ventana y la abrió al instante, pensando sólo en Fred y no en el protocolo médico. Lydgate se encontraba a unos dos metros al otro lado de una valla de hierro y el ruido de la ventana le hizo volverse antes de que la señora Vincy tuviera que llamarle. A los dos minutos estaba en la habitación de la cual Rosamond salió tras mostrar cierta inquietud en consonancia con lo que entendía que era la discreción.

Lydgate hubo de oír una narración en la que la mente de la señora Vincy se concentraba con asombroso instinto en todo punto de nula importancia, sobre todo respecto a lo que el señor Wrench había dicho o no había dicho sobre volver o no. Lydgate se dio cuenta al momento de la difícil situación que esto podía crear entre él y Wrench, pero el caso era lo bastante grave como para desechar la consideración: estaba convencido de que Fred se encontraba en la fase rosácea de la fiebre tifoidea y de que había tomado las medicinas inadecuadas. Debía irse de inmediato a la cama, ser atendido por una enfermera y había que tomar ciertas precauciones sobre las que Lydgate fue muy preciso. El terror de la señora Vincy ante estas señales de peligro encontró salida en las primeras palabras que se le ocurrieron. Opinaba que «era un ultraje por parte del señor Wrench que les había atendido durante tantos años, prefiriéndole al señor Peacock que también era amigo. No podía entender por nada del mundo por qué el señor Wrench había desatendido a sus hijos más que a otros. No había hecho lo mismo con los hijos de la señora Larcher cuando tuvieron el sarampión, cosa que la señora Vincy tampoco hubiera deseado. Y si ocurriera algo…».

Llegado este punto, la señora Vincy se derrumbó y su cuello de Niobe y su rostro animado se desencajaron. Esto tenía lugar en el recibidor, fuera del alcance de los oídos de Fred, pero Rosamond había abierto la puerta del cuarto de estar y avanzó hacia ellos inquieta. Lydgate disculpó al señor Wrench diciendo que los síntomas del día anterior podían ser equívocos y que este tipo de fiebre era confusa en sus inicios; se dirigiría de inmediato al boticario a que le preparara la receta para no perder más tiempo, pero escribiría al señor Wrench comunicándose lo que se había hecho.

—Pero tiene usted que volver, tiene que continuar atendiendo a Fred. No consiento en dejar a mi hijo en manos de alguien que puede venir o no. No le guardo rencor a nadie, gracias a Dios, y el señor Wrench me salvó durante la pulmonía, pero mejor me hubiera dejado morir si… si…

—Entonces me reuniré aquí con el señor Wrench, ¿quiere? —dijo Lydgate, convencido de que Wrench no estaba preparado para llevar bien un caso como éste.

—Le ruego que se encargue de ello, señor Lydgate —dijo Rosamond en apoyo de su madre y asiéndole el brazo para llevársela.

Cuando el señor Vincy llegó a casa se enfadó mucho con Wrench, manifestando que no le importaba que no volviera a pisar su casa. Lydgate debía continuar, tanto si le gustaba a Wrench como si no. No era una broma el que hubiera fiebre en la casa. Habría que avisar a todo el mundo para que no fueran a cenar el jueves. Y no era preciso que Pritchard sacara el vino, el coñac era lo mejor contra una infección.

—Beberé coñac —añadió el señor Vincy enfáticamente, como queriendo dar a entender que no era ésta ocasión para disparar con cartuchos de fogueo —. Es un chico extraordinariamente desafortunado, este Fred. Necesitará tener suerte en el futuro para compensar todo esto, de otro modo no sé quién iba a querer tener un hijo primogénito.

—No digas eso, Vincy —dijo la madre con voz trémula—, si no quieres que me lo quiten.

—Te va a matar a preocupaciones, Lucy, eso sí lo veo claro —dijo el señor Vincy más apaciguado—. De todos modos, le haré saber a Wrench mi opinión sobre el tema —lo que el señor Vincy pensaba confusamente era que tal vez la fiebre se hubiera evitado si Wrench hubiera actuado con el debido cuidado respecto de su (la del alcalde) familia—. No soy de los que se dejan influir por el último criterio sobre los nuevos médicos o clérigos, sean hombres de Bulstrode o no. Pero Wrench sabrá lo que pienso, vaya si lo sabrá.

Wrench no se lo tomó en absoluto bien. Lydgate fue todo lo educado que su brusca personalidad le permitía, pero la educación por parte de quien te ha puesto en desventaja sólo constituye una desesperación añadida, sobre todo si la persona era ya de antemano un objeto de desagrado. Los médicos rurales constituían una especie irascible, susceptibles en cuanto al honor, y el señor Wrench era, entre ellos, uno de los más irritables. No se negó a ver a Lydgate esa tarde, pero la ocasión puso bastante a prueba su aguante. Tuvo que oír decir a la señora Vincy:

—Señor Wrench, ¿qué he hecho yo para que me trate así? ¡Mire que marcharse y no volver a venir! ¡Mi hijo podía ser ahora un cadáver!

El señor Vincy, que había estado manteniendo un avivado fuego contra la Infección enemiga, y en consecuencia se encontraba muy acalorado, se levantó cuando oyó entrar a Wrench y salió a la entrada para decirle lo que pensaba.

—¿Sabe lo que le digo, Wrench?, que esto pasa de castaño oscuro —dijo el alcalde, que últimamente había tenido que amonestar con aire oficial a los ofensores y ahora se ensanchaba metiendo los pulgares en las sisas—. ¡Permitir que la fiebre entre así como así en una casa como ésta! ¡Hay ciertas cosas que debieran ser procesables y no lo son, esa es mi opinión!

Pero es más fácil soportar los reproches irracionales que la sensación de que te están instruyendo, o, mejor dicho, la sensación de que un hombre más joven, como Lydgate, interiormente te considera falto de formación, pues «de hecho» dijo el señor Wrench posteriormente, Lydgate expuso nociones inconcretas y extranjerizantes que no se tenían en pie. Momentáneamente se tragó la ira, pero después escribió rehusando tener nada más que ver con el caso. La casa sería buena, pero el señor Wrench no iba a ceder ante nadie en un asunto profesional. Reflexionó que era harto probable que, con el tiempo, Lydgate también diera un traspié y que sus intentos poco caballerosos por desacreditar la venta de fármacos por parte de sus compañeros de profesión, también con el tiempo, se volverían contra él mismo. Lanzó hirientes comentarios sobre los trucos de Lydgate, dignos tan sólo de un curandero para granjearse una reputación ficticia entre los crédulos. Ningún médico serio empleaba esa jerga de las curas.

Era este un punto que le dolía a Lydgate todo lo que Wrench pudiera desear. El que le socavara un ignorante no sólo era humillante, sino también peligroso y no más de envidiar que la reputación de quien profetiza el tiempo. Le impacientaban las necias expectativas en medio de las cuales ha de desarrollarse toda labor, y era susceptible de perjudicarse cuanto deseara el señor Wrench por una sinceridad poco profesional.

No obstante, Lydgate quedó instalado como médico de los Vincy y el hecho fue tema de comentario general en Middlemarch. Unos dijeron que los Vincy se habían comportado de forma escandalosa, que el señor Vincy había amenazado a Wrench y que la señora Vincy le había acusado de envenenar a su hijo. Otros opinaban que había sido providencial que Lydgate pasara por allí en aquel momento, que era asombrosamente listo en materia de fiebres y que Bulstrode tenía razón en apoyarle. Muchos pensaban que el hecho mismo de que Lydgate llegara a la ciudad se debía a Bulstrode, y a la señora Taft, que se pasaba la vida contando puntos y recababa su información de fragmentos inconexos oídos entre una y otra vuelta de la labor, se le metió en la cabeza que Lydgate era hijo natural de Bulstrode, hecho que parecía justificar sus sospechas respecto de los laicos evangélicos.

Un día le comunicó esta información a la señora Farebrother, quien no dejó de contárselo a su hijo, observando:

—Nada me sorprendería de Bulstrode, pero me dolería pensarlo del señor Lydgate.

—Pero madre —dijo el señor Farebrother, tras una sonora carcajada—, sabes muy bien que Lydgate viene de una buena familia del norte. Jamás había oído hablar de Bulstrode antes de llegar aquí.

—Camden, eso es satisfactorio por lo que respecta al señor Lydgate —dijo la anciana con aire de precisión—. Pero por lo que respecta a Bulstrode, el comentario pudiera ser cierto de algún otro hijo.

CAPÍTULO XXVII

Tu eminente filósofo de entre mis amigos que sabe dignificar incluso el mobiliario más feo a base de colocarlo a la serena luz de la ciencia me ha enseñado este enjundioso hecho.

El espejo, o la superficie de acero pulido que lustra la criada, tiene múltiples y minuciosos arañazos en todas direcciones… Pero poned frente a ello una vela encendida como centro de iluminación y hete aquí que los arañazos parecen recolocarse formando una serie de círculos concéntricos en torno a ese pequeño sol. Se puede demostrar que los arañazos siguen manteniendo una dirección imparcial y es sólo la vela lo que produce la halagadora ilusión de una organización concéntrica, cayendo su luz con una selección exclusivamente óptica. Estas cosas son una parábola. Los arañazos son sucesos, y la vela es el egoísmo de cualquier persona ausente en este momento, la señorita Vincy, por ejemplo.

Rosamond tenía una Providencia propia que muy amablemente la había hecho más atractiva que a otras jóvenes y que parecía haber organizado la enfermedad de Fred y el error del señor Wrench a fin de que ella y Lydgate se encontraran en una proximidad efectiva. Hubiera sido contravenir estos arreglos el que Rosamond hubiera consentido en marcharse a Stone Court o a cualquier otro lugar, como deseaban sus padres, sobre todo puesto que el señor Lydgate consideró innecesaria la precaución. Así pues, mientras que la señorita Morgan y los niños fueron enviados a la granja a la mañana siguiente de haberse declarado la enfermedad de Fred, Rosamond se negó a abandonar a papá y mamá.

Ciertamente que la pobre mamá constituía un objeto conmovedor para cualquier ser nacido de mujer, y el señor Vincy, que adoraba a su esposa, se sentía más preocupado por ella que por Fred. De no ser por la insistencia de su marido, no habría ni tan siquiera descansado; su animación se había apagado y, desinteresada por su atuendo, siempre tan fresco y juvenil, parecía un ave enferma, los ojos lánguidos y el plumaje alborotado, los sentidos sordos a todo cuanto la había interesado. El delirio de Fred, durante el que parecía alejarse de ella, le rompía el corazón. Tras su primer exabrupto contra el señor Wrench, iba por la casa en silencio, roto tan sólo por el quedo llamamiento a Lydgate. Le seguía al salir de la habitación y poniendo la mano sobre el brazo gemía «salve a mi hijo». Una vez sollozó: «Siempre ha sido bueno conmigo, señor Lydgate, jamás ha tenido una palabra áspera para con su madre» — como si el sufrimiento del pobre Fred fuera una acusación contra él. Se conmovieron las más profundas fibras del recuerdo materno, y el joven, cuya voz se tornaba más dulce cuando se dirigía a ella, se fundía con el niño a quien había amado, con un amor nuevo para ella, antes ya de que naciera.

—Tengo muchas esperanzas, señora Vincy —decía Lydgate—. Baje conmigo y hablaremos de la alimentación —de esta forma la conducía hasta la salita, donde se hallaba Rosamond, distrayéndola así un poco e incitándola a tomarse un té o un caldo que le habían preparado. Había entre él y Rosamond un constante entendimiento en estos temas. Casi siempre la veía antes de entrar en la habitación del enfermo y ella acudía a él en busca de consejo sobre qué hacer con mamá.

Su presencia de ánimo y exactitud al llevar a cabo sus indicaciones eran admirables, y no es extraordinario que la idea de ver a Rosamond empezara a mezclarse con su interés por el caso. Sobre todo, una vez hubo pasado la etapa crítica y Lydgate empezara a confiar en la recuperación de Fred. En un momento incierto había aconsejado llamar al doctor Sprague (quien hubiera preferido mantenerse neutral debido a Wrench); pero tras dos consultas, el caso quedó en manos de Lydgate y existían un sinfín de razones para hacer de él un asiduo. Iba a casa del señor Vincy por la mañana y por la tarde y poco a poco las visitas se fueron haciendo más alegres a medida que Fred se encontró simplemente débil, y no sólo necesitado de todos los mimos, sino consciente de ellos, de forma que la señora Vincy empezó a pensar que después de todo la enfermedad le había proporcionado un festival a su ternura.

Tanto el padre como la madre lo tuvieron como una razón añadida para su exaltación cuando el anciano señor Featherstone envió mensajes por Lydgate urgiendo a Fred que se repusiera pronto, puesto que él, Peter Featherstone, no podía prescindir de él y le echaba mucho de menos. El propio anciano empezaba a estar encamado. La señora Vincy le pasó los mensajes a Fred en cuanto estuvo en condiciones de oírlos, y él volvió hacia ella su rostro delicado y desvalido, afeitado el tupido pelo rubio y en el que los ojos parecían haberse agrandado, ansiando alguna palabra acerca de Mary, preguntándose lo que ella sentiría con su enfermedad. Sus labios no pronunciaron palabra alguna, pero «el oír con los ojos es patrimonio de la agudeza del amor» y la madre, en la magnanimidad de su corazón, no sólo adivinaba el anhelo de Fred, sino que estaba dispuesta a cualquier sacrificio para complacerle.

—Con tal de poder ver a mi hijo fuerte otra vez —decía, con tierna ingenuidad—. Y, ¿quién sabe? …, ¡tal vez dueño de Stone Court! …, entonces se puede casar con quien quiera.

—No si me rechazan, madre —respondía Fred. La enfermedad le había ablandado y los ojos se le llenaron de lágrimas mientras hablaba.

—Venga, venga, tómate un poco de jalea, hijo —era la respuesta de la señora Vincy, incrédula ante una negativa.

No se apartaba del lado de Fred cuando su marido no estaba en la casa, y así Rosamond se encontraba en la insólita situación de estar mucho sola. Naturalmente, a Lydgate no se le ocurría quedarse mucho tiempo con ella, y sin embargo parecía como si las breves e impersonales conversaciones que mantenían estuvieran creando esa peculiar intimidad que consiste en la timidez. Estaban obligados a mirarse cuando se hablaban, y de alguna manera ese mirarse no se podía llevar a cabo como la cosa normal que era.

A Lydgate le empezó a incomodar esa especie de concienciación, y un día bajó la vista y miró hacia otra parte, como una marioneta mal manejada. Pero esto no dio buen resultado, pues al día siguiente Rosamond bajó la vista, y consecuentemente, la próxima vez que sus miradas se encontraron fue aún más violento. La ciencia no tenía soluciones para esto y puesto que Lydgate no quería flirtear, la frivolidad tampoco parecía poder proporcionar ayuda alguna. Fue por tanto una bendición cuando los vecinos dejaron de considerar que la casa estaba bajo cuarentena y se redujeron considerablemente las oportunidades de ver a Rosamond a solas.

Pero una vez ha existido, no es fácil obviar los efectos de esa intimidad fruto de la violencia mutua, en la que cada uno percibe que el otro siente algo. Charlar acerca del tiempo y demás tópicos civilizados tiende a parecer una pobre argucia y el comportamiento no se normaliza salvo que se reconozca abiertamente una mutua fascinación, lo que por supuesto tampoco tiene por qué implicar nada ni profundo ni serio. Esta fue la forma en la que Rosamond y Lydgate encajaron con elegancia, dotando de nuevo de vivacidad a su relación. Las visitas iban y venían como de costumbre, volvió la música al salón y regresó también la acrecentada hospitalidad del señor Vincy como alcalde. Siempre que podía, Lydgate se sentaba junto a Rosamond, y se rezagaba para oírla tocar y cantar, denominándose su prisionero con la intención más absoluta de no serlo. Lo descabellado de la idea de establecerse inminente y satisfactoriamente como hombre casado era garantía más que suficiente contra el peligro. Este jugar a estar un poco enamorado era agradable y no interfería con propósitos más serios. Al fin y al cabo, el flirtear no suponía necesariamente un proceso en el que uno se chamuscara. Por su parte, Rosamond jamás antes había disfrutado tanto de sus días: estaba segura de que la admiraba alguien a quien merecía la pena cautivar y no distinguía el flirteo del amor, ni en ella ni en la otra persona. Era como si navegara con viento favorable justo hacia donde quería ir, y sus pensamientos los llenaba una hermosa casa en Lowick Gate que, con el tiempo, esperaba que se quedaría vacía. Estaba decidida, una vez casada, a deshacerse pertinentemente de cuantas visitas no le resultaban agradables en casa de su padre y amueblaba de distintas maneras una y otra vez el salón de su casa predilecta.

Por supuesto que también pensaba mucho en el propio Lydgate, que le parecía casi perfecto: si conociera las notas de forma que el arrobamiento que su música le producía hubiera sido menos parecido al de un elefante emocionado, y si hubiera podido apreciar mejor los refinamientos de su gusto en el vestir, Rosamond apenas habría podido señalar en él un defecto. ¡Qué distinto era del joven Plymdale o del señor Caius Larcher! Aquellos jóvenes no tenían ni idea de francés, ni podían hablar de ningún tema con adecuados conocimientos, salvo tal vez el comercio del transporte y el teñido, que por supuesto se avergonzaban de mencionar; eran la burguesía de Middlemarch, jubilosa con sus fustas de empuñadura de plata y corbatines de raso, pero zafia de modales y tímidamente jocosa. Incluso Fred estaba por encima de ellos, poseedor al menos del acento y las formas de un universitario. Por el contrario, a Lydgate siempre se le escuchaba, su porte era el de la educada despreocupación de la superioridad consciente, y su ropa parecía la adecuada por más de una afinidad natural y no una reflexión constante. Rosamond se enorgullecía cuando entraba Lydgate, y al acercársela con una distinguida sonrisa, tenía la sensación deliciosa de ser objeto de un envidiable homenaje. Si Lydgate hubiera sido consciente del orgullo que suscitaba en aquel delicado corazón, hubiera estado tan contento como cualquier otro hombre, aún el más ignorante respecto a la patología de los humores o el tejido fibroso: el adorar la superioridad del hombre sin tener un conocimiento demasiado preciso acerca de lo que era, constituía para él una de las actitudes más bonitas de la mente femenina.

Pero no era Rosamond una de esas desvalidas jovencitas que se delatan inconscientemente y cuyo comportamiento es el torpe resultado de sus impulsos en lugar del fruto de la sagaz cautela y el decoro. ¿Acaso os imagináis que sus pronósticos y cábalas respecto al mobiliario y la sociedad asomaban jamás en su conversación, ni siquiera con su madre? Muy al contrario, hubiera manifestado la mayor de las sorpresas y gran desaprobación de saber que otra joven había manifestado semejante inmodesta precipitación, es más, probablemente no lo hubiera creído. Pues Rosamond nunca mostraba conocimientos desfavorecedores, mostrándose siempre como esa combinación de correctos sentimientos, música, danza, dibujo, elegantes notitas a mano, álbum particular de poesías escogidas y perfecta hermosura rubia que componían la mujer irresistible para el hombre sentenciado de aquel periodo. Os ruego que no le atribuyáis maldades injustas: no urdía malvadas tramas ni cosas sórdidas o mercenarias; de hecho, jamás pensaba en el dinero salvo como algo necesario que otros siempre proporcionarían. No era su costumbre inventar falsedades y si sus comentarios no se ajustaban estrictamente a los hechos, ello obedecía a que esa no era su intención, sino que, como otros de sus elegantes atributos, tenían la finalidad de agradar. En el acabado de la alumna predilecta de la señora Lemon, la naturaleza había inspirado a numerosas artes, y la opinión general (excluida la de Fred) era que Rosamond constituía una infrecuente combinación de belleza, inteligencia y amabilidad.

A Lydgate cada vez le resultaba más agradable estar con ella. No existía ahora entre ellos turbación alguna, sino ese delicioso intercambio de influencia en sus miradas y lo que decían tenía para ellos ese exceso de significado que un tercero observa con cierto aburrimiento, pero continuaban sin tener charlas o digresiones de las que hubiera que excluir a nadie. El hecho real es que flirteaban, y Lydgate estaba convencido de que no hacían nada más. Si un hombre no podía amar y ser prudente, al menos podría flirtear y ser prudente. La verdad era que los hombres de Middlemarch, exceptuando al señor Farebrother, eran muy aburridos, y a Lydgate no le interesaban ni la política comercial ni las cartas. ¿Qué iba a hacer, pues, para distraerse? Con frecuencia le invitaban los Bulstrode, pero allí las hijas apenas habían dejado la escuela, y la ingenuidad con la que la señora Bulstrode reconciliaba la piedad y la mundanidad, lo vacuo de esta vida y el deseo por el cristal tallado, la percepción simultánea de los harapos y el damasco constituían un respiro insuficiente al peso de la invariable seriedad de su marido. A pesar de todos sus fallos, el hogar de los Vincy salía mejor parado de la comparación; además alimentaba a Rosamond, encantadora como una rosa a medio abrir y dotada de atributos para la refinada distracción del hombre.

Pero su éxito con la señorita Vincy le granjeó otros enemigos que los médicos. Una noche entró bastante tarde en el salón, después de que hubieran llegado otras visitas. La mesa de cartas había atraído a los mayores y el señor Ned Plymdale (uno de los buenos partidos de Middlemarch si bien no una de sus mejores mentes) mantenía un téte-á-téte con Rosamond. Había traído el último número de Keepsake, la maravillosa publicación en papel satinado que indicaba el progreso moderno en la época, y se consideraba muy afortunado por poder ser el primero en verla con Rosamond, deteniéndose en las damas y caballeros de brillantes mejillas y brillantes sonrisas, y llamando formidables los poemas cómicos e interesantes las narraciones sentimentales. Rosamond se mostraba condescendiente y Ned estaba satisfecho de tener en su mano lo óptimo en arte y literatura como medio de «hacerle la corte» y deleitar a una agradable joven. Asimismo tenía motivos, profundos más que visibles, para estar satisfecho de su aspecto. Para el observador superficial, su barbilla daba la impresión de desvanecerse, como si se reabsorbiera gradualmente. Y lo cierto es que le causaba ciertos problemas con el ajuste de sus corbatines de raso, a cuyo efecto resultaban útiles las barbillas en aquellos tiempos.

—Creo que la honorable señora se parece un poco a usted —dijo Ned. Mantuvo abierto el libro ante el retrato fascinador, mirándolo lánguidamente.

—Tiene una espalda muy grande, como si el objetivo de su pose fuera eso —dijo Rosamond sin intención satírica al tiempo que pensaba lo rojas que tenía las manos el joven Plymdale y se preguntaba por qué no venía Lydgate. Continuó bordando.

—No dije que fuera tan hermosa como usted —dijo Ned, osando levantarla vista del retrato para mirar al rival del mismo.

—Sospecho que es usted un auténtico adulador —dijo Rosamond, con la certeza de que tendría que rechazar a este joven caballero por segunda vez.

Pero en este momento entró Lydgate. El libro se cerró antes de que alcanzara la esquina en la que se encontraba Rosamond y al sentarse con confianza relajada a su otro lado, la mandíbula del joven Plymdale cayó como un barómetro por el lado infausto del cambio. Rosamond disfrutó no sólo con la presencia de Lydgate, sino con el efecto que causó le gustaba provocar los celos.

—¡Vaya un tardón está usted hecho! —dijo al darle la mano—, hace ya un ratito que mamá empezó a darle por ausente. ¿Cómo ha encontrado a Fred?

—Como de costumbre: recuperándose, pero lentamente. Quisiera que se fuera… tal vez a Stone Court, por ejemplo. Pero su madre parece poner alguna pega.

—¡Pobrecillo Fred! —dijo Rosamond con dulzura—. Encontrará a Fred tan cambiado —añadió volviéndose hacia el otro pretendiente—. El señor Lydgate ha sido nuestro ángel de la guarda durante su enfermedad.

Don Ned esbozó una sonrisa nerviosa mientras que Lydgate, cogiendo el Keepsake y abriéndolo, soltó una despectiva carcajada y alzó la barbilla como maravillándose de la estupidez humana.

—¿De qué se ríe tan irreverentemente? —preguntó Rosamond con suave neutralidad.

—Me pregunto qué resultaría más bobo de aquí, las ilustraciones o la parte escrita —respondió Lydgate tajantemente mientras ojeaba rápidamente las páginas, como si se hiciera cargo del libro en un santiamén y, a juicio de Rosamond, luciendo con gran ventaja sus grandes manos blancas.

—Observen este novio saliendo de la iglesia. ¿Han visto jamás una «imagen tan almibarada», como decían los isabelinos? ¿Habrá un mercero más afectado? Y sin embargo estoy seguro de que la historia que acompaña le convierte en uno de los mayores caballeros del país.

—Es usted tan severo que me asusta —dijo Rosamond, moderando oportunamente su diversión. El pobre Plymdale se había detenido con admiración ante este mismo grabado y su ánimo se vio alterado.

—Pues hay mucha gente muy célebre que escribe en Keepsake —dijo en tono entre tímido y airado—. Y esta es la primera vez que oigo a nadie denominarlo una bobada.

—Veo que tendré que acusarle de ser un godo —dijo Rosamond, dirigiéndose a Lydgate con una sonrisa—. Sospecho que no sabe ni una palabra acerca de Lady Blessington o de L.E.U. —La propia Rosamond disfrutaba con estas escritoras, pero no se comprometía fácilmente expresando su admiración y estaba alerta a la mínima insinuación de que, según Lydgate, algo no fuera del más exquisito gusto.

—Pero imagino que el señor Lydgate conocerá a Sir Walter Scott —dijo el joven Plymdale, animado un tanto por esta ventaja.

—Bueno, no leo literatura ahora —dijo Lydgate, cerrando el libro y poniéndolo a un lado—. Leí tanto de pequeño que supongo que me bastará el resto de mi vida. Solía saberme de memoria los poemas de Scott.

—Me gustaría saber dónde se detuvo —dijo Rosamond—, porque así estaría segura de saber algo que usted desconoce.

—El señor Lydgate opinaría que eso no merece la pena saberlo —dijo Ned, intencionadamente cáustico.

—Al contrario —dijo Lydgate, sin asomo de irritación y sonriendo a Rosamond con desesperante confianza—. Merecería la pena saberlo por el hecho de que fuera la señorita Vincy quien me lo comunicara.

El joven Plymdale pronto se encaminó hacia la mesa de whist pensando que Lydgate era uno de los tipos más engreídos y desagradables que había tenido la mala fortuna de conocer.

—¡Qué imprudente es usted! —dijo Rosamond, interiormente encantada —. ¿Se da cuenta de que le ha ofendido? —Pero… ¿es que era el libro del señor Plymdale? Lo siento. No me di cuenta.

—Empezaré a pensar que es cierto lo que usted dijo de sí mismo cuando llegó aquí, que es usted un oso necesitado de que los pájaros le instruyan.

—Pues hay un ave que puede enseñarme cuanto quiera. ¿Acaso no la escucho con gusto?

A Rosamond le parecía que era casi como si ella y Lydgate estuvieran prometidos. Que en algún momento lo estarían era una idea que hacía tiempo llevaba en la mente y ya sabemos que las ideas, encontrándose a mano los materiales necesarios, tienden hacia un tipo de existencia más sólida. Cierto que Lydgate tenía la idea contraria de permanecer soltero, pero esto era sencillamente una sombra proyectada por otras decisiones que, a su vez, eran susceptibles de desaparición. Era casi seguro que las circunstancias estarían del lado de la idea de Rosamond, que tenía una actividad moldeadora y la supervisión de unos atentos ojos azules mientras que la de Lydgate estaba ciega y ajena como una medusa que se derrite sin ni siquiera darse cuenta.

Cuando llegó a casa esa noche observó sus frascos para ver cómo progresaba el proceso de maceración, sin que su interés se viera perturbado, y escribió sus notas diarias con la precisión de siempre. Los sueños de los que le resultaba difícil desprenderse eran construcciones ideales de otras cosas que no eran las virtudes de Rosamond, y el tejido primitivo seguía siendo su dulce desconocida. Además, comenzaba a interesarle la incipiente si bien medio reprimida pugna entre él y los otros médicos que probablemente se haría más patente ahora que el método de Bulstrode para llevar el hospital estaba a punto de hacerse público y había además, varios indicios alentadores de que el rechazo que hacia él sentían ciertos pacientes de Peacock se viera contrarrestado por la impresión que había causado en otras áreas. Unos días más tarde, cuando casualmente había adelantado a Rosamond en la carretera de Lowick y había desmontado del caballo para caminar junto a ella y protegerla de un boyero que pasaba, le había detenido un criado a caballo portador de un mensaje procedente de una casa de cierto rango a la que Peacock nunca había sido llamado. Era el segundo ejemplo de este tipo. Era el criado de Sir James Chettam y la casa era Lowick Manor.

CAPÍTULO XXVIII

El señor y la señora Casaubon regresaron a Lowick de su viaje de novios a mediados de enero. Nevaba un poco cuando se detuvieron ante la puerta por la mañana, cuando Dorothea pasó del vestidor al gabinete azul y verde que conocemos y vio la larga avenida de tilos alzando sus troncos desde la tierra blanca, destacando contra el cielo inmóvil y pardo sus blancas ramas desplegadas. La llanura distante se veía pequeña en la uniforme blancura de nieve y amenazadoras nubes. El propio mobiliario parecía haber encogido desde que lo viera por última vez; el ciervo del tapiz era como un fantasma en su fantasmagórico mundo verdeazul; los volúmenes de literatura discreta de la estantería se asemejaban más a imitaciones inmutables de libros. El alegre fuego de ramas secas de encinas sobre los morillos parecía una incongruente renovación de la vida v el calor, como la figura de la propia Dorothea cuando entró con los estuches de piel roja que contenían los camafeos para Celia.

Relucía con el aseo matutino como sólo puede hacerlo la juventud sana; brillaban el pelo trenzado y los ojos color de avellana; los labios mostraban calor y vida: la gargantea contrastaba con cálida blancura contra el blanco de las pieles que parecían rodearle el cuello y bordearle la capa grisácea con una ternura que emanaba de la propia Dorothea, una palpable inocencia que mantenía su hermosura frente a la cristalina pureza de la nieve exterior. Al dejar los estuches sobre la mesa junto al mirador, retuvo inconscientemente sobre ellos las manos, absorta de inmediato con el entorno, blanco y quieto, que componía su mundo visible.

El señor Casaubon, que se había levantado temprano aquejado de palpitaciones, se encontraba en la biblioteca con su coadjutor, el señor Tucker.

Pronto vendría Celia, en su calidad de dama de honor y hermana, y a lo largo de las próximas semanas vendrían y se harían las visitas de rigor, todo de acuerdo con esa vida que se entiende corresponde a la emoción de la felicidad nupcial y mantiene la sensación de una ajetreada inefectividad, como perteneciente a un sueño del cual el soñador empieza a recelar. Las obligaciones de su vida de casada, que tan grandes parecían de antemano, parecían empequeñecerse al igual que los muebles y el blanco paisaje amurallado por las nubes. Las claras cumbres donde esperaba caminar con plena identificación se hacían difíciles de distinguir incluso en su imaginación: el delicioso descanso del alma en alguien totalmente superior se había visto bruscamente transformado en esfuerzo incómodo, perturbado por aciagos presentimientos. ¿Cuándo iban a empezar esos días de activa devoción de esposa que fortalecería la vida de su marido y llenaría la suya propia? Tal vez nunca en la manera en que los había imaginado, pero sí de alguna forma, de alguna. En esta unión de su vida solemnemente contraída, el deber se presentaría bajo una nueva forma de inspiración y dotaría de un significado nuevo el amor de casada. Entretanto, lo que existía era la nieve y la aplastante arcada de opresión, la asfixia del mundo de aquella dama, en el que todo se le daba hecho y nadie solicitaba su ayuda, donde la sensación de una unión con una existencia rica y fructífera debía mantenerse dolorosamente como una visión interna, en lugar de proceder del exterior con reclamaciones que hubieran moldeado sus energías. «¿Qué debo hacer?». «Lo que quieras, querida», esa había sido su breve historia desde que abandonara las clases matutinas y las insulsas prácticas al piano que detestaba. El matrimonio, que había de encauzar una actividad digna e imperativa no la había liberado aún de la opresiva libertad de las damas, ni siquiera había llenado su ocio con el sostenido gozo de la ternura ilimitada. Su juventud radiante y vigorosa se erguía en un aprisionamiento moral que se fundía con el paisaje frío, incoloro y empequeñecido, con el mobiliario encogido, los libros sin leer y el ciervo fantasmagórico en un mundo pálido y fantástico que parecía ir desapareciendo de la luz del día.

Durante los primeros minutos en que Dorothea miró por la ventana sólo sintió la melancólica opresión, después vino un punzante recuerdo, y dándose la vuelta caminó por la habitación. Las ideas y las esperanzas que poblaban su mente cuando viera el cuarto por primera vez casi tres meses atrás eran ahora sólo recuerdos, y los juzgaba como juzgamos las cosas pasajeras y pasadas. Toda forma de existencia parecía latir con un pulso inferior al suyo y su fe religiosa era un grito aislado, la lucha por escapar de una pesadilla en la que cada objeto se marchitaba y se alejaba de ella. Cada recuerdo en la habitación estaba desencantado, mortecino, como una transparencia carente de iluminación, hasta que su mirada errante se posó sobre el grupo de miniaturas y allí, por fin, vio algo que había cobrado nuevo significado y aliento: la miniatura de Julia, la tía del señor Casaubon, que había contraído aquel desafortunado matrimonio, la abuela de Will Ladislaw. Dorothea se la imaginaba viva ahora, el rostro delicado de mujer que sin embargo emanaba terquedad, algo difícil de interpretar. ¿Eran sólo sus amigos quienes consideraban desafortunado su matrimonio? ¿O había descubierto ella también que había sido un error, y paladeaba la salada amargura de sus lágrimas durante el piadoso silencio de la noche? ¡Qué cúmulo de experiencias le parecía a Dorothea haber pasado desde que viera por primera vez esta miniatura! Sentía con ella un nuevo vínculo, como si la estuviera escuchando y pudiera ver cómo la observaba. He aquí a una mujer que había conocido alguna dificultad en el matrimonio. Los colores se acentuaron, los labios y el mentón se hicieron más grandes, el pelo y los ojos parecieron iluminarse, el rostro era masculino y la sonreía con esa mirada directa que indica a quien la recibe que es demasiado interesante como para que su mínimo movimiento pase desapercibido y no sea interpretado. La realidad de la imagen se impuso como una cálida llama y Dorothea se encontró sonriendo. Se apartó de la miniatura y se sentó, levantando la mirada como si de nuevo hablara con una figura que estaba ante ella. Pero la sonrisa se borró así que siguió meditando y finalmente dijo en voz alta:

—¡Fue muy cruel hablar así! ¡Qué triste, qué horror! Se levantó precipitadamente y salió de la habitación cruzando con rapidez el pasillo con el impulso irresistible de ir a ver a su esposo y preguntarle si podía hacer algo para él. Tal vez se hubiera ido ya el señor Tucker y el señor Casaubon se encontrara solo en la biblioteca. Sentía que toda la tristeza de la mañana desaparecería si viera que su marido se alegraba con su presencia.

Pero cuando llegó al final de la oscura escalinata de roble, vio que llegaba Celia y que el señor Brooke y el señor Casaubon se saludaban e intercambiaban felicitaciones.

—¡Dodo! —exclamó Celia en su suave estacato, y besó a su hermana que la abrazó sin decir nada. Creo que a ambas se les escaparon algunas lágrimas furtivas mientras Dorothea bajó corriendo para saludar a su tío.

—Hija, no tengo que preguntar cómo estás —dijo el señor Brooke, tras besarla en la frente—. Veo que Roma te ha sentado bien: felicidad, frescos, lo antiguo… todo eso. Bueno, bueno, es muy agradable tenerte de vuelta, y ahora ya lo sabrás todo acerca de arte ¿no? El señor Casaubon está un poco pálido, ya se lo he dicho a él, un poco pálido. Estudiar tanto durante sus vacaciones es extremar las cosas. Yo también me excedí de joven —el señor Brooke retenía entre las suyas la mano de Dorothea, pero se había vuelto hacia el señor Casaubon—, con la topografía, las ruinas, los templos. Pensé que tenía una pista, pero vi que me entretendría demasiado para que al final tal vez no me condujera a nada. Hay ocasiones en que se puede invertir mucho tiempo sin que luego se consiga ningún resultado.

Dorothea también miraba a su esposo, angustiada ante la idea de que quienes le veían tras la ausencia detectaran señales que a ella la habían pasado desapercibidas.

—No es nada para que te asustes, hija mía —dijo el señor Brooke al observar la expresión de su sobrina—. Un poco de cordero y ternera inglesa y ya verás qué diferencia. Está muy bien que estuviera pálido para posar para el retrato de Aquino, recibimos la carta justo a tiempo. Pero bueno, Aquino era un poco demasiado sutil ¿no? ¿Hay alguien que lea a Aquino?

—Ciertamente no es autor adecuado a mentes superficiales —dijo el señor Casaubon, enfrentándose a estas oportunas preguntas con digna paciencia.

—¿Tomará el café en su habitación, tío? —preguntó Dorothea para salvar la situación.

—Sí, y tú debes ir con Celia; tiene grandes noticias para ti. Le dejo a ella que te las cuente.

El gabinete azul-verde parecía mucho más alegre ahora que Celia estaba allí sentada con una capa exacta a la de su hermana, observando los camafeos con plácida satisfacción mientras la conversación pasó a otros temas.

—¿Te ha parecido bonito ir a Roma en viaje de novios? —preguntó Celia con el leve rubor al que Dorothea estaba acostumbrada a la menor ocasión.

—Pues no sé si le gustaría a todo el mundo, a ti no, por ejemplo —dijo Dorothea quedamente. Nadie sabría jamás lo que ella opinaba sobre un viaje de novios a Roma.

—La señora Cadwallader dice que es una tontería que la gente haga un largo viaje cuando se casa. Dice que se mueren de aburrimiento juntos, y que no se pueden pelear a gusto como lo harían en casa. Y Lady Chettam dice que ella fue a Bath —el rostro de Celia cambiaba una y otra vez de color, parecía ir y venir con los mensajes del corazón, Como si de un mensajero se tratara.

Forzosamente debía significar algo más que los rubores normales de Celia.

—¡Celia! ¿Ha sucedido algo? —preguntó Dorothea con sentimiento fraterno—. ¿Tienes alguna gran noticia que darme?

—Fue porque te marchaste, Dodo. Sólo quedé yo para hablar con Sir James Chettam —dijo Celia con cierta picardía asomándole a los ojos.

—Entiendo. Es en lo que confiaba y esperaba —dijo Dorothea, cogiendo entre sus manos el rostro de su hermana y observándola con cierta ansiedad. El matrimonio de Celia parecía ahora cobrar mayor importancia.

—Fue tan sólo hace tres días —dijo Celia—. Y Lady Chettam es muy cariñosa.

—¿Y tú eres muy feliz?

—Sí. Aún no nos casaremos. Hay que prepararlo todo. Y yo no me quiero casar tan pronto, porque me parece muy agradable estar prometida. Y además estaremos casados el resto de nuestras vidas.

—Creo sinceramente Kitty que no te podías casar mejor. Sir James es un hombre bueno y honrado —dijo Dorothea con afecto.

—Ha continuado con las casitas, Dodo. Te lo contará cuando venga. ¿Te alegrarás de verle?

—Claro que sí. ¿Cómo puedes preguntarme eso?

—Es que temí que te estuvieras haciendo muy sabia —dijo Celia, que consideraba la sabiduría del señor Casaubon como una especie de humedad que con el tiempo podía impregnar a un ser cercano.

CAPÍTULO XXIX

Cierta mañana, algunas semanas después de llegar a Lowick, Dorothea, pero… ¿por qué siempre Dorothea? ¿Era el suyo el único punto de vista respecto de este matrimonio? Protesto contra que todo nuestro interés, toda nuestra comprensión se otorgue a los jóvenes que tienen un aspecto floreciente a pesar de los problemas, pues también ellos se marchitarán y conocerán las penas más viejas y roedoras que nosotros estamos ayudando a abandonar. A pesar de los ojos parpadeantes y las verrugas blancas que tanto aborrecía Celia, y la falta de musculatura que le resultaba moralmente dolorosa a Sir James, el señor Casaubon poseía una intensa conciencia y estaba espiritualmente hambriento, como el resto de nosotros. No había hecho nada excepcional con casarse, sólo lo que la sociedad refrenda y considera una ocasión para guirnaldas y flores. Se le había ocurrido que no debía postergar más su intención de contraer matrimonio y había reflexionado que, al tomar una esposa, un hombre de buena posición debe esperar y elegir con cuidado una joven lozana, cuanto más joven mejor, porque así sería más educable y sumisa; de rango equivalente al suyo, con principios religiosos, de disposición virtuosa y de buen entendimiento. Dotaría a una joven así de una buena renta y no escatimaría arreglos para que fuera feliz; a cambio, percibiría placeres familiares y dejaría tras él esa copia de sí mismo que los sonetistas del siglo dieciséis exigían del hombre con tanta urgencia. Los tiempos habían cambiado desde entonces y ningún sonetista había insistido en que el señor Casaubon dejará tras de sí una copia de sí mismo; es más, ni siquiera había conseguido producir copias de su clave mitológica; pero siempre había sido su intención desquitarse con el matrimonio, y la sensación de que iba dejando atrás los años con rapidez, de que el mundo se iba desdibujando y de que se sentía solo, proporcionaban una razón para que no demorara más tiempo el alcanzar los placeres domésticos antes de que ellos también se quedaran atrás con los años.

Y cuando vio a Dorothea pensó haber encontrado más de lo que pedía: podría verdaderamente ser para él una ayuda tal que le permitiera prescindir de un secretario a sueldo, ayuda que el señor Casaubon aún no había aprovechado y que le horrorizaba. (El señor Casaubon era consciente, con el natural nerviosismo, de que se esperaba de él que manifestara una mente poderosa). La providencia, en su generosidad, le había proporcionado la esposa que necesitaba. Una esposa, una joven discreta, con las habilidades puramente apreciativas y poco ambiciosas de su sexo, no puede dejar de considerar poderosa la mente de su marido. Si la providencia se había esmerado de igual manera con la señorita Brooke al presentarla al señor Casaubon era una idea que apenas se le podía ocurrir. La sociedad jamás incurre en la disparatada exigencia de que un hombre piense tanto en las cualidades que tiene para hacer feliz a una encantadora joven como en las que ella posee para hacerle feliz a él. ¡Como si un hombre pudiera escoger no sólo su esposa sino el marido de su mujer! ¡O como si estuviera obligado a proporcionar encantos para su posteridad en su propia persona! Cuando Dorothea le aceptó efusivamente, el señor Casaubon lo encontró natural, y creyó que su felicidad estaba a punto de comenzar.

No había disfrutado de grandes anticipos de felicidad previamente. Para experimentar un gozo intenso careciendo de una constitución fuerte uno debe tener un espíritu entusiasta. El señor Casaubon jamás había tenido una constitución fuerte, y su espíritu era sensible sin ser entusiasta: era demasiado lánguido como para que la emoción le trasladara de la timidez al gozo apasionado, y continuó revoloteando en la ciénaga en la que fuera incubado, pensando en sus alas sin volar jamás. Su experiencia era de esa clase penosa que huye de la lástima, y teme sobre todo que se sepa: era esa estrecha y altiva sensibilidad que carece de la suficiente envergadura como para transformarse en comprensión y titubea, afiligranada, por estrechas corrientes de auto-preocupación o, en el mejor de los casos, una egoísta escrupulosidad. Y el señor Casaubon tenía muchos escrúpulos: era capaz de un severo dominio de sí mismo; estaba decidido a ser un hombre de honor según el código; sería intachable para cualquier opinión reconocida. Respecto de su comportamiento, estos fines se habían conseguido, pero la dificultad de que su Clave para todas las Mitologías fuera intachable, pesaba sobre él como el plomo, y los folletos —o «Parerga» como él los llamaba— mediante los que se presentaba ante su público y depositaba pequeños mojones monumentales de su progreso, distaban de haberse visto valorados en su total significado. Sospechaba que el arcediano no los había leído; estaba preso de atormentada duda acerca de lo que las mentes punteras de Brasenose realmente opinaban sobre ellos, y amargamente convencido de que su viejo amigo Carp era el autor de la reseña deprecatoria que se mantenía bajo llave en un cajón del escritorio del señor Casaubon, así como en un rincón oscuro de su memoria verbal. Eran éstas impresiones fuertes contra las que luchar y traían consigo esa amargura melancólica que es la consecuencia de toda extremada exigencia. Incluso su fe religiosa vacilaba con su titubeante confianza en su propia paternidad literaria, y la consolación de la esperanza cristiana en la inmortalidad parecía apoyarse en la inmortalidad de la Clave para todas las Mitologías que aún estaba por escribir. Por lo que a mí respecta siento pena por él. En el mejor de los casos es un destino incómodo el ser lo que denominamos muy instruido y sin embargo no disfrutar; el estar presentes en este gran espectáculo de la vida y ser presos de una personalidad pequeña, hambrienta y fría, jamás ser poseídos por completo por la gloria que contemplamos; que nuestra conciencia jamás se transforme en la realidad de un pensamiento, el ardor de una pasión, el empuje de una acción, sino ser siempre académica y roma, ambiciosa y tímida, escrupulosa y miope. Me temo que el que le nombraran deán o incluso obispo no aliviaría en demasía el malestar del señor Casaubon. Sin duda algún griego clásico habrá señalado que tras la gran máscara y la trompeta vociferante siguen teniendo que existir nuestros pobres ojuelos asomando como de costumbre y nuestros trémulos labios, controlados con mayor o menor angustia.

Era a este estado mental trazado un cuarto de siglo antes, a sensibilidades cercadas de este modo, que el señor Casaubon había pensado en anexionar la felicidad con una hermosa novia; pero como hemos visto, incluso antes de la boda se vio sumido en una nueva depresión al comprobar que la nueva dicha no era tal para él. La inclinación añoraba sus costumbres antiguas y más cómodas. Y cuanto más se adentraba en lo hogareño, la satisfacción que primaba sobre cualquier otra era la de cumplir y actuar con propiedad. El matrimonio, como la religión y la erudición, y como la propia paternidad literaria, estaba destinado a convertirse en un requisito externo, y Edward Casaubon estaba empeñado en cumplir escrupulosamente todos los requisitos. Incluso el hacerse ayudar de Dorothea en su despacho, de acuerdo con su propia intención antes de casarse, suponía un esfuerzo que siempre tendía a aplazar, y de no ser por la insistencia de su mujer ni siquiera hubiera iniciado. Pero Dorothea había conseguido que se entendiera como una costumbre el que se personara a una hora temprana en la biblioteca y le fuera asignada su labor de leer en alto o de copiar. El trabajo había sido más fácil de definir porque el señor Casaubon había de inmediato adoptado una decisión: habría un nuevo Parergon, una pequeña monografía sobre algunas indicaciones recientes respecto de los misterios egipcios gracias a las cuales se podían corregir ciertas manifestaciones de Warburton. Incluso aquí las referencias eran exhaustivas, pero no del todo ilimitadas y se escribirían por fin oraciones concretas que Brasenose y una posteridad menos apabullante pudiera leer. Estas monumentales producciones menores siempre le resultaban estimulantes al señor Casaubon: la digestión se veía dificultada por la interferencia de las citas, o por la rivalidad de frases dialécticas contraponiéndose en su mente. Y desde el principio iba a haber una dedicación en latín respecto de la cual todo era aún dudoso excepto el hecho de que no iría dirigida a Carp: sería un venenoso lamentó del señor Casaubon por haber dirigido una dedicación a Carp en un momento en el que contara a ese miembro del reino animal entre virar nullo Levo perituros, error que infaliblemente pondría en ridículo al dedicante en la época siguiente, e incluso en la presente pudiera provocar las sonrisas de Pike y Tench.

Así pues, el señor Casaubon se encontraba en uno de sus momentos de mayor ocupación, y, como decía hace un ratito, Dorothea se reunió con él en la biblioteca donde había desayunado solo. Celia se encontraba en Lowick en su segunda visita, probablemente la última antes de su boda, y esperaba a Sir James en el salón.

Dorothea había aprendido a leer los síntomas del humor de su esposo y vio que la mañana se había nublado allí durante la última hora. Se dirigía a su mesa en silencio cuando su marido dijo en ese tono distante que indicaba que llevaba a cabo una obligación desagradable:

—Dorothea, aquí hay una carta para ti que venía junto con una dirigida a mí.

Era una carta de dos páginas y de inmediato miró la firma.

—¡El señor Ladislaw! ¿Qué tendrá que decirme a mí? —exclamó con voz de alegre sorpresa—. Pero —añadióme imagino lo que te dice a ti.

—Puedes leer la carta si lo deseas —dijo el señor Casaubon, señalándola severamente con la pluma y sin mirar a Dorothea—. Pero he de decir de antemano que tengo que rehusar la propuesta que contiene de hacernos una visita. Confío en que se me disculpe por desear un intervalo de completa libertad de aquellas distracciones que hasta el momento han resultado inevitables, y en especial de las visitas cuya disoluta vivacidad convierte su presencia en una fatiga.

No había habido enfrentamiento de opiniones entre Dorothea y su esposo desde el pequeño episodio, en Roma, que había dejado surcos tan hondos en ella que a partir de él, le había resultado más fácil sofocar sus emociones que incurrir en las consecuencias de avivarlas. Pero esta malhumorada suposición de que ella pudiera desear tener visitas que le pudieran resultar desagradables a su marido, esta defensa gratuita del señor Casaubon contra quejas egoístas por parte de Dorothea, era un aguijonazo demasiado hiriente como para meditarlo después de que hubiera hecho mella. Dorothea pensaba que podía haber sido paciente con John Milton, pero no podía imaginárselo comportándose así, y por un momento el señor Casaubon pareció neciamente obtuso y odiosamente injusto. La pena, ese «recién nacido» que había de calmar en ella tantas tormentas, no capeó el temporal en esta ocasión. Con sus primeras palabras, pronunciadas en un tono que le sacudieron, forzó al señor Casaubon a mirarla y a encontrarse con el acero de sus ojos.

—¿Por qué me atribuyes el deseo por algo que te molestara? Me hablas como si yo fuera algo contra lo que tienes que luchar. Espera al menos hasta que yo parezca anteponer mis gustos a los tuyos.

—Dorothea, te precipitas —respondió, nervioso, el señor Casaubon. Decididamente, esta mujer era demasiado joven para estar al formidable nivel de una esposa, salvo que hubiera sido pálida y desdibujada y lo hubiera dado todo por sentado.

—Creo que tú fuiste el primero en precipitarte en tus erróneas suposiciones respecto de mis sentimientos —dijo Dorothea con el mismo tono. El fuego aún no se había apagado y consideraba innoble que su marido no se disculpara.

—Dorothea, te ruego que no digamos una palabra más sobre este tema, carezco tanto del sosiego como de la energía para este tipo de discusión.

Alegado este punto el señor Casaubon mojó la pluma y reanudó su trabajo, aunque la mano le temblaba tanto que las palabras parecían escritas con trazos irreconocibles. Hay respuestas que, al evitar la ira, la desplazan a la otra esquina de la habitación, y ver cómo una discusión queda fríamente obviada cuando crees tener toda la razón resulta aún más exasperante en el matrimonio que en la filosofía.

Dorothea dejó ambas cartas por leer sobre la mesa de su esposo y se dirigió a la suya, el despecho y la indignación que bullían en su interior provocando el rechazo por la lectura de estas cartas del mismo modo que rechazamos las bagatelas por las que creemos ser sospechosos de baja concupiscencia. Ni por lo más remoto adivinaba las sutiles razones que provocaban el mal humor de su marido respecto a estas cartas, sólo sabía que habían sido la causa de que la ofendiera. Se puso de inmediato a trabajar y no le tembló el pulso, al contrario, al escribir las citas que le habían sido entregadas el día anterior, percibió que moldeaba perfectamente las letras y le pareció que veía la construcción del latín que copiaba y que empezaba a comprender con más claridad que nunca. Había una sensación de superioridad en su mente que de momento se manifestó en una firmeza de trazo y no se comprimió en una voz interior que denominaría pobre criatura al antaño «afable arcángel».

Llevaba reinando una media hora esta aparente quietud y Dorothea no había levantado la vista de su mesa cuando oyó el golpe de un libro cayéndose al suelo y volviéndose vio al señor Casaubon aferrado a la escalerilla de mano de la librería como si estuviera preso de dolor. Se levantó y corrió hacia él en un instante: era evidente que tenía dificultad para respirar. Subiéndose sobre un taburete se acercó a su hombro y dijo, toda su alma convertida en ternura:

—¿Puedes apoyarte en mí, cariño?

Permaneció quieto dos o tres minutos que a Dorothea le parecieron una eternidad, incapaz de hablar o de moverse, intentando respirar. Cuando finalmente descendió los tres peldaños y se dejó caer en la butaca que Dorothea había acercado a la escalera, ya no hacía esfuerzos por respirar, pero estaba desvalido y a punto de desmayarse. Dorothea hizo sonar la campanilla con violencia y pronto el señor Casaúbon estuvo recostado en el sofá. No se desmayó, y comenzaba a recuperarse cuando entró Sir James Chettam, a quien le habían recibido en la entrada con la noticia de que al señor Casaubon «le había dado un colapso en la biblioteca».

—¡Dios santo! esto es justo lo que se podía esperar —fue su primer pensamiento. Si se le hubiera pedido a su profético espíritu que matizara, le habría parecido que «colapso» hubiera sido exactamente la expresión a emplear. Le preguntó a su informador, el mayordomo, si habían llamado al médico. El mayordomo no sabía que su señor hubiera necesitado al médico anteriormente, pero tal vez fuera acertado que viniera un facultativo.

No obstante, cuando Sir James entró en la biblioteca el señor Casaubon pudo dar alguna muestra de su acostumbrada cortesía y Dorothea, cuya reacción ante el miedo inicial había sido arrodillarse a su lado llorando, ahora se levantó y propuso que alguien fuera en busca de un médico.

—Te recomiendo que mandes llamar a Lydgate —dijo Sir James—. Atiende a mi madre y dice que es extraordinariamente hábil, y desde la muerte de mi padre no había tenido una buena opinión de los médicos.

Dorothea apeló a su marido quien hizo en silencio un gesto de aprobación. Y así fue cómo se mandó llamar al señor Lydgate que vino asombrosamente pronto, pues el mensajero, que era el criado de Sir James Chettam y conocía al señor Lydgate, le encontró llevando su caballo por las riendas y del brazo a la señorita Vincy.

Celia, que estaba en el salón, no supo nada hasta que Sir James se lo contó. Después de oír a Dorothea, ya no consideraba la enfermedad un colapso, aunque sí algo de esa naturaleza.

—Pobrecilla Dodo, ¡qué espanto! —exclamó Celia con tanto pesar como le permitía su propia felicidad. Tenía las manos juntas y rodeadas por las de Sir James igual que un amplio cáliz envuelve un capullo—. Es muy terrible que el señor Casaubon esté enfermo, pero nunca me gustó. Y creo que no quiere suficiente a Dorothea, y debería hacerlo porque estoy segura de que nadie más se hubiera casado con él. ¿No lo crees tú así?

—Siempre creí que tu hermana hacía un sacrificio horrible —dijo Sir James.

—Sí, pero la pobre Dodo nunca ha hecho lo que hacen los demás, y creo que siempre será así.

—Es un ser noble —dijo el leal Sir James. Acababa de recibir una nueva muestra de este tipo al ver a Dorothea pasar el brazo tiernamente bajo el cuello de su esposo y mirarle con indescriptible dolor.

—Sí —dijo Celia, pensando que estaba bien que Sir James dijera eso, pero que él mismo no hubiera estado cómodo con Dodo—. ¿Debo ir a verla? ¿Crees que puedo ayudarla?

—Creo que estaría bien que fueras con ella antes de que venga Lydgate —dijo Sir James con magnanimidad—. Pero no tardes.

Mientras Celia estuvo ausente, caminó arriba y abajo recordando lo que sintiera originariamente respecto del noviazgo de Dorothea, sintiendo un renacer de su malestar ante la indiferencia del señor Brooke. Si Cadwallader y todos los demás hubieran considerado el asunto de la misma forma que él, Sir James, lo había hecho, se hubiera podido evitar la boda. Era malvado dejar que una joven escogiera a ciegas su destino de esa manera, sin ningún esfuerzo por salvarla. Hacía tiempo que Sir James había dejado de sentir pesar por su propia condición: su corazón se sentía satisfecho con su compromiso con Celia. Pero tenía una naturaleza gallarda (¿acaso no se contaba entre las glorias ideales de la antigua gallardía el servicio desinteresado a la mujer?): su amor rechazado no se había convertido en amargura; su muerte produjo dulces efluvios, volátiles recuerdos que se asían con efecto consagrador a Dorothea. Podía seguir siendo su fraternal amigo, interpretando sus acciones con generosa confianza.

CAPÍTULO XXX

El señor Casaubon no tuvo un segundo colapso de igual intensidad que el primero, y a los pocos días recuperaba su condición habitual. Pero a Lydgate el caso le pareció requerir una gran atención. No sólo usó el estetoscopio (que no constituía en aquellos días una rutina de la práctica), sino que se sentaba en silencio junto a su paciente y le examinaba. A las preguntas sobre sí mismo del señor Casaubon respondía que el origen de la enfermedad era el error común del intelectual —una dedicación en exceso monótona y obsesiva. El remedio consistía en satisfacerse con un trabajo moderado y buscar diversos medios de relajación. El señor Brooke, que estaba presente en una ocasión, sugirió que el señor Casaubon podía pescar, como hacía Cadwallader, y tener un cuarto de desahogo donde pudiera hacer juguetes, patas de mesa y ese tipo de cosas.

—En resumen, que me está recomendando que anticipe mi segunda infancia —dijo el pobre señor Casaubon con amargura—. Todo esto —añadió, dirigiéndose a Lydgateme supondría el mismo relajo que el recoger sirga a los prisioneros de un correccional.

—Confieso —dijo Lydgate sonriendo—, que la diversión es una receta poco satisfactoria. Es como decirle a la gente que esté animada. Tal vez fuera mejor decirle que debe resignarse a aburrirse un poco antes que continuar trabajando.

—Eso, eso —dijo el señor Brooke—. Que Dorothea juegue con usted al backgammon por las noches. Y al bádminton. No hay mejor juego que el bádminton durante el día. Recuerdo cuando estaba de moda. Claro que quizá su vista no lo permita. Pero ha de desencorvarse, Casaubon. Tal vez podría aficionarse a algo ligero como el estudio de las conchas, eso debe ser liviano. O que Dorothea le lea cosas ligeras, Mollet «Roderick Landon», «Humphrey Clinker». Son un poco atrevidas, pero ahora que está casada puede leerlo todo. Recuerdo que a mí me partían de risa… hay un episodio graciosísimo de los pantalones de un postillón. No tenemos ese humor ahora. Yo he probado todas estas cosas, pero quizá para usted sean algo nuevo.

«Tan nuevo como comer cardos» —hubiera sido la respuesta que se ajustaba al sentimiento del señor Casaubon. Pero se limitó a inclinar la cabeza con resignación y el debido respeto al tío de su esposa observando que sin duda las obras mencionadas habían «servido de recurso a cierto tipo de mentes».

—Verá —dijo el competente juez de paz a Lydgate cuando hubieron salido de la habitación—, Casaubon ha sido un poco estrecho, lo que le restringe mucho cuando se le prohíbe realizar su trabajo, que tengo entendido es algo muy profundo, en la línea de la investigación, ¿sabe? Eso no me pasaría nunca a mí, siempre fui muy versátil. Pero un clérigo está un poco maniatado. ¡Si le hicieran obispo!… Escribió un folleto muy bueno para Peel. Entonces tendría más posibilidades, más campo, y a lo mejor se rellenaba un poco. Pero le recomiendo que hable con la señora Casaubon. Es muy inteligente, mi sobrina. Dígale que su marido necesita animación y distracción; sugiérale alguna táctica de diversión.

Incluso sin el consejo del señor Brooke, Lydgate había decidido hablar con Dorothea. No se hallaba presente cuando su tío ofrecía sus amables sugerencias respecto de la forma de animar la vida en Lowick, pero solía encontrarse junto a su esposo y las muestras espontáneas de ansiedad que presentaban su voz y su rostro acerca de cualquier cosa tocante a su mente o su salud, componían un drama que Lydgate observaba con atención. Se dijo a sí mismo que hacía lo que debía al decirle la verdad sobre el probable futuro de su marido, pero también pensaba que resultaría interesante hablar con ella confidencialmente.

Al hombre de medicina le gusta hacer observaciones psicológicas y a veces, en la persecución de tales estudios, se ve tentado con demasiada facilidad a la profecía momentánea que la vida y la muerte se encargan de desdecir. Con frecuencia había Lydgate ironizado sobre estas predicciones gratuitas y tenía en esta ocasión la intención de ser reservado.

Preguntó por la señora Casaubon, pero al decirle que había salido a pasear estaba a punto de marcharse cuando apareció con Celia, sofocadas ambas tras su lucha con el viento de marzo. Cuando Lydgate le rogó que le permitiera hablar a solas con ella, Dorothea abrió la puerta de la biblioteca al ser ésta la más cercana, sin pensar en otra cosa que lo que pudiera tener que decir sobre el señor Casaubon. Era la primera vez que entraba en la habitación desde que enfermara su esposo y el criado no había abierto las contraventanas. Pero los angostos cristales superiores de las ventanas dejaban pasar la suficiente luz para leer.

—Espero que no le moleste esta lóbrega iluminación —dijo Dorothea, en pie en el centro de la habitación—. Desde que usted prohibió los libros, la biblioteca ha quedado en desuso. Pero confío en que el señor Casaubon pueda estar pronto de vuelta en ella. ¿Cómo va progresando?

—Mucho más rápido de lo que pensé en un principio. De hecho casi que ha recobrado su estado de salud usual.

—¿No temerá usted que recaiga? —dijo Dorothea, cuya agilidad había detectado cierto significado en el tono de Lydgate.

—Es especialmente difícil pronunciarse sobre casos como éste —dijo Lydgate—. Lo único que puedo afirmar con seguridad es que habrá que vigilar mucho al señor Casaubon para que no se fuerce.

—Le ruego que hable con toda claridad —dijo Dorothea con tono suplicante—. No soportaría pensar que había algo que yo desconocía y que, de haberlo sabido, me habría hecho actuar de forma diferente —las palabras le brotaron como un sollozo: era evidente que eran la voz de alguna experiencia mental cercana.

—Siéntese —añadió, haciéndolo ella misma en la silla más próxima y quitándose el sombrero y los guantes, con un abandono instintivo de la formalidad ante el peso del futuro.

—Lo que acaba usted de decir justifica mi propio punto de vista —dijo Lydgate—. Creo que es obligación del médico evitar en lo posible lamentaciones de esa índole. Pero le ruego tenga muy en cuenta que el caso del señor Casauban es precisamente del tipo sobre el que resulta más difícil aventurar un desenlace. Tal vez pueda vivir quince años, o más, sin peor salud de la que hasta el momento ha disfrutado.

Dorothea había palidecido, y cuando Lydgate se detuvo dijo con voz queda.

—Quiere decir siempre y cuando tengamos mucho cuidado.

—Sí…, cuidado con cualquier tipo de excitación mental y el trabajo excesivo.

—Se sentiría muy mal si hubiera de abandonar su trabajo —dijo Dorothea, con presta anticipación de ese malestar.

—Estoy al corriente de ello. El único medio es, directa e indirectamente, intentar moderar y variar sus ocupaciones. Si las circunstancias fueran favorables, no hay, como he dicho, peligro inminente de esa afección del corazón que creo ha sido la causa de su reciente ataque. Por otro lado, es posible que la enfermedad se desarrolle con mayor rapidez: es uno de esos casos en los que la muerte se puede presentar súbitamente. No se debe descuidar nada que pudiera verse afectado por un desenlace así.

Hubo unos minutos de silencio durante los cuales Dorothea permaneció como convertida en mármol, aunque la vida en su interior era tan intensa que jamás antes había recorrido su mente en tan escaso tiempo un abanico parecido de escenas y motivos.

—Por favor, ayúdeme —dijo finalmente, en el mismo tono quedo de antes —. Dígame qué puedo hacer. —¿Qué tal viajar por el extranjero? Tengo entendido que han estado en Roma recientemente.

Los recuerdos que invalidaban este recurso fueron una nueva corriente que sacaron a Dorothea de su pálida inmovilidad.

—Eso no serviría de nada…, sería lo peor de todo —dijo, con un asomo de infantil desaliento, mientras le corrían las lágrimas—. Nada que no le guste servirá de lo más mínimo.

—Ojalá hubiera podido ahorrarle este dolor —dijo Lydgate,

profundamente conmovido, al tiempo que se preguntaba por el matrimonio de Dorothea. Mujeres como Dorothea no habían formado parte de su tradición.

—Hizo bien diciéndomelo. Le agradezco su sinceridad. —Desearía que entendiera que no le voy a aclarar la situación al señor Casaubon. Estimo que es bueno que él sepa tan sólo que no debe excederse en el trabajo y que debe seguir ciertas reglas. La ansiedad de cualquier tipo sería precisamente lo que más le perjudicaría.

Lydgate se levantó y Dorothea mecánicamente hizo lo mismo, desabrochándose la capa y quitándosela como si la ahogara. Se inclinaba Lydgate para despedirse cuando un impulso que de haberse encontrado a solas se hubiera convertido en una oración, la hizo decir con voz entrecortada:

—Es usted un hombre sabio, ¿verdad? Lo sabe todo respecto de la vida y la muerte. Aconséjame. Piense qué puedo hacer. El señor Casaubon se ha pasado la vida trabajando y mirando hacia adelante. No le interesa nada más. Y a mí no me interesa nada más...

Durante años Lydgate recordó la impresión que le produjo esta súplica involuntaria, este grito de alma a alma, sin otro conocimiento que el hecho de moverse, como naturalezas hermanas, en el mismo medio embrollado, la misma vida problemática e intermitentemente iluminada. Pero ¿qué podía decir ahora salvo que volvería a ver al señor Casaubon al día siguiente? Cuando se hubo marchado, Dorothea rompió a llorar liberando de esta forma su ahogante opresión. Recordando que no debía delatar su tristeza ante su marido se secó las lágrimas y echando un vistazo a la habitación pensó que debía decirle a la criada que la limpiara como de costumbre, ya que el señor Casaubon podría ahora querer utilizarla en cualquier momento. Sobre su mesa había cartas que no se habían tocado desde la mañana en la que cayó enfermo, entre las que, como Dorothea recordaba bien, se encontraban las del joven Ladislaw, la que iba dirigida a ella aún por abrir. El ataque, fruto de la agitación a la que la ira de Dorothea tal vez hubiera contribuido, había convertido en aún más dolorosas las asociaciones de esas cartas: tiempo habría para leerlas cuando de nuevo se viera obligada a su lectura, y no se había sentido dispuesta a ir a buscarlas a la biblioteca. Pero ahora se le ocurrió que debían desaparecer de la vista de su esposo: cualquiera que fuere el origen de la contrariedad que habían suscitado en él, no debía, a ser posible, repetirse. Leyó primero la carta dirigida a él para asegurarse de si sería o no necesario escribir a fin de impedir la ofensiva visita.

Will escribía desde Roma y comenzaba diciendo que su deuda con el señor Casaubon era demasiado profunda como para que todo agradecimiento no pareciera una impertinencia. Era evidente que si no estuviera agradecido sería el canalla más cobarde que jamás encontrara a un amigo generoso. Extenderse en palabras de gratitud sería como decir «soy honrado». Pero Will había llegado a percatarse de que sus defectos —defectos que el propio señor Casaubon había señalado con frecuencia— necesitaban, para su corrección, esa situación más adversa que la generosidad de su pariente había, hasta el momento, impedido. Confiaba en que la mejor devolución, si una devolución era posible, consistiría en demostrar la efectividad de la educación por la que estaba en deuda, y en dejar de precisar en el futuro fondos sobre los que otros pudieran tener mayores derechos. Volvía a Inglaterra a probar fortuna, al igual que tenían que hacer otros muchos jóvenes cuyo único capital residía en su cerebro. Su amigo Naumann había querido que se hiciera cargo de la «Discussión», el cuadro pintado para el señor Casaubon con cuyo permiso, y el de la señora Casaubon, Will se encargaría personalmente de llevar a Lowick. Una carta dirigida a la Poste Restante en París antes de dos semanas evitaría, si así se le requería, que llegara en un momento inoportuno. Incluía una carta para la señora Casaubon en la que continuaba una conversación iniciada en Roma sobre el arte.

Al abrir su carta, Dorothea vio que era una animada continuación de las recriminaciones de Will respecto de sus fanáticas simpatías y su falta de un sólido gozo neutral en las cosas tal y como eran, una profusión de su joven energía que resultaba imposible leer en este momento. Debía considerar de inmediato lo que tenía que hacer respecto de la otra carta, tal vez aún hubiera tiempo de impedir que Will viniera a Lowick. Dorothea terminó dándole la carta a su tío, que seguía en la casa, y rogándole que le hiciera saber a Will que el señor Casaubon había estado enfermo y que su salud no le permitía recibir visitas.

Nadie más dispuesto que el señor Brooke a escribir una carta. Su única dificultad estribaba en que fuera corta, y en este caso, sus ideas se desparramaron a lo largo de tres folios grandes más los márgenes. A Dorothea le había dicho simplemente:

—Claro que escribiré, hija. Este Ladislaw es un joven muy inteligente, me atrevo a decir que despuntará. Su carta es hermosa, indica su idea de las cosas, ¿sabes? De todos modos, le contaré lo de Casaubon.

Pero la pluma del señor Brooke era un órgano pensante que desarrollaba oraciones, en especial de tipo benévolo, antes de que el resto de su mente pudiera controlarlas. Manifestaba lamentos y proponía soluciones que, cuando el señor Brooke los leía, se le antojaban felizmente expresados, sorprendentemente adecuados, y que daban lugar a una continuación impensada anteriormente. En este caso, la pluma lamentaba tanto que el joven Ladislaw no viniera al vecindario en ese momento, a fin de que el señor Brooke pudiera conocerle mejor y pudieran repasar juntos los tan olvidados dibujos italianos (además de sentir un gran interés por un joven que se iniciaba en la vida provisto de un cúmulo de ideas), que al llegar al final de la segunda página había convencido al señor Brooke para que invitara al joven Ladislaw, puesto que en Lowick no le podían recibir, a Tipton Grange. ¿Por qué no? Encontrarían muchas cosas para hacer juntos, y era una época de grandes cambios, el horizonte político se ampliaba y, resumiendo, la pluma del señor Brooke se lanzó a un pequeño discurso que recientemente había escrito para ese órgano imperfectamente editado, el Middlemarch Pioneer. Mientras sellaba la carta, el señor Brooke se recreaba con el influjo de vagos proyectos: un joven capaz de dar forma a las ideas, la compra del Pioneer para esbozar el camino hacia una nueva candidatura, la utilización de documentos, ¿quién sabe cómo podía terminar todo ello? Puesto que Celia se casaba inminentemente, sería muy agradable compartir la mesa con un joven, al menos durante un tiempo.

Pero se marchó sin decirle a Dorothea lo que incluía la carta, pues estaba ocupada con su marido y además, estas cosas, en realidad no eran de su interés.

CAPÍTULO XXXI

Esa noche, Lydgate habló de la señora Casaubon con la señorita Vincy, recalcando el fuerte sentimiento que parecía tener aquella por ese hombre formal y estudioso treinta años mayor que ella.

—Pues claro que adora a su marido —dijo Rosamond, insinuando la idea de forzosa continuación que el científico consideró la más bonita en una mujer, pero pensando al mismo tiempo que no era tan triste ser dueña de Lowick Manor con un marido que probablemente moriría pronto—. ¿Cree usted que es muy hermosa?

—Es ciertamente hermosa, pero no lo había pensado —dijo Lydgate.

—Me imagino que sería poco profesional —dijo Rosamond, regalándole con sus hoyuelos—. Pero ¡cuánto se extiende su consulta! Hace poco creo que le llamaron los Chettam, y ahora los Casaubon.

—Sí —dijo Lydgate, con tono de admisión obligada—. Pero la verdad es que no me gusta atender a estas personas tanto como a los pobres. Los casos son más monótonos y hay que aguantar más remilgos y escuchar tonterías con mayor atención.

—No más que en Middlemarch, y por lo menos se atraviesan grandes pasillos y se huele a rosas —dijo Rosamond.

—Eso es cierto, Mademoiselle de Montmorenci —dijo Lydgate, inclinando levemente la cabeza hacia la mesa y levantando con el dedo índice el delicado pañuelo de Rosamond que asomaba por su bolsito como para disfrutar de su aroma mientras la miraba con una sonrisa.

Pero este delicioso asueto con el que Lydgate merodeaba en torno a la flor de Middlemarch no podía continuar indefinidamente. No resultaba más posible encontrar un aislamiento social en esa ciudad que en otra, y dos personas que flirteaban persistentemente no podían en modo alguno escapar de «los diversos enredos, pesos, golpes, encontronazos, empujones, que, adustamente, hacen que las cosas sigan». Todo lo que hacía la señorita Vincy tenía que comentarse y en este momento tal vez fuera más conspicua para sus admiradores y sus críticos, puesto que la señora Vincy, tras una pequeña resistencia, se había marchado con Fred a pasar una temporada a Stone Court, no habiendo otra forma de, simultáneamente, complacer al viejo Featherstone y vigilar a Mary Garth, quien, a medida que Fred se iba curando, parecía una nuera menos tolerable.

La tía Bulstrode, por ejemplo, venía un poco más a menudo a Lowick Gate para ver a Rosamond ahora que se encontraba sola. Pues la señora Bulstrode tenía auténticos sentimientos fraternales por su hermano y, aunque siempre opinó que podía haber hecho mejor boda, sus hijos tenían todos sus parabienes. La señora Bulstrode mantenía con la señora Plymdale una larga e íntima amistad. Coincidían casi plenamente en las sedas, la hechura de la ropa interior, la porcelana y el clero; se confiaban sus pequeños problemas domésticos y de salud, y diversos puntitos de superioridad por parte del señor Bulstrode, a saber, una seriedad más definida, un mayor respeto por la mente, y, a veces, una casa fuera de la ciudad, dotaba su conversación de color sin que ello las separara. Eran ambas mujeres bien intencionadas que conocían muy poco sus propios motivos.

Ocurrió que la señora Bulstrode, en una visita matutina a la señora Plymdale, dijo que no podía detenerse más porque iba a ver a la pobre Rosamond.

—¿Por qué dices «pobre Rosamond»? —preguntó la señora Plymdale, una mujer de ojos redondos y facciones agudas, como un halcón amansado.

—Porque es mona y la han educado con inconsciencia. Ya sabes, la madre siempre tuvo esa superficialidad que me hace temer por los hijos.

—Bueno, Harriet, si he de serte sincera —dijo la señora Plymdale con énfasis—, debo decirte que cualquiera imaginaría que tú y el señor Bulstrode estaríais encantados con lo ocurrido, pues habéis hecho todo lo posible por favorecer al señor Lydgate.

—Selina, ¿qué quieres decir? —preguntó con sorpresa la señora Bulstrode.

—No es que no lo agradezca por Ned —respondió la señora Plymdale—. Porque, aunque podría mantener a una mujer así mejor que muchos, yo preferiría que se fijara en otra. De todos modos, las madres nos preocupamos, pues hay jóvenes que podrían verse abocados a la mala vida por una mujer así. Y además, si tuviera que hablar, diría que no me gusta que vengan extraños a nuestra ciudad.

—No sé qué decirte, Selina —dijo la señora Bulstrode, con cierto énfasis —, el señor Bulstrode fue un forastero aquí en un momento. Y Abraham y Moisés también lo fueron, y se nos exhorta a ser amables con los de fuera. Y muy en especial —añadió tras una ligera pausa—, cuando son intachables.

—No hablaba en sentido religioso, Harriet. Hablaba como madre.

—Selina, estoy segura de que jamás me habrás oído decir nada en contra de que una sobrina mía se casara con tu hijo.

—Bueno, es el orgullo de la señorita Vincy; estoy convencida de que sólo es eso —dijo la señora Plymdale, que jamás antes había hablado con Harriet con tanta sinceridad sobre este tema—. No había ningún joven en Middlemarch que fuera lo bastante bueno para ella: se lo he oído decir a su madre. Pienso que eso no es un espíritu cristiano. Pero ahora, por lo que tengo oído, ha encontrado a un hombre tan orgulloso como ella.

—¿No me estarás queriendo decir que hay algo entre Rosamond y el señor Lydgate? —dijo la señora Bulstrode, mortificada al descubrir su propia ignorancia.

—Pero, ¿es posible que no lo sepas, Harriet? —Bueno…, salgo tan poco. Y no me gusta el chismorreo; por eso me llega poco. Tú ves a tanta gente que yo no frecuento… Tu grupo de amistades es bastante diferente del nuestro.

—Bueno, pero tratándose de tu propia sobrina y del gran favorito del señor Bulstrode…, ¡y seguro que tuyo también, Harriet! En algún momento incluso llegué a pensar que se lo tenías destinado a Kate, cuando fuera un poco mayor.

—No creo que por el momento haya nada serio —dijo la señora Bulstrode —. Mi hermano me lo hubiera dicho. —En fin, cada uno es como es, pero tengo entendido que no hay nadie que vea juntos a la señorita Vincy y al señor Lydgate sin hablar de su compromiso. De todos modos, no es asunto mío. ¿Recojo el patrón de los mitones?

Tras esto, la señora Bulstrode se dirigió a casa de su sobrino con un nuevo peso sobre su mente. Iba muy bien vestida, pero observó con más pesar que en otras ocasiones que Rosamond, que acababa de entrar y la recibió aún con traje de paseo, iba casi igual de costosamente ataviada. La señora Bulstrode era una versión femenina y más pequeña de su hermano, y no poseía en absoluto la palidez de su esposo. Tenía una mirada franca y no usaba de la circunlocución.

—Veo que estás sola, hija —dijo cuando entraron juntas en la salita, echando una ojeada severa a la habitación. Rosamond estaba segura de que su tía tenía algo especial que decir y se sentaron cerca la una de la otra. Sin embargo, el encañonado del gorrito de Rosamond era tan bonito que resultaba imposible no desear uno igual para Kate, y los ojos de la señora Bulstrode recorrieron el círculo encañonado a medida que hablaba.

—Acabo de oír algo acerca de ti, Rosamond, que me ha sorprendido mucho.

—¿Y que es, tía? —los ojos de Rosamond también recorrían el amplio cuello bordado de su tía.

—Casi no me lo puedo creer… que estés comprometida sin que yo lo sepa…, sin que tu padre me lo haya dicho —aquí, la vista de la señora Bulstrode descansó finalmente sobre Rosamond que se sonrojó vivamente y dijo:

—No estoy comprometida, tía.

—Pues entonces, ¿cómo es que todo el mundo lo dice? ¿Por qué es la comidilla de toda la ciudad?

—Lo que diga la ciudad no creo que tenga mucha importancia —dijo Rosamond, internamente complacida.

—Hija mía, has de ser más prudente y no menospreciar de ese modo a tus vecinos. Recuerda que has cumplido los veintidós y que no heredarás ninguna fortuna: no creo que tu padre te pueda dejar nada. El señor Lydgate es muy culto y muy listo, sé el atractivo que eso ejerce. A mí misma me gusta hablar con hombres así, y tu tío le encuentra muy útil. Pero su profesión aquí no es lucrativa. Está claro que esta vida terrena no lo es todo, pero los médicos no suelen tener puntos de vista realmente religiosos; tienen demasiado orgullo intelectual. Y tú no estás preparada para casarte con un hombre pobre.

—El señor Lydgate no es un hombre pobre, tía. Está muy bien relacionado.

—Me dijo él mismo que no tenía dinero.

—Eso es porque está acostumbrado a gente que tiene un tipo de vida muy alto.

—Mi querida Rosamond, no debes pensar en llevar un tipo de vida muy alto.

Rosamond bajó la vista y jugueteó con su bolsito. No era una joven impetuosa ni de respuestas cortantes, pero pensaba vivir como quisiera.

—Así que, ¿es cierto? —dijo la señora Bulstrode, mirando con atención a su sobrina—. Estás pensando en el señor Lydgate y hay algo entre vosotros, aunque tu padre no lo sepa. Sé sincera, Rosamond. ¿Te ha hecho el señor Lydgate alguna proposición?

La pobre Rosamond se sentía muy incómoda. Había estado muy tranquila respecto de los sentimientos e intenciones de Lydgate, pero ahora que su tía le planteaba esta pregunta le disgustaba no poder contestar «Sí». Su orgullo se sintió herido, pero vino en su auxilio su control habitual.

—Le ruego que me disculpe, tía. Prefiero no hablar de ello.

—Confío, hija, en que no entregarás tu corazón a un hombre sin un futuro claro. ¡Piensa en las dos excelentes proposiciones que sé que has recibido y que has rechazado! Una sigue en tus manos, si no la desperdicias. Conozco a una belleza que al obrar así acabó casándose mal. El señor Ned Plymdale es un joven agradable, hay quien incluso le considera bien parecido. Es hijo único además, y un negocio grande como el suyo es mejor que una profesión. No es que el matrimonio lo sea todo. Me gustaría que buscaras el reino de Dios en primer lugar. Pero una joven debe poder controlar su corazón.

—Nunca se lo daría al señor Ned Plymdale, aunque así fuera. Ya le he dicho que no. Si amara a alguien, amaría al momento y para siempre —dijo Rosamond, con sentido de heroína romántica y haciendo bien el papel.

—Ya veo, hija —dijo la señora Bulstrode, su voz llena de tristeza y levantándose para marcharse—. Has entregado tu amor sin ser correspondida.

—En absoluto, tía —dijo Rosamond con vehemencia.

—¿Así pues, estás segura de que el señor Lydgate siente algo serio por ti?

Rosamond tenía las mejillas encendidas y se sentía mortificada. Permaneció callada y su tía se marchó tanto más convencida.

En las cosas mundanas e indiferentes el señor Bulstrode solía hacer lo que su mujer le pedía y ésta, ahora, sin explicar las razones, le solicitó que descubriera en su próxima conversación con el señor Lydgate si tenía la intención de casarse pronto. El resultado fue una rotunda negativa. Al ser interrogado por su mujer, el señor Bulstrode descubrió que el señor Lydgate había hablado como no lo haría ningún hombre que tuviera una relación que pudiera terminar en boda. La señora Bulstrode sintió que recaía sobre ella una grave obligación y pronto se las arregló para tener con Lydgate un tét-à-téte durante el cual pasó de la salud de Fred, la sincera preocupación que tenía por la familia tan grande de su hermano, a comentarios generales sobre los peligros que acechaban a los jóvenes respecto a sus futuros. Los hombres jóvenes eran a menudo alocados y defraudaban, daban poco a cambio del dinero que en ellos se había invertido y las jóvenes estaban expuestas a un sinfín de circunstancias que podían interferir con sus perspectivas.

—Sobre todo si posee grandes atractivos y sus padres reciben a mucha gente en casa —dijo la señora Bulstrode—. Los caballeros les dedican su atención, acaparándola para sí mismos, por el mero placer del momento, y eso aleja a los demás. Creo, señor Lydgate, que es una gran responsabilidad interferir en las perspectivas de una joven —llegado este punto, la señora Bulstrode clavó los ojos en Lydgate con evidente advertencia si no reproche.

—Por supuesto —respondió Lydgate mirándola fijamente a su vez—. Por otro lado, un hombre tiene que ser muy imbécil para tener la idea de que no debe dirigirse a ninguna joven no sea que se enamore de él o que los demás piensen que así debe ser.

—Señor Lydgate, conoce usted bien las ventajas que usted tiene. Sabe que nuestros jóvenes no pueden competir con usted. Cuando frecuenta usted una casa, puede entorpecer el que la joven se plantee un futuro deseable al impedir que acepte alguna propuesta, caso de que los demás llegaran a hacérsela.

A Lydgate le halagó menos su ventaja sobre los Orlandos de Middlemarch de lo que le molestó el percatarse del significado de las palabras de la señora Bulstrode. Ella, por su parte, creyó haber hablado con toda la efectividad necesaria y que al utilizar la altisonante palabra «entorpecen» había echado un digno manto sobre un conjunto de particularidades que seguían siendo bien evidentes.

Lydgate estaba algo irritado; con una mano se echó el pelo hacia atrás, con la otra se palpó distraídamente el bolsillo del chaleco, y a continuación se inclinó para llamar al diminuto spaniel negro que tuvo el acierto de rechazar sus vacuas carantoñas. No hubiera resultado apropiado marcharse porque acababa de comer con otros invitados y terminaba de tomar el té. Pero la señora Bulstrode, convencida de que se había hecho entender, cambió de conversación.

Creo que los Proverbios de Salomón han omitido decir que, al igual que el paladar irritado tiende a encontrar los granos de arena, la mala conciencia tiende a escuchar insinuaciones. Al día siguiente, al despedirse de Lydgate en la calle, el señor Farebrother supuso que se volverían a encontrar por la noche en casa de los Vincy. Lydgate respondió con aspereza que no, que tenía trabajo por delante y debía dejar de salir por la noche.

—¿Es que le van a atar al mástil y se está usted tapando los oídos? —dijo el vicario—. Bueno, si no tiene intención de que le conquisten las sirenas, hace bien en tomar a tiempo las debidas precauciones.

Días antes, Lydgate hubiera hecho caso omiso de estas palabras, interpretándolas tan sólo como la manera usual del vicario de decir las cosas. Pero ahora parecían incluir una indirecta que confirmaba la impresión de que había estado haciendo el ridículo y comportándose como para inducir al error. No a un error por parte de la propia Rosamond, quien, estaba convencido, interpretaba todo con la superficialidad que él pretendía. Al fin y al cabo, tenía un tacto y una perspicacia exquisitas en cuanto a todo lo tocante al comportamiento, pero la gente entre la que convivía era zafia y entrometida. No obstante, el error no debía proseguir. Decidió, y mantuvo su decisión, no ir a casa de los Vincy salvo por asuntos profesionales.

Rosamond se entristeció mucho. La inquietud producida por las preguntas de su tía fue creciendo hasta que, transcurridos diez días sin haber visto a Lydgate, se convirtió en terror ante el vacío que pudiera avecinarse, en el presentimiento de esa fácil y fatídica esponja que tan económicamente absorbe las esperanzas de los mortales. El mundo tendría para ella una nueva monotonía, como la paramera que, por obra del mago, quedara convertida en un vergel por un breve espacio de tiempo. Empezó a saborear la acidez del amor no correspondido y a pensar que ningún otro hombre podría ser la ocasión de edificaciones tan maravillosas como las que ella había ido construyendo y disfrutando durante los últimos seis meses. La pobre Rosamond perdió el apetito y se sentía tan triste como Ariadna, como una Ariadna sobre el escenario, abandonada junto a sus cajas llenas de trajes sin esperanza de un carruaje.

Hay en el mundo multitud de mezclas maravillosas, todas denominadas amor, que reclaman el privilegio de una ira sublime que es la excusa para cualquier cosa (en la literatura y en el drama). Afortunadamente, a Rosamond no se le ocurrió llevar a cabo ningún acto desesperado: se trenzó el pelo con la elegancia de siempre y se mantuvo orgullosamente tranquila. Su deducción más optimista era que su tía Bulstrode había intervenido de alguna forma para impedir las visitas de Lydgate; cualquier cosa era preferible a una indiferencia espontánea por parte de él. Cualquiera que considere diez días un tiempo demasiado breve, no para adelgazar o perder la razón u otros efectos medibles de la pasión, sino para el circuito espiritual de alarmantes conjeturas y desilusión, ignora lo que puede pasar por la mente de una joven durante sus momentos de elegante ocio.

Pero al decimoprimer día, sin embargo, Lydgate se disponía a abandonar Stone Court cuando la señora Vincy le pidió que le hiciera saber a su marido que la salud del señor Featherstone había sufrido un marcado cambio y que deseaba fuera allí ese mismo día. Lydgate podía haber ido al almacén, o podía haber escrito un mensaje en la hoja de su cuaderno de bolsillo y dejarla en la puerta. Sin embargo, estos sencillos métodos no parecieron ocurrírsele, de lo cual podemos deducir que no tenía grandes inconvenientes en pasarse por casa del señor Vincy a una hora en la que éste no estaba en casa, y dejar el recado con la señorita Vincy. Un hombre puede, por diversos motivos, negarse a dispensar su compañía, pero tal vez ni siquiera un sabio se sentiría complacido ante el hecho de que nadie le echara de menos. Sería una forma elegante y fácil de enlazar los hábitos nuevos con los antiguos, de cruzar con Rosamond alguna juguetona palabra respecto de su resistencia a la disipación y su firme decisión de abstenerse incluso de los dulces sonidos. Debe admitirse, asimismo, que especulaciones momentáneas respecto de las posibles causas de las insinuaciones de la señora Bulstrode habían conseguido entretejerse, como pequeños y aferrados pelillos, en la trama más sustancial de su pensamiento.

La señorita Vincy se encontraba a solas, y se sonrojó tanto cuando entró Lydgate que él se sintió correspondientemente turbado, y en lugar de las guasas previstas empezó inmediatamente a hablar del motivo de su visita, rogándola casi con formalidad, que le diera el recado a su padre. Rosamond, que en un principio pensó que iba a recobrar la felicidad, se sintió profundamente herida por la actitud de Lydgate. Había perdido el color y asintió con frialdad sin añadir una palabra innecesaria, el ganchillo que sostenía entre las manos permitiéndola evitar mirar a Lydgate por encima de la barbilla. En todos los fracasos, los principios son la mitad del total. Tras dos minutos de silencio durante los cuales movió la fusta sin articular palabras, Lydgate se levantó para marcharse y Rosamond, nerviosa por la pugna que mantenía entre su mortificación y el deseo de no demostrarla, dejó caer la cadeneta como sorprendida, levantándose mecánicamente. Lydgate se agachó para recoger la labor. Cuando se enderezó se encontraba muy cerca de un hermoso rostro sobre un largo y hermoso cuello que había estado acostumbrado a ver moverse con el perfecto control de la elegancia autocomplacida. Pero ahora, al levantar la vista, vio cierto temblor que le emocionó por lo desconocido y le hizo observar a Rosamond con inquietud. En este instante era tan natural como lo fuera a los cinco años: notó que le brotaban las lágrimas y era inútil intentar hacer otra cosa que no fuera dejar que permanecieran como agua sobre una flor azul, o dejar que corrieran.

Ese momento de espontaneidad fue el toque sutil de cristalización que convirtió el flirteo en amor. Recordad que el hombre ambicioso que miraba esas no-me-olvides bajo el agua era afectuoso e imprudente. No supo dónde fue a parar la cadeneta; una idea había traspasado los recovecos internos, con el milagroso efecto de despertar el poder del amor apasionado enterrado en ellos, no en un sepulcro sellado, sino en un molde frágil y fácilmente rompible. Sus palabras fueron desmañadas y abruptas, pero el tono las tornó en una ardiente y suplicante confesión.

—¿Qué sucede? Está disgustada. Por favor, dígame por qué.

A Rosamond no la habían hablado antes en ese tono. No estoy segura de que supiera cuales fueron las palabras, pero miró a Lydgate y las lágrimas le corrieron por las mejillas. No podía existir respuesta más clara que ese silencio y Lydgate, olvidándose de todo, dominado totalmente por la ternura que le invadió ante la repentina certeza de que esta dulce criatura dependía de él para su felicidad, la rodeó con sus brazos, envolviéndola suave y protectoramente —estaba acostumbrado a la suavidad con los débiles y atormentados— y besó cada una de las dos gruesas lágrimas. Fue una extraña manera de llegar a un entendimiento, pero fue rápida. Rosamond no se enfadó, pero se echó hacia atrás levemente con temblorosa felicidad y Lydgate se pudo sentar junto a ella y hablar menos inconexamente.

Rosamond hizo su pequeña confesión y él derrochó palabras de agradecimiento y ternura con impulsiva profusión. Abandonó la casa a la media hora, un hombre comprometido, cuya alma ya no le pertenecía a él sino a la mujer a quien se había atado.

Volvió por la noche para hablar con el señor Vincy quien, recién llegado de Stone Court, estaba seguro de que no tardaría en conocer el finamiento del señor Featherstone. La feliz palabra «finamiento», que se le había ocurrido oportunamente, había elevado su espíritu incluso por encima de su nivel nocturno normal. La palabra ajustada siempre supone poderío y comunica su exactitud a nuestros actos. Considerado como un finamiento, la muerte del anciano Featherstone tomaba un aspecto meramente legal, de forma que el señor Vincy podía quitarle seriedad al hecho y enfocarlo jovialmente sin ni siquiera tener que recurrir a la intermitente muestra de solemnidad. ¿A quién le ha sorprendido alguna vez un testador? ¿Quién ha hecho un himno al título de propiedad sobre bienes inmuebles? El señor Vincy se sentía esa noche inclinado a enfocarlo todo jovialmente; llegó a comentarle a Lydgate que Fred había sacado, después de todo, la constitución familiar y pronto volverá a ser el tipo sano de siempre; y cuando se le pidió la aprobación para el compromiso de Rosamond, la concedió con asombrosa facilidad, pasando de inmediato a los comentarios generales sobre lo deseable que para los jóvenes, tanto hombres como mujeres, era el matrimonio y, aparentemente, deduciendo de todo ello lo conveniente de un poco más de ponche.

CAPÍTULO XXXII

La triunfante confianza del alcalde fundamentada en la insistente exigencia del señor Featherstone de que Fred y su madre no le abandonaran, era una débil emoción comparada con todo lo que alteraba los corazones de los parientes del anciano, quienes, naturalmente, manifestaban más su sentido de las relaciones familiares y eran más conspicuamente numerosos ahora que se encontraba encamado. Lógicamente: pues cuando «el pobre Peter» ocupaba su sillón en el saloncito forrado de madera, no habría habido cucarachas para las que la cocinera preparara agua hirviendo peor recibidas en un hogar que tenían razones para preferir, que esas personas cuya sangre Featherstone estaba desnutrida, no debido a su mezquindad, sino a la pobreza. El hermano Solomon y la hermana Jane eran ricos, y el candor familiar y total ausencia de falsa cortesía con la que se les solía recibir no les parecía argumento para que su hermano, ante el acto solemne de hacer testamento, pasara por alto los superiores derechos de riqueza. Al menos a ellos, nunca había sido lo bastante desnaturalizado como para echarles de la casa, y apenas parecía un gesto de excentricidad el que el anciano hubiera mantenido alejados al hermano Jonah, la hermana Martha y los demás, que no tenían ni de lejos tales derechos. Conocían la máxima de Peter, que el dinero era un buen huevo, y debía incubarse en un nido cálido.

Pero el hermano Jonah, la hermana Martha y todos los menesterosos exiliados mantenían un punto de vista diferente. Las probabilidades son tan diversas como los rostros que uno quiere ver en los calados o los empapelados: en ellos se encuentran todas las formas, desde Júpiter hasta Pepita si se buscan con talante creativo. A los más pobres y desfavorecidos, les parecía probable que puesto que Peter no había hecho nada por ellos en vida, les recordara en muerte. Jonah argumentaba que los hombres gustan de sorprender con sus testamentos, mientras que Martha decía que no debía asombrar a nadie que dejara la mayor parte de su dinero a quien menos lo esperaba. Tampoco había que pasar por alto que el hermano de uno, «tumbado allí» con hidropesía en las piernas tendría forzosamente que llegar a la conclusión de que la sangre es más espesa que el agua y, aunque no alterara el testamento, al menos quizá tuviera dinero a mano. En cualquier caso debían estar cerca algunos parientes consanguíneos, vigilando a quienes apenas eran ni parientes. Existían cosas como testamentos falsificados y testamentos en litigio que parecían tener la dorada ventaja de permitir, de alguna manera, que los no legatarios vivieran de ellos. Por otra parte, tal vez se pillara a algún no consanguíneo hurtando cosas, ¡y el pobre Peter «tumbado allí», impotente! Alguien debía estar pendiente. Pero aquí coincidían con Solomon y Jane. Asimismo, sobrinos, sobrinas y primos, argumentando con aún mayor sutileza respecto de lo que podía hacerse con un hombre que era muy capaz de «testar a su antojo» sus propiedades y regalarse grandes dosis de rarezas, sentían dadivosamente que debían ocuparse de un asunto de familia, y pensaban en Stone Court como un lugar de obligada visita. La hermana Martha, es decir, la señora Cranch, que vivía aquejada de dificultades respiratorias en Chalky Flats, no podía emprender el viaje, pero su hijo, siendo el propio sobrino del pobre Peter, podía representarla ventajosamente y vigilar bien, no fuera que su tío Jonah hiciera un uso injusto de las improbables cosas que parecía probable sucedieran. La realidad era que existía un sentimiento general que recorría las venas de los Featherstone de que todo el mundo debía vigilar a los demás, y de que fuera bueno que todo el mundo reflexionara sobre el hecho de que el Todopoderoso le observaba.

Así pues, Stone Court era el escenario de las constantes idas o venidas de uno u otro consanguíneo, y Mary Garth tenía la desagradable tarea de subir sus mensajes al señor Featherstone, que se negaba a ver a ninguno y la enviaba para abajo con la aún más desagradable tarea de comunicárselo. Como encargada de la casa, se sentía obligada, según el buen estilo de provincias, a invitarles a quedarse y comer, pero le consultó a la señora Vincy sobre la mayor consumición que se estaba llevando a cabo ahora que el señor Featherstone se encontraba encamado.

—Hija mía, cuando se trata de una última enfermedad y la propiedad, hay que hacer las cosas con generosidad. Dios sabe que yo no les escatimo todo el jamón que haya en la casa, pero guarda el mejor para el funeral. Ten siempre preparada ternera rellena y un buen queso. En casos de enfermedad terminal uno debe contar con que puede llegar gente en cualquier momento —dijo la rumbosa señora Vincy, recuperado de nuevo su tono alegre y su vistosa indumentaria.

Pero algunas visitas llegaban y no partían tras la generosa invitación a ternera y jamón. Por ejemplo, el hermano Jonah (en la mayoría de las familias existen personas así de desagradables; quizá incluso en la aristocracia haya especímenes de Brobdingnag, gigantescamente endeudados y engordados a un alto coste), pero como decía, el hermano Jonah, habiendo venido a menos, se mantenía fundamentalmente gracias a una vocación de la cual era lo bastante modesto como para no alardear, aunque era mucho mejor que estafar en el cambio o en el hipódromo, pero que no exigía su presencia en Brassing siempre y cuando encontrara un buen rincón en el que sentarse y disfrutar de buena comida. Escogió un rincón de la cocina, en parte porque le gustaba más y en parte porque no quería sentarse con Solomon, respecto del cual tenía una fuerte opinión fraternal. Sentado en una butaca estupenda y con su mejor traje, la buena pitanza siempre a la vista, tenía la cómoda sensación de estar en el centro, mezclada con fugaces indicaciones de domingo y de la barra del Hombre Verde, e informó a Mary Garth que no se alejaría de su hermano Peter mientras el pobre siguiera en esta tierra. Los problemáticos en las familias suelen ser los ingeniosos o los idiotas. Jonah era el ingenioso de los Featherstone y bromeaba con las criadas cuando se acercaban al hogar, pero parecía considerar a la señorita Garth un personaje sospechoso y la seguía con fría mirada.

Mary hubiera soportado con relativa tranquilidad este par de ojos, pero desgraciadamente estaba el joven Cranch quien, habiéndose desplazado desde Chalky Flats en representación de su madre para vigilar a su tío Jonah también creía obligación suya el quedarse, sentándose principalmente en la cocina para acompañar al tío. El joven Cranch no constituía precisamente el punto equilibrante entre el ingenioso y el idiota, inclinándose un tanto hacia el último, y bizqueando de forma que todo lo referente a sus sentimientos quedaba incierto, salvo que estos no eran de índole contundente. Cuando Mary Garth entraba en la cocina y el señor Jonah Featherstone comenzaba a seguirla con sus fríos ojos detectivescos, el joven Cranch, volviendo la cabeza en la misma dirección, parecía insistir en que Mary se fijara en su bizquera, como si fuera intencionada, como los gitanos cuando Borrow les leía el Nuevo Testamento. Esto era demasiado para la pobre Mary y en ocasiones la ponía de mal humor y en ocasiones la alteraba. Un día que tuvo la oportunidad, no pudo resistirse a describirle a Fred la escena de la cocina, a quien no logró disuadir de que fuera a presenciarla al momento, haciendo como si sencillamente pasara por allí. Pero no bien se había enfrentado a los cuatro ojos que hubo de precipitarse por la puerta más próxima, que daba a la vaquería, donde, bajo el alto techo y entre los cacharros, irrumpió en una carcajada cuya resonancia se escuchó nítidamente en la cocina. Salió corriendo por otra puerta, pero el señor Jonah, que no había visto antes la blanca tez de Fred, sus largas piernas y rostro delicado y enjuto, preparó múltiples sarcasmos en los que estos puntos de su aspecto se combinaban ingeniosamente con los más bajos atributos morales.

—Pero bueno, Tom, tú no llevas unos pantalones tan elegantes ni tienes las piernas la mitad de largas y finas —le dijo Jonah a su sobrino guiñándole el ojo para advertirle de que el comentario encerraba algo más que lo evidente. Tom se miró las piernas, pero no despejó la duda de si prefería sus ventajas morales a un mayor largo de pierna y censurable elegancia de pantalón.

También en el salón forrado de madera había constantemente ojos que vigilaban y parientes dispuestos a «velar». Muchos llegaban, comían y partían, pero el hermano Solomon y la señora que durante veinticinco años antes de convertirse en la señora Waule fuera Jane Featherstone, le encontraron gusto a permanecer allí varias horas cada día sin otra ocupación que la de observar a la astuta Mary Garth (que tenía tanta retranca que no se la pillaba en falso) dando ocasionales muestras secas de llanto —como avance de torrentes en estaciones más húmedas— ante el hecho de no poder entrar en la habitación del señor Featherstone. La aversión del anciano por su propia familia parecía aumentar a medida que disminuía su capacidad de divertirse diciéndoles cosas mordientes. Demasiado desfallecido para picar, el veneno se le acumulaba en la sangre.

Sin acabarse de creer el mensaje que les llegaba a través de Mary Garth, se habían personado juntos a la puerta de la alcoba, vestidos de negro (la señora Waule con un pañuelo blanco en la mano a medio desplegar y ambos con semblante de un color morado luctuoso), mientras la señora Vincy, con sus mejillas sonrosadas y las cintas rosas al viento, administraba un cordial al enfermo, y el rubio Fred, con el pelo rizado como era de esperar en un jugador, se repantingaba cómodamente en un amplio butacón.

No bien vio aparecer el anciano Featherstone a estas fúnebres figuras que desoían sus órdenes que la ira vino a fortalecerle con mayor éxito que el cordial. Estaba incorporado en la cama, y junto a él, como siempre, se encontraba el bastón con empuñadura de oro. Lo asió, blandiéndolo de un lado a otro para abarcar la mayor idea posible, como ahuyentando a los horribles espectros, y profirió con un ronco graznido:

—¡Atrás, atrás, señora Waule! ¡Atrás, Solomon!

—Pero hermano Peter… —empezó a decir la señora Waule. El hermano Solomon levantó la mano deteniéndola. Era un hombre de amplias mejillas, próximo a los setenta, con pequeños ojos furtivos, y no sólo tenía un carácter más taimado, sino que se creía mucho más agudo que su hermano Peter y poco susceptible de que sus congéneres le engañaran, habida cuenta de que éstos no podían ser ni más avariciosos ni mentirosos de lo que él sospechaba que eran. Incluso los poderes invisibles, creía, podían ser apaciguados por un suave paréntesis aquí y allí, procedentes de un hombre hacendado que podía haber sido tan indigno como otros.

—Hermano Peter —dijo con tono zalamero, pero oficiosamente grave al tiempo—, es lógico que te hable de Three Crofts y el Manganese. El Todopoderoso sabe lo que tengo en la mente…

—En ese caso sabe más de lo que yo quiero saber —dijo Peter, soltando el bastón en una muestra de tregua que encerraba también una amenaza, pues giró el bastón y lo colocó como para convertir la empuñadura de oro en una maza en caso de que la pugna se hiciera más íntima, concentrando la mirada en la calva de Solomon.

—Puede que haya cosas de las que te arrepientas, hermano, por no haber hablado conmigo de ellas —dijo Solomon, pero sin avanzar—. Podía quedarme contigo esta noche, y Jane también, gustosamente, y podías tomarte el tiempo que quisieras para hablar, o dejarme hablar a mí.

—Sí, sí, me tomaré el tiempo que quiera, no tienes que ofrecerme el tuyo —dijo Peter.

—Pero no puedes tomarte el tiempo que quieras para morir, hermano —empezó la señora Waule, con su tono lanudo—. Y cuando yazcas mudo, quizá te hartes de tener extraños a tu alrededor y pienses en mí y en mis hijos —pero aquí se le cortó la voz ante el conmovedor pensamiento que le estaba atribuyendo a su hermano mudo, siendo, naturalmente, toda mención a nosotros mismos, algo muy enternecedor.

—En absoluto —dijo el anciano Featherstone, contradictoriamente—. No pensaré en ninguno de vosotros. Ya he hecho testamento; te repito, ya he hecho testamento —llegado este punto volvió la cabeza hacia la señora Vincy y bebió un poco más del cordial.

—Hay quien se avergonzaría de ocupar un sitio que por derecho le pertenece a otros —dijo la señora Waule, enfocando sus ojillos en la misma dirección.

—Hermana —dijo Solomon con irónica dulzura—, tú y yo no somos lo bastante finos, elegantes y ricos; debemos ser humildes y dejar que los listos nos adelanten a codazos.

Fred no pudo soportar esto y levantándose y mirando al señor Featherstone dijo:

—¿Quiere que mi madre y yo salgamos de la habitación para que usted pueda estar a solas con sus hermanos?

—Siéntate te digo —dijo el anciano con brusquedad—. Quedaros donde estáis. Adiós Solomon —añadió, intentando blandir de nuevo el bastón, pero fracasando en su intento ahora que estaba dado la vuelta—. Adiós señora Waule. No volváis.

—Estaré abajo, hermano, lo quieras o no —dijo Solomon—. Yo cumpliré con mi obligación y queda por ver lo que permitirá el Todopoderoso.

—Sí, porque eso de que la propiedad salga de las familias —continuó la señora Waule—, en las que hay jóvenes formales para continuar… Pero compadezco a quienes no son así, y compadezco a sus madres. Adiós, hermano Peter.

—Recuerda Peter, que soy el mayor después de ti, y prosperé desde el principio, igual que tú, y ya tengo tierras con el nombre de Featherstone —dijo Solomon, confiando mucho en esa reflexión, como una sobre la que se pudiera hablar durante las horas nocturnas—. Por el momento me despido.

Su salida se vio aligerada ante la visión del anciano señor Featherstone calándose bien la peluca y cerrando los ojos al tiempo que abría la boca como si estuviera decidido a ser sordo y ciego.

No obstante, venían a diario a Stone Court y permanecían en su puesto de guardia, manteniendo a veces un lento y susurrante diálogo en el que la observación distaba tanto de la respuesta que cualquiera que les oyera habría pensado que escuchaba a unos autómatas parlantes, y hubiera dudado sobre si el ingenioso mecanismo funcionaría o se agarrotaría la cuerda obligándoles al silencio. Solomon y Jane hubieran sentido precipitarse: era evidente a lo que eso conducía al otro lado de la pared, en la persona del hermano Jonah.

Pero su vigía en el salón de madera se veía a veces variada por la presencia de otros invitados llegados de lejos o de cerca. Ahora que Peter Featherstone estaba encamado arriba, sus propiedades se podían comentar con toda la ilustración local que proporcionaba el lugar en sí. Algunos vecinos rurales y de Middlemarch estaban muy de acuerdo con la familia y expresaban su simpatía por sus intereses contra los Vincy, y había visitas femeninas que incluso lloraban, conversando con la señora Waule, al recordar cómo ellas mismas se habían visto defraudadas en el pasado por codicilos y matrimonios revanchistas por parte de ancianos caballeros ingratos, quienes, uno pensaría, habían sido otorgados una longevidad para hacer mejor uso de ella. Tales conversaciones se interrumpían de repente, como un órgano cuando se suelta el fuelle, si Mary Garth entraba en la habitación, y se posaban sobre ella todas las miradas como una posible legataria o alguien que podría tener acceso a las arcas.

Pero los hombres jóvenes que eran parientes o estaban vinculados a la familia, tendían a admirarla en esta problemática situación como una mujer de gran conducta y que, entre las oportunidades que se encontraban por allí, podría resultar un premio no despreciable. Por ende, recibía su parcela de cumplidos y atención.

En especial recibía estos del señor Borthrop Trumbull, un soltero distinguido de la zona que era subastador y muy introducido en la venta de terrenos y ganado. Era ciertamente un personaje público, cuyo nombre aparecía en carteles muy distribuidos y que muy bien podía compadecerse de quienes no le conocían. Era primo segundo de Peter Featherstone, quien le había tratado con mayor amabilidad que a cualquier otro pariente, siéndole útil en materia de negocios, y en el programa para el funeral que el propio anciano había dictado, había sido nombrado portador del féretro. No había en el señor Borthrop Trumbull atisbo de odiosa codicia, nada salvo un sincero sentimiento de su propia valía, la cual, sabía, en caso de rivalidad, actuaría a su favor, de manera que, si Peter Featherstone, quien por lo que hacía al propio Trumbull se había comportado igual de bien que cualquier otra alma, le dejara una buena herencia, lo único que podría decir sería que jamás había engatusado o barbilleado al anciano, sino que le había aconsejado como mejor le dictaba su experiencia, experiencia de más de veinte años desde que empezara de aprendiz a los quince, y que era improbable que arrojara conocimientos subrepticios. Su admiración distaba mucho de limitarse a su persona ya que estaba habituado tanto profesional como personalmente a disfrutar valorando las cosas a alto nivel. Era un amante de grandes frases y jamás empleaba un lenguaje pobre sin corregirse inmediatamente, lo que era una suerte dado que era bastante ruidoso y tendía a predominar, irguiéndose en pie y con frecuencia caminando mientras explicaba, estirándose el chaleco con aires de hombre que sabe lo que quiere y utilizando el dedo índice para atusarse el cabello, señalando cada serie nueva de movimientos por un previo toqueteo de sus grandes sortijas. En ocasiones había cierta fiereza en su aspecto que iba dirigida principalmente contra las falsas opiniones, las cuales son tantas a corregir en el mundo que un hombre de cierta educación y experiencia tiene forzosamente que ver su paciencia puesta a prueba. Pensaba que por lo general, la familia Featherstone era de entendimiento limitado, pero siendo un hombre de mundo y un personaje público, daba esto por sentado e incluso se acercaba a la cocina a conversar con el señor Jonah y el joven Cranch, seguro de haber impresionado mucho al último con sus preguntas sobre Chalky Flats. Si alguien hubiera comentado que el señor Borthrop Trumbull, siendo subastador, tenía que conocer la naturaleza de todas las cosas, hubiera sonreído diciéndose para sí en silencio que el comentario era bastante correcto. En general, de forma subastadora, era un hombre honrado, que no se avergonzaba de su trabajo y opinaba que «el célebre Peel, ahora Sir Robert», no dejaría de reconocer su valía caso de ser presentados.

—No me importaría tomar una loncha de ese jamón y un poco de cerveza, señorita Garth, si usted me lo permite —dijo, entrando en el salón a las once y media, tras haber disfrutado del privilegio excepcional de ver al anciano Featherstone y colocándose de espaldas a la chimenea entre la señora Waule y Solomon—. No es necesario que vaya usted, ya tocaré la campanilla.

—Gracias —dijo Mary—, pero tengo que ir a la cocina. —Bien, señor Trumbull, le favorecen a usted mucho.

—¿Por poder ver al anciano? —dijo el subastador, jugueteando con sus anillos distraídamente—. Verá, es que ha confiado bastante en mí —y aquí apretó los labios y frunció el ceño meditativamente.

—¿Se podría preguntar lo que ha dicho nuestro hermano? —preguntó Solomon, en suave tono de humildad que le proporcionaba una sensación de lujuriosa astucia ya que, siendo hombre rico, no era necesario.

—Claro que se puede preguntar —dijo el señor Trumbull, con desenfadado sarcasmo—. Cualquiera puede interrogar. Cualquiera puede dar a sus comentarios un giro interrogatorio —continuó, la sonoridad y el estilo aumentando a la par—. Esto es lo que los buenos oradores hacen constantemente, incluso cuando no esperan una respuesta. Es lo que denominamos una figura retórica, hacer buena figura al hablar como si dijéramos —el elocuente subastador se sonrió ante su ingenio.

—No me apenaría saber que le ha recordado a usted, señor Trumbull —

dijo Solomon—. Jamás me opuse a los merecedores. Son los no merecedores contra quienes estoy yo.

—¡Ah, ahí está!, ¿ve? ahí está —dijo el señor Trumbull significativamente —. No se puede negar que gente no merecedora ha resultado legataria, incluso herederos universales. Así es, con las disposiciones testamentarias —de nuevo frunció los labios y arrugó un poco el ceño.

—¿Está usted asegurándome, señor, que mi hermano ha legado su tierra fuera de nuestra familia? —dijo la señora Waule sobre quien, como mujer de poca esperanza, aquellas largas palabras tenían un efecto depresivo.

—Más le valdría a cualquier hombre dejar sus tierras a la beneficencia que legárselas a según quien —observó Solomon al no recibir respuesta la pregunta de su hermana.

—¿Tierras para beneficencia? —dijo la señora Waule—. No estará usted queriendo decir eso ¿no, señor Trumbull? Sería atentar contra el Todopoderoso que le hizo prosperar. Mientras la señora Waule hablaba, el señor Borthrop Trumbull se apartó de la chimenea y caminó hacia la ventana, pasándose el dedo índice primero por el cuello, luego por las patillas y finalmente por la línea del pelo. Se dirigió después hacia la mesa de trabajo de la señorita Garth, abrió un libro que se encontraba sobre ella y leyó el título en voz alta con pomposo énfasis como si lo ofertara a la venta.

Anne of Geierrtein (pronunciado Yirstin) o «La doncella de la niebla» por el autor de Waverley —a continuación, volvió la página y comenzó con sonoridad—. «Casi han transcurrido cuatro siglos desde que los sucesos que se narran en los siguientes capítulos acontecieran en el continente» —pronunció la admirable palabra última con el acento en la primera sílaba, no por desconocimiento, sino creyendo que esta novedad realzaba la bella sonoridad que su lectura había proporcionado al conjunto.

En este momento entró la criada con la bandeja, desaparecida así la ocasión de contestar a la pregunta de la señora Waule quien, al igual que Solomon, observaba los movimientos del señor Trumbull y pensaba que la erudición interfería lastimosamente con los asuntos serios.

El señor Borthrop Trumbull en realidad no sabía nada respecto del testamento del anciano Featherstone, pero salvo que le hubieran arrestado por encubrir traición nadie hubiera conseguido que declara su ignorancia.

—Sólo me tomaré un poco de jamón y un vaso de cerveza —dijo tranquilizadoramente—. Como hombre de asuntos públicos, me tomo un piscolabis cuando puedo. Avalo este jamón —dijo, tras engullir algunos trozos con alarmante velocidad—, contra cualquier otro de los tres reinos. En mi opinión es mejor que el de Freshitt Hall y creo que soy bastante buen juez.

—Hay a quienes no les gusta que tenga tanta azúcar —dijo la señora Waule—. Pero a mi pobre hermano siempre le gustó así.

—Si hay quien exija algo mejor, está en su derecho, pero ¡bendito sea Dios!, ¡qué aroma! Ya me gustaría a mí comprar esta calidad. Es de agradecer que un caballero —aquí la voz del señor Trumbull se tiñó de emotividad— sirva este jamón.

Apartó el plato, se escanció cerveza y adelantó un poco la silla, aprovechando la ocasión para mirarse la parte interna de las piernas que acarició con aprobación, poseyendo el señor Trumbull esos aires y gestos menos frívolos y que distinguían a las razas predominantes del norte.

—Veo que tiene usted ahí una obra interesante, señorita Garth —observó cuando Mary volvió a entrar—. Es del autor de Waverley, es decir, Sir Walter Scott. Yo mismo he comprado una de sus obras…, algo muy bonito, una publicación superior, titulada Ivanhoe. Creo que no debe haber escritor que le supere fácilmente; en mi opinión tardarán en superarle. Acabo de leer un poco del principio de Anne of Jeersteen. Comienza bien. (Las cosas nunca empezaban con el señor Borthrop Trumbull, siempre comenzaban, tanto en su vida privada como en sus prospectos). Veo que es usted una aficionada a la lectura. ¿Está suscrita a nuestra biblioteca de Middlemarch?

—No —dijo Mary—, el señor Fred Vincy me trajo este libro.

—A mí también me gustan mucho los libros —fue la respuesta del señor Trumbull—. Tengo no menos de doscientos volúmenes en piel y presumo de que están bien seleccionados. También tengo cuadros de Murillo, Rubens, Teniers, Ticiano, Van Dyck y otros. Con gusto le prestaré cualquier cosa que quiera, señorita Garth.

—Le estoy muy agradecida —dijo Mary, disponiéndose a salir de nuevo —, pero tengo poco tiempo para la lectura.

—Supongo que mi hermano le habrá dejado algo a ella en su testamento —dijo el señor Solomon en un susurro cuando se cerró la puerta tras Mary y refiriéndose con la cabeza a la señorita Garth.

—Aunque su primera mujer fue un mal partido —dijo la señora Waule—. No le aportó nada y esta joven no es más que su sobrina. Y muy altiva. Y mi hermano siempre le ha pagado un sueldo.

—Pero es una chica sensata, en mi opinión —dijo el señor Trumbull, acabándose la cerveza y poniéndose en pie con un enfático ajuste de su chaleco—. La he observado cuando mezcla las gotas de las medicinas. Está pendiente de lo que hace. Eso es muy importante en una mujer, y algo muy importante para nuestro amigo de ahí arriba, pobrecillo. El hombre cuya vida tiene algún valor debería pensar en su mujer como una enfermera; es lo que ya haría, de casarme.

Y creo que he estado soltero lo bastante como para no equivocarme en eso. Hay hombres que se tienen que casar para auparse un poco, pero cuando yo necesite eso, espero que alguien me lo diga, espero que alguien me informe. Le deseo buenos días, señora Waule. Señor Solomon. Confío en que volvamos a coincidir bajo auspicios menos tristes.

Cuando el señor Trumbull se hubo marchado tras una profunda inclinación, Solomon se acercó a su hermana y dijo:

—Puedes estar segura, Jane, de que mi hermano le ha dejado a esa chica una buena suma.

—Eso diría cualquiera, a juzgar por la forma de hablar del señor Trumbull —dijo Jane. Y tras una pausa añadió—: Habla como si no se pudiera confiar en mis hijas para dar las gotas.

—Los subastadores dicen muchas locuras —dijo Solomon—. Aunque el señor Trumbull ha hecho dinero.

CAPÍTULO XXXIII

Esa noche después de las doce, Mary Garth tomó el relevo en la habitación del señor Featherstone, velándole sola durante el resto de la noche. A menudo elegía voluntariamente esta tarea, en la que encontraba cierto gusto a pesar de la impertinencia del anciano cuando requería sus atenciones. Había ratos en los que podía permanecer absolutamente quieta disfrutando del silencio exterior y la tenue luz. El fuego rojizo con su suave movimiento audible era como una existencia solemne, apaciblemente independiente de las mezquinas pasiones, los ridículos deseos, los afanes tras las bagatelas inciertas que a diario provocaban el desdén de Mary. A Mary Garth le gustaban sus propios pensamientos y podía distraerse bien sentada en la penumbra con las manos sobre el regazo; habiendo tenido pronto fuertes razones para creer que no era probable que las cosas se resolvieran para su propia satisfacción particular, no perdía el tiempo asombrándose y disgustándose por ello. Además, ya había aprendido a tomarse la vida como una comedia y había adoptado la generosa, que no orgullosa, decisión de no hacer un papel mezquino o traicionero. Mary bien podía haberse convertido en una cínica de no haber tenido unos padres a los cuales respetaba, así como un pozo interno de gratitud, pozo que estaba tanto más lleno, puesto que había aprendido a no hacer peticiones irracionales.

Esta noche repasaba, como solía hacer, las escenas de la jornada y a menudo sus labios esbozaban una sonrisa de diversión ante las rarezas que su imaginación convertía en aún más exóticas: la gente era tan ridícula en sus ilusiones, portadores inconscientes de sus gorros de bufón, creyendo que sus mentiras eran opacas mientras que las de los demás eran transparentes, haciendo de sí mismos la excepción a todo como si, cuando todo el mundo estaba amarillo por la luz de la lámpara ellos solos fueran los que seguían sonrosados. Sin embargo, a los ojos de Mary existían ciertas ilusiones que no le resultaban del todo cómicas. Interiormente estaba convencida, aunque carecía de otros motivos que su atenta observación de la personalidad del anciano Featherstone, de que pese a su gusto por la compañía de los Vincy, era probable que éstos resultaran igual de desengañados que cualquiera de los parientes a los cuales había mantenido a distancia. Era bastante el desprecio que Mary sentía ante la evidente inquietud de la señora Vincy de que ella y Fred estuvieran a solas, lo cual no impedía que se inquietara por cómo afectaría a Fred si resultara que su tío le dejaba tan pobre como siempre. Mary podía hacer de Fred el blanco de sus burlas en su propia presencia, pero le disgustaban sus necedades cuando estaba ausente.

Pese a todo, la señorita Garth disfrutaba con sus pensamientos: una mente joven y fuerte a la que no desequilibra la pasión saca provecho de conocer la vida y observa con interés su propio vigor. Mary poseía mucha alegría interior.

Su pensamiento no se veía empañado por solemnidad o patetismo alguno respecto del anciano encamado; es más fácil simular que sentir tales sentimientos respecto de una anciana criatura cuya vida, aparentemente, no es más que un retazo de vicios. Siempre había visto el lado más desfavorable del señor Featherstone: él no estaba orgulloso de ella y sólo le era útil. El inquietarse por un alma que constantemente está regañando debe quedar para los santos que habitan la tierra y Mary no se contaba entre ellos. Jamás le había devuelto una palabra dura y le había atendido fielmente, pero eso era lo máximo. Al anciano Featherstone tampoco le preocupaba en absoluto su alma y se había negado a ver al señor Tucker al respecto.

Esta noche no había gruñido ni una sola vez y durante la primera hora o dos permaneció extraordinariamente quieto hasta que por fin Mary le oyó toquetear el manojo de llaves contra la caja de hojalata que mantenía siempre en la cama junto a sí. Alrededor de las tres dijo, con sorprendente nitidez.

—Missy, ¡ven aquí!

Mary obedeció y encontró que ya había sacado la caja de debajo de las ropas, aunque solía pedir que se lo hicieran, y seleccionado la llave. Abrió con ella la caja y sacando de su interior otra llave la miró fijamente con ojos que parecían haber recobrado toda su agudeza y dijo:

—¿Cuántos de ellos están en la casa?

—¿Se refiere a sus propios parientes, señor? —preguntó Mary, avezada en la forma de hablar del anciano. Este hizo un gesto afirmativo con la cabeza y Mary prosiguió—: El señor Jonah Featherstone y el joven Cranch están durmiendo aquí.

—Ya, ya; se pegan ¿verdad? y seguro que los demás vienen a diario… Solomon y Jane y los pequeños, ¿no? ¿Vienen a espiar y a contar y a calcular?

—No vienen todos cada día; el señor Solomon y la señora Waule vienen a diario, y los demás con frecuencia.

El anciano escuchó con una mueca en el rostro mientras la joven hablaba y cuando acabó dijo desfrunciendo el gesto.

—Más tontos ellos. Escucha, Missy. Son las tres de la madrugada y estoy en pleno uso de mis facultades. Conozco todas mis posesiones, dónde tengo colocado el dinero y todo lo demás. Y he dispuesto todo para poder cambiar de idea y hacer al final lo que me plazca. ¿Me oyes, Missy? Estoy en mi sano juicio.

—¿Y bien, señor? —preguntó Mary quedamente.

El anciano bajó la voz con aire astuto.

—He hecho dos testamentos, y voy a quemar uno. Haz lo que te diga. Esta es la llave de mi cofre de hierro que está ahí en el armario. Empuja fuerte al lado de la placa de cobre en la parte superior hasta que suene como un cerrojazo; entonces podrás meter la llave en la cerradura y girarla. Ve y hazlo, y saca el papel de encima —ÚLTIMA VOLUNTAD—, en letras grandes.

—No, señor —dijo con firmeza—. No puedo hacer eso.

—¿Que no puedes hacerlo? Te lo estoy ordenando —dijo el anciano, quebrándosele la voz ante el asombro que le producía esta resistencia.

—No puedo tocar su cofre de hierro ni su testamento. Debo negarme a hacer cualquier cosa que me expusiera a la sospecha.

—Te repito que estoy en mi sano juicio. ¿Es que no voy a poder hacer lo que quiera al final? Hice dos testamentos a propósito. Coge la llave.

—No, señor, no lo haré —dijo Mary con mayor decisión aún. Su repulsión iba en aumento.

—Te digo que no hay tiempo que perder.

—No puedo evitarlo, señor. No permitiré que el fin de su vida enturbie el principio de la mía. No tocaré ni el cofre ni el testamento —se alejó un poco de la cama.

El anciano permaneció un rato con la mirada vacía, manteniendo la llave recta y separada del resto que había en la anilla. Luego, a sacudidas espasmódicas empezó a vaciar con su huesuda mano izquierda la caja de latón que tenía ante él.

—¡Missy! —empezó a decir, entrecortadamente—, ¡mira! ¡Coge el dinero, los billetes y el oro, mira, cógelo, es todo para ti, haz lo que te digo!

Hizo un esfuerzo, extendiéndole la llave lo más posible, y de nuevo Mary retrocedió.

—No tocaré ni su llave ni su dinero. Le ruego no vuelva a pedírmelo. Si lo hace tendré que llamar a su hermano. Dejó caer la mano y por primera vez en su vida Mary vio al anciano Peter Featherstone empezar a llorar como un niño. Con el tono más suave del que fue capaz dijo:

—Le ruego que guarde su dinero, señor —y volvió a su sitio junto al fuego, esperando que esto le convenciera de que era inútil insistir. Al cabo de unos momentos el anciano se repuso y dijo animadamente:

—Bueno, pues llama al jovenzuelo. Llama a Fred Vincy. El corazón de Mary comenzó a latirle más deprisa. Varias ideas se le agolparon en la mente respecto de lo que pudiera implicar el quemar un segundo testamento. Tenía que tomar deprisa una difícil decisión.

—Le llamaré si me permite que vengan también el señor onah y otros.

—Nadie más, digo. El jovenzuelo. Haré lo que me plazca. —Espere a que sea de día, cuando todos estén despiertos. O déjeme que llame a Simmons ahora para que vaya en busca del abogado. Puede estar aquí en menos de dos horas.

—¿El abogado? ¡Y para qué quiero yo un abogado! Nadie lo sabrá… digo que nadie lo sabrá. Haré lo que quiera.

—Déjeme que llame a alguien más, señor —persuadió Mary. Le disgustaba su situación, a solas con el anciano que parecía mostrar un extraño brote de nerviosa energía que le permitía hablar y hablar sin verse atacado por la tos habitual; sin embargo Mary no quería forzar innecesariamente la negativa que le alteraba—. Le ruego me permita llamar a alguien más.

—Déjame en paz. Mira Missy, coge el dinero. No volverás a tener la ocasión. Hay casi doscientas, hay más en la caja, y nadie sabe cuánto había. Cógelo y haz lo que te digo.

Mary, de pie junto al fuego, vio cómo se proyectaba la luz rojiza sobre el anciano, incorporado sobre los almohadones, la mano huesuda extendiendo la llave, el dinero desparramado ante él sobre la colcha. Jamás olvidó esa visión de un hombre queriendo hacer su voluntad hasta el final. Pero la forma en la que había expuesto el ofrecimiento del dinero la empujó a hablar con mayor decisión.

—Es inútil. No lo haré. Guarde el dinero. No lo tocaré. Haré cualquier otra cosa para aliviarle, pero no tocaré ni su llave ni su dinero.

—¡Cualquier otra cosa… cualquier otra cosa! —dijo el anciano Featherstone, con ronca ira, que, como si de una pesadilla se tratara, intentaba que fuera enérgica y sin embargo apenas se oía—. No quiero nada más. Ven aquí…, ven aquí. Mary se le acercó con cautela, conociéndole demasiado bien. Le vio soltar las llaves e intentar coger el bastón mientras la miraba como una hiena envejecida, los músculos del rostro distorsionados por el esfuerzo de la mano. La chica se detuvo a una distancia segura.

—Déjeme darle un poco de cordial —dijo suavemente—, e intente controlarse. Quizá se duerma. Y mañana, a la luz del día, podrá hacer lo que quiera.

Peter Featherstone elevó el bastón a pesar de que ella estaba fuera de su alcance y lo lanzó con un gran esfuerzo que no era más que impotencia. El bastón cayó por el borde de la cama. Mary lo dejó allí y regresó a su silla junto al fuego. Pasado un rato le llevaría el cordial. La fatiga le haría pasivo. Iba llegando el momento más frío de la madrugada, el fuego se apagaba y a través de la rendija de las cortinas de moaré podía ver la luz, tamizada por el estor. Tras poner unos leños en el fuego y echarse una toquilla por los hombros se sentó, confiando en que ahora se durmiera el señor Featherstone. Si se le acercaba podía seguir con su irritabilidad. No había vuelto a decir nada después de tirar el bastón, pero había visto cómo cogía las llaves y ponía la mano derecha sobre el dinero. Sin embargo no lo guardó y Mary pensó que se estaba durmiendo.

Pero el recuerdo de lo que había pasado empezó a inquietarla más de lo que la había inquietado la realidad, y se interrogó sobre aquellos actos que habían surgido de forma tan imperativa, excluyendo toda duda en el momento crítico.

Al poco, los leños secos produjeron una llamarada que iluminó cada rincón y Mary vio que el anciano yacía tranquilo con la cabeza ligeramente ladeada. Se le acercó con paso silencioso y pensó que tenía el rostro inusitadamente inmóvil. Pero al instante, los vaivenes de las llamas alumbrando todos los objetivos la hicieron dudar. El palpitar de su corazón perturbaba tanto sus sentidos que incluso cuando le tocó y escuchó su respiración, no pudo fiarse de sus conclusiones. Se dirigió a la ventana y descorrió suavemente las cortinas y los estores de forma que la tenue luz cayera sobre la cama.

Al momento siguiente corrió hacia la campanilla y la hizo sonar enérgicamente. Pronto no hubo duda de que Peter Featherstone había muerto,

WORLD'S CLASSICS

GEORGE ELIOT

MIDDLEMARCH

la mano derecha sujetando las llaves y la izquierda reposando sobre un montón de billetes y monedas de oro.

****

LIBRO CUARTO

TRES PROBLEMAS DE AMOR

CAPÍTULO XXXIV

Peter Featherstone fue enterrado una mañana de mayo. En el prosaico vecindario de Middlemarch, mayo no era siempre cálido y soleado y esta mañana particular un viento fresco esparcía las flores de los jardines cercanos por los verdes montículos del cementerio de Lowick. Sólo de cuando en cuando permitían las veloces nubes que un rayo iluminara cualquier objeto, feo o hermoso, que por casualidad se encontrara dentro de su haz dorado. En el cementerio, los objetos eran curiosamente variopintos, pues un pequeño grupo rural se había concentrado para ver el funeral. Había corrido la noticia de que iba a ser un «gran entierro»; el anciano caballero había dejado instrucciones por escrito de todo, y quería tener un funeral «mejor que el de sus superiores». Esto fue cierto, pues el viejo Featherstone no había sido un Harpagón cuyas pasiones se hubieran visto devoradas por la escuálida y hambruna pasión del ahorro ni que hubiera negociado de antemano una rebaja con el de la funeraria.

Le encantaba el dinero, pero también disfrutaba gastándoselo gratificando sus gustos peculiares, y tal vez lo amara sobre todo como medio de que otros notaran su poder de forma más o menos cómoda. Si alguien argumenta que debieron existir atisbos de bondad en el viejo Featherstone, no lo negaré. Pero he de observar que la bondad es de naturaleza modesta, de fácil disuasión, y cuando ha sido baqueteada desde joven por vicios descarados, tiende a recluirse en la mayor privacidad, de forma que quienes más fácilmente creen en ella son aquellos que construyen teóricamente a un anciano egoísta, y no quienes forman criterios más estrechos, pero basados en una relación personal. En cualquier caso, se había empeñado en tener un hermoso funeral y en obligar a ir a quienes hubieran preferido quedarse en casa. Incluso ordenó que parientes femeninos le acompañaran hasta la tumba y la pobre hermana Martha había emprendido a este fin un dificultoso viaje desde Chalky Flats. A ella y a Jane les hubiera alegrado (aunque de manera sollozante) esta muestra de que un hermano al que no le gustaba verlas en vida se mostrara

267

prospectivamente complacido por su presencia al convertirse en testador, si la muestra no fuera equívoca al verse extendida a la señora Vincy, cuyo dispendio de un crespón muy elegante parecía llevar implícitas las expectativas más presuntuosas, agravado todo ello por el color de sus mejillas, claro indicador de que no era pariente consanguínea sino que pertenecía a esa facción, por lo general objetable, denominada familia de la esposa.

Todos nosotros somos, de una u otra manera, imaginativos, pues las imágenes son el fruto del deseo; y el pobre Featherstone, que se reía mucho de la forma en la que los demás se engatusaban unos a otros, no escapó al compañerismo de la ilusión. Al escribir el programa de su entierro no se confesó a sí mismo que el placer que le producía el pequeño drama del que formaba una parte se reducía a la anticipación. Al disfrutar con los tormentos que podía infringir con la rigidez de su puño inerte, inevitablemente mezclaba su conciencia con esa presencia lívida e inmóvil, y en la medida en que le preocupaba una vida futura, esta preocupación consistía en la gratificación dentro del ataúd. Así pues, el anciano Featherstone también era, a su manera, imaginativo.

Sea como fuere, los tres carruajes de duelo se llenaron siguiendo las órdenes escritas del difunto. A caballo iban portadores del paño mortuorio ataviados con ricas cintas y crespones, e incluso los ayudantes llevaban brazaletes de luto caros y de buena calidad. La negra procesión, al desmontar, parecía aún mayor dado lo pequeño del cementerio. Los ensombrecidos rostros humanos y los atuendos negros tiritando ante el viento parecían narrar un mundo que contrastaba extrañamente con las flores y los retazos de sol sobre las margaritas. El clérigo que recibió al cortejo fue el señor Cadwallader, también por orden de Peter Featherstone, inducido a ello por motivos especiales, como de costumbre. Despreciando a los coadjutores a quienes siempre calificó de subalternos, quería que le enterrara un clérigo beneficiado. El señor Casaubon estaba descartado, no sólo porque rehusaba las obligaciones de este tipo, sino porque el señor Featherstone sentía por él una antipatía especial como rector de su propia parroquia, que poseía un gravamen sobre la tierra en forma de diezmo, así como por ser el encargado del sermón matutino que el anciano, desde su banco y bien despierto, se había visto obligado a soportar con una mueca interna. Tenía reparos a que un pastor se alzara ante él y le predicara. Pero su relación con el señor Cadwallader había sido de otro tipo: el arroyo truchero que corría por tierras del señor Casaubon pasaba también por las del señor Featherstone, de manera que el señor Cadwallader era un pastor que en lugar de predicarle, había tenido que pedirle favores. Además pertenecía a la alta burguesía que vivía a cuatro millas de Lowick, compartiendo así el mismo cielo que el del condado y otros altos cargos vagamente considerados como necesarios para el funcionamiento de las cosas. Habría una satisfacción en el hecho de que le enterrara el señor

Cadwallader, cuyo propio nombre ofrecía una buena oportunidad, si se quería, de pronunciarlo mal.

Esta deferencia conferida al rector de Tipton y Freshitt era el motivo de que la señora Cadwallader fuera una del grupo que observaba el funeral del anciano Featherstone desde una de las ventanas superiores de la casa. No le gustaba visitar esa casa pero, como ella misma decía, disfrutaba viendo colecciones de extraños animales como los que se congregarían en este funeral y había convencido a Sir James y a la joven Lady Chettam para que les llevaran al rector y a ella a Lowick a fin de que la visita fuera, en conjunto, agradable.

—Iré a cualquier parte con usted, señora Cadwallader —había dicho Celia —, pero no me gustan los funerales.

—Hija mía, cuando tienes un clérigo en la familia, tienes que reajustar tus gustos. Eso hube de hacer yo muy pronto. Cuando me casé con Humphrey me dispuse a que me gustaran los sermones y empecé aficionándome a los finales. Eso pronto lo extendí a la parte central, y luego al principio, porque sin estos, no podía apreciar el final.

—Pues naturalmente —dijo majestuosamente la viuda Lady Chettam.

La ventana superior desde la que se veía bien el funeral era la de la habitación que ocupara el señor Casaubon durante el tiempo en que se le había prohibido trabajar, pero a pesar de las advertencias y las recetas casi que había reanudado ahora su acostumbrado estilo de vida así que, tras recibir cortésmente a la señora Cadwallader, había vuelto a la biblioteca para rumiar un erudito error respecto de Kus y Misraím.

De no ser por las visitas, también Dorothea se hubiera encontrado encerrada en la biblioteca, y no hubiera presenciado esta escena del funeral del viejo Featherstone, que, apartada como parecía estar de su vida, recordaría ya siempre al tocar ciertos puntos sensibles de la memoria, del mismo modo que la visión de San Pedro en Roma estaba vinculada a sus momentos de desaliento. Las escenas que constituyen cambios vitales en la suerte de nuestros vecinos son el telón de fondo de las nuestras, pero sin embargo, igual que un aspecto determinado de los campos y los árboles, las asociamos a las épocas de nuestra propia historia, y componen una parte de esa unidad que subyace en la selección de nuestra conciencia más aguda.

La nebulosa asociación de algo ajeno y poco entendido con los secretos más hondos de su existencia, parecía reflejar esa sensación de soledad que se debía a lo apasionado de la naturaleza de Dorothea. La burguesía rural de aquellos tiempos vivía un ambiente social enrarecido: diseminados en sus casas de las colinas, observaban con imperfecta discriminación los grupos apiñados que vivían más abajo. Y Dorothea no se encontraba a gusto con la perspectiva y frialdad de las alturas.

—No miraré más —dijo Celia, cuando el cortejo hubo entrado en la iglesia, situándose detrás del codo de su marido a fin de poderle rozar el abrigo con la mejilla—. Seguro que a Dodo le gusta: le encantan las cosas melancólicas y la gente fea.

—Me encanta conocer algo de las personas entre las que vivo —dijo Dorothea, que había estado observándolo todo con el interés del monje en su gira de verano—, me da la impresión de que no sabemos nada de los vecinos nuestros que no son granjeros. Uno se pregunta constantemente qué tipo de vidas llevan, cómo se toman las cosas. Le estoy muy agradecida a la señora Cadwallader por sacarme de la biblioteca.

—Y haces bien… Los granjeros ricos de Lowick son tan curiosos como los búfalos o los bisontes y me atrevería a asegurar que en misa ni los ves. Son muy distintos de los arrendatarios de tu tío o de Sir James; son monstruos…, granjeros sin terrateniente…, uno no sabe cómo clasificarles.

—La mayoría de esta gente no es de Lowick —observó Sir James—. Supongo que serán legatarios venidos de lejos o gente de Middlemarch. Me dice Lovegood que el viejo ha dejado mucho dinero además de tierras.

—¡Vaya, vaya! y habiendo tantos hijos jóvenes que no pueden cenar por cuenta propia —dijo la señora Cadwallader—. ¡Ah! —continuó, dándose la vuelta al oír que se abría la puerta—, aquí está el señor Brooke. Ya me parecía que estábamos incompletos y he aquí la explicación. Me imagino que estará aquí para ver este extraño funeral, ¿no?

—Pues no, había venido a ver a Casaubon, a ver cómo andaba. Y a traer una noticia, hija mía, una pequeña noticia —dijo el señor Brooke, dirigiéndose a Dorothea que en este momento se acercaba a él—. Miré en la biblioteca al entrar y vi a Casaubon inmerso en sus libros. Le dije que no estaba bien: le dije «Esto no está nada bien, piense en su esposa, Casaubon». Y me prometió subir. No le conté mis noticias, le dije que tenía que subir.

—¡Ah! ya salen de la iglesia —exclamó la señora Cadwallader—. ¡Jesús, qué grupo más variopinto! El señor Lydgate, como médico, supongo. Qué mujer tan guapa, y el joven rubio debe de ser su hijo. ¿Sabe usted quiénes son, Sir James?

—Veo a Vincy, el alcalde de Middlemarch, así que seguramente sean su mujer y su hijo —respondió Sir James, mirando interrogadoramente al señor Brooke quien asintió y dijo:

—Sí, una familia muy respetable…, un buen tipo Vincy, es una honra para los intereses industriales. Le ha visto usted en mi casa.

—Ah sí, uno de los de su comité secreto —dijo provocante, la señora Cadwallader.

—Pero aficionado a la caza menor —dijo Sir James, con la antipatía del que se dedica a la caza del zorro.

—Y uno de los que exprime a los pobres tejedores manuales de Tipton y Freshitt. Así está su familia de hermosa y elegante —dijo la señora Cadwallader—. Esas personas de cara aberenjenada son un contraste magnífico. ¡Jesús, parecen una colección de jarras! Miren a Humphrey, parece un arcángel feo descollando entre ellos con su sobrepelliz blanco.

—La verdad es que un funeral es algo muy serio —dijo el señor Brooke.

—Pero es que no lo voy a enfocar así. No puedo abusar de la solemnidad si no quiero que se me desgaste. Ya era hora de que este anciano se muriera y ninguna de estas personas lo siente.

—¡Qué pena! —dijo Dorothea—. Este funeral me parece la cosa más patética que he visto jamás. Es un borrón en la mañana. Me horroriza pensar que alguien puede morir sin dejar atrás ni un rastro de cariño.

Iba a continuar, pero vio entrar a su marido y sentarse al fondo. Su presencia no siempre la gratificaba, pues a menudo tenía la impresión de que interiormente desaprobaba lo que ella decía.

—Decididamente —exclamó la señora Cadwallader—, hay un rostro nuevo que ha surgido de detrás de ese hombre corpulento. Es el más extraño de todos: una cabecita pequeña con ojos saltones, como una rana. Miren. Debe correrle otra sangre por las venas.

—¡A ver, a ver! —dijo Celia, despertada su curiosidad, y empinándose por encima de la señora Cadwallader—. ¡Qué cara— tan extraña! —y, con repentina y diferente sorpresa, añadió—: Pero Dodo, ¡no me habías dicho que había vuelto el señor Ladislaw!

Dorothea se sobresaltó y todos notaron su repentina palidez al levantar la vista hacia su tío, mientras el señor Casaubon clavaba en ella su mirada.

—Vino conmigo, es mi huésped en casa —dijo el señor Brooke en tono desenfadado y asintiendo con la cabeza a Dorothea como si aquella declaración fuera justo lo que ella hubiera esperado—. Y hemos traído el cuadro en el carruaje. Sabía que le gustaría la sorpresa, Casaubon. Es su viva imagen, en forma de Aquino, claro está. Justo lo que tiene que ser. Y ya oirán al joven Ladislaw hablar sobre ello. Habla extraordinariamente bien, explicando esto y lo otro…, sabe de arte y esas cosas. Es buena compañía, te sigue en cualquier tema…, justo lo que yo llevaba tiempo necesitando.

El señor Casaubon se inclinó con frialdad, dominando su irritación, pero sólo hasta el punto de poder permanecer callado. Recordaba igual de bien que Dorothea la carta de Will habiendo observado que no se encontraba entre las que aguardaban su recuperación, y concluyendo interiormente que Dorothea le había comunicado que no viniera a Lowick, había esquivado por orgullo referirse jamás al tema. Dedujo ahora que Dorothea le había pedido a su tío que invitara a Will a Tipton Grange y ella se sintió incapaz en ese momento de ofrecer una explicación.

La mirada de la señora Cadwallader se apartó del cementerio, se percató de una representación muda que no le resultaba todo lo comprensible que hubiera deseado y no pudo dejar de preguntar.

—¿Quién es el señor Ladislaw?

—Un joven pariente del señor Casaubon —contestó al punto Sir James. Su buena disposición le hacía con frecuencia ser rápido y certero en asuntos personales, y por la mirada de Dorothea a su marido había adivinado que algo la perturbaba.

—Un joven muy agradable; Casaubon ha hecho lo imposible por él —explicó el señor Brooke—. Compensa totalmente la inversión que hizo usted en él, Casaubon —prosiguió animadamente—. Espero que se quede una buena temporada en mi casa y a ver si así hacemos algo con mis documentos. Tengo muchos datos y muchas ideas y veo que es justamente el hombre adecuado para darle forma; recuerda bien las citas, omne tulit punctum, y todo eso; saca buen partido de cada tema. Le invité hace una temporada, Casaubon, cuando usted estaba enfermo. Dorothea me dijo que aquí no podía venir nadie y me pidió que escribiera.

La pobre Dorothea pensaba que cada palabra que profería su tío era tan agradable como un grano de arena en el ojo del señor Casaubon. Ahora sería de todo punto improcedente explicar que no había sido su deseo que su tío invitara a Will Ladislaw. No podía explicarse las razones de la antipatía que por Will sentía su esposo, antipatía que tenía muy grabada en la mente por la escena de la biblioteca, pero no consideraba apropiado decir nada que alertara a los demás sobre ello. La verdad era que el señor Casaubon no se había explicado a sí mismo del todo esa mezcla de razones: en él, como en todos nosotros, la irritación buscaba antes una justificación que un conocimiento de los motivos. Pero deseaba reprimir las muestras externas y sólo Dorothea pudo discernir los cambios en el rostro de su esposo antes de que éste respondiera con más reverencias y monotonía en su tono que de costumbre:

—Es usted extremadamente hospitalario, y debo agradecerle que ejerza su hospitalidad con un pariente mío.

El funeral había concluido y el cementerio empezaba a vaciarse.

—Ahora puede verle, señora Cadwallader —dijo Celia—. Es igual que una miniatura de la tía del señor Casaubon que está colgada en el gabinete de Dorothea: bastante apuesto.

—Un hermoso brote —dijo secamente la señora Cadwallader—. ¿Y qué ha de ser su sobrino, señor Casaubon? —Perdóneme usted, no es mi sobrino, es mi primo.

—Bueno, pues ya sabe —interpuso el señor Brooke—, está probando sus alas. Es el tipo de joven que despuntará. Me encantaría darle una oportunidad. Sería un buen secretario, como Hobbes, Milton, Swift. Es ese tipo de hombre.

—Entiendo —dijo la señora Cadwallader—. Alguien que sabe escribir discursos.

—Voy a buscarle, ¿eh, Casaubon? —dijo el señor Brooke—. No quería entrar hasta que yo le anunciara, ¿sabe? y bajaremos a ver el cuadro. Es su vivo retrato: el tipo de pensador profundo con el dedo índice señalando la página, mientras que San Buenaventura o no sé quién, bastante recio y florido, mira hacia la Trinidad. Todo es simbólico, esa clase elevada de arte. Me gusta eso, hasta cierto punto, pero sin extremarlo…, es extenuante de seguir. Pero ese es su terreno, Casaubon. Y su pintor ha pintado bien la carne: sólida, transparente y todo eso. Estuve muy impuesto en todo eso hace tiempo. Pero voy a buscar a Ladislaw.

CAPÍTULO XXXV

Podemos suponer que cuando los animales entraron en el Arca por parejas, las especies aliadas debieron hacer muchos comentarios privados unas sobre las otras, y se vieron tentadas de pensar que tantas variedades alimentándose de la misma reserva de comida eran eminentemente superfluas, puesto que disminuirían las raciones. (Me temo que el papel representado por los buitres en esa escena fuera demasiado doloroso para que el arte lo reflejara, estando esos pájaros en desventaja dada la desnudez de su gaznate y careciendo, aparentemente, de ritos y ceremonias). El mismo tipo de tentación envolvió a los Carnívoros Cristianos que conformaban el cortejo funerario de Peter Featherstone, teniendo, la mayoría de ellos, puesta la vista en una reserva limitada de la cual cada uno de ellos hubiera querido sacar el máximo provecho. Los parientes consanguíneos reconocidos desde siempre así como los emparentados por matrimonio formaban ya un nutrido grupo, el cual, multiplicado por las posibilidades, ofrecía amplitud suficiente para las celosas conjeturas y las patéticas esperanzas. La envidia por los Vincy había creado una cofradía de hostilidad entre todos cuantos tenían sangre Featherstone, de forma que, en ausencia de una clara indicación de que uno de ellos fuera a recibir más que los otros, el miedo a que el larguirucho Fred Vincy heredara la tierra necesariamente predominaba, si bien seguía dejando abundante sentimiento y solaz para envidias más desdibujadas, como las que se sentían hacia Mary Garth. Solomon encontró tiempo para comentar que Jonah no se merecía nada, y Jonah para calificar a Solomon de avaricioso; Jane, la hermana mayor, mantenía que los hijos de Martha no debían esperar recibir tanto como los pequeños Waules, y Martha, más tolerante en el tema de la progenitura, se lamentaba de que Jane fuera tan «gulafre». Estos familiares más próximos se veían lógicamente muy impresionados ante lo irrazonable de las expectativas de los primos carnales y primos segundos, y empleaban las matemáticas para calcular las enormes sumas a las que podían ascender los pequeños legados, caso que hubiera muchos de estos. Dos primos estuvieron presentes en la lectura del testamento, y un primo segundo, además del señor Trumbull. Este primo segundo era un mercero de Middlemarch, educado y de superfluas aspiraciones de la hache. Los dos primos eran hombres mayores de Brassing, uno de ellos consciente de sus derechos a cuenta del engorroso gasto en que había incurrido por mor de los regalos de ostras y otros comestibles que le hiciera a su acaudalado primo Peter. El otro, saturnino por demás, apoyaba las manos y la barbilla en su bastón y no basaba sus derechos en una actuación estrecha sino en sus méritos en general. Ambos eran intachables vecinos de Brassing que deseaban que Jonah Featherstone no viviera allí. El ingenio familiar suele ser mejor apreciado entre los extraños.

—Podéis estar seguros de que el propio Trumbull cuenta con quinientas; no me extrañaría que mi hermano se las hubiera prometido —dijo Solomon a sus hermanos, pensando en voz alta, esa tarde antes del funeral.

—¡Válgame el cielo! —dijo la pobre hermana Martha, cuya idea de los ciento se había visto habitualmente reducida a su renta impagada.

Pero por la mañana, la corriente normal de conjeturas se vio alterada por la presencia de un acompañante desconocido que había aparecido entre ellos como venido de la luna. Era el desconocido al que la señora Cadwallader había descrito como con cara de rana, un hombre de unos treinta y dos o treinta y tres años, cuyos ojos saltones, finos labios, rictus hacía abajo y cabello alisado hacia atrás sobre una frente que se hundía abruptamente encima de las cejas, ciertamente dotaban a su rostro de una fijeza de expresión braquiana. Quedaba claro que era un nuevo legatario, de lo contrario, ¿por qué había sido llamado como acompañante? Aparecían aquí nuevas posibilidades, provocando nuevas incertidumbres, que frenaron los comentarios dentro de los coches fúnebres. Todos nos sentimos humillados por el repentino descubrimiento de un hecho que ha existido muy cómodamente y tal vez nos haya estado observando en privado mientras nosotros íbamos confeccionando nuestro mundo sin contar con él. Nadie salvo Mary Garth había visto antes a este desconocido y ella sólo sabía que había venido dos veces a Stone Court antes de que el señor Featherstone se hubiera encamado y habían permanecido varias horas juntos. Había tenido la ocasión de mencionárselo a su padre y tal vez Caleb, aparte del abogado, fuera el único que examinó al desconocido con más curiosidad que disgusto o sospecha. Caleb Garth, abrigando pocas expectativas y aún menos ambición, estaba interesado en la verificación de sus propias conjeturas, y la tranquilidad con la que, medio sonriente, se acariciaba la barbilla y lanzaba inteligentes miradas como si estuviera valorando un árbol, contrastaban con la inquietud o desprecio de los otros rostros cuando el acompañante desconocido, cuyo nombre se supo que era Rigg, entró en el salón de madera y se levantó junto a la puerta para formar parte de la audiencia cuando se leyera el testamento. En ese momento, el señor Solomon y el señor Jonah habían subido con el abogado a buscar el testamento, y la señora Waule, viendo dos asientos vacíos entre ella y el señor Borthrop Trumbull tuvo el ánimo de sentarse junto a esa gran autoridad que toqueteaba sus anillos y se atusaba el cabello decidido a no dar muestras de perplejidad o sorpresa, tan comprometedoras para un hombre de talento.

—Supongo que usted conoce todo lo que ha dispuesto mi pobre hermano, señor Trumbull —dijo la señora Waule en su más lanudo susurro, acercando hacia el señor Trumbull su sombrero enlutado de crespón.

—Mi buena señora, todo cuando se me dijo fue en confianza —respondió el subastador, levantando la mano como para proteger ese secreto.

—Quizá quienes estaban seguros de su buena suerte aún se vean defraudados —continuó la señora Waule, encontrando cierto alivio en esta posibilidad.

—Las esperanzas son a menudo engañosas —dijo el señor Trumbull, aún en confianza.

—¡Ah! —exclamó la señora Waule, mirando hacia los Vincy y regresando de nuevo junto a su hermana Martha—. Es extraordinario lo reservado que era el pobre Peter —dijo con el mismo susurro—. Ninguno sabemos lo que pensaba. Confío y espero que no tuviera peor bilis de lo que pensamos, Martha.

La pobre señora Cranch era voluminosa y, al padecer de asma —una razón más para que sus comentarios fueran poco excepcionales y de carácter general —, ocurría que incluso sus susurros eran audibles y susceptibles de repentinos estallidos como los de un organillo estropeado.

Jamás fui avariciosa, Jane —respondió—, pero tengo seis hijos y he enterrado a tres y no me casé con un hombre rico. El mayor, ahí sentado, sólo tiene diecinueve años, así que imagínate. Las reservas cortas, la tierra ingrata. Pero no he rezado y rogado más que a Dios nuestro señor…, aunque donde existe un hermano soltero y otro sin hijos tras dos matrimonios, ¡cualquiera pensaría que…!

Entretanto, el señor Vincy había observado el rostro inexpresivo del señor Rigg y había sacado su cajita de rapé, guardándosela de nuevo sin abrir como una indulgencia que, por mucho que clarificara la mente, no era apropiada a la ocasión.

—No me extrañaría que el viejo Featherstone tuviera mejores sentimientos de los que le atribuimos —le comentó a su mujer al oído—. Este funeral demuestra que ha pensado en todos. Está bien que un hombre quiera que le despidan sus familiares, y si son humildes no avergonzarse de ellos. Me sentiría muy contento si hubiera dejado muchos pequeños legados. Podrían serles extraordinariamente útiles a los que van justos de dinero.

—Todo es de lo más elegante, el crespón, la seda y todo —dijo complacida la señora Vincy.

Pero lamento decir que Fred tenía dificultades para reprimir su risa, lo que hubiera resultado más inoportuno que el rapé de su padre. Fred acababa de oír cómo el señor Jonah hacía una sugerencia acerca de «un hijo del amor» y con este comentario impreso en la mente, el rostro del desconocido, que tenía enfrente, le afectó grotescamente. Mary Garth, adivinando por sus gestos y su recurso a la tos el apuro en el que se encontrara, acudió con presteza en su auxilio pidiéndole que le cambiara el sitio, de manera que Fred se encontró en una silla en la penumbra. Fred se sentía bien dispuesto hacia todos, incluido Rigg, y simpatizando con estas personas que eran menos afortunadas de lo que él se sabía, no hubiera querido por nada en el mundo comportarse mal; de todos modos, era muy fácil reírse.

Pero la entrada del abogado y los dos hermanos atrajo la atención de todos.

El abogado era el señor Standish y había llegado esa mañana a Stone Court creyendo saber perfectamente quién, antes de concluir el día, se sentiría contento y quién se habría visto defraudado. El testamento que esperaba leer era el último de tres que había redactado para el señor Featherstone. El señor Standish no era hombre que variara su comportamiento; se dirigía a todo el mundo con la misma voz grave y displicente educación, como si no viera diferencias entre ellos, hablando principalmente de la cosecha de heno que sería «estupenda, ¡vive Dios!», de los últimos boletines referentes al Rey, y del duque de Clarence, que era un auténtico marinero, justo el hombre para gobernar una isla como Bretaña.

El anciano Featherstone a menudo había pensado sentado frente al fuego que Standish se sorprendería algún día. Es cierto que si hubiera hecho lo que quería al final quemando el testamento redactado por otro abogado, no se hubiera asegurado ese fin menor. No obstante, obtuvo su placer mientras lo rumiaba. Y la verdad es que el señor Standish quedó sorprendido, aunque no lo lamentaba; más bien al contrario, disfrutaba de la curiosidad que el descubrimiento de un segundo testamento añadía al eventual asombro por parte de la familia Featherstone.

Respecto a los sentimientos de Solomon y Jonah, se mantenían en suspenso. Les parecía que el antiguo testamento debería tener alguna validez, y que podría haber suficiente entrelazamiento entre las primeras y segundas intenciones del pobre Peter como para crear interminables «litigios» antes de que nadie recibiera lo suyo, inconveniente que, al menos, tendría la ventaja de ser el mismo para todos. Por tanto, los hermanos mostraron una seriedad absolutamente neutral cuando regresaron con el señor Standish, aunque Solomon sacó de nuevo el pañuelo blanco suponiendo que en cualquier caso habría trozos emotivos, aparte de que, en un funeral, las lágrimas, por secas que fueran, siempre se servían en linón.

Tal vez la persona que sintiera una mayor emoción en estos momentos fuera Mary Garth, consciente de que había sido ella la que había determinado virtualmente la aparición de este segundo testamento que podía tener singulares consecuencias para el destino de alguno de los presentes. Nadie salvo ella sabía lo que había ocurrido aquella última noche.

—El testamento que sostengo en la mano —dijo el señor Standish, quien, sentado a la mesa en el centro de la habitación, se tomaba su tiempo para todo incluyendo la tos con la que mostraba su disposición de aclararse la voz—, fue redactado por mí mismo y firmado por nuestro difunto amigo el nueve de agosto de mil ochocientos veinticinco. Pero encuentro que existe otro posterior que yo desconocía, con fecha de veinte de julio de mil ochocientos veintiséis, apenas un año después que el anterior. Y veo que también hay —el señor Standish, caladas las gafas, repasaba cautelosamente el documento—, un codicilo a este último testamento, de fecha uno de marzo de mil ochocientos veintiocho.

—¡Dios mío! —exclamó la hermana Martha sin intención de hacerse oír, pero forzada a la articulación por la presión de las fechas.

—Empezaré leyendo el primer testamento —continuó el señor Standish—, puesto que tal parece haber sido la intención del difunto dado que no lo destruyó.

El preámbulo se hizo bastante tedioso, y varios, además de Solomon, movían la cabeza mirando al suelo. Todas las miradas evitaban encontrarse y se fijaban principalmente sobre puntos diversos del mantel o sobre la calva del señor Standish, menos la de Mary Garth. Mientras todos los demás estuvieron intentando no mirar a nada en particular, Mary podía observarles a gusto. Y ante el primer «otorgar y ceden» vio los rostros cambiar sutilmente, como si por ellos pasara una leve vibración, menos el del señor Rigg, que permaneció sentado con inalterable calma; y, de hecho, la concurrencia, preocupada por problemas más importantes y la complicación de escuchar legados que podían o no ser revocados, había dejado de pensar en él. Fred se sonrojó y al señor Vincy le resultó imposible prescindir de su caja de rapé, aunque la mantuvo cerrada.

Primero vinieron las pequeñas donaciones y ni siquiera el recuerdo de que existía otro testamento y que el pobre Peter pudo habérselo pensado mejor consiguió acallar el creciente disgusto e indignación. A uno le gusta que le traten bien en todos los tiempos, pasado, presente y futuro. Y aquí estaba Peter, capaz de, cinco años atrás, dejarles a sus propios hermanos y hermanas sólo doscientas libras a cada uno, y tan sólo cien a cada uno de los sobrinos y sobrinas; a los Garth no se les mencionaba, pero la señora Vincy y Rosamond debían recibir cada una cien libras. El señor Trumbull recibía el bastón con empuñadura de oro y cincuenta libras; la misma hermosa suma recibirían los demás primos segundos y los primos presentes, suma que, como apuntó el primo saturnino, era una herencia que ni iba ni venía. Se oyeron muchas similares ofensas contra personas ausentes, familiares problemáticos y, era de temer, indeseables. Estimándolo por encima, hasta el momento se habían adjudicado tres mil libras. ¿Dónde pensaba Peter que fuera a parar el resto del dinero…, y la tierra? ¿Y qué quedaría revocado y qué no? Y esa revocación, ¿sería para bien o para mal? Todas las emociones debían ser condicionales, y podían resultar equivocadas. Los hombres eran lo suficientemente fuertes como para mantener la compostura y el silencio en medio de esta confusión, algunos dejando caer el labio inferior y otros frunciéndolo según la costumbre de sus músculos. Pero Jane y Martha se hundieron bajo el flujo de preguntas y empezaron a llorar mientras que la pobre señora Cranch se debatía entre el consuelo de recibir siquiera las doscientas sin habérselas trabajado y la semi consciencia de que su parte era exigua. Entretanto, a la señora Waule le embargaba la sensación de ser hermana y recibir poco, mientras que otros habrían de recibir mucho. La suposición generalizada ahora era que «el mucho» recaería en Fred Vincy, pero los propios Vincy se llevaron una sorpresa cuando a Fred le fueron legadas diez mil libras en inversiones específicas: ¿acaso también iba a heredar las tierras? Fred se mordió el labio: era difícil no sonreír y la señora Vincy se sintió la más feliz de las mujeres — perdiendo de vista ante esta deslumbrante visión la posibilidad de una revocación.

Aún quedaban residuos de propiedades personales además de la tierra, pero el total se legaba a una persona, y esa persona era…, ¡Oh posibilidades! ¡Oh expectativas cimentadas en la gracia de un caballero «agarrado»! ¡Oh vocativos interminables que seguirían dejando en la impotencia la posibilidad de expresar en su justa medida la necedad humana! …, ese legatario era Joshua Rigg, que era asimismo el único albacea testamentario y que en adelante asumiría el nombre de Featherstone.

Una inquietud que pareció un escalofrío recorrió la habitación. Todos miraron de nuevo al señor Rigg, que no aparentó sorpresa alguna.

—Una disposición testamentaria muy curiosa —exclamó el señor Trumbull, prefiriendo por una vez que se le considerara ignorante del pasado —. Pero existe un segundo testamento: otro documento. Aún no hemos escuchado la última voluntad del difunto.

Mary Garth pensó que lo que aún les restaba por oír no era la última voluntad. El segundo testamento revocaba todo salvo los legados a las personas humildes anteriormente mencionadas (algunas variaciones de los cuales constituían la razón del codicilo), y el legado de todas las tierras incluidas en la parroquia de Loaick, así como el ganado y los muebles de la casa, a Joshua Rigg. El resto de la propiedad debía destinarse a la fundación y subvención de asilos para ancianos, que se llamarían Asilos Featherstone, y que debían edificarse en un terreno cercano a Middlemarch ya adquirido a tal fin por el testador, siendo su deseo —así rezaba el documento— complacer a Dios nuestro Señor. Nadie de los presentes recibía ni un centavo, pero el señor Trumbull retenía el bastón con empuñadura de oro. La concurrencia tardó un rato en recuperar su capacidad de expresión. Mary no se atrevía a mirar a Fred.

El señor Vincy fue el primero en hablar —tras hacer un uso enérgico de su caja de rapé— y habló con expresiva indignación.

—¡Es el testamento más inexplicable que jamás oyera! No estaría en su sano juicio cuando lo hizo. Yo diría que este último testamento es nulo —añadió el señor Vincy, con la sensación de que esta expresión colocaba las cosas en su verdadero sitio—. ¿No le parece, Standish?

—Opino que nuestro difunto amigo siempre supo lo que se hacía —respondió el señor Standish—. Todo está en regla. Hay una carta de Clemmens de Brassing atada al testamento. Él lo redactó. Es un abogado muy serio.

—No he observado ningún tipo de enajenación mental o aberración intelectual en el fallecido señor Featherstone —dijo Borthrop Trumbull—, pero entiendo que este testamento es excéntrico. Siempre estuve dispuesto a ayudar al pobre, y me insinuó con bastante claridad un sentimiento de obligación que se vería reflejado en el testamento. El bastón de empuñadura de oro es una farsa si se toma como su reconocimiento hacia mí; pero afortunadamente estoy por encima de consideraciones mercenarias.

—No hay nada demasiado sorprendente en el asunto —dijo Caleb Garth—. Cualquiera hubiera tenido aún más razones para preguntarse si el testamento era lo que esperaba si se hubiese tratado de un hombre abierto y sincero. Por lo que a mí respecta, ojalá no hubiera testamentos.

—¡Vaya sentimiento extraño para proceder de un cristiano! —dijo el abogado—. ¡Me gustaría saber cómo puede apoyar ese comentario, Garth!

—Bueno —dijo Caleb, inclinándose hacia adelante, juntando las puntas de los dedos y mirando al suelo meditabundo. Las palabras siempre le parecían la parte más difícil de los «negocios».

Pero aquí se hizo oír el señor Jonah Featherstone.

—Mi hermano Peter siempre fue un absoluto hipócrita. Pero este testamento deja chico todo lo demás. De haberlo sabido, ni una carreta con seis caballos me sacan de Brassing. Mañana me planto un sombrero blanco y un abrigo gris.

—¡Dios mío! —sollozaba la señora Cranch—, ¡con todo lo que nos ha costado el viaje, y ese pobre muchacho, sentado ahí ocioso tanto tiempo! Es la primera vez que oigo que mi hermano Peter tenía tanto interés por contentar a Dios. Aunque me quedara paralítica debo admitir que es muy duro; no puedo decir otra cosa.

—De poco la servirá allí donde se ha ido, esa es mi opinión —dijo Solomon, con una amargura asombrosamente auténtica si bien no pudo evitar que su tono fuera sibilino—. Pero tenía mala vesícula, y los asilos no podrán ocultarlo cuando ha tenido la desfachatez de demostrar su maldad hasta el final.

—Y teniendo como ha tenido siempre a su propia familia, hermanos y hermanas y sobrinos y sobrinas, y se ha sentado con ellos en la iglesia cuando le parecía oportuno venir —dijo la señora Waule—. Pudiendo dejar sus propiedades tan tranquilamente a quienes nunca han sido dados a la extravagancia o la irresponsabilidad de ninguna clase, y no siendo tampoco tan pobres como para que no hubieran podido ahorrarlo todo y aún aumentarlo. Y yo, ¡la de veces que me he molestado en venir aquí y hacer de hermana mientras él todo el tiempo iba pensando cosas que ponen los pelos de punta! Pero si el Todopoderoso lo ha permitido es que tiene la intención de castigarle por ello. Hermano Solomon, yo me marcho si me llevas.

—No deseo volver a poner los pies aquí de nuevo —dijo Solomon—. Tengo mis propias tierras y propiedades para legar a quien quiera.

—Es una pobre historia la que cuenta cómo va la suerte en el mundo —

dijo Jonah—. Nunca compensa tener un poco de brío. Es mejor ser como el perro del hortelano. Pero los que no están bajo tierra pueden aprender una lección. El testamento de un imbécil es ya bastante en una familia.

—Hay más de una forma de ser un imbécil —dijo Solomon—. Yo no tiraré a la basura mi dinero y tampoco se lo legaré a los desvalidos de África. Me gustan los Featherstones que crecieron como tales y no quienes se convirtieron en Featherstone pegándose el nombre.

Solomon dirigió estos comentarios a la señora Waule en voz alta mientras se levantaba para acompañarla. El hermano Jonah se sentía capaz de mucha más mordacidad que ésta, pero pensó que era inútil herir al nuevo propietario de Stone Court hasta no estar totalmente seguro de que carecía de toda intención hospitalaria hacia hombres ingeniosos cuyo nombre estaba a punto de llevar.

El señor Joshua Rigg, mientras tanto, parecía preocuparse poco por las indirectas, pero mostró un conspicuo cambio de actitud, dirigiéndose con gran serenidad al señor Standish, al cual dirigió frías preguntas profesionales. Tenía una voz chillona y un horrible acento. Fred, en quien ya no provocaba la risa, pensaba que era el monstruo más vil que jamás hubiera visto. Pero Fred se sentía bastante enfermo. El mercero de Middlemarch esperó la oportunidad para entablar conversación con el señor Rigg se desconocía cuántos pares de piernas tendría que vestir el nuevo dueño y más valía confiar en los beneficios que en los legados. Además, el mercero, siendo primo segundo, estaba lo suficientemente alejado como para sentirse curioso.

El señor Vincy, tras su único exabrupto, había guardado un altivo silencio, aunque la preocupación fruto de desagradables sentimientos le impidió moverse hasta observar que su mujer se había acercado a Fred y lloraba quedamente mientras sostenía la mano de su predilecto. Se levantó al momento y, de espaldas a la concurrencia, le susurró:

—No te desmorones, Lucy, no hagas el ridículo delante de esta gente, mi amor —y con su acostumbrado tono sonoro añadió—: Vete a por el faetón, Fred; no tengo tiempo que perder.

Mary Garth se había estado preparando para irse con su padre. Se encontró con Fred en el recibidor y por primera vez se atrevió a mirarle. Tenía esa palidez marchita que en ocasiones cubre los rostros jóvenes, y la mano muy fría cuando se la extendió. Mary también estaba alterada; era consciente de que, fatalmente, sin pretenderlo, tal vez hubiera cambiado el destino de Fred.

—Adiós —dijo con cálida tristeza—. Sé valiente Fred. Creo de verdad que estás mejor sin el dinero. ¿De qué le sirvió al señor Featherstone?

—Todo eso está muy bien —dijo Fred, enfurruñado—. Pero ¿qué voy a hacer? Ahora me veré obligado a entrar en la Iglesia —(sabía que esto enfadaría a Mary; pues bien, que le dijera qué otra cosa podía hacer)—. Y pensé que habría podido pagar a tu padre inmediatamente y arreglarlo todo. Y a ti ni siquiera te ha dejado cien libras. ¿Qué vas a hacer ahora, Mary?

—Coger otro empleo, por supuesto, en cuanto lo encuentre. Mi padre ya tiene bastante con mantener a los demás. Adiós.

En pocos minutos Stone Court se quedó vacío de auténticos Featherstones y otras visitas de largos años. Otro desconocido se asentaba en el vecindario de Middlemarch, pero en el caso del señor Rigg Featherstone hubo más descontento con las consecuencias visibles inmediatas que especulación respecto del efecto que su presencia pudiera tener en el futuro. Nadie fue lo bastante profeta como para tener presentimientos sobre lo que aparecería tras el rastro de Joshua Rigg.

Y aquí me veo obligada, naturalmente, a reflexionar sobre el modo de elevar un tema indigno. Los paralelos históricos son asombrosamente eficaces para ello. La principal objeción a ellos es que el narrador diligente puede carecer de espacio, o (lo que a menudo es lo mismo) no pueda pensar en ellos con ningún grado de particularidad, aunque tenga la confianza filosófica de que, caso de conocerse, fueran ilustrativos. Parece un camino más corto y más fácil hacia la dignidad el observar que, puesto que jamás hubo una historia verdadera que no se pudiera contar en parábolas transformando un mono en un margrave y viceversa, cualquier cosa que yo haya o vaya a narrar acerca de la gente humilde puede ennoblecerse si se toma como una parábola, de manera que si se sacan a la luz los malos hábitos y las feas consecuencias, el lector puede encontrar el consuelo de considerarlos tan sólo figurativamente burdos, y puede sentirse virtualmente en la compañía de personas de cierto estilo. Así pues, mientras cuento las verdades respecto de los paletos rurales, no es preciso que la imaginación de mis lectores prescinda de ocuparse de los lores, y las miserables sumas que cualquier insolvente de alto nivel sentiría le quedaran de retiro pueden elevarse al nivel de alta transacción comercial por mor de la barata adición de los ceros proporcionales.

En cuanto a cualquier historia de provincias en la que los agentes tengan todos un alto rango moral, deberá esperarse a fechas muy posteriores al primer Proyecto de Ley de reforma electoral, y, como ven, Peter Featherstone murió y fue enterrado algunos meses antes de que Lord Grey tomara posesión de su cargo.

CAPÍTULO XXXVI

El señor Vincy regresó a casa de la lectura del testamento con un punto de vista considerablemente modificado respecto de muchos temas. Era hombre de mente abierta, pero dado a expresarse de modo indirecto: cuando el mercado para sus galones de seda no le satisfacía, insultaba al mozo de cuadra, cuando su cuñado Bulstrode le había amohinado, hacía comentarios hirientes sobre el metodismo, y ahora se hizo patente que consideraba la ociosidad de Fred con repentina y aumentada severidad al sacar de una patada un gorro bordado de la habitación de fumar.

—Bueno, joven —comentó cuando su hijo se disponía a retirarse a la cama—, espero que te habrás decidido a ir a la universidad el próximo trimestre para aprobar tus exámenes. He tomado ya mi determinación, así que te aconsejo que no pierdas tiempo en tomar la tuya.

Fred no respondió, estaba demasiado deprimido. Veinticuatro horas antes había pensado que en lugar de saber qué tendría que hacer, a estas alturas sabría que no tenía que hacer nada: que cazaría espléndidamente ataviado, montado sobre un caballo de primera, disfrutando por ello del respeto general. También creía que habría podido devolverle el dinero inmediatamente al señor Garth, y que Mary ya no tendría motivos para no casarse con él. Y todo esto iba a haberle llegado sin la necesidad de estudiar u otras molestias, simplemente por gracia de la providencia disfrazada del capricho de un anciano. Y ahora, al cabo de las veinticuatro horas, todas esas firmes expectativas quedaban deshechas. Resultaba muy duro que sintiendo aún los escozores de la desilusión, le trataran como si él hubiera podido evitarlo. Pero se marchó en silencio y su madre intercedió por él.

—No seas duro con el chico, Vincy. Saldrá adelante bien, aunque ese viejo malvado le haya engañado. Estoy tan segura de que saldrá adelante como de que estoy aquí sentada. Si no, ¿por qué le iban a haber arrancado de las garras de la muerte? Y yo digo que es un robo: prometerle la tierra era como dársela, y ¿qué es prometer sino que todo el mundo lo creyera así? Y ya ves que le había dejado diez mil libras, para luego quitárselas de nuevo.

—¡Quitárselas de nuevo! —exclamó, irritado el señor Vincy—. Te digo que el muchacho tiene mala estrella, Lucy. Y tú siempre le has malcriado.

—Bueno, Vincy, era mi primer hijo, y bien contento que estabas tú cuando nació. Estabas más orgulloso que nada —dijo la señora Vincy, recobrando con rapidez su alegre sonrisa.

—¿Quién sabe en lo que se han de convertir los niños? Bien tonto yo —dijo el marido, si bien algo más ablandado.

—¿Y quién tiene hijos más guapos y mejores que los nuestros? Fred está muy por encima de cualquier otro joven, se le nota en el habla que tiene amigos universitarios. Y Rosamond…, ¿dónde hay una chica como ella? Puede codearse con cualquier dama del reino y salir mejor parada. Ya ves, el señor Lydgate que ha tratado a lo mejorcito y ha estado en todas partes, se enamoró de ella al momento. Aunque yo casi que hubiera preferido que Rosamond no se hubiera prometido. Hubiera podido conocer a alguien yendo de visita que hubiera sido mucho mejor partido, en casa de su amiga la señorita Willoughby, por ejemplo. Esa familia tiene tan buenos parientes como el señor Lydgate.

—¡Al demonio con los parientes! —exclamó el señor Vincy—. Ya estoy harto de ellos. No quiero un yerno que tenga a sus parientes como única recomendación.

—Pero Vincy —dijo su mujer—, si parecías tan contento con todo ello. Es cierto que yo no estaba en casa, pero Rosamond me dijo que no habías puesto ni una pega al compromiso. Y ya ha empezado a comprar el mejor lino y la mejor batista para la ropa interior.

—No será con mi consentimiento —dijo el señor Vincy—. Suficiente voy a tener con un pícaro indolente como para tener que pagar vestimentas de boda. Corren malos tiempos, todo el mundo se arruina y no creo que Lydgate tenga ni un céntimo. No daré mi consentimiento para su boda. Que esperen, como hicieron antes sus padres.

—A Rosamond le va a doler, Vincy, y ya sabes que siempre te ha costado mucho negarle nada.

—Pero lo he hecho. Cuanto antes rompan el compromiso mejor. Además, si sigue como hasta ahora, Lydgate jamás hará dinero. Por el momento lo único que oigo decir que hace es enemigos.

—Pero el señor Bulstrode le tiene en mucha estima, cariño. A él sí le complacería la boda.

—¡Pues me importa un rábano! —exclamó el señor Vincy—. Bulstrode no va a ser quien les mantenga. Y si Lydgate se cree que voy a soltar dinero para sus gastos domésticos, está equivocado. No me sorprendería que tuviera que prescindir de mis caballos cualquier día de estos. Ya le puedes ir diciendo todo esto a Rosy.

No era éste un proceder infrecuente en el señor Vincy, precipitarse a asentir jovialmente y, al percatarse de su precipitación, emplear a otros para el ofensivo retractamiento. Sin embargo, la señora Vincy, que nunca se oponía voluntariamente a su marido, no perdió tiempo a la mañana siguiente en hacerle saber a Rosamond lo que había dicho. Rosamond, que estaba examinando unas labores de muselina, escuchó en silencio y cuando su madre hubo concluido movió levemente el grácil cuello, lo cual sólo una larga experiencia podía llegar a interpretar como un signo de absoluta obstinación.

—¿Qué dices tú, hija? —preguntó su madre, con tierna deferencia.

—Pues que lo que papá quiere decir no es nada de eso —dijo Rosamond, con tranquilidad—. Siempre ha dicho que deseaba que me casara con el hombre al que amara. Y me casaré con el señor Lydgate. Hace ya siete semanas que papá dio su consentimiento. Y espero que podamos tener la casa de la señora Bretton.

—Bien, hija. Dejo este asunto en tus manos para que tú lo arregles con tu padre. Siempre has sabido salirte con la tuya. Pero si hemos de ir a comprar damasco, hay que ir a Sadler's: es mucho mejor que Hopkin's. Claro que, aunque me encantaría que tuvieras una casa así, la de la señora Bretton es muy grande; necesitará muchísimos muebles, y alfombras y todo eso, además de vajillas y cristalerías. ¿Tú crees que el señor Lydgate cuenta con todo ello?

—No pensarás que se lo voy a preguntar, mamá. Doy por sentado que sabe lo que hace.

—Pero bien pudiera esperar dinero, hija, y todos suponíamos que tú, además de Fred, heredarías una buena cantidad. Y ahora, todo es tan espantoso…, no le saco gusto a nada, con este pobre chico así de deprimido.

—Eso no tiene nada que ver con mi boda, mamá. Fred tendrá que dejar de vaguear. Voy a subir arriba a darle esta labor a la señorita Morgan, hace muy bien los remates. Y pienso que quizá ahora Mary Garth podría hacerme algo. Cose exquisitamente, es lo que mejor hace. Me gustaría mucho que todos los volantes de batista llevaran doble remate, y eso es muy laborioso.

La creencia de la señora Vincy respecto de que Rosamond sabría manejar a su padre estaba bien fundada. Aparte de sus cenas y de su caza, el señor Vincy, a pesar de sus voceríos, se salía tan poco con la suya como un primer ministro: la fuerza de las circunstancias a menudo se le imponía, como suele ocurrirles a la mayoría de los hombres pomposos y amantes del placer, y la circunstancia llamada Rosamond era especialmente fuerte por mor de esa suave insistencia que, como sabemos, permite que una dulce y blanca sustancia viva se abra paso a pesar de la roca adversaria. Papá no era una roca: no tenía más fijeza que la de impulsos alternantes a veces denominado hábitos y esto era de todo punto desfavorable a que adoptara la única línea de conducta decisiva respecto al compromiso de su hija, a saber, indagar a fondo las circunstancias de Lydgate, confesar su propia imposibilidad para proporcionar dinero y prohibir tanto una boda precipitada como un compromiso que forzosamente debería ser largo. Como afirmación, esto parece muy sencillo y fácil, pero una decisión desagradable tomada durante las frías horas de la mañana tenía tantas condiciones en su contra como la escarcha, y raramente se mantenía ante las cálidas influencias del día. La indirecta si bien enfática manera de expresar su opinión a la cual tendía el señor Vincy sufrió en este caso mucha represión. Lydgate era hombre orgulloso, con quien las indirectas eran arriesgadas, y el lanzar al suelo el sombrero era impensable. El señor Vincy le temía un poco, se sentía halagado de que quisiera casarse con Rosamond, poco dispuesto a suscitar la cuestión de dinero dado que su posición personal no era ventajosa, temeroso de que un hombre de mejor familia y mayor educación que él le aventajara en el diálogo, y temeroso también de hacer algo que disgustara a su hija. El papel preferido del señor Vincy era el del generoso anfitrión a quien nadie critica. Durante la primera mitad del día, el trabajo impidió cualquier comunicación formal de una resolución adversa; la segunda trajo la cena, el vino, las cartas y la satisfacción general. Entretanto, las horas iban dejando cada una su pequeño depósito conformando gradualmente el motivo último para la inactividad, a saber, que era tarde para la acción.

El admitido novio pasaba la mayoría de sus veladas en Lowick Gate, y ante los propios ojos del señor Vincy siguió floreciendo un galanteo que no dependía en absoluto de adelantos monetarios de parte de los suegros o de supuestos ingresos profesionales. ¡Los galanteos juveniles…! ¡Redes de fina gasa! Incluso los puntos en los que se apoya, las cosas de las que penden sus sutiles entramados son apenas perceptibles: encuentros fugaces de las puntas de los dedos, cruces de miradas procedentes de órbitas negras y azules, frases inacabadas, leves cambios en mejillas y labios, ligerísimos estremecimientos. El entramado en sí está compuesto de creencias espontáneas y gozos indefinibles, anhelos de uno hacia otro, visiones de perfección, confianza ilimitada. Y Lydgate se dedicó a tejer esa red que partía de su propio interior con asombrosa rapidez, a pesar de que el drama de Laure hacía suponer que su experiencia estaba completa, y a pesar también de la medicina y la biología, pues se observa que la inspección de músculos macerados y de ojos presentados en una fuente (como los de Santa Lucía), así como otros incidentes de la investigación científica, son menos incompatibles con el amor poético que una torpeza natural o un alegre gusto por la prosa más inferior. En cuanto a Rosamond, la invadía el asombro expansivo del nenúfar ante su vida más plena, y también se aplicaba con afán al tejido de la telaraña mutua. Todo esto se desarrollaba en la esquina del salón donde estaba el piano y, aunque se llevaba a cabo con gran sutileza, la luz lo convertía en una especie de arco iris visible a muchos observadores además del señor Farebrother. La certeza de que la señorita Vincy y el señor Lydgate estaban prometidos se generalizó en Middlemarch sin la ayuda de un anuncio formal.

De nuevo la tía Bulstrode se inquietó, pero es esta ocasión se dirigió a su hermano, yendo al almacén deliberadamente para evitar la frivolidad de la señora Vincy. No recibió respuestas satisfactorias.

—Walter, no irás a decirme que has permitido que todo esto cuaje sin hacer ninguna averiguación respecto del porvenir del señor Lydgate, ¿no? —dijo la señora Bulstrode, mirando con ojos llenos de seriedad a su hermano, quien estaba de un humor de perros, cosa usual cuando se encontraba en el almacén —. Piensa en esta chica que ha crecido rodeada de lujos, de una forma demasiado mundana, me temo, ¿qué va a hacer si ha de adaptarse a unos ingresos exiguos?

—¡Maldita sea, Harriet! ¿Qué quieres que haga yo cuando llegan a la ciudad hombres sin habérseme pedido parecer? ¿Acaso tú le cerraste tu casa a Lydgate? Bulstrode ha sido el que más le ha respaldado. Yo jamás le he hecho demasiados cumplidos a ese joven. Deberías hablar de esto con tu marido, no conmigo.

—Pero Walter, ¿cómo vas a culpar al señor Bulstrode de nada? Estoy segura de que no desea este compromiso. —Si no hubiera tenido el apoyo de Bulstrode, yo jamás le hubiera invitado.

—Pero si le llamaste con la enfermedad de Fred, lo cual debió de ser una bendición —dijo la señora Bulstrode, perdiendo el hilo con las complicaciones del tema.

—Pues no sé si fue una bendición —dijo el señor Vincy, malhumoradamente—. Lo que sí sé es que mi familia me trae más preocupaciones de las que quiero. Fui un buen hermano para ti, Harriet, antes de que te casaras con Bulstrode, y tengo que decir que él no siempre muestra el espíritu amistoso hacia tu familia que cabría esperar —el señor Vincy se parecía poco a un jesuita, pero ni siquiera el jesuita más consumado hubiera podido volver las tornas de forma más experta. Harriet se encontró teniendo que defender a su esposo en lugar de culpar a su hermano y la conversación concluyó en un punto tan lejano al inicio como una reciente contienda entre los cuñados en una reunión parroquial.

La señora Bulstrode no le repitió a su marido las quejas de su hermano, pero por la noche le habló de Lydgate y Rosamond. Sin embargo, él no compartió su afectuosa inquietud, limitándose a hablar con resignación acerca de los riegos inherentes a los comienzos de una carrera médica y lo deseable que era la prudencia.

—Tenemos que rezar por esa cabeza loca, resultado de la educación que le han dado —dijo la señora Bulstrode, intentando despertar los sentimientos de su marido.

—Ciertamente, amor mío —respondió, asintiendo, el señor Bulstrode—. Los que no son de este mundo poco más pueden hacer para detener los errores de los tercamente mundanales. Esto es lo que debemos acostumbrarnos a reconocer respecto a la familia de tu hermano. Hubiera deseado que el señor Lydgate no hubiera realizado tal unión, pero mi relación con él se limita a utilizar su talento para los fines de Dios, fines que el gobierno divino nos va indicando.

La señora Bulstrode no dijo más, atribuyendo cierto grado de insatisfacción que sentía a su propia falta de espiritualidad. Opinaba que su marido era uno de esos hombres cuyas memorias debían escribirse cuando hubiera fallecido.

En cuanto a Lydgate, una vez fue aceptado, estaba dispuesto a asumir todas las consecuencias que creía prever con absoluta claridad. Por supuesto que debía casarse dentro de un año, tal vez incluso de medio. No era esto lo que había planeado, pero ello no impediría que llevara a cabo sus otros proyectos, simplemente habría de reajustarlos. La boda, por supuesto, debía prepararse en la forma usual. Tenía que procurarse una casa en lugar de las habitaciones que ocupaba actualmente, y Lydgate, habiendo oído hablar a Rosamond con admiración de la casa de la anciana señora Bretton (situada en Lowick Gate), estuvo al quite cuando se quedó vacía tras su muerte e inmediatamente inició los tratos para su obtención.

Hizo esto de un modo episódico, muy al estilo de como daba las órdenes a su sastre para cada detalle de su perfecta vestimenta, sin noción de resultar extravagante. Al contrario, hubiera despreciado cualquier ostentación de gasto, pues su profesión le había familiarizado con todo tipo de penurias y apreciaba mucho a quienes pasaban necesidades. Se hubiera comportado perfectamente en una mesa en la que la salsa se servía en una jarra a la que le faltara el asa, y de una elegante cena sólo hubiera recordado que había asistido un hombre que hablaba bien. Pero jamás se le había ocurrido que podía vivir de otro modo que lo que él denominaba el modo normal, con copas verdes para el vino del Rin y un magnífico servicio de mesa. Al acercarse a las teorías sociales francesas, no se había impregnado del olor a chamusquina. Podemos barajar impunemente incluso opiniones extremas mientras nuestro mobiliario, nuestras cenas y nuestras preferencias por los escudos de armas nos vinculan indisolublemente con el orden establecido. Y Lydgate no tendía a las opiniones extremas: hubiera preferido que no existieran las doctrinas de los descalzos, siendo como era muy especial respecto a sus propias botas. No era radical en nada salvo en la reforma médica y la persecución del descubrimiento científico. En lo que resta de la vida práctica, caminaban por hábito hereditario, en parte debido a ese orgullo personal e irreflexivo egoísmo que ya he llamado vulgaridad, en parte por esa ingenuidad que pertenecía a la preocupación por ideas predilectas.

Cualquier duda interna que Lydgate pudiera tener respecto a este compromiso que se le había venido encima sigilosamente, recaía sobre la falta de tiempo más que de dinero. Evidentemente, el estar enamorado y que te espere continuamente alguien que siempre resultaba ser más bonita de lo que el recuerdo podía representarla, interfería con el uso diligente de esas horas sobrantes que podrían servirle a algún «tenaz alemán» para alcanzar ese gran e inminente descubrimiento. Este era un buen motivo para no retrasar demasiado la boda, como le insinuó al señor Farebrother un día en que el vicario llegó a su habitación con ciertos productos de charca que quería examinar con un microscopio mejor que el propio, y a la vista de la confusión reinante en la mesa de Lydgate, repleta de aparatos y especímenes, dijo cáusticamente:

—Eros ha degenerado; empezó introduciendo el orden y la armonía y ahora devuelve el caos.

—Hay etapas en que sí —dijo Lydgate, enarcando las cejas y sonriendo, mientras ajustaba el microscopio—. Pero después vendrá un orden mejor.

—¿Pronto? —preguntó el vicario.

—Espero que sí. Ese estado tan inestable de cosas consume mucho tiempo y cuando se tienen ideas en la ciencia, cada momento supone una oportunidad. Estoy convencido que el matrimonio debe ser lo mejor para alguien que quiera trabajar sostenidamente. Lo tiene todo en casa, no hay lugar para que las especulaciones personales te provoquen. Hay tranquilidad y libertad.

—Le envidio —dijo el vicario—, por tener semejante perspectiva…; Rosamond, tranquilidad y libertad, todo para usted. Y heme aquí yo, con tan sólo mi pipa y mis animalillos. Bien, ¿está listo?

Lydgate no le mencionó al vicario otra razón para querer acortar el periodo de noviazgo. Le resultaba bastante irritante, incluso con el vino del amor corriéndole por las venas, verse obligado a mezclarse tanto con la familia Vincy, participar del cotilleo de Middlemarch, de la prolongada animación y juegos de cartas y la insulsez general. Tenía que mostrarse respetuoso cuando el señor Vincy decidía algo con flagrante ignorancia, sobre todo en lo referente a cuáles eran los mejores licores internos que previenen los efectos de malos aires. La sencillez y la franqueza de la señora Vincy no reflejaban rastro de sospecha respecto de la sutil ofensa que pudieran suponer para el gusto de su futuro yerno, y, en conjunto, Lydgate tenía que confesarse que se estaba apeando un poco al emparentarse con la familia de Rosamond. Pero esa exquisita criatura sufría personalmente de la misma forma y era muy gratificante pensar que, al casarse con ella, le proporcionaría un muy necesario trasplante.

—¡Cariño! —le dijo una tarde en su tono más dulce al sentarse junto a ella y observar su rostro de cerca.

Pero primero he de decir que la había encontrado sola en el salón donde la enorme y anticuada ventana, casi tan amplia como toda la pared de ese lado de la habitación se encontraba abierta a los aromas del verano que procedían del jardín de la parte trasera de la casa. Sus padres estaban en una fiesta y el resto de la familia había salido con las mariposas.

—¡Cariño! Tienes los ojos rojos.

—¿Sí? —dijo Rosamond—. No sé por qué —no era su costumbre manifestar deseos o quejas. Sólo emanaban elegantemente si se solicitaban.

—¡Como si pudieras ocultármelo! —exclamó Lydgate, cogiendo tiernamente sus manos con la suya—. ¿No hay en tus pestañas una minúscula lágrima? Hay algo que te preocupa y no me dices. Eso es falta de amor.

—¿Por qué iba a decirte lo que no puedes cambiar? Son cosas cotidianas, aunque tal vez hayan sido un poco más molestas recientemente.

—Broncas familiares. No temas decírmelo. Lo adivino. —Papá ha estado más irritable últimamente. Fred le enfurece y esta mañana hubo otra pelea porque Fred amenaza con echar por la borda toda su educación y dedicarse a hacer algo muy por debajo de él. Y además…

Rosamond titubeó y sus mejillas empezaban a colorearse. Lydgate no la había visto apurada desde la mañana en que se comprometieron y jamás le había atraído tanto como en este momento. Besó con ternura los labios titubeantes como para infundirles ánimo.

—Me parece que papá no está del todo satisfecho con nuestro noviazgo —prosiguió Rosamond, casi susurrando—, y anoche dijo que hablaría contigo para que lo rompiéramos.

—¿Quieres romperlo? —dijo Lydgate, con ímpetu, casi enfadado.

—Nunca desisto de lo que elijo —respondió Rosamond, recobrando la calma al pulsarse esta cuerda.

—¡Dios te bendiga! —exclamó Lydgate, besándola de nuevo. Esta constancia en lo adecuado resultaba adorable. Continuó—: es demasiado tarde para que tu padre diga que debemos romper nuestro noviazgo ahora. Eres mayor de edad y te reclamo como mía. Si hay algo que te hace infeliz, razón de más para acelerar la boda.

Un gozo inconfundible asomó a los ojos azules que se encontraron con los suyos, y el resplandor parecía iluminar todo su futuro con una dulce iluminación. El ideal de felicidad (del tipo conocido en Las mil y una noches, en el que te invitan a pasar del tumulto y trabajo de la calle a un paraíso donde se te da todo y no se te reclama nada) parecía cosa de esperar unas cuantas semanas más o menos.

—¿Para qué vamos a demorarlo? —preguntó, con ardiente insistencia—. Ya tengo la casa, todo lo demás se puede ultimar pronto, ¿no? Supongo que no te preocuparán los trajes nuevos. Se pueden comprar después.

—¡Qué ideas más originales tenéis los sabios! —respondió Rosamond, acentuando sus hoyuelos una risa más marcada que de costumbre ante esta incongruencia humorística—. Es la primera vez que oigo hablar de comprar el ajuar después de la boda.

—Pero no querrás decirme que insistirías en que esperara sólo por el ajuar ¿no? —dijo Lydgate, dudando entre la idea de que Rosamond le estuviera atormentando coquetamente y el temor de que rehuyera una pronta boda—. Recuerda que nos espera una mayor felicidad que la presente, siempre juntos, independientes de otros y ordenando nuestra vida a nuestro gusto. Vamos, cariño, dime cuándo puedes ser del todo mía.

Había una seria súplica en el tono de Lydgate, como si con cualquier retraso fantástico sintiera que Rosamond le estaba hiriendo. Rosamond se contagió de la seriedad tornándose meditativa; la realidad es que tenía entre manos demasiados encajes, volantes y enaguas como para poder dar una respuesta que fuera al menos aproximada.

—Seis semanas serían suficientes, ¡di que sí, Rosamond! —insistió Lydgate, soltándole las manos para rodearla con el brazo.

Inmediatamente se alzó una pequeña mano para atusarse el pelo al tiempo que volvía el cuello meditativamente, para decir con seriedad a continuación:

—Quedaría la ropa de casa y el mobiliario. Pero bueno, mamá se podría encargar de eso mientras estamos fuera.

—Eso es. Tenemos que marcharnos una semana o así.

—¡Huy, más que eso! —dijo Rosamond con énfasis. Pensaba en los trajes de noche para la visita a Sir Godwin Lydgate, que interiormente llevaba tiempo anticipando como deliciosa ocupación de al menos una cuarta parte de la luna de miel, aún en el caso de que retrasara su presentación al tío que era doctor en Teología (rango agradable si bien sobrio cuando venía avalado por la sangre). Miró a su novio con cierta asombrada amonestación y él comprendió al punto que Rosamond deseara alargar el dulce tiempo de la doble soledad.

—Lo que quieras, mi amor, cuando fijes el día. Pero tomemos un rumbo decidido y pongamos fin a cualquier incomodidad que estés pasando. ¡Seis semanas! Seguro que eso será suficiente.

—La verdad es que sí podría acelerar el trabajo —dijo Rosamond—. Entonces, ¿se lo dirás tú a papá? Creo que lo mejor sería escribirle —se sonrojó y le miró como nos miran las flores del jardín cuando caminamos felices entre ellas en la extraordinaria luz del atardecer. ¿0 es que no hay un alma más allá de la palabra, medio ninfa, medio niña, entre esos delicados pétalos que brillan y respiran en los centros de profundo color?

Tocó con sus labios el lóbulo de su oreja y un poquito del cuello y permanecieron sentados inmóviles durante muchos minutos que fluyeron como un pequeño riachuelo burbujeante sobre el que caen los besos del sol. Rosamond pensó que nadie podría estar más enamorada que ella; y Lydgate pensó que después de todos sus locos errores y absurda credulidad, había encontrado la mujer perfecta, sintiéndose como si ya se derramara sobre él un exquisito afecto nupcial de una criatura encantadora que veneraba sus elevados pensamientos y enormes trabajos y jamás se entrometería en ellos, una criatura que pondría orden en el hogar y en las cuentas con queda magia, manteniendo prestos, sin embargo, los dedos para tañer el laúd y transformar en cualquier momento la vida en una aventura romántica, una criatura instruida para ser el auténtico límite femenino y ni un ápice más: dócil, por lo tanto, y dispuesta a cumplir los requerimientos procedentes de más allá de ese límite. Estaba más claro que nunca ahora que su idea de permanecer soltero mucho más tiempo había sido un error: el matrimonio no sólo no sería un obstáculo, sino un apoyo. Y como casualmente al día siguiente acompañara a un paciente a Brassing, compró al momento una vajilla que vio allí y que se le antojó justamente la adecuada. Ahorraba tiempo hacer estas cosas en el mismo instante en que las pensabas, y a Lydgate le espantaba la loza fea. La vajilla en cuestión era cara, pero tal vez todas lo fueran. Poner una casa era necesariamente costoso, pero al fin y al cabo sólo se hacía una vez.

—Debe de ser preciosa —dijo la señora Vincy cuando Lydgate le mencionó su adquisición con cierto detalle—. Justo lo que se merece Rosy… ¡Espero que no se rompa!

—Hay que contratar servicio que no rompa las cosas —dijo Lydgate. (Esto era razonar con una imperfecta visión de las secuencias. Pero en aquellos tiempos no existía razonamiento que no estuviera avalado más o menos por hombres de ciencia).

Obviamente, no era necesario posponer mención de nada a mamá, que no solía adoptar prestamente puntos de vista que no fueran animosos y que, siendo ella una esposa feliz, no podía sentir más que orgullo ante la boda de su hija. Pero Rosamond tenía buenas razones para sugerirle a Lydgate que apelara a su padre por escrito. Preparó la llegada de la carta caminando con su padre hasta el almacén a la mañana siguiente, diciéndole durante el recorrido que el señor Lydgate deseaba casarse pronto.

—Tonterías, hija —dijo el señor Vincy—. ¿De qué dispone para casarse? Más te vale romper ese compromiso. Te lo he dicho antes ya muy claramente.

¿De qué te sirve la educación que has tenido si te vas a casar con un hombre pobre? Es muy doloroso para un padre ver algo así.

—El señor Lydgate no es un hombre pobre, papá. Compró la consulta del señor Peacock que, según dicen, vale ochocientas o novecientas libras al año.

—¡Bobadas! ¿Qué significa comprar una consulta? Es como comprar las golondrinas del año que viene. Se le escapará por entre los dedos.

—Al contrario, papá, ampliará la consulta. Ya ve cómo le han llamado los Chettam y los Casaubon.

—Espero que sepa que yo no le voy a dar nada; con el desengaño de lo de Fred, el Parlamento a punto de disolverse, el destrozo de maquinaria por todas partes y a las puertas de una elección…

—¡Pero papá! ¿Y todo eso qué tendrá que ver con mi boda?

—¡Pues muchísimo! Igual nos arruinamos todos…, ¡así está el país! Hay quien dice que es el fin del mundo, y que me aspen si a mí no me lo parece. En cualquier caso, no es momento para que ande sacando dinero de mis negocios, y me gustaría que Lydgate lo supiera.

—Estoy convencida de que no espera nada, papá. Y está muy bien relacionado, así que progresará de un modo u otro. Se dedica a los descubrimientos científicos.

El señor Vincy guardó silencio.

—No puedo abandonar la única perspectiva de felicidad que tengo, papá. El señor Lydgate es un caballero. Jamás podría enamorarme de alguien que no fuera un perfecto caballero. No querría usted que me entrara una tisis, como le ocurrió a Arabella Hawley. Y ya sabe que nunca cambio de opinión.

De nuevo papá guardó silencio.

—Prométame, papá, que consentirá a nuestros deseos. No vamos a renunciar el uno al otro, y usted siempre se opuso a los noviazgos largos y los matrimonios tardíos.

Hubo un poco más de apremio de este tipo hasta que el señor Vincy dijo:

—Bueno, bueno, hija mía, debe escribirme antes de que pueda darle una respuesta —y Rosamond supo que se había salido con la suya.

La respuesta del señor Vincy consistió fundamentalmente en la exigencia de que Lydgate se hiciera un seguro de vida, lo cual fue de inmediato concedido.

Era esta una idea muy tranquilizadora en el supuesto de que Lydgate muriera, pero, entretanto, no le mantenía. No obstante, pareció arreglarlo todo respecto de la boda de Rosamond y continuaron las compras necesarias con gran animo. Sin embargo, no faltaron prudentes consideraciones. Una novia (que va a ir de visita a la casa de un baronet) debe poseer unos cuantos pañuelos de primerísima calidad, pero asegurada la media docena absolutamente necesaria, Rosamond se conformó para el resto sin los mejores bordados o encajes de Valenciennes. Asimismo, Lydgate, al descubrir que la cantidad de ochocientas libras había menguado considerablemente desde que viniera a Middlemarch, refrenó su inclinación por algunas piezas de plata de diseño antiguo que le fueron mostradas cuando entró en el establecimiento de Kibble, en Brassing, para comprar tenedores y cucharas. Era demasiado orgulloso para actuar como si presupusiera que el señor Vincy adelantaría dinero para el mobiliario y, puesto que no sería preciso pagar todo de golpe sino que se podrían dejar pendientes algunas facturas, no perdió el tiempo haciendo conjeturas respecto de cuánto le daría su suegro en forma de dote para facilitar sus pagos. No tenía intención de hacer extravagancias, pero había que comprar lo necesario y sería una mala economía el comprarlo de mala calidad. Todo esto era secundario.

Lydgate preveía que la ciencia y su profesión eran los únicos objetos que debía perseguir con entusiasmo, pero no se imaginaba haciéndolo en un hogar como el de Wrench, con las puertas abiertas, el hule desgastado, los niños llenos de manchas y la comida remisa en forma de huesos, cuchillos de mango negro y platos con dibujos de árboles. Claro que Wrench tenía un desastre de esposa linfática, una momia arrebujada en una toquilla; además de que debió de empezar ya con un aparato doméstico de todo punto inadecuado.

Sin embargo, Rosamond, por su lado, estaba muy ocupada con conjeturas, si bien su pronta iniciativa la aconsejaba no mostrarlas con demasiada crudeza.

—Me gustará mucho conocer a tu familia —dijo un día mientras comentaban el viaje de novios—. Tal vez pudieras tomar una dirección que nos permitiera verles a nuestra vuelta. ¿A cuál de tus tíos quieres más?

—Pues, creo que a mi tío Godwin. Es un tipo amable. —Pasabas mucho tiempo en su casa en Quallingham cuando eras niño ¿no? Cómo me gustaría ver ese lugar y todo aquello a lo que estabas acostumbrado. ¿Sabe que vas a casarte?

—Pues no —dijo Lydgate, con desinterés, girándose en la silla y mesándose los cabellos.

—¡Pues díselo, sobrino travieso y desobediente! Tal vez te pida que me lleves a Quallingham y entonces me lo podrías enseñar, y yo te imaginaría allí de niño. Recuerda que tú me ves en mi hogar, que sigue igual que cuando era niña. No es justo que yo sea tan ignorante de tu infancia. Aunque quizá te avergonzaras un poco de mí. Se me olvidaba.

Lydgate sonrió con ternura y aceptó gustoso la sugerencia de que el orgulloso placer de mostrar a tan gentil novia merecía la pena tomarse ciertas molestias. Y ahora que lo pensaba, sí que le gustaría volver a los viejos lugares con Rosamond.

—Le escribiré entonces. Pero mis primos son unos pelmas.

A Rosamond le parecía magnífico poder hablar con tanto desdén de los familiares de un baronet y se sintió muy complacida ante la perspectiva de poder juzgarlos ella misma con indiferencia.

Pero a punto estuvo mamá de estropearlo todo un par de días más tarde diciendo:

—Espero, señor Lydgate, que su tío Godwin no hará de menos a Rosy. Espero que se porte bien. Mil o dos mil libras no deben ser demasiado para un baronet.

—¡Mamá! —dijo Rosamond, sonrojándose profundamente. Lydgate se compadeció tanto de ella que permaneció en silencio, dirigiéndose, confundido, al otro extremo de la habitación y examinando con curiosidad un grabado. Mamá recibió posteriormente una reprimenda filial que aceptó con su acostumbrada docilidad. Pero Rosamond reflexionó que si alguno de esos primos pelmas de tanta alcurnia visitaran Middlemarch, verían muchas cosas en su propia familia que les sorprenderían. Por lo tanto, parecía aconsejable que, con el tiempo, Lydgate se procurara alguna consulta de primera en un lugar que no fuera Middlemarch, lo cual no debía serle muy difícil a un hombre que tenía un tío con título nobiliario y además hacía descubrimientos. Lydgate como se puede apreciar, le había hablado con fervor a Rosamond de sus esperanzas respecto a cómo emplear su vida de la forma más óptima, y le había resultado encantador el que le escuchara una criatura que le aportaría la dulzura añadida de un afecto gratificante…, hermosura…, reposo…, toda la ayuda que reciben nuestros pensamientos de un cielo de verano y unos prados con flores.

Lydgate confiaba mucho en la diferencia psicológica entre lo que, en aras a la variedad, denominaré ganso y gansa, en especial confiaba en la innata sumisión de la gansa como hermosa correspondencia a la fuerza del ganso.

CAPÍTULO XXXVII

La duda apuntada por el señor Vincy de si tan sólo se trataba de las elecciones generales o era el fin del mundo lo que se avecinaba, ahora que había muerto Jorge IV, que el Parlamento se había disuelto, que Wellington y

Peele se encontraban generalizadamente desprestigiados y que el nuevo rey se deshacía en excusas, era una débil muestra de las incertidumbres de la vida de provincias del momento. A la mortecina luz de las casas rurales, ¿cómo iban las gentes a discernir sus propios pensamientos en medio de la confusión de un gobierno conservador que adoptaba medidas liberales, de nobles y electores conservadores que ansiaban elegir a liberales antes que a los amigos de los ministros desleales, y del griterío exigiendo remedios que parecían tener una connotación misteriosamente remota con intereses privados y resultaban sospechosos por el apoyo de vecinos desagradables? Los compradores de los periódicos de Middlemarch se encontraban en una situación anómala: durante la conmoción respecto a la cuestión católica, muchos habían repudiado el Pioneer (que llevaba un lema de Charles James Fox e iba en el carro del progreso) por haber tomado partido con Peel acerca de los papistas, mancillando así su liberalismo al tolerar el jesuitismo y a Baal. Pero estaban poco satisfechos con el Trumpet, el cual, a partir de sus aldabonazos contra Roma y en medio de la flaccidez generalizada de la opinión pública (nadie sabía quién apoyaría a quién) había debilitado sus soplidos.

Era un periodo, según un destacado artículo del Pioneer, en el que las acuciantes necesidades del país bien pudieran contrarrestar una reticencia por la acción pública de parte de aquellos hombres cuyas mentes habían adquirido, debido a una larga experiencia, amplitud además de concentración, decisión además de tolerancia, despego además de energía; en resumen, todas esas cualidades que en la melancólica experiencia de la humanidad han sido las menos dispuestas a compartir vivienda.

Al señor Hackbutt, cuya fluida verborrea se extendía con más amplitud que de costumbre en esos tiempos y dejaba mucha incertidumbre respecto de su cauce último, se le oyó decir en la oficina del señor Hawley que el artículo en cuestión «emanaba» de Brooke de Tipton, y que Brooke había comprado en secreto el Pioneer hacía unos meses.

—Eso significa alguna diablura, ¿no? —dijo el señor Hawley—. Ahora tiene el capricho de ser un personaje popular, después de pendulear aquí y allí como una tortuga extraviada. Peor para él. Le tengo echado el ojo desde hace tiempo. Vamos a zarandearle. Es un nefasto terrateniente. ¿Quién la mandará a un viejete rural barbillear a una panda de ciudadanos insignificantes? En cuanto a su periódico, espero que sea él mismo el que lo escribe. Valdría la pena lo que cuesta.

—Tengo entendido que tiene a un joven brillante que se lo dirige, que escribe artículos de fondo de la mejor calidad, a la altura de cualquier periódico londinense. Tiene la intención de comprometerse mucho en lo de la reforma.

—Lo que tiene que hacer Brooke es reformar sus alquileres; es un maldito tacaño y todos los edificios de su hacienda se están yendo al traste. Supongo que este jovenzuelo será algún rebotado de Londres.

—Se llama Ladislaw. Dicen que es descendiente de extranjeros.

—Conozco el tipo —dijo el señor Hawley—, será un infiltrado. Empezará aparatosamente con los derechos del hombre y acabará asesinando a alguna joven. Ese es el estilo.

—Debe admitir que hay abusos, Hawley —dijo el señor Hackbutt, vislumbrando un desacuerdo político con su abogado—. Yo mismo jamás apoyaría puntos de vista extremados, de hecho estoy con Huskisson, pero no puedo hacerme el sordo ante las consideraciones de que la no representación de las grandes ciudades…

—¡Al diablo con las grandes ciudades! —exclamó el señor Hawley, impaciente ante las largas exposiciones—. Sé un poco demasiado respecto a las elecciones de Middlemarch. Aunque anularan mañana todos los condados controlados por un solo individuo e incluyeran todas las ciudades crecientes del reino, sólo aumentarían los gastos para entrar en el Parlamento. Me baso en hechos.

La aversión del señor Hawley ante la idea de que el Pioneer estuviera dirigido por un espía y de que Brooke se convirtiera en un político activo —como si una tortuga de indecisa trayectoria asomara con ambición su pequeña cabeza y deviniera rampante— apenas alcanzaba la irritación sentida por algunos miembros de la propia familia de Brooke. El resultado había ido supurando gradualmente, como el descubrimiento de que un vecino ha instalado una desagradable industria que estará permanentemente bajo nuestra nariz sin que contra ello haya remedio legal. El Pioneer se había comprado en secreto incluso antes de la llegada de Will Ladislaw, habiéndose presentado la oportunidad esperada en la disposición del dueño a deshacerse de una valiosa propiedad que no era rentable, y en el intervalo desde que el señor Brooke escribiera su invitación, habían ido creciendo a cubierto esas ideas iniciales de dar a conocer al mundo sus ideas, algo que el señor Brooke llevaba dentro desde sus años mozos, pero que hasta el momento permaneciera soterrado.

El proyecto recibió un gran empuje por lo gratificante de su huésped, que resultó ser aún más satisfactorio de lo que el señor Brooke anticipara. Will no sólo parecía encontrarse totalmente en casa en aquellos temas artísticos y literarios que el señor Brooke tratara en tiempos, sino que era extraordinariamente ágil en captar los aspectos interesantes de la situación política y tratarlos con ese espíritu amplio que, ayudado por una memoria adecuada, se presta a la cita y a la efectividad general del tratamiento.

—Se me antoja una especie de Shelley, ¿saben? —aprovechó la oportunidad de decir el señor Brooke pensando complacer al señor Casaubon —. No me refiero en sentido inconveniente de relajo o ateísmo o nada parecido. Estoy seguro que los sentimientos de Ladislaw son buenos…, estuvimos hablando un rato largo anoche. Pero tiene el mismo tipo de entusiasmo por la libertad, la independencia, la emancipación…, buena cosa si está bien dirigida ¿verdad? Creo que podré encauzarle bien; y me complace tanto más, puesto que es un pariente suyo, Casaubon.

Si encauzarle bien significaba algo más concreto que el resto del discurso del señor Brooke, el señor Casaubon confiaba en silencio que ello se refiriera a algún quehacer a gran distancia de Lowick. No le había gustado Will mientras le estuvo ayudando, pero había comenzado a gustarle aún menos desde que rechazara su ayuda. Así somos cuando albergamos en nuestro carácter algún atisbo de envidia: si nuestros talentos son principalmente del tipo poceador, nuestro primo libador (y que suscita nuestro reparo por serios motivos) suele despreciarnos interiormente, y cualquiera que le admire a él está haciendo de nosotros mismos una crítica lateral. Abrigando nuestra alma los escrúpulos de la rectitud, estamos por encima de la mezquindad de perjudicarle, más bien nos encaramos a sus merecidas reclamaciones con subsidios activos, y el firmarle cheques, al darnos una superioridad que él está obligado a reconocer, dota a nuestra amargura de una infusión más suave. Resultaba que ahora se le había privado al señor Casaubon de esa superioridad (limitada ahora sólo a un recuerdo) de forma repentina y caprichosa. Su antipatía por Will no surgía de la vulgar envidia de un marido otoñal; era algo más profundo, fruto de sus eternas exigencias y descontentos, y Dorothea, ahora que se hallaba presente, Dorothea, como joven esposa que había demostrado una ofensiva capacidad de crítica, necesariamente daba concreción al malestar que antes había sido indefinido.

Por su parte, Will Ladislaw sentía que su antipatía aumentaba a costa de su gratitud e invertía mucho pensamiento interno en justificar esa aversión. Sabía muy bien que Casaubon le odiaba; percibió desde su primer encuentro una amargura en los labios y un veneno en la mirada que casi hubiera justificado la declaración de guerra a pesar de los beneficios anteriores. En el pasado había estado muy en deuda con Casaubon, pero verdaderamente, el hecho de casarse con esta esposa contrarrestaba esa deuda; era una cuestión de si la gratitud que se refiere a lo que hacen por uno, no debiera ceder el paso a la indignación ante lo que se hace contra otro. Y Casaubon había perjudicado a Dorothea casándose con ella. Un hombre debería conocerse mejor y si quería desarrollar huesos grises y crujidores en una cueva, nadie le mandaba engatusar a una joven para que le acompañara. «Es el más horrible de los sacrificios de vírgenes», se decía Will a sí mismo al imaginarse el interno pesar de Dorothea como si estuviera escribiendo un lamento del coro. Pero permanecería cerca de ella, cuidaría de ella…, aunque tuviera que renunciar a todo en esta vida, la cuidaría, y ella sabría que tenía un esclavo en el mundo. Will poseía, empleando la frase de Sir Thomas Browne, una «apasionada prodigalidad» de afirmación tanto respecto de sí mismo como de otros. La pura verdad era que nada le tiraba tanto entonces como la presencia de Dorothea.

Pero las invitaciones formales habían escaseado, pues a Will no se le había invitado a Lowick. El señor Brooke, seguro de hacer todas aquellas cosas agradables que a Casaubon, pobrecillo, se le escapaban por estar demasiado ensimismado, había llevado a Ladislaw a Lowick en varias ocasiones (presentándole entretanto en otros lugares y a la menor oportunidad como «un joven pariente de Casaubon»). Y, aunque Will no había visto a Dorothea a solas, sus encuentros habían bastado para que ella recuperara la antigua sensación de juvenil compañerismo con alguien más inteligente y sin embargo dispuesto a dejarse influir por ella. La pobre Dorothea no había encontrado antes de su matrimonio muchas mentes receptivas a lo que más le importaba, y, como sabemos, tampoco había disfrutado de la educación superior de su marido tanto como esperaba. Si se dirigía al señor Casaubon con vivo interés, él la escuchaba con aire de paciencia, como si estuviera citando del Delectau que a él le era familiar desde su tierna infancia, mencionando en ocasiones con sequedad las sectas o personajes antiguos que habían mantenido ideas parecidas, como si ya fuera algo demasiado manido. Otras veces le comunicaba que estaba en un error, reafirmando lo que el comentario de Dorothea había puesto en duda.

Pero Will Ladislaw siempre parecía ver más en lo que ella decía que ella misma. Dorothea era poco vanidosa, pero tenía la necesidad de la mujer ardiente de gobernar beneficiosamente a base de alegrar a otra alma. De aquí que la mera oportunidad de ver a Will ocasionalmente era como una mirilla abierta en el muro de su prisión, proporcionándole una visión del aire soleado. Este placer empezó a anular su alarma inicial respecto de lo que su esposo pudiera opinar de la presentación de Will como huésped de su tío. Sobre este tema el señor Casaubon había permanecido mudo.

Pero Will quería hablar con Dorothea a solas y le impacientaban las circunstancias lentas. Por muy leve que fuera el intercambio terrenal entre Dante y Beatriz y Petrarca y Laura, el tiempo modifica la proporción de las cosas y en tiempos posteriores es preferible tener menos sonetos y más conversaciones. La necesidad disculpaba la estrategia, pero la estrategia estaba limitada por el terror a ofender a Dorothea. Por fin descubrió que quería hacer un boceto especial en Lowick y una mañana en la que el señor Brooke tenía que ir por esa carretera de camino a la ciudad, Will pidió que le apeara, con su cuaderno y su taburete, en Lowick, y sin anunciarse en la casa, se dispuso a dibujar desde una posición en la que forzosamente vería a Dorothea si salía a dar un paseo, y sabía que solía pasear una hora por la mañana.

Pero la estrategia se vio desmontada por el tiempo. Las nubes se acumularon con traicionera rapidez, cayó la lluvia y Will se vio obligado a refugiarse en la casa. Basándose en su relación de parentesco tenía la intención de pasar al salón y esperar allí sin que le anunciaran, y al ver a su antiguo conocido el mayordomo en la entrada, dijo:

—No diga que estoy aquí, Pratt. Esperaré hasta la hora de comer; sé que al señor Casaubon no le gusta que le interrumpan cuando está en la biblioteca.

—El señor ha salido; sólo está la señora Casaubon en la biblioteca. Iré a decirle que está usted aquí, señor —dijo Pratt, hombre de sonrosadas mejillas dado a la amena conversación con Tantripp y a menudo coincidiendo con ella en que debía de resultarle muy aburrido a la señora.

—Está bien. Esta maldita lluvia me ha impedido dibujar —dijo Will, sintiéndose tan feliz que simuló indiferencia con pasmosa facilidad.

Al minuto siguiente se encontraba en la biblioteca, y Dorothea salía a su encuentro esbozando su sonrisa dulce y espontánea.

—El señor Casaubon ha ido a casa del arcediano —dijo al punto—. No sé si volverá mucho antes de la hora de comer. Estaba inseguro respecto de cuánto tardaría. ¿Quería decirle algo en especial?

—No; viene a dibujar, pero la lluvia me ha obligado a entrar. De lo contrario no la hubiera molestado aún. Supuse que el señor Casaubon estaría aquí y sé que le disgustan las interrupciones a esta hora.

—Entonces estoy en deuda con la lluvia. Me alegro mucho de verle —Dorothea pronunció esas palabras comunes con la llana sinceridad de una criatura triste a quien visitan en el colegio.

—Lo cierto es que vine buscando la oportunidad de verla a solas —dijo Will, misteriosamente impulsado a ser tan llano como ella. No se detuvo para preguntarse ¿por qué no?—. Quería hablar de cosas, como hicimos en Roma. Siempre es distinto cuando hay gente delante.

—Sí —respondió Dorothea, con su tono claro, lleno de asentimiento—. Siéntese —ella tomó asiento en un sofá de otomán oscuro, los libros marrones a su espalda. Vestida con un sencillo traje de fina lana blanca y sin un sólo adorno encima salvando su anillo de boda, parecía como si hubiera hecho voto de ser distinta a las demás mujeres. Will se sentó enfrente de ella a dos metros de distancia; la luz le caía sobre el pelo rizado y el delicado, aunque petulante perfil, con sus desafiantes curvas de labios y mentón. Se miraron el uno al otro como si fueran dos flores que se abrían allí y en ese instante. Por un momento Dorothea olvidó la misteriosa irritación de su esposo por Will: hablar sin temor con la única persona receptiva que había hallado era como agua fresca para sus sedientos labios, pues al mirar hacia atrás a través de la tristeza exageraba un consuelo pasado.

—He pensado con frecuencia que me gustaría hablar de nuevo con usted —dijo al punto—. Me parece extraño la de cosas que le conté.

—Las recuerdo todas —respondió Will, invadida su alma del inexpresable gozo de sentir que se encontraba en presencia de una criatura que merecía que se la amara perfectamente. Pienso que sus propios sentimientos en ese momento eran perfectos, pues los mortales tenemos nuestros momentos divinos, cuando el amor se ve satisfecho en la plenitud del objeto adorado.

—He intentado aprender mucho desde que estuvimos en Roma —dijo Dorothea—. Sé leer un poco de latín y empiezo a entender una pizca de griego. Ahora puedo ayudar mejor al señor Casaubon. Puedo buscarle referencias y evitar que se canse la vista en muchas ocasiones. Pero es muy difícil ser erudito; parece como si la gente se desgastara en su búsqueda de los grandes pensamientos sin poderlos disfrutar por llegar a ellos demasiado extenuados.

—Si un hombre tiene la capacidad para grandes pensamientos, es probable que los alcance antes de su decrepitud —dijo Will, con irrefrenable presteza. Pero frente a ciertas sensibilidades, Dorothea era igualmente rápida y al ver el cambio en su rostro añadió inmediatamente—; pero es muy cierto que las mejores mentes a veces se fatigan en el proceso de elaboración de sus ideas.

—Usted me corrige —dijo Dorothea—. Me expresé mal. Debí decir que quienes tienen grandes pensamientos se agotan demasiado al plasmarlos. Ya desde niña me afectaba eso y siempre me pareció que me gustaría emplear mi vida en ayudar a alguien dedicado a las grandes tareas de manera que su carga se viera aliviada.

Dorothea se vio conducida hasta esta parcela de autobiografía sin la sensación de estar revelando nada. Pero jamás antes le había dicho a Will algo que esclareciera tanto su matrimonio. No se encogió de hombros y a falta de ese escape muscular pensó con mayor irritación en hermosos labios besando sagradas calaveras y otras necedades ensalzadas eclesiásticamente. También hubo de tener cuidado de que sus palabras no delataran ese pensamiento.

—Pero podría llevar esa ayuda demasiado lejos —dijo—, y agotarse usted misma. ¿No está demasiado encerrada? La veo más pálida. Sería mejor que el señor Casaubon tuviera un secretario; no le sería difícil encontrar a alguien que le hiciera la mitad del trabajo. Eso le ahorraría energías de manera más efectiva y usted sólo tendría que ayudarle de forma más llevadera.

—¿Cómo puede usted pensar eso? —exclamó Dorothea en tono

amonestador—. No sería feliz si no le ayudara en su trabajo. ¿Qué haría si no? En Lowick no hay bien por hacer. Lo único que quisiera sería ayudarle aún más. Y le pone pegas a lo del secretario, así que le ruego que no lo vuelva a mencionar.

—Naturalmente que no, ahora que conozco su sentir a este respecto. Pero he oído al señor Brooke y a Sir James Chettam expresar idéntico deseo.

—Es cierto —dijo Dorothea—, pero ellos no lo entienden; quieren que monte mucho a caballo, y mande cambiar el jardín, y haga nuevos invernaderos, para ocupar mis días. Pensaba que usted entendería el que la mente tuviera otras necesidades —añadió con un toque de impaciencia—, además, el señor Casaubon no soporta oír hablar de un secretario.

—Mi error tiene su disculpa —respondió Will—. En otros tiempos estaba acostumbrado a oír hablar favorablemente al señor Casaubon de la idea de un secretario. Es más, me ofreció el puesto. Pero resulté no ser lo bastante bueno para él.

Dorothea intentaba extraer de esto una justificación para la evidente repulsa de su marido, y con juguetona sonrisa contestó:

—No era usted un trabajador lo suficientemente tenaz.

—Pues no —dijo Will, sacudiendo hacia atrás la cabeza un poco al estilo de un caballo brioso. Y entonces, el viejo e irritable demonio le impulsó a pellizcar de nuevo las apolilladas alas del señor Casaubon y continuó—: y desde entonces he observado que al señor Casaubon le disgusta que nadie revise su trabajo y sepa a fondo lo que está haciendo. Está dudoso e indeciso sobre sí mismo. Puede que yo no sirva para mucho, pero le disgusto porque disiento de él.

Will no carecía de la intención de ser siempre generoso, pero nuestras lenguas son pequeños gatillos que con frecuencia se ven apretados antes de que se puedan imponer nuestras intenciones generales. Y resultaba demasiado intolerable no poder justificar ante Dorothea la aversión que el señor Casaubon sentía por él. Sin embargo, cuando hubo concluido se sintió inquieto por el efecto que en ella causarían sus palabras.

Pero Dorothea guardó un extraño silencio, sin indignarse de inmediato como había ocurrido en una situación parecida en Roma. Y la razón se encontraba a mucha profundidad. Ya no luchaba contra la percepción de los hechos sino que se estaba ajustando a su total reconocimiento, y ahora, cuando miraba sin titubeos el fracaso de su marido, y sobre todo la posible conciencia de fracaso que él tuviera, parecía mirar por la senda donde el deber se convierte en ternura. Tal vez la indiscreción de Will hubiera tropezado con una mayor severidad si la aversión que por él sentía su esposo no le hubiera recomendado de antemano a su piedad (lo cual debió resultarle doloroso hasta descubrir la razón).

No respondió de inmediato, pero después de bajar la vista meditativamente dijo con seriedad:

—Al menos en cuanto concierne a sus actos, el señor Casaubon debió vencer su aversión hacia usted, y eso es de admirar.

—Sí; ha mostrado un sentimiento de justicia en los asuntos familiares. Fue una infamia que a mi abuela la desheredaran por hacer lo que llamaban una *mésalliance*, aunque no había nada en contra de su marido salvo que era un refugiado polaco que se ganaba la vida dando clases.

—¡Cómo me gustaría saber de ella! —dijo Dorothea—. Me pregunto cómo encajó el cambio de riqueza a pobreza. ¿Fue feliz con su esposo? ¿Sabe usted mucho de ellos?

—No; sólo que mi abuelo era un patriota, un hombre espabilado, que hablaba varios idiomas, con sentido musical, y que se mantenía dando clases de todo tipo de cosas. Ambos murieron bastante pronto. Y nunca supe mucho de mi padre, salvo lo que me contó mi madre; pero heredó los talentos musicales. Recuerdo su andar pausado y sus largas manos, y hay un día que tengo grabado, cuando yacía enfermo y yo tenía mucha hambre y sólo quedaba un poco de pan.

—¡Qué vida tan distinta de la mía! —dijo Dorothea, con vivo interés, juntando las manos sobre el regazo—. Siempre he tenido demasiado de todo. Pero cuénteme cómo fue…, el señor Casaubon no debía conocerle entonces.

—No, pero mi padre se había dado a conocer al señor Casaubon y ese fue el último día que pasé hambre. Mi padre murió al poco tiempo y a mi madre y a mí nos cuidaron bien. El señor Casaubon siempre lo reconoció como su obligación el cuidar de nosotros dada la cruel injusticia mostrada hacia la hermana de su madre. Pero ahora le estoy contando algo que ya conoce.

En su fuero interno Will era consciente de que deseaba contarle a Dorothea lo que era bastante nuevo incluso para su interpretación de las cosas, a saber, que el señor Casaubon no había hecho más por él que saldar una deuda. Will era demasiado buena persona para sentirse cómodo en la ingratitud. Y cuando la gratitud se ha convertido en una cuestión de razonamiento, hay muchas formas de escapar a sus lazos.

—No —respondió Dorothea—; el señor Casaubon siempre ha evitado recrearse en sus actos encomiables —no sintió que la conducta de su esposo estuviera siendo depreciada, pero esta idea de lo que la justicia había exigido en sus relaciones con Will Ladislaw se le quedó aferrada a la mente. Tras una breve pausa añadió—: nunca me dijo que mantuviera a su madre. ¿Vive aún?

—No, murió en un accidente, una caída, hace cuatro años. Es curioso que mi madre también se marchara de casa, aunque no a causa de un marido. Nunca me quiso decir nada de su familia, salvo que la abandonó para seguir su camino, el teatro. Era una criatura de ojos oscuros, y cabello rizado que no parecía envejecer. Como ve, tengo sangre rebelde por ambos lados —concluyó Will, sonriendo a Dorothea alegremente mientras ella seguía mirando de frente fijamente con expresión seria, como un niño que ve un drama por primera vez.

Pero también en su rostro irrumpió una sonrisa al decir:

—Supongo que esa será su disculpa por haber sido bastante rebelde a su vez; me refiero de acuerdo con los deseos del señor Casaubon. Debe recordar que no ha hecho usted lo que él creía más conveniente para usted. Y si no le gusta usted —hablaba de aversión hace un ratito—, aunque yo diría más bien si él ha mostrado hacia usted algún sentimiento de dolor, debe tener en cuenta lo sensible que se ha vuelto con el desgaste que supone el estudio. Tal vez —continuó en tono suplicante—, mi tío no le haya explicado cuán seria fue la enfermedad del señor Casaubon. Sería quisquilloso por nuestra parte, que estamos sanos y podemos sobrellevar las cosas, el hacer un mundo de las pequeñas ofensas que nos infringen quienes soportan el peso del tormento.

—Me ha dado una lección —dijo Will—. No volveré a gruñir sobre ese tema —había en su tono una dulzura que procedía de la inconfesable felicidad de ver (de lo que Dorothea apenas era consciente) que había emprendido el viaje hacia la lejanía de la pura piedad y lealtad hacia su marido. Will estaba dispuesto a adorar esa piedad y lealtad si Dorothea se asociaba con él al manifestarlas—. He sido perverso a veces —continuó—, pero nunca más, si puedo evitarlo, haré ni diré nada que usted desapruebe.

—Eso es ser muy bueno —contestó Dorothea, con otra sonrisa abierta—. Así tendré un pequeño reino donde poder dar órdenes. Pero me imagino que pronto se alejará de mi férula. Pronto se cansará de estar en Tipton Grange.

—Ese es un tema del que quería hablarle, una de las razones por las que quería hablar con usted a solas. El señor Brooke propone que me quede en el vecindario. Ha comprado uno de los periódicos de Middlemarch y desea que lo lleve, así como que le ayude en otros menesteres.

—¿No significaría eso sacrificar mejores perspectivas? — preguntó Dorothea.

—Quizá, pero siempre me han achacado el pensar en las perspectivas y no decidirme por nada. Y aquí se me ha ofrecido algo. Si usted no desea que lo acepte, lo rechazaré. De otro modo preferiría quedarme en esta parte del país y no marcharme. No pertenezco a nadie en ninguna parte.

—Me gustaría mucho que se quedara —respondió Dorothea inmediatamente, con la presteza y sencillez con la que hablara en Roma. No había ni sombra de motivo por el momento que le impidiera manifestarlo.

—En ese caso me quedaré —dijo Ladislaw, sacudiendo la cabeza hacia atrás, levantándose y dirigiéndose a la ventana como para ver si la lluvia había parado.

Pero al instante siguiente y conforme a un hábito que gradualmente se iba afianzando en ella, Dorothea empezó a reflexionar que su esposo tenía otros sentimientos diferentes a los de ella y se sonrojó vivamente ante la doble violencia de haber expresado algo que pudiera estar en contra de los deseos de su marido y de tenerle que sugerir esta oposición a Will. No tenía el rostro vuelto hacia ella y eso facilitó el que dijera:

—Pero mi opinión sobre este tema cuenta poco. Creo que debería dejarse aconsejar por el señor Casaubon. Hablé pensando sólo en mis propios sentimientos, lo cual no tiene nada que ver con la verdadera cuestión. Pero ahora se me ocurre que tal vez el señor Casaubon no considere adecuada la propuesta. ¿No puede esperar y mencionárselo?

—Hoy no puedo esperar —dijo Will, interiormente asustado ante la posibilidad de que entrara el señor Casaubon—. La lluvia ha parado. Le dije al señor Brooke que no me recogiera, que prefería andar las cinco millas. Cruzaré por Halsell Cammon para ver cómo brilla la hierba mojada. Me gusta.

Se acercó a ella para darle la mano precipitadamente, deseando decir sin atreverse: «No mencione el tema al señor Casaubon». No, no se atrevía, no podía decirlo. Pedirle que fuera menos llana y directa sería como empañar con el aliento el cristal a través del cual se quiere ver. Y siempre acechaba el otro gran temor, de empañarse él mismo y resultar opaco a sus ojos.

—Me hubiera gustado que se quedara —dijo Dorothea, con leve tristeza, al levantarse y extender la mano. Ella tenía unos pensamientos que no quería manifestar: Will no debía demorarse en consultar los deseos del señor Casaubon, pero que ella le presionara podría parecer un indebido autoritarismo.

De modo que dijeron simplemente «adiós» y Will abandonó la casa, encaminándose hacia los prados para evitar el riesgo de encontrarse con el carruaje del señor Casaubon el cual, sin embargo, no entró por la verja hasta las cuatro. Era una hora impropia de llegar a casa: demasiado temprano para lograr el apoyo moral bajo ennui de vestir su persona para la cena y demasiado tarde para desvestir su mente de la frivolidad del día y así preparase para zambullirse en la seriedad del estudio. En ocasiones semejantes solía tumbarse en un butacón en la biblioteca y dejar que Dorothea le leyera los periódicos londinenses mientras entornaba los ojos. Pero hoy rechazó ese consuelo con la observación de que ya le habían saturado de detalles públicos. No obstante, habló con mayor viveza que de costumbre cuando Dorothea le preguntó por su fatiga, añadiendo con ese aire de esfuerzo formal que nunca le abandonaba, ni siquiera cuando no llevaba el chaleco y el corbatón:

—He tenido el gusto hoy de encontrarme con mi antiguo conocido, el doctor Spanning, y de ser alabado por alguien que, a su vez, es muy merecedor de alabanzas. Habló muy elogiosamente de mi reciente tratado sobre los misterios egipcios, utilizando términos que no sería apropiado que yo repitiera —al proferir la última frase el señor Casaubon se inclinó sobre el brazo de la butaca, moviendo la cabeza arriba y abajo, como si se tratara de un desahogo muscular en lugar de la recapitulación que no hubiera sido apropiada.

—Me alegro mucho de que hayas tenido esa satisfacción —dijo Dorothea, encantada de ver a su esposo menos cansado de lo usual a esta hora—. Antes de que llegaras había estado lamentando que no hayas estado hoy aquí.

—¿Y eso por qué? —preguntó el señor Casaubon, recostándose de nuevo.

—Porque ha estado aquí el señor Ladislaw, y ha mencionado una propuesta de mi tío sobre la cual me gustaría conocer tu opinión —sintió que sus palabras preocupaban seriamente a su esposo. Incluso con su ignorancia del mundo, abrigaba la vaga sospecha de que el puesto que le habían ofrecido a Will no era acorde con sus conexiones familiares y evidentemente, el señor Casaubon tenía derecho a que le consultaran. Este no emitió una palabra, limitándose a inclinar la cabeza.

—Ya sabes que el tío tiene muchos proyectos. Parece que ha comprado uno de los periódicos de Middlemarch y le ha pedido al señor Ladislaw que se quede y lo dirija, además de ayudarle en otras cosas.

Dorothea miró a su esposo mientras hablaba, pero éste, tras parpadear inicialmente, había cerrado los ojos como para descansarlos, al tiempo que sus labios se tensaban.

—¿Qué opinas? —preguntó con cierta timidez tras una ligera pausa.

—¿Vino el señor Ladislaw ex profeso para pedir mi opinión? —preguntó el señor Casaubon, entreabriendo los ojos y lanzándole a Dorothea una afilada mirada. Se sentía muy incómoda respecto al punto por el que preguntaba, pero se limitó a enseriar su semblante sin desviar la mirada.

—No —respondió inmediatamente—, no dijo que viniera a pedir tu opinión. Pero cuando mencionó la propuesta es que esperaba que yo te lo dijera —el señor Casaubon guardó silencio—. Temí que tuvieras alguna objeción. Pero lo cierto es que un joven de tanto talento podría serle de gran utilidad a mi tío, podría ayudarle a hacer el bien de manera más eficaz. Y el señor Ladislaw desea tener una ocupación fija. Dice que le han achacado el no buscarla y le gustaría quedarse en esta zona porque nadie se interesa por él en otra parte.

Dorothea pensó que era ésta una consideración que ablandaría a su esposo. No obstante, él siguió sin hablar y poco después ella retomó el tema del doctor Spanning y el desayuno con el arcediano. Pero el sol ya no iluminaba estos asuntos.

A la mañana siguiente, sin el conocimiento de Dorothea, el señor Casaubon envió la siguiente carta, iniciándola con «Estimado señor Ladislaw» (anteriormente siempre se había dirigido a él como «Will»):

La señora Casaubon me informa de que le ha sido hecha una propuesta, así como (de acuerdo con una inferencia en modo alguno descabellada) de que por su parte ha sido en alguna medida aceptada, lo cual implica su habitar en esta vecindad en una capacidad que, estoy justificado en decir, afecta a mi propia posición de forma tal que convierte mi intervención no sólo en natural y justificable cuando el efecto que produce se enfoca desde la influencia del sentimiento legítimo, sino que se me impone, cuando el mismo efecto se considera a la luz de mis responsabilidades, manifestar al instante que su aceptación de la propuesta anterior resultaría altamente ofensiva para mí. Que tengo algún derecho a ejercer el veto en este asunto no creo que pueda ser negado por ninguna persona conocedora de las relaciones existentes entre nosotros, relaciones que, aunque arrumbadas en el pasado debido a su reciente proceder, no por ello quedan anuladas en su carácter de determinar antecedentes. No procederé aquí a enjuiciar el criterio de nadie. Baste con señalar que hay ciertas consideraciones y conveniencias sociales que deberían impedir que un pariente relativamente próximo a mí se hiciera conspicuo en esta vecindad adoptando un estatus no sólo muy por debajo del mío sino, en el mejor de los casos, asociado a la falsa erudición de los aventureros literarios o políticos. En todo caso, un desenlace contrario forzosamente le excluiría de visitar mi casa en el futuro. Suyo atentamente

EDWARD CASAUBON

Entretanto, el pensamiento de Dorothea pergeñaba inocentemente el mayor rencor de su marido, recreándose con una comprensión que se iba tornando en inquietud, en lo que Will contara de sus padres y abuelos. Las horas privadas de las que disponía durante el día solía pasarlas en su salita azul verdosa y se había encariñado con su pálida cursilería. Nada se había cambiado en ella abiertamente, pero con el avance del verano sobre los prados occidentales al final de la avenida de olmos, la desnuda habitación había ido almacenando en su interior esos recuerdos de una vida interior que impregnan el aire como con una nube de ángeles buenos o malos, las formas invisibles y sin embargo activas de nuestros triunfos o fracasos espirituales. Se había acostumbrado tanto a luchar y a encontrar aliento al mirar por la avenida hacia el arco iluminado desde el oeste, que la propia visión de ello había adquirido un poder de comunicación. Incluso el pálido ciervo parecía tener recuerdos en su mirada y querer transmitir un silencioso «Lo sé». Y el conjunto de delicadas miniaturas componían un público como formado por seres a quienes ya no inquietaba su suerte terrenal, pero que seguían estando humanamente interesados. Sobre todo la misteriosa «tía Julia», acerca de la cual Dorothea siempre había tenido dificultades para preguntarle a su marido.

Y ahora, desde su conversación con Will, cantidad de imágenes frescas se habían agolpado en torno a esa tía Julia que era la abuela de Will, y la presencia de la delicada miniatura, tan parecida al rostro animado que conocía, la ayudaba a concentrar su pensamiento. ¡Qué felonía, excluir a la muchacha de la protección y la herencia familiar por el simple hecho de haber elegido a un hombre pobre! Dorothea, que desde muy joven había mareado a sus mayores con preguntas acerca de cuanto la rodeaba, se había fraguado cierta independiente claridad respecto a las razones históricas y políticas que hacían que los hijos mayores tuvieran más derechos y las tierras estuvieran vinculadas. Estas razones, imprimiendo en ella cierto respeto, podían pesar más de lo que ella creía, pero aquí se presentaba una cuestión de lazos que dejaba estas razones al margen. He aquí a una hija cuya criatura —incluso según la usual imitación de las instituciones aristocráticas por parte de quienes no son más nobles que los tenderos retirados, y que no tienen más tierra que «mantener junta» que un trozo de césped y un prado— tendría un derecho prioritario. ¿Era la herencia una cuestión de gusto o de responsabilidad? Toda la energía que Dorothea tenía en su personalidad se inclinaba por la responsabilidad, por el cumplimiento de derechos fundados en nuestros propios actos, como el matrimonio y la paternidad.

Era cierto, se decía a sí misma, que el señor Casaubon estaba en deuda con los Ladislaw y que debía devolver lo que se les había usurpado. Y empezó ahora a pensar en el testamento de su esposo que hiciera cuando se casaron, dejándole a ella el grueso de sus bienes, con una cláusula caso de que tuviera hijos. Eso debía modificarse y no había tiempo que perder. Esta misma cuestión que acababa de surgir acerca de la profesión de Will Ladislaw brindaba la ocasión de recolocar las cosas debidamente. Se sentía segura de que su esposo, de acuerdo con su anterior conducta, estaría dispuesto a adoptar el punto de vista adecuado si ella, en quien recaía una injusta concentración de la propiedad, se lo proponía. El sentimiento de justicia de su marido había prevalecido y continuaría prevaleciendo sobre lo que se llamaba antipatía. Sospechaba que el señor Casaubon desaprobaba la idea de su tío y esto parecía favorecer el que se iniciara un nuevo entendimiento, de forma que en vez de que Will tuviera que emprender su vida profesional indigente y aceptara el primer empleo que se le ofrecía, se encontrara en posesión de unos ingresos justos que su marido le pagaría mientras viviera y que, mediante un cambio en su testamento, quedaran asegurados a su muerte. La clarividencia de que esto era lo que se debía hacer le pareció a Dorothea como un repentino entrar de la luz, despertándola de su anterior obtusez y su ególatra y poco curiosa ignorancia respecto de la relación de su esposo con otras personas. Will Ladislaw había rechazado la futura ayuda del señor Casaubon por razones que ya no le parecían adecuadas a Dorothea, y el señor Casaubon mismo nunca había visto con claridad cuál era su obligación. «¡Pero la verá!» dijo Dorothea. «Esa es la gran fuerza de su carácter. ¿Y qué estamos haciendo con nuestro dinero? Ni siquiera utilizamos la mitad de nuestros ingresos. Mi propio dinero no me trae más que remordimientos de conciencia».

Esta división de la propiedad destinada a ella y que siempre había considerado excesiva, ejercía sobre Dorothea una peculiar fascinación. Estaba ciega a muchas cosas que para otros eran evidentes, inclinada, como le advirtiera Celia, a pisar por donde no debía; sin embargo su ceguera ante lo que no caía dentro de sus propios puros propósitos la mantenía a salvo junto a precipicios donde la vista hubiera resultado peligrosa debido al miedo.

Los pensamientos que habían ido cobrando vida en la soledad de su salita retuvieron toda su atención durante el día en que el señor Casaubon envió su carta a Will. Todo eran estorbos hasta que encontró la oportunidad de abrirle el corazón a su marido. Dada su mente atormentada, todos los temas debían abordarse con cautela y desde su enfermedad Dorothea jamás había borrado de su conciencia el pánico a inquietarle. Pero cuando el ardor juvenil rumia sobre la concepción de un acto inmediato, el propio acto parece echar a andar con vida propia, venciendo obstáculos ideales. El día transcurrió de manera sombría, algo no infrecuente, si bien el señor Casaubon tal vez estuviera insólitamente callado. Pero había horas nocturnas con las que se podía contar para la conversación, pues Dorothea, cuando era consciente del insomnio de su marido, había establecido la costumbre de levantarse, encender una vela, y leer hasta que se durmiera. Y esta noche ella estaba desvelada, emocionada ante sus decisiones. Su marido durmió unas horas como de costumbre, pero ella llevaba casi una hora levantada y sentada en la oscuridad antes de que él dijera:

—Dorothea, ya que está de pie ¿querrías encender una vela?

—¿Te encuentras mal, cariño? —fue su primera pregunta mientras le obedecía.

—No, no, en absoluto. Pero te agradecería, ya que estás despierta, que me leyeras unas cuántas páginas de Lowth.

—¿Puedo hablar contigo un poco, en vez? —preguntó Dorothea.

—Naturalmente.

—Llevo todo el día pensando en dinero…, que siempre he tenido demasiado y sobre todo, en la perspectiva de tener más aún.

—Estas, mi querida Dorothea, son disposiciones de la providencia.

—Pero si uno tiene demasiado a consecuencia de que otros se vean perjudicados, se me antoja que habría que obedecer la voz divina que nos señala cómo rectificar.

—¿Cuál es, amor mío, el alcance de tu comentario?

—Que has sido demasiado generoso en tus medidas para conmigo…, me refiero, a los bienes. Y eso me entristece.

—¿Y por qué? No tengo más que parientes relativamente lejanos.

—Me he encontrado pensando en tu tía Julia y en cómo se vio sumida en la pobreza por el simple hecho de casarse con un hombre pobre, lo cual no era una deshonra, puesto que él no era indigno. Sé que fue esa la razón de que te hicieras cargo de la educación del señor Ladislaw y mantuvieras a su madre.

Dorothea aguardó unos instantes la respuesta que la ayudaría a proseguir. No llegó, y sus palabras siguientes le parecieron más contundentes, irrumpiendo nítidas en el oscuro silencio.

—Pero creo que debíamos considerar que tiene mayores derechos; tal vez tenga derecho a la mitad de las propiedades que sé que me has cedido. Y consecuentemente, pienso que se le deberían proporcionar de inmediato. No es justo que él esté en la indigencia mientras nosotros somos ricos. Y si hay alguna pega en la propuesta que él mencionó que podría aceptar, el devolverle al lugar que le corresponde y darle la parte que le pertenece, evitaría cualquier motivo que tuviera para aceptarla.

—El señor Ladislaw seguramente te ha estado hablando de este tema —dijo el señor Casaubon, con una pronta e hiriente rapidez infrecuente en él.

—¡Por supuesto que no! —exclamó Dorothea con seriedad—. ¿Cómo puedes imaginar eso, si hace tan poco que ha rechazado cualquier ayuda tuya? Me temo, querido, que piensas con demasiada dureza de él. Sólo me contó un poco de sus padres, y abuelos y casi todo como fruto a mis preguntas. Tú eres tan justo y tan bueno…, has hecho todo cuanto creíste correcto. Pero tengo claro que eso no es suficiente, y debo hablar de ello al ser la persona que obtendría lo que se llama beneficio de no hacerse ese algo más.

Hubo una perceptible pausa antes de que el señor Casaubon respondiera, no tan prontamente como antes, pero con énfasis aún más incisivo.

—Dorothea, amor mío, no es ésta la primera ocasión, pero convendría que fuera la última, en la que asumes el juicio sobre temas que se te escapan. No entro ahora en la cuestión de hasta qué punto la conducta, sobre todo en materia de matrimonios, constituye una pérdida de los derechos familiares. Lo que ahora deseo que comprendas es que no acepto revisión alguna y, aún menos, órdenes, en esos temas que considero clara y exclusivamente míos. No debes inmiscuirte entre el señor Ladislaw y yo, y mucho menos alentar comunicaciones de su parte que constituyen una crítica a mi proceder.

La pobre Dorothea, oculta por la oscuridad, se sumió en un remolino de sentimientos encontrados. La alarma ante el posible efecto sobre su marido de esta ira tan firmemente manifestada, la hubiera hecho contener cualquier expresión de su propio resentimiento, aún en el caso de estar totalmente exenta de la duda y el remordimiento ante la conciencia de que pudiera haber algo de justicia en la insinuación última del señor Casaubon.

Oyendo su intranquilo respirar tras sus palabras, permaneció sentada, escuchando, asustada, desdichada, lanzando un mudo grito interno de socorro para poder soportar esta pesadilla de vida en la que el temor paralizaba todas sus energías. Pero no ocurrió nada más, salvo que ambos permanecieron despiertos mucho rato sin volver a hablar.

Al día siguiente el señor Casaubon recibió esta contestación de Will Ladislaw.

Estimado señor Casaubon. He dedicado a su carta de ayer toda mi consideración, pero no me es posible coincidir con su punto de vista. Reconozco y agradezco profundamente su actitud hacia mí en el pasado, pero debo insistir en que una obligación de este tipo no puede, en justicia, maniatarme de la forma que usted parece esperar. Estoy de acuerdo en que los deseos de un benefactor puedan constituir una exigencia, pero siempre debe existir un límite en cuanto a la calidad de esos deseos. Posiblemente choquen con consideraciones más imperantes. Por otro lado, los deseos del benefactor pudieran imponer tal anulación en la vida de una persona que el vacío resultante fuera más cruel de lo que generosa fuese la dádiva. Sólo son ejemplos enérgicos. En el caso que nos ocupa no puedo adoptar su punto de vista sobre la repercusión que mi aceptación del trabajo —que ciertamente no es enriquecedor, pero no es deshonroso— tendrá sobre su posición, que se me antoja demasiado sólida como para verse ensombrecida. Y pese a que no creo que puedan ocurrir en nuestra relación (hasta el momento no ha sido así, desde luego), cambios que anulen las obligaciones que el pasado me impone, discúlpeme por no entender que esas obligaciones deban frenarme a la hora de utilizar la libertad natural de escoger el lugar en el que quiero vivir, así como de mantenerme mediante la ocupación legal que yo mismo escoja. Lamentando que exista esta discrepancia entre nosotros en cuanto a una relación en la que el otorgamiento de beneficio cae absolutamente de su lado, quedo, con tenaz agradecimiento, suyo

WILL LADISLAW

El pobre señor Casaubon sintió (¿y acaso nosotros, si somos imparciales, no coincidiremos con él?) que ningún hombre estaba más justificado en su repugnancia y suspicacia que él. Estaba convencido de que el joven Ladislaw tenía la intención de desafiarle e incomodarle, ganarse la confianza de Dorothea y sembrar en su mente la irrespetuosidad, tal vez la aversión hacia su marido. Se había precisado algún motivo soterrado para justificar el repentino cambio de rumbo al rechazar la ayuda del señor Casaubon y abandonar sus viajes. Esta determinación desafiante de establecerse en la vecindad para aceptar alto tan opuesto a sus gustos anteriores como los proyectos del señor Brooke para Middlemarch, dejaba muy claro que el motivo oculto tenía alguna relación con Dorothea. Ni por un momento sospechó el señor Casaubon doblez alguna en su mujer; no sospechaba de ella. Lo que sí tenía (lo cual resultaba muy poco menos incómodo) era la absoluta convicción de que su tendencia a formarse opiniones respecto a la conducta de su esposo iba acompañada de una inclinación a considerar favorablemente a Will Ladislaw y dejarse influir por lo que él dijera. Su orgullosa reserva le había impedido rectificar su suposición de que fuera Dorothea quien originariamente pidiera a su tío que invitara a Will a su casa.

Y ahora, al recibir la carta de Will, el señor Casaubon debía considerar cuál era su obligación. Nunca hubiera sido fácil llamar a sus actos otra cosa que no fuera obligación, pero en este caso, motivos contrapuestos le arrinconaban en la inhibición.

¿Debía dirigirse al señor Brooke y exigirle a ese entrometido caballero que revocara su propuesta? ¿O debía consultar a Sir James Chettam, y conseguir su oposición a un paso que afectaba a toda la familia? El señor Casaubon sabía que en ambos casos, el éxito era igual de probable que el fracaso. Era imposible que mencionara el nombre de Dorothea en el asunto, y de no exponerle ninguna apremiante urgencia, bien podía el señor Brooke, tras un aparente acuerdo con todas las delegaciones, concluir diciendo, «¡No se preocupe, Casaubon! Tenga por seguro que el joven Ladislaw le hará justicia. Pierda cuidado, que es un acierto el que he tenido con él». Y al señor Casaubon le horrorizaba hablar del tema con Sir James Chettam, con quien no había existido nunca cordialidad y quien inmediatamente pensaría en Dorothea incluso sin hacer mención a ella.

El pobre señor Casaubon, especialmente como marido, desconfiaba de los sentimientos de cualquiera hacia el (sospechado) punto de vista de algunas personas sobre sus propias desventajas; permitir que supieran que no encontraba el matrimonio especialmente maravilloso supondría que aceptaba su (probable) desaprobación anterior. Sería tan malo como dejar que Carp, y todos en Brasenose, supieran lo retrasado que iba en su organización del material para su «Clave para todas las mitologías». Toda su vida el señor Casaubon había intentado no admitirse ni siquiera a sí mismo el resentimiento de la inseguridad y de la envidia. Y en el más delicado de todos los temas personales, la costumbre de un silencio altivo y suspicaz resaltaba aún más.

Y así el señor Casaubon permaneció en su silencio orgulloso y amargo. Pero había prohibido a Will que fuera a Lowick Manor y mentalmente preparaba otras frustraciones.

CAPÍTULO XXXVIII

Sir James Chettam no podía ver con satisfacción los nuevos rumbos del señor Brooke, pero era más fácil discrepar que impedir. Sir James justificó su llegada, a comer un día en casa de los Cadwallader diciendo: —No puedo decirles lo que quiero delante de Celia, podría dolerle. No estaría bien que lo hiciera.

—Ya sé a qué se refiere, ¡el Pioneer de Tipton Grange! —espetó la señora Cadwallader, casi sin dejar terminar a su amigo—. Es espantoso, esto de dedicarse a comprar pitos y tocarlos para que todos los oigan. Sería mucho más discreto y soportable quedarse en la cama todo el día jugando al dominó como el pobre Lord Plessy.

—Veo que están empezando a atacar a nuestro amigo Brooke en el Trumpet —dijo el rector, reclinándose hacia atrás y sonriendo tranquilamente, como hubiera hecho de ser él el atacado—. Corren muchos comentarios sarcásticos contra un terrateniente que vive a menos de cien millas de Middlemarch, que recibe sus rentas y no hace inversiones.

—Me gustaría que Brooke dejara eso —dijo Sir James, frunciendo característicamente el ceño en señal de molestia.

—Entonces, ¿de verdad que va a ir nominado? —preguntó el señor Cadwallader.

—Vi a Farebrother ayer —es bastante liberal, apoya a Brougham y el Conocimiento Útil; es lo peor que conozco de él— y me dijo que Brooke está montando un partido bastante fuerte. Bulstrode, el banquero, es su hombre principal. Pero opina que Brooke saldría mal parado en una nominación.

—Exacto —dijo Sir James con énfasis—. He estado investigando en el asunto, pues antes nunca he sabido nada acerca de la política de Middlemarch… siendo mi labor el condado. En lo que Brooke confía es en que escuchen a Oliver porque es partidario de Peel. Pero Hawley me dice que si acaban mandando a un liberal será Bagster, uno de esos candidatos de Dios sabe dónde, pero absolutamente opuesto a los ministros y un avezado parlamentario. Hawley es un poco rudo, se olvidó que hablaba conmigo. Dijo que si Brooke quería que le acribillaran, había formas más baratas de conseguirlo que presentándose a las elecciones.

—Les advertí a todos —dijo la señora Cadwallader, gesticulando con las manos—. Le dije a Humphrey hace mucho que, el señor Brooke va a hacer el ridículo. Y ya lo hace.

—Bueno, se le podía haber ocurrido casarse —dijo el rector—. Eso hubiera sido aún peor que un leve flirteo con la política.

—Puede que lo haga después —dijo la señora Cadwallader—, cuando salga de todo esto lleno de gota.

—Lo que más me importa es su dignidad —dijo Sir James—. Claro está que me importa tanto más por la familia. Pero va siendo mayor y no me gusta pensar que se expone. Van a sacar todo lo que encuentren contra él.

—Supongo que es inútil intentar persuadirle —dijo el rector—. Hay en Brooke una mezcla muy rara de obstinación y mutabilidad. ¿Le ha tanteado sobre el tema?

—Pues no —respondió Sir James—. Me da apuro que parezca que doy órdenes. Pero he estado hablando con este joven Ladislaw al que Brooke está convirtiendo en un factótum. Parece lo bastante listo como para cualquier cosa. Pensé que sería interesante saber lo que piensa y no está de acuerdo con que Brooke se presente en esta ocasión. Creo que le convencerá; puede que evitemos la nominación.

—Ya veo —dijo la señora Cadwallader—. El miembro independiente no se sabe aún los discursos de memoria.

—Pero…, este Ladislaw…, otro asunto enojoso —dijo Sir James—. Ha venido a cenar un par o tres veces a casa (por cierto, que usted le conoce) como huésped de Brooke y pariente de Casaubon; pensábamos que sólo estaba aquí de paso. Y ahora me lo encuentro en boca de todos en Middlemarch como director del Pioneer. Corren rumores de que es un escritor de panfletos, un espía extranjero… qué sé yo.

—A Casaubon no le gustará eso —dijo el rector.

—Es cierto que Ladislaw lleva sangre extranjera —continuó Sir James—. Espero que no se meta en opiniones extremas y arrastre a Brooke.

—Es un jovenzuelo peligroso, ese señor Ladislaw —dijo la señora Cadwallader—, con sus canciones de ópera y su lengua ágil. Una especie de héroe byroniano, se me antoja como un conspirador amoroso. Y a Tomás de Aquino no le gusta. Eso lo vi el día en que llegó el cuadro.

—No quisiera tocar el tema con Casaubon —dijo Sir James—. Tiene más derecho que yo a intervenir. Pero es un asunto incómodo, se mire por donde se mire. ¡Vaya personaje para cualquiera con parientes decentes! ¡Un tipo de periódico! Sólo hay que fijarse en Keck, que dirige el Trumpet. Le vi el otro día con Hawley. Tengo entendido que escribe bien, pero es un ser tan impresentable que ojalá hubiera estado del otro lado.

—Pero ¿qué se puede esperar de esos periodicuchos de divulgación de Middlemarch? —preguntó el rector—. Dudo que se pueda encontrar un hombre de gran estilo escribiendo sobre temas que le importan relativamente poco, y además por un sueldo de miseria.

—En efecto, eso es lo incómodo de que Brooke haya puesto en una situación así a alguien relacionado con la familia. Personalmente, creo que Ladislaw hace el tonto aceptando.

—Aquino tiene la culpa —dijo la señora Cadwallader—. ¿Por qué no se afanó para que hicieran attaché a Ladislaw o le enviaran a la India? Así es cómo las familias se deshacen de los retoños incómodos.

—No sabemos el alcance que puede tener esto —dijo inquieto Sir James—. Pero si Casaubon no dice nada ¿qué voy a hacer yo?

—Mi querido Sir James —dijo el rector—, no le demos demasiada importancia a esto. Es muy probable que acabe muriéndose solo. Dentro de uno o dos meses Brooke y el joven Ladislaw se cansarán el uno del otro. Ladislaw volará, Brooke venderá el Pioneer y todo seguirá como siempre.

—Hay una buena baza; y es que no le apetezca ver cómo se le esfuma el dinero —dijo la señora Cadwallader—. Si conociera los gastos electorales se podría asustar. No sirve de nada emplear con él palabras grandilocuentes como «desembolso». Yo no le hablaría de flebotomía. Le tiraría por la cabeza un cubo de sanguijuelas. Lo que nos disgusta a nosotros, los auténticos tacaños, es que nos chupen las perras.

—Y tampoco le gustará que le saquen los trapos sucios —dijo Sir James—. Ya han empezado con cómo lleva sus tierras. Y a mí me resulta muy doloroso. Es un incordio en tus propias narices. Pienso que estamos obligados a cuidar al máximo nuestras tierras y a nuestros arrendatarios, sobre todo en estos tiempos difíciles.

—Tal vez el Trumpet le induzca a un cambio y salga algo bueno de todo eso —dijo el rector—. Yo me alegraría. Oiría gruñir menos a la hora de cobrar mis diezmos. No sé lo que haría si no existiera un pago en metálico como sustituto del diezmo en Tipton.

—Quiero que tenga un hombre como Dios manda que le lleve sus asuntos… quiero que coja de nuevo a Garth —dijo Sir James—. Hace doce años que se deshizo de Garth y desde entonces todo ha ido mal. Estoy pensando en contratar a Garth yo mismo; ha hecho unos planes espléndidos para mis construcciones y Lovegood no da la talla. Pero Garth no se volvería a encargar de la hacienda de Tipson salvo que Brooke lo dejara absolutamente todo en sus manos.

—Y tiene razón —dijo el rector—. Garth es una persona independiente, un tipo original y sencillo. En una ocasión, cuando me estaba valorando algo, me dijo sin rodeos que el clero no solía saber una palabra de negocios y que enfollonaban cuando se entrometían. Pero me lo dijo con el mismo respeto y sosiego que si estuviera hablando de marineros. Haría de Tipton una parroquia distinta si Brooke le permitiera organizarla. Cómo me gustaría que, con ayuda del Trumpet, consiguiera usted eso.

—Si Dorothea se hubiera quedado junto a su tío hubiera habido alguna oportunidad —dijo Sir James—. Con el tiempo hubiera ido teniendo ascendencia sobre él y siempre le inquietó el estado de la hacienda. Tenía unas ideas magníficas sobre todo. Pero ahora Casaubon la absorbe por completo. Celia se queja mucho. Apenas conseguimos que cene con nosotros desde que su marido tuvo aquel ataque.

Sir James concluyó con aire de repulsa compasiva, y la señora Cadwallader se encogió de hombros como indicando que no era probable que ella viera nada nuevo en ese sentido.

—¡Pobre Casaubon! —dijo el rector—. Fue un mal ataque. Me pareció que estaba muy abatido cuando le vi el otro día en casa del arcediano.

—La verdad es que —continuó Sir James, poco inclinado a prolongar el tema de los «ataques»—, Brooke no tiene mala intención ni hacia sus arrendatarios ni hacia nadie más, pero sí está dado a recortar gastos de aquí y allí.

—Aunque, bien mirado, eso es una bendición —dijo la señora Cadwallader—. Eso le ayuda a encontrarse a sí mismo por las mañanas. Puede que no tenga claras sus propias opiniones, pero tiene muy claro lo de su bolsillo.

—No creo que un hombre pueda enriquecerse tacañeando en sus tierras —dijo Sir James.

—Bueno, como de las demás virtudes, se puede abusar de la tacañería; no es bueno adelgazar tus propios cerdos —dijo la señora Cadwallader, quien se había levantado para mirar por la ventana—. Pero hable de un político independiente y allí que aparece.

—¿Quién, Brooke? —preguntó su esposo.

—Sí. Tú, Humphrey acósale con el Trumpet y yo le echaré las sanguijuelas. Y usted, Sir James, ¿qué hará?

—La verdad es que, dada nuestra relación, no me gustaría enzarzarme con él; es todo tan desagradable. ¿Por qué no se comportará la gente como caballeros? —dijo el bueno del baronet, sintiendo que era éste un programa sencillo e inteligible para el bienestar social.

—Así que aquí están todos —dijo el señor Brooke, pasando despaciosamente a darles la mano—. Pensaba pasar por su casa, Chettam. Pero es muy agradable encontrarles a todos aquí. Bien, ¿y qué piensan de todo esto? Va un poco rápido todo, ¿no? Gran verdad la de Lafitte, «Desde ayer, ha transcurrido un siglo». Al otro lado del agua están en el siglo siguiente. Van más rápido que nosotros.

—Pues sí —dijo el rector, cogiendo el periódico—. Aquí tenemos al Trumpet que le acusa de quedarse atrás, ¿lo ha visto?

—¿Cómo? Pues no —respondió el señor Brooke, dejando apresuradamente los guantes dentro del sombrero y calándose el monóculo. Pero el señor Cadwallader retuvo el periódico y dijo, sonriendo con los ojos:

—¡Mire, mire! Todo esto trata de un terrateniente que vive a menos de cien millas de Middlemarch que cobra sus propias rentas. Dicen que es el hombre más retrógrado del condado. Supongo que usted les habrá enseñado esa palabra desde el Pioneer.

—Ese es Keck, un analfabeto. ¡Retrógrado! ¡Vaya, vaya! ¡Es estupendo! Piensa que significa destructivo; quieren hacerme pasar por un destructor —dijo el señor Brooke, con esa alegría que normalmente se ve animada por la ignorancia del adversario.

—Creo que conoce el significado de la palabra. Aquí hay un par de puyazos «Si hubiéramos de describir a un hombre retrógrado en el peor sentido de la palabra, diríamos que se trata de alguien que se creía un reformador de nuestra constitución, mientras que todos los intereses de los que es responsable se derrumban: un filántropo que no soporta que se cuelgue a un granuja, pero a quien no le importa que cinco honrados arrendatarios medio se mueran de hambre; un hombre que clama contra la corrupción y arrienda sus tierras a un alquiler exorbitante; que se desgañita en contra de los distritos podridos y no le importa que cada parcela de sus tierras tenga la verja rota; un hombre muy predispuesto hacia Leeds y Manchester, sin duda, accedería a cualquier número de representantes que pagaran sus engaños de sus bolsillos; pero es reacio a hacer un pequeño descuento en el arrendamiento y así ayudar al terrateniente a comprar ganado, o a hacer desembolsos para reparaciones a fin de paliar las inclemencias del tiempo en un granero o hacer que la casa de alguno de sus arrendatarios parezca un poco menos la de un jornalero irlandés. Pero todos conocemos la definición que del filántropo da el bromista: alguien cuya caridad aumenta en proporción directa al cuadrado de la distancia». Y continua igual. Lo que sigue va demostrando el tipo de legislador que será un filántropo —concluyó el rector, dejando el periódico y uniendo las manos detrás de la nuca mientras observaba al señor Brooke con aire de divertida neutralidad.

—Vaya, eso sí que es bueno —dijo el señor Brooke cogiendo el periódico e intentando encajar la crítica con la misma facilidad que su vecino, pero ruborizándose y sonriendo con nerviosismo— eso de desgañitarse en los distritos podridos…, jamás en mi vida he hecho un discurso sobre los distritos podridos. Y en cuanto a desgañitarme y todo eso, esa gente no entiende la buena sátira. La sátira, ¿saben? debe ser cierta hasta un punto. Recuerdo que dijeron eso en The Edinburgh…, debe ser cierta hasta un punto.

—Eso de las verjas es un tiro certero —dijo Sir James, con cautela—. Dagley se me quejaba el otro día de que no tenía una verja como Dios manda en toda la finca. Garth se ha ingeniado un nuevo modelo de verja, me gustaría que lo probara. Parte de la madera debería emplearse así.

—Usted se dedica a la agricultura como capricho, Chettam —dijo el señor Brooke, simulando ojear las columnas del Trumpet. Es su entretenimiento, y no le importan los gastos.

—Tenía entendido que el deporte más caro del mundo era presentarse a parlamentario —dijo la señora Cadwallader—. Dicen que el último candidato fracasado de Middlemarch…, ¿era Giles, no…?, se gastó diez mil libras y no lo consiguió porque no sobornó lo bastante. ¡Qué pensamiento tan amargo!

—Alguien comentaba —dijo el rector riendo—, que en materia de sobornos East Retford no era nada comparado con Middlemarch.

—Nada de eso —dijo el señor Brooke—. Los conservadores sobornan: Hawley y su banda sobornan con cenas, hacaladitos calientes y todo eso; y traen borrachos a los votantes a las urnas. Pero en el futuro no se van a salir con la suya…, en el futuro, ni hablar. Estoy de acuerdo en que Middlemarch está un poco retrasado…, van un poco atrasados. Pero les educaremos, haremos carrera de ellos. Los mejores están de nuestra parte.

—Hawley dice que tiene usted de su lado a gente que le perjudicará —interpuso Sir James—. Dice que Bulstrode el banquero le perjudicará.

—Y que si le acribillan —interpuso la señora Cadwallader— la mitad de los huevos podridos se deberían al odio que sienten por su hombre de comité. ¡Santo cielo! ¡Piense lo que debe ser que le acribillen a uno por opiniones equivocadas! ¡Y creo recordar una historia acerca de alguien a quien simulaban aupar y luego le dejaron hundirse en el basurero a propósito!

—Acribillarle a uno no es nada comparado con que le encuentren sus puntos débiles —dijo el rector—. Confieso que eso es lo que me asustaría si los clérigos tuviéramos que presentarnos a elecciones para que nos eligieran. Me asustaría que sacaran a relucir todos los días que voy de pesca. Vive Dios que creo que el misil más fuerte que pueden lanzar contra uno es la verdad.

—El hecho es —dijo Sir James— que si uno quiere entrar en la vida pública debe estar preparado para las consecuencias. Debe estar a prueba de toda calumnia.

—Mi querido Chettam, todo eso está muy bien —dijo el señor Brooke—. Pero, ¿cómo se consigue estar a prueba de toda calumnia? Debería leer historia: fíjese en el ostracismo, la persecución, el martirio y todo eso. Siempre les ocurre a los mejores. ¿Qué era aquello de Horacio…?, fíat justitia, ruat… o algo así.

—Exactamente —dijo Sir James, algo más acalorado que de costumbre—. Lo que quiero decir con estar a prueba de toda calumnia es poder presentar el hecho como refutación de la misma.

—Y no constituye martirio el pagar las facturas en las que ha incurrido uno mismo —dijo la señora Cadwallader. Pero fue el evidente malestar de Sir James lo que más conmovió al señor Brooke:

—Bueno, Chettam, ya sabe… —dijo levantándose cogiendo el sombrero y apoyándose en el bastón—, usted y yo tenemos sistemas diferentes. Usted es partidario de emplear dinero en las tierras. Yo no pretendo decir que mi sistema sea bueno en todas las circunstancias…, no en todas las circunstancias.

—De cuando en cuando se debía hacer una nueva valoración —dijo Sir James—. Las devoluciones están bien a veces, pero yo prefiero una correcta valoración. ¿Usted, Cadwallader, qué opina?

—Estoy de acuerdo con usted. Si fuera Brooke callaría al Trumpet inmediatamente encargándole a Garth una nueva valoración de las fincas y dándole cante blanche en cuanto a verjas y reparaciones; ese es mi punto de vista de la situación política —dijo el rector, ensanchando el pecho al introducir los pulgares en las mangas del chaleco y riéndose.

—Eso quedaría muy bien —dijo el señor Brooke—. Pero me gustaría que me dijera de otro terrateniente que haya mareado menos que yo a sus arrendatarios con los atrasos. Dejo que se queden los arrendatarios antiguos. Soy insólitamente comprensivo. Tengo mis propias ideas y las pongo en práctica. Siempre se tacha de excéntrico e inconsistente al que hace eso. Cuando cambie de forma de actuar, seguiré mis ideas.

Tras lo cual el señor Brooke recordó que había olvidado enviar un paquete desde Tipton Grange y se despidió precipitadamente de todos.

—No quise tomarme libertades con Brooke —dijo Sir James—. Veo que se ha molestado. Pero lo que dice de los arrendatarios antiguos, lo cierto es que ninguno nuevo arrendaría las fincas en los términos actuales.

—Me da la impresión de que con el tiempo se le puede convencer —dijo el rector—. Pero tú Elinor ibas por un lado y nosotros por otro. Tú querías echarle para atrás asustándole con los gastos y nosotros pretendíamos asustarle para que incurriera en ellos. Es mejor dejarle que intente ser famoso y que vea que su reputación como terrateniente le obstruye el camino. No creo que ni el Pioneer, ni Ladislaw, ni los discursos de Brooke les importen un bledo a los habitantes de Middlemarch. Pero sí importa que los parroquianos de Tipton estén cómodos.

—Perdón, pero sois vosotros dos quienes estáis equivocados —dijo la señora Cadwallader—. Deberíais haberle demostrado que pierde dinero con su mala gestión, y entonces hubiéramos ido al unísono. Si le subís al carro de la política, os aviso de las consecuencias. El subirse a un palo y llamarlo una idea está muy bien para andar por casa.

CAPÍTULO XXXIX

La mente de Sir James Chettam no era prolífica en recursos, pero su creciente ansiedad por «influir sobre Brooke», una vez la asoció a su fe en la capacidad de Dorothea para estimularle, cuajó en un pequeño plan, a saber, esgrimir una indisposición de Celia para llevar a Dorothea sola a Freshitt Hall y, tras ponerla al corriente de la situación respecto a la gestión de la hacienda, dejarla de camino en Tipton Grange.

Y así sucedió que un día alrededor de las cuatro, cuando el señor Brooke y Ladislaw se encontraban sentados en la biblioteca, la puerta se abrió para anunciar a la señora Casaubon.

Instantes antes Will se encontraba sumido en el aburrimiento y, forzado a ayudar al señor Brooke a ordenar «documentos» sobre el ahorcamiento de los ladrones de ovejas, ejemplificaba el poder de nuestras mentes para montar varios caballos a un tiempo al planificar internamente las medidas a adoptar a fin de conseguir una vivienda en Middlemarch y cortar así su estancia permanente en Tipton Grange, mientras estas imágenes más concretas se veían intermitentemente interrumpidas por la graciosa visión de un poema épico sobre el robo de ovejas, escrito con características homéricas. Cuando anunciaron la llegada de la señora Casaubon recibió como la sacudida de una descarga eléctrica, y le cosquillearon las puntas de los dedos. Cualquiera que le observara hubiera visto el cambio en el color, el ajuste en los músculos del rostro, la viveza en su mirada, que le hubiera hecho imaginar que cada molécula de su cuerpo había transmitido el mensaje de un toque mágico. Y así era. Pues la magia efectiva es naturaleza transcendida, y ¿quién puede medir la sutileza de esos toques que confieren la cualidad del alma además del cuerpo y hacen que la pasión de un hombre por una mujer difiera de su pasión por otra, de la misma manera en que el placer por la luz matutina cayendo sobre el valle, el río y la cima de la montaña varía del placer entre los farolillos chinos y paneles de vidrio? Will también estaba hecho de una sustancia muy impresionable. El arco del violín tensado hábilmente junto a él cambiaba al primer tañido el aspecto del mundo para Will, y su punto de vista se modificaba con idéntica facilidad que su estado de ánimo. La entrada de Dorothea fue como el frescor de la mañana.

—Bien hija mía, ¡qué agradable sorpresa! —dijo el señor Brooke, acercándose a ella y besándola—. Supongo que has dejado a Casaubon con sus libros. Eso está bien. No debemos permitir que te instruyas demasiado para una mujer, ¿sabes?

—Pierda cuidado, tío —dijo Dorothea, volviéndose hacia Will y dándole la mano con manifiesta alegría, pero sin más ademán de saludo mientras seguía respondiendo a su tío—. Soy muy lenta. Cuando quiero aplicarme a los libros a menudo hago novillos con el pensamiento. No encuentro tan fácil ser instruido como diseñar casitas.

Se sentó junto a su tío frente a Will y claramente estaba preocupada por algo que acaparaba casi toda su atención. Will se sintió ridículamente desilusionado, como si hubiera imaginado que la visita de Dorothea tenía algo que ver con él.

—¡Es verdad, hija! Dibujar planos era tu entretenimiento. Pero fue una buena cosa interrumpir eso un poco. Los pasatiempos tienden a imponérsele a uno, y eso no es bueno; debemos sujetar las riendas. Nunca he permitido que nada me obsesionara, siempre frenaba antes. Eso mismo es lo que le digo a Ladislaw. Nos parecemos, ¿sabes? le gusta meterse en las cosas. Estamos con la pena de muerte. Vamos a hacer muchas cosas juntos, Ladislaw y yo.

—Sí —dijo Dorothea, con su acostumbrada franqueza—. Sir James me ha estado diciendo que tiene muchas esperanzas de ver pronto un gran cambio en la gestión de sus tierras, que está usted pensando en que le valoren las fincas, en hacer arreglos, y mejorar las casitas de manera que Tipton pronto parecerá otra cosa. ¡Qué contenta me pongo! —continuó, asiendo las manos, como una vuelta a esa más impetuosa e infantil forma de ser que había estado sofocada desde su matrimonio—. ¡Si aún siguiera en casa volvería a montar a caballo para poder acompañarle y ver todo eso! Y dice Sir James que va usted a contratar al señor Garth, que tanto alabó mis planos para las casitas.

—Chettam va muy deprisa, hija mía —dijo el señor Brooke, sonrojándose un poco—. Muy deprisa. No he dicho nada por el estilo. Tampoco dije que no lo haría. ¿Sabes?

—Sólo muestra confianza en que usted lo haga —dijo Dorothea, con voz clara y precisa como la de un joven corista cantando un credo—, dado que usted quiere entrar en el Parlamento como un diputado que se preocupa por el bienestar de la gente, y una de las primeras cosas que hay que mejorar es la condición de las tierras y los trabajadores. Pienso en Kit Downes, tío..., ¡viviendo con una esposa y siete hijos en una casa con una salita y un dormitorio apenas más grandes que esta mesa! ¡Y los pobres Dagley, en la granja destruida, donde viven en la cocina de atrás dejándoles las otras habitaciones a las ratas! Esa es una razón por la que me disgustaban los cuadros que hay aquí, tío, y que a usted le parecía una estupidez. Solía volver del poblado con toda esa mugre y burda fealdad como un dolor que me embargaba, y los afectados dibujos del salón me parecían como un intento pérfido de encontrar placer en lo falso sin importarnos cuán cruda sea la realidad para nuestros vecinos. No creo que tengamos derecho a estimular mayores cambios en el bienestar hasta no haber intentado modificar los males que están en nuestras propias manos.

Dorothea se había ido emocionando a medida que hablaba olvidándose de todo salvo el alivio de, con total libertad, dar rienda suelta a sus sentimientos, experiencia en tiempos habitual en ella, pero apenas presente desde su boda, que resultaba ser una lucha perpetua de sus energías contra el miedo. Por un momento la admiración de Will se vio acompañada de una gélida sensación de lejanía. Puesto que la naturaleza ha destinado la grandeza a los hombres, estos no suelen avergonzarse de sentir que no pueden amar tanto a una mujer cuando ésta se muestra esplendorosa. Pero en ocasiones la naturaleza se despista lamentablemente a la hora de llevar a cabo sus intenciones, como en el caso del bueno del señor Brooke, cuya conciencia masculina se encontraba en estos momentos en condiciones titubeantes ante la elocuencia de su sobrina. No pudo de momento encontrar otro modo de expresión que el de levantarse, calarse el monóculo, y jugar con los papeles que tenía ante sí. Finalmente dijo:

—Hay algo de verdad en lo que dices, hija, algo de verdad, pero no del todo, ¿eh, Ladislaw? A usted y a mí nos disgusta que les pongan pegas a nuestros cuadros. Las jóvenes son un poco impetuosas, un poco parciales. El buen arte, la poesía, ese tipo de cosas, elevan a una nación —emollit mores— ahora ya entiendes un poco de latín. Pero…, ¿qué pasa?

Esta interrogación iba dirigida al lacayo que había entrado para decir que el guarda había encontrado a uno de los hijos de Dagley con un lebrato recién muerto en la mano.

—Vuelvo, vuelvo en seguida. Le perdono en un momento —dijo el señor Brooke a Dorothea en voz baja mientras salía muy contento.

—Espero que reconozca lo necesario de este cambio que yo…, que Sir James desea —le dijo Dorothea a Will en cuanto su tío hubo salido.

—Lo entiendo, ahora que la he oído hablar. No olvidaré lo que ha dicho. Pero ¿puede pensar en otra cosa ahora? Puede que no tenga otra oportunidad de hablar con usted sobre lo ocurrido —dijo Will, poniéndose en pie con gesto impetuoso y apoyando ambas manos sobre el respaldo de la silla.

—Le ruego me diga qué sucede —dijo Dorothea con angustia levantándose asimismo y dirigiéndose a la ventana abierta por donde Monk metía la cabeza, jadeante y moviendo la cola. Se recostó contra el quicio y reposó la mano en la cabeza del perro, pues, aunque como sabemos, no le gustaban los animales a los que se pisa de no llevarlos en brazos, siempre estaba atenta a los sentimientos de los perros y se mostraba educada si tenía que rechazar su afecto.

Will la siguió con la mirada y dijo:

—Supongo que sabe que el señor Casaubon me ha prohibido ir a su casa.

—No, no lo sabía —dijo Dorothea, tras una leve pausa. Estaba visiblemente afectada—. Lo siento muchísimo —añadió con voz apagada. Estaba pensando en lo que Will desconocía, su conversación mantenida con su esposo en la oscuridad; y de nuevo la invadió la impotencia de no poder ejercer influencia alguna sobre las actuaciones del señor Casaubon. Pero la marcada expresión de tristeza en el rostro de Dorothea convenció a Will de que él no era la única causa que la ocasionaba, así como que tampoco se le había ocurrido que la repulsión y la envidia que el señor Casaubon sentía por él podía volverse contra ella. Sintió una extraña mezcla de alegría y enojo: alegría de poder habitar y ser apreciado en el pensamiento de Dorothea como en un hogar puro sin sospechas y sin máculas, de enojo porque era demasiado insignificante para ella, no era lo suficientemente importante, se le trataba con una benevolencia directa que no le halagaba. Pero su temor a un cambio en Dorothea era más fuerte que su descontento y comenzó a hablar de nuevo en tono meramente explicatorio.

—La razón del señor Casaubon es su disconformidad ante mi aceptación del puesto aquí, que considera poco adecuado a mi estatus como primo suyo. Le he hecho saber que no puedo ceder en este punto. Es un poco demasiado duro esperar que el rumbo de mi vida deba verse obstaculizado por prejuicios que estimo ridículos. La obligación puede dilatarse hasta el punto de no ser mejor que una especie de esclavitud con la que se nos marcó cuando éramos demasiado jóvenes para saber su significado. No hubiera aceptado el puesto de no haber tenido la intención de que fuera útil y honroso. No estoy obligado a considerar la dignidad familiar bajo otro prisma.

Dorothea se sintió muy desgraciada. A su juicio, su marido estaba totalmente equivocado, por más razones de las que Will había mencionado.

—Es mejor que no hablemos del tema —respondió, con un temblor inusual en su voz—, puesto que usted y el señor Casaubon están en desacuerdo. ¿Piensa quedarse? —miraba hacia el césped, con meditación melancólica.

—Sí; pero apenas la veré ahora —dijo Will, con tono casi de queja infantil.

—No —respondió Dorothea, mirándole a los ojos— casi nunca. Pero tendré noticias de usted. Sabré lo que hace por mi tío.

—Yo apenas sabré nada de usted —dijo Will—. Nadie me dirá nada.

—Bueno, mi vida es muy sencilla —dijo Dorothea, esbozando una exquisita sonrisa que reflejaba su tristeza—. Siempre estoy en Lowick.

—Un encarcelamiento horrible —dijo Will, impetuosamente.

—No, no piense eso. No tengo anhelos —dijo Dorothea. Will calló, pero ella respondió a algún cambio en su expresión.

—Me refiero respecto a mí misma. Excepto que desearía no tener tanto más de lo que me toca sin hacer nada por los demás. Pero tengo una creencia propia y me consuela.

—¿Cuál es? —preguntó Will, algo celoso de la creencia.

—Que al desear lo que es perfectamente bueno, incluso cuando no sabemos del todo lo que es y no podemos hacer lo que quisiéramos, somos parte de la fuerza divina contra el mal, ampliando el círculo de luz y angostando la lucha contra la oscuridad.

—Eso es un hermoso misticismo, es…

—Le ruego no le ponga ningún nombre —dijo Dorothea, extendiendo las manos, implorante—. Dirá que es persa o cualquier cosa geográfica. Es mi vida. Lo he descubierto y no puedo prescindir de ello. Siempre he estado descubriendo mi religión desde pequeña. Solía rezar tanto…, ahora casi nunca lo hago. Intento no desear nada sólo para mí misma, porque eso puede no ser bueno para los demás, y yo ya tengo demasiado. Sólo se lo digo para que sepa bien cómo paso los días en Lowick.

—¡Dios la bendiga por ello! —dijo Will, con ardor y sorprendiéndose a sí mismo. Se miraban como dos niños cariñosos que hablaban íntimamente de pájaros.

—¿Y cuál es su religión? —preguntó Dorothea—. No me refiero a lo que conoce de la religión, sino a la creencia que más le ayuda.

—Amar lo que es bueno y hermoso cuando lo veo —respondió Will—. Pero soy un rebelde; no me siento obligado, como usted, a someterme a lo que no me gusta.

—Pero si ama lo bueno, equivale a lo mismo —dijo Dorothea sonriendo.

—Está usted siendo sutil —dijo Will.

—Sí; el señor Casaubon a menudo dice que soy demasiado sutil. Pero no lo noto —dijo Dorothea, juguetonamente—. ¡Pero cuánto tarda mi tío! Debo ir a buscarlo. Tengo que continuar a Freshitt Hall; Celia me espera.

Will se ofreció a comunicárselo al señor Brooke que entró en ese momento y dijo que acompañaría a Dorothea en el carruaje hasta la casa de Dagley para hablar del pequeño delincuente al que se había cogido con el lebrato. Dorothea retomó el asunto de la hacienda durante el camino, pero el señor Brooke, a quien ya no le cogía de improviso, controló la conversación.

—Bueno, hija —contestó—, es que Chettam siempre me critica. Claro que yo no protegería la caza de no ser por Chettam, y no puede decir que ese gasto lo haga en aras a los arrendatarios, ¿verdad? Va un poco en contra de mis sentimientos; la caza furtiva, bien pensado…, a menudo se me ha ocurrido ocuparme del tema. Hace poco que trajeron a Flavell, el predicador metodista, por matar a una liebre que se le cruzó en el camino cuando paseaba con su mujer. Fue muy rápido, y la mató de un golpe en el cuello.

—Eso es brutal —dijo Dorothea.

—Bueno, a mí también me pareció un poco mal, lo confieso, viniendo de un predicador metodista. Y Johnson dijo «Juzguen lo hipócrita que es». Y la verdad es que pensé que Flavell no tenía mucho aspecto de «el más alto estilo de hombre»: como alguien llama a los cristianos, creo que es Young, el poeta Young. ¿Conoces a Young? Bueno, pues te aseguro que Flavell, con sus zarrapastrosas polainas negras, gimoteando que creía que el Señor les había enviado a él y a su esposa una suculenta cena, y que tenía derecho a desnucarla, aunque no fuera, como Nimrod, un gran cazador ante el Señor, resultaba bastante cómico. Fielding le hubiera sacado un gran partido…, o mejor Scott; Scott lo hubiera trabajado bien. Pero la verdad es que, cuando lo pensaba, no podía evitar complacerme con la idea de que el pobre tuviera un poco de liebre que bendecir. Es todo cuestión de prejuicios: prejuicios con la ley de su parte, ¿sabes? respecto del palo y las polainas y eso. Sin embargo, de nada sirve razonar las cosas, la ley es la ley. Pero conseguí que Johnson se callara y silencié el asunto. Tengo mis dudas acerca de si Chettam no hubiera sido más severo, y sin embargo se me echa encima como si yo fuera el hombre más duro del condado. Pero ya estamos en casa de Dagley.

El señor Brooke se bajó a la puerta de la granja y Dorothea continuó. Es asombroso lo mucho más feas que parecen las cosas cuando sospechamos que nos culpan de ellas. Incluso nuestras propias personas ante el espejo tienden a cambiar de aspecto tras haber escuchado algún comentario sincero acerca de sus facetas menos admirables; por otro lado es asombrosa la amabilidad con la que la conciencia acepta nuestro abuso sobre quienes nunca se quejan o carecen de alguien que se queje por ellos. La casa de Dagley nunca le había parecido tan sórdida como hoy al señor Brooke, baqueteado por las críticas del Trumpet que Sir James coreara.

Es cierto que el observador, bajo la dulcificante influencia de las bellas artes que convierte en pintorescas las penalidades ajenas, hubiera podido quedarse encantado con este hogar llamado Freeman's End. La vieja casa tenía ventanas abuhardilladas en el oscuro tejado carmesí, dos de las chimeneas estaban cuajadas de hiedra, el amplio porche estaba bloqueado por hatillos de palos y la mitad de las ventanas estaban cerradas con contraventanas grises y carcomidas en torno a las cuales crecía en abundancia asilvestrada el jazmín; el desmoronado muro del jardín con la malvarrosa asomando por encima era un estudio perfecto de atenuado contraste de colores y había una vieja cabra (sin duda mantenida por interesantes motivos de superstición) que yacía contra la puerta abierta de la cocina. El techo de bálago cubierto de musgo del establo, las rotas puertas grises del granero, los indigentes trabajadores con sus raídos calzones que casi habían terminado de descargar una carretada de maíz en el granero, listo para una trilla temprana, el reducido número de vacas que estaban siendo atadas para ordeñarlas y que dejaban la mitad del cobertizo en una amarronada vaciedad; los mismos cerdos y patos blancos que parecían deambular cabizbajos por el patio irregular y abandonado a causa de una alimentación demasiado pobre; todos estos objetos bajo la tenue luz de un cielo salpicado de altas nubes habrían constituido el tipo de cuadro ante el cual todos nos hemos detenido por «encantador», removiendo otras sensibilidades que las que se ven afectadas por la depresión del interés agrícola, con la triste carencia de capital para agricultura que se veía constantemente en los periódicos de la época. Pero el señor Brooke tenía ahora muy presentes estas molestas asociaciones y le estropeaban la escena. El propio señor Dagley era una figura del paisaje, portando una horca y tocado con el sombrero de ordeñar, un viejo sombrero de fieltro aplastado por la parte delantera. El sobretodo y los pantalones eran los mejores que tenía y no los llevaría puestos este día de diario de no ser porque había ido al mercado y regresado más tarde que de costumbre, habiéndose concedido el insólito capricho de almorzar en el comedor público del Toro Azul. Tal vez a la mañana siguiente le extrañara cómo había sucumbido a esta extravagancia, pero algo en el estado del país, una ligera pausa en la recolección antes de segar los Far Dips, las historias acerca del nuevo rey y los numerosos carteles en los muros parecían haber avalado cierta imprudencia. Era una máxima en Middlemarch, y se consideraba evidente, que la buena carne debía acompañarse de buen beber, lo cual Dagley interpretó como cerveza en abundancia seguida de ron con agua. Estos licores tenían tanta autenticidad en ellos que no fueron lo suficientemente falsos como para alegrar a Dagley, limitándose a hacer que su descontento fuera menos callado. También había ingerido demasiado embarullada charla política, un estimulante peligrosamente inquietante para su conservadurismo agrícola que consistía en mantener que lo que existe es malo, y cualquier cambio suele ser para peor. Acalorado, con una mirada decididamente peleona en los ojos, estaba en pie, sosteniendo la horca mientras el terrateniente se le acercó con su andar pausado y arrastrado, una mano en el bolsillo del pantalón y la otra haciendo girar el bastón.

—Dagley, mi buen hombre —empezó el señor Brooke, consciente de que iba a ser muy benévolo en el asunto del muchacho.

—Así que soy un buen hombre ¿eh? Gracias, señor, muchas gracias —dijo Dagley, con sonora y enrabietada ironía que hizo que Fag el perro pastor se moviera de su sitio y levantara las orejas. Pero al ver a Monk entrar al patio rezagado, Fag volvió a sentarse en actitud observadora—. Me alegra oír que soy un buen hombre.

El señor Brooke recordó que era día de mercado y que su digno arrendatario habría estado comiendo y bebiendo, pero no vio motivos para no continuar, ya que podía tomar la precaución de repetirle a la señora Dagley lo que tenía que decir.

—Han cogido a tu pequeño Jacob matando a un lebrato, Dagley. Le he dicho a Johnson que le encierre en par de horas en el establo vacío para asustarle. Pero le traerán a casa antes de la noche. Y tú te encargarás de él ¿verdad? y le echarás una regañina.

—Pues no. Que me aspen si voy a atizar a mi hijo para complacerle a usted o a cualquier otro. Ni aunque fuera usted veinte terratenientes en vez de uno y malo.

Las palabras de Dagley fueron pronunciadas lo bastante altas como para que acudiera su esposa a la puerta trasera de la cocina, la única entrada que usaban y que estaba siempre abierta excepto cuando hacía mal tiempo, y para que el señor Brooke dijera en tono apaciguador:

—Bueno, bueno, ya hablaré con tu mujer, no me refería a que le pegaras —y se dirigiera hacia la casa. Pero Dagley, a quien que un caballero le diera la espalda no hizo más que acabar de provocar sus ganas de desahogarse, le siguió de inmediato, Fag a sus talones, esquivando hoscamente alguna pequeña y caritativa insinuación de parte de Monk.

—¿Qué tal está, señora Dagley? —dijo el señor Brooke con cierta precipitación—. Vine para decirles lo del chico. No pretendo que le zurren —tuvo la cautela de hablar claramente esta vez.

La extenuada señora Dagley, una mujer enjuta y abatida, de cuya vida el placer había desaparecido hasta el punto de no poseer ropa de domingo que le proporcionara la satisfacción de arreglarse para ir a misa, ya había tenido un altercado con su marido desde que éste llegara a casa, y se encontraba desanimada, esperando lo peor. Pero su marido se adelantó a su respuesta.

—Y claro que no le voy a zurrar, lo quiera usted o no —insistió el arrendatario alzando la voz, como con intención de que hiciera blanco—. Nadie le manda venir hablando de zurras aquí cuando usted no da ni una estaca para hacer arreglos. Vaya a Middlemarch, allí le dirán lo que piensan de usted.

—Más te vale callarte, Dagley —dijo la esposa— y no echar piedras a tu propio tejado. Cuando alguien que es padre de familia se ha ido al mercado a gastarse el dinero y se ha puesto ciego de beber, ya ha hecho bastantes maldades por un día. Pero me gustaría saber lo que ha hecho el chico, señor.

—No te importa lo que ha hecho —dijo Dagley con mayor furia—, soy yo el que tiene que hablar, no tú. Y lo haré. Diré lo que me da la gana, cene o no cene. Y lo que digo es que he vivido en sus tierras desde mi padre y, antes, mi abuelo, y aquí nos hemos dejado el dinero, y que yo y mis hijos nos podríamos pudrir y servir de abono, pues no tenemos el dinero para comprar, si el rey no pusiera fin a esto.

—Mi buen hombre, estás borracho —dijo el señor Brooke, confidencialmente, pero no juiciosamente—. Otro día, otro día hablaremos —añadió, volviéndose para marcharse.

Pero Dagley se le encaró, y Fag a sus talones gruñía soterradamente así que su amo alzaba la voz y profería más insultos, mientras Monk también se acercó con vigilancia digna y silenciosa. Los trabajadores del carro se habían detenido para escuchar y pareció más prudente permanecer absolutamente pasivo que enzarzarse en una ridícula pelea propiciada por un hombre vociferante.

—No estoy más borracho que usted, más bien menos —dijo Dagley—. Aguanto la bebida y sé lo que me digo. Y lo que digo es que el rey pondrá fin a esto porque lo dicen los que lo saben, porque va a haber una reforma y a esos terratenientes que no han cumplido con sus arrendatarios se les tratará de manera que tengan que largarse. Y hay gente en Middlemarch que sabe lo que es la reforma y que sabe quién se tendrá que largar. Me dicen «Sé quién es tu patrón». Y yo digo «Espero que te sirva de algo conocerle, a mí no». Dicen «Es de los del puño cerrado». «Vaya que sí», les digo yo, «Que le coja la reforma», dicen. Eso dicen. Y yo entendí lo que era la reforma. Es largarle a usted y otros parecidos, con viento fresco. Y puede hacer lo que quiera ahora porque no le tengo miedo. Y más le vale dejar a mi hijo en paz y cuidarse de lo suyo antes de que llegue la reforma. Eso es lo que tenía que decir —concluyó Dagley, hincando la horca en el suelo con una firmeza que resultó poco conveniente cuando trató de sacarla de nuevo.

Tras esta última acción, Monk empezó a ladrar sonoramente y fue el momento para que el señor Brooke escapara. Salió del patio cuán rápido pudo, algo asombrado ante la novedad de su situación. Nunca antes le habían insultado en sus propias tierras, y se consideraba como un favorito de la mayoría (nos suele suceder a todos cuando pensamos más en nuestra amabilidad que en lo que la gente suele querer de nosotros). Cuando doce años antes se había peleado con Caleb Garth, había creído que los arrendatarios se alegrarían de que el terrateniente se encargara de todo.

Quienes siguen la narrativa de esta experiencia pueden sorprenderse de la noche oscura del señor Dagley; pero nada más fácil en esos tiempos que el que un agricultor hereditario de su condición fuera ignorante, a pesar de tener un rector en la parroquia vecina que era un caballero hasta la médula, un coadjutor más a mano que predicaba con mayor erudición que el rector, un terrateniente que se había interesado por todo, en especial las bellas artes y el progreso, y toda la luz de Middlemarch tan sólo a tres millas. En cuanto a la facilidad con la que los mortales escapan al conocimiento, ponga a prueba a un conocido normal de la élite intelectual de Londres y considere lo que esa persona, elegible para una fiesta, hubiera sido de haber aprendido unos escasos conocimientos de aritmética en la parroquia de Tipton, y leyera un capítulo de la Biblia con inmensa dificultad, porque nombres como Isaías o Apolo seguían indómitos tras deletrearlos dos veces. El pobre Dagley a veces leía unos cuantos versículos el domingo por la noche y el mundo no se le oscurecía más que antes de leerlos. Sabía a fondo algunas cosas, por ejemplo los hábitos chapuceros de la agricultura y la volubilidad del clima, del ganado y de las cosechas en Freeman's End llamado así sarcásticamente para insinuar que era libre de largarse si quería, pero que no existía en la tierra un más allá para él.

CAPÍTULO XL

Cuando observamos efectos, aunque sólo sea de una batería eléctrica, a menudo resulta necesario cambiar de sitio y examinar una determinada mezcla o grupo a cierta distancia del punto donde se originó el movimiento que nos interesa. El grupo hacia el que me dirijo es el de la mesa de desayuno de Caleb Garth, en el amplio salón donde se encontraban el escritorio y los planos: padre, madre y cinco de los hijos. Mary estaba en casa, a la espera de un empleo, mientras Christy, el chico a su lado, recibía en Escocia una educación y aposento baratos, pues para disgusto de su padre, se había dedicado a los libros en vez de a la sagrada vocación de «los negocios».

Había llegado el correo, nueve costosas cartas por las que le habían pagado al cartero tres chelines y dos peniques y el señor Garth se olvidaba de su té y de las tostadas mientras las leía y las dejaba abiertas una encima de la otra, a veces moviendo lentamente la cabeza, a veces frunciendo los labios en debate interno, pero sin olvidarse de arrancar un intacto sello grande y rojo sobre el que Letty se abalanzaba como un afanoso terrier.

Entre los demás la charla proseguía distendidamente, pues nada distraía la atención de Caleb salvo que movieran la mesa mientras escribía.

Dos de las nueve cartas habían sido para Mary. Tras leerlas se las había pasado a su madre y siguió jugando distraídamente con la cucharilla hasta que de pronto recordó su costura, que había mantenido en el regazo durante el desayuno.

—¡Oh, Mary, no cosas! —dijo Ben, tirándola del brazo—. Hazme un pavo real con esta miga de pan. —Llevaba un ratito apelmazando una pequeña cantidad para este menester.

—¡Ni mucho menos, Don Travieso! —dijo Mary con buen humor, al tiempo que le pinchaba levemente la mano con la aguja—. Intenta darle forma tú mismo, me has visto hacerlo muchas veces. Tengo que coser esto. Es para Rosamond Vincy; se casa la semana que viene y no puede hacerlo sin este pañuelo —concluyó Mary jocosamente, divertida con esta última idea.

—¿Y por qué no, Mary? —preguntó Letty, seriamente interesada por aquel misterio y acercando tanto el rostro al de su hermana que ésta amenazó con la aguja la nariz de Letty.

—Porque éste hace una docena y sin él sólo habría once —dijo Mary, con aire de grave explicación de forma que Letty se hizo atrás con sensación de conocimiento.

—¿Has tomado una decisión, hija? —preguntó la señora Garth dejando las cartas.

—Iré al colegio de York —respondió Mary—. Estoy menos incapacitada para enseñar en un colegio que en una familia. Me gusta más dar clase. Y, como ve, he de enseñar, no hay otra cosa que hacer.

—La enseñanza me parece el trabajo más agradable que pueda haber —dijo la señora Garth con cierto reproche en el tono—. Entendería que estuvieras reacia si no tuvieras suficientes conocimientos o si no te gustaran los niños, Mary.

—Supongo, madre, que nunca comprendemos del todo el por qué a otros no les gusta lo que nos gusta a nosotros —respondió Mary con sequedad—. No me gusta el aula; prefiero el mundo exterior. Es un fallo molesto que tengo.

—Debe ser muy aburrido estar siempre en un colegio de chicas —dijo Alfred—. Un enjambre de bobas, como las alumnas de la señora Ballard, caminando de dos en dos.

—Y no juegan a nada que merezca la pena —dijo Jim—. No saben ni lanzar ni saltar. No me extraña que a Mary no le guste.

—¿Qué es lo que a Mary no le gusta? —preguntó el padre mirando por encima de las gafas y haciendo una pausa antes de abrir la siguiente carta.

—Estar metida entre un montón de bobas —dijo Alfred.

—¿Habláis del trabajo que te ofrecieron, Mary? —dijo Caleb con dulzura, mirando a su hija.

—Sí, padre, el colegio en York. He decidido aceptarlo. Es con mucho lo mejor. Treinta y cinco libras al año y pagas extra por enseñarles piano a las más pequeñas.

—¡Pobre criatura! Ojalá se pudiera quedar en casa con nosotros, Susan —dijo Caleb, mirando desconsolado a su esposa.

—Mary no se sentiría feliz sin cumplir con su obligación —dijo la señora Garth, doctrinalmente, consciente de haber cumplido con la suya.

—Pues a mí no me haría feliz cumplir con una obligación tan asquerosa —dijo Alfred, ante lo que Mary y su padre se rieron en silencio, pero la señora Garth respondió con seriedad.

—A ver si encuentras una palabra más adecuada que asqueroso, Alfred, para todo lo que te resulta desagradable. Y supón que Mary pudiera ayudarte a ir con el señor Hanmer con el dinero que gane, ¿eh?

—Me parece una lástima. ¡Pero es una chavala estupenda! —dijo Alfred, levantándose de la silla y echando la cabeza de Mary hacia atrás para darle un beso.

Mary se sonrojó y se rio, pero no pudo ocultar que le asomaran las lágrimas. Caleb, mirando por encima de las gafas, curvadas las cejas, tenía una expresión mezcla de gozo y tristeza al continuar abriendo sus cartas e incluso la señora Garth, el gesto fruncido con tranquila serenidad, dejó correr la expresión sin corregirla, aunque Ben al punto la cogió y empezó a entonar «¡Es una chavala estupenda, estupenda, estupenda!», acompasándose con puñetazos en el brazo de Mary.

Pero la señora Garth tenía ahora puesta la vista en su esposo, que se encontraba enfrascado en la carta que leía. Su rostro mostraba una expresión de atenta sorpresa que la alarmó un poco, pero le disgustaba que le interrogaran mientras leía, de forma que continuó observándole con inquietud hasta verle de pronto sacudido por una alegre risita, volver al comienzo de la carta, y decir en voz queda mirándola por encima de las gafas.

—¿Qué te parece esto, Susan?

La señora Garth se colocó de pie detrás de su marido descansando la mano en el hombro de su esposo mientras leyeron juntos la carta. Era de Sir James Chettam, ofreciéndole al señor Garth la gestión de la hacienda familiar de Freshitt así como de otros lugares, añadiendo que el señor Brooke de Tipton le había pedido a Sir James que se informara respecto de si el señor Garth estaría dispuesto, al mismo tiempo, a reanudar su gestión de las propiedades Tipton. El baronet añadía con palabras elogiosas que él personalmente estaba muy interesado en que las haciendas de Freshitt y Tipton estuvieran a cargo de la misma persona, y esperaba poder demostrar que la doble gestión pudiera llevarse a cabo en términos satisfactorios para el señor Garth, a quien le complacería ver en Freshitt Hall a las doce del día siguiente.

—¡Qué bien escribe!, ¿verdad, Susan? —dijo Caleb levantando los ojos hacia su esposa que cambió la mano del hombro a la oreja de su marido mientras reclinaba la barbilla en su cabeza—. Veo que Brooke no quiso preguntármelo él mismo —continuó Caleb, riéndose en silencio.

—He aquí un honor para vuestro padre, niños —dijo la señora Garth pasando la mirada por los cinco pares de ojos, todos fijos en sus padres—. Los mismos que le despidieron hace muchos años le piden que vuelva a ocupar su puesto. Eso demuestra que hizo bien su trabajo, y notan que les hace falta.

—Como Cincinato… ¡hurra! —exclamó Ben, montándose en la silla con la agradable confianza de que se había relajado la disciplina.

—¿Vendrán a buscarle, madre? —preguntó Letty pensando en el alcalde y la corporación todos ataviados.

La señora Garth dio unas palmaditas sobre la cabeza de Letty y se sonrió, pero observando que su esposo recogía las cartas y que pronto estaría absorto en ese santuario del «negocio», le apretó el hombro y dijo con énfasis:

—Cuídate, Caleb, de pedir un sueldo justo.

—Claro, claro —asintió Caleb con voz sonora, como si fuera ilógico que se esperara de él otra cosa—. Saldrá como a unas cuatrocientas o quinientas libras entre las dos. —Y a continuación, como sobresaltado por un repentino recuerdo, dijo—, Mary, escribe y di que no a ese colegio. Quédate para ayudar a tu madre. Estoy más contento que unas castañuelas ahora que se me ha ocurrido esto.

Nada menos repiqueteante que el carácter de Caleb, pero sus talentos no residían en encontrar la frase acertada, aunque era muy especial a la hora de escribir cartas y consideraba a su mujer un tesoro en cuanto a la correcta expresión.

Hubo un alboroto entre los niños y Mary le tendió implorante el bordado de batista a su madre para que lo guardara a salvo mientras los chicos la arrastraban a una danza. La señora Garth, con plácida alegría, empezó a recoger los platos y las tazas mientras Caleb, apartando la silla un poco como si se dispusiera a cambiarse a su escritorio, seguía sentado sosteniendo las cartas en la mano y mirando meditabundo al suelo, estirando los dedos de la mano izquierda, según un lenguaje mudo propio. Finalmente dijo:

—Es tristísimo que Christy no se dedique a los negocios, Susan. Con el tiempo precisaré ayuda. Y Alfred debe ir a la ingeniería, eso lo tengo decidido. —Continuó otro rato con su meditación y su retórica de dedos y luego prosiguió—. Haré que Brooke llegue a nuevos acuerdos con los arrendatarios y diseñaré una rotación de los cultivos. Y me apuesto algo a que podemos sacar buenos ladrillos de la arcilla en la esquina de Bott. Tendré que verlo, porque abarataría los arreglos. ¡Es un bonito trabajo, Susan! Alguien sin familia estaría encantado de hacerlo gratis.

—Pues encárgate de que no seas tú —respondió su mujer levantando el dedo.

—Claro que no, pero es hermoso que le llegue esto a un hombre cuando ha visto los entresijos del negocio: tener la oportunidad de enderezar un trozo del país, y orientar a la gente en su agricultura, y hacer algunas construcciones sólidas de manera que vivan mejor los presentes y los que vengan detrás.

Prefiero eso a tener una fortuna. Es el trabajo más honroso que hay.

Y llegado este punto Caleb dejó a un lado las cartas, metió los dedos entre los botones del chaleco y se sentó muy recto, para proseguir al momento con voz respetuosa y moviendo lentamente la cabeza.

—Es un gran regalo del Señor, Susan.

—Es muy cierto —respondió su mujer con idéntico fervor—. Y será una bendición para tus hijos el haber tenido un padre que hiciera ese trabajo; un padre cuya buena labor permanecerá, aunque se olvide su nombre —no pudo añadirle entonces nada más respecto al sueldo.

Por la noche, cuando Caleb, cansado del trabajo del día, se encontraba en silencio con su cuadernillo abierto sobre las rodillas mientras la señora Garth y Mary cosían y Letty le susurraba en una esquina a su muñeca, el señor Farebrother avanzó por la senda del huerto que dividía las brillantes luces y sombras de agosto entre la hierba y las ramas de los manzanos. Sabemos que estimaba a sus feligreses los Garth y había creído a Mary digna de mencionársela a Lydgate. Utilizaba al máximo el privilegio del clérigo de hacer caso omiso de la discriminación de Middlemarch de los rangos y siempre le decía a su madre que la mujer de Garth era más señora que cualquier matrona de la ciudad. Y sin embargo, observarán que pasaba las veladas en casa de los Vincy, donde el ama de la casa, aunque menos señora, presidía un bien iluminado salón y juegos de cartas. En aquellos días la relación humana no venía determinada exclusivamente por el respeto. Pero el vicario respetaba de corazón a los Garth y no era motivo de sorpresa para la familia el que les visitara. No obstante se explicó al tiempo que les tendía la mano diciendo:

—Vengo de emisario, señora Garth, tengo algo que decirle a usted y al señor Garth de parte de Fred Vincy. La cosa es —continuó sentándose y observando con su viva mirada a los tres que le escuchaban—, que me ha hecho su confidente.

Mary sintió que el corazón le palpitaba y se preguntó hasta qué punto Fred se había sincerado.

—Hace meses que no vemos al muchacho —dijo Caleb—. No sabía qué se había hecho de él.

—Ha estado fuera, de visita —dijo el vicario—, porque el ambiente de la casa estaba un poco demasiado caldeado y Lydgate le dijo a su madre que el pobre no debía empezar a estudiar aún. Pero ayer vino y se sinceró conmigo. Y me alegro mucho de que lo hiciera porque le he visto crecer desde que tenía catorce años y me encuentro tan a gusto en la casa que los niños son como mis sobrinos. Pero es difícil dar consejo en su caso. De todos modos, me ha pedido que les comunique que se va y que le agobia tanto la deuda que tiene con usted y su incapacidad para saldarla que no se atreve a venir él mismo a despedirse.

—Dígale que no tiene ninguna importancia —dijo Caleb agitando la mano—. Lo hemos pasado mal, pero ya lo hemos superado. Y a partir de ahora voy a ser más rico que un judío.

—Lo que significa —dijo la señora Garth sonriendo al vicario—, que tendremos lo suficiente para criar a los chicos y retener a Mary en casa.

—¿Y cuál es el filón? —preguntó el señor Farebrother.

—Voy a ser el agente de dos haciendas, Freshitt y Tipton, y tal vez una buena parcela de tierra de Lowick además; es la misma conexión familiar y el trabajo, una vez empieza, se extiende como el agua. Estoy muy contento, señor Farebrother —Caleb echó un poco la cabeza hacia atrás y puso los codos sobre los brazos de la silla—, de volver a tener otra oportunidad con las tierras de arriendo y de poder llevar a cabo un par de ideas para mejorarlas. Es algo muy sofocante, como le he dicho muchas veces a Susan, mirar desde el caballo por encima de las cercas y ver que las cosas andan mal sin poder meter mano para arreglarlas. No me imagino lo que hace la gente que se mete en política, me vuelve loco ver la mala gestión, aunque sólo sea en unos cientos de acres.

No era frecuente que Caleb ofreciera un discurso tan largo, pero su felicidad tuvo el efecto del aire de la montaña: le brillaban los ojos y las palabras le fluían sin esfuerzo.

—Le felicito de corazón, Garth —dijo el vicario—. Son las mejores noticias que puedo llevarle a Fred Vincy, pues se extendió mucho en el perjuicio que les había ocasionado al tener que hacerles desprenderse de su dinero —robárselo, decía— que ustedes destinaban a otros menesteres. Ojalá Fred no fuera tan holgazán; tiene cosas buenas y su padre es un poco duro con él.

—¿Dónde se va? —inquirió la señora Garth con cierta frialdad.

—Tiene la intención de examinarse de nuevo de licenciatura y se va a estudiar antes de que comience el trimestre. Yo se lo he aconsejado. No le animo a que entre en la Iglesia, más bien al contrario. Pero si se pone a estudiar para aprobar eso sería una garantía de que tiene fuerza de voluntad y energía. Además está bastante perdido, no sabe qué otra cosa podría hacer. Así contentará a su padre y entretanto, yo he prometido intentar reconciliar a Vincy con la idea de que su hijo quiere seguir otra forma de vida. Fred dice abiertamente que no sirve para clérigo y yo haría cuanto estuviera en mi mano por impedir que alguien dé el paso fatal de escoger una profesión equivocada. Me citó lo que usted dijo, señorita Garth ¿lo recuerda? (el señor Farebrother solía llamarla «Mary» en lugar de «señorita Garth», pero formaba parte de su delicadeza el tratarla con más deferencia, puesto que, según frase de la señora Vincy, se ganaba el, pan).

Mary se sintió incómoda, pero decidida a quitarle importancia al asunto respondió al momento:

—Le he dicho tantas impertinencias a Fred… Somos antiguos compañeros de juegos.

—Según él, le dijo que sería uno de esos ridículos clérigos que contribuyen a que todo el clero sea ridículo. La verdad es que es algo tan hiriente que yo mismo me sentí dolido. Caleb se rio.

—Ha heredado tu lengua viperina, Susan —dijo con cierto regocijo.

—No la impertinencia, padre —dijo Mary con presteza, temiendo que su madre se enojara—. Fred no debía haberle repetido al señor Farebrother mis impertinencias.

—Ciertamente fue una frase dicha a la ligera, hija —respondió la señora Garth, que consideraba una falta grave hablar mal de las dignidades—. Pero no debemos apreciar menos a nuestro vicario por el hecho de que hubiera un coadjutor ridículo en la parroquia vecina.

—Pero tiene algo de razón en lo que dice —dijo Caleb, poco dispuesto a que la agudeza de Mary se viera infravalorada—. Un mal trabajador, del tipo que sea, hace desconfiar de sus compañeros. Las cosas se asocian —añadió, mirando al suelo y moviendo los pies con desasosiego, sintiendo que las palabras eran más exiguas que los pensamientos.

—Evidentemente —respondió el vicario, divertido—. Al ser despreciables ponemos las mentes de los hombres en la onda del desprecio. Estoy totalmente de acuerdo con el punto de vista de la señorita Garth sobre el asunto, tanto si me veo condenado como si no. Pero respecto a Fred Vincy, si somos justos hay que disculparle un tanto, pues el comportamiento falaz del viejo Featherstone contribuyó a malcriarle. Hubo algo diabólico en no dejarle ni un céntimo al final. Pero Fred tiene el buen gusto de no hablar de ello. Y lo que más le importa es haberla ofendido a usted, señora Garth. Se imagina que jamás podrá volver a confiar en él.

—Es cierto que Fred me ha defraudado —dijo la señora Garth con firmeza—. Pero estoy dispuesta a volver a confiar en él cuando me dé motivos para ello.

Llegado este punto Mary salió de la habitación llevándose consigo a Letty.

—Debemos perdonar a los jóvenes cuando se arrepienten —dijo Caleb observando cómo Mary cerraba la puerta—. Y como usted dice, señor

Farebrother, ese anciano llevaba al mismísimo demonio dentro. Ahora que Mary ha salido debo decirle una cosa, sólo lo sabemos Susan y yo y usted no debe repetirlo. El viejo bribón quería que Mary quemara uno de los testamentos la misma noche en que murió, cuando le velaba a solas, y le ofreció una suma de dinero que tenía en la caja a su lado si lo hacía. Pero Mary, ya lo comprende, no podía hacer algo así, no quería tocar su cofrecillo de hierro. Y lo que ocurre es que el testamento que quería quemar era el último, de manera que si Mary le hubiera obedecido, Fred Vincy hubiera recibido diez mil libras. El anciano sí se acordó de él al final. Eso afecta mucho a la pobre Mary. Fue inevitable, obró bien, pero dice sentirse como si hubiera echado por tierra la propiedad de alguien destruyéndola a su pesar, cuando lo único que hacía era defenderse a sí misma. La comprendo, y si pudiera compensar al pobre muchacho, en vez de guardarle rencor por el daño que nos ocasionó, estaría muy contento de hacerlo. ¿Usted qué opina? Susan no está de acuerdo conmigo. Dice que…, bueno, díselo tú misma, Susan.

—Mary no podía actuar de otra forma, incluso aunque hubiera sabido cuál sería el resultado sobre Fred —dijo la señora Garth, dejando de coser y mirando al señor Farebrother—. Y lo ignoraba por completo. A mí me parece que una pérdida que recae sobre otro porque nosotros hemos obrado bien no debe recaer sobre nuestra conciencia.

El vicario no contestó de inmediato y Caleb dijo:

—Pero lo que cuenta es lo que se siente. La criatura lo siente así y yo la comprendo. Cuando te haces atrás no crees que tu caballo vaya a pisar al perro, pero te afecta cuando es así.

—Estoy seguro de que en ese punto la señora Garth coincidirá con usted —respondió el señor Farebrother quien, por alguna razón, parecía más dispuesto a pensar que a hablar—. No se puede decir que el sentimiento que usted expone sobre Fred esté mal, o, mejor dicho, equivocado, si bien nadie puede arrogarse ningún derecho por sentir así.

—Bueno, bueno —dijo Caleb—, en cualquier caso es un secreto. No se lo dirá usted a Fred.

—Por supuesto que no. Pero le transmitiré la otra buena noticia, que pueden ustedes sobrellevar la pérdida que les ocasionó.

El señor Farebrother abandonó la casa al poco rato y viendo a Mary en el huerto con Letty fue a despedirse de ella. Componían un bonito cuadro con la luz de poniente resaltando el brillo de las manzanas en las vetustas ramas poco pobladas; Mary, con su percal color lavanda y cintas negras sostenía una cesta, mientras Letty, con su desgastado traje de algodón, recogía las manzanas del suelo. Por si le interesa saber el aspecto de Mary en mayor detalle, diez a una que, si está al tanto, mañana verá un rostro como el suyo en una abarrotada calle; no se encontrará entre esas hijas altivas de Sión que caminan con cuello erguido, mirada lasciva, y paso corto. Deje pasar a todas ésas y fije la vista en alguna persona pequeña, rellenita y morena, de porte seguro, pero discreto, que mira a su alrededor, pero no piensa que nadie la observa a ella. Si tiene el rostro amplio y la frente despejada, las cejas bien dibujadas y el pelo oscuro y rizado, cierta expresión divertida en la mirada que los labios callan y, por lo demás, rasgos totalmente insignificantes…, tome esa persona normal, pero no desagradable, por el retrato de Mary Garth. Si la hiciera sonreír, mostraría unos pequeños dientes perfectos, si la contrariara, no alzaría la voz, pero es probable que le dijera una de las cosas más amargas que jamás haya saboreado; si le hiciera un favor, jamás lo olvidaría. Mary admiraba al vicario de rostro agudo y hermoso, con su pulcra y desgastada vestimenta, más que a cualquier hombre que había tenido la oportunidad de conocer. Jamás le había oído decir una tontería, aunque sabía que hacía cosas imprudentes, y tal vez Mary sintiera mayor reparo por las tonterías que por cualquiera de las imprudencias del señor Farebrother. Al menos, resultaba asombroso que las imperfecciones reales del carácter clerical del vicario no parecían provocar el mismo desdén y desagrado que demostrara de antemano por las auguradas imperfecciones del carácter clerical de Fred Vincy. Me figuro que estas irregularidades de criterio se encuentran en mentes incluso más maduras que la de Mary Garth: guardamos nuestra imparcialidad para el mérito y el demérito abstractos, el que no vimos nunca. ¿Alguien adivina por cuál de estos dos hombres tan dispares Mary sentía una especial ternura femenina? ¿Con cuál de los dos se mostraba más severa o al contrario?

—¿Algún mensaje para el antiguo compañero de juegos, señorita Garth? —dijo el vicario cogiendo una olorosa manzana de la cesta que Mary extendía hacia él y metiéndosela en el bolsillo—. ¿Algo para dulcificar ese juicio agrio? Voy a verle ahora mismo.

—No —dijo Mary moviendo negativamente la cabeza y sonriendo—. Si tuviera que decir que no haría el ridículo si fuera clérigo, tendría que decir que haría algo aún peor. Pero me alegro mucho de saber que se marcha a trabajar.

—Yo, por el contrario, me alegro mucho de saber que usted no se marcha a trabajar. Estoy seguro de que mi madre se pondrá muy contenta si va a verla a la vicaría. Ya sabe cuánto le gusta tener gente joven con quien hablar y tiene muchas cosas que contar de los viejos tiempos. Le haría un favor.

—Me gustaría mucho, si eso es lo que quiere —respondió Mary—. Todo me sonríe demasiado de repente. Pensé que sería siempre parte de mi vida el añorar mi hogar, y perder ese desconsuelo me produce cierto vacío. Tal vez me servía para ocuparme la mente en lugar del sentido común.

—¿Puedo acompañarte, Mary? —susurró Letty, una criatura de lo más inoportuno que escuchaba todo. Pero la embelesó el que el señor Farebrother le pellizcara la barbilla y le diera un beso en la mejilla, incidente que contó a sus padres.

Cualquiera que observara con atención al vicario caminando hacia Lowick hubiera visto cómo se encogía de hombros dos veces. Creo que los escasos ingleses que hacen este gesto nunca son del tipo fornido, pero por miedo a algún ejemplo enojoso de lo contrario diré casi nunca; los que lo hacen suelen tener buen temperamento y gran tolerancia para con los errores menores del hombre (ellos incluidos). El vicario mantenía un diálogo interno en el que se decía que probablemente hubiera algo más entre Fred y Mary Garth que el afecto de antiguos compañeros de juegos, respondiéndose con la pregunta de si aquella mujer no era, con mucho, demasiado exquisita para ese joven inmaduro. La contestación a esto fue el primero de los gestos. A continuación se rio de sí mismo por la posibilidad de haberse sentido celoso, como si hubiera sido un hombre que pudiera casarse, lo cual, se añadió, está más claro que una hoja de balance, que no. A lo cual sobrevino el segundo encogimiento de hombros.

¿Qué podían ver en esta «mancha pardusca» como se llamaba Mary a sí misma, dos hombres tan diferentes? No les atraía su falta de hermosura (y que todas las jóvenes corrientes estén alerta contra el peligroso alentamiento de la sociedad para que confíen en su falta de belleza). En esta vetusta nación nuestra, el ser humano es un todo muy maravilloso, la lenta creación de influencias largamente intercambiadas; y el atractivo es el producto de dos de esos todos, el que ama y el amado.

Cuando el señor y la señora Garth se encontraron sentados a solas, Caleb dijo:

—Susan, adivina en lo que estoy pensando.

—La rotación de los cultivos —respondió la señora Garth sonriéndole mientras seguía tejiendo—, o si no, las puertas traseras de las casitas de Tipton.

—No —dijo Caleb con seriedad—. Estoy pensando en que podía hacerle un favor a Fred Vincy. Christy se ha ido y Alfred lo hará pronto, y pasarán cinco años hasta que Jim esté preparado para el negocio. Necesitaré ayuda y Fred podría venir y aprender las cosas y actuar bajo mis órdenes y eso tal vez le convirtiera en un ser útil, si desiste de ser clérigo. ¿Qué te parece?

—Me parece que debe haber pocas cosas honradas a las que su familia se opusiera más —respondió la señora Garth con firmeza.

—¿Y a mí qué me importa que se opongan? —dijo Caleb con una

testarudez que solía mostrar cuando tenía una opinión fija—. El chico es mayor de edad y tiene que ganarse la vida. Tiene suficiente sentido común y agilidad, le gusta la tierra y creo que podía aprender bien el oficio si se lo propusiera.

—¿Pero lo aceptaría? Sus padres querían que fuera todo un señor y creo que él tiene la misma idea. Toda la familia nos considera inferiores. Y si tú hicieras la propuesta, estoy segura de que la señora Vincy diría que le queríamos para Mary.

—Menuda estupidez es la vida si tiene que vérselas con memeces semejantes —dijo Caleb asqueado.

—Sí, pero hay un orgullo que está bien, Caleb.

—Pues a mi modo de ver no es un buen orgullo el dejar que las ideas de los necios te impidan llevar a cabo una buena acción. No hay ninguna labor —dijo Caleb con fervor, extendiendo una mano y recalcando con ella cada una de las palabras—, que se pudiera hacer bien si prestaras atención a lo que opinan los necios. Has de llevarlo dentro que tu plan es bueno, y ese plan has de seguir.

—No me opondré a ningún plan que tú decidas, Caleb —dijo la señora Garth, mujer firme que sabía que había ciertos puntos en los que su marido lo era aún más—. De todos modos parece decidido que Fred vuelva a la universidad. ¿No sería mejor esperar y ver lo que va a hacer después de eso? No es fácil retener a la gente en contra de su voluntad. Y tú aún no estás muy seguro de tu propia situación ni de lo que querrá.

—Puede que sea mejor esperar un poco. Pero estoy convencido de que habrá suficiente trabajo para dos. Siempre he tenido montones de cosillas de aquí y allí y siempre han ido surgiendo otras nuevas. Pero si ayer mismo ¡Dios mío, si no te lo dije! curiosamente, dos hombres me pidieron, desde distintos ángulos, que les hiciera la misma valoración. ¿Y quién crees que eran? —dijo Caleb cogiendo un pellizco de rapé entre los dedos como si fuera parte de su exposición. Le gustaba una pizca cuando se le ocurría, pero solía olvidarse de que este placer estaba a su disposición.

Su esposa dejó el punto y alzó la vista atentamente.

—Pues ese Rigg, o Rigg Featherstone, era uno de ellos, pero Bulstrode se le adelantó así que se lo haré a Bulstrode. Aún no sé si lo quieren para hipotecar o para vender.

—¿Será posible que ese hombre vaya a vender la tierra que le acaban de dejar y de la que ha tomado el nombre? —dijo la señora Garth.

—Quién diablos lo puede saber —dijo Caleb, que nunca atribuía el conocimiento de actos innobles a potestades más elevadas—. Pero hace tiempo que Bulstrode quiere poner las manos sobre un buen pedazo de tierra, eso sí lo sé. Y es difícil de obtener en esta parte del país.

Caleb esparció cuidadosamente el rapé en lugar de aspirarlo y añadió:

—Qué curiosos son los entresijos de las cosas. Aquí está esa tierra que todos esperaban fuera para Fred y de la que parece que el anciano jamás pensó en dejarle ni un palmo, sino que se la dejó a este desliz de hijo que mantuvo oculto, y que colocó aquí para incordiar a todos tanto como hubiera hecho él mismo de haber podido seguir con vida. Sería curioso que al final fuera a parar a manos de Bulstrode. El viejo le odiaba y nunca quiso tener tratos con él.

—¿Y qué razones podría tener el muy miserable para odiar a alguien con quien no tenía nada que ver? —preguntó la señora Garth.

—¡Buah! ¿Qué sentido tiene preguntarse por las razones de alguien así? Cuando el alma de un hombre se pudre —dijo Caleb con el tono grave y el pausado movimiento de cabeza que siempre llegaba cuando empleaba esta frase—, cuando se pudre, depara toda clase de hongos y nadie puede saber de dónde procedió la semilla.

Era una característica de Caleb que, en su dificultad por encontrar palabras para su pensamiento, recogía retazos de dicción que asociaba con diversos puntos de vista o estados mentales, y siempre que le embargaba el respeto le obsesionaba la fraseología bíblica, aunque apenas hubiera podido ofrecer una cita exacta.

CAPÍTULO XLI

Las transacciones que según Caleb Garth habían existido entre el señor Bulstrode y el señor Joshua Rigg Featherstone respecto a la tierra adjunta a Stone Court habían dado lugar al intercambio de un par de cartas entre estos dos personajes.

¿Quién puede adivinar el resultado de la escritura? Si resultara haber sido cincelada en la piedra, aunque permanezca durante siglos boca abajo en una playa abandonada, o «descanse tranquila bajo los tambores y pisotadas de varias conquistas» puede acabar revelándonos el secreto de usurpaciones y demás escándalos sobre los que se cuchicheó muchos imperios atrás, siendo al parecer, este mundo, una inmensa galería susurrante. Tales condiciones se representan a menudo con detalle en nuestra insignificante existencia. Así como la piedra que han pateado innumerables generaciones de payasos puede, por mor de curiosos eslabones de efecto, llegar a manos de un estudioso gracias a cuyos desvelos puede finalmente fijar la fecha de las invenciones y desvelar religiones, un poco de tinta y papel que durante mucho tiempo ha sido una inocente envoltura o un calzo, finalmente puede caer ante los ojos del único ser con conocimientos suficientes para convertirlo en el principio de una catástrofe. Para Uriel, que observa el progreso de la historia planetaria desde el sol, un resultado sería igual de fortuito que el otro.

Tras esta un tanto sublime comparación, me siento menos incómoda por llamar la atención hacia la existencia de gentes abyectas mediante cuya interferencia, por poco que nos guste, el rumbo del mundo viene muy determinado. Por supuesto que sería bueno que pudiéramos contribuir a reducir su número, y tal vez algo se pudiera hacer no dando a la ligera la ocasión para que existieran. Socialmente hablando, a Joshua Rigg se le calificaría, en general, como un ser superfluo. Pero quienes, como a Peter Featherstone, jamás se les pidió una copia de sí mismos, son precisamente los últimos en esperar tal petición ni en prosa ni en verso. La copia en este caso llevaba más el signo externo de la madre, en cuyo sexo unas facciones batracias acompañadas de unas sonrosadas mejillas y una figura bien torneada, son compatibles con mucho encanto para cierto tipo de admiradores. El resultado, en ocasiones, es un macho de rostro de rana, de seguro poco deseable para ningún tipo de ser inteligente. Sobre todo cuando de pronto sale a relucir a fin de frustrar las expectativas de otros, el aspecto más abyecto en el cual una superfluidad social pueda presentarse.

Pero las características abyectas del señor Rigg Featherstone eran todas de índole sobrio y abstemio. Desde primera a última hora del día se mostraba tan lustroso, pulcro y fresco como la rana a la que se parecía y el anciano Peter se había reído en secreto del retoño casi tan calculador y mucho más imperturbable que él mismo. Añadiré que cuidaba con esmero sus uñas y que tenía la intención de casarse con una joven bien educada (aun no especificada) que fuera buena persona y cuyos vínculos con una sólida clase media fueran innegables. Así pues, sus uñas y su modestia se podían comparar a los de la mayoría de los caballeros, aunque su ambición sólo se había educado conforme a las oportunidades de un empleado y contable en las más pequeñas casas comerciales de un puerto de mar. Pensaba que los Featherstone rurales eran gente muy simple y absurda y ellos, a su vez, consideraban su «crianza» en una ciudad portuaria como una exageración de la monstruosidad que suponía que su hermano Peter, y aún más las propiedades de Peter, hubieran tenido tales parientes.

El jardín y la entrada de gravilla, vistas desde las dos ventanas del salón recubierto de madera de Stone Court jamás estuvieron mejor podados que en este momento cuando el señor Rigg Featherstone, con las manos a la espalda, los miraba en pie como su dueño. Pero la duda estaba en si observaba por el placer de contemplarlos o por darle la espalda a una persona que se encontraba de pie en medio de la habitación, con las piernas conspicuamente abiertas y las manos en los bolsillos del pantalón, una persona que a todas luces contrastaba con la pulcritud y frialdad de Rigg. Era un hombre cercano a los sesenta, coloradote y peludo, con muchas canas en las pobladas patillas y el tupido pelo rizado, un cuerpo recio que mostraba desventajosamente las desgastadas costuras de su vestimenta, y el aire de un fanfarrón que aspiraba a no pasar desapercibido ni siquiera en unos fuegos artificiales, considerando sus comentarios sobre la actuación de otros como probablemente más interesantes que la propia representación.

Se llamaba John Raffles y a veces escribía T.R.U.H.A.N. detrás de su firma, puntualizando al hacerlo que una vez le dio clase Leonard Lamb, de Finsbury, quien ponía B.A. a continuación de su nombre y que él, Raffles, tuvo el ingenio de llamar a ese célebre profesor Ba-Lamb. Tal era el aspecto y sabor mental del señor Raffles, ambos de los cuales parecían impregnados del rancio olor a habitaciones de viajeros en los hoteles comerciales de la época.

—Venga, venga, Josh —estaba diciendo con voz sonora—, enfócalo desde este punto de vista. Aquí tienes a tu madre, acercándose a la ancianidad y tú podrías permitirte ahora portarte bien con ella y que viviera cómoda.

—No mientras tú vivas. Nada le será cómodo mientras tú vivas —contestó Rigg con su voz templada y fuerte—. Lo que le dé, se lo quitarás tú.

—Sé que me tienes inquina, Josh. Pero vamos, de hombre a hombre, sin rodeos, un pequeño capital me permitiría convertir la tienda en algo de primera. El negocio del tabaco va en aumento. Me estaría arrancando mi propia nariz si no echara el resto en ello. Por la cuenta que me tiene me pegaría a él como pulga a la lana. Estaría al pie del cañón. Y nada haría tan feliz a tu pobre madre. Ya he sentado la cabeza, voy para los cincuenta y cinco. Quiero sentarme junto a mi chimenea. Y si me ligo al negocio del tabaco podría aportar un montón de sesera y experiencia que no sería fácil encontrar. No quiero molestarte una y otra vez, sino enderezar las cosas de una vez por todas. Tenlo en cuenta, Josh, de hombre a hombre, y a tu pobre madre le solucionarías la vida. ¡Por Júpiter que siempre estuve encariñado con la pobrecilla!

—¿Has terminado? —preguntó el señor Rigg con tranquilidad sin quitar la vista de la ventana.

—Sí, he terminado —dijo Raffles, cogiendo el sombrero que estaba enfrente de él en la mesa y propinándole una especie de empujón retórico.

—Pues escúchame bien. Cuantas más cosas digas, menos te creeré. Cuanto más insistas en que haga algo, más razones me darás para no hacerlo nunca.

¿Acaso piensas que me voy a olvidar de las patadas que me dabas cuando era un chaval y de que te comías las mejores viandas quitándonoslas a mí y a mi madre? ¿Acaso piensas que me voy a olvidar de que siempre venías a casa para vender y embolsarte cuanto encontraras y luego te volvías a marchar dejándonos en la estacada? Contento estaría de verte azotado en la trasera de un carro. Mi madre fue una necia contigo, no tenía derecho a darme un padrastro, y lo ha pagado caro. Recibirá su pensión semanal y nada más y eso cesará si te atreves a venir aquí otra vez o a perseguirme. La próxima vez que asomes por la puerta te echaré los perros y mandaré que te azoten.

Así que Rigg pronunciaba las últimas palabras se volvió y miró a Raffles con sus ojos saltones y gélidos. El contraste era igual de chocante que dieciocho años atrás, cuando Rigg era un desabrido y pateable muchacho y Raffles era el fornido adonis de los bares y trastiendas. Pero la ventaja ahora estaba de parte de Rigg y quienes escucharan esta conversación hubieran podido esperar que Raffles se retiraría con el rabo entre las piernas. En absoluto. Hizo un gesto habitual en él cuando perdía, se rio y procedió a sacar una petaca del bolsillo.

—Vamos Josh —dijo en tono engatusador—, dame una cucharada de cognac y un soberano para pagarme la vuelta y me marcharé. ¡Palabra de honor! ¡Como una bala, por Dios que me voy!

—Recuerda —dijo Rigg sacando un manojo de llaves—, si te vuelvo a ver no te dirigiré la palabra. No daré más señal de reconocerte que si viera a un cuervo, y si te empeñas tú en reconocerme a mí no sacarás en limpio más que la fama de lo que eres, un canalla detestable, fanfarrón y descarado.

—Es una pena, Josh —dijo Raffles, simulando rascarse la cabeza y alzar las cejas con indiferencia—. Yo te tengo en mucha estima, ¡vaya que sí! No hay nada que me complazca más, que martirizarte…, ¡te pareces tanto a tu madre! …, y tengo que pasarme sin ello. Pero el cognac y el soberano son un trato.

Empujó la petaca hacia Rigg quien se dirigió a un hermoso escritorio antiguo de roble llevando las llaves. Pero el movimiento que hiciera Raffles con la petaca le recordó que ésta estaba peligrosamente despegada de la funda de cuero y fijándose en un papel doblado que se había caído junto al parachispas, lo recogió y lo introdujo en la funda para que se ajustara bien al vidrio.

Para entonces Rigg volvía con la botella de cognac, llenó la petaca y le entregó a Raflles un soberano, sin mirarle ni hablarle. Tras volver a cerrar el escritorio, caminó hacia la ventana por la cual miró con la misma imperturbabilidad que lo hiciera al inicio de la entrevista, mientras Raffles ingería una pequeña cantidad de la bebida, enroscaba el tapón y se metía la petaca en el bolsillo con provocadora lentitud haciendo un mohín a la espalda de su hijastro.

—¡Adiós, Josh y quizá para siempre! —dijo Raffles volviendo la cabeza al abrir la puerta.

Rigg le vio salir de la hacienda y adentrarse por el sendero. El día grisáceo se había convertido en una llovizna que refrescaba los setos y la hierba que bordeaba las carreterillas, y hacía afanarse a los trabajadores que cargaban los últimos treznales de trigo. Raffles, con el desgarbado andar de un paseante urbano forzado a caminar por el campo tenía, en medio de esta labor y quietud húmeda y rural, el incongruente aspecto de un mono escapado de una casa de fieras. Pero no había nadie que le observara, salvo las terneras destetadas hacía tiempo, y nadie a quien disgustara su aire salvo las pequeñas ratas de agua que se escabullían a su paso.

Tuvo la suerte de que le alcanzara la diligencia cuando llegó a la carretera que le llevó hasta Brassing, donde tomó el tren recientemente construido, comentándoles a sus compañeros pasajeros, que lo consideraba bien sazonado ahora que había matado a Huskisson. En la mayoría de las ocasiones el señor Raffles daba a entender que se había educado en una academia y podía, cuando quería, quedar bien en todas partes; a decir verdad no había un congénere a quien no se creía en posición de poder ridiculizar y atormentar, confiado de la diversión que así proporcionaba al resto del grupo.

Adoptó ahora este papel con el mismo brío que si su viaje hubiera tenido éxito, recurriendo con intermitente frecuencia a la petaca. El papel con el que la había encajado era una carta firmada Nicholas Bulstrode, pero no era probable que Raffles interrumpiera su posición actual de utilidad.

CAPÍTULO XLII

Una de las visitas profesionales que Lydgate hizo al poco de volver de su luna de miel fue a Lowick, como resultado de una carta en la que se le pedía que fijara una hora para su visita.

El señor Casaubon no le había formulado a Lydgate pregunta alguna respecto a la índole de su enfermedad y ni siquiera había delatado ante Dorothea inquietud alguna respecto a cuánto podía ésta acortar su trabajo o su vida. En este punto, como en todos los demás, rehuía la lástima y si agria era la sospecha de que se le compadecía por una suerte intuida o conocida a su pesar, la idea de provocar una muestra de compasión admitiendo francamente su inquietud o su pena le resultaba forzosamente intolerable. Toda mente altiva tiene algún conocimiento de esta experiencia y tal vez sólo se supere con un sentimiento de compañerismo lo suficientemente profundo como para hacer que todos los esfuerzos por aislarse parezcan ruines y mezquinos en lugar de exaltadores.

Pero el señor Casaubon ahora rumiaba algo a través de lo cual la cuestión de su salud y su vida obsesionaban su silencio con mucha mayor importunidad incluso que a través de la inmadurez otoñal de su paternidad literaria. Es cierto que esta última podría llamarse su ambición central, pero hay clases de paternidad literaria en las que, con diferencia, el resultado es la intranquila susceptibilidad acumulada en la conciencia del autor, se descubre el río por ciertas vetas en medio de un depósito largamente acumulado de incómodo barro. Así ocurría con las arduas tareas intelectuales del señor Casaubon. Su resultado más característico no era la «Clave para todas las mitologías» sino la morbosa conciencia de que otros no le otorgaban el lugar que no había demostrado merecer, una eterna y sospechosa conjetura de que las opiniones sobre él no eran favorables, una melancólica ausencia de entrega en sus esfuerzos por sobresalir y una apasionada resistencia a confesarse que no había logrado nada.

Así pues, la ambición intelectual que otros decían le había absorbido y resecado no constituía ninguna seguridad contra las heridas, y menos aún contra las que procedían de Dorothea. Y había empezado a imaginarse posibilidades para el futuro que le resultaban más amargas aún que nada en lo que hubiera pensado antes.

Contra ciertos hechos estaba impotente: la existencia de Will Ladislaw, su desafiante permanencia en el vecindario de Lowick y su irrespetuosa actitud mental respecto de quien poseía una sólida y auténtica erudición; contra la personalidad de Dorothea, que constantemente adoptaba nuevas formas de frenética actividad e incluso en la sumisión y en el silencio ocultaba fervientes razones en las que resultaba irritante ni siquiera pensar; contra ciertas ideas y gustos que se habían adueñado de su mente en relación con temas que él no podía de forma alguna comentar con ella. No podría negarse que Dorothea era la joven más hermosa y virtuosa que hubiera podido tomar por esposa, pero una joven que había resultado ser algo más problemática de lo que él imaginara. Le cuidaba, le leía, se anticipaba a sus gustos y se mostraba solícita respecto de sus sentimientos, pero había penetrado en la mente del señor Casaubon la certeza de que ella le juzgaba y que su devoción de esposa era como una expiación penitencial por sus incredulidades, acompañada de un poder de comparación por mor del cual él mismo y sus actos destacaban demasiado como parte de las cosas en general. Su enojo pasó como el vapor por encima de todas las tiernas manifestaciones de cariño de Dorothea, para aferrarse a ese mundo desagradecido al que ella le había acercado.

¡Pobre señor Casaubon! Este sufrimiento era más difícil de soportar porque parecía una traición: la joven criatura que le idolatrara con absoluta confianza pronto se había tornado en esposa crítica y tempranas muestras de oposición y resentimiento habían producido una impresión que ni la ternura ni la sumisión posteriores pudieron borrar. Para su suspicaz interpretación, el actual silencio de Dorothea constituía una rebelión reprimida; un comentario que él no anticipara se convertía en la aseveración de una superioridad consciente; sus templadas respuestas poseían una irritante cautela y cuando accedía, ello era un esfuerzo condescendiente de tolerancia. La tenacidad con la que el señor Casaubon pugnaba por ocultar este drama interior lo convertía en más real aún, de la misma forma en la que oímos con mayor nitidez lo que no queremos que otros oigan.

En lugar de sorprenderme ante este resultado fruto de la desdicha del señor Casaubon, me parece muy corriente. ¿Acaso una pequeña mota muy cercana a nuestra visión no elimina la gloria del mundo dejando tan sólo un margen mediante el cual vemos la mota? No conozco mota tan pesada como la propia persona. ¿Y quién, si el señor Casaubon hubiera deseado exponer su descontento, su sospecha, de que ya no se le adoraba sin crítica hubiera podido negar que se fundaba sobre buenas razones? Al contrario, cabría añadir una fuerte razón, que ni él mismo había considerado explícitamente, a saber, que no era adorable sin reservas. Lo sospechaba, sin embargo, al igual que sospechaba otras cosas, sin confesarlo, y, al igual que el resto de nosotros, sentía que hubiera sido muy consolador el tener una compañera que jamás lo hubiera descubierto.

Esta penosa susceptibilidad en relación con Dorothea estaba preparada ya incluso desde antes de que Will Ladislaw regresara a Lowick y lo que ocurrió desde entonces había activado desesperadamente la capacidad de construcción de sospecha del señor Casaubon. A todos los hechos que conocía, añadía hechos imaginarios, tanto presentes como futuros que se fueron convirtiendo en aún más reales que aquéllos porque despertaban una mayor antipatía, una amargura más predominante. La sospecha y los celos de las intenciones de Will Ladislaw, las sospechas y los celos de las impresiones de Dorothea, llevaban a cabo incesantemente su labor tejedora. Resultaría injusto para con él suponer que hubiera podido entrar en una burda malinterpretación de Dorothea; sus propios hábitos mentales y su conducta, tanto como la franca altura de la personalidad de Dorothea le ponían a salvo de tal error. De lo que estaba celoso era de la opinión de su mujer, del rumbo que pudiera dar a las críticas de su mente activa, y las posibilidades futuras a las que éstas podían conducirla. En cuanto a Will, aunque hasta su última carta desafiante no tenía nada concreto que pudiera alegar contra él formalmente, creía tener garantías para creer que era capaz de cualquier ingenio que pudiera fascinar a un temperamento rebelde y una indisciplinada impulsividad. Estaba convencido de que Dorothea era el motivo de su regreso de Roma y su decisión de asentarse en la zona, y era lo suficientemente agudo como para imaginarse que Dorothea había fomentado inocentemente este rumbo. Estaba muy claro que se encontraba favorablemente predispuesta hacia Will y a ser receptiva a sus sugerencias: nunca habían tenido un tété-à-téte del cual ella no hubiera salido con alguna nueva y conflictiva impresión, y la última entrevista que el señor Casaubon recordaba (Dorothea, a su regreso de Freshitt Hall había guardado silencio por primera vez sobre su encuentro con Will) había desembocado en una escena que provocó en él mayor ira contra ambos de la que jamás conociera. La exposición de Dorothea de sus ideas sobre el dinero, en la oscuridad de la noche, no habían hecho sino introducir en la mente de su esposo una mezcla de presentimientos más odiosos.

Y existía el susto reciente dado a su salud y que siempre tenía tristemente presente. Por supuesto que estaba muy repuesto. Había recobrado su capacidad de trabajo usual; la enfermedad pudo obedecer a simple cansancio, podían aún quedarle veinte años de logros por delante que justificarían los treinta años de preparación. Esa perspectiva se veía endulzada por un sabor a venganza contra los precipitados desdenes de Carp y Compañía, pues incluso cuando el señor Casaubon paseaba su vela entre las tumbas del pasado, esas figuras modernas se alzaban en medio de la débil luz e interrumpían su diligente exploración. Convencer a Carp de su error, de forma que hubiera de tragarse sus propias palabras con una fuerte indigestión, sería el grato accidente de la triunfal paternidad literaria, que ni la perspectiva de vivir para épocas futuras en la tierra y para la eternidad en los cielos podía excluir como objeto de contemplación. Así pues, dado que la previsión de su propia dicha ilimitada no podía anular la amargura de los celos y el rencor, resulta menos sorprendente el que la probabilidad de una felicidad pasajera para otras personas, cuando él mismo debiera haber entrado en la gloria, no tuviera un efecto potencialmente endulzante. Si resultara cierto que llevaba dentro alguna minante enfermedad, habría muchas oportunidades de que algunos estuvieran más felices cuando él se hubiera marchado, y si una de esas personas era Will Ladislaw, el señor Casaubon se oponía tanto a ello que parecía como si el enojo fuera a formar parte de su existencia incorpórea.

Es ésta una forma muy escueta y por tanto incompleta de exponer el caso. El alma humana se mueve por muchos conductos y como sabemos, el señor Casaubon poseía un sentido de la rectitud y un honroso orgullo por satisfacer los requisitos del honor que le impulsaban a encontrar otros motivos para su conducta que no fueran los celos o el rencor. El señor Casaubon exponía el caso de la siguiente manera:

«Al casarme con Dorothea Brooke me tuve que hacer cargo de su bienestar caso de que yo muriera. Pero el bienestar no se consigue mediante una holgada e independiente posesión de la propiedad; al contrario, pueden surgir ocasiones en las que una posesión tal pudiera exponerla a mayores peligros. Es fácil presa para cualquier hombre que sepa tocar adecuadamente bien su afectividad, bien su quijotesco entusiasmo. Y cerca anda un hombre con precisamente esa intención, un hombre sin otros principios que el capricho pasajero, y que además, siente una animosidad personal hacia mí, de ello estoy convencido, una animosidad alimentada por la conciencia de su ingratitud y de la que se ha ido desfogando ridiculizándome, de lo cual estoy tan seguro como si le hubiera oído. Incluso si vivo no dejaré de estar inquieto respecto de lo que pueda intentar Ladislaw mediante la influencia indirecta. Este hombre ha logrado que Dorothea le escuche, ha encandilado su atención; evidentemente ha intentado impresionarla con la idea de que tiene derechos al margen de cuanto yo he hecho por él. Si muero, y espera al acecho que ello ocurra, la convencerá para que se case con él. Eso sería calamitoso para ella y un triunfo para él. No es que Dorothea lo creyera una calamidad, él conseguiría que se creyera cualquier cosa; y ella tiende a los apegos desmedidos, a los que internamente me reprocha no corresponder y ya ocupa su mente con los infortunios de Ladislaw. Él piensa en una fácil conquista y en apoderarse de mi nido. ¡Pero eso lo impediré yo! Semejante matrimonio sería fatal para Dorothea. ¿Acaso ha perseverado él en algo salvo por oposición? En cuanto a conocimiento siempre ha intentado despampanar a bajo precio. Respecto a la religión podría ser, siempre y cuando le conviniera, el fácil eco de las vaguedades de Dorothea. ¿Cuándo fue la falsa erudición desvinculada de la negligencia? Desconfío totalmente de su moral y es mi obligación impedir la realización de sus propósitos».

Las disposiciones que hiciera el señor Casaubon al casarse le dejaban abierta la posibilidad de tomar importantes medidas, pero al pensar en ellas su mente calibraba tanto las probabilidades de su propia vida que el deseo de calcularlas con la máxima precisión venció por fin su altivo silencio y le empujó a pedir a Lydgate su opinión sobre la naturaleza de su enfermedad.

Le había mencionado a Dorothea que había citado a Lydgate en Lowick a las tres y media y, en respuesta a su angustiada pregunta de si se sentía enfermo respondió:

—No, simplemente deseo su opinión respecto de ciertos síntomas habituales. No hace falta que tú le veas, amor mío. Daré órdenes de que le conduzcan al paseo de los tejos, donde estaré, como siempre, haciendo un poco de ejercicio.

Cuando Lydgate entró en el paseo vio al señor Casaubon que se alejaba lentamente con las manos a la espalda según su costumbre, y la cabeza inclinada hacia delante. Era una tarde preciosa, las hojas de los erguidos tejos caían silenciosas sobre las sombrías plantas de hoja perenne, mientras las luces y las sombras dormían unas junto a otras: no había más ruido que el graznido de los grajos, una nana para el oído acostumbrado a ello o como esa última y solemne canción de cuna que son los cantos funerarios. Lydgate, consciente de su cuerpo fuerte en la plenitud de su vida sintió cierta compasión cuando la figura que en breve alcanzaría se dio la vuelta, y al avanzar hacia él mostró con aún más claridad los signos de un envejecimiento prematuro, los hombros vencidos del estudioso, las piernas enjutas, y las melancólicas líneas de la boca. «Pobre hombre», pensó, «otros a sus años son como leones; sólo se puede decir de su edad que ha alcanzado la madurez total».

—Señor Lydgate —dijo el señor Casaubon con su invariable cortesía—, le estoy muy agradecido por su puntualidad. Si le parece, podemos conversar mientras paseamos.

—Espero que su deseo de verme no obedezca a la reaparición de síntomas desagradables —dijo Lydgate, llenando la pausa.

—No de forma inmediata, no. Para explicar este deseo mío debo mencionar —lo que en otras circunstancias no sería preciso decir— que mi vida, insignificante en otros aspectos colaterales, adquiere una posible importancia debido a que están inacabados los trabajos que han ocupado mis mejores años. En resumen, hace años que tengo entre manos una obra que quisiera dejar en condiciones de que al menos fuera dada a la imprenta por…, otros. De tener la certeza de que esto es lo máximo a lo que puedo aspirar razonablemente, esa certeza me resultaría útil a la hora de delimitar mis esfuerzos al tiempo que guiaría, tanto positiva como negativamente, el curso de mi actividad.

Llegado este punto el señor Casaubon se detuvo, retiró una mano de la espalda y la introdujo entre los botones de la levita. Para una mente con larga experiencia ante el destino humano casi nada podría resultar más interesante que el conflicto interno reflejado en aquel parlamento medido y solemne que pronunciara con la habitual cantinela y movimiento de cabeza. ¿Acaso hay muchas situaciones más sublimemente trágicas que la lucha del alma contra la exigencia de renunciar a una obra que ha constituido el sentido de su vida, un sentido que desparecerá igual que las aguas que van y vienen donde nadie las necesita? Pero para los demás no había nada de sublime en el señor Casaubon, y Lydgate, que sentía cierto desprecio por la vana erudición, advirtió que su compasión se teñía un tanto de comicidad. De momento estaba demasiado poco familiarizado con el desastre como para adentrarse en el patetismo de un destino donde todo está por debajo del nivel de la tragedia salvo el apasionado egoísmo del que lo padece.

—¿Se refiere a los posibles obstáculos por su falta de salud? —dijo, deseoso de facilitar el propósito del señor Casaubon que parecía estar coagulado por alguna indecisión.

—Eso mismo. No me ha sugerido que los síntomas que, he de reconocerlo, observó con escrupuloso esmero, fueran los de una enfermedad mortal. Pero de ser así, quisiera saber la verdad sin reservas y ruego que me comunique con exactitud sus conclusiones: se lo pido como una demostración de amistad. Si puede decirme que mi vida no se ve amenazada por otros accidentes que los normales, me alegraré por los motivos que le he indicado. De no ser así, el saber la verdad me es de aún mayor importancia.

—En ese caso no puedo vacilar en cuanto a mi línea de conducta —dijo Lydgate—, pero lo primero que he de aclararle es que mis conclusiones son doblemente inciertas, no sólo debido a mi falibilidad sino porque las enfermedades del corazón son algo muy difícil sobre lo que predecir. En cualquier caso, apenas se puede aumentar apreciablemente la tremenda incertidumbre de la vida.

El señor Casaubon se sobresaltó visiblemente, pero demostró su conformidad con una inclinación.

—Creo que padece usted lo que se llama una degeneración grasa del corazón, enfermedad que descubrió y analizó Laennec, el hombre que no hace tantos años nos proporcionó el estetoscopio. El tema precisa de mucha experiencia aún y de una observación prolongada. Pero después de lo que me ha dicho es mi obligación comunicarle que en esta enfermedad es frecuente que la muerte se produzca de forma repentina. Pero al tiempo, no se puede predecir tal resultado. Su estado podría compaginarse con una vida relativamente tranquila durante otros quince años o incluso más. No puedo añadir más información a esto salvo algunos datos anatómicos o médicos que dejarían las expectativas de vida en el mismo punto.

El instinto de Lydgate era lo bastante sutil como para advertirle de que el lenguaje directo, exento de toda ostentosa precaución, sería recibido por el señor Casaubon como una muestra de respeto.

—Se lo agradezco, señor Lydgate —dijo el señor Casaubon tras una pequeña pausa—. Tengo que preguntarle una última cosa: ¿le comunicó usted a la señora Casaubon lo que acaba de decirme?

—En parte... me refiero al posible proceso —Lydgate se disponía a explicar por qué se lo había contado a Dorothea pero el señor Casaubon, con inconfundibles deseos de concluir la conversación, agitó la mano levemente y dijo de nuevo «Gracias» procediendo a comentar la particular belleza del día.

Lydgate, seguro de que su paciente prefería estar solo, se marchó enseguida y la negra figura cori las manos a la espalda y la cabeza inclinada hacia adelante continuó caminando por el sendero donde los oscuros tejos proporcionaban una muda compañía para su tristeza y las pequeñas sombras de pájaro y hoja que traspasaban velozmente las islas de luz lo hacían en silencio como en presencia de una desgracia. Aquí había un hombre que por primera vez se encontraba ahora contemplando los ojos de la muerte; que atravesaba uno de esos escasos momentos de la experiencia en que descubrimos la verdad de lo cotidiano, que es tan diferente de lo que llamamos conocerlo como diferente es la visión de las aguas sobre la tierra de la delirante visión del agua que no se puede obtener para refrescar la lengua reseca. Cuando el común «Todos hemos de morir» se convierte de repente en la nítida conciencia del «he de morir… y pronto», la muerte nos atenaza y sus dedos son crueles; quizá después venga y nos rodee con sus brazos como hiciera nuestra madre, y nuestro último momento de turbia percepción terrena tal vez sea como el primero. Ahora, para el señor Casaubon era como si de pronto se encontrara en la oscura orilla del río y oyera el chapoteo del remo que se acerca, sin distinguir las siluetas, pero aguardando la llamada. En tales momentos, la mente no cambia el sesgo de toda una vida sino que: se lo lleva en la imaginación al otro lado de la muerte, echando la vista atrás, quizá con la calma divina de la caridad, quizá con las mezquinas ansiedades del egoísmo. Los actos del señor Casaubon nos darán una indicación de cuál era su sesgo. Se tenía por ser, con ciertas reservas eruditas y personales, un cristiano creyente respecto a la estimación del presente y las esperanzas del futuro. Pero, aunque la llamemos esperanza lejana, lo que nos esforzamos por satisfacer es un deseo inmediato; la situación futura en aras a la cual los hombres se arrastran por las calles de la ciudad ya existe en su imaginación y en su amor. Y el deseo inmediato del señor Casaubon no era la comunión y la luz con la divinidad desprovistas de todo condicionamiento terreno; sus anhelos, pobre hombre, se aferraban, desdibujados y apeados, a lugares umbríos.

Dorothea, que había estado pendiente de la marcha de Lydgate, salió al jardín, con el impulso de dirigirse de inmediato hacia su esposo. Pero vaciló, temerosa de ofenderle con una presencia no deseada, pues su ardor, constantemente rechazado, servía, junto con su fina memoria, para aumentar su miedo, del mismo modo que la energía reprimida se convierte en estremecimiento. Así pues, deambuló lentamente por entre los grupos de árboles más cercanos hasta que le vio avanzar hacia ella. Entonces se le acercó, y podría haber representado a un ángel enviado del cielo portando la promesa de que las pocas horas restantes estarían llenas del amor fiel que se intensifica con el sufrimiento comprendido. La mirada de su marido fue tan gélida que Dorothea sintió crecer su timidez no obstarte se volvió y cogió del brazo al señor Casaubon.

Éste retuvo las manos a la espalda permitiendo que el dúctil brazo de su esposa cogiera el suyo con dificultad.

Para Dorothea, había algo horrible en la sensación que le supuso aquella dura indiferencia. Palabra fuerte, pero no demasiado; es en estos actos llamados trivialidades que se desperdician para siempre las semillas de la felicidad, hasta que hombres y mujeres ven a su alrededor, con rostros demacrados, la desolación que ellos mismos han ocasionado y dicen, la tierra no produce cosechas de dulzura… denominando conocimiento a su propia negativa. Se preguntarán por qué, en nombre de la, virilidad, el señor Casaubon había de comportarse así. Hay que tener en cuenta que su mente rechazaba la conmiseración: han observado alguna vez el efecto que produce sobre esas mentes la sospecha de que lo que las presiona como dolor pueda en realidad ser una fuente de satisfacción, presente o futura, para el ser que ya incurre en ofensa por el hecho de compadecer. Por otra parte, conocía poco las sensaciones, de Dorothea y no se le había ocurrido que, en una situación como la actual, fueran comparables en intensidad a las suyas propias ante las críticas de Carp.

Dorothea no retiró el brazo, pero no osó hablar. El señor Casaubon no dijo, «Deseo estar solo», pero se encaminó en silencio hacia la casa y al cruzar por la puerta de cristal del lado este Dorothea retiró el brazo, deteniéndose sobre el felpudo a fin de dejar completa libertad a su marido, que entró en la biblioteca, donde se encerró a solas con su dolor.

Dorothea subió al gabinete. El mirador abierto dejaba entrar la serena gloria de la tarde en la avenida, donde los tilos proyectaban largas sombras. Pero Dorothea estaba ajena al escenario. Se tumbó sobre una silla sin percatarse de que se encontraba en medio de los rayos deslumbrantes del sol; si ello suponía una incomodidad, ¿cómo saber que no formaba parte de su sufrimiento interior?

Su reacción fue una cólera rebelde más fuerte que cualquier otra que sintiera desde su matrimonio. En lugar de lágrimas brotaban las palabras.

—¿Qué he hecho…, qué soy…, para que me trate así? Nunca sabe lo que pienso… nunca le interesa. ¿De qué sirve nada de cuanto yo haga? Desea no haberse casado nunca conmigo.

Empezó a oírse a sí misma y guardó silencio. Como quien se ha perdido y se encuentra cansado, permaneció sentada y se le impusieron de golpe todos los senderos de su esperanza juvenil que jamás ya volvería a encontrar. Y con la misma nitidez y bajo la luz de la infelicidad vio su soledad y la de su esposo; cómo caminaban separados de forma que ella se veía obligada a escudriñarle. Si él la hubiera acercado a sí mismo, Dorothea jamás le hubiera escudriñado, jamás se hubiera preguntado «¿Merece la pena vivir por él?» sino que le habría considerado sencillamente parte de su propia vida. Ahora se decía con amargura «Es culpa suya, no mía». En la sacudida que había sufrido todo su ser, la compasión se había venido abajo. ¿Era culpa suya el haber creído en él… el haber creído en su valía? Y ¿qué era él exactamente? Era muy capaz de valorarlo… ella que esperaba sus miradas temblorosas y encerraba lo mejor de su alma en una prisión, realizando sólo visitas a escondidas para así ser lo bastante insignificante como para gustarle. En crisis como ésta, algunas mujeres empiezan a odiar.

El sol estaba ya muy bajo cuando Dorothea pensó que en lugar de volver a bajar le enviaría recado a su marido de que no se encontraba bien y prefería quedarse arriba. Nunca con anterioridad había permitido deliberadamente que su resentimiento rigiera de esta manera su conducta, pero en esta ocasión se sentía incapaz de verle de nuevo sin comunicarle sus verdaderos sentimientos y debía esperar hasta poder hacerlo sin interrupciones. Tal vez le asombrara y doliera su recado. Estaría bien que así fuera. Su ira le decía, como suele hacer la ira, que Dios estaba con ella, que todo el paraíso, aunque estuviera repleto de almas observándoles, estaba de su parte. Se disponía a tocar la campanilla cuando llamaron a la puerta.

El señor Casaubon le comunicaba que cenaría en la biblioteca. Deseaba estar completamente solo durante la velada ya que tenía mucho trabajo.

—En ese caso no cenaré, Tantripp.

—Pero señora, ¡déjeme subirle algo!

—No; no me encuentro bien. Déjame todo preparado en el vestidor, pero por favor no me molestes otra vez. Dorothea permaneció sentada, casi inmóvil, en su meditativa lucha, mientras el atardecer se fue transformando lentamente en noche. Pero la lucha se modificaba constantemente, como la de un hombre que empieza con movimientos de ataque y termina venciendo su deseo de hacerlo. La energía que impulsaría un delito no es mayor que la requerida para una sumisión decidida cuando la costumbre noble del alma se reafirma. El pensamiento con el que Dorothea había salido al encuentro de su esposo, la convicción de que éste había preguntado sobre la posible detención de su obra y que la respuesta le había roto el corazón no podía tardar en alzarse junto a la imagen del señor Casaubon cual sombrío instructor que observaba la ira de Dorothea con triste amonestación. Le costó una letanía de imaginados pesares y gritos silenciosos llegar a la conclusión de que tal vez ella fuera la bendición para aquellas penas, pero al fin llegó la sumisión decidida; y cuando la casa estuvo en silencio y supo que se acercaba la hora en la que el señor Casaubon acostumbraba a retirarse a descansar, abrió suavemente la puerta de su habitación, aguardando en la oscuridad hasta que subiera por la escalera con una luz en la mano. Si no subía pronto pensaba bajar ella, incluso a riesgo de sufrir otro despecho. Ya no volvería a esperar otra cosa de él. Pero oyó que se abría la puerta de la biblioteca y lentamente, la luz fue avanzando por la escalera sin que las pisadas sobre la alfombra produjeran ningún ruido. Cuando tuvo a su marido ante ella, observó que su rostro estaba aún más demacrado. Se sobresaltó ligeramente al verla y ella le dirigió sin hablar una mirada suplicante.

—¡Dorothea! —exclamó, en tono de suave sorpresa—. ¿Me estaba esperando?

—Sí, no quería molestarte.

—Ven, amor mío, ven. Eres joven y no necesitas alargarte la vida con vigilias.

Cuando Dorothea advirtió la queda y amable melancolía de estas palabras, sintió algo parecido al agradecimiento que nos brota cuando hemos evitado por muy poco herir a una criatura lisiada. Cogió a su marido de la mano y continuaron juntos por el amplio corredor.

****

LIBRO QUINTO

LA MANO MUERTA

CAPÍTULO XLIII

Dorotea no solía salir de casa sin su esposo, pero de vez en cuando iba sola en el carruaje a Middlemarch para hacer compras o pequeñas obras de caridad como le sucede a cualquier dama de cierta posición cuando vive a tres millas de la ciudad. Dos días después de la escena en el paseo de los tejos decidió utilizar una de aquellas oportunidades para intentar ver a Lydgate y saber por él si su marido había experimentado algún desalentador cambio de síntomas que estuviera ocultándole a ella, así como si había insistido en conocer toda la verdad sobre su salud. Se sentía casi culpable pidiendo información a otro, pero el horror al desconocimiento, el horror a esa ignorancia que pudiera impulsarla a cometer injusticias y crueldades se impuso a todo escrúpulo. Estaba segura de que en la mente de su esposo se había producido una crisis: al día siguiente mismo había iniciado un nuevo sistema para ordenar las notas, incorporándola inusitadamente a la realización de su plan. La pobre Dorothea necesitaba hacer acopio de paciencia.

Eran alrededor de las cuatro cuando se puso en camino hacia la casa de Lydgate en Lowick Gate deseando, ante la duda de encontrarle en casa, haberle escrito de antemano. Y, efectivamente, había salido.

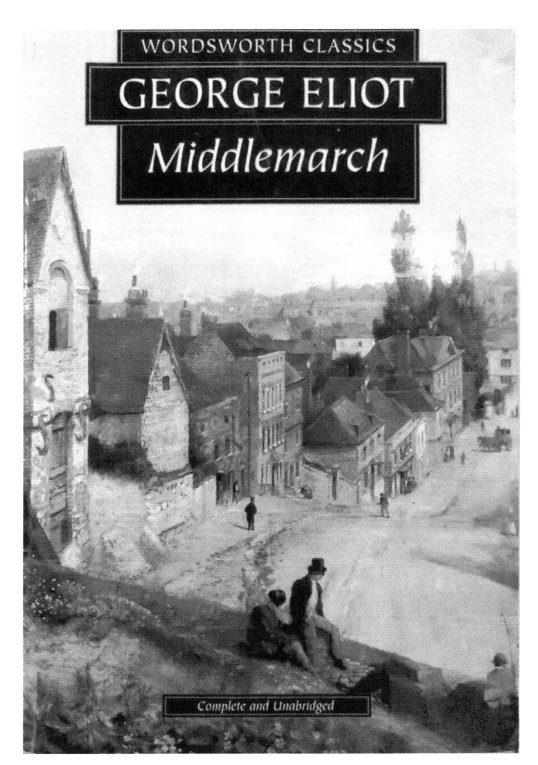

WORDSWORTH CLASSICS

GEORGE ELIOT

Middlemarch

Complete and Unabridged

—¿Está la señora Lydgate en casa? —preguntó Dorothea que no creía haber visto antes a Rosamond, pero recordó en ese momento la boda. Sí, la señora Lydgate estaba en casa.

—Hablaré con ella si me lo permite. ¿Quiere preguntarle si puede recibir a la señora Casaubon unos minutos? Cuando la criada se hubo marchado para transmitir el recado, Dorothea oyó sonidos musicales a través de una ventana abierta —unas notas con voz masculina y a continuación un piano haciendo trémolos. Pero estos se interrumpieron bruscamente y la criada regresó diciendo que la señora Lydgate estaría encantada de ver a la señora Casaubon. Cuando se abrió la puerta del salón y Dorothea entró, se produjo un contraste no infrecuente en la vida rural cuando las costumbres de los diferentes rangos sociales estaban menos entremezcladas que ahora. Que sean los expertos quienes definan exactamente la tela que vestía Dorothea en aquellos templados días de otoño, esa fina lana blanca, suave al tacto y la mirada. Siempre parecía recién lavada y oler a hierba, y siempre tenía una hechura como de túnica con mangas pasadas de moda. Pero de haber aparecido ante un público como Imogen o la hija de Catón, el vestido habría sido el apropiado; la elegancia y la dignidad se encontraban en las extremidades y el cuello de Dorothea; y en torno al cabello sencillamente partido en dos y los ojos cándidos, la amplia y redonda papalina que era en aquellos tiempos parte del sino de las mujeres, no resultaba un tocado más extraño que la curvatura dorada a la que llamamos halo. En cuanto al público presente en aquella ocasión, dos personas, ninguna heroína dramática hubiera sido esperada con más interés que la señora Casaubon. Para Rosamond era una de esas divinidades locales que no se mezclaba con los mortales de Middlemarch y cuyos más mínimos indicios de conducta o aspecto merecían su estudio; además, a Rosamond le gustaba que la señora Casaubon tuviera la oportunidad de estudiarla a ella. ¿De qué sirve ser exquisita si los mejores jueces no te ven? Y, puesto que Rosamond había recibido los mayores elogios en casa de Sir Godwin Lydgate estaba muy segura de la impresión que podía causar entre personas de buena cuna. Dorothea extendió la mano con su acostumbrada amabilidad y sencillez y miró con admiración a la hermosa esposa de Lydgate, consciente de que un poco más atrás había un caballero de pie, pero viéndole simplemente como una figura que llevaba una levita. El caballero estaba demasiado ocupado con la presencia de una mujer como para detenerse a pensar en el contraste entre ambas, contraste que hubiera resultado llamativo para un observador sereno. Ambas eran altas y sus ojos estaban al mismo nivel, pero imagínense la infantil hermosura rubia de Rosamond y maravilloso peinado de trenzas, con un vestido azul claro de una hechura y un corte que ninguna modista podría verlo sin emocionarse, un amplio cuello bordado del que cabía esperar que cuantos lo vieran conocerían el precio, las manos menudas realzadas con anillos y esa actitud entre controlada y tímida que es el sustituto caro de la sencillez.

—Muchas gracias por permitirme interrumpirla —dijo Dorothea al punto
—. Tengo mucho interés en ver al señor Lydgate, si es posible, antes de volver
a casa y pensé que tal vez usted pudiera indicarme dónde encontrarle, o
incluso permitir que le espere aquí si no fuera a tardar.

—Está en el hospital nuevo —dijo Rosamond—; no sé lo que puede tardar,
pero puedo mandar a buscarle.

—¿Me permite que vaya yo? —dijo Will Ladislaw adelantándose. Ya
había cogido el sombrero antes de que Dorothea entrara. Ella se sonrojó,
sorprendida, pero extendió la mano con una sonrisa de inconfundible alegría al
tiempo que dijo:

—No sabía que fuera usted; no pensé que le vería aquí.

—¿Quiere que vaya al hospital y le diga al señor Lydgate que desea verle?
—preguntó Will.

—Será más rápido enviarle el carruaje —dijo Dorothea—, si es usted tan
amable de darle el recado al cochero. Will se encaminaba a la puerta cuando
Dorothea, cuya mente había recorrido en un instante muchos recuerdos
entrelazados, se volvió con rapidez y dijo:

—Iré yo misma, gracias. Quiero perder el menor tiempo posible antes de
regresar a casa. Iré al hospital para ver allí al señor Lydgate. Le ruego me
disculpe, señora Lydgate. Le quedo muy agradecida.

Evidentemente había pensado en algo de pronto y abandonó la habitación
apenas consciente de cuanto la rodeaba, de que Will le abrió la puerta y le
ofreció el brazo para acompañarla hasta el carruaje. Dorothea se lo cogió, pero
no dijo nada. Will, por su parte, se sentía incómodo y desgraciado y no supo
qué decir. La ayudó a subir en silencio, se despidieron, y Dorothea se marchó.

Durante los cinco minutos que duró el trayecto hasta el hospital tuvo
tiempo de reflexionar sobre cosas que le eran completamente nuevas. Su
decisión de marcharse así como la preocupación al salir obedecían a una
repentina sensación de que habría una especie de engaño si voluntariamente se
permitía cualquier nueva comunicación con Will de la que no podía informar a
su marido, máxime cuando el hablar con Lydgate ya era algo a ocultar. Eso era
lo único que explícitamente tenía en el pensamiento; pero también la había
empujado una vaga inquietud. Ahora que se encontraba a solas en el carruaje,
oyó las notas masculinas y el piano que acompañaba, interiorizó lo que le
había pasado un poco desapercibido en el momento, y se encontró
asombrándose ante el hecho de que Will Ladislaw pasara el tiempo con la
señora Lydgate en ausencia de su marido. A continuación no pudo dejar de

recordar que también había pasado algún tiempo con ella en parecidas circunstancias de manera que ¿por qué iba a haber nada malo en ello? Pero Will era pariente del señor Casaubon y alguien con quien ella debía mostrarse amable. Sin embargo, había habido señales que tal vez ella debiera haber interpretado como indicaciones de que al señor Casaubon le disgustaban las visitas de su primo en su ausencia. «Quizá haya estado equivocada en muchas cosas», se dijo la pobre Dorothea mientras le caían las lágrimas que tuvo que secar con rapidez. Se sentía confusamente infeliz, y la imagen de Will, tan clara antes, quedó misteriosamente tocada. Pero el carruaje se detuvo ante la verja del hospital y pronto se halló caminando por el césped con Lydgate, recuperando sus sentimientos la fuerza que la había impulsado a aquella entrevista.

Entretanto, Will Ladislaw estaba incómodo y conocía bien la razón. Sus oportunidades para coincidir con Dorothea eran escasas y por primera vez surgía una en la que se encontraba en desventaja. No se trataba tan sólo, como hasta ahora, de que ella no se interesara exclusivamente por él, sino de que esta vez ella le había visto en circunstancias en las que él no parecía interesarse exclusivamente por ella. Se sintió a mayor distancia, inserto en el grupo de personas de Middlemarch que no formaban parte de la vida de Dorothea. Pero eso no era culpa suya: era lógico que desde que se alojó en la ciudad hubiera ido haciendo cuantas amistades pudiera, ya que su posición requería que lo conociera todo y a todos. Lydgate era indudablemente la persona más interesante del vecindario, a su mujer le gustaba la música, y merecía la pena visitarla. Aquella era la historia de la situación en la que Diana había descendido demasiado inesperadamente sobre quien la idolatraba. Era desconsolador. Will era consciente de que de no ser por Dorothea no estaría en Middlemarch y sin embargo, su situación allí amenazaba con separarle de ella con esas barreras de la habitualidad que resultan más perniciosas para la perseverancia del interés mutuo que la distancia entre Roma y Gran Bretaña. Era muy fácil desafiar los prejuicios sobre rango y posición social que adoptaban la forma de una carta tiránica del señor Casaubon; pero los prejuicios, como los cuerpos olorosos, tienen una doble existencia tanto sólida como sutil, sólidos como pirámides, sutiles como el vigésimo eco de un eco o como el recuerdo del aroma de los jazmines que un tiempo impregnó la oscuridad. Y Will tenía un temperamento que captaba muy finamente las sutilezas: alguien de percepción más tosca no hubiera sentido, como él, que por primera vez, había surgido en la mente de Dorothea cierta sensación de incomodidad en la libertad de trato que hacia él sentía y que el silencio que les acompañó hasta que subió al carruaje tenía un punto de frialdad. Quizá Casaubon, con su odio y sus celos, le hubiera estado insinuando a Dorothea que Will se hallaba por debajo de ella socialmente. ¡Maldito Casaubon!

Will regresó al salón, cogió el sombrero y dijo con irritación mientras avanzaba hacia la señora Lydgate que se había sentado junto a su mesa de trabajo:

—Es fatal que te interrumpan la música o la poesía. ¿Puedo volver otro día para terminar Lungi dal caro tiene?

—Me dejaré enseñar con gusto —respondió Rosamond—. Pero estoy segura de que reconocerá que fue una interrupción muy hermosa. Le envidio su amistad con la señora Casaubon. ¿Es muy inteligente? Lo parece.

—Pues la verdad, no había pensado en ello —dijo Will malhumorado.

—Eso mismo me respondió Tertius cuando le pregunté si era hermosa. ¿En qué piensan ustedes los caballeros cuando están con la señora Casaubon?

—En ella misma —dijo Will, no reacio a provocar un poco a la encantadora señora Lydgate—. Cuando uno ve a una mujer perfecta, no se piensa en sus atributos… sólo se es consciente de su presencia.

—Me sentiré celosa cuando Tertius vaya a Lowick —dijo Rosamond, provocando sus hoyuelos y hablando con alegre frivolidad—. Cuando vuelva le pareceré una insignificancia.

—Hasta ahora, no parece que ese haya sido el efecto surtido en Lydgate. La señora Casaubon difiere demasiado de otras mujeres para que puedan comparársele.

—Veo que es usted un devoto admirador suyo. Supongo que la ve a menudo.

—No —dijo Will, casi con mala cara—. La admiración suele ser algo más teórico que práctico. Pero la estoy practicando en exceso ahora mismo… debo marcharme, aunque no quiera.

—Por favor, vuelva cualquier tarde: al señor Lydgate le gustará escuchar la música y yo no la disfruto tanto sí no está él.

Cuando su marido estuvo de vuelta, Rosamond, de pie ante él y cogiéndole con ambas manos las solapas dijo:

—El señor Ladislaw estaba cantando conmigo cuando llegó la señora Casaubon. Parecía molesto. ¿Crees que le disgustó que le viera en nuestra casa? ¿Acaso tu posición no es incluso mejor que la suya… cualquiera que sea su parentesco con los Casaubon?

—No, no; si estaba realmente molesto debía ser por otra cosa. Ladislaw es una especie de bohemio; le traen sin cuidado los oropeles.

—Con la excepción de la música, no siempre resulta muy agradable. ¿A ti te gusta?

—Sí, creo que es un buen tipo; un tanto descentrado y frívolo, pero agradable.

—¿Sabes? Creo que adora a la señora Casaubon.

—¡Pobrecillo! —dijo Lydgate sonriendo y pellizcando las orejas de su esposa.

Rosamond sentía que empezaba a conocer muchas cosas del mundo, sobre todo al descubrir, lo que para ella resultaba inconcebible de soltera salvo como tragedia nebulosa con trajes de otra época, que las mujeres, incluso después del matrimonio, podían conquistar y esclavizar a los hombres. En aquellos tiempos, las jovencitas de las zonas rurales, incluso las que se educaban con la señora Lemon, leían poca literatura francesa posterior a Racine, y la prensa no había arrojado sobre los escándalos de la vida su magnífica iluminación actual. No obstante, la vanidad, pudiendo trabajar todo el día sobre la mente de una mujer, puede, de pequeñas insinuaciones, levantar abundantes edificios, sobre todo si la insinuación se refiere a la posibilidad de conquistas indefinidas. ¡Qué delicioso, cautivar desde el trono del matrimonio, con un marido como príncipe consorte a tu lado, él mismo un súbdito más, mientras los cautivos levantan una desesperanzada mirada, perdiendo probablemente el sueño, y mejor aún si perdían además el apetito! Pero por el momento las románticas ideas de Rosamond se centraban principalmente en su príncipe consorte y le bastaba con disfrutar de su segura sumisión. Cuando dijo «¡Pobrecillo!», preguntó con juguetona curiosidad:

—¿Por qué dices eso?

—Porque, ¿qué va a hacer un hombre cuando se enamora de una de vosotras, sirenas? Pues solamente descuidar su trabajo y acumular facturas.

—Estoy segura de que tú no descuidas tu trabajo. Siempre estás en el hospital o visitando pacientes pobres, o pensando en las peleas de algún médico; y cuando estás en casa te afanas con el microscopio y los frascos. Confiesa que todo eso te gusta más que yo.

—¿No tienes la ambición de que tu marido sea algo más que un médico de Middlemarch? —preguntó Lydgate, reposando las manos sobre los hombros de su esposa y mirándola con tierna seriedad—. Haré que te aprendas mi pasaje favorito de un viejo poeta:

¿Por qué alborota tanto nuestro orgullo para ser,

y ser olvidado? ¿Qué bien hay comparable a éste:

Enaltecer la palabra, y con ello

enaltecer la lectura para deleite del mundo?

Lo que quiero, Rosy, es enaltecer la palabra, y escribir yo mismo lo que he hecho. Y para hacer eso, cariño, un hombre tiene que trabajar.

—Pues claro que quiero que hagas descubrimientos: nadie desea más que yo que alcances una buena posición en un lugar mejor que Middlemarch. No puedes decir que te haya obstaculizado tu trabajo nunca. Pero no podemos vivir como ermitaños. ¿No estarás descontento conmigo, no Tertius?

—No, cariño, en absoluto. Estoy totalmente contento. —Pero, ¿qué quería preguntarte la señora Casaubon?

—Quería preguntarme por la salud de su esposo. Pero creo que va a ser muy generosa con nuestro nuevo hospital: creo que nos va a dar doscientas libras al año.

CAPÍTULO XLIV

Cuando Dorothea, paseando con Lydgate por entre los macizos de laureles del hospital nuevo, supo por el médico que no había síntomas de cambio en la salud del señor Casaubon salvo una ansiedad mental de conocer la verdad sobre su enfermedad, guardó silencio durante unos minutos, ponderando si habría dicho o hecho algo para suscitar esta nueva angustia. Lydgate, reacio a dejar pasar una oportunidad para impulsar un proyecto acariciado, se atrevió a decir:

—No sé si alguien ha llamado su atención y la de su esposo respecto de las necesidades de nuestro nuevo hospital. Las circunstancias me hacen parecer un tanto egoísta al abordar el tema, pero no es culpa mía; y mi insistencia obedece a que otros médicos luchan en contra de esta institución. Tengo entendido que suele interesarse por estas cosas, pues recuerdo que cuando tuve el placer de conocerla en Tipton Grange antes de que se casara me estuvo preguntando por cómo se veía afectada la salud de los pobres por las miserables condiciones de sus casas.

—Es cierto —dijo Dorothea animándose—. Le quedaré muy agradecida si me dice en qué puedo ayudarle a mejorar las cosas. Ese tipo de actividades se han ido quedando arrinconadas desde mi matrimonio. Quiero decir —dijo, tras un leve titubeo—, que la gente de nuestro pueblo vive con cierta comodidad, y he tenido demasiadas cosas en la cabeza como para hacer más averiguaciones. Pero aquí, en un lugar como Middlemarch, debe haber mucho por hacer.

—Está todo por hacer —dijo Lydgate con brusca energía—. Y este hospital es una obra espléndida que se debe enteramente a los esfuerzos del señor Bulstrode y en gran medida a su dinero. Pero un sólo hombre no puede hacerlo todo en un proyecto de esta envergadura. Contaba, claro está, con que se le ayudara. Y ahora, ciertas personas que quieren que fracase han iniciado una batalla mezquina y rastrera contra el hospital.

—¿Qué razones pueden tener para ello? —preguntó Dorothea con ingenua sorpresa.

—En primer lugar, fundamentalmente la impopularidad del señor Bulstrode. La mitad de la ciudad casi que se tomaría molestias con tal de contrariarle. En este estúpido mundo la mayoría de la gente jamás piensa que merece la pena hacer algo si no lo hace su grupito. No conocí a Bulstrode hasta que llegué aquí. Le miro con imparcialidad y veo que tiene algunas ideas buenas, que ha iniciado cosas que yo puedo utilizar para el bien público. Si un buen número de los hombres mejor formados se pusieran a trabajar con la convicción de que sus observaciones podrían contribuir a reformar la doctrina y práctica de la medicina, pronto veríamos cambios a mejor. Esa es mi opinión. Creo que negándome a trabajar con el señor Bulstrode le estaría dando la espalda a la oportunidad de hacer más extensiva mi profesión.

—Estoy completamente de acuerdo con usted —dijo Dorothea, cautivada al instante por la situación que esbozaban las palabras de Lydgate—. Pero, ¿qué tienen en contra del señor Bulstrode? Sé que mi tío es bastante amigo suyo.

—A la gente le disgusta su tono religioso —respondió Lydgate escuetamente.

—Razón de más para despreciar semejante oposición —dijo Dorothea, enfocando los asuntos de Middlemarch a la luz de las grandes persecuciones.

—Para ser justos, tienen otras objeciones contra él: es déspota y poco sociable, y se dedica al comercio, sector que tiene quejas propias que yo desconozco. ¿Pero qué tendrá eso que ver con el tema de si no sería bueno establecer aquí un hospital mejor que cualquiera de los del condando? Sin embargo, el principal motivo de la oposición es que haya puesto en mis manos la dirección médica. Yo, por supuesto, me alegro. Me brinda la oportunidad de hacer un buen trabajo, y soy consciente de que he de responder justificadamente a la elección que de mí hizo. Pero el resultado es que todos los médicos de Middlemarch se han empeñado en luchar contra el hospital y no sólo se niegan a colaborar ellos mismos, sino que intentan ensombrecer todo el asunto o impedir las donaciones.

—¡Qué mezquindad! —exclamó Dorothea con indignación.

—Supongo que hay que contar con abrirse camino a codazos: apenas se puede hacer nada sin luchar. Y la ignorancia, de las gentes de por aquí es portentosa. No alardeo sino de haber aprovechado ciertas oportunidades que no le llegaron a todo el mundo; pero no hay manera de acallar la ofensa de ser joven y recién llegado y de saber un poco más que los habitantes de siempre. De todas formas, si pienso que soy capaz de poner en marcha mejores métodos de tratamiento, si pienso que puedo continuar ciertas observaciones e investigaciones que pueden constituir un beneficio definitivo para la práctica de la medicina, sería un despreciable adulador si permitiera que se interpusiera en ello cualquier consideración de comodidad personal. Y mi camino está mucho más claro desde el momento en que no existe sueldo en cuestión que haga sospechosa mi perseverancia.

—Me alegro de que me haya contado esto, señor Lydgate —dijo Dorothea con cordialidad—. Estoy segura de poderle ayudar un poco. Tengo algo de dinero y no sé qué hacer con él, lo que a veces me resulta incómodo. Puedo prescindir de doscientas libras al año para un hermoso objetivo como éste. ¡Qué contento debe sentirse de conocer cosas que sabe harán mucho bien! Cómo me gustaría despertarme por las mañanas con ese convencimiento. ¡Parece como si fueran muchas las molestias que se toma la gente sin que de ellas salga nada muy positivo!

Había un dejo de melancolía en las últimas palabras de Dorothea. Pero al punto añadió con más animación:

—Por favor, venga a Lowick y cuéntenos más sobre todo esto. Hablaré de ello con el señor Casaubon. Ahora debo volver a casa.

Dorothea habló con su marido durante la velada y dijo que le gustaría donar doscientas libras al año. Disponía de setecientas anuales, equivalentes a su propia fortuna, recibidas como dote al casarse. El señor Casaubon se limitó a comentar que aquella suma podría ser desproporcionada en relación a otras buenas obras, pero cuando, en su ignorancia, Dorothea rechazó la sugerencia, él accedió. No le importaba al señor Casaubon gastar dinero y no era reacio a darlo. Si en alguna ocasión se interesaba por el dinero era a través de otra pasión y no porque codiciara las posesiones materiales.

Dorothea le dijo que había visto a Lydgate y le transmitió el fondo de la conversación mantenida con él acerca del hospital. El señor Casaubon no hizo ninguna pregunta, pero estaba seguro de que Dorothea deseaba conocer lo sucedido entre él y Lydgate. «Sabe que lo sé», dijo la insistente voz interna; pero aquel incremento de conocimiento tácito no hizo más que disminuir la confianza entre ellos. Él desconfiaba del cariño de Dorothea y ¿qué soledad hay mayor que la de la desconfianza?

CAPÍTULO XLV

Como otras oposiciones, la oposición al nuevo hospital de las fiebres que Lydgate esbozara a Dorothea debía enfocarse desde distintos puntos de vista. Él la leía como una mezcla de envidias y necios prejuicios. El señor Bulstrode veía en ella no sólo celos profesionales contra Lydgate sino la determinación de contrariarle a él mismo, impulsada fundamentalmente por un odio contra esa religión vital por la cual él se había esforzado en ser un representante lego y efectivo, odio que ciertamente encontraba otros pretextos que la religión y que eran fáciles de encontrar en la maraña de las actividades humanas. Esas podían denominarse las opiniones ministeriales. Pero las oposiciones disponen del ilimitado abanico de objeciones que no necesitan detenerse en la frontera del conocimiento sino que pueden nutrirse eternamente con la vastedad de la ignorancia. Lo que la oposición en Middlemarch decía respecto del nuevo hospital y su administración tenía mucho de eco, pues el cielo se ha encargado de que no todo el mundo sea creador, pero existían diferencias que representaban todos los matices sociales entre la educada moderación del doctor Minchin y las tajantes afirmaciones de la señora Dollop, la propietaria de La jarra en Slaughter Lane.

Las propias afirmaciones de la señora Dollop fueron convenciéndola cada vez más de que el doctor Lydgate pensaba dejar morir a la gente en el hospital, eso si no la envenenaba, para así poder despedazarles sin ni siquiera pedir permiso, pues de todos era conocido que había querido trocear a la señora Goby, mujer tan respetable como cualquiera en Parley Street, con fortuna propia antes de casarse…, mal asunto para un médico que, si había de servir para algo, debiera saber lo que le ocurría a uno antes de morirse en lugar de tener que hurgar por dentro cuando ya habías muerto. Si eso no era suficiente razón, la señora Dollop quería saber cuál era; pero entre su auditorio prevalecía la sensación de que la opinión de la señora Dollop era un baluarte, y que si lo derribaban, no habría límite al despedazamiento de cuerpos como había quedado claro en el caso de Burke y Hare con sus emplastos de pez… ¡no querían negocios semejantes en Middlemarch!

Y que no se piense que para la profesión médica la opinión mantenida en el La jarra de Slaughter Lane careciera de importancia: aquella rancia y auténtica taberna. La jarra primera se conocía por el nombre de «Casa Dollop» y era el refugio de un importante club benéfico que pocos meses antes había votado si no debían trocar a su médico de siempre, el doctor Gambit, por «este doctor Lydgate», capaz de realizar las más asombrosas curaciones y de recuperar a personas totalmente desahuciadas por otros profesionales. Pero Lydgate perdió por el voto de dos miembros, quienes por razones privadas sostenían que esta facultad de resucitar a personas casi muertas era una recomendación dudosa y podía interferir con los deseos de la providencia. Sin embargo, en el transcurso del año, la opinión pública había experimentado un cambio, del cual era un exponente la unanimidad en la taberna.

Mucho más de un año antes, cuando se desconocían las facultades de Lydgate, los juicios sobre las mismas estaban naturalmente divididos, dependiendo de un sentido de la probabilidad —situado tal vez en la boca del estómago o en la glándula pineal— y difiriendo en sus veredictos, pero no por ello menos valioso como guía ante la total ausencia de pruebas. Pacientes con enfermedades crónicas o cuyas vidas hacía tiempo se habían desgastado, como la del viejo Featherstone se sintieron de inmediato tentados de probar al nuevo médico; asimismo, muchos a quienes les disgustaba pagar las facturas del médico vieron con alegría la oportunidad de abrir cuenta con un nuevo doctor y mandarle llamar sin recelos si la fiebre de sus hijos precisaba medicación, ocasiones en las que los médicos antiguos con frecuencia se mostraban hoscos; y así, todos cuantos empleaban a Lydgate, sostenían que era inteligente. Algunos consideraban que podría hacer más que otros «en lo referente al hígado»; mucho mal no haría el tomarse alguno de sus frascos de pócimas ya que, aunque resultaran inútiles siempre se podía volver a las píldoras purificadoras que, si bien no hacían desaparecer el tono amarillento, al menos le mantenían a uno vivo. Pero ésas eran personas de menor importancia. Las buenas familias de Middlemarch, por supuesto, no iban a cambiar de médico sin razones fehacientes, y todos los que habían tenido al señor Peacock estaban reacios a aceptar a un hombre nuevo simplemente porque era su sucesor, alegando que «era improbable que fuera como Peacock».

Pero no llevaba Lydgate mucho en la ciudad que ya corrían suficientes detalles sobre él como para generar esperanzas mucho más específicas o intensificar las diferencias hasta convertirlas en bandos, perteneciendo algunos de los detalles a ese orden impresionante que oculta por completo el significado, como es el caso de la estadística sin criterio comparativo, pero que nos llega entre signos de exclamación. Los metros cúbicos de oxígeno que ingiere un adulto anualmente —¡menudo escalofrío hubiera recorrido los círculos de Middlemarch!— «¡Oxígeno! nadie sabe lo que es eso… con estas cosas no es de sorprender que el cólera haya llegado a Danzig. ¡Y sigue habiendo personas que consideran inútiles las cuarentenas!».

Una de las noticias que pronto se rumorearon fue que Lydgate no preparaba medicamentos. Ello resultaba ofensivo tanto para los doctores cuyas prerrogativas parecían quedar violadas, como para los médicos-farmacéuticos entre los que se incluía; y muy poco tiempo antes podrían haber contado con tener la ley de su parte contra alguien que, sin ser doctor en medicina por Londres, se atrevía a cobrar honorarios sin que fuera como pago por las medicinas. Pero Lydgate carecía de la experiencia que le hubiera hecho prever que su modo de actuar podía resultar aún más ofensivo para los legos y fue lo bastante imprudente como para ofrecer una explicación apeada y precipitada de sus motivos al señor Mawmsey, un importante tendero del Top Market quien, aún no siendo paciente suyo, le preguntó afablemente sobre el tema, indicándole que deterioraba el prestigio de los médicos y era un constante perjuicio para el público el que la única forma de que vieran remunerado su trabajo fuera mediante la extensión de largas facturas de pociones, píldoras y jarabes.

—Así es como médicos muy trabajadores pueden llegar a ser casi tan perniciosos como los curanderos —dijo Lydgate algo atolondradamente—. Para ganarse el sustento han de sobremedicar a los vasallos del rey y es ese un mal tipo de traición, señor Mawmsey, mina el organismo de manera fatal.

El señor Mawmsey no sólo era capataz (hablaba con Lydgate debido a una cuestión de los salarios en el campo), sino que además era asmático y tenía una familia creciente con lo que, desde un punto de vista médico, aparte del suyo propio, era hombre importante; a decir verdad, era un tendero excepcional, cuya cabellera disponía en forma de pirámide allamarada y cuya deferencia como comerciante al por menor era del tipo cordial y alentador, jocosa y con cierta educada temperancia a la hora de manifestar su capacidad intelectual. Había sido la amistosa jocosidad del señor Mawmsey al preguntarle lo que sentara la pauta para la respuesta de Lydgate. Pero queden advertidos los prudentes contra dar explicaciones con demasiada rapidez: alargar la suma multiplica las fuentes del error, para aquellos que al hacer la operación es seguro que se equivocarán.

Lydgate sonrió al concluir su explicación al tiempo que ponía el pie en el estribo y el señor Mawmsey se rio más que si hubiera sabido quiénes eran los vasallos del rey, diciendo «Buenos días» con el aire de quien lo ve todo muy claramente. Pero lo cierto es que sus puntos de vista quedaron mellados. Llevaba años pagando facturas en las que cada artículo quedaba muy especificado, de forma que por cada media corona y dieciocho peniques sabía que había recibido algo medible. Lo había hecho complacido, incluyéndolo entre sus responsabilidades como esposo y padre y considerando una factura más larga de lo habitual como un honor a mencionar. Además, encima de los descomunales beneficios que los medicamentos le habían reportado a él y su familia, había disfrutado del placer de formarse una certera opinión respecto a sus efectos inmediatos y podía hacer comentarios inteligentes para orientar al señor Gambit, un facultativo un poco por debajo de Wrench o Toller socialmente hablando, y muy apreciado como partero, sobre cuyas habilidades en otros puntos el señor Mawmsey tenía una muy pobre opinión, pero que recetando, solía decir en voz baja, era el mejor.

Aquí yacían razones más hondas que las palabras superficiales de un recién llegado, que parecían aún más inconsistentes en el salón de encima de la tienda cuando le fueron repetidas a la señora Mawmsey, mujer acostumbrada a gran respeto por ser madre prolífica, generalmente asistida con mayor o menor frecuencia por el señor Gambit, y sujeta a eventuales ataques que precisaban del doctor Minchin.

—¿Acaso este señor Lydgate está diciendo que no sirven para nada los medicamentos? —dijo la señora Mawmsey, que tendía a arrastrar las palabras—. Pues ya me gustaría que me dijera cómo iba yo a poder aguantar las épocas de feria sin tomar una medicina vigorizante desde un mes antes. ¡Piensen en lo que tengo que proporcionarles a los clientes —llegado este punto, la señora Mawmsey se volvió hacia una amiga íntima que se sentaba a su lado— una empanada grande de ternera, un solomillo relleno, un redondo de vaca, jamón, lengua, etcétera, etcétera! Aunque la que mejor me va es la mezcla rosa, no la marrón. Me sorprendes, señor Mawmsey; mira que tener la paciencia de escucharle, con la experiencia que tienes. Yo le hubiera dicho inmediatamente que parecía mentira que supiera tan poco.

—Ni hablar —dijo el señor Mawmsey—, no iba yo a darle mi opinión. Mi lema es oírlo todo y sacar mis conclusiones. Pero no sabía él con quién estaba hablando. A mí no me enredan así como así. A menudo la gente pretende decirme cosas, cuando bien podían estar diciendo, «Mawmsey eres un imbécil». Pero yo me sonrío, y templo todas las gaitas. Si las medicinas nos hubieran perjudicado a mí y a la familia, ya lo hubiera descubierto a estas alturas.

Al día siguiente, al señor Gambit se le comunicó que Lydgate iba diciendo que las medicinas no servían de nada.

—¿Ah sí? —dijo, alzando las cejas con cautelosa sorpresa. (Era un hombre fornido y bronco con un gran anillo en el dedo anular).— ¿Y cómo piensa curar a sus pacientes?

—Eso mismo digo yo —contestó la señora Mawmsey que habitualmente daba peso a sus comentarios recalcando los pronombres—. ¿Es que se piensa que la gente le va a pagar por ir a verles y marcharse?

La señora Mawmsey había recibido múltiples visitas del señor Gambit, incluidos detallados pormenores de sus propios hábitos corporales y otros asuntos; pero evidentemente él sabía que no había ninguna insinuación en este comentario ya que jamás había cobrado ni por su tiempo libre ni por sus narraciones personales. De manera que contestó bromeando:

—Bueno, Lydgate es un joven muy apuesto.

—Pero no seré yo quien utilizará sus servicios —respondió la señora

Mawmsey—, los demás, que hagan lo que quieran.

De aquí que el señor Gambit pudiera salir de la tienda principal de ultramarinos sin miedo a la rivalidad, pero no carente de la sensación de que Lydgate era uno de esos hipócritas que intentan desacreditar a otros al anunciar públicamente su propia honradez y que tal vez les mereciera la pena a algunos ponerle en evidencia. Sin embargo, el señor Gambit tenía una consulta satisfactoria muy impregnada de los aromas del comercio al por menor, lo que significaba que prevalecía el cobro en especies sobre el pago en metálico. Y no creía que le mereciera la pena poner a Lydgate en evidencia hasta que no supiera cómo hacerlo. Era cierto que no tenía muchos recursos de educación y había tenido que abrirse paso contra un gran desprecio profesional; pero no era peor partero por llamar «pulmones» al aparato respiratorio.

Otros médicos se sentían más capaces. El señor Toller compartía la mejor clientela de la ciudad y pertenecía a una rancia familia de Middlemarch: había Tollers en la práctica de la abogacía y todas las demás profesiones por encima de los comerciantes al por menor. Al contrario de nuestro irascible amigo Wrench, se tomaba muy tranquilamente las cosas que supuestamente habrían de molestarle, siendo hombre educado, suavemente chistoso, con una buena casa, aficionado a la caza cuando se terciaba, muy amigo del señor Mawmsey y hostil hacia el señor Bulstrode. Puede parecer extraño que siendo poseedor de hábitos tan plácidos, favoreciera el tratamiento heroico, que consistía en sangrar, aplicar ventosas y matar de hambre a sus pacientes con apasionado desprecio del ejemplo personal que daba; pero la incongruencia favorecía su prestigio entre sus pacientes que frecuentemente comentaban que el señor Toller tenía hábitos indolentes, pero ponía tratamientos tan activos como pudiera desearse: nadie, decían, dotaba a su profesión de mayor seriedad; tardaba un poco en llegar, pero cuando se presentaba, hacía algo. En su propio círculo era un predilecto y cuanto insinuaba en detrimento de alguien destacaba más por el tono de despreocupada ironía con el que lo decía.

Lógicamente se cansó de sonreír y decir «¡ah!» cuando se le comunicaba que el sucesor del señor Peacock no tenía la intención de preparar medicamentos y un día en que el señor Hackbutt hizo referencia a ello después de una cena y mientras tomaban el vino, el señor Toller dijo riendo:

—Así Dibbitts podrá deshacerse de los medicamentos mohosos. Aprecio al pequeño Dibbitts, me alegro de que tenga suerte.

—Le entiendo, Toller —respondió el señor Hackbutty soy de su misma opinión. Aprovecharé la ocasión para expresarme a ese respecto. Un hombre de medicina debe ser responsable de la calidad de los medicamentos que toman sus pacientes. Esa es la razón de ser del sistema de cobro por ellos; y no hay nada más ofensivo que esta ostentación de reforma cuando no hay mejora real.

—¿Ostentación, Hackbutt? —dijo el señor Toller sarcásticamente—. Yo no lo veo así. No se puede ser ostentoso de aquello en lo que nadie cree. Tampoco hay reforma alguna en este asunto: la cuestión es si el beneficio económico de los medicamentos se lo paga al médico el boticario o el paciente y si habrá que pagar más por lo que se llama asistencia.

—¡Claro, claro! Unas de esas malditas versiones nuevas de los camelos de siempre —dijo el señor Hawley, pasándole la botella de vino al señor Wrench.

El señor Wrench, que por lo general era abstemio, a menudo bebía con cierta libertad en las cenas a las que se le invitaba, irritándose aún más como consecuencia.

—En cuanto a camelos, Hawley —dijo—, ésa es palabra fácil de lanzar. Contra lo que yo lucho es la forma en la que los médicos están tirando piedras contra su propio tejado y alborotando por todo el país como si un médico de cabecera que prepara medicamentos no pudiera ser un caballero. Rechazo con desprecio la acusación. Y opino que lo que es una perrería poco caballerosa es presentarse entre los miembros de tu profesión con innovaciones que son una calumnia contra procedimientos avalados por el tiempo. Eso es lo que yo digo, y estoy dispuesto a sostenerlo contra cualquiera que me contradiga. —El tono de voz del señor Wrench había ido subiendo.

—Siento no poder complacerle en ese punto, Wrench —dijo Hawley, metiéndose las manos en los bolsillos del pantalón.

—Mi querido amigo —dijo el señor Toller interviniendo conciliadoramente y mirando al señor Wrench—, a los doctores les están chinchando más que a nosotros. Si hablamos de dignidad, ese es tema para Minchin y Sprague.

—¿Acaso la jurisprudencia médica no aporta nada contra estas infracciones? —dijo el señor Hackbutt, con desinteresado afán de aportar su talento—. ¿Qué dice la ley de esto, Hawley?

—Por ese lado no hay nada que hacer —dijo el señor Hawley—. Lo estuve mirando para Sprague. Sólo te estrellarías contra la decisión de un maldito juez.

—¡Bah! ¿Para qué necesitamos la ley? —dijo el señor Toller. Por lo que se refiere a su clientela, es un intento absurdo. No habrá paciente a quien le guste… desde luego a ninguno de los de Peacock, acostumbrados a la reducción de líquidos. Páseme el vino.

La predicción del señor Toller se cumplió en parte. Si el señor y la señora

Mawmsey, que no pensaban acudir a Lydgate, estaban inquietos por su supuesta declaración en contra de los medicamentos, era inevitable que aquellos que la llamaban vigilaran con inquietud para verificar que utilizaba «todos los medios a su alcance» en el caso. Incluso el bueno del señor Powderell, quien en su constante caridad interpretativa se sentía dispuesto a respetar a Lydgate más por lo que parecía su consciente búsqueda de un tratamiento mejor, se vio asaltado por la duda durante el ataque de erisipela que padeció su mujer, y no pudo dejar de mencionarle a Lydgate que en ocasión parecida el señor Peacock le había administrado unas píldoras que sólo podían definirse por el asombroso efecto que surtieron al restablecer a la señora Powderell, antes de San Miguel, de una enfermedad contraída durante el calurosísimo mes de agosto. Finalmente, dividido entre el deseo de no herir a Lydgate y la inquietud por que no faltaran «medios», indujo a su esposa en privado a que tomara las píldoras purificadoras de Widgeon, una medicina muy apreciada en Middlemarch, y que atacaba todas las enfermedades de raíz porque actúa de inmediato sobre la sangre. Esta medida cooperativa no debía mencionársele a Lydgate, y ni siquiera el propio señor Powderell tenía mucha confianza en los resultados, aunque esperaba que se viera auxiliada por una bendición celestial.

Pero en esta etapa incierta de su iniciación, Lydgate se vio asistido por lo que nosotros los mortales denominamos precipitadamente la buena suerte. Supongo que ningún médico llegó nunca a ningún lugar nuevo sin efectuar curaciones que sorprendieron a algunos, curaciones que pueden denominarse testimonios de la fortuna y merecen tanto respeto como las escritas o las impresas. Varios fueron los pacientes que sanaron bajo la atención de Lydgate, algunos de ellos incluso se recuperaron de enfermedades peligrosas; y se comentó que el nuevo médico con sus métodos nuevos al menos tenía el mérito de devolver a la vida a personas con un pie en la tumba. Las tonterías que en tales ocasiones se decían resultaban tanto más irritantes para Lydgate ya que proporcionaban precisamente el tipo de prestigio que desearía un hombre incompetente y poco escrupuloso y que le era atribuido por la antipatía de otros colegas con la finalidad de que favoreciera la máxima ignorancia. Pero incluso su altiva franqueza se vio frenada por la lucidez de que era tan inútil luchar contra las interpretaciones de la ignorancia como dar manotazos a la niebla; y la «buena suerte» insistía en hacer uso de esas interpretaciones.

En una ocasión, la señora Larcher se sintió caritativamente preocupada por los síntomas alarmantes de su asistenta, y le pidió al doctor Minchin, que pasaba a verla a ella, que la reconociera al punto y le extendiera un certificado para la enfermería. Tras examinarla, el doctor redactó su diagnóstico de un tumor, recomendando a la portadora del mismo, Nancy Nash, en calidad de enferma externa. De camino a la enfermería, Nancy pasó por su casa y permitió que el corsetero y su mujer, en cuyo ático se alojaba, leyeran el informe del doctor Minchin, lo que la convirtió en tema de compasivas conversaciones en las tiendas vecinas de Churchyard Lane por padecer un tumor en principio del tamaño y dureza de un huevo de pato, pero que así que avanzó el día adquirió las dimensiones de un puño. La mayoría de los oyentes coincidían en que habría que extirparlo, pero unos habían oído hablar del aceite y otros del cocimiento de la grama como cosas adecuadas para ablandar y reducir cualquier bulto del cuerpo si se tomaban en cantidades suficientes: el aceite porque lo enmollecía y la grama porque lo desgastaba.

Entretanto, resultó que Nancy se presentó en la enfermería uno de los días en que Lydgate estaba allí. Tras hacerle unas preguntas y reconocerla, Lydgate le susurró al interno: «No es un tumor; es un calambre». Le recetó un emplasto y un jarabe y la mandó a casa a descansar, dándole al tiempo una nota para la señora Larcher, quien, dijo Nancy, era su mejor patrona, testimoniando que precisaba una buena alimentación.

Pero al poco, Nancy, en su ático, empeoró considerablemente al, efectivamente, ceder el supuesto tumor ante el emplasto, pero tan sólo para localizarse en otro lugar del cuerpo con mayor irritación y dolor. La mujer del corsetero fue en busca de Lydgate quien siguió atendiendo a Nancy en su casa durante quince días hasta que se recuperó con su tratamiento y volvió al trabajo. Pero en Church Lane y en otras calles se continuó hablando del caso como de un tumor y así lo describía incluso la señora Larcher; pues cuando se le informó al doctor Minchin del asombroso éxito de Lydgate, aquél se sintió naturalmente reacio a decir «No era un caso de tumor y yo estaba equivocado al así diagnosticarlo», sino que respondió «¡Hombre, claro! Vi que era un caso de cirugía, aunque no mortal». No obstante, cuando preguntara en la enfermería por la mujer que había recomendado dos días antes, le había molestado interiormente saber por el interno, un jovenzuelo a quien le dolía molestar a Minchin impunemente, exactamente lo que había sucedido. En privado Minchin comentó que era impropio de un médico generalista contradecir el diagnóstico de un doctor de forma tan descarada, coincidiendo posteriormente con Wrench en que Lydgate resultaba desagradablemente indiferente en asuntos de etiqueta. Lydgate no hizo del asunto motivo para hacerse valer o (muy en especial) para despreciar a Minchin, pues entre personas de igual cualificación a menudo se dan tales rectificaciones. Pero el rumor pronto extendió este asombroso caso del tumor, no muy diferenciado del cáncer y considerado tanto más horrible por pertenecer al tipo de los móviles, hasta el punto de que muchos de los prejuicios contra el método de Lydgate respecto a los medicamentos se vieron vencidos por su maravillosa habilidad en la pronta recuperación de Nancy Nash, que se había estado retorciendo del dolor que le producía un tumor duro y pertinaz, que hubo de ceder finalmente.

¿Qué podía hacer Lydgate? Resulta ofensivo decirle a una dama cuando expresa su admiración ante tu maestría, que está de todo punto equivocada y que su asombro es una necedad. Y adentrarse en la descripción de la naturaleza de la enfermedad no hubiera hecho más que aumentar sus desacatos para con el decoro profesional. Así pues, hubo de apechugar con la promesa del éxito que le otorgaba esa ignorante adulación a la que se le escapa toda cualidad válida.

En el caso de un paciente más conspicuo, el señor Borthrop Trumbull, Lydgate reconocía haberse mostrado superior a un médico corriente, aunque también aquí ganó una ventaja equívoca. El locuaz subastador había contraído pulmonía, y siendo antiguo paciente del señor Peacock, mandó llamar a Lydgate, a quien había expresado su intención de patrocinar. El señor Trumbull era hombre fornido, buen paciente sobre el que ensayar la teoría expectante: observar el curso de una interesante enfermedad cuando se la deja a sí misma lo más posible, de forma que se puedan ir anotando las etapas como guía en el futuro. A juzgar por cómo describía sus sensaciones, Lydgate infirió que a Trumbull le gustaría gozar de la confianza de su médico y asimismo figurar como partícipe de su propia curación. El subastador oyó, sin gran sorpresa, que era la suya una constitución que (siempre con la debida vigilancia) podía encargarse de sí misma y ofrecer así un magnífico ejemplo de una enfermedad con todas sus fases claramente delineadas, y, también, que probablemente poseyera la rara fortaleza mental para, voluntariamente, convertirse en el ensayo de un procedimiento racional, convirtiendo de esta forma el desarreglo de sus funciones pulmonares en algo beneficioso para la sociedad.

El señor Trumbull aceptó de inmediato, afirmando enérgicamente que una enfermedad suya era una ocasión extraordinaria para la ciencia médica.

—Pierda cuidado; no está hablando usted con un completo ignorante de la *vis medicatrix* —dijo con su habitual superioridad de expresión que la dificultad para respirar teñía un tanto de patetismo. Y valientemente continuó la abstinencia de medicamentos, muy reconfortado por el uso del termómetro que daba a entender la importancia de la fiebre, por el convencimiento de que proporcionaba elementos para el microscopio así como por el aprendizaje de múltiples palabras nuevas que parecían adecuadas a la dignidad de sus secreciones. Pues Lydgate era lo bastante agudo como para depararle algunas explicaciones técnicas.

Como se puede suponer, el señor Trumbull se levantó de la cama muy dispuesto a hablar de una enfermedad durante la que había dejado clara su fortaleza mental además de su buena constitución, y no fue remiso en otorgarle crédito al médico que había discernido la calidad del paciente al que trataba. El subastador no era hombre poco generoso y gustaba de dar a cada uno lo suyo, convencido de podérselo permitir. Se había hecho con las palabras «método expectante» y las repetía constantemente junto con otras frases eruditas como acompañamiento de la afirmación de que Lydgate «sabía una o dos cosas más que el resto de los doctores, y conocía mucho mejor que la mayoría de sus colegas los secretos de su profesión».

Esto había sucedido antes de que el asunto de la enfermedad de Fred Vincy proporcionara un terreno personal más definido a la enemistad que el señor Wrench sentía por Lydgate. El recién llegado ya amenazaba con ser una molestia como rival y de hecho ya resultaban molestas sus críticas prácticas o sus reflexiones acerca de sus extenuados y mayores colegas, que habían estado ocupados con cosas mejores que las ideas experimentales. Su clientela se había extendido por una o dos zonas y desde el principio, los rumores sobre su alcurnia habían desembocado en frecuentes invitaciones, de forma que los demás médicos se le encontraban en las cenas de las mejores casas. Y no se ha constatado que la obligación de coincidir con alguien que te desagrada culmine siempre en un mutuo apego. Apenas nunca se daba entre ellos tanta unanimidad como al opinar que Lydgate era un arrogante jovenzuelo, dispuesto sin embargo a arrastrarse servilmente ante Bulstrode a fin de destacar. El hecho de que el señor Farebrother, cuyo nombre abanderaba el partido opuesto a Bulstrode, siempre defendiera a Lydgate y le convirtiera en su amigo, se achacaba a la inexplicable forma que tenía Farebrother de luchar en ambos bandos.

Había pues, abundante preparación para el estadillo de indignación profesional ante el anuncio de las leyes que el señor Bulstrode estaba haciendo para la dirección del hospital nuevo, que resultaban tanto más desesperantes, puesto que no existía, de momento, la posibilidad de obstaculizar sus deseos ni sus gustos, dado que todos salvo Lord Medlicote se habían negado a contribuir al edificio argumentando que preferían subvencionar la antigua enfermería. El señor Bulstrode hizo frente a todos los gastos y había dejado de lamentar que estuviera comprando el derecho a poner en marcha sus ideas de mejora sin impedimentos de parte de colaboradores cargados de prejuicios; pero había tenido que invertir grandes sumas y la construcción se había demorado. Caleb Garth se había encargado de ello, fracasando durante el proceso, y antes de que se comenzara el equipamiento interior se había retirado ya de la gestión del asunto; y cuando se refería al hospital solía decir que fuera como fuera Bulstrode, le gustaban la buena carpintería y la sólida albañilería y que entendía tanto de desagües como de chimeneas. La verdad es que el hospital se había convertido en algo de sumo interés para Bulstrode y con gusto hubiera seguido invirtiendo una fuerte suma anual a fin de poderlo dirigir dictatorialmente sin ninguna junta directiva. Pero tenía otra predilección que también precisaba de dinero para su realización: deseaba comprar tierras en el vecindario de Middlemarch y por lo tanto quería obtener considerables contribuciones para el mantenimiento del hospital. Entretanto, definió su plan de administración. El hospital quedaría para las fiebres de todo tipo; Lydgate sería el director jefe de los servicios médicos para así poder tener total libertad para proseguir las investigaciones comparadas cuya importancia le habían demostrado sus estudios, especialmente los de París, mientras que los demás médicos visitantes tendrían una influencia consultiva, pero ningún poder para contravenir las decisiones finales de Lydgate; la administración general quedaría exclusivamente en manos de cinco directores asociados con el señor Bustrode, que poseerían un número de votos proporcionales a su contribución, con la junta misma encargada de cubrir cualquier vacante y excluyendo que un enjambre de pequeños contribuyentes pudieran participar en el gobierno del hospital.

Hubo una negativa inmediata por parte de todos los médicos de la ciudad para convertirse en médicos visitantes del Hospital de Fiebres.

—Muy bien —le dijo Lydgate al señor Bulstrode—, tenemos un magnífico cirujano internista y farmacéutico, un tipo sensato y con unas manos maravillosas; haremos que Webb, de Crabsley, tan buen médico rural como cualquiera de ellos, venga dos veces en semana, y caso de alguna operación excepcional, que venga Protheroe desde Brassing. Yo tendré que trabajar más, eso es todo, y he renunciado ya a mi puesto en la enfermería. El plan saldrá adelante a pesar de ellos y entonces se alegrarán de incorporarse. No pueden durar las cosas tal y como están: pronto vendrán toda clase de reformas y en ese momento puede que los jóvenes quieran venir a estudiar aquí. —Lydgate se encontraba muy animado.

—Puede estar seguro de que no me echaré atrás, señor Lydgate —dijo el señor Bulstrode—. Mientras le vea llevando a cabo elevados propósitos con vigor, tendrá todo mi apoyo. Y tengo la humilde confianza de que las bendiciones que hasta ahora han asistido mis esfuerzos en contra del espíritu perverso de esta ciudad no me abandonarán. No dudo en poder conseguir directores adecuados para que me asistan. El señor Brooke de Tipton ya me ha dado su consentimiento así como la promesa de una contribución anual. No me ha especificado la suma… seguramente no será grande. Pero será un miembro útil de la Junta.

Tal vez la definición de un miembro útil fuera la de alguien que no suscitara nada y siempre votara de acuerdo con el señor Bulstrode.

Así las cosas, la aversión médica hacia Lydgate apenas se disimulaba. Ni el doctor Sprague ni el doctor Minchin decían que les desagradaban los conocimientos de Lydgate ni su inclinación por mejorar el tratamiento; lo que les disgustaba era su arrogancia, lo cual nadie podía del todo negar. Sugerían que era insolente, pretencioso y dado a las innovaciones imprudentes por amor al aparato y el bullicio que constituyen la esencia del fantoche.

Una vez la palabra fantoche había saltado al ruedo, no se pudo retirar. En aquellos días el mundo andaba inquieto con los prodigios del señor St. John Long, «noble y caballero» que declaraba extraer un fluido como el mercurio de las sienes de un paciente.

Un día, el señor Toller le comentó sonriendo a la señora Taft, que «Bulstrode había encontrado en Lydgate un hombre a su gusto; a un fantoche en lo religioso debían gustarle otros tipos de fantoches».

—Me imagino que sí —dijo la señora Taft, reteniendo al tiempo en la cabeza la cifra de treinta puntos—; hay tantos así. Recuerdo al señor Cheshire, con sus hierros, intentando enderezar a la gente cuando el Todopoderoso los había hecho encorvados.

—No, no —dijo el señor Toller—, Cheshire estaba bien, todo claro y sin tapujos. Pero ahí tenemos a St. John Long, ésa es la clase de individuo al que llamamos fantoche, anunciando curaciones por sistemas que nadie conoce; un tipo que quiere armar bulla simulando que profundiza más que otras personas. El otro día fingió horadar el cerebro de un hombre y obtener mercurio de él.

—¡Jesús! ¡Qué manera de entrometerse en la salud de la gente! —dijo la señora Taft.

Después de esto, en varios lugares se afirmó que Lydgate jugaba con la salud de gente respetable para sus propios fines, por lo que no sería de extrañar que en sus alocados experimentos hiciera lo que le diera la gana con los pacientes del hospital. Sobre todo, cabía esperar, como había dicho la patrona de La jarra, que descuartizara los cadáveres atolondradamente. Pues Lydgate, tras atender a la señora Goby, que había muerto, al parecer, de una enfermedad cardiaca de sintomatología poco clara, pidió permiso con excesiva osadía a sus parientes para abrir el cuerpo, incurriendo así en una ofensa que pronto rebasó Parley Street, donde dicha señora había vivido muchos años de unos ingresos tales que convertían la asociación de su cuerpo con las víctimas de Burke y Hare en un flagrante insulto a su memoria.

Aquel era el estado de las cosas cuando Lydgate tocó el tema del hospital con Dorothea. Como se ve, sobrellevaba con mucho garbo la enemistad y los ñoños errores de concepto, consciente de que, en parte, obedecían al considerable éxito que iba obteniendo.

—No conseguirán echarme —dijo, hablando confidencialmente en el despacho del señor Farebrother—. Tengo aquí una buena oportunidad para alcanzar los fines que más me interesan, y estoy bastante seguro de poder ganar lo suficiente para cubrir nuestras necesidades. Con el tiempo podré llevar una vida tranquila: no me seducen las cosas externas a mi hogar y a mi trabajo. Y cada vez estoy más convencido de que será posible demostrar el origen homogéneo de todos los tejidos. Raspail y otros van por la misma senda y yo he estado perdiendo el tiempo.

—No tengo el poder de la profecía sobre ese punto —respondió el señor Farebrother, que había estado fumando su pipa pensativamente mientras Lydgate hablaba—, pero respecto a la hostilidad en la ciudad, la capeará si es usted prudente.

—¿Cómo puedo ser prudente? —preguntó Lydgate—; me limito a resolver lo que se me presenta. Al igual que Vesalio, no puedo evitar la ignorancia y el rencor de la gente. Es imposible cuadrar la conducta propia con las estúpidas conclusiones que nadie puede prever.

—Cierto, pero no me refería a eso, sino a otras dos cosas. Primero, manténgase lo más apartado posible de Bulstrode. Evidentemente puede usted continuar haciendo una buena labor con su ayuda, pero no se ate a él. Tal vez el que lo diga yo suene a sentimientos personales, y reconozco que hay un buen componente de eso, pero los sentimientos personales no siempre están equivocados si se reducen a las impresiones que los convierten en una simple opinión.

—Bulstrode no me importa nada —dijo Lydgate despreocupadamente—, salvo en los temas públicos. En cuanto a unirme demasiado a él, no le aprecio lo bastante como para eso. Pero ¿cuál era la otra cosa a la que se refería? —preguntó Lydgate, que se acunaba la pierna cómodamente y no se sentía muy necesitado de consejo.

—Pues a ésta. Encárguese —experto crede— encárguese de que no le maniaten las cuestiones de dinero. Sé, por algo que dijo el otro día, que le disgusta que yo juegue a las cartas por dinero. Tiene toda la razón. Pero procure alejarse de la necesidad de precisar pequeñas sumas de dinero de las que no dispone. Quizá esté hablando innecesariamente, pero a un hombre le gusta asumir la superioridad sobre sí mismo exponiendo el mal ejemplo que da y sermoneando sobre él.

Lydgate encajó con mucha cordialidad las indicaciones del señor Farebrother, aunque difícilmente las hubiera aceptado de nadie más. No pudo por menos que recordar que recientemente había incurrido en algunas deudas, pero habían parecido inevitables y su intención ahora era la de mantener una casa de la manera más sencilla posible. Pasaría mucho tiempo antes de que el mobiliario que debía, o incluso la reserva de vino, tuvieran que renovarse.

Eran muchos los pensamientos que le animaban en aquel momento… y justificadamente. Ante las mezquinas hostilidades, a un hombre consciente de su entusiasmo por unos objetivos dignos le sostiene el recuerdo de los grandes trabajadores que tuvieron que abrirse paso, no sin heridas, y que revolotean en su mente como santos patrones, ayudando de forma invisible. Una vez en casa, la misma tarde en que charlara con el señor Farebrother, Lydgate tenía las largas piernas estiradas en el sofá, la cabeza echada hacia atrás y las manos entrelazadas sobre la nuca conforme a su postura favorita para pensar, mientras Rosamond, sentada al piano, tocaba una melodía tras otra, de las que su esposo sólo sabía (¡como el emotivo elefante que era!) que encajaban con su estado de ánimo como si de melodiosas brisas de mar se tratara.

Había algo magnífico en el aspecto de Lydgate en ese momento y cualquiera se hubiera sentido impulsado a apostar por su éxito. En sus ojos oscuros y en su boca y en su frente había esa placidez que deriva de la plenitud del pensamiento contemplativo, la mente que no busca sino que contempla y la mirada como llena de lo que hay detrás de ella.

Al poco rato Rosamond dejó el piano y se sentó en una silla cerca del sofá, frente a su marido.

—¿Ha tenido suficiente música, mi señor? —dijo, cruzando las manos y adoptando una actitud de sumisión.

—Sí, cariño, si estás cansada —dijo Lydgate con dulzura volviendo hacia ella la mirada, pero sin cambiar de postura. La presencia de Rosamond en ese momento quizá no era más que una cucharada añadida al lago y su instinto femenino en estas cuestiones no era tardo.

—¿Qué es lo que te tiene tan ensimismado? —preguntó, inclinándose hacia adelante y aproximando el rostro al de su marido.

Lydgate movió las manos y las puso suavemente detrás de los hombros de Rosamond.

—Estoy pensando en un gran hombre, que tenía más o menos mi misma edad hace trescientos años, y ya había iniciado una nueva era en la anatomía.

—No lo adivino —dijo Rosamond moviendo la cabeza—. En el colegio de la señora Lemon solíamos jugar a adivinar personajes históricos, pero no anatomólogos.

—Yo te lo diré. Se llamaba Vesalio. Y la única manera de llegar a saber tanta anatomía como supo era robando cadáveres por la noche de los cementerios y lugares de ejecución.

—¡Oh! —dijo Rosamond, un gesto de desagrado pasándole por el bonito rostro—. Me alegro mucho de que no seas Vesalio. Se me antoja que hubiera podido encontrar algún sistema menos horrible.

—Pues no —prosiguió Lydgate demasiado entusiasmado como para prestar mucha atención a la respuesta de su esposa—. Sólo podía obtener un esqueleto completo robando del patíbulo los blanqueados huesos de un criminal, enterrándolos primero y desenterrándolos después poco a poco y a escondidas durante la noche.

—Confío en que no sea uno de tus grandes héroes —dijo Rosamond medio en broma, medio preocupada—, de lo contrario ya te veo levantándote a media noche para ir al cementerio de St. Peter. Tú mismo me dijiste cómo estaba la gente de enfadada con lo de la señora Goby. Ya tienes suficientes enemigos.

—También los tuvo Vesalio, Rosy. No es de extrañar que las antiguallas médicas de Middlemarch estén celosas cuando algunos de los mejores médicos del momento se opusieron a Vesalio porque habían creído en Galeno y él demostró que Galeno estaba equivocado. Le llamaron mentiroso y monstruo ponzoñoso. Pero la realidad del esqueleto humano estaba de su parte, de forma que él rio el último.

—¿Y qué le ocurrió después? —preguntó Rosamond con ligero interés.

—Bueno, pues tuvo que luchar bastante hasta el final. Y en un momento determinado le hartaron lo suficiente como para que quemara una buena parte de su obra. Luego, cuando venía de Jerusalén para ocupar una cátedra en Padua, naufragó. Tuvo una muerte muy triste.

Hubo una pequeña pausa antes de que Rosamond dijera:

—¿Sabes, Tertius? A menudo deseo que no hubieras sido médico.

—No, Rosy, no digas eso —exclamó Lydgate atrayéndola hacia sí—. Eso es como decir que desearías haberte casado con otro hombre.

—En absoluto. Eres lo bastante inteligente para cualquier cosa. Podrías haberse dedicado a otra profesión. Y todos tus primos de Quallingham piensan que has descendido socialmente en relación con ellos al escoger tu profesión.

—¡Los primos de Quallingham se pueden ir al infierno! —exclamó con desdén Lydgate—. Es típico de su insolencia que te dijeran algo así.

—De todos modos —dijo Rosamond—, a mí no me parece una bonita profesión, cariño. —Sabemos cuánta silenciosa perseverancia tenía en sus opiniones.

—Es la profesión más hermosa del mundo, Rosamond —dijo Lydgate con gravedad—. Y afirmar que me amas sin amar al médico que llevo dentro es lo mismo que decir que te gusta comer melocotones pero te disgusta su sabor. No lo vuelvas a decir, cariño, porque me hiere.

—Está bien, doctor Seriote —dijo Rosamond haciendo aparecer sus hoyuelos—. En el futuro declararé que me apasionan los esqueletos, los ladrones de cadáveres y los restos dentro de los tubos de ensayo, las peleas con todo el mundo que terminan en una muerte miserable.

—No, no, no es tan malo como eso —dijo Lydgate, renunciando a la regañina y acariciándola con resignación.

CAPÍTULO XLVI

Mientras Lydgate, convenientemente casado y con el hospital bajo su control luchaba contra Middlemarch por la reforma médica, Middlemarch era cada vez más consciente de la lucha nacional por otro tipo de reforma.

Para cuando el proyecto de Lord John Russell se estaba debatiendo en la Cámara de los Comunes, en Middlemarch cundía una nueva animación política así como una nueva definición de los partidos que, caso de que se convocaran nuevas elecciones, podría mostrar un claro cambio en el escenario. Y algunos ya habían pronosticado este suceso, manifestando que el Parlamento actual nunca llevaría adelante una ley de reforma electoral. Esto era lo que Will Ladislaw le subrayaba al señor Brooke como motivo de alegría por aún no haber medido sus fuerzas en las asambleas municipales.

—Las cosas crecerán y madurarán como si fuera un año de cometa —dijo Will—. Ahora que ya se ha iniciado el tema de la reforma, la temperatura del público subirá astronómicamente. Es probable que haya otra elección dentro de poco y para entonces, Middlemarch tendrá más ideas en la cabeza. Ahora lo que tenemos que hacer es ponernos a trabajar en el Pioneer y en las reuniones políticas.

—Cierto, Ladislaw; haremos algo nuevo de la opinión aquí —dijo el señor Brooke—. Pero quiero mantenerme independiente respecto de la reforma, ¿sabe? No quiero ir demasiado lejos. Quiero seguir la línea de Wilberforce y Romilly y trabajar en la emancipación de los negros, el derecho penal y ese tipo de cosas. Pero naturalmente apoyaré a Grey.

—Si está de acuerdo con el principio de la reforma, debe estar preparado para aceptar lo que la situación ofrezca —dijo Will—. Si todo el mundo barre hacia adentro frente a los demás, todo el asunto se demoraría.

—Sí, sí, estoy de acuerdo con usted y comparto su punto de vista. Yo lo enfocaría así. Apoyaré a Grey. Pero no quiero alterar el equilibrio de la constitución y pienso que Grey tampoco.

—Pero eso es lo que quiere el país —dijo Will—. De lo contrario no tendrían sentido las asociaciones políticas o cualquier otro movimiento que sepa lo que se trae entre manos. El país quiere una Cámara de los Comunes que no esté lastrada por representantes de los terratenientes sino por gente que represente otros intereses. En cuanto a luchar por una reforma fuera de esto es como pedir un poquito de una avalancha que ya ha empezado a anunciarse con los truenos.

—Eso está muy bien Ladislaw: así es como debe presentarse. Póngalo por escrito. Debemos empezar a reunir documentos sobre el sentir del país así como del destrozo de las máquinas y la inquietud general.

—Respecto a los documentos —dijo Will—, cabe todo en una tarjeta de cuatro centímetros. Bastan unas cuantas hileras de cifras para deducir de ellas la miseria, y unas cuantas más demostrarán el paso al que va creciendo la determinación política de la gente.

—Bien: amplíe un poco eso, Ladislaw. Es una buena idea: publíquelo en el Pioneer. Ya sabe, exponga las cifras y deduzca las miserias; y ponga otras cifras y deduzca… y así. Usted sabe presentar las cosas. Burke, cuando pienso en Burke no puedo evitar desear que alguien tuviera un municipio de los comprados para dárselo a usted, Ladislaw. Porque ya sabe, usted nunca conseguiría que le eligieran. Y siempre vamos a estar necesitados de talento en la Cámara: ya podemos reformar como queramos que siempre precisaremos talento. Eso de la avalancha y los truenos; realmente sonaba un poco a Burke. Es el tipo de cosa que quiero…, ya sabe, no tanto ideas como la manera de expresarlas.

—Eso de los municipios comprados sería algo estupendo —dijo Ladislaw —, si estuvieran siempre en buenas manos y hubiera siempre un Burke disponible.

A Will no le desagradó la comparación elogiosa, aunque proviniera del señor Brooke; es un tanto exasperante para la condición humana el ser consciente de expresarse mejor que otros y que jamás se nos reconozca y, ante la general ausencia de admiración, incluso el casual rebuzno de sorpresa en el momento oportuno es muy consolador. Will pensaba que sus refinamientos literarios sobrepasaban los límites de la percepción de Middlemarch; no obstante empezaba a entusiasmarle el trabajo del que en un principio se había dicho a sí mismo con indiferencia, «¿Por qué no?», y estudiaba la situación política con el mismo ardor que antaño dedicara a la métrica o al medievalismo. Es innegable que de no ser por el deseo de encontrarse donde estuviera Dorothea y tal vez no saber qué otra cosa hacer, Will no se hubiera hallado en aquellos momentos rumiando sobre las necesidades del pueblo inglés o criticando la calidad de los hombres de Estado. Probablemente se encontrara deambulando por Italia, esbozando argumentos para algún drama, ensayando con la prosa y encontrándola demasiado árida, ensayando el verso y encontrándolo demasiado artificial, empezando a copiar «trocitos» de cuadros antiguos, abandonándolo porque «no valían» y exponiendo que, después de todo, lo más importante era aumentar la propia cultura mientras que en cuanto a la política simpatizaría efusivamente con la libertad y el progreso en general. A menudo nuestro sentido de la obligación debe aguardar la aparición de un trabajo que ocupe el lugar del diletantismo y nos haga sentir que la calidad de nuestras acciones no nos puede resultar indiferente.

Ladislaw había aceptado su parcela de trabajo si bien éste no era ese algo indeterminado y excelso que soñara como lo único que merecería un esfuerzo sostenido. Su personalidad le hacía animarse con facilidad ante temas que estaban visiblemente relacionados con la vida y la acción y su facilidad para rebelarse ayudaba a que brillara el espíritu por lo público que en él yacía. A pesar del señor Casaubon y de haberse visto desterrado de Lowick, era bastante feliz, obteniendo muchos conocimientos nuevos de una forma viva y con fines prácticos, y haciendo célebre el Pioneer hasta Brassing (no importaba la pequeñez del área, lo que en él aparecía no era peor que gran parte de lo que se extiende por el mundo entero).

Había veces en que el señor Brooke resultaba irritante, pero la impaciencia de Will se veía aliviada repartiendo su tiempo entre visitas a Tipton Grange y reclusiones en su alojamiento de Middlemarch, lo cual daba variedad a su vida.

—Corre un poco las fronteras —se decía a sí mismo—, y el señor Brooke podría estar en el Gobierno, y yo de subsecretario. Ese es el orden lógico de las cosas: las olas pequeñas hacen a las grandes y son del mismo patrón. Estoy mejor aquí que llevando el tipo de vida para la que me habría educado el señor Casaubon, donde toda la labor estaría determinada por un precedente demasiado rígido contra el que reaccionar. No me interesan ni el prestigio ni un sueldo alto.

Como Lydgate dijera de él, Will Ladislaw era una especie de bohemio que disfrutaba bastante con la sensación de no pertenecer a ninguna clase: su situación le proporcionaba la sensación de una aventura romántica así como la agradable convicción de provocar cierta sorpresa donde quiera que fuera. Ese disfrute se había visto empañado cuando advirtió un distanciamiento entre él y Dorothea en su fortuito encuentro en casa de Lydgate, y su irritación se dirigió contra el señor Casaubon que había declarado de antemano que Will perdería casta. «Nunca he tenido casta» —hubiera dicho, si la profecía se hubiera hecho en su presencia, y la presta sangre hubiera aparecido y desaparecido de su piel transparente como un suspiro. Pero una cosa es disfrutar con el desafío y otra que nos gusten sus consecuencias.

Entretanto, la opinión de la ciudad respecto del nuevo editor del Pioneer tendía a confirmar el punto de vista del señor Casaubon. El parentesco de Will en esa distinguida área, al igual que sucediera con Lydgate, no sirvieron de ventajosa presentación, y si se rumoreaba que el joven Ladislaw era primo o sobrino del señor Casaubon, también se decía que «el señor Casaubon no quería saber nada de eso».

—Brooke le está apadrinando —dijo el señor Hawley—, porque eso es justo lo que nadie en su sano juicio hubiera esperado. Casaubon, pueden estar seguros, tiene toda la razón para rechazar a un joven cuya educación ha pagado. Es típico de Brooke, una de esas personas que alabarían a un gato para vender un caballo.

Y ciertas rarezas de Will, más o menos poéticas, parecían darle la razón al señor Keck, director del Trumpet, cuando decía que Ladislaw, de saberse la verdad, no sólo sería un espía polaco, sino un demente, lo cual explicaría la rapidez y soltura sobrenaturales de su parlamento cuando se subía al estrado, cosa que hacía a la menor oportunidad hablando con una facilidad que contrastaba con la solidez inglesa en general. A Keck le asqueaba ver a un jovenzuelo de rubio y rizado cabello levantarse y perorar durante horas contra instituciones «que existían desde que él estaba en la cuna». Y en un editorial del Trumpet Keck caracterizó el discurso de Ladislaw en un mitin a favor de la reforma como «la agresividad de un energúmeno, un miserable esfuerzo por envolver con la brillantez de los fuegos artificiales la osadía de afirmaciones irresponsables y la pobreza de unos conocimientos que resultaban de lo más improvisados y quincallosos».

—Vaya artículo bramador el de ayer, Keck —dijo el doctor Sprague, con intenciones sarcásticas—. Pero, ¿qué es un energúmeno?

—Un término que surgió durante la Revolución Francesa —dijo Keck.

Este aspecto peligroso de Ladislaw se comparó con extrañeza con otros hábitos suyos que se convirtieron en tema de comentario. Sentía un cariño, medio artístico medio afectuoso, por los niños pequeños. Cuanto más pequeños fueran (con tal de que se sostuvieran sobre unas piernecillas razonablemente activas) y cuanto más estrafalaria su vestimenta, más le gustaba a Will sorprenderlos y agradarlos: Sabemos que en Roma solía deambular por los barrios pobres, y en Middlemarch no le abandonó ese gusto.

De alguna forma había reunido a una caterva de pintorescas criaturas, chavales destocados, con sus pantalones raídos y parcas camisas por fuera, niñas que se sacudían el pelo de los ojos para mirarle, y hermanos guardianes a la madura edad de siete años. Había llevado a esta tropa en excursiones, gitanos al bosque de Halsell en la época de las nueces, y desde que llegara el frío, habían ido, un día claro, a recoger ramas para una fogata en la hondonada de la colina, donde les preparó un pequeño banquete de pan de jengibre e improvisó unos títeres con marionetas de fabricación casera. Esta era una rareza. Otra era que, en las casas donde tenía confianza, solía tenderse cuan largo era sobre la alfombra mientras hablaba, actitud en la que le encontraban a menudo los visitantes ocasionales, para quienes semejante irregularidad confirmaba las nociones sobre su peligrosa mezcla de sangres y relajamiento general.

Pero los discursos y artículos de Will le encomendaban entre aquellas familias a quienes el nuevo rigor de la división de los partidos había colocado del lado de la reforma. Le invitaban a casa del señor Bulstrode, pero aquí no se podía tumbar en la alfombra y la señora Bulstrode opinaba que su forma de referirse a los países católicos, como si existiera una tregua con el Anticristo, ejemplificaba la natural inclinación de los hombres intelectuales por el error.

Sin embargo, en casa del señor Farebrother, a quien la ironía de los sucesos había alineado con Bulstrode en la política nacional, Will se convirtió en un favorito de las damas, sobre todo de la diminuta señorita Noble, a quien, manifestando otra de sus rarezas, acompañaba cuando se la encontraba, con su cestita, en la calle, ofreciéndole el brazo ante toda la ciudad e insistiendo en escoltarla en sus visitas, a las que distribuía los pequeños hurtos que de su propia ración de dulces hacía.

Pero la casa que visitaba con mayor frecuencia y la alfombra sobre la que más yacía era la de Lydgate. Los dos hombres no se parecían en nada, pero coincidían en mucho. Lydgate era brusco, pero no irritable, y pasaba por alto las jaquecas de la gente sana; y Ladislaw no solía malgastar sus susceptibilidades en quienes no las apreciaban. Con Rosamond, por otro lado, se enfadaba y se mostraba avieso, a menudo descortés incluso, ante la sorpresa de ésta, no obstante lo cual, se le iba haciendo gradualmente indispensable para su entretenimiento por acompañarla al piano, por su amena conversación y su ausencia de preocupaciones serias, las cuales; a pesar de toda la ternura y tolerancia de su marido, a menudo hacían que sus modales resultaran insatisfactorios para la señora Lydgate y confirmaran su antipatía por la profesión médica.

Lydgate, dado al sarcasmo en cuanto a la supersticiosa fe de la gente en la eficacia de «la futura ley» cuando a nadie le interesaba el mal estado de la patología, a veces anegaba a Will con preguntas molestas. Una velada de marzo, Rosamond, con un vestido de color cereza y cuello de plumón, se encontraba sentada a la mesa del té; Lydgate acababa de llegar cansado del trabajo y estaba sentado en un butacón junto al fuego, una pierna doblada sobre el brazo y el ceño un tanto fruncido mientras sus ojos recorrían las columnas del Pioneer; su mujer, que había notado su estado de ánimo, procuraba no mirarle y daba gracias al cielo interiormente por no tener un temperamento depresivo. Will Ladislaw yacía sobre la alfombra contemplando distraídamente el palo de las cortinas y tarareaba en voz muy baja las notas de

When first I saw thy face; mientras el perro de aguas, también tumbado pero con escasa elección de sitio, observaba por entre sus patas al usurpador de la alfombra con fuerte si bien silencioso reparo.

Al traerle Rosamond la taza de té a Lydgate, éste tiró el periódico y le dijo a Will, que se había levantado y se dirigía hacia la mesa:

—No sirve de nada que infle usted a Brooke y le presente como un terrateniente reformador, Ladislaw. Cada día le sacan más los colores en el Trumpet.

—No importa; los que leen el Pioneer no leen el Trumpet —respondió Will, tomándose el té y paseando de un lado a otro—. ¿Acaso cree usted que la gente lee con vistas a su propia conversión? Si fuera así tendríamos una vengativa pócima bruja… «Mezcle, mezcle, mezcle, mezcle. Quien pueda mezclar que mezcle». Y nadie sabría qué partido acabaría tomando.

—Farebrother dice que no cree que Brooke saliera elegido, aunque llegara esa oportunidad: los mismos que dicen estar de su parte se sacarían de la manga a otro en el momento oportuno.

—No se pierde nada por probar. Es bueno tener parlamentarios residentes.

—¿Por qué? —preguntó Lydgate que era muy dado al empleo de esas palabras molestas con tono cortante.

—Representan mejor la estupidez local —dijo Will riendo y sacudiendo la cabeza rizada—, y el vecindario consigue que se comporten lo mejor posible. Brooke no es mala persona, pero ha hecho cosas buenas en sus tierras que no habría hecho de no ser por este señuelo parlamentario.

—No sirve para hombre público —dijo Lydgate con desdeñosa firmeza—. Decepcionaría a cuantos contaran con él: eso lo veo en el hospital. Sólo que allí, Bulstrode sostiene las riendas y le empuja.

—Eso depende del rasero que se ponga para los hombres públicos —dijo Will—. Sirve para la ocasión; cuando la gente se ha decidido como lo está haciendo ahora, no necesitan un hombre, sólo quieren un voto.

—Así son ustedes los escritores políticos, Ladislaw… alaban una medida como si fueran la cura universal y alaban a hombres que son parte misma de la enfermedad que precisa de la cura.

—¿Y por qué no? Los hombres pueden contribuir a hacerse desaparecer de la faz de la tierra sin saberlo —dijo Will que podía encontrar razones de improviso sin haber pensado en la pregunta previamente.

—Eso no es excusa para fomentar la supersticiosa exageración de esperanza de esta medida en particular; ayudar a la masa a que se la trague y enviar al Parlamento papagayos votantes que sólo sirven para conseguir que se apruebe la ley. Usted lucha contra la corrupción y no hay nada más corrupto que hacer creer a la gente que se puede curar la sociedad mediante una artimaña política.

—Eso está muy bien, mi querido amigo. Pero la cura tiene que empezar por algún sitio y suponga que las mil cosas que degradan una población no se pudieran reformar nunca si no se empieza por ésta en concreto. Fíjese en lo que dijo Stanley el otro día, que la Cámara llevaba demasiado tiempo entretenida en pequeños problemas de soborno, investigando si éste o aquel votante ha recibido una guinea cuando todo el mundo sabe que los escaños se venden al por mayor. Esperar a que los agentes públicos sean sabios y conscientes… ¡un cuerno! La única conciencia en la que se puede confiar es el sentimiento masivo de injusticia de una clase, y la mejor sabiduría es la que equilibra los derechos. Mi lema es: ¿cuál es el lado perjudicado? Apoyo a quien apoye los derechos de los perjudicados y no al virtuoso mantenedor del perjuicio.

—Todas esas generalidades sobre un caso particular no son más que peticiones de principios, Ladislaw. Cuando yo digo que apoyo la dosis que cura no quiere decir que apoye el uso del opio en un caso determinado de gota.

—No estoy haciendo peticiones de principios sobre el tema que nos incumbe, a saber, si no se debe intentar nada hasta encontrar hombres inmaculados con quienes trabajar. ¿Acaso elegiría usted ese plan? Si hubiera un hombre que le sacara a usted adelante una reforma médica y otro que se opusiera, ¿preguntaría usted cuál tenía mejores razones o incluso mejor cabeza?

—Bueno, naturalmente —dijo Lydgate viéndose acorralado por una maniobra que con frecuencia había usado él mismo—, si uno no trabajara con los hombres que tiene a mano, las cosas se estancarían. Suponiendo que fueran ciertas las peores opiniones que recorren la ciudad respecto de Bulstrode, eso no convertiría en menos cierto el hecho de que posee el sentido común y la decisión para hacer lo que yo creo que debe hacerse en los temas que conozco y me interesan más; pero es en lo único que le apoyo —añadió Lydgate con bastante orgullo, recordando los consejos del señor Farebrother—. En los demás aspectos no me interesa nada; no lo alabaría por ningún motivo personal, me cuidaría mucho de hacerlo.

—¿Me está queriendo decir que yo alabo a Brooke por motivos personales? —dijo Will Ladislaw, enojado y volviéndose bruscamente. Por primera vez se sentía molesto con Lydgate; tal vez debido también a que se hubiera negado a un examen profundo respecto del desarrollo de sus relaciones con el señor Brooke.

—En absoluto —respondió Lydgate—. Me limitaba a explicar mis propias acciones. Quería decir que un hombre puede trabajar por un determinado fin con otros cuyos motivos y planteamientos en general sean ambiguos siempre y cuando esté muy seguro de su independencia personal y de que no trabaja por intereses propios, tanto de posición como de dinero.

—En ese caso, ¿por qué no hace extensiva esa liberalidad a los demás? —dijo Will, aún molesto—. Mi independencia personal es tan importante para mí como para usted la suya. No tiene usted mayores razones para imaginar que yo espero algo personal de Brooke de las que yo tengo para imaginar que usted las tiene con respecto a Bulstrode. Supongo que los motivos son cuestiones de honor… nadie los puede probar. Pero en cuanto a la posición y el dinero en el mundo —concluyó Will echando la cabeza hacia atrás—, creo que está muy claro que ese tipo de consideraciones no me condicionan.

—Me malinterpreta usted, Ladislaw —dijo Lydgate, sorprendido. Preocupado con su propia defensa no había tenido en cuenta lo que Ladislaw podía inferir y aplicarse a sí mismo—. Le pido perdón por haberle molestado indeliberadamente. Es más, debo atribuirle un romántico desprecio por sus propios intereses mundanos. Sobre la cuestión política, me refería simplemente a los perjuicios intelectuales.

—¡Pero qué desagradables están los dos esta noche! —dijo Rosamond—. No me explico por qué se ha tenido que hablar de dinero. La política y la medicina ya son temas molestos de discusión, y pueden hacer que se sigan peleando con todo el mundo y entre ustedes por ellos.

Rosamond tenía un aspecto neutral al decir esto mientras se levantaba para tocar la campanilla y se dirigía a su mesa de trabajo.

—¡Pobre Rosy! —dijo Lydgate, extendiéndole la mano al pasar junto a él —. Las disputas no divierten a los querubines. Toca algo. Dile a Ladislaw que cante contigo.

Cuando Will se hubo marchado, Rosamond le preguntó a su marido:

—¿Qué te puso de mal humor, Tertius?

—¿A mí? Era Ladislaw el que estaba de mal humor. Es como un pedazo de yesca.

—Quiero decir antes de eso. Algo te había molestado ya antes de entrar, y parecías enfadado. Y eso te hizo discutir con el señor Ladislaw. Me duele mucho cuando estás así, Tertius.

—¿De verdad? Pues entonces soy un bruto —dijo Lydgate, acariciándola arrepentido.

—¿Qué te había amohinado? —Bueno, cosas externas…, asuntos.

En realidad era una carta que insistía en el pago de una cuenta por los muebles. Pero Rosamond esperaba un hijo y Lydgate quería evitarle cualquier preocupación.

CAPÍTULO XLVII

Era un sábado por la noche cuando Will Ladislaw tuvo la pequeña discusión con Lydgate. El resultado al llegar a su alojamiento fue que se quedó despierto media noche pensando una y otra vez, con renovada irritación, todo cuanto había ya pensado acerca de haberse asentado en Middlemarch y vincularse al señor Brooke. Las dudas anteriores a dar ese paso se habían convertido en susceptibilidad ante cada insinuación de que habría hecho mejor no dándolo; de ahí su acaloramiento con Lydgate, un acaloramiento que le mantenía desvelado. ¿Estaría haciendo el tonto? ..., ¿y precisamente en un momento en el que era más consciente que nunca de ser algo mejor que un tonto? ¿Y con qué finalidad?

Pues para ninguna en especial. Era cierto que tenía fantasías de posibilidades: no hay ser humano que, poseedor tanto de pasión como de pensamiento, no piense en las consecuencias de sus pasiones que no le surjan imágenes en la mente que calmen su pasión con esperanza o la aguijoneen con el temor. Pero esto, que nos ocurre a todos, les pasa a algunos con una amplia diferencia, y Will no era de aquellos cuya sensatez «les mantiene en el camino recto»: tenía sus desvíos donde se encontraban pequeñas alegrías de su propia elección que los caballeros que galopaban por el camino principal hubieran tachado de bastante necias. Un ejemplo de ello era la forma en la que transformaba en felicidad sus sentimientos por Dorothea. Es un hecho, aunque parezca extraño, que la visión corriente y vulgar que le atribuía el señor Casaubon, es decir, que Dorothea pudiera enviudar y que el interés que en ella había despertado Will pudiera tornarse en un aceptarle por esposo, ni le tentaba ni le cautivaba; no vivía con la posibilidad de ese suceso ni lo desarrollaba, como solemos hacer todos con esa imaginaria «disyuntiva» que constituye nuestro paraíso práctico. No era sólo que rehuía cultivar pensamientos que pudieran tildarse de abyectos y que ya se sentía incómodo por tener que justificarse contra la acusación de ingratitud, sino que la conciencia latente de las muchas barreras que se levantaban entre él y Dorothea, además de la existencia de su marido, habían contribuido a desviar su atención de la especulación sobre qué podría ocurrirle al señor Casaubon. Y aún había otras razones. Will, como sabemos, no soportaba la posibilidad de que apareciera ninguna tacha en su cristal; le exasperaba al tiempo que le encantaba la serena libertad con la que Dorothea le miraba y le hablaba, y había algo tan exquisito en pensar en ella tal como era, que no podía desear un cambio que de alguna forma habría de modificarla. ¿Acaso no rechazamos la versión callejera de una hermosa melodía? ¿No rehuimos la noticia de que esa pieza exótica —una escultura o un grabado tal vez ante la que nos hemos detenido casi con exultación dado lo costoso que ha resultado vislumbrarla, no es en realidad nada insólito y puede adquirirse como una posesión cotidiana? Nuestro bienestar depende de la calidad y amplitud de nuestra emoción y para Will, un ser a quien importaban poco las llamadas cosas sólidas de la vida y mucho sus influencias más sutiles, el poseer un sentimiento como el que experimentaba por Dorothea era como si hubiera heredado una fortuna. Lo que otros denominarían inutilidad de su pasión constituía un placer adicional para su imaginación: era consciente de un movimiento generoso, así como de verificar con su propia experiencia esa sublime poesía amorosa que había encandilado su imaginación. Dorothea, se decía a sí mismo, estaría por siempre entronizada en su alma: ninguna otra mujer podría ocupar más que su escabel y de haber podido escribir en sílabas inmortales el efecto que desencadenaba en él, habría dicho satisfecho, siguiendo el ejemplo del viejo Drayton, que A partir de aquí podían vivir felices Las reinas con las limosnas del elogio Que para ella resulta superfluo.

Pero este resultado era dudoso. ¿Y qué más podía hacer por Dorothea? ¿Qué valor le daba ella a su devoción? Imposible saberlo. Se resistía a alejarse de ella. No veía entre sus amistades a nadie con quien pensara que Dorothea hablaba con la misma confianza y sencillez que mostraba con él. En una ocasión había dicho que le gustaría que se quedara, y eso haría, por muchos amedrentadores dragones que la rodearan.

Ésta había sido siempre la conclusión de las dudas de Will. Pero el espíritu de contradicción y rebelión no estaba ausente ni de su propia decisión. A menudo se había irritado, como esta noche, a causa de alguna demostración externa de que sus esfuerzos públicos con el señor Brooke como cabeza podían no parecer tan heroicos como a Will le gustaría, lo cual iba siempre acompañado de otro motivo de irritación: que a pesar de estar sacrificando su dignidad por ella, casi nunca podía ver a Dorothea. Ante lo cual, al no poder contradecir estos desagradables hechos, contradecía sus inclinaciones más fuertes y decía: «Soy un imbécil».

Sin embargo, dado que el debate interno forzosamente giraba en torno a Dorothea, sólo acabó, como en ocasiones anteriores, teniendo una conciencia más viva de lo que su presencia suponía para él, y recordando que al día siguiente era domingo, decidió ir a la iglesia de Lowick para verla. Se durmió con esa idea, pero cuando se vestía a la luz racional de la mañana, la Objeción dijo:

—Eso significaría casi un desafío a la prohibición del señor Casaubon de visitar Lowick, y Dorothea se disgustará.

¡Bobadas! —arguyó la Inclinación—, sería demasiado monstruoso que Casaubon me impidiera ir a una bonita iglesia rural una mañana de primavera. Y Dorothea se alegrará. —Le quedará muy claro al señor Casaubon que has ido allí o para molestarlo o para ver a Dorothea.

—No es cierto que vaya para molestarlo y ¿por qué no iba a ir a ver a Dorothea? ¿Acaso tiene que acapararlo todo y sentirse siempre a gusto? Que sufra un poco, como tenemos que hacer los demás. Siempre me ha gustado lo pintoresco de la iglesia y los feligreses; además, conozco a los Tucker me sentaré en su banco.

Tras silenciar a la Objeción con la fuerza de la sinrazón, Will caminó hasta Lowick como si se dirigiera hacia el paraíso, cruzando Halsell Common y bordeando el bosque, donde los rayos del sol iluminaban el camino bajo las ramas a punto de brotar, haciendo resaltar la hermosura del musgo y los líquenes y de los tiernos brotes verdes que traspasaban lo pardusco. Todo parecía saber que era domingo y aprobar su ida a la iglesia de Lowick. A Will le resultaba fácil sentirse feliz cuando nada contrariaba su humor y a estas alturas, la idea de amohinar al señor Casaubon se le antojaba más bien divertida, haciendo que apareciera en su rostro su alegre sonrisa, tan grata a la vista como el estallido de la luz sobre el agua, aunque la ocasión nada tuviera de ejemplar. Pero la mayoría de nosotros tendemos a convenir con nosotros mismos que el hombre que tapona nuestro camino es odioso y a que no nos importe causarle un poco de la repulsión que su personalidad despierta en nosotros. Will caminaba con un librito bajo el brazo y las manos en los bolsillos, sin leer, pero tatareando un poco, mientras se imaginaba las escenas que tendrían lugar en la iglesia y a la salida. Experimentaba melodías que se acoplaran a una letra suya, unas veces probando con una melodía existente, otras improvisando. La letra no era exactamente un himno, pero encajaba con su experiencia dominical:

¡Ay de mí, de qué escasa alegría Se nutre mi amor!

Un contacto, un rayo que no está presente, Una sombra que se fue:

Un aliento soñado que pudiera estar cerca, El sonido de un eco interior.

El pensamiento de que alguien me quiera, El lugar donde me conoció.

El temblor de un temor desterrado, Un daño que no se hizo jamás

¡Ay de mí, de qué escasa alegría Se nutre mi amor!

Había momentos en los que, al quitarse el sombrero y sacudir la cabeza hacia atrás mostrando al cantar la delicada garganta, parecía una encarnación de la primavera cuyo hálito llenaba la atmósfera, una criatura luminosa, pletórica de inciertas promesas.

Aún repicaban las campanas cuando llegó a Lowick y se colocó en el banco del vicario antes de que llegara nadie. Pero cuando los fieles se habían ya congregado, seguía solo. El banco del vicario estaba frente al del rector a la entrada del pequeño presbiterio y Will tuvo tiempo de temer que Dorothea no fuera mientras observaba el conjunto de rostros rurales que componían la congregación, año tras año, entre paredes encaladas y viejos y oscuros bancos, reflejando apenas más cambios que los que vemos en las ramas de un árbol que se quiebra aquí y allí con la edad, pero continúa produciendo nuevos brotes. El rostro de batráceo del señor Rigg era algo extraño e inexplicable, pero a pesar de este atropello en el orden de las cosas, allí seguían en sus bancos unos junto a otros los Waule, y la reserva rural de los Powderell; la mejilla del hermano Samuel tenía la misma marca morada de siempre, y las tres generaciones de nobles granjeros venían como antaño con un sentimiento de obligación para con sus superiores, los niños más pequeños considerando al señor Casaubon, que vestía el ropón negro y se situó en el lugar más elevado, como el jefe de todos ellos y el más terrible si se le ofendía. Incluso en 1831 Lowick vivía en paz, sin verse más agitado por la reforma que por el solemne tono del sermón dominical. Los feligreses habían estado acostumbrados en otro tiempo a la presencia de Will en la iglesia y nadie le prestó mucha atención salvo el maestro del coro que esperaba que se destacara durante los cánticos.

En este pintoresco escenario apareció por fin Dorothea, caminando por el corto pasillo con su sombrero blanco de castor y la capa gris, lo mismo que vistiera en el Vaticano. Como desde la entrada tuviera el rostro vuelto hacia el presbiterio, a pesar de su miopía pronto discernió a Will, pero no hubo muestras externas de sus sentimientos a excepción de una ligera palidez y una grave inclinación al pasar junto a él. Will se sorprendió al notarse repentinamente incómodo, y no se atrevió a mirarla después del mutuo saludo. Dos minutos más tarde, cuando el señor Casaubon salió de la sacristía y se sentó frente a Dorothea, Will fue presa de una parálisis total. Sólo podía mirar al maestro del coro, situado en la pequeña galería sobre la sacristía: tal vez Dorothea estuviera dolida y había cometido una lamentable torpeza. Ya no resultaba divertido molestar al señor Casaubon, que probablemente tuviera la ventaja de poderle observar a él y ver que no osaba volver la cabeza. ¿Por qué no se habría imaginado esto de antemano? Pero no podía prever que estaría sentado en aquel banco solo, sin el arropamiento de ninguno de los Tucker, quienes parecían haberse ido de Lowick, porque ante el atril había un clérigo nuevo. Continuó llamándose estúpido por no haber previsto que le sería imposible mirar a Dorothea…, incluso tal vez ella interpretara su asistencia como un despropósito.

Sin embargo, no podía salir de aquella jaula así que encontró los pasajes y se concentró en el libro como si fuera una maestra de escuela, con la sensación de que el servicio nunca había sido tan largo, de que estaba haciendo el ridículo, estaba de mal humor y no era feliz. ¡Esta era la recompensa por idolatrar la mera visión de una mujer! El maestro del coro observó con sorpresa que el señor Ladislaw no se unió al himno de Hannover y pensó que estaría resfriado.

El señor Casaubon no predicó aquella mañana y no hubo cambios en la situación de Will hasta una vez dada la bendición, cuando todo el mundo se levantó. Era costumbre en Lowick que primero salieran la «gente importante». Con una repentina decisión de romper el hechizo que le envolvía, Will miró directamente al señor Casaubon. Pero los ojos de este caballero estaban clavados en el tirador de la puerta que abría el banco, la cual abrió, dejando salir a Dorothea, a la que procedió a seguir sin tan siquiera levantar las cejas. La mirada de Will se había cruzado con la de Dorothea al salir ésta del banco, de nuevo le saludó con una inclinación de la cabeza, pero en esta ocasión con gesto alterado, como si reprimiera las lágrimas. Will salió tras ellos, pero el matrimonio continuó hacia la pequeña verja que separaba el patio de la iglesia de los matorrales sin volver la vista atrás.

Era imposible seguirles y Will sólo pudo desandar con tristeza el mismo camino que con tanta esperanza recorriera por la mañana. Las luces habían cambiado totalmente, tanto interna como exteriormente.

CAPÍTULO XLVIII

La desolación de Dorothea cuando abandonó la iglesia provenía fundamentalmente de advertir que el señor Casaubon estaba decidido a no dirigirle la palabra a su primo y que la presencia de Will en el servicio había servido para acusar más la distancia que les separaba. Que Will fuera le parecía perfectamente excusable, incluso lo consideraba como un gesto amistoso hacia la reconciliación que ella misma llevaba tiempo deseando. Probablemente habría imaginado, al igual que ella misma, que si él y el señor Casaubon podían encontrarse de una manera natural, se darían la mano y tal vez reanudaran la relación de amistad. Pero ahora Dorothea se sentía privada de aquella esperanza. Will había sido desterrado más lejos que nunca, pues esta imposición que se negaba a reconocer debía haber recrudecido la amargura del señor Casaubon.

No se había encontrado muy bien esa mañana, padeciendo alguna dificultad al respirar, y por ello no había predicado; a Dorothea, por tanto, no le sorprendió que estuviera muy callado durante el almuerzo y menos aún, que no se refiriera a Will Ladislaw. Ella por su parte no creía poder volver a tocar el tema. Los domingos solían pasar por separado las horas entre el almuerzo y la cena, el señor Casaubon en la biblioteca dormitando casi todo el tiempo y Dorothea en su gabinete, distrayéndose por lo general con alguno de sus libros predilectos. Había un pequeño montoncito de ellos en la mesa junto al mirador, libros de distintas clases, desde Heródoto, al que estaba aprendiendo a leer con el señor Casaubon, hasta su antiguo compañero Pascal y el Año Cristiano de Keble. Pero hoy abrió uno tras otro sin poder leer ninguno. Todo resultaba monótono: los prodigios anteriores al nacimiento de Ciro, las antigüedades judías… ¡Dios mío!… los epigramas devotos… los ritmos sagrados de sus himnos favoritos… todos eran tan insignificantes como una canción golpeada sobre la madera; incluso las flores primaverales y la hierba desprendían un apagado escalofrío bajo las nubes de la tarde que ocultaban intermitentemente el sol; incluso los pensamientos consoladores que se habían convertido en hábito parecían estar impregnados del tedio de largos días futuros durante los cuales seguirían escoltándola como únicos compañeros. La pobre Dorothea estaba sedienta de otra, o mejor dicho, una más completa compañía, y la sed nacía del esfuerzo perpetuo que exigía de ella su vida de casada. Constantemente trataba de ser lo que su esposo deseaba que fuera sin poder jamás descansar en la satisfacción del señor Casaubon por lo que ya era. Las cosas que a ella le gustaban, aquellas que espontáneamente le apetecían, parecían eternamente excluidas de su vida, pues si tan sólo venían cedidas y no compartidas por su marido era casi como si le hubieran sido negadas. Acerca de Will Ladislaw habían existido diferentes puntos de vista entre ellos desde el principio, desembocando, puesto que el señor Casaubon había rechazado tan tajantemente la inquietud de Dorothea respecto de los derechos de Will a la propiedad familiar, en la convicción de que ella tenía razón y su marido estaba equivocado, pero que nada podía hacer. Esta tarde, esa impotencia se hacía más entumecedora que nunca: añoraba objetivos que le fueran entrañables, para los que ella también resultara entrañable. Añoraba una tarea que fuera directamente beneficiosa como el sol y la lluvia, y ahora parecía que, cada vez más, estaba destinada a vivir en una tumba, donde se encontraban las herramientas para una fantasmagórica labor que produciría unos resultados que jamás verían la luz. Hoy, desde la puerta de la tumba, había visto a Will Ladislaw adentrándose en el lejano mundo de cálida actividad y compañerismo, volviendo el rostro hacia ella al alejarse.

Los libros no servían. Pensar no servía. Era domingo y no podía disponer del carruaje para ir a ver a Celia que hacía poco había dado a luz. No había refugio contra el desasosiego y el vacío espiritual, y Dorothea hubo de soportar su mal humor como hubiera aguantado una jaqueca.

Después de la cena, a la hora en la que solía comenzar a leer en voz alta, el señor Casaubon propuso que entraran en la biblioteca donde, dijo, había dicho que encendieran el fuego y prepararan las luces. Parecía haberse animado y estar pensando con concentración.

En la biblioteca, Dorothea observó que había reordenado una fila de cuadernos sobre una mesa y que se disponía a coger un volumen familiar, que le entregó, y que contenía un índice de los demás.

—Te quedaré muy agradecido, amor mío —dijo sentándose—, si en lugar de otra lectura, esta noche lees esto en voz alta con un lápiz en la mano y donde yo diga «marca», haces una cruz. Es el primer paso en una labor de criba que hace tiempo tengo pensada y a medida que avancemos te podré indicar ciertos principios de selección mediante los cuales confío que podrás tener una participación inteligente en mi labor.

Esta propuesta no era más que una señal, añadida a otras muchas desde la memorable entrevista con Lydgate, de que la inicial reticencia del señor Casaubon por dejar que Dorothea trabajara con él había dado paso a una disposición opuesta, es decir, a exigir de ella un gran interés y dedicación.

Tras leer y marcar durante dos horas, dijo:

—Vamos a subirnos el cuaderno, y también el lápiz, por favor, y en caso de que leamos esta noche, podremos continuar esta labor. Confío en que no te resulte fatigosa.

—Siempre prefiero leer lo que tu prefieras escuchar —respondió Dorothea expresando una verdad muy sencilla, pues lo que más temía era emplearse en leer o cualquier otra cosa que le dejara tan indiferente como de costumbre.

Era una prueba de la fuerza con la que ciertas características de Dorothea impresionaban a quienes la rodeaban el que su marido, pese a todos sus celos y suspicacia, hubiera acumulado una confianza implícita en la integridad de sus promesas así como en la capacidad de su mujer para dedicarse a su idea personal de lo justo y lo mejor. Y últimamente, el señor Casaubon había empezado a considerar que estas cualidades eran su posesión particular y quería absorberlas por completo.

Hubo lectura nocturna. Dorothea, con su cansancio juvenil, se había dormido pronto y profundamente: la despertó una sensación de luz que en un principio le pareció la fugaz visión del atardecer tras escalar una empinada colina. Abrió los ojos y vio a su marido que envuelto en la cálida bata se sentaba en la butaca junto a la chimenea donde aún brillaban las brasas. Había encendido dos velas, confiando en que Dorothea se despertaría, pero reacio a levantarla por medios más directos.

—¿Estás mal, Edward? —preguntó su mujer, levantándose

inmediatamente.

—Siento un poco de malestar si estoy tumbado. Me sentaré aquí un rato.

Dorothea echó unos leños al fuego, se puso una bata y dijo:

—¿Quieres que te lea?

—Te agradecería mucho que lo hicieras, Dorothea —dijo el señor Casaubon, una mayor docilidad que de costumbre impregnando su usual cortesía—. Estoy desvelado y con la mente extraordinariamente lúcida.

—Temo que la agitación sea demasiado para ti —dijo Dorothea, recordando las precauciones de Lydgate.

—No, no tengo conciencia de estar demasiado agitado. Pensar es fácil.

Dorothea no se atrevió a insistir y leyó durante una hora o más del mismo modo que lo había hecho antes, pero avanzando más deprisa. El señor Casaubon tenía la mente más despierta y parecía anticipar lo que venía, bastándole una leve indicación verbal para decir «es suficiente, márcalo» o «pasa al siguiente apartado, omitiré el segundo apéndice sobre Creta». Dorothea estaba asombrada de la rapidez con la que la mente de su esposo recorría el terreno por el que llevaba años arrastrándose. Finalmente dijo:

—Cierra ya el cuaderno, amor mío. Mañana continuaremos. Lo he retrasado demasiado y tengo ganas de verlo acabado. Pero habrás observado que el principio que guía mi selección es el de dar una ilustración adecuada y no desproporcionada de cada una de las tesis enumeradas en la introducción, tal y como está esbozada ahora. ¿Te has percatado bien de eso, Dorothea?

—Sí —respondió Dorothea con cierto temblor en la voz, y angustia en el alma.

—Y ahora creo que puedo descansar un poco —dijo el señor Casaubon. Se volvió a echar y rogó a Dorothea que apagara las velas. Cuando ella también se hubo acostado y sólo los débiles rescoldos de la chimenea rompían la oscuridad, el señor Casaubon dijo:

—Antes de que me duerma, debo pedirte algo, Dorothea.

—¿Qué? —dijo Dorothea con un miedo en el corazón.

—Quiero saber expresamente si, en caso de mi muerte cumplirías mis deseos: si evitarías hacer algo que yo desaprobaría y te afanarás en hacer lo que yo hubiera deseado.

A Dorothea no le cogió de sorpresa: muchos incidentes la habían llevado a deducir que su marido albergaba intenciones que podrían suponer para ella nuevos yugos. No respondió al momento.

—¿Te niegas a ello? —dijo el señor Casaubon, su tono algo más cortante.

—No, no me niego aún —dijo Dorothea con voz clara, afirmándose en ella la necesidad de libertad—, pero es demasiado solemne, no creo que esté bien, prometer algo cuando ignoro a lo que me obligará. Haría todo lo que el afecto me sugiriera sin necesidad de prometerlo.

—Pero estarías actuando bajo tu criterio: yo te pido que obedezcas el mío; tú te niegas.

—¡No, no! —suplicó Dorothea, destrozada por temores encontrados—. Pero, ¿podrías esperar y reflexionar un poco? Deseo con toda mi alma hacer cuanto te sirva de consuelo, pero no puedo hacer promesas tan repentinamente, y menos aún prometer que haré algo que ignoro.

—¿No puedes entonces confiar en la naturaleza de mis deseos?

—Dame hasta mañana —dijo Dorothea en tono de súplica.

—Hasta mañana entonces —respondió el señor Casaubon.

Al poco oyó que su marido dormía, pero para ella se había acabado el sueño. Mientras se obligaba a permanecer quieta para no molestarle, su mente libraba un conflicto en el que la imaginación alineaba sus fuerzas primero a un lado y luego al otro. No pensaba que la autoridad que su esposo quería ejercer sobre sus acciones futuras estuviera relacionada con algo que no fuera su trabajo inconcluso. Pero veía con nitidez que el señor Casaubon esperaba de ella que se dedicara a cribar aquellas heterogéneas pilas de material que debían convertirse en dudosa ilustración de principios aún más dudosos. La pobre criatura desconfiaba ya totalmente de la validez de esa clave que había constituido la ambición y los esfuerzos de la vida de su marido. No era de sorprender que, pese a su escasa formación, el criterio de Dorothea en este punto fuera más certero que el del señor Casaubon, pues ella comparaba sin prejuicios y con un juicio sano las probabilidades en las que él había arriesgado todo su egoísmo. Y ahora se imaginaba los días, meses y años que debería invertir en desbrozar lo que podían denominarse momias destrozadas y fragmentos de una tradición que era en sí misma un mosaico forjado de ruinas destruidas, clasificándolas como alimento para una teoría que ya nacía raquítica como el hijo de un duendecillo. Es indudable que el error vigoroso que se persigue con tenacidad ha mantenido con vida a los embriones de la verdad: la búsqueda de oro siendo al mismo tiempo un interrogante sobre las sustancias, consigue que el cuerpo de la química esté preparado para recibir su alma y nazca Lavoisier. Pero era improbable que la teoría del señor Casaubon de los elementos que constituían la semilla de todas las tradiciones se dañara accidentalmente con otros descubrimientos: flotaba entre flexibles conjeturas sin más solidez que esas etimologías que parecen fuertes por la semejanza entre los sonidos, hasta que se demostró que esa semejanza las hacía imposibles: era un método de interpretación que no se verificaba por la necesidad de formar nada que produjera colisiones más fuertes que una elaborada descripción de Gog y Magog, tan libre de interrupciones como un plan para hilvanar estrellas. ¡Y Dorothea había tenido que frenar tantas veces su fatiga y su impaciencia en esta dudosa tarea de adivinar acertijos en la que se había convertido aquel compartir de conocimientos sublimes que iba a haber hecho de su vida algo más digno! Comprendía ahora muy bien por qué su esposo se había aferrado a ella, posiblemente como la última esperanza que quedaba de que sus esfuerzos cobraran alguna vez una forma bajo la cual pudieran darse a conocer al mundo. En un principio había parecido como si el señor Casaubon quisiera mantenerla alejada de cualquier conocimiento detallado de lo que él hacía; pero gradualmente, la terrible estrechez de la necesidad humana…, la perspectiva de una muerte demasiado rápida…

Y llegado este punto la piedad de Dorothea se desvió de su propio futuro hasta el pasado de su marido…, más aún, a su actual y dura pugna con un destino que había surgido de aquel pasado: la labor en solitario, la ambición respirando dificultosamente bajo la presión de la desconfianza en sí mismo; la meta que retrocedía y los miembros cada vez más pesados; ¡y ahora, finalmente, la espada que temblaba sobre su cabeza! ¿Y acaso no había querido casarse con él para ayudarle en la terea de su vida? Pero había imaginado la labor del señor Casaubon como algo más grande, algo a lo que consagrarse por su propio valor en sí. ¿Sería, pues justo, incluso aunque sirviera para mitigar el dolor de su marido… sería posible, aunque ella se lo prometiera… trabajar sin fruto, como en una noria?

Y sin embargo, ¿podía negarse? ¿Podía decir «Me niego a satisfacer esa voracidad?». Era negarse a hacer por él, muerto, lo que seguramente haría por él de seguir vivo. Si vivía, como Lydgate había dicho que era posible, quince años o aún más, Dorothea sin duda pasaría sus días ayudándole y obedeciéndole.

De todos modos, existía una profunda diferencia entre la devoción a los vivos y aquella indefinida promesa de devoción a los muertos. Mientras viviera, el señor Casaubon no podía reclamar nada contra lo que ella no fuera libre de protestar o incluso rehusar. Pero —la idea cruzó su mente más de una vez, aunque Dorothea no pudiera creerlo— ¿acaso no tendría su marido la intención de exigir de ella algo que ella no hubiera imaginado, puesto que le pedía que acatara sus deseos sin explicar exactamente cuáles eran éstos? No, el señor Casaubon había entregado su corazón a su trabajo, ese era el fin por el que su agostada vida tenía que verse complementada por la de su esposa.

Y ahora, si ella dijera, «¡No!, si te mueres, no tocaré tu trabajo», estaría aplastando aquel corazón herido.

Cuatro horas se debatió Dorothea en este conflicto, hasta sentirse enferma y desconcertada, incapaz de decidir, rezando en silencio. Desvalida como una criatura que ha llorado y buscado demasiado tiempo, se durmió muy de mañana y cuando despertó, el señor Casaubon ya se había levantado. Tantripp le dijo que su marido había leído ya las oraciones, había desayunado y se encontraba en la biblioteca.

—Nunca la he visto tan pálida, señora —dijo Tantripp, una fornida mujer que había estado con las dos hermanas en Lausana.

—¿Es que he tenido alguna vez mucho color? —dijo Dorothea con una leve sonrisa.

—Bueno, si no con buen color sí que estaba usted como una rosa. Pero, ¿qué se puede esperar si está usted siempre oliendo esos libros de cuero? Descanse un poco esta mañana, señora. Déjeme decir que está usted enferma y que no puede bajar a encerrarse en la biblioteca.

—¡Ni hablar! Debo darme prisa —dijo Dorothea—. El señor Casaubon me necesita hoy en especial.

Al bajar estaba segura de que prometería cumplir los deseos de su marido, pero eso llegaría más entrado el día, no de momento.

Cuando Dorothea entró en la biblioteca el señor Casaubon se volvió ante la mesa sobre la que estaba colocando unos libros y dijo:

—Te esperaba, amor mío. Hubiera querido empezar a trabajar de inmediato, pero me encuentro ligeramente indispuesto, debido, sin duda, a la excesiva agitación de ayer. Voy a caminar un poco por el jardín ya que el aire es hoy más templado.

—Me alegro —dijo Dorothea—. Anoche temí que hubieras trabajado demasiado.

—Me gustaría quedarme tranquilo respecto de lo último que hablamos, Dorothea. Espero que puedas ahora darme una respuesta.

—¿Puedo acompañarte en tu paseo dentro de un momento? —dijo Dorothea obteniendo así un pequeño respiro.

—Estaré en el paseo de los tejos durante la próxima media hora —respondió el señor Casaubon, saliendo a continuación.

Dorothea, sintiéndose muy cansada, llamó para pedirle a Tantripp que trajera algo de abrigo. Llevaba sentada unos minutos, sin moverse, pero sin que hubiera rebrotado el conflicto anterior; presentía que sencillamente diría «Sí» a su propia sentencia: estaba demasiado débil, demasiado asustada ante la posibilidad de infringirle a su marido un afilado golpe como para hacer otra cosa que no fuera someterse totalmente. Inmóvil, dejó que Tantripp le pusiera el sombrero y el chal, una pasividad inusual en ella que gustaba de vestirse sola.

—¡Dios la bendiga, señora! —dijo Tantripp con un irrefrenable gesto de ternura hacia aquella hermosa y dulce criatura por la que se sentía incapaz de hacer nada más ahora que había terminado de atarle el sombrero.

Fue demasiado para la tensión de Dorothea y se echó a llorar, apoyada en el brazo de Tantripp. Pero pronto se contuvo, se secó las lágrimas y salió por la puerta de cristal al jardín.

—¡Ojalá todos los libros de esa biblioteca fueran una catacumba donde meter a tu amo! —le dijo Tantripp a Pratt, el mayordomo, al encontrarle en el comedor. Había estado en Roma visitando las antigüedades, como sabemos, y siempre se negaba a llamar al señor Casaubon otra cosa que «tu amo» cuando hablaba con los demás criados.

Pratt se rio. Apreciaba a su amo, pero sentía más afecto aún por Tantripp.

Cuando Dorothea se encontró en los senderos de gravilla, se detuvo junto al grupo más cercano de árboles, dudando, como hiciera en una ocasión anterior, aunque por una razón diferente. Entonces había temido que no fuera grato su afán por compartir la soledad de su esposo; ahora le asustaba dirigirse al lugar donde preveía que debía comprometerse a compartir algo que rehuía. No la empujaba a ello ni la ley ni la opinión del mundo, sólo el carácter de su marido y su propia compasión, no el yugo real del matrimonio, sino el ideal que de él tenía. Veía con nitidez toda la situación, y sin embargo estaba encadenada: no podía golpear el alma abatida que suplicaba. Si eso era debilidad, entonces Dorothea era débil. Pero iba pasando la media hora y debía apresurarse. Cuando entró en el paseo de los tejos no vio a su esposo; pero el paseo tenía curvas y prosiguió, esperando ver la figura envuelta en la capa azul que, junto con un abrigado gorro de terciopelo constituía su atuendo para salir al jardín los días de frío. Se le ocurrió que podía estar descansando en el cenador, hacia el que la senda se desviaba un poco. Al doblar el ángulo le vio sentado en el banco cercano a una mesa de piedra. Apoyaba en ella los brazos, sobre los que descansaba la frente, tirando así hacia adelante la capa, que ocultaba completamente su rostro.

—Anoche se agotó —se dijo Dorothea, pensando en un principio que dormía y que el cenador era demasiado húmedo para descansar. Pero luego recordó que recientemente le había visto adoptar esa actitud cuando le leía, como si la encontrara más cómoda que otras, y que en ocasiones, además de escuchar, también hablaba con el rostro en esa posición. Entró en el cenador y dijo:

—Ya estoy aquí Edward; estoy preparada.

Él no hizo caso y Dorothea pensó que debía dormir profundamente. Puso una mano sobre su hombro y repitió:

—¡Estoy preparada!

Él siguió inmóvil y con un repentino y confuso temor Dorothea se inclinó hacia él, le quitó el gorro de terciopelo y acercó la mejilla a la cabeza de su marido, exclamando en tono angustiado:

—¡Despiértate, querido, despiértate! Escúchame. He venido para darte una respuesta.

Pero Dorothea no pudo dar su respuesta.

Más avanzado el día, Lydgate se encontraba sentado junto a su cama mientras Dorothea deliraba, pensando en voz alta y recordando lo que había cruzado por su mente la noche anterior. Le reconocía y le llamaba por su nombre, pero parecía creer conveniente explicárselo todo, y una y otra vez le rogaba a Lydgate que se lo transmitiera a su marido.

—Dígale que estaré con él enseguida: estoy dispuesta a prometer lo que quiere. Pero es que, pensar en ello era tan espantoso… que he caído enferma. No muy enferma. Pronto estaré mejor. Dígaselo.

Pero nunca más ya se rompería el silencio en los oídos de su marido.

CAPÍTULO XLIX

¡Ojalá pudiéramos evitar que Dorothea supiera esto! —dijo Sir James Chettam, el ceño fruncido y una expresión de profunda repulsión en los labios.

Estaba de pie sobre la alfombra de la biblioteca de Lowick Grange, y hablaba con el señor Brooke. Era el día siguiente al entierro del señor Casaubon y Dorothea aún no podía abandonar su habitación.

—Sería difícil, Chettam, como usted sabe, pues ella es albacea y le gustan esas cosas…, propiedades, tierras y todo eso. Ya sabe usted que tiene sus ideas —dijo el señor Brooke, calándose las gafas con cierto nerviosismo y concentrándose en las esquinas de un papel doblado que sostenía entre las manos—; y querrá hacer algo, téngalo por seguro que como albacea Dorothea querrá hacer algo. Y además, cumplió veintiuno el diciembre pasado. No puedo impedirle nada.

Sir James observó en silencio la alfombra durante unos minutos y de pronto alzó la vista, clavando los ojos en el señor Brooke y diciendo:

—Le voy a decir lo que sí podemos hacer. Hasta que Dorothea no esté bien, no debemos permitir que se ocupe de nada y, en cuanto se la pueda mover debe venir a casa, con nosotros. Estar con Celia y el niño será lo mejor del mundo para ella, y le hará pasar el tiempo. Y entretanto debe echar a Ladislaw: envíelo fuera del país. —En este punto el gesto de repulsión de Sir James reapareció con toda intensidad.

El señor Brooke se puso las manos a la espalda, caminó hacia la ventana y enderezó la espalda con una pequeña sacudida antes de responder:

—Eso, Chettam, es muy fácil de decir. Muy fácil de decir.

—Mi querido señor Brooke —insistió Sir James, refrenando su indignación para mantenerla dentro de formas de respeto—, fue usted quien lo trajo aquí, y es usted quien lo mantiene aquí; me refiero gracias a la ocupación que le da.

—Sí, pero no puedo despedirle de repente sin ninguna razón, mi querido Chettam. Ladislaw no tiene precio, su labor es de lo más satisfactoria. Considero que le he hecho un favor a esta parte del país trayéndolo..., trayéndolo aquí, ya sabe. —El señor Brooke concluyó con una inclinación de la cabeza, girándose hacia Sir James para hacerla.

—Pues es una lástima que esta parte del país no prescindiera de él, es cuanto tengo que decir al respecto. En cualquier caso, como cuñado de Dorothea, me siento con derecho a oponerme a que permanezca aquí por mor de cualquier acción de parte de los familiares de mi cuñada. Supongo que estará de acuerdo, al menos así lo espero, en que tengo derecho a hablar respecto de cuanto ataña la dignidad de la hermana de mi esposa.

Sir James se iba acalorando.

—Por supuesto, mi querido Chettam, por supuesto. Pero usted y yo tenemos ideas diferentes... diferentes...

—Espero que no sea así en cuanto a esta acción de Casaubon —interrumpió Sir James—. Mi opinión es que ha comprometido a Dorothea de la manera más injusta. Mi opinión es que jamás ha habido acción más mezquina, menos caballerosa que ésta... un codicilo de este tipo a un testamento que redactó cuando se casó y con el conocimiento y confianza de la familia de su mujer... ¡es un insulto para Dorothea!

—Bueno, ya sabe lo retorcido que era Casaubon con respecto a Ladislaw. Ladislaw me ha contado la razón... le disgustó la dirección que tomó, ya sabe... Ladislaw no pensaba que las ideas de Casaubon fueran gran cosa, Thoth y Dagon... ese tipo de cosas; y yo creo que a Casaubon le disgustó la postura de independencia que Ladislaw había adoptado. Vi la correspondencia entre ellos, ¿sabe? El pobre Casaubon estaba un poco enterrado entre sus libros… no conocía el mundo.

—A Ladislaw le va muy bien pintarlo así —dijo Sir James—. Pero yo creo que Casaubon sólo estaba celoso de él por causa de Dorothea, y la gente pensará que ella le dio motivos; y eso es lo que hace tan abominable todo este asunto… emparejar su nombre con el de este joven.

—Mi querido Chettam, esto no tendrá ninguna consecuencia —dijo el señor Brooke sentándose y calándose de nuevo las gafas—. Forma parte de las rarezas de Casaubon. Este papel, sin ir más lejos, «tabulación sinóptica» y tal…, «para uso de la señora Casaubon», estaba junto al testamento, cerrado con llave en el escritorio. Supongo que pretendía que Dorothea publique sus investigaciones, ¿no? y ella lo hará, ¿sabe usted? Se ha interesado mucho por los estudios de su marido.

—Mi querido señor Brooke —dijo Sir James con impaciencia—, esto ni va ni viene. La cuestión es si está usted de acuerdo conmigo en la conveniencia de hacer que el joven Ladislaw se marche.

—Pues no estoy de acuerdo en cuanto a la urgencia. Con el tiempo, quizá se pueda conseguir. En cuanto al cotilleo, bueno, no se evitará aunque se vaya. La gente dice lo que quiere, no lo que debe —dijo el señor Brooke esgrimiendo con habilidad las verdades que apoyaban sus deseos—. Podría deshacerme de Ladislaw hasta cierto punto… quitarle la dirección del Pioneer y eso, pero no puedo echarle del país si no quiere irse, ¿sabe? …, si no quiere marcharse.

El señor Brooke, insistiendo con la misma calma que si del clima del año pasado se tratara y moviendo la cabeza al concluir con su habitual amabilidad, constituía un desesperante ejemplo de terquedad.

—¡Por Dios! —exclamó Sir James con el máximo apasionamiento que jamás mostrara—, consigámosle un puesto; gastémonos dinero con él. ¡Si pudiera entrar en el séquito de algún gobernador colonial! Quizá Grampus le quisiera… puedo escribir a Fulke para proponérselo.

—Pero Ladislaw no se avendrá a que le embarquen como una cabeza de ganado, mi querido amigo; Ladislaw tiene sus propias ideas. Tengo la impresión de que si se separara de mí mañana sólo se oiría hablar más de él en todo el país. Con el talento que tiene para hablar y redactar documentos, hay pocos que estén a su altura como agitador, ya sabe, como agitador.

—¡Agitador! —dijo Sir James con enfática amargura y sintiendo que la repetición adecuada de las sílabas de esta palabra bastaba para indicar lo odiosa que era.

—Pero sea usted razonable, Chettam. Veamos, como usted dice, lo mejor será que Dorothea esté con Celia lo antes posible. Que viva en su casa y entretanto, quizá las cosas se serenen. No saquemos los cañones demasiado deprisa. Standish hará lo que le digamos y la noticia se hará vieja antes de que se haga pública. Pueden pasar mil cosas que obliguen a Ladislaw a marcharse sin que yo tenga que intervenir, ¿sabe?

—Entonces, habré de concluir que usted se niega a hacer nada, ¿no es así?

—¿Que me niego, Chettam?… no…, no digo negarme. Pero es que no veo que pueda hacer nada. Ladislaw es un caballero.

—¡Me alegra saberlo! —dijo Sir James, perdiendo un poco los nervios a causa de la irritación—. Pues estoy seguro de que Casaubon no lo era.

—Bueno, peor hubiera sido si el codicilo la impidiera volverse a casar nunca.

—Pues no lo sé —dijo Sir James—. Casi hubiera mostrado más delicadeza.

—¡Es una de las gracias de Casaubon! Aquel ataque le alteró un poco la mente. Y todo para nada. Dorothea no quiere casarse con Ladislaw.

—Pero la redacción de este codicilo parece querer inducir a todo el mundo a que crea que sí quería. No es que yo piense de Dorothea en esos términos —dijo Sir James—, pero Ladislaw me hace sospechar —añadió con el ceño fruncido—. Se lo digo con franqueza, sospecho de Ladislaw.

—No podría tomar medidas inmediatas basándome en eso, Chettam. De hecho, si fuera posible largarle… enviarle a la isla de Norfolk… ese tipo de cosa… Dorothea todavía quedaría peor ante quienes lo supieran. Parecería como si desconfiáramos de ella… ya sabe, como si no tuviéramos confianza en ella.

El hecho de que el señor Brooke hubiera dado con un argumento innegable no calmó a Sir James. Alargó la mano para coger el sombrero, insinuando que no era su intención seguir discutiendo y dijo, aún algo acalorado:

—Bien, lo único que puedo decir es que a Dorothea ya se la ha inmolado una vez porque sus familiares se descuidaron demasiado. Ahora, como hermano suyo, haré cuanto pueda para protegerla.

—Lo mejor que puede hacer, Chettam, es llevarla a Freshitt cuanto antes. Apruebo totalmente ese plan —dijo el señor Brooke, contento de haber ganado en la discusión. Le hubiera resultado muy poco conveniente desprenderse de Ladislaw en ese momento, cuando el Parlamento podía disolverse en cualquier instante y había que convencer a los electores del curso mediante el cual habían de servirse los intereses del país. El señor Brooke creía sinceramente que esta finalidad se lograría con su propia vuelta al Parlamento: estaba honradamente ofreciendo a la nación el poder de su inteligencia.

CAPÍTULO L

Casi una semana llevaba Dorothea a salvo en Freshitt Hall sin haber hecho preguntas peligrosas. Cada mañana se sentaba con Celia en el más bonito de los cuartos de estar del piso de arriba, el que daba a un pequeño invernadero. Celia, toda de blanco y lavanda como un ramillete de violetas de dos colores, contemplaba las proezas del bebé que resultaban tan indescifrables para su inexperiencia que toda conversación se veía interrumpida por sus súplicas para que la nodriza oracular las interpretara. Dorothea se sentaba junto a ella, vestida de luto, con una expresión que provocaba a Celia por considerarla demasiado triste: pues no sólo estaba muy bien el bebé, sino que, cuando un marido había sido en vida tan aburrido e incómodo, y además… ¡en fin! Sir James, por supuesto, le había contado todo a Celia con la enérgica recomendación de que era importante que Dorothea no lo supiera antes de que fuera inevitable.

Pero el señor Brooke tenía razón cuando predijo que Dorothea no permanecería por mucho tiempo inactiva cuando se le había asignado una tarea; conocía el contenido del testamento de su esposo redactado cuando se casaron y su mente, tan pronto tuvo clara conciencia de su situación, se ocupó en silencio con lo que debía hacer, como dueña de Lowick Manor, con el patronazgo del beneficio eclesiástico que iba unido a la propiedad.

Una mañana, cuando su tío realizaba su habitual visita, si bien con insólita celeridad de modales que disculpó diciendo que era muy probable que el Parlamento se disolviera ya en breve, Dorothea dijo:

—Tío, convendría ahora que considerara quién debe recibir el beneficio de Lowick. Una vez arreglado lo del señor Tucker, nunca oí a mi esposo mencionar a ningún clérigo como sucesor suyo. Creo que debería tener las llaves de Lowick para poder ir y examinar los papeles de mi marido. Puede que haya en ellos algo que arroje alguna luz sobre sus deseos.

—No hay ninguna prisa, hija —respondió con tranquilidad el señor Brooke —. Ya tendrás tiempo de ir, si quieres. Pero ojeé los que había en los escritorios y los cajones… y no había nada… nada más que ya sabes, temas profundos… además del testamento. Nada corre ninguna prisa. En cuanto al beneficio eclesiástico, ya se ha interesado alguien… y yo diría que es una solicitud muy recomendable. Me han recomendado mucho el señor Tyke… ya tuve algo que ver con su anterior nombramiento. Tengo entendido que es un hombre muy apostólico… justo el tipo de persona que te iría bien, hija.

—Me gustaría saber más acerca de él, tío, y juzgar por mí misma, si es que el señor Casaubon no ha dejado nada escrito sobre su deseo. Tal vez haya añadido algo a su testamento… puede que me haya dejado instrucciones —dijo Dorothea, que todo el tiempo había estado pensando en esta posibilidad con relación a la obra de su marido.

—No hay nada acerca de la rectoría, hija… nada —dijo el señor Brooke, levantándose para marcharse y extendiendo la mano hacia sus sobrinas—, ni acerca de sus investigaciones, ¿sabes? No hay nada de eso en el testamento.

A Dorothea le temblaron los labios.

—Vamos, hija, no debes pensar aún en esas cosas. Ya habrá tiempo.

—Me encuentro bien, tío y he de esforzarme.

—Bueno, bueno, ya veremos, pero ahora debo irme… tengo un montón de trabajo… hay crisis…, crisis política, ¿sabes? Y aquí tienes a Celia y su hombrecito… ahora eres tía, ¿sabes? y yo soy una especie de abuelo —dijo el señor Brooke, con tranquila premura, deseoso de marcharse y decirle a Chettam que no sería culpa suya (del señor Brooke) si Dorothea insistía en revisarlo todo.

Dorothea se recostó en la butaca cuando su tío hubo salido de la habitación y miró pensativamente sus manos cruzadas.

—¡Mira Dodo! ¡Mírale! ¿Has visto nunca nada igual? —dijo Celia con su tono pacífico.

—¿Decías, Kitty? —dijo Dorothea levantando los ojos distraídamente.

—¿Que qué decía? Pues el labio superior; mira cómo lo frunce como si quisiera poner caras. ¿No es una maravilla? Puede que hasta tenga sus pequeñas ideas. Cómo me gustaría que estuviera aquí la nodriza. Por favor, ¡míralo!

Una lágrima que llevaba tiempo acumulándose rodó por la mejilla de Dorothea al levantar la vista e intentar sonreír.

—No estés triste, Dodo; dale un beso al niño. ¿Qué es lo que te tiene tan ensimismada? Estoy segura que hiciste cuanto pudiste y mucho más. Ahora deberías estar feliz.

—¿Crees que Sir James me llevaría a Lowick? Quiero revisarlo todo… para ver si dejó algo escrito para mí. —No debes ir hasta que el señor Lydgate te diga que puedes. Y todavía no lo ha dicho (tenga, nodriza… llévese al niño y paséelo por la galería). Además, como siempre, vuelves a equivocarte,

Dodo…, lo veo y me molesta.

—¿En qué me equivoco, Kitty? —preguntó Dorothea dócilmente. Casi estaba dispuesta ahora a considerar a Celia más juiciosa que ella misma y se preguntaba con cierto temor cuál sería esa idea equivocada. Celia percibió su ventaja y estaba decidida a utilizarla. Nadie conocía ni sabía tratar a Dodo como ella. Desde que naciera su hijo, Celia había adquirido un nuevo concepto de su solidez mental y de su juicio sosegado. Parecía claro que donde había un niño las cosas iban suficientemente bien y que por lo general, el error era sólo una simple ausencia de esa fuerza equilibrante.

—Veo clarísimamente lo que estás pensando, Dodo —dijo Celia—. Quieres averiguar si hay algo desagradable que debas hacer ahora, por el simple hecho de que el señor Casaubon así lo quisiera. Como si no hubieras estado ya lo bastante incómoda antes. Y él no se lo merece, ya lo verás. Se ha portado muy mal. James está furioso con él. Y es mejor que te lo diga yo, para que te vayas preparando.

—Celia —suplicó Dorothea—, me angustias. Dime ahora mismo de lo que se trata.

Le pasó por la mente que el señor Casaubon hubiera dejado sus propiedades a otra persona… lo que no resultaría tan angustioso.

—Pues le ha añadido un codicilo al testamento que indica que se te quitarán las propiedades si te casaras… bueno, quiero decir…

—Eso no tiene ninguna importancia —dijo Dorothea interrumpiendo con ímpetu.

—Pero sólo si te casaras con el señor Ladislaw, con nadie más —prosiguió Celia con calmosa tenacidad—. Por supuesto que, por un lado, no tiene ninguna importancia porque nunca te casarías con el señor Ladislaw, pero eso sólo agrava el comportamiento del señor Casaubon.

Dorothea se sonrojó vivamente, pero Celia administraba lo que creía una realista dosis de hechos. Eran las fantasías de Dorothea lo que había dañado tanto su salud. Y por tanto continuó, con su tono neutro como si comentara los trajecitos de su hijo.

—Eso dice James. Dice que es algo abominable e impropio de un caballero. Y jamás hubo mejor juez que James. Es como si el señor Casaubon quisiera que la gente pensara que tú querrías casarte con el señor Ladislaw… lo cual es ridículo. Pero James dice que era para impedir que el señor Ladislaw quisiera casarse contigo por tu dinero… como si se le pudiera ocurrir pedírtelo. ¡La señora Cadwallader dice que sería como si te casaras con un italiano que tuviera ratones blancos! Pero he de ir a ver al niño —añadió Celia, sin el menor cambio de tono, cubriéndose con un chal y marchándose con paso ágil.

A Dorothea se le había pasado el sofoco para entonces y se recostó desfallecida sobre la butaca. Hubiera podido comparar su experiencia de ese momento con una inconcreta y alarmada conciencia de que su vida cobraba una nueva forma, que era presa de una metamorfosis en la que la memoria se negaba a acoplarse al despertar de nuevos órganos. Todo cambiaba de aspecto: la conducta de su esposo, sus propios sentimientos de obligación para con él, las pugnas entre los dos... y aún más, toda su relación con Will Ladislaw. Su mundo estaba sumido en un estado de cambio convulsivo; lo único que podía decirse con claridad a sí misma era que debía esperar y repensar las cosas. Un cambio la aterraba como si hubiera sido un pecado: la violenta sacudida de repulsión hacia su esposo, que había albergado pensamientos ocultos que tal vez hubieran pervertido cuanto ella hacía y decía. Luego fue consciente de otro cambio que también la hizo temblar: un extraño y repentino anhelo por Will Ladislaw. Jamás se le había ocurrido pensar que, bajo ninguna circunstancia, Will pudiera ser su amante; considérese, pues el efecto de la inesperada revelación de que otro pudiera pensar en él en esos términos... de que tal vez él mismo fuera consciente de esa posibilidad, y esto con la apresurada, abigarrada visión de unas condiciones poco adecuadas y de preguntas que no se resolverían con prontitud.

Parecía haber transcurrido mucho tiempo —no sabía cuánto— hasta que oyó decir a Celia:

—Ya es suficiente, ama; ahora se quedará tranquilo en mi regazo. Váyase a comer y que Garratt se quede en la habitación contigua. Lo que yo creo, Dodo —Celia prosiguió, observando tan sólo que Dorothea estaba recostada en la butaca con actitud, al parecer, pasiva—, es que el señor Casaubon era un rencoroso. No me gustó jamás y a James tampoco. Siempre pensé que tenía las comisuras de la boca muy rencorosas. Y ahora que se ha comportado así, estoy convencida de que la religión no te exige que te inquietes por él. Es una bendición que Dios se lo haya llevado y debieras estar agradecida. No hay que lamentarse, ¿verdad, hijo mío? —le dijo Celia confidencialmente a ese inconsciente centro y equilibrio del mundo, que poseía los más magníficos puños, completos incluso hasta las uñas, y pelo suficiente, cuando se le quitaba el gorro para hacer... ni se sabe qué; en resumen, era Buda con aspecto occidental.

La llegada de Lydgate se anunció en medio de esa crisis y una de las primeras cosas que dijo fue:

—Me temo que no está usted tan bien como antes, señora Casaubon; ¿la ha inquietado algo? Déjeme tomarle el pulso. —La mano de Dorothea tenía una frialdad marmórea.

—Quiere ir a Lowick a revisar los papeles —dijo Celia—. No debe, ¿verdad?

Lydgate guardó unos minutos de silencio. A continuación dijo, mirando a Dorothea:

—No lo sé mucho. En mi opinión, la señora Casaubon debería hacer aquello que la tranquilice más. Y esa tranquilidad no procederá siempre de la prohibición de actuar.

—Gracias —dijo Dorothea, haciendo un esfuerzo—. Estoy segura de que es un consejo muy prudente. Son tantas las cosas a las que debo atender así que, ¿por qué he de seguir aquí sentada sin hacer nada? —A continuación, con un esfuerzo por hablar de temas que no estuvieran relacionados con su turbación, añadió bruscamente:

—Creo que usted conoce a todo el mundo en Middlemarch, señor Lydgate. Le tendré que pedir que me cuente muchas cosas. He de ocuparme de cosas serias ahora. Tengo que conceder un beneficio eclesiástico. Usted conoce al señor Tyke y a… —pero el esfuerzo fue demasiado para Dorothea y rompió en llanto.

Lydgate le dio unas sales.

—Déjela hacer lo que quiera —le dijo a Sir James, por quien preguntó antes de salir de la casa—. Creo que más que otras recetas lo que necesita es libertad total.

El tener que atender a Dorothea en los días de su alterado estado mental le había permitido a Lydgate formarse ciertas conclusiones verdaderas respecto de los infortunios de la señora Casaubon. Estaba seguro de que padecía tensiones y conflictos debidos a la auto represión y que era probable que en las actuales circunstancias se sintiera presa de otro tipo de clausura casi igual a aquel del que acababa de liberarse.

El consejo de Lydgate fue tanto más fácil de seguir para Sir James al averiguar que Celia ya le había contado a Dorothea el desagradable dato del testamento. Ahora ya era inevitable, ya no había razón para retrasar más los asuntos importantes, de modo que al día siguiente Sir James accedió al momento a la petición de Dorothea de que la llevara a Lowick.

—No tengo el menor deseo de quedarme allí por el momento —dijo Dorothea—, no lo podría soportar. Soy mucho más feliz en Freshitt con Celia y podré pensar mejor lo que se debe hacer en Lowick viéndolo desde lejos. También me gustaría quedarme una temporada en Tipton Grange con mi tío, y recorrer los viejos paseos y estar con la gente del pueblo.

—Pero aún no. Tu tío tiene huéspedes políticos, y es mejor que estés al margen de estas cosas —dijo Sir James que pensaba en Tipton Grange como la guarida del joven Ladislaw. Pero no medió palabra entre él y Dorothea respecto al ofensivo codicilo del testamento: ambos sentían que no era posible mencionarlo. Sir James era muy recatado, incluso entre los hombres, a la hora de hablar de temas desagradables y Dorothea, por otro lado, de haberse referido al asunto, no hubiera podido decir lo único que en ese momento hubiera deseado, pues le parecía que habría sido una prueba añadida de la injusticia de su marido. Sin embargo sí quería que Sir James tuviera conocimiento de lo que tuvo lugar entre ella y su marido acerca del derecho moral de Will Ladislaw a las propiedades, pues pensaba que, entonces, le quedaría muy claro a su cuñado que el extraño y poco delicado codicilo que había redactado su esposo respondía principalmente a su enconada resistencia por admitir la idea de aquellos derechos y no simplemente a sentimientos personales de los cuales resultaba más difícil hablar. Además, hay que admitirlo, Dorothea deseaba que esto se supiera por el bien de Will, puesto que sus amigos parecían considerarle tan sólo como el destinatario de la caridad del señor Casaubon. ¿Por qué habían de compararle a un italiano con ratones blancos? La cita de la señora Cadwallader parecía una caricatura burlesca dibujada en la oscuridad por un dedo malicioso.

En Lowick, Dorothea rebuscó en todos los escritorios y cajones, todos los lugares en los que su esposo pudo guardar escritos privados, pero no encontró nada dirigido a ella salvo la «Tabulación Sinóptica» que probablemente tan sólo fuera la primera de las muchas instrucciones que pensara dejarla. Como en todo lo demás, el señor Casaubon, al adjudicarle esta tarea a Dorothea, había sido lento y titubeante, tan agobiado al planificar la transmisión de su trabajo como lo estuviera al llevarlo a cabo, con la sensación de moverse plúmbeamente en un medio abotargante y oscuro: su desconfianza en la capacidad de Dorothea para ordenar lo que él había preparado tan sólo quedaba paliada por su desconfianza en otros redactores. Pero finalmente la personalidad de Dorothea le había proporcionado un punto de confianza: era capaz de hacer cuanto se proponía, y el señor Casaubon se la imaginaba muy bien trabajando bajo los grilletes de la promesa de edificarle una tumba con su nombre. (No es que el señor Casaubon denominara tumba a los futuros volúmenes; los llamaba «Clave para todas las mitologías»). Pero los meses se le habían adelantado dejando sus planes tan sólo esbozados: sólo había tenido tiempo de pedir esa promesa mediante la cual pretendía retener sobre la vida de Dorothea su frío control.

Aquel control se había desvanecido. Obligada por una promesa dada desde lo más hondo de su compasión Dorothea hubiera sido capaz de asumir una labor que su criterio le susurraba era inútil para todo salvo esa consagración de la fidelidad que es una utilidad suprema. Pero ahora, su criterio, en lugar de verse controlado por una obediente devoción, resultaba activado por el amargo descubrimiento de que en su pasada unión se agazapaba la oculta distancia del secreto y la sospecha. El hombre vivo y que sufría ya no estaba frente a ella para despertar su piedad; sólo quedaba el recuerdo de una dolorosa sumisión a un marido cuyos pensamientos resultaban ser más indignos de lo que ella pensara, cuyas desorbitadas exigencias habían cegado incluso el esmerado cuidado que tenía para con su propio carácter, y le hicieron destruir su propio orgullo al escandalizar a hombres de honor corriente. En cuanto a las propiedades que eran el símbolo de esa unión rota, con gusto hubiera querido estar libre de ellas, y poseer tan sólo la fortuna inicial que había recibido como dote de no ser por la existencia de los deberes vinculados a ser dueño que no debía rehuir. Muchas eran las difíciles preguntas que insistían en plantearse respecto de esta propiedad: ¿no estaba en lo cierto al pensar que la mitad de éstas debían ir a parar a Will Ladislaw? Pero, ¿no resultaba ahora imposible que llevara a cabo ese acto de justicia? El señor Casaubon había adoptado medidas cruelmente eficaces para impedírselo: incluso con la indignación que en su corazón se levantaba contra él, cualquier acto que pareciera una triunfante evasión de los propósitos de su marido la repugnaba.

Tras recoger papeles de asuntos que deseaba examinar, volvió a cerrar con llave los cajones y los escritorios —todos carentes de mensajes personales para ella— carentes de toda indicación de que, durante los pensamientos solitarios de su esposo, su corazón se hubiera acercado a ella para pedir disculpas o explicaciones; regresó a Freshitt con la sensación de que no se había roto el silencio en torno a la última cruel exigencia y la última injuriosa imposición de su poder.

Dorothea intentó pensar ahora en sus obligaciones inmediatas, una de las cuales era de índole tal que los demás estaban empeñados en no dejarla olvidar. Lydgate había captado con interés su referencia al beneficio eclesiástico y tan pronto pudo retomó el tema, viendo la posibilidad de reparar el voto que anteriormente diera con mala conciencia.

—En lugar de hablarle sobre el señor Tyke —dijo—, quisiera hacerlo sobre otro hombre, el señor Farebrother, el vicario de St. Botolph. Su beneficio actual es paupérrimo y le proporciona muy menguados medios para él y su familia. Viven con él su madre, su tía y su hermana y de él dependen. Creo que no se ha casado nunca por esa razón. Jamás he oído predicar a nadie tan bien, con una elocuencia tan fácil y sencilla. Hubiera podido predicar en St. Paul's Cross después de Latimer. Habla igual de bien sobre cualquier tema, de forma original, clara y sencilla. Creo que es una persona extraordinaria; debiera haber llegado más lejos.

—¿Y por qué no lo ha hecho? —preguntó Dorothea, interesada ahora por todos los que no habían alcanzado sus aspiraciones.

—Es una pregunta difícil —dijo Lydgate—. Yo mismo encuentro que es inusitadamente complicado hacer que funcionen las cosas: hay demasiados hilos que tiran simultáneamente. Farebrother a menudo insinúa que equivocó su profesión; necesita más campo del que se le ofrece a un clérigo pobre, y me imagino que carece de otros recursos que le ayuden económicamente. Le gusta mucho la historia natural y otras materias científicas y le resulta difícil reconciliar estas aficiones con su posición. No le sobra dinero —apenas le llega, y eso le ha inducido a jugar a las cartas… Middlemarch es un gran lugar para el whist, juega por dinero y gana bastante. Eso, claro, le relaciona con personas que no están a su altura y le hace volverse negligente respecto a ciertas cosas; y sin embargo, a pesar de ello, considerado en conjunto, es uno de los hombres más intachables que ha conocido jamás. No hay en él ni veneno ni doblez, lo que a menudo acompaña a un aspecto externo más correcto.

—Me pregunto si sufre su conciencia por ese hábito —dijo Dorothea—; si desearía poderlo dejar.

—No me cabe ninguna duda de que lo dejaría si se hallara en una mejor situación económica: ya agradecería poder dedicar el tiempo a otras cosas.

—Mi tío dice que se habla del señor Tyke como un hombre apostólico —dijo Dorothea meditativamente. Hubiera querido, de ser posible, volver a los tiempos del celo primitivo, y sin embargo, el señor Farebrother la impulsaba a rescatarle de aquella forma de obtener su dinero al azar.

—No pretendo afirmar que Farebrother sea apostólico —dijo Lydgate—. Su posición no es exactamente la de los apóstoles: es tan sólo un clérigo entre los feligreses cuyas vidas debe intentar mejorar. En la práctica, se me antoja que lo que hoy en día se llama apostólico es una impaciencia por todo aquello en lo que el ministro no constituye la figura principal. Veo algo de eso en el señor Tyke en el hospital: una buena parte de su doctrina consiste en pinchar bien para que la gente sea desagradablemente consciente de su presencia. Además, ¡un hombre apostólico en Lowick! Debería pensar, como San Francisco, que es menester predicarles a los pájaros.

—Es verdad —dijo Dorothea—. Es difícil imaginarse qué ideas sacan nuestros granjeros y trabajadores de las enseñanzas. He estado leyendo un volumen de sermones del señor Tyke: y ese tipo de predicación no serviría de nada en Lowick… me refiero a hablar de predestinación y las profecías en el Apocalipsis. Siempre he pensado en las diversas maneras en que se enseña el cristianismo y cuando encuentro una que lo presenta de manera más amplia que las demás, me aferro a ella como la más cierta… quiero decir, aquella que incluye el mayor bien de toda clase y acoge a la mayor cantidad de gente como partícipes. Siempre será mejor perdonar demasiado que condenar demasiado, pero me gustaría ver al señor Farebrother y oírle predicar.

—Hágalo —dijo Lydgate—. Confío en el efecto que producirá. Es muy querido, pero también tiene sus enemigos: siempre existirán personas que no pueden perdonar al hombre capaz si es distinto de ellas. Y ese asunto de ganar dinero con las cartas es un verdadero borrón. Usted claro, no ve a mucha gente de Middlemarch, pero el señor Ladislaw, que ve con gran frecuencia al señor Brooke, es muy amigo de las ancianitas del señor Farebrother y se alegrará de cantar las alabanzas del vicario. Una de las viejecitas, la señorita Noble, la tía, es un pintoresco y maravilloso retrato de la bondad más absoluta, y Ladislaw hace de caballero y a veces la acompaña. Un día les encontré en una callejuela: ya conoce el aspecto de Ladislaw, una especie de Dafnis con abrigo y chaleco; y esta minúscula solterona iba colgada de su brazo… parecían una pareja salida de una comedia romántica. Pero la mejor prueba es ver y oír a Farebrother.

Afortunadamente Dorothea se encontraba en su cuarto de estar particular cuando tuvo lugar esta conversación y nadie estaba presente para hacer que le resultara dolorosa la inocente referencia de Lydgate a Ladislaw. Como era su costumbre en cuestiones de cotilleo, Lydgate había olvidado por completo el comentario de Rosamond de que creía que Will idolatraba a la señora Casaubon. En ese momento sólo le preocupaba lo que pudiera recomendar a la familia Farebrother y deliberadamente había hecho hincapié en lo peor para así adelantarse a las objeciones. Apenas había visto a Ladislaw en las semanas transcurridas desde la muerte del señor Casaubon y no le había llegado ningún rumor advirtiéndole de que el secretario particular del señor Brooke era un tema peligroso con la señora Casaubon. Cuando se hubo marchado, el esbozo que de Ladislaw hiciera el médico siguió presente en la imaginación de Dorothea, compartiendo terreno con el tema del beneficio eclesiástico de Lowick. ¿Qué estaría pensando Will Ladislaw de ella? ¿Tendría conocimiento del hecho que sonrojaba las mejillas de Dorothea como nada había conseguido hasta entonces? ¿Y cómo se sentiría al saberlo? Pero ante ella se levantaba con toda claridad la figura de Will sonriéndole a la viejecita. ¡Un italiano con ratones blancos! Por el contrario, Will era una criatura que comprendía los sentimientos de todo el mundo y podía asumir los pensamientos angustiosos de los demás en lugar de imponer los suyos con férrea resistencia.

CAPÍTULO LI

A Will Ladislaw aún no le había llegado ningún cotilleo respecto al testamento del señor Casaubon; el aire parecía inundado con la disolución del

Parlamento, y las próximas elecciones, como las antiguas ferias y verbenas, estaban colmadas de los griteríos rivales de los espectáculos itinerantes, por lo que se prestaba poca atención a ruidos más privados. Estaban a punto de celebrarse las famosas «elecciones secas» en las que el calado del sentimiento público se pudo medir por el bajo nivel de consumición de alcohol. Ladislaw era una de las personas más ocupadas del momento y, aunque tenía siempre presente la viudedad de Dorothea, distaba tanto de querer que le hablaran del tema que cuando Lydgate le buscó para contarle lo ocurrido acerca del beneficio de Lowick, le respondió un tanto ariscamente:

—¿Por qué me tiene que meter en este asunto? Nunca veo a la señora Casaubon y no es probable que tenga la ocasión, puesto que ella vive en Freshitt. Yo nunca voy allí. Es territorio de los conservadores donde ni yo ni el Pioneer somos mejor recibidos que un furtivo y su escopeta.

El hecho era que Will estaba más susceptible desde que observara que el señor Brooke, en lugar de querer, como antes, que visitara Tipton Grange más de lo que quería el propio Will, parecía ahora ingeniárselas para que fuera allí lo menos posible. Era ésta una desmañada concesión del señor Brooke a la indignada recriminación de Sir James Chettam, y Will, alerta a la mínima insinuación en aquel sentido, concluyó que le mantenían alejado de aquella casa por causa de Dorothea. ¿Recelarían de él los parientes de Dorothea? Sus temores eran infundados: muy equivocados estaban si pensaban que se iba a presentar como un aventurero indigente tratando de granjearse los favores de una mujer rica.

Hasta este momento Will no se había percatado bien del abismo que existía entre él y Dorothea; hasta este momento en que él llegaba al borde del precipicio y la veía al otro lado. No sin cierta rabia interna, comenzó a pensar en marcharse de la vecindad: le sería imposible, en adelante, mostrar cualquier interés por Dorothea sin quedar expuesto a desagradables inculpaciones... tal vez incluso en la mente de la propia Dorothea, que otros intentaran emponzoñar.

—Estamos separados para siempre —dijo Will—. No estaría más alejada de mí de estar yo en Roma. —Pero lo que denominamos desesperación con frecuencia no es más que el anhelo doloroso de la esperanza no alimentada. Había abundantes razones para que no se fuera... razones públicas para no dejar su puesto en este momento de crisis, el señor Brooke en la estacada cuando precisaba de «preparación» para las elecciones y cuando había que llevar a cabo, directa e indirectamente, mucha petición de votos. Will no quería dejar las fichas en el momento más interesante de la partida de ajedrez; y cualquier candidato reformista, aunque tuviera el cerebro y el tuétano reblandecidos en consonancia con sus modales de caballero, podía contribuir a conseguir la mayoría. Preparar al señor Brooke y mantener en él firme la idea de que debía comprometerse a votar en favor de la ley de reforma electoral en vez de insistir en su propia independencia y en la posibilidad, de retirarse a tiempo, no era tarea fácil. La profecía del señor Farebrother de un cuarto candidato «en la manga» aún no se había cumplido y ni la sociedad de candidatos parlamentarios ni ningún otro grupo al acecho de asegurar más mayoría reformista encontraba motivos válidos para interferir mientras existiera un segundo candidato reformista como el señor Brooke, que podía pagarse todos sus gastos; de manera que la contienda se libraba entre Pinkerton, el viejo parlamentario conservador, Bagster, el nuevo candidato liberal ganador de las últimas elecciones y Brooke, el futuro parlamentario independiente que había de comprometerse únicamente en esta ocasión. El señor Hawley y su grupo concentrarían todo su esfuerzo en que volviera Pinkerton y el éxito del señor Brooke dependería de votantes que hicieran que Bagster se quedara atrás o de la transformación de votos conservadores en votos reformistas. Esto último, claro está, sería preferible.

La perspectiva de poder cambiar el voto constituía una confusión peligrosa para el señor Brooke; la impresión que tenía de que se podía captar a los indecisos a base de afirmaciones ambiguas, así como su tendencia a aceptar argumentos opuestos cuando surgían en su memoria le daba mucho trabajo a Will Ladislaw.

—Usted sabe que hay tácticas en estos asuntos —decía el señor Brooke—; acuerdos de toma y daca —atemperamiento de las propias ideas— decir «Algo de verdad hay en lo que usted dice», y todo eso. Estoy de acuerdo con usted en que es esta una ocasión especial… el país con una voluntad propia… alianzas políticas… todo eso…, pero a veces somos demasiado tajantes al cortar. Por ejemplo, esas familias con diez libras: ¿por qué diez? Sí, hay que trazar la línea en algún sitio…, pero, ¿por qué precisamente en diez? Es una pregunta difícil, si lo pensamos bien.

—Naturalmente que lo es —exclamaba Will con impaciencia—. Pero si va usted a esperar hasta que se plantee una reforma perfectamente lógica, deberá usted presentarse como un revolucionario en cuyo caso me temo que Middlemarch no le elegiría. En cuanto a podas, no creo que sea tiempo de recortar nada.

El señor Brooke acababa siempre dándole la razón a Ladislaw, a quien seguía considerando una especie de Burke sazonado de Shelley; pero tras un intervalo, la sabiduría de sus propios métodos volvía a reafirmarse, y, seducido de nuevo, se lanzaba a emplearlos con gran optimismo. En aquella fase el señor Brooke se encontraba muy animado, animación que le sostenía incluso ante las cuantiosas entregas de dinero; su poder de convicción y persuasión no habiendo sido aún puesto a prueba por algo de mayor dificultad que la perorata como presidente de una junta, la presentación de otros oradores, o el diálogo con algún votante de Middlemarch, de los cuales salía con la sensación de que era un estratega nato y de que era una pena que no se hubiera dedicado antes a este tipo de cosas. Sin embargo, tenía cierta conciencia de fracaso con el señor Mawmsey, un destacado representante en Middlemarch de ese gran poder social, el tendero al por menor, y, naturalmente, uno de los votantes más dudosos del distrito, dispuesto personalmente a proporcionar té y azúcar de la misma calidad a reformistas y antirreformistas, así como a coincidir imparcialmente con ambos, al tiempo que estaba convencido, como los burgueses de antaño, de que esta necesidad de elegir miembros para el Parlamento suponía una gran carga para la ciudad; pues, aunque el dar esperanzas a todos los partidos de antemano no revestía ningún peligro, finalmente surgiría la dolorosa necesidad de defraudar a personas respetables cuyos nombres constaban en sus libros. Estaba acostumbrado a recibir grandes encargos del señor Brooke de Tipton Grange, pero también había muchos miembros del comité de Pinkerton cuya opinión tenía de su parte un enorme peso ultramarinista. El señor Mawmsey, imaginándose que el señor Brooke, al no ser muy «espabilado de mente», disculparía mejor a un tendero que votara en contra suya por presión, había hecho ciertas confidencias en su trastienda.

—Respecto a la reforma, caballero, enfóquela bajo el punto de vista de una familia —dijo, haciendo sonar el cambio que tenía en el bolsillo y sonriendo con afabilidad—. ¿Mantendrá a la señora Mawmsey, permitiéndola criar a seis hijos pequeños cuando yo falte? Hago una pregunta ficticia, pues conozco la respuesta. Pues bien. Mi pregunta es qué debo hacer, como marido y como padre, cuando se me acercan ciertos caballeros y me dicen, «Haga usted lo que quiera, Mawmsey, pero si vota en contra nuestra, compraré en otro sitio; cuando endulzo mi té me gusta pensar que beneficio al país manteniendo a los comerciantes que votan adecuadamente». Esas mismísimas palabras me han dicho, desde la misma silla en la que usted está sentado. No me refiero a que las dijera su honorable persona, señor Brooke.

—Ya, ya, ya…, eso es tener la mente muy estrecha. Mientras mi mayordomo no se queje de su mercancía, señor Mawmsey —dijo el señor Brooke conciliadoramente—, mientras no oiga yo que manda usted azúcar y especias de mala calidad…, cosas así…, no le diré que compre en otro sitio.

—Señor, soy su humilde servidor y le quedo muy agradecido —dijo el señor Mawmsey, con la sensación de que la política se despejaba un tanto—. Sería un placer votar por un caballero que habla de manera tan noble.

—De todas formas, señor Mawmsey, saldría ganando si se pusiera de nuestro lado. Esta reforma afectará a todos con el tiempo… es una medida totalmente popular… Una especie de abecé, ¿sabe?, que tiene que venir antes de que el resto pueda llegar. Estoy de acuerdo con usted en que debe enfocarlo bajo un punto de vista familiar, pero recuerde… la cosa pública. Somos todos una familia ¿sabe?… es un mismo armario. Un voto, por ejemplo puede contribuir al destino de los hombres del Cabo… nunca se sabe la repercusión de un voto —concluyó el señor Brooke con la sensación de estar un poco perdido, pero disfrutando aún. Pero el señor Mawmsey respondió en torno cortante:

—Me perdonará usted, pero eso es algo que no me puedo permitir. Cuando voto tengo que saber lo que estoy haciendo; debo considerar cuáles serán los efectos sobre mi caja y mi libro mayor, se lo digo con todo respeto. Admito que los precios son imprevisibles, y que después de comprar pasas —que son artículos perecederos— bajan de repente… yo mismo nunca he entendido los entresijos de todo esto, lo cual es una buena lección para el orgullo humano. Pero en cuanto a una familia, confío en que haya un deudor y un acreedor; eso no lo cambiará la reforma porque de lo contrario, votaría por que las cosas se queden como están. Hablando personalmente, pocos hombres deben tener menos necesidad de cambio que yo, es decir, hablando por mí y por mi familia. No soy de los que no tienen nada que perder, me refiero en cuanto a la respetabilidad, tanto en la parroquia como en asuntos privados, y de ningún modo con respecto a usted mismo y sus costumbres, las cuales tuvo la bondad de decir que no modificaría, le vote o no le vote, en tanto que sean satisfactorios los artículos que le envíe a usted.

Tras esta conversación, el señor Mawmsey subió a su casa y fanfarroneó ante su mujer de haberle ganado la partida a Brooke, de Tipton Grange, y que ahora ya no le importaba tanto ir a votar.

El señor Brooke se abstuvo en esta ocasión de alardear de sus tácticas ante Ladislaw, quien, por su parte, se conformaba con persuadirse a sí mismo de que la captación de votos sólo le concernía desde un punto de vista meramente argumentativo y de que no manipulaba máquinas más tortuosas que el conocimiento. El señor Brooke tenía, necesariamente, sus agentes, que comprendían la naturaleza del votante de Middlemarch y el modo de alistar su ignorancia del lado de la ley de reforma, modos asombrosamente parecidos a los métodos para alistarla del lado contrario. Will se tapaba los oídos. En ocasiones el Parlamento, como el resto de nuestra vida, incluyendo el comer y el vestir, apenas podrían proseguir si nuestra imaginación fuera demasiado activa respecto de sus procesos. Abundaban en el mundo los hombres con las manos sucias dispuestos a hacer los trabajos sucios, y Will se convencía a sí mismo de que su participación en la tarea de sacar adelante al señor Brooke sería completamente limpia.

Pero Will abrigaba muchas dudas acerca del éxito que tendría con aquel modo de contribuir a la mayoría favorable a la reforma. Había escrito muchos discursos y guiones para discursos, pero había empezado a observar que la mente del señor Brooke, si tenía que soportar la carga de recordar cualquier línea de pensamiento, solía abandonar ésta, corría en su busca, y difícilmente regresaba. Reunir documentos es una manera de servir al país y otra, recordar el contenido de un documento. ¡No! El único modo de conseguir que el señor Brooke pensara en los argumentos correctos en el momento oportuno era ejercitarlos a fondo hasta que ocuparan todo el espacio en su cerebro. Pero aquí se topaba con la dificultad de hallar ese espacio, dada la previa acumulación de sinfín de cosas. El propio señor Brooke comentaba que sus ideas le entorpecían cuando hablaba.

En cualquier caso, el entrenamiento de Ladislaw iba a ser puesto a prueba próximamente, pues antes del día en que se nombraría a los candidatos, el señor Brooke tenía que presentarse ante los respetables electores de Middlemarch desde el balcón del Ciervo Blanco, que daba ventajosamente a una esquina de la plaza del mercado, dominando una gran esplanada por delante y dos calles convergentes. Era una hermosa mañana de mayo y todo parecía esperanzador: había ciertas perspectivas de un entendimiento entre el comité de Bagster y el de Brooke, al que el señor Bulstrode, el señor Standish como abogado liberal y algunos fabricantes como el señor Plymdale y el señor Vincy prestaban una solidez que casi compensaba al señor Hawley y sus asociados que se reunían a favor de Pinkerton en el Dragón Verde. El señor Brooke, consciente de haber debilitado las maledicencias del Trumpet en su contra gracias a las reformas como terrateniente que había llevado a cabo en los últimos seis meses, y oyendo que le vitoreaban un poco al entrar en la ciudad, sintió que se le aligeraba considerablemente el corazón bajo el chaleco amarillo. Pero respecto a ocasiones críticas, a menudo sucede que todos los momentos parecen cómodamente lejanos hasta que llega el último.

—Esto tiene buen aspecto, ¿no? —dijo el señor Brooke mientras se acumulaba el gentío—. Al menos tendré un público abundante. Me gusta esto… un público así, compuesto por mis propios vecinos, ¿sabe?

Al contrario que el señor Mawmsey, los tejedores y los curtidores de Middlemarch jamás habían considerado al señor Brooke vecino suyo, y no sentían por él más afecto que si hubiera llegado en una caja desde Londres. Pero escucharon sin gran alboroto a los oradores que presentaron al candidato, aunque uno de ellos, un personaje político de Brassing que vino a explicarle a Middlemarch su deber, habló tantísimo que resultaba alarmante pensar qué podría decir a continuación el candidato. Entretanto, el gentío iba creciendo y cuando el personaje político se acercaba al final de su discurso, el señor Brooke percibió un notable cambio en sus sensaciones mientras todavía toqueteaba el monóculo, enredaba con los documentos que tenía delante e intercambiaba comentarios con su comité, como un hombre a quien le traía sin cuidado el momento de comparecer.

—Me tomaré otra copa de jerez, Ladislaw —dijo con aire tranquilo a Will que se encontraba justo detrás de él y al punto le dio el supuesto fortificador. Fue una decisión poco feliz; el señor Brooke era hombre abstemio y beber de un trago una segunda copa de jerez a corto intervalo de la primera supuso una sorpresa para su organismo, el cual procedió a dispersar sus energías en lugar de concentrarlas. Os ruego ten compasión de él: ¡son tantos los caballeros ingleses que en al hacer discursos por motivos absolutamente personales!… mientras que el señor Brooke quería servir a su país presentándose como candidato al Parlamento, lo cual, evidentemente, también se puede hacer por motivos personales, pero que, una vez tomada la decisión, inexorablemente exige hacer discursos.

No era el principio del discurso lo que inquietaba al señor Brooke: eso, estaba convencido, iría bien; saldría perfecto, igual de ordenado que una serie de pareados de Pope. El embarcar sería fácil, pero resultaba alarmante la imagen de mar abierto que podía venir a continuación. «Y el tema de las preguntas», susurraba el demonio que empezaba a despertar en su estómago, «alguien puede preguntar sobre los plazos de la ley».

—Ladislaw —continuó en voz alta—, páseme las notas sobre los plazos.

Cuando el señor Brooke salió al balcón, los vítores fueron lo bastante altos como para contrarrestar los alaridos, gruñidos, bramidos y otras manifestaciones de teoría adversa, que eran tan moderadas que el señor Standish (perro viejo) comentó al oído de quien tenía al lado.

—No las tengo todas conmigo. Hawley debe tener algún otro plan.

De todos modos, los vítores eran estimulantes y ningún candidato podía presentar un aspecto más afable que el señor Brooke, con las notas en el bolsillo del pecho, la mano izquierda sobre la barandilla del balcón y la derecha jugueteando con el monóculo. Lo chocante de su aspecto eran el chaleco amarillo, el pelo rubio muy corto, y su fisonomía neutral. Empezó con cierta confianza.

—¡Caballeros… electores de Middlemarch!

Esto era algo tan apropiado que parecía natural que siguiera una pequeña pausa.

—Es un placer inusitado encontrarme aquí…, nunca me he sentido tan orgulloso y feliz…, nunca, ¿saben?

Era una valiente forma de expresarse, pero no exactamente la adecuada, pues, desgraciadamente, el empiece perfecto se había evaporado… incluso los pareados de Pope pueden ser sólo «derrumbamientos, desapariciones», cuando el miedo nos atenaza y el jerez se precipita por nuestras ideas con la rapidez del humo. Ladislaw, de pie junto al ventanal y detrás del orador pensó «Se ha acabado. La única esperanza que queda, ya que lo mejor no siempre da resultado, es que, por una vez el farfulleo dé resultado». Entretanto, el señor Brooke, perdido completamente el hilo, recayó sobre sí mismo y sus méritos, tema siempre apropiado y elegante para un candidato.

—Soy vecino vuestro, amigos míos…, hace tiempo que me conocéis como juez de paz…, siempre me interesaron los problemas públicos…, la maquinaria, por ejemplo, y el acabar con la maquinaria…, a muchos de vosotros os incumbe todo lo de la maquinaria y últimamente me he interesado por eso. Eso de romper las máquinas no debe hacerse: las cosas han de seguir adelante… el comercio, la industria, los negocios, el intercambio de materias primas… todo eso… ha de seguir adelante desde Adam Smith. Debemos echar una ojeada a todo el orbe: «Observación con una perspectiva extensa», debemos mirar a todas partes «desde China hasta Perú», como dice alguien… creo que es Johnson en The Ixambler. Eso es lo que yo he hecho hasta cierto punto… no hasta Perú, pero no siempre me he quedado en casa… vi que eso no era bueno. He llegado hasta el cercano Oriente, donde van algunos de los productos de Middlemarch… y luego en el Báltico. El Báltico, sí.

Poceando de esta forma en sus recuerdos, el señor Brooke podía haber proseguido cómodamente y regresar de los mares más lejanos sin problema alguno de no ser porque el enemigo había organizado un diabólico ardid. En un abrir y cerrar de ojos, casi enfrente del señor Brooke y a unos diez metros se alzó por encima de los hombros de la multitud una imagen suya: chaleco amarillo, monóculo y fisonomía neutral pintada sobre un trapo; y por el aire, como el canto de un ucú, surgió un eco, una imitación titiritesca de sus palabras. Todo el mundo alzó la vista hacia las ventanas abiertas de las casas en las esquinas de las calles convergentes, pero o bien estaban vacías o llenas de oyentes divertidos. El eco más inocente tiene algo de pérfida burla cuando repite a un orador serio e insistente, y este eco no era inocente en absoluto: si no repetía con la precisión de un eco natural, elegía con perversión las palabras empleadas. Cuando llegó a «el Báltico, sí», las risas que recorrían el público se convirtieron en una carcajada general que, de no ser por el efecto apaciguador de la solidaridad y esa gran causa pública que el enmarañamiento de las cosas había identificado con «Brooke de Tipton», hubieran contagiado incluso a su propio comité. El señor Bulstrode preguntó, con represión, qué estaba haciendo la nueva policía; pero resultaba difícil capturar una voz, y un ataque a la efigie del candidato hubiera sido equívoco ya que, probablemente, la intención de Hawley era que apedrearan el trapo.

El mismo señor Brooke no estaba en situación de percatarse de nada con presteza salvo de una desaparición general de sus ideas: incluso le silbaban un poco los oídos, y era la única persona que no había percibido con nitidez ni el eco ni la imagen de sí mismo. Hay pocas cosas que aprisionen más la percepción que la angustia por lo que tenemos que decir. El señor Brooke oyó las risotadas, pero ya esperaba de parte de los conservadores ciertos esfuerzos por perturbar, y en estos momentos se encontraba aún más exaltado por la cosquilleante sensación de que su preámbulo perdido volvía para traerle de regreso del Báltico.

—Eso me recuerda —continuó, metiendo una mano en el bolsillo con aire sosegado—, que se necesitará un precedente…, aunque nunca necesitamos un precedente para hacer lo que está bien… ahí está Chatham, por ejemplo; no puedo decir que yo hubiera apoyado a Chaahhm, o a Pitt, Pitt el joven… no era hombre de ideas, y necesitamos ideas.

—¡Al demonio con sus ideas! Queremos la ley —rugió una áspera voz entre el gentío.

Al instante, el invisible cristobita, que había ido siguiendo al señor Brooke, repitió «¡Al demonio con sus ideas! Queremos la ley». La risotada fue mayor que nunca y por primera vez el señor Brooke, al estar callado, oyó claramente el eco burlón, pero parecía ridiculizar a quien le había interrumpido y, visto así, resultaba alentador, de forma que contestó atentamente:

—Algo de razón tiene usted, amigo mío, ¿para qué nos reunimos si no es para decir lo que pensamos?… libertad de opinión, libertad de prensa, libertad… ese tipo de cosa. Bien, la ley, pues… —aquí el señor Brooke hizo una pausa para ponerse el monóculo y sacar las notas del bolsillo con la sensación de estar siendo práctico y dar detalles. El cristobita invisible continuó:

—Tendrá usted la ley, señor Brooke, por competición preelectoral, y un escaño a la puerta del Parlamento, a pagar contra reembolso, cinco mil libras siete chelines y cuatro peniques.

El señor Brooke, sumido en un mar de carcajadas, se sonrojó, dejó caer el monóculo, y mirando desconcertado a su alrededor, vio la imagen suya que habían aproximado aún más. Al momento siguiente la contempló dolorosamente cubierta de manchas de huevos. Se solivantó un tanto y alzando la voz dijo:

—Las payasadas, las jugarretas, ridiculizar la verdad… todo eso está muy bien… —un desagradable huevo cayó sobre el hombro del señor Brooke al tiempo que el eco decía «todo eso está muy bien»; llegó a continuación una retahíla de huevos, dirigidos principalmente a la imagen, pero en ocasiones dando al original como por casualidad. Un reguero de nuevos espectadores empujaba por entre la multitud: silbidos, pitidos, aullidos y pífanos aumentaron la algarada porque había gritos y forcejeos por acallarlos. Ninguna voz hubiera sido lo bastante potente para imponerse al alboroto y el señor

Brooke, desagradablemente ungido, abandonó el campo. La frustración hubiera sido menos desesperante de ser menos juguetona e infantil: un asalto serio del que el periodista hubiera podido afirmar que «puso en peligro las costillas del avezado», o le permitiera dar un testimonio respetuoso de que «las suelas del orador se veían por encima de la barandilla», tal vez lleve parejo mayores consuelos.

El señor Brooke regresó a la habitación donde se encontraba el comité diciendo con toda la despreocupación que pudo:

—Esto es una pena, ¿saben? Poco a poco hubiera conseguido su atención…, pero no me dieron tiempo. Ya habría llegado a lo de la ley… —añadió, mirando a Ladislaw—. De todas formas, todo saldrá bien en el nombramiento de candidatos.

Pero no había unanimidad respecto de que las cosas fueran a salir bien; por el contrario, el comité estaba muy serio y el personaje político de Brassing escribía con afán, como si pergeñara nuevos ardides.

—Ha sido Bowyer —dijo el señor Standish evasivamente—. Estoy tan seguro como si lo hubiera anunciado. Es un ventrílocuo extraordinario y ¡vive Dios! lo ha hecho estupendamente. Hawley le ha estado invitando a cenar últimamente: hay una mina de talento en Bowyer.

—Pues nunca me ha hablado usted de él, Standish, o yo le hubiera convidado a mi casa —dijo el pobre señor Brooke, que había hecho mucho de anfitrión por el bien de su país.

—No hay en todo Middlemarch tipo más vil que Bowyer —dijo Ladislaw con indignación—, pero parece que siempre hayan de ser los viles quienes cambien las tornas.

Will estaba de muy mal humor consigo mismo además de con su «jefe» y fue a encerrarse a sus habitaciones medio decidido a abandonar al Pioneer y al señor Brooke simultáneamente. ¿Por qué había de quedarse? Si el abismo infranqueable que existía entre él y Dorothea había de superarse, antes se debería a su partida y a la obtención de un puesto totalmente diferente que a su permanencia en Middlemarch, acumulando un merecido desprecio como subordinado de Brooke. Vino a continuación el sueño juvenil de los milagros que podría hacer en… cinco años, por ejemplo: los escritos políticos, los discursos políticos, estarían más valorados ahora que la vida pública iba a ser más amplia y nacional, y podrían llegar a darle tanto prestigio que no sería ya como pedirle a Dorothea que descendiera hasta él. Cinco años: si tan sólo tuviera la seguridad de que Dorothea se interesaba por él más que por otros; si pudiera tan sólo darle a entender que se mantendría apartado hasta poder confesar su amor por ella sin rebajarse… entonces podría marcharse tranquilo a iniciar una carrera que a los veinticinco parecía lo suficientemente plausible según el orden natural de las cosas, donde el talento trae la fama y la fama todas las demás cosas maravillosas. Sabía hablar y escribir; podía dominar la materia que quisiera, y tenía la intención de ponerse siempre del lado de la razón y la justicia, a lo que aportaría todo su entusiasmo. ¿Por qué no habría de alzarse un día sobre los hombros de la masa y sentir que se había ganado a pulso esa distinción? Sin duda se marcharía de Middlemarch, iría a Londres y se prepararía para ser célebre estudiando derecho.

Pero no sería inmediatamente: no hasta que entre él y Dorothea hubiera habido algún tipo de comunicación. No podía estar satisfecho hasta que ella supiera que no se casaría con ella aún en el caso de ser el hombre de su elección. Por tanto debía seguir en su puesto y soportar al señor Brooke un poco más.

Pero pronto tuvo motivos para sospechar que el señor Brooke se le había anticipado al deseo de poner fin a su relación. Delegaciones del exterior y voces desde el interior concurrieron para inducir a ese filántropo a adoptar una medida más enérgica de lo usual por el bien de la humanidad: retirarse en favor de otro candidato, a quien legaba las ventajas de su maquinaria electoral. Él mismo la denominaba una medida enérgica, pero alegaba que su salud era menos resistente a la agitación de lo que imaginara.

—Estoy incómodo a causa del pecho... y no es conveniente excederse en eso —le dijo a Ladislaw al explicarle su decisión—. Debo frenar un poco. El pobre Casaubon fue una advertencia, ¿sabe? He tenido que hacer importantes adelantos, pero he abierto una brecha. Esto de hacer campaña electoral es una labor un tanto tosca, ¿no es así, Ladislaw? No me extrañaría que estuviera usted cansado. De todos modos, hemos abierto una brecha con el Pioneer... hemos encarrilado las cosas. Alguien más normal que usted puede continuarlo ahora... alguien más normal, ¿sabe?

—¿Quiere usted que lo deje? —dijo Will, sonrojándose de inmediato, mientras se levantaba de la mesa y daba unos pasos con las manos en los bolsillos—. No tiene más que decírmelo.

—Respecto a querer, mi querido Ladislaw, ya sabe usted que tengo una buenísima opinión sobre su capacidad. Pero por lo que hace al Pioneer, he estado consultando con algunas personas de nuestro lado y se inclinan por encargarse ellos del periódico, con lo que me estarían indemnizando hasta cierto punto. Y en esas circunstancias quizá usted prefiriera dejarlo... encontrar mejores oportunidades. Esas personas quizá no le consideraran a usted tanto como lo he hecho yo, como si fuera mi alter ego, mi mano derecha..., aunque siempre esperé de usted que hiciera algo más. Estoy pensando en ir a Francia una temporadita. Pero le escribiré las cartas que quiera, ¿sabe?… para Althorpe y gente así. Conozco a Althorpe4.

—Le estoy sumamente agradecido —dijo Ladislaw con orgullo—. Puesto que va dejar el *Pioneer* no tengo por qué molestarle con los pasos que vaya a dar. Tal vez me quede aquí de momento.

Cuando el señor Brooke se hubo marchado, Will se dijo a sí mismo, «el resto de la familia le ha estado presionando para que se libre de mí, y ya no le importa que me vaya. Me quedaré el tiempo que quiera. Me marcharé por propia decisión y no porque ellos me teman».

CAPÍTULO LII

Aquella tarde de junio en la que el señor Farebrother supo que se le daría el beneficio eclesiástico de Lowick hubo un gran regocijo en el anticuado cuarto de estar, e incluso los retratos de los célebres abogados parecían espectadores satisfechos. La madre del señor Farebrother ni siquiera probó el té y la tostada; mantuvo su habitual compostura cautivadora, su emoción manifestada tan sólo por ese rubor de las mejillas y viveza en los ojos que otorgan a cualquier anciana una enternecedora identidad momentánea con el ser que fue en su lejana juventud y diciendo con rotundidad:

—Lo más reconfortante, Camden, es que te lo mereces.

—Cuando uno encuentra una buena cama, madre, la mitad de los merecimientos deben venir después —respondió el hijo, henchido de gozo y sin intentar ocultarlo. La alegría reflejada en su rostro era del tipo activo que parece poseer la suficiente energía como para no sólo brillar externamente, sino iluminar una atareada visión interna: era como si su mirada albergara pensamientos además de alegría.

—Y ahora, tía —prosiguió, frotándose las manos y mirando a la señorita Noble que hacía tiernos ruiditos de roedor—, siempre habrá terrones de azúcar en la mesa para que los robes y se los des a los niños, y tendrás muchísimas medias nuevas para regalar y ¡zurcirás las tuyas más que nunca!

La señorita Noble asintió con la cabeza y una serena y medio temerosa risita, consciente de haber introducido ya en su cesta un terrón de más en razón del nuevo nombramiento de su sobrino.

—En cuanto a ti, Winny —prosiguió el vicario—, no pondré obstáculos a que te cases con cualquier soltero de Lowick… el señor Solomon Featherstone, por ejemplo, en cuanto me descubras que estás enamorada de él.

La señorita Winifred, que no había parado de mirar a su hermano y de llorar, que era su forma de alegrarse, sonrió entre lágrimas y dijo:

—Debes darme ejemplo, Cam: tú eres el que debe casarse.

—De mil amores. Pero, ¿quién me quiere a mí? Soy un andrajoso vejestorio —dijo el vicario levantándose, apartando la silla y mirándose—. ¿Tú qué opinas, madre?

—Eres un hombre apuesto, Camden: aunque no tanto como tu padre —dijo la anciana.

—Cómo me gustaría que te casaras con la señorita Garth, hermano —dijo la señorita Winifred—. Nos alegraría tanto en Lowick.

—¡Estupendo! Hablas como si las jóvenes estuvieran atadas en manojos para que alguien las escoja, como los pollos en el mercado: como si sólo se tratara de que yo me declarara para que todo el mundo me aceptara —respondió el vicario sin ganas de especificar más.

—No queremos a todo el mundo —dijo la señorita Winifred—. Pero a usted le gustaría la señorita Garth, ¿verdad, madre?

—Mi elección es la que haga mi hijo —dijo la señora Farebrother, con majestuosa discreción—, y una esposa sería muy bien venida, Camden. Cuando vayamos a Lowick querrás jugar al whist en casa y Henrietta Noble nunca ha sabido —la señora Farebrother siempre se refería a su diminuta y muy anciana hermana con aquel magnífico nombre.

—Prescindiré del whist ahora, madre.

—¿Y eso por qué Camden? En mis tiempos el whist se consideraba un innegable entretenimiento para un buen eclesiástico —dijo la señora Farebrother, ajena al significado que el whist tenía para su hijo y hablando con cierta brusquedad como si se avecinara peligrosamente una nueva doctrina.

—Estaré demasiado ocupado para jugar; tendré dos parroquias —dijo el vicario, prefiriendo no discutir las virtudes de las cartas.

Ya le había dicho a Dorothea: «No me siento obligado a renunciar a St. Botolph. Será suficiente protesta contra la pluralidad de cargos que quieren reformar el que le dé a otra persona la mayor parte del dinero. Lo más eficaz no es renunciar al poder, sino usarlo bien».

—He pensado en eso —dijo Dorothea—. Por lo que a mí respecta, creo que sería más fácil renunciar al poder y al dinero que conservarlos. Parece muy poco adecuado que yo tenga este patronazgo y sin embargo considero que no debo permitir que otros lo utilicen en mi lugar.

—Soy yo quien debe actuar de forma que no lamente usted su poder —dijo el señor Farebrother.

Era la suya una de esas personalidades en las que la conciencia se activa cuando el yugo de la vida deja de apretarles. No hizo manifestación alguna de humildad, pero en el fondo de su corazón se sentía bastante avergonzado de que su conducta mostrara negligencias de las cuales estaban libres otros que no recibían beneficios.

—A menudo he deseado no haber sido clérigo —le dijo a Lydgate—, pero tal vez lo mejor sea intentar sacar el mejor partido de lo que soy. Observará que es el punto de vista del que tiene un buen beneficio, con el que las dificultades se simplifican mucho —añadió sonriendo.

El vicario creía entonces que su parcela de obligaciones sería cómoda. Pero la Obligación suele comportarse inesperadamente, es como un fornido amigo a quien amistosamente hemos invitado a visitarnos y se rompe la pierna en nuestro recinto.

Apenas una semana más tarde, la Obligación se presentó en su despacho disfrazada de Fred Vincy, de regreso del Omnibus College con el título de licenciado.

—Me avergüenza molestarle, señor Farebrother —dijo Fred, cuyo rostro sincero y hermoso predisponía en su favor—, pero es usted el único amigo a quien puedo consultar. Ya le conté todo en una ocasión y se portó tan bien que no puedo sino recurrir a usted de nuevo.

—Siéntate, Fred, te escucho y haré cuanto pueda —dijo el vicario, que se encontraba ocupado embalando algunos objetos pequeños para la mudanza y continuando con su trabajo.

—Quería decirle… —Fred titubeó un instante, pero continuó como de carrerilla—, que ahora podría entrar en la Iglesia, y la verdad es que, por mucho que mire, no veo qué otra cosa puedo hacer. No me gusta, pero reconozco que es muy duro para mi padre que yo lo diga, después de que se ha gastado una buena cantidad de dinero educándome para ello —Fred se detuvo de nuevo, y repitió—, y no veo qué otra cosa puedo hacer.

—Hablé de esto con tu padre, Fred, pero no conseguí gran cosa. Dijo que era demasiado tarde. Pero ya has cruzado un puente, ¿cuáles son las demás dificultades?

—Sencillamente que no me gusta. No me gusta la teología, ni predicar, ni sentirme obligado a parecer serio. Me gusta montar y hacer lo mismo que los demás. No me refiero a que quiera ser una mala persona, pero no siento ninguna inclinación por el tipo de cosa que la gente espera de un clérigo. Y sin embargo, ¿qué otra cosa puedo hacer? A mi padre no le sobra capital para darme, lo que me permitiría dedicarme a la agricultura. Y no tiene sitio para mí en su negocio. Y claro está, no puedo empezar ahora a estudiar derecho o medicina cuando mi padre quiere que empiece a ganar dinero. Está muy bien decir que me equivocaría si entrara en la Iglesia, pero quienes lo dicen lo mismo me podrían sugerir que me fuera al monte.

La voz de Fred había adquirido un tono de increpancia quejumbrosa, y tal vez el señor Farebrother hubiera sentido la tentación de sonreír de no haber estado ocupado imaginando más cosas de las que Fred decía.

—¿Tienes dificultades con la doctrina… con los artículos de fe? —preguntó tratando de plantearse la pregunta sólo por interés hacia Fred.

—No, supongo que los artículos están bien. No tengo argumentos para oponerme a ellos y además, gente más inteligente que yo los acepta totalmente. Creo que sería ridículo por mi parte esgrimir escrúpulos de esa índole, como si fuera un juez —dijo Fred con toda sencillez.

—Supongo, entonces, que se te habrá ocurrido que podrías ser un párroco discreto sin llegar a ser un gran teólogo.

—Por supuesto que si he de ser clérigo, procuraré cumplir con mi obligación, aunque no me guste. ¿Cree usted que alguien podría culparme?

—¿Por entrar en la Iglesia en estas circunstancias? Eso depende de tu conciencia, Fred… hasta qué punto hayas calculado el costo y visto lo que tu posición requerirá de ti. Sólo puedo hablar de mí mismo, que siempre he sido demasiado relajado y, consecuentemente, me he sentido intranquilo.

—Pero hay otro inconveniente —dijo Fred sonrojándose—. No se lo había dicho antes, aunque tal vez comentara algo que le hiciera adivinarlo. Hay alguien a quien le tengo mucho cariño: la he amado desde que éramos niños.

—La señorita Garth, ¿no? —dijo el vicario examinando detenidamente unos rótulos.

—Sí. Nada me preocuparía si quisiera casarse conmigo. Y sé que entonces podría ser un hombre de bien.

—¿Y crees que te corresponde?

Jamás lo admitirá; y hace mucho tiempo que me hizo prometerle que no volvería a hablar de ello. Y está empeñada en que yo no sea clérigo, eso lo sé muy bien. Pero no puedo renunciar a ella. Creo que me tiene afecto. Vi a la señora Garth anoche y me dijo que Mary estaba en la rectoría de Lowick con la señorita Farebrother.

—Sí, ha tenido la amabilidad de prestarse a ayudar a mi hermana. ¿Quieres ir allí?

—No, quiero pedirle a usted un gran favor. Me da vergüenza molestarle con esto, pero tal vez Mary le escuche a usted si le menciona el tema… me refiero a lo de entrar en la Iglesia.

—Me encomiendas algo muy delicado, mi querido Fred. Tendré que dar por supuesto tu cariño por ella, y entrar en el tema en la forma que deseas, es tanto como pedir que me confiese si te corresponde.

—Eso es lo que quiero que le diga a usted —dijo Fred llanamente—. No sabré qué hacer hasta que sepa sus sentimientos.

—¿Quieres decir que eso te guiaría respecto a tu entrada en la Iglesia?

—Si Mary me dice que jamás se casará conmigo, me da igual equivocarme por un lado que por otro.

—Eso es ridículo, Fred. Los hombres sobreviven a su amor, pero no sobreviven a las consecuencias de su imprudencia.

—No en mi caso: no he vivido un momento sin estar enamorado de Mary. Si tuviera que renunciar a ella sería como empezar a vivir con piernas de madera.

—¿No resentirá Mary mi intromisión?

—No, estoy seguro que no. Le respeta más que a nadie y no le esquivaría con bromas como a mí. Por supuesto que no podría haberle dicho esto a nadie más, ni pedirle a nadie que no fuera usted que hablara con ella. Nadie podría ser tan amigo de los dos —Fred se detuvo un instante y añadió a continuación en tono quejumbroso—. Y además, Mary debería admitir que he trabajado para poder aprobar. Debería saber que me esforzaría por ella.

Hubo un momento de silencio hasta que el señor Farebrother apartó su trabajo y extendiendo la mano hacia Fred le dijera:

—Está bien, hijo. Haré lo que me pides.

Ese mismo día el señor Farebrother fue a Lowick en la jaca que se había comprado. «Decididamente soy un tallo viejo», pensó, «los brotes jóvenes me arrinconan».

Encontró a Mary en el jardín, cortando rosas y esparciendo los pétalos sobre una sábana. El sol estaba bajo y los erguidos árboles proyectaban sus sombras sobre los senderos de hierba por los que Mary se movía sin sombrero ni sombrilla. No vio acercarse al señor Farebrother por la hierba y acababa de agacharse para amonestar a un pequeño terrier negro y canela que insistía en caminar por la sábana y oler los pétalos de rosa mientras Mary los extendía. Con una mano le cogió las patas delanteras y alzó el dedo índice de la otra mientras el perro arrugó las cejas con aire confundido.

—Fly, Fly, me avergüenzo de ti —decía Mary en tono serio—. Esto no es digno de un perro sensato; cualquiera pensaría que eres un necio caballerete…

—No tiene compasión de los jóvenes caballeros, señorita Garth —dijo el vicario a pocos metros de distancia. Mary se levantó ruborizándose.

—Siempre da buenos resultados razonar con Fly —dijo riéndose.

—¿Pero no con los jóvenes caballeros?

—Bueno, supongo que quizá con algunos, puesto que los hay que se convierten en hombres excelentes.

—Me alegra esa concesión porque quería interesarla por un joven.

—Espero que no sea uno de los necios —dijo Mary disponiéndose a deshojar las rosas de nuevo y sintiendo que el corazón le latía incómodamente.

—No, aunque tal vez la sabiduría no sea su punto fuerte, sino más bien el afecto y la sinceridad. Sin embargo, la sabiduría se alberga más en esas dos cualidades de lo que la gente tiende a creer. Espero que por esas características sepa del joven que se trata.

—Sí, creo que sí —dijo Mary con valentía, el rostro cada vez más serio y las manos cada vez más frías—; debe ser Fred Vincy.

—Me ha pedido que le consulte respecto a entrar en la Iglesia. Confío en que no pensará usted que me he tomado demasiada libertad al prometerle que lo haría.

—Al contrario, señor Farebrother —dijo Mary dejando las rosas y cruzando los brazos, pero incapaz de alzar la vista—, me siento honrada siempre que tiene usted algo que decirme.

—Pero antes de eso, permítame tocar un punto del que me habló su padre confidencialmente; por cierto que fue la misma noche en la que ya una vez cumplí una misión de parte de Fred, justo después de que se marchara a la universidad. El señor Garth me contó lo ocurrido la noche en que murió el señor Featherstone… cómo se negó usted a quemar el testamento; y me dijo que tenía usted ciertos remordimientos sobre el tema porque había sido el medio inocente de impedir que Fred recibiera sus diez mil libras. Lo he tenido siempre presente y he oído algo que tal vez la tranquilice a ese respecto… le demuestre que no tiene que hacer penitencia por aquel pecado.

El señor Farebrother hizo una pausa y miró a Mary. Tenía la intención de darle a Fred todas las ventajas, pero estaría bien, pensó, despejar de la mente de Mary cualquier superstición de esas que las mujeres a veces siguen cuando le hacen a un hombre el flaco servicio de casarse con él como acto de reparación. Las mejillas de Mary habían comenzado a teñirse de rojo y guardaba silencio.

—Quiero decir que su actitud en realidad no modificó el destino de Fred.

El primer testamento no hubiera sido válido legalmente después de quemar el segundo; no se habría sostenido en pie de haber sido impugnado, y tenga por seguro que así lo habrían hecho. De modo que, por ese lado, puede estar tranquila.

—Gracias, señor Farebrother —dijo Mary con seriedad—. Le estoy muy agradecida por acordarse de cómo me podía sentir. —Bien, pues, ahora puedo proseguir. Como sabe Fred se ha licenciado en la universidad: se ha abierto camino hasta este punto, la cuestión ahora es ¿qué debe hacer? La pregunta es tan difícil que se siente tentado de seguir los deseos de su padre y entrar en la Iglesia, aunque usted sabe mejor que yo que anteriormente se oponía mucho a hacerlo. He hablado con él del tema y confieso que no veo ninguna objeción insuperable para que no sea clérigo tal como están las cosas. Dice que se dispondría a hacerlo lo mejor que pudiera en esa vocación con una condición. Si esa condición se cumpliera, yo haría cuanto pudiera por ayudar a Fred. Dentro de algún tiempo, no al principio, claro está, podría venir conmigo como coadjutor, y tendría tanto trabajo que su remuneración sería casi la misma que yo recibía de vicario. Pero insisto en que hay una condición sin la cual todo esto no puede tener lugar. Se ha sincerado conmigo, señorita Garth, y me ha pedido que interceda por él. La condición descansa totalmente en lo que usted sienta por él.

Mary parecía estar tan turbada que el señor Farebrother dijo:

—Caminemos un poco —y mientras lo hacían añadió—: Hablando con toda claridad, Fred no tomará ningún rumbo que merme las posibilidades de que usted acepte ser su esposa, pero si existiera esa perspectiva, se afanaría en cualquier profesión que usted aprobara.

—No puedo decir con absoluta certeza que vaya a ser su esposa, señor Farebrother, pero nunca lo seré si se hace clérigo. Lo que usted ha dicho es de una gran generosidad y afecto y ni por un momento pretendo corregir su parecer. Lo que ocurre es que tengo una forma infantil y burlona de ver las cosas —dijo Mary con un atisbo de su habitual travesura en la respuesta que sólo aumentó el encanto de su modestia.

—Quiere que le informe exactamente de lo que usted piensa —dijo el señor Farebrother.

—No podría amar a un hombre ridículo —dijo Mary, evitando profundizar más—. Fred tiene sentido común y capacidad suficiente para ser una persona respetable, si lo desea, en alguna buena ocupación secular, pero no puedo imaginármelo predicando y exhortando y dando bendiciones, y rezando junto a los enfermos, sin tener la impresión de estar mirando a una caricatura. El hacerse clérigo obedecería tan sólo a motivos sociales, y en mi opinión no hay cosa más despreciable que adquirir una posición social por medios tan absurdos. Eso es lo que solía pensar del señor Crowse, con su rostro insípido, su pulcro paraguas y sus dengosos discursitos. ¿Qué derecho tienen hombres así a representar al cristianismo como si fuera una institución para promocionar socialmente a los idiotas… como si…? —Mary se contuvo. Se había dejado llevar como si hablara con Fred en vez de con el señor Farebrother.

—Las jóvenes son severas; no sienten la tensión de la acción como los hombres, aunque tal vez debiera hacer con usted una excepción en eso. Pero no pondrá a Fred Vincy en un nivel tan bajo, ¿no?

—No, claro que no; tiene suficiente sentido común, pero no creo que lo pudiera manifestar siendo clérigo. Sería un ejemplo de fingimiento profesional.

—Entonces la respuesta está clara. Como clérigo no tendría ninguna esperanza, ¿no?

Mary asintió con la cabeza.

—Pero si se enfrentara a las dificultades de ganarse el pan de otra manera… ¿le brindaría el apoyo de la esperanza? ¿Puede contar con conquistarla a usted?

—Creo que Fred no debiera precisar que se le repitiera lo que ya le he dicho a él —respondió Mary, con tono algo resentido—. Quiero decir que no debería plantear este tipo de preguntas hasta no haber hecho algo que merezca la pena, en vez de decir que puede hacerlo.

El señor Farebrother guardó silencio durante un minuto o más y después, cuando dieron la vuelta y se detuvieron bajo la sombra de un arce al final del sendero dijo:

—Comprendo que se muestre reacia ante cualquier intento de atadura, pero o bien sus sentimientos hacia Fred Vincy excluyen el que contemple otros afectos o no lo excluyen: o bien puede contar con que usted siga soltera hasta que merezca su mano o aceptar verse desilusionado en cualquier caso. Perdóneme, Mary… ya sabe que así la llamaba en la catequesis… pero cuando la situación del afecto de una mujer influye la felicidad de otra vida… de más de una vida… creo que el camino más noble es que hable clara y abiertamente.

Mary guardó silencio a su vez, sorprendida no ante la actitud del señor Farebrother sino ante su tono, impregnado de contenida emoción. Cuando le cruzó por la mente la extraña idea de que sus palabras podían referirse a sí mismo, le pareció increíble y se avergonzó de su pensamiento. Nunca se le había ocurrido que otro hombre salvo Fred pudiera amarla; Fred, que la había desposado con la anilla de un paraguas cuando ella llevaba calcetines y zapatos de hebilla; menos aún que pudiera significar algo para el señor Farebrother, el hombre más inteligente de su estrecho círculo. Sólo tuvo tiempo para sentir que todo esto era vago y tal vez ilusorio, pero una cosa estaba clara y decidida: su respuesta.

—Puesto que lo considera mi obligación, señor Farebrother, le diré que mis sentimientos por Fred son demasiado fuertes como para renunciar a él por otra persona. Nunca me sentiría del todo feliz si pensara que él se encontraba triste por haberme perdido. Está tan enraizado dentro de mí… la gratitud que siento hacia él por haberme preferido siempre, por preocuparse tanto de si me hacía daño desde que éramos niños… No me imagino que puedan llegar otros sentimientos o debiliten esos. Lo que más deseo es verle merecedor del respeto de todos. Pero por favor dígale que no prometeré casarme con él hasta ese momento; avergonzaría a mis padres y les haría sufrir. Es libre de escoger a otra persona.

—En ese caso he cumplido a fondo con mi cometido —dijo el señor Farebrother, extendiendo hacia Mary la mano— y vuelvo en seguida a Middlemarch. Con esta perspectiva por delante, ya encarrilaremos bien a Fred, y espero vivir para poder unir vuestras manos. ¡Dios os bendiga!

—Pero, por favor, quédese y permítame ofrecerle una taza de té —dijo Mary. Los ojos se le anegaron de lágrimas, pues algo indefinible, algo como la voluntaria supresión del dolor en la actitud del señor Farebrother la hizo apenarse de pronto, igual que en una ocasión cuando vio temblar las manos de su padre en un momento de angustia.

—No, hija mía, no. He de regresar.

Al cabo de tres minutos el vicario estaba de nuevo a caballo, tras haber cumplido con magnanimidad una obligación mucho más difícil que la de renunciar al whist o incluso la de escribir meditaciones penitenciales.

CAPÍTULO LIII

El señor Bulstrode, cuando esperaba cobrar un nuevo interés por Lowick, había tenido, naturalmente, un deseo especial por que el nuevo clérigo de la parroquia fuera uno de su total aprobación; y entendió como un castigo y una advertencia dirigida contra sus propias limitaciones, así como las de la nación en general, el hecho de que, aproximadamente en torno al momento en que tuvo en su poder las escrituras que le convertían en el propietario de Stone Court, el señor Farebrother se asentara en la pintoresca iglesita y predicara su primer sermón a la feligresía de granjeros, jornaleros y artesanos del lugar. No era que el señor Bulstrode tuviera la intención de frecuentar la iglesia de Lowick o de residir en Stone Court en un futuro cercano: había comprado la magnífica granja y la hermosa casa simplemente como un retiro que poco a poco quizá ampliara respecto de la tierra y embelleciera respecto de la vivienda, hasta que la gloria divina creyera oportuno que él la tomara como residencia, retirándose parcialmente de sus actuales esfuerzos en la dirección de los negocios y decantando más hacia el lado de la verdad evangélica el peso de las propiedades rurales locales, que tal vez la Providencia incrementara con ocasiones imprevisibles de nuevas compras. Parecía ser un fuerte espaldarazo en este sentido la sorprendente facilidad con que había obtenido Stone Court, cuando todos esperaban que el señor Rigg Featherstone se aferrara a ella como el jardín del Edén, que era lo que el pobre Peter en persona había esperado, pues con frecuencia y en su imaginación, había levantado la vista por entre la tierra cubierta de césped que le techaba y, sin la obstrucción de la perspectiva, había visto a su heredero de cara de rana disfrutando de la hermosa casa para sorpresa y desilusión perpetuas de otros supervivientes.

Mas, ¡cuán poco sabemos aquello que constituye para nuestros vecinos el paraíso! Juzgamos a partir de nuestros propios deseos, y nuestros vecinos no son siempre lo suficientemente sinceros como para mostrar ni el mínimo indicio de los suyos. El frío y juicioso Joshua Rigg no había permitido que su padre percibiera que Stone Court era para él otra cosa que el principal bien, y por supuesto deseaba ser su propietario. Pero así como Warren Hastings observaba el oro y pensaba en comprar Daylesford, Joshua Rigg observaba Stone Court y pensaba en comprar oro. Tenía una muy clara e intensa visión del bien más importante de su herencia, pues la vigorosa avaricia también heredada había adquirido una forma especial por mor de la circunstancia: su principal bien era ser cambista. Desde su primer empleo como chico de los recados en un puerto de mar, había mirado los escaparates de los cambistas como otros muchachos miran los escaparates de las pastelerías; la fascinación se había ido convirtiendo gradualmente en una pasión honda y especial; tenía la intención, cuando fuera propietario, de hacer muchas cosas, una de las cuales era casarse con una joven de buena posición; pero todo esto eran accidentes y alegrías de las que podía prescindir la imaginación. El placer que su alma codiciaba de verdad era tener una tienda de cambista en un muelle muy frecuentado, estar rodeado de cerraduras de las que él tuviera las llaves, y tener un aspecto de sublime frialdad al manejar las monedas de todos los países, mientras la impotente avaricia le miraba con envidia desde el otro lado de una celosía de hierro. La fuerza de esa pasión había constituido un motor que le permitió dominar los conocimientos necesarios para satisfacerla. Y cuando otros pensaban que se había establecido de por vida en Stone Court, el propio Joshua pensaba que se acercaba el momento en el que se establecería en el muelle norte con el mejor surtido de cajas fuertes y cerraduras.

Basta. Estamos interesados en la venta que de su tierra hace Joshua Rigg desde el punto de vista del señor Bulstrode y éste lo interpretó con una alentadora dispensa portadora tal vez de una sanción al propósito que llevaba algún tiempo acariciando sin ningún estímulo exterior; así lo interpretó, sin excesiva confianza, dando gracias con cauta fraseología. Sus dudas no surgían de las posibles relaciones del suceso con el destino de Joshua Rígg, que pertenecía a las desconocidas regiones que no abarcaba el gobierno de la providencia, salvo tal vez de una manera colonial imperfecta; surgían de la reflexión de que dicha dispensa pudiera ser un castigo para el propio señor Bulstrode, como resultaba evidente que lo era la entrada del señor Farebrother en la rectoría de Lowick.

Esto no era lo que el señor Bulstrode le decía a nadie para engañarle: era lo que se decía a sí mismo un modo tan auténtico de explicar los acontecimientos como pueda ser cualquier teoría que tengamos los demás, caso de discrepar con él. Pues el egoísmo que impregna nuestras teorías no afecta a la sinceridad de las mismas, sino que, por el contrario, cuanto más satisfecho queda nuestro egoísmo, más fuerte nuestra fe.

En cualquier caso, fuera como recompensa o como castigo, el señor Bulstrode era el propietario de Stone Court apenas quince meses después de morir Peter Featherstone, y lo que éste diría «si fuese digno de saberlo» se había convertido para sus desolados parientes en inagotable y consolador tema de conversación. Ahora las tornas se habían vuelto contra el querido hermano fallecido, y contemplar la frustración de su astucia por la astucia superior de las cosas en general suponía para Solomon una delicia. La señora Waule obtuvo un triunfo melancólico al demostrarse que no daba buenos resultados el crear falsos Featherstone y desheredar a los auténticos; y la hermana Martha, al recibir la noticia en Chalky Flats, dijo: «¡Anda, anda! Así que, después de todo, no le gustó demasiado la idea de los asilos al Todopoderoso».

La afectuosa señora Bulstrode estaba especialmente contenta con las ventajas que probablemente supondría para la salud de su esposo la compra de Stone Court. Eran pocos los días en que su marido no iba allí a caballo para observar con el administrador alguna parte de la finca, y la caída de la tarde en aquel silencioso lugar era deliciosa, cuando los nuevos almiares, recientemente levantados, despedían aromas que se mezclaban con el aliento del viejo y frondoso jardín. Una tarde, cuando el sol estaba aún en el horizonte y ardía en lámparas doradas entre las grandes ramas del nogal, el señor Bulstrode detuvo el caballo un momento ante la verja principal y esperó a Caleb Garth, a quien había citado para pedir su opinión acerca del desagüe del establo, y que se encontraba en aquel momento aconsejando al administrador en el patio de almiares.

El señor Bulstrode sabía que estaba en buena disposición espiritual y más sereno que de costumbre por la influencia de su inocente distracción. Doctrinalmente estaba convencido de que él carecía totalmente de mérito; pero ese convencimiento doctrinal se puede sostener sin dolor alguno cuando la sensación de la falta de mérito no adopta en la memoria una forma clara, reavivando el cosquilleo de la vergüenza y la punzada del remordimiento. Es más, puede mantenerse con enorme satisfacción cuando la profundidad de nuestros pecados no es más que la medida para calcular la profundidad de nuestro perdón, y prueba palpable de que somos instrumentos especiales de la intención divina. La memoria tiene tantos caprichos como el carácter, y varía sus escenarios como un diorama. En este momento el señor Bulstrode se sentía como si la luz del sol fuera la misma de aquellas lejanas tardes en las que era un hombre muy joven y salía a predicar más allá de Hishbury. Y con gusto hubiera acogido ahora la perspectiva de aquellos actos de exhortación. Los textos seguían allí, así como su propia facilidad para comentarlos. Su breve sueño quedó interrumpido por la llegada de Caleb Garth, también a caballo, que estaba sacudiendo la brida para volver a caminar cuando exclamó:

—¡Cielo santo! ¿Quién es ese tipo de negro que viene por el sendero? Es como uno de esos hombres que ves rondando después de las carreras.

El señor Bulstrode hizo darse la vuelta al caballo y miró hacia el camino, pero no contestó. El que llegaba era nuestro ligeramente conocido señor Raffles, cuyo aspecto no presentaba más cambio que el que producía un traje negro y una cinta de crespón en el sombrero. Estaba ya a unos pocos metros de los jinetes que vieron el reconocimiento reflejado en su rostro mientras levantaba el bastón y, mirando todo el tiempo al señor Bulstrode, exclamaba finalmente:

—¡Demontre, Nick, si eres tú! ¡No podría equivocarme, aunque estos veinticinco años nos han ido jugando sus jugarretas a los dos! ¿Cómo estás? ¿A que no esperabas verme por "aquí? Vamos, esa mano.

Decir que la actitud del señor Raffles era de agitación sería tan sólo una manera de decir que era por la tarde. Caleb Garth vio que el señor Bulstrode luchó y titubeó un instante y que terminó extendiendo la mano con frialdad y diciendo:

—Desde luego no esperaba verle en este remoto lugar.

—Bueno, le pertenece a un hijastro mío —dijo Raffles, adoptando una actitud fanfarrona—. Ya había venido a verle antes. No me sorprende verte a ti, amigo, porque recogí una carta… lo que tú llamarías algo providencial. Pero es una gran suerte encontrarte porque no tengo ningún interés en ver a mi hijastro: no es cariñoso y su pobre madre ha muerto. A decir verdad, he venido por el cariño que te tengo, Nick: vine a por tu dirección porque… ¡mira! — Raffles sacó del bolsillo un papel arrugado.

Casi cualquier otro hombre que no fuera Caleb Garth se hubiera sentido tentado de permanecer allí un poco más para oír todo lo posible acerca de alguien cuya relación con Bulstrode parecía apuntar a episodios en la vida del banquero tan diferentes de cuanto de él se conocía en Middlemarch que debían tener naturaleza de secreto e incitar la curiosidad. Pero Caleb era especial: ciertas tendencias humanas que suelen ser fuertes estaban casi totalmente ausentes de su mente, y una de éstas era la curiosidad respecto de asuntos personales. Sobre todo si era algo deshonroso lo que se iba a averiguar de otro hombre, Caleb prefería no saberlo: y si tenía que decirle a un subordinado que se habían descubierto sus malas acciones se sentía más violento que el culpable. Espoleó, pues su caballo y dijo:

—Buenas tardes, señor Bulstrode; debería irme marchando a casa —y partió al trote.

—No pusiste la dirección completa en esta carta —continuó Raffles—. No es propio del hombre de negocios de primera que solías ser. «The Shrubs»… puede ser cualquier sitio: ¿vives cerca, no? Has cortado completamente con Londres… tal vez seas un señor terrateniente… y tengas una mansión rural a la cual invitarme. ¡Cielos, cuántos años han pasado! La anciana debe llevar mucho tiempo muerta… descansando en paz sin el dolor de saber lo pobre que era su hija ¿eh? Pero, ¡caramba! estás muy pálido y desvaído, Nick. Venga, si vas a casa te acompaño andando.

Ciertamente, la habitual palidez del señor Bulstrode se había convertido en un tono casi cadavérico. Cinco minutos antes, la extensión de su vida había estado sumergida en la luz del atardecer que iluminaba aquella mañana recordada: el pecado parecía asunto de doctrina y penitencia interna, la humillación un ejercicio de dormitorio, el valor de sus acciones una cuestión de punto de vista personal ajustado únicamente por relaciones espirituales y concepciones de los propósitos divinos. Y ahora, por mor de una horrenda magia, aquella figura rubicunda y desentonante se había alzado ante él con indómita solidez; un pasado incorporado con el cual su imaginación no había contado como castigo. Pero el pensamiento del señor Bulstrode trabajaba y no era hombre que actuara o hablara precipitadamente.

—Iba a casa —dijo—, pero puedo retrasarme un poco. Y usted, si le parece puede descansar aquí.

—Gracias —dijo Raffles con una mueca—. No tengo interés por ver a mi hijastro. Prefiero ir contigo a casa. —Su hijastro, si es que era el señor Rigg Featherstone, ya no está aquí. Ahora yo soy el dueño.

Raffles abrió mucho los ojos y lanzó un largo silbido de sorpresa antes de decir:

—En ese caso, no tengo ninguna objeción. Ya he andado bastante desde que bajé de la diligencia. Nunca fui muy andarín, ni jinete tampoco. Lo que a mí me gusta es un vehículo elegante y una buena jaca. Siempre me he sentido desmañado en una silla de montar. ¡Vaya sorpresa agradable te debes haber llevado al verme, amigo! —continuó mientras se dirigían a la casa—. Tú no lo dices, pero nunca te satisfizo tu buena suerte… siempre pensabas en mejorarla… tuviste verdadero talento para mejorar tu suerte.

Al señor Raffles parecía divertirle enormemente su propio ingenio, y andaba con una fanfarronería que pudo con la piadosa paciencia de su acompañante.

—Si recuerdo bien —observó el señor Bulstrode con gélida voz—, nuestra relación, hace muchos años, no tenía el grado de intimidad que se está usted arrogando ahora, señor Raffles. Cualquier cosa que desee usted de mí le será otorgada con mayor facilidad si evita un tono de familiaridad que no existía en nuestra anterior relación y que más de veinte años de distanciamiento apenas justifican.

—¿No te gusta que te llamen Nick? Pues yo siempre te he llamado Nick en mi corazón y, aunque te perdí de vista, te seguí queriendo en el recuerdo. ¡Caramba!, mis sentimientos por ti han ido madurando como un buen coñac. Espero que tengas un poco en la casa. Josh me llenó bien la petaca la última vez.

El señor Bulstrode aún no había aprendido del todo que ni siquiera el deseo de coñac era tan intenso en Raffles como el deseo de atormentar, y que la menor insinuación de enojo siempre le servía de estímulo. Pero, cuando menos, quedaba claro que era inútil cualquier otra objeción y el señor Bulstrode, al darle instrucciones al ama de llaves para que alojara al huésped, tenía un decidido aire de tranquilidad.

Cabía el consuelo de pensar que el ama de llaves había estado también al servicio de Rigg y tal vez aceptara la idea de que el señor Bulstrode hospedaba a Raffles por el mero hecho de ser un amigo del dueño anterior. Cuando en el salón de paredes de madera hubo bebida y comida ante el visitante y ningún testigo en la habitación, el señor Bulstrode dijo:

—Sus costumbres y las mías difieren tanto, señor Raffles, que apenas es posible que disfrutemos de nuestra mutua compañía. Por tanto, lo más prudente para ambos será separarnos cuanto antes. Puesto que dice que quería verme, probablemente pensará usted que tenía que tratar algún asunto conmigo. Pero dadas las circunstancias le invitaré a pasar aquí la noche y yo volveré temprano mañana por la mañana… antes del desayuno concretamente, momento en el que podré atender cualquier comunicación que desee hacerme.

—Con muchísimo gusto —dijo Raffles—, es un lugar cómodo… un poco aburrido para mucho rato, pero lo soportaré por una noche, con este coñac tan bueno y la perspectiva de verte de nuevo por la mañana. Eres mucho mejor anfitrión que mi hijastro; pero Josh me tenía cierto rencor por haberme casado con su madre; y entre tú y yo nunca hubo más que amabilidad.

El señor Bulstrode, confiando en que la extraña mezcla de jovialidad y desdén en la actitud de Raffles fuera en buena medida el resultado del coñac, se había propuesto esperar hasta que estuviera sobrio antes de malgastar más palabras en su huésped. Pero regresó a casa con una visión terriblemente lúcida de la dificultad que habría para llegar con este hombre a un acuerdo en el que se pudiera confiar permanentemente. Era inevitable que quisiera librarse de John Raffles, aunque su reaparición no pudiera considerarse externa al plan divino. El espíritu del mal podía haberlo enviado para amenazar la subversión del señor Bulstrode como instrumento del bien; pero entonces la amenaza debía haber sido permitida y era un nuevo tipo de castigo. Fue una hora de angustia muy diferente para él de las horas en las que su lucha había sido privada, y que habían terminado con la sensación de que sus secretos delitos habían sido perdonados, y aceptados sus servicios. Aquellos delitos, incluso cuando fueron cometidos, ¿no habían sido medio bendecidos por ser su deseo el dedicarse, él mismo y cuanto poseía, a impulsar los planes divinos? ¿E iba, después de todo, a convertirse simplemente en piedra obstaculizadora y roca de ofensa? Pues, ¿quién entendería la labor que había en su interior? ¿Quién, cuando surgiera el pretexto de descargar oprobio sobre él, no confundiría toda su vida así como las verdades que había abrazado, haciendo de todo ello un montón de infamias?

En sus meditaciones más íntimas, la costumbre de toda la vida hacía que la mente del señor Bulstrode revistiera sus terrores más egoístas con referencias doctrinales a fines sobrehumanos. Pero incluso mientras hablamos y meditamos acerca de la órbita de la tierra y el sistema solar, lo que sentimos y aquello a lo que ajustamos nuestros movimientos es la estabilidad del suelo y los cambios del día. Y ahora, junto a la sucesión automática de frases teóricas —tan nítido e íntimo como el escalofrío y el dolor que preceden a la fiebre cuando comentamos el dolor abstracto— surgía el pronóstico de la deshonra ante sus vecinos y ante su propia esposa. Pues el dolor, así como la valoración pública de la deshonra, dependen de las aspiraciones previas. Para aquellos hombres que sólo aspiran a escapar de la felonía, nada que no sea el banquillo de los acusados supone una deshonra. Pero el señor Bulstrode había apuntado a ser un cristiano eminente.

No eran más de las siete y media de la mañana cuando de nuevo llegaba a Stone Court. La añosa y hermosa casa en ningún momento había parecido tanto un hogar delicioso; florecían los grandes lirios blancos; las capuchinas, sus hojas plateadas a causa del rocío, cubrían, hasta perderse en la lejanía, el muro bajo de piedra; los mismos ruidos del entorno encerraban un latido de tranquilidad. Pero todo estaba mancillado para el dueño al acercarse por el camino de gravilla y mientras aguardaba que bajara el señor Raffles con quien estaba condenado a desayunar.

No tardaron en encontrarse sentados juntos en el salón ante el té y las tostadas que era cuanto Raffles tomaba a esa hora temprana. La diferencia entre el estado matutino y vespertino de éste no era tan grande como su compañero imaginara, incluso tal vez tuviera un mayor deseo de atormentar dado que estaba menos exaltado. Sus modales sin duda resultaban más desagradables a la luz de la mañana.

—Puesto que tengo poco tiempo, señor Raffles —dijo el banquero, que apenas pudo hacer otra cosa que tomar algún sorbo de té y partir la tostada sin comérsela—, le agradeceré que me indique cuanto antes la razón de querer verme. Supongo que tendrá un hogar en alguna parte al cual desea regresar.

—Pero, si un hombre tiene corazón, ¿no es lógico que quiera ver a un viejo amigo, Nick?, no puedo evitar llamarte Nick, siempre te llamábamos el joven Nick cuando supimos que querías casarte con la vieja viuda. Algunos decían que tenías un parecido familiar con el viejo Nick, pero de eso tuvo la culpa tu madre por llamarte Nicholas. ¿Es que no te alegras de verme otra vez? Esperaba que me invitaras a quedarme contigo en algún bonito lugar. Mi propio hogar está deshecho ahora que ha muerto mi mujer. No estoy apegado a ningún lugar, igual me da instalarme aquí que en cualquier otro sitio.

—¿Puedo preguntarle por qué volvió de América? Consideré que el enorme deseo que manifestó de marcharse allí, cuando se le proporcionó una suma adecuada, suponía un compromiso de permanecer allí de por vida.

—Nunca he sabido que el deseo de ir a un sitio fuera lo mismo que el deseo de quedarse. Pero estuve allí unos diez años; no me apeteció quedarme más. Y no pienso volver, Nick —y el señor Raffles guiñó lentamente el ojo mientras miraba al señor Bulstrode.

—¿Quiere dedicarse a algún negocio? ¿Qué hace ahora? Pues muchas gracias, pero me dedico a disfrutar cuanto puedo. Ya no me interesa trabajar. De hacer algo sería en el ramo del tabaco o algo así, cosas que proporcionan una compañía agradable. Pero no sin un contante que me respalde. Eso es lo que quiero: no soy tan fuerte como antes, Nick, aunque tenga mejor color que tú. Quiero un contante.

—Se le podría proporcionar si se comprometiera a mantenerse alejado —dijo el señor Bulstrode con tal vez demasiada ansia en su tono.

—Eso será según me convenga —dijo Raffles con serenidad—. No veo motivo para no hacer unas cuantas amistades por esta zona. No me avergüenzo de mí mismo ante nadie. Dejé la maleta en el portazgo cuando me apeé, muda de lino, auténtico, ¡palabra de honor!, no sólo pecheras y puños; y con este traje de luto, con tirillas y todo eso, te haría quedar bien entre los peces gordos de aquí —el señor Raffles había apartado la silla y se inspeccionaba, sobre todo las tirillas. Su objetivo primordial era molestar a Bulstrode, pero verdaderamente pensaba que su aspecto actual produciría una buena impresión, y que no sólo era de buen ver e ingenioso sino que vestía de luto con un estilo que sugería sólidas relaciones.

—Si pretende de algún modo depender de mí, señor Raffles —dijo Bulstrode tras una pequeña pausa—, tendrá que acoplarse a mis deseos.

—¡Por supuesto! —dijo Raffles con burlona cordialidad—. ¿Acaso no lo hice siempre? ¡Cielos!, bien que me utilizaste y bien poco que saqué yo en limpio. Desde entonces a menudo he pensado que mejor me hubiera ido si le hubiera dicho a la vieja que habían encontrado a su hija y a su nieto: hubiera estado más de acuerdo con mis sentimientos, tengo un punto débil en el corazón. Pero a estas alturas habrás ya enterrado a la anciana y ya todo le da igual. Y tú hiciste fortuna de aquel asunto rentable que contaba con tantas bendiciones. Eres un pez gordo, compras tierras, eres un bajá rural. ¿Sigues siendo un disidente, no? ¿Sigues siendo un devoto? ¿O te has pasado a la Iglesia anglicana porque es más elegante?

Esta vez el guiño lento y el leve asomo de lengua del señor Raffles fue peor que una pesadilla porque encerraba la certeza de que no era tal sino un azote muy real. El señor Bulstrode sintió unas náuseas estremecedoras y guardó silencio, pero consideraba con diligencia si no sería mejor dejar que Raffles hiciera lo que quisiera y simplemente desafiarle por calumniador. No tardaría en mostrarse lo bastante infame como para que la gente dejara de creerle. «Pero no cuando cuenta de ti una fea verdad», le dijo una conciencia lúcida. Y de nuevo: no parecía malo mantener a Raffles alejado; pero el señor Bulstrode se resistía a mentir directamente negando afirmaciones ciertas. Una cosa era echar la vista atrás sobre pecados perdonados, aún más, explicar una dudosa conformidad con las costumbres relajadas, y otra adentrarse deliberadamente en el terreno de la obligación de mentir.

Pero puesto que Bulstrode no hablaba, Raffles continuó perorando, como manera de aprovechar el tiempo al máximo.

—Yo no he tenido tan buena suerte como tú ¡caray! Las cosas me fueron fatal en Nueva York; esos yanquis son unos desaprensivos y un hombre de sentimientos caballerosos no tiene nada que hacer con ellos. Me casé al volver…, una mujer agradable en el ramo del tabaco… me apreciaba mucho…, pero el negocio era limitado, como decimos nosotros. La había instalado en eso un amigo hacía muchos años; pero había un hijo de más en todo el asunto. Josh y yo nunca nos llevamos bien. De todos modos saqué el máximo provecho de la situación y siempre he bebido en buena compañía. Todo en mi vida ha sido honrado; soy tan claro como el día. No te enfadarás porque no te haya buscado antes, me aqueja un mal que me hace ir algo lento. Pensé que seguías comerciando y rezando en Londres y no te encontré allí. Pero ya ves que te he sido enviado, Nick... tal vez como una bendición para ambos.

El señor Raffles concluyó con un jocoso resoplido: no había hombre que se sintiera intelectualmente más superior a la hipocresía religiosa. Y si se puede llamar intelecto a la astucia que opera con los sentimientos más mezquinos de los hombres, él poseía su pedazo, pues bajo la forma brusca y bravucona con la que hablaba al señor Bulstrode, había una evidente selección en sus comentarios, como si fueran otras tantas jugadas de ajedrez. Entretanto, el señor Bulstrode había decidido su jugada y dijo con decisión:

—Haría bien en reflexionar, señor Raffles, en que es posible extralimitarse en el esfuerzo por obtener ventajas desmedidas. Pese a no tener para con usted obligación alguna, estoy dispuesto a proporcionarle una renta anual con regularidad, en pagos cuatrimestrales, siempre y cuando usted prometa permanecer alejado de este vecindario. En sus manos está la elección. Si insiste en quedarse aquí, aunque sea por poco tiempo, no obtendrá nada de mí. Negaré conocerle.

—¡Ja, ja! —dijo Raffles con una afectada risotada—, eso me recuerda al bromista del ladrón que se negó a reconocer al policía.

—Sus alusiones sobre mí son papel mojado —dijo Bulstrode con ira—, la ley nada tiene contra mí ni por mediación suya ni de otra persona.

—No entiendes un chiste, amigo mío. Tan sólo quise decir que yo nunca negaría conocerte a ti. Pero hablemos en serio. Tu pago cuatrimestral no me va del todo. Me gusta ser libre.

Aquí Raffles se levantó y caminó un poco por la habitación, balanceando las piernas y adoptando un aire de profunda meditación. Finalmente se paró frente a Bulstrode y dijo:

—¡Ya sé! Dame un par de cientos... vamos, eso es poco... y me iré... ¡palabra de honor!... recogeré mi maleta y me marcharé. Pero no renunciaré a mi libertad por una cochina renta anual. Iré y venderé donde me plazca. Quizá me interese estar lejos y mantener correspondencia con un amigo; quizá no. ¿Tienes aquí el dinero?

—No, tengo cien —dijo Bulstrode sintiendo que la liberación inmediata de Raffles era un alivio demasiado grande como para rechazarlo sobre la base de futuras incertidumbres—. Le mandaré las otras cien si me deja una dirección.

—No, esperaré aquí hasta que las traigas —dijo Raffles—. Daré un paseo tomaré algo y para entonces estarás de vuelta.

El cuerpo enfermizo del señor Bulstrode, destrozado por las tribulaciones que había pasado desde la noche anterior, le hacía sentirse abyectamente en poder de este hombre desentonante e invulnerable. En aquel momento se aferró a un reposo temporal al precio que fuera. Se estaba poniendo en pie para hacer lo que había sugerido Raffles cuando éste último dijo, levantando el dedo como recordando algo de repente:

—Intenté encontrar a Sarah otra vez, aunque no te lo dijera; me remordía la conciencia aquella joven tan bonita. No la encontré, pero averigüé el apellido de su marido y lo anoté. Pero perdí la agenda, maldita sea. De todos modos, si lo volviera a oír lo reconocería. Retengo las facultades como en mis mejores tiempos, pero los nombres se me escapan ¡caramba! A veces soy como un maldito formulario de impuestos antes de rellenarlo. De todas formas, si sé algo de ella y de su familia, te lo diré Nick. Querrás hacer algo por ella ahora que es tu hijastra.

—Indudablemente —dijo el señor Bulstrode con la acostumbrada mirada sostenida de sus ojos gris claro—; aunque eso podría mermar mis posibilidades de ayudarle a usted.

Al salir de la habitación Raffles guiñó un ojo lentamente hacia la espalda del señor Bulstrode y luego se volvió hacia la ventana para ver cómo se alejaba a caballo el banquero… virtualmente en sus manos. Sus labios se fruncieron esbozando primero una sonrisa para abrirse a continuación en una breve carcajada triunfal.

—Pero, ¿cómo demonios se llamaba? —dijo de pronto, medio en alto, rascándose la cabeza y frunciendo el entrecejo. Ni le había importado ni había pensado en su desmemoria hasta que se le ocurrió en el transcurso de su invención de molestias para con Bulstrode.

—Empezaba por ele; creo recordar que casi todo eran eles —prosiguió, con la sensación de que le volvía el escurridizo apellido. Pero era un asidero demasiado leve y pronto se cansó de esta persecución mental, pues pocos hombres se impacientaban más con una ocupación solitaria o tenían mayor necesidad de hacerse oír constantemente que el señor Raffles. Prefería ocupar su tiempo en agradable conversación con el administrador y el ama de llaves, de quien obtuvo cuanta información quiso acerca de la posición del señor Bulstrode en Middlemarch.

Después de todo, sin embargo, siguió habiendo un aburrido espacio de tiempo que tuvo que aliviar con pan, queso y cerveza, y cuando se halló

MIDDLEMARCH

GEORGE ELIOT

sentado a solas en el salón con este abastecimiento, de pronto se dio una palmada en la rodilla y exclamó: «¡Ladislaw!».

La acción de la memoria que había tratado de poner en marcha y que, desesperado, había abandonado, se había completado de repente sin un esfuerzo consciente una experiencia común, grata como un estornudo completo, aunque el nombre que se recuerde carezca de valor. Raffles sacó inmediatamente la agenda y apuntó el nombre, no porque esperara tener que usarlo sino simplemente por no sentirse perdido si lo necesitaba en algún momento. No pensaba decírselo a Bulstrode: no obtendría de ello ningún beneficio y para una mente como la del señor Raffles siempre existe en un secreto la posibilidad de algún beneficio.

Estaba satisfecho del éxito obtenido y a las tres de ese mismo día ya había recogido su maleta en el portazgo y subido a la diligencia, aliviando los ojos del señor Bulstrode de una fea mancha negra en el paisaje de Stone Court, pero sin librarle del temor de que la mancha negra pudiera reaparecer y convertirse en parte inseparable de su propia chimenea.

****

LIBRO SEXTO

LA VIUDA Y LA ESPOSA

CAPÍTULO LIV

Aquella preciosa mañana en la que los almiares de Stone Court perfumaban con imparcialidad el aire como si el señor Raffles hubiera sido un invitado digno del más exquisito incienso, Dorothea volvía de nuevo a Lowick Manor. Freshitt se había vuelto un poco opresivo después de tres meses: sentarse como modelo para una Santa Catalina y mirar con arrobo al hijo de Celia no satisfacía demasiadas horas del día, y permanecer en presencia de tan significante criatura con tenaz desinterés era algo qué no se le hubiera permitido a una hermana sin hijos. Dorothea gustosa, hubiera podido llevar al niño en brazos dos kilómetros si hubiera hecho falta y quererle aún más por el esfuerzo realizado; pero para una tía que no considera a su pequeño sobrino como Buda y no sabe hacer con él más que admirarlo, su comportamiento tiende a resultar monótono y el interés en su observación limitado.

Esta posibilidad se le escapaba a Celia que pensaba que la viudedad sin hijos de Dorothea encajaba muy bien con el nacimiento del pequeño Arthur

443

(así llamado en atención al señor Brooke).

—Dodo es el tipo de persona a quien le da igual no tener nada suyo… ¡ni hijos ni nada! —le dijo Celia a su esposo—. Y si hubiera tenido un niño jamás hubiera podido ser tan encanto como Arthur, ¿verdad, James?

—No, si se hubiera parecido a Casaubon —dijo Sir James, consciente de cierta insinuación en su respuesta y de mantener una opinión absolutamente privada respecto de las perfecciones de su primogénito.

—¡Claro que no! ¿Te imaginas? La verdad es que ha sido una bendición —dijo Celia—, y creo que le va a ir muy bien a Dodo ser viuda. Puede querer a nuestro hijo como si fuera suyo y puede seguir teniendo las ideas que quiera.

—Es una pena que no haya sido reina —dijo el devoto Sir James.

—Pero entonces, ¿qué habríamos sido nosotros? Tendríamos que haber sido otra cosa —dijo Celia, objetando a tan laborioso ejercicio de la imaginación—. Me gusta más como es.

Por tanto, cuando descubrió que Dorothea preparaba su vuelta definitiva a Lowick, Celia enarcó las cejas con disgusto y con su tranquilidad y poca pretensión típicas lanzó su punzada de sarcasmo.

—¿Qué vas a hacer en Lowick, Dodo? Tú misma dices que no hay nada que hacer, que todo el mundo es tan limpio y vive tan bien que te pones muy melancólica. Y aquí has sido tan feliz, yendo por Tipton con el señor Garth y metiéndote en los peores traspatios. Y ahora que el tío está en el extranjero tú y el señor Garth podríais hacer lo que quisierais; y estoy segura de que James hace cuanto le pides.

—Vendré a menudo y además, así comprobaré mejor cuánto crece el niño —dijo Dorothea.

—Pero no verás cómo le bañamos —dijo Celia—, y ésa es la mejor parte del día —le parecía tan duro que Dodo se marchara pudiendo quedarse que casi hizo un puchero.

—Mi querida Kitty, vendré a pasar una noche sólo para verlo —dijo Dorothea—, pero ahora quiero estar sola, y en —mi propia casa. Quiero conocer mejor a los Farebrother, y hablar con el señor Farebrother sobre lo que hay que hacer en Middlemarch.

La innata fuerza de voluntad de Dorothea ya no se transformaba en decidida sumisión. Tenía muchas ganas de estar en Lowick y estaba decidida a marcharse, sin sentirse obligada a comunicar todas las razones. Pero cuantos la rodeaban estaban en desacuerdo. Sir James se sentía muy dolido y propuso que todos emigraran a Cheltenham durante unos meses con el arca sagrada, también llamada cuna: en aquellos tiempos un hombre no sabía qué más proponer si Cheltenham quedaba rechazado.

La viuda Lady Chettam, que acababa de regresar de la ciudad de ver a su hija, deseaba que al menos se escribiera a la señora Vigo invitándola a aceptar el puesto de dama de compañía de la señora Casaubon: no era pensable que Dorothea, viuda joven, tuviera la intención de vivir sola en la casa de Lowick. La señora Vigo había sido lectora y secretaria de personajes reales, y en cuanto a conocimientos y sensibilidad ni siquiera Dorothea podría ponerle pegas.

En privado, la señora Cadwallader dijo:

—Convéncete de que te volverás loca sola en aquella casa, hija. Tendrás visiones. Todos tenemos que esforzarnos un poco por mantenernos cuerdos, y llamar a las cosas por el mismo nombre que los demás. Claro que para los segundones y las mujeres sin dinero, el volverse loco es una especie de solución porque entonces alguien les cuida. Pero tú no debes caer en eso. Supongo que aquí te aburres un poco con nuestra buena Lady Chettam, pero piensa en lo pesada que tú misma podrías resultarles a los demás si siempre hicieras de reina de la tragedia y te tomaras todo por lo sublime. Sentada sola en esa biblioteca de Lowick podrías llegar a pensar que riges la meteorología; debes rodearte de personas que no te creyeran, aunque se lo dijeras. Esa suele ser una buena medicina para bajar los humos.

—Jamás llamé a nada por el mismo nombre que los que me rodean —dijo Dorothea con firmeza.

—Y supongo que habrás descubierto tu error, hija mía —dijo la señora Cadwallader—, y eso es prueba de cordura. Dorothea captó la punzada, pero no le dolió.

—No —dijo— sigo pensando que la mayoría de las personas se equivocan respecto a muchas cosas. Se debe poder estar cuerdo y no obstante pensar eso, ¿no?, puesto que la mayoría de las personas a menudo han tenido que cambiar de parecer.

La señora Cadwallader no le dijo más a Dorothea sobre aquel punto, pero a su esposo le comentó:

—Le hará mucho bien casarse de nuevo en cuanto sea decoroso, si es que consiguiéramos rodearla de gente apropiada. A los Chettam no les gustaría, claro está. Pero yo veo claramente que un marido es lo idóneo para centrarla. Si no fuéramos tan pobres invitaría a Lord Triton. Algún día será marqués y no se puede negar que Dorothea sería una buena marquesa. Está más guapa que nunca de luto.

—Mi querida Elinor, deja, por favor en paz a la pobre mujer. Estas maquinaciones no sirven de nada —dijo el apacible rector.

—¿Que no sirven de nada? ¿Cómo se hacen las bodas si no juntando a hombres y mujeres? Y es una pena que su tío se zafe y cierre Tipton Grange justo ahora. Es el momento de que en Tipton Grange y Frehitt Hall invitaran a varios buenos partidos. Lord Triton es exactamente la persona: lleno de planes para hacer feliz a la gente de una manera un tanto simplona. Eso le iría estupendamente a la señora Casaubon.

—Deja que la señora Casaubon escoja por sí misma, Elinor.

—¡Esas son las bobadas que decís vosotros los sabios! ¿Cómo va a escoger si no tiene dónde elegir? La elección de una mujer suele significar aceptar al único hombre que tiene a mano. Créeme, Humphrey. Si sus parientes no se lo toman en serio, ocurrirán cosas peores que lo de Casaubon.

—¡Por el amor de Dios, Elinor, no toques ese tema! Es un asunto espinoso para Sir James y se ofendería mucho si se lo mencionaras gratuitamente.

—Nunca lo he hecho —dijo la señora Cadwallader, abriendo las manos—. Celia me dijo lo del testamento desde el principio, sin que yo le preguntara nada.

—Ya, ya, pero quieren acallar el asunto y tengo entendido que el joven se marcha de esta vecindad.

La señora Cadwallader guardó silencio, pero inclinó la cabeza significativamente tres veces hacia su marido con una expresión muy sarcástica en sus ojos oscuros.

—A pesar de los reproches e intentos por convencerla, Dorothea mantuvo su decisión firmemente. Así pues, a finales de junio, las contraventanas se abrieron en Lowick Manor y la mañana entró suavemente en la biblioteca, iluminando las hileras de cuadernos del mismo modo que ilumina el cansino páramo cuajado de grandes piedras, mudos testigos de una fe olvidada; y el atardecer cargado de rosas entró silencioso en la salita azul verdosa donde Dorothea solía estar. Al principio se paseó por todas las habitaciones, interrogándose sobre los dieciocho meses de su vida de casada y prosiguiendo sus pensamientos como si se tratara de un discurso que su marido tenía que oír. Más tarde se detuvo en la biblioteca y no descansó hasta no haber dispuesto todos los cuadernos como se imaginó que él hubiera querido verlos, en secuencia ordenada. Incluso cuando, mentalmente indignada, regañaba con él y le decía que era injusto, la piedad que había sido el principal motivo para refrenarse durante su vida en común, seguía impregnando la imagen de su esposo. Una pequeña acción de Dorothea tal vez produzca una sonrisa, por supersticiosa. Guardó y selló cuidadosamente el «Listado sinóptico para uso de la señora Casaubon» escribiendo dentro en el sobre:

«No podría usarlo. ¿No ves ahora que no podría someter mi alma a la tuya, trabajando inútilmente en algo que no creo? Dorothea».

Dejó el sobre en su propio escritorio.

Aquel coloquio silencioso tal vez fuera más intenso porque subyacente a él y atravesándolo se imponía el profundo deseo que realmente había motivado su regreso a Lowick. El deseo era ver a Will Ladislaw. No veía el bien que pudiera resultar de un encuentro: estaba impotente, con las manos atadas, por haber intentado compensarle por la injusticia que le había deparado el destino. Pero su alma ansiaba verle. ¿Cómo podía ser de otro modo? Si en los días en que existía el encantamiento, una princesa hubiera visto a un animal cuadrúpedo, de los que viven en rebaños, acudir a ella una y otra vez con una mirada humana de preferencia y súplica, ¿en qué pensaría durante sus viajes? ¿Qué buscaría cuando los rebaños pasaran junto a ella? Sin duda aquella mirada que la había encontrado y que ella reconocería. La vida no sería más que oropel de noche o basura de día si el pasado no afectara a nuestro espíritu empujándolo hacia el brotar de anhelos y perseverancias. Era cierto que Dorothea quería conocer mejor a los Farebrother, y sobre todo hablar con el nuevo rector, pero también lo era que, recordando lo que Lydgate dijera acerca de Will Ladislaw y la menuda señorita Noble confiaba en que Will iría a Lowick a ver a la familia Farebrother. El primer domingo, antes siquiera de entrar a la iglesia, Dorothea le vio como le viera la última vez que estuvo allí, solo en el banco del vicario; pero cuando entró su figura había desaparecido.

Entre semana, cuando iba a visitar a las damas en la rectoría, escuchaba en vano por si dejaban caer alguna palabra sobre Will; pero parecía que la señora Farebrother hablaba de todas las personas de dentro y de fuera del vecindario menos de él.

—Es probable que algunos de los feligreses de Middlemarch del señor Farebrother vengan a escucharle alguna vez a Lowick. ¿No le parece a usted? —dijo Dorothea despreciándose un tanto por el motivo oculto de la pregunta.

—Lo harán si son sabios, señora Casaubon —dijo la anciana señora—. Veo que aprecia usted la predicación de mi hijo. Su abuelo materno fue un excelente clérigo, pero su padre se dedicó al derecho: fue, sin embargo un hombre ejemplar y honrado, razón por la cual nunca hemos sido ricos. Dicen que la Suerte es mujer y caprichosa. Pero en ocasiones es una mujer buena y le da a quien se lo merece, que es el caso suyo, señora Casaubon, que le ha dado a mi hijo un beneficio.

La señora Farebrother retomó su punto con una satisfecha dignidad ante su pequeño intento de oratoria, pero no era esto lo que Dorothea quería oír. ¡Pobrecilla! Ni siquiera sabía si Will Ladislaw seguía en Middlemarch, y no había nadie a quien se atreviera a preguntar, salvo a Lydgate. Pero en este momento no podía ver a Lydgate a no ser que lo hiciera llamar o fuera en su busca. Quizá Will Ladislaw, enterado de la extraña cláusula en su contra otorgada por el señor Casaubon, había pensado que era mejor que no volvieran a encontrarse, y tal vez ella estuviera equivocada al desear un encuentro al que todos los demás parecían oponerse con contundentes razones. No obstante, al final de aquellas sabias reflexiones y con la naturalidad con que llega un sollozo tras contener el aliento, venía el «aún lo deseo». Y el encuentro tuvo lugar, pero de una manera formal e inesperada.

Una mañana, alrededor de las once, Dorothea estaba sentada en su salita; ante ella un mapa de las tierras anexas a Lowick y otros papeles que debían ayudarla a hacer una relación exacta de sus ingresos y demás cuestiones económicas. No se había aún puesto a trabajar sino que estaba sentada con las manos cruzadas sobre el regazo, mirando por la avenida de tilos hasta los lejanos campos. Cada hoja descansaba a la luz del sol, la familiar escena permanecía inmutable y parecía reflejar la perspectiva de su vida, llena de un bienestar sin propósito y sin ningún propósito salvo que su propia energía encontrara razones para una actuación apasionada. La toca de viuda de aquellos tiempos constituía un marco ovalado para su rostro, que ceñía como una corona; el vestido era un experimento sobre la exuberancia de crespón; pero esta solemnidad de atuendo sólo conseguía que su rostro pareciera más joven, con una lozanía recobrada y el dulce e inquisitivo candor de sus ojos.

Su ensoñación se vio interrumpida por la entrada de Tantripp que vino a decirle que el señor Ladislaw se encontraba abajo y pedía permiso para ver a la señora si no era demasiado temprano.

—Le veré —dijo Dorothea levantándose al punto—. Que pase al cuarto de estar.

El cuarto de estar era para Dorothea la habitación más neutral de la casa, la que menos asociaba con las vicisitudes de su vida de casada: el damasco hacía juego con el enmaderado, que era blanco y dorado; había dos espejos largos y mesas vacías, en resumen, una habitación donde no había preferencias por sentarse en un lugar u otro. Estaba justo debajo de su propia salita y también tenía un mirador que daba a la avenida. Pero cuando Pratt hizo pasar allí a Will Ladislaw, el ventanal estaba abierto y un alado visitante que entraba y salía con típico zumbido sin importarle el mobiliario, hacía que la habitación pareciese menos formal y desusada.

—Me alegro de verle aquí de nuevo, señor —dijo Pratt deteniéndose para ajustar un estor.

—Sólo he venido a despedirme, Pratt —respondió Will, que deseaba que hasta el mayordomo supiera que tenía demasiado orgullo como para seguir cerca de la señora Casaubon ahora que era una viuda rica.

—Lo lamento mucho, señor —dijo Pratt retirándose. Por supuesto, como criado al que no se le contaba nada, conocía el dato que Ladislaw aún ignoraba y había sacado sus conclusiones; es más, estuvo plenamente de acuerdo con Tantripp, su prometida, cuando ésta dijo: «Tu amo estaba celoso como un mono y sin ninguna razón. O no la conozco, o la señora pica más alto que el señor Ladislaw. La doncella de la señora Cadwallader dice que va a venir un lord que se va a casar con ella cuando se quite el luto».

Will no tuvo mucho tiempo de pasearse con el sombrero en la mano antes de que entrara Dorothea. El encuentro difirió mucho del primero en Roma cuando Will había estado confuso y Dorothea tranquila. En esta ocasión el primero se sentía infeliz, pero decidido, mientras que ella se encontraba en un estado de turbación que no podía ocultar. Justo antes de cruzar la puerta Dorothea había sentido que este encuentro tan deseado resultaba finalmente, demasiado difícil, y cuando vio a Will avanzar hacia ella, el intenso rubor que era insólito en la señora Casaubon coloreó sus mejillas con dolorosa prontitud. Ninguno supo cómo fue, pero ninguno de los dos habló. Dorothea extendió la mano un instante y a continuación se sentaron junto a la ventana, ella en un sofá y él en otro enfrente. Will se encontraba particularmente incómodo: le chocaba en Dorothea que el mero hecho de haber enviudado ocasionara tal cambio en su manera de recibirle, y no conocía otra razón que hubiera podido afectar su anterior relación salvo que, como su imaginación le dictó al momento, los parientes de Dorothea le hubieran estado envenenando la mente con sus recelos hacia él.

—Espero no haberme tomado demasiadas libertades viniendo a visitarla —dijo Will—; no soportaba la idea de marcharme de aquí e iniciar una nueva vida sin verla para despedirme.

—¿Demasiadas libertades? Claro que no. Me hubiera parecido inicuo por su parte no querer verme —dijo Dorothea, su hábito de hablar con total franqueza abriéndose paso por entre la incertidumbre y confusión—. ¿Se marcha inmediatamente?

—Creo que muy pronto. Tengo la intención de ir a Londres y hacerme abogado, ya que, dicen, es la preparación necesaria para todas las facetas de la vida pública. Habrá mucho trabajo político que hacer a la larga y pienso intentar llevar a cabo parte de él. Otros hombres que carecen de familia y de dinero han conseguido labrarse una posición honrosa.

—Y eso hará que sea aún más honrosa —dijo Dorothea con ardor—. Además es usted un hombre muy dotado. Sé por mi tío lo bien que habla en público, hasta el punto de que todos lamenten cuando acaba, y la claridad con que explica las cosas. Y se preocupa de que la justicia llegue a todos. Me alegro mucho. Cuando estábamos en Roma, pensé que sólo le importaban la

449

poesía y el arte y las cosas que adornan la vida de quienes tenemos dinero. Pero ahora sé que le interesa el resto del mundo.

—Mientras hablaba Dorothea había ido perdiendo la turbación y recobrando su manera de ser habitual. Miró a Will a los ojos, llena de satisfacción y confianza.

—¿Aprueba entonces el que me marche durante años y no vuelva hasta haberme labrado una posición en el mundo? —dijo Will intentando reconciliar el máximo de orgullo con el máximo esfuerzo por obtener de Dorothea una manifestación de afecto fuerte.

No supo cuánto tardó en contestar. Había vuelto la cabeza y miraba por la ventana a los rosales que parecían encerrar los estíos de todos los años que Will estaría ausente. No era un comportamiento juicioso. Pero Dorothea nunca estudiaba sus gestos y sólo pensó en aceptar la triste necesidad que la separaba de Will. Sus primeras palabras acerca de sus intenciones parecían aclararlo todo: supuso que Will conocía la actitud final del señor Casaubon hacia él y le había impactado de la misma forma que a ella. Will no había sentido por ella más que amistad, nunca había pensado nada que justificara lo que Dorothea consideraba como un ultraje de su marido hacia los sentimientos de ambos: y esa amistad seguía existiendo. Algo que podría llamarse un quedo sollozo interior se produjo en Dorothea antes de que dijera, con una voz pura que sólo tembló con las últimas palabras, como si fuera fruto de su líquida flexibilidad:

—Sí, debe de estar bien hacer lo que dice. Me alegraré mucho cuando sepa que ha conseguido que se reconozca su valía. Pero deberá tener paciencia. Quizá se precise mucho tiempo.

Will nunca supo bien cómo evitó echarse a sus pies cuando Dorothea profirió el «mucho tiempo» con su suave temblor. Solía decir que el horrible color y tacto del vestido de crespón bastaron, probablemente, como fuerza controladora. Sin embargo, permaneció quieto y sentado y sólo dijo: —No sabré de usted nunca. Y se olvidará de mí.

—No —dijo Dorothea—. Nunca le olvidaré. Nunca me he olvidado de nadie a quien he conocido. En mi vida no ha habido multitudes y no parece probable que las haya. Y tengo mucho sitio para los recuerdos en Lowick, ¿no le parece? —Dorothea sonrió.

—¡Dios mío! —exclamó Will apasionadamente, levantándose con el sombrero aún en las manos y caminando hacia una mesa de mármol donde se dio la vuelta de repente apoyándose contra ella. La sangre se le había agolpado en el rostro y en el cuello, y casi parecía irritado. Le había dado la impresión de que eran dos seres que lentamente se iban convirtiendo en mármol, en presencia el uno del otro, en tanto que sus corazones seguían vivos y sus ojos anhelantes. Pero era inevitable. Jamás consentiría que este encuentro, al que había acudido con amarga decisión, concluyera con una confesión que pudiera interpretarse como un pedirle a Dorothea su fortuna. Además, era cierto que Will temía el resultado que tal confesión surtiera sobre la propia señora Casaubon.

Ella le miró con preocupación desde donde estaba sentada, temiendo que quizá sus palabras hubieran encerrado algo de ofensivo. Pero subsistía al tiempo el pensamiento respecto a la probable necesidad de Will y la imposibilidad que ella tenía para ayudarle. ¡De haber estado su tío en casa, de alguna manera hubiera podido mediar para ayudarle! Fue esta preocupación por las penurias económicas de Will mientras ella disfrutaba de lo que hubiera debido tocarle a él lo que la indujo a decir, al ver que ni hablaba ni la miraba:

—Me pregunto si quisiera quedarse con la miniatura que está colgada arriba —me refiero a la preciosa miniatura de su abuela. No creo que esté bien que la tenga yo si la quisiera usted. Se parecen extraordinariamente.

—Es usted muy amable —dijo Will con irritación—. No; no tengo ningún interés. No es muy consolador tener el retrato de uno mismo. Lo sería más si otros quisieran tenerlo.

—Pensé que le gustaría alimentar su recuerdo… pensé… —Dorothea se interrumpió al instante, alertada de pronto de la conveniencia de evitar la historia de la tía Julia—, que le gustaría tener la miniatura como un recuerdo de familia.

—¿Por qué iba a querer eso si no tengo nada más? Quien tiene una maleta por único haber debe guardar sus recuerdos en la cabeza.

Will hablaba al azar, dando rienda suelta a su irritación; era un poco demasiado desesperante el que en esos momentos le ofrecieran el retrato de su abuela. Pero sus palabras hirieron a Dorothea de forma especial. Se levantó, y con un punto de indignación además de altivez dijo:

—De los dos, es usted el más feliz, señor Ladislaw, por no tener nada.

Will se sorprendió. Cualquiera que fuera el sentido de las palabras, el tono parecía de despedida, y abandonando su postura de apoyo en la mesa dio unos pasos hacia ella. Sus ojos se encontraron, pero con una extraña e inquisitiva seriedad. Algo separaba sus mentes y cada uno hubo de preguntarse qué pasaba por la del otro. Will jamás había creído tener derecho a las propiedades que Dorothea había heredado y hubiera precisado una larga explicación para poder entender lo que ella sentía en esos momentos.

—Nunca hasta ahora había considerado que el no poseer nada fuera una desgracia —dijo—. Pero la pobreza puede ser tan mala como la lepra, si nos separa de lo que más queremos.

Las palabras emocionaron a Dorothea y la hicieron ablandarse. Respondió en tono de triste solidaridad.

—El dolor llega de tantas formas... Hace dos años no lo sabía, me refiero a las maneras insospechadas en las que nos llegan los contratiempos, atándonos las manos y obligándonos a guardar silencio cuando desearíamos hablar. Solía despreciar un poco a las mujeres por no moldear más sus propias vidas y no hacer cosas mejores. Me gustaba mucho hacer lo que quería, pero casi he desistido —concluyó, sonriendo juguetonamente.

—Pues yo no he desistido de hacer lo que quiero, pero casi nunca puedo hacerlo —dijo Will. Se encontraba a un metro de ella, la mente llena de impulsos y resoluciones contradictorias, anhelando alguna prueba clara de que ella le amaba y al tiempo temiendo la posición en la que dicha prueba le pondría—. Puede que lo que uno más quiere esté rodeado de condiciones intolerables.

En este momento entró Pratt y dijo:

—Señora, Sir James Chettam está en la biblioteca.

—Dígale que pase aquí —dijo Dorothea al instante. Fue como si la misma descarga eléctrica les hubiera afectado a los dos: Will y Dorothea sintieron cada uno el peso del orgullo y no se miraron mientras esperaron la entrada de Sir James. Tras darle la mano a Dorothea, Sir James dirigió la mínima inclinación de cabeza a Ladislaw, quien correspondió exactamente, y a continuación volviéndose hacia Dorothea dijo:

—Debo despedirme, señora Casaubon, y probablemente por mucho tiempo.

Dorothea extendió la mano y se despidió con cordialidad. La sensación de que Sir James despreciaba a Will y no se estaba portando con educación, provocó en ella una actitud resuelta y digna y no dejó traslucir ni un ápice de turbación. Y cuando Will hubo salido de la habitación, miró a Sir James con un autocontrol tan sereno, diciendo «¿Cómo está Celia?» que su cuñado hubo de comportarse como si nada le hubiera amohinado. ¿Y de qué serviría comportarse de otro modo? Sir James rechazaba tanto la asociación, incluso mentalmente, de Dorothea con Ladislaw como su posible amante, que él mismo hubiera querido evitar una muestra externa de desagrado que hubiera confirmado la molesta posibilidad. Si alguien le hubiera preguntado la razón de su rechazo, no estoy segura de que su primera respuesta hubiera sido ni más extensa ni más concreta que «¡ese Ladislaw!» si bien tras reflexionar tal vez esgrimiera que el codicilo del señor Casaubon, vetando, o en su caso, penalizando, el matrimonio de Dorothea con Will, bastaba para descartar cualquier relación entre ellos. Su aversión era tanto más fuerte puesto que se sentía incapacitado para intervenir.

Pero Sir James constituía una fuerza insospechada por él mismo. Su entrada en aquel momento supuso la representación de los principales motivos que impulsaron al orgullo de Will a convertirse en una fuerza repelente, apartándole de Dorothea.

CAPÍTULO LV

La juventud es la estación de la esperanza, a menudo sólo lo es en el sentido de que nuestros mayores se sienten esperanzados respecto a nosotros, pues no hay tan dispuesta a creer que sus emociones, separaciones y decisiones son las últimas de su especie. Cada crisis parece definitiva, sólo por el hecho de ser nueva. Nos dicen que a los más viejos habitantes del Perú no cesan de inquietarles los terremotos, pero es probable que vean más allá de cada sacudida y piensen que quedan muchos por delante.

A Dorothea, aún en esa época de la juventud en la que los ojos de largas y espesas pestañas siguen, tras su lluvia de lágrimas, tan límpidos y descansados como una flor de pasión recién abierta, la despedida de Will Ladislaw de aquella mañana le pareció el final de su relación personal. Se sumergía en la distancia de años desconocidos, y si algún día regresaba, sería un hombre diferente. El estado mental de Will —su altiva decisión de anular de antemano cualquier sospecha de que haría el papel de aventurero menesteroso en busca de una mujer rica— se escapaban por completo a la imaginación de Dorothea y, sin ninguna dificultad, había interpretado su comportamiento suponiendo que, como a ella, el codicilo del señor Casaubon le parecía una burda y cruel prohibición a cualquier amistad activa entre ellos. El gozo juvenil que experimentaban al hablarse y decirse lo que a nadie más le interesaría oír, había terminado para siempre, convirtiéndose en un tesoro del pasado. Esta era precisamente la razón para que Dorothea se recreara en ello sin la menor reserva interior. También había muerto aquella felicidad singular, y en su sombría y silenciosa cámara daría rienda suelta al apasionado dolor del que ella misma se sorprendía. Por primera vez descolgó la miniatura de la pared y la puso ante ella, gustando de fundir a aquella mujer a quien se había juzgado con excesiva dureza con el nieto a quien su propio corazón y criterio defendían. Quien haya disfrutado de la ternura de una mujer ¿podrá reprocharle a Dorothea que tomara el pequeño cuadro ovalado en la palma de la mano y lo acunara contra su mejilla como si ello pudiera calmar a la criatura que había sufrido una condena injusta? Desconocía entonces que era el Amor quien la había visitado brevemente, como en un sueño antes de despertar, las alas llenas de los colores de la mañana; que era el Amor de quien se despedía con sollozos mientras que el inocente rigor del obligado día desterraba su imagen. Sólo sentía que en su destino había algo irrevocablemente desatinado y perdido, lo que facilitó que pudiera plasmar sus pensamientos sobre el futuro en decisiones. Las almas ardientes, dispuestas a construir sus vidas futuras, tienden a comprometerse a cumplir sus propias visiones.

Un día en que fue a Freshitt a cumplir su promesa de quedarse a pasar la noche y ver cómo se bañaba el bebé, la señora Cadwallader fue a cenar, pues el rector se hallaba en una excursión pesquera. Era una noche cálida e incluso en el delicioso cuarto de estar, desde cuya ventana abierta el hermoso y vetusto césped descendía hacia el estanque de nenúfares y los montículos bien cuidados, hacía el suficiente calor para que Celia, con su traje de muselina blanca y suaves bucles se compadeciera de lo que debía sentir Dodo con su traje negro y apretada toca. Pero esto no fue hasta que no concluyeron ciertos episodios relacionados con el bebé y su mente quedó libre de intranquilidades. Llevaba un tiempo sentada abanicándose cuando dijo con su voz tranquila y un poco gutural:

—Dodo, cariño, quítate esa toca, por favor. Estoy segura de que esa vestimenta te tiene que poner enferma.

—Estoy ya tan acostumbrada a ella... es como una especie de concha —dijo Dorothea sonriendo—. Me siento un poco desnuda cuando no la llevo.

—Tengo que quitártela: nos da calor a todos —dijo Celia, dejando el abanico a un lado y dirigiéndose a Dorothea. Constituía un tierno cuadro ver a esta dama menuda vestida de blanco desabrochándole la toca de viuda a su hermana, más majestuosa, y dejándola sobre una silla. Justo en el instante en que los rizos y trenzas color castaño quedaron liberados, Sir James entró en la habitación y dijo «¡Ah!» con satisfacción.

—He sido yo, James —dijo Celia—. No hace falta que Dodo haga de su luto semejante esclavitud; no tiene por qué llevar más esa toca delante de su familia.

—Mi querida Celia —dijo Lady Chettam—, una viuda debe guardar luto por lo menos un año.

—No si se casa antes —dijo la señora Cadwallader que experimentaba cierto placer sorprendiendo a su buena amiga, la madre de Sir James. Este se sintió molesto y se inclinó para jugar con el perro maltés de Celia.

—Espero que eso ocurra en contadas ocasiones —dijo Lady Chettam en un tono disuasorio de semejantes ocurrencias—. Ninguna de nuestras amistades se ha comprometido de esa manera excepto la señora Beevor y le resultó muy doloroso a Lord Grinsell que lo hiciera. ¡Su primer marido reunía muchas pegas!, lo cual hizo que la sorpresa fuera aún mayor. Y fue severamente castigada por ello. Dicen que el capitán Beevor la arrastraba por los pelos y la amenazaba con pistolas cargadas.

—¡Claro, si eligió mal! —dijo la señora Cadwallader que estaba de un humor decididamente perverso—. En esos casos, el matrimonio siempre es malo, sea el primero o el segundo. La prioridad es una mala recomendación para un marido si carece de otra. Yo preferiría tener un buen segundo esposo que un primero indiferente.

—Hija mía, esa lengua tuya tan inteligente te pierde —dijo Lady Chettam —. Estoy segura de que serías la última mujer que se casara prematuramente, si falleciera nuestro querido rector.

—No prometo nada, podría ser una economía necesaria. Creo que no es ilegal volverse a casar, de lo contrario bien podríamos ser hindúes en vez de cristianos. Claro que si una mujer acepta al hombre inadecuado tiene que sufrir las consecuencias, y una que repite la equivocación se merece cuanto le ocurra. Pero si puede casarse con alguien de buena cuna, buena presencia y valentía... cuanto antes mejor.

—Creo que el tema de nuestra conversación está muy mal elegido —dijo Sir James con gesto de desagrado—. ¿Por qué no lo cambiamos?

—Que no sea por mí, Sir James —dijo Dorothea dispuesta a no dejar pasar la oportunidad de liberarse de ciertas soslayadas referencias a estupendos partidos—. Si están hablando por mí, les aseguro que no hay tema que me resulte más indiferente e impersonal que el de unas segundas nupcias. No me afecta más que si hablaran de mujeres que van a la caza de zorros: tanto si es admirable que lo hagan como si no lo es, no las seguiré. Dejen que la señora Cadwallader disfrute con ese tema tanto como con cualquier otro.

—Mi querida señora Casaubon —dijo Lady Chettam con su tono más regio—, espero que no creyera que le hacía alguna alusión a usted cuando mencioné a la señora Beevor. Fue tan sólo un ejemplo que se me ocurrió. Era la hijastra de Lord Grinsell; él se casó con la señora Teveroy en segundas nupcias. ¿Cómo iba a haber alguna alusión a usted?

—No, no —dijo Celia—. Nadie eligió el tema; ha sido todo por la toca de Dodo. La señora Cadwallader no hizo más que decir la verdad. Una mujer no se puede casar llevando una toca de viuda, James.

—¡Calla, hija, calla! No volveré a causar ofensa. Ni siquiera haré mención de Dido y Zenobia. Así que ¿de qué vamos a hablar? Yo por mi parte descarto la discusión sobre la naturaleza humana, porque esa es la naturaleza de las esposas de los rectores.

Más tarde, cuando la señora Cadwallader se hubo marchado, Celia le dijo en privado a Dorothea:

—La verdad, Dodo, quitarte la toca te hizo ser tú misma de nuevo, y por más de un motivo. Manifestaste tu opinión como solías hacer, cuando se decía algo que te disgustaba. Pero no entendí bien si fue a causa de James o de la señora Cadwallader.

—De ninguno de los dos —dijo Dorothea—. James habló movido por su delicadeza hacia mí, pero estaba equivocado al suponer que me molestaba lo que decía la señora Cadwallader. Sólo me molestaría de existir una ley que me obligara a aceptar cualquier ejemplar de buena cuna y presencia que ella o cualquier otra persona me recomendara.

—Pero Dodo, lo cierto es que, si volvieras a casarte, tanto mejor que tuviera alcurnia y hermosura —dijo Celia pensando que al señor Casaubon le habían dotado pobremente de ambas cualidades y que no estaría de más advertir a Dorothea a tiempo.

—No te preocupes, Kitty. Tengo ideas muy diferentes respecto de mi vida. No me volveré a casar —dijo Dorothea acariciando la barbilla de su hermana y observándola con afectuosa indulgencia. Celia acunaba a su hijo, y Dorothea había ido a darle las buenas noches.

—¿De verdad… estás decidida? —dijo Celia—. ¿Con absolutamente nadie…, aunque fuera lo más maravilloso? Dorothea movió lentamente la cabeza en sentido negativo.

—Con absolutamente nadie. Tengo planes estupendos. Me gustaría coger una gran extensión de terreno, drenarlo y hacer una pequeña colonia, donde todos trabajasen y trabajasen bien. Conocería a todo el mundo y sería su amiga. Voy a consultar detenidamente con el señor Garth, él me puede decir casi todo lo que quiero saber.

—Pues si tienes un plan, Dodo, serás feliz —dijo Celia—. Quizá al pequeño Arthur le gusten los planos cuando crezca y te podrá ayudar.

A Sir James se le informó esa misma noche de que Dorothea estaba decidida a no casarse con nadie y se iba a dedicar a «toda clase de planes» como hacía antaño. Sir James no hizo comentario. Íntimamente había algo repulsivo en un segundo matrimonio y ningún enlace le impediría sentirlo como una especie de profanación de Dorothea. Era consciente de que el mundo consideraría absurdo ese sentimiento, sobre todo tratándose de una mujer de veintiún años, siendo la costumbre de «el mundo» dar por seguro y cercano el segundo matrimonio de una viuda joven y sonreír significativamente si la viuda actuaba así. Pero si Dorothea decidía desposarse con la soledad, Sir James opinaba que la resolución le sentaría bien a su cuñada.

CAPÍTULO LVI

La confianza de Dorothea en los conocimientos de Caleb Garth que se había iniciado al saber que aprobaba su proyecto de casitas, aumentó con rapidez durante su estancia en Freshitt, ya que Sir James la había animado a recorrer a caballo las dos propiedades en compañía suya y de Caleb quien, admirado a su vez, le dijo a su esposa que la señora Casaubon tenía para los negocios una cabeza poco frecuente en una mujer. Hay que recordar que para Caleb «negocios» no significaba jamás transacciones monetarias, sino la habilidosa dedicación a una tarea.

—¡Muy poco frecuente! —repitió Caleb—. Dijo algo que yo solía pensar cuando era joven: «señor Garth, si llego a vieja, me gustaría sentir que he mejorado una gran extensión de tierra y que he construido muchas casitas de buena calidad, porque es un trabajo sano mientras se hace y, una vez concluido, las personas han salido beneficiadas». Esas fueron sus palabras: es así como ve las cosas.

—Pero espero que de una forma femenina —dijo la señora Garth, medio sospechando que la señora Casaubon no sostuviera el verdadero principio de la subordinación.

—¡Ni te imaginas cuánto! —dijo Caleb moviendo la cabeza—. Te gustaría oírla hablar, Susan; habla con unas palabras tan sencillas y tiene una voz que parece música. ¡Bendito sea Dios! me recuerda a trozos del Mesías… «e inmediatamente apareció un ejército de la hueste celestial alabando a Dios y diciendo…»; su voz tiene un tono que complace.

A Caleb le gustaba mucho la música y cuando se lo podía permitir iba a escuchar cualquier oratorio de las proximidades, regresando con un profundo respeto por la grandiosa estructura de tonos, que le hacía sentarse con aire de meditación mirando al suelo e impregnando sus manos extendidas de una gran cantidad de palabras inexpresadas.

Con este buen entendimiento surgido entre ambos, era lógico que Dorothea le pidiera al señor Garth que se encargara de todos los asuntos relacionados con las tres granjas y las numerosas viviendas ligadas a Lowick Manor; y lo cierto era que sus esperanzas de conseguir trabajo para dos años se iban cuajando. Como él mismo decía, «los negocios procrean». Y una forma de negocios que empezaba entonces a procrear era la construcción de ferrocarriles. Una línea en proyecto tenía que pasar por la parroquia de Lowick donde hasta entonces el ganado había pastado en una paz no truncada por el asombro: y así sucedió que los albores de las luchas de la red de ferrocarriles entraron a formar parte de los asuntos de Caleb Garth, decidiendo el curso de esta historia respecto de dos personas que le eran queridas.

El ferrocarril submarino puede tener sus dificultades, pero el fondo del mar no está dividido entre diversos terratenientes con derecho a indemnizaciones por daños no sólo materiales sino sentimentales. En la circunscripción del condado a la que pertenecía Middlemarch el ferrocarril era un tema tan apasionante como la ley de reforma o los inminentes horrores del cólera y eran las mujeres y los terratenientes quienes mantenían las opiniones más firmes. Las mujeres, tanto mayores como jóvenes, consideraban peligroso y presuntuoso viajar en máquinas de vapor y se oponían a ello diciendo que nada las induciría a subirse a un vagón; los terratenientes, por su parte, diferían en sus argumentos tanto como el señor Solomon Featherstone difería de Lord Medlicote, pero sin embargo coincidían en que de vender la tierra, fuese a un Enemigo de la humanidad, fuese a una compañía obligada a comprar, estas perniciosas agencias deberían tener que pagar un precio muy alto a los propietarios por el permiso para causar daño a la raza humana.

Pero las mentes más lentas, como las del señor Solomon y la señora Waule, ambos ocupantes de tierra propia, tardaron mucho en llegar a esta conclusión, deteniéndose ante la vívida imagen de lo que sería partir Big Pasture en dos, convirtiéndolo en dos pizcos de tres esquinas, lo cual no sería nada; mientras que los puentes y los pagos elevados eran algo demasiado remoto e increíble.

—Las vacas perderán los terneros, hermano —dijo la señora Waule en tono de profunda melancolía— si el ferrocarril pasa por Near Close: y no me extrañaría que lo mismo le sucediera a la yegua si estuviera preñada. Mal asunto el que desbaraten la propiedad de una viuda y la ley no haga nada. ¿Qué les va a impedir que corten a diestro y siniestro una vez empiecen? Está claro que yo no puedo luchar.

—Lo mejor sería no decir nada y encomendar a alguien que les largara a palos cuando vinieran espiando y midiendo —dijo Solomon—. Tengo entendido que la gente de Brassing hizo eso. Si se supiera la verdad, se sabría que todo eso de que están obligados a pasar por aquí es un cuento. Que se vayan a trocear otra parroquia. Y no creo en pagos para compensar el que vengan un montón de canallas a pisotearte los sembrados. ¿Dónde está el bolsillo de una compañía?

—El hermano Peter, Dios le perdone, sacó dinero de una compañía —dijo la señora Waule—. Pero fue por el manganeso. No fue para que los ferrocarriles te volaran en pedazos.

—Bueno Jane, lo que sí está claro —concluyó el señor Solomon, bajando cautelosamente la voz— es que cuantas más pegas les pongamos más nos pagarán por dejarles continuar, si es que han de venir de todos modos.

Este razonamiento del señor Solomon tal vez fuese menos sólido de lo que imaginaba, teniendo su astucia respecto del trazado del ferrocarril más o menos la misma relación que la astucia de un diplomático respecto del enfriamiento general o catarro del sistema solar. Pero se dispuso a actuar de acuerdo con su punto de vista de manera altamente diplomática fomentando la sospecha. Su terreno era el más alejado del pueblo y las viviendas de los trabajadores eran o bien casitas aisladas o formaban un villorrio llamado Frick, donde un molino de agua y unas canteras componían un pequeño centro de lento y laborioso trabajo.

En ausencia de una idea concreta respecto de lo que era un ferrocarril, la opinión pública de Frick estaba en su contra, pues la mente humana en aquel verde rincón carecía de la proverbial tendencia a admirar lo desconocido, imaginando más bien que con toda probabilidad le sería adverso a los pobres y que la única actitud prudente en estos casos era desconfiar. Ni siquiera el rumor de la reforma había despertado esperanzas milenarias en Frick al no existir una promesa definitiva de la misma concretada en algo como pienso gratis para engordar el cerdo de Hiram Ford, o un tabernero del Weights and Scales que fabricara cerveza de balde, o una oferta de los tres terratenientes más cercanos para subir los jornales durante el invierno. Y sin ventajas claras de este tipo, la reforma estaba a la par con las fantasmadas de los buhoneros, una insinuación para que cualquier avezado desconfiara. Las gentes de Frick no pasaban hambre y estaban menos dados al fanatismo que a la vigorosa sospecha, menos dispuestos a creer que el cielo les atendía que a considerar a los cielos dispuestos a engullirles… disposición evidente en el propio clima.

Así pues, la mentalidad de Frick era justo la adecuada para la labor del señor Solomon, dado que tenía mayor abundancia de ideas del mismo tipo y un recelo sobre el cielo y la tierra mejor alimentado y de mayor holganza.

En aquella época, Solomon era supervisor de carreteras y a menudo pasaba en sus rondas por Frick, en su lenta jaca, para ver a los trabajadores sacar la piedra, deteniéndose con misteriosa deliberación, lo que hubiera, equivocadamente, inducido a cualquiera a pensar que eran otros los motivos para quedarse y no la simple falta de impulso para moverse. Tras mirar largo rato cualquier trabajo que estuviera en marcha, levantaba un poco la vista y miraba al horizonte; finalmente agitaba un poco la brida, fusteaba el caballo y se ponía en marcha lentamente. La manilla de las horas de un reloj era rápida en comparación con el señor Solomon, que tenía la grata sensación de que podía permitirse ser lento. Tenía la costumbre de detenerse y mantener charlas cautelosas y algo chismosas con cuantos se encontrara en el camino, y gustaba especialmente de oír noticias que ya sabía, sintiéndose con ventaja sobre cualquier narrador al no creérselas del todo. Sin embargo, un día entró en conversación con Hiram Ford, un carretero, y él mismo aportó información. Quería saber si Hiram había visto gente con estacas e instrumentos espiando por las cercanías; se denominaban a sí mismos gente del ferrocarril, pero a saber lo que eran, o las intenciones que traían. Lo menos que pretendían era trocear la parroquia de Lowick entera.

—Pues entonces no habrá movimiento de un sitio a otro —dijo Hiram, pensando en su carro y sus caballos.

—Ni pizca —dijo el señor Solomon—. ¡Mira que trocear tierra buena como la de esta parroquia! Que se vayan a Tipton, digo yo. Pero a saber lo que hay en el fondo de todo esto. Argumentan que es por el comercio, pero a la larga serán las tierras y los pobres los perjudicados.

—Serán tipos de Londres —dijo Hiram que tenía la vaga noción de Londres como un centro hostil contra el campo.

—Pues claro que sí. Y he oído que en algunas zonas de Brassing, la gente se les echó encima cuando estaban espiando y les rompieron esos artilugios para mirar qué llevaban y les hicieron largarse, así que se lo pensarán mejor antes de volver.

—Apuesto a que fue divertido —dijo Hiram, cuya diversión se veía muy mermada por las circunstancias.

—Yo no me metería con ellos —dijo Solomon—. Pero hay quien dice que el país ha visto ya sus mejores días y la prueba está en estos tipos, pateando arriba y abajo y queriéndolo trocear todo para hacer ferrocarriles; y todo para que el comercio grande se engulla al pequeño y no quede en el campo ni un solo tiro ni un solo látigo que restallar.

—Ya les restallaré yo el látigo en las orejas antes de llegar a esas —dijo Hiram, mientras Solomon, agitando la brida, se puso en marcha.

No es preciso cuidar la simiente de las ortigas. La ruina que el ferrocarril causaría a aquellos campos se comentó no sólo en el Weights and Scales sino en las eras donde la abundancia de braceros ofrecía unas oportunidades para hablar que surgían poco durante el año agrícola.

Una mañana, no mucho después de la charla sostenida entre el señor Farebrother y Mary Garth, en la que ella le confesara sus sentimientos por Fred Vincy, sucedió que su padre hubo de ir a la granja de Yoddrell, en dirección a Frick: tenía que medir y valorar un trozo de tierra que pertenecía a Lowick Manor y quedaba a desmano y que Caleb pensaba vender ventajosamente para Dorothea (hay que confesar que tendía a obtener los mejores precios posibles de las compañías de ferrocarriles). Dejó la calesa en la granja de Yoddrell mientras caminaba con su ayudante y la cinta de medir hacia el escenario de su trabajo, se encontró con el grupo de empleados de la compañía que recomponían su nivel de alcohol. Les dejó tras una corta charla, comentando que le volverían a alcanzar donde iba a medir. Era una de esas mañanas grises postreras a unas lluvias ligeras y que resultan deliciosas alrededor del mediodía, cuando las nubes se abren un poco y los setos y los senderos huelen dulcemente a tierra.

Para Fred Vincy, a caballo por aquellas sendas, el olor hubiera sido más agradable de no estar preocupado por los inútiles esfuerzos por imaginarse qué podía hacer, con su padre a un lado esperando que entrara de inmediato en la Iglesia y con Mary al otro amenazando abandonarle si lo hacía, al tiempo que el mundo laboral no mostraba un ávido afán por un joven carente de capital y especialización. Todo resultaba aún más duro dado que su padre, contento de que Fred ya no fuese un rebelde, se mostraba de un excelente humor con él y le había encomendado este agradable paseo con el fin de ver unos galgos. Incluso cuando hubiera decidido lo que iba a hacer, aún quedaría la tarea de decírselo a su padre. Pero había que admitir que la decisión, que era lo que venía antes, constituía la labor más ardua: ¿qué ocupación secular podía existir para un joven (cuya familia no le podía conseguir un «nombramiento») que fuera digna al tiempo que lucrativa y que no precisara de ningún conocimiento específico? A caballo por los senderos de Frick en este estado de ánimo, y aminorando el paso mientras pensaba en si debería pasar por la rectoría de Lowick para visitar a Mary, podía ver por encima de los setos los distintos campos. De pronto un ruido llamó su atención, y vio, en la parte más lejana de un campo a su izquierda, seis o siete hombres con camisolas y horcas en las manos avanzando agresivamente hacia los cuatro agentes del ferrocarril que les hacían frente, mientras Caleb y su ayudante cruzaban apresuradamente el campo para unirse al grupo amenazado. Fred, detenido unos momentos por tener que buscar la verja, no pudo galopar hasta el lugar antes de que el grupo de las camisolas, cuya labor de airear el heno no había sido muy diligente tras la cerveza del mediodía, hicieran retroceder, a punta de horca, a los hombres con levita, mientras el ayudante de Caleb Garth, un chico de diecisiete años que se había adueñado de la cerveza restante por orden de Caleb, había sido abatido y yacía aparentemente inconsciente. Los de las levitas llevaban ventaja a la hora de correr y Fred les cubrió la retirada poniéndose delante de los de las camisolas y abalanzándose contra ellos con suficiente rapidez como para desmantelar su persecución.

—¿Qué diablos os proponéis? —gritó Fred persiguiendo al disperso grupo en zig zag y restallando a izquierda y a derecha con la fusta—. Os denunciaré a todos ante el juez. Habéis tumbado al muchacho y lo mismo está muerto. Como no os andéis con ojo os colgarán a todos en la próxima sesión judicial —dijo Fred, que más tarde se reía con gusto recordando sus palabras.

Los trabajadores habían sido obligados a cruzar el portillo y entrar en su era, y Fred ya había frenado el caballo cuando Hiram Ford, observando que se encontraba a una prudente distancia se giró y profirió un desafío que ignoraba que fuese homérico.

—Es usted un cobarde, sí señor. Bájese del caballo y nos las veremos. Lo que pasa es que no se atreve a venir sin el caballo y la fusta. Si no, ya le daría yo, vaya que si le daría…

—Aguarda un momento a que vuelva y me las veo con cada uno de vosotros si queréis —dijo Fred que confiaba en la capacidad que tenía cuando boxeaba con sus estimados hermanos. Pero en aquel momento quería regresar junto a Caleb y el joven abatido.

El muchacho se había torcido el tobillo y le dolía mucho, aunque por lo demás estaba ileso, y Fred le subió al caballo para que pudiera ir hasta la finca de Yoddrell donde le cuidarían.

—Que metan el caballo en el establo, y diles a los peritos que pueden volver a recoger sus trastos —dijo Fred—. El terreno está despejado.

—No, no —dijo Caleb—. Aquí hay una rotura. Tendrán que dejarlo por hoy, y casi que más vale. Toma, Tom, pon estas cosas delante de ti en el caballo. Te verán venir y se volverán.

—Me alegro de haber estado aquí tan oportunamente, señor Garth —dijo Fred mientras Tom se marchaba—. A saber qué hubiera ocurrido si la caballería no llega a tiempo.

—Sí, sí, fue una suerte —dijo Caleb con aire ausente y mirando hacia el lugar donde había estado trabajando cuando le interrumpieron—. Pero… maldita sea… esto es lo que pasa cuando la gente es imbécil… me entorpecen el trabajo. No me puedo apañar sin alguien que me ayude con la cinta de medir. ¡En fin! —se dirigía ya hacia el lugar con aire contrariado, como si hubiera olvidado la presencia de Fred cuando de pronto se volvió y dijo muy deprisa—. ¿Tienes algo que hacer hoy, joven?

—No, señor Garth. Le ayudaré con mucho gusto… ¿puedo? —dijo Fred con la sensación de que estaría cortejando a Mary al ayudar a su padre.

—Pero no deberá molestarte agacharte y pasar calor. —No me molesta nada. Pero antes voy a vérmelas con ese forzudo que me ha desafiado. Voy a darle una buena lección. No tardo ni cinco minutos.

—¡Tonterías! —dijo Caleb con su tono más autoritario—. Hablaré yo con los hombres. Es pura ignorancia. Alguien les ha estado contando mentiras y los pobres bobos se las creen.

—Iré con usted, entonces —dijo Fred.

—No, no, quédate donde estás. No quiero tu joven fogosidad. Sé cuidar de mí mismo.

Caleb era un hombre fuerte y sabía poco de miedos salvo el de herir a otros y el de tener que hacer discursos. Pero en este momento pensó que era su obligación lanzar una pequeña arenga. Había en él una extraña mezcla, producto de haber bregado siempre mucho, de ideas muy severas respecto a los trabajadores y la indulgencia para con ellos. Consideraba que una buena jornada de trabajo bien hecho era parte del bienestar de estos, al igual que el principal componente de su propia felicidad; pero también poseía un fuerte sentido de la camaradería. Cuando avanzó hacia los jornaleros, éstos no habían aún reanudado el trabajo sino que mantenían esa especie de agrupación rural que consiste en estar medio de lado y guardar entre sí una distancia de unos dos metros. Hoscamente miraron a Caleb, que avanzó con rapidez, una mano en el bolsillo y la otra por entre los botones del chaleco y se detuvo entre ellos con su aire amable cotidiano.

—Pero bueno, muchachos, ¿qué es esto? —empezó adoptando frases cortas como de costumbre, que para él estaban llenas de sentido por ser fruto de muchas ideas soterradas, como las abundantes raíces de una planta que apenas consigue asomar la cabeza por encima del agua—. ¿Cómo podéis haber cometido semejante error? Alguien os ha estado mintiendo. Creíais que esos hombres querían haceros daño.

—¡Ajá! —fue la respuesta, proferida por cada uno a intervalos correspondientes a su grado de despabilamiento.

—¡Qué tontería! ¡Pero si no es eso! Están viendo por dónde tiene que pasar el ferrocarril. Y, muchachos, no podéis frenar la vía; se hará tanto si os gusta como si no. Y si lucháis contra ello no haréis más que buscaros problemas. La ley permite a esos hombres entrar en esta tierra. El propietario no puede decir nada en contra y si os metéis con ellos os las veréis con el alguacil y el juez Blakesley, y los grilletes y la cárcel de Middlemarch. Y os podríais encontrar ya en esas si alguien os denunciara.

Caleb se detuvo aquí y tal vez ni el mejor orador hubiera podido escoger mejor el momento o las imágenes para la ocasión.

—Pero venga, no teníais mala intención; alguien os ha dicho que el ferrocarril era una mala cosa. Y eso es una mentira. Puede hacer un poco de daño aquí o allí, a esto o aquello, igual que pasa con el sol en el cielo. Pero el ferrocarril es una buena cosa.

—¡Ya! Bueno para que los señorones hagan dinero —dijo el viejo Timothy Cooper, que se había quedado aireando el heno mientras los otros se habían ido de escapada—. He visto muchas cosas desde que era joven… la guerra y la paz, los canales, el viejo rey Jorge, y el regente, y el nuevo rey Jorge, y el otro, que tiene un nombre diferente, y nada ha cambiado para los pobres. ¿De qué les han servido los canales? No les han traído ni carne ni tocino, ni dinero para ahorrar, como no lo hicieran a base de morirse de hambre. Los tiempos han empeorado para los pobres desde que yo era joven. Y lo mismo pasará con el ferrocarril; sólo servirá para que el pobre siga aún más a la cola. Pero los que se entrometen son unos insensatos, y así se lo he dicho a estos muchachos. Este es un mundo para los peces gordos, sí señor. Pero usted está con ellos, señor Garth, vaya si lo está.

Timothy era un enjuto y viejo trabajador, del tipo que aún perduraba en aquellos tiempos, que tenía sus ahorros en un calcetín, vivía en una casita solitaria, no se dejaba convencer por la oratoria, y con tan poco espíritu feudal y tal desconfianza, como si no le fuera del todo ajena la edad de la razón y los derechos del hombre. Caleb se encontraba en la difícil postura que conoce toda persona que, en épocas oscuras y sin la ayuda de un milagro, haya intentado razonar con la gente del campo que están en posesión de una verdad innegable que ellos conocen a través de un duro proceso emocional, y que pueden dejar caer como el garrote de un gigante sobre el pulcro razonamiento acerca del beneficio social que ellos no notan. Caleb carecía de labia, incluso aunque hubiera deseado utilizarla, y además, estaba acostumbrado a enfrentarse a las dificultades cumpliendo noblemente con su trabajo. Así pues, respondió:

—No importa, Tim, que no tengas una buena opinión de mí, eso ni va ni viene. Puede que las cosas vayan mal para los pobres, tienes razón; pero no quiero que estos muchachos las empeoren. Tal vez el ganado lleve una pesada carga, pero no le ayudará tirarla a la cuneta cuando es en parte su propio pienso.

—Sólo queríamos divertirnos un poco —dijo Hiram, que empezaba a ver las consecuencias—. Sólo queríamos eso.

—Bueno, pues, prometedme que no lo volveréis a hacer y me encargaré de que no os denuncie nadie.

—Yo no he enredado nunca y no tengo por qué prometer nada —dijo Timothy.

—Pero el resto sí. Tengo tanto trabajo como cualquiera de vosotros y no tengo tiempo que perder. Prometedme que no armaréis camorra sin que tenga que venir el alguacil.

—Bueno, bueno, no armaremos follón…, por nosotros que hagan lo que quieran —fueron las fórmulas de compromiso que pudo arrancarles Caleb, quien se apresuró a regresar junto a Fred, que le había acompañado, y le

464

observaba desde el portillo.

Se pusieron a trabajar y Fred ayudó con afán. Se había animado y se rio a gusto al resbalarse en la tierra húmeda cercana al seto y mancharse los magníficos pantalones de verano. ¿Qué le había alegrado, el éxito de su ataque o la satisfacción de ayudar al padre de Mary? Algo más. Los percances de la mañana habían contribuido a forjar en su paralizada imaginación una ocupación que tenía varios atractivos. No estoy segura de que ciertas fibras de la mente del señor Garth no reanudaran su antigua vibración por precisamente ese fin que ahora se le revelaba a Fred. Pues el accidente eficaz no es más que la pizca de fuego que cae donde hay aceite y estopa, y a Fred siempre se le antojó que fue el ferrocarril lo que proporcionó el toque necesario. Pero prosiguieron en silencio salvo en las ocasiones en que la labor precisaba de palabras. Finalmente, cuando hubieron concluido y se marchaban, el señor Garth dijo:

—No hace falta ser licenciado para hacer este tipo de trabajo, ¿verdad, Fred?

—Ojalá me hubiera dedicado a ello antes de pensar en licenciarme —respondió Fred. Hizo una pausa y añadió con cierto titubeo—: ¿Cree usted que soy demasiado mayor para aprender su oficio, señor Garth?

—Mi oficio es muy diverso, hijo —dijo el señor Garth sonriendo—. Una gran parte de cuanto sé sólo llega con la experiencia, no se puede aprender como se aprenden las cosas de los libros. Pero aún eres lo suficientemente joven como para cimentar —Caleb pronunció la última frase con énfasis, pero se detuvo un tanto dudoso, pues últimamente había tenido la impresión de que Fred había decidido entrar en la Iglesia.

—¿Cree usted, entonces, que podría hacer algo de provecho si lo intentara? —preguntó Fred con mayor animación.

—Eso depende —respondió Caleb, ladeando la cabeza y bajando la voz, con el aire de quien está convencido de estar diciendo algo profundamente religioso—. Debes estar seguro de dos cosas: debes amar tu trabajo y no estar deseando que acabe para que empiece la diversión. Y la otra: no debes avergonzarte de él y pensar que sería más honroso para ti hacer otra cosa. Debes sentirte orgulloso de tu trabajo, y de aprender a hacerlo bien y no estar siempre diciendo «Hay esto y aquello...», «si tuviera esto o lo otro me iría mejor». No daría un céntimo por alguien, fuera lo que fuera —aquí Caleb frunció los labios en un gesto amargo y chasqueó los dedos—, lo mismo me da primer ministro que bardador, si no hace bien lo que emprende.

—No creo que pudiera sentir eso siendo clérigo —dijo Fred, con la intención de dar un paso adelante en la conversación.

—Pues entonces, hijo, déjalo —dijo Caleb bruscamente—, de lo contrario nunca te sentirás a gusto. O si estás a gusto, serás un pobre hombre.

—Eso es casi lo mismo que opina Mary —dijo Fred sonrojándose—. Supongo que conoce mis sentimientos por Mary, señor Garth. Espero que no le disguste el que siempre la haya querido más que a nadie, y que jamás querré a nadie como a ella.

La expresión de Caleb se fue dulcificando visiblemente a medida que Fred hablaba. Pero movió la cabeza con solemne lentitud y dijo:

—Entonces aún es más serio, Fred, si pretendes hacerte cargo de la felicidad de Mary.

—Ya lo sé, señor Garth —dijo Fred con vehemencia—, y por ella haría cualquier cosa. Ella dice que jamás se casará conmigo si entro en la Iglesia, y si la pierdo, seré el ser más desgraciado del mundo. De verdad, si encontrara alguna otra profesión o negocio, cualquier cosa para la que sirviera, trabajaría a fondo y merecería la aprobación de usted. Me gustaría algo que tuviera que ver con la vida al aire libre. Sé mucho ya sobre tierra y ganado. Sabe, solía creer, aunque me crea un necio por ello, que tendría mi propia tierra. Estoy convencido que no me costaría aprender cosas de ese tipo, sobre todo si de alguna forma le tuviera a usted para orientarme.

—Despacio, hijo —dijo Caleb, la imagen de Susan ante sus ojos—. ¿Qué le has dicho a tu padre de todo esto?

—De momento nada; pero debo hacerlo. Sólo estoy esperando a ver qué puedo hacer en lugar de entrar en la Iglesia. Siento mucho desilusionarle, pero a un hombre de veinticuatro años se le debería permitir juzgar por sí mismo. ¿Cómo iba yo a saber a los quince lo que me convendría hacer ahora? Mi educación ha sido un error.

—Pero escucha, Fred —dijo Caleb— ¿estás seguro de que Mary te quiere y de que se casaría contigo?

—Le pedí al señor Farebrother que hablara con ella porque a mí me lo había prohibido… no sabía qué otra cosa podía hacer —dijo Fred disculpándose—. Y él dice que tengo fundamentos para la esperanza si consigo una posición digna… es decir, fuera de la Iglesia. Supongo, señor Garth que pensará que es injustificable que le moleste e incomode a usted con mis propios sentimientos sobre Mary antes de haberme labrado un porvenir. Por supuesto que no tengo ni el más mínimo derecho… es más, tengo ya con usted una deuda que jamás podré saldar, ni siquiera cuando le haya podido devolver dinero.

—Sí, hijo mío, sí que tienes derecho —dijo Caleb, en tono cargado de emoción—. Los jóvenes siempre tienen derecho a que los viejos les ayuden a salir adelante. Yo fui joven una vez y tuve que apañármelas sin mucha ayuda, pero la hubiera agradecido, aunque no hubiera sido más que por sentirme acompañado. Pero tengo que pensar. Ven mañana a mi oficina, a las nueve. A la oficina, ¿eh?

El señor Garth no daba pasos importantes sin consultar a Susan, pero hay que confesar que antes de llegar a casa ya había tomado una decisión. Respecto de un gran número de asuntos sobre los que otros hombres resultan firmes y obstinados, Caleb era el ser más manejable del mundo. Nunca sabía qué carne elegir, y si Susan hubiera dicho que debían vivir en una casa de cuatro habitaciones para ahorrar, hubiera contestado «allá vamos», sin entrar en más detalles. Pero donde los sentimientos y el criterio de Caleb se pronunciaban con claridad, estos se imponían, y pese a la docilidad y timidez de sus reproches, todos a su alrededor sabían que, en aquellas ocasiones excepcionales en las que elegía algo, era tajante. Lo cierto es que nunca decidía serlo salvo en interés de otra persona. La señora Garth resolvía noventa y nueve asuntos, pero en el número cien sabía que habría de realizar la tarea singularmente difícil de renunciar a sus principios y convertirse en subordinada.

—Ha salido como yo pensaba, Susan —dijo Caleb cuando se encontraron a solas por la noche. Ya había contado la aventura que desembocara en la colaboración de Fred en su trabajo, pero callándose el ulterior resultado—. Los chicos se quieren… me refiero a Fred y Mary.

La señora Garth dejó la labor sobre el regazo y fijó con ansiedad su mirada penetrante en su marido.

—Fred me lo contó todo cuando terminamos el trabajo. No aguantaría ser clérigo, y Mary dice que de serlo no se casará con él. Y al chico le gustaría trabajar conmigo y dedicarse al negocio. Y estoy decidido a aceptarle y hacer de él un hombre.

—¡Caleb! —exclamó la señora Garth en tono grave que manifestaba su resignado asombro.

—Es algo hermoso —dijo Caleb, acomodándose firmemente contra el respaldo de la butaca y agarrando los brazos de la misma—. Me traerá complicaciones, pero creo que podré sacarle adelante. El chico quiere a Mary y un amor verdadero es una gran cosa para una buena mujer, Susan. Encarrila a muchos atolondrados.

—¿Te ha dicho Mary algo de esto? —preguntó la señora Garth, íntimamente un poco dolida de tener que ser informada.

—Ni una palabra. En una ocasión le pregunté por Fred, le di unas advertencias. Pero me aseguró que jamás se casaría con un hombre indolente o comodón… no hemos vuelto a decir nada. Pero parece que Fred le pidió al señor Farebrother que hablara con ella porque Mary se lo había prohibido al chico directamente y el vicario ha descubierto que ella le quiere, pero dice que no debe ser clérigo. Fred está muy enamorado de Mary, eso lo veo claro, y me hace tener una buena opinión del chico… y siempre nos gustó, Susan.

—Creo que es una pena —dijo la señora Garth.

—¿Por qué una pena?

—Porque Mary podría haberse casado con un hombre que vale veinte Fred Vincys.

—¿Ah sí? —dijo Caleb sorprendido.

—Estoy convencida de que el señor Farebrother la quiere y pensaba pedirle matrimonio; pero claro, ahora que Fred le ha utilizado de mensajero, se pone punto final a esa mejor perspectiva —las palabras de la señora Garth contenían una severa precisión. Estaba contrariada y desilusionada, pero también decidida a no proferir palabras inútiles.

Caleb guardó silencio algunos minutos, lleno de sentimientos encontrados. Fijó la vista en el suelo y movió las manos y la cabeza como acompañando alguna argumentación interna. Finalmente dijo:

—Eso me hubiera hecho sentirme muy feliz y orgulloso, Susan, y me hubiera alegrado mucho por ti. Siempre he tenido la sensación de que la vida que llevas no ha estado a tu altura. Pero me aceptaste a mí, aunque era un hombre muy corriente.

—Escogí al hombre mejor y más inteligente que jamás conociera —dijo la señora Garth, convencida de que ella nunca se hubiera enamorado de alguien que no diera la talla.

—Bueno…, quizá había quien pensara que podías haberte casado mejor. Pero hubiera sido peor para mí. Y eso es lo que me afecta mucho de Fred. El chico es bueno en el fondo, y tiene cabeza para salir adelante si se le encamina, y quiere y respeta a mi hija por encima de todo, y ella le ha hecho algún tipo de promesa, dependiendo de cómo se encarrile. Tengo en mis manos el alma de ese joven y, con la ayuda de Dios, haré cuanto pueda por él. Es mi obligación, Susan.

La señora Garth no era muy dada al llanto, pero una lágrima le cayó por la mejilla antes de que su esposo terminara de hablar. Era el fruto de diversos sentimientos, entre los que había mucho afecto y cierta contrariedad. Se la limpió con presteza mientras decía:

—Pocos hombres aparte de ti considerarían que es su deber aumentar de esa manera sus problemas, Caleb.

—Eso no quiere decir nada… lo que otros piensen me da igual. Tengo un sentimiento interno muy claro y lo seguiré y espero que me acompañe tu corazón, Susan, a la hora de allanarle las cosas a Mary, pobre hija.

Caleb, recostado en la butaca, miró a su esposa con angustiada súplica. Ella se levantó y le besó diciendo:

—¡Dios te bendiga, Caleb! Nuestros hijos tienen un buen padre. Pero salió a darse un hartón de llorar para compensar la parquedad de sus palabras. Estaba segura que el comportamiento de su marido sería mal interpretado, y respecto de Fred se sentía realista y poco esperanzada. Al final, ¿qué tendría más visión de futuro, su realismo o la ardiente generosidad de Caleb?

Cuando Fred llegó a la oficina a la mañana siguiente, hubo de pasar una prueba para la que no estaba preparado.

—Vamos a ver, Fred —dijo Caleb—, tendrás trabajo de oficina. Casi siempre he hecho yo personalmente la mayor parte del trabajo escrito, pero necesito ayuda y como quiero que entiendas la contabilidad y te enteres de los valores, pienso prescindir de otro empleado. Así que ponte a ello. ¿Qué tal vas de caligrafía y aritmética?

A Fred le dio un vuelco el corazón; no había pensado en trabajo de oficina, pero estaba decidido y dispuesto a no arredrarse.

—No me asusta la aritmética, señor Garth: siempre se me dio bien. Y creo que conoce mi letra.

—Veamos —dijo Caleb, cogiendo la pluma, examinándola cuidadosamente y pasándosela a Fred, bien mojada, junto con una hoja de papel rayado—. Cópiame una o dos líneas de esta valoración, con los números al final.

Existía en aquellos tiempos la opinión de que era indigno de un caballero el que escribiera de manera legible o con una letra mínimamente apropiada para un oficinista. Fred escribió las líneas requeridas con una letra tan decorosa como la de cualquier vizconde u obispo del momento: las vocales todas iguales y las consonantes diferenciadas tan sólo en ir para arriba o para abajo, los trazos de una borrosa solidez, y las letras despreciando la línea recta. En resumen, un manuscrito de esa venerable especie fácil de interpretar cuando sabes de antemano el contenido de las palabras.

Así que Caleb observaba, su rostro fue mostrando una creciente decepción, pero cuando Fred le entregó el papel profirió como un rugido y procedió a golpear la hoja vigorosamente con el dorso de la mano. El trabajo mal hecho, como aquel, hacía desaparecer la docilidad de Caleb.

—¡Maldita sea! —bramó—. ¡Pensar que éste es un país donde la educación de un hombre puede costar cientos y cientos de libras para dar estos resultados! —continuó en tono más patético, subiéndose las gafas y mirando al desafortunado amanuense—. Que el señor se apiade de nosotros, Fred, ¡pero no puedo soportar esto!

—¿Qué puedo hacer, señor Garth? —dijo Fred muy desanimado no sólo ante la valoración de su escritura sino ante la posibilidad de que le englobaran con los oficinistas.

—¿Que qué puedes hacer? Pues aprender a hacer las letras y que las palabras formas líneas rectas. ¿De qué sirve escribir si nadie entiende lo que escribes? —preguntó Caleb con energía, preocupado ante la mala calidad del trabajo—. ¿Es que hay tan poco trabajo en el mundo que hay que mandar rompecabezas por todo el país? Pero así es como sé educa a la gente. No sé cuánto tiempo perdería con algunas cartas que me envían si Susan no me las descifrara. Es indignante —y Caleb tiró el papel.

Un extraño que se asomara a la oficina en aquel momento se hubiera preguntado cuál era el drama que existía entre el indignado hombre de negocios y el joven apuesto cuya tez clara se iba salpicando de manchas mientras se mordía el labio con humillación. Fred luchaba contra diversos pensamientos. El señor Garth se había mostrado tan amable y alentador al principio de su entrevista, que la gratitud y la esperanza alcanzaron un momento álgido y la caída fue proporcional. No se le había ocurrido pensar en hacer trabajo de oficina, de hecho, como la mayoría de los jóvenes caballeros, quería un trabajo carente de partes desagradables. No puedo decir cuáles hubieran sido las consecuencias si Fred no se hubiera ya prometido a sí mismo ir a Lowick y decirle a Mary que se había comprometido a trabajar con su padre. No quería defraudarse a sí mismo en ese punto.

—Lo siento mucho —fue lo único que acertó a decir. Pero el señor Garth ya se iba aplacando.

—Tendremos que valernos de lo que tenemos, Fred —continuó recobrando su tono calmoso habitual—. Todo el mundo puede aprender a escribir. Yo aprendí solo. Ponte a ello con voluntad, y continúa por la noche si no te basta con el día. Tendremos paciencia, hijo. Callum continuará de momento con los libros mientras tú aprendes. Pero ahora me tengo que ir —dijo Caleb levantándose—. Debes decirle a tu padre nuestro acuerdo. Cuando sepas escribir me ahorrarás el sueldo de Callum, y puedo pagarte ochenta libras el primer año, y más después.

Cuando Fred dio a sus padres las explicaciones necesarias el efecto que surtieron en ambos fue una sorpresa que se le quedó muy grabada en la memoria. Fue directamente desde la oficina del señor Garth al almacén, comprendiendo acertadamente que la forma más respetuosa de comportarse con su padre era dándole la dolorosa noticia de la manera más seria y formal posible. Además, quedaría más claro que la decisión era definitiva si la entrevista tenía lugar durante las horas más solemnes de su padre, que siempre eran las que pasaba en su habitación privada del almacén.

Fred fue directamente al grano y expresó brevemente lo que había hecho, así como sus propósitos, manifestando al final que lamentaba ser causa de disgusto para su padre y asumiendo la culpabilidad de sus propias deficiencias. El pesar era auténtico y le inspiró a Fred palabras sencillas y llenas de sentimiento.

El señor Vincy escuchó con profunda sorpresa sin tan siquiera proferir una exclamación, silencio que, dado su temperamento impaciente, era síntoma de insólita emoción. No se sentía contento con el comercio aquella mañana y la amargura reflejada en sus labios se fue intensificando a medida que escuchaba. Cuando Fred concluyó hubo una pausa de casi un minuto, durante la cual el señor Vincy recolocó un libro sobre la mesa y giró la llave del cajón ostensiblemente. A continuación miró fijamente a su hijo y dijo:

—Así que, finalmente te has decidido ¿no?

—Sí, padre.

—Muy bien; pues persiste. No tengo más que decir. Has tirado por la borda tu educación y has descendido socialmente cuando yo te había proporcionado los medios para ascender, eso es todo.

—Siento mucho que no estemos de acuerdo, padre. Creo que puedo ser tan caballero con la ocupación que he escogido como si me hubiera hecho clérigo. Pero le agradezco el querer hacer todo lo posible por mí.

—Muy bien; no tengo nada que añadir. Me lavo las manos respecto de ti. Sólo espero que cuando tengas un hijo propio te recompense mejor tus desvelos.

Fred se sintió dolido. Su padre estaba empleando esa injusta ventaja que todos poseemos cuando nos encontramos en una situación triste y contemplamos nuestro propio pasado como si simplemente formara parte de esa tristeza. La verdad es que los deseos del señor Vincy respecto de su hijo habían encerrado una buena dosis de orgullo, desconsideración y egoísmo insensato. Pero el padre seguía teniendo un gran peso y Fred tenía la sensación de que le desterraban con una maldición.

—Confío en que no se oponga a que siga en casa —dijo al ponerse en pie para marcharse—, me llegará el sueldo para pagar mi manutención, como por supuesto deseo hacer.

—¡Al diablo la manutención! —dijo el señor Vincy rehaciéndose ante el enojo producido por la idea de que hiciera falta una aportación de Fred para su sustento—. Tu madre querrá que te quedes, por supuesto. Pero que quede claro que no seguiré proporcionándote un caballo; y te pagarás el sastre. Me imagino que cuando pagues de tu bolsillo podrás prescindir de uno o dos trajes.

Fred remoloneaba; quedaba algo por decir. Por fin se decidió.

—Espero que me dé la mano, padre, y me perdone por el disgusto que le he causado.

Desde su sillón el señor Vincy lanzó una rápida mirada a su hijo que se le había acercado, y extendió la mano, diciendo precipitadamente:

—Sí, sí, no hablemos más de esto.

Fred tuvo con su madre una exposición y explicación mucho más extensa, pero ella se mostró inconsolable al tener ante sí lo que quizá a su esposo no se le había ocurrido: la certidumbre de que Fred se casaría con Mary Garth; que, en adelante, la vida de la señora Vincy se vería estropeada por una perpetua invasión de Garths y sus costumbres, y que su adorado hijo, con su hermoso rostro y su pelo elegante «mucho más que el de cualquier otro vástago de Middlemarch», estaba abocado a contagiarse de aquella familia en lo anodino de su aspecto y la dejadez en su vestir. Le parecía que había una conspiración de los Garth para hacerse con el deseable Fred, pero no osó extenderse sobre ese tema, porque una mera alusión bastó para que su hijo montara en cólera contra ella como jamás lo hiciera anteriormente. La señora Vincy tenía un carácter demasiado dulce para demostrar enojo, pero sintió que su felicidad había quedado mellada, y durante algunos días, el mero hecho de mirar a Fred la hacía llorar un poco, como si su hijo fuera el blanco de alguna profecía maléfica. Tal vez tardara más en recuperar su buen humor habitual porque Fred la había advertido contra que reabriera de nuevo este punto delicado con su padre, quien había aceptado la decisión de su hijo al tiempo que le perdonaba. Si su esposo se hubiera mostrado airado contra su hijo, la señora Vincy se hubiera visto empujada a la defensa de Fred. Fue al final del cuarto día cuando el señor Vincy le dijo:

—Ven, Lucy, mujer, no estés tan desanimada. Siempre malcriaste al chico y siempre lo harás.

—Nada me había disgustado tanto antes, Vincy —dijo su esposa, empezándole a temblar de nuevo la hermosa garganta y la barbilla— sólo su enfermedad.

—Bueno, bueno, no tiene ninguna importancia. Debemos esperar problemas con nuestros hijos. No lo pongas aún más difícil mostrándote tan alicaída.

—Está bien —dijo la señora Vincy, alentada por esta apelación y recomponiéndose con una ligera sacudida como si fuera un pájaro que asienta su plumaje.

—No podemos preocuparnos sólo por uno —dijo el señor Vincy, queriendo combinar alguna protesta con la alegría doméstica—. Tenemos a Rosamond además de Fred.

—Sí, pobrecilla. Cuánto he sentido que perdiera al niño. Pero lo ha superado muy bien.

—¿El niño? Peor es que veo que Lydgate se está destrozando la consulta y, además, según he oído, endeudándose también. Dentro de poco tendré aquí a Rosamond contándome alguna bonita historia. Pero de mí no sacarán dinero, eso te lo aseguro. Que le ayude su familia. Nunca me gustó esa boda. Pero es inútil hablar. Llama para que traigan unos limones y anímate, Lucy. Mañana os llevaré a ti y a Louisa a Riverston.

CAPÍTULO LVII

La tarde en la que Fred Vincy caminó hasta la rectoría de Lowick (había empezado a comprobar que éste era un mundo en el que incluso un joven animoso a veces debía andar por falta de un caballo) salió a las cinco y de paso, se detuvo a ver a la señora Garth, pues quería asegurarse de que aceptaba su nueva relación de buen grado. Encontró al grupo familiar, gatos y perros incluidos, bajo el manzano grande del huerto. Era un festival para la señora Garth, pues su hijo mayor, Christy, su mayor orgullo y alegría, había venido a casa a pasar unas cortas vacaciones.

Para Christy, lo más deseable en este mundo era ser profesor, estudiar todas las literaturas y convertirse en un nuevo Porson, y que constituía una viva crítica para el pobre Fred, una especie de lección andante que le daba aquella pedagógica madre. El propio Christy, una versión masculina de la madre, con frente cuadrada y anchas espaldas y que le llegaba a Fred por el hombro —lo que hacía más difícil que se le considerara superior— se mostraba siempre muy sencillo y no daba más importancia al desinterés de Fred por los estudios que a los deseos de una jirafa por que el propio Christy tuviera su altura. Se encontraba tumbado en el suelo junto a la silla de su madre, el sombrero de paja sobre los ojos, mientras Jim, al otro lado, leía en alto a ese escritor tan querido que tanto ha contribuido a la felicidad de muchas vidas jóvenes. El libro era Ivanhoe, y Jim se encontraba en la escena del tiro al arco del torneo, pero se veía frecuentemente interrumpido por Ben, quien había traído su viejo arco y sus flechas y se estaba poniendo desagradable, a juicio de Letty, exigiendo a todos los presentes que se fijaran en sus erráticos disparos, lo cual nadie quería hacer salvo Brownie, el activo, pero probablemente torpe perro cruzado, mientras el grisáceo terranova tumbado al sol observaba con la cansina neutralidad de la vejez extrema. La propia Letty, mostrando ciertos signos en la boca y el delantal de haber colaborado en la recolección de las cerezas que se encontraban ahora amontonadas como un coral sobre la mesa, estaba sentada en la hierba escuchando la lectura con los ojos muy abiertos.

Pero el centro de interés cambió para todos con la llegada de Fred Vincy. Cuando, sentándose en un taburete, dijo que iba de camino a la rectoría de Lowick, Ben, que había tirado el arco, se montó sobre la pierna que Fred tenía extendida y dijo:

—¡Llévame a mí!

—¡Y a mí también! —dijo Letty.

—No nos puedes seguir a Fred y a mí —dijo Ben.

—Sí puedo. Madre, diles por favor que yo también voy —imploró Letty, cuya vida se veía muy mermada por su resistencia a verse relegada por el hecho de ser una niña.

—Yo me quedaré con Christy —observó Jim, como insinuando que tenía ventaja frente a estos simplones, ante lo cual Letty se llevó la mano a la cabeza y miró a uno y otro con pelusona indecisión.

—Vayamos todos a ver a Mary —dijo Christy, abriendo los brazos.

—No, hijo, no debemos ir en manada a la rectoría. Y ese viejo traje tuyo no serviría. Además, pronto llegará vuestro padre. Debemos dejar que Fred vaya solo. Él le dirá a Mary que estás aquí y ella vendrá mañana.

Christy observó sus desgastadas rodilleras y a continuación los preciosos pantalones blancos de Fred. Sin duda el corte del atuendo de Fred dejaba ver las ventajas de la universidad inglesa, e incluso en su acaloramiento y en su forma de echarse el pelo hacia atrás con el pañuelo, tenía elegancia.

—Niños, marcharos —dijo la señora Garth—, hace demasiado calor para apiñarnos en torno a los amigos. Llevaros a vuestro hermano a ver los conejos.

El mayor entendió y se llevó a los niños inmediatamente. Fred comprendió que la señora Garth quería darle la oportunidad de decir lo que tuviera que decir, pero sólo acertó a empezar comentando:

—¡Debe estar muy contenta de tener a Christy aquí!

—Sí. Ha regresado antes de lo que esperaba. Le dejó la diligencia a las nueve, justo después de marcharse su padre. Estoy deseando que llegue Caleb y se entere de cuánto está progresando Christy. Ha pagado sus gastos del año pasado dando clases al tiempo que estudiaba. Espera poder ser pronto tutor particular y marcharse al extranjero.

—Es un gran chico —dijo Fred para quien estas alegres verdades tenían cierto regusto a medicina—, y no resulta una carga para nadie —tras una pequeña pausa añadió—: Pero me temo que usted piense que yo le voy a traer problemas al señor Garth.

—A Caleb le gusta asumir problemas: es uno de esos hombres que siempre hacen más de lo que nadie les hubiera pedido —respondió la señora Garth. Estaba haciendo punto por lo que podía mirar o no a Fred a su antojo, algo siempre ventajoso cuando uno está empeñado en dotar sus palabras de significado útil y, aunque la señora Garth tenía el propósito de mantenerse debidamente reservada, quería transmitirle a Fred algo de provecho.

—Sé que usted me considera muy indigno, señora Garth, y no le faltan razones para ello —dijo Fred, animándose un poco ante la disposición de la señora Garth de amonestarle—. Me he comportado muy mal precisamente con quien más interés tengo por agradar. Pero si dos personas como el señor Garth y el señor Farebrother no han desesperado de mí, no veo por qué habría de hacerlo yo —Fred pensó que estaría bien mencionarle estos dos ejemplos masculinos a la señora Garth.

—Naturalmente —respondió ésta con creciente énfasis—. Un joven por el que se han desvelado dos mayores como éstos sería muy culpable si se echara a perder e hiciera inútiles sus sacrificios.

Fred se extrañó un poco ante estas duras palabras, pero se limitó a decir:

—Espero que no sea ese mi caso, señora Garth, puesto que tengo algún motivo para creer que puedo conquistar a Mary. ¿Se lo ha dicho el señor Garth? Supongo que no la sorprendería —concluyó Fred, refiriéndose tan sólo, inocentemente, a su manifiesto cariño por Mary.

—¿Que no me sorprendería el que Mary te hubiera dado ánimos? —respondió la señora Garth, que pensaba que no estaría de más que Fred supiera que la familia de Mary no hubiera deseado esto, supusieran los Vincy lo que quisieran—. Pues sí, confieso que me sorprendió.

—No me alentó lo más mínimo cuando yo hablé con ella —dijo Fred deseoso de defender a Mary—. Pero cuando le pedí al señor Farebrother que le hablara por mí, le permitió comunicarme que tenía alguna esperanza.

La fuerza admonitoria que se removía en la señora Garth aún no se había agotado. Resultaba un poco demasiado irritante incluso para su capacidad de autodominio, que este joven lozano floreciera gracias a los desengaños de personas más apagadas y sabias que él —comiéndose un ruiseñor sin saberlo — y que su familia, entretanto, imaginara que los Garth estaban necesitados de aquel retoño; por otro lado, el enojo de la señora Garth había fermentado más dada su absoluta represión ante su marido. Esposas ejemplares en ocasiones encuentran chivos expiatorios de esta forma, y en aquella ocasión la señora Garth dijo con enérgica decisión.

—Cometiste un grave error, Fred, al pedirle al señor Farebrother que hablara por ti.

—¿Sí? —dijo Fred sonrojándose al instante. Se sintió alarmado, pero ignoraba lo que la señora Garth quería decir y añadió en tono de disculpa—: El señor Farebrother ha sido siempre un gran amigó nuestro, yo sabía que Mary le escucharía con atención. El aceptó de buen grado.

—Sí, los jóvenes a menudo están ciegos a todo salvo sus propios deseos, y no suelen imaginarse cuánto les cuestan a otros esos deseos —dijo la señora Garth. No tenía la intención de traspasar esta saludable doctrina general y volcó su indignación en un innecesario deshacer de unas vueltas, frunciendo el ceño con aire solemne.

—No se me alcanza el por qué habría de resultarle doloroso al señor Farebrother —dijo Fred quien, no obstante, observaba que empezaban a formarse en él extrañas concepciones.

—Exactamente, no se te alcanza —dijo la señora Garth pronunciando las palabras con la mayor nitidez posible.

Fred miró al horizonte un instante con angustia y, a continuación, girándose con rapidez dijo casi bruscamente:

—¿Me quiere decir, señora Garth, que el señor Farebrother está enamorado de Mary?

—Y de ser así, Fred, creo que deberías ser el último en sorprenderte — replicó la señora Garth dejando el punto a un lado y cruzando los brazos. Era un insólito síntoma de turbación por su parte que no tuviera la labor entre las manos. De hecho sus sentimientos estaban divididos entre la satisfacción de darle una lección a Fred y la sensación de haber ido un poco demasiado lejos. Fred cogió su sombrero y su bastón y se puso en pie precipitadamente.

—Y por lo tanto usted piensa que me estoy interponiendo en su camino y también en el de Mary, ¿verdad? —dijo en un tono que parecía exigir una respuesta.

La señora Garth no pudo hablar inmediatamente. Se había buscado la desagradable situación de tener que decir lo que realmente pensaba y sin embargo sabía que razones de peso la obligaban a ocultarlo. Por otra parte, la conciencia de haberse excedido en sus palabras le resultaba especialmente humillante. Además, Fred había despedido una inesperada electricidad y ahora añadió:

—El señor Garth parecía contento de que Mary me quisiera. No podía saber nada de esto.

La señora Garth sintió un vivo remordimiento ante esta referencia a su esposo; le resultaba difícilmente soportable la idea de que Caleb la creyera equivocada y su respuesta quiso mitigar unas consecuencias no deseadas.

—Hablo sólo por deducción. No me consta que Mary sepa nada de esto.

Pero, poco acostumbrada a rebajarse, titubeó en suplicarle a Fred que mantuviera un silencio absoluto respecto del tema que ella había mencionado innecesariamente, y mientras dudaba, se precipitaron ya las consecuencias no deseadas bajo el manzano donde estaban preparadas las cosas para el té. Ben, que saltaba por la hierba con Brownie en los talones, empezó a gritar y a palmotear cuando vio que el gatito arrastraba el punto por un cabo de lana que se iba alargando más y más; Brownie ladró, el gato, desesperado, saltó sobre la mesa derramando la leche y, al bajarse, se llevó consigo la mitad de las cerezas; Ben, cogió el calcetín a medio tejer y se lo calzó al gato en la cabeza, dándole otro motivo de enloquecimiento mientras Letty, que apareció en aquel momento, le gritaba a su madre para que detuviera toda aquella crueldad, una escena tan llena de ajetreo como una verbena. La señora Garth se vio obligada a intervenir, se acercaron los restantes pequeñuelos de la familia y concluyó el tête-à-tête con Fred, quien se marchó en cuanto pudo. La señora Garth tan sólo pudo suavizar un tanto su aspereza diciéndole «Dios te bendiga» cuando le estrechó la mano.

Tenía la desagradable sensación de haber estado a punto de hablar como las mujeres necias que después de contar algo ruegan silencio respecto de lo que han dicho. Pero no había llegado a pedir ese mutismo y a fin de evitar la reprimenda de Caleb, decidió culparse a sí misma y confesarle todo a su esposo aquella misma noche. Resultaba curioso que el dócil Caleb fuera para ella un tribunal tan terrible cuando se erigía como tal. Pero tenía la intención de señalarle que aquella revelación podría venirle bien a Fred Vincy.

Sin duda aquellas palabras estaban teniendo un fuerte efecto sobre el joven mientras caminaba hacia Lowick. Tal vez el carácter optimista y despreocupado de Fred no se había visto nunca tan magullado como ante esta sugerencia de que de no ser por él, Mary se podría haber casado muy bien. También le incomodaba el haber sido tan zafio como para pedirle al señor Farebrother que interviniera. Pero no va con la naturaleza de enamorado —al menos no con la de Fred— que la nueva preocupación suscitada respecto de los sentimientos de Mary, no se impusiera a las demás. A pesar de su confianza en la generosidad del señor Farebrother, a pesar de cuanto Mary le había dicho, Fred no podía por menos que sentir que tenía un rival: era una sensación nueva, que le incomodaba en grado sumo, pues no estaba dispuesto a renunciar a Mary, ni siquiera por el bien de ésta, sino más bien a luchar por ella contra cualquier hombre. Pero la lucha contra el señor Farebrother debía ser de tipo metafórico, lo cual resultaba para Fred algo mucho más difícil que si hubiera sido de índole muscular. Sin duda esta experiencia fue para Fred una lección apenas menos punzante que la decepción que sufriera con el testamento de su tío. El hierro no le había llegado al alma, pero empezaba a imaginarse lo afilado que podría resultar su filo. No se le ocurrió a Fred que la señora Garth pudiera estar equivocada respecto del señor Farebrother, pero sospechaba que tal vez sí lo estuviera respecto a Mary, quien últimamente vivía en la rectoría por lo que tal vez su madre estuviera poco al tanto de los pensamientos de su hija.

No se tranquilizó cuando la encontró en el salón con las tres damas y un aspecto muy animado. Hablaban con vivacidad sobre algún tema que abandonaron cuando Fred hizo su entrada y Mary copiaba, con la diminuta letra en la que tanto destacaba, los rótulos de una pila de pequeños cajoncitos. El señor Farebrother se encontraba en el pueblo y las tres damas desconocían por completo la especial relación de Fred con Mary: resultaba imposible que ninguno de los dos propusiera un paseo por el jardín y Fred se predijo que habría de marcharse sin haber cruzado una palabra en privado. Primero le contó la llegada de Christy y luego que se había empleado con su padre, consolándole la emoción con que Mary recibió esta última noticia.

—Cuánto me alegro —dijo precipitadamente, inclinándose de nuevo sobre su tarea para que nadie pudiera verle el rostro. Pero éste era un tema que la señora Farebrother no podía dejar pasar.

—No querrá usted decir, mi querida señorita Garth, que se alegra de que un joven renuncie a entrar en la Iglesia, para lo que ha sido educado: querrá decir que, dado el estado de las cosas, se alegre de que trabaje con un hombre tan excelente como su padre de usted.

—Pues, la verdad, señora Farebrother, me temo que me alegro por ambas cosas —dijo Mary, deshaciéndose habilidosamente de una lágrima rebelde—. Tengo una mente terriblemente laica. Nunca me gustó ningún clérigo salvo el vicario de Wakefield y el señor Farebrother.

—¿Y eso por qué, hija? —dijo la señora Farebrother descansando sus grandes agujas de madera y mirando a Mary—. Siempre tiene muy buenas razones para todas sus opiniones, pero esto me sorprende. Por supuesto descarto a los que predican las nuevas doctrinas. Pero ¿Por qué le disgustan los clérigos?

—Dios mío —dijo Mary, con una expresión divertida en el rostro mientras parecía reconsiderar unos instantes—. No me gustan los cuellos que llevan.

—Entonces, ¿tampoco los de Camden? —dijo la señorita Winifred con un atisbo de angustia.

—Sí —respondió Mary—. Los que no me gustan son los de los otros clérigos porque son ellos quienes les llevan.

—¡Qué sorprendente! —dijo la señorita Noble, imaginándose que era su propia capacidad intelectual la que era deficiente.

—Hija, está bromeando. Tendrá mejores razones para menospreciar a un estamento tan respetable —dijo la señora Farebrother majestuosamente.

—La señorita Garth tiene unas ideas tan severas sobre lo que debieran ser las personas que resulta difícil satisfacerla —dijo Fred.

—Bueno, me alegro de que al menos haga una excepción con mi hijo —dijo la anciana.

Mary se estaba preguntando por el tono amohinado de Fred cuando entró el señor Farebrother, quien hubo de escuchar las noticias del contrato de Fred con el señor Garth. A su conclusión, dijo con sereno agrado: «Eso está bien», y se inclinó para mirar los rótulos de Mary y alabar su caligrafía.

Fred se sintió tremendamente celoso; por supuesto se alegraba de que el señor Farebrother fuese una persona tan valiosa, pero le hubiera preferido gordo y feo como son a veces los hombres a los cuarenta. El desenlace era evidente puesto que Mary anteponía públicamente a Farebrother a todos los demás y las tres señoras apoyaban la relación. Estaba seguro de que no tendría oportunidad de hablar con Mary, cuando el señor Farebrother dijo:

—Fred, ayúdame a llevar estos cajones a mi estudio… aún no has visto el estudio nuevo tan estupendo que tengo. Y venga usted también señorita Garth. Quiero que vea una magnífica araña que encontré esta mañana.

Mary vio al momento la intención del vicario. Desde aquel atardecer memorable nunca se había desviado de su antigua amabilidad pastoral para con ella y su sorpresa y duda momentánea se habían adormilado. Mary estaba acostumbrada a pensar con bastante rigor sobre lo que era probable, y si una opinión halagaba su vanidad tendía a rechazarla por ridícula, teniendo desde muy joven una gran experiencia de renuncias. Sucedió como había previsto: una vez cumplida la petición del señor Farebrother de que Fred admirara el mobiliario y ella la araña, el vicario dijo:

—Esperadme aquí un par de minutos. Voy a buscar un grabado para que Fred, que es lo bastante alto, me lo cuelgue. Vuelvo en seguida —y salió de la habitación. No obstante, las primeras palabras que Fred dirigió a Mary fueron:

—Es inútil lo que yo haga, Mary. Te acabarás casando con Farebrother —había cierta rabia en su tono.

—¿Qué quieres decir, Fred? —exclamó Mary con indignación, sonrojándose profundamente y desprevenida para contestar con su habitual acierto.

—Es imposible que no lo veas así de claro, tú que te das cuenta de todo.

—Lo único que veo es que te estás portando muy mal, Fred al hablar así del señor Farebrother cuando él ha abogado tanto por ti. ¿Cómo se te ha ocurrido semejante idea?

A pesar de su irritación Fred estuvo hábil. Si Mary no abrigaba ninguna sospecha, ¿de qué iba a servir contarle lo que le había dicho la señora Garth?

—Porque es lo más lógico —respondió—. Cuando constantemente tienes delante a un hombre que me aventaja en todo y al que admiras más que a nadie, yo no puedo tener ninguna oportunidad.

—Eres muy desagradecido, Fred —dijo Mary—. Me arrepiento mucho de haberle dicho al señor Farebrother que sentía el menor interés por ti.

—No, no soy desagradecido; sería el tipo más feliz de la tierra de no ser por esto. Le conté todo a tu padre y estuvo muy cordial, tratándome como si fuera su hijo. Podría dedicarme al trabajo con afán, caligrafía y demás, si no fuera por esto.

—¿Por esto? ¿Y qué es esto? —dijo Mary, imaginándose que se había dicho o hecho algo en concreto.

—Esta horrible certeza de que Farebrother me va a desbancar.

Una inclinación a reírse aplacó a Mary.

—Fred —dijo, intentando captar la mirada del joven que torvamente la rehuía—, eres deliciosamente ridículo. Si no fueras un tontaina tan encantador ¡qué tentación supondría jugar a coqueta malvada y hacerte creer que hay otra persona que también me corteja!

—¿De verdad, Mary, me prefieres a mí? —dijo Fred mirándola con los ojos llenos de afecto e intentando cogerle la mano.

—No me gustas ni pizca en estos momentos —dijo Mary, retrocediendo y poniendo las manos a la espalda—. Sólo dije que ningún mortal salvo tú me ha hecho jamás la corte. Y eso no significa que un hombre muy sabio no vaya a hacerlo nunca —terminó jocosamente.

—Quisiera que me dijeras que nunca podrías pensar en él —dijo Fred.

—No se te ocurra volver a hablarme de esto, Fred —dijo Mary poniéndose seria de nuevo—. No sé si es necedad o egoísmo lo que te impide ver que el señor Farebrother nos ha dejado solos a propósito para que pudiéramos hablar con libertad. Me disgusta que estés tan ciego respecto de su delicadeza.

No hubo tiempo de decir más antes de que el señor Farebrother regresara con su grabado, y Fred tuvo que volver al salón con el miedo de los celos en el corazón, si bien con el consuelo de las palabras y la actitud de Mary. El resultado de la conversación fue, en general, más penoso para Mary; inevitablemente su atención había adquirido una nueva actitud y vio la posibilidad de nuevas interpretaciones. Estaba en una situación en la que le parecía que desairaba al señor Farebrother, lo cual, en relación con un hombre muy respetado, siempre resulta peligroso para la firmeza de una mujer agradecida. Fue un alivio tener un motivo para irse a casa al día siguiente, pues Mary quería tener siempre la seguridad de que a quien más amaba era a Fred. Cuando un tierno afecto se ha ido almacenando en nosotros durante muchos años, la idea de que podamos aceptar otra cosa en su lugar parece abaratar nuestra existencia. Y podemos vigilar nuestros afectos y nuestra constancia como vigilamos otros tesoros.

—Fred ha perdido todas las demás esperanzas; debe retener ésta —se dijo Mary, con una sonrisa en los labios. Era imposible evitar las fugaces visiones de otra índole, nuevos honores y el reconocimiento de una valía, algo cuya ausencia con frecuencia había acusado. Pero estas cosas sin Fred, un Fred olvidado y entristecido por falta de ella, nunca tentarían el pensamiento consciente de Mary.

CAPÍTULO LVIII

Cuando el señor Vincy manifestó sus presentimientos respecto de Rosamond, a ella misma no se le había ocurrido que se vería abocada a hacer el tipo de petición que él preveía. A pesar de que su vida doméstica era cara y estaba llena de acontecimientos, aún no había experimentado ninguna angustia económica. Su hijo había nacido prematuramente y hubo que guardar los faldones bordados y los gorros. Esta desgracia se atribuyó por completo a su insistencia en salir a caballo un día cuando su marido le había pedido que no lo hiciera; pero no debe pensarse que Rosamond se había enfadado en aquella ocasión o le había dicho bruscamente a su esposo que haría lo que quisiera.

Lo que la indujo a querer montar a caballo fue una visita del capitán Lydgate, el tercer hijo del baronet, al cual, lamento decir, detestaba nuestro Tertius del mismo apellido por insulso mentecato «que se peinaba con una raya desde la frente hasta el cogote según una moda ridícula» (no seguida por Tertius) y por mostrar la convicción ignorante de saber qué decir en todo momento. Lydgate maldecía interiormente su propia estupidez al haber propiciado esta visita cuando accedió a pasar a saludar a su tío durante el viaje de novios, disgustando a Rosamond al así manifestárselo en privado. Porque para ella esta visita constituía una fuente de exaltación sin precedentes, aunque elegantemente disimulada. Era tan intensamente consciente de que hospedaba a un primo que era hijo de un baronet, que imaginaba que las implicaciones de su presencia se expandían por todas las mentes, y cuando presentó al capitán Lydgate a sus invitados, tuvo la plácida sensación de que el rango de éste les penetraba como un aroma. La satisfacción bastó por algún tiempo para disipar parte de la decepción respecto de las condiciones de haberse casado con un médico, aunque fuera de buena cuna: se le antojó que su matrimonio la alzaba, tanto visible como idealmente, por encima del nivel de Middlemarch y el futuro aparecía brillante, con cartas y visitas a Quallingham y desde Quallingham y, en consecuencia, progresos indefinidos en la situación de Tertius. Sobre todo, puesto que, seguramente a instancias del capitán, su hermana casada, la señora Mengan, acompañada de su sirvienta se había quedado a pasar dos noches a su regreso de Londres. Por ende, quedaba claro que los esfuerzos de Rosamond en cuanto a su música y su esmerada elección de encajes merecían la pena.

Por lo que hace al propio capitán Lydgate, su frente estrecha, la nariz aguileña un poco torcida y su habla más bien tediosa, hubieran resultado una desventaja en cualquier joven carente del porte militar y el bigote que confieren lo que algunas delicadas cabezas rubias idolatran como «estilo». Poseía, además, esa especie de educación aristocrática que consiste en estar libre de esos nimios cuidados propios de la clase media, y era un gran entendido en encantos femeninos. Rosamond se deleitaba ahora en su admiración más incluso que cuando estuvo en Quallingham, y a él le resultaba fácil pasar varias horas del día flirteando con ella. En conjunto, la visita le resultó al capitán una de las juergas más agradables de su vida, tal vez influido por la sospecha de que su extraño primo Tertius deseaba verle marchar, aunque Lydgate, quien (hablando hiperbólicamente) antes hubiera preferido morir que mostrarse falto de hospitalidad, reprimía su desagrado y se limitaba a simular que no oía los comentarios del galante oficial, dejándole a Rosamond la tarea de contestarle. Pues no era un marido celoso y prefería dejar a un cabeza de chorlito solo con su mujer antes que aguantar su compañía.

—Deberías hablar más con el capitán durante la cena, Tertius —dijo

Rosamond una noche cuando el importante huésped se había marchado a Loamford para ver a algunos compañeros destinados allí—. Hay veces que tienes un aspecto tan ausente... es como si miraras a través de su cabeza a algo que hay detrás en lugar de mirarle a él.

—Mi querida Rosy, espero que no pretendas que hable mucho con un asno tan engreído como ése —dijo Lydgate con brusquedad—. Si se rompiera la cabeza quizá le mirara con interés, pero antes no.

—No puedo comprender por qué tienes que hablar con tanto desprecio de tu primo —dijo Rosamond, siguiendo con su costura mientras hablaba en un tono de apacible gravedad que albergaba un punto de desdén.

—Pregúntale a Ladislaw si no cree que tu capitán es el mayor pelmazo que ha conocido en toda su vida. Apenas viene por aquí desde que llegó mi primo.

Rosamond creía saber perfectamente por qué al señor Ladislaw le desagradaba el capitán: estaba celoso y eso la complacía.

—Es imposible saber lo que contenta a las personas excéntricas —respondió—, pero en mi opinión, el capitán Lydgate es un perfecto caballero y pienso que, por respeto a Sir Godwin, no debieras desairarle.

—No, mi amor; pero hemos dado cenas en su honor... entra y sale a su antojo... No me necesita.

—De todos modos, cuando está en la habitación, podrías hacerle un poco más de caso. Puede que no sea un fénix de la inteligencia según tus parámetros; tiene una profesión distinta; pero te vendría bien hablar un poco de sus temas. A mí me resulta muy agradable su conversación. Y puede ser cualquier cosa menos carente de principios.

—Lo que pasa, Rosy, es que te gustaría que yo fuera un poco más como él —dijo Lydgate, con una especie de murmullo de resignación y una sonrisa que no era exactamente tierna y en absoluto alegre: Rosamond guardó silencio y no volvió a sonreír, pero las hermosas curvas de su rostro no precisaban de la sonrisa para parecer dulces.

Las palabras de Lydgate eran como un triste hito que indicaban la distancia a que se hallaba de su antigua tierra de ensueño, en la que Rosamond Vincy aparecía como el ejemplo perfecto de feminidad que reverenciaría la mente de su esposo como si fuera una consumada sirena utilizando el peine y el espejo y cantando sus canciones con el único fin de relajar su adorada inteligencia. Había empezado a distinguir entre aquella adoración imaginaria y la atracción que ejercía el talento de un hombre porque le proporcionaba prestigio, como si fuera una condecoración en la solapa o un Ilustrísimo delante de su nombre.

Se podría suponer que Rosamond también había viajado mucho desde que encontrara perfectamente aburrida la insulsa conversación del señor Ned Plymdale; pero para la mayoría de los mortales existe una necedad insoportable y otra totalmente aceptable. De lo contrario, ¿qué sería de los vínculos sociales? La necedad del capitán Lydgate exudaba un delicado aroma, se erguía con «estilo», hablaba con buen acento y estaba muy relacionada con Sir Godwin. Rosamond la encontraba bastante agradable y adoptó muchas de sus frases.

Por lo tanto, puesto que, como sabemos, a Rosamond le gustaba montar a caballo, hubo muchas razones que la indujeran a reanudar su equitación cuando el capitán Lydgate, que había ordenado a su criado que viniera con dos caballos y se alojara en el Dragón Verde, le rogó que montara el tordo, del cual garantizaba su mansedumbre y costumbre de llevar a una dama… de hecho lo había comprado para su hermana y lo llevaba a Quallingham. Rosamond salió la primera vez sin decírselo a su marido, y volvió antes de que éste regresara a casa; pero el paseo había resultado un éxito tan rotundo y Rosamond se encontró tantísimo mejor a consecuencia del mismo que Lydgate fue informado del evento con la absoluta seguridad de que consentiría en que su mujer lo repitiera.

Por el contrario, Lydgate se mostró más que dolido. Estaba absolutamente perplejo de que Rosamond se hubiera arriesgado a montar un caballo desconocido sin consultarle a él. Tras las primeras y casi atronadoras exclamaciones de sorpresa, que advirtieron suficientemente a Rosamond de lo que se avecinaba, Lydgate guardó unos minutos de silencio.

—Pero bueno, no ha habido ningún percance —dijo finalmente en tono concluyente—. No hay ni qué decir, Rosy, que no volverás a montar. Aunque fuera el caballo más tranquilo y que mejor conocieras del mundo, siempre existiría el riesgo de un accidente. Y sabes muy bien que ésa fue la razón de que te pidiera que no montaras el ruano.

—Pero también hay la posibilidad de un accidente dentro de casa, Tertius.

—Mi amor, no digas tonterías —dijo Lydgate en tono suplicante—. ¿No crees, que yo debiera ser el más indicado para juzgar en este caso? Creo que es suficiente que te diga que no debes volver a hacerlo.

Rosamond se estaba peinando antes de la cena y el reflejo de su cabeza en el espejo no mostró alteración alguna en su hermosura salvo por un pequeño ladeamiento de su esbelto cuello. Lydgate había estado andando de un lado a otro con las manos en los bolsillos y ahora se detuvo ante ella como esperando alguna respuesta.

—¿Me puedes sujetar las trenzas, amor? —dijo Rosamond dejando caer los brazos con un leve suspiro de forma que su marido se sintió avergonzado de quedarse allí plantado como un bruto. Lydgate le había sujetado las trenzas con frecuencia, los dedos largos y bien formados convirtiéndole en uno de los hombres más diestros. Recogió los suaves cabellos trenzados y los sujetó con la peineta (¡tales tareas llegan a hacer los hombres!) y ¿qué podía hacer entonces sino besar la exquisita nuca que se le ofrecía con todas sus delicadas curvas? Pero aun cuando hacemos cosas que ya hemos hecho anteriormente, a menudo existen diferencias. Lydgate seguía enfadado y no había olvidado su argumento.

—Le diré al capitán que debía haber tenido más sentido común y no ofrecerte el caballo —dijo alejándose.

—Te ruego que no hagas nada por el estilo, Tertius —dijo Rosamond, mirando a su marido y con más énfasis en su tono que el habitual—. Sería tratarme como a una niña. Prométeme que me dejarás el asunto a mí.

La objeción parecía encerrar algo de verdad. Lydgate dijo «Está bien» con arisca obediencia y así, la discusión quedó cerrada, con una promesa de Tertius a su esposa en lugar de habérsela hecho Rosamond a él.

Lo cierto es que la señora Lydgate había decidido no hacer ninguna promesa. Rosamond poseía esa victoriosa terquedad que jamás desperdicia su energía en resistencias impetuosas. Lo que ella quería hacer era lo que consideraba correcto y toda su inteligencia se orientaba a la manera de hacerlo. Tenía la intención de volver a montar el tordo y lo hizo a la primera oportunidad brindada por la ausencia de su esposo, con la idea de que no lo supiera hasta que fuera demasiado tarde como para tener importancia. Sin duda la tentación era muy grande: le gustaba mucho la equitación, y lo gratificante de montar un buen caballo, con el capitán Lydgate, el hijo de Sir Godwin, a su lado en otro hermoso ejemplar, y de que cualquiera salvo su marido la viera, era algo tan magnífico como sus sueños de soltera: además, afianzaba las relaciones con la familia de Quallingham, lo que seguro era cosa muy sensata.

Mas el dócil tordo, al que la caída de un árbol que estaban talando en las inmediaciones del bosque de Halsell cogió desprevenido, se asustó causándole a Rosamond un mayor susto aún que concluyó finalmente en la pérdida del niño. Lydgate no podía mostrar con ella su ira, pero sí su rabia con el capitán, cuya visita naturalmente terminó al poco.

En las conversaciones futuras sobre el tema, Rosamond se mostraba apaciblemente convencida de que el paseo no había influido y de que de haber permanecido en casa hubieran aparecido los mismos síntomas y el final hubiera sido el mismo, porque ya anteriormente había notado algo parecido.

Lydgate únicamente decía «¡Pobre, pobrecilla mía!», pero íntimamente le asombraba la terrible tenacidad de esta dócil criatura. Iba creciendo en él una asombrada convicción de su propia impotencia ante Rosamond. En lugar de que, como imaginara, su superior conocimiento y su fuerza mental fueran un altar al que consultar en toda ocasión, quedaban de lado con toda sencillez ante cualquier cuestión práctica. Había considerado la inteligencia de Rosamond como precisamente del tipo receptivo, adecuado a una mujer. Empezaba ahora a descubrir cuál era exactamente, cuál era la forma que había adoptado; una tupida red altiva e independiente. Nadie más rápida que Rosamond para advertir causas y efectos que coincidían con sus propios gustos e intereses: detectó con claridad la preeminencia de Lydgate en la sociedad de Middlemarch y siguió trazando con imaginación efectos sociales aún más agradables cuando su talento le hubiera hecho ascender; pero para ella la ambición profesional y científica de su marido no guardaban más relación con estos efectos deseables que si hubieran sido el feliz descubrimiento de un aceite hediondo. Y al margen del aceite, con el que no tenía nada que ver, por supuesto le merecía más confianza su propia opinión que la de su esposo. A Lydgate le resultó asombroso descubrir que en numerosas cuestiones nimias, además de en este último caso grave del montar a caballo, el efecto no hacía sumisa a Rosamond. No dudaba de que el afecto existía, ni se le ocurría pensar que él hubiera hecho algo para disiparlo. Por su parte, se decía a sí mismo que la amaba tanto como siempre, y que podría acostumbrarse a sus negativas; pero… ¡en fin! Lydgate estaba muy preocupado y era consciente de elementos nuevos en su vida tan nocivos para él como la aparición del cieno para una criatura acostumbrada a respirar y bañarse y lanzarse en pos de su presa iluminada en las aguas más cristalinas.

Pronto Rosamond volvió a su mesita de trabajo, más hermosa que nunca disfrutando de los paseos en el faetón de su padre y pensando que era probable que se la invitara a Quallingham. Sabía que era un adorno mucho más exquisito en el salón que cualquiera de las hijas de la familia y, al reflexionar sobre el hecho de que los caballeros lo sabían, tal vez no consideró con suficiente atención si las damas querrían verse eclipsadas.

Lydgate, una vez superada la preocupación por su mujer, volvió a caer en lo que ella interiormente denominaba su mal humor, nombre que para ella significaba tanto el esmerado interés de su marido por temas que no eran ella, como el gesto inquieto de la frente y disgusto por todas las cosas corrientes como si estuvieran mezcladas con hierbas amargas, que en realidad constituían una especie de barómetro de su irritación y malos presentimientos. Estos estados de ánimo de Lydgate tenían, entre otras, una causa que él, generosa, pero equivocadamente, había ocultado a Rosamond a fin de que no afectaran la salud o el ánimo de su mujer. Entre él y ella existía esa ignorancia acerca del proceso mental del otro que es sin duda posible incluso entre personas que piensan constantemente la una en la otra. Lydgate tenía la intención de haberse pasado mes tras mes sacrificando más de la mitad de sus mejores intenciones y energías a su ternura por Rosamond; soportando sin impaciencia las pequeñas exigencias e interrupciones de su mujer y, sobre todo, sobrellevando sin manifestación de amargura y con creciente falta de ilusión, la superficie vacía y opaca que la mente de Rosamond presentaba frente a su entusiasmo por los fines más desinteresados de su profesión y de sus trabajos científicos, entusiasmo que él había imaginado que la esposa ideal debería adorar por sublime, aun sin saber la razón. Pero su aguante se mezclaba con un descontento de sí mismo que, si somos sinceros, deberemos confesar que constituye más de la mitad de nuestra amargura ante los agravios, esposa o marido incluidos. Siempre es verdad que, de poseer nosotros más grandeza, las circunstancias hubieran pesado menos en nuestra contra. Lydgate sabía muy bien que sus concesiones a Rosamond con frecuencia no eran más que el fruto de la vacilación de su voluntad, la incipiente parálisis de un entusiasmo en desajuste con una gran parte de nuestra vida. Y sobre el entusiasmo de Lydgate existía continuamente no sólo el simple peso del dolor, sino la punzante presencia de una mezquina y degradante preocupación del tipo de las que tiñen de ironía los esfuerzos más nobles.

Éste era el pesar que hasta el momento se había abstenido de mencionarle a Rosamond y creía, con cierto asombro, que a ella no se le había pasado por la imaginación, aunque ninguna dificultad pudiera ser menos misteriosa. Era una deducción con apéndices evidentes, y que muchos observadores indiferentes habían sacado: Lydgate estaba endeudado.

Y no conseguía apartar por mucho tiempo de su pensamiento el hecho de que cada día se hundía más en la ciénaga, esa ciénaga que tienta a los hombres con un hermoso disfraz de flores y verdor. Es asombrosa la rapidez con la que uno se puede hundir en ella hasta el cuello… encontrándose en una situación en la que, a su pesar, se ve obligado a pensar principalmente en la liberación, aunque llevara en el alma un proyecto del universo.

Dieciocho meses atrás Lydgate era pobre, pero desconocía totalmente la imperiosa necesidad de pequeñas cantidades, y experimentaba cierto desprecio ardiente por cualquiera que descendiera un escalón a fin de obtenerlas. En estos momentos pasaba por algo peor que un simple déficit: le asediaban las odiosas y vulgares tribulaciones de un hombre que ha comprado y ha usado un montón de cosas de las que hubiera podido prescindir, y que no puede pagar, aunque la exigencia de pago es ya apremiante.

Cómo había llegado a este punto es fácil de entender, y no precisa de mucha aritmética ni grandes conocimientos sobre precios. Cuando un hombre que abre una casa y se prepara para el matrimonio descubre que el mobiliario y otros gastos iniciales superan el capital que posee en unas cuatrocientas o quinientas libras; cuando al finalizar el año resulta que sus gastos domésticos, caballos y demás suman casi mil, mientras que los ingresos de la consulta que los anteriores libros estimaban en ochocientas libras anuales se han reducido como un estanque de verano y proporcionan apenas quinientas, en su mayor parte en recibos por cobrar, la deducción evidente es, tanto si le importa como si no, que está endeudado. Eran aquellos tiempos más baratos que los nuestros y la vida de provincias era comparativamente modesta, pero la facilidad con la que un médico que acababa de comprar su consulta, que se creía en la obligación de mantener dos caballos, cuya mesa no conocía la tacañería, y que pagaba un seguro de vida y un alquiler alto por la casa y jardín, descubría que sus gastos duplicaban sus ingresos, cabe en la mente de cualquiera que no considere que estos detalles son indignos de su atención. Rosamond, acostumbrada desde la niñez al derroche, creía que el llevar bien una casa consistía en encargar lo mejor, lo demás «no era de recibo»; y Lydgate suponía que «si las cosas se hacían, se hacían bien» … y no veía cómo podían vivir de otro modo. Si le hubieran comunicado de antemano cada capítulo de los gastos de la casa, probablemente hubiese comentado que «no podrá subir mucho», y si alguien hubiera sugerido ahorrar en un determinado punto —por ejemplo, sustituir pescado caro por otro más barato— se le hubiera antojado como una idea tacaña y mezquina. Rosamond, aún sin necesidad de una ocasión como la visita del capitán Lydgate, gustaba de recibir en casa, y Lydgate, aunque en ocasiones considerara que los invitados eran una molestia, no se oponía. Aquel recibir parecía ser una parte necesaria de la prudencia profesional, y el agasajo debía estar a la altura. Es cierto que Lydgate visitaba constantemente los hogares pobres y ajustaba la dieta que les prescribía a sus reducidos medios; pero ¡Dios mío! ¿Acaso hoy en día no ha dejado de ser… o, mejor dicho, acaso no esperamos de los hombres, que posean múltiples hebras de experiencia, una al lado de la otra, sin que jamás las comparen entre sí? El gasto —como la fealdad y los errores— se convierte en algo totalmente nuevo cuando unimos a él nuestra propia personalidad, midiéndolo por esa gran diferencia que existe (a nuestro juicio) entre nosotros y los demás. Lydgate se creía poco preocupado por su vestir y despreciaba a quien calculaba el efecto de su indumentaria; le parecía algo tan natural tener ropa limpia en abundancia… ese tipo de prendas se encargaban por docenas. Debe recordarse que hasta el momento no había sentido nunca el freno de una deuda inoportuna, y los pasos que daba eran por costumbre, no por autocrítica. Pero el freno había llegado.

La novedad hizo que resultara aún más irritante. Le asombró y le asqueó que circunstancias tan ajenas a sus propósitos, tan odiosamente desvinculadas de todo cuanto le importaba, le hubieran tendido una emboscada en la cual, desprevenidamente, había caído. Y no se trataba ya de la propia deuda, sino de la certeza de que, en su situación presente, no podía menos que aumentarla. Dos comerciantes de muebles de Brassing, cuyas facturas eran anteriores a su matrimonio, y a quienes gastos imprevistos le habían impedido pagar, le habían cursado repetidas cartas desagradables que se había visto obligado a atender. A pocas personas podría resultar esto más humillante que a Lydgate, de carácter altivo, poco dado a pedir favores o a tener que sentirse agradecido. Incluso había desdeñado hacer conjeturas acerca de las intenciones del señor Vincy en materia monetaria y nada salvo la indigencia le hubiera podido inducir a acudir a su suegro, aún en el caso de que no se le hubiera hecho saber indirectamente desde su boda que los asuntos del propio señor Vincy distaban de ser florecientes y que no recibiría bien una solicitud de ayuda. Hay hombres que confían con facilidad en la buena disposición de sus amigos; a Lydgate no se le había ocurrido anteriormente que pudiera verse obligado a hacerlo: jamás había pensado en lo que para él supondría pedir prestado, pero ahora que la idea había entrado en su mente, prefería enfrentarse a cualquier otra dificultad. Entretanto, carecía de dinero así como de la perspectiva de tenerlo, y la consulta no tenía visos de proporcionarle mayores lucros.

No era, pues de extrañar, que Lydgate hubiera sido incapaz de disimular todo síntoma de problema interno durante los últimos meses, y ahora que Rosamond recobraba su vigorosa buena salud, contempló la idea de sincerarse con ella. Una mayor familiaridad con las facturas de los comerciantes le habían obligado a razonar utilizando un nuevo canal de comparación: había empezado a considerar desde otro punto de vista lo que resultaba necesario o innecesario comprar, y a comprender que había que cambiar las costumbres. ¿Cómo iba a producirse este cambio sin la participación de Rosamond? La ocasión para comunicarle este desagradable hecho le vino dada.

Al carecer de dinero, y tras haber pedido consejo privadamente respecto de qué garantías podía ofrecer un hombre en su posición, Lydgate le había ofrecido el único valor que tenía al acreedor menos imperioso, un platero y joyero, que había accedido a hacerse también cargo de la deuda con el tapicero, aceptando intereses por un plazo determinado. La garantía requerida era el mobiliario de su casa lo que podía tranquilizar a un acreedor durante un periodo razonable respecto de una deuda que no llegaba a las cuatrocientas libras; y el platero, el señor Dover, estaba dispuesto a reducirla aceptando la devolución de parte de la cubertería y cualquier otro artículo que estuviera casi por estrenar. «Cualquier otro artículo» era una frase que incluía con delicadeza piezas de joyería, y más en concreto unas amatistas malvas que costaban treinta libras y que Lydgate había comprado como regalo de bodas.

La opinión estará dividida respecto a lo sensato del regalo: algunos pensarán que fue un detalle elegante, propio de un hombre como Lydgate, y que la culpa de cualquier consecuencia problemática residía en la pequeñez de la vida de provincias de aquella época, que no ofrecía comodidades a aquellos profesionales cuya fortuna no guardaba proporción con sus gustos; y también en la ridícula puntillosidad de Lydgate de no pedirles dinero a sus familiares.

Sin embargo, aquella hermosa mañana en la que fuera a confirmar la compra de la cubertería, le pareció un gasto sin importancia: ante otras joyas carísimas y junto a encargos cuyo importe no se había calculado exactamente, treinta libras por unos adornos tan exquisitamente apropiados para el cuello y los brazos de Rosamond apenas podían parecer un exceso cuando no existía cantidad en metálico que fijara límites. Pero en este momento de crisis, la imaginación de Lydgate no podía por menos que recrearse en la posibilidad de permitir que las amatistas volvieran a ocupar un lugar entre las existencias del señor Dover, aunque le horrorizara la idea de proponérselo a Rosamond. Alertado para discernir consecuencias que no había solido rastrear, se disponía a actuar con los nuevos datos con parte del rigor (en modo alguno todo) que hubiera aplicado en un experimento. Se iba preparando para este rigor mientras regresaba de Brassing meditando sobre cómo debía presentarle la situación a Rosamond.

Caía la tarde cuando llegó a casa. Aquel hombre fuerte de veintinueve años y muchos talentos se sentía profundamente triste. No se decía con rabia que había cometido un grave error; pero el error trabajaba en su interior como una enfermedad crónica diagnosticada, entremezclando sus molestias con cualquier perspectiva y debilitando todo pensamiento. Mientras recorría el pasillo hasta el salón oyó el piano y voces que cantaban. Claro, Ladislaw estaba allí. Hacía algunas semanas que Will se había despedido de Dorothea, pero seguía en Middlemarch. A Lydgate no le molestaban las visitas de Ladislaw, pero en ese momento le molestó no encontrar libre su hogar. Cuando abrió la puerta ambos cantantes prosiguieron con su música, levantando la vista y mirándole, desde luego, pero sin considerar su entrada como una interrupción. Para un hombre apremiado como el pobre Lydgate, no resulta reconfortante ver a dos personas gorgoriteando cuando llega a casa con la sensación de que le quedan por hacer aún ciertas tareas antes de que concluya su penoso día. Su rostro, ya más pálido que de costumbre, se ensombreció mientras cruzaba la habitación y se dejaba caer en una butaca.

Los cantantes, sintiéndose disculpados por el hecho de que sólo les quedaban tres compases para terminar, se volvieron hacia él.

—¿Qué tal, Lydgate? —dijo Will acercándose para darle la mano.

Lydgate le estrechó la mano, pero no creyó necesario contestar.

—¿Has cenado, Tertius? Te esperaba mucho antes —dijo Rosamond que ya había percibido que su marido estaba «de pésimo humor», sentándose en su sitio habitual mientras hablaba.

—Sí, he cenado. Querría un poco de té, por favor —dijo Lydgate

490

lacónicamente, aún con el ceño fruncido y fijando la mirada en las piernas que tenía extendidas.

Will era demasiado ágil como para precisar más.

—Me voy —dijo, cogiendo el sombrero.

—Está, a punto de venir el té —dijo Rosamond—. Quédese.

—No, Lydgate está harto —dijo Will, que conocía mejor que Rosamond al médico y no se sentía ofendido por su comportamiento, imaginándose con facilidad causas externas para su mal humor.

—Razón de más para que se quede —dijo Rosamond retozona y superficialmente—, no me hablará en toda la noche.

—Sí, Rosamond, sí que lo haré —dijo Lydgate, con su voz sonora—. Tengo algo importante que decirte.

Ninguna introducción al tema se podría parecer menos a lo que Lydgate había planeado, pero la actitud indiferente de su esposa había resultado demasiado provocadora.

—¡Ya lo decía yo!, ¿lo ve? —dijo Will—. Me voy a la reunión sobre el instituto de trabajadores. Adiós —y salió con paso rápido de la habitación.

Rosamond no miró a su esposo, pero al poco se levantó y se sentó junto a la bandeja de té. Pensó que nunca le había visto en actitud tan desagradable. Lydgate volvió hacia ella sus ojos oscuros y la observó mientras sus dedos finos preparaban el té delicadamente al tiempo que fijaba su mirada en los objetos que tenía delante sin que una sola curva alterara su rostro, pero con un aire de protesta contra toda persona de modales enojosos. Por un momento perdió la noción de su pesar en una repentina especulación acerca de esta nueva forma de impasibilidad femenina que se manifestaba en aquella figura sílfide que en otros tiempos él interpretara como señal de una sensibilidad pronta e inteligente. Recordando a Laure mientras contemplaba a Rosamond, se preguntó interiormente «¿Me mataría si la tediara?», y a continuación se dijo «todas las mujeres son así». Pero esta facultad de generalización que otorga a los hombres tanta superioridad en el error sobre los animales, se vio inmediatamente contrarrestada por el vago recuerdo de las impresiones que le proporcionaran el comportamiento de otra mujer: el aspecto de Dorothea y el tono angustiado en el que se refería a su esposo cuando Lydgate empezó a asistirle, el desgarrado grito por que se le enseñara lo que más consolaría a aquel hombre por el que parecía que debía acallar todo impulso salvo el de fidelidad y compasión. Aquellas imágenes revividas se alzaron rápida y nebulosamente ante Lydgate mientras se iba haciendo el té. Había cerrado los ojos en el último momento del recuerdo, cuando oía decir a Dorothea,

«Aconséjeme, piense qué puedo hacer, ha pasado toda su vida trabajando y esperando. No le importa nada más, y a mí tampoco».

Aquella voz de una feminidad hondamente espiritual había permanecido dentro de él como lo habían hecho las concepciones avivadoras de genios muertos y consagrados (¿es que no existe un genio de los sentimientos nobles que reina también sobre los espíritus humanos así como sus conclusiones?); el tono de la voz iba convirtiéndose en una música cada vez más distante… y realmente estaba un poco adormilado cuando Rosamond dijo en su acostumbrada voz nítida y neutral:

—Aquí tienes el té, Tertius —dejándolo en la mesa a su lado y volviendo a su sitio sin mirarle. Lydgate se precipitaba al tachar a su esposa de insensibilidad; a su manera, Rosamond era suficientemente sensible y solía mantener las impresiones que recibía. En aquel momento se sentía ofendida y rechazaba a su marido. Pero como ni ponía malas caras ni levantaba jamás la voz, estaba convencida de que nadie podía censurarla.

Tal vez Lydgate y ella nunca se habían sentido tan distantes; pero había poderosas razones para no posponer la revelación, aún en el caso de que no la hubiera ya iniciado con su abrupto anuncio; es más, parte del airado deseo por provocar en ella una mayor sensibilidad hacia él que le había empujado a hablar prematuramente seguía entremezclándose con el dolor que sentía ante la perspectiva de cuánto iba a herir a su mujer. Pero esperó hasta que se hubieran llevado la bandeja del té, a que se encendieran los candelabros y a poder contar con la quietud del anochecer: el intervalo dio tiempo a que la ternura repelida reocupara su viejo cauce. Lydgate habló con afecto.

—Rosy, mi amor, deja la labor y siéntate a mi lado —dijo dulcemente, apartando la mesa y alargando un brazo para acercar una silla.

Rosamond obedeció. Al ir hacia él, con su vestido de muselina transparente y ligeramente coloreada, su figura esbelta, pero redondeada nunca había aparecido más airosa; cuando se sentó junto a él y reposó una mano sobre el brazo de la butaca, por fin mirándole a los ojos, su delicado cuello y su mejilla y sus labios bien perfilados nunca habían tenido una mayor proporción de esa inmaculada belleza que nos emociona en la primavera y en la infancia y en todo cuanto tiene un dulce frescor. Le emocionó a Lydgate en ese momento y mezcló los primeros momentos de su amor por ella con todos los otros recuerdos que afloraban en estos instantes de crisis. Puso suavemente su mano grande sobre la de su esposa y dijo:

—¡Mi amor! —con ese eco prolongado que el afecto confiere a las palabras. Rosamond también seguía bajo el influjo del mismo pasado y su marido seguía siendo en parte el Lydgate cuya aprobación la había deleitado. Le apartó con dulzura el pelo de la frente y poniendo su otra mano sobre la de él fue consciente de que le estaba perdonando—. Me veo obligado a decirte algo que te va a doler, Rosy. Pero hay cosas que los esposos deben decidir juntos. Me atrevería a afirmar que ya se te ha ocurrido que voy mal de dinero.

Lydgate hizo una pausa, pero Rosamond volvió la cabeza y miró un jarrón en la repisa de la chimenea.

—No pude pagar todo lo que tuvimos que comprar antes de casarnos y desde entonces ha habido gastos que he tenido que afrontar. El resultado es que en Brassing tengo una deuda importante, trescientas ochenta libras, que me lleva apremiando una buena temporada, y la verdad es que nos endeudamos cada vez más ya que la gente no me paga con mayor rapidez sólo porque otros quieran el dinero que les debo. No quise decírtelo mientras estuviste enferma, pero ahora debemos pensar en ello juntos, y tú debes ayudarme.

—¿Y qué puedo hacer yo, Tertius? —dijo Rosamond, volviendo de nuevo sus ojos sobre él. Ese pequeño párrafo de cinco palabras, como tantos otros en otras lenguas, puede expresar, mediante diversas inflexiones, todos los estados mentales, desde la total incomprensión hasta una absoluta percepción razonada, desde la solidaridad más abnegada hasta la neutralidad más distante. El hilo de voz con el que Rosamond pronunció «¿Y qué puedo hacer yo?» confirió a las palabras cuanta neutralidad podían contener. Cayeron como un frío mortal sobre la ternura reavivada de Lydgate. No bramó de ira, el corazón se le encogió demasiado. Y cuando volvió a hablar lo hizo en el tono de quien se está obligando a cumplir una tarea.

—Tienes que saberlo porque debo proporcionar una garantía durante un tiempo, y vendrá un hombre a hacer inventario de los muebles.

—¿No le has pedido dinero a papá? —dijo en cuanto fue capaz de hablar.

—No.

—¡Entonces tendré que hacerlo yo! —dijo, soltando las manos de Lydgate y levantándose para alejarse un poco.

—No, Rosy —dijo Lydgate en tono decisivo—. Es demasiado tarde para eso. El inventario comienza mañana. Recuerda que es sólo una garantía, no quiere decir nada: es algo temporal. Insisto en que tu padre no debe saberlo a no ser que yo crea pertinente decírselo —añadió Lydgate con aún mayor énfasis.

Fueron palabras duras, pero Rosamond le había empujado a temer lo que ella pudiera hacer en la línea de la desobediencia tenaz y silenciosa. Aquella dureza le pareció imperdonable: no estaba dada a las lágrimas y le desagradaba llorar, pero empezaron a temblarle los labios y la barbilla, y los ojos se le humedecieron. Tal vez no le fuera posible a Lydgate, presionado tanto por las dificultades materiales como por su altiva resistencia a consecuencias humillantes, imaginarse plenamente lo que esta prueba repentina suponía para una joven que sólo había conocido el mimo, y cuyos sueños habían consistido en nuevos caprichos, aún más cercanos a sus gustos. Pero Lydgate quería apenar lo menos posible a su mujer y sus lágrimas le llegaron al corazón. No pudo seguir hablando de inmediato; pero Rosamond dejó de llorar; intentó vencer su agitación y se secó las lágrimas, con la mirada aún fija en la repisa de la chimenea.

—Procura no entristecerte, cariño —dijo Lydgate, levantando los ojos hacia su esposa. El hecho de que Rosamond se hubiera alejado unos pasos en estos momentos de tribulación hacían que todo resultara más difícil de decir, pero Lydgate tenía que llegar al final—. Tenemos que prepararnos para hacer cuanto sea preciso. Yo tengo la culpa, debí haber visto que no podíamos mantener este tren de vida. Pero muchas cosas se han vuelto contra mí en la consulta y en estos momentos tengo pocos pacientes. Puede que la levante, pero entretanto debemos frenar un poco… debemos cambiar nuestro modo de vida. Sabremos capear el temporal. Cuando haya dado esta garantía tendré tiempo para reflexionar sobre la situación, y tú eres tan inteligente que si te aplicas a llevar la casa me enseñarás a tener más cuidado. He sido un irresponsable en cuanto a las cuentas…, pero ven, cariño, siéntate a mi lado y perdóname.

Lydgate bajaba la cabeza ante el yugo como una criatura con garras, pero también dotada de razón, lo que a menudo nos hace mansos. Cuando hubo proferido las últimas palabras en tono suplicante Rosamond volvió a sentarse junto a él. Que reconociera su culpa le daba esperanzas de que la escuchara y dijo:

—¿Por qué no posponemos el inventario? Puedes decirles a los hombres que se marchen cuando vengan mañana.

—No lo haré —dijo Lydgate, surgiendo en él de nuevo la imperiosidad. ¿Servía de algo explicarle a su mujer las cosas?

—Si nos fuéramos de Middlemarch, tendríamos que vender, y eso equivaldría a lo mismo.

—Pero es que no nos vamos a marchar de Middlemarch.

—Estoy convencida, Tertius de que sería lo mejor. ¿Por qué no nos vamos a Londres? ¿O cerca de Durham, donde tu familia es conocida?

—No podemos ir a ningún sitio sin dinero, Rosamond.

—Tu familia no querría que te faltara dinero. Y seguro que a esos odiosos comerciantes se les podría hacer entrar en razón y esperar si les dieras las explicaciones adecuadas.

—Todo esto sobra, Rosamond —dijo Lydgate enfadado—. Debes aprender a aceptar mi criterio en asuntos que no comprendes. He hecho los arreglos convenientes y deben llevarse a cabo. En cuanto a mis familiares, no espero nada en absoluto de ellos y no les pediré nada.

Rosamond permaneció inmóvil. Su único pensamiento era que de haber sabido cómo se comportaría Lydgate, nunca se habría casado con él.

—No podemos perder tiempo, cariño, en palabras estériles —dijo Lydgate, intentando volver a recobrar la dulzura—. Hay algunos detalles que quisiera examinar contigo. Dover dice que está dispuesto a quedarse con buena parte de la cubertería, y las joyas que nos parezca. Se está portando estupendamente.

—¿Tendremos, pues, que prescindir de cucharas y tenedores? —dijo Rosamond cuyos labios parecían afilarse al son de sus palabras. Estaba decidida a no oponer más resistencia o hacer ninguna sugerencia más.

—¡Pues claro que no, cariño! —dijo Lydgate—. Mira —continuó, desdoblando un papel que sacó del bolsillo—, aquí está el recibo de Dover. Mira, he marcado una serie de artículos que, si los devolviéramos, rebajaríamos la cantidad que debemos en treinta libras o más. No he marcado ninguna joya —a Lydgate le amargaba especialmente el punto de las joyas, pero se había impuesto al sentimiento con firmes argumentos. No podía proponerle a Rosamond que devolviera ningún regalo suyo en concreto, pero se había dicho a sí mismo que tenía la obligación de exponerle a su mujer la oferta de Dover y quizá su impulso interior facilitaría la tarea.

—Es inútil que mire, Tertius —dijo Rosamond con mucha calma—, devolverás lo que te parezca —se negaba a mirar el papel y Lydgate, con el rostro sonrojado, lo retiró, descansándolo en su rodilla.

Mientras tanto, Rosamond salió en silencio de la habitación, dejando a Lydgate impotente y atónito. ¿Es que su esposa no iba a volver? Tenía la impresión de que no se hubiera identificado menos con él de ser criaturas de distintas especies e intereses encontrados. Sacudió la cabeza y hundió las manos en los bolsillos con una especie de revancha. Quedaba la ciencia… quedaban nobles objetivos por los que trabajar. Tenía que seguir luchando… tanto más, puesto que las demás satisfacciones se desvanecían.

Pero la puerta se abrió y Rosamond volvió a entrar. Llevaba la caja de cuero con las amatistas y una minúscula cestita de adorno que tenía otras cajitas en el interior, y, dejándolo todo sobre la silla que había ocupado, dijo, con absoluta corrección:

—Estas son cuantas joyas me has regalado. Puedes devolver las que te parezca, y te digo lo mismo de los cubiertos. Supongo que no esperarás que me quede en casa mañana. Me iré a la de mi padre.

Para muchas mujeres, la mirada que Lydgate le lanzó hubiera resultado más terrible que si se hubiera enfurecido: contenía la desesperada aceptación de la distancia que Rosamond estaba abriendo entre ellos.

—Y ¿cuándo volverás? —dijo, con acritud.

—Bueno, pues, al atardecer. Quede claro que no le diré nada a mamá.

Rosamond estaba convencida de que ninguna mujer hubiera tenido un comportamiento más irreprochable, y fue a sentarse junto a su mesa de labor. Lydgate permaneció unos minutos meditando y el resultado fue que, con algo de la antigua ternura en su voz, dijo:

—Ahora que estamos casados, Rosy, no debieras abandonarme ante la primera dificultad que se nos presenta.

—Por supuesto que no —dijo Rosamond—; haré cuanto sea apropiado.

—No está bien que la cosa quede en manos del servicio o que yo tenga que explicárselo. Y además, mañana tendré que salir, no sé cuándo. Comprendo tu rechazo ante la humillación de estas cuestiones de dinero. Pero, mi querida Rosamond, como asunto de amor propio, que me afecta tanto como te pueda afectar a ti, ¿no será mejor que nos encarguemos nosotros personalmente y que los criados vean lo menos posible? Y, puesto que tú eres mi esposa, es imposible evitar tu cuota en mi deshonra… caso de existir.

Rosamond no respondió inmediatamente, pero por fin dijo:

—Está bien. Me quedaré en casa.

—No pienso tocar las joyas, Rosy. Llévatelas. Pero haré una lista de los cubiertos que podemos devolver y eso se puede empaquetar y mandar enseguida.

—Los criados se enterarán de eso —dijo Rosamond con un mínimo toque de sarcasmo.

—Bueno, habremos de encajar ciertas cosas desagradables como necesarias. ¿Dónde estará la tinta? —dijo Lydgate, levantándose y dejando la lista encima de una mesa más grande sobre la que pensaba escribir.

Rosamond fue en busca del tintero, y tras dejarlo en la mesa, se disponía a marcharse cuando Lydgate, que estaba junto a ella, la rodeó con su brazo y atrayéndola hacia sí, dijo:

—Vamos, cariño, saquemos el mejor partido de las cosas. Espero que no tengamos que ser tacaños durante mucho tiempo. Dame un beso.

Hacía falta mucho para apagar su afectuosidad natural, y forma parte de la hombría de un marido el percibir que una joven inocente se ha metido en problemas por su culpa. Rosamond aceptó su beso y se lo devolvió débilmente, y así, por el momento se recuperó una apariencia de acuerdo mutuo. Pero Lydgate no podía por menos que temer las inevitables discusiones futuras sobre los gastos y la necesidad de un cambio absoluto en su forma de vivir.

CAPÍTULO LIX

A menudo las noticias se extienden tan impensada y eficazmente como el polen que llevan las abejas (ajenas a la cantidad que acarrean cuando vuelan en busca de su néctar preferido). Esta buena comparación hace referencia a Fred Vincy quien aquel atardecer en la rectoría de Lowick escuchó una animada conversación entre las damas sobre las noticias que su vieja criada había recibido de Tantripp respecto de la extraña mención que el señor Casaubon hiciera del señor Ladislaw en un codicilo añadido a su testamento poco antes de morir. La señorita Winifred se quedó muy asombrada al descubrir que su hermano ya conocía el hecho y comentó que Camden era el hombre más maravilloso en cuanto a conocer cosas y no contarlas; y Mary Garth dijo que tal vez el codicilo se hubiera quedado confundido con los hábitos de las arañas, de las cuales la señorita Winifred jamás quería saber nada. La señora Farebrother opinó que la noticia tenía algo que ver con el hecho de que sólo hubieran visto al señor Ladislaw una vez en Lowick y la señorita Noble profirió varios maullidos compasivos.

Fred sabía poco y le importaba aún menos Ladislaw y los Casaubon, y no reparó en aquella conversación hasta que al visitar a Rosamond un día, a petición de la madre de ésta para que le llevara un recado de paso, vio salir a Ladislaw. Fred y Rosamond tenían poco que decirse desde que el matrimonio la alejara del choque con las molestias que suponen los hermanos, y sobre todo ahora que él se había decidido a dar el paso que ella consideraba necio e incluso reprochable de renunciar a la Iglesia y dedicarse a una profesión como la del señor Garth. Así pues, Fred prefería hablar de lo que él consideraba noticias sin importancia y, «a propósito del joven Ladislaw» mencionó lo que oyera en la rectoría.

Lydgate, al igual que el señor Farebrother, sabía mucho más de lo que contaba y una vez que empezó a pensar en la relación entre Will y Dorothea, sus conjeturas rebasaron los hechos. Imaginó que existía un mutuo y apasionado afecto y esto se le antojó como demasiado serio como para airearlo. Recordó la irritabilidad de Will cuando le habló de la señora Casaubon y se volvió más circunspecto. En general, sus deducciones, unidas a los hechos que conocía, aumentaron su amistad y su tolerancia hacia Ladislaw, y le hicieron comprender las dudas que aún le retenían en Middlemarch tras haber anunciado su partida. Era sintomático de la distancia entre las mentes de Lydgate y Rosamond el que el médico no se hubiera sentido impulsado a hablar de ello con su mujer, lo cierto era que desconfiaba un tanto de sus reticencias con Will. Y en ese punto tenía razón, aunque no conociera la forma en la que la mente de su mujer la induciría a hablar.

Cuando ella le repitió las noticias de Fred, Lydgate dijo:

—Ten cuidado de no hacerle a Ladislaw ni la menor insinuación, Rosy. Es probable que se enfureciera como si le hubieras insultado. Es un asunto muy penoso.

Rosamond giró un poco el cuello y se tocó el pelo, dando la imagen de la más plácida indiferencia. Pero la siguiente vez que llegó Will en ausencia de Lydgate, ironizó acerca de que no se había marchado a Londres como amenazara.

—Lo sé todo. Tengo un pajarillo confidente —dijo, dejando ver su hermosa cabeza por encima de la labor que sostenía en alto entre unos activos dedos—. Hay un poderoso imán en el vecindario.

—Por supuesto. Nadie lo sabe mejor que usted —dijo Will con ágil galantería, pero interiormente disponiéndose a enfadarse.

—Es verdaderamente un romance encantador, el señor Casaubon celoso y previendo que no habría nadie más con quien la señora Casaubon prefiriera casarse, y nadie a quien le gustara tanto casarse con ella como cierto caballero, y a continuación urdiendo un plan para estropearlo todo obligándola a ella a renunciar a sus propiedades si llegara a casarse con ese caballero… y luego… y luego…, no tengo ninguna duda de que el final será totalmente romántico.

—¡Santo cielo! ¿Qué está usted diciendo? —dijo Will ruborizándose hasta las orejas, y mudándosele las facciones como si hubiera recibido una violenta sacudida—. No bromee; dígame lo que quiere decir.

—¿Es que de verdad no lo sabe? —dijo Rosamond dejando a un lado el tono juguetón y con el único deseo de contar todo para ver los efectos.

—¡No! —contestó él con impaciencia.

—¿Desconoce que el señor Casaubon ha dejado escrito en testamento que si la señora Casaubon se casa con usted deberá renunciar a todos sus bienes?

—¿Cómo sabe que es cierto? —preguntó Will con interés.

—Mi hermano Fred lo oyó en casa de los Farebrother. Will se levantó de la silla y cogió el sombrero.

—Me atrevería a afirmar que le gusta usted más que sus bienes —dijo Rosamond mirándole desde lejos.

—Le ruego no diga nada más —dijo Will con un ronco susurro muy distinto de su tono habitualmente ligero—. Es un detestable insulto hacia ella y hacia mí —se sentó con aire ausente, mirando al frente sin ver nada.

—Ahora se ha enojado usted conmigo —dijo Rosamond—. Eso no es justo. Debería estarme agradecido por decírselo.

—Y lo estoy —dijo Will bruscamente, hablando con esa especie de doble alma propia de los soñadores que responden a preguntas.

—Espero oír hablar de boda —dijo Rosamond juguetonamente.

—¡Jamás! ¡Jamás oirá hablar de esa boda!

Con esas palabras impetuosas Will se levantó, extendió la mano a Rosamond, con el mismo aire sonámbulo y salió de la habitación.

Cuando se hubo marchado, Rosamond abandonó su silla y caminó hasta el extremo opuesto de la habitación, apoyándose allí en una cómoda y mirando por la ventana con aire cansino. Se sentía apremiada por el aburrimiento y por esa insatisfacción que en las mentes de las mujeres se torna continuamente en celos triviales, que no tienen fundamentos, que no procede de pasiones más profundas que las vagas exigencias del egoísmo, y sin embargo es capaz de impulsar tanto acción como palabras. «Realmente hay poco que merezca la pena», se dijo Rosamond a sí misma, pensando en la familia de Quallingham, que no escribía, y que tal vez Tertius, cuando llegara a casa, la incordiara con los gastos. En secreto ya le había desobedecido pidiéndole ayuda a su padre, quien había concluido la conversación diciendo: «Es harto probable que sea yo el que precise de ayuda».

CAPÍTULO LX

Pocos días después —era finales de agosto— hubo un acontecimiento que produjo cierta conmoción en Middlemarch: el público, si lo deseaba, iba a tener la oportunidad de comprar, bajo los distinguidos auspicios del señor Borthrop Trumbull, el mobiliario, los libros, y los cuadros, que según constaba en los catálogos eran los mejores de su especie, pertenecientes al señor Edwin Larcher. No era ésta una de las subastas indicadoras de la crisis del comercio: al contrario, obedecía al enorme éxito obtenido por el señor Larcher en los negocios de transportes, que le permitía la adquisición de una mansión cerca de Riverston, ya amueblada con gran lujo por un ilustre médico de un balneario en cuyo comedor colgaba tal montonera de costosos cuadros de desnudeces que la señora Larcher no se calmó hasta descubrir que representaban motivos bíblicos. De aquí esta magnífica oportunidad para los compradores que tan bien describían los catálogos del señor Borthrop Trumbull, cuya familiaridad con la historia del arte le permitía afirmar que el mobiliario del vestíbulo, que salía a subasta sin un precio mínimo, incluía una talla de un contemporáneo de Gibbons.

En el Middlemarch de entonces una subasta era algo así como un festejo. Se ponía una mesa con las mejores viandas frías, como en un funeral de primera; asimismo se ofrecían facilidades para el ingerimiento generoso de bebidas euforizantes que pudiera propiciar la alegre puja por objetos indeseados. La subasta del señor Larcher resultaba aún más atractiva con el buen tiempo, dado que la casa se alzaba justo en el límite de la ciudad, con jardín y establos anexos, en la agradable salida de Middlemarch denominada la carretera de Londres, que también era el camino que conducía al hospital nuevo y a The Shrubs, la apartada residencia del señor Bulstrode. En resumen, la subasta era casi una feria, y atraía a todas las clases sociales que disponían de tiempo, y para algunos, que se arriesgaban a pujar simplemente por elevar los precios, era casi como apostar en las carreras. El segundo día, cuando iban a salir los mejores muebles, «todo el mundo» estaba allí; incluso el señor Thesiger, el rector de St. Peter, se había pasado por allí, deseoso de comprar la mesa tallada, y estuvo codo con codo con el señor Bambridge y el señor Horrock. Un grupo de damas de Middlemarch se había sentado en torno a la amplia mesa del comedor, donde estaba instalado el señor Borthrop Trumbull, con escritorio y martillo; pero las filas posteriores, llenas en su mayor parte de rostros masculinos, variaban a menudo con las entradas y salidas que se efectuaban tanto por la puerta como por el amplio ventanal que daba al césped.

«Todo el mundo» aquel día no incluía al señor Bulstrode, cuya salud soportaba mal la muchedumbre y las corrientes. Pero la señora Bulstrode tenía especial interés por un cuadro, una Cena de Emaús atribuida en el catálogo a Guido, y en el último momento, el día anterior a la subasta, el señor Bulstrode había ido a las oficinas del Pioneer, del cual era ahora uno de los dueños, para pedirle al señor Ladislaw el enorme favor de que aplicara su gran conocimiento de cuadros en favor de la señora Bulstrode y juzgara el valor de éste en particular «siempre y cuando», añadió el banquero escrupulosamente educado, «la asistencia a la subasta no interfiera con sus planes de marcharse, lo que tengo entendido piensa hacer en breve».

Aquella salvedad pudiera haberle sonado a sátira de haber estado Will de humor para sarcasmos. Se refería a un acuerdo con los propietarios del periódico varias semanas atrás por mor del cual tenía la libertad de traspasarle la administración, en cuanto quisiera, al subdirector que había estado formando, puesto que finalmente había decidido abandonar Middlemarch. Pero las vagas imágenes acerca de las aspiraciones son débiles al lado de la comodidad de hacer lo que es costumbre o agradable, y todos conocemos la dificultad de cumplir una resolución cuando íntimamente deseamos que resulte ser innecesaria. En estados mentales como éste, las personas más incrédulas tienden al milagro: es imposible concebir cómo podrían cumplirse nuestros deseos, pero… ¡han sucedido cosas maravillosas! Will no se confesaba a sí mismo esta debilidad, pero remoloneaba. ¿De que servía partir hacia Londres en esa época del año? Los antiguos alumnos de Rugby; que podrían recordarle no se hallarían allí, y respecto a escribir de política, prefería seguir con el Pioneer durante unas semanas. Sin embargo, en este momento, mientras el señor Bulstrode hablaba con él, estaba tan decidido a marcharse como a no hacerlo hasta no haber visto una vez más a Dorothea. Por lo tanto, respondió que tenía motivos para retrasar su ida un poco y estaría encantado de asistir a la subasta.

Will se encontraba en ánimo desafiante, consciente de que cuantos le vieran probablemente conocieran un hecho equivalente a una acusación: ser un individuo de abyectos propósitos que se iban a ver frustrados por un codicilo que distribuía unos bienes. Como muchas personas que defienden su libertad contra clasificaciones convencionales, estaba preparado para una pronta y rápida pelea con cualquiera que insinuara que tenía motivos personales para defender esa postura; que había algo en su sangre, en su comportamiento o en su carácter que él encubría con la máscara de una opinión. Cuando se encontraba preso de esta irritante impresión, solía tener durante días un gesto desafiante, mudado el color de su prestigioso internado inglés.

En la subasta acusaba especialmente esta expresión, y quienes sólo le conocían en estados de ánimo ligeramente excéntricos o de radiante alegría se hubieran sorprendido del contraste. No lamentó tener esta oportunidad de aparecer en público ante las tribus de Middlemarch: los Toller, los Hackbutt y demás, que le despreciaban por aventurero, y se encontraban en un estado de brutal ignorancia respecto a Dante, que se reían de su sangre polaca y pertenecían a una raza harto necesitada de cruces de sangre. Se colocó en un lugar conspicuo no lejos del subastador, con un dedo en cada bolsillo y la cabeza echada hacia atrás, sin ganas de hablar con nadie, aunque el señor Trumbull, que disfrutaba enormemente ejercitando al máximo sus grandes facultades, le había saludado cordialmente como a un experto.

Y sin duda, entre quienes su vocación les exige el empleo de su capacidad de oratoria, el más feliz es un próspero subastador de provincias, consciente de sus propios chistes y su conocimiento enciclopédico. Algunas personas saturninas y agrias tal vez se opongan a la necesidad de insistir constantemente sobre los méritos de cada uno de los artículos, desde un sacabotas hasta un cuadro de Berghem, pero por las venas del señor Borthrop Trumbull corría un líquido amable; era un entusiasta por naturaleza, y le hubiera gustado tener el universo bajo su maza, convencido de que obtendría una cifra más elevada gracias a sus recomendaciones.

Entretanto, el mobiliario del salón de la señora Larcher le bastaba. Cuando Will Ladislaw entró, un segundo guardafuegos, supuestamente olvidado entre el lote que le correspondía, atrajo el entusiasmo repentino del subastador, entusiasmo que repartió aplicando el equitativo principio de alabar más los artículos que más lo necesitaban. El guardafuegos era de acero bruñido, con mucho calado de lancetas y bordes afilados.

—Y ahora, señoras —dijo—, me dirijo a ustedes. Aquí tenemos un guardafuegos que en cualquier otra subasta saldría con un precio mínimo, por ser, permítanme decirlo, dado la calidad del acero y lo especial del diseño, algo —aquí el señor Trumbull bajó la voz, nasalizó el tono y se atusó la raíz del pelo con el dedo izquierdo— que quizá no encaje con los gustos corrientes. Permítanme decirles que con el tiempo, este tipo de trabajo artesanal será el único de moda… ¿dijo media corona?, gracias… media corona por este guardafuegos tan especial; y tengo información particular de que este estilo antiguo es muy apreciado en las altas esferas. Tres chelines… tres y medio ¡levántalo bien, Joseph! ¡Observen, señoras, la nitidez del diseño… no me cabe la menor duda de que es del siglo pasado! ¿Cuatro chelines, señor Mawmsey?… cuatro chelines.

—No es algo que yo pusiera en mi salón —dijo bien alto la señora Mawmsey para advertencia del osado esposo—. Me sorprende la señora Larcher. Cada vez que un pobre crío se dé contra él se abrirá la cabeza. Tiene los bordes como un cuchillo.

—Cierto —dijo el señor Trumbull prestamente—, y bien útil que es tener a mano un guardafuegos que corte si tiene usted un cordón o una cuerda que haya que cortar y no disponga del cuchillo: muchos hombres se han quedado colgando por falta de un cuchillo para cortar la cuerda. Señores, he aquí un guardafuegos que, si tuvieran la desgracia de colgarse, les libraría en un pis pas… con asombrosa rapidez… cuatro con seis… cinco… cinco con seis… algo muy apropiado para un cuarto de huéspedes donde hubiera una cama de cuatro columnas y un invitado algo trastornado… seis chelines… gracias señor Clintup… seis chelines… seis chelines… ¡adjudicado! —y aquí, la mirada del subastador que había ido escudriñando con sensibilidad preternatural cualquier indicio de oferta, descansó sobre el papel que tenía delante y su voz también adquirió un tono de trámite indiferente al decir—: señor Clintup. Ayúdale, Joseph.

—Merecía la pena seis chelines por tener un guardafuegos que te dé pie a ese chiste —dijo el señor Clintup, riéndose y como disculpándose con su vecino. Era un hombre desconfiado, aunque distinguido, dueño de un vivero, y temía que el público pudiera considerar ridícula su oferta.

Mientras tanto, Joseph había aparecido con una bandeja llena de pequeños objetos.

—Y ahora, señoras —dijo el señor Trumbull cogiendo uno de los artículos —, esta bandeja contiene un lote refinadísimo… una colección de menudencias para la mesa del salón… y las menudencias conforman las cosas humanas… nada más importante que las menudencias… (sí, señor Ladislaw, a la larga sí) …, pero Joseph, pasa la bandeja… estas joyas las tienen que examinar, señoras. Esto que tengo en la mano es un ingenioso artilugio… una especie de jeroglífico práctico podríamos llamarlo: vean, así parece una elegante caja portátil, de bolsillo, en forma de corazón; y ahora lo hemos transformado en una doble flor espléndida… un adorno para la mesa; y aquí —el señor Trumbull dejó que la flor se desmantelara de forma alarmante en sartas de pétalos con forma de corazón— ¡un libro de acertijos! Lo menos quinientos de ellos, impresos en un magnífico color rojo. Señores, si tuviera una conciencia menos escrupulosa, no quisiera que pujaran mucho por este lote, me gustaría quedármelo yo. ¿Qué mejor que un buen acertijo para provocar la alegría inocente, incluso la virtud diría yo?… evita el lenguaje profano y propicia la amistad con mujeres refinadas. Este ingenioso objeto por sí mismo, incluso sin el anexo del dominó y la cesta para cartas, etcétera, debería subir el precio del lote. Llevado en el bolsillo le abriría las puertas a cualquiera en cualquier reunión social. ¿Cuatro chelines, señor? Cuatro chelines por esta asombrosa colección de acertijos y todo lo demás. Un ejemplo: «Verde por fuera, blanca por dentro, si quieres que te lo diga espera». ¿Respuesta?, la pera, ¿lo entienden?, espera. Es pera. Es una diversión que agudiza el entendimiento; tiene su miga, tiene lo que llamamos sátira e inventiva sin indecencia. Cuatro con seis… cinco chelines.

Las pujas se sucedieron con creciente competencia. El señor Bowyer era un pujador nato y resultaba exasperante. Bowyer no podía permitirse el lujo de comprarlo y sólo quería impedir que otros destacaran. La corriente arrastró incluso al señor Horrock, pero aquel comprometerse se produjo con tan leve sacrificio de su expresión neutral, que la puja podría no haberle sido atribuida a él de no ser por las amistosas increpancias del señor Bambridge, que quería saber qué iba a hacer Horrock con las malditas cosas, sólo aptas para merceros en ese estado de perdición que el tratante de caballos delectaba con cordialidad en la mayoría de las existencias humanas. El lote se le adjudicó por fin al señor Spilkins, un joven mentecato de la zona, una cabeza loca con el dinero y consciente de su corta memoria para los acertijos.

—Vamos, Trumbull esto es demasiado… ya ha metido suficientes chucherías de solterona —murmuró el señor Toller, acercándose al subastador—. Me interesa saber cómo van los grabados y tengo que irme pronto.

—Ahora mismo, señor Toller. Sólo era un acto de compasión que su noble corazón aprobará. ¡Joseph! Venga los grabados, lote doscientos treinta y cinco. Y ahora caballeros, ustedes que son unos entendidos, van a poder disfrutar. He aquí un grabado del duque de Welfngton rodeado de sus oficiales en el campo de Waterloo: y, pese a los acontecimientos recientes que han enturbiado, por así decirlo, la fama de nuestro gran héroe, me atreveré a decir, porque un hombre de mi profesión no debe dejarse influir por los vientos de la política, que el entendimiento humano apenas puede concebir… dentro del orden moderno, perteneciente a nuestra propia época… tema más noble que éste: tal vez los ángeles lo concebirían, pero los hombres no; señores, los hombres no.

—¿Quién lo ha pintado? —preguntó el señor Powderell muy impresionado.

—Es una primera prueba, señor Powderell, y… se desconoce el pintor —respondió el señor Trumbull, ahogándose un poco con las últimas palabras, tras las cuales frunció los labios y miró a su alrededor.

—¡Una libra! —dijo el señor Powderell, en tono de contenida emoción, como quien está dispuesto a lanzarse al ruedo. Bien por temor, bien por compasión, nadie pujó más.

A continuación salieron dos grabados holandeses que el señor Toller esperaba con impaciencia y tras adquirirlos se marchó. Otros grabados y después algunos cuadros se vendieron a eminentes personas de Middlemarch que habían venido directamente por ellos, y se produjo una mayor actividad del público que entraba y salía: salían los que habían adquirido lo que querían y entraban otros, algunos de nuevas, algunos regresaban tras una breve visita a las viandas que se encontraban bajo los toldos dispuestos en el césped. Eran estos toldos los que el señor Bambridge estaba empeñado en comprar y parecía que le gustaba visitarlos con frecuencia, como anticipando su posesión. La última vez que regresó a la subasta vino con un nuevo acompañante, un desconocido para el señor Trumbull y para todos los demás, cuyo aspecto, no obstante, les indujo a suponer que sería un pariente del tratante de caballos, también dado a «la extravagancia». Sus grandes patillas, andares contoneantes y basculación de piernas le convertían en una figura chocante: pero su traje negro, bastante raído por los bordes, produjo la perjudicial deducción de que no se podía permitir tanta extravagancia como quisiera.

—¿A quién has recogido, Bam? —dijo el señor Horrock en voz baja.

—Pregúntele usted mismo —respondió el señor Bambridge—. Dice que acaba de llegar.

El señor Horrock observó al desconocido que se apoyaba en su bastón con una mano, usaba un mondadientes con la otra, y miraba a su alrededor con cierta inquietud, al parecer por el silencio que le imponían las circunstancias.

Por fin, vino la Cena de Emaús, para alivio de Will que se estaba cansando tanto de aquellos trámites que se había retirado un poco y se apoyaba en la pared justo detrás del subastador. Ahora se adelantó de nuevo y vio al conspicuo desconocido, quien ante su sorpresa, le miraba fijamente. Pero el señor Trumbull reclamó la atención de Will.

—Sí, señor Ladislaw, sí; esto le interesa a usted, creo, como entendido que es. Es un gran placer —continuó el subastador con creciente entusiasmo—, poderles mostrar a ustedes señoras y señores un cuadro como éste… un cuadro merecedor de cualquier suma para alguien cuyos medios estuvieran a razón de su criterio. Es un cuadro de la escuela italiana… del célebre Guydo, el pintor más grande del mundo, el mejor de los antiguos maestros, como se les llama… supongo que será porque conocían una cosa o dos más que la mayoría de nosotros… poseedores de secretos perdidos ahora para el grueso de la humanidad. Permítanme que les diga, caballeros, que he visto un sinfín de cuadros de los antiguos maestros y no llegan ni de lejos a la calidad de éste… algunos son más sombríos de lo que se quisiera y de temas poco adecuados para una familia. Pero aquí tenemos un Guydo… el marco sólo ya vale varias libras… que cualquier dama se sentiría orgullosa de colgar… algo adecuado para lo que denominamos el refectorio de una institución caritativa, si algún caballero de la corporación deseara demostrar su munificencia. ¿Que lo gire un poco, caballero? Sí; Joseph, vuélvelo un poco hacia el señor Ladislaw… observarán que el señor Ladislaw, que ha estado en el extranjero, valora estas cosas.

Todas las miradas se posaron durante un minuto sobre Will, que dijo con temple:

—Cinco libras.

El subastador profirió diversas recriminaciones.

—¡Ah! ¡Señor Ladislaw! Si el marco sólo ya las vale. Señoras y señores, ¡por el prestigio de esta ciudad! Supongan que se descubriera con el tiempo que hemos tenido entre nosotros una joya del arte y nadie en Middlemarch lo había advertido. Cinco guineas… cinco libras con siete chelines y seis peniques, cinco libras diez. ¡Suban, señoras, suban! Es una joya, y «tantas joyas» como dice el poeta se han comprado por un precio simbólico porque el público no estaba informado…, porque se ofrecieron en círculos donde existía… iba a decir pocos sentimientos, pero ¡no!… Seis libras… seis guineas… un Guydo de primer orden por seis guineas… es un insulto a la religión, señoras… Nos conmueve a todos como cristianos, señores, que un tema como éste obtenga un precio tan bajo… seis libras diez… siete…

La puja iba rápida y Will continuó participando en ella recordando que la señora Bulstrode tenía un gran interés en el cuadro, y pensando que podía llegar hasta las doce libras. Pero le bastaron diez guineas, tras lo cual se dirigió hacia el ventanal y salió. Se encaminó hacia los toldos para procurarse un vaso de agua, pues tenía sed y calor. No había nadie y le pidió a la mujer que atendía que le trajera un poco de agua fresca; pero antes de que ésta se hubiera ido a buscarla, le molestó ver que entraba el llamativo desconocido que le mirara anteriormente. Se le antojó a Will en ese momento que el hombre podría ser uno de esos parásitos políticos del tipo abotargado que en un par de ocasiones habían dicho conocerle, puesto que le habían oído hablar sobre el tema de la reforma, y que tal vez pensaría sacarle un chelín a cambio de alguna noticia. A la luz de este pensamiento, aquella persona, que ya de por sí daba calor de ver en un día de verano, resultaba aún más desagradable y Will, medio sentado sobre el brazo de una silla de jardín, desvió la mirada cuidadosamente. Pero esto no perturbó a nuestro señor Raffles, que no sentía el menor reparo en dirigirse a los demás si le convenía hacerlo. Dio uno o dos pasos hasta colocarse delante de Will y dijo aceleradamente:

—Disculpe, señor Ladislaw… ¿su madre se llamaba Sarah Dunkirk?

Will, poniéndose en pie, dio un paso atrás y frunciendo el ceño dijo con cierta fiereza:

—Sí, señor, así se llamaba. ¿Y eso a usted qué le importa?

Era el carácter de Will que el primer chispazo que lanzaba fuera una respuesta directa a la pregunta y un desafío de las consecuencias. Haber dicho en primer lugar «¿Y eso a usted qué le importa?» hubiera parecido como si escurriera el bulto… ¡como si a él le importara lo que se conociera acerca de sus orígenes!

Por su parte, Raffles no tenía el mismo interés en el enfrentamiento que parecía desprenderse del aire amenazante de Ladislaw. El joven esbelto de tez delicada parecía un gato montés dispuesto a abalanzarse sobre él. En tales circunstancias, el placer que sentía el señor Raffles molestando a los demás se veía frenado.

—¡No era mi intención ofenderle! Es sólo que me acuerdo de su madre… la conocí de pequeña. Pero es a su padre a quien se parece usted. También tuve el placer de conocerle a él. ¿Siguen vivos, señor Ladislaw?

—¡No! —tronó Will, con la misma actitud de antes.

—Me gustaría poder serle de utilidad, señor Ladislaw, ¡vaya que sí me gustaría! Espero que nos volvamos a ver. Y aquí, Raffles, que se había quitado el sombrero mientras pronunciaba las últimas palabras, se dio la vuelta basculando las piernas y se alejó. Will le siguió con la mirada y vio que no regresaba a la sala de la subasta sino que parecía dirigirse hacia la carretera. Por un momento pensó que había sido un necio por no dejar que aquel hombre continuara hablando, ¡pero no!, en general prefería prescindir de conocimientos de ese tipo.

Sin embargo, a última hora de la tarde, Raffles lo alcanzó por la calle y pareciendo haber olvidado la agresividad con que Will le acogiera, o intentando resarcirse de ella con una indulgente familiaridad, le saludó alegremente y caminó a su lado, comentando en un principio sobre lo agradable de la ciudad y la zona. Will sospechó al principio que el hombre habría estado bebiendo y cavilaba sobre cómo quitárselo de encima, cuando Raffles dijo:

—Yo también he estado en el extranjero, señor Ladislaw… he visto mundo… llegué a hablar un poco de franchute. Fue en Boulogne donde vi a su padre… ¡tiene usted un increíble parecido con él, demonios!… la boca, la nariz… los ojos… el pelo echado hacia atrás igual que él… un poco al estilo extranjero. Los ingleses no suelen llevarlo así. Pero su padre estaba muy enfermo cuando le vi. ¡Dios mío! Tenía unas manos transparentes. Era usted un pipiolo entonces. ¿Se recuperó su padre?

—No —dijo Will secamente.

—¡En fin! A menudo me he preguntado lo que habría sido de su madre. Se escapó de casa cuando era una jovencita… una joven altiva, y ¡muy bonita, sí señor! Sé por qué se escapó —dijo Raffles, guiñando el ojo calmosamente mientras miraba a Will de soslayo.

—No sabe nada deshonroso de ella, señor mío —dijo Will encarándose a él con fiereza. Pero en este momento el señor Raffles no estaba receptivo a los matices de actitud.

—¡En absoluto! —respondió con un gesto decisivo de la cabeza—. Era un poco demasiado noble para que le gustara su familia… ¡eso era! —y Raffles volvió a guiñar el ojo lentamente—. ¡Válgame Dios! Yo conocía un poco a la familia… estaban un poco en la línea de lo que se puede llamar el robo respetable… peristas de estilo… nada chapucero ni cutre… todo de primera. Una tienda elegante, buenos beneficios y nada de errores. ¡Pero cielos! Sarah no sabría nada de todo aquello… era una joven despampanante… buenos internados… digna de ser la esposa de un lord…, pero Archie Duncan se lo contó todo por despecho, porque no quiso saber nada de él. Así que se escapó de casa. Yo viajaba para ellos, como un caballero… me daban un buen sueldo.

Al principio no les importó que se marchara de casa… era gente muy religiosa, muy religiosa… y ella quería dedicarse al teatro. El hijo estaba vivo entonces y a la hija la ignoraban. ¡Hombre! Ya estamos en el Toro Azul. ¿Qué me dice, señor Ladislaw? ¿Entramos a echarnos un trago?

—No, debo despedirme —dijo Will, precipitándose hacia un callejón que daba a Lowick Gate y casi que corriendo para alejarse de Raffles.

Caminó largo rato por la carretera de Lowick, agradeciendo la estrellada oscuridad cuando cayó la noche. Se sentía como si le hubieran llenado de basura entre gritos de desprecio. Una cosa confirmaba las palabras de aquel individuo: su madre nunca había querido decirle los motivos que la hicieran escaparse de su casa.

¡Muy bien! ¿En qué salía él, Will Ladislaw, perjudicado suponiendo que la verdad sobre su familia fuera la más fea? Su madre se había enfrentado a penalidades para alejarse de ella. Pero si los familiares de Dorothea hubieran conocido esta historia… si la supieran los Chettam… podrían reforzar sus sospechas, tendrían una buena razón para creerle indigno de acercarse a Dorothea. Pero… que sospecharan lo que quisieran, terminarían sabiéndose equivocados. Descubrirían que la sangre que corría por las venas de Will estaba tan libre como la suya de vileza.

CAPÍTULO LXI

Esa misma noche, cuando el señor Bulstrode regresó de un viaje de negocios a Brassing, su buena esposa salió a recibirle al vestíbulo y le llevó al cuarto de estar privado.

—Nicholas —dijo, clavando en él con intranquilidad sus nobles ojos— ha venido un hombre muy desagradable preguntando por ti… me he sentido muy incómoda.

—¿Qué tipo de hombre? —dijo el señor Bulstrode, temiendo la inevitable respuesta.

—Un hombre de cara rubicunda y grandes patillas y de modales muy impertinentes. Dijo ser un viejo amigo tuyo y que sentirías no verle. Quería esperarte aquí, pero le dije que podía verte en el banco mañana. ¡Qué desfachatez la suya!… me miraba y dijo que su amigo Nick tenía suerte con sus esposas. Creo que no se hubiera marchado de no ser porque Blucher rompió la cadena y vino corriendo por la gravilla… porque yo estaba en el jardín; así que le dije «debería marcharse… ese perro es muy fiero y yo no puedo sujetarlo». ¿De verdad le conoces?

—Creo que sé quién es, querida —dijo el señor Bulstrode con su habitual tono apagado—; es un pobre desgraciado a quien ayudé demasiado en otros tiempos. Pero bueno, me imagino que no te molestará más. Deberá de ir al banco… sin duda para mendigar algo.

Nada más se dijo sobre el tema hasta el día siguiente, cuando el señor Bulstrode se vestía para cenar a su regreso de la ciudad. Su mujer, no sabiendo si había vuelto a casa, se asomó al vestidor y le vio sin chaqueta ni corbata, un brazo apoyado en la cómoda y mirando al suelo con aire ausente. Le sobresaltó la entrada de su mujer y levantó la vista.

—Pareces enfermo, Nicholas, ¿ocurre algo?

—Me duele mucho la cabeza —dijo el señor Bulstrode, que se sentía enfermo con tanta frecuencia que su mujer siempre estaba presta a creer en este motivo de depresión.

—Siéntate y te pondré unas compresas de vinagre.

El señor Bulstrode no necesitaba el vinagre físicamente, pero moralmente la cariñosa atención de su esposa le consoló. Aunque siempre era muy educado, era su costumbre aceptar con frialdad marital aquellos servicios, como parte de las obligaciones de su mujer. Pero hoy, mientras la señora Bulstrode se inclinaba sobre él, dijo, «Eres muy buena, Harriet», en un tono que tenía algo de nuevo para su mujer; desconocía cuál era exactamente la novedad, pero su solicitud femenina se transformó en un fugaz pensamiento de que su esposo estuviera a punto de ponerse enfermo.

—¿Hay algo que te preocupe? —preguntó—. ¿Ha ido a verte ese hombre al banco?

—Sí: es lo que me imaginé. Es un hombre que años atrás pudo haber hecho algo en la vida. Pero se ha convertido en un borracho depravado.

—¿Se ha marchado definitivamente? —dijo la señora Bulstrode con preocupación, aunque por alguna razón no añadió «Fue muy desagradable oírle llamarse amigo tuyo». En aquel momento no hubiera querido decir nada que insinuara la conciencia que solía tener de que los anteriores vínculos de su marido no estaban del todo a la altura de los suyos. No es que tuviera de ellos un gran conocimiento: que su marido estuvo primero empleado en un banco, que después había entrado en lo que él llamaba negocios ganando una fortuna antes de los treinta y tres años, que se había casado con una viuda mucho mayor que él, una no conformista y en otros aspectos probablemente poseedora de esas desventajas perceptibles en una primera esposa cuando se las examina con el criterio desapasionado de la segunda; era casi lo único que había querido conocer, aparte de las vagas indicaciones que la narración del señor Bulstrode ocasionalmente proporcionaba de su pronta inclinación hacia la religión, su deseo de convertirse en predicador y sus lazos con las causas filantrópicas y misioneras. Creía en él como un hombre excelente cuya piedad destacaba dado que era un seglar, cuya influencia le había hecho ser a ella más seria, y cuya aportación de bienes perecederos habían sido el medio para que ella mejorara su propia posición. Pero también gustaba de pensar que al señor Bulstrode le había resultado positivo en todos los sentidos conseguir la mano de Harriet Vincy, cuya familia era estupenda a la luz de Middlemarch, una luz sin duda mejor que cualquiera que alumbrara los callejones de Londres o las capillas no conformistas. La mente provinciana y aún por reformar desconfiaba de Londres; y mientras que la auténtica religión podía salvar desde cualquier sitio, la honrada señora Bulstrode opinaba que salvarse desde la Iglesia era más respetable. Era tal su deseo de que los demás ignoraran que su esposo fue un inconformista londinense que prefería no mencionarlo ni siquiera cuando hablaba con él. Él lo sabía perfectamente, es más, en ciertos aspectos tenía algo de miedo de esta ingenua mujer, cuya clónica piedad y mundanidad innata eran igualmente sinceras, que no tenía nada de lo que avergonzarse y con quien se había casado por un afecto absoluto que aún pervivía. Pero sus temores eran los del hombre que quiere preservar su reconocida supremacía: la pérdida de la alta estima de su esposa así como la de todos cuantos no le odiaban abiertamente por ser enemigos de la verdad, hubiera supuesto para él el inicio de la muerte. Cuando ella dijo:

—¿Se ha marchado definitivamente?

—Espero que sí —respondió él, esforzándose por dotar a sus palabras de toda la despreocupación posible.

Pero lo cierto era que el señor Bulstrode distaba mucho de hallarse en un estado de serena confianza. En la entrevista mantenida en el banco, el señor Raffles había dejado claro que su afán por atormentar era en él tan poderoso como cualquier otra clase de avaricia. Había dicho abiertamente que se había desviado a propósito para ir a Middlemarch, para echar una ojeada y ver si la zona le convenía para quedarse a vivir. Por supuesto que había tenido que saldar unas deudas más que las esperadas, pero las doscientas libras aún no habían desaparecido del todo: veinticinco más le bastarían por el momento para marcharse. Lo que le había interesado más era ver a su amigo Nick y familia, y conocer mejor la prosperidad de alguien a quien estaba tan ligado. Tal vez andando el tiempo volviera para quedarse una temporada. Esta vez Raffles no accedió a que «se le mostrara la puerta» como él dijo… se negó a marcharse de Middlemarch bajo la mirada de Bulstrode. Pensaba irse al día siguiente en la diligencia… si le apetecía.

Bulstrode se sintió impotente. De nada sirvieron ni las amenazas ni los halagos: no podía confiar ni en miedos persistentes ni en promesas. Al contrario, tenía en el corazón la fría certeza de que Raffles —salvo que la providencia se lo impidiera con la muerte—, regresaría a Middlemarch pronto. Y esa certeza constituía su terror.

No es que corriera el peligro de un castigo de la ley o de caer en la indigencia: sólo había el peligro de que se desvelaran ante la opinión de sus vecinos y la dolorida percepción de su esposa ciertos hechos de su vida pasada que le convertirían en objeto de desprecio y en oprobio de la religión con la que diligentemente se había asociado. El terror a ser juzgado aguza la memoria: envía una inevitable claridad sobre ese pasado largo tiempo desterrado que habitualmente sólo se recuerda en frases generales. Incluso sin necesidad de la memoria, la vida se unifica por una zona de dependencia en el crecimiento y en la decadencia; pero una memoria intensa obliga al hombre a aceptar su pasado culpable. Con la memoria escociendo como una herida reabierta, el pasado de un hombre deja de ser simplemente una historia muerta, una desgastada preparación del presente; no es un error del que nos hemos arrepentido y que se ha descolgado de la vida; es una parte temblorosa de sí mismo, portadora de escalofríos y amargos resabios y los escozores de una vergüenza merecida.

El pasado de Bulstrode había surgido ahora en esta segunda vida del banquero y sólo los placeres de entonces parecían haber perdido su calidad. De noche y de día, con la sola interrupción de un ligero sueño que no hacía sino entretejer el pasado y el miedo en un fantástico presente, sentía cómo las escenas de su vida pasada se interponían entre él y todo lo demás, con la misma obstinación con la que cuando miramos a través de la ventana de un cuarto iluminado, los objetos a los que damos la espalda siguen delante de nosotros, ocupando el lugar de la hierba y de los árboles. Los acontecimientos sucesivos interiores y exteriores estaban allí en una perspectiva: aunque cada uno se pudiera considerar por separado, los demás seguían aferrados a la conciencia.

De nuevo se vio como el joven empleado de banco, una persona agradable, tan ágil con los números como fácil de palabra, y con gusto por las definiciones religiosas: aunque joven, un eminente miembro de una iglesia calvinista disidente de Highbury, con experiencia en su haber en la condena del pecado y el sentimiento del perdón. De nuevo se oyó llamar Hermano Bulstrode en las reuniones para rezar, hablando en las tribunas religiosas, predicando en casas particulares. De nuevo se encontró pensando en si el ministerio sería su vocación, e inclinándose por las labores de misionero. Fue la época más feliz de su vida: ése era el momento que hubiera elegido para despertar ahora y descubrir que el resto era un sueño. Las personas entre las que destacaba el Hermano Bulstrode eran muy pocas, pero le eran muy queridas, y le producían gran satisfacción; su poder se ceñía a un espacio angosto, pero sentía sus efectos con mayor intensidad. Creía sin ningún esfuerzo en el especial trabajo de la gracia dentro de él y en las señales de que Dios le tenía destinado para una utilidad especial.

Vino a continuación el momento de la transición: tuvo la misma sensación de ascenso social que tuvo cuando, un huérfano educado en una escuela de beneficencia comercial, le invitaron a la hermosa villa del señor Dunkirk, el hombre más rico de la congregación. Pronto fue allí un asiduo, respetado por la esposa por su piedad y apreciado por el marido por su habilidad, cuya riqueza se debía a un floreciente negocio en el centro y el West End de Londres. Ése fue el inicio de una nueva corriente para su ambición, guiando sus perspectivas de «utilización» hacia la unión de notables dotes religiosas con el éxito en los negocios.

Con el tiempo llegó un claro estímulo exterior, un socio subalterno de confianza murió y al director nadie le pareció tan idóneo para llenar esta vacante tan sentida como su joven amigo Bulstrode, si es que quería convertirse en su contable confidencial. La oferta fue aceptada. Era un negocio de prestamista, de una clase magnífica, tanto por la extensión como por las ganancias, y Bulstrode pronto observó que una fuente espléndida de beneficios era la aceptación fácil y la ausencia de preguntas respecto a la procedencia de cualquier mercancía que le ofreciesen. Pero la casa tenía una sucursal en el West End sin mezquindades o sordideces que pudieran sugerir nada vergonzoso.

Recordaba sus primeros momentos de duda. Fueron íntimos y llenos de argumentaciones, que a veces adoptaron la forma de oración. El negocio estaba en marcha y tenía viejas raíces ¿acaso era lo mismo abrir una taberna nueva que aceptar una inversión en una que ya tenía solera? Los beneficios obtenidos de almas perdidas... ¿dónde se puede trazar la línea que los convierte en el principio de las transacciones humanas? ¿No era incluso la manera que Dios tenía de salvar a sus escogidos? «Sabes», el joven Bulstrode se decía entonces igual que ahora, «sabes cuán libre está mi alma de estas cosas, cómo las considero herramientas para trabajar tu jardín, rescatando aquí y allí a los yermos».

No escaseaban las metáforas y los precedentes; no faltaban determinadas experiencias espirituales que finalmente hicieron que el mantenimiento del puesto pareciera un servicio que se le exigía. La perspectiva de una fortuna ya se había abierto ante él y las dudas de Bulstrode continuaron siendo íntimas. El señor Dunkirk jamás esperó vacilación alguna, no consideraba que el comercio tuviera nada que ver con los planes de salvación. Y era cierto que Bulstrode se encontró viviendo dos vidas diferentes: su actividad religiosa, en cuanto se convenció a sí mismo de ello, no podía ser incompatible con su negocio.

Mentalmente rodeado de ese pasado, Bulstrode tenía ahora las mismas disculpas... de hecho los años las habían ido haciendo más densas, convirtiéndolas en masas de telarañas que acolchaban la sensibilidad moral; es más, a medida que la edad iba afilando el egoísmo, aunque disminuía la capacidad de disfrutarlo, su alma se había ido saturando con la creencia de que todo lo hacía por Dios, y que a él mismo le era indiferente el resultado de sus obras. Y sin embargo... si pudiera volver a ese lejano lugar de pobreza juvenil... escogería ser misionero.

Pero la cadena de causas en las que se había encerrado proseguía. Había problemas en la hermosa villa de Highbury. Años atrás, la única hija se había escapado; desafiando a sus padres se había dedicado al teatro; luego murió el único varón y al poco tiempo el señor Dunkirk. La esposa, una mujer sencilla y piadosa, encontrándose dueña de todos los bienes dentro y fuera del magnífico negocio, del cual no conocía exactamente la naturaleza, había llegado a confiar en Bulstrode, y a adorarle inocentemente como a menudo adoran las mujeres a su sacerdote o al ministro «hecho por los hombres». Era natural que tras algún tiempo se pensara en el matrimonio. Pero la señora Dunkirk sentía escrúpulos y nostalgias de su hija, que hacía tiempo se consideraba perdida tanto para Dios como para sus padres. Se sabía que se había casado, pero nada más. La madre, habiendo perdido a su hijo, añoraba a un nieto y deseaba encontrar a su hija doblemente. De hallarla, habría un cauce para la propiedad... tal vez grande, si hubiera varios nietos. Antes de que la señora Dunkirk se casara de nuevo había que esforzarse por encontrarla. Bulstrode estuvo de acuerdo, pero cuando se hubieron probado anuncios y otros medios de investigación y la madre creyó imposible encontrar a su hija, accedió a casarse sin hacer ninguna reserva en cuanto a las propiedades.

Se había encontrado a la hija, pero sólo un hombre aparte de Bulstrode lo supo y se le pagó por guardar silencio y desaparecer.

Esa era la verdad desnuda que Bulstrode se veía obligado a contemplar en el rígido perfil con el que los hechos se presentan ante los observadores. Pero para él en aquel remoto tiempo, e incluso ahora como memoria, el hecho estaba dividido en pequeñas secuencias cada una de las cuales, al irse presentando, quedó justificada por razonamientos que parecían probar su rectitud. La trayectoria de Bulstrode hasta ese momento se había visto sancionada, pensó, por actos asombrosos de la Providencia que parecían señalarle el camino para que fuera el agente a la hora de obtener el máximo provecho de una gran propiedad, y rescatarla de la perversión. Habían ocurrido muertes y otros notables sucesos como la confianza femenina, y Bulstrode hizo suyas las palabras de Cromwell... «¿Llamáis a estos simples hechos? ¡Dios tenga piedad de vosotros!». Los hechos eran relativamente pequeños, pero encerraban la condición esencial: favorecían sus fines personales. Le fue fácil decidir lo que les debía a los demás preguntándose por las intenciones de Dios con respecto a él. ¿Podría considerarse un servicio a Dios que esta fortuna recayera en una considerable proporción sobre esta joven y su marido que se dedicaban a las ocupaciones más frívolas, y podrían dilapidarla en el extranjero en trivialidades…, personas que parecían estar al margen de la senda de la Providencia? Bulstrode nunca se había dicho de antemano «No se encontrará a la hija», pero cuando llegó el momento, ocultó su existencia y cuando llegaron otros momentos, consoló a la madre con la probabilidad de que la infeliz joven pudiera haber muerto.

Había horas en las que Bulstrode advertía que su acción era vil, pero ¿cómo volverse atrás? Hizo ejercicios mentales, se llamó insignificante, echó mano de la redención y siguió su rumbo como instrumento. Y cinco años después, la muerte de nuevo llegó a ensanchar su camino llevándose a su esposa. Poco a poco fue retirando el capital, pero no hizo el sacrificio requerido para poner fin al negocio, que prosiguió otros trece años hasta venirse abajo. Entretanto, Nicholas Bulstrode había empleado con discreción sus cien mil libras, y se iba convirtiendo en un hombre importante a nivel local… banquero, hombre de iglesia, benefactor público; también en socio secreto de firmas comerciales, en las que su habilidad se orientaba hacia la economía en las materias primas, como en el caso de los tintes que pudrían las sedas del señor Vincy. Y ahora, cuando esta respetabilidad había durado casi treinta años ininterrumpidamente… cuando todo lo que la precedía hacía tiempo que permanecía entumecido en la conciencia… ese pasado resurgía, y llenaba sus pensamientos como con la terrible irrupción de un nuevo sentido que sobrecargaba su débil ser.

Mientras tanto, en su conversación con Raffles, había tenido conocimiento de algo de enorme importancia, algo que entró a formar una parte activa en su lucha contra los deseos y los miedos. Ahí, pensó, estaba la salida hacia la salvación espiritual, tal vez material.

La salvación espiritual era para él una verdadera necesidad. Pueden existir burdos hipócritas que conscientemente simulen creencia y emociones a fin de engañar al mundo, pero Bulstrode no era uno de ellos. Era sencillamente un hombre cuyos deseos habían resultado ser más fuertes que sus creencias teóricas, y que poco a poco había ido adecuando la satisfacción de sus deseos a esas creencias… Si esto es hipocresía, es un proceso que se evidencia ocasionalmente en todos nosotros, cualquiera que sea la confesión, y tanto si creemos en la perfección futura de nuestra raza o en la fecha más próxima para el fin del mundo; tanto si consideramos el mundo como un medio putrefacto para unos cuantos elegidos, incluidos nosotros, o creemos apasionadamente en la solidaridad humana.

El servicio que podría prestar a la religión había sido siempre lo que alegara ante sí mismo para justificar sus actos: había sido el motivo repetido en sus oraciones. ¿Quién emplearía mejor que él el dinero y la posición? ¿Quién le superaría en desprecio propio y exaltación de la causa divina? Y para el señor Bulstrode, la causa divina era algo diferente de su propia rectitud de conducta; conllevaba una discriminación de los enemigos de Dios que habían de utilizarse meramente como instrumentos, y a quienes era conveniente, de ser ello posible, apartar del dinero y de la consiguiente influencia. Asimismo, las inversiones rentables en negocios donde el poder del príncipe de este mundo demostraba sus mejores ardides, se veían santificadas por la adecuada aplicación de los beneficios a manos del servidor de Dios.

Este razonamiento implícito no es esencialmente más típico de las creencias evangélicas que el uso de ampulosas frases para raquíticos motivos es característico de los ingleses. No existe doctrina general incapaz de tragarse nuestra moralidad si no está frenada para el hábito imbuido de un sentimiento directo de compañerismo para con cada uno de nuestros congéneres en particular.

Pero un hombre que cree en algo más que su propia avaricia, posee necesariamente una conciencia o rasero al cual más o menos se adapta. El rasero de Bulstrode había sido su servicialidad a la causa divina: «Soy un pecador y un insignificante… una vasija para que consagre el uso…, pero ¡úsame!» había sido el molde al que había constreñido su necesidad inmensa de ser algo importante y predominante. Y ahora había llegado un momento en que el molde corría peligro de romperse y ser desechado.

¿Y si los actos a los que se había reconciliado, por hacer de él un más poderoso instrumento de la gloria divina, se convirtieran en pretexto del mofador y en un empañamiento de esa gloria? Si estos eran los designios de la Providencia, quedaba expulsado del templo como alguien que hubiera llevado ofrendas impuras.

Durante mucho tiempo había proferido arrepentimientos. Pero hoy había llegado una expiación de sabor más amargo y una amenazante Providencia le empujaba a un tipo de propiciación que no se quedaba en una simple transacción doctrinal. El tribunal divino había cambiado de aspecto para él; la humillación ya no era suficiente y debía aportar la restitución. Era ante su Dios que Bulstrode intentaba restituir en la medida de lo posible; un gran terror se había apoderado de su frágil cuerpo y la punzante proximidad de la vergüenza forjaba en él una nueva necesidad espiritual. Día y noche, mientras el amenazante y resurgente pasado creaba dentro de él una conciencia, pensaba en cómo podía recuperar la paz y la confianza, qué sacrificio se precisaba para detener el castigo. Creía, en estos momentos de angustia, que si hacía algo bueno espontáneamente, Dios le salvaría de las consecuencias de su mal hacer. Pues la religión sólo puede cambiar cuando cambian las emociones que la conforman; y la religión del miedo personal permanece casi al nivel de la del salvaje.

Había visto cómo Raffles se marchaba en la diligencia de Brassing y esto constituía un alivio temporal; alejaba la presión del temor inmediato, pero no ponía fin al conflicto espiritual y la necesidad de obtener protección. Por fin llegó a una difícil solución, y escribió una carta a Will Ladislaw, rogándole que estuviera en The Shrubs esa noche a las nueve para una charla confidencial. Will no experimentó sorpresa ante la petición, y la asoció a alguna idea nueva sobre el Piooner; pero cuando le hicieron pasar a la habitación privada del señor Bulstrode, le chocó el dolor y el cansancio que se reflejaba en el rostro del banquero y estaba a punto de decir «¿Está usted enfermo?», cuando le detuvo lo abrupto de su interrogación y se limitó a preguntar por la señora Bulstrode y si estaba satisfecha con el cuadro comprado.

—Gracias, está muy satisfecha; ha salido con sus hijas. Le he rogado que viniera, señor Ladislaw porque tengo algo muy íntimo, diría que de naturaleza confidencialmente sagrada, que comunicarle. Me atrevería a afirmar que nada más lejos de su pensamiento el que existieran en el pasado lazos importantes que unieran su vida a la mía.

Will sintió que le recorría como una descarga eléctrica. Ya se encontraba en un estado de sensibilidad aguda y de ansiedad apenas controlada respecto a sus lazos con el pasado, y sus presentimientos no le resultaban gratos. Era como las fluctuaciones de un sueño… como si las acciones iniciadas por aquel llamativo y abotargado desconocido las continuara este ejemplar de respetabilidad, de ojos glaucos y aspecto enfermizo, cuyo tono apagado y formalidad desenvuelta en el hablar le resultaban en este momento casi tan repulsivas como el contraste que recordaba bien. Respondió con un evidente cambio de color en el rostro:

—No, desde luego, nada en absoluto.

—Ve ante usted, señor Ladislaw, a un hombre profundamente abatido. De no ser por el apremio de la conciencia y la certidumbre de que me hallo ante el tribunal de Quien ve como ningún hombre, no me sentiría obligado a descubrir aquello que persigo al pedirle que viniera esta noche. Por lo que se refiere a las leyes humanas usted no puede exigirme nada.

Will estaba más incómodo que sorprendido. El señor Bulstrode se había detenido, apoyando la cabeza en las manos y con la vista fija en el suelo. Pero ahora clavó su mirada examinadora en Will y dijo:

—Tengo entendido que el nombre de su madre era Sarah Dunkirk, y que se escapó de casa para dedicarse al teatro. Asimismo que su padre de usted estuvo consumido por una enfermedad. ¿Puede usted confirmar estos hechos?

—Sí, son todos ciertos —dijo Will sorprendido por el orden de aquel interrogatorio que habría sido de esperar precediera a las insinuaciones del banquero. Pero aquella noche el señor Bulstrode seguía el orden de sus emociones; no abrigaba duda alguna respecto de que se le presentaba la oportunidad de restitución, y sentía un impulso arrollador por expresiones de arrepentimiento mediante las cuales exorcizar el castigo.

—¿Conoce detalles de la familia de su madre? —continuó.

—No; no le gustaba hablar de ello. Fue una mujer muy generosa y honorable —dijo Will casi enfadado.

—No pretendo alegar nada contra ella. ¿No le mencionó a su madre?

—La oí decir que pensaba que su madre nunca supo la razón de que se marchara. Solía decir «pobre madre» en tono de compasión.

—Esa madre fue mi esposa —dijo el señor Bulstrode y se detuvo un momento antes de añadir—: tiene usted unos derechos sobre mí, señor Ladislaw. Como dije antes, no derechos legales, pero sí unos que mi conciencia reconoce. Yo me lucré con ese matrimonio… algo que posiblemente no hubiera ocurrido, al menos no en el mismo grado, si su abuela hubiera podido encontrar a su hija. Tengo entendido que esa hija ya no vive.

—No —dijo Will sintiendo que la sospecha y la repulsión se despertaban en él con tanta fuerza que, sin saber bien lo que hacía, cogió su sombrero del suelo y se levantó. Su impulso interior era rechazar los vínculos desvelados.

—Le ruego que se siente, señor Ladislaw —dijo el señor Bulstrode con angustia—. Sin duda le ha sorprendido lo repentino de esta revelación. Pero le pido sea paciente con quien se halla ya muy mermado por amarguras internas.

Will se sentó, sintiendo cierta compasión que en parte era desprecio por este rebajamiento voluntario de un hombre anciano.

—Es mi deseo, señor Ladislaw, compensar las privaciones que sufrió su madre. Sé que no posee usted fortuna y deseo proveerle adecuadamente empleando un cúmulo que probablemente ya hubiera sido suyo caso de que su abuela hubiera tenido la certeza de que su madre seguía viva y hubiera podido encontrarla.

El señor Bulstrode hizo una pausa. Tenía la sensación de estar llevando a cabo un magnífico acto de escrupulosidad a juicio de su auditor, así como un acto de penitencia a los ojos de Dios. No tenía indicio alguno respecto del estado mental de Will Ladislaw, dolorido como estaba ante las claras insinuaciones de Raffles, y estimulada su natural agilidad de enlazar cosas por la expectación ante descubrimientos que hubiera preferido relegar de nuevo a la oscuridad. Will no respondió durante unos momentos hasta que el señor Bulstrode, que al finalizar su parlamento había fijado la vista en el suelo, levantó ahora la mirada inquisitivamente, que Will sostuvo de lleno, diciendo a continuación:

—Me imagino que usted sí conocía la existencia de mi madre y sabía dónde encontrarla.

Bulstrode se encogió… su rostro y sus manos temblaron visiblemente. Estaba completamente desprevenido para esta respuesta o para verse forzado a revelar más cosas que aquellas que considerara necesarias de antemano. Pero en ese momento no se atrevió a mentir y de pronto sintió que el suelo que había pisado anteriormente con cierta confianza se tornaba inseguro.

—No voy a negar que sus conjeturas son ciertas —respondió con tono vacilante—. Y quisiera compensarle; equilibrar con usted, el único que sobrevive, la pérdida sufrida por culpa mía. Confío en que se haga cargo de mis intenciones, señor Ladislaw, que hacen referencia a una justicia por encima de la humana, y que, como ya le he dicho, están al margen de cualquier obligación legal. Estoy dispuesto a reducir mis propios recursos y las perspectivas de mi familia comprometiéndome a darle quinientas libras anuales durante el resto de mi vida y dejarle un capital en proporción cuando muera… es más, me comprometo a más si ello fuera necesario para algún proyecto laudable por su parte —el señor Bulstrode había entrado en detalles confiando en que afectaran poderosamente a Ladislaw y que la gratitud ahuyentara otros sentimientos.

Pero Will tenía un aire obstinado, los labios apretados y los dedos introducidos en los bolsillos. No estaba conmovido en absoluto y respondió con firmeza:

—Antes de que pueda responder a sus propuestas, señor Bulstrode, debo rogarle qué conteste a una o dos preguntas. ¿Estaba usted relacionado con el negocio que originariamente propició la fortuna de la que habla?

El señor Bulstrode pensó «Raffles se lo ha contado». ¿Cómo podía negarse a responder cuando él había ofrecido voluntariamente la información que provocaba aquella pregunta? Respondió que sí.

—Y, ese negocio… ¿era o no era…, algo totalmente deshonesto… algo que, de haberse hecho pública su naturaleza, hubiera colocado a quienes estaban relacionados con él, al nivel de los ladrones y los convictos?

El tono de Will encerraba una cortante amargura y se sentía impelido a preguntar con toda crudeza.

Bulstrode se sonrojó de ira. Estaba preparado para una escena de autohumillación, pero su intenso orgullo y su hábito de dominar pudieron al arrepentimiento e incluso al miedo cuando este joven a quien pensaba favorecer le cuestionaba con aire de juez.

—El negocio estaba en marcha antes de que yo entrara a formar parte de él, caballero; y no le corresponde a usted iniciar un interrogatorio de ese tipo —respondió, sin levantar la voz, pero hablando en tono desafiante.

—Pues sí me corresponde —dijo Will levantándose de nuevo con el sombrero en la mano—. Me corresponde eminentemente cuando soy yo quien debe decidir si he de tratar con usted y aceptar su dinero. Mi honor sin tacha es algo importante para mí. Es importante para mí que no haya mácula alguna respecto a mi nacimiento y mis relaciones. Y descubro ahora que hay una mancha que no puedo evitar. Mi madre la notó y procuró mantenerse lo más alejada de ella posible, y yo haré lo mismo. Quédese su dinero mal ganado. Si dispusiera de una fortuna propia se la entregaría gustoso a cualquiera que pudiera desmentir lo que usted me ha dicho. Lo que he de agradecerle es que se haya guardado el dinero hasta hoy, cuando puedo rechazarlo. Es la conciencia de un hombre lo que le señala como un caballero. Buenas noches.

Bulstrode iba a hablar, pero Will, con decidida rapidez, estuvo fuera de la habitación en un instante y en otro, la puerta principal se había cerrado tras de él. Le dominaba demasiado un sentimiento de apasionada rebelión contra esta mancha heredada que se le había obligado a conocer como para pensar si no habría sido demasiado duro con Bulstrode, demasiado arrogante y despiadado con un hombre de sesenta años que se esforzaba por redimirse cuando el tiempo convertía en inútiles sus esfuerzos.

Nadie que hubiera estado escuchando habría comprendido del todo la imperiosidad de la respuesta de Will o la amargura en sus palabras. Nadie salvo él mismo sabía entonces cómo todo cuanto estaba relacionado con el sentimiento de su propia dignidad era de inmediato asociado por Will a su relación con Dorothea y al trato que le había dado el señor Casaubon. Y entre el torrente de impulsos que le hicieron rechazar el ofrecimiento del señor Bulstrode, se entremezclaba la sensación de que le hubiera resultado imposible decirle nunca a Dorothea que lo había aceptado.

En cuanto a Bulstrode... sufrió una violenta reacción cuando Will se hubo marchado y lloró como una mujer. Era la primera vez que se tropezaba con una expresión de manifiesto desdén por parte de alguien mejor que Raffles, y con ese desdén recorriéndole las venas como un veneno, no quedaba sensibilidad alguna que consolar. Pero tuvo que frenar el alivio del llanto. Su esposa y sus hijas pronto regresaron de la charla de un misionero en Oriente, lamentándose de que papá no hubiera oído de primera mano las cosas tan interesantes que intentaron repetirle.

Tal vez, entre todos los demás pensamientos ocultos, el que le proporcionaba mayor consuelo era que no era probable que Will Ladislaw publicara lo que había ocurrido aquella noche.

CAPÍTULO LXII

Will Ladislaw estaba ahora empeñado en ver a Dorothea otra vez y marcharse de Middlemarch. La mañana siguiente a la inquietante escena con el señor Bulstrode, le escribió una breve carta explicando que diversas razones le habían retenido en la localidad más tiempo del que esperara y pidiéndole permiso para ir a Lowick a la hora que ella fijara del primer día posible, pues estaba deseoso de marcharse pero reacio a hacerlo en tanto no la hubiera visto. Dejó la carta en el despacho, con órdenes al recadero de llevarla a Lowick Manor y aguardar una respuesta.

A Ladislaw le resultaba violento pedir nuevas palabras de despedida. Su adiós anterior había tenido lugar en presencia de Sir James Chettam y se había anunciado como el último, incluso ante el mayordomo. Hiere la dignidad de un hombre reaparecer cuando no se espera que lo haga: un primer adiós encierra patetismo, pero regresar para una segunda despedida proporciona la apertura de una comedia e incluso era posible que flotaran en el aire punzantes comentarios desdeñosos respecto de los motivos de Will para seguir en Middlemarch. De todos modos, le resultaba más satisfactorio para sus sentimientos tomar el camino más directo para ver a Dorothea que recurrir a cualquier ardid que pudiera dar un aire de casualidad a un encuentro que él quería dejar muy claro ante ella que había deseado. Cuando se despidió de ella la vez anterior, ignoraba hechos que daban un nuevo aspecto a la relación entre ambos, y abrían una brecha mayor de lo que Will esperaba. No sabía nada respecto de la fortuna particular de Dorothea y estando poco habituado a estos asuntos, daba por sentado que, según el codicilo del señor Casaubon, casarse con él, Will Ladislaw, significaría que Dorothea consentía en quedarse en la penuria. Eso no era lo que él podía desear ni siquiera en lo más hondo de su corazón, incluso en el caso de que Dorothea hubiera estado dispuesta a tan duro contraste por él. Y además, existía ahora el nuevo aguijón de las revelaciones acerca de la familia de su madre, que, caso de saberse, supondrían un motivo añadido para que los familiares de Dorothea le consideraran absolutamente indigno de ella. La secreta esperanza de que pudiera volver tras algunos años con la sensación de que al menos poseía una valía personal equivalente a la fortuna de Dorothea parecía ahora la vaga continuación de un sueño. Sin duda este cambio justificaría su petición de que le recibiera una vez más.

Pero Dorothea no estaba en casa esa mañana para recibir la nota de Will. Como resultado de una carta de su tío anunciando su intención de estar de vuelta en casa al cabo de una semana, había ido primero a Freshitt para comunicar la noticia con la intención de continuar hasta Tipton Grange y transmitir ciertas órdenes que le daba su tío, pensando, como él decía, que «un poco de actividad mental de este tipo es bueno para una viuda».

Si Will Ladislaw hubiera podido oír algunos de los comentarios que se dijeron aquella mañana en Freshitt Hall hubiera sentido que se confirmaban todas sus sospechas respecto de la predisposición de algunas personas a reírse ante su remoloneamiento en marcharse. Sir James, efectivamente, aunque tranquilizado en cuanto a Dorothea, había estado pendiente de los movimientos de Ladislaw y tenía un informador adiestrado en el señor Standish, al que había hecho necesariamente partícipe de este asunto. El hecho de que Ladislaw se hubiera quedado en Middlemarch casi dos meses después de anunciar su partida inmediata exacerbaba las sospechas de Sir James, o al menos, justificaba su aversión por el «joven» que consideraba superficial, veleidoso y propenso a demostrar esa imprudencia que va con una situación libre de lazos familiares o de una profesión seria. Pero acababa de saber algo por Standish que, si bien justificaba aquellas suposiciones acerca de Will, ofrecía el medio de anular todo peligro respecto de Dorothea.

Insólitas circunstancias pueden hacernos ser muy diferentes de nosotros mismos: hay condiciones en las que la persona más majestuosa se ve obligada a estornudar, y nuestras emociones se ven igualmente sujetas de forma incongruente.

El bueno de Sir James se parecía tan poco a sí mismo aquella mañana que se sentía irritantemente ansioso por hablar con Dorothea sobre un tema que normalmente esquivaba como si fuera una cuestión vergonzosa para ambos. No podía recurrir a Celia como intermediaria porque no quería que ésta supiera el tipo de chismorreo que tenía en la mente; y antes de que Dorothea casualmente llegara había intentado imaginarse cómo, con su timidez y su inhábil lengua, iba a poder ni siquiera iniciar su conversación. La llegada inesperada de Dorothea le hizo desistir de sus intentos por decir nada desagradable: pero la desesperación le sugirió un medio y envió a un mozo al otro lado del parque, en un caballo sin ensillar, con una nota a lápiz para la señora Cadwallader, que conocía ya el chisme y a quien no comprometería el repetirlo tantas veces como fuera preciso.

Dorothea se había visto retenida con el buen pretexto de que esperaban al señor Garth a quien quería ver antes de una hora, y aún estaba hablando con

Caleb en el paseo de gravilla cuando Sir James, alerta a la llegada de la esposa del rector, la vio venir y salió a recibirla con las sugerencias necesarias.

—¡Es suficiente! ¡Entiendo! —dijo la señora Cadwallader—. Usted será inocente. Yo ya soy tan malvada que nada me puede hacer peor.

—No es que tenga ninguna importancia —dijo Sir James, disgustándole que la señora Cadwallader entendiera demasiado—. Pero sería conveniente que Dorothea supiera que existen razones para que no le vuelva a ver, y yo no se lo puedo decir. Usted lo hará más fácilmente.

Y así fue. Cuando Dorothea se despidió de Caleb y se dirigió hacia ellos, resultó que la señora Cadwallader había cruzado el parque por pura casualidad, sólo para hablar un ratito con Celia del niño. ¿Así que el señor Brooke regresaba? Estupendo… regresaba completamente curado, era de esperar, de esa fiebre parlamentaria y de pionero. Y a propósito del Pioneer… alguien había profetizado que pronto sería como un delfín agonizante, y adoptaría todos los colores a falta de saber cómo continuar, porque el protegido del señor Brooke, el brillante y joven Ladislaw se marchaba o se había marchado ya. ¿Lo sabía Sir James?

Caminaban los tres por la gravilla lentamente y Sir James, volviéndose para fustear un matorral, dijo que había oído algo.

—¡Pues es todo falso! —dijo la señora Cadwallader—. Ni se ha ido ni parece que lo vaya a hacer; el Pioneer mantiene su color y el señor Orlando Ladislaw está dando lugar a un escándalo verdísimo por pasarse la vida gorgoriteando con la esposa de su amigo Lydgate, quien me aseguran es una preciosidad. Parece que nadie puede entrar en esa casa sin encontrar a este joven tumbado en la alfombra o cantando junto al piano. Pero ya se sabe, las gentes de las ciudades industriales son siempre poco recomendables.

—Empezó usted diciendo señora Cadwallader, que uno de los rumores era falso y creo que éste también lo es —dijo Dorothea con indignación—, al menos, estoy convencida de que es una mala interpretación. No quiero oír ninguna maldad sobre el señor Ladislaw; ya ha padecido demasiadas injusticias.

Cuando Dorothea se emocionaba de verdad, le importaba muy poco lo que pudieran pensar de sus sentimientos; y aunque hubiera podido reflexionar, hubiera considerado mezquino guardar silencio ante palabras injuriosas para Will por miedo a que la malinterpretaran a ella. Tenía el rostro encendido y le temblaban los labios.

Sir James, observándola, se arrepintió de su ardid; pero la señora Cadwallader, a la altura de cualquier circunstancia, extendió las palmas de las manos y dijo:

—Dios lo quiera hija mía… me refiero a que fueran mentira todas las cosas falsas que se cuentan. Pero es una pena que el joven Lydgate se haya casado con una de estas jovencitas de Middlemarch. Teniendo en cuenta que es el hijo de alguien podía haberse buscado una mujer con sangre buena en las venas, y no demasiado joven, que hubiera tolerado su profesión. Ahí está Clara Harfager, por ejemplo, cuyos familiares no saben qué hacer con ella y tiene una dote. Entonces la hubiéramos podido tener entre nosotros. Pero ¡en fin!… de nada sirve ser prudente por los demás. ¿Dónde está Celia? ¿Les parece que entremos?

—Sigo hacia Tipton Grange —dijo Dorothea con altivez—. Adiós.

Sir James no pudo decir nada al acompañarle hasta la calesa. No estaba nada contento con el resultado de una estratagema que le había supuesto cierta humillación secreta de antemano.

Dorothea pasó por entre los setos de bayas y los campos de maíz trillados sin ver ni oír nada de cuanto la rodeaba. Brotaron las lágrimas y le cayeron por las mejillas pero ni se dio cuenta. Parecía que el mundo se volvía feo e inhóspito y no había lugar para su confianza. «¡No es cierto, no es cierto!» era la voz interior que escuchaba, pero todo el tiempo, un recuerdo en torno al cual siempre había sentido cierta inquietud se le imponía… el recuerdo de aquel día en que encontró a Will Ladislaw con la señora Lydgate y escuchara su voz acompañada del piano.

«Dijo que jamás haría nada que yo no aprobara… ojalá le hubiera dicho que desaprobaba aquello», se decía la pobre Dorothea, sintiendo una extraña alternancia entre la ira y la ardiente defensa de Will. «Todos procuran desprestigiarle ante mí, pero no me importa el dolor si no es culpable. Siempre creí en su bondad». Estos fueron sus últimos pensamientos antes de observar que la calesa pasaba bajo el arco junto a la caseta de los guardeses de Tipton Grange, momento en el que se apresuró a secarse los ojos y pensar en los encargos. El cochero pidió permiso para llevarse los caballos durante media hora porque algo le pasaba a una herradura; y Dorothea, con la sensación de que iba a descansar, se quitó los guantes y el sombrero mientras reclinada contra una estatua del vestíbulo hablaba con el ama de llaves. Finalmente dijo:

—Tengo que quedarme aquí un ratito, señora Keil. Iré a la biblioteca y le haré una nota con las indicaciones de mi tío, si me abre las contraventanas.

—Están ya abiertas, señora —dijo la señora Keil, siguiendo a Dorothea que iba caminando según hablaba—. El señor Ladislaw está allí buscando algo.

(Will había ido a recoger una carpeta con sus bocetos que había echado a faltar al hacer su equipaje y no quería dejar olvidada).

A Dorothea le dio un vuelvo el corazón como si la hubieran golpeado pero no se la vio arredrarse: a decir verdad, la sensación de que Will estaba allí fue de momento muy gratificante, como la vista de algo precioso que se había perdido. Al llegar a la puerta le dijo a la señora Kell:

—Pase delante y dígale que estoy aquí.

Will había encontrado la carpeta y la había puesto sobre la mesa al fondo de la habitación para ojear los bocetos y disfrutar mirando la memorable obra de arte cuya relación con la naturaleza le resultaba demasiado misteriosa a Dorothea. Sonreía aún mientras ordenaba los bocetos al pensar que tal vez encontrara una carta suya esperándole en Middlemarch cuando la señora Kell, ya junto a él, dijo:

—Viene la señora Casaubon, señor.

Will se dio la vuelta y al instante entraba Dorothea. Se encontraron frente a frente cuando la señora Kell cerraba la puerta; se sostuvieron la mirada mutuamente y la conciencia del encuentro se vio desbordada por algo que suprimió las palabras. No fue la turbación lo que les mantuvo en silencio, pues ambos sentían que la separación estaba cercana, y ante una triste despedida no existe el retraimiento.

Dorothea se dirigió automáticamente hacia la silla de su tío junto al escritorio, y Will, tras sacársela un poco, se alejó unos pasos permaneciendo de pie frente a ella.

—Por favor, siéntese —dijo Dorothea, cruzando las manos sobre el regazo —; me alegro de que estuviera aquí.

Will pensó que el rostro de Dorothea tenía el mismo aspecto que cuando le dio la mano por primera vez en Roma; la toca de viuda, sujeta al sombrero, había sido quitada junto con éste, y Will pudo ver que había estado llorando. Pero el atisbo de ira en el malestar de Dorothea había desaparecido al verle; cuando antes se encontraban cara a cara, había estado acostumbrada a sentir una confianza y la alegre libertad que llega con el entendimiento mutuo, y ¿cómo iban a impedir esto de repente las palabras de la gente? Dejemos que la música que puede adueñarse de nuestros cuerpos y llenar el aire de alegría suene de nuevo… ¿qué importa que se le pusieran pegas en su ausencia?

—He enviado una carta hoy a Lowick Manor solicitando verla —dijo Will, sentándose frente a ella—. Me marcho de inmediato y no podía hacerlo sin hablar de nuevo con usted.

—Pensé que nos habíamos despedido cuando vino a Lowick hace muchas semanas… pensaba marcharse entonces —dijo Dorothea, temblándole un poco la voz.

—Sí, pero entonces ignoraba cosas que sé ahora… cosas que cambian mis sentimientos respecto al futuro. Cuando la vi la otra vez soñaba con volver algún día. Ahora… no creo que lo haga nunca —Will se detuvo.

—¿Y quería que yo supiera las razones? —dijo Dorothea tímidamente.

—Sí —dijo Will impetuosamente, sacudiendo la cabeza y apartando de ella la mirada con el rostro irritado—. Claro que sí. Me han insultado burdamente ante usted y ante otros. Ha habido insinuaciones mezquinas sobre mi carácter. Quiero que sepa que bajo ninguna circunstancia me hubiera rebajado… bajo ninguna circunstancia hubiera dado la oportunidad a nadie de decir que buscaba dinero con el pretexto de buscar… otra cosa. No se necesitaba ninguna otra salvaguarda contra mí… bastaba con la del dinero.

Will se levantó de la silla con las últimas palabras y se dirigió… no supo dónde; pero fue al ventanal más cercano, que, como ahora, se encontraba abierto por esta época un año atrás, cuando él y Dorothea estuvieron hablando de pie. Todo su corazón simpatizaba con la indignación de Will y sólo quería convencerle de que ella no había sido injusta con él, mientras él parecía darle la espalda como si ella también fuera parte de ese mundo inhóspito.

—Sería muy duro por su parte suponer que jamás le atribuí mezquindad alguna —empezó Dorothea. Y a continuación, con su habitual ardor, deseando convencerle, se apartó de la silla y se colocó frente a él en su antiguo sitio de la ventana diciendo—: ¿Es que piensa que he desconfiado de usted alguna vez?

Al verla allí Will dio un respingo y se alejó unos pasos del ventanal desviando la mirada. A Dorothea le dolió este movimiento que seguía a la ira previa de su tono de voz. Estaba a punto de decir que a ella le resultaba tan duro como a él y que se encontraba inútil; pero aquellas características extrañas de su relación que ninguno de los dos podía mencionar la hacían temerosa de decir demasiado. En estos momentos no creía que, en cualquier caso, Will se hubiera querido casar con ella y tenía miedo de pronunciar palabras que insinuaran la creencia. Se limitó a decir con seriedad, y recurriendo a sus últimas palabras:

—Estoy segura de que jamás se necesitó salvaguarda alguna contra usted.

Will no respondió. En el tempestuoso vaivén de sus sentimientos estas palabras de Dorothea le parecieron cruelmente neutrales y tras su explosión de ira ofrecía ahora un aspecto pálido y triste. Se dirigió a la mesa y ató la carpeta mientras Dorothea le observaba a distancia. Estaban malgastando estos últimos momentos juntos en un penoso silencio. ¿Qué podía Will decir puesto que lo que primaba obstinadamente en su cabeza era el apasionado amor que sentía por Dorothea y que se había prohibido manifestar? ¿Qué podía decir ella puesto que no podía ofrecerle su ayuda… puesto que estaba obligada a quedarse el dinero que debía ser de Will… puesto que hoy no parecía responder como antaño a su absoluta confianza y afecto?

Pero finalmente Will dejó la carpeta y volvió junto a la ventana.

—He de irme —dijo, con esa mirada peculiar que en ocasiones acompaña a la amargura como si los ojos se hallaran cansados y quemados de mirar demasiado de cerca una luz.

—¿Qué hará en la vida? —dijo Dorothea con timidez—. ¿Siguen sus intenciones siendo las mismas que cuando nos despedimos anteriormente?

—Sí —dijo Will con un tono que parecía rechazar el tema por poco interesante—. Trabajaré en lo primero que surja. Supongo que uno se habitúa a trabajar sin felicidad ni esperanza.

—¡Qué palabras tan tristes! —dijo Dorothea peligrosamente cerca del llanto. A continuación, intentando sonreír, añadió—: solíamos coincidir en que nos parecíamos al exagerar demasiado las cosas.

—No he exagerado mis palabras ahora —dijo Will apoyándose contra el ángulo que hacía la pared—. Hay cosas que un hombre sólo las puede pasar una vez en la vida; y en algún momento sabe que lo mejor ya le ha ocurrido. Lo que me importa más que cualquier otra cosa me está absolutamente prohibido… no me refiero sólo a que está fuera de mi alcance sino que, aunque estuviera a mi alcance, me lo prohíben mi propio orgullo y mi propio honor… todo aquello que me hace respetarme a mí mismo. Por supuesto, seguiré viviendo como un hombre que hubiera visto el cielo en sueños.

Will se detuvo, pensando que a Dorothea no le sería posible no entender aquello: de hecho pensaba que se estaba contradiciendo y ofendiendo a su propia estima al hablar con tanta claridad; pero de todas formas… en justicia no se podía decir que era cortejar a una mujer el decirle que jamás la cortejaría. Había que admitir que era una manera fantasmagórica de hacer la corte.

Pero la mente de Dorothea recorría velozmente el pasado con una visión bien distinta de la de Will. La idea de que ella fuera lo que más le importaba a Will la hizo vibrar un instante, pero vino la duda: el recuerdo de lo poco que habían experimentado juntos se tornó pálido y encogido frente al recuerdo que sugería cuánto mayor podía haber sido la relación entre Will y otra persona con la que hubiera tenido un trato constante. Todo cuanto había dicho podía referirse a esa otra relación y lo que había entre él y ella quedaba totalmente explicado por lo que Dorothea siempre considerara como simple amistad y los crueles impedimentos impuestos por el injurioso acto de su marido. Dorothea permaneció de pie en silencio, los ojos bajos en actitud soñadora, mientras se le agolpaban imágenes que dejaban la terrible certeza de que Will se estaba refiriendo a la señora Lydgate. Pero ¿por qué terribles? Will quería que ella supiera que también a este respecto su conducta había sido intachable.

Ladislaw no se sorprendió ante su silencio. También su mente trabajaba con afán mientras la contemplaba y pensaba absurdamente que algo debía suceder para impedir su despedida… algún milagro que evidentemente sus palabras deliberadas no iban a producir. Pero, después de todo ¿acaso le quería Dorothea? No podía fingir ante sí mismo que preferiría que ella no sufriera por ese motivo. No podía negar que un secreto anhelo de confirmación por parte de Dorothea se hallaba en la raíz de todas sus palabras.

Ninguno supo el tiempo que permanecieron así. Dorothea levantaba la vista y estaba a punto de hablar cuando se abrió la puerta y entró el lacayo diciendo:

—Los caballos están listos señora, para marcharnos cuando quiera.

—Enseguida —dijo Dorothea. Y volviéndose hacia Will dijo—: Tengo que dejarle una nota al ama de llaves.

—Debo irme —dijo Will cuando la puerta se hubo cerrado nuevamente, acercándose a ella—. Me marcharé de Middlemarch pasado mañana.

—Ha actuado usted bien en todo —dijo Dorothea en tono bajo, sintiendo que la opresión en el corazón le impedía hablar.

Extendió la mano y Will la tomó por un instante sin hablar pues sus palabras le habían parecido cruelmente frías e impropias de ella. Sus miradas se encontraron pero la de Will reflejaba descontento y la de Dorothea sólo contenía tristeza. Se dio la vuelta y cogió la carpeta bajo el brazo.

—Nunca he sido injusta con usted, por favor, acuérdese de mí —dijo Dorothea, reprimiendo un incipiente sollozo.

—¿Por qué dice eso? —dijo Will enrabietado—. Como si no corriera más bien el peligro de olvidar todo lo demás. En aquel momento Will tuvo un movimiento de ira contra ella que le empujó a marcharse de inmediato. Para Dorothea fue todo como un relámpago… sus últimas palabras… su saludo distante cuando alcanzó la puerta… la sensación de que Will ya no estaba allí. Se dejó caer en la silla y por unos momentos permaneció allí como una estatua, mientras las imágenes y las emociones se agolpaban. Primero fue la alegría, a pesar de las amenazadoras secuencias que la seguían…, la alegría fruto de la impresión de que realmente era a ella a quien Will amaba y renunciaba, que en verdad no había otro amor menos permisible, más digno de culpa, del que el honor le hiciera alejarse. De todos modos estaban separados, pero… Dorothea respiró profundamente y sintió que las fuerzas le volvían…

podía pensar en él sin restricciones. En ese momento fue fácil soportar la separación: la primera sensación de amar y de ser amada excluía el pesar. Fue como si se hubiera derretido una presión dura y gélida, y la conciencia de Dorothea tuvo espacio para extenderse; su pasado volvía a ella con una interpretación más amplia. La alegría no se veía mermada —quizá fuera más completa en ese momento— por la despedida irrevocable, pues no había reproches, ni había que imaginarse el asombro desdeñoso asomando en las miradas o los labios de nadie. Will había actuado desafiando el reproche y transformando el asombro en respeto.

Cualquiera que la observara hubiera podido advertir que le recorría un pensamiento fortalecedor. Al igual que cuando la fuerza inventiva trabaja con placentera tranquilidad cualquier pequeña demanda sobre la atención se resuelve perfectamente como si sólo fuera una rendija abierta a la luz del sol, le fue ahora fácil a Dorothea escribir las instrucciones. Sus últimas palabras al ama de llave se dijeron en tono alegre, y cuando se sentó en la calesa los ojos le brillaban y tenía las mejillas sonrosadas bajo el triste sombrero. Echó hacia atrás los pesados velos de viuda y miró al frente, preguntándose qué camino habría tomado Will. Estaba en su carácter sentirse orgullosa de que Will fuera intachable y por sus sentimientos corría la frase: «Hice bien en defenderle».

El cochero acostumbraba a llevar a sus tordos a buen paso pues el señor Casaubon se impacientaba y no disfrutaba con lo que le apartaba de su escritorio y deseaba llegar al final de sus viajes, con lo que a Dorothea la traqueteaban ahora con presteza. El paseo resultaba agradable pues la lluvia caída durante la noche se había llevado el polvo y el cielo azul parecía lejano, muy lejos de la región de las grandes nubes que flotaban agrupadas. La tierra tenía el aspecto de un lugar feliz bajo el vasto cielo y Dorothea deseaba alcanzar a Will y verle una vez más.

Al doblar un recodo del camino, ahí estaba, con la carpeta bajo el brazo; pero al minuto siguiente le estaba adelantando al tiempo que él levantaba el sombrero y Dorothea sintió una punzada al encontrarse sentada allí en una especie de exaltación, dejándole a él atrás. No pudo volverse para mirarle. Fue como si una hueste de objetos indiferentes les hubiera separado y obligado a recorrer sendas diferentes, alejándoles cada vez más el uno del otro y convirtiendo en inútil mirar atrás. Le fue tan imposible hacer cualquier gesto que pudiera significar «¿Hemos de separarnos?» como le hubiera resultado parar la calesa para esperarle, ¡qué cantidad de razones se agolpaban en su interior contra cualquier movimiento de su pensamiento hacia un futuro que pudiera alterar la decisión de este día!

«Sólo quisiera haberlo sabido antes… quisiera que él lo supiera… entonces podríamos ser felices pensando el uno en el otro aunque estemos separados para siempre. Y ¡si hubiera podido tan sólo darle el dinero para hacerle todo más fácil!» eran los anhelos que se le imponían insistentemente. Y sin embargo, tal era el peso que sobre ella ejercía el mundo a pesar de la independencia que le daba su energía, que junto a esta idea de un Will necesitado de tal ayuda y en desventaja frente al mundo, siempre surgía la visión de lo inadecuado de una más estrecha relación entre ellos que subyacía en la opinión de cuantos estaban vinculados a ella. Comprendía al máximo la urgencia de los motivos que impulsaban la conducta de Will. ¿Cómo podía él soñar con que Dorothea desafiara la barrera que su esposo había alzado entre ellos? ¿Cómo podía Dorothea decirse a sí misma que la desafiaría?

La certeza de Will, así que la calesa empequeñecía con la distancia, encerraba mayor amargura. Hacía falta muy poco para amargarle cuando estaba bajo de ánimo, y ver a Dorothea adelantándole en la calesa mientras él se sentía como un pobre diablo arrastrándose en busca de una situación en el mundo que, en su actual estado de ánimo ofrecía poco que le apeteciera, hacía que su conducta pareciera una simple necesidad, suprimiendo el apoyo de la decisión libre. Al fin y al cabo, no tenía la seguridad de que Dorothea le amara ¿podía alguien fingir que en ese caso estaba contento de que el sufrimiento recayera todo de su parte?

Pasó esa velada con los Lydgate; a la siguiente se había marchado.

****

LIBRO SÉPTIMO

DOS TENTACIONES

CAPÍTULO LXIII

¿Ha visto usted mucho últimamente a Lydgate, su fénix científico? —dijo el señor Toller al señor Farebrother, que estaba a su derecha en una de sus cenas de Navidad.

—Siento tener que decir que no mucho —contestó el vicario, acostumbrado a parar las bromas del señor Toller acerca de su opinión sobre las nuevas luces de la medicina—. Vivo un poco lejos y él está demasiado ocupado.

—¿De veras? Me alegro de saberlo —dijo el doctor Minchin con una mezcla de amabilidad y sorpresa.

—Le dedica mucho tiempo al hospital nuevo —dijo el señor Farebrother, que tenía sus razones para proseguir el tema—; lo sé por mi vecina, la señora

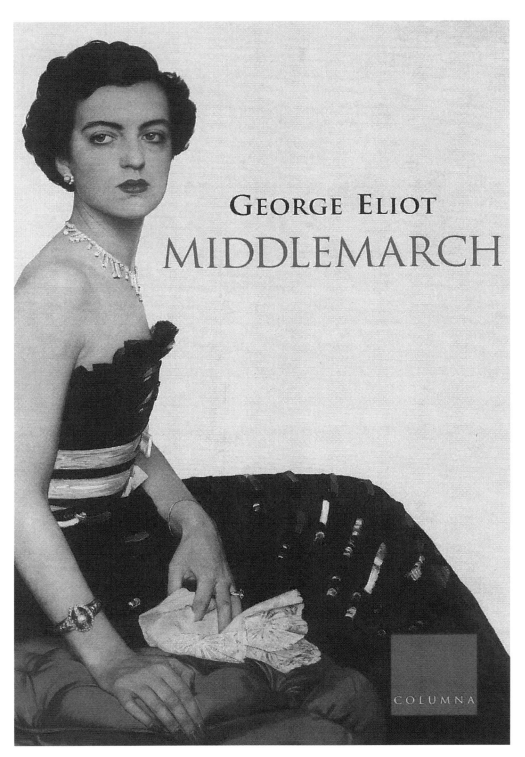

GEORGE ELIOT

MIDDLEMARCH

COLUMNA

Casaubon que va allí a menudo. Dice que Lydgate es incansable y está convirtiendo la institución de Bulstrode en algo bueno. Está preparando una nueva sala por si el cólera llega hasta aquí.

—Y supongo que también estará preparando nuevas teorías sobre cómo tratar a los pacientes para poderlas ensayar —dijo el señor Toller.

—Vamos, Toller, sea usted sincero —dijo el señor Farebrother—. Es usted demasiado inteligente como para no ver lo positivo de una mente audaz y fresca en la medicina, así como en todo lo demás; y en cuanto al cólera, me imagino que ninguno de ustedes debe estar muy seguro de lo que hay que hacer. Si un hombre va demasiado lejos por un camino nuevo, suele dañarse más a sí mismo que a otros.

—Estoy seguro de que usted y Wrench deberían estarle agradecido —dijo el doctor Minchin mirando a Toller—, pues les ha enviado la flor y nata de los pacientes de Peacock.

—Lydgate lleva un ritmo de vida muy alto para ser un joven principiante —dijo el señor Harry Toller, el cervecero—. Supongo que tiene el respaldo de sus parientes del norte.

—Eso espero —dijo el señor Chichely—, de lo contrario no se debería haber casado con esa jovencita tan agradable de la que estábamos todos tan prendados. ¡Caray! se le coge manía al hombre que se hace con la joven más hermosa de la ciudad.

—¡Vaya que sí! y la mejor también —dijo el señor Standish.

—A mi amigo Vincy no le gustó demasiado esa boda, eso lo sé bien —dijo el señor Chichely—. Él no haría mucho por ellos. Lo que no sé es cómo habrán respondido los familiares del otro lado —había una recalcada reticencia en su forma de hablar.

—Bueno, yo diría que Lydgate no contó nunca con su clientela para ganarse la vida —dijo el señor Toller, con ligero sarcasmo, y ahí se cerró el tema.

No era ésta la primera vez que el señor Farebrother oía insinuaciones de este tipo respecto de que los gastos de Lydgate eran a todas luces demasiado elevados como para poderlos afrontar con la consulta, pero pensó que no era improbable que hubiera recursos o expectativas que disculparan el gran despliegue con motivo de su boda y que impidieran las nocivas consecuencias de una clientela exigua. Una noche, cuando se tomó la molestia de ir a Middlemarch para charlar con Lydgate como antaño, observó en él un aire de agitado esfuerzo muy diferente de su relajado modo habitual de guardar silencio o de romperlo bruscamente cuando tenía algo que decir. Lydgate habló incansablemente cuando se hallaban en su despacho, exponiendo argumentos en pro y en contra de la probabilidad de determinadas hipótesis biológicas: pero no aportó ni verbal ni experimentalmente esas cosas concretas que constituyen los mojones de una investigación paciente y sostenida, y que él mismo solía considerar imprescindibles, diciendo que «en toda investigación tiene que haber un sístole y un diástole», y que «la mente de un hombre debe estar en una continua expansión y contracción entre todo el horizonte humano y el horizonte del objetivo de un microscopio». Esa noche parecía estar hablando extensamente sin más motivo que el de evitar referencias personales, y al poco rato se dirigieron al salón donde Lydgate, tras pedirle a Rosamond que tocara para ellos, se hundió en su butaca con una luz extraña en los ojos. «Tal vez haya estado tomando algún opiato», fue el pensamiento que cruzó la mente del señor Farebrother…, «una neuralgia facial… o preocupaciones médicas».

No se le había ocurrido que el matrimonio de Lydgate no fuera maravilloso: creía, como todo el mundo, que Rosamond era una criatura amable y dócil si bien siempre la había considerado poco interesante… demasiado ajustada al modelo perfecto resultado de un internado para señoritas; y la señora Farebrother no perdonaba a Rosamond porque parecía obviar siempre la presencia de Henrietta Noble. «De todos modos, Lydgate se enamoró de ella», se dijo el vicario, «debe ser de su gusto».

El señor Farebrother sabía bien que Lydgate era hombre orgulloso, pero como poseía poca fibra de esa clase, y tal vez demasiada poca preocupación por la dignidad personal, salvo la de no ser mezquino o necio, difícilmente podía comprender la manera en que Lydgate rehuía como si le quemara, cualquier referencia a sus asuntos privados. Y poco después de aquella conversación en casa del señor Toller, el vicario conoció algo que le hizo estar más atento a una oportunidad para comunicarle a Lydgate indirectamente que si quería sincerarse sobre sus dificultades, un oído amigo estaba presto a escucharle.

La oportunidad se presentó en casa de los Vincy, donde el día de Año Nuevo se celebraba una fiesta a la que el señor Farebrother se vio obligado a asistir ante la súplica de que no debía abandonar a sus amigos el primer Año Nuevo de hombre importante, de rector además de vicario. Y esta fiesta resultó del todo acogedora: todas las damas de la familia Farebrother estaban presentes; todos los hijos de los Vincy cenaron en la mesa y Fred había convencido a su madre de que si no invitaba a Mary Garth, los Farebrother se lo tomarían como una ofensa personal, si bien el gozo en el triunfo de que su madre comprobara la importancia de Mary entre los principales invitados a la fiesta se vio muy teñido de celos cuando el señor Farebrother se sentó junto a ella. Fred solía estar mucho más tranquilo respecto de sus propias cualidades en los días en que aún no temía quedar desplazado por Farebrother y ese miedo aún no se había disipado. La señora Vincy, pletórica de esplendor matronil, contemplaba la figura pequeña de Mary, pelo áspero y rizado, y rostro carente de lirios y rosa y se admiraba, inútilmente, intentando imaginarse a sí misma preocupándose por el aspecto de Mary vestida de novia o complaciéndose en unos nietos «réplicas» de los Garth. De todos modos la fiesta fue muy alegre y Mary estuvo particularmente brillante y contenta por Fred de que su familia se fuera ablandando con ella y dispuesta también a que vieran cuánto la apreciaban quienes evidentemente debían ser los jueces.

El señor Farebrother observó que Lydgate parecía estar aburrido y que el señor Vincy habló lo indispensable con su yerno. Rosamond estuvo encantadora y serena y sólo una sutil observación, que ella no había suscitado en el vicario, hubiera delatado la total ausencia de interés por la presencia de su marido que una mujer amante siempre revela, aún cuando el protocolo la mantiene apartada de él. Cuando Lydgate tomaba parte en la conversación no le dirigía la mirada más que si hubiera sido ella una Psique esculpida para mirar en otra dirección; y después, cuando regresó a la habitación tras haberse tenido que ausentar durante un par de horas, pareció no darse cuenta de lo que dieciocho meses antes hubiera tenido el efecto de un numeral delante de los ceros. La verdad era que tenía muy presentes la voz y los movimientos de Lydgate y su aire de desenfadada inconsciencia era un estudiado castigo mediante el cual satisfacía su oposición interna a él sin renunciar a la cortesía. Cuando las damas se hallaban en el cuarto de estar después de que Lydgate se viera llamado durante el postre, la señora Farebrother le dijo a Rosamond cuando la tuvo a su lado:

—Debe tener que renunciar mucho a la compañía de su esposo, señora Lydgate.

—Sí, la vida de un médico es ardua, sobre todo cuando es tan vocacional como el señor Lydgate —dijo Rosamond, que estaba de pie y pudo alejarse fácilmente al finalizar esta correcta respuesta.

—Le resulta muy tedioso cuando no tiene invitados —dijo la señora Vincy, que se encontraba sentada junto a la anciana dama—. Al menos eso pensé cuando estuve cuidando a Rosamond durante su enfermedad. Hágase cargo, señora Farebrother, la nuestra es una casa alegre. Yo tengo un carácter alegre y al señor Vincy le gusta que haya actividad en casa. Eso es a lo que Rosamond ha estado acostumbrada. Muy distinto de un marido que sale a horas exóticas y no sabes nunca cuándo volverá, y, además tiene, a mi entender, una personalidad reservada y orgullosa —la indiscreta señora Vincy bajó la voz ligeramente durante este paréntesis—. Pero Rosamond siempre ha tenido un carácter angelical; a menudo la disgustaban sus hermanos pero nunca mostró mal humor; desde la cuna fue siempre buenísima y con un cutis incomparable.

Pero gracias a Dios, todos mis hijos tienen buen carácter.

Esto no era difícil de creer para cualquiera que mirara a la señora Vincy echando hacia atrás las grandes cintas de su bonete y sonriendo a sus tres hijas pequeñas de entre siete y once años. Pero en esa mirada sonriente se vio obligada a incluir a Mary Garth, a quien las tres niñas se habían llevado a una esquina para que les contara cuentos. Mary concluía en ese momento el delicioso cuento del enano saltarín que se sabía de memoria porque Letty no se cansaba de leérselo a sus ignorantes mayores de un libro rojo predilecto. Louisa, el amor de su madre, llegaba ahora corriendo, presa de emoción y con los ojos muy abiertos, gritando.

—¡Mamá, mamá, el hombrecillo pateó con tanta fuerza que no pudo sacar la pierna del suelo!

—¡Bendita seas, ángel mío! —dijo su madre—, mañana me lo contarás todo. ¡Vete y escucha! —y al seguir a su hija con la mirada hasta el atractivo rincón pensó que si Fred quería que volviera a invitar a Mary no pondría pegas, viendo lo encantados que estaban los niños con ella.

Pero de pronto, la esquina se animó aún más pues entró el señor Farebrother quien, sentándose detrás de Louisa la puso sobre sus rodillas; las niñas insistieron en que debía oír el cuento y que Mary tenía que empezar de nuevo. Él también insistió y Mary, sin hacerse rogar, comenzó con su precisión habitual y las mismas palabras de antes. Fred, que también se había sentado cerca, hubiera experimentado un triunfo absoluto ante el éxito de Mary de no ser porque el señor Farebrother la observaba con evidente admiración, al tiempo que exteriorizaba un enorme interés por el cuento para complacer a las niñas.

—Ya no te interesará Loo, mi gigante con un solo ojo —dijo Fred al final.

—Sí, sí me interesará. Cuéntalo ahora —dijo Louisa.

—Pues no sé si estoy preparado. Pídeselo al señor Farebrother.

—Sí —añadió Mary—, pedidle al señor Farebrother que os cuente de las hormigas cuya preciosa casa fue destruida por un gigante llamado Tom que pensó que no les importaba porque no las oía llorar ni las veía usar sus pañuelos.

—Por favor —dijo Louisa, levantando la vista hacia el vicario.

—No, no, soy un rector viejo y serio. Si intento sacar de la bolsa un cuento me saldrá un sermón en vez. ¿Queréis que os dé un sermón? —dijo, calándose las gafas y frunciendo los labios.

—Sí —dijo Louisa titubeando.

—Veamos, pues; un sermón contra los pasteles. Cómo son algo malo, sobre todo si son dulces y tienen ciruelas. Louisa se tomó el asunto bastante en serio y se bajó de las rodillas del vicario para acercarse a Fred.

—Veo que no es cosa de predicar el día de Año Nuevo —dijo el señor Farebrother, levantándose y marchándose. Había descubierto recientemente que Fred sentía celos de él así como que él mismo no perdía la preferencia que sentía por Mary.

—Una joven encantadora, la señorita Garth —dijo la señora Farebrother, que había observado los movimientos de su hijo.

—Sí —dijo la señora Vincy, obligada a responder ante la mirada expectante de la anciana dama—. Es una pena que no sea más guapa.

—Yo no diría eso —dijo la señora Farebrother con firmeza—. Me gusta su expresión. No debemos pedir siempre belleza cuando al buen Dios le ha parecido oportuno crear una magnífica joven sin ella. Yo antepongo la buena educación a todo y la señorita Garth sabe comportarse en cualquier situación.

La anciana señora empleó un tono un poco afilado ya que tenía referencias de la posibilidad de que Mary se convirtiera en su nuera, pues al existir el problema de que no convenía hacer pública la posición de Mary con respecto a Fred, las tres damas de la rectoría de Lowick aún confiaban en que Camden escogiera a la señorita Garth.

Entraron nuevos invitados y el salón se inundó de música y juegos mientras en la tranquila habitación al otro lado del vestíbulo se preparaban las mesas de whist. El señor Farebrother jugó una partida para complacer a su madre que considerada su propio jugar ocasional una protesta contra el escándalo y las nuevas opiniones, a la luz de lo cual incluso una renuncia tenía su dignidad. Pero al final consiguió que el señor Chichely ocupara su lugar y abandonó la habitación. Al cruzar el vestíbulo Lydgate, que acababa de entrar, se estaba quitando el abrigo.

—Es usted el hombre a quien buscaba —dijo el vicario, y en lugar de entrar al salón caminaron por el vestíbulo hasta detenerse junto a la chimenea, donde al aire frío ayudaba a la formación de una nube resplandeciente—. Verá que puedo dejar la mesa de whist con toda facilidad —prosiguió sonriendo a Lydgate—, ahora que ya no juego por dinero. Dice la señora Casaubon que eso se lo debo a usted.

—¿Cómo es eso? —dijo Lydgate con frialdad.

—Ah, no quería usted que se supiera; a eso le llamo yo discreción poco generosa. Debería permitir que un hombre sintiera el placer de que le ha hecho un favor. No comparto el disgusto de algunos por sentirse en deuda, le puedo asegurar que prefiero estar en deuda con todo el mundo por portarse bien conmigo.

—No sé qué quiere decir —dijo Lydgate—, como no se refiera a que en una ocasión le hablé a la señora Casaubon. Pero no pensé que ella rompiera su promesa de no mencionarlo —Lydgate se apoyó contra una esquina de la repisa de la chimenea y mostró un rostro desanimado.

—Se le escapó a Brooke el otro día. Me hizo el cumplido de decirme que estaba muy contento de que el beneficio hubiera sido para mí aunque usted le había desbaratado sus maniobras, alabándome como un Ken y un Tillotson y todo eso hasta que la señora Casaubon no quiso ni oír hablar de nadie más.

—Bueno, Brooke es un botarate y un charlatán —dijo Lydgate con desdén.

—Pues yo me alegro de su charlatanería. No entiendo por qué usted no quiere que sepa que me ha hecho un favor, mi querido amigo. Me lo ha hecho y grande. Frena bastante la vanidad descubrir cuánto influye en nuestro bienhacer el no estar apremiado de dinero. Nadie que no precise de los servicios del diablo se verá tentado de decir el Padre Nuestro al revés para complacer al demonio. No necesito depender ahora de las sonrisas de la fortuna.

—No creo que se pueda ganar dinero sin ayuda de la fortuna —dijo Lydgate—: si alguien lo obtiene con su profesión, es muy probable que sea por casualidad.

El señor Farebrother creía poderse explicar aquellas palabras, que tanto contrastaban con la antigua forma de hablar de Lydgate, como la perversidad que a menudo surge del mal humor de un hombre poco a gusto con sus asuntos. Respondió en tono de admisión jovial:

—Hay que tener muchísima paciencia con el mundo. Pero resulta más fácil esperar pacientemente cuando se tienen amigos que le quieren a uno y no piden más que poder servir de ayuda si es que ésta está en su mano.

—Es cierto —dijo Lydgate en tono despreocupado, cambiando de postura y mirando el reloj—. La gente exagera sus dificultades más de lo necesario.

Sabía perfectamente que el señor Farebrother le estaba brindando su ayuda y no podía soportarlo. Tan extrañamente estamos configurados los mortales que, tras la gran satisfacción que sintió por haberle hecho un favor al vicario, la insinuación de que éste percibía la necesidad de Lydgate de un favor recíproco le sumía en un silencio invencible. Además, ¿qué vendría tras un ofrecimiento de ese tipo?… la obligación de «exponer su caso», de sugerir que necesitaba cosas concretas. En ese momento, el suicidio parecía más fácil.

El señor Farebrother era un hombre demasiado perceptivo como para no entender el significado de aquella respuesta, y la actitud y el tono de Lydgate encerraban cierta solidez muy en consonancia con su físico, que, si de principio rechazaba los ofrecimientos, parecía descartar totalmente cualquier estrategia de persuasión.

—¿Qué hora tiene? —dijo el vicario, devorándose sus sentimientos heridos.

—Las once pasadas —dijo Lydgate. Y entraron al salón.

CAPÍTULO LXIV

Incluso aunque Lydgate se hubiera sentido inclinado a sincerarse acerca de su situación, sabía que el señor Farebrother apenas habría tenido en su mano la posibilidad de ofrecerle la ayuda que necesitaba de inmediato. Con las facturas anuales de los proveedores que empezaban a llegar, la amenaza de Dover sobre el mobiliario y contando con sólo el pequeño goteo de pagos de pacientes a quienes no se podía ofender como fuente de ingresos (los excelentes honorarios que recibiera de Freshitt Hall y Lowick Manor pronto quedaron absorbidos), nada inferior a mil libras le hubiera librado de su apuro, dejando un remanente que, según una frase predilecta en semejantes circunstancias, le hubiera dado holgura para «examinar su situación».

Lógicamente, la alegre Navidad había traído el feliz Año Nuevo, momento en el que los conciudadanos esperan el pago por el desvelo y las mercancías que sonrientemente han proporcionado a sus vecinos, lo que había de tal forma acrecentado la presión de sórdidas preocupaciones en la mente de Lydgate que apenas podía pensar ininterrumpidamente en otro tema, ni siquiera los más habituales y absorbentes. No era un hombre malhumorado; su actividad intelectual, la solícita bondad de su corazón así como su constitución fuerte, en condiciones relativamente tolerables, siempre le hubieran mantenido por encima de las susceptibilidades pequeñas e incontroladas que forjan un mal carácter. Pero ahora era presa de la peor de las irritabilidades, la que surge no ya de las molestias sino de una segunda conciencia que subyace en esas molestias, la de la energía desperdiciada y la preocupación degradante, que era lo inverso de sus anteriores metas. «Esto es lo que estoy pensando y aquello es en lo que pensaría» era el incesante y amargo murmullo interno, convirtiendo cada dificultad en una doble puya para la impaciencia.

Algunos caballeros han constituido una extraordinaria figura en la literatura haciendo de la disconformidad general con el universo una trampa de monotonía en la cual han caído sus grandes almas por error, pero la sensación de un espléndido yo y un mundo insignificante puede tener su consuelo. El descontento de Lydgate le resultaba mucho más difícil de sobrellevar: era la sensación de que a su alrededor había una gran existencia dedicada al pensamiento y a la acción efectiva mientras él se estaba reduciendo a un aislamiento miserable de miedos egoístas y vulgares angustias por sucesos que podrían apaciguar tales miedos. Tal vez sus preocupaciones parezcan terriblemente sórdidas e indignas de la atención de personas excelsas que nada pueden conocer de las deudas salvo a una escala soberbia. Indudablemente eran sórdidas, y la mayoría, que no es excelsa, no puede escapar de la sordidez salvo estando libre del ansia de dinero, con todas sus rastreras esperanzas y tentaciones, su atención a las muertes, sus insinuadas peticiones, su deseo de comerciante de caballos de dar malo por bueno, su búsqueda de funciones que debían ser para otros, su frecuente anhelar la Fortuna bajo la forma de una gran calamidad.

Era debido a que Lydgate se revolvía contra la idea de poner el cuello bajo este vil yugo el que hubiera caído en un estado de amargo mal humor que abría de continuo un distanciamiento con Rosamond. Tras la primera noticia del embargo, había hecho muchos esfuerzos para que su esposa colaborara con él acerca de las posibles maneras de reducir sus gastos, y con la amenazadora cercanía de las Navidades sus sugerencias se concretaban cada vez más. «Podemos arreglarnos con una sola criada, y mantenernos con muy poco» — dijo—, «y yo me apañaré con un caballo». Pues, como hemos visto, Lydgate había empezado a razonar con visión más lúcida sobre los gastos, y el orgullo que sintiera en las apariencias de ese tipo era ínfimo comparado con el orgullo que le hacía repudiar el verse expuesto como deudor, o pedir a otros ayuda económica.

—Claro que puedes despedir a los otros dos criados si quieres —dijo Rosamond—; pero yo diría que es perjudicial para tu profesión el que vivamos como pobretones. Disminuirá tu clientela.

—Mi querida Rosamond, no es problema de elección. Hemos empezado gastando demasiado. Sabes que Peacock vivía en una casa mucho más pequeña que ésta. Es culpa mía, debí tener más sentido común y me merezco un revolcón —si hubiera alguien con derecho a dármelo— por obligarte a vivir peor de lo que has estado acostumbrada. Pero supongo que nos casamos porque nos queríamos. Y eso nos ayudará a seguir adelante hasta que las cosas mejoren. Vamos, mi amor, deja la costura y ven aquí.

Lydgate estaba descorazonado respecto a Rosamond en aquel momento pero le horrorizaba un futuro sin afecto y estaba decidido a hacer frente a la separación que se avecinaba entre ellos. Rosamond le obedeció y él la sentó sobre sus rodillas pero en el fondo de su alma Rosamond se sentía muy distante. La pobre criatura sólo veía que el mundo no se adaptaba a sus gustos y Lydgate formaba parte de ese mundo. Pero su marido le rodeó la cintura con un brazo y puso la otra mano suavemente sobre las suyas pues este hombre un tanto brusco tenía mucha ternura en su trato con las mujeres, pareciendo tener siempre presente la debilidad de sus constituciones y el delicado equilibrio de su salud tanto corporal como mental. Y de nuevo empezó a hablar con persuasión.

—Ahora que me he metido un poco en las cosas, Rosy, descubro que es asombrosa la cantidad de dinero que se nos escapa en el manejo de la casa. Supongo que los criados son descuidados y ha venido a visitarnos mucha gente. Pero deben ser muchos los de nuestra misma posición que se apañan con menos; me imagino que se conforman con cosas más corrientes y están pendientes de las sobras. Y es como si el dinero tuviera poco que ver en estas cuestiones, pues Wrench lleva una vida muy modesta y tiene una consulta muy grande.

—Bueno, si quieres vivir como los Wrench… —dijo Rosamond girando el cuello levemente—. Pero he oído tus expresiones de desagrado ante esa manera de vivir.

—Sí, tienen muy mal gusto para todo… hacen que la economía resulte algo feo. Nosotros no tenemos por qué hacer lo mismo. Me refiero tan sólo a que ellos evitan los gastos aunque Wrench tiene una clientela magnífica.

—¿Y tú por qué no tienes una buena consulta, Tertius? El señor Peacock la tenía. Deberías tener más cuidado de no ofender a la gente, y deberías hacer lo mismo que los demás en cuanto a las medicinas. Yo diría que empezaste bien y tuviste varias familias buenas. No es bueno ser demasiado excéntrico; debieras pensar en lo que va a gustar a la mayoría —dijo Rosamond en tono suave pero de franca reprimenda.

Lydgate bullía de rabia; estaba dispuesto a mostrarse indulgente con la debilidad femenina pero no con la dictadura femenina. La frivolidad del alma de una ondina puede tener su encanto en tanto no se torna didáctica. Pero se controló y se limitó a decir, con un toque de despótica firmeza:

—Lo que yo hago en mi consulta, Rosy, lo decidiré yo. Ese no es el tema que tenemos que tratar tú y yo. Te basta con saber que es probable que nuestros ingresos sean muy exiguos… apenas cuatrocientas libras, tal vez incluso menos, durante mucho tiempo y debemos modificar nuestra vida de acuerdo con esa realidad.

Rosamond guardó silencio un par de minutos, mirando al frente y luego dijo:

—Mi tío Bulstrode debiera darte un suelo por el tiempo que le dedicas al hospital: no está bien que trabajes gratis.

—Quedó claro desde el principio que prestaría gratis mis servicios. Una vez más, eso no forma parte de nuestra discusión. Ya he señalado cuál es la única solución —dijo Lydgate con impaciencia. Luego, refrenándose, continuó más tranquilamente:

—Creo que veo un medio que nos sacaría bastante de las dificultades actuales. He oído que el joven Ned Plymdale se va a casar con la señorita Sophy Toller. Son ricos y no es frecuente que una buena casa quede vacía en Middlemarch. Estoy seguro de que estarían encantados de quedarse con ésta y con la mayoría de los muebles, y estarían dispuestos a pagar un buen alquiler. Puedo decirle a Trumbull que hable de ello con Plymdale.

Rosamond abandonó las rodillas de su esposo y caminó lentamente hasta el otro lado de la habitación: cuando se volvió y regresó hacia él era evidente que se mordía el labio y apretaba las manos para reprimir las lágrimas que asomaban a sus ojos. Lydgate se sintió desesperado, sacudido por la rabia y sin embargo considerando que sería una cobardía sucumbir a ella en ese momento.

—Lo siento mucho, Rosamond; sé que es muy doloroso. —Cuando consentí en que se devolviera la cubertería y que aquel hombre hiciera un inventario de los muebles, pensé… pensé que habría sido suficiente.

—Te lo expliqué en su momento, mi amor. Eso sólo era una garantía, y detrás de la garantía hay una deuda. Y esa deuda debe saldarse en los próximos meses, de lo contrario tendremos que vender los muebles. Si el joven Plymdale se queda con nuestra casa y la mayoría de los muebles, podremos pagar esa deuda y también alguna otra, y nos desharemos de un sitio demasiado caro para nosotros. Cogeremos una casa más pequeña: sé que Trumbull tiene una muy digna por treinta libras al año y ésta cuesta noventa.

Lydgate profirió este parlamento con el tono cortante y machacón con el que solemos emplear para que una mente dispersa entienda bien unos hechos incontrovertibles. Las lágrimas cayeron en silencio por las mejillas de Rosamond; tan sólo se las secó con el pañuelo, la mirada fija en el gran jarrón de la repisa. Era el momento más amargo que había vivido jamás. Finalmente dijo, sin prisa y con minuciosa precisión:

—Nunca hubiera pensado que podría gustarte comportarte así.

—¿Gustarme? —exclamó levantándose de la silla, hundiendo las manos en el bolsillo y alejándose a zancadas de la chimenea—; no se trata de gustos. Claro que no me gusta; es lo único que puedo hacer —giró en redondo y se volvió hacia ella.

—Yo hubiese pensado que cabían otros muchos medios —dijo Rosamond —. Montemos una subasta y marchémonos de Middlemarch.

—¿Para hacer qué? ¿De qué serviría que abandonara mi trabajo en Middlemarch para ir donde no lo tengo? Seríamos igual de pobres que aquí —dijo Lydgate aún más enfadado.

—Si llegamos a eso, será enteramente por tu culpa Tertius —dijo Rosamond volviéndose y hablando con gran convicción—. Te niegas a comportarte como es debido con tu propia familia. Ofendiste al capitán Lydgate. Sir Godwin fue muy amable conmigo cuando estuvimos en Quallingham y estoy convencida de que si demostraras el debido respeto y le explicaras tus problemas haría por ti cualquier cosa. Pero prefieres darle al señor Ned Plymdale nuestra casa y nuestros muebles.

Había algo parecido a la fiereza en los ojos de Lydgate cuando respondió con renovada agresividad.

—Bien, puesto que así lo quieres, de acuerdo, me gusta. Admito que lo prefiero a hacer el ridículo yendo a mendigar donde es inútil. Quede claro, pues, que eso es lo que me gusta hacer.

El tono de sus últimas palabras equivalía a la presión de su mano fuerte en el delicado brazo de Rosamond. Pero a pesar de ello su voluntad no era ni un ápice más fuerte que la de su esposa. Rosamond abandonó al instante la habitación en silencio pero decidida a impedir que se hiciera lo que Lydgate quería.

Lydgate salió de su casa pero a medida que se iba serenando sintió que el principal resultado de la discusión era un cúmulo de espanto en él ante la idea de abrir en el futuro con su esposa temas qué le impulsaran de nuevo al discurso violento. Era como si se hubiera iniciado una fractura en un cristal delicado y temía cualquier movimiento que resultara ser fatal. Su matrimonio se convertiría en una amarga ironía si no podían seguir queriéndose. Hacía tiempo que había aceptado lo que Lydgate llamaba el carácter negativo de su mujer, su falta de sensibilidad que se demostraba en su falta de consideración tanto de los deseos concretos de su esposo como de sus objetivos en general. Había aguantado el primer desengaño: hubo de renunciar a la tierna devoción y adoración de la mujer ideal, y aceptar la vida a un menor nivel de esperanza, como lo hacen quienes han perdido una extremidad. Pero la esposa real no sólo tenía sus exigencias sino que también retenía su corazón y era el ferviente deseo de Lydgate que aquel dominio continuara siendo fuerte. En el matrimonio, la certeza de que «Nunca me querrá demasiado», se soporta mejor que el miedo de que «Ya no la querré». Por lo tanto, tras aquel exabrupto, sus esfuerzos internos se encaminaban a disculpar a Rosamond y a culpar a las difíciles circunstancias que en parte eran responsabilidad de él. Esa noche, intentó curar las heridas abiertas esa mañana acariciándola, y no era el carácter de Rosamond el rechazar o mostrarse de malhumor; de hecho recibió con agrado las muestras de que su marido la amaba y estaba controlado. Pero esto era algo muy diferente de quererle a él.

Lydgate hubiera preferido no insistir en el plan de desprenderse de la casa: estaba decidido a ponerlo en práctica y hablar de él lo menos posible. Pero la propia Rosamond lo abordó durante el desayuno diciendo suavemente:

—¿Has hablado ya con Trumbull?

—No —dijo Lydgate—, pero pasaré a verle esta mañana.

Interpretó la pregunta de Rosamond como una señal de que le retiraba su oposición y besó la cabeza de su esposa cariñosamente al marcharse.

En cuanto fue lo bastante tarde para ir de visita, Rosamond fue a casa de la señora Plymdale, la madre de Ned, y con las felicitaciones a modo de introducción, abordó el tema de la próxima boda. El maternal punto de vista de la señora Plymdale era que tal vez ahora Rosamond vislumbrara retrospectivamente su propia necedad, y segura de que las ventajas caían de momento todas del lado de su hijo, era mujer demasiado bondadosa como para no portarse con amabilidad.

—Sí, tengo que decir que Ned está muy contento. Y Sophy Toller es cuanto pudiera desear de una nuera. Por supuesto que su padre puede permitirse el lujo de ser generoso con ella… es natural con una fábrica de cerveza como la que tiene. Y en cuanto a relaciones, es todo cuanto hubiéramos podido desear. Pero eso no es lo que me importa. Es una chica encantadora… sin aires de grandeza ni pretensiones aunque está a la altura de la mejor. No me refiero a la aristocracia con títulos. Veo poco de positivo en quienes aspiran a salirse de su propia esfera. Quiero decir que Sophy está a la altura de lo mejorcito de la ciudad y está satisfecha con eso.

—Siempre la he considerado una joven muy agradable —dijo Rosamond.

—Es como una recompensa para Ned, que nunca fue un presuntuoso, el que se haya vinculado a una de las mejores familias —continuó la señora Plymdale, suavizando su natural mordacidad con el ferviente convencimiento de que adoptaba un punto de vista adecuado—. Y siendo los Toller una gente tan especial, podían haber puesto pegas porque algunos de nuestros amigos no lo son de ellos. Es bien sabido que tu tía Bulstrode y yo somos íntimas desde la juventud y el señor Plymdale siempre ha estado de parte del señor Bulstrode. Y yo mismo prefiero la seriedad. Pero de todos modos los Toller han recibido encantados a Ned.

—Estoy segura de que es un joven muy digno y de excelentes principios —dijo Rosamond, con un pulcro aire patrocinador, respondiendo a las sanas puntualizaciones de la señora Plymdale.

—Bueno, no tiene el porte de un capitán del ejército ni el aire de estar por encima de todo el mundo, ni una vistosa forma de hablar y cantar ni gran capacidad intelectual. Pero doy gracias que así sea. Es una pobre preparación tanto para este mundo como para el más allá.

—Por supuesto que sí, las apariencias tienen muy poco que ver con la felicidad —dijo Rosamond—. Creo que tienen todas las probabilidades de ser una pareja feliz. ¿Dónde van a vivir?

—Bueno, tendrán que conformarse con lo que encuentren. Han estado viendo la casa de St. Peter's Place, al lado del señor Hackbutt; es suya y la está arreglando muy bien. No creo que sepan de otra mejor. Creo que Ned pensaba ultimar el asunto hoy.

—Debe ser una casa bonita; a mí me gusta St. Peter's Place.

—Bueno, está cerca de la iglesia y es una zona elegante. Pero las ventanas son muy estrechas y hay que subir y bajar mucho. ¿No sabrás de alguna otra que estuviera disponible? —dijo la señora Plymdale clavando sus ojos negros y redondos en Rosamond con la animación de un pensamiento repentino reflejado en ellos.

—Pues, no. Estoy muy poco al corriente de esas cosas. Rosamond no había previsto aquella pregunta y la respuesta al salir a hacer su visita: simplemente quería recabar cualquier información que la permitiera evitar dejar su casa en circunstancias que le resultaban sumamente desagradables. En cuanto a la no verdad de su respuesta, no lo pensó más de lo que había pensado en la falsedad de responder que las apariencias tenían poco que ver con la felicidad. Estaba convencida de que su objetivo era de todo punto justificable; eran las intenciones de Lydgate las que no tenían excusa y tenía un plan que, cuando lo hubiera ejecutado en su totalidad, probaría el mal paso que hubiera resultado para su marido descender de su posición.

De regreso a casa pasó por la oficina del señor Trumbull. Era la primera vez en su vida que Rosamond había pensado en hacer algo relacionado con los negocios, pero se sentía a la altura de la circunstancia. El que se viera obligada a hacer lo que aborrecía era una idea que convertía su pausada tenacidad en invención activa. Este era un caso en el que no podía bastar con simplemente desobedecer y mantener una serena terquedad: debía actuar según su criterio, y su criterio, se dijo, era el acertado, «de no serlo, no lo hubiera seguido».

El señor Trumbull estaba en la trastienda de su oficina y recibió a Rosamond con sus mejores modales, no sólo porque era sensible a sus encantos sino porque su fibra de bondad se veía conmovida ante la certeza de que Lydgate se encontraba en apuros y que esta mujer extraordinariamente bonita, esta joven dama de enormes atractivos personales, probablemente acusara el envite del infortunio y se encontrara envuelta en circunstancias que escapaban a su control. Le rogó que le hiciera el honor de sentarse y se quedó en pie ante ella, atusándose y comportándose con afanosa solicitud que en su mayor parte era benevolencia. La primera pregunta de Rosamond fue si su esposo había visitado al señor Trumbull esa mañana para hablar de dejar su casa.

—Sí, señora, sí, me ha hablado de ello —dijo el bueno del subastador intentando dotar de tranquilidad sus reiteraciones—. Estaba a punto de llevar a cabo su encargo esta tarde, si era posible. El señor Lydgate no quería que me demorara.

—He venido a decirle que no siga adelante con ello, señor Trumbull, y le ruego que no mencione lo dicho hasta ahora sobre el tema. ¿Podrá complacerme?

—Por supuesto, señora Lydgate, por supuesto. Las confidencias son algo sagrado para mí tanto en lo referente a los negocios como a cualquier otro tema. ¿Debo entonces entender que queda retirado el encargo? —dijo el señor Trumbull colocándose las puntas de su corbatín azul con ambas manos y mirando con deferencia a Rosamond.

—Sí, si me hace el favor. He sabido que el señor Ned Plymdale ha cogido la casa de St. Peter's Place, la de al lado del señor Hackbutt. Al señor Lydgate le molestaría que se llevaran a cabo sus órdenes inútilmente. Y además, existen otras circunstancias que hacen innecesaria la propuesta.

—Muy bien, señora Lydgate, muy bien. Estoy a sus órdenes, para lo que me necesite —dijo el señor Trumbull, que se alegraba de pensar que hubieran surgido nuevas soluciones—. Le ruego que confíe en mí. El asunto se parará aquí.

Esa noche Lydgate se sintió un tanto aliviado al ver que Rosamond estaba más animada de lo que se había venido mostrando últimamente e incluso parecía sentir interés por hacer lo que a él le agradaba sin necesidad de que se lo pidiera. Pensó «Si puede ser feliz y yo logro salir adelante, ¿qué importancia tiene todo esto? No es más que una angosta ciénaga que tenemos que cruzar en un largo viaje: Si consigo volver a tener la, mente despejada, todo saldrá bien».

Tan animado estaba que empezó a buscar una relación de experimentos que hacía tiempo tenía intención de comprobar y que había abandonado ante la insidiosa desesperación que llega en la estela de las ansiedades mezquinas. Volvió a sentir parte del antiguo y fascinador abstraimiento en la investigación profunda, mientras Rosamond tocaba al piano la dulce música que le ayudaba tanto en su meditación como el chapoteo de un remo en el lago al anochecer.

Era bastante tarde, había retirado los libros y miraba el fuego con las manos asidas detrás de la cabeza, olvidado de todo salvo la construcción de un nuevo experimento controlador, cuando Rosamond que había dejado el piano y se encontraba reclinada en su butaca observándole dijo:

—Ned Plymdale ya tiene casa.

Lydgate, sorprendido y alterado, alzó la vista en silencio por un momento, como un hombre a quien le perturban el sueño. A continuación, y, sintiéndose enrojecer desagradablemente, dijo:

—¿Cómo lo sabes?

—Fui a ver a la señora Plymdale esta mañana y me dijo que había cogido la casa contigua a la del señor Hackbutt en St. Peter's Place.

Lydgate permaneció en silencio. Retiró las manos de detrás de la cabeza y se las apretó contra el pelo que, como era usual en él le caía, espeso, sobre la frente, mientras descansaba los codos en las rodillas. Sentía una acre desilusión, como si hubiera abierto la puerta de un lugar sofocante y encontrara una tapia, pero también estaba seguro de que Rosamond se complacía en la causa de su desencanto. Prefirió no mirarla ni hablar con ella hasta que no hubiera pasado el primer pronto de contrariedad. Después de todo, ¿qué le puede importar más a una mujer que la casa y los muebles? …, sin eso, un marido es un absurdo. Cuando alzó la vista y se apartó el pelo, sus ojos oscuros reflejaban el doloroso fruto de la incomprensión, pero sólo dijo con frialdad:

—Tal vez surja alguien más. Le dije a Trumbull que estuviera al tanto si fallaba Plymdale.

Rosamond no hizo comentario. Confió en que el azar mantuviera separados a su marido y al subastador hasta que algún acontecimiento justificara su intervención; en cualquier caso, había impedido lo que más temía de inmediato. Tras una pausa dijo:

—¿Cuánto dinero necesitan esas desagradables personas?

—¿Qué desagradables personas?

—Las que hicieron aquella lista… y los otros. Quiero decir, que cuánto les dejaría satisfechos para que no tuvieras que preocuparte.

Lydgate la observó un instante, como si buscara síntomas y luego dijo:

—Bueno, si hubiera obtenido seiscientas de Plymdale por los muebles y el traspaso, me hubiera podido arreglar. Hubiera pagado a Dover, y a los otros les hubiera dado lo suficiente a cuenta para hacerles esperar pacientemente…, si reducíamos gastos.

—Pero lo que digo es ¿cuánto necesitarías si nos quedáramos en esta casa?

—Más de lo que puedo conseguir en ninguna aparte —dijo Lydgate con sarcasmo en la voz. Le irritaba ver que la mente de Rosamond consideraba deseos ilusorios en lugar de enfrentarse con esfuerzos posibles.

—¿Por qué no dices la cantidad? —preguntó Rosamond con leve indicación de que la disgustaba su actitud.

—Bueno —dijo Lydgate, como calculando—, necesitaría al menos mil libras para estar tranquilo. Pero —añadió en tono incisivo—, he de pensar en lo que haré sin ellas, no con ellas.

Rosamond no dijo más.

Pero al día siguiente llevó a cabo su plan de escribir a Sir Godwin Lydgate. Desde la visita del capitán, había recibido una carta de él, así como una de la señora Mengan, su hermana casada, dándole el pésame por la pérdida del niño, y expresando vagamente el deseo de verla de nuevo en Quallingham. Lydgate le había dicho que esta cortesía no significaba nada, pero ella estaba íntimamente convencida de que cualquier reticencia de la familia de Lydgate se debía al comportamiento altivo y frío de su marido, y había contestado las cartas con todo su esmero y encanto, confiando en que llegaría una invitación concreta. Pero sólo llegó el silencio. Estaba claro que el capitán no era dado a escribir y Rosamond pensó que tal vez las hermanas estuvieran en el extranjero. Sin embargo, había llegado la época de pensar en los parientes que estaban en casa y al menos Sir Godwin, que le había acariciado la barbilla y dicho que se parecía a la señora Croly, la célebre beldad que le conquistara en 1790, se conmovería al ver que recurría a él y disfrutaría, por ella, comportándose como debía con su sobrino. Rosamond estaba ingenuamente convencida de lo que debía hacer un anciano caballero para impedir que ella sufriera malestar alguno. Y escribió lo que a su juicio era la carta más juiciosa, que sin duda le demostraría su excelente sentido común a Sir Godwin, señalando lo deseable de que Tertius abandonara un lugar como Middlemarch por uno más adecuado a su talento, cómo el carácter desagradable de los habitantes había impedido su éxito profesional, y cómo, consecuentemente, se encontraba en dificultades económicas, para salir de las cuales se precisarían mil libras. No mencionó que Tertius no estaba al corriente de la carta, pues creía que su supuesta objeción a la misma sería acorde con el grado de respeto que ella dijera que sentía su marido por el tío Godwin, de entre todos los familiares su mejor amigo. Esta era la fuerza de las tácticas de Rosamond que ahora aplicaba a los asuntos del mundo. Esto había tenido lugar antes de la fiesta del día de Año Nuevo, y aún no había llegado respuesta alguna de Sir Godwin. Pero aquel mismo día por la mañana Lydgate hubo de saber que Rosamond había revocado la orden que diera a Borthrop Trumbull. Pensando que sería conveniente que su esposa se fuera acostumbrando a la idea de dejar su casa de Lowick Gate, venció su aversión por hablar de nuevo del tema con ella y dijo durante el desayuno:

—Procuraré ver a Trumbull esta mañana para decirle que anuncie la casa en el Pioneer y el Trumpet. Si se anuncia, tal vez la coja alguien que de otro modo no hubiera pensado en cambiarse. En estos sitios de provincias muchas personas siguen en sus casas aún quedándoseles pequeñas por desconocimiento de cómo encontrar otra. Y no parece que Trumbull haya tenido mucho éxito.

Rosamond supo que había llegado el momento inevitable.

—Le dije a Trumbull que no prosiguiera con el tema —dijo con un deliberado sosiego que sin duda resultaba defensivo.

Lydgate la miró con mucho asombro. Hacía sólo media hora que la había estado sujetando las trenzas y dirigiéndole esas pequeñas frases de afecto, que Rosamond, aunque no devolviera, había aceptado como si fuera una hermosa y serena imagen que de vez en cuando sonreía milagrosamente a su adorador. Con estas sensaciones aún latentes, la sorpresa que recibió no pudo de momento ser de enfado claro: fue de dolor confuso. Dejó el cuchillo y el tenedor con que trinchaba la carne y echándose hacia atrás en la silla dijo finalmente con fría ironía en el tono:

—¿Puedo preguntar cuándo y por qué lo hiciste?

—Cuando supe que los Plymdale ya tenían casa, pasé a decirle que no les dijera nada de la nuestra; y al mismo tiempo le dije que parara el asunto. Sabía que sería muy nocivo para ti que se supiera que querías desprenderte de la casa y los muebles y yo me oponía mucho a ello. Creo que eran suficientes motivos.

—Carecía de importancia el que yo te hubiera dado razones imperativas de otra índole; carecía de importancia que yo hubiera llegado a una conclusión diferente y hubiera dado la orden pertinente, ¿verdad? —dijo Lydgate cáusticamente, acumulando truenos y centellas en los ojos y la frente. La cólera ajena siempre hacía que Rosamond se retrajera con fría repulsión, acentuando su corrección y su calma, decidida a no ser ella la que no se supiera comportar, hicieran lo que hicieran los demás.

—Creo —respondió— que tenía todo el derecho a hablar de un tema que me afecta a mí al menos tanto como a ti.

—Naturalmente…, tenías derecho a hablar, pero sólo conmigo. No tenías derecho a contravenir mis órdenes en secreto, y tratarme como si fuera un necio —dijo Lydgate en el mismo tono de antes…, para continuar con nuevo desdén—: ¿Será posible hacerte comprender las consecuencias? ¿Servirá de algo que te diga una vez más el por qué es necesario que intentemos desprendernos de la casa?

—No es necesario que me lo digas de nuevo —dijo Rosamond en un tono que cayó como frías gotas de agua—. Recuerdo lo que dijiste. Hablaste con la misma agresividad que ahora. Pero eso no varía mi opinión de que debías intentar cualquier otro medio antes de dar un paso tan doloroso para mí. En cuanto a lo de poner un anuncio de la casa, pienso que sería absolutamente degradante para ti.

—¿Y suponte que yo hago el mismo caso de tus opiniones que tú de las mías?

—Puedes hacerlo, naturalmente. Pero creo que debieras haberme dicho antes de casarnos que me pondrías en la peor de las situaciones antes que renunciar a tu opinión.

Lydgate guardó silencio, pero ladeó la cabeza y frunció con desesperación las comisuras de los labios. Rosamond, viendo que no la miraba, se levantó y puso ante él la taza de café; pero él no se fijó, y continuó con su drama interior y sus pensamientos, moviéndose de vez en cuando en la butaca, descansando un brazo sobre la mesa y mesándose el pelo con la mano. Experimentaba una mezcla de emociones y pensamientos que le impedían dar rienda suelta a su ira o perseverar en su decisión con simple rigidez. Rosamond se aprovechó de su silencio.

—Cuando nos casamos todos pensaron que tenías una alta situación. No me pude imaginar entonces que querrías vender nuestros muebles y vivir en Bride Street, donde las habitaciones de las casas son como jaulas. Si hemos de vivir así, al menos vayámonos de Middlemarch.

—Todo esto sería muy importante… —dijo Lydgate medio irónicamente (persistía el pálido ajamiento en sus labios mientras contemplaba el café sin tocarlo)—, sería muy importante si no diera la casualidad de que estoy endeudado.

—Muchas personas lo habrán estado igual que tú, pero si son respetables, la gente confía en ellas. Estoy segura de haber oído a papá hablar de que los Torbit tenían deudas y siguieron adelante perfectamente. No puede ser bueno actuar precipitadamente —dijo Rosamond con pacífica sabiduría.

A Lydgate le paralizaban impulsos contrarios: puesto que ningún razonamiento parecía poder conquistar el asentimiento de Rosamond, sentía deseos de destruir y triturar algún objeto en el que pudiera al menos producir alguna impresión, o decirle a su esposa brutalmente que él era el amo y ella debía obedecer. Pero no sólo le aterraba el efecto de una medida tan extrema sobre sus vidas sino que sentía un pánico creciente ante la terquedad tranquila e intangible de Rosamond, que no permitía que ninguna afirmación de poderío fuera decisiva; por otro lado Rosamond le había herido donde más le dolía al sugerir que se había casado con él engañada por una falsa visión de felicidad. En cuanto a decir que era el amo, no respondía a la realidad. La resolución impuesta por fuerza de la lógica y el sentido del honor empezaba a ceder ante el torpedeo de su esposa. Bebió media taza de café y se levantó para marcharse.

—Al menos podré pedir que no veas a Trumbull por ahora… hasta que se vea que no hay otros medios —dijo Rosamond. Aunque no era temerosa, pensó que no era momento para revelar que había escrito a Sir Godwin—. Prométeme que esperarás unas semanas, o que me lo dirás antes.

Lydgate lanzó una brusca carcajada.

—Creo que soy yo el que debiera exigirte la promesa de no hacer nada sin decírmelo —dijo, dirigiéndole una punzante mirada y encaminándose luego hacia la puerta.

—Recordarás que cenamos en casa de papá ¿no? —dijo Rosamond pretendiendo que su marido se volviera e hiciera una concesión más precisa—. Pero éste se limitó a contestar, «Sí», con impaciencia y salió.

A su mujer se le antojó que era muy odioso que su marido no considerara que bastaban las dolorosas proposiciones que había tenido que hacer sin necesidad de demostrar tan mal carácter. Era también muy cruel por su parte, que ante la modesta petición de que retrasara su visita a Trumbull, no la tranquilizara respecto a sus intenciones. Estaba convencida de haber actuado bien, y cada palabra encolerizada o hiriente de Lydgate sólo alargaba su registro mental de ofensas. Hacía meses que la pobre Rosamond había empezado a vincular a su marido con sentimientos de desencanto, y la relación terriblemente inflexible del matrimonio había perdido el encanto de fomentar sueños maravillosos. La había liberado de las cosas desagradables de la casa de su padre, pero su matrimonio no le había proporcionado todo cuanto había esperado y deseado. El Lydgate del que se había enamorado era un conjunto de condiciones abstractas, la mayoría de las cuales habían desaparecido, viéndose sustituidas por detalles cotidianos que había que vivir lentamente, hora a hora, en lugar de flotar fugazmente a través de ellos seleccionando los aspectos favorables. Los hábitos profesionales de Lydgate, su preocupación cuando estaba en casa por los temas científicos, que a ella se le antojaba como casi el gusto morboso de un vampiro, sus peculiares puntos de vista que jamás habían formado parte del lenguaje del noviazgo… todas estas influencias constantemente alienadoras, aún obviando el hecho de que se había colocado en una posición desventajosa en la ciudad y prescindiendo del sobresalto que le produjo la revelación sobre la deuda a Dover, hubieran bastado para que a Rosamond le aburriera la presencia de su esposo. Existía otra presencia que desde los primeros días de su matrimonio y hasta hacía cuatro meses, había resultado una animación agradable, pero había desaparecido: Rosamond se negaba a confesarse cuánto tenía que ver el vacío dejado con su tedio; y le parecía (tal vez estuviera en lo cierto) que una invitación a Quallingham y la posibilidad de que Lydgate se marchara de Middlemarch y se estableciera en otro lugar —Londres, o cualquier otro sitio libre de preocupaciones— le resultarían satisfactorias, reconciliándola con la ausencia de Will Ladislaw por quien sentía cierto resentimiento por sus alabanzas de la señora Casaubon.

Así estaban las cosas entre Lydgate y Rosamond aquel día de Año Nuevo cuando cenaron en casa del señor Vincy, ella mirándole con suave neutralidad en recuerdo de su comportamiento malhumorado del desayuno y él sufriendo una turbación mucho más honda fruto del conflicto interno en el cual la escena matutina era tan sólo una de sus muchas manifestaciones. Su acalorado esfuerzo al hablar con el señor Farebrother, sus esfuerzos por simular cínicamente que todas las formas de obtener dinero eran básicamente iguales, y que el azar posee un imperio que reduce la elección a la ilusión de un necio, no eran más que el síntoma de una resolución indecisa, una respuesta entumecida a los antiguos estímulos del entusiasmo.

¿Qué podía hacer? Veía con aún mayor nitidez que Rosamond la sordidez de llevársela a una casa pequeña de Bride Street, donde dispondría de pocos muebles a su alrededor y de su descontento interior; una vida de privaciones y una vida con Rosamond eran dos imágenes que se habían ido haciendo cada vez más irreconciliables desde que hiciera su aparición la amenaza de la carencia. Pero aunque sus decisiones hubieran obligado a la combinación de ambas imágenes, los preliminares útiles para cambio tan rudo no parecían estar a mano. Y pese a no haber otorgado la promesa que su esposa le requiriera, no volvió a la oficina de Trumbull. Incluso empezó a pensar en hacer un breve viaje al norte para ver a su tío Sir Godwin. Anteriormente había creído que nada le empujaría a pedirle dinero a su tío, pero desconocía entonces la presión tan absoluta de alternativas aún más desagradables. No podía confiar en el efecto de una carta; sólo en un encuentro personal, por incómodo que le resultara, podría ofrecer una explicación total y comprobar la efectividad del parentesco. No bien había empezado a considerar este paso como el más fácil que brotó en él una colérica reacción ante el hecho de que él, que hacía mucho tiempo decidiera vivir al margen de cálculos tan abyectos, de angustias egoístas acerca de las inclinaciones y los bolsillos de aquellos con quienes se enorgullecía de no tener objetivos en común, hubiera descendido no sólo a su mismo nivel, sino al de pedirles ayuda.

CAPÍTULO LXV

La inclinación de la naturaleza humana a ser tardía en la correspondencia triunfa incluso sobre la presente aceleración en el curso normal de las cosas: ¿cómo sorprendernos pues de que en 1832 el anciano Sir Godwin fuera tardo en escribir una carta de mayor importancia para otros que para él mismo? Habían transcurrido casi tres semanas del nuevo año y Rosamond, esperando una respuesta a su urgente petición, se veía desengañada a diario. Lydgate, ajeno por completo a las expectativas de su mujer veía llegar las facturas al tiempo que percibía como inminente el que Dover hiciera uso de su ventaja sobre otros acreedores. No le había mencionado nunca a Rosamond su pesarosa intención de ir a Quallignham; no quería admitir hasta el último momento lo que a ella le parecería una concesión a sus deseos tras una indignada negación, pero esperaba partir pronto. Un tramo concluido del ferrocarril le permitiría hacer el viaje de ida y vuelta en cuatro días.

Pero una mañana después de que Lydgate hubiera salido llegó una carta para él que Rosamond vio era de Sir Godwin y la llenó de esperanza. Tal vez dentro hubiera una nota para ella; pero, lógicamente era con Lydgate con quien había que tratar las cuestiones de dinero u otra ayuda y el hecho de que se le escribiera, aún más, el mismo retraso en la contestación, parecían garantizar que la respuesta sería afirmativa. Estas ideas la agitaron demasiado como para poder hacer más que pasar unos hilos en un cálido rincón del comedor, el sobre de aquella carta trascendental en la mesa a su lado. Alrededor de las doce oyó los pasos de su marido en el pasillo y corriendo a abrir la puerta, dijo en su tono más despreocupado:

—Tertius, ven… hay una carta para ti.

—¿Ah? —dijo sin quitarse el sombrero, pero pasando el brazo por el hombro de su mujer para girarla y que le acompañara hasta el lugar donde estaba la carta—. ¡Mi tío Godwin! —exclamó mientras Rosamond volvía a sentarse y le observaba al abrir la carta. Esperaba que se sorprendiera.

Así que Lydgate pasó la vista rápidamente por la breve carta, Rosamond vio que su rostro, normalmente de un moreno pálido, adquiría una seca blancura; temblándole los labios y las ventanillas de la nariz tiró ante ella la carta y dijo con violencia:

—Será imposible aguantar una vida contigo si insistes en actuar en secreto…, en actuar en contra mía y en ocultar tus acciones.

Lydgate se detuvo y le volvió la espalda… después giró en redondo, dio unos pasos, se sentó, y volvió a levantarse con desazón, asiendo fuertemente los objetos sólidos que llevaba en el fondo de los bolsillos. Temía decir algo irremediablemente cruel.

A Rosamond también se le había mudado el color a medida que leía. La carta decía así:

«Querido Tertius: No mandes que me escriba tu mujer cuando tengas algo que pedirme. Es una actitud cobista y sinuosa que no hubiera esperado de ti. Jamás he escrito a una mujer por asuntos de dinero. En cuanto a proporcionarte mil libras, o incluso la mitad de esa cantidad, me es imposible hacer nada por el estilo. Mi propia familia me esquilma hasta el último penique. Con dos hijos pequeños y tres hijas, es improbable que me sobre dinero. Pareces haberte liquidado tu propio capital con presteza y haber montado una buena donde estás; cuanto antes te vayas a otro sitio mejor. Pero no tengo ninguna relación con gente de tu profesión, y en ese punto no puedo ayudarte. Hice cuanto pude por ti como tutor, y te dejé que te salieras con la tuya y te dedicaras a la medicina. Podías haber entrado en el ejército o en la Iglesia. Tu dinero hubiera sido suficiente para esas profesiones y hubieras tenido ante ti una escalera más segura. Tu tío Charles siempre te ha tenido rencor por no haber seguido su profesión, pero yo no. Siempre te he querido bien, pero ahora debes considerarte independiente. Afectuosamente, tu tío GODWIN LYDGATE».

Cuando Rosamond hubo terminado la carta se quedó inmóvil, las manos cruzadas, frenando cualquier muestra del punzante desengaño y atrincherándose en una silenciosa pasividad ante la ira de su marido. Lydgate dejó de moverse, la miró de nuevo, y dijo con cáustica severidad:

¿Será esto suficiente para convencerte del daño que puedes hacer con tus artimañas a escondidas? ¿Posees el suficiente sentido común para reconocer tu incompetencia para juzgar y actuar por mí… para entrometerte con tu ignorancia en asuntos que me incumbe a mí decidir?

Eran palabras duras pero no era la primera vez que Rosamond le frustraba. Ella no le miró y no le respondió.

—Casi que me había decidido a ir a Quallingham. Me hubiera resultado harto penoso, pero tal vez hubiera surtido algún efecto. Pero de nada me ha servido devanarme los sesos. Siempre has estado maquinando en secreto. Me engañas con falsos asentimientos y luego estoy a merced de tus artimañas. Si tienes la intención de oponerte a todos mis deseos, dilo y desafíame. Al menos entonces sabré el terreno que piso.

Es un terrible momento en una vida joven cuando la proximidad del vínculo del amor adquiere esta capacidad para amargar. A pesar de su autodominio, a Rosamond le cayó una lágrima que rodó en silencio hasta los labios. Seguía sin decir nada, pero bajo esa quietud se escondía una intensa reacción: sentía tal aversión por su marido que deseaba no haberle visto nunca. La grosería de Sir Godwin hacia ella así como su ausencia total de sentimientos le alineaba con Dover y los demás acreedores... personas desagradables que sólo pensaban en sí mismas y a quienes no les importaba molestarla. Incluso su padre era despiadado y podía haber hecho más por ellos. En realidad sólo había una persona en el mundo a quien Rosamond no consideraba culpable y esa era la grácil criatura de rubias trenzas y manos pequeñas cruzadas ante ella que jamás había dicho palabras inconvenientes y que siempre había actuado con la mejor intención... siendo, naturalmente, la mejor intención aquella que ella prefería.

Lydgate, deteniéndose y mirándola de nuevo, empezó a sentir esa enloquecedora sensación de impotencia que cae sobre las personas apasionadas cuando su pasión se topa con un silencio inocente cuyo dócil aire de víctima les hace creerse equivocados, tiñendo incluso la indignación más justa con la duda de su rectitud. Precisaba recuperar la conciencia de estar en lo cierto moderando sus palabras.

—¿Es que no te das cuenta, Rosamond —comenzó de nuevo procurando conferir una seriedad sin amargura—, de que nada hay tan fatal como la falta de sinceridad y confianza entre nosotros? Ha ocurrido una y otra vez que yo manifieste un deseo decidido y que tú, tras un aparente asentimiento, me hayas desobedecido en secreto. Así, jamás puedo saber en qué creer. Tendríamos alguna esperanza si lo admitieras. ¿Es que soy un animal tan fiero e irrazonable? ¿Por qué no eres sincera conmigo?

Continuaba el silencio.

—¿No puedes decir al menos que te has equivocado y que puedo confiar en que en el futuro no obrarás en secreto? —dijo Lydgate con apremio, pero con algo de súplica en su tono que Rosamond captó con presteza. Su mujer hablo con frialdad.

—Me es imposible admitir o hacer promesa alguna en respuesta a las palabras que me has dirigido. No estoy acostumbrada a ese tipo de lenguaje. Has hablado de mis «artimañas a escondidas», de mi «ignorante intromisión» y mi «falso asentimiento». Jamás te he hablado a ti de esa manera, y creo que debieras disculparte. Hablaste de la imposibilidad de vivir conmigo. La verdad es que no me has hecho la vida agradable últimamente. Creo que era lógico esperar de mí que intentara desviar algunas de las dificultades que me ha traído el matrimonio —otra lágrima rodó al dejar de hablar, y Rosamond se la seco con el mismo silencio que la primera.

Lydgate se derrumbó sobre una butaca, sintiéndose acorralado. ¿Tenía acaso cabida la advertencia en la mente de Rosamond? Se quitó el sombrero, reposó un brazo en el respaldo del sillón y bajó la vista unos momentos en silencio. Rosamond disfrutaba sobre él de la doble ventaja de ser insensible a lo que de justo tenían sus reproches al tiempo que percibía las innegables penalidades de su vida de casada. Aunque su duplicidad en el asunto de la casa rebasaba lo que Lydgate sabía, impidiendo en realidad que los Plymdale conocieran la disponibilidad de la misma, no tenía conciencia de que su conducta pudiera calificarse de falsa. No estamos más obligados a identificar nuestros propios actos de acuerdo con una clasificación estricta de lo que lo estamos a clasificar nuestras verduras o nuestras ropas. Rosamond se sentía ofendida, y esto era lo que Lydgate debía reconocer.

En cuanto a él, la necesidad de acoplarse a la naturaleza de su esposa, inflexible en igual proporción a su capacidad de refutación, le sujetaba como unas tenazas. Había empezado a tener una alarmante premonición del irrevocable desamor de su mujer, y la consiguiente tristeza de sus vidas. La presta intensidad de sus emociones hacía que este terror alternara rápidamente con los primeros prontos violentos. Vano alarde hubiera sido decir que era su amo.

«No me has hecho la vida agradable últimamente» …, «las dificultades que me ha traído el matrimonio» …, estas palabras ardían en su imaginación como el dolor que provoca pesadillas. ¿Acaso no sólo iba a descender de sus propósitos más elevados sino a hundirse también en el siniestro encarcelamiento del odio doméstico?

—Rosamond —dijo, mirándola con aire de infinita melancolía—, deberías disculpar las palabras de un hombre enfadado y desilusionado. Tú y yo no podemos tener intereses contrapuestos. No puedo separar mi felicidad de la tuya. Si estoy enfadado contigo es porque no pareces percatarte de cuánto nos separa cualquier ocultamiento. ¿Cómo iba yo a querer hacerte las cosas difíciles con mis palabras o mi conducta? Cuando te hago daño a ti, hiero parte de mí mismo. Nunca me enfadaría contigo si fueras absolutamente sincera conmigo.

—Sólo he querido impedir que nos precipitaras innecesariamente a la miseria —dijo Rosamond, rebrotándole las lágrimas ahora que su esposo se había suavizado—. Es tan duro vernos denigrados entre toda la gente que nos conoce y vivir tan miserablemente. ¿Por qué no me moriría con el niño?

Hablaba y lloraba con esa mansedumbre que convierte las palabras y las lágrimas en omnipotentes para un hombre de corazón afable. Lydgate acercó su butaca a la de su esposa y con mano fuerte y tierna le apretó la delicada cabeza contra su mejilla. Sólo la acarició; no dijo nada, pues ¿qué se podía decir? No podía prometer que la protegería de la temida miseria puesto que no veía medio seguro de hacerlo. Cuando la dejó para volver a salir se dijo a sí mismo que a ella le resultaba diez veces más arduo que a él; él tenía una vida fuera del hogar, constantes apelaciones a su actividad en favor de otros. Deseaba disculparla de todo lo posible… pero era inevitable que en ese estado de ánimo comprensivo pensara en ella como en un animalillo de especie diferente y más débil. Pero ella le había vencido.

CAPÍTULO LXVI

Lydgate tenía ciertamente buenas razones para reflexionar sobre lo que le reportaba su profesión como contrapeso a sus cuitas personales. Ya no disponía de la suficiente energía para la investigación espontánea y el pensamiento especulativo, pero junto al lecho de sus pacientes los llamamientos directos a su criterio y a su comprensión aportaban el impulso necesario para sacarle de su ensimismamiento. No era simplemente ese arnés benéfico de la rutina que permite a los tontos vivir respetablemente y a los infelices vivir con tranquilidad; era una exigencia constante de nuevas e inmediatas aplicaciones del pensamiento, así como de tener en cuenta las necesidades y angustias de los demás. Muchos de nosotros, al echar la vista atrás, diríamos que el ser más amable que hemos conocido fue un médico, o tal vez aquel cirujano cuyo fino tacto, guiado por una bien informada percepción, nos socorrió con una caridad más sublime que la de los taumaturgos. Algo de esa caridad doblemente bendita seguía siempre a Lydgate en su trabajo en el hospital o en las casas particulares, sirviéndole mejor que cualquier opiato para tranquilizarle y sostenerle en sus ansiedades y su sensación de degeneración mental.

Sin embargo, la sospecha del señor Farebrother respecto del opiato era cierta. Bajo la primera amarga presión de dificultades previstas y la primera percepción de que su matrimonio, si no había de ser una soledad uncida, debía convertirse en un continuo esfuerzo por seguir amando sin que le inquietara demasiado el que le amaran, Lydgate había probado una o dos veces una dosis de opio. Pero carecía de un deseo hereditario por tan fugaces escapatorias de las guaridas de la miseria. Era fuerte, podía beber bien pero no le interesaba, y cuando los hombres a su alrededor bebían alcohol, él tomaba agua con azúcar, pues sentía una despectiva lástima por la agitación que producían incluso las primeras fases de la bebida. Lo mismo le ocurría con el juego. Había visto jugar mucho en París, observándolo como si fuera una epidemia, y no se sentía más tentado por ganancias así que por el alcohol. Se había dicho a sí mismo que las únicas ganancias que le interesaban debían obtenerse mediante un proceso consciente de elevadas y difíciles combinaciones que tendieran hacia un resultado positivo. El poder que codiciaba no se podía representar mediante unos dedos afanosos asiendo un montón de monedas, ni por el triunfo medio salvaje medio idiota en los ojos de quien abarca entre sus brazos las desventuras de veinte alicaídos compañeros.

Pero así como había probado el opio, empezó ahora a pensar en el juego no por afán de emociones sino por una especie de añoranza por una forma tan fácil de obtener dinero, que no conllevaba el pedir y no traía responsabilidades. De haber estado entonces en Londres o en París, es probable que tales pensamientos, secundados por la oportunidad, le hubieran llevado a una casa de juego, ya no para observar a los jugadores sino para observarles con consanguínea avaricia. La repugnancia se hubiera visto vencida por la perentoria necesidad de ganar, si la suerte era próvida y le dejaba. Un incidente que tuvo lugar no mucho después de que descartara la vaga noción de obtener ayuda de su tío fue una poderosa indicación del resultado que pudiera haber surtido cualquier oportunidad real de ganar.

El billar del Dragón Verde era el refugio constante de determinado grupo, la mayoría de cuyos componentes, como nuestro conocido señor Bambridge, eran tenidos por hombres disolutos. Era aquí donde el pobre Fred Vincy había contraído parte de su memorable deuda, al perder dinero en apuestas y verse obligado a pedirle dinero a su alegre acompañante. En Middlemarch se sabía abiertamente que de aquella forma se ganaba y se perdía mucho dinero; y la consiguiente fama del Dragón Verde como lugar de disipación naturalmente acrecentaba la tentación de visitarlo. Es probable que los asiduos, como los iniciados en la masonería, desearan que algo más emocionante se guareciera allí en secreto, pero no eran una comunidad cerrada y muchos ciudadanos respetables mayores, además de los jóvenes, se pasaban de vez en cuando por la sala de billar para ver lo que ocurría. Lydgate, que poseía la musculatura precisa además del gusto por el billar, había cogido el taco una o dos veces en el Dragón Verde en los primeros días de su llegada a Middlemarch; más adelante no dispuso ni del solaz para el juego ni de la inclinación por la clientela. Sin embargo, una noche hubo de buscar allí al señor Bambridge. El tratante se había comprometido a buscarle un comprador para el único caballo bueno que le quedaba, que Lydgate había decidido sustituir por un jamelgo barato esperando obtener veinte libras con este apeamiento, pues toda pequeña cantidad le interesaba ahora como ayuda para alimentar la paciencia de sus proveedores. Le ahorraría tiempo subir de pasada a la sala de billares.

El señor Bambridge aún no había llegado pero seguro que aparecería, le explicó su amigo el señor Horrock; y Lydgate se quedó, jugando una partida para pasar el tiempo. Esa noche tenía ese brillo especial en los ojos y la insólita vivacidad que una vez observara en él el señor Farebrother. El hecho excepcional de su presencia se comentó mucho en la sala, que estaba bastante llena y donde varios espectadores, así como algún jugador, apostaban animadamente. Lydgate estaba jugando bien y se sentía confiado; las apuestas continuaban a su alrededor y ante la rápida consideración de la probable ganancia que podría doblar la suma ahorrada con el caballo, empezó a apostar por su propio juego, ganando una y otra vez. El señor Bambridge ya había entrado pero Lydgate no se fijó en él. No sólo estaba exaltado con su juego sino que se empezaba a plantear el ir al día siguiente a Brassing, donde se jugaba a mayor escala y donde, con un poderoso zarpazo al cebo del diablo, podría llevárselo sin quedar atrapado en el anzuelo, comprando así su liberación de los requerimientos diarios.

Seguía ganando cuando entraron dos nuevas visitas. Una de ellas era un Hawley, joven recién llegado de estudiar Derecho en Londres, y el otro era Fred Vincy, que últimamente había pasado varias noches en este antiguo refugio suyo. El joven Hawley, un consumado jugador de billar, aportó frescura al taco. Pero Fred Vincy, sorprendido de ver a Lydgate y asombrándole el que apostara con aire exaltado, permaneció alejado del círculo en torno a la mesa.

Últimamente, Fred había estado recompensando su seriedad con un poco de relajamiento. Llevaba seis meses trabajando a fondo con el señor Garth en tareas al aire libre, y por mor de una severa disciplina casi había superado su defectuosa caligrafía, disciplina tal vez un poco menos rígida dado que con frecuencia se llevaba a cabo por las noches en casa del señor Garth bajo la mirada de Mary. Pero durante la última quincena, Mary se había quedado en la rectoría de Lowick con las señoras puesto que el señor Farebrother estaba en Middlemarch llevando a cabo unos planes parroquiales. Fred, a falta de cosas más agradables que hacer, había entrado en el Dragón Verde, en parte para jugar al billar, en parte para saborear de nuevo las antiguas conversaciones sobre caballos, deportes y otras generalidades, desde un punto de vista no del todo reglamentario. No había ido de caza ni una sola vez esta temporada, no poseía caballo propio, desplazándose principalmente con el señor Garth en su calesín, o sobre la sobria jaca que Caleb podía prestarle. Fred empezaba a pensar que era un poco demasiado esto de enderezarle con más rigidez que si hubiera sido un clérigo. «Te diré algo señorita Mary… va a resultar más arduo aprender agrimensura y a dibujar planos de lo que hubiera sido escribir sermones —la había dicho, queriendo que advirtiera lo que hacía por ella—; y respecto a Hércules y Teseo, a mi lado no fueron nada. Se divertían y jamás aprendieron una caligrafía de contable». Y ahora que Mary estaba fuera unos días, Fred, como cualquier otro perro fuerte que no puede deshacerse del collar, había arrancado la argolla de su cadena para hacer una pequeña escapada, sin intención de ir muy lejos ni muy rápido. No podía existir motivo para no jugar al billar, pero estaba decidido a no apostar. En cuanto al dinero, Fred tenía ahora el heroico propósito de ahorrar la mayor parte de las ochenta libras que el señor Garth le ofrecía, y devolverlas, lo cual podía hacer con facilidad renunciando a los gastos inútiles, puesto que tenía ropa en demasía y no tenía manutención que pagar. De esa forma podría, en un año, avanzar mucho en la devolución de las noventa libras de las que había privado a la señora Garth, desgraciadamente en un momento en el que le eran más necesarias que ahora. Sin embargo, hay que reconocer que esta noche, la quinta de sus recientes visitas a la sala de billar, Fred no tenía en el bolsillo pero sí en la mente las diez libras que pensaba quedarse del salario de medio año (teniendo por delante el placer de llevarle treinta libras a la señora Garth cuando Mary volviera a estar en casa) —diez libras en la mente como un fondo del cual poder arriesgar algo si surgía la oportunidad de una buena apuesta. ¿Y por qué? Pues porque ¿cuál era la razón para que no cogiera alguna moneda cuando éstas volaban a su alrededor? No volvería a caminar mucho por esa senda, pero a un hombre le gusta asegurarse, y a los libertinos aún más, de cuánta maldad podría hacer si quisiera, y de que si se abstiene de ponerse enfermo, o de convertirse en un mendigo, o de expresarse con la máxima libertad que los exiguos límites de la capacidad humana permiten, no es porque sea un tonto. Fred no entró en las razones formales, que son una manera muy artificial e inexacta de representarse la vuelta cosquilleante de un antiguo hábito, y los caprichos de la sangre joven; pero esa noche le rondaba una sensación profética de que cuando empezara a jugar empezaría también a apostar… de que bebería ponche y, en general, se prepararía para sentirse «algo mustio» por la mañana. Es en movimientos indefinibles como estos que a menudo comienza la acción.

Pero lo último que a Fred se le hubiera pasado por la imaginación era que vería a su cuñado Lydgate —acerca del cual no había descartado por completo su antigua opinión de que era un pedante muy consciente de su superioridad —, muy animado y apostando, tal y como podría haberlo hecho él mismo. A Fred le impactó más de lo debido el hecho de saber vagamente que Lydgate estaba endeudado y que su padre le había denegado su ayuda, y su propio impulso de sumarse a la partida se vio de pronto frenado. Fue una extraña inversión de actividades: el rostro claro y los ojos azules de Fred, normalmente vivos y despreocupados y dispuestos a atender cuanto encerrara una promesa de diversión, aparecían ahora involuntariamente serios y casi avergonzados, como ante la visión de algo inadecuado; mientras que Lydgate, que solía emanar un aire de fuerza serena y esconder cierta reflexividad tras incluso la más pendiente atención, actuaba, observaba, y hablaba con esa exaltada conciencia puntual que recuerda a un animal de fieros ojos y uñas retráctiles. Lydgate, apostando por sus propias jugadas, había ganado dieciséis libras, pero la llegada del joven Hawley había cambiado las tornas. Realizaba jugadas de primera calidad, y empezó a apostar contra Lydgate cuya tensión nerviosa se vio transferida de una simple confianza en sus propios movimientos a desafiar las dudas que sobre los mismos abrigaba otra persona.

El desafío era más emocionante que la confianza pero menos seguro. Continuó apostando por su juego pero fallaba con frecuencia. No obstante siguió, pues tenía la mente tan encajonada en la profunda sima del juego como si hubiera sido el mirón más ignorante de la sala. Fred se dio cuenta de que Lydgate perdía con rapidez y se encontró en la situación desconocida de ingeniarse algo mediante lo cual, sin ser ofensivo, pudiera desviar la atención de Lydgate y tal vez sugerirle una razón para marcharse. Vio que otros observaban el inusitado comportamiento de su cuñado y se le ocurrió que tal vez el simple acto de tocarle el codo y llevárselo a un lado un minuto bastara para sacarle de su ensimismamiento. No se le ocurrió nada más brillante que la osada improbabilidad de decir que quería ver a Rosy y deseaba saber si se encontraba en casa, y se disponía a lanzarse a aquel desesperadamente ingenuo ardid cuando se le acercó un camarero con el mensaje de que el señor Farebrother estaba abajo y quería hablar con él.

A Fred le sorprendió y no del todo gratamente, pero enviando recado de que bajaría al momento, se acercó con renovado impulso a Lydgate y con un «¿Puedo hablar contigo un momento?» se lo llevó a un lado.

—Farebrother me acaba de mandar recado de que quiere hablar conmigo. Está abajo. Pensé que te gustaría saber que estaba aquí por si tenías algo que decirle.

Fred se había aferrado a aquel pretexto para hablar porque no podía decir «Estás perdiendo miserablemente y todo el mundo te está mirando; más vale que te vayas». Pero la inspiración no le hubiera servido mejor. Lydgate no había advertido la presencia de Fred hasta ese momento y su repentina aparición anunciándole al señor Farebrother tuvo el efecto de un golpe fuerte.

—No, no —dijo Lydgate—, no tengo nada especial que decirle. Pero… se acabó el juego… tengo que irme… sólo entré para ver a Bambridge.

—Bambridge está ahí pero está montando un cirio… no creo que sea momento para negocios. Baja conmigo a ver a Farebrother. Supongo que querrá armármela y tú me escudarás —dijo Fred con cierta diplomacia.

Lydgate se sentía avergonzado pero no podía dejarlo traslucir negándose a ver a Farebrother, de modo que bajó. Se limitaron a darse la mano y a hablar de la helada y cuando los tres hubieron alcanzado la calle, el vicario parecía bien dispuesto a despedirse de Lydgate. Claramente su propósito inmediato era hablar con Fred a solas y dijo con suavidad:

—Te interrumpí, joven, porque he de hablar contigo urgentemente. ¿Me acompañas andando hasta St. Botolph? Hacía una noche hermosa; el cielo estaba cuajado de estrellas y el señor Farebrother sugirió que dieran una vuelta para llegar hasta la vieja iglesia por la carretera de Londres. Lo siguiente que dijo fue:

—Creía que Lydgate nunca iba al Dragón Verde.

—Y yo también —dijo Fred—. Pero dijo que había ido a ver a Bambridge.

—Entonces, ¿no estaba jugando?

Fred no se había propuesto decirlo pero ahora se vio obligado a contestar:

—Sí. Pero supongo que sería algo accidental. No le había visto antes.

—¿Así que has estado frecuentando los billares últimamente?

—Bueno, he venido como unas cinco o seis veces. —Creí que tenías buenas razones para haber dejado ese hábito.

—Claro. Usted lo sabe —dijo Fred, a quien no le gustaba verse catequizado de aquella forma—. Se lo conté todo.

—Supongo que eso me autoriza a hablar del asunto. Existe entre nosotros una relación de amistad, ¿no?… yo te he escuchado a ti y tú estarás dispuesto a escucharme a mí. Ahora me toca a mí; ¿puedo hablar un poco de mí mismo?

—Estoy en deuda con usted, señor Farebrother —dijo Fred atenazado por incómodas conjeturas.

—No voy a negar que tienes cierta deuda conmigo. Pero te voy a confesar Fred, que he estado tentado de invertirla guardando silencio esta vez. Cuando alguien me dijo «El joven Vincy ha vuelto a la mesa de billar todas las noches… no aguantará mucho la brida», tuve tentaciones de hacer lo opuesto de lo que estoy haciendo… callarme y esperar a que rodaras de nuevo por la pendiente… primero apostando, y luego…

—No he hecho ninguna apuesta —dijo Fred precipitadamente.

—Me alegro de saberlo. Pero como te decía, mi inclinación era observar y verte coger el camino equivocado, colmar la paciencia de Garth, y perder la mejor oportunidad de tu vida… la oportunidad que hiciste esfuerzos difíciles por conseguir. Adivinarás el sentimiento que suscitó en mí esa tentación… estoy convencido de que lo conoces. Estoy seguro de que sabes que la satisfacción de tu afecto se interpone en la consecución del mío.

Hubo una pausa. El señor Farebrother parecía esperar un reconocimiento de aquel hecho, y la emoción que se filtraba en el tono de su hermosa voz dotaba de solemnidad a sus palabras. Pero ningún sentimiento podía acallar la alarma de Fred.

—No iba a renunciar a ella —dijo tras una ligera vacilación: no era momento de simular generosidad.

—Claro que no, cuando eras correspondido. Pero las relaciones de este tipo, aun cuando vienen de atrás, son siempre susceptibles de cambio. No me resulta difícil concebir que pudieras obrar de forma que aflojaras los lazos que la unen a ti… hay que recordar que sólo está ligada a ti condicionalmente… y que en ese caso, otro hombre, que puede enorgullecerse de tener cierto ascendiente sobre ella, podría granjearse el sólido lugar en su corazón, además de en su mente, que tú habías dejado escapar. No me resulta en absoluto difícil concebir tal resultado —repitió el señor Farebrother con insistencia—. Existe un compañerismo en la afinidad de gustos que pudiera imponerse incluso a la más larga de las asociaciones.

A Fred le pareció que el ataque del señor Farebrother no hubiera sido más cruel de haber poseído pico y garras en lugar de su hábil lengua. Tenía la terrible convicción de que tras esta hipótesis existía la certeza de algún cambio en los sentimientos de Mary.

—Claro que sé lo fácil que es que todo acabe —dijo con voz preocupada—. Si Mary compara… —se interrumpió, no queriendo desvelar todos sus sentimientos, y continuó con la ayuda de un poco de amargura—. Pero creía que era usted amigo mío.

—Y lo soy, por eso estamos aquí. Pero me he sentido muy inclinado a no serlo. Me he dicho a mí mismo, «si hay la probabilidad de que ese joven se perjudique, ¿por qué has de interferir? ¿Acaso no vales tanto como él? ¿Acaso los diecisiete años que le sacas, durante los que has ayunado mucho, no te dan más derecho que a él a satisfacer tus afectos? Si hay la posibilidad de que se eche a perder… pues déjale… tal vez tampoco pudieras impedírselo… y recoge el beneficio».

Hubo una pausa durante la cual a Fred le recorrió un incómodo escalofrío. ¿Qué vendría a continuación? Temía escuchar que Mary sabía algo… le parecía que estaba oyendo una amenaza más que una advertencia. Cuando el vicario habló de nuevo había un cambio en su voz, como una transición alentadora a un tono mayor.

—Pero anteriormente mis intenciones habían sido mejores, y finalmente las he retomado. Pensé que nada mejor para atarme a ellas, Fred, que el decirte lo que había estado pensando. Y ahora, ¿me entiendes? Quiero que la hagas feliz, y que tú también lo seas, y si existe la posibilidad de que una advertencia por mi parte pueda impedir el riesgo de lo contrario… pues ya la he hecho.

La voz del vicario decayó con sus últimas palabras. Hizo una pausa. Estaban en una esquina de césped donde la carretera se desviaba hacia St. Botolph y extendió la mano, como indicando que la conversación había terminado. Fred se conmovió de una forma desconocida. Alguien muy sensible a la contemplación de un acto hermoso ha dicho que produce en el cuerpo una especie de escalofrío regenerador, y le hace a uno sentirse dispuesto a empezar una vida nueva. Ese efecto inundó a Fred Vincy en buena medida.

—Intentaré ser merecedor de esto —dijo interrumpiéndose antes de poder añadir, «de usted tanto como ella». Entretanto el señor Farebrother había hecho acopio de impulso suficiente para agregar algo más.

—No debes figurarte Fred, que piense que por el momento haya disminuido su preferencia por ti. Tranquilízate; si sigues recto, lo demás no se desviará.

—Nunca olvidaré lo que ha hecho —respondió Fred—. No puedo decir nada que merezca la pena… sólo que procuraré que su bondad no se vea malgastada.

—Es bastante. Buenas noches, y Dios te bendiga.

Así se despidieron. Pero ambos deambularon mucho rato antes de abandonar el cielo estrellado. Gran parte de los pensamientos de Fred se podrían resumir en las palabras «Hubiera sido bueno para Mary casarse con Farebrother… pero ¿si me quiere más a mí y yo soy un buen marido?».

Tal vez los del señor Farebrother se pudieran concentrar en un único encogimiento de hombros y un pequeño párrafo, «¡Pensar en el papel que una pequeña mujer puede jugar en la vida de un hombre, de forma que renunciar a ella puede ser una muy buena imitación del heroísmo y conquistarla una disciplina!».

CAPÍTULO LXVII

Felizmente Lydgate había terminado perdiendo en los billares, saliendo sin ánimos de atacar de nuevo por sorpresa a la fortuna. Al contrario, se sintió molesto consigo mismo al día siguiente cuando hubo de pagar cuatro o cinco libras por encima de sus ganancias, y cargar con la desagradable visión de la imagen que había dado, no sólo codeándose con los hombres del Dragón Verde, sino comportándose igual que ellos. Un filósofo que apuesta apenas se distingue de un inculto en las mismas circunstancias: la diferencia provendrá principalmente de las reflexiones posteriores, y en ese sentido Lydgate rumió desagradablemente. Su razón le señaló cómo el asunto hubiera podido desembocar en la ruina por un leve cambio de escenario… de haber entrado en una casa de juego, donde la suerte se podía asir con ambas manos en lugar de cogerla con el índice y el pulgar. De todas formas, aunque la razón ahogaba el deseo de jugar, permaneció en él la sensación de que, de tener garantizada la suerte en la dosis requerida, le hubiera gustado jugar antes que aceptar la alternativa que empezaba a imponérsele como inevitable.

Esa alternativa era dirigirse al señor Bulstrode. Lydgate se había vanagloriado tantas veces ante sí mismo y ante otros de ser totalmente independiente de Bulstrode, a cuyos planes se había prestado exclusivamente porque le permitían llevar a cabo sus conceptos de labor profesional y de provecho público; tantas veces, en su relación personal, había mantenido su orgullo la sensación de que estaba poniendo a un buen uso social a aquel banquero prepotente, cuyas opiniones consideraba despreciables y cuyos motivos a menudo le parecían una absurda mezcla de impresiones contradictorias, que se había creado grandes obstáculos teóricos contra una petición considerable en beneficio propio.

No obstante, a principios de marzo sus asuntos se hallaban en ese punto en el que los hombres empiezan a decir que juraron desde la ignorancia y a percatarse de que la actuación que habían calificado de imposible en ellos se va convirtiendo en manifiestamente posible. Con la desagradable garantía de Dover a punto de vencer, los ingresos de la clientela absorbidos de inmediato por las deudas atrasadas, la posibilidad, si llegaba a saberse lo peor, de que les negaran los suministros diarios a cuenta, y sobre todo, la imagen de descontento de Rosamond persiguiéndole constantemente, Lydgate empezó a ver que debería rebajarse y pedirle ayuda a alguien. En un principio había considerado escribir al señor Vincy, pero preguntándole a Rosamond averiguó que, como sospechara, ella ya había acudido a su padre en dos ocasiones, la última después de la desilusión producida por Sir Godwin, y papá había dicho que Lydgate debía apañárselas. «Papá dijo que con un mal año tras otro, comerciaba cada vez más con capital prestado, y había tenido que renunciar a muchos caprichos: no podía prescindir ni de cien libras. Dijo: que se lo pida a Bulstrode: siempre han sido uña y carne».

Lo cierto era que el propio Lydgate había llegado a la conclusión de que si tenía que terminar por pedir un préstamo sin interés, su relación con Bulstrode, más que con cualquier otra persona, podría proporcionarle un derecho que no era estrictamente personal. Indirectamente Bulstrode había contribuido al fracaso de su consulta, y también se había sentido gratamente satisfecho de contar con un socio médico para sus planes: pero, ¿quién de nosotros se ha visto reducido a la dependencia de Lydgate sin intentar creer que tiene derechos que aminoran la humillación de pedir? Era cierto que últimamente parecía haber disminuido el interés de Bulstrode por el hospital; pero su salud había empeorado y mostraba síntomas de una afección nerviosa profunda. Por lo demás no presentaba cambios: siempre había sido extremadamente educado, pero Lydgate había observado en él desde el principio una marcada frialdad respecto de su matrimonio y otras circunstancias personales, una frialdad que prefería a cualquier familiaridad entre ellos. Retrasaba su intención día a día, debilitado su hábito de actuar de acuerdo con sus conclusiones por la repugnancia a cualquier conclusión posible y los actos que exigiera. Veía con frecuencia al señor Bulstrode pero no intentó aprovechar ninguna ocasión para sus motivos personales. En un momento pensó, «Escribiré una carta: lo prefiero a una tortuosa conversación»; en otro, pensó, «No, si hablara con él podría dar marcha atrás ante cualquier signo negativo».

Pasaban los días y la carta no se escribía ni se buscaba la entrevista. Al huir de la humillación de una actitud de dependencia hacia Bulstrode, su imaginación empezó a familiarizarse con otra medida aún menos parecida a su forma de ser. Empezó a considerar espontáneamente si sería posible llevar acabo la pueril idea de Rosamond que tantas veces le había enfadado, a saber, marcharse de Middlemarch sin pensar en lo que vendría después. Surgía la pregunta… «¿Habría alguien que me comprara la consulta, incluso ahora con lo poco que vale? Así, podría llevarse a cabo la subasta como preparación necesaria para marcharme».

Pero en contra de este paso, que seguía considerando un despreciable abandono de su trabajo actual, una desviación avergonzada de lo que era real y pudiera convertirse en un canal cada vez más ancho para una actividad digna, y todo ello para empezar de nuevo sin destino justificado, existía un obstáculo: que el comprador, caso de existir, podía tardar en presentarse. ¿Y después? Rosamond, en una vivienda humilde, aunque fuera en la mayor de las ciudades o la más lejana, no encontraría la vida que la salvara de la tristeza y le salvara a él del reproche de haber sumido en ella a su esposa. Pues cuando un hombre se encuentra al pie de la colina del éxito, puede quedarse allí mucho tiempo a pesar de su competencia profesional. En el clima británico, no hay incompatibilidad entre la intuición científica y una vivienda amueblada: la incompatibilidad se da principalmente entre la ambición científica y una esposa que rechaza esa clase de residencia.

Pero en medio de sus titubeos, la oportunidad vino a decidirle. Una nota del señor Bulstrode le pidió a Lydgate que fuera a verle al banco. Últimamente se había manifestado en el banquero una tendencia hipocondríaca, y la falta de sueño, que no era más que una ligera acentuación de un síntoma dispéptico habitual, se le había antojado como síntoma de una posible demencia. Quería consultar con Lydgate sin más tardanza esa misma mañana, aunque no podía añadir nada nuevo a lo que el médico ya sabía. Escuchó atentamente cuanto le dijo Lydgate para tranquilizarle, si bien esto también era mera repetición, y este momento en que Bulstrode recibía la opinión médica con un sentimiento de alivio parecía hacer más fácil de lo que Lydgate había pensado de antemano, el comunicarle una necesidad personal. Había estado insistiendo en lo bueno que le resultaría al señor Bulstrode desentenderse un poco de los negocios.

—Se ve que cualquier esfuerzo mental, por leve que sea, puede afectar a una constitución delicada —dijo Lydgate llegado el punto de la consulta en el que los comentarios suelen pasar de lo particular a lo general—, cuando observamos la profunda huella que deja la ansiedad durante un tiempo, incluso en los jóvenes y vigorosos. Yo soy muy fuerte por naturaleza y sin embargo me he visto muy afectado últimamente por una acumulación de problemas.

—Supongo que una constitución en el estado debilitado de la mía sería especialmente propensa a caer víctima del cólera, caso de que nos llegara al distrito. Y desde su aparición en Londres, haríamos bien en asediar el trono divino con peticiones de protección —dijo el señor Bulstrode, sin intención de soslayar la alusión de Lydgate, sino verdaderamente preocupado por sí mismo.

—En todo caso, usted ha asumido su parte de responsabilidad a la hora de tomar precauciones en la ciudad, y ese es el mejor modo de pedir protección —dijo Lydgate, resintiendo tanto más la metáfora incompleta y la lógica defectuosa de la religión del banquero por su aparente sordera ante los problemas ajenos. Pero su mente había recogido el movimiento largo tiempo gestado en busca de ayuda, y no pensaba interrumpirse. Añadió—: la ciudad ha hecho mucho respecto de la limpieza y la búsqueda de medios materiales, y creo que si nos llegara el cólera, incluso nuestros enemigos tendrán que admitir que la organización del hospital resultaría de utilidad pública.

—Cierto —dijo el señor Bulstrode con cierta frialdad—. Respecto de lo que usted dice, señor Lydgate, sobre que ceda un poco en mi ocupación mental, llevo algún tiempo pensando en algo… en algo muy concreto. Estoy considerando retirarme al menos temporalmente de la dirección de gran parte de mis negocios, sean de tipo benéfico o comercial. También pienso cambiar mi residencia durante un tiempo; probablemente cierre o alquile The Shrubs y me vaya a algún lugar cercano a la costa previa información acerca de la salubridad, por supuesto. ¿Aconsejaría usted esta medida?

—Por supuesto —dijo Lydgate recostándose en la silla con impaciencia mal disimulada ante los ojos pálidos y preocupados del banquero y su intensa alarma personal.

—Desde hace tiempo pienso que debería hablar este tema con usted en relación a nuestro hospital —continuó Bulstrode—. En las circunstancias que he expresado, debo, por supuesto, dejar toda participación personal en el funcionamiento, y va en contra de mi sentido de la responsabilidad continuar aportando una considerable cantidad a una institución que no puedo atender y, en cierta medida, dirigir. Por tanto, caso de que prospere mi decisión de abandonar Middlemarch, retiraré del nuevo hospital cualquier otra ayuda que la que se mantendrá por el hecho de haber sido yo quien corrió principalmente con los gastos de su edificación, aparte de haber contribuido a su funcionamiento con ulteriores cantidades importantes.

Cuando Bulstrode, según su costumbre, hizo una pausa, Lydgate pensó, «Debe tal vez haber perdido bastante dinero». Era la explicación más plausible al pequeño discurso que producía un cambio alarmante en sus esperanzas.

—Me temo que será difícil remediar la pérdida para el hospital — respondió.

—Pues sí —dijo Bulstrode, con el mismo tono suave y decidido—, excepto mediante algún cambio de planes. La única persona con quien se puede contar definitivamente para aumentar su contribución es la señora Casaubon. He hablado con ella del tema y le he indicado, como le indico a usted ahora, que será necesario lograr un apoyo más generalizado para el nuevo hospital, mediante un cambio de sistema.

Hubo otra pausa, pero Lydgate guardó silencio.

—El cambio al que me refiero es una fusión con la enfermería, de forma que el nuevo hospital se considere un anexo especial de la antigua institución, con el mismo consejo de administración. Asimismo, será preciso que se unifique la dirección médica. De esta forma se eliminará cualquier dificultad respecto del mantenimiento del nuevo establecimiento; los intereses benéficos de la ciudad dejarán de estar divididos.

El señor Bulstrode había bajado la vista desde el rostro de Lydgate a los botones de su levita e hizo una nueva pausa.

Sin duda es un buen plan respecto al mantenimiento del hospital —dijo Lydgate con un punto de ironía en su tono de voz—. Pero no creo que se pueda esperar de mí que me sienta entusiasmado con él puesto que uno de los primeros resultados será que los otros médicos trastornarán o interrumpirán mis métodos, aunque sólo sea porque son los míos.

—Personalmente, y como usted sabe, señor Lydgate, yo valoro enormemente la oportunidad de procedimientos nuevos e independientes que usted ha puesto diligentemente en práctica: el plan original, lo confieso, significaba mucho para mí, siempre sometido a la voluntad divina. Pero puesto que la providencia me exige una renuncia, así lo hago.

Bulstrode demostraba una habilidad bastante desesperante en su conversación. La metáfora incompleta y la lógica defectuosa que habían suscitado el desprecio de Lydgate eran muy consistentes con una forma de exponer los hechos que hacían que al médico le resultara difícil manifestar su indignación y desilusión. Tras una rápida reflexión, se limitó a preguntar:

—¿Qué dijo la señora Casaubon?

—Esa es la otra cosa que quería decirle —dijo Bulstrode que había preparado muy a fondo su explicación pastoral—. Como usted sabe, es una mujer de disposición sumamente generosa, y, afortunadamente en posesión... no diré de una gran fortuna, pero sí de fondos muy sobrados. Me ha informado que pese a que había destinado la mayor parte de esos fondos a otro menester, está dispuesta a considerar si no podría reemplazarme a mí respecto del hospital. Pero desea tiempo suficiente para madurar sus ideas sobre el tema y le he dicho que no hay prisa, que de hecho, mis planes aún no están totalmente decididos.

Lydgate estaba a punto de decir «Si la señora Casaubon le sustituye habría una ganancia y no una pérdida». Pero la losa que pesaba sobre su mente detuvo esa jovial ingenuidad y respondió:

—Entonces, entiendo que puedo tratar el tema con la señora Casaubon.

—Exactamente; ese es su deseo. Dice que su decisión dependerá en gran parte de lo que usted le diga. Pero no por el momento; tengo entendido que se dispone a salir de viaje. Tengo aquí su carta —dijo el señor Bulstrode sacándola y leyendo—: «De momento estoy ocupada. Voy a Yorkshire con Sir James y Lady Chettam y las conclusiones a las que llegue respecto de algunas tierras que he de ver allí pueden afectar mis posibilidades de contribuir al hospital». Por tanto, señor Lydgate, no hay ninguna premura en este asunto, pero quería advertirle de antemano de lo que pudiera suceder.

El señor Bulstrode volvió a guardar la carta en el bolsillo y cambió de actitud, como cerrando el asunto. Lydgate, cuya renacida esperanza respecto al hospital no hacía más que subrayar los hechos que la envenenaban, supo que, si había de buscar ayuda, debía hacerlo en ese momento y con decisión.

—Le quedo muy agradecido por ponerme tan al corriente —dijo con voz firme pero entrecortando las palabras lo que demostraba que le costaba pronunciarlas—. Mi profesión es lo más importante para mí, y había identificado el hospital con el mejor uso que de momento puedo hacer de mis conocimientos. Pero el mejor uso no coincide siempre con el éxito económico. Todo lo que ha hecho impopular al hospital ha contribuido, junto con otras causas —pienso que están todas relacionadas con mi celo profesional— a hacerme impopular como médico. Principalmente tengo pacientes que no pueden pagarme. Serían los que más me gustan si yo no tuviera que pagar a nadie.

—Lydgate esperó un poco pero Bulstrode se limitó a asentir mientras le miraba fijamente, y el médico continuó de la misma forma entrecortada como si mordiera algo a disgusto.

—He incurrido en dificultades económicas de las que no veo la manera de salir, salvo que alguien que confía en mí y en mi futuro me adelantara una cantidad sin otra garantía. Cuando llegué aquí me quedaba muy poca fortuna. No tengo perspectivas de dinero por parte de mi familia. Mis gastos, a consecuencia de mi matrimonio, han sido mucho más grandes de lo que esperaba. El resultado en este momento es que necesitaría mil libras para salir adelante. Me refiero para librarme del riesgo de tener que vender todos mis bienes como garantía de la deuda más importante… además de saldar otras deudas… y guardar un pequeño remanente que nos mantenga un poco por delante de nuestros exiguos ingresos. Es de todo punto imposible que el padre de mi esposa proporcione semejante adelanto. Esa es la razón de que mencione mi situación a… al único otro hombre que puede considerarse que tiene alguna relación personal con mi prosperidad o mi ruina.

A Lydgate le repelió oírse a sí mismo. Pero ya había hablado y lo había hecho de forma inequívocamente directa. El señor Bulstrode respondió sin premura pero también sin vacilar.

—Me apena, si bien no me sorprende esta información, señor Lydgate. Por mi parte, siento su vinculación a la familia de mi cuñado, que siempre ha sido de hábitos pródigos y que ya está muy en deuda conmigo por contribuir a mantenerles en su posición actual. Yo le aconsejaría, señor Lydgate, que en lugar de contraer nuevas obligaciones y continuar una lucha de dudoso resultado, simplemente se declarara en bancarrota.

—Eso no mejoraría mis perspectivas —dijo Lydgate levantándose y hablando con amargura—, aunque en sí fuera algo más agradable.

—Nos ponen a prueba constantemente —dijo el señor Bulstrode—, pero ése, señor mío, es nuestro sino aquí, y un correctivo necesario. Le recomiendo que sopese mi consejo.

—Muchas gracias —dijo Lydgate, sin saber muy bien lo que decía—. Le he entretenido demasiado. Buenos días.

CAPÍTULO LXVIII

El cambio de planes y desplazamiento de interés que Bulstrode manifestó o delató en su conversación con Lydgate, le venía fijado por una cruda experiencia que había vivido desde la subasta de los bienes del señor Larcher, cuando Raffles reconoció a Will Ladislaw y cuando el banquero había intentado en vano un acto de restitución que impulsara a la divina providencia a detener consecuencias dolorosas.

Su certeza de que Raffles, salvo que estuviera muerto, regresaría a

Middlemarch a no mucho tardar, se había visto justificada. Había reaparecido en The Shrubs el día de Nochebuena. Bulstrode estaba en casa para recibirle e impedir que se comunicara con el resto de la familia, pero no logró evitar que las circunstancias de la visita le comprometieran y alarmaran a su esposa. Raffles se mostró más indómito que en su anterior aparición pues su estado crónico de inestabilidad mental —efecto progresivo de su intemperancia habitual— borraba con presteza toda impresión que le producía cuanto se le dijera. Insistió en quedarse en la casa y Bulstrode, sopesando dos tipos de males, pensó que no sería ésta peor alternativa que la de que se marchara a la ciudad. Le mantuvo en su propia habitación toda la velada hasta que Raffles se fue a acostar, y todo el tiempo éste se estuvo divirtiendo con las molestias que le estaba ocasionando a este próspero y respetable compañero de pecados, diversión que dijo ser alegría por la satisfacción de su amigo al poder agasajar a quien le había sido de gran utilidad y no había sido debidamente recompensado. Bajo estas burdas bromas yacían unos cálculos muy astutos —una fría decisión de extraerle a Bulstrode una buena cantidad como pago por librarse de aquella nueva aplicación de la tortura. Pero su astucia se pasó un poco de la raya.

Bulstrode, de hecho, estaba aún más afligido de lo que la tosca alma de Raffles le permitía imaginarse. Le había dicho a su esposa que simplemente estaba cuidando de aquella desgraciada criatura, la víctima del vicio, que de otro modo podía incluso perjudicarse; insinuó, sin llegar a la mentira, que había un lazo familiar que le obligaba a ello, y que existían en Raffles síntomas de alineación mental que exigían cautela. El mismo se llevaría al desgraciado por la mañana. Consideraba que con estas insinuaciones proporcionaba a su esposa una adecuada información para sus hijas y el servicio, al tiempo que explicaba el que nadie salvo él entrara en la habitación, ni siquiera para llevarle algo de comer y beber. Pero vivió un infierno de terror por si le oían a Raffles las referencias directas y vociferantes a hechos pasados, por si la señora Bulstrode se sintiera tentada de escuchar detrás de la puerta. ¿Cómo impedírselo? ¿Cómo iba a delatar su terror abriendo la puerta para ver si estaba? Era una mujer de costumbres honradas y directas y era poco probable que empleara un método tan abyecto para llegar a una dolorosa información; pero el miedo era más fuerte que el cálculo de probabilidades.

Así, Raffles había abusado en su método de tortura, produciendo un resultado que no estaba en su plan. Al mostrarse imposiblemente indómito había obligado a Bulstrode a pensar que el único recurso que le quedaba era un abierto desafío. Tras acompañar a Raffles a la cama aquella noche, el banquero ordenó preparar el carruaje cerrado para las siete y media de la mañana. A las seis llevaba ya tiempo vestido, habiendo gastado parte de su angustia en rezar, exponiendo sus motivos para querer evitar lo peor si es que en algún momento había empleado la falsedad o faltado a la verdad ante Dios. Pues Bulstrode huía de la mentira directa con una intensidad desproporcionada al número de sus transgresiones indirectas. Pero muchas de éstas eran como los sutiles movimientos musculares que no se registran en la conciencia, si bien producen el fin que hemos decidido y deseamos. Y sólo es aquello que registramos vivamente lo que suponemos puede ser visto por la divina omnisciencia.

Bulstrode llevó su vela hasta la cabecera de Raffles, que parecía estar teniendo una pesadilla. Permaneció en silencio, confiando en que la presencia de la luz sirviera para despertar gradual y suavemente al que dormía, pues temía algún ruido como consecuencia de un despertar demasiado brusco. Llevaba un par de minutos o más observando los estremecimientos y los jadeos que parecía probable acabaran por despertarle cuando Raffles, con un gemido largo y medio ahogado se incorporó y miró aterrorizado a su alrededor, temblando y faltándole la respiración. Pero no hizo ningún otro ruido y Bulstrode, dejando la vela, esperó a que se repusiera.

Había pasado un cuarto de hora cuando Bulstrode, con una fría brusquedad que no había mostrado anteriormente dijo:

—He venido a llamarle tan pronto, señor Raffles, porque he ordenado que estuviera listo el carruaje a las siete y media; tengo la intención de acompañarle personalmente hasta Ilsely, donde podrá coger el tren o esperar la diligencia.

Raffles estaba a punto de hablar pero Bulstrode se le anticipó imperiosamente con las palabras:

—Guarde silencio y escuche lo que le voy a decir. Le proporcionaré dinero ahora y, de cuando en cuando, si me lo pide por carta, le daré una cantidad razonable; pero si vuelve a presentarse aquí, si viene otra vez a Middlemarch, si usa la lengua de forma injuriosa para mí, tendrá que vivir de los frutos que le proporcione su malicia, sin ninguna ayuda por mi parte. Nadie le va a pagar bien por criticarme: sé lo peor que puede hacer en contra de mí y me enfrentaré a ello si se atreve a imponérseme aquí de nuevo. Levántese y haga lo que le digo, sin ruido alguno, o llamaré a la policía para que le saquen de mi casa: podrá hacer circular sus historias por todas las tabernas de la ciudad pero no tendrá ni un céntimo mío para pagarse los gastos.

Pocas veces en su vida había hablado Bulstrode con tanta energía: había estado pensando este discurso y sus probables efectos durante una buena parte de la noche; y pese a que no confiaba en que le salvara a la postre de que Raffles regresara, había llegado a la conclusión de que era la mejor jugada de la que disponía. Dio resultado al obtener una sumisión de parte de un hombre exhausto aquella mañana: su organismo saturado se arredró ante la fría decisión de Bulstrode y se le sacó de la casa en silencio antes de la hora del desayuno familiar. Los criados se imaginaron que era un pariente pobre, y no les sorprendió que un hombre severo como su señor, que llevaba muy alta la cabeza en el mundo, se avergonzara de semejante primo y quisiera deshacerse de él. Las diez millas que recorrió el banquero con su odiado compañero fueron un triste comienzo del día de Navidad; pero a su término Raffles había recuperado el ánimo y se marchó con la satisfacción que le produjeron las cien libras que el banquero le había dado. Varios motivos indujeron a Bulstrode a esta generosidad, pero no se detuvo a examinarlos minuciosamente. Mientras observara a Raffles en su inquieto dormir, se le había cruzado por la mente el deterioro de este hombre desde que recibiera su último regalo de doscientas libras.

Se había encargado de repetir el incisivo propósito de no dejarse tomar más el pelo, y había intentado hacerle ver a Raffles que le había demostrado que los riesgos de comprar su silencio o desafiarle eran iguales. Pero, cuando libre de su repulsiva presencia, Bulstrode regresó a su tranquilo hogar, no tenía mucha confianza en haber logrado más que un respiro. Era como si hubiera tenido una repugnante pesadilla y no pudiera sacudirse de encima las imágenes con su odiosa hermandad de sensaciones... como si un reptil peligroso hubiera dejado su baboso rastro en todas las cosas agradables que rodeaban su vida.

¿Quién sabe qué parte de su vida interior está compuesta de los pensamientos que cree que otros tienen sobre él hasta que ese tejido de opinión se ve amenazado con la ruina? El hecho de que su mujer evitara cuidadosamente aludir a ello no hacía sino confirmar su idea de que la mente de la señora Bulstrode albergaba un depósito de presentimientos inquietantes. Había estado acostumbrado a degustar a diario el sabor de la supremacía y el tributo del más absoluto respeto; y la certeza de que le observaban o le calibraban con la oculta sospecha de que tenía algún secreto vergonzoso le hacía temblar la voz al hablar de edificación. Para personas de temperamento angustiado como el de Bulstrode, prever resultaba a menudo peor que ver, y su imaginación acrecentaba constantemente la angustia de una inminente deshonra. Inminente, sí; pues si su desafío a Raffles no conseguía mantenerle alejado, y aunque rezaba por ello apenas confiaba en este resultado, la deshonra era segura. En vano se decía que si ello acontecía, sería una manifestación divina, un castigo, una preparación; retrocedía de la quema imaginaria, y concluía que sería mejor para la gloria de Dios que escapara a la deshonra. Ese terror le había inducido finalmente a hacer preparativos para marcharse de Middlemarch. Si tenía que decirse la malvada verdad sobre él, al menos se encontraría a una distancia donde le llegara menos el desprecio de sus antiguos vecinos; y en un escenario nuevo, en el que su vida no habría adquirido aún la misma amplia sensibilidad, su atormentador, caso de perseguirle, sería menos formidable. Sabía que para su esposa sería muy doloroso abandonar Middlemarch para siempre, y por otras razones, Bulstrode también hubiera preferido quedarse donde había echado raíces. Por ello en un principio hizo los preparativos de forma condicional, deseando dejar abiertas todas las puertas para un regreso tras una breve ausencia, si una intervención favorable de la providencia disipara sus temores. Preparó la transferencia de la dirección del banco, así como su renuncia al control activo de otros asuntos comerciales en la zona argumentando su precaria salud, pero sin excluir una futura reanudación del trabajo. La medida le ocasionaría algún gasto más y cierta disminución de ingresos además de lo que ya había perdido por la crisis general del comercio, y el hospital se presentaba como un gasto principal que podía recortar con toda justificación:

Esta era la razón que le había decidido a hablar con Lydgate. Pero en ese momento sus preparativos estaban en su mayoría en una fase en la que podía revocarlos caso de resultar innecesarios. Posponía continuamente los últimos pasos, en medio de sus temores, como muchos hombres en peligro de naufragar o de verse lanzados fuera del carruaje por caballos desbocados, tenía la persistente impresión de que algo sucedería para evitar lo peor, y que estropear su vida por una mudanza tardía podría ser precipitado…, sobre todo porque era difícil razonarle satisfactoriamente a su esposa el proyecto de un exilio indefinido del único lugar donde ella quisiera vivir.

Entre los asuntos de los que Bulstrode tenía que encargarse estaba la administración de la granja de Stone Court en caso de ausentarse; y sobre éste, así como todos los demás asuntos relacionados con las casas y tierras que poseía en Middlemarch o en los alrededores, había consultado con Caleb Garth. Como todos cuantos tenían asuntos de esa índole, quería contar con el administrador que se preocupaba más por los intereses de su cliente que por los propios. Respecto a Stone Court, puesto que Bulstrode quería mantener el ganado y llegar a un acuerdo mediante el cual él mismo, caso de desearlo, pudiera retomar su distracción favorita de supervisión, Caleb le había aconsejado no confiar en un simple capataz, sino que arrendara la tierra, el ganado, y los utensilios por años, asignándose una parte proporcional de los beneficios.

—¿Puedo confiar en que usted me encontrará un arrendatario en estas condiciones, señor Garth? —dijo Bulstrode—. ¿Y querrá indicarme la cantidad anual que le compensaría adecuadamente por administrar estos asuntos de los que hemos hablado?

—Lo pensaré —dijo Caleb con su llaneza habitual—. Veré cómo puedo resolverlo.

De no ser porque debía tener en cuenta el futuro de Fred, al señor Garth probablemente no le hubiera complacido asumir más trabajo, pues su mujer siempre temía que le resultara excesivo a medida que se iba haciendo mayor.

Pero al separarse de Bulstrode tras esa conversación, se le ocurrió una idea muy atractiva respecto al arriendo de Stone Court. ¿Qué pasaría si Bulstrode accediera a colocar allí a Fred Vincy con la condición de que él, Caleb Garth, se responsabilizara del funcionamiento? Sería un excelente entrenamiento para Fred, podría sacar unos ingresos modestos y aún le quedaría tiempo para seguir aprendiendo, ayudando en otros negocios. Le mencionó esta idea a la señora Garth con un placer tan evidente que ella no se atrevió a aguar su alegría expresando su temor constante de que asumía demasiada labor.

—El chico estaría más contento que la mar —dijo, recostándose en la butaca con aspecto radiante—, si pudiera decirle que todo está arreglado. ¡Imagínate, Susan! Llevaba años pensando en ese sitio antes de que muriera el viejo Featherstone. Y estaría bien que finalmente le resultara posible vivir en la finca trabajando a fondo en ella... tras haberse dedicado a los negocios. Pues es probable que Bulstrode le dejara seguir allí, y comprar gradualmente el ganado. Sé que todavía no ha decidido si instalarse en otro lugar o no. Nunca me ha satisfecho tanto una idea en mi vida. Y entonces, con el tiempo, los chicos podrían casarse, Susan.

—No le dirás nada a Fred de todo esto hasta que estés seguro de que Bulstrode aceptará el plan, ¿no? —dijo la señora Garth en tono de suave cautela—. En cuanto a la boda, Caleb, nosotros los viejos no tenemos por qué precipitarla.

—Pues no sé —dijo Caleb, moviendo la cabeza—. El matrimonio es algo que taima mucho. Fred necesitaría menos mi bocado y mi brida. De todos modos no diré nada hasta saber el terreno que piso. Hablaré de nuevo con Bulstrode.

Aprovechó la primera oportunidad que tuvo de hacerlo. Bulstrode no sentía gran afecto por su sobrino Fred Vincy pero tenía mucho interés por asegurarse los servicios del señor Garth en varios y diseminados asuntos en los que saldría perdiendo bastante si se ponían en manos de un administrador menos consciente. Por ello no puso pegas a la propuesta del señor Garth, aunque otro motivo contribuyó a que no lamentara dar su consentimiento a algo que beneficiara a la familia Vincy. Era que la señora Bulstrode, teniendo conocimiento de las deudas de Lydgate, se había interesado por saber si su marido no podía hacer algo por la pobre Rosamond, intranquilizándose mucho al decirle éste que los asuntos de Lydgate no tenían fácil solución y que lo más prudente era dejar que «siguieran su curso». Pero la señora Bulstrode había dicho entonces por primera vez.

—Creo que te muestras siempre un poco duro con mi familia, Nicholas. Y estoy segura de no tener razones para renegar de ninguno de mis familiares. Quizá sean demasiado mundanos pero nadie tuvo que decir jamás que no fueran respetables.

—Mi querida Harriet —dijo el señor Bulstrode, acusando la mirada de su esposa cuyos ojos se llenaban de lágrimas—, le he proporcionado a tu hermano grandes cantidades. No cabe esperar de mí que me haga cargo de sus hijos casados.

Aquello parecía cierto y la recriminación de la señora Bulstrode se tornó en lamentos por la pobre Rosamond, de cuya extravagante educación siempre había predicho los frutos.

Pero recordando ese diálogo, el señor Bulstrode pensó que cuando hubiera de hablar con su mujer detalladamente sobre sus planes para abandonar Middlemarch, se alegraría de poder decir que había dispuesto algo que podría ser beneficioso para su sobrino Fred. Por el momento sólo le había dicho que pensaba cerrar The Shrubs durante unos meses y coger una casa en la costa sur.

Por lo tanto, el señor Garth obtuvo la confirmación que deseaba, a saber, que en caso de que el señor Bulstrode se ausentara de Middlemarch por un tiempo indefinido, a Fred Vincy se le arrendaría Stone Court en los términos acordados.

Caleb estaba tan entusiasmado con este «buen giro» de las cosas que de no ser porque su dominio se vio reforzado por una afectuosa regañina de su mujer, se lo hubiera contado todo a Mary, con el deseo de «darle algún consuelo a la chica». No obstante, se reprimió y mantuvo a Fred en absoluta ignorancia respecto de ciertas visitas que hacía a Stone Court a fin de examinar más a fondo el estado de la tierra y del ganado y hacer una estimación previa. Mostraba más agilidad en estas visitas de lo que le exigirían la celeridad de los acontecimientos, pero le estimulaba la complacencia del padre al ocuparse de esta parcela de felicidad que guardaba como un regalo de cumpleaños bien escondido para Fred y Mary.

—Pero suponte que todo resultara ser un castillo de naipes —dijo la señora Garth.

—Bueno —respondió Caleb—, pues el castillo no se le caerá a nadie en la cabeza.

CAPÍTULO LXIX

El señor Bulstrode seguía sentado en su despacho del banco alrededor de las tres del mismo día en que recibiera allí a Lydgate cuando entró el empleado para decirle que tenía preparado el caballo y que el señor Garth estaba fuera y deseaba verle.

—Por supuesto —dijo Bulstrode, y Caleb entró—. Le ruego que se siente, señor Garth, —continuó el banquero con su voz más suave—. Me alegro de que haya llegado a tiempo de encontrarme aún aquí. Sé que usted valora hasta los minutos.

—Bueno —dijo Caleb afablemente, ladeando un poco la cabeza y dejando el sombrero en el suelo mientras se sentaba. Bajó la vista inclinándose un poco hacia adelante y descansando sus largas manos entre las piernas, mientras movía cada dedo sucesivamente como si compartieran algún pensamiento que llenaba su amplia y tranquila frente.

El señor Bulstrode, como todos cuantos conocían a Caleb, estaba habituado a su parsimonia cuando abordaba cualquier tema que consideraba importante y esperaba que se refiriera a la compra de algunas casas en Blindman's Court, para derribarlas, pues ese sacrificio de propiedades quedaría ampliamente recompensado con la entrada de aire y luz en aquel lugar. Eran las propuestas de este tipo lo que a veces hacía que Caleb resultara molesto para quienes le contrataban; pero normalmente había encontrado a Bulstrode favorable a sus proyectos de mejoras y se llevaban bien. Sin embargo, cuando volvió a hablar fue para decir con voz bastante baja:

—Vengo de Stone Court, señor Bulstrode.

—Espero que no haya encontrado nada raro —dijo el banquero—, yo mismo estuve allí ayer. Abel ha hecho rendir bien a los corderos este año.

—Pues sí —dijo Caleb levantando la vista con expresión seria—, sí hay algo raro... un forastero que está muy enfermo, a mi entender. Necesita un médico y por eso he venido. Se llama Raffles.

Vio el impacto que sus palabras causaban en Bulstrode. El banquero había pensado que sus temores le hacían estar excesivamente pendiente de este tema como para que le cogiera por sorpresa, pero se había equivocado.

—¡Pobrecillo! —dijo en tono compasivo, aunque los labios le temblaban ligeramente—. ¿Sabe cómo ha llegado hasta allí?

—Le llevé yo mismo —dijo Caleb quedamente—, le llevé en mi calesín. Se había bajado de la diligencia e iba por la curva de la barrera de peaje cuando le alcancé. Recordó que me había visto con usted en una ocasión en Stone Court, y me pidió que le llevara. Vi que estaba enfermo, y me parecía que era lo correcto, cobijarle bajo un techo. Y ahora creo que no debería perder usted tiempo en buscar quien le atienda —Caleb recogió el sombrero del suelo así que concluía y se levantó lentamente de la silla.

—Por supuesto —dijo Bulstrode, cuya mente se encontraba muy activa—. Tal vez me hiciera usted el favor, señor Garth de avisar al señor Lydgate al pasar… o, ¡espere! …, quizá esté en el hospital. Enviaré a un criado a caballo primero con una nota y yo me dirigiré a Stone Court.

Bulstrode escribió una rápida nota y salió para entregársela él mismo al criado. Cuando volvió, Caleb seguía de pie, con una mano sobre el respaldo de la silla y el sombrero en la otra. El principal pensamiento de Bulstrode era «Tal vez Raffles sólo le habló a Garth de su enfermedad. A Garth le sorprenderá, como la vez anterior, que este desharrapado afirme tener intimidad conmigo, pero seguramente no sabrá nada. Y está en buenas relaciones conmigo… puedo serle útil».

Ansiaba alguna confirmación de esta esperanzadora conjetura, pero el haber preguntado sobre lo que Raffles había hecho o dicho hubiera supuesto una manifestación de su temor.

—Le estoy muy agradecido, señor Garth —dijo con su habitual tono cortés —. El criado estará de vuelta en breve y entonces yo mismo iré a ver qué se puede hacer por esta infeliz criatura. ¿Tenía usted que hablarme de algún otro asunto? Si es así le ruego que tome asiento.

—Gracias —dijo Caleb, indicando con un gesto de la mano que declinaba la invitación—. Debo decirle, señor Bulstrode, que he de pedirle que ponga sus asuntos en otras manos. Le estoy muy agradecido por la generosidad con la que accedió al… arrendamiento de Stone Court y todos los demás asuntos. Pero debo dejarlo.

Una certeza atravesó el alma de Bulstrode como una cuchillada.

—Esto es muy repentino, señor Garth —fue todo lo que pudo decir de momento.

—Lo es —dijo Caleb—. Pero es definitivo. Debo dejarlo. Hablaba con una firmeza muy suave, pero pudo ver que Bulstrode parecía acobardarse ante aquella suavidad, que su rostro se apergaminaba y que desviaba la mirada de los ojos que descansaban sobre él. Caleb sintió por él una enorme lástima, pero no hubiera podido valerse de ningún pretexto para explicar su decisión, aunque hubiera servido de algo.

—Entiendo que se ha visto empujado a esto por algunas calumnias que sobre mí ha proferido ese infeliz —dijo Bulstrode, deseoso ahora de conocer toda la verdad.

—Así es. No puedo negar que obro de acuerdo con lo que le oí decir.

—Es usted un hombre consciente, señor Garth… un hombre, confío, que se siente responsable ante Dios. No querrá perjudicarme estando demasiado dispuesto a dar crédito a la calumnia —dijo Bulstrode intentando dar con algún razonamiento que se adaptara a la mentalidad de Caleb—. Es una razón muy pobre para romper una relación que creo podría ser mutuamente beneficiosa.

—No perjudicaría a nadie si pudiera evitarlo —dijo Caleb—, ni siquiera aunque pensara que Dios haría la vista gorda. Confío en que siempre me apiadaré de mi prójimo. Pero, señor…, me veo obligado a pensar que este Raffles no ha mentido. Y no sería feliz trabajando con usted o beneficiándome gracias a usted. Va en contra de todo lo que pienso. Debo rogarle que busque otro administrador.

—Está bien, señor Garth. Pero al menos tengo derecho a saber lo peor que ha dicho de mí. Debo saber la sórdida oratoria de la que puedo ser víctima —dijo Bulstrode, en quien la ira empezaba a mezclarse con la humillación ante este hombre tranquilo que renunciaba a beneficiarse.

—Es innecesario —dijo Caleb, con un gesto de la mano, inclinando un poco la cabeza y sin desviarse del tono que poseía la piadosa intención de no herir a aquel hombre digno de compasión—. Lo que me ha dicho jamás saldrá de mis labios, salvo que algo que ahora desconozco me obligara a ello. Si llevó usted una vida deshonrosa para lucrarse, y con el engaño privó a otros de sus derechos para enriquecerse aún más, me atrevo a afirmar que se arrepiente… le gustaría retroceder y no puede: eso debe ser muy duro —Caleb hizo una pausa y sacudió la cabeza—, no soy yo quien deba hacerle la vida aún más difícil.

—Pero lo hace… me la hace aún más difícil —dijo Bulstrode con un grito de súplica—. Me la hace más difícil al darme la espalda.

—No me queda otro remedio —dijo Caleb, con aún mayor suavidad y alzando la mano—. Lo lamento. No le juzgo diciendo «él es un malvado y yo un virtuoso». Dios me libre. No lo conozco todo. Un hombre puede hacer el mal y luego salirse de él a fuerza de voluntad, aunque no pueda limpiar su vida. Ese es un duro castigo. Si ese es su caso… lo siento mucho por usted. Pero tengo un sentimiento en mi interior que me impide seguir trabajando con usted. Eso es todo, señor Bulstrode. Todo lo demás está enterrado, por lo que a mí respecta. Buenos días.

—¡Un momento, señor Garth! —dijo Bulstrode precipitadamente—. ¿Puedo confiar entonces en su solemne promesa de que no repetirá a hombre o mujer…, aunque hubiera algo de verdad en ello… lo que de momento es una maligna representación?

Caleb sintió que le nacía la ira y dijo indignado:

—¿Por qué se lo iba a haber dicho si no pensara hacerlo? No le tengo miedo. Semejantes historias no tentarán jamás mi lengua.

—Discúlpeme… estoy nervioso… soy víctima de este hombre irrefrenado.

—¡Espere un momento! Tendrá que pensar si no contribuyó usted a empeorarle cuando se aprovechó de sus vicios.

—Comete conmigo una injusticia al creerle demasiado aprisa —dijo Bulstrode, abrumado, como en una pesadilla, por la incapacidad de negar rotundamente lo que Raffles hubiera podido decir, al tiempo que suponía para él un alivio el que Caleb no le exigiera una clara negativa.

—No —dijo Caleb, levantando la mano como disculpándose—, estoy dispuesto a rectificar mi opinión cuando se demuestre que es equivocada. No le privo de ninguna oportunidad. En cuanto a hablar, lo considero un crimen exponer el pecado de un hombre salvo que tenga claro que debe hacerse para salvar al inocente. Así es como pienso, señor Bulstrode, y lo que digo, no tengo que jurarlo. Muy buenos días.

Unas horas más tarde, cuando ya estaba en casa, Caleb le dijo como de pasada a su esposa que habían surgido unas pequeñas diferencias con Bulstrode y en consecuencia había descartado la idea de hacerse cargo de Stone Court, así como del resto de los asuntos del banquero.

—Quería intervenir demasiado, ¿no? —dijo la señora Garth suponiendo que a su marido le habían tocado su punto sensible y no se le permitió seguir su criterio respecto de materiales y formas de trabajo.

—Bueno… —dijo Caleb agachando la cabeza y moviendo gravemente la mano, y la señora Garth supo que era una indicación de que no pensaba hablar más del tema.

En cuanto a Bulstrode, cogió su caballo casi inmediatamente y partió hacia Stone Court, ansioso de llegar allí antes que Lydgate.

Tenía la mente llena de imágenes y conjeturas, que eran un lenguaje para sus miedos y esperanzas, del mismo modo que los demás oímos tonos en las vibraciones que sacuden todo nuestro sistema. La profunda humillación que le había supuesto el conocimiento de Caleb Garth sobre su pasado, así como el que rechazara su patronazgo, fluctuaba y casi daba paso a la sensación de seguridad ante el hecho de que fuera Garth y no otro hombre a quien se confiara Raffles. Se le antojó una especie de prueba de que la Providencia pretendía rescatarle de peores consecuencias, quedando así abierto el camino a la esperanza del secreto. Que Raffles estuviera enfermo, que le hubieran llevado a Stone Court y no a otro lugar… el corazón de Bulstrode palpitaba ante la visión de las probabilidades que estos sucesos provocaban. Si resultara que se liberaba del peligro de la deshonra… si pudiera respirar con entera libertad… consagraría su vida más que nunca.

Elevó mentalmente esta promesa como para suscitar el resultado deseado… intentó confiar en la fuerza de aquella resolución devota… su fuerza para provocar la muerte. Sabía que debía decir «Hágase tu voluntad», y lo dijo con frecuencia. Pero subsistía el intenso deseo de que la voluntad de Dios fuera que muriera aquel hombre odiado.

Sin embargo, al llegar a Stone Court no pudo contemplar el cambio en Raffles sin que le impactara. De no ser por su palidez y debilidad Bulstrode hubiera calificado el cambio de trastorno mental. En lugar del carácter fanfarrón y mortificador mostraba un vago e intenso terror y parecía querer aplacar la ira de Bulstrode por la desaparición del dinero… le habían robado…, le habían quitado la mitad. Sólo había ido allí porque estaba enfermo y alguien le perseguía… venían tras él: no le había dicho nada a nadie, había mantenido la boca cerrada. Bulstrode, desconociendo el significado de estos síntomas, interpretó esta nueva susceptibilidad nerviosa como un medio para obtener del atemorizado Raffles una confesión verdadera, y le acusó de mentir al afirmar que no había dicho nada, puesto que acababa de contárselo al hombre que le había traído a Stone Court en su calesín. Raffles negó esto con solemnes juramentos, siendo la verdad que tenía rotos los vínculos de la memoria y que su atemorizado y minucioso relato a Caleb Garth había sido fruto de un conjunto de impulsos visionarios que volvieron luego a sumirse en la oscuridad.

A Bulstrode se le volvió a encoger el corazón ante esta señal de que no podía imponerse a la mente de aquel desgraciado y que no podía confiar en ninguna palabra de Raffles respecto a lo que más ansiaba conocer, es decir, si era verdad que había guardado silencio con todo el mundo de los alrededores salvo Caleb Garth. El ama de llaves le había dicho claramente que desde que el señor Garth se marchara, Raffles había pedido cerveza, tras lo cual no había pronunciado palabra, dando la impresión de estar muy enfermo. Por ese lado se podía concluir que no existía ninguna revelación. La señora Abel, como los demás criados de The Shrubs, pensaba que el extraño ser pertenecía a la desagradable «parentela» que forman parte de los problemas de los ricos; en un primer momento atribuyó el parentesco al señor Rigg, y donde había bienes, la insistente presencia de moscones como éste parecía algo natural. Cómo podía ser, al tiempo, «parentela» de Bulstrode no estaba tan claro, pero la señora Abel coincidía con su marido en que «la saber», pensamiento que albergaba para ella un gran alimento mental de forma que con un movimiento de la cabeza despachó ulteriores especulaciones.

Lydgate llegó en menos de una hora. Bulstrode le recibió a la puerta del salón forrado de madera, donde se encontraba Raffles, y dijo:

—Le he llamado, señor Lydgate, para atender a un infeliz que hace muchos años estuvo a mi servicio. Después se marchó a América para regresar posteriormente a una vida de disipación y ocio. Al ser indigente, me siento obligado con él. Estaba lejanamente relacionado con Rigg, el dueño anterior de este lugar, y por ello llegó hasta aquí. Creo que está muy enfermo; parece tener la mente afectada, me siento obligado a hacer todo lo posible por él.

Lydgate, que tenía muy impreso el recuerdo de su última conversación con Bulstrode, no se sentía inclinado a proferir palabras innecesarias y se limitó a hacer un gesto con la cabeza como respuesta; pero en el momento de entrar a la habitación se volvió de forma espontánea y preguntó:

—¿Cómo se llama? —el conocer los nombres formaba tanta parte del bienhacer del médico como del político.

—Raffles, John Raffles —dijo Bulstrode, que esperaba que, fuere lo que fuese de Raffles, Lydgate no llegaría a saber más de él.

Cuando hubo examinado a fondo al paciente y considerado el caso, Lydgate ordenó que se le metiera en la cama y se le mantuviera allí en el mayor silencio posible, y a continuación pasó con Bulstrode a otra habitación.

—Veo que es un caso serio —dijo el banquero antes de que Lydgate comenzara a hablar.

—No…, y sí —dijo Lydgate algo dudoso—. Es difícil pronunciarse respecto a los posibles efectos de complicaciones que vienen de hace muchos años; pero es un hombre de constitución muy fuerte. Yo diría que este ataque no va a ser fatal, aunque su organismo está en una situación delicada, claro. Se le debe vigilar y atender bien.

—Me quedaré yo mismo —dijo Bulstrode—. La señora Abel y su marido no tienen experiencia. No me cuesta nada quedarme aquí esta noche si usted me hace el favor de llevarle una nota a la señora Bulstrode.

—No creo que sea necesario —dijo Lydgate—. Parece lo bastante dócil y asustado, aunque podría volverse menos manejable. Pero hay un hombre en la casa, ¿no?

—En más de una ocasión me he quedado aquí alguna noche para estar solo —dijo Bulstrode como con indiferencia—. Estoy dispuesto a hacerlo hoy. La señora Abel y su esposo me podrán ayudar si fuera preciso.

—Muy bien. En ese caso solamente le tengo que dar las indicaciones a usted —dijo Lydgate, sin que le sorprendieran las pequeñas manías de Bulstrode.

—Entonces, ¿cree usted que hay esperanzas? —dijo Bulstrode, cuando Lydgate terminó de dar las instrucciones.

—Sí, salvo que resultara que había otras complicaciones que de momento no he detectado —dijo Lydgate—. Puede pasar a una fase peor, pero no me sorprendería que mejorara en unos días si se sigue el tratamiento que he prescrito. Tiene que haber mucho rigor. Recuerde que no debe darle alcohol, aunque lo pida. Es mi opinión que a muchas personas en su estado les mata antes el remedio que la enfermedad. De todos modos, pueden surgir nuevos síntomas. Volveré mañana por la mañana.

Lydgate se marchó tras esperar la nota que debía entregar a la señora Bulstrode sin hacer, en principio, ninguna conjetura sobre la historia de Raffles, sino repasando la controversia recientemente renovada por la publicación de la abundante experiencia del doctor Ware en América respecto del método adecuado para tratar casos de envenenamiento por alcohol como el que tenía entre manos. A Lydgate ya le interesaba este tema desde su estancia en el extranjero y estaba muy en contra de la práctica extendida de permitir el alcohol y de administrar grandes dosis de opio, y había actuado con frecuencia y con éxito según su convicción.

—Está muy mal este hombre —pensó—, pero aún le quedan muchos arrestos. Debe ser un beneficiario de la caridad de Bulstrode. Es curiosa la dureza y la ternura que compone la forma de ser de las personas. Bulstrode parece el ser más incomprensivo del mundo con ciertas personas y sin embargo se ha tomado muchísimas molestias y gastado un montón de dinero en actos de caridad. Supongo que tendrá algún baremo mediante el cual descubre por quién se interesan los cielos… y ha decidido que no soy uno de ellos. Esta vena de amargura procedía de una fuente caudalosa y se fue ensanchando en la corriente de sus pensamientos a medida que se acercaba a Lowick Gate. No había vuelto desde su cita con Bulstrode por la mañana, pues el criado del banquero le encontró en el hospital y por primera vez regresaba a casa sin nada en la recámara que le permitiera mantener una esperanza de conseguir el suficiente dinero como para salvarle de la inminente desaparición de cuanto hacía tolerable su vida de casado… todo cuanto les salvaba a él y a Rosamond de ese árido aislamiento en el que se verían obligados a reconocer cuán poco consuelo eran el uno para el otro. Era más llevadero prescindir de recibir ternura que ver que la suya no podía compensarle a su mujer la falta de otras cosas. Los golpes a su orgullo procedentes de humillaciones pasadas y venideras eran muy intensos, pero apenas los diferenciaba del dolor más agudo aún que los dominaba: el dolor de prever que Rosamond llegaría a considerarle principalmente como la causa de su desencanto o infelicidad. Nunca le habían gustado las provisionalidades de la pobreza y jamás con anterioridad habían formado parte de sus perspectivas, pero empezaba ahora a imaginarse cómo dos criaturas que se amaban y poseían un arsenal de pensamientos en común, podrían reírse del mobiliario andrajoso y de los cálculos sobre si podían comprar mantequilla y huevos. Pero esa visión poética de la pobreza le parecía tan lejana como la despreocupación de la edad de oro; en la mente de la pobre Rosamond no había suficiente lugar para que el lujo le pareciera poco importante. Se bajó del caballo con tristeza y entró en la casa, sin esperar más alegría que la que le proporcionara la cena y pensando que antes de que terminara la velada sería conveniente contarle a Rosamond su petición y fracaso ante Bulstrode. Más valía no perder tiempo en prepararla para lo peor.

Pero la cena hubo de esperarle largo rato hasta que pudo tomársela. Al entrar descubrió que el agente de Dover ya había puesto un hombre en la casa y cuando preguntó por la señora Lydgate le dijeron que estaba en su habitación. Subió y la encontró tumbada en la cama, pálida y silenciosa, sin que ni un solo gesto respondiera a las palabras o miradas de su marido. Se sentó junto a la cama e inclinándose sobre ella dijo casi con un grito de súplica:

—¡Perdóname, mi pobre Rosamond, por este horror! Por lo menos, sigámonos queriéndonos.

Ella le miró en silencio, el rostro lleno de desesperación, pero las lágrimas empezaron a inundar sus ojos azules y los labios le temblaron. Aquel hombre fuerte había tenido que soportar demasiado aquel día. Apoyó la cabeza junto a la de su esposa y sollozó.

Lydgate no la impidió marcharse a casa de su padre temprano a la mañana siguiente… le parecía que ya no debía oponerse a sus inclinaciones. Volvió al cabo de media hora diciendo que papá y mamá deseaban que se quedara con ellos mientras las cosas siguieran en este calamitoso estado. Papá había dicho que no podía hacer nada respecto de la deuda… si pagaba ésta, llegarían media docena más. Sería mejor que volviera con sus padres hasta que Lydgate le hubiera encontrado una casa cómoda.

—¿Tienes alguna objeción, Tertius?

—Haz lo que quieras —dijo Lydgate—. Pero las cosas no harán crisis inmediatamente. No hay prisa.

—No me iré hasta mañana —dijo Rosamond—. Tengo que hacer el equipaje.

—Yo esperaría un poco más… nunca se sabe lo que puede ocurrir —dijo Lydgate con amargura—. Puede que me rompa el cuello y eso te facilitaría las cosas.

Era una desgracia para Lydgate, así como para Rosamond, que su ternura por ella, que era tanto un impulso emocional como una bien meditada decisión, se viera inevitablemente interrumpida por estos prontos de indignación sarcástica o recriminatoria. Ella los consideraba totalmente gratuitos y el rechazo que esta acusada severidad le suscitaba tenía el peligro de convertir en inaceptable la ternura más perseverante de su esposo.

—Veo que no deseas que me vaya —dijo con gélida docilidad—. ¿Por qué no lo dices sin esa agresividad? Me quedaré hasta que me digas lo contrario.

Lydgate no dijo más y salió a hacer la ronda de sus pacientes. Se sentía golpeado y hundido y había una oscura línea bajo sus ojos que Rosamond no había visto antes. No podía mirarle. Con esa forma que tenía Tertius de tomarse las cosas, no hacía sino ponérselo más difícil a ella.

CAPÍTULO LXX

Lo primero que hizo Bulstrode cuando Lydgate se hubo marchado de Stone Court fue examinar los bolsillos de Raffles, que imaginaba contendrían de seguro señales en forma de factura de hotel de los lugares en los que se había detenido, caso de que hubiera mentido al decir que venía directamente desde Liverpool porque estaba enfermo y no tenía dinero. Encontró varias facturas en la cartera, pero ninguna con fecha posterior a las Navidades, salvo una datada aquella mañana. Esta estaba arrugada junto con un anuncio de feria de caballos en un bolsillo de la levita y reflejaba el coste de la estancia de tres días en una posada de Bilkley, donde se celebraba la feria, una ciudad por lo menos a cuarenta millas de Middlemarch. La factura era elevada y puesto que Raffles no llevaba equipaje, parecía probable que hubiera dejado el baúl como pago a fin de ahorrar dinero para el viaje pues el monedero estaba vacío y sólo tenía unas monedas sueltas en los bolsillos.

A Bulstrode le invadió una sensación de tranquilidad ante aquellas muestras de que Raffles efectivamente se había mantenido alejado de Middlemarch desde su memorable visita durante las Navidades. Lejos, y entre personas desconocidas para Bulstrode, ¿qué satisfacción podría obtener la vena crucificante y presuntuosa de Raffles al contar viejos escándalos de un banquero de Middlemarch? ¿Y qué daño le iba a ocasionar aunque hablara? Lo principal ahora era vigilarle mientras existiera el peligro de aquel delirar inteligible, aquel inexplicable impulso por hablar que parecía haberse puesto en marcha con Caleb Garth, y Bulstrode estaba muy inquieto no fuera a surgir un impulso semejante ante Lydgate. Se quedó en vela con él toda la noche, ordenándole al ama de llaves que se acostara vestida a fin de estar preparada cuando la llamara, aduciendo su propia incapacidad para conciliar el sueño, y su afán por llevar a cabo las instrucciones del médico. Y así lo hizo aunque Raffles pedía coñac incesantemente y declaraba que se hundía…, que la tierra se hundía debajo de sus pies. Estuvo inquieto e insomne pero seguía temeroso y manejable. Al ofrecérsele los alimentos que Lydgate dispusiera, que rechazó, y negársele otras cosas que pidió, pareció concentrar todo su terror en Bulstrode, suplicándole que depusiera su ira, su venganza matándole de hambre, y jurando que no le había dicho a ningún mortal ni una palabra en su contra. Bulstrode pensó que no hubiera querido que Lydgate oyera ni siquiera esto, pero una señal más alarmante de la alternancia irregular en su delirio fue que, al amanecer, Raffles pareció repentinamente imaginarse que había allí un médico, al cual se dirigía diciendo que Bulstrode quería matarle de inanición por venganza cuando él no había revelado nada.

A Bulstrode le sirvieron bien su sentido de la autoridad y su fuerza de voluntad. Este hombre de aspecto delicado, de trastornos nerviosos, encontró el estímulo preciso en aquellas agotadoras circunstancias y durante esa noche y mañana difíciles, al tiempo que ofrecía el aspecto de un cadáver animado a quien le había sido devuelto el movimiento pero sin calor vital, manteniendo el dominio por pura y gélida impasibilidad, su mente trabajaba intensamente pensando contra qué debía protegerse y qué le proporcionaría seguridad. Al margen de las oraciones que pudiera elevar, de las manifestaciones internas que se hiciera respecto de la condición espiritual de aquel desgraciado y de la obligación que él mismo tenía de someterse al castigo divino asignado y no desearle el mal al prójimo… traspasando todo este esfuerzo por condensar las palabras en un sólido estado mental, se imponían y extendían con irresistible realidad las imágenes de los sucesos que él deseaba. Y a la zaga de esas imágenes venía la disculpa. Bulstrode no podía sino desear la muerte de Raffles y ver en ella su propia liberación. ¿Qué importaba la muerte de este desdichado? Era impenitente… pero ¿acaso no eran impenitentes los delincuentes públicos? …, sin embargo la ley decidía su destino. Si la Providencia concediera la muerte en este caso, no existía pecado en contemplarla como un desenlace deseable…, si él no la apresurara…, si hacía escrupulosamente lo que estaba mandado. Incluso aquí podría haber un error; las prescripciones humanas eran cosas falibles: Lydgate había dicho que en ocasiones un tratamiento había acelerado la muerte… por qué no iba a hacerlo su propio método. Pero claro, en cuestiones del bien y del mal, la intención lo era todo.

Y Bulstrode se dispuso a mantener separadas sus intenciones de sus deseos. Interiormente declaró que tenía la intención de obedecer las órdenes. ¿Por qué se le habría ocurrido preguntarse sobre la validez de estas órdenes? Era tan sólo una vulgar treta del deseo, que se aprovecha de cualquier escepticismo irrelevante, encontrando mayor amplitud en la incertidumbre de los efectos, en la oscuridad que parece una ausencia de la ley. No obstante, obedeció las órdenes.

Su angustia revertía constantemente a Lydgate, y el recuerdo de lo que ocurriera entre ellos la mañana anterior iba acompañado de sentimientos que no se habían visto suscitados durante la escena real. En aquel momento le importaron muy poco los dolidos comentarios de Lydgate respecto al sugerido cambio en el hospital o la actitud que pudiera provocar hacia él lo que el banquero entendía como una negativa justificada a una petición un tanto desorbitada. Consciente de que probablemente se había granjeado la enemistad de Lydgate, revivió ahora la escena con el deseo de conciliarse con él o, más bien, crear en el médico un fuerte sentimiento de obligación personal. Lamentó no haber hecho al momento un sacrificio económico incluso poco razonable. Pues en el caso de que se produjeran desagradables sospechas o si los delirios de Raffles proporcionaban alguna información, Bulstrode hubiera sentido que tenía el apoyo de Lydgate al haberle hecho un favor tan enorme. Pero las lamentaciones llegaban tal vez demasiado tarde.

Extraño y penoso conflicto el del alma de este hombre infeliz que durante años había deseado ser mejor de lo que era…, que había disciplinado sus egoístas pasiones vistiéndolas de severos ropajes, de modo que había caminado envuelto en ellas como si fueran un coro devoto, hasta que ahora el terror surgía entre ellas y las impedía cantar, extrayendo a vez gritos vulgares por salvarse.

Era casi mediodía cuando Lydgate llegó: era su intención haber ido antes pero dijo que le habían entretenido, y Bulstrode observó su aspecto abatido. Pero inmediatamente se dedicó al paciente y preguntó con detalle por cuanto había transcurrido. Raffles estaba peor, apenas ingería alimento alguno, pasaba casi todo el tiempo despierto y deliraba incesantemente, pero seguía sin mostrarse violento. Contrariamente a los temores de Bulstrode apenas hizo caso de la presencia de Lydgate, y continuó hablando o murmurando incoherentemente.

—¿Qué le parece? —preguntó Bulstrode en privado.

—Ha empeorado.

—¿Tiene menos esperanzas?

—No, sigo pensando que puede recuperarse. ¿Se va a quedar usted aquí? —dijo Lydgate mirando a Bulstrode con abrupta interrogación que intranquilizó al banquero, aunque en realidad no obedecía a ninguna clase de sospecha.

—Creo que sí —dijo Bulstrode controlándose y hablando con decisión—. La señora Bulstrode está al tanto de las razones que me retienen aquí. La señora Abel y su marido tienen poca experiencia como para dejarles solos y este tipo de responsabilidades no cae dentro de los servicios que deben prestarme. Supongo que tendrá nuevas instrucciones para mí.

La principal instrucción nueva de Lydgate era suministrar dosis de opio extremadamente moderadas caso de que el insomnio se prolongara durante muchas horas. Había tomado la precaución de traerse el opio y le dio a Bulstrode indicaciones minuciosas respecto a las dosis y el momento en el que debían cesar. Insistió en el riesgo de no pararlas a tiempo y repitió su orden de no darle alcohol al paciente.

—Por lo que veo —concluyó—, lo único que temería en este caso sería la narcotización. Puede salir adelante incluso sin tomar mucho alimento. Tiene todavía mucha fuerza.

—Usted también parece enfermo, señor Lydgate…, algo muy insólito, incluso sin precedentes en usted yo diría —observó Bulstrode mostrando una solicitud tan distinta de su desinterés del día anterior como diferente de su habitual angustia egolátrica era su actual despreocupación por el cansancio—. Me temo que esté apurado.

—Lo estoy —dijo Lydgate con brusquedad, el sombrero en la mano y dispuesto a marcharse.

—Algo nuevo, me temo —dijo inquisitivamente Bulstrode—. Siéntese, por favor.

—No, gracias —dijo Lydgate con altivez—. Ayer mencioné mi situación. No tengo nada que añadir salvo que desde entonces se ha llevado a cabo el embargo de mi casa. Una frase corta puede encerrar muchos problemas. Le deseo muy buenos días.

—Espere, señor Lydgate, espere —dijo Bulstrode—. He estado reconsiderando el tema. Ayer me cogió por sorpresa y lo enfoqué superficialmente. La señora Bulstrode está inquieta por su sobrina y yo mismo lamentaría un cambio calamitoso en su situación. Son muchas las peticiones que se me hacen, pero reconsiderando, pienso que es justo que incurra en algún pequeño sacrificio antes que dejarle a usted desasistido. Creo que dijo que mil libras le bastarían para librarle absolutamente de todas las cargas permitiéndole recuperarse ¿no?

—Sí —dijo Lydgate, imponiéndose a todo otro sentimiento una inmensa alegría interior—, eso saldaría todas mis deudas y me dejaría un remanente. Podría entonces ver la forma de economizar en nuestra manera de vivir. Y con el tiempo quizá la consulta se remonte.

—Si espera usted un momento, señor Lydgate, le firmaré un cheque por esa cantidad. Soy consciente de que la ayuda, para ser efectiva en estos casos, debe ser total.

Mientras Bulstrode escribía, Lydgate se volvió hacia la ventana pensando en su hogar… en la vida bien comenzada que se salvaba de la frustración, sus buenos propósitos aún enteros.

—Puede darme un recibo a mano por esto, señor Lydgate —dijo el banquero acercándosele con el cheque—. Y espero que con el tiempo esté en condiciones de írmelo devolviendo. Entretanto, me complace mucho pensar que estará usted libre de nuevas dificultades.

—Le estoy muy agradecido —dijo Lydgate—. Me ha devuelto la perspectiva de trabajar con alegría y la posibilidad de hacer el bien.

Le pareció un gesto natural en Bulstrode que hubiera reconsiderado su negativa, pues se correspondía con el lado más munífico de su carácter. Pero al poner al trote su jamelgo para llegar a casa cuanto antes y contarle la buena noticia a Rosamond y cobrar el cheque para pagar al agente de Dover, cruzó por su mente con una desagradable impresión como una negra bandada de mal augurio, el pensamiento del contraste que habían obrado en él unos meses… de que estuviera encantado de estar bajo una fuerte obligación personal… de estar encantado de obtener dinero de Bulstrode. El banquero sintió que había hecho algo para neutralizar una causa de desazón, pero no estaba mucho más tranquilo. No midió la cantidad de motivos envenenados que le habían hecho desear la buena voluntad de Lydgate, pero allí estaban, activamente presentes, como un agente irritante en la sangre. Un hombre jura, pero no desecha los medios para romper su juramento. ¿Acaso tiene clara intención de romperlo? En absoluto; pero los deseos que tienden a quebrantarlo obran opacamente en él, encontrando el camino hasta su imaginación, y relajan sus músculos justo en los momentos en los que se repite por enésima vez los motivos para haber jurado. Raffles recuperándose con rapidez, volviendo al uso libre de sus odiosos poderes… ¿cómo podía Bulstrode desear eso? Raffles muerto era la imagen que le producía una liberación y rezaba indirectamente por ese modo de escapar, suplicando que, de ser posible, los días que le quedaban aquí en la tierra estuvieran ausentes de la amenaza de una ignominia que le destrozaría completamente como instrumento al servicio de Dios. La opinión de Lydgate no estaba del lado de que estas preces fueran atendidas y a medida que avanzaba el día, Bulstrode se iba sintiendo más irritado ante la persistencia de la vida de este hombre a quien hubiera deseado ver hundiéndose en el silencio de la muerte: la imperiosa voluntad despertó impulsos asesinos contra aquella vida bruta, sobre la que la voluntad, por sí sola, no tenía dominio. Se dijo interiormente que estaba demasiado cansado de modo que no se quedaría aquella noche con el enfermo sino que le dejaría con la señora Abel, quien, de ser necesario, avisaría a su marido.

A las seis, Raffles, tras escasos ratos de un sueño perturbado, de los cuales despertaba con renovada inquietud y constantes gritos de que se hundía,

Bulstrode comenzó a administrarle el opio, siguiendo las indicaciones de Lydgate. Al cabo de media hora o más llamó a la señora Abel y le dijo que se sentía incapaz de seguir atendiendo al enfermo. Debía dejarle a su cuidado y procedió a repetirle las indicaciones de Lydgate respecto a la cantidad de las dosis. La señora Abel no había tenido conocimiento de las recetas de Lydgate, se había limitado a preparar y traer lo que Bulstrode pedía, haciendo lo que éste indicaba. Preguntó ahora qué más debía hacer aparte de administrar el opio.

—Nada por el momento, salvo ofrecerle sopa o agua de soda. Consúlteme si precisa nuevas instrucciones. Si no hay un cambio importante no vendré a la habitación durante el resto de la noche. Si lo necesita, llame a su marido. Debo irme a la cama.

—Buena falta le hace dormir, señor, ya lo creo —dijo la señora Abel— y tomarse algo más nutritivo de lo que ha comido hasta ahora.

Bulstrode se marchó no sin cierta inquietud respecto de lo que Raffles pudiera decir en su delirio, que había adquirido una incoherencia murmurante poco propicia a la credibilidad. En cualquier caso debía arriesgarse. Bajó primero al salón de madera, y empezó a considerar el mandar ensillar el caballo y regresar a casa a la luz de la luna, desentendiéndose de los asuntos terrenales. A continuación deseó haberle pedido a Lydgate que se pasara de nuevo esa noche. Tal vez diera una opinión diferente y pensara que Raffles entraba en una fase menos alentadora del optimismo. ¿Debía mandar llamar a Lydgate? Si de verdad Raffles estaba empeorando lentamente y se iba muriendo, Bulstrode pensaba que podía acostarse y dormirse dando gracias a la Providencia. Pero ¿estaba realmente peor? Lydgate podría venir y decir que simplemente evolucionaba como era de esperar y que poco a poco se quedaría dormido profundamente y mejoraría. ¿De qué servía mandarle llamar? A Bulstrode le horrorizaba pensar en aquel resultado. No había idea u opinión que le impidiera ver la probabilidad de que una vez se recuperara, Raffles continuaría siendo el mismo de antes, con un renovado vigor para mortificar, obligándole a llevarse a rastras a su mujer para que pasara el resto de su vida alejada de sus parientes y de su lugar natal y portando en su corazón una alienante sospecha contra él.

Llevaba hora y media de angustiado pensar ante el resplandor del fuego de la chimenea cuando un repentino pensamiento le hizo levantarse y encender la vela que había bajado consigo. El pensamiento era que no le había dicho a la señora Abel cuándo debían cesar las dosis de opio.

Cogió la vela pero se quedó inmóvil un largo rato. Tal vez le hubiera ya dado más de lo prescrito por Lydgate. Pero en el estado de cansancio actual era excusable que se hubiera olvidado una parte de las indicaciones. Subió las escaleras con la vela en la mano sin saber si debía ir directamente a su habitación y acostarse o entrar en la del enfermo y rectificar la omisión. Se detuvo en el pasillo, el rostro vuelto hacia el cuarto de Raffles y le oyó gemir y murmurar. Luego, no dormía. ¿Cómo saber si no sería mejor desobedecer las instrucciones de Lydgate puesto que Raffles aún no había conciliado el sueño?

Se dirigió a su habitación. Antes de que hubiera acabado de desvestirse, la señora Abel llamó a la puerta; la abrió unos centímetros para oírla hablar en voz baja.

—Perdone, señor, pero ¿no debería darme un poco de coñac o algo para ese pobre hombre? Siente que se va y no quiere tomar nada más… y de poco le serviría aunque lo hiciera…, sólo el opio. Y dice y repite que se va hundiendo.

Ante su sorpresa el señor Bulstrode no respondió. Libraba una pugna consigo mismo.

—Creo que se morirá por falta de sustento si sigue así. Cuando cuidé del pobre señor Robinson, tenía que darle oporto y coñac constantemente, y un buen vaso cada vez —añadió la señora Abel con un toque de admonición en la voz.

De nuevo el señor Bulstrode guardó silencio y ella continuó:

—No es momento de ahorrar cuando la persona está a las puertas de la muerte, y estoy segura de que usted no lo querría así, señor. De lo contrario le daría nuestra propia botella de ron que tenemos guardada. Pero habiéndole velado usted tanto y con todo lo que ha hecho por él…

Llegado este punto una llave asomó por la abertura de la puerta y el señor Bulstrode dijo con voz ronca:

—Esta es la llave del armario; allí encontrará suficiente coñac.

Muy temprano por la mañana…, alrededor de las seis…, el señor Bulstrode se levantó y pasó un tiempo rezando. ¿Hay alguien que suponga que las oraciones son necesariamente cándidas…, que van necesariamente a la raíz de las acciones? Las oraciones son palabras inaudibles, y las palabras son representativas: ¿quién se puede representar tal y como es, incluso en sus propias reflexiones? Bulstrode todavía no había desentrañado mentalmente las confusas inclinaciones de las últimas veinticuatro horas.

Escuchó en el pasillo y oyó una respiración estertorosa y difícil. Salió a pasear al jardín y observó la escarcha sobre la hierba y las tiernas hojas primaverales. Cuando regresó a la casa le sorprendió ver a la señora Abel.

—¿Cómo está su paciente? Dormido, ¿no? —dijo intentando dotar su voz de cierta animación.

—Está profundamente dormido señor —dijo la señora Abel—. Se fue durmiendo poco a poco entre las tres y las cuatro. ¿Haría el favor de ir a verle? No me ha parecido peligroso dejarle solo. Mi marido se ha ido al campo y la niña está en la cocina.

Bulstrode subió. A primera vista supo que Raffles no dormía el sueño de la reparación sino aquel que se hunde más y más en el abismo de la muerte.

Echó una ojeada a la habitación y vio una botella que aún contenía algo de alcohol y la ampolla de opio casi vacía. Escondió la ampolla y se llevó la botella de coñac que volvió a guardar en el armario.

Mientras desayunaba reflexionó si debía ir a Middlemarch de inmediato o esperar a que llegara Lydgate. Decidió esperar y le dijo a la señora Abel que prosiguiera con sus quehaceres… él velaría junto a la cama del enfermo.

Mientras velaba y contemplaba cómo el enemigo de su paz se hundía irrevocablemente en el silencio, se sintió más tranquilo que nunca durante los últimos meses. Tenía calmada la conciencia bajo el ala envolvente del secreto, que en ese momento parecía un ángel enviado a consolarle. Sacó su agenda para revisar varias notas respecto de los arreglos que había planeado y en parte llevado a cabo ante la perspectiva de marcharse de Middlemarch, y consideró en qué medida seguiría adelante con ellos o los revocaría, ahora que su ausencia sería breve. Quizá su temporal retirada de la dirección de algunos negocios resultaran una adecuada ocasión para llevar a cabo algunas economías que seguía considerando deseables, y confiaba en que la señora Casaubon continuara asumiendo gran parte de los gastos del hospital. Así fueron pasando los minutos, hasta que un cambio en el respirar estertoroso fue lo suficientemente marcado como para atraer su atención hacia la cama, obligándole a pensar en la vida que desaparecería y que en tiempos estuvo subordinada a la suya… que en tiempos fuera lo bastante rastrera como para actuar según él ordenara. Fue la alegría pasada lo que ahora le empujó a sentirse contento por que aquella vida acabara.

¿Y quién podría decir que la muerte de Raffles se había visto precipitada? ¿Quién sabía lo que le hubiera salvado? Lydgate llegó a las diez y media, a tiempo de contemplar el último aliento. Cuando entró en la habitación Bulstrode observó una repentina expresión en el rostro del médico que indicaba no tanto sorpresa cuanto el reconocimiento de no haber juzgado acertadamente. Permaneció un rato en silencio junto a la cama, su mirada fija sobre el moribundo, pero con esa aplacada actividad en el gesto que indicaba que estaba librando un debate interno.

—¿Cuándo se inició este cambio? —dijo, mirando a Bulstrode.

—No le velé anoche —dijo Bulstrode—. Estaba demasiado cansado y le dejé al cuidado de la señora Abel. Dijo que cayó dormido entre las tres y las cuatro. Cuando yo entré antes de las ocho estaba casi como ahora.

Lydgate no hizo más preguntas; observó en silencio hasta que dijo:

—Todo ha terminado.

Esa mañana Lydgate se encontraba en un estado de recuperada esperanza y libertad. Había emprendido su trabajo con su antigua animación, y se sentía con fuerzas para soportar todas las deficiencias de su vida matrimonial. Y era consciente de que Bulstrode había sido su benefactor. Pero este caso le inquietaba. No esperaba que terminara así. Y sin embargo no sabía cómo preguntarle a Bulstrode sin que pareciera que le ofendía. ¿Y si le preguntara al ama de llaves? Al fin y al cabo, el enfermo estaba muerto. No parecía ser de gran utilidad el insinuar que le había matado la imprudencia o la ignorancia de alguien. Y, al fin y al cabo, bien podía él estar equivocado.

Lydgate y Bulstrode regresaron juntos a Middlemarch, hablando de muchas cosas… principalmente el cólera y las probabilidades que tenía de aprobarse la ley de reforma en la Cámara de los Lores, así como de la firme decisión de las uniones políticas. No dijeron nada sobre Raffles, salvo que Bulstrode mencionó la necesidad de procurarle una tumba en el cementerio de Lowick, puesto que, por lo que se le alcanzaba, el pobre no tenía parientes a excepción de Rigg, el cual, había dicho, le era hostil.

Al regresar a casa Lydgate recibió la visita del señor Farebrother. El vicario no había estado en la ciudad el día antes pero la noticia de que había un embargo sobre la casa de Lydgate había llegado a Lowick por la tarde, siendo su portador el señor Spicer, zapatero y sacristán, quien a su vez la sabía por su hermano, el respetable campanero de Lowick Gate. Desde la noche en la que Lydgate bajara de los billares con Fred Vincy, el señor Farebrother había pensado en él con pesimismo. El jugar en el Dragón Verde una vez o incluso más podría ser una insignificancia en otro hombre, pero en Lydgate constituía una de las varias muestras de que se estaba convirtiendo en una persona distinta. Empezaba a hacer cosas por las que anteriormente había sentido un desprecio casi excesivo. Fuera lo que fuera lo que tuvieran que ver en este cambio ciertas insatisfacciones matrimoniales, que algunos tontos chismorreos le habían insinuado, el señor Farebrother creía que estaba relacionado principalmente con las deudas que cada vez más abiertamente se decía que tenía, y empezó a temer que fuera ilusoria cualquier idea respecto de que a Lydgate le respaldara ningún recurso o ningún pariente. El rechazo que encontró en su primer intento de granjearse la confianza de Lydgate le predisponía poco hacia un segundo acercamiento; pero esta noticia de que el embargo era un hecho le decidió a vencer ese recelo.

Lydgate acababa de despedir a un paciente indigente por el que se interesaba mucho y se adelantó con la mano extendida y una animación que sorprendió al señor Farebrother. ¿Sería ésta otra altiva negativa a su ayuda y comprensión? Daba igual: le ofrecería tanto una como otra.

—¿Cómo está Lydgate? He venido porque me dijeron algo que me inquietó sobre usted —dijo el vicario, en el tono de un buen hermano pero sin el mínimo toque de reproche. Ambos se hallaban ya sentados y Lydgate dijo inmediatamente:

—Creo que sé a lo que se refiere. Oyó decir que había un embargo sobre la casa, ¿no?

—Sí. ¿Es cierto?

—Lo era —dijo Lydgate con aire de liberación, como si no le importara hablar del tema ahora—. Pero ha pasado el peligro; la deuda está saldada. He superado mis dificultades: estaré libre de deudas y capaz, espero, de poder empezar de nuevo con mejores planes.

—Cuánto me alegra oír eso —dijo el vicario, echándose hacia atrás en la silla y hablando con la grave rapidez que a menudo sigue a la desaparición de una carga—. Me gusta más eso que todas las noticias que pueda traer el Times. Confieso que venía muy apesadumbrado.

—Le agradezco mucho que lo haya hecho —dijo Lydgate, con cordialidad —. Puedo disfrutar más de la amabilidad puesto que estoy más feliz. La verdad es que he estado muy abatido. Me temo que seguirán doliéndome los cardenales una buena temporada —añadió, sonriendo con cierta tristeza—, pero por el momento sólo noto el alivio de no estar con el agua al cuello.

El señor Farebrother guardó silencio un momento y dijo a continuación con seriedad:

—Mi querido amigo, permítame hacerle una pregunta. Discúlpeme si me tomo esa libertad.

—No creo que me vaya a preguntar nada que pueda ofenderme.

—Entonces…, lo necesito para quedarme del todo tranquilo…, ¿no habrá…, incurrido…, para pagar sus deudas…, en otra que le atormentará posteriormente?

—No —dijo Lydgate, ruborizándose levemente—. No hay razón para que no se lo diga…, puesto que es la verdad…, que es Bulstrode la persona con la que estoy en deuda. Me ha hecho un adelanto muy generoso…, mil libras…, y no le urge que se lo devuelva.

—Sí, es verdaderamente generoso —dijo el señor Farebrother, forzándose a elogiar al hombre que le disgustaba. Su delicadeza rehuyó incluso el pensamiento de que siempre le había advertido a Lydgate que evitara cualquier vinculación personal con Bulstrode, y añadió inmediatamente—: Y Bulstrode debe interesarse lógicamente por su bienestar después de que usted ha trabajado con él de un modo que probablemente haya menguado sus ingresos en lugar de incrementarlos. Me alegra pensar que ha actuado en consecuencia.

Lydgate se sintió incómodo ante estas amables inferencias. Acentuaban más la intranquilidad que había empezado a asomar débilmente tan sólo unas horas antes de que los motivos para la repentina generosidad de Bulstrode, tan a la zaga de la indiferencia más fría, pudieran ser fruto del mero egoísmo. Dejó pasar las amables suposiciones. No podía contar la historia del préstamo, pero la tenía más presente que en ningún otro momento, así como el dato que el vicario había ignorado con gran delicadeza; que esta relación de deuda personal con Bulstrode era lo que en otros tiempos había estado más decidido a evitar.

Y en lugar de responder empezó a hablar de su economía futura y de cómo consideraba ahora su vida desde un punto de vista distinto.

—Montaré un consultorio —dijo—. Creo que hice un esfuerzo equivocado en ese sentido. Y si a Rosamond no le importa cogeré un aprendiz. No me gustan estas cosas pero si las llevas a cabo noblemente no tienen por qué ser degradantes. Me he visto muy mortificado al empezar y eso hará que los pequeños coscorrones me parezcan cosa de nada.

¡Pobre Lydgate! El «Si a Rosamond no le importa» que había dicho involuntariamente como parte de su pensamiento, era una muestra significativa del yugo que soportaba. Pero el señor Farebrother, cuyas esperanzas entraban briosas en la misma corriente que las de Lydgate, y desconocía de él algo que pudiera suscitar un presentimiento melancólico, le dejó con una calurosa felicitación.

CAPÍTULO LXXI

Cinco días tras la muerte de Raffles el señor Bambridge se encontraba de pie ocioso bajo el amplio arco que daba al patio del Dragón Verde. No le gustaba la contemplación en solitario, pero acababa de salir de la casa y cualquier persona que se colocara inactiva bajo la arcada a primera hora de la tarde atraería compañía con la misma certeza que una paloma que ha encontrado algo que merezca la pena picotear. En este caso no había nada material que llevarse a la boca pero el ojo de la razón atisbó la probabilidad de sustento mental en la forma de chismorreos. El señor Hopkins, el manso mercero de enfrente fue el primero en responder a esta visión interna, codiciando más la charla masculina dado que sus clientes eran principalmente mujeres. El señor Bambridge fue bastante cortante con el mercero, dando por sentado que era Hopkins el que quería hablar con él pero sin tener, por su parte, la intención de malgastar mucha conversación con el tendero. Sin embargo pronto se formó un pequeño grupo de oyentes más importantes, compuesto bien por transeúntes, bien por gente que se había acercado al lugar expresamente para ver si ocurría algo en el Dragón Verde; y el señor Bambridge iba encontrando rentable contar cosas impresionantes acerca de los hermosos sementales que había estado viendo y las compras que había hecho durante un viaje al norte del cual acababa de regresar. A los caballeros presentes se les aseguró que cuando pudieran mostrarle algo que mejorara una yegua de pura sangre, baya, de menos de cuatro años, que se encontraba en Doncaster si querían ir a verla, el señor Bambridge les gratificaría sirviendo de blanco para los tiros «desde aquí hasta Hereford». Asimismo, una pareja de caballos negros que iba a empezar a domar le recordaban vivamente un par que había vendido a Faulkner en el año diecinueve por cien guineas y que Faulkner vendió por ciento sesenta dos meses después… a cualquier agente que pudiera desmentir esta afirmación se le ofrecía el privilegio de llamar al señor Bambridge por un nombre muy feo hasta que el ejercicio le secara la garganta.

Cuando la conversación hubo alcanzado este animado punto llegó el señor Frank Hawley. No era hombre que comprometiera su dignidad remoloneando por el Dragón Verde pero al pasar casualmente por High Street y al ver a Bambridge al otro lado cruzó la calle de unas zancadas para preguntarle al tratante de caballos si había encontrado el caballo de primera que le había encargado para la calesa. Se le pidió al señor Hawley que esperara hasta haber visto un tordo elegido en Bilkley; si eso no era justamente lo que buscaba es que Bambridge no distinguía un caballo cuando lo tenía ante las narices, lo que parecía algo absolutamente inconcebible. El señor Hawley, de espaldas a la calle, estaba fijando la hora para ir a ver el tordo y probarlo, cuando pasó lentamente un jinete.

—¡Bulstrode! —dijeron al tiempo dos o tres voces, una de ellas, la del mercero, respetuosamente anteponiendo el «señor», pero sin que ninguno le diera más importancia al nombre que si hubieran dicho «¡la diligencia de Riverston!» al aparecer ésta en la lejanía. El señor Hawley echó una mirada distraída a la espalda de Bulstrode pero Bambridge, que seguía a la figura con la vista, hizo una mueca sarcástica.

—¡Hombre!, esto me recuerda… —empezó, bajando un poco la voz—. Me encontré con algo más en Bilkley aparte de su caballo, señor Hawley. Me encontré con una estupenda historia sobre Bulstrode. ¿Saben cómo hizo su fortuna? Le doy la información gratis a cualquier caballero que quiera una noticia curiosa. Si la gente recibiera su merecido, Bulstrode podría haber tenido que elevar sus oraciones desde un penal.

—¿Qué quiere decir? —dijo el señor Hawley, hundiendo las manos en los bolsillos y adelantándose un poco bajo la arcada. Si Bulstrode resultara ser un bandido, Frank Hawley tenía alma de profeta.

—Me lo contó uno que había sido el antiguo compinche de Bulstrode. Les diré dónde le encontré por primera vez —dijo Bambridge con un repentino gesto del dedo índice—. Estaba en la subasta de Larcher, pero no sabía nada de él entonces… se me escurrió de entre los dedos… iba buscando a Bulstrode, sin duda. Me ha dicho que puede exprimirle a Bulstrode cualquier cantidad, que conoce todos sus secretos. Se despachó a gusto conmigo en Bilkley: bebe bien. Que me cuelguen si era su intención hacer de testigo de cargo, pero es de esos tipos fanfarrones que se van animando hasta que fanfarronearía de que un espavarán da dinero. Un hombre debiera saber cuándo callarse —el señor Bambridge hizo este comentario con un gesto de repugnancia, satisfecho de que sus propias fanfarronadas demostraran un buen sentido de lo vendible.

—¿Cómo se llama ese hombre? ¿Dónde se le puede encontrar? —dijo el señor Hawley.

—Eso de que dónde se le puede encontrar… yo le dejé dándole a la bebida en el Saracen's Head. Pero se llama Raffles.

—¡Raffles! —exclamó el señor Hopkins—. Ayer vestí su funeral. Le enterraron en Lowick. El señor Bulstrode acompañó al féretro. Un funeral muy digno.

Una fuerte conmoción recorrió a los presentes. El señor Bambridge profirió en exclamaciones de entre las que «fuego del infierno» era la más suave y el señor Hawley, frunciendo el ceño y empujando el cuello hacia adelante preguntó:

—¿Qué…? ¿Dónde ha muerto este hombre?

—En Stone Court —dijo el mercero—. El ama de llaves dijo que era un pariente del dueño. Llegó allí el viernes enfermo.

—¡Pues el miércoles estaba yo tomando con él una copa! —intercaló Bambridge.

—¿Le atendió algún médico? —preguntó Hawley.

—Sí. El señor Lydgate. El señor Bulstrode le veló una noche. Murió el tercer día por la mañana.

—Siga, Bambridge —insistió el señor Hawley—. ¿Qué dijo de Bulstrode este tipo?

El grupo se había ido agrandando, siendo la presencia del secretario del ayuntamiento la garantía de que se estaba diciendo algo que merecía la pena escuchar, y el señor Bambridge hizo entrega a siete personas de su narración. Consistía principalmente en lo que conocemos, incluyendo lo relativo a Will Ladislaw, con el aderezo de ciertas circunstancias y colorido local; justo lo que Bulstrode había temido que se supiera y esperaba haber enterrado para siempre junto al cadáver de Raffles... ese fantasma amenazador de su vida pasada del que, al pasar ante la arcada del Dragón Verde, confiaba en que la Providencia le hubiera librado. Sí, la Providencia. Aún no se había confesado a sí mismo que hubiera participado de alguna forma en la consecución de este fin; había aceptado lo que parecía ofrecérsele. Era imposible probar que había hecho nada para acelerar la muerte de aquel hombre.

Pero este cotilleo sobre Bulstrode se extendió por Middlemarch como el olor a quemado. El señor Frank Hawley prosiguió la información enviando a un pasante de su confianza a Stone Court con el pretexto de preguntar por el heno, pero en realidad para averiguar por la señora Abel cuanto pudiera acerca de Raffles y su enfermedad. Así supo que el señor Garth había llevado al hombre a Stone Court en su calesín; a continuación el señor Hawley buscó una oportunidad para ver a Caleb y fue a su oficina para preguntarle si tendría tiempo para hacerse cargo de un arbitraje caso de necesitarse, y preguntándole como por casualidad por Raffles. A Caleb no se le escapó ninguna palabra injuriosa respecto de Bulstrode pero hubo de admitir que había dejado de llevarle los negocios esa última semana. El señor Hawley sacó sus conclusiones, y, convencido de que Raffles le había contado su historia a Garth y que Garth había dejado los asuntos de Bulstrode como consecuencia, se lo dijo así horas más tarde al señor Toller. Esta narración fue pasando hasta perder totalmente el matiz de deducción, interpretándose como información directamente procedente de Garth, de forma que incluso un historiador diligente hubiera podido llegar a la conclusión de que Caleb era el editor principal de las maldades de Bulstrode.

El señor Hawley no tardó en percatarse de que no había soporte legal ni en las revelaciones de Raffles ni en las circunstancias de su muerte. El mismo se llegó hasta el pueblo de Lowick para examinar el registro y hablar del asunto con el señor Farebrother, que no se sorprendió más que el abogado de que un feo secreto relacionado con Bulstrode hubiera salido a la luz, si bien siempre había tenido el suficiente sentido de la justicia como para impedir que su antipatía se convirtiera en conclusiones. Pero mientras hablaba, otra combinación se abría paso silenciosamente en la mente del señor Farebrother, que anticipaba lo que pronto correría por Middlemarch en voz alta como el inevitable «dos más dos». Junto a las razones que hacían que Bulstrode temiera a Raffles surgió como un relámpago la idea de que ese miedo tuviera algo que ver con la generosidad mostrada hacia el médico, y aunque se resistía a la posibilidad de que hubiera aceptado la ayuda conscientemente como un soborno, tenía el presentimiento de que esta complicación de las cosas podría afectar malignamente la reputación de Lydgate. Se dio cuenta de que por el momento el señor Hawley desconocía su repentina liberación de las deudas y él mismo se cuidó mucho de apartarse de toda aproximación al tema.

—Bueno —dijo, aspirando profundamente y con ganas de poner fin a una interminable conversación sobre lo que podría haber sido aunque no se podía probar nada legalmente—, es una historia extraña. ¿De modo que nuestro mercúreo Ladislaw tiene una genealogía exótica? Una joven damisela con personalidad y un patriota polaco músico conforman unas raíces que le pegan, pero jamás hubiera deducido el injerto de prestamista judío. Pero nunca se pueden saber de antemano los resultados de una mezcla. Hay porquerías que sirven para clarificar.

—Es justo lo que hubiera imaginado —dijo el señor Hawley montándose en su caballo—. Cualquier maldita sangre extranjera, judía, corsa o gitana.

—Sé que es uno de sus garbanzos negros, Hawley. Pero la verdad es que Ladislaw es un tipo desinteresado y poco preocupado por las cosas mundanales —dijo el señor Farebrother sonriendo.

—Ya, ya, esas son sus revueltas liberales —dijo el señor Hawley, que con frecuencia había dicho como disculpándose que Farebrother era un tipo tan agradable y bondadoso que podía confundírsele con un conservador.

El señor Hawley se marchó a casa sin considerar la asistencia que Lydgate prestara a Raffles más que como una prueba a favor de Bulstrode. Pero la noticia de que Lydgate había podido repentinamente no sólo librarse del embargo sino pagar todas sus deudas en Middlemarch se extendía con rapidez abultándose con conjeturas y comentarios que le dieron mayor cuerpo e ímpetu, y no tardó en llegar a oídos de otros además del señor Hawley, que pronto vieron una significativa relación entre esta repentina disponibilidad de dinero y el deseo de Bulstrode por acallar el escándalo en torno a Raffles. Que el dinero procedía de Bulstrode se hubiera adivinado infaliblemente aún en el caso de no existir pruebas directas de ello, pues ya con anterioridad el cotilleo acerca de los asuntos de Lydgate afirmaba que ni su suegro ni su propia familia harían nada por él, y las pruebas directas las proporcionaron no sólo un empleado del banco sino la propia inocencia de la señora Bulstrode, que hizo mención del préstamo a la señora Plymdale, quien se lo mencionó a su nuera, hija de los Toller, que se lo dijo a todo el mundo. El asunto se consideró de índole tan pública e importante que precisó de cenas para nutrirlo, y fueron muchas las invitaciones que se cursaron y aceptaron con motivo del escándalo sobre Bulstrode y Lydgate; esposas, viudas y solteras, armadas de sus labores, salieron a tomar el té con mayor asiduidad, y la convivencia pública, desde la que se reunía en el Dragón Verde hasta la que frecuentaba Dollop's, adquirió una animación que no pudo suscitar la incógnita de si la Cámara de los Lores rechazaría la ley de reforma electoral.

Pues casi nadie dudaba de que algún motivo de escándalo subyacía en la generosidad de Bulstrode hacia Lydgate. Para empezar, el señor Hawley invitó a un grupo selecto, incluidos los dos doctores, junto con el señor Toller y el señor Wrench, a fin de mantener un minucioso debate respecto de la enfermedad de Raffles, informándoles de todos los detalles proporcionados por la señora Abel en relación con la certificación de Lydgate de que la muerte se debía a delirium tremens; y los médicos, que seguían impertérritos las antiguas sendas en cuanto a esta enfermedad, declararon que no veían nada en todo ello susceptible de transformarse en motivos reales de sospecha. Pero pervivían los motivos morales; las poderosas razones que Bulstrode claramente tenía para desear la desaparición de Raffles, y el hecho de haberle dado a Lydgate en este momento crítico la ayuda que hacía tiempo sabía que necesitaba; la disposición a creer que Bulstrode podía ser poco escrupuloso, y la ausencia de inclinación para pensar que Lydgate no se dejaría sobornar tan fácilmente como otros hombres altivos al verse faltos de dinero. Incluso en el caso de que el dinero le hubiera sido dado tan sólo para que guardara silencio sobre el escándalo en la vida pasada de Bulstrode, ello sumía a Lydgate, quien llevaba tiempo siendo despreciado por ponerse al servicio del banquero con el fin de lograr una situación de preponderancia, así como por desacreditar a sus compañeros de profesión de más edad, en una luz repugnante. Por tanto, pese a la ausencia de señales directas de culpabilidad, el grupo selecto del señor Hawley concluyó respecto de la muerte en Stone Court con la sensación de que el asunto tenía un aspecto feo.

Pero esta vaga convicción de una culpabilidad imprecisa, que bastaba para ocasionar mucho movimiento de cabeza y comentario sarcástico incluso entre los profesionales de más peso, tenía para el público la fuerza del misterio sobre la realidad. Todos preferían especular sobre cómo podía ser el asunto a conocerlo, pues la especulación pronto tuvo más confianza en sí misma que el conocimiento, y era mucho más flexible ante las incompatibilidades. Incluso el escándalo más concreto respecto del pasado de Bulstrode se fundió en algunas mentes con la masa del misterio convertido en burbujeante metal que verter en los diálogos adoptando las formas fantásticas que pluguiera al cielo.

Este era el tono principal ratificado por la señora Dollop, la briosa propietaria de La jarra en Slaughter Lane, que a menudo había de oponerse al superficial pragmatismo de clientes inclinados a pensar que sus noticias procedentes del mundo exterior tenían el mismo peso que lo que «se le había ocurrido» a ella. Cómo «se le había ocurrido» era algo que la señora Dollop ignoraba, pero allí estaba, tan claro como si lo hubiera escrito con tiza sobre la chimenea, «como diría Bulstrode, sus entrañas eran tan negras que si los pelos de su cabeza conocieran sus pensamientos, se los arrancaría de raíz».

—Qué gracioso —dijo el señor Limp, un zapatero meditativo de vista débil y voz aflautada—. Leí en el Trumpet que eso fue lo que dijo el duque de Wellington cuando cambió de chaqueta y se pasó a los romanos.

—Es probable —dijo la señora Dollop—, si un bribón lo dijo, mayor razón para que lo repita otro. Pero menudo hipócrita, dándose esos aires como si no hubiera en todo el país un rector lo bastante bueno para él… y ya ve… tuvo que acudir a Pedro Botero, que le ha ganado por la mano.

—Claro, claro; y ése es un cómplice que no puedes echar del país —dijo el señor Crabbe, el vidriero, que recababa muchas noticias y se movía a tientas entre ellas—. Por lo que he podido sacar, hay quien dice que Bulstrode quería largarse antes, por miedo a que lo descubrieran.

—Ya le echarán de aquí, lo quiera o no —dijo el señor Dill, el barbero, que acababa de entrar—. Afeité a Fletcher, el pasante de Hawley, tiene un dedo malo, y dice que todos están de acuerdo en deshacerse de Bulstrode. El señor Thesiger está en contra suya y quiere echarlo de la parroquia. Y hay señores en la ciudad que dicen que antes que con él cenarían con un preso. «Y lo mismo digo» —dice Fletcher—, «porque ¿qué hay peor para el estómago que un hombre que se alía mal con su religión y dice que los Diez Mandamientos no le bastan, mientras él es peor que la mitad de los hombres de la cárcel?». Eso dijo Fletcher.

—Pero será malo para la ciudad si sale de ella el dinero de Bulstrode —dijo el señor Limp, con voz temblorosa.

—Gente mejor se gasta peor el dinero —dijo un tintorero de voz firme cuyas manos rojizas desentonaban con su rostro bondadoso.

—Pero por lo que tengo entendido, no se va a quedar con el dinero —dijo el vidriero—. ¿No dicen que hay quien se lo puede quitar? Por lo que se me alcanza, podrían quitarle hasta el último céntimo si van por la ley.

—¡Nada de eso! —dijo el barbero que se consideraba superior a sus contertulios de Dollop's pero sin embargo disfrutaba yendo a la taberna—. Fletcher dice que no es así. Dice que pueden probar una y mil veces de quién era hijo este joven Ladislaw, y sería lo mismo que si probaran que yo nací de las hadas… no podría tocar un céntimo.

—¡Pero bueno! —dijo la señora Dollop con indignación—. Le agradezco al Señor que se llevara consigo a mis hijos si eso es cuanto la ley puede hacer por los huérfanos.

Por esa regla, no sirve de nada quiénes son tu padre y tu madre. Pero en cuanto a escuchar a un abogado sin preguntarle a otro… me sorprende usted, señor Dill, un hombre tan listo. Es bien sabido que siempre hay dos lados, si no más; de lo contrario, ¿quién iba a ir a los tribunales, digo yo? Pues vaya gracia, si con tanta ley como hay no sirviera de nada probar de quién eres hijo. Fletcher podrá decir lo que quiera pero yo digo «¡Esa no me la trago!».

El señor Dill fingió reírse aduladoramente con las palabras de la señora Dollop, como una mujer más que capaz de vérselas con los abogados, dispuesto como estaba a someterse a las chanzas de una tabernera que le fiaba a largo plazo.

—Si llegan a los tribunales y es verdad todo lo que cuentan, habrá cosas más importantes que el dinero —dijo el vidriero—. Está esta pobre criatura que ha muerto: por lo que he podido saber, había visto épocas en las que era mucho más caballero que Bulstrode.

—¡Mucho más! ¡Estoy convencida! —dijo la señora Dollop—. Y mucho más persona, por lo que tengo oído. Como le dije al señor Baldwin, el recaudador de impuestos, cuando vino y se quedó de pie ahí donde está usted sentado y dijo «Bulstrode obtuvo todo el dinero que trajo a esta ciudad robando y estafando», y yo le dije «No me cuenta nada nuevo, señor Baldwin; se me han puesto los pelos de punta cada vez que le miro desde el día que llegó aquí queriendo comprar la casa donde vivo; la gente no tiene aspecto de masa cruda y te miran como si quisieran verte el espinazo en balde». Eso fue lo que le dije, y el señor Baldwin es testigo.

—¡Y con toda la razón! —dijo el señor Crabbe—. Pues por lo que sé, este Raffles, como le llaman, era el hombre más vigoroso y saludable que se puedan imaginar, y muy ameno…, aunque ahora esté muerto y enterrado en Lowick; y por lo que se me alcanza, los hay que saben más de lo que debieran de cómo llegó allí.

—¡Me lo creo! —dijo la señora Dollop, con cierto toque de desprecio ante la aparente cortedad del señor Crabbe—. Cuando a un hombre le camelan para que vaya a una casa solitaria y hay quien pudiendo pagar los hospitales y enfermeras de medio condado se queda velándole día y noche, y sólo deja que se acerque un médico del que se sabe no respeta nada y más pobre que las ratas, y a renglón seguido le llueve tanto dinero que puede pagar al señor Byles el carnicero una cuenta de más de un año por los mejores filetes…, no necesito que venga nadie a decirme que han ocurrido cosas que no incluye el libro de oraciones… ni tengo que quedarme parada guiñando el ojo y parpadeando y pensando.

La señora Dollop echó una mirada a su alrededor con el aire de una tabernera acostumbrada a influir en sus clientes. Los más valientes profirieron en un coro de adhesión, pero el señor Limp, tras beberse un trago, juntó las manos y las apretó con fuerza entre las rodillas, observándolas con una mirada borrosa, como si la abrasadora fuerza de las palabras de la señora Dollop le hubieran secado y anulado la mente en tanto no la reavivara con más líquido.

—¿Por qué no desentierran a ese hombre y traen al forense? —dijo el tintorero—. Si hay algo sucio tal vez lo descubran.

—¡Ya, ya, señor Jonás! —dijo la señora Dollop recalcando las palabras—. Sé lo que son los médicos. Demasiado hábiles para que les descubran. Y este doctor Lydgate que quería trocear a todo el mundo antes de que dieran el último aliento… está muy claro lo que pretendía al ver las entrañas de la gente respetable. Puede estar seguro que conoce medicinas que no se pueden ni ver ni oler, ni antes ni después de tragártelas. Pero si yo misma he visto gotas que mandaba el doctor Gambit, el médico de nuestro club y una buena persona que ha traído más niños vivos al mundo que ningún otro en Middlemarch…, yo misma, digo, he visto gotas que daba igual que estuvieran dentro que fuera del vaso, y al día siguiente ya estabas con retortijones. Así que ¡juzgue usted mismo! ¡No me lo diga! Pero lo que digo yo es que fue una bendición que no cogieran a este doctor Lydgate en nuestro club. ¡Muchos hijos de vecino podrían lamentarlo!

Los titulares de esta discusión habían sido tema común entre todos los estamentos de la ciudad; habían llegado por un lado a la rectoría de Lowick y por otro a Tipton Grange, habían llegado plenamente a oídos de la familia Vincy, y comentados con referencias tristes a la «pobre Harriet» por las amistades de la señora Bulstrode antes de que Lydgate supiera claramente la razón de que la gente le mirara de forma extraña y antes de que el propio Bulstrode sospechara la divulgación de sus secretos. No estaba muy acostumbrado a relaciones demasiado cordiales con sus vecinos y por lo tanto no echaba de menos esos síntomas de simpatía; además, había realizado algunos viajes de negocios, habiendo decidido que ya no era preciso que se marchara de Middlemarch y pudiendo, en consecuencia decidir sobre temas que había dejado en suspenso.

—Haremos un viaje a Cheltenham dentro de uno o dos meses —le había dicho a su esposa—. Es una ciudad que proporciona muchas ventajas espirituales, además del aire y las aguas, y seis semanas allí nos resultarán muy refrescantes.

Creía de verdad en las ventajas espirituales, y tenía la intención de que en adelante su vida fuera más devota a consecuencia de esos pecados recientes que se decía a sí mismo eran hipotéticos, rezando hipotéticamente por el perdón: «si es que he transgredido».

En cuanto al hospital, evitó decirle nada más a Lydgate, temiendo manifestar un cambio de planes demasiado brusco a raíz de la muerte de Raffles, íntimamente creía que Lydgate sospechaba que sus órdenes se habían desobedecido deliberadamente, y si era así, también sospecharía que había un motivo para ello. Pero el médico no había llegado a conocer nada respecto de la historia de Raffles y Bulstrode tenía interés en no hacer nada que pudiera aumentar sus sospechas inconcretas. Y en cuanto a la certeza de que algún método de tratamiento en particular pudiera salvar o matar, el propio Lydgate argumentaba constantemente en contra de semejante dogmatismo; no tenía derecho a hablar y sí en cambio todos los motivos para callarse. Bulstrode se sentía providencialmente seguro. El único incidente que le había afectado poderosamente había sido un encuentro casual con Caleb Garth, quien, sin embargo, había levantado el sombrero para saludarle con serena gravedad.

Entretanto, un fuerte sentimiento en contra suya se iba fraguando entre los principales ciudadanos.

En el ayuntamiento se iba a celebrar una reunión sobre una cuestión sanitaria que había adquirido principal importancia por un caso de cólera producido en la ciudad. Desde que el Parlamento aprobara precipitadamente una ley autorizando la implantación de tributos para sufragar medidas sanitarias, se había nombrado en Middlemarch una comisión para supervisar tales medidas, y tanto liberales como conservadores habían acordado que se llevara a cabo una buena limpieza así como otros preparativos. La cuestión ahora consistía en decidir sí se debían adquirir para cementerio unos terrenos a las afueras de la ciudad vía impuestos o mediante suscripción privada. La reunión iba a ser pública y se esperaba que asistieran casi todas las personalidades importantes de la ciudad.

El señor Bulstrode era miembro de la junta y salió del banco justo antes de las doce con la intención de insistir en el plan de suscripción privada. Dadas las vacilaciones en sus proyectos, llevaba tiempo manteniéndose en un segundo plano y le parecía que esta mañana debía retomar su antigua posición como hombre influyente y de acción en los asuntos públicos de la ciudad en la que esperaba acabar sus días. Entre las diversas personas que llevaban su misma dirección vio a Lydgate; se reunieron, hablaron del tema de la convocatoria y entraron juntos.

Parecía como si todos los que hacían figura hubieran llegado antes que ellos. Pero aún quedaban sitios libres cerca de la cabecera de la amplia mesa central y allí se dirigieron. El señor Farebrother estaba enfrente, no lejos del señor Hawley; también estaban todos los hombres dedicados a la medicina; el señor Thesiger presidía y el señor Brooke de Tipton estaba a su derecha.

Lydgate observó un extraño intercambio de miradas cuando él y Bulstrode se sentaron.

Cuando el tema quedó abierto por el presidente, quien señaló las ventajas de adquirir mediante suscripción un terreno lo suficientemente grande como para que a la larga pudiera ser el cementerio principal, el señor Bulstrode, a cuyo verbo fácil y tono de voz un tanto agudo pero templado la ciudad estaba acostumbrada en reuniones de esta índole, se levantó y pidió permiso para dar su opinión. De nuevo Lydgate pudo ver el extraño intercambio de miradas antes de que el señor Hawley se levantara y dijera con su voz firme y resonante:

—Señor presidente, solicito que antes de que nadie dé su opinión sobre este tema me sea permitido hablar acerca de un asunto de sentimiento público, y que no sólo yo, sino muchos de los presentes, consideramos prioritario.

El modo de hablar del señor Hawley, incluso cuando el decoro público reprimía su «atroz lenguaje», era formidable por su seguridad y brevedad. El señor Thesiger accedió a la petición, el señor Bulstrode se sentó y el señor Hawley prosiguió:

—Lo que he de decir, señor presidente, lo digo no sólo en nombre propio sino con el beneplácito y por expresa petición de no menos que ocho conciudadanos sentados a nuestro alrededor. Es nuestro sentir unánime que al señor Bulstrode se le pida, y así lo hago ahora, que dimita de los cargos públicos que ostenta, no sólo como contribuyente sino como caballero entre caballeros. Existen prácticas y acciones que, debido a ciertas circunstancias, no caen dentro del ámbito de la ley, aunque pueden ser peores que muchas cosas que legalmente constituyen un delito. La gente honrada y los caballeros, si no desean la compañía de quienes llevan a cabo acciones semejantes, han de defenderse como mejor puedan, y eso es lo que yo y los amigos a quienes puedo llamar mis clientes en este asunto estamos decididos a hacer. No digo que el señor Bulstrode sea culpable de actos infames pero le pido que o bien públicamente niegue y refute las escandalosas afirmaciones contra él hechas por un hombre muerto que falleció en su casa… la afirmación de que durante muchos años estuvo involucrado en prácticas nefandas, y que obtuvo su fortuna con procedimientos deshonestos, o bien se retire de cargos que sólo le hubieran sido otorgados por considerarle un caballero entre caballeros.

Todas las miradas se volvieron hacia el señor Bulstrode, quien, desde que surgiera su nombre por primera vez se hallaba sumido en una crisis de sentimientos casi demasiado violenta para su delicada constitución. Lydgate, que asimismo sufría un impacto fruto de la terrible interpretación práctica de un ligero augurio, al ver el sufrimiento reflejado en el rostro lívido de Bulstrode, sintió, no obstante, cómo su odio resentido se veía refrenado por ese instinto curador que primero piensa en salvar o proporcionarle alivio al que sufre.

La pronta visión de que, después de todo, su vida era un fracaso, de que era un hombre deshonrado y debía temblar ante la mirada de aquellos hacia quienes normalmente había asumido la actitud de corrector, de que Dios le había repudiado ante los hombres, abandonándole desprotegido ante el triunfante desdén de quienes se alegraban de encontrar una justificación para su odio, la sensación de absoluta inutilidad en el equívoco con su conciencia al inmiscuirse en la vida de su cómplice, equívoco que ahora le atacaba venenosamente con el colmillo bien desarrollado de una mentira descubierta; todo ello le embargó como la agonía que no acababa de matar y deja aún abiertos los oídos para la nueva ola de execración. La repentina sensación de verse descubierto tras la reestablecida convicción de seguridad cayó no sobre la tosquedad de un criminal, sino sobre la susceptibilidad nerviosa de un hombre cuya esencia principal residía en esa susceptibilidad y predominio que las condiciones de su vida habían forjado para él.

Pero en esa esencia existía la fuerza de la reacción. Por su débil constitución corría una tenaz vena de ambiciosa voluntad de supervivencia, que continuamente había saltado como una llama, desbaratando todos los temores doctrinales, y que, incluso en aquel momento en que constituía el objeto de compasión de los misericordes, empezaba a removerse y a brillar bajo su tez cenicienta… Antes de que hubieran salido las últimas palabras de los labios del señor Hawley, Bulstrode supo que debía contestar y que su respuesta sería un ataque. No se atrevía a levantarse y decir «No soy culpable, toda la historia es falsa» … y aunque se hubiera atrevido, dada la aguda sensación de traición que sentía, le hubiera parecido tan fútil como, a fin de cubrir su desnudez, taparse con un trapo que se rasgaría al menor tirón.

Hubo unos momentos de absoluto silencio mientras todos en la habitación miraban a Bulstrode. El banquero permaneció inmóvil, apoyándose fuerte contra el respaldo de la silla; no osó levantarse y cuando empezó a hablar apretó las manos contra ambos lados de la silla. Pero su voz era perfectamente audible, si bien más ronca de lo habitual, y pronunció las palabras con nitidez, aunque se detenía entre frase y frase como falto de aliento. Volviéndose primero hacia el señor Thesiger y mirando luego al señor Hawley, dijo:

—Protesto ante usted, caballero, como ministro cristiano, por sancionar procedimientos contra mí que obedecen al odio más virulento. Aquellos que me son hostiles se avienen gustosos a creer cualquier calumnia que contra mi profiera un irresponsable. Y sus conciencias se vuelven severas contra mí. Dicen que las maledicencias de las que se me va a hacer víctima me acusan de prácticas inmorales —aquí la voz de Bulstrode se elevó y adquirió un tono más incisivo, hasta parecer un débil grito—, ¿quién me acusará? No serán aquellos cuyas propias vidas son anticristianas, incluso escandalosas… o aquellos que emplean instrumentos mezquinos para llevar a cabo sus propios fines…, cuya profesión es un tejido de trampas… que se han ido gastando sus ingresos en placeres sensuales, mientras yo he dedicado los míos al progreso de los objetivos más elevados respecto de esta vida y la próxima.

Tras la palabra «trampas» aumentó el ruido, mitad murmullos mitad siseos, mientras cuatro personas se pusieron en pie al tiempo, el señor Hawley, el señor Toller, el señor Chichely y el señor Hackbutt; pero la ira del señor Hawley fue instantánea y enmudeció a los demás.

—Si se refiere a mí, pongo a su disposición, y a la de todos los demás la inspección de mi vida profesional. En cuanto a cristiano o no cristiano, rechazo su cristianismo hipócrita y de boquilla; y en cuanto a cómo empleo mis ingresos no cae dentro de mis principios el mantener a ladrones y estafarles a los vástagos la herencia que les corresponde a fin de sostener la religión y erigirme yo como un devoto aguafiestas. No simulo finuras de conciencia…, aún no he hallado necesaria la finura para poder medir sus acciones. Y de nuevo le pido que explique satisfactoriamente los escándalos que circulan contra usted o dimita de aquellos puestos en los que, al menos nosotros, le rechazamos como colega. Repito, caballero, que nos negamos a colaborar con un hombre cuya reputación no está limpia de las infamias vertidas sobre ella, no sólo por informes sino por acciones recientes.

—Permítame, señor Hawley —dijo el presidente, y el señor Hawley, aún fuera de sí, accedió con un gesto de impaciencia y se sentó con las manos hundidas en los bolsillos.

—Señor Bulstrode, opino que no es deseable prolongar la presente discusión —dijo el señor Thesiger, volviéndose hacia el hombre pálido y tembloroso—, coincido lo bastante con el señor Hawley al expresar un sentimiento generalizado como para pensar que, según su fe cristiana, debe usted, a ser posible, liberarse de tristes inculpaciones. Por mi parte estaría dispuesto a brindarle la oportunidad y el público. Pero he de decir que su actitud presente resulta lastimosamente contradictoria con esos principios con los que usted se ha querido identificar, y por cuyo respeto yo he de velar. Como ministro suyo y como alguien que espera que recobre su anterior posición de respeto, le recomiendo que deje la sala y evite obstaculizar más el desarrollo de la sesión.

Tras un instante de duda Bulstrode cogió el sombrero del suelo y se puso lentamente en pie, pero asió la esquina de la silla con tal titubeo que Lydgate tuvo la certeza de que no le quedaba al banquero fuerza suficiente para caminar sin un apoyo. ¿Qué podía hacer? No podía ver que un hombre se hundía por falta de ayuda. Se levantó y le ofreció el brazo a Bulstrode, y así salieron de la sala; sin embargo este gesto que pudiera haber sido de delicada profesionalidad y pura compasión le resultó en aquel momento indescriptiblemente amargo. Parecía como si firmara una asociación entre él y Bulstrode y cuyo significado veía ahora tal y como debía presentarse ante otras mentes. Tenía la certeza de que este hombre que ahora se apoyaba tembloroso en su brazo, le había dado las mil libras como soborno, y que de alguna forma el tratamiento de Raffles había sido modificado por una malévola razón. Las deducciones estaban lo bastante ligadas: la ciudad conocía el asunto del préstamo, lo entendía como un soborno y creía que él lo había aceptado como tal.

Y el pobre Lydgate, mientras su mente luchaba con el peso terrible de esta revelación, se vio moralmente obligado a llevar al señor Bulstrode al banco, enviar a su hombre en busca del carruaje, y esperar para acompañarle a su casa.

Entretanto, se concluyó el asunto de la reunión y los distintos grupillos se afanaron en la discusión respecto del asunto de Bulstrode… y Lydgate.

El señor Brooke, que anteriormente sólo había recibido retazos incompletos y se encontraba muy inquieto por «haber ido demasiado lejos» en su apoyo a Bulstrode, se informó ahora detalladamente y sintió cierta benévola tristeza al hablar con el señor Farebrother de la fea situación en la que se encontraba Lydgate. El señor Farebrother tenía la intención de volverse a Lowick andando.

—Suba a mi coche —dijo el señor Brooke—. Voy a ver a la señora Casaubon. Llegaba anoche de Yorkshire, y querrá verme, ¿sabe?

Y así hicieron el camino, el señor Brooke parloteando afablemente con la esperanza de que no hubiera habido maldad en el comportamiento de Lydgate…, un joven que le había parecido muy por encima de la media normal cuando le trajo una carta de su tío, Sir Godwin. El señor Farebrother habló poco: se encontraba muy apesadumbrado y con un agudo conocimiento de las flaquezas humanas no podía estar seguro de que, presionado por necesidades humillantes, Lydgate no hubiera estado a su propia altura.

Cuando el carruaje llegó a la puerta de la casona, Dorothea estaba en el camino de gravilla y fue a recibirles.

—Bien, hija mía —dijo el señor Brooke— acabamos de estar en una reunión… una reunión de sanidad.

—¿Estaba allí el señor Lydgate? —preguntó Dorothea, pletórica de salud y de animación, con la cabeza descubierta bajo la brillante luz de abril—. Quiero verle y hablar largamente con él respecto del hospital. Me he comprometido a hacerlo con el señor Bulstrode.

—Bueno, hija… —dijo el señor Brooke— nos han estado dando malas noticias…, malas noticias, ¿sabes?

Cruzaron el jardín hacia la verja que daba al patio de la iglesia pues el señor Farebrother quería continuar hasta la rectoría, y Dorothea oyó la triste historia.

Escuchó con gran interés, y quiso oír dos veces los hechos e impresiones respecto de Lydgate. Tras un breve silencio, deteniéndose ante la verja y dirigiéndose al señor Farebrother dijo con decisión:

—¿No pensará usted que el señor Lydgate es culpable de ninguna vileza? Me niego a creerlo. ¡Tenemos que averiguar la verdad y limpiar su nombre!

****

LIBRO OCTAVO
OCASO Y AMANECER

CAPÍTULO LXXII

La impetuosa generosidad de Dorothea, que hubiera saltado de inmediato para reivindicar a Lydgate de la sospecha de haber sido sobornado con dinero, sufrió un melancólico frenazo cuando se puso a considerar todas las circunstancias del caso a la luz de la experiencia del señor Farebrother.

—Es un asunto delicado de tocar —dijo el vicario—. ¿Cómo podemos empezar a investigarlo? Debe hacerse públicamente mediante el juez y el forense, o privadamente preguntándoselo a Lydgate. En cuanto al primer procedimiento no hay fundamento sólido para avanzar, de otro modo Hawley lo hubiera adoptado; y en cuanto a exponer el asunto a Lydgate, confieso que me retraigo. Seguramente se lo tomaría como un insulto fatal. Más de una vez he experimentado la dificultad de hablar con él sobre asuntos personales. Y uno debería conocer la verdad de su conducta de antemano para confiar en obtener un buen resultado.

—Estoy convencida de que su conducta no ha sido delictiva; yo creo que la gente suele ser mejor de lo que creen sus vecinos —dijo Dorothea. Algunas de sus más intensas experiencias de los dos últimos años habían predispuesto su pensamiento en contra de las desfavorables interpretaciones de los otros, y por primera vez se sintió algo descontenta con el señor Farebrother. Le disgustó esta cautelosa ponderación de las consecuencias, en vez de una fe ardiente en los esfuerzos de la justicia y la gracia, que triunfarían por su fuerza emotiva.

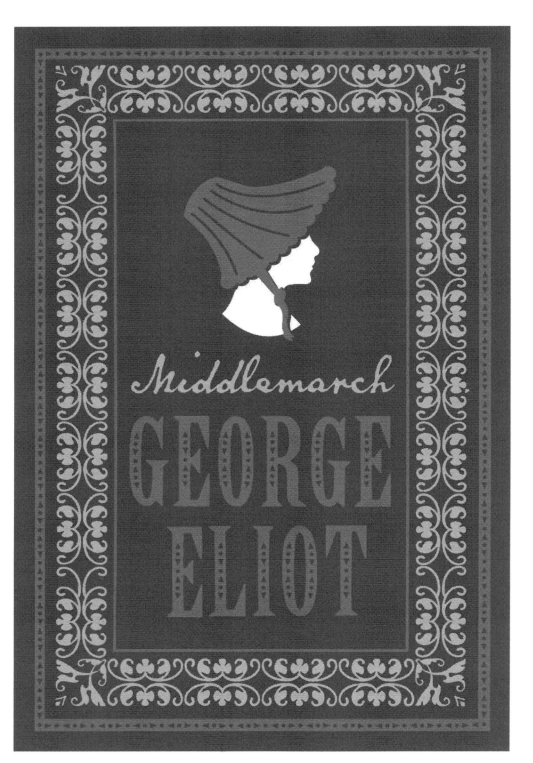

Middlemarch

GEORGE ELIOT

Dos días después, él comía en la casona con su tío y los Chettam, y cuando procedían a tomar el postre, hubieron salido los criados del comedor, y el señor Brooke empezaba a dormitar, Dorothea volvió sobre el asunto con renovada vivacidad:

—El señor Lydgate entendería que si sus amigos oían una calumnia acerca de él su primer deseo fuera el de justificarle. ¿Para qué vivimos si no es para hacernos la vida más fácil los unos a los otros? Yo no puedo ser indiferente ante los apuros de un hombre que me ha aconsejado en mi aflicción y me ha atendido en mi enfermedad.

El tono y el estilo de Dorothea no eran menos enérgicos de lo que habían sido tres años antes cuando se hallara presidiendo la mesa de su tío, y desde entonces su experiencia le había proporcionado más derecho para expresar su decidida opinión. Pero Sir James Chettam ya no era el tímido y condescendiente pretendiente; era el ansioso cuñado, con una devota admiración por su hermana política, pero con una constante alarma a fin de que no cayera bajo alguna nueva ilusión casi tan mala como casarse con Casaubon. Sonreía mucho menos; cuando decía «en efecto», era más una introducción a una opinión disconforme de lo que había sido en aquellos sumisos días de soltería; y Dorothea halló para sorpresa suya que debía disponerse a no tenerle miedo, tanto más puesto que era su mejor amigo. Ahora no estaba de acuerdo con ella.

—Pero Dorothea —dijo en tono de protesta—, no puedes pretender organizar la vida de un hombre de este modo. Lydgate debe de saber... al menos pronto llegará a saber, a qué atenerse. Si se puede justificar, lo sabrá. Debe actuar por sí mismo.

—Creo que sus amigos deben aguardar hasta que encuentren una oportunidad —añadió el señor Farebrother—. Es posible, yo he sentido a menudo tanta debilidad en mí mismo que puedo concebir incluso en un hombre de una honrada disposición, como siempre he creído que es Lydgate, que sucumba a la tentación de aceptar un dinero que se le ofrecía más o menos indirectamente como soborno para asegurar su silencio sobre hechos escandalosos ocurridos hace tiempo. Digo que puedo concebir esto, en el caso de hallarse bajo apremiantes circunstancias... de haber sido acosado como estoy seguro de que Lydgate ha sido. No me creería nada peor de él excepto bajo una prueba rigurosa. Pero ahí está la terrible Némesis persiguiendo a algunos errores, de modo que es siempre posible para aquéllos que lo quieran, considerarlos como un delito: no hay prueba en favor del hombre fuera de su propia conciencia y aseveración.

—¡Qué cruel! —dijo Dorothea, cogiéndose las manos—. ¿Y no quisiera usted ser la persona que creyera en la inocencia de este hombre, aunque el resto del mundo lo desmintiera? Además, el carácter de un hombre habla por él de antemano.

—Pero, mi querida señora Casaubon —dijo el señor Farebrother sonriendo indulgentemente ante su ardor—, el carácter no está cortado en mármol; no es algo sólido e inalterable. Es algo vivo y cambiante, y puede contraer enfermedades como sucede con nuestros cuerpos.

—Entonces puede ser rescatado y curado —dijo Dorothea—. Yo no temería preguntarle al señor Lydgate por la verdad con el fin de ayudarle. ¿Por qué iba a tener miedo? Ahora que no voy a tener la tierra, James, podría hacer lo que el señor Bulstrode propuso, y ocupar su lugar sufragando los gastos del hospital; y debo consultar al señor Lydgate, para saber a ciencia cierta cuáles son las perspectivas para hacer el bien de acuerdo con los planes actuales. Es la mejor oportunidad del mundo para que le pida su confianza, y él podría decirme cosas que tal vez lo aclararían todo. Entonces todos podríamos ponernos a su lado y sacarle de la dificultad. Los hombres glorifican todo tipo de valentía menos la que pueden mostrar a favor de sus vecinos más cercanos —los ojos de Dorothea tenían una húmeda brillantez, y los cambiantes tonos de su voz despertaron a su tío, que empezó a escuchar.

—Es cierto que una mujer puede atreverse a expresar impulsos de simpatía que difícilmente tendrían aceptación si los expresáramos nosotros, los hombres —dijo el señor Farebrother, casi convertido por el ardor de Dorothea.

—Ciertamente, una mujer está obligada a ser cautelosa, y a escuchar a quienes conocen el mundo mejor que ella —dijo Sir James, frunciendo un poco el ceño—. Hagas lo que hagas al final, Dorothea, deberías refrenarte ahora, y no empeñarte en mezclarte en este asunto de Bulstrode. No sabemos todavía cómo puede terminar. ¿Está de acuerdo conmigo? —terminó, mirando al señor Farebrother.

—Creo que sería mejor esperar —contestó éste.

—Sí, sí, hija —dijo el señor Brooke, no sabiendo exactamente en qué punto de la conversación se había incorporado, pero aportando una opinión que fue generalmente aceptada—. Es fácil llegar demasiado lejos, ¿sabes? No debes dejar que tus ideales te avasallen. Y respecto a apresurarte a poner dinero en según qué planes…, esto no iría bien ¿sabes? Garth me ha apurado mucho con las reparaciones, desagües y estas cosas; con una cosa y otra estoy muy mal de dinero. Debo detenerme. En cuanto a usted, Chettam, se está gastando una fortuna con esas vallas de roble alrededor de su heredad.

Dorothea, sometiéndose con dificultad a este desaliento, se fue con Celia a la biblioteca, que era su usual sala de estar.

—Y ahora, Dodo, escucha lo que dice James —dijo Celia—, de otro modo te meterás en un lío. Siempre lo hiciste, y siempre lo harás, cuando te propones hacer lo que te place. Y pienso que es una bendición ahora que tengas a James para pensar por ti. Te deja hacer tus planes, sólo que impide que te engañen. Y ahí está la ventaja de tener un hermano en vez de un marido. Un marido no te dejaría hacer tus planes.

—¡Como si yo necesitara un marido! —dijo Dorothea—. Yo sólo quiero que no me refrenen los sentimientos en cada momento —la señora Casaubon todavía carecía de la disciplina de no romper en lágrimas de indignación.

—Vamos, vamos, Dodo —contestó Celia, con un acento gutural más pronunciado que de costumbre—, te contradices continuamente: primero dices una cosa y después otra. Solías someterte al señor Casaubon vergonzosamente; me figuro que hubieras dejado de venir aquí si te lo hubiera pedido.

—Claro que me sometía a él, porque era mi deber; era mi sentimiento hacia él —añadió Dorothea mirando por el prisma de sus lágrimas.

—¿Entonces por qué no puedes considerar que sea tu deber someterte un poco a lo que James desea? —dijo Celia con cierta severidad en su argumento —. Porque él sólo desea lo bueno para ti. Y los hombres siempre saben más acerca de todo, aparte de lo que saben mejor las mujeres.

Dorothea se rio y olvidó un poco sus lágrimas.

—Bueno, me refiero a los niños y esas cosas —agregó Celia—. Yo no cedería ante James cuando supiera que está equivocado como tú solías hacer con el señor Casaubon.

CAPÍTULO LXXIII

Cuando Lydgate hubo apaciguado la ansiedad de la señora Bulstrode diciéndole que su marido había tenido un desfallecimiento durante la reunión, pero que confiaba en que pronto se restablecería y que pasaría al día siguiente, a menos que ella le enviara a buscar antes, se fue directamente a casa, cogió el caballo y se alejó tres millas del poblado con el fin de no estar al alcance de nadie.

Se empezaba a sentir violento y poco razonable como si rabiara bajo el dolor de una picadura y estaba dispuesto a maldecir el día que había llegado a Middlemarch. Todo lo que le había ocurrido allí parecía una mera preparación para esta odiosa fatalidad, que había caído como una roña sobre su honorable ambición, y podía hacer que incluso gentes que tenían sólo normas vulgares consideraran su reputación como irrevocablemente perjudicada. En estos momentos un hombre apenas puede evitar ser desagradable. Lydgate se consideraba damnificado y a los otros como agentes de su mala fortuna. Lo había planeado todo para que hubiera salido diferente; y los otros se habían metido en su vida desconcertando sus propósitos. Su matrimonio parecía una calamidad irremediable, y sentía temor de volver a Rosamond antes de haberse desahogado soltando en solitario su rabia, no fuera que su presencia le exasperara y le hiciera comportarse indisculpablemente. En la vida de muchos hombres hay episodios en los que sus mejores cualidades sólo pueden proyectar una sombra disuasiva sobre los objetos que llenan su visión interior; la cordialidad de Lydgate estaba presente entonces sólo como un temor a ofender, no como una emoción que le moviera a la ternura. Porque se sentía muy desgraciado. Sólo quienes conocen la supremacía de la vida intelectual — la vida que contiene la semilla de ennoblecer el pensamiento y su propósito— pueden entender el dolor de alguien que se desploma de la serena actividad y cae en el absorbente y devastador esfuerzo de las molestias mundanas.

¿Cómo iba a vivir sin reivindicarse ante la gente que sospechaba de su vileza? ¿Cómo podía irse calladamente de Middlemarch como si se retirara de una justa condena? Y sin embargo, ¿cómo podía intentar justificarse?

Porque esa escena en la reunión, de la que acababa de ser testigo, aunque no le había proporcionado detalles, había sido suficiente para exponerle su situación con absoluta claridad. Bulstrode había tenido miedo de escandalosas declaraciones por parte de Raffles; Lydgate podía ahora estructurar todas las posibilidades del caso. Tenía miedo de alguna traición cuando yo lo oyera: todo lo que quería era atarme a él con alguna obligación firme; eso fue lo que le hizo pasar súbitamente de la dureza a la liberalidad. Y puede que se entrometiera con el paciente; puede que desobedeciera mis órdenes. Me temo que sí. Pero si lo hizo o no, la gente cree que él, de una forma u otra, envenenó al hombre y que yo pasé por alto el delito, si no contribuí en él. Y, sin embargo, puede que no sea culpable de la última ofensa; y es posible incluso que el cambio hacia mí haya sido un genuino desenojo, el efecto de ulteriores pensamientos, tal como él alegó. Lo que llamamos «apenas posible» es a veces verdadero y la cosa que creemos más fácil de creer es absolutamente falsa. En sus últimos tratos con este hombre puede que Bulstrode mantuviera las manos limpias a pesar de mis sospechas de lo contrario.

Había una entumecedora crueldad en su posición. Incluso si renunciaba a toda consideración que no fuese la de justificarse a sí mismo… si se enfrentaba con el encogimiento de hombros, las miradas frías y el evitar su presencia como acusación, y hacía una manifestación pública de todos los hechos como él los conocía ¿quién se convencería? Sería representar el papel del tonto ofrecer el propio testimonio en favor de sí mismo, y decir: «Yo no acepté el dinero como un soborno». Las circunstancias todavía serían más fuertes que su aseveración. Y además, presentarse y decirlo todo de sí mismo debía incluir declaraciones acerca de Bulstrode que ensombrecerían las sospechas de otros contra él. Debía decir que desconocía la existencia de Raffles cuando mencionó a Bulstrode su penosa necesidad de dinero, y que lo aceptó inocentemente como resultado de esta comunicación, sin saber que se había producido un nuevo motivo para el préstamo al llamársele para que viera a este hombre. Y, a pesar de todo, la sospecha de los motivos de Bulstrode pudiera ser injusta.

Pero entonces vino la cuestión de si él hubiera actuado precisamente del mismo modo si no hubiera recibido el dinero. Ciertamente, si Raffles hubiera seguido vivo y susceptible de posterior tratamiento cuando llegó, y se hubiera imaginado entonces alguna desobediencia a sus órdenes por parte de Bulstrode, hubiera realizado una investigación estricta, y si su conjetura se hubiera verificado, habría abandonado el caso, a pesar de su reciente y pesada obligación. Pero si no hubiera recibido dinero alguno… si Bulstrode no hubiese revocado su fría recomendación de bancarrota… ¿se hubiera abstenido él, Lydgate, de toda investigación, incluso al encontrar al hombre muerto? …, el hecho de evitarle un insulto a Bulstrode, la duda acerca de todo tratamiento médico, y el argumento de que el suyo propio pasaría por erróneo para la mayoría de los miembros de su profesión, ¿hubiera todo eso tenido precisamente la misma fuerza o significación para él?

Ese era el inquietante rincón de la conciencia de Lydgate mientras examinaba los hechos y se resistía a todo reproche. De haber sido independiente, este asunto del tratamiento de un paciente y la clara regla de que él debía hacer o debía ver cómo se hacía lo que mejor creía para la vida a él encomendada, hubiera sido el punto en el que hubiera estado más firme. Tal como estaban las cosas, se había aferrado a la consideración de que la desobediencia a sus órdenes, procediera de donde fuese, no podía tomarse como delito, que en la opinión dominante la obediencia a sus órdenes era también probable que fuera fatal, y que el asunto era simplemente cuestión de forma. Mientras que, una y otra vez, en su época de libertad, él había denunciado la tergiversación de la duda patológica en la duda moral y había dicho que… «el experimento más puro en el tratamiento puede todavía ser consciente: mi misión es cuidar de la vida, y hacer lo mejor que pueda por ella. La ciencia es, como es debido, más escrupulosa que el dogma. El dogma da patente de corso al error, pero el mismo aliento de la ciencia es un reto al error, y debe mantener la conciencia viva». ¡Horror!, la conciencia científica ha entrado en la degradada compañía de la obligación del dinero y los respetos egoístas.

«¿Hay en todo Middlemarch ningún médico que se examinaría a sí mismo como yo lo hago?», decía el desventurado Lydgate con una renovada explosión de rebeldía contra la opresión de su sino. «¡Y, sin embargo, todos se sentirán justificados en abrir un amplio espacio entre ellos y yo, como si fuera un leproso! Mi profesión y mi reputación están absolutamente condenadas, esto lo veo claro. Incluso si pudiera ser eximido mediante una demostración válida, poca diferencia habría para este bendito mundo. He sido acusado de corrompido y todos ellos me despreciarían igualmente».

Ya había habido suficientes indicios que le habían confundido; que cuando pagó sus deudas y se puso de nuevo en pie alegremente, los ciudadanos le esquivaran o le miraran de un modo extraño, y en dos casos se enteró de que dos pacientes suyos habían llamado a otro médico. Las razones estaban ahora claras. La exclusión general había empezado.

No es de extrañar que en la enérgica naturaleza de Lydgate el sentido de una desesperanzada mala interpretación se tornara fácilmente en una obstinada resistencia. El ceño que a veces aparecía en su frente cuadrada no era un accidente sin sentido. Cuando volvía a la ciudad después de haber dado su paseo en las primeras horas de la dolorosa pena, ya resolvía su mente permanecer en Middlemarch a pesar de lo peor que le pudieran hacer. No retrocedería ante la calumnia, como si se hubiera sometido a ella. Se enfrentaría cara a cara con ella, y ninguno de sus actos demostraría que sentía temor. La generosidad y la fuerza desafiadora de su naturaleza le impulsaron a no retraerse de mostrar claramente su sentido de obligación hacia Bulstrode. Era cierto que su asociación con este hombre había sido fatal para él…, cierto que si hubiera tenido todavía las mil libras en sus manos con todas las deudas impagadas, le hubiera devuelto el dinero a Bulstrode, dedicándose a la mendicidad antes que al rescate que había sido ensuciado con la sospecha de soborno (recuérdese que era uno de los hombres más orgullosos); no obstante, no quería abandonar a este aplastado mortal cuya ayuda había utilizado, haciendo un lastimoso esfuerzo para ser eximido él mientras aullaba contra otro. «Haré lo que creo que está bien, sin dar razones a nadie. Tratarán de echarme, matándome de hambre, pero…», seguía pensando con obstinada resolución; pero se acercaba a casa, y el pensamiento de Rosamond se adueñó de nuevo del lugar principal del cual había sido arrojado por las agónicas luchas del honor y el orgullo.

¿Cómo se lo tomaría todo Rosamond? He aquí otro peso de la cadena para arrastrar, y el pobre Lydgate estaba de mal humor para soportar la muda maestría de su esposa. No tenía ganas de comunicarle el infortunio que pronto sería común para ambos. Prefería esperar la revelación accidental que los hechos acarrearían pronto.

CAPÍTULO LXXIV

En Middlemarch una mujer no podía permanecer mucho tiempo ignorante de la mala opinión que el pueblo tenía de su marido. Ninguna íntima amiga podía llevar tan lejos la amistad como para dar a la esposa una clara información del desagradable acontecimiento, conocido o creído, sobre su marido; pero cuando una mujer con los pensamientos muy desocupados los empleaba súbitamente en algo penosamente negativo hacia sus vecinos, entraban en juego varios impulsos morales que tendían a estimular la manifestación. La sinceridad era uno. Ser sincero, en la fraseología de Middlemarch, significaba valerse de la primera oportunidad para dar a conocer a tus amistades que no participabas de una optimista opinión de su capacidad, su conducta o su posición; y una sinceridad firme jamás esperaba que la consultaran. Después venía además, el amor a la verdad…, una amplia frase, pero que en este contexto significaba una viva objeción a ver que una mujer era más feliz de lo que justificaba la opinión que se tenía de su marido, o que manifestaba demasiada satisfacción en su suerte: la pobre debería ser advertida de que si conociese la verdad se complacería menos consigo misma, y con las cenas ligeras que daba para sus invitados. Por encima de todo existía la consideración para la mejora moral de una amiga, llamada a veces su alma, que probablemente se vería beneficiada por penosas advertencias, expresadas en compañía de miradas pensativas hacia los muebles y un tono que implicara que el que hablaba no quisiera decir lo que tenía en la mente, para no herir los sentimientos de la que escuchaba. En conjunto, se puede decir que una ardiente caridad estaba activa para que las conciencias virtuosas hicieran desdichada a su vecina, para bien suyo.

Apenas había mujeres en Middlemarch cuyos infortunios matrimoniales, en distintos sentidos, pudieran despertar más esta actividad moral que Rosamond y su tía Bulstrode. La señora Bulstrode no era objeto de antipatía, y nunca había injuriado a nadie conscientemente. Los hombres la habían considerado siempre como una mujer hermosa y agradable, y se tenía por uno de los signos de hipocresía de Bulstrode el hecho de que hubiera escogido a una vigorosa Vincy, en vez de una pálida y melancólica persona apropiada a su baja estimación del placer terrenal. Cuando se reveló el escándalo en torno a su marido, exclamaron: «¡Pobre mujer! Es tan honrada como el día… nunca sospechó nada malo de él, pueden estar seguras». Las mujeres que intimaban con ella hablaban mucho de «la pobre Harriet», se imaginaban cuáles serían sus sentimientos cuando lo llegara a saber todo, y se hacían conjeturas acerca de lo que ya sabría. No había ninguna disposición despectiva hacia ella; más bien era una activa benevolencia ansiosa de asegurar lo que sería bueno que ella sintiera en estas circunstancias, lo que naturalmente mantenía la imaginación ocupada en su reputación e historia desde la época en que era Harriet Vincy hasta ahora. Con el examen de la señora Bulstrode y su situación era inevitable asociar a Rosamond, cuyas perspectivas se hallaban en el mismo deterioro que el de su tía. Rosamond era más severamente criticada y menos compadecida, aunque a ella también, como miembro de la buena y antigua familia de los Vincy, que había sido siempre conocida en Middlemarch, se la consideraba como la víctima de un matrimonio con un intruso. Los Vincy tenían sus debilidades, pero eran superficiales: no había nunca en ellos nada que descubrir. La señora Bulstrode fue defendida de tener semejanza alguna con su marido. Las faltas de Harriet eran sólo suyas.

—Siempre ha sido vanidosa —dijo la señora Hackbutt, mientras preparaba el té para una pequeña concurrencia—, aunque se ha acostumbrado a meter la religión por delante, para concordar con su marido; se ha empeñado en levantar la cabeza por encima de Middlemarch dando a conocer que invita a los clérigos y sabe Dios quién de Riverston y esos lugares.

—Apenas podemos culparla por eso —dijo la señora Sprague—, porque pocas de las mejores gentes del pueblo se interesaban por relacionarse con Bulstrode, y tenía que tener a alguien que se sentara a su mesa.

—El señor Thesiger siempre lo apoyó —dijo la señora Hackbutt—. Me figuro que ahora se arrepentirá.

—Pero en el fondo nunca le apreció… todo el mundo sabe eso —añadió la señora Toller—. El señor Thesiger no exagera nunca. Se ajusta a la verdad del Evangelio. Sólo los clérigos como el señor Tyke, que quieren utilizar himnarios disidentes y defienden este aspecto bajo de la religión, han encontrado a Bulstrode aceptable.

—Creo que el señor Tyke está muy angustiado por él —dijo la señora Hackbutt.

—Y bien lo puede estar: dicen que los Bulstrode han mantenido casi absolutamente a la familia Tyke.

—Y naturalmente es un descrédito para su doctrina —dijo el señor Sprague, que era anciano y anticuado en sus opiniones—. La gente no se preciará de ser metodista en Middlemarch durante mucho tiempo.

—Yo opino que no debemos imputar a su religión las malas acciones de la gente —dijo la señora Plymdale, con su cara de halcón, que había permanecido escuchando hasta ahora.

—Claro, nos estamos olvidando —dijo la señora Sprague— que no debemos hablar de esto delante de usted.

—Estoy segura de que no tengo razones para ser parcial —dijo la señora

Plymdale sonrojándose—. Es cierto que el señor Plymdale ha estado siempre en buenas relaciones con el señor Bulstrode, y que Harriet Vincy era amiga mía mucho antes de casarse con él. Pero siempre he mantenido mis opiniones y le he dicho en lo que se equivocaba, pobrecilla. No obstante, en cuanto a la religión, debo decir que el señor Bulstrode pudo haber hecho lo que ha hecho, y aún peor, sin ser un hombre de religión alguna. No digo que no haya habido demasiado de eso… a mí me gusta la moderación. Pero la verdad es la verdad. Los hombres que juzgan en las sesiones judiciales no son demasiado religiosos, supongo.

—Bien —dijo la señora Hackbutt, cambiando de tercio con habilidad—, lo que puedo decir es que creo que debería separarse de él.

—Yo no diría eso —contestó la señora Sprague—. Lo aceptó para lo bueno y para lo malo, ya se sabe.

—Pero «lo malo» nunca puede significar encontrarse con que tu marido merece ir a la cárcel —dijo la señora Hackbutt—. Imagínese vivir con un hombre así. Estaría convencida de que me iba a envenenar.

—Cierto. Yo pienso que es una invitación al delito que hombres así sean cuidados y atendidos por buenas mujeres —manifestó la señora de Tom Toller.

—Y la pobre Harriet ha sido una buena mujer —añadió la señora Plymdale—. Ella se figura que su esposo es el mejor de los hombres. Bien es verdad que nunca le ha negado nada.

—Bueno, ya veremos lo que hace —dijo la señora Hackbutt—. Supongo que la pobre criatura no sabe nada todavía. Espero y confío en que no la veré, porque me horrorizaría tener que decir algo de su marido. ¿Creen que le habrá llegado algún indicio?

—Yo diría que no —dijo la señora de Tom Toller—. Sabemos que está enfermo, y que no ha salido de casa desde la reunión del jueves; pero ella estuvo con sus hijas en la iglesia ayer, y estrenaban sombreros toscanos. El suyo con una pluma. Nunca he observado que su religión tuviera nada que ver con su indumentaria.

—Siempre lleva modelos muy pulcros —dijo la señora Plymdale, un poco picada—. Y esta pluma se la tiñó en espliego pálido para que estuviera a tono. Hay que admitir que a Harriet le gusta hacer las cosas bien.

—En cuanto a que sepa lo ocurrido, no podrá ignorarlo mucho tiempo —dijo la señora Hackbutt—. Los Vincy lo saben, pues el señor Vincy estuvo en la reunión. Será un serio golpe para él. Está su hija implicada además de su hermana.

—Sí, es verdad —comentó la señora Sprague—. Nadie supone que el señor Lydgate pueda seguir con la cabeza alta en Middlemarch; las cosas están feas con lo de las mil libras que recibió justo al morir ese hombre. Esto produce escalofríos.

—El orgullo siempre acaba derribado —añadió la señora Hackbutt.

—No lo siento tanto por la que era Rosamond Vincy como por su tía —dijo la señora Plymdale—. Esa chica se merecía una lección.

—Supongo que los Bulstrode se irán a vivir al extranjero —dijo la señora Sprague—. Es lo que se suele hacer cuando ocurre algo vergonzoso en una familia.

—Y buen golpe que será para Harriet —añadió la señora Plymdale—. Si alguna vez hemos visto a una mujer hundida, ésta será ella. Lo siento de corazón. Con todas sus faltas, hay pocas mujeres mejores. Desde niña ha tenido los más exquisitos modales; ha tenido siempre buen corazón, y es abierta como el día. Se pueden mirar sus cajones siempre que quieras… los tiene siempre igual de ordenados. Y así ha educado a Kate y a Ellen. Figúrense lo duro que será para ella ir a vivir entre forasteros.

—El doctor dice que eso es lo que les recomendaría a los Lydgate que hicieran —dijo la señora Sprague—. Dice que Lydgate debiera haberse quedado con los franceses.

—Eso es lo que le iría bien a Rosamond, diría yo —añadió la señora Plymdale—, tiene esa especie de ligereza. Le viene de su madre, no de su tía Bulstrode, que siempre le dio buenos consejos, y, por lo que se me alcanza, hubiera preferido que se hubiese casado con otro.

La señora Plymdale estaba en una situación que le causaba alguna complicación de sentimientos. No sólo existía su intimidad con la señora Bulstrode, sino también una provechosa relación comercial entre la gran tintorería Plymdale y el señor Bulstrode, que por un lado la hubiera inclinado a desear que la versión más amable sobre el banquero fuese la verdadera, pero por el otro, la hacía más temerosa de parecer que paliaba su culpabilidad. Además la reciente alianza de su familia con los Toller la había llevado a conectar con el mejor círculo, cosa que la complacía casi completamente salvo en la inclinación a aquellos serios aspectos que ella creía que eran los mejores en otro sentido.

La conciencia de la sagaz mujercita se veía algo perturbada en el ajuste de estos «mejores» opuestos, así como en sus aflicciones y satisfacciones por los últimos acontecimientos, que probablemente humillarían a los que necesitaban ser humillados, pero que también caerían pesadamente sobre su buena amiga cuyas faltas hubiera preferido ver en un trasfondo de prosperidad.

La pobre señora Bulstrode, mientras tanto, no se había visto más perturbada por la calamidad que se avecinaba que por la bulliciosa agitación de la secreta inquietud siempre presente en ella desde la última visita de Raffles a The Shrubs. Que ese odioso hombre hubiera llegado enfermo a Stone Court, y que su marido se hubiera decidido a permanecer allí y atenderle, se lo explicaba por el hecho de que a Raffles se le había empleado y ayudado en tiempos anteriores, y esto establecía un lazo de benevolencia hacia él en su degradada inasistencia; y desde entonces la señora Bulstrode se había sentido inocentemente animada por las esperanzadoras palabras de su marido acerca de su propia salud y capacidad para continuar atendiendo el negocio. La calma vino a perturbarse cuando Lydgate lo llevó enfermo a su casa desde la reunión, y a pesar de la consoladora seguridad de los días siguientes, la señora Bulstrode lloraba a solas por la convicción de que su marido no sufría sólo de enfermedad corporal, sino de algo que afligía su mente. No la dejaba que le leyese y apenas que se sentara con él, pretextando una susceptibilidad nerviosa a los ruidos y movimientos; no obstante sospechaba que al encerrarse solo en la habitación su esposo deseaba ocuparse de sus papeles. Estaba segura de que algo había ocurrido. Quizás alguna pérdida cuantiosa de dinero, de la cual la mantenía ignorante. No atreviéndose a preguntar a su esposo, se lo dijo a Lydgate, el quinto día después de la reunión, cuando no había salido de casa sino para ir a la iglesia.

—Señor Lydgate, séame franco: deseo saber la verdad. ¿Le ha sucedido algo al señor Bulstrode?

—Una especie de contusión nerviosa —dijo Lydgate con tono evasivo. Sentía que no le tocaba a él hacer la penosa revelación.

—Pero ¿qué la ha producido? —continuó la señora Bulstrode, mirándole directamente con sus ojos oscuros.

—A menudo existe un ambiente venenoso en los salones públicos —contestó Lydgate—. Los hombres fuertes pueden soportarlo, pero se manifiesta en las personas en proporción a la delicadeza de su constitución. Con frecuencia es imposible determinar el preciso momento de un ataque… o mejor, determinar por qué cede la energía en un momento particular.

La señora Bulstrode no quedó satisfecha con la respuesta. Permaneció en ella la creencia de que a su marido le había sucedido alguna desgracia de la cual ella debía permanecer ignorante; y su modo de ser se oponía firmemente a esta ocultación. Pidió a sus hijas que se quedaran con su padre y se fue a la ciudad a hacer algunas visitas, confiando en que si se sabía que algo malo había sucedido en los negocios del señor Bulstrode lo notaría o se enteraría de ello.

Fue a casa de la señora Thesiger, que no estaba, y entonces se dirigió a casa de la señora Hackbutt, al otro lado del cementerio. La señora Hackbutt la vio venir desde una ventana de arriba, y recordando su anterior alarma por el temor de encontrarse con la señora Bulstrode, se sintió casi obligada en consecuencia a mandar decir que no se hallaba en casa; pero en contra de eso sentía un fuerte deseo por la emoción de una entrevista en la que estaba decidida a no hacer la menor alusión a lo que tenía en el pensamiento.

Por ello, la mujer del banquero se vio acompañada a la sala de estar, y la señora Hackbutt se acercó a ella, con los labios más tirantes y frotándose las manos más de lo usual en ella, precauciones adoptadas en contra de una franqueza de expresión. Estaba dispuesta a no preguntar cómo se sentía el señor Bulstrode.

—Hace casi una semana que no he estado en ninguna parte salvo en la iglesia —empezó la señora Bulstrode después de unas frases introductorias—. Pero el señor Bulstrode se puso tan enfermo en la reunión del martes que no he querido salir de casa.

La señora Hackbutt se frotó el dorso de una mano con la palma de la otra que tenía sobre el pecho, y dejó que sus ojos divagaran por el dibujo de la alfombra.

—¿Estuvo el señor Hackbutt en esa reunión? —insistió la señora Bulstrode.

—Sí, sí —contestó la señora Hackbutt con la misma actitud—. Creo que la tierra se comprará por suscripción.

—Esperemos que no haya más casos de cólera para enterrar en ella —dijo la señora Bulstrode—. Es un castigo espantoso. Pero siempre pienso que Middlemarch es un lugar muy sano. Supongo que es la costumbre de vivir aquí desde la infancia, pero nunca he visto otra ciudad en la que me gustara más vivir, y especialmente morir.

—No le quepa duda de que me alegraría de que viviera siempre en Middlemarch, señora Bulstrode —dijo la señora Hackbutt con un ligero suspiro—. No obstante, debemos aprender a resignarnos respecto de la suerte que nos toca. Aunque estoy segura de que en esta ciudad siempre habrá gentes que la desearán bien.

La señora Hackbutt deseaba decir «si quiere mi consejo, sepárese de su esposo», pero parecía claro que la pobre mujer no sabía nada del trueno que estaba a punto de caer sobre su cabeza, y ella no podía hacer nada más que prepararla un poco. La señora Bulstrode se sintió de pronto helada y temblorosa; evidentemente había algo desusado detrás de este discurso de la señora Hackbutt; pero aunque había salido con el deseo de informarse a fondo, se encontró incapaz de proseguir con su valiente propósito, y desviando la conversación con una pregunta sobre los jóvenes Hackbutt pronto se despidió diciendo que iba a visitar a la señora Plymdale. En su camino hacia allí trató de imaginarse que pudo haber habido alguna infrecuente y calurosa contienda entre el señor Bulstrode y alguno de sus usuales oponentes…, acaso el señor Hackbutt fuera uno de ellos. Esto lo explicaría todo.

Pero mientras se hallaba conversando con la señora Plymdale esta consoladora explicación ya no parecía sostenible. «Selina» la recibió con tal patética afectividad y disposición para dar edificantes respuestas sobre los tópicos más comunes que ello apenas podía responder a una simple disputa, la consecuencia más importante de la cual había sido la perturbación de la salud del señor Bulstrode. Ya de antemano la señora Bulstrode había pensado que prefería consultar a la señora Plymdale antes que a ninguna otra persona; pero ante su sorpresa se encontró con que una antigua amiga no es siempre aquella a la cual es más fácil hacer confidencias; se alzaba la barrera de recordadas comunicaciones habidas en otras circunstancias… había la aprensión a ser compadecida e informada por quien hacía largo tiempo le había concedido la superioridad. Porque ciertas palabras misteriosamente apropiadas que la señora Plymdale dejó caer acerca de su resolución de no volver jamás la espalda a sus amistades convencieron a la señora Bulstrode de que lo que había sucedido debió de ser alguna calamidad, y en vez de sentirse dispuesta a decir con su natural franqueza «¿Qué es lo que tienes en el pensamiento?» se encontró ansiosa por irse antes de enterarse de algo más explícito. Empezó a tener una agitadora certeza de que el infortunio significaba algo más que una mera pérdida de dinero, siendo vivamente sensible al hecho de que Selina ahora, igual que la señora Hackbutt antes, evitó advertir lo que decía de su marido, igual que hubieran evitado advertir un defecto personal.

Se despidió con nerviosa precipitación y mandó al cochero que la llevara al almacén del señor Vincy. En este corto trayecto su temor se acumuló tanto debido a la sensación de oscuridad, que cuando entró en la oficina privada en donde su hermano estaba sentado ante la mesa de trabajo, le temblaban las rodillas y su rubicunda faz de siempre estaba mortalmente pálida. Parecido efecto causó en él la presencia de su hermana; se levantó del asiento para recibirla, la cogió de la mano, y dijo con su impulsiva brusquedad:

—¡Dios te ayude, Harriet! Lo sabes todo.

Este momento fue acaso peor que todos los siguientes. Contenía la concentrada experiencia que en las grandes crisis emocionales revela la tendencia de una naturaleza, y profetiza el último acto que pondrá fin a la lucha intermedia. Sin el recuerdo de Raffles, hubiera podido pensar tan sólo en una ruina monetaria, pero ahora, con el aspecto y las palabras de su hermano, se precipitó por su mente la idea de alguna culpabilidad de parte de su esposo; … entonces, bajo la presión del terror, le vino la imagen de su marido expuesto al infortunio; …y entonces, después de un instante de una abrasadora vergüenza en el que sólo sintió los ojos del mundo, con un salto del corazón se encontró al lado de su esposo, en una dolorosa pero no recriminante confraternidad con la vergüenza y el aislamiento. Todo esto sucedió en su interior en un instante… al tiempo que se hundía en la silla y levantaba los ojos hacia su hermano, que estaba de pie junto a ella.

—No sé nada, Walter. ¿De qué se trata? —dijo con desmayo.

Su hermano le contó todo con sinceridad y en frases cortas, advirtiéndole que el escándalo iba mucho más allá de las pruebas, especialmente con referencia a la muerte de Raffles.

—La gente siempre habla —dijo él—. Incluso si un hombre ha sido liberado por el jurado, la gente habla, y mueve la cabeza y guiña los ojos… y mientras el mundo sea mundo, a menudo da igual ser culpable o no. Es un golpe destructor y desacredita tanto a Lydgate como a Bulstrode. No pretendo decir cuál es la verdad. Sólo que ojalá no hubiéramos oído nunca los nombres de Bulstrode o de Lydgate. Mejor hubieras seguido siendo una Vincy toda la vida, y lo mismo Rosamond.

La señora Bulstrode no contestó.

—Pero debes soportarlo lo mejor que puedas, Harriet. La gente no te culpa a ti. Y yo permaneceré a tu lado sea lo que sea que decidas hacer —añadió su hermano con rudeza pero con bien intencionado afecto.

—Dame el brazo para acompañarme el coche, Walter —dijo la señora Bulstrode—. Me siento muy débil.

Y al llegar a casa se vio obligada a decirle a su hija:

—No me encuentro bien, cariño; voy a echarme. Ocúpate de tu padre. Déjame descansar. No cenaré.

Se encerró en la habitación. Necesitaba tiempo para acostumbrarse a su mutilada conciencia, su pobre y cercenada vida, antes de poder andar con firmeza por el lugar que le habían asignado. Una nueva luz inquisidora había caído sobre la reputación de su marido y no podía juzgarle con indulgencia: los veinte años en los que había creído en él y lo había venerado por razón de sus sigilos volvieron con detalles que los hicieron parecer odiosos engaños. Se había casado con ella ocultando esa pasada mala vida y a la señora Bulstrode no le quedaba fe para declararle inocente de lo peor que se le imputaba. Su honrada y ostentosa naturaleza convertían la participación de un merecido deshonor en algo tan amargo como podía ser para cualquier mortal.

Pero esta mujer defectuosamente educada, cuyas frases y hábitos eran un extraño amasijo, disponía de un espíritu leal. Al hombre cuya prosperidad había compartido durante casi media vida, y que invariablemente la había apreciado... ahora que el castigo había caído sobre él, no le era posible de ningún modo abandonarlo. Hay un abandono que se sienta en la misma mesa y se acuesta en la misma cama con el alma abandonada, marchitándola más con su desamorosa proximidad. La señora Bulstrode sabía, al cerrar la puerta, que la abriría presta a bajar hacia su desdichado marido y consolar su pena, y decir de su culpa que se lamentaría y que no le haría reproches. Pero necesitaba tiempo para cobrar fuerzas; necesitaba sollozar su adiós a toda la alegría y orgullo de su vida. Cuando se decidió a bajar, se preparó con algunos pequeños actos que podían parecer bobos para un severo espectador; eran su forma de expresar a todas las personas visibles e invisibles que había empezado una nueva vida en la que aceptaba la humillación. Se quitó todos sus adornos y se puso un sencillo vestido negro, y en vez de llevar su suntuosa toca y sus largas lazadas de pelo, se peinó el cabello liso hacia abajo y se lo cubrió con un discreto gorrito, que la hizo parecer de pronto una antigua metodista.

Bulstrode, que sabía que su mujer había salido y había regresado diciendo que no se encontraba bien, pasó el tiempo en una agitación similar a la de ella. Había esperado ansiosamente que se enterara por otros de la verdad y había asentido a esta probabilidad como algo más fácil para él que una confesión. Pero ahora que imaginaba había llegado el momento de estar enterada, esperaba el resultado con angustia. Sus hijas se habían visto obligadas a dejarle solo, y aunque les había permitido prepararle algo de comer no lo había tocado. Se sentía perecer lentamente en una despiadada desventura. Acaso no vería ya jamás el rostro de su mujer con aspecto afectuoso. Y, si se volvía hacia Dios, no parecía haber otra contestación que la presión retributiva.

Eran las ocho de la tarde cuando la puerta se abrió y entró su esposa. No se atrevió a mirarla. Estaba sentado, con los ojos bajos, y cuando la señora Bulstrode se acercó hacia él le pareció más pequeño, tan marchito y encogido le encontró. Un movimiento de nueva compasión y vieja ternura pasó por ella como una gran ola, y poniendo una mano en la que él tenía en el brazo del sillón, y la otra sobre su hombro, dijo con gravedad pero con cariño:

—Mírame Nicholas.

Él levantó los ojos con un poco de sorpresa y la miró medio asombrado por un momento: su faz pálida, su distinto vestido de luto, el temblor en sus labios, todo decía «lo sé»; y sus manos y sus ojos permanecieron dulcemente sobre él. El rompió a llorar y ambos lloraron juntos, ella sentada a su lado. No podían hablarse todavía de la vergüenza que soportaba con él, o de los hechos que la habían traído sobre ambos. La confesión de Bulstrode fue silenciosa, y la promesa de fidelidad de su mujer también fue silenciosa. Abierta como era ella, sin embargo evadió las palabras que hubieran expresado su mutuo sentimiento del mismo modo que hubiera evadido las chispas de fuego. Ella no pudo decir «¿Cuántas cosas no son sino mentiras y falsas sospechas?», y él no dijo «Soy inocente».

CAPÍTULO LXXV

Rosamond tuvo un rayo de nueva alegría cuando la casa quedó libre de la amenazadora figura y cuando se hubo pagado a todos los desagradables acreedores. Pero no se sentía feliz: su vida matrimonial no había cumplido ninguna de sus esperanzas, y había sido estropeada frente a su imaginación. En este breve intervalo de calma, Lydgate, acordándose de que a menudo había sido tempestuoso en sus horas de perturbación y consciente del dolor que Rosamond había tenido que sobrellevar, era cuidadosamente cariñoso con ella; pero también él había perdido algo de su anterior espíritu, y todavía sentía la necesidad de referirse a un cambio económico en su forma de vida como cosa natural, tratando de reconciliarla gradualmente con ello, y reprimiendo su enojo cuando ella contestaba deseando que se fuera a vivir a Londres. Cuando no contestaba así, Rosamond escuchaba con languidez, y se preguntaba qué tenía para que valiese la pena vivir. Las duras y desdeñosas palabras que había pronunciado su marido en su cólera habían ofendido profundamente aquella vanidad que en un principio fuera para él motivo de vivo placer; y lo que ella consideraba el modo contumaz de su marido de ver las cosas alimentaba una secreta repulsión que la hacía recibir toda su ternura como un pobre sustituto de la felicidad que no había conseguido proporcionarla. Estaba en desventaja con sus vecinos y ya no había perspectiva alguna de Quallingham…, no había perspectiva alguna en ninguna parte excepto en una carta ocasional de Will Ladislaw. Se había sentido herida y contrariada por la resolución de Will de marcharse de Middlemarch, porque a pesar de lo que sabía y adivinaba de su admiración por Dorothea, acariciaba secretamente la creencia de que él tenía, o que necesariamente llegaría a tener, mucha más admiración por ella misma. Rosamond era una de esas mujeres que acarician mucho la idea de que todos los hombres que encontraban las hubieran preferido a ellas si la preferencia no hubiera sido imposible. La señora Casaubon era magnífica, pero el interés de Will por ella procedía de antes de conocer a la señora Lydgate. Rosamond interpretó el modo que Ladislaw tenía de hablar con ella —una mezcla de crítica juguetona e hiperbólica galantería— como el disfraz de un sentimiento más hondo; y en su presencia notaba ese agradable cosquilleo de la vanidad y sentido de drama romántico que la presencia de Lydgate carecía ya de magia para producir. Incluso se imaginaba —¿qué no se imaginarán los hombres y las mujeres en esta materia?— que Will exageraba su admiración por la señora

Casaubon para irritarla a ella. De este modo se ocupaba la cabeza de la pobre Rosamond antes de la partida de Will. Pensaba que hubiera sido un marido más apropiado para ella que Lydgate. Ninguna opinión podría haber sido más falsa que ésta, porque el descontento de Rosamond en su matrimonio se debía a las condiciones del matrimonio mismo, a las demandas de represión individual y tolerancia, y no al modo de ser de su marido; pero el fácil concepto de una mejora irreal tenía un encanto sentimental que despejaba su monotonía. Se inventaba un pequeño romance que variaba la insipidez de su vida: Will Ladislaw sería siempre soltero y viviría cerca de ella, para estar siempre a sus órdenes, y tendría una entendida aunque nunca expresada pasión por ella, que desprendería radiantes llamaradas de vez en cuando en interesantes escenas. Su partida había sido un proporcional contratiempo, y había incrementado tristemente su aburrimiento en Middlemarch; pero al principio había tenido como repuesto un alternativo sueño de placer con previsible trato con la familia de Quallingham. Desde entonces, los sinsabores de su vida matrimonial se habían ahondado y la ausencia de otro consuelo despertaba su dolida consideración sobre aquel endeble romance que un día había alimentado. Los hombres y las mujeres cometen tristes equivocaciones sobre sus propios síntomas, y toman sus vagos e inquietos anhelos a veces por genio, a veces por religión, y más frecuentemente todavía por un inmenso amor. Will Ladislaw había escrito cartas parlanchinas, mitad para ella mitad para Lydgate, y ella las había contestado; suponía que su separación probablemente no fuera a ser definitiva, y el cambio que ahora deseaba más era que Lydgate se fuera a vivir a Londres: allí todo sería agradable, y ella se había empeñado con callada decisión en obtener este resultado cuando de pronto llegó una deliciosa promesa que la estimuló.

Llegó pocos días antes de la memorable reunión en el Ayuntamiento, y era nada menos que una carta de Will Ladislaw a Lydgate, que insistía sobre todo en su reciente interés en los planes de colonización, pero mencionaba incidentalmente que quizá necesitaría hacer una visita a Middlemarch en las próximas semanas…, una placentera necesidad, decía, casi tan anhelada como las vacaciones para un escolar. Confiaba en que siguiera allí su antiguo lugar en la alfombra y en poder disfrutar de mucha música. Pero no estaba nada seguro de cuándo iría. Mientras Lydgate le leía la carta a Rosamond, su cara se animó como una flor que revivía, y apareció más bonita y más fresca. No había nada que no se pudiera soportar ahora: las deudas se habían pagado, el señor Ladislaw iba a venir, y Lydgate sería persuadido a abandonar Middlemarch y asentarse en Londres, cosa que era «muy distinta de una ciudad de provincias».

Este fue un pedazo brillante de mañana. Pero pronto el cielo se ensombreció sobre la pobre Rosamond. La presencia de una nueva lobreguez en su marido, respecto de la que él se mantenía completamente reservado hacia ella —porque temía demostrar sus lacerados sentimientos a su neutralidad y erróneo concepto—, pronto recibió una extraña explicación, ajena a todas sus previas nociones de lo que podía afectar a su felicidad. En su nueva elevación de ánimo, y creyendo que Lydgate tenía simplemente un ataque de irritación peor que lo normal, obligándole a dejar sus observaciones sin contestación, y a alejarse de ella todo lo posible, unos días después de la reunión, decidió, sin hablarle del asunto, enviar invitaciones para una pequeña velada, convencida de que ésta era una medida prudente, puesto que parecía que la gente se mantenía apartada de ellos y se precisara restablecer la antigua costumbre de las relaciones sociales. Cuando las invitaciones fueran aceptadas, se lo diría a Lydgate, y le daría una sabia lección de cómo un médico debía comportarse con sus vecinos; porque Rosamond tenía ideas muy concretas respecto de los deberes de los demás. Pero todas las invitaciones fueron recusadas y la última llegó a manos de Lydgate.

—Esta es la letruja de Chichely. ¿Para qué te escribe? —dijo Lydgate, sorprendido y pasándole la carta a su esposa. Rosamond se vio obligada a dejársela ver, y mirándola severamente, su esposo dijo:

—¿Por qué demonios has estado mandando invitaciones sin decírmelo, Rosamond? Te pido e insisto en que no invites a nadie a esta casa. Supongo que habrás invitado a otros, y que también se habrán excusado.

Ella no contestó.

—¿Me oyes? —tronó Lydgate.

—Sí, claro que te oigo —respondió Rosamond, volviendo la cabeza a un lado, con el movimiento de una graciosa ave de cuello largo.

Lydgate movió la suya sin gracia alguna y salió de la habitación, sintiéndose peligroso. El pensamiento de Rosamond fue que se estaba volviendo cada vez más insoportable…, no que hubiese ninguna nueva razón especial para esta perentoriedad. Su indisposición para explicarle algo que estaba seguro de antemano que a ella no le interesaba se volvía una costumbre irreflexiva, y Rosamond se hallaba en la ignorancia de todo lo referente a las mil libras excepto que el préstamo venía de su tío Bulstrode. Los odiosos humores de Lydgate y el aparente apartamiento de ellos por parte de los vecinos databan inexplicablemente desde su alivio de las dificultades monetarias. De haber sido aceptadas las invitaciones, hubiera invitado a su madre y los demás, a los cuales no había visto durante varios días; y ahora se puso el gorrito para ir a preguntar qué había sido de todos ellos, sintiendo de pronto como si hubiera una conspiración para dejarla sola con un marido dispuesto a ofender a todo el mundo. Era después de comer, y encontró a sus padres sentados juntos y solos en la sala de estar. La saludaron con mirada triste, diciendo «Hola, hija, ¿qué tal?» y nada más. Nunca había visto a su padre tan abatido y sentándose a su lado le preguntó:

—¿Ocurre algo, papá?

Él no contestó, pero la señora Vincy dijo.

—¿Es que no te has enterado de nada, hija? No tardará en llegarte la noticia.

—¿Se trata de algo referente a Tertius? —dijo Rosamond palideciendo. Relacionó enseguida la idea del infortunio con lo que para ella había sido inexplicable en él.

—¡Hija mía, sí! ¡Pensar que te has casado para tener estos problemas! Las deudas ya eran malas, pero esto será peor.

—Tranquilízate, Lucy, tranquilízate —dijo el señor Vincy—. ¿No has sabido nada de tu tío Bulstrode, Rosamond?

—No, papá —dijo la pobre, sintiendo como si la tribulación no fuera nada que le hubiera sucedido antes, sino algún invisible poder con zarpa de hierro que hacía que el alma se le desmayara en su interior.

Su padre se lo relató todo, diciendo al final:

—Es mejor que lo sepas, hija. Pienso que Lydgate debería marcharse de la ciudad. Las cosas se han puesto contra él. Yo diría que no pudo evitarlo. No le acuso de ningún perjuicio.

—Antes, el señor Vincy había estado siempre dispuesto a encontrarle las mayores faltas a Lydgate.

La sacudida que recibió Rosamond fue terrible. Le pareció que ningún sino podía ser más cruelmente duro que el suyo…; haberse casado con un hombre que era el centro de infamantes sospechas. En muchos casos es inevitable que la vergüenza sea la peor parte del delito, y hubiera requerido mucha reflexión esclarecedora, cosa que nunca había entrado en la vida de Rosamond, a fin de que ella en estos momentos sintiera que su infortunio era mejor que si hubiera sabido de cierto que su marido había cometido algo delictivo. Toda la vergüenza parecía estar allí. ¡Y ella se había casado inocentemente con este hombre con la creencia de que él y su familia serían su gloria! Mostró su reticencia natural hacia sus padres, y sólo dijo que si Lydgate hubiese hecho lo que ella deseaba, se hubiera ausentado de Middlemarch tiempo atrás.

—Lo lleva admirablemente —dijo su madre cuando se hubo marchado.

—¡Gracias a Dios! —contestó el señor Vincy muy abatido. Pero Rosamond se fue a casa con una justificada sensación de repugnancia hacia su marido. ¿Qué había hecho en realidad? ¿Cómo se había comportado? Lo ignoraba. ¿Por qué no se lo había contado todo? Lydgate no le habló del asunto y, por supuesto, ella no podía hablarle a él. Se le pasó por la mente una vez pedirle a su padre que la permitiera volver a su casa de nuevo, pero al recapacitar, esta perspectiva le pareció absolutamente funesta; una mujer casada que se volvía a vivir con sus padres…; la vida parecía carecer de significado para ella en esta situación: no se veía a sí misma en ella.

Los dos días siguientes Lydgate observó en ella un cambio, y supuso que se había enterado de las malas noticias. ¿Le hablaría de ello o continuaría para siempre en un silencio que parecía implicar que le creía culpable? Debemos recordar que Lydgate se hallaba en una morbosa situación mental, en la que todo contacto era penoso. Ciertamente que Rosamond en este caso tenía las mismas razones para quejarse de la reserva y falta de confianza por parte de él; pero en la amargura de su alma el médico se excusaba a sí mismo; ¿…no estaba justificado en rehuir el trabajo de decírselo, cuando ahora que ella sabía la verdad no se sentía impulsada a hablarle? Pero una más profunda conciencia de que él se hallaba en falta le inquietaba, y el silencio entre ambos se le hizo intolerable; era como si ambos se fueran a la deriva sobre un resto de naufragio evitando mirarse.

Lydgate pensaba. «Soy un imbécil. ¿No he dejado de esperar nada? Me he casado con los problemas, no con la ayuda». Y aquel anochecer le dijo:

—Rosamond, ¿te has enterado de algo que te intranquiliza?

—Sí —contestó, dejando la labor que estaba haciendo, con una languidez semiconsciente muy distinta de su habitual forma de ser.

—¿De qué te has enterado?

—De todo, supongo. Me lo ha dicho mi padre.

—¿Que la gente me cree deshonrado?

—Sí —dijo Rosamond con abatimiento, empezando a coser de nuevo automáticamente.

Hubo una pausa. Lydgate pensó, «Si tuviera alguna confianza en mí… alguna noción de lo que soy, debería hablar ahora y decir que no cree que haya merecido el deshonor».

Pero por su lado Rosamond continuó moviendo los dedos lánguidamente. Todo lo que debiera decirse sobre el caso esperaba que saliera de Tertius. ¿Qué sabía ella? Y si su marido era inocente de alguna ofensa, ¿por qué no hacía algo para limpiar su nombre?

Este silencio por parte de ella trajo un nuevo chorro de amargura a ese áspero humor que le hacía a Lydgate decirse a sí mismo que nadie creía en el… ni siquiera Farebrother había aparecido. Había empezado a preguntarle a su mujer con la intención de que su conversación deshiciera la helada niebla que los envolvía, pero sintió que su resolución se veía frenada por un desesperado resentimiento. Rosamond parecía considerar hasta este infortunio, como los demás, como si fuese sólo suyo. Siempre era para ella un ser aparte, que hacía lo que ella no quería. Se levantó de la silla con rabioso impulso y hundiendo las manos en los bolsillos, se paseó de un lado a otro de la habitación. Había una subyacente conciencia de que debía dominar este enfado y contárselo todo, convenciéndola de los hechos. Porque casi había aprendido la lección de que se debía amoldar a la naturaleza de ella, y puesto que a ella le faltaba comprensión, él tenía que poner más. Pronto recurrió a su intención de abrirse: no debía perder la ocasión. De conseguir llevarla a sentir con cierta gravedad que aquí había una calumnia con la que había que enfrentarse y de la que no se debía huir, y que todo el trastorno había ocurrido por su desesperada necesidad de dinero, sería el momento de urgirle con firmeza que deberían estar unidos en la resolución de seguir con el mínimo de dinero posible, a fin de que pudieran sortear el mal tiempo y mantenerse independientes. Mencionaría las medidas concretas que deseaba tomar, y la garantía hacia su dispuesto espíritu. Estaba obligado a hacer esto… ¿qué otra cosa podía hacer?

No sabía cuánto tiempo había caminado de acá para allá, pero Rosamond creía que hacía mucho, y deseaba que se sentara. Ella también había pensado que esta era la oportunidad de apremiar a Tertius en lo que debía hacer. Cualquiera que fuera la verdad de toda esta desgracia, había un temor que se afirmaba.

Por último Lydgate se sentó, no en su asiento de costumbre, sino en uno más cerca de Rosamond, inclinándose hacia ella y mirándola con gravedad antes de volver sobre el lamentable asunto. Él se había dominado a sí mismo hasta aquí, y se proponía hablar con serenidad, como si se tratara de una ocasión que no iba a repetirse. Incluso había abierto los labios cuando Rosamond, dejando caer las manos, le miró y dijo:

—Indudablemente, Tertius…

—¿Qué?

—Indudablemente ahora habrás abandonado por fin la idea de continuar en Middlemarch. Yo no puedo seguir viviendo aquí. Vayámonos a Londres. Papá y todo el mundo dicen que es mejor que te vayas. Cualquiera que sea el apuro que tenga que soportar será más llevadero fuera de aquí.

Lydgate se sintió dolorosamente herido. En vez de aquella crítica efusión para la que se había preparado con esfuerzo, de nuevo se iban a encontrar dándole vueltas a lo mismo. No podía soportarlo. Con una rápida alteración de su semblante se levantó y salió de la habitación.

Quizá, de haber sido lo suficientemente fuerte para insistir en su determinación de dar más talla puesto que Rosamond daba menos, esa noche hubiera tenido un mejor resultado. Si su energía hubiera vencido este enfrentamiento, todavía hubiera podido transformar la visión y la voluntad de Rosamond. No podemos estar seguros de que ciertas naturalezas, por inflexibles y peculiares que sean, resistan este efecto procedente de una personalidad más sólida que la suya. Pueden verse sorprendidas y convertirse momentáneamente, transformándose en parte del alma que las envuelve en el ardor de su movimiento. Pero el pobre Lydgate tenía una palpitante pena dentro de sí y su energía no había estado a la altura de la tarea.

El comienzo de un mutuo entendimiento y determinación parecía tan alejado como siempre; es más, parecía bloqueado por la sensación del fracasado esfuerzo. Siguieron viviendo día tras día con sus pensamientos todavía separados, y mientras Lydgate salía a realizar su trabajo en un humor desesperanzado, Rosamond sentía, con cierta justificación, que él se comportaba cruelmente. No servía de nada decirle algo a Tertius; pero cuando viniera Will Ladislaw le contaría todo. A pesar de su usual reticencia, necesitaba que alguien reconociera sus agravios.

CAPÍTULO LXXVI

Unos días después Lydgate cabalgaba hacia Lowick Manor, enviado a buscar por Dorothea. La llamada no era inesperada, ya que había llegado después de una carta del señor Bulstrode, en la que manifestaba que había reanudado sus preparativos para abandonar Middlemarch, y debía recordar a Lydgate sus previas conversaciones sobre el hospital, a cuyo contenido seguía adhiriéndose. Había sido deber suyo, antes de tomar posteriores medidas, presentarle de nuevo el asunto a la señora Casaubon, que deseaba ahora, como anteriormente, debatir el asunto con Lydgate. «Puede que las intenciones de usted hayan sufrido alguna alteración», escribía Bulstrode, «pero incluso de ser así, es conveniente que se las exponga a ella».

Dorothea aguardaba su llegada con vivo interés. Aunque por deferencia hacia sus consejeros masculinos se había contenido de lo que Sir James había calificado como «interferir en este asunto de Bulstrode», los apuros de la situación de Lydgate habían permanecido continuamente en su conciencia, y cuando Bulstrode se dirigió de nuevo a ella referente al hospital, sintió que le había llegado la oportunidad que se había visto obligada a posponer. En su lujosa mansión, paseando bajo las ramas de sus grandes árboles, su pensamiento se dirigía hacia la suerte de los demás, y sus emociones quedaban aprisionadas. La idea de dedicarse a hacer alguna buena actividad que estuviera a su alcance «la obsesionaba como una pasión», y una vez vista la necesidad de los otros con clara imagen, ansiaba proporcionarles alivio y su desahogo se convertía en algo insulso. Estaba llena de confiada esperanza en este encuentro con Lydgate, sin considerar lo que se decía de la personal reserva del médico, sin reparar en que ella era una mujer muy joven. Nada le hubiera podido parecer más irrelevante a Dorothea que su juventud y sexo cuando se sentía impulsada a mostrar confraternidad humana.

Mientras permanecía sentada esperando en la biblioteca, no podía hacer otra cosa sino vivir de nuevo todas las pasadas escenas que llevaban a Lydgate a su memoria. Todas debían su significado a su propio matrimonio y a sus sinsabores… pero no; había dos ocasiones en las que la imagen de Lydgate le había llegado penosamente relacionada con su mujer y con alguien más. El dolor se le había ido calmando a Dorothea, pero había dejado en ella una vigilante sospecha acerca de lo que el matrimonio de Lydgate pudiera ser para él, una susceptibilidad respecto a la menor referencia a la señora Lydgate. Estos pensamientos eran como un drama para ella y le abrillantaban los ojos, y le producían una actividad de ansiedad en todo el cuerpo, aunque sólo miraba desde la lóbrega biblioteca al césped y los brillantes capullos verdes que destacaban contra los oscuros arbustos.

Cuando Lydgate entró, casi se sintió conmovida por el cambio que notó en su cara, sorprendentemente perceptible para ella que no le había visto durante dos meses. No era un cambio producido por la delgadez, sino ese efecto que incluso en las caras jóvenes aparece pronto por la constante presencia del resentimiento y la desesperación. Su mirada cordial, cuando ella le tendió la mano, suavizó la expresión del médico, pero sólo con melancolía.

—Hace mucho tiempo que deseaba verle, señor Lydgate —dijo Dorothea cuando se sentaron uno frente al otro—, pero fui aplazando el pedirle que viniera hasta que el señor Bulstrode se dirigiera de nuevo a mí acerca del hospital. Sé que la ventaja de mantener su dirección separada de la enfermería depende de usted, o, al menos, en el bien que usted está alentado a esperar teniéndolo bajo su control. Y estoy segura de que usted no se negará a decirme exactamente lo que piensa.

—Se refiere usted a si debe conceder una generosa ayuda al hospital —dijo Lydgate—. En conciencia no puedo aconsejarla a hacerlo dependiendo de alguna actividad mía. Puede que me vea obligado a abandonar la ciudad.

Habló tajantemente sintiendo el dolor de la desesperación respecto de poder llevar a cabo ningún propósito al cual se opusiera Rosamond.

—No será porque no haya nadie que crea en usted, ¿no? —dijo Dorothea, saliéndole del corazón las palabras con claridad—. Sé las desdichadas equivocaciones que corren respecto a usted. Supe desde el primer momento que eran equivocaciones. Usted no ha cometido jamás ninguna vileza. Usted no haría nada deshonroso.

Era la primera aseveración de creencia en él que había traspasado los oídos de Lydgate. Con un profundo suspiro exclamó:

—¡Gracias!

No pudo decir más; era algo muy nuevo y extraño en su vida el hecho de que estas palabras de una mujer significaran tanto para él.

—Le ruego que me cuente cómo sucedió todo —dijo Dorothea con intrepidez—. Estoy segura de que la verdad le justificará a usted.

Lydgate se levantó de la silla y se acercó a la ventana, olvidándose de dónde estaba. Le había pasado tan a menudo por la mente la posibilidad de explicarlo todo sin agravar las apariencias que, acaso injustamente, desfavorecían a Bulstrode, y tan a menudo las había rechazado…; se había dicho con tanta frecuencia a sí mismo que estas conversaciones no alterarían las impresiones de la gente, que las palabras de Dorothea le sonaron como una tentación de hacer algo que en su cordura había considerado irrazonable.

—Cuéntemelo, por favor —insistió Dorothea con sencilla ansiedad—; entonces podremos examinarlo juntos. No está bien dejar que la gente piense mal de uno cuando ello se puede evitar.

Lydgate se volvió, recordando dónde estaba, y vio el rostro de Dorothea mirándole con una dulce y confiada seriedad. La presencia de una naturaleza noble, generosa en sus deseos, ardiente en su caridad, cambia la luz para nosotros: empezamos a ver las cosas de nuevo en su aspecto más amplio, más sosegado, y a pensar que a nosotros también se nos puede ver y juzgar en la entereza de nuestro carácter.

Esta influencia empezaba a operar en Lydgate, que durante muchos días había visto la vida como si uno se viera arrastrado y batallando entre la multitud. Se sentó de nuevo, y sintió que estaba recobrándose a sí mismo, consciente de que se encontraba con una persona que creía en él.

—Yo no quiero —dijo—, hablar con dureza de Bulstrode, que me ha prestado un dinero que necesitaba… aunque ahora preferiría haber pasado sin él. Está acorralado y hundido, y sólo le queda un delgado hilo de vida. Pero se lo quisiera contar todo. Será un consuelo para mí hablar cuando la confianza ha ido por delante y cuando no va a parecer que ofrezco afirmaciones de mi honradez. Usted comprenderá lo que es justo para otro, igual que ha comprendido lo que es justo para mí.

—Confíe en mí —contestó Dorothea—; no repetiré nada sin su permiso.

Pero por lo menos podré decir que usted me ha aclarado todas las circunstancias y que sé que usted no es culpable en modo alguno. El señor Farebrother me creerá, y mi tío, y Sir James Chettam. Es más, hay más personas en Middlemarch a las que me puedo dirigir; aunque no me conocen demasiado me creerán. Comprenderán que no me mueve otro motivo que la verdad y la justicia. Me tomaré todo el trabajo preciso para justificarle. No tengo mucho que hacer. No hay otra cosa mejor que pueda hacer en el mundo.

La voz de Dorothea cuando hacía esta inocente descripción de lo que se proponía, podía casi tomarse como una prueba de que en realidad lo iba a conseguir. La penetrante ternura de sus tonos femeninos parecía hecha para la defensa contra los prestos acusadores. Lydgate no se paró a pensar que Dorothea fuera quijotesca: se rindió, por primera vez en su vida, a la exquisita sensación de ceder enteramente ante la generosa comprensión, sin ningún reparo de orgullosa reserva. Y se lo contó todo, desde el tiempo en que, oprimido por sus dificultades, recurrió de mal grado por primera vez a Bulstrode; gradualmente, con el alivio de la conversación, entró en una explicación más completa de lo que llevaba en la mente..., adentrándose de lleno en el hecho de que su tratamiento del paciente se oponía a la práctica dominante, en sus dudas finales, su ideal del deber médico, y su inquieta conciencia de que la aceptación del dinero hubiera introducido alguna diferencia en sus inclinaciones privadas y su conducta profesional, aunque no en el cumplimiento de ninguna reconocida obligación pública.

—Desde entonces ha llegado a mi conocimiento —añadió— que Hawley envió a alguien a interrogar al ama de llaves de Stone Court, y ella dijo que le había dado al paciente todo el opio que había en el frasco que yo dejé, a la vez que mucho coñac. Pero esto no se habría opuesto a las prescripciones usuales, incluso de hombres de primera fila. Las sospechas contra mí carecían de motivación en este punto: se basan en el conocimiento de que acepté dinero, de que Bulstrode tenía muchas razones para desear que el hombre pereciera, y que él me dio el dinero como soborno para convenir en algún tratamiento nocivo o ilegal contra el paciente...; que en todo caso yo he aceptado el soborno para callarme. Son precisamente las sospechas a que se aferran de un modo más obstinado porque descansan en la inclinación de la gente y nunca se pueden refutar. Cómo se llegaron a desobedecer mis órdenes es una pregunta de la que ignoro la respuesta. Es todavía posible que Bulstrode fuera inocente de cualquier intención delictiva..., incluso es posible que no tuviera nada que ver con la desobediencia, y simplemente se abstuviera de mencionarla. Pero todo esto no tiene nada que ver con la creencia pública. Es uno de esos casos en los que un hombre es condenado en razón de su carácter..., se cree que ha cometido un delito de alguna forma indefinida, porque tenía motivos para hacerlo; y el modo de ser de Bulstrode me ha envuelto a mí, porque acepté su dinero. Estoy simplemente añublado —como una deteriorada espiga de trigo

—, la cosa está hecha y no puede deshacerse.

—¡Qué duro! —exclamó Dorothea—. Comprendo la dificultad que existe para que usted pueda reivindicarse. Y que esto le haya sucedido a usted que se empeñaba en llevar una vida más elevada que lo común, y en encontrar nuevos caminos… no puedo soportar aceptarlo como irremediable. Sé que esas eran sus metas. Recuerdo lo que me dijo cuando me habló por primera vez en el hospital. No hay dolor en el que haya pensado más que en éste: querer lo que es grande, tratar de alcanzarlo, y sin embargo fracasar.

—Sí —dijo Lydgate, sintiendo que aquí había encontrado lugar para el completo significado de su aflicción—. Tenía ambiciones. Quería que todo fuese diferente para mí. Creía que tenía más fuerza y maestría. Pero los más tremendos obstáculos son los que nadie sino uno mismo puede ver.

—Supongamos —dijo Dorothea pensativa—, supongamos que mantenemos el hospital de acuerdo con el plan actual, y que usted permaneciera aquí aunque sólo sea con la amistad y el apoyo de unos pocos…, el sentimiento adverso hacia usted se iría apagando gradualmente; vendrían oportunidades en las que la gente se vería obligada a reconocer que habían sido injustos con usted, pues verían que sus propósitos eran puros. Puede usted todavía conseguir una gran fama, como la de Louis y Laennec, de quienes le he oído hablar, y todos estaremos orgullosos de usted —concluyó con una sonrisa.

—Esto podría ser si tuviera mi antigua confianza en mí mismo —dijo Lydgate con pesadumbre—. Nada me amarga más que la idea de volverme y huir frente a esta calumnia, dejándola detrás sin justificar. Sin embargo no puedo pedirle a nadie que aporte mucho dinero para un plan que depende de mí.

—A mí me valdría la pena —dijo Dorothea con sencillez—. Figúrese, yo me encuentro incómoda con mi dinero, porque me dicen que tengo muy poco para ningún proyecto grande de los que a mí me gustan, y, no obstante, tengo demasiado. No sé lo que hacer. Tengo setecientas libras anuales de mis propios bienes, y mil novecientas al año que me dejó el señor Casaubon, y entre tres o cuatro mil en mi cuenta en el banco. Yo deseaba un préstamo, e ir pagándolo gradualmente de los ingresos que no necesito, para comprar terreno y fundar una villa que fuese una escuela de formación; pero Sir James y mi tío me han convencido de que el riesgo sería demasiado grande. Así que ya ve que lo que más me alegraría sería hacer algo con mi dinero: me gustaría mejorar la vida de los demás con él. Me inquieta mucho que todo me venga a mí cuando no lo necesito.

Una sonrisa se dibujó en la triste faz de Lydgate. La ingenua y grave seriedad con la que Dorothea dijo todo esto era irresistible, y se mezclaba en un adorable conjunto con su fácil comprensión de la elevada experiencia. (De la experiencia inferior como la que actúa en gran parte en el mundo, la pobre señora Casaubon tenía un conocimiento borroso y miope, poco ayudado por su imaginación). Pero ella interpretó la sonrisa como un estímulo a su plan.

—Creo que ve usted ahora que hablo con demasiados escrúpulos —continuó en tono persuasivo—. El hospital sería una buena cosa, y hacer que su vida volviera a estar conjuntada y bien, también lo sería.

La sonrisa de Lydgate se extinguió.

—Usted tiene la bondad y el dinero para hacer todo eso, de poderse hacer —dijo el médico—. Pero…

Titubeó un poco mirando vagamente hacia la ventana y Dorothea permaneció en silenciosa expectación. Finalmente él se volvió hacia ella y dijo con impetuosidad:

—¿Por qué no se lo iba a decir?… usted sabe qué clase de lazo es el matrimonio. Usted lo entenderá todo. Dorothea sintió que su corazón empezaba a palpitar más rápidamente. ¿Sentía también él ese dolor? Pero temía decir palabra alguna, y el médico prosiguió inmediatamente. —Me es imposible hacer nada ahora… tomar ninguna decisión sin considerar la felicidad de mi mujer. Lo que a mí me hubiera gustado hacer si fuera soltero se ha vuelto una imposibilidad. No puedo verla desgraciada. Se casó conmigo sin saber en lo que se metía, y puede que hubiese sido mejor para ella de no haberse casado conmigo.

—Ya sé, ya sé… usted no podría causarle dolor si no estuviera obligado a ello —dijo Dorothea, con un nítido recuerdo de su propia vida.

—Y ella es contraria al hecho de quedarse. Quiere marcharse. Las tribulaciones que ha tenido aquí la han agotado —continuó Lydgate, callando de nuevo, no fuera a decir demasiado.

—Pero cuando viera el bien que pudiera resultar de quedarse… —dijo Dorothea, en son de reconvención, mirando a Lydgate como si él hubiera olvidado las razones que se acababan de considerar. Éste no habló inmediatamente.

—No lo vería —dijo por fin secamente, sintiendo de momento que esta afirmación bastaba sin explicaciones—. Y, en realidad, he perdido todas las ganas de continuar mi vida aquí.

Se detuvo un instante y después, sintiéndose impulsado a que Dorothea viera más profundamente la dificultad de su vida, dijo:

—El hecho es que este trastorno le ha llegado de un modo confuso. No hemos podido hablar de ello. No estoy seguro de lo que piensa de todo ello:

puede que tema que he llevado a cabo una baja acción. Es culpa mía; debería ser más abierto. Pero he sufrido cruelmente.

—¿Puedo ir a verla? —dijo Dorothea con ardor—. ¿Aceptaría mi comprensión? Le diría que usted no ha sido culpable ante el juicio de nadie sino del de usted mismo. Le diría que usted será justificado por todas las personas de buena conciencia. Le levantaría la moral. ¿Quiere preguntarle si puedo ir a visitarla? La vi una vez.

—Estoy seguro de que puede —dijo Lydgate aceptando la proposición con alguna esperanza—. Ella se sentiría honrada… animada, creo, por la prueba de que usted al menos siente algún respeto hacia mí. No le diré nada de su visita… a fin de que no la relacione en absoluto con mis deseos. Sé muy bien que no debía haber dejado nada para que le dijeran los demás, pero…

Cortó y hubo un momento de silencio. Dorothea se abstuvo de decir lo que pensaba… lo bien que sabía que podía haber barreras invisibles para que marido y mujer hablaran.

Este era un punto en el que incluso la comprensión podría ocasionar una huida. Volvió al aspecto más externo de la situación de Lydgate, y dijo con alegría:

—Y si la señora Lydgate supiera que había amigos que creían en usted y le apoyaban, entonces estaría contenta de que usted permaneciera en su lugar y recobrara sus esperanzas… y que hiciera lo que se proponía hacer. Quizás entonces usted viera que era acertado lo que yo le proponía de continuar en el hospital. De seguro que usted se quedaría, si todavía tiene fe en ello como medio de que sus conocimientos resulten útiles.

Lydgate no contestó y Dorothea comprendió que se debatía consigo mismo.

—No es preciso que se decida inmediatamente —dijo ella con suavidad—. Aunque tarde unos días queda tiempo suficiente para que yo envíe mi respuesta al señor Bulstrode.

Lydgate aguardó todavía, pero al fin tomó la palabra con tono más decisivo.

—No; prefiero que no haya intervalo para titubear. Ya no estoy lo suficientemente seguro de mí mismo… quiero decir de lo que me sería posible hacer en las alteradas condiciones de mi vida. No sería honroso permitir que otros se comprometieran en algo serio que dependiera de mí. Puede que me vea obligado a marcharme después de todo: veo pocas probabilidades de nada más. Todo el asunto es demasiado problemático; no puedo consentir que se malogre la causa de su bondad. No… dejemos que el nuevo hospital se agregue a la antigua enfermería, y que todo vaya como pudiera haber ido si yo no hubiese venido jamás. He guardado un valioso registro desde que estoy aquí; se lo enviaré a un hombre que lo utilizará —terminó amargamente—. Durante mucho tiempo no puedo pensar en nada que no sea obtener unos ingresos.

—Me duele mucho oírle hablar con tal desesperanza —dijo Dorothea—. Sería causa de mucha alegría para sus amigos, que creen en su futuro, en su capacidad para realizar grandes cosas, si les dejara salvarle a usted de eso. Piense en el mucho dinero que yo tengo; se me quitaría un peso de encima si usted tomara una parte de él cada año hasta que se liberara de esta atenazadora necesidad de los ingresos. ¿Por qué no han de hacerse estas cosas? ¡Es tan difícil repartir con igualdad! Esta es una fórmula.

—¡Dios la bendiga, señora Casaubon! —exclamó Lydgate levantándose con el mismo impulso que ponía energía en sus palabras; y descansando el brazo sobre el respaldo del gran sillón de cuero en el que había estado sentado continuó:

—Es magnífico que usted tenga estos sentimientos. Pero no soy yo el hombre que se deba permitir beneficiarse de ellos. No he proporcionado suficientes garantías. Al menos no puedo hundirme en la degradación de aceptar una pensión por una labor que no he realizado nunca. Está claro para mí que no puedo contar con nada que no sea marcharme de Middlemarch tan pronto como pueda arreglarlo. Contando con mucha suerte, tardaría largo tiempo en obtener unos ingresos aquí, y… es más fácil hacer los cambios necesarios en un nuevo lugar. Debo hacer lo que hacen otros hombres, pensar en lo que le satisface al mundo y proporciona dinero; buscar una pequeña salida entre la multitud de Londres, y meterme en ella; instalarme en un balneario, o asentarme en una ciudad del sur donde hay muchos ingleses indolentes, y dejar que me aclamen…, esta es la clase de ostra en la que me debo meter para tratar de conservar en ella mi alma viva.

—Pero esto no es valor… —dijo Dorothea—, abandonar la lucha.

—No, no es valor —dijo Lydgate—, pero, ¿y si un hombre tiene miedo de la parálisis progresiva?

—Entonces, —cambiando de tono continuó—: Sin embargo usted le ha añadido algo importante a mi valor por el hecho de creer en mí. Todo me parece más llevadero después de hablar con usted; y si usted me puede justificar ante algunas otras personas, especialmente Farebrother, le estaré sumamente agradecido. El punto que desearía que no mencionara es la desobediencia a mis órdenes. Esto se podría distorsionar con facilidad. Después de todo, no hay prueba a mi favor aparte de la opinión que la gente tenía de mí de antemano. Usted sólo debe repetir la información que le he dado de mí mismo.

—El señor Farebrother creerá… otros creerán —dijo Dorothea—. Yo puedo decir de usted cosas que convertirían en una estupidez suponer que se le puede sobornar para cometer una iniquidad.

—No lo sé —respondió Lydgate con una especie de quejido en la voz—. No he aceptado todavía el soborno. Pero hay una pálida sombra de soborno que a veces se llama prosperidad. ¿Me hará usted otro gran favor, entonces, y pasará a visitar a mi mujer?

—Sí, lo haré. Me acuerdo de lo bonita que es —dijo Dorothea, en cuya mente se había fijado con firmeza cada impresión de Rosamond—. Espero gustarla.

A medida que regresaba a caballo, Lydgate pensó, «Esta criatura tiene un corazón tan grande como la Virgen María. Es evidente que no piensa nada en su futuro, y dispondría de la mitad de sus ingresos inmediatamente, como si no necesitara nada para sí sino una silla para sentarse y desde la cual mirar con esos ojos claros a los pobres mortales que la imploran. Parece que tiene lo que no he visto jamás en ninguna mujer… una fuente de amistad hacia los hombres… un hombre puede ser su amigo. ¡Casaubon debió inspirar en ella alguna heroica alucinación! Me pregunto si pudiera tener alguna otra pasión por un hombre. ¿Ladislaw?… es cierto que había un sentimiento especial entre ellos. Y Casaubon debió tener noción de ello. Bien… su amor podría ayudar a un hombre mejor que su dinero».

Dorothea por su lado había inmediatamente organizado un plan para descargar a Lydgate de sus obligaciones con Bulstrode, las cuales constituían una parte, bien que pequeña, de la irritante opresión que tenía que soportar.

Se sentó enseguida bajo la inspiración de su entrevista, y escribió una breve nota en la que alegaba tener más derecho que el señor Bulstrode a la satisfacción de proporcionar el dinero que le había sido útil a Lydgate…, que no estaría bien que Lydgate no le diera la oportunidad de ayudarle en este modesto asunto, cuando el favor se lo hacía a ella que tenía tan poco que se le exigiera hacer con el dinero que le sobraba. Podía llamarla acreedora u otro nombre cualquiera con tal que ello implicara que se avenía a su petición. Le incluía un cheque por mil libras, y decidió llevarse la carta consigo el día siguiente cuando fuese a visitar a Rosamond.

CAPÍTULO LXXVII

Al día siguiente Lydgate tuvo que ir a Brassing, y le dijo a Rosamond que estaría fuera hasta el anochecer. Últimamente su mujer no había salido de la casa y el jardín, excepto para ir a la iglesia, y una vez a ver a su padre, al que dijo: «Si Tertius se marcha, tú nos ayudarás a trasladarnos, ¿verdad papá? Supongo que tendremos muy poco dinero. Espero que alguien nos ayude». El señor Vincy había dicho: «Sí, hija, no me importan cien o doscientas libras. Es algo puntual, y lo puedo asumir».

Con estas excepciones había permanecido en casa en una lánguida melancolía e incertidumbre, fija su mente en la venida de Will Ladislaw como el único punto de esperanza e interés, y asociando esto a presionar de algún modo a Lydgate para que hiciera inmediatos preparativos para salir de Middlemarch y trasladarse a Londres, hasta que estuvo convencida de que la venida sería una poderosa causa de la marcha, sin ver claramente por qué. Esta forma de establecer consecuencias es demasiado común para considerarla como un peculiar desatino de Rosamond. Y es precisamente esta clase de ilación la que ocasiona la mayor sorpresa cuando se secciona; porque ver cómo se puede producir un efecto es a menudo ver sus posibles fallos y rechazos; pero no ver nada más que la causa deseada, y cerrarla con el deseado efecto, nos libra de dudas y proporciona a nuestras mentes una firme intuición. Este era el proceso que sufría la pobre Rosamond, mientras arreglaba todos los objetos que tenía a su alrededor con la pulcritud de siempre, aunque más lentamente… o permanecía sentada al piano, pensando tocar, y desistiendo, si bien seguía en el taburete con sus blancos dedos suspendidos en la tapa de madera, y mirando ante ella con soñador fastidio. Su melancolía se había vuelto tan insistente que Lydgate sentía ante ella una extraña timidez, como un constante y silencioso reproche, y aquel hombre fuerte, dominado por su aguda sensibilidad por esta frágil criatura cuya vida le parecía que había hasta cierto punto agostado, evitaba su mirada, y a veces se alarmaba cuando se le acercaba, el miedo de ella y el miedo por ella invadiéndole más fuertemente después de que hubiera sido expulsado un momento por la exasperación.

Pero esta mañana Rosamond bajó de su habitación —en la que a veces permanecía todo el día cuando Lydgate no estaba— preparada para dar un paseo por la ciudad. Llevaba una carta para el correo… una carta dirigida al señor Ladislaw y escrita con encantadora discreción, pero que contenía la intención de precipitar su llegada insinuando algún problema. La criada, la única mujer de servicio que tenían ahora, se dio cuenta de que bajaba vestida de calle, y pensó que «jamás nadie pareció tan bonita con su sombrerito, pobre criatura».

Mientras tanto, la cabeza de Dorothea bullía con su proyecto de ver a Rosamond, y con la multitud de pensamientos del pasado y del futuro que se acumulaban ante la idea de esta visita. Hasta ayer cuando Lydgate le había abierto un resquicio de algún trastorno en su vida matrimonial, la imagen de la señora Lydgate había estado siempre para ella asociada con la de Will Ladislaw. Incluso en sus momentos de mayor inquietud —incluso cuando se había visto agitada por el penoso relato de las murmuraciones de la señora Cadwallader— su esfuerzo, más aún, el más impulsivo dictado de su conciencia había sido en favor de la reivindicación de Will de toda manchada conjetura; y cuando, en su entrevista con él después, ella había interpretado sus palabras como una probable alusión a una inclinación hacia la señora Lydgate, que él estaba decidido a cortar, Dorothea había tenido la rápida, triste y exculpadora visión del encanto que pudiera haber en sus constantes oportunidades de compañía con esta bella criatura, que seguramente compartía sus otros gustos, como evidentemente pasaba con su deleite por la música. Pero entonces llegaron sus palabras de despedida… las pocas y apasionadas palabras con las que Will implicaba que ella misma era el objeto del cual su amor le mantenía temeroso, que era su amor por ella lo que él estaba resuelto a no declarar sino a llevarse al destierro. Desde la fecha de esta despedida, Dorothea, creyendo en el amor de Will por ella, creyendo con un noble deleite en su delicado sentido del honor y su determinación de que nadie podía acusarle con razón, sintió su corazón completamente en calma respecto a la estimación que Will pudiera tenerle a la señora Lydgate. Estaba segura de que aquella atención era intachable.

Hay naturalezas en las cuales, si nos aman, somos conscientes de tener una especie de bautismo por su pura creencia en nosotros; y nuestros pecados se convierten en la peor clase de sacrilegio que derrumba el invisible altar de la confianza. «Si tú no eres bueno, nadie es bueno…»; estas pocas palabras pueden prestar un horroroso sentido a la responsabilidad, pueden contener una intensidad de vitriolo para el remordimiento.

La naturaleza de Dorothea era de esta clase; sus apasionadas faltas estaban en los fáciles y abiertos canales de su ardiente carácter; y mientras se sentía llena de piedad por los visibles errores de los demás, no tenía todavía ningún material dentro de su experiencia para las sutiles maquinaciones y sospechas de la ofensa oculta. Pero esta sencillez suya, que levantaba un ideal para los otros según el concepto que tenía de ellos, era una de las grandes posibilidades de su feminidad. Y había operado intensamente desde el principio sobre Will Ladislaw. Al separarse de ella sintió que las breves palabras con las que había tratado de comunicarle el sentimiento que sentía hacia ella y la división que la fortuna de ella colocaba entre ellos, quedarían mejoradas por la brevedad cuando Dorothea las tuviera que interpretar: Will sintió que había hallado en ella su máxima estimación.

Y en esto tenía razón. En los meses desde que se separaran, Dorothea había sentido un delicioso y triste reposo en sus relaciones entre ambos, como algo interiormente complejo y sin mancilla. Tenía una activa fuerza antagónica dentro de sí misma cuando el antagonismo se manifestaba en defensa de sus planes o de personas en las cuales creía; y las injurias que pensaba que Will había recibido de su marido, y las condiciones externas que para otros eran motivos para soslayarle, todavía añadían más tenacidad a su afecto y a su admirativo juicio. Y ahora, con las revelaciones acerca de Bulstrode, había surgido otro hecho que afectaba la posición social de Will, cosa que levantó de nuevo la resistencia interior de Dorothea hacia lo que se decía de él en esta parte del mundo que permanecía entre las vallas del parque.

«El joven Ladislaw, el nieto de un avaro usurero judío» era la frase que se había pronunciado enfáticamente en los diálogos acerca del asunto de Bulstrode, en Lowick, Tipton y Freshitt, lo cual era un anuncio en la espalda del pobre Will peor que el de «italiano con ratones blancos». El honrado Sir James Chettam estaba convencido de que su propia satisfacción era adecuada cuando pensaba con cierta complacencia que con esto se añadía una legua más a la montañosa distancia que había entre Ladislaw y Dorothea, y esto le permitía dejar de lado por absurda toda ansiedad en este sentido. Y acaso había algo de regocijo en llamar la atención del señor Brooke hacia este desfavorable aspecto de la genealogía de Ladislaw, como si fuese una vela nueva a cuya luz viera su propia insensatez. Dorothea había observado la intención con la cual se había recordado más de una vez la actuación de Will en esa penosa historia; pero no había pronunciado palabra, sintiéndose impedida ahora, cosa que no era antes así al hablar de Will, por la conciencia de una revelación más profunda entre ellos que debía permanecer siempre en un sagrado secreto. Pero su silencio guarecía su resistente emoción con una luz más perfecta; y este infortunio de Will, que parecía que los otros deseaban colgarle a la espalda para oprobio, sólo proporcionaba a su insistente pensamiento algo más de entusiasmo.

No acariciaba el pensamiento de que alcanzaran nunca una más próxima unión, y sin embargo no había tomado una postura de renuncia. Había aceptado su entera relación con Will de un modo muy sencillo y como parte de sus sufrimientos matrimoniales, y le hubiera parecido que cometía un gran pecado al albergar una intensa queja de no ser completamente feliz. Podía soportar que los principales placeres de su ternura permanecieran en la memoria, y la idea del matrimonio se le presentaba sólo como una proposición repulsiva de algún pretendiente del cual ahora no sabía nada, pero cuyos méritos, vistos por los familiares de ella, constituirían una fuente de tormentos: «alguien que pueda cuidar de tu hacienda, hija», eran las atractivas sugerencias del señor Brooke acerca de las adecuadas características. «Me gustaría cuidarla yo misma, si supiera lo que tengo que hacer con ella», contestaba Dorothea. No…, ella se aferraba a la determinación de que no se casaría de nuevo, y en el largo valle de su vida, que parecía tan plano y vacío de señales, la orientación vendría a medida que anduviera por el camino y en el curso, viera a sus compañeros de viaje.

Este estado habitual de sentimiento con referencia a Will Ladislaw había sido intenso en ella en sus horas de vigilia desde que se propuso visitar a la señora Lydgate, y formaba una especie de telón de fondo contra el que veía la figura de Rosamond sin impedimentos para su interés y compasión. Evidentemente había una separación intelectual, una cierta barrera para la completa confianza, que se había levantado entre aquella esposa y el marido, que sin embargo había convertido en ley la felicidad de su mujer. Este era un problema que ninguna tercera persona debía tocar de un modo directo. Pero Dorothea pensaba con honda caridad en la soledad que había descendido sobre Rosamond debido a la sospecha arrojada contra su marido; y aquí seguramente que sería de ayuda la manifestación de respeto para Lydgate y de comprensión hacia ella.

«Le hablaré de su marido», pensó Dorothea cuando la llevaban a la ciudad. La clara mañana primaveral, el olor de la tierra mojada, las frescas hojas mostrando apenas la apretada riqueza de su verdor en sus vainas semiabiertas, parecía formar parte de la alegría que sentía después de la larga conversación con el señor Farebrother, que había aceptado gozosamente la justificante explicación de la conducta de Lydgate.

—Le llevaré noticias a la señora Lydgate y quizá querrá hablarme y ser mi amiga.

Dorothea tenía otro encargo en Lowick Gate: era acerca de una campana nueva y de sonido agradable para la escuela, y como tenía que apearse del carruaje muy cerca de la casa de Lydgate, se fue andando por la calle después de decirle al cochero que esperara algunos paquetes. La puerta de la calle estaba abierta, y una sirvienta observaba el coche que se detenía en frente, hasta el momento en que se dio cuenta de que la señora «que pertenecía al coche» venía hacia ella.

—¿Está la señora Lydgate en casa? —dijo Dorothea.

—No estoy segura; voy a ver, si hace el favor de entrar —dijo Martha, algo confundida a causa del delantal de cocina, pero suficientemente serena para estar segura de que «seña» no era el título apropiado para esta regia viudita del coche de caballos—. Sírvase entrar y pasaré a ver.

—Diga que soy la señora Casaubon —advirtió Dorothea, mientras Martha se adelantaba para pasarla al salón y después subir a ver si Rosamond había vuelto del paseo.

Cruzaron la parte más amplia del vestíbulo y cogieron el pasadizo que conducía al jardín. La puerta del salón no estaba cerrada, y Martha, empujándola sin mirar en la habitación, esperó a que la señora Casaubon entrara y entonces se volvió, habiéndose abierto y cerrado la puerta sin hacer ruido.

Dorothea tenía esta mañana menos visión externa que la habitual, encontrándose llena de las imágenes que habían existido y que iban a existir. Se encontró al otro lado de la puerta sin observar nada notable, pero inmediatamente oyó una voz que hablaba en un tono muy quedo, cosa que la sorprendió como si soñara en pleno día, y adelantándose inconscientemente uno o dos pasos más de la proyección de una estantería, vio en la tremenda iluminación de una certeza que llenaba todos los contornos, algo que la paralizó, dejándola sin presencia de ánimo para hablar.

Sentado de espaldas a ella en un sofá que estaba contra la pared, en la misma línea de la puerta por la que había entrado, vio a Will Ladislaw; junto a él y vuelta hacia él, y llena de lágrimas que daban una mayor brillantez a su cara, se hallaba sentada Rosamond, con su sombrero colgado hacia atrás, mientras Will, inclinado hacia ella le cogía las manos levantadas y le hablaba con fervorosa voz baja.

En su agitada absorción, Rosamond no se había dado cuenta de la silenciosa figura que se adelantaba: pero Dorothea, después del inconmensurable instante de esta visión, se hizo confusamente hacia atrás y se encontró impedida por un mueble; fue entonces cuando Rosamond se apercibió de su presencia, y con un movimiento de espasmo apartó con energía las manos y se levantó mirando a Dorothea que permanecía naturalmente reprimida. Will Ladislaw, levantándose también, se volvió, y viendo en los ojos de Dorothea una nueva luz, pareció quedarse de mármol. Pero ella, dirigiéndose inmediatamente hacia Rosamond, dijo con voz templada:

—Perdón, señora Lydgate, la sirvienta no sabía que usted estuviera aquí. Pasaba para entregar una carta importante para el señor Lydgate, que deseaba darle a usted en mano.

Dejó la carta sobre la mesita que la había estorbado al retirarse, y entonces, incluyendo a Rosamond y a Will en una mirada distante y una inclinación, salió con rapidez de la habitación, encontrando en el pasillo a la sorprendida Martha, que dijo que sentía que la señora no se hallaba en casa, y entonces acompañó a la extraña señora con la reflexión interna de que las personas importantes probablemente eran más impacientes que las demás.

Dorothea atravesó la calle con su paso más ágil y enseguida se encontró de nuevo en el coche.

—Vamos a Freshitt Hall —dijo al cochero, y cualquiera que la hubiese mirado hubiese pensado que aunque estaba más pálida que de costumbre, nunca estuvo animada por una energía más serena. Y esto era en realidad lo que sentía. Era como si hubiera tomado un gran sorbo de desprecio que la estimulaba contra la susceptibilidad de otros sentimientos. Había visto algo tan por debajo de su creencia, que sus emociones se precipitaron hacia atrás y formaron un excitado tropel carente de objeto. Necesitaba algo activo para ahuyentar su excitación. Y llevaría a cabo el propósito con el que se había levantado por la mañana, de ir a Freshitt y a Tipton para decirles a Sir James y a su tío lo que deseaba que supieran acerca de Lydgate, cuya soledad matrimonial en este trance se le presentaba a Dorothea ahora con un nuevo significado, y la volvía más ardiente y diligente para ser su defensora. Jamás había sentido algo parecido a este triunfante poder de indignación en el esfuerzo de su propia vida matrimonial, en la que siempre había habido un rápido y subyugado dolor; y lo tomó como señal de una nueva fuerza.

—¡Cuán brillantes tiene los ojos, Dodo! —le dijo Celia, cuando Sir James se hubo ido de la habitación—. Y no ves nada de lo que miras, ni a Arthur ni nada. Ya sé que vas a hacer algo desagradable. ¿Es todo ello acerca del señor Lydgate, o es que ha sucedido algo nuevo? —Celia estaba acostumbrada a vigilar a su hermana con expectación.

—Sí, cariño, han ocurrido muchas cosas —dijo Dodo en tono definitivo.

—¿Y cuáles son? —dijo Celia, cruzando los brazos cómodamente y apoyándose en ellos.

—Todos los problemas de toda la gente sobre la faz de la tierra —contestó Dorothea poniéndose los brazos detrás de la cabeza.

—¡Válgame Dios, Dodo!, ¿y vas a organizar un programa para ellos? —dijo Celia, un poco inquieta por este desvarío a lo Hamlet.

Pero Sir James volvió de nuevo, dispuesto a acompañar a Dorothea a Tipton Grange, y ella terminó bien su expedición sin titubear en su resolución hasta que llegó a la puerta de su casa.

CAPÍTULO LXXVIII

Rosamond y Will permanecieron inmóviles —desconociendo cuánto tiempo—, él mirando hacia el lugar donde Dorothea había estado Y ella mirándole dubitativa. Le pareció a Rosamond un tiempo infinito, en la profundidad de cuya alma apenas había tanto enojo como complacencia por lo que había sucedido. Las naturalezas superficiales sueñan con un fácil dominio sobre las emociones de los demás, confiando implícitamente en su pequeña magia para mudar las más profundas corrientes, y seguras, con bonitos gestos y observaciones, de mostrar lo que no es como si fuera. Sabía que Will había recibido un severo golpe, pero estaba poco acostumbrada a imaginarse el estado de ánimo de la otra gente excepto como material para cortar a la medida de sus propios deseos; y creía en su poder de calmar o someter. Incluso Tertius, el más contumaz de los hombres, era siempre sometido a la postre: los acontecimientos habían sido obstinados, pero Rosamond hubiera dicho todavía ahora, igual que decía antes de su matrimonio, que ella no desistía jamás de hacer lo que tenía pensado.

Extendió el brazo y puso la punta de los dedos sobre la manga de Will.

—¡No me toque! —dijo, expulsando las palabras como latigazos, apartándose de ella, y enrojeciendo y palideciendo una y otra vez, como si todo su cuerpo sintiera la comezón del dolor de un aguijón. Se volvió hacia el otro lado de la habitación y permaneció frente a ella con la punta de los dedos en los bolsillos, la cabeza hacia atrás, mirando con violencia no a Rosamond, sino a un punto separado unas pulgadas de ella.

Rosamond se sintió muy ofendida, pero los síntomas que mostró sólo los sabía interpretar Lydgate. Se calmó súbitamente y se sentó, desatándose el sombrerito y dejándolo junto a la toquilla: Sus pequeñas manos, que tenía cogidas ante ella, estaban muy frías.

Hubiera sido mejor para Will haber cogido el sombrero y haberse ido enseguida; pero no se sintió impulsado a hacerlo; al contrario, tenía la horrorosa inclinación de permanecer y de despedazar a Rosamond con su furor. Parecía tan imposible soportar la fatalidad que ella había atraído sobre él sin desplegar su furia, como le sucedería a una pantera al tener que aguantar la herida de una jabalina sin saltar ni morder. Y, sin embargo… ¿cómo podía decirle a una mujer que estaba dispuesto a maldecirla? Estaba encolerizado por la represión de una ley que se sentía forzado a reconocer. Se sentía en un peligroso equilibrio y la voz de Rosamond trajo ahora la vibración decisiva.

En tono sarcástico le dijo:

—Puede ir tranquilamente detrás de la señora Casaubon y explicarle sus preferencias.

—¡Ir detrás de ella! —estalló él, con un cortante filo en la voz—. ¿Cree usted que se volverá a mirarme, o a apreciar alguna palabra que le pueda decir jamás, con mayor interés de lo que se valora una pluma sucia?… ¡Explicar! ¡Cómo puede un hombre explicarse a expensas de una mujer!

—Puede decirle lo que le plazca —dijo Rosamond con más temblor.

—¿Supone que me apreciaría más por sacrificarla a usted? No es mujer que se envanezca porque me he hecho despreciable…; para creer que debo serle fiel a ella porque fui un cobarde para con usted.

Empezó a moverse con la inquietud de un animal salvaje que ve la presa pero no puede alcanzarla. De pronto estalló de nuevo…

—No tenía esperanzas antes —no muchas— de que pudiera suceder algo mejor. Pero tenía la certidumbre de que creía en mí. Sea lo que fuere que la gente me haya hecho o haya dicho de mí, ella me creía. ¡Esto se ha desvanecido! Ella nunca más me creerá sino una despreciable farsa… demasiado refinado para aceptar el cielo excepto con lisonjeras condiciones, y sin embargo vendiéndome a hurtadillas al diablo. Me tendrá como un encarnado insulto para ella, desde el primer momento en que nosotros…

Will se detuvo como si se hubiese encontrado cogiendo algo que no debe tirarse y destruirse. Encontró otra salida a su furor agarrándose de nuevo a las palabras de Rosamond como si fueran reptiles que debían estrangularse y arrojarse.

—¡Explicar! ¡Dígale a un hombre que explique cómo se fue al infierno! ¡Explicar mis preferencias! jamás he tenido más preferencias por ella de las que tengo por respirar. Ninguna otra mujer existe a su lado. Preferiría antes tocar su mano si ella hubiera muerto que la de ninguna otra mujer viva.

Mientras arrojaba contra ella estas armas emponzoñadas, Rosamond iba casi perdiendo el sentido de su identidad y le parecía que caminaba hacia una nueva y terrible existencia. No sentía un rechazo frío y resoluto, la reticente justificación de sí misma que había notado ante las tormentosas displicencias de Lydgate; toda su sensibilidad se convirtió en una desconcertante novedad de dolor; sintió un nuevo y aterrador receso bajo un látigo que jamás había experimentado antes. Lo que otra naturaleza sentía en oposición a la suya se estaba marcando en su conciencia a fuego y dentelladas. Cuando Will dejó de hablar Rosamond se había transformado en una imagen de doloroso sufrimiento; tenía los labios pálidos, y sus ojos ofrecían un desconsuelo sin lágrimas. De haber sido Tertius el que estaba frente a ella, esta mirada de desconsuelo le hubiera herido, y se hubiera hincado de rodillas a su lado para consolarla, con ese consuelo de sus fuertes brazos que tan a menudo había tenido en poco.

Perdonémosle a Will que no tuviera tal movimiento de piedad. No había sentido ningún lazo por esta mujer que había destrozado el tesoro ideal de su vida y se sentía inocente. Sabía que estaba siendo cruel, pero todavía no sentía en él enternecimiento alguno.

Después de haber hablado, todavía siguió moviéndose, como abstraído, y Rosamond permaneció sentada y absolutamente quieta. Por fin Will, recobrándose, tomó el sombrero y se quedó de pie irresoluto unos momentos.

La había hablado de un modo que se le hacía difícil expresar cualquier frase de cortesía; y no obstante, ahora que había llegado el momento de separarse de ella sin más palabras, se retrajo como si se tratara de una brutalidad; se sintió reprimido y embotado en su ira. Se acercó hacia la repisa de la chimenea, puso su brazo encima y aguardó en silencio sin apenas saber el qué. El fuego vengativo todavía ardía dentro de él y no podía pronunciar una palabra de retractación; pero sin embargo aparecía en su mente el hecho de que habiendo venido a ese hogar en el que había gozado de una acariciadora amistad había encontrado la desgracia sentada en él…: de repente se le reveló un trasfondo que residía tanto fuera de la casa como dentro de ella. Y lo que parecía un presentimiento le oprimía como con lentas pinzas… que su vida pudiera quedar esclavizada por esta desamparada mujer que se había abandonado sobre él con la espantosa tristeza de su corazón. Pero se encontraba en hosca rebeldía contra el hecho que su rápida aprensión le había prefigurado, y cuando sus ojos se fijaron en la frustrada faz de Rosamond le pareció que él era el más digno de comprensión de los dos: porque el dolor debe entrar en la glorificada vida del recuerdo antes de que se vuelva compasión.

Y así permanecieron muchos minutos, uno frente al otro, separados, en silencio: el rostro de Will mostrando su mudo enojo y el de Rosamond su muda aflicción. La pobre no tenía fuerza para contestar con apasionamiento alguno; el tremendo colapso de la ilusión hacia lo que había forzado toda su esperanza la había conmovido profundamente, su pequeño mundo estaba en ruinas, y ella se encontraba tambaleando en medio como una conciencia desatinada.

Will deseaba que hablase y aportase alguna sombra suavizadora a su cruel discurso, que parecía estar mirándolos a los dos burlándose de cualquier intento de resucitar la amistad.

Pero ella no dijo nada, y al fin, haciendo un desesperado esfuerzo, le preguntó:

—¿Puedo pasar a ver a Lydgate esta tarde?

—Como le parezca —contestó Rosamond con voz apenas perceptible.

Y entonces Will se fue sin que Martha supiera nunca que había estado allí.

Después de haberse ido, Rosamond trató de incorporarse pero cayó sentada, de nuevo desfalleciendo. Al recobrarse se sintió demasiado mal para esforzarse en tocar la campanilla, y permaneció imposibilitada hasta que la chica, sorprendida por su larga ausencia, pensó por primera vez en buscarla en las habitaciones del piso bajo. Rosamond dijo que se había sentido súbitamente mal y mareada y deseaba que la ayudase a subir al piso superior. Allí se echó sobre la cama con la ropa puesta, y se quedó en un aparente letargo, como le había sucedido antes en un memorable día de dolor.

Lydgate volvió más pronto de lo que esperaba, hacia las cinco y media, y la encontró allí. El hecho de encontrarla enferma, desterró todos sus otros pensamientos. Cuando le tocó el pulso, los ojos de su mujer le miraron con más detención de lo que había hecho durante mucho tiempo, como si sintiera alguna satisfacción de que estuviera allí. Él se dio cuenta de la diferencia en un movimiento, y sentándose a su lado la rodeó con su brazo cariñosamente, y acercándose le dijo:

—Pobre Rosamond, ¿es que algo te ha perturbado?

—Agarrada a él empezó a gemir y llorar histéricamente, y durante una hora no cesó de tranquilizarla y atenderla. Él se imaginó que Dorothea había ido a verla, y que todo este efecto sobre su sistema nervioso, que evidentemente implicaba algún acercamiento hacia él, era debido a las recientes impresiones que esa visita había despertado.

CAPÍTULO LXXIX

Cuando Rosamond se hubo tranquilizado, y Lydgate la dejó, esperando que pronto se durmiera bajo el efecto de un calmante, pasó al salón a recoger un libro que había dejado allí, pensando pasar la tarde en su estudio y vio sobre la mesa la carta que Dorothea había dejado para él. No se había atrevido a preguntar si la señora Casaubon había pasado, pero la lectura de la carta le aseguró del hecho, porque Dorothea mencionaba que la iba a llevar ella misma.

Cuando Will Ladislaw llegó algo más tarde, Lydgate le recibió con una sorpresa que ponía en claro que no se le había dicho nada de su anterior visita, y Will no podía decir, «¿No te ha dicho la señora Lydgate que vine esta mañana?».

—La pobre Rosamond está enferma —añadió inmediatamente después.

—No será cosa grave, espero —contestó Will.

—No… sólo una ligera conmoción nerviosa… el efecto de alguna emoción, últimamente ha estado muy sobrecargada. La verdad, Ladislaw, es que tengo muy mala suerte. Hemos atravesado varios círculos del purgatorio desde que te fuiste, y recientemente me he metido en el peor saliente de todos ellos. Supongo que acabas de llegar —pareces bastante abatido—; no debes de llevar suficiente tiempo en el pueblo para haberte enterado de nada, ¿no?

—He viajado toda la noche y a las ocho de la mañana he llegado al Ciervo

Blanco. Luego me he quedado a descansar —dijo Will, sintiéndose ruin, pero no encontrando alternativa al disimulo.

Y entonces oyó el relato de Lydgate de los apuros que Rosamond que le había descrito a su manera. Ella no había mencionado que el nombre de Will estuviera relacionado con lo que decía la gente —este detalle no la afectaba directamente— y ahora lo oía por primera vez.

—Creo que es mejor que sepas que tu nombre se ha mezclado con las revelaciones —dijo Lydgate, que podía entender mejor que muchos hasta qué punto Ladislaw se sentiría herido por la declaración—. Puedes estar seguro de que lo oirás tan pronto como pongas los pies en la ciudad. Supongo que es verdad que Raffles habló contigo.

—Sí —contestó Will en tono sardónico—. Tendré suerte si el chismorreo no me convierte en la persona más deshonrosa de todo el asunto. Me figuro que la última versión será que me confabulé con Raffles para asesinar a Bulstrode, y me fugué de Middlemarch con esta intención.

Lo que pensaba era: «He aquí un nuevo tono en el sonido de mi nombre para recomendárselo a su oído; sin embargo… eso ¿qué más da ya?».

Pero no dijo nada del ofrecimiento que le hizo Bulstrode. Will era muy abierto y descuidado en asuntos personales, pero de los toques más exquisitos que tuvo la naturaleza al moderlarle, fue el que tuviera una delicada generosidad que aquí lo inclinó a la reticencia. Y se abstuvo de decir que él había rehusado el dinero de Bulstrode en el momento en que se enteraba que el infortunio de Lydgate era haberlo aceptado.

También Lydgate anduvo reticente en franqueza. No hizo alusión alguna a los sentimientos de Rosamond ante sus apuros, y de Dorothea simplemente dijo: «La señora Casaubon ha sido la única persona en dar la cara y decir que no creía ninguna de las sospechas contra mí». Observando una alteración en el rostro de Will, no hizo ya ninguna otra mención de ella, considerándose demasiado ignorante acerca de las relaciones de una y otro para no temer que sus palabras pudieran contener algún elemento ofensivo. Y se le ocurrió que Dorothea era la verdadera causa de su presencia en Middlemarch.

Los dos hombres se compadecían uno a otro, pero sólo Will adivinaba la magnitud del trastorno de su amigo. Cuando Lydgate habló con desesperada resignación de irse a establecer en Londres y dijo con una desmayada sonrisa, «Te tendremos de nuevo, viejo amigo», Will se sintió indeciblemente triste y no contestó. Rosamond le había pedido esa mañana que le apremiara a Lydgate a dar este paso; y le parecía como si estuviese observando en un panorama mágico un futuro en el que él mismo se estuviera deslizando hacia la insatisfecha cesión de las pequeñas solicitaciones de las circunstancias, que es una historia de perdición más frecuente que una sola transacción importante.

Nos hallamos sobre un peligroso margen cuando empezamos a contemplarnos pasivamente en el futuro, y vemos nuestras propias vidas llevadas con monótono consentimiento hacia el insípido malhacer y la ejecución chapucera. El pobre Lydgate estaba gimiendo interiormente sobre este margen, y Will se acercaba a él. Le parecía esta tarde como si la crueldad de su arrebato con Rosamond le estuviera obligando, y temía la obligación; temía la insospechada buena voluntad de Lydgate; temía su propio disgusto por su deteriorada vida, que le dejaría en una inmotivada levedad.

CAPÍTULO LXXX

Cuando Dorothea viera al señor Farebrother por la mañana, le había prometido ir a cenar a la rectoría a su regreso de Freshitt. Había un frecuente intercambio de visitas entre ella y la familia Farebrother, que le permitían decir que no se encontraba de ningún modo solitaria en la casona, y evitar de momento la severa recomendación de una señora de compañía. Cuando llegó a casa y recordó su compromiso, se alegró de ello; y viendo que todavía le quedaba una hora antes de arreglarse para la cena, se fue derecha a la escuela y entró en conversación con el maestro y la maestra acerca de la nueva campana, prestando una viva atención a los pequeños detalles y repeticiones, y adquiriendo un sentido dramático de lo ocupada que era su vida. Se detuvo a su vuelta para hablar con el viejo Bunney, que estaba sembrando unas semillas en el huerto, y dialogó juiciosamente con este sabio rural acerca de las cosechas que rendirían más en una elevación del terreno y el resultado de sesenta años de experiencia en suelos… es decir, que si la tierra era esponjosa iría bien, pero si se humedecía y humedecía, y lo convertía en una pulpa, entonces qué…

Viendo que su espíritu social la había engañado llevándola a retrasarse, se vistió precipitadamente y se dirigió a la rectoría algo más temprano de lo que era necesario. Esta casa jamás era aburrida, ya que el señor Farebrother, como otro White de Selborne, tenía siempre algo nuevo que contar de sus huéspedes y protegidos incapaces de expresarse, a quienes enseñaba a los niños a no atormentar; acabada de destinar un par de estupendas cabras para distracción de la villa en general, y para que se pasearan por ella como animales sagrados. La tarde se deslizó alegremente hasta después del té, hablando Dorothea más de lo normal y extendiéndose con el señor Farebrother en las posibles historias de criaturas que conversan con sus antenas, y, por lo que sabemos, puede que sostengan parlamentos reformados, cuando de pronto se oyeron ciertos pequeños ruidos inarticulados que llamaron la atención de todos.

—Henrietta Noble —dijo, la señora Farebrother, viendo a su hermana pequeña andando acongojada entre las patas de los muebles—, ¿qué es lo que ocurre?

—He perdido mi caja de pastillas de concha. Me temo que el gatito la ha empujado —dijo la diminuta señora, continuando involuntariamente con sus sonidos de castor.

—¿Es un tesoro muy grande, tía? —dijo el señor Farebrother, poniéndose las gafas y mirando a la alfombra.

—Me la dio el señor Ladislaw —contestó la señorita Noble—. Una caja alemana… muy bonita: pero si se cae, siempre rueda tan lejos como puede.

—Bueno, claro, si es un regalo de Ladislaw… —dijo el señor Farebrother, con profundo tono de comprensión, levantándose y buscando.

La caja apareció por fin debajo de una vitrina, y la señorita Noble la cogió con deleite, diciendo:

—La última vez estaba debajo del guardafuegos de la chimenea.

—Esto es un asunto del corazón para mi tía —dijo el señor Farebrother, sonriendo a Dorothea y volviéndose a sentar.

—Cuando Henrietta Noble se encariña con alguien, señora Casaubon —dijo la madre del vicario, enfáticamente., es como un perro… tomaría sus zapatos por almohada y dormiría mejor.

—Bien quisiera, con los zapatos del señor Ladislaw —dijo Henrietta Noble.

Dorothea intentó sonreír a su vez. Estaba sorprendida y enojada al sentir que su corazón palpitaba violentamente y que era completamente inútil tratar de recobrar su anterior animación. Alarmada de sí misma, temiendo alguna traición posterior de un cambio tan marcado y atribuible, se levantó y dijo en voz baja, con una franca ansiedad.

—Debo irme; estoy agotada.

El señor Farebrother, rápido en percepción, se levantó y dijo:

—Es cierto; se habrá agotado hablando de Lydgate. Estas cosas le salen a uno después de que la emoción se ha disipado.

La acompañó del brazo hasta la casona, pero Dorothea no intentó hablar, ni incluso cuando le dio las buenas noches. Había alcanzado el límite de la resistencia, y Dorothea cayó en las garras de una angustia inevitable.

Despidiendo a Tantripp con unas escasas y desmadejadas palabras, cerró la puerta, y dirigiéndose a su vacía habitación se apretó las manos contra la cabeza y lanzó un lamento…

—¡Sí, le quería!

Entonces vino el momento en que las olas del sufrimiento la conmovieron tan completamente que la dejaron sin poder pensar. Sólo conseguía llorar con sonoros suspiros, entre sollozo y sollozo, la pérdida de la creencia que había plantado y mantenido viva a partir de aquella menuda semilla de los días de Roma… llorar la alegría perdida de adherirse con silencioso amor y fe a un hombre que, menospreciado por los otros, era digno de su pensamiento… llorar la pérdida de su orgullo de mujer de reinar en la memoria de él…, llorar su dulce y velada perspectiva de esperanza, de que a lo largo de algún sendero se encontraría con invariable reconocimiento y recobrarían los años transcurridos como si fuera ayer.

En estas horas Dorothea repetía lo que los caritativos ojos de la soledad han contemplado durante siglos en los esfuerzos espirituales del hombre; imploró firmeza y frialdad y una dolorosa fatiga que le proporcionara alivio de la misteriosa e incorpórea fuerza de su angustia; se tendió en el desnudo suelo y dejó que la noche se enfriara a su alrededor, mientras su hermosa estructura de mujer se sacudía con los sollozos como si fuese una niña desesperada.

Había dos imágenes, dos formas vivas que le rompían el corazón en dos mitades, como si hubiese sido el corazón de una madre que parece ver a su hijo dividido por una espada, y oprime una mitad llena de sangre contra su pecho mientras su mirada observa con agonía la otra mitad que se lleva la engañosa mujer que no ha conocido nunca el dolor de una madre.

Aquí, con la ceremonia de una sonrisa correspondida, aquí, con el vibrante lazo del diálogo mutuo, estaba la radiante criatura en la que ella había confiado…, que le había llegado como el espíritu de la mañana que visitaba la opaca cúpula en la que se sentaba como si fuese la novia de una vida gastada; y ahora, con una conciencia plena que jamás había despertado antes, extendía los brazos hacia él y lloraba con amargos sollozos el que su cercanía fuese una visión divisoria: se descubría a sí misma su pasión en una tensa manifestación de desespero.

Y allí, apartado, pero persistentemente con ella, moviéndose hacia donde ella se movía, estaba el Will Ladislaw que era una creencia cambiada vacía de esperanza, una detectada ilusión…, no, un hombre vivo hacia el cual no podía todavía enfrentarse ningún gemido de dolorosa piedad, desde el desprecio, la indignación y el celoso orgullo ofendido. El fuego de la ira de Dorothea no se apagó fácilmente, y estuvo llameando en caprichosos reflejos de desdeñoso reproche. ¿Por qué había venido a introducir su vida en la de ella, en la suya que podía haber sido lo bastante entera sin él? ¿Por qué había traído su fácil consideración y sus palabras de dientes afuera para con ella que no tenía nada mezquino por entregar a cambio? Sabía que la engañaba… deseó, en aquel momento de despedida, hacerle creer que le entregaba a ella el precio de su corazón, sabiendo que él ya se había gastado antes la mitad. ¿Por qué no permaneció entre la multitud a la que ella no pedía nada… por la que sólo rezaba para que fuera menos odiosa?

Pero a la postre perdió energía incluso para sus lloros y lamentos suspirados en voz alta; fue calmándose con desesperados sollozos, y en el frío suelo se durmió sollozando.

En las frías horas del crepúsculo matutino, mientras todo permanecía oscuro a su alrededor, despertó…, no con ningún asombro respecto de dónde estaba o de lo que había sucedido, sino con la clarísima conciencia de que estaba mirando a los ojos del dolor. Se levantó, se envolvió en ropa de abrigo y se sentó en un sillón grande en el que a menudo había velado antes. Era lo bastante fuerte como para haber soportado aquella dura noche sin enfermar y sentir sólo cierto dolor y fatiga; pero había despertado a una nueva condición: se sentía como si el alma se hubiese liberado de un terrible conflicto; no luchaba ya contra su pena, sino que podía sentarse con ella como una fiel compañera y hacerla partícipe de sus pensamientos. Porque ahora los pensamientos venían en abundancia. No era natural en Dorothea, después de lo que duraba un paroxismo, permanecer en la estrecha celda de su calamidad, en la embrutecedora desdicha de una conciencia que sólo ve la suerte del otro como un accidente de suyo propio.

Empezó ahora a vivir esa mañana de ayer de nuevo deliberadamente, esforzándose en detenerse en cada detalle y en su posible significado. ¿Estaba sola en esta escena? ¿Fue sólo suyo aquel acontecimiento? Se esforzó en pensar en ello como ligado a la vida de otra mujer… de una mujer a la cual había estado decidida a llevar claridad y consuelo a su nublada juventud. En su primer golpe de celosa indignación y disgusto, al salir de la odiosa habitación, había arrojado fuera de sí toda la caridad con la que había emprendido la visita. Había envuelto a Will y Rosamond en su ardiente desprecio, y le parecía que Rosamond había desaparecido de su vista para siempre. Pero este bajo impulso, que hace que una mujer sea más cruel hacia su rival que hacia su infiel amante, no tenía la fuerza de retorno en Dorothea cuando el dominante espíritu de justicia que en ella residía hubiera vencido el tumulto y le hubiese mostrado la verdadera medida de las cosas. Todo el activo pensamiento con el que se había representado antes a sí misma los problemas de la suerte de Lydgate, y esta joven unión matrimonial, que, como la suya parecía tener sus ocultos y a la vez evidentes trastornos…, toda esta vivida y compadecida experiencia volvió a ella como un poder; se afirmó como se afirma un conocimiento adquirido y no nos deja ver como veíamos en los días de nuestra ignorancia. Le dijo a su irremediable dolor, que en vez de retirarla del esfuerzo, debería volverla más útil.

Y ¿qué clase de crisis no sería ésta en tres vidas cuyo contacto con la suya depositaban en ella una obligación como si hubiesen sido suplicantes que llevaban la rama sagrada? Los objetos de su redención no debía buscarlos su fantasía: le venían dados. Anhelaba alcanzar el Bien perfecto, a fin de que se entronizara en su interior y dirigiera su errabunda voluntad. «¿Qué debería hacer… cómo debería actuar ahora, en este mismo día si pudiese domar mi dolor, obligarlo al silencio, y a pensar en estos tres?».

Le costó mucho tiempo alcanzar esta conclusión, y la luz iba penetrando en su habitación. Abrió las cortinas y miró hacia el trozo de camino que quedaba a ja vista, con los campos al fondo, detrás de las verjas de la entrada. En el camino había un hombre con un fardo en la espalda y una mujer que llevaba un niño en brazos; en el campo podía ver figuras que se movían… acaso el pastor con el perro.

Lejos, en el curvado cielo había una luz de color perla; y sintió la grandeza del mundo y el múltiple despertar de los hombres hacia el trabajo y el esfuerzo. Ella era parte de esta vida involuntaria y palpitante, y ni podía mirarla desde su lujoso albergue como una mera expectadora, ni ocultar los ojos en un lamento egoísta.

Lo que se propondría llevar a cabo aquel día no parecía todavía demasiado claro, pero algo de lo que podía alcanzar la excitaba como un cercano rumor que pronto adquiriría precisión. Se quitó la ropa, que parecía contener parte de la pesadumbre de una dura vela, y empezó a arreglarse. Inmediatamente llamó a Tantripp, que entró todavía en bata.

—¡Cómo, señora, no se ha acostado en toda la santa noche! —dijo Tantripp, mirando primero a la cama y después a Dorothea, que a pesar de haberse bañado tenía las mejillas pálidas y los párpados rosados de una mater dolorosa—. ¡Se matará, se matará! Cualquiera pensaría que tiene usted derecho a regalarse un poco de comodidad.

—No te alarmes, Tantripp —dijo Dorothea sonriendo—. He dormido; no estoy enferma. Te agradeceré una taza de café en cuanto puedas. Y tráeme el vestido nuevo; y acaso precise hoy también el sombrero nuevo.

—Hace más de un mes que están preparados, señora, y bien agradecida que estaré de verla con varios metros menos de crespón —añadió Tantripp agachándose para encender el fuego—. Hay Una razón para el luto, como he dicho siempre, pero tres jaretas en el bajo de la falda, y un sencillo encañonado en el sombrerito…, y si alguien se parece a un ángel, es usted con una redecilla plisada…, es lo adecuado para el segundo año. Cuando menos así pienso yo —terminó Tantripp mirando ansiosamente al fuego—: y si alguien fuese a casarse conmigo contando que llevaría con él esos odiosos velos de viuda dos años, le estaría engañando su propia vanidad, eso es todo.

—El fuego está bien, mi buena Tan —dijo Dorothea, hablando como lo solía hacer en los días pasados en Lausana, aunque con voz muy baja—; tráeme el café.

Se encogió en el amplio sillón, y apoyó la cabeza en él con fatigado reposo mientras Tantripp se fue, sorprendida de este extraño comportamiento en su joven señora… que justamente la mañana en que tenía más cara de viuda que nunca, hubiese pedido el alivio de luto que anteriormente había rechazado. Tantripp jamás podría encontrar la solución a este misterio. Dorothea quería dejar sentado ante sí misma que no carecía de una vida activa porque hubiera enterrado un gozo personal y, rondándole la mente la costumbre de que los vestidos nuevos eran propios de los comienzos de las cosas, se acogió a esta ligera ayuda externa en su camino hacia una calmada resolución. Porque la resolución no era fácil. Sin embargo, a las once se estaba dirigiendo a Middlemarch habiendo tomado la decisión de que haría lo más sosegada e imperceptiblemente posible su segundo intento para ver y salvar a Rosamond.

CAPÍTULO LXXXI

Cuando Dorothea se hallaba de nuevo a la puerta de la casa de Lydgate hablando con Martha, él estaba en la habitación contigua a la puerta abierta, preparándose para salir. Oyó una voz y fue inmediatamente hacia ella.

—¿Cree usted que la señora Lydgate podrá recibirme esta mañana? —dijo ella habiendo reflexionado que sería mejor no hacer ninguna alusión a su anterior visita.

—No tengo duda alguna —contestó Lydgate, haciendo caso omiso de su pensamiento acerca del aspecto de Dorothea, que estaba tan alterado como el de Rosamond—, si tiene la bondad de pasar y de dejarme decirle que está usted aquí. No ha estado del todo bien desde que usted estuvo aquí ayer, pero se encuentra mejor esta mañana, y creo que es muy posible que se alegre de volverla a ver.

Estaba claro que Lydgate, como había esperado Dorothea, no sabía nada de las circunstancias de su visita de ayer: es más, perecía que se imaginaba que ella la había realizado de acuerdo con su intención. Había preparado una notita pidiéndole a Rosamond que la viese, nota que hubiera entregado a la sirvienta de no estar él ahí, pero ahora estaba muy nerviosa por el resultado de su aviso.

Después de acompañarla al salón Lydgate se detuvo a coger una carta de su bolsillo y la puso en sus manos, diciendo.

—La escribí anoche y se la iba a llevar a Lowick de paso. Cuando uno está agradecido por algo demasiado bueno para las simples gracias, escribir es menos insatisfactorio que hablar…, por lo menos uno no escucha lo inadecuadas que son las palabras.

El rostro de Dorothea se iluminó.

—Soy yo la que tengo que darle las gracias, ya que me ha dejado ocupar este lugar. ¿Ha aceptado usted? —dijo, dudando súbitamente.

—Sí, el cheque le llegará hoy a Bulstrode.

Lydgate no dijo más, pero subió adonde estaba Rosamond, que acababa de vestirse y se encontraba lánguidamente sentada preguntándose qué haría después, su habitual laboriosidad de las cosas pequeñas, incluso en los días de tristeza, animándola a emprender alguna clase de ocupación que arrastraba cansinamente o interrumpía por falta de interés. Tenía aspecto de enferma, pero había recobrado su habitual quietud en el hacer, y Lydgate temía perturbarla con preguntas. Le había contado lo de la carta de Dorothea que contenía el cheque, y después le había dicho, «Ladislaw ha venido, Rosy; estuvo conmigo anoche; me figuro que volverá hoy. Me pareció que estaba como machacado y deprimido». Y Rosamond no contestó.

Ahora, cuando volvió a subir le dijo muy dulcemente. —Rosy, mi amor, la señora Casaubon ha venido a verte de nuevo; ¿te gustaría verla, verdad? —ella se ruborizó e hizo un movimiento de alteración, pero esto no le sorprendió a Lydgate después de la agitación producida por la entrevista del día anterior…, una agitación beneficiosa, pensó, ya que le pareció que la había acercado de nuevo hacia él. Rosamond no se atrevió a decir que no. No se atrevió en lo más mínimo a tocar el incidente de ayer. ¿Por qué había vuelto la señora Casaubon? La contestación era un enigma que Rosamond sólo podía llenar con miedo, porque las lacerantes palabras de Will Ladislaw habían convertido todo pensamiento de Dorothea en una nueva herida para ella. Sin embargo, en su actual y humillante incertidumbre no se atrevió a hacer nada sino acceder. No dijo que sí, pero se levantó y dejó que Lydgate le pusiera un ligero chal sobre los hombros, mientras decía, «salgo inmediatamente». Entonces algo se le ocurrió que le hizo decir a Rosamond.

—Ten la bondad de decirle a Martha que no pase a nadie más al salón —y Lydgate asintió, creyendo que había interpretado bien ese deseo. La acompañó a la entrada del salón, y allí se volvió, haciéndose la reflexión de que debía ser un marido bastante torpe si la confianza que su esposa le tenía dependía de la influencia de otra mujer.

Rosamond, al envolverse la pañoleta a su alrededor mientras caminaba hacia Dorothea, se estaba envolviendo interiormente el alma en una fría reserva. ¿Había venido la señora Casaubon a decirle algo sobre Will? De ser así, era una libertad que Rosamond resentía; y se preparaba para enfrentarse con cada palabra con cortés impasibilidad. Will había magullado su orgullo demasiado dolorosamente para sentir ninguna compasión por él y por Dorothea; su propia injuria parecía mucho más grande. Dorothea no era sólo la mujer preferida, sino que tenía la formidable ventaja de ser la bienhechora de Lydgate, y a la apenada y confusa visión de la pobre Rosamond la parecía que esta señora Casaubon —esta mujer que sobresalía en todas las cosas que se relacionaban con ella— vendría ahora con una sensación de ventaja, incitándole a usar la animosidad. En realidad, no sólo Rosamond, sino cualquier otra persona, conocedora de los hechos externos del caso, y no la simple inspiración en la que Dorothea se basaba, se preguntaría por qué había venido.

Pareciendo el hermoso espíritu de sí misma y con su graciosa delgadez envuelta en su suave chal blanco, la boca redonda e infantil y las mejillas que sugerían inevitablemente dulzura e inocencia, Rosamond se detuvo a tres metros de su visita y se inclinó. Pero Dorothea, que se había quitado los guantes con un impulso que no podía nunca resistir cuando anhelaba libertad, se adelantó, y con la faz llena de una triste pero dulce franqueza, le tendió la mano. Rosamond no pudo evitar encontrarse con su mirada, no pudo evitar darle la mano a Dorothea, que la cogió con suavidad maternal; y enseguida empezó a sentir dentro de sí la duda de su predisposición. Rosamond era rápida para leer los rostros; vio que la faz de la señora Casaubon, que había palidecido y cambiado desde ayer, seguía amable, y parecida a la firme suavidad de su mano. Pero Dorothea había confiado demasiado en su propia fortaleza: la claridad y la intensidad de su actividad mental esta mañana eran la continuación de la exaltación nerviosa que hacía que su figura respondiera tan peligrosamente como una pieza de cristal de Venecia; y al mirar a Rosamond, se encontró que de pronto su corazón se dilataba, y que no podía hablar…, necesitó todo su esfuerzo para contener las lágrimas. Esto lo consiguió, y la emoción sólo pasó sobre su rostro como el espíritu de un sollozo; pero eso se añadió a la impresión de Rosamond de que el estado de ánimo de la señora Casaubon debía de ser diferente del que ella se había imaginado.

Así, se sentaron sin decir palabras de cumplido en dos sillas que estaban muy cercanas y quedaron muy juntas una de la otra, aunque la idea de Rosamond cuando la saludó era de que se mantendría apartada de la señora Casaubon. Pero cesó de pensar en cómo sucederían las cosas… pensando simplemente qué pasaría. Y Dorothea empezó a hablar con mucha sencillez, adquiriendo firmeza a medida que lo hacía.

—Traía ayer un recado que no terminé; he aquí la razón de venir de nuevo tan pronto. Espero que no me considere demasiado entrometida si le digo que he venido a hablarle a usted acerca de la injusticia que se le está haciendo al señor Lydgate. La alegrará, —¿verdad?— saber muchas cosas de él que a él no le gusta referir de sí mismo precisamente porque son para propia reivindicación y en favor de su honor. ¿Le gustaría saber que su marido tiene buenos amigos, que no han dejado de creer en su alta reputación? ¿Me permitirá usted hablar de esto sin pensar que me tomo libertades?

El tono cordial e implorante que parecía fluir con generosa inadvertencia sobre todos los acontecimientos que habían ocupado la mente de Rosamond como motivos de obstrucción y odio entre ella y esta mujer, llegaba suavemente como una tibia corriente sobre sus recelosos temores. Claro que la señora Casaubon tenía los hechos en la conciencia, pero no iba a decir nada que se relacionara con ellos. Este alivio era demasiado grande para que en ese momento Rosamond sintiera ninguna otra cosa. Y contestó graciosamente, con el nuevo desahogo de su alma…

—Sé que usted ha sido muy buena. Me gustará saber todo lo que quiera decirme de Tertius.

—Anteayer —dijo Dorothea—, cuando le pedí que se acercara a Lowick para darme su opinión acerca de los asuntos del hospital, me lo contó todo respecto de su conducta y sentimientos en este triste suceso que ha hecho que la gente ignorante sospechara de él. La razón de que me lo contara fue que yo se lo pregunté osadamente. Creía que él no había actuado jamás deshonrosamente, y le pedí que me relatara la historia. Me confesó que nunca la había contado antes, ni siquiera a usted, porque le disgustaba mucho decir «yo no era culpable», como si esto fuese una prueba cuando hay gente culpable que dice lo mismo. La verdad es que él no sabía nada de Raffles, o de si había algún secreto malo acerca de él; y pensó que el señor Bulstrode le había ofrecido el dinero porque se arrepintió bondadosamente de haber rehusado hacerlo antes. Toda esta ansiedad acerca de su paciente era por tratarlo bien, y él se sentía algo desconcertado de que el caso no terminara como había esperado; pero creía entonces, y todavía lo cree ahora que puede que no haya habido culpabilidad de parte de nadie. Y se lo he contado al señor Farebrother y al señor Brooke y a Sir James Chettam; todos creen en su marido. Esto la alegrará, ¿verdad? Esto le dará a usted ánimos.

La voz de Dorothea se había animado y al irradiar sobre Rosamond, muy cercana a ella, sintió una especie de vergonzosa timidez ante alguien superior, ante la presencia de este ardor que la hacía olvidar, y dijo, con ruboroso desconcierto.

—Gracias, es usted muy bondadosa.

—Y sintió que no había obrado bien al no contárselo a usted todo. Pero usted le perdonará. Obedece a que él se preocupa más de la felicidad de usted que de ninguna otra cosa...; siente su vida unida totalmente a la suya, y le duele más que nada que sus infortunios la dañen. Pudo hablar conmigo porque se trataba de una persona indiferente. Y entonces yo le pregunté si podía pasar a verla; porque sentía mucho su trastorno y el de usted. He aquí por qué vine ayer y por qué he vuelto hoy. La tribulación es tan dura de sobrellevar, ¿verdad? ¿Cómo podemos vivir y pensar que alguien sufre, sufre dolorosamente y que podríamos ayudarle y no lo hacemos?

Dorothea, completamente impulsada por el sentimiento que expresaba, lo olvidó todo menos que hablaba desde el corazón de su propia aflicción a la de Rosamond. La emoción se había entremezclado más y más en su expresión hasta que los tonos pudieron haber penetrado hasta el mismo tuétano como un débil quejido de algún ser que sufre en la oscuridad. Y de modo inconsciente había puesto la mano sobre la manita que estrechara antes.

Rosamond, con una angustia irrefrenable, como si le hubieran tentado una herida interna, estalló en un sollozo histérico como le sucediera el día antes cuando se asió a su marido. La pobre Dorothea sentía que una gran ola de su propio dolor se le venía encima... y su pensamiento se dirigía a la posible participación que Will Ladislaw pudiera tener en el torbellino mental de Rosamond. Empezaba a temer que no se podría dominar hasta el final de la entrevista, y mientras tenía la mano aún posada encima del regazo de Rosamond, aunque la mano de debajo se hubiera retirado, luchaba contra los propios sollozos que le sobrevenían. Trató de dominarse pensando que esto podría ser el punto culminante de tres vidas... no de la suya; no, ahí había sucedido lo irrevocable, pero sí de estas tres vidas que tocaban a la suya con la seriedad del peligro y la aflicción. La frágil criatura que lloraba a su lado... todavía podía haber tiempo de salvarla de la infelicidad de falsos lazos incompatibles; y este momento era excepcional: ella y Rosamond jamás se encontrarían con la misma conciencia estremecida del día anterior. Sintió que la relación que entre ellas existía era suficientemente peculiar para imprimir en Rosamond una especial influencia, aunque no tenía idea de que el mundo en que sus propios sentimientos estaban comprometidos fuera completamente conocido de la señora Lydgate.

Era la crisis más nueva en la experiencia de Rosamond de lo que ni siquiera Dorothea se podía imaginar: se hallaba bajo el primer gran encontronazo que había destrozado el mundo de los sueños en el que había confiado fácilmente en sí misma al tiempo que había sido crítica con los demás; y esta extraña e inesperada manifestación de sentimiento en una mujer a la que se había acercado con resistente aversión y temor, como a una que debía necesariamente guardarle un celoso rencor, hacía que su alma se tambaleara tanto más con la sensación de que había caminado por un mundo desconocido que acababa de abrírsele.

Cuando la convulsionada garganta de Rosamond se fue calmando, y retiró el pañuelo con que se cubría el rostro, sus ojos recurrieron a los de Dorothea tan desamparadamente como si fuesen flores azules. ¿De qué servía pensar en la conducta después de estos lloros? Y Dorothea parecía casi igual de niña, con el olvidado rastro de una silenciosa lágrima. El orgullo se había roto entre las dos.

—Estábamos hablando de su marido —dijo Dorothea con cierta timidez—. Pensé que su aspecto estaba tristemente alterado por el sufrimiento el otro día. No lo había visto desde hacía muchas semanas. Dijo que se había encontrado muy solo en este trance; pero creo que lo hubiera soportado mejor de haberse podido abrir totalmente ante usted.

—Tertius se enfada e impacienta si digo algo —contestó Rosamond, imaginándose que se había quejado de ella ante Dorothea—. No debería sorprenderse de que no me atreva a hablarle de asuntos penosos.

—Fue él mismo el que se acusó de no haber hablado —dijo Dorothea—. Lo que dijo de usted era que él no podía estar contento de hacer algo que a usted le desagradara…, que su matrimonio era naturalmente un compromiso que debe afectar su elección en todas las cosas; y por esta razón rehusó mi propósito de mantener su cargo en el hospital, porque ello le obligaba a permanecer en Middlemarch, y él no quería emprender nada que fuera penoso para usted. Me podía decir esto porque sabe que yo tuve muchas dificultades en mi matrimonio, con la enfermedad de mi marido, que impedía sus planes y le entristecía; y sabe que he sentido lo duro que es andar siempre con el miedo de herir a alguien que está atado a nosotros.

Dorothea esperó un poco, había notado un matiz de satisfacción que aparecía en el rostro de Rosamond. Pero no hubo respuesta, y continuó con recogido temor.

—El matrimonio es algo tan distinto de todo. Hay algo incluso espantoso en la cercanía que trae. Incluso si amásemos a alguien más que… que a aquellos con los que nos habíamos casado, no valdría para nada… —la pobre Dorothea, en su palpitante ansiedad, sólo utilizaba un lenguaje inconexo…— quiero decir que el matrimonio seca todo poder de dar o de obtener ninguna bendición en esta clase de amor. Sé que puede ser muy profundo…, pero asesina nuestro matrimonio… y entonces el matrimonio permanece como un asesinato… y todo desaparece. Y entonces nuestro marido… si nos ha querido y ha confiado en nosotras, y no le hemos ayudado, sino que hemos hecho una calamidad de su vida…

Su voz se estaba apagando: tenía miedo de llegar demasiado lejos, y de hablar como si ella fuera la perfección amonestando al error. Estaba demasiado preocupada por su propia emoción para darse cuenta de que Rosamond también estaba temblando; y llena de la necesidad de expresar su piadosa amistad antes que reproche, puso sus manos sobre las de Rosamond, y le dijo con agitada rapidez:

—Sé que el sentimiento puede ser muy intenso —se ha apoderado de nosotros de improviso—, es tan entrañable que separarse de él puede parecer la muerte, y somos débiles… yo soy débil…

Las olas de su dolor, contra las que luchaba para salvar a otro, se abalanzaron sobre Dorothea con una fuerza abrumadora. Se detuvo en muda agitación, no llorando, sino sintiendo como si la atenazaran por dentro. Su rostro aparecía con palidez de muerta, los labios le temblaban, y oprimía las manos desesperadamente sobre las manos que había debajo de ellas.

Rosamond, oprimida por una emoción superior a la suya, precipitada en un nuevo movimiento que dio a las cosas un distinto, enorme e indefinido aspecto, no podía encontrar palabras, pero involuntariamente puso los labios en la frente de Dorothea, que estaba muy cerca de ella, y entonces durante un minuto las dos mujeres se abrazaron como si estuvieran en un naufragio.

—Usted está pensando lo que no es cierto —dijo Rosamond, en un medio suspiro de ansiedad, mientras todavía sentía los brazos de Dorothea a su alrededor, apremiada por una misteriosa necesidad de liberarse de algo que la oprimía como si fuera un delito de sangre.

Se separaron, mirándose una a otra.

—Cuando usted entró ayer… no era lo que usted creyó —dijo Rosamond en el mismo tono.

Hubo un momento de sorprendida atención en Dorothea. Aguardó una justificación de Rosamond.

—Me estaba diciendo cuánto amaba a otra mujer, con el fin de que yo supiera que no podía quererme nunca —dijo Rosamond, precipitándose más y más a medida que hablaba.

—Y ahora creo que me aborrece porque… porque usted se equivocó con él ayer. Dice que por culpa mía usted pensará mal de él… pensará que es una persona falsa. Pero esto no será por mí. Él nunca me ha querido —lo sé—, siempre le he parecido insignificante. Me dijo ayer que no existía para él otra mujer aparte de usted. La culpa de lo que sucedió fue enteramente mía. Me dijo que jamás podría explicarse ante usted por culpa mía. Dijo que usted nunca más pensaría bien de él. Pero ahora ya se lo he dicho a usted, y él ya no podrá reprocharme nada.

Rosamond había sometido su alma a unos impulsos que no había sentido jamás. Había empezado su confesión bajo la subyugadora influencia de Dorothea y a medida que avanzaba tuvo la sensación que estaba rechazando los reproches de Will, que tenía dentro de ella cómo navajazos.

La reacción de los sentimientos de Dorothea fue demasiado intensa para llamarla gozosa. Constituían un tumulto en el que la terrible tensión de la noche y de la mañana oponía un resistente dolor…; sólo podía percibir que ello se transformaría en gozo cuando hubiese recobrado el poder de sentirlo. Su inmediata reacción fue de un inmenso cariño: ahora se interesaba por Rosamond sin esfuerzo, y contestaba con fervor a sus últimas palabras:

—No, a usted ya no puede reprocharle nada.

Con su usual tendencia a sobrevalorar lo bueno de los demás, sintió que su corazón se le iba hacia Rosamond por el generoso esfuerzo que le había redimido de su sufrimiento, sin pensar que el esfuerzo era una proyección de su propia energía.

Después de que hubieran permanecido calladas un poquito, Dorothea continuó:

—¿No sentirá que haya venido esta mañana?

—No, se ha portado usted muy bien conmigo —contestó Rosamond—. No pensaba que fuera usted tan buena. Me sentía muy desdichada. Tampoco estoy contenta ahora. Todo es tan triste.

—Pero vendrán días mejores. Su marido será dignamente considerado. Y él cuenta con usted para su consuelo. Él la quiere más que a nada. La pérdida peor sería esa…, y usted no le ha permitido —dijo Dorothea.

Trató de arrojar de sí el poderoso pensamiento de su propio consuelo, no fuera que se perdiera algún indicio de que el afecto de Rosemond anhelaba volver hacia su marido.

—Entonces, ¿Tertius no encontró reparo en mí? —dijo Rosamond entendiendo ahora que Lydgate pudo haberle dicho todo a la señora Casaubon, y que ésta era de verdad diferente de las otras mujeres. Acaso había un ligero matiz de celos en la pregunta. Una sonrisa empezó a asomar en el rostro de Dorothea, y dijo…

—¡De ningún modo! ¿Cómo pudo usted imaginárselo? Pero aquí se abrió la puerta y apareció Lydgate.

—He vuelto en mi condición de médico —dijo—. Después de irme, estaba obsesionado por dos caras pálidas: la señora Casaubon parecía necesitar tanto cuidado como tú, Rosy. Y creí que no había cumplido con mi deber al dejaros juntas: así que, después de haber estado en casa de Coleman, vuelvo de nuevo. Me di cuenta de que usted vino andando, señora Casaubon, y de que el tiempo ha cambiado… puede que tengamos lluvia. ¿Puedo mandar a alguien para que le envíen el coche?

—¡Oh, no! Soy fuerte: necesito andar —dijo Dorothea, levantándose con animado semblante—. La señora Lydgate y yo hemos platicado mucho y ya es hora de que me vaya. Siempre se me ha acusado de falta de moderación y de hablar demasiado.

Le tendió la mano a Rosamond y se despidieron con un serio y tranquilo adiós, sin beso u otra señal de efusión: había habido entre ellas demasiada severa emoción para mostrarla con gestos de superficialidad.

Cuando Lydgate le acompañó a la puerta ella no le dijo nada de Rosamond, pero sí le contó que el señor Farebrother y otros amigos habían escuchado y creído en su relato.

Al volver con Rosamond, ésta se había echado en el sofá con resignado cansancio.

—Bien, Rosy —le dijo, de pie ante ella, y tocándole el pelo—, ¿qué piensas de la señora Casaubon ahora que has estado tanto rato con ella?

—Creo que debe ser la mejor persona del mundo; y es muy hermosa. Si hablas con ella tan a menudo estarás cada vez más descontento de mí.

Lydgate se rio del «tan a menudo».

—¿Es que te has vuelto algo menos descontenta conmigo?

—Creo que sí —dijo Rosamond, mirándole a la cara—. ¡Cuán apagados tienes los ojos, Tertius…!, y ponte el pelo hacia atrás —él levantó su mano grande y blanca para obedecerla, y se sintió agradecido por esta menuda señal de interés para con él. La vagabunda fantasía de la pobre Rosamond había regresado terriblemente maltratada…, suficientemente humilde para anidar bajo el despreciado albergue. Y el albergue estaba aquí: Lydgate había aceptado su menguada suerte con triste resignación. Había escogido esta criatura frágil y tomado la carga de su vida en sus brazos. Debía caminar como podía, caritativamente llevando esa carga.

CAPÍTULO LXXXII

Es evidente que los exiliados se nutren mucho de la esperanza, y no es probable que permanezcan en el destierro a menos que estén obligados a ello. Cuando Will Ladislaw se desterró de Middlemarch no había puesto mayor obstáculo a su regreso que su propia resolución, que no era una barrera de hierro, sino un simple estado de ánimo dispuesto a derretirse en un minuto con otros estados de ánimo y terminar inclinándose, sonriendo, y dejando paso con cortés facilidad. A medida que pasaban los meses, le parecía más difícil explicarse por qué no se precipitaba hacia Middlemarch… simplemente por el hecho de saber algo de Dorothea; y si en esta fugaz visita sucediera, por una extraña coincidencia, que se encontrara con ella, no había razón para avergonzarse de un inocente viaje que de antemano había supuesto que no debía realizar. Ya que se encontraba irremediablemente separado de ella, seguramente que se aventuraría a presentarse en su vecindario: y en cuanto a los sospechosos amigos que mantenían sobre ella una guardia de dragón… con el paso del tiempo sus opiniones parecían menos importantes.

Y apareció una razón que no tenía nada que ver con Dorothea, que hacía que el viaje a Middlemarch fuese una especie de deber filantrópico. Will había prestado una desinteresada atención por la posible instalación de un nuevo Plan de colonización del Lejano Oeste y la necesidad de fondos para realizar un buen diseño le había estimulado a debatir consigo mismo si no sería de utilidad hacer uso del ofrecimiento que Bulstrode, instándole que destinara aquel dinero que le había ofrecido para llevar a cabo un esquema que de seguro sería muy beneficioso. El asunto le parecía muy dudoso a Will, y su repugnancia a entrar de nuevo en relación con el banquero pudiera haber hecho que lo rechazara rápidamente, de no habérsele venido a la imaginación la probabilidad de que su proposición pudiera quedar mejor determinada con una visita a Middlemarch.

Este fue el objetivo que Will se planteó como razón para venir. Había pensado confiarse a Lydgate, y debatir con él la cuestión del dinero, y había pensado divertirse unas cuantas tardes durante su estancia con mucha música y cháchara con la bella Rosamond, sin olvidar a sus amigos de la rectoría de Lowick… si la rectoría estaba cerca de Lowick Manor no era culpa suya. Había desatendido a los Farebrother antes de marcharse, debido a la orgullosa resistencia a la posible acusación de buscar indirectamente alguna entrevista con Dorothea; pero el hambre nos amansa y Will había estado muy hambriento de la visión de cierta forma y el sonido de cierta voz. Nada le compensaba… ni la ópera, ni la conversación con entusiastas políticos o la aduladora recepción —en oscuros rincones— de su nueva mano en los artículos de fondo.

Así que había venido barruntando con confianza cómo estarían las cosas en su mundillo familiar, sospechando que no encontraría sorpresas en su visita.

Sin embargo había hallado este mundo monótono en unas condiciones terriblemente dinámicas en el que incluso el chismorreo y el lirismo se habían vuelto explosivos; y el primer día de su visita se había convertido en el momento más fatal de su vida. La mañana siguiente se sintió tan acosado por la pesadilla de las consecuencias, temía tanto los resultados inmediatos que se le aparecían por delante... que al ver mientras desayunaba, la llegada del coche de Riverston, salió precipitadamente y tomó asiento, confiando evitar, al menos durante un día, la necesidad de hacer o decir algo en Middlemarch. Will Ladislaw se encontraba en una de esas confusas crisis que son más frecuentes de lo que uno puede imaginarse, según la superficial independencia de juicio de los hombres. Había encontrado a Lydgate, por quien sentía el más sincero respeto, en una situación que merecía su más franca y declarada comprensión; y la razón por la que, a pesar de este merecimiento, hubiera sido mejor para Will haber evitado una mayor intimidad, e incluso contacto con Lydgate, era precisamente de una clase que hacía que este camino pareciese imposible. Para una persona de un temperamento tan susceptible como Will, desprovisto por naturaleza de una región mental de indiferencia, presto a transformar todo lo que sucediera en un apasionado drama... la revelación de que Rosamond hubiera basado su felicidad en parte dependiendo de él establecía una dificultad que su explosión de ira para con ella había agravado enormemente. Odiaba su propia crueldad, y sin embargo temía mostrar su completo desenojo: debía volver a ella; la amistad no podía cortarse súbitamente; y su desdicha era una fuerza que él temía. Y por todo lo demás no quedaban más promesas de disfrute en la vida que tenía por delante que si le hubiesen cortado las piernas y tuviera que andar con muletas. Por la noche estuvo debatiendo acerca de coger la diligencia no hacia Riverstone, sino hacia Londres, dejando una nota a Lydgate en la que le daría una razón provisional de su huida. Pero había firmes cables que lo refrenaban de esta abrupta partida: la nublada felicidad al pensar en Dorothea, la destrucción de esta principal esperanza que había permanecido a pesar de la reconocida necesidad de renunciar, constituían para él una desgracia demasiado grande para resignarse a ella, yéndose enseguida a una distancia que implicaba también la desesperación.

Así pues no tomó una decisión más severa que la de coger el coche de Riverstone. Volvió de allí cuando todavía era de día, ya que se había decidido a ir a visitar a Lydgate este mismo atardecer. El Rubicón, sabemos, era una corriente muy insignificante de ver; su significación estaba por entero en ciertas condiciones invisibles; Will sintió como si se viera obligado a cruzar su pequeña zanja y confín, y lo que vio más allá no fue un imperio sino una descontenta sumisión.

Pero nos sucede a veces en nuestra vida ordinaria que somos testigos de la salvífica influencia de una naturaleza noble, de la divina eficacia redentora que puede ocultarse en un acto de amistad hacia los demás. Si Dorothea, después de su noche de angustia, no se hubiera dirigido a casa de Rosamond… acaso hubiera sido una mujer que hubiera ganado un alto prestigio por su discreción, pero no hubiera sido tan bueno para aquellos tres que estaban juntos ante el hogar de la casa de Lydgate a las siete y media de la tarde.

Rosamond estaba preparada para la vista de Will, y le recibió con una lánguida frialdad que Lydgate achacó a su agotamiento nervioso, y que no podía suponer que tuviera ninguna relación con Will. Y mientras estaba sentada en silencio inclinada sobre una labor, él la disculpó inocentemente, de un modo indirecto, pidiéndole que se recostara hacia atrás y descansara. Will se sentía incómodo con la necesidad de desempeñar el papel de amigo que aparecía como por primera vez y saludaba a Rosamond, mientras sus pensamientos se ocupaban en los sentimientos de ella desde aquella escena de ayer, que parecía todavía encerrarlos inexorablemente a ambos, como la penosa visión de la doble decencia. Ocurrió que Lydgate no tuvo que salir para nada de la habitación; pero cuando Rosamond sirvió el té, y Will se acercó para cogerlo, ella le puso un papelito doblado en el platito. Él lo vio y se hizo con él rápidamente, pero al dirigirse a la fonda no tenía ansiedad para desdoblarlo. Lo que Rosamond le había escrito probablemente profundizaría la dolorosa impresión de la tarde. Sin embargo, lo abrió y lo leyó a la luz de la vela de la cama. Sólo había estas pocas palabras, escritas con su letra precisa y fluida…:

«Se lo he dicho a la señora Casaubon. No guarda ya ninguna sospecha acerca de usted. Se lo dije porque vino a verme y estuvo muy amable. Ahora no tendrá usted nada que reprocharme. No le habré causado a usted ninguna contrariedad».

El efecto de estas palabras no fue completamente de gozo. A medida que Will se detenía en ellas con exaltada imaginación, sentía que las mejillas y las cejas le ardían al pensar en lo que había pasado entre Dorothea y Rosamond…; en la incertidumbre de hasta qué punto Dorothea podía sentir todavía ofendida su dignidad al habérsele ofrecido una explicación de la conducta de él. Todavía podía quedar en su conciencia una alterada relación con él que constituyera una irremediable diferencia…, un defecto duradero. Con la actividad de su fantasía se colocó en un estado de duda parecido al de un hombre que se ha escapado de la desgracia durante la noche y se encuentra en un terreno desconocido y en la oscuridad. Hasta ese desgraciado ayer — excepto aquel momento de vejación de tiempo atrás en la misma habitación y ante la misma presencia—, toda la visión de ellos, todo el pensamiento de ellos respecto de cada uno, había permanecido como en un mundo aparte, donde el sol caía sobre altos y blancos lirios, donde el diablo no espiaba, y ninguna otra alma entraba. Pero ahora… ¿querría Dorothea encontrarle de nuevo en ese mundo?

CAPÍTULO LXXXIII

La segunda mañana después de la visita de Dorothea a Rosamond, había dormido profundamente dos noches y había perdido no sólo todos los síntomas de fatiga, sino que se sentía como si tuviera una gran cantidad de fuerza superflua…, es decir, más fuerza de la que podía lograr concentrar en ocupación alguna. El día anterior había dado largos paseos por fuera de la finca, y había hecho dos visitas a la rectoría; pero jamás dijo a nadie la razón por la cual pasó el tiempo de modo tan infructuoso, y esta mañana se sentía bastante disgustada consigo misma por su infantil inquietud. Hoy lo pasaría de modo muy distinto. ¿Qué se podía hacer en la villa? ¡Pues nada! Todo el mundo estaba bien y tenía lo que deseaba; no se había muerto el cerdo de nadie; y era sábado por la mañana, momento en el que había una limpieza general de suelos y umbrales, y era inútil ir a la escuela. Pero había varios asuntos que Dorothea deseaba aclarar, y resolvió arrojarse enérgicamente contra el más grave. Se sentó en la biblioteca frente a su particular montoncito de libros de economía política y materias afines, de los cuales intentaba sacar luz acerca de la mejor manera de gastar el dinero sin molestar a sus vecinos — o, cosa que viene a ser lo mismo— ver la forma de hacerles el mayor bien. Ahí había un asunto importante, que, de poder hacerse con él, seguramente le mantendría equilibrada la cabeza. Infortunadamente su mente se le fue durante una hora: y al final se encontró leyendo frases por dos veces con una intensa conciencia de muchas cosas, pero no de ninguna que contuvieran los textos. Esto era desesperante. ¿Llamaría al coche y se iría a Tipton? No; por una u otra razón prefería quedarse en Lowick. Pero había que poner en orden su mente vagabunda: había un arte en la autodisciplina; y empezó a dar vueltas alrededor de la parda biblioteca considerando qué procedimiento podría detener sus dispersos pensamientos. Quizá una simple tarea fuera lo mejor… algo que pudiera hacerse con tenacidad. ¿No había allí una geografía de Asia Menor, de cuya ignorancia la había acusado frecuentemente el señor Casaubon? Acudió al armario de los mapas y desplegó uno: esta mañana se aseguraría de que Paflagonia no se hallaba en la costa levantina y precisaría firmemente su total oscuridad sobre los cálibes en las orillas del Euxino. Un mapa es una cosa estupenda para estudiar cuando uno está dispuesto a pensar en algo diferente, estando constituido por nombres que se convierten en cantinela cuando los repites. Dorothea se sentó con interés a la labor, inclinándose sobre el mapa, y pronunciando los nombres con voz alta, aunque sometida, que a menudo se transformaba en una cantinela. Resultaba divertidamente infantil después de toda su profunda experiencia… moviendo la cabeza y señalando los nombres con el dedo, frunciendo un poquito el labio, y, de vez en cuando, dejándolo para poner las manos en las mejillas y exclamar «¡vaya, vaya!».

No había más razón para que esto terminara que un tiovivo; pero al fin se interrumpió al abrirse la puerta para anunciar la visita de la señorita Noble.

La viejecita, cuyo sombrero apenas llegaba al hombro de Dorothea, fue cariñosamente recibida; pero mientras tenía la mano en la de Dorothea hizo algunos de sus ruidillos de castor, como si tuviera algo difícil que comunicar.

—Siéntese —dijo Dorothea, acercándole una butaca—. ¿Me necesitan para algo? Estaré muy contenta de poder hacerlo.

—No me voy a quedar —contestó la señorita Noble, poniendo la mano en su cestita, y cogiendo una cosa con nerviosismo—. He dejado a un amigo en la iglesia —volvió a sus ruidos inarticulados, y sacó inconscientemente la cosa que estaba manoseando. Era la caja de pastillas de concha, y Dorothea sintió que el color le subía a las mejillas.

—El señor Ladislaw —continuó la tímida mujercita— teme haberla ofendido y me ha pedido que le pregunte si usted quisiera verle durante unos minutos.

Dorothea no contestó de momento: le cruzó por la mente que no podía recibirle en la biblioteca, en la que parecía residir la prohibición de su marido. Miró por la ventana. ¿Podría salir y encontrarle en el jardín? El cielo se veía pesado, y los árboles habían empezado a temblar con amenazas de tormenta. Además se retraía de salir hacia él.

—Recíbalo, señora Casaubon —dijo la señorita Noble con ternura—; de otro modo tendré que volver a decirle que no, y esto le dolerá mucho.

—Sí, le veré —dijo Dorothea—. Tenga la bondad de decirle que venga.

¿Qué otra cosa podía hacer? No había nada que deseara más que ver a Will: la posibilidad de verle se había impuesto insistentemente entre ella y cualquier otra cosa; y sin embargo tenía una palpitante exaltación de alarma… una sensación de que por él estaba haciendo algo osado y desafiante.

Cuando la mujercita se hubo ido correteando a cumplir su misión, Dorothea permaneció en medio de la biblioteca, las manos asidas ante ella, sin intentar componerse en una actitud de inconsciente dignidad. De lo que era menos consciente era de su propio cuerpo: pensaba en lo que probablemente habría en la conciencia de Will, y en la ofensiva opinión que otros tenían de él. ¿Cómo podía deber alguno llevarla a la severidad? La resistencia a un injusto desprecio se había mezclado con sus sentimientos hacia él desde el primer momento, y ahora, ante la reacción de su corazón después de la angustia, la resistencia era más fuerte que nunca. «Si le quiero tanto es porque lo han tratado tan mal»: había una voz que decía esto en su interior a un público imaginario en la biblioteca, cuando la puerta se abrió y vio a Will delante de ella.

Dorothea no se movió, y él se acercó con más duda y timidez en el rostro de lo que había visto nunca. Se hallaba en un estado de incertidumbre que le hacía temer que cualquier mirada o palabra suyas lo condenaran a una nueva separación de ella; y Dorothea estaba temerosa de su propia emoción. Parecía como si estuviera encantada, y permanecía inmóvil y sin soltarse las manos, a la vez que un intenso y grave anhelo se aprisionaba en sus ojos. Viendo que no le tendía la mano como de costumbre, Will se detuvo a un metro de ella y dijo con turbación:

—Estoy muy agradecido de que me haya recibido.

—Quería verle —contestó Dorothea, no encontrando más palabras que decir. No se le ocurrió sentarse, y Will no dio una agradecida interpretación a este regio modo de recibirle, sino que siguió diciendo lo que tenía intención de decir.

—Me temo que considere una tontería y acaso un error el volver tan pronto. He sido castigado por mi impaciencia. Ya conoce… todo el mundo la conoce… la triste historia de mi parentesco. La sabía antes de irme, y siempre he querido contársela… de encontrarnos de nuevo.

Hubo un ligero movimiento de Dorothea, y ella separó las manos, pero inmediatamente las volvió a juntar.

—Pero el asunto es ahora materia de habladurías —continuó Will—. Quería que supiese que algo relacionado con ello… algo que sucedió antes de que me fuera… ha colaborado a traerme aquí de nuevo. Al menos me sirvió de excusa para venir. Fue la idea de solicitar de Bulstrode que aportara dinero para una causa pública… un dinero que él había pensado entregarme. Quizá esté en favor de Bulstrode el hecho de que me ofreciera una compensación por un antiguo agravio. Se prestó a concederme una buena renta para compensar; pero supongo que conoce la desagradable historia.

Will miró dudosamente a Dorothea, pero iba adquiriendo el agresivo valor con el que siempre pensaba en ese hecho de su destino. Y añadió:

—Debe saber lo doloroso que es para mí.

—Sí… sí… lo sé —dijo precipitadamente Dorothea.

—No quise aceptar ninguna renta de tal procedencia. Creí que no pensaría bien de mí de haberlo hecho —dijo Will. ¿Por qué le iba a importar decir nada de esto ahora…? Sabía que había confesado su amor por ella—. Sentía que… —no obstante, se interrumpió.

—Se comportó como yo había esperado que se comportara —dijo Dorothea, mientras la faz le resplandecía y la cabeza se le erguía un poco más sobre el hermoso cuello.

—No creía que ninguna circunstancia de mi nacimiento creara en usted ningún prejuicio contra mí, aunque seguramente lo haría en otros —dijo Will, sacudiendo la cabeza hacia atrás como de costumbre, y mirándola a los ojos con suplicante seriedad.

—Si se tratara de una nueva dificultad sería una nueva razón para adherirme a usted —exclamó fervientemente Dorothea—. Nada podía haberme cambiado, sino… —su corazón palpitaba y le era difícil continuar; hizo un gran esfuerzo para decir en voz baja y temblorosa—, sino pensar que era usted diferente… que no era tan bueno como yo creía.

—Puede estar segura de que me cree mejor de lo que soy en todo menos en una cosa —dijo Will, demostrando sus sentimientos ante la evidencia de los de ella—. Quiero decir en mi fidelidad a usted. Cuando pensé que dudaba de esto, no me importó nada lo demás. Pensé que todo había terminado para mí, y que no quedaba nada por intentar… sólo cosas que padecer.

—Ya no dudo de usted —contestó Dorothea, tendiéndole la mano; un vago temor por él la impulsaba con indescriptible cariño.

Le tomó la mano y se la llevó a los labios casi con un sollozo. Pero tenía el sombrero y los guantes en la otra mano hubiera podido pasar por el retrato de un monárquico. Con todo, se le hacía difícil soltar la mano, y Dorothea, retirándola en una confusión que la perturbaba, le miró y se apartó.

—Mira lo oscuras que se han puesto las nubes y cómo se agitan los árboles —dijo Dorothea, acercándose a la ventana, y hablando y moviéndose en un confuso sentido de lo que hacía.

Will la siguió a cierta distancia y se apoyó en el alto respaldo del sillón de cuero, sobre el que ahora dejó el sombrero y los guantes, y se libró de la intolerable cautividad de la formalidad a la que por primera vez en presencia de Dorothea se había condenado. Hay que confesar que se sentía muy contento en este momento, apoyado en el sillón. Ahora ya no sentía mucho miedo de nada de lo que ella pudiera pensar.

Permanecieron en silencio, sin mirarse, sino viendo cómo los árboles eran sacudidos, y mostraban el pálido envés de sus hojas contra el ennegrecido firmamento, jamás Will había disfrutado tanto de la perspectiva de una tormenta: lo liberaba de la necesidad de marcharse. Las hojas y ramitas se veían arrebatadas y se acercaba el trueno. La luz era cada vez más opaca, pero apareció el brillo de un relámpago que les hizo estremecer, mirarse una a otro, y sonreír. Dorothea empezó a decir lo que había pensado.

—Fue una equivocación tuya decir que no te quedaba nada por intentar. Si nosotros hubiésemos perdido nuestro bien principal, hubiera quedado el bien de la otra gente, y en eso vale la pena empeñarse. Algunos pueden ser felices. Me pareció ver esto más claro que nunca, cuando me sentía más desdichada. No puedo decir apenas cómo hubiera soportado las tribulaciones, si este sentimiento no hubiera acudido a mí para darme fuerzas.

—Tú nunca has sentido la desgracia que he sentido yo —dijo Will—; la desgracia de que tú pudieras despreciarme.

—Pero he sentido lo peor… es peor pensar mal… —Dorothea había empezado con ímpetu, pero cortó.

Will se sonrojó. Tuvo la sensación de que cuanto decía Dorothea se manifestaba desde la visión de una fatalidad que les mantenía aparte. Permaneció callado un momento, y después dijo apasionadamente…

—Tenemos al menos el consuelo de hablarnos sin embozo. Ya que yo debo marcharme…, ya que debemos estar siempre separados…, puedes pensar de mí como una persona al borde de la tumba.

Mientras estaba hablando, un vívido relámpago los iluminó perfectamente a ambos…, y la luz pareció el terror de un desesperado amor. Dorothea se apartó instantáneamente de la ventana. Will la siguió, cogiéndola la mano con espasmo; y así estuvieron, cogidos de la mano, como dos niños, mirando la tormenta, mientras el trueno desataba su tremendo disparo y rodaba encima de ellos, y la lluvia empezaba a descender. Entonces se volvieron a mirarse, conservando en la memoria las palabras de él y sin soltarse las manos.

—No hay salvación para mí —exclamó Will—. Incluso si tú me quieres como yo te quiero… incluso aunque lo fuera todo para ti… yo seré probablemente siempre muy pobre: calculando con serenidad, no cuento con nada sino para ir tirando. Es imposible para nosotros que podamos pertenecernos uno al otro. Quizá fue ruin por mi parte haberte pedido que me alentaras. Quería haber desaparecido en silencio, pero no he sido capaz de hacer lo que me proponía.

—No te aflijas —contestó Dorothea con palabra clara y tierna—. Prefiero compartir la desgracia de nuestra separación.

Los labios de ella temblaron, y también los de él. Nunca se supo cuáles labios se acercaron primero a los del otro; pero se besaron temblando y después se separaron.

La lluvia se estrellaba contra los cristales como si contuviera un espíritu airado, y detrás de ella venía el gran soplo de viento: era uno de aquellos momentos en que tanto los activos como los pasivos se detenían con cierto temor.

Dorothea se sentó en el asiento que tenía más próximo, una otomana grande que había en el centro de la habitación y con las manos juntas en el regazo observaba el lúgubre mundo exterior. Will permaneció todavía mirándola un instante, y entonces se sentó a su lado y puso su mano encima de la suya, que Dorothea volvió para que cogiera. Continuaron sentados de este modo, sin mirarse, hasta que la lluvia se debilitó y empezó a caer silenciosamente. Ambos habían estado llenos de pensamientos que ninguno de ellos podía empezar a manifestar.

Pero cuando la lluvia paró, Dorothea se volvió para mirar a Will. Con una exclamación apasionada, como si una tortura le amenazara, Will se levantó y dijo:

—¡Es imposible!

Se fue a apoyar de nuevo en el respaldo de la silla, y pareció que estuviera luchando con su propia ira, mientras ella le miraba tristemente.

—Es tan fatal como un asesinato u otra cosa horrorosa que divide a la gente —estalló de nuevo—: es más intolerable… ver mutilada nuestra vida por meros accidentes.

—No…, no hables así… tu vida no debe ser mutilada —contestó Dorothea con cariño.

—Sí, debe serlo —dijo Will enfadado—. Es cruel por tu parte que hables así… como si hubiera un consuelo. Tú puedes ver más allá del infortunio, pero yo no. No está bien… es tirar mi amor por ti como si fuera una bagatela, hablar de ese modo en presencia de los hechos. No nos casaremos jamás.

—Un día… puede ser… —dijo Dorothea, con voz temblorosa.

—¿Cuándo? —preguntó Will amargamente—. ¿De qué sirve contar con algún éxito mío? Es dudoso que jamás haga otra cosa que mantenerme decentemente, a menos que decida venderme como escritor y portavoz. Lo veo con toda claridad. No me puedo ofrecer a ninguna mujer, aunque ella no tenga lujos a los que renunciar.

Se hizo el silencio. El corazón de Dorothea estaba lleno de algo que deseaba decir, y no obstante las palabras se hacían demasiado difíciles. Estaba absolutamente obsesionada por ellas: en este momento el debate estaba mudo en su interior. Y se le hacía penoso no poder decir lo que quería. Will seguía mirando airado por la ventana. Sí él la hubiera mirado y no se hubiese apartado de su lado, Dorothea creía que todo hubiese sido más fácil. Al final se volvió, apoyándose aún contra la butaca, y extendiendo automáticamente la mano hacia su sombrero, dijo con cierta exasperación.

—Adiós.

—No puedo… se me rompe el corazón —exclamó Dorothea, levantándose de su silla. El torrente de su joven pasión derribaba todas las obstrucciones que la habían mantenido callada… y al instante asomaron y cayeron las lágrimas —: No me importa la pobreza… odio mis bienes.

Al momento Will estaba junto a ella y la envolvía en sus brazos; pero ella echó la cabeza hacia atrás y lo apartó suavemente, para poder seguir hablando. Sus ojos llenos de lágrimas se miraban con franqueza en los de él, mientras decía sollozando inocentemente.

—Podemos vivir perfectamente bien con lo que tengo; es demasiado: setecientas libras al año, y necesito tan poco… no quiero vestidos nuevos… y aprenderé lo que vale todo.

CAPÍTULO LXXXIV

Fue justo después de que los Lores rechazaran la ley de reforma electoral; esto explica que el señor Cadwallader viniera paseando por el repecho del césped cercano al gran invernadero de Freshitt Hall, con el Times en las manos a su espalda, mientras hablaba con el desapasionamiento de un pescador de truchas sobre las perspectivas del país con Sir James Chettam. La señora Cadwallader, la viuda Lady Chettam y Celia se sentaban a ratos en sillas de jardín; a ratos andaban para recibir al pequeño Arthur, al que la niñera paseaba en un carrito, y, como correspondía a un Buda infantil, iba guarnecido por su sagrado paraguas de hermosa franja de seda.

Las señoras también hablaban de política, aunque más caprichosamente. La señora Cadwallader era firme en la proyectada creación de pares: sabía cierto por su primo que Truberry se había pasado al otro lado enteramente a instancias de su mujer, que había olido en el aire posibilidades políticas desde la primera introducción del asunto de la Reforma, y vendería su alma para tener primacía sobre su hermana menor que se había casado con un baronet. Lady Chettam creía que esta conducta era muy reprochable, y recordaba que la madre de la señora Truberry fue una Walshingham de Melsprine. Celia confesó que era más agradable ser «lady» que ser «señora» y que Dodo nunca se preocupaba acerca de la prioridad con tal de hacer lo que deseaba. La señora Cadwallader sostenía que era una triste satisfacción adoptar precedencia cuando todo el mundo sabía que uno no tenía en las venas ni una gota de sangre azul; y Celia, deteniéndose para mirar a Arthur, insistía, que «estaría muy bien, sin embargo, si él fuera vizconde… ¡y a punto de salirle el dientecito a su señoría! Podía haberlo sido si James hubiese sido conde».

—Querida Celia —dijo la señora viuda Chettam—, el título de James vale mucho más que el de ningún nuevo condado. Nunca quise que su padre fuese nada más que Sir James.

—Bueno, sólo me refería al dientecito de Arthur —dijo Celia con tranquilidad—. Pero, ahí llega mi tío.

Se encaminó a recibir a su tío, mientras Sir James y el señor Cadwallader pasaron a formar grupo con las señoras. Celia había metido el brazo por el de su tío y él le palmoteaba la mano con cierto melancólico, «¡Bien, hija!». A medida que se acercaban, era evidente que el señor Brooke estaba desanimado, pero ello se explicaba por completo por la situación de la política; y mientras daba la mano a todos sin otro saludo que «Bien, estáis todos aquí», el rector dijo riendo:

—No se tome tan a pecho el rechazo de la Ley, Brooke; tiene toda la gentuza del condado de su lado.

—La ley, ¿eh? —exclamó el señor Brooke, con un amansado aturdimiento—. Rechazada, ya saben. Los Lores van demasiado lejos, sin embargo. Tendrán que refrenarse. Malas noticias, ¿saben? Me refiero que para nosotros hay malas noticias. Pero no debe culparme a mí, Chettam.

—¿Qué sucede? —dijo Sir James—. No será que han disparado a otro guardabosques, espero. Es lo que se puede esperar cuando un fulano como Trappins Bass queda en libertad tan fácilmente.

—¿Guardabosques? No. Entremos; lo contaré todo en la casa… en la casa —dijo el señor Brooke, haciendo señas a los Cadwallader para demostrarles que les incluía en su confianza—. En cuanto a cazadores furtivos como Trappins Bass, sabe, Chettam —continuó, mientras entraban—, cuando sea usted juez de paz no le resultará tan fácil condenar. La severidad está muy bien, pero resulta más fácil cuando se tiene a alguien que te la ejerza. Usted mismo tiene un punto débil en su corazón, ya lo sabe…, usted no es un Draco ni un Jeffreys, o este tipo de hombre.

El señor Brooke se hallaba en un estado de perturbación nerviosa. Cuando tenía algo penoso que contar, solía instalarlo entre un número de detalles desarticulados, como si fuera una medicina que obtendría mejor sabor al mezclarla. Continuó su plática con Sir James acerca de los cazadores furtivos hasta que todos se sentaron, y la señora Cadwallader impaciente con esta charlatanería, dijo:

—Me muero por saber la triste noticia. Al guardabosques no le han disparado: asunto resuelto. ¿Qué pasa, pues?

—Es una cosa muy penosa, saben —dijo el señor Brooke—. Me alegro de que usted y el rector estén aquí; es un asunto de familia…, pero usted nos ayudará a todos a soportarlo, Cadwallader. Tengo que decírtelo a ti, hija… —aquí el señor Brooke miró a Celia—; tú no tienes idea de lo que es ¿sabes?, y Chettam, a usted le enojará enormemente…, pero ya ve, usted no ha podido impedirlo más de lo que he podido yo. Ocurre algo singular en las cosas, y es que acaban sucediendo.

—Tiene que tratarse de Dodo —dijo Celia, que acostumbraba a pensar que su hermana era la parte peligrosa de la maquinaria de la familia. Se había sentado en un taburete bajo apoyada en la rodilla de su marido.

—¡Por amor de Dios, díganos ya qué es lo que sucede! —dijo Sir James.

—Bien, ya sabe, Chettam, no pude evitar el testamento de Casaubon, fue una especie de testamento para empeorar las cosas.

—En efecto —dijo Sir James precipitadamente—. Pero ¿qué es lo que empeoró?

—Dorothea se va a casar de nuevo, ¿saben? —dijo el señor Brooke, haciendo una señal con la cabeza a Celia, que inmediatamente miró a su marido con ojos espantados y le puso la mano en la rodilla.

Sir James se puso blanco de furor, pero no dijo nada.

—¡Santo cielo! —dijo la señora Cadwallader—. ¿No será con el joven Ladislaw?

El señor Brooke asintió con la cabeza, diciendo:

—Pues sí, con Ladislaw —y entonces adoptó un prudente silencio.

—¿Ves esto, Humphrey? —dijo la señora Cadwallader, moviendo la mano hacia su marido—. De nuevo tendrás que admitir que tengo cierta perspicacia; aunque seguirás contradiciéndome y continuarás tan ciego como siempre. Tú suponías que el joven se había marchado de la comarca.

—Esto pudo ser, y sin embargo haber vuelto —dijo el rector con tranquilidad.

—¿Cuándo lo ha sabido? —dijo Sir James, no queriendo que nadie más hablara, aunque encontrando difícil poder hablar él.

—Ayer —dijo el señor Brooke mansamente—. Fui a Lowick, Dorothea me llamó, ¿sabe? Todo sucedió muy rápidamente…, ninguno de ellos sabía nada hace dos días… ni idea, ¿saben? Hay algo singular en las cosas. Pero Dorothea está muy decidida…, no sirve de nada oponerse. Yo la advertí con firmeza. Cumplí con mi deber, Chettam. Pero puede hacer lo que quiera, ya saben.

—Habría sido mejor que le hubiese retado y le hubiese disparado un tiro hace un año —dijo Sir James, no porque pensara en sangre, sino porque tenía necesidad de decir algo gordo.

—Vamos, James, eso habría sido muy desagradable —contestó Celia.

—Sea razonable, Chettam. Considere el asunto más tranquilamente —dijo el señor Cadwallader, sintiendo ver a su amable amigo tan poseído por la ira.

—Esto no es nada fácil para un hombre de dignidad, con un sentido del deber, cuando el caso sucede en su propia familia —agregó Sir James, todavía blanco de indignación—. Es algo escandaloso. Si Ladislaw hubiera tenido una chispa de honor se hubiese ido inmediatamente del país para no aparecer aquí nunca jamás. No obstante, no me sorprende. El día después del funeral de Casaubon dije lo que se tenía que hacer. Pero nadie me hizo caso.

—Usted quería lo imposible, ya lo sabe, Chettam —dijo el señor Brooke —. Quería desterrarlo. Yo le dije que Ladislaw no era hombre que se dejara mandar, tenía sus ideas. Era un muchacho extraordinario…

—Sí —dijo Sir James, incapaz de reprimir la réplica.

—Es una pena que usted tenga formada esta alta opinión de él. A ello debemos el que se haya alojado en esta vecindad. A esto debemos el que tengamos que ver a una mujer como Dorothea degradándose para casarse con él.

Sir James se fue entrecortando entre frase y frase, pues las palabras no le salían con facilidad—. Un hombre tan señalado en el testamento de su marido, que la delicadeza debía haberla prohibido verlo de nuevo…, que la rebaja de su propio rango… hacia la pobreza…, tiene la mezquindad de aceptar tal sacrificio…, ha tenido siempre una posición criticable…, un origen ruin… y, creo, es un hombre de pocos principios y ligero carácter. Esa es mi opinión —terminó Sir James enfáticamente, volviéndose de lado y cruzando las piernas.

—Ya se lo advertí todo a ella —dijo el señor Brooke, disculpándose…,—. Me refiero a la pobreza y a abandonar su posición. Le dije: «Hija, no sabes lo que es vivir con setecientas libras al año, no tener coche, y todas estas cosas, y moverte entre la gente que no sabe quién eres». Se lo dije claramente. Pero yo le aconsejo que hable directamente con Dorothea. El hecho es que le desagrada la heredad que le ha dejado Casaubon. Ya verá lo que le dice.

—No, perdóneme, no lo veré —dijo Sir James más fríamente—. No podría soportar verla de nuevo; es demasiado penoso. Me duele demasiado que una mujer como Dorothea haya cometido esta equivocación.

—Sea justo, Chettam —dijo el sereno rector de grandes labios, que se oponía a esta innecesaria incomodidad—. La señora Casaubon puede estar actuando imprudentemente; se desprende de una fortuna por un hombre, y nosotros los hombres tenemos una opinión tan pobre los unos de los otros que difícilmente podemos llamar prudente a una mujer que obre así, en el sentido estricto de la palabra.

—Pues sí, yo sí —contestó Sir James—. Opino que Dorothea hace una cosa mala al casarse con Ladislaw.

—Querido amigo, estamos demasiado inclinados a considerar un acto malo porque no nos gusta —dijo el rector tranquilamente. Como muchos hombres que se toman la vida con facilidad, tenía la habilidad de decir una verdad común de cuando en cuando a aquellos que perdían virtuosamente el control de sí mismos. Sir James se sacó el pañuelo y empezó a mordisquear la esquina.

—Es espantoso por parte de Dodo —añadió Celia, queriendo justificar a su marido—. Había dicho que jamás se casaría de nuevo... con nadie.

—También yo se lo oí decir —dijo Lady Chettam mayestáticamente, como aportando una real afirmación.

—Bueno, suele haber una silenciosa excepción en tales casos —dijo la señora Cadwallader—. Lo único que me maravilla es que estén tan sorprendidos. No hicieron nada para impedirlo. Si hubiera traído a Lord Triton aquí para que la cortejara con su filantropía, acaso se la hubiese llevado antes de terminar el año. No había seguridad en ninguna otra cosa. El señor Casaubon lo había preparado todo lo mejor posible. Se hizo desagradable... o a Dios le plujo hacerlo así..., y entonces retó a Dorothea a contradecirle. Es el modo de hacer tentadora cualquier baratija, poniéndole un elevado precio.

—No sé lo que entiende usted por erróneo, Cadwallader —dijo Sir James, sintiéndose todavía algo herido, y volviéndose en la butaca hacia el rector—. No es un hombre que podamos admitir en la familia. Por lo menos, hablando por mí personalmente —continuó apartando cuidadosamente los ojos del señor Brooke.— Supongo que otros encontrarán su compañía lo bastante placentera para hacer caso omiso de la conveniencia del asunto.

—Bien, Chettam —contestó el señor Brooke con buen humor, acariciándose la pierna—, yo no puedo darle la espalda a Dorothea. Debo ser un padre para ella, hasta cierto punto. Le dije: «Hija, no me negaré a ser tu padrino». Le había hablado en serio antes. Pero puedo acortarle la herencia, saben. Costará dinero y será enojoso; pero puedo hacerlo, ¿saben?

El señor Brooke movió la cabeza afirmativamente en dirección a Sir James, y sintió que mostraba su capacidad de resolución a la vez que se conciliaba con la vejación del baronet. Había empleado un modo más ingenioso de parar el golpe del que pensara. Había tocado un motivo del que Sir James se avergonzaba. El grueso de sus sentimientos acerca del matrimonio de Dorothea con Ladislaw se debían en parte a excusables perjuicios, o incluso a una opinión justificable, y en parte a una celosa antipatía, apenas menor en el caso de Ladislaw que en el de Casaubon. Estaba convencido de que el matrimonio era fatal para Dorothea. Pero en medio de todo esto corría una vena que él era un hombre demasiado honorable para que le gustara confesársela a sí mismo: era innegable que la unión de las dos propiedades —Tipton y Freshitt—, que estaban situadas dentro de una misma linde, era una perspectiva que le halagaba para su hijo y heredero. He aquí que cuando el señor Brooke hizo mención a este punto, Sir James se sintió súbitamente incómodo: se la atragantó la garganta; incluso se ruborizó. Había encontrado más palabras de las usuales en el primer empujón de ira, pero la conciliación del señor Brooke era más entorpecedora para su lengua que la cáustica insinuación del señor Cadwallader.

Pero Celia se alegró de tener lugar para hablar después de la sugerencia de su tío sobre la ceremonia del matrimonio, y dijo, aunque con tan poca ansiedad como si la cuestión se refiriera a una invitación a cenar:

—¿Cree que Dodo se va a casar enseguida, tío?

—Dentro de tres semanas, ¿sabes? —dijo el señor Brooke en tono desvalido—. No puedo hacer nada para impedirlo, Cadwallader —añadió, volviéndose ligeramente hacia el rector, que dijo:

—Yo no me alarmaría por ella. Si prefiere ser pobre, esto es cosa suya. Nadie diría nada de que se casara con este joven si fuese rico. Muchos beneficiarios eclesiásticos son más pobres de lo que serán ellos. Ahí tienen a Elinor —continuó el provocador marido—; ella enojó a todas sus amistades para casarse conmigo: apenas tenía mil libras al año…, yo era un patán…, nadie podía ver nada en mí…, mis zapatos no tenían la hechura normal…, todos los hombres se asombraban de que pudiera gustar a una mujer. No, no tengo otro remedio que estar de parte de Ladislaw hasta que se digan más cosas malas de él.

—Humphrey, todo esto es retórica, y tú lo sabes —dijo su mujer—. Todo es una sola cosa contigo… ese es el principio y el final contigo. ¡Como si tú no hubieses sido un Cadwallader! ¿Es que alguien supone que yo hubiera aceptado un monstruo como tú con otro nombre?

—Y encima clérigo —observó Lady Chettam con aprobación—. No se puede decir que Elinor haya descendido de rango. Es difícil decir lo que es el señor Ladislaw, ¿verdad, James?

Sir James emitió un pequeño gruñido, menos respetuoso que su habitual forma de contestar a su madre. Celia lo miró como un gatito pensativo.

—Hay que admitir que su sangre es una espantosa mezcla —dijo la señora Cadwallader—. La sepiosa sangre Casaubon para empezar, y después un rebelde violinista polaco, o maestro de danza, ¿no es así?… Y después un viejo…

—Tonterías, Elinor —dijo el rector levantándose—. Es hora de que nos vayamos.

—Después de todo, es un guapo jovenzuelo —dijo la señora Cadwallader, levantándose también, y con ganas de rectificar—. Se parece a los hermosos retratos antiguos de Crichley antes de que llegaran los idiotas.

—Yo me iré con ustedes —dijo el señor Brooke, levantándose alegremente —. Mañana deben venir a cenar conmigo… ¿verdad, Celia, hija?

—Tú querrás, ¿no James? —dijo Celia, cogiéndole la mano a su marido.

—Naturalmente, si te parece —contestó Sir James, tirándose del chaleco, pero incapaz de poner buena cara aún—. Es decir, si no se trata de encontrarnos con nadie más.

—No, no, no —dijo el señor Brooke, comprendiendo la condición—. Dorothea no vendría, a menos que hubiera usted ido a verla.

Cuando Sir James y Celia estuvieron solos, ella dijo:

—¿Te importa que coja el coche para ir a Lowick, James?

—¿Cómo, ahora mismo? —preguntó él con sorpresa.

—Sí, es muy importante —contestó Celia.

—Recuerda, Celia, que yo no la puedo ver —dijo Sir james.

—¿Aunque decida no casarse?

—¿De qué sirve hablar así?… pero, me voy a la cuadra. Le diré a Briggs que se acerque con el coche.

Celia pensó que era muy conveniente hacer un viaje a Lowick, si no para hablarle de esto a su hermana, al menos para influir en el ánimo de Dorothea. Durante toda su niñez había notado que podía influir en ella con una palabra juiciosamente colocada… abriendo una ventanita para que la luz de su propio entendimiento entrara en las lámparas de extraños colores que Dodo habitualmente veía. Y Celia, la madre naturalmente, se sentía más capaz de aconsejar a su hermana sin hijos.

¿Quién podía comprender a Dodo tan bien como Celia, o quererla tan tiernamente?

Dorothea, ocupada en su gabinete, sintió un vivo placer ante la visita de su hermana tan pronto después de la revelación de su proyectado matrimonio. Se había imaginado, incluso con exageración, el disgusto de sus amistades, y aún había temido que Celia pudiera mantenerse apartada de ella.

—¡Oh, Kitty, estoy encantada de verte! —dijo Dorothea, poniendo las manos en los hombros de Celia y rebosante de alegría—. Casi pensaba que no vendrías a verme.

—No he traído a Arthur porque tenía prisa —dijo Celia, y se sentaron en dos sillitas una frente a la otra, con las rodillas tocándose.

—Sabes, Dodo, no está nada bien —empezó Celia, con su plácido acento gutural, apareciendo lo más alejada posible de la irritación—. Nos has defraudado a todos. Y no puedo pensar que llegue a suceder…, no puedes irte y vivir de esta forma. ¡Además, quedan todos tus planos! No debes haber reparado en eso. James se hubiera tomado todas las molestias por ti y tú hubieras podido seguir toda la vida haciendo lo que quisieras.

—Al contrario, querida —dijo Dorothea—, yo nunca pude hacer nada de lo que quise. No he realizado jamás plan alguno todavía.

—Porque has querido siempre cosas que no proceden. Pero otros planes hubieran venido. ¿Y cómo puedes casarte con el señor Ladislaw, con quien nadie de nosotros pensó nunca que pudieras casarte? A James le disgusta profundamente. Y después de todo, es tan distinto de lo que tú has sido siempre. Te empeñaste en el señor Casaubon porque tenía un alma tan grande, y era tan viejo, lúgubre y sabio; y pensar ahora en casarte con el señor Ladislaw, que no tiene propiedades ni nada… Supongo que es porque te propones estar incómoda de un modo u otro.

Dorothea se rio.

—Bueno, esto es muy serio, Dodo —dijo Celia poniéndose más solemne —. ¿Cómo vivirás? Y te irás con gente rara. Y ya no te veré más… y no te importará el pequeño Arthur…, y yo creía que sí te importaría siempre…

Las infrecuentes lágrimas de Celia asomaron en sus ojos y se le agitaron las comisuras de los labios.

—Querida Celia —respondió Dorothea con tierna gravedad—, si no me vas a ver nunca, no será culpa mía.

—Sí, lo será —dijo Celia con la misma emotiva distorsión en sus menudas facciones—. ¿Cómo puedo venir a ti o tenerte conmigo si James no puede soportarlo…?, porque no cree que esté bien… cree que estás muy equivocada. Pero tú siempre estuviste equivocada; sólo que no puedo evitar el quererte. Y nadie sabe en dónde vivirás: ¿dónde vas a ir?

—Me iré a Londres —dijo Dorothea.

—¿Cómo vas a poder vivir siempre en una calle? Y serás muy pobre. Te podría dar la mitad de mis cosas; pero ¿cómo voy a hacerlo, si nunca te veré?

—Dios te bendiga, Kitty —contestó Dorothea con un suave fervor—. Consuélate. Quizá James me perdonará algún día.

—Pero sería mucho mejor si no te casaras —insistió Celia, secándose los ojos, y volviendo a su argumento—; entonces no habría nada desagradable. Y tú no harías lo que nadie piensa que pudieras hacer. James siempre dice que tendrías que ser una reina; pero esto no es ser de ningún modo una reina. Sabes la cantidad de equivocaciones que siempre has cometido, Dodo, y ésta es otra. Nadie piensa que el señor Ladislaw sea el marido adecuado para ti. Y dijiste que no te volverías a casar nunca.

—Es muy cierto que podría ser una persona más prudente, Celia —dijo Dorothea—, y que podía haber hecho algo mejor, de haber sido mejor. Pero esto es lo que voy a hacer. He prometido casarme con el señor Ladislaw y me voy a casar con él.

El tono en que Dorothea dijo esto era una nota que Celia había aprendido a reconocer de tiempo. Callóse unos momentos, y después preguntó, como si abandonara la discusión.

—¿Te quiere mucho, Dodo?

—Confío en que sí. Yo lo quiero mucho.

—Pues es maravilloso —contestó Celia apaciblemente—. Sólo quisiera que tuvieras un marido corno James, en un lugar muy cercano, para que pudiera ir a verte.

Dorothea sonrió, y Celia puso un aspecto meditativo. De pronto añadió:

—No me puedo figurar cómo llegó a suceder —Celia pensó que sería agradable conocer la historia.

—Me lo figuro —dijo Dorothea, pellizcándole la mejilla—. Si supieras cómo sucedió, no te parecería nada maravilloso.

—¿No me lo puedes contar? —preguntó Celia, cruzando los brazos agradablemente.

—No, cariño, tendrías que sentirlo conmigo, de otro modo nunca lo comprenderías.

CAPÍTULO LXXXV

Cuando el inmortal Bunyan traza este cuadro de las pasiones persecutorias que proclaman el veredicto de culpabilidad, ¿quién se apiada del Fiel? Esta es una rara y bendita suerte que muchos grandísimos hombres no han alcanzado, el de saberse inocente ante una multitud condenatoria… estar seguros de que se nos acusa solamente de lo bueno que hay en nosotros. Lo lamentable es el destino del hombre qué no puede llamarse mártir, incluso aunque se persuada de que los hombres que lo apedrean no son más que bajas pasiones encarnadas… que sabe que es apedreado no por profesar el bien sino por no ser el hombre que pretendía ser.

Este es el estado de conciencia que marchitaba a Bulstrode mientras hacía los preparativos para marcharse de Middlemarch, e irse a terminar su golpeada vida en ese triste refugio, entre la indiferencia de caras nuevas. La delicada y caritativa circunstancia de su mujer lo había liberado de un temor, pero no podía ocultarle la presencia de ser todavía un tribunal ante el cual se retraía de la confesión y el deseado amparo. Las equivocaciones consigo mismo acerca de la muerte de Raffles habían mantenido el concepto de una Omnisciencia a la que él invocaba, sin embargo tenía un temor sobre sí que no se dejaba exponer a los juicios mediante una confesión completa a su mujer: los hechos que había lavado y diluido con argumentación y motivación interna, y por los cuales parecía comparativamente fácil alcanzar invisible perdón… ¿que nombre les daría ella? Que ella silenciosamente siempre llamaría a sus actos asesinato era lo que no podía soportar. Se encontraba protegido por su duda: encontraba fuerza para enfrentarse con ella por el hecho de que su mujer no tenía todavía seguridad para pronunciar sobre él esta peor condenación. Algún día, quizá cuando se estuviera muriendo, se lo contaría todo: en la profunda sombra de ese tiempo, cuando ella le cogiera la mano en la acogedora oscuridad, tal vez le escucharía sin retirarse de su tacto. Quizá: pero la ocultación había sido la costumbre de su vida, y esta ansia de confesión no tenía poder contra el temor de una más profunda humillación.

Estaba lleno de tímida solicitud por su mujer, no sólo porque él mereciera algún duro juicio por parte de ella, sino porque sentía una honda aflicción a la vista de su sufrimiento. La señora Bulstrode había mandado a sus hijas a un pensionado en la costa, a fin de que esta crisis les estuviese oculta lo más posible. Libre por su ausencia de la intolerable necesidad de justificar su pena o de observar la asombrosa sorpresa de las niñas, la señora Bulstrode podía vivir sin coacción con el dolor que cada día teñía su pelo de blanco y hacía languidecer sus párpados.

«Dime todo lo que quisieras que hiciese, Harriet», le había dicho Bulstrode; «quiero decir, con respecto a los arreglos de la propiedad. Tengo

682

intención de no vender la tierra que tengo en esta vecindad, sino dejártela a ti como previsión para el futuro. Si tienes algún deseo en estos asuntos, no me lo ocultes».

Unos días después, al volver de una visita de casa de su hermano, empezó a hablarle a su marido de un asunto que había tenido hacía tiempo en el pensamiento.

—Me gustaría hacer algo por la familia de mi hermano, Nicholas; y creo que estamos obligados a compensar a Rosamond y su marido. Walter dice que el señor Lydgate debe irse de la ciudad, y que su clientela no le va a servir de casi nada, y les queda muy poco para asentarse en ninguna parte. Yo me pasaría sin algo para nosotros, con el fin de compensar a la pobre familia de mi hermano.

La señora Bulstrode no quiso acercarse más a los hechos que con la frase de hacer algo por, sabiendo que su marido la entendería. Él tenía una razón particular, de la que ella no estaba al corriente, para retroceder ante la sugerencia. El señor Bulstrode vaciló antes de decir.

—No es posible llevar a cabo tu deseo en la forma que tú propones, Harriet. El señor Lydgate ha rehusado virtualmente todo posterior servicio de mi parte. Me ha devuelto las mil libras que le presté. La señora Casaubon le ha adelantado la suma para este propósito. Aquí está la carta.

La carta pareció sorprender severamente a la señora Bulstrode. La mención del préstamo de la señora Casaubon pareció un reflejo de este sentimiento público que encontraba natural que todo el mundo evitara relacionarse con su marido. Se quedó callada por algún tiempo, y las lágrimas le cayeron una después de otra mientras la barbilla le temblaba al secárselas. Bulstrode, sentado delante de ella, estaba desconcertado a la vista de esta faz demacrada por el dolor, que dos meses antes aparecía lozana y floreciente. Se había envejecido para guardar una triste compañía con los rasgos marchitos de su marido. Impulsado a hacer un esfuerzo para consolarla, dijo:

—Hay otro modo, Harriet, de que pueda prestar un servicio a la familia de tu hermano, si tú quieres tomar parte en él, y me parece que sería beneficioso para ti: sería una forma ventajosa de cuidar la tierra que deseo que sea tuya.

La señora Bulstrode estaba atenta.

—Garth pensó una vez en emprender la administración de Stone Court para colocar ahí a tu sobrino Fred. El ganado iba a permanecer como está, e iban a pagar a una cierta participación de los beneficios en vez de una renta ordinaria. Esto sería un comienzo deseable para un joven, junto con su empleo a las órdenes de Garth. ¿Te satisface la idea?

—Sí me gustaría —dijo la señora Bulstrode con una nueva energía—. El pobre de Walter está tan hundido; haría lo que estuviese en mi mano para ayudarle antes de que me vaya. Hemos sido siempre muy buenos hermanos.

—Debes hacerle la proposición a Garth por ti misma, Harriet —dijo el señor Bulstrode, no gustándole lo que tenía que decir, pero deseando el fin que tenía a la vista, por otras razones además del consuelo para su mujer—, debes manifestarle que la tierra es virtualmente tuya, y que no necesita despachar conmigo. Las comunicaciones pueden hacerse mediante Standish. Digo esto, porque Garth dejó de ser mi agente. Puedo poner en tus manos un papel que él mismo redactó exponiendo las condiciones; y tú puedes proponer la renovación de las mismas. No creo que deje de aceptar cuando tú le propones el asunto para bien de tu sobrino.

CAPÍTULO LXXXVI

Al oír a Caleb que entraba por el pasillo hacia la hora del té, la señora Garth abrió la puerta del salón y dijo:

—Ah, estás aquí, Caleb. ¿Has comido ya? (las comidas de la señora Garth estaban siempre muy supeditadas a los «negocios»).

—Sí, una buena comida…, cordero frío y algo más. ¿Dónde está Mary?

—En el huerto con Letty, me figuro.

—¿No ha vuelto todavía Fred?

—No, ¿vas a salir de nuevo sin tomar el té, Caleb? —dijo la señora Garth viendo que su distraído marido se ponía de nuevo el sombrero que acababa de quitarse.

—No, no; voy a ver un minuto a Mary.

Mary estaba en un hermoso rincón del huerto, en donde había un alto columpio colgado entre dos perales. Llevaba un pañuelo rosa atado a la cabeza, que le salía por delante para resguardarle los ojos del sol que declinaba, mientras columpiaba con fuerza a Letty, que reía y chillaba salvajemente.

Al ver a su padre Mary dejó el columpio y se fue hacia él, retirándose el pañuelo rosado y sonriéndole de lejos con la involuntaria sonrisa de amoroso placer.

—Vine a buscarte, Mary —dijo el señor Garth—. Vamos a dar una pequeña vuelta.

Mary sabía muy bien que su padre tenía algo particular para decirle: las cejas mostraban un ángulo patético; y su voz se puso tiernamente grave: estas cosas habían sido reales para ella desde que tenía la edad de Letty. Pasó su brazo por el de su padre y pasearon por la hilera de nogales.

—Tristemente, Mary, deberás esperar un tiempo para casarte, hija —dijo su padre sin mirarla a ella, sino a la punta del bastón que llevaba en la otra mano.

—No será triste, padre…, me propongo estar contenta —dijo Mary riendo —. He estado soltera y feliz durante veinticuatro años y más; me figuro que no me quedarán otros tantos más —entonces, después de una breve pausa, dijo con más seriedad, inclinando la cara hacia la de su padre—: ¿Está usted contento con Fred?

Caleb arrugó la boca y volvió prudentemente la cabeza.

—Vamos, padre, usted lo elogió el miércoles pasado. Dijo que tenía una notable noción del ganado y buen discernimiento de las cosas.

—¿Eso dije? —contestó Caleb, algo astutamente.

—Sí, lo escribió todo, con fecha Anno Domini, y todo —dijo Mary—. A usted le gustan las cosas bien consignadas. Y además, su comportamiento hacia usted, padre, es muy bueno; le tiene mucho respeto; y es imposible tener mejor temperamento que el que tiene Fred.

—Ya, ya; quieres engatusarme a pensar que es un buen partido.

—No, de verdad que no, padre. No le amo porque es un buen partido.

¿Entonces por qué?

—Pues, padre, porque siempre le he querido. Nunca podría reñir a nadie tan a gusto como a él; y este es un punto que hay que tener en cuenta en un marido.

—Entonces, ¿estás decidida, Mary? —dijo Caleb, volviendo a su tono primero—. ¿No se te ha metido otro deseo desde que las cosas han ido como lo hacen últimamente? —Caleb quería decir muchas cosas con esta frase—; porque mejor tarde que nunca. Una mujer no debe forzar su corazón…, con ello no le haría ningún bien a un hombre.

—Mis sentimientos no han cambiado, padre —dijo Mary con calma—. Yo le seré fiel a Fred mientras él me sea fiel a mí. No creo que ninguno de nosotros pudiera prescindir del otro, o querer más a otro, por mucho que le podamos admirar. Constituiría demasiada diferencia para nosotros…, sería como ver todos los antiguos lugares alterados y cambiar los nombres de todas las cosas. Tendremos que esperarnos mucho tiempo; pero Fred lo sabe.

En vez de hablar enseguida, Caleb se detuvo y hundió el bastón sobre el herboso camino. Entonces dijo con voz emocionada:

—Bueno, traigo noticias. ¿Que te parecería si Fred se fuese a vivir a Stone Court y cuidara de la tierra de allí?

—¿Cómo puede ser eso posible, padre? —dijo Mary asombrada.

—La administraría para su tía Bulstrode. La pobre mujer me ha venido a pedir y rogar. Quiere ayudar al chico, y puede ser una cosa estupenda para él. Ahorrando puede ir comprando el ganado y le tiene afición al campo.

—¡Que contento estará Fred! Es demasiado bueno para creerlo.

—Pero espera —dijo Caleb, volviendo la cabeza como con otra advertencia—, debo responsabilizarme yo y encargarme y cuidarme de todo y esto disgustará un poco a tu madre, aunque puede que no lo diga. Fred deberá tener cuidado.

—Acaso sea demasiado, padre —dijo Mary, refrenada en su dicha—. No habría felicidad trayéndole a usted nuevos trabajos.

—Deja, deja: el trabajo me encanta, hija, mientras no enoje a tu madre. Y entonces, tú y Fred podríais casaros —aquí la voz de Caleb tembló de modo perceptible—, él estará fijo y ahorrando; y tú tienes el talento de tu madre, y también el mío, adaptado a tu caso; y mantendrás a Fred en orden. Estará a punto de venir, y he querido decírtelo a ti primero, para que se lo dijeras a solas. Después lo comentaré todo con él, y podremos entrar en materia de detalle.

—¡Oh, padre, qué bueno es usted! —dijo Mary, poniendo las manos alrededor del cuello de Caleb, que bajaba plácidamente la cabeza, deseando ser acariciado—. ¡Dudo de que haya otra chica que crea que su padre es el mejor hombre del mundo!

—Tonterías, hija; mejor pensarás de tu marido.

—Imposible —contestó Mary, volviendo a su tono normal—: los maridos son una clase inferior de hombres que es preciso mantener en orden.

Cuando entraron en la casa con Letty, que había corrido a reunirse con ellos, Mary vio a Fred en la verja de la huerta, y se fue hacia él.

—¡Qué magnífico vestido llevas, joven extravagante! —dijo Mary, mientras Fred se detenía y se levantaba el sombrero con juguetona formalidad —, no aprendes a ahorrar.

—Esto es demasiado, Mary —dijo Fred—. Mira tan sólo los bordes de los puños. Es a costa de buenos cepillazos que aparezco en plan decente. Estoy guardando tres trajes…, uno para el de la boda.

—¡Qué gracioso vas a estar!… como un caballero en una anticuada revista de modas.

—En absoluto: durarán dos años.

—¡Dos años! Sé razonable, Fred —dijo Mary volviendo a caminar—. No alientes halagadoras esperanzas.

—¿Por qué no? Se vive mejor con ellas que con las que son pesimistas. Si no nos podemos casar en dos años, la verdad ya será harto mala cuando llegue el momento.

—Me contaron una historia de un joven caballero que una vez promovió halagadoras esperanzas y le causaron daño.

—Mary, si tienes algo descorazonador para decirme, me marcho; entro a casa con el señor Garth. Estoy deprimido. Mi padre está tan deshecho…, mi casa no es lo que era. Ya no puedo soportar más malas noticias.

—¿Considerarías que son malas noticias si te dijesen que ibas a vivir en Stone Court y organizar la hacienda y ser notoriamente prudente, y ahorrar dinero cada año hasta que todo el ganado y los muebles fueran tuyos, y fueras todo un señor agricultor, como dice el señor Borthrop Trumbull…, más bien fuerte, diría yo, y con el griego y el latín tristemente enmohecidos?

—No dices nada más que tonterías, Mary —dijo Fred, ruborizándose un poco, sin embargo.

—Esto es lo que mi padre me acaba de decir que puede ser que ocurra, y él nunca dice tonterías —contestó Mary mirando a Fred ahora, mientras él la cogía de la mano al andar, hasta que casi la hizo daño; pero ella no se quejó.

—Entonces sería un hombre formidablemente bueno, Mary, y nos podríamos casar inmediatamente.

—No tan rápidamente, caballero, ¿cómo sabes que no querría yo aplazar nuestro matrimonio durante unos años? Esto te daría tiempo para portarte mal y entonces si otro me gustara más, tendría una excusa para dejarte.

—Por favor, no hagas bromas, Mary —dijo Fred con emoción—. Dime con seriedad que todo esto es cierto, y que tú te alegras por ello… porque me quieres más que a nadie.

—Es verdad, Fred, y que me alegro por ello…, porque te quiero más que a nadie —añadió Mary en obediente tono de recitación.

Se entretuvieron ante el umbral, debajo del porche del inclinado techo, y Fred, casi con un suspiro, dijo:

—Cuando nos hicimos novios, con la anilla del paraguas, Mary, tú solías…

El espíritu de la alegría empezó a reír más decididamente en los ojos de Mary, pero el fatal Ben vino corriendo con Brownie ladrando detrás de él, y saltando contra ellos, dijo:

—¡Fred y Mary! ¿Vais a entrar de una vez… o puedo comerme vuestra tarta?

FINAL

Todo límite es un comienzo a la vez que un final. ¿Quién puede dejar vidas jóvenes después de haber estado tanto tiempo con ellas sin desear saber lo que les ocurrió después? Porque un fragmento de vida, por típico que sea, no es la muestra de un tejido uniforme: puede que las promesas no se hayan cumplido, y que a un comienzo ardoroso siga un desfallecimiento; fuerzas latentes pueden encontrar su muy esperada oportunidad: un error pasado puede inspirar una gran recuperación.

El matrimonio, que ha sido el final de tantas narraciones, es aún el gran comienzo, como lo fue de Adán y Eva, que pasaron la luna de miel en el Edén, pero tuvieron su primer hijo entre las espinas y los cardos del erial. Es todavía el comienzo del poema épico familiar…, la conquista gradual o la pérdida irremediable de esa perfecta unión que hace que los años avancen hacia una culminación, y la edad sea una cosecha de dulces recuerdos en común.

Algunos parten como los cruzados de antaño, con un glorioso equipo de esperanza y entusiasmo, y se quiebran por el camino, pues les falta paciencia con unos y otros y con el mundo.

Todos los que se han interesado por Fred Vincy y Mary Garth desearán saber que esta pareja no fue un fracaso, sino que alcanzaron una sólida y mutua felicidad. Fred sorprendió a sus vecinos de varias maneras. Llegó a ser muy famoso por los alrededores del condado como agricultor teórico y práctico, y escribió un libro titulado Cultivo de verduras y economía de la alimentación del ganado, que le granjeó muchas felicitaciones en las reuniones agrícolas. En Middlemarch la admiración fue más reservada: muchas personas de allí se inclinaban a creer que el mérito de Fred como autor se debía a su mujer, ya que jamás habían esperado que Fred Vincy escribiera sobre nabos y remolachas.

Pero cuando Mary escribió un librito para sus niños, llamado Historia de grandes hombres, según Plutarco, impreso y publicado por Gripp y Cia., Middlemarch, todo el pueblo se lo adjudicó a Fred, observando que había estudiado en la universidad, «donde se estudiaban los antiguos», y hubiera podido ser clérigo de habérselo propuesto.

De este modo, estaba claro que a Middlemarch nunca se la engañó, y que no era necesario elogiar a nadie por escribir un libro, ya que siempre lo escribía otra persona.

Además, Fred permaneció invariablemente constante. Algunos años después de su matrimonio le dijo a Mary que la mitad de su felicidad se la debía a Farebrother, que le dio un buen empujón en el momento decisivo. No puedo decir que no se equivocara nunca más en sus esperanzas: las cosechas o los provechos de la venta del ganado generalmente eran inferiores a lo que él calculaba; y siempre se inclinaba a creer que podía sacar dinero con la compra de un caballo que no salía bien…, aunque esto, consideraba Mary, era culpa del caballo, no del juicio de Fred. Mantuvo su afición por la equitación, pero raramente se permitía salir un día de caza; y cuando lo hacía, era corriente que se rieran de él por su cobardía ante las vallas, pues le parecía que veía a Mary y a los niños sentados en la verja de cinco barrotes o mostrando sus cabezas rizadas entre le seto y la acequia.

Había tres niños. Mary, no estaba disgustada de haber traído al mundo sólo chicos; y cuando Fred deseaba tener una niña como ella, ella decía riendo: «Esto sería un infortunio demasiado grande para tu madre». La señora Vincy en sus años de decadencia, y en el disminuido lustre de su casa, se sentía muy consolada de que al menos dos de los chicos de Fred fueran verdaderos Vincy, y no tuvieran «parecido con los Garth». Pero Mary se regocijaba secretamente de que el más pequeño de los tres fuera mucho lo que su padre debió haber sido cuando llevaba chaqueta redonda, y mostraba una maravillosa precisión jugando a las canicas, o tirando piedras para hacer caer las peras maduras.

Ben y Letty Garth, que eran tío y tía antes de bien entrados en adolescencia, disfrutaban mucho acerca de si era más deseable tener sobrinos o sobrinas; Ben argüía que estaba claro que las niñas valían menos que los niños, de otro modo no llevarían siempre faldas, lo que mostraba lo poco que significaban; ante lo cual Letty, que sacaba mucho de los libros, se enfadaba diciendo que Dios hizo vestidos de piel tanto para Adán como para Eva…, y se le ocurrió también que en el Oriente los hombres también llevan faldas.

Pero este último argumento, que oscurecía la majestad del primero, fue demasiado porque Ben contestó despectivamente: «¡Así son de acaramelados!», y acudió inmediatamente a su madre a ver si los niños no eran mejores que las niñas. La señora Garth declaraba que todos eran igualmente traviesos, pero que los niños eran indudablemente más fuertes, corrían más y tiraban con más precisión a una mayor distancia. Con esta sentencia de oráculo Ben quedó satisfecho sin que le diera importancia a ser majos; pero Letty se lo tomó a mal, porque su sentido de superioridad era más fuerte que el de sus músculos.

Fred nunca se hizo rico… sus esperanzas no le habían dejado esperar esto; pero fue ahorrando tenazmente para llegar a ser el dueño de los enseres y mobiliario de Stone Court, y la labor que el señor Garth puso en sus manos la llevó con suficiencia a través de aquellos «malos tiempos» que siempre están presentes en la vida de los agricultores. Mary en sus días de madre de familia, se convirtió en una figura tan sólida como su madre; pero, distinta de ella, dio a sus niños poca enseñanza formal, de modo que la señora Garth estaba alarmada de que no estuvieran bien preparados en gramática y geografía. Sin embargo, se les encontró muy adelantados cuando fueron al colegio; quizá porque nada les había gustado tanto como estar con su madre. Cuando Fred cabalgaba hacia su casa en los atardeceres de invierno, tenía de antemano la visión placentera del brillante hogar en el salón de madera, y sentía que otros hombres no pudieran tener a una mujer como Mary por esposa; sobre todo el señor Farebrother. «Te merecía diez veces más que yo», le podía ahora decir Fred con magnanimidad. «Con toda seguridad», contestaba Mary; «y por esta razón podía pasarse sin mí. Pero tú… me estremezco de pensar lo que hubieras sido… un cura en deuda por el alquiler del caballo y por los pañuelos de hatista».

Al informarse, sería posible todavía encontrar a Fred y Mary viviendo en Stone Court…, que las enredaderas todavía arrojan la espuma de sus flores sobre las hermosas parcelas de piedra del campo donde los nogales se levantan en majestuosa hilera…, y que en los días de sol se puede ver a los dos amantes que se hicieron novios con la anilla del paraguas, instalados con la placidez de sus cabellos grises ante la ventana abierta desde la que Mary Garth, en los días del viejo Peter Featherstone, con frecuencia tenía que ver si llegaba el señor Lydgate.

El cabello de Lydgate nunca se le volvió blanco. Murió cuando sólo tenía cincuenta años, dejando a su mujer y a sus hijos bien amparados, debido a un importante seguro de vida. Se hizo con una excelente clientela alternando, según la estación, entre Londres y un balneario continental, habiendo escrito un libro sobre la gota, enfermedad que lleva mucha riqueza consigo. Su pericia era tenida en gran estima por muchos y buenos pacientes, pero él se consideró siempre como un fracasado: no hizo lo que una vez tenía intención de hacer. Sus conocidos pensaban que era un hombre envidiable por tener una mujer tan encantadora, y nada ocurrió nunca para hacer vacilar su opinión. Rosamond no cometió jamás una segunda y comprometida indiscreción. Continuó siendo suave de temperamento, inflexible en su juicio, dispuesta a amonestar a su marido, y capaz de frustrarle mediante estratagemas. A medida que pasaban los años él se le oponía cada vez menos, de lo cual Rosamond concluyó que su esposo había aprendido el valor de su opinión; por otro lado ella tenía una convicción casi total de su talento ahora que tenía buenos ingresos, y en vez de la despreciable jaula de Bride Street se había proporcionado una llena de flores y dorados, ajustada al ave del paraíso que ella parecía. En resumen, Lydgate fue lo que se llama un hombre de éxito. Pero murió prematuramente de difteria, y Rosamond se casó después con un médico mayor y rico, que era muy amable con sus cuatro hijos. Componía una bonita escena con ellos, paseando en su propio coche, y a menudo hablaba de su felicidad como «recompensa»; no decía de qué, pero probablemente quería decir que era una recompensa por su paciencia con Tertius, cuyo temperamento nunca careció de faltas, y hasta el final dejaba escapar de vez en cuando un amargo discurso que era más memorable que las señales que ofrecía de su arrepentimiento. Una vez la llamó su planta de albahaca; y cuando ella le pidió la explicación, él le dijo que era una planta que había florecido maravillosamente en el cerebro de un hombre asesinado. Rosamond tenía una plácida pero decidida respuesta a tales discursos. ¿Por qué, pues, la había escogido? Fue una pena que no hubiese tenido a la señora Ladislaw, a la que siempre elogiaba y ponía por encima de ella. Y así la conversación se terminaba con ventaja para Rosamond. Pero sería injusto no decir que jamás pronunció una palabra de desprecio hacia Dorothea, manteniendo un religioso recuerdo de la generosidad con que había venido en su ayuda en la crisis más aguda de su vida.

En cuanto a Dorothea, no soñaba en ser elogiada por encima de las demás mujeres, y sentía que siempre había algo mejor que pudiera haber hecho, de haber sido ella mejor y haber sabido más. De todos modos, jamás se arrepintió de haber abandonado su posición y fortuna para casarse con Will Ladislaw, y él lo hubiera tenido como una gran vergüenza y un gran dolor si ella se hubiese arrepentido. Estaban unidos por un amor más fuerte que ninguno de los impulsos que lo hubiesen podido deteriorar. Ninguna vida le hubiera sido posible a Dorothea de no estar llena de emoción, y ahora tenía también una vida llena de una benéfica actividad que no se tomaba la dudosa pena de descubrir y planear por sí misma. Will se convirtió en un ardoroso hombre público, que trabajaba bien en aquellos tiempos en que comenzaron las reformas con una joven esperanza de inmediatos beneficios, que se ha visto muy frenada en nuestros días, y pasando después al Parlamento por una circunscripción que corría con sus gastos. Dorothea no hubiera deseado nada mejor, ya que los males existían, que su marido estuviera en el meollo del combate contra ellos, y que ella le pudiera prestar su ayuda de esposa. Muchos que la conocían pensaban que era una pena que una persona tan cabal y extraordinaria hubiera sido absorbida por la vida de otro, y sólo fuera conocida en ciertos círculos como esposa y madre. Pero nadie manifestaba exactamente qué otras cosas que estaban en su poder hubiese podido hacer... ni siquiera Sir James Chettam, que no iba más allá de la negativa prescripción de que no debía haberse casado con Will Ladislaw.

Pero esta opinión no causó ninguna alienación duradera; y el modo en que la familia volvió a agruparse era característica de todos los que formaban parte de ella. El señor Brooke no pudo resistir el placer de escribirse con Will y Dorothea; y una mañana, cuando su pluma se había mostrado notablemente fluida ante la perspectiva de la reforma municipal, pasó a una invitación a Tipton Grange, que, una vez escrita no se podía borrar sin el sacrificio (apenas concebible) del total de la valiosa carta. Durante los meses de esta correspondencia, y en sus charlas con Sir James Chettam, el señor Brooke había presupuesto o dado a entender continuamente que la intención de suprimir la herencia se mantenía; y el día en que su pluma escribió la atrevida invitación se dirigió expresamente a Freshitt para comunicar que tenía una intención más firme que nunca acerca de las razones de tomar esta enérgica decisión como precaución contra toda mezcla de sangre inferior en el heredero de los Brooke.

Pero esa mañana había ocurrido algo efervescente en Freshitt Hall. Le había llegado una carta a Celia que la hizo llorar silenciosamente mientras la leía; y cuando Sir James, que no estaba acostumbrado a verla con lágrimas, preguntó con ansiedad qué era lo que pasaba, ella rompió en sollozos tal como no se habían oído nunca antes.

Dorothea tiene un niño. Y tú no me dejas ir a verla. Y estoy segura de que quiere verme. Y no sabrá qué hacer con el niño… lo hará todo mal. Y pensaron que se moría. ¡Es espantoso! ¡Suponte que hubiese sido yo y el pequeño Arthur, y que a Dodo no la hubieran dejado venir a verme! ¡Quisiera que fueses menos malvado, Sir James!

—¡Santo cielo, Celia! —dijo Sir James muy apesadumbrado—, ¿qué es lo que deseas? Haré lo que me digas. Te llevaré mañana a Londres si quieres —y Celia dijo que sí quería. Fue después de esto que vino el señor Brooke y encontrándose con el baronet en el parque, empezó a charlar con él ignorando la noticia, y Sir James por alguna razón no se interesó en pasársela inmediatamente. Pero cuando tocó el asunto de la herencia del modo en que se solía dijo:

—Mi querido señor Brooke, no me toca a mí decirle lo que debe hacer, pero por mi parte dejaría el asunto. Dejaría las cosas como están.

El señor Brooke se sorprendió tanto que, de momento, no se dio cuenta de lo aliviado que se sentía por el hecho de que no se esperara que hiciera nada en particular.

Siendo tal la inclinación del corazón de Celia, fue inevitable que Sir James consintiera en reconciliarse con Dorothea y su marido. Cuando las mujeres se quieren entre sí, los hombres aprenden a suavizar sus mutuos desagrados. A Sir James nunca le gustó Ladislaw, y Will siempre prefería mezclar la compañía de Sir James con la de otros; se hallaban sobre la base de una tolerancia recíproca que se hacía muy fácil sólo cuando Dorothea y Celia estaban presentes.

Se dio como cosa entendida que el señor y la señora Ladislaw hicieran por lo menos dos visitas al año a Tipton Grange, y allí concurría gradualmente una pequeña fila de primos de Freshitt, que disfrutaban tanto jugando con los dos primos que visitaban Tipton, como si la sangre de ésos hubiese estado menos dudosamente mezclada.

El señor Brooke alcanzó una edad muy avanzada, y sus posesiones fueron heredadas por el hijo de Dorothea, el cual hubiese podido ser un representante por Middlemarch, pero rehusó, pensando que sus opiniones tendrían menos ocasión de ser rebatidas si se quedaba fuera del Parlamento.

Sir James nunca cesó de considerar el segundo matrimonio de Dorothea una equivocación, y esta fue la tradición que pervivió en Middlemarch, en donde se hablaba de ella a la generación más joven como de una excelente muchacha que se casó con un clérigo enfermizo, tan mayor como para ser su padre, y a poco más de un año después de su muerte abandonó su herencia para casarse con el primo de él… lo bastante joven como para haber sido hijo del difunto, sin fortuna, y tampoco de buena cuna. Los que no sabían nada de Dorothea solían observar que no pudo haber sido una «mujer como debe ser», de otro modo no se hubiese casado ni con el uno ni con el otro.

En realidad, esos actos decisivos de su vida no fueron hermosos. Eran el resultado de la mezcla de unos jóvenes y nobles impulsos que luchaban en medio de las condiciones de una situación social imperfecta, en la que los grandes sentimientos tomaban a veces el aspecto del error, y la fe el aspecto de la ilusión. Porque no hay persona cuyo interior sea tan entero que no se vea firmemente determinada por lo que existe a su alrededor. Una nueva Teresa apenas tendría la oportunidad de transformar la vida conventual; como tampoco una nueva Antígona aplicaría su heroica piedad en arriesgarlo todo para enterrar a su hermano; el ambiente en el que se cuajaron sus ardientes actos ha desaparecido para siempre. Pero nosotros, gente insignificante, con nuestros actos y palabras de cada día preparamos las vidas de muchas Dorotheas, algunas de las cuales pueden ofrecer un sacrificio mucho más triste que el de la Dorothea cuya narración conocemos.

Su bien modelado espíritu tuvo hermosas consecuencias, aunque no fueron más visibles. Su cabal naturaleza, como la de aquel río cuyo empuje Ciro quebró, se derramó en canales que no fueron muy distinguidos en la tierra. Pero el efecto de su ser en los que tuvo a su alrededor fue incalculablemente expansivo, porque el creciente bien del mundo depende en parte de hechos sin historia, y que las cosas no sean tan malas para ti y para mí como pudieran haber sido, se debe en parte a los muchos que vivieron fielmente una vida oculta, y descansan en tumbas no frecuentadas.

Otras publicaciones Alvi Books

ISBN: 979-8614359782

ISBN: 979-8625429160

ISBN: 979-8626190953

ISBN: 979-8631056893

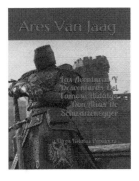

ISBN: 979-8632334709

ISBN: 979-8633640755

ISBN: 979-8640252330

ISBN: 979-8642286449

ISBN: 979-8646277634

www.alvibooks.com

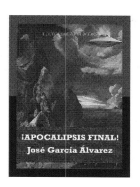

ISBN: 979-8647690203

ISBN: 979-8648113039

ISBN: 979-8653364709

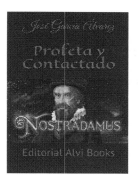

ISBN: 979-8656049498

ISBN: 979-8671842975

ISBN: 978-1654335762

ISBN: 978-1658715355

ISBN: 978-1658718219

ISBN: 978-1658720892

www.alvibooks.com

Made in the USA
Middletown, DE
24 October 2023

41360355R10393